U0897246

《篋雅》五百詩人本事輯考

上

Textual Criticism of Biographies and Anecdotes for 500 Poets in *Ki-A*

趙季　張景崑 著

人民文学出版社

圖書在版編目(CIP)數據

《箕雅》五百詩人本事輯考/趙季,張景崑著.—北京:人民文學出版社,2013

ISBN 978-7-02-009697-8

Ⅰ.①箕… Ⅱ.①趙…②張… Ⅲ.①漢語—古典詩歌—詩歌研究—朝鮮 Ⅳ.①I312.072

中國版本圖書館CIP數據核字(2013)第018323號

責任編輯 周絢隆
裝幀設計 劉 静
責任印製 張文芳

出版發行 人民文學出版社
社 址 北京市朝内大街166號
郵政編碼 100705
網 址 http://www.rw-cn.com

印 刷 北京天來印務有限公司
經 銷 全國新華書店等

字 數 910千字
開 本 710毫米×1000毫米 1/16
印 張 76.75 插頁4
印 數 1—3000
版 次 2013年5月北京第1版
印 次 2013年5月第1次印刷

書 號 978-7-02-009697-8
定 價 138.00元(全二册)

國家社科基金後期資助項目
出 版 説 明

後期資助項目是國家社科基金設立的一類重要項目,旨在鼓勵廣大社科研究者潛心治學,支持基礎研究多出優秀成果。它是經過嚴格評審,從接近完成的科研成果中遴選立項的。爲擴大後期資助項目的影響,更好地推動學術發展,促進成果轉化,全國哲學社會科學規劃辦公室按照“統一設計、統一標識、統一版式、形成系列”的總體要求,組織出版國家社科基金後期資助項目成果。

全國哲學社會科學規劃辦公室

2012 年 3 月

目　　錄

（上　冊）

前言 ………………………………………………………………（1）

新羅

1 崔致遠 ……………………（8）
2 崔承祐 ……………………（17）
3 朴仁範 ……………………（17）
4 崔匡裕 ……………………（18）

高麗

5 崔承老 ……………………（19）
6 張延祐 ……………………（20）
7 崔冲 ……………………（21）
8 朴寅亮 ……………………（23）
9 郭輿 ……………………（25）
10 李資玄 ……………………（26）
11 金富軾 ……………………（27）
12 鄭知常 ……………………（32）
13 高兆基 ……………………（35）
14 鄭襲明 ……………………（36）
15 鄭沆 ……………………（37）
16 朴椿齡 ……………………（38）
17 朴浩 ……………………（38）
18 李之氐 ……………………（38）
19 崔惟清 ……………………（39）
20 鄭與齡 ……………………（40）
21 金若水 ……………………（41）
22 金莘尹 ……………………（41）
23 蔡寶文 ……………………（43）
24 林椿 ……………………（44）
25 金克己 ……………………（47）
26 李仁老 ……………………（50）
27 俞升旦 ……………………（55）
28 金良鏡 ……………………（56）
29 吳世才 ……………………（59）
30 李奎報 ……………………（60）
31 陳澕 ……………………（68）
32 陳溫 ……………………（72）
33 任奎 ……………………（72）
34 金之岱 ……………………（73）
35 白文節 ……………………（74）
36 李混 ……………………（75）
37 郭預 ……………………（77）
38 魯璵 ……………………（77）
39 蔡洪哲 ……………………（78）
40 禹倬 ……………………（79）
41 朴恒 ……………………（80）

42 洪侃……………………… (81)
43 張鎰……………………… (82)
44 鄭允宜…………………… (82)
45 白元恒…………………… (83)
46 金坵……………………… (83)
47 李藏用…………………… (85)
48 鄭瑎……………………… (87)
49 李齊賢…………………… (88)
50 曹繼芳…………………… (92)
51 崔瀣……………………… (93)
52 李穀……………………… (95)
53 朴尚衷…………………… (96)
54 安軸……………………… (98)
55 薛文遇…………………… (99)
56 權漢功 ………………… (100)
57 閔思平 ………………… (101)
58 王伯 …………………… (102)
59 尹澤 …………………… (103)
60 辛蕆 …………………… (105)
61 白文寶 ………………… (105)
62 韓宗愈 ………………… (106)
63 吳洵 …………………… (108)
64 崔元祐 ………………… (108)
65 李公遂 ………………… (109)
66 李嵒 …………………… (111)
67 安祐 …………………… (112)
68 鄭誧 …………………… (113)
69 李湛之 ………………… (114)
70 李達衷 ………………… (114)
71 韓脩 …………………… (116)
72 鄭樞 …………………… (117)
73 許錦 …………………… (118)
74 崔斯立 ………………… (119)
75 李堅幹 ………………… (119)
76 朴孝修 ………………… (120)
77 李邦直 ………………… (120)
78 郭珚 …………………… (121)
79 偰遜 …………………… (121)
80 咸承慶 ………………… (122)
81 李仁復 ………………… (122)
82 金九容 ………………… (124)
83 金齊顏 ………………… (126)
84 蔡璉 …………………… (127)
85 李穡 …………………… (127)
86 鄭夢周 ………………… (140)
87 柳淑 …………………… (146)
88 李集 …………………… (148)
89 李崇仁 ………………… (150)
90 李存吾 ………………… (155)
91 元松壽 ………………… (157)
92 吉再 …………………… (158)

本朝（朝鮮）

93 鄭道傳 ………………… (160)
94 權近 …………………… (166)
95 趙浚 …………………… (170)
96 成石磷 ………………… (175)
97 曹庶 …………………… (178)
98 南在 …………………… (179)
99 趙云仡 ………………… (182)
100 偰長壽………………… (184)
101 鄭摠…………………… (185)
102 姜淮伯………………… (186)
103 朴宜中………………… (188)
104 尹紹宗………………… (190)
105 李詹…………………… (192)
106 李原…………………… (195)
107 柳方善………………… (196)

108 鄭以吾 ………………… (200)
109 權遇 ………………… (201)
110 李惠 ………………… (202)
111 卞仲良 ………………… (203)
112 卞季良 ………………… (204)
113 李孟畇 ………………… (206)
114 趙須 ………………… (207)
115 李稷 ………………… (208)
116 尹淮 ………………… (210)
117 魚變甲 ………………… (211)
118 姜碩德 ………………… (212)
119 辛碩祖 ………………… (213)
120 崔恒 ………………… (213)
121 權踶 ………………… (215)
122 朴元亨 ………………… (216)
123 權擥 ………………… (222)
124 成三問 ………………… (223)
125 朴彭年 ………………… (226)
126 李塏 ………………… (229)
127 河緯地 ………………… (230)
128 申叔舟 ………………… (231)
129 金守溫 ………………… (235)
130 金克儉 ………………… (238)
131 姜希顔 ………………… (238)
132 李石亨 ………………… (239)
133 徐居正 ………………… (242)
134 金壽寧 ………………… (250)
135 魚世謙 ………………… (252)
136 盧思愼 ………………… (254)
137 李承召 ………………… (255)
138 崔淑精 ………………… (258)
139 成任 ………………… (260)
140 姜希孟 ………………… (262)
141 成侃 ………………… (264)
142 許琮 ………………… (268)
143 金宗直 ………………… (270)
144 金時習 ………………… (277)
145 洪貴達 ………………… (283)
146 李瓊仝 ………………… (287)
147 成俔 ………………… (288)
148 蔡壽 ………………… (291)
149 金訢 ………………… (294)
150 安琛 ………………… (295)
151 崔敬止 ………………… (297)
152 盧公弼 ………………… (298)
153 月山大君婷 ………………… (299)
154 朱溪君深源 ………………… (300)
155 鳴陽正賢孫 ………………… (302)
156 南孝溫 ………………… (303)
157 安應世 ………………… (306)
158 辛永禧 ………………… (308)
159 金宏弼 ………………… (309)
160 鄭汝昌 ………………… (311)
161 俞好仁 ………………… (315)
162 曹偉 ………………… (318)
163 金馹孫 ………………… (320)
164 權五福 ………………… (323)
165 權達手 ………………… (326)
166 許琛 ………………… (327)
167 申從濩 ………………… (331)
168 崔溥 ………………… (333)
169 李胄 ………………… (335)
170 姜渾 ………………… (336)
171 鄭光弼 ………………… (341)
172 申用漑 ………………… (345)
173 洪裕孫 ………………… (351)
174 李黿 ………………… (353)
175 李鼈 ………………… (355)

176 崔淑生 …………………… (355)
177 鄭希良 …………………… (356)
178 金千齡 …………………… (360)
179 朴誾 ……………………… (361)
180 李荇 ……………………… (365)
181 南衮 ……………………… (374)
182 鄭子堂 …………………… (378)
183 魚無跡 …………………… (378)
184 申沆 ……………………… (379)
185 成重淹 …………………… (382)
186 成聃壽 …………………… (383)
187 朴祥 ……………………… (384)
188 李希輔 …………………… (388)
189 金安國 …………………… (390)
190 韓景琦 …………………… (397)
191 柳雲 ……………………… (398)
192 趙光祖 …………………… (400)
193 金淨 ……………………… (406)
194 奇遵 ……………………… (410)
195 金絿 ……………………… (412)
196 成世昌 …………………… (415)
197 成夢井 …………………… (416)
198 曹伸 ……………………… (417)
199 朴英 ……………………… (419)
200 金安老 …………………… (423)
201 蘇世讓 …………………… (426)
202 鄭士龍 …………………… (429)
203 申光漢 …………………… (437)
204 崔壽峸 …………………… (443)
205 黄汝獻 …………………… (445)
206 沈彥光 …………………… (446)
207 閔齊仁 …………………… (448)
208 徐敬德 …………………… (451)
209 李彥迪 …………………… (457)
210 沈思順 …………………… (462)
211 宋麟壽 …………………… (463)
212 羅湜 ……………………… (467)
213 朴光佑 …………………… (469)
214 林億齡 …………………… (471)
215 嚴昕 ……………………… (473)
216 洪春卿 …………………… (474)
217 趙昱 ……………………… (475)
218 曹植 ……………………… (477)
219 成運 ……………………… (483)
220 成守琛 …………………… (486)
221 成守琮 …………………… (490)
222 成孝元 …………………… (492)
223 李浚慶 …………………… (492)
224 洪暹 ……………………… (499)
225 李滉 ……………………… (502)
226 林亨秀 …………………… (507)
227 柳希齡 …………………… (510)
228 金麟厚 …………………… (512)
229 李楨 ……………………… (515)
230 鄭惟吉 …………………… (521)
231 李洪男 …………………… (525)
232 趙士秀 …………………… (527)
233 金質忠 …………………… (528)
234 尹鉉 ……………………… (529)
235 盧守愼 …………………… (530)
236 尹潔 ……………………… (535)
237 金澍 ……………………… (539)
238 權擘 ……………………… (541)
239 鄭磏 ……………………… (544)
240 車軾 ……………………… (547)
241 鄭和 ……………………… (550)
242 安璲 ……………………… (550)
243 朴民獻 …………………… (551)

244 楊士彦 …………………… （553）
245 沈守慶 …………………… （557）
246 梁應鼎 …………………… （562）
247 姜克誠 …………………… （566）
248 鄭礥 ……………………… （567）
249 宋寅 ……………………… （568）
250 朴淳 ……………………… （570）
251 楊士俊 …………………… （575）
252 權應仁 …………………… （575）
253 金貴榮 …………………… （577）
254 李後白 …………………… （581）
255 高敬命 …………………… （584）
256 奇大升 …………………… （589）
257 鄭澈 ……………………… （594）
258 李珥 ……………………… （598）
259 成渾 ……………………… （601）
260 宋翼弼 …………………… （603）

（下　册）

261 南彦紀 …………………… （607）
262 宋翰弼 …………………… （608）
263 黄廷彧 …………………… （608）
264 柳永吉 …………………… （614）
265 李忠綽 …………………… （616）
266 辛應時 …………………… （616）
267 河應臨 …………………… （620）
268 鄭碏 ……………………… （621）
269 李義健 …………………… （623）
270 朴漑 ……………………… （624）
271 朴枝華 …………………… （625）
272 李俊民 …………………… （627）
273 李海壽 …………………… （630）
274 李山海 …………………… （631）
275 金命元 …………………… （638）
276 李純仁 …………………… （641）
277 柳成龍 …………………… （643）
278 金應南 …………………… （647）
279 金誠一 …………………… （649）
280 尹根壽 …………………… （652）
281 尹卓然 …………………… （654）
282 趙徽 ……………………… （655）
283 申櫓 ……………………… （656）
284 徐益 ……………………… （657）
285 許篈 ……………………… （659）
286 洪迪 ……………………… （663）
287 李嶸 ……………………… （665）
288 李德馨 …………………… （666）
289 李恒福 …………………… （675）
290 柳根 ……………………… （678）
291 沈喜壽 …………………… （681）
292 尹繼先 …………………… （685）
293 崔岦 ……………………… （686）
294 鄭鎔 ……………………… （690）
295 尹渟 ……………………… （691）
296 李瑀 ……………………… （691）
297 梁大樸 …………………… （693）
298 申光弼 …………………… （696）
299 黄赫 ……………………… （696）
300 林悌 ……………………… （697）
301 車天輅 …………………… （701）
302 崔慶昌 …………………… （706）
303 白光勳 …………………… （711）
304 李達 ……………………… （714）

305 鄭之升 …………………… (718)
306 韓浚謙 …………………… (721)
307 權韐 …………………… (724)
308 權韜 …………………… (725)
309 車雲輅 …………………… (726)
310 玄德升 …………………… (726)
311 崔瀓 …………………… (727)
312 金止男 …………………… (729)
313 宋柟壽 …………………… (731)
314 洪慶臣 …………………… (732)
315 宋英耈 …………………… (734)
316 申欽 …………………… (735)
317 李廷龜 …………………… (740)
318 李好閔 …………………… (744)
319 吳億齡 …………………… (748)
320 李晬光 …………………… (751)
321 洪履祥 …………………… (757)
322 李慶全 …………………… (760)
323 柳夢寅 …………………… (763)
324 鄭經世 …………………… (768)
325 李春英 …………………… (773)
326 禹弘績 …………………… (776)
327 成輅 …………………… (777)
328 崔鐵堅 …………………… (779)
329 成以敏 …………………… (780)
330 權韠 …………………… (780)
331 具容 …………………… (786)
332 任錪 …………………… (787)
333 姜沆 …………………… (788)
334 尹忠源 …………………… (794)
335 梁慶遇 …………………… (796)
336 朴慶新 …………………… (799)
337 尹安性 …………………… (799)
338 朴東說 …………………… (802)
339 朴東亮 …………………… (803)
340 錦山君誠胤 …………………… (808)
341 趙緯韓 …………………… (810)
342 李安訥 …………………… (815)
343 李景顏 …………………… (822)
344 金瑬 …………………… (823)
345 洪瑞鳳 …………………… (833)
346 金尚憲 …………………… (840)
347 鄭蘊 …………………… (845)
348 李春元 …………………… (854)
349 許穪 …………………… (857)
350 朴燁 …………………… (859)
351 尹暄 …………………… (861)
352 洪命元 …………………… (863)
353 沈詻 …………………… (864)
354 趙希逸 …………………… (868)
355 任叔英 …………………… (870)
356 成汝學 …………………… (873)
357 尹喜元 …………………… (875)
358 金搢 …………………… (876)
359 柳塗 …………………… (877)
360 李元衡 …………………… (877)
361 趙國賓 …………………… (878)
362 石陽正霆 …………………… (878)
363 申翊聖 …………………… (879)
364 朴瀰 …………………… (882)
365 尹新之 …………………… (885)
366 李聖求 …………………… (889)
367 金蓍國 …………………… (891)
368 崔鳴吉 …………………… (892)
369 張維 …………………… (902)
370 李植 …………………… (908)
371 李敏求 …………………… (932)
372 鄭百昌 …………………… (935)

373 吳翻 …………………… (937)
374 全湜 …………………… (941)
375 鄭弘溟 …………………… (943)
376 愼天翊 …………………… (946)
377 李明漢 …………………… (949)
378 曹文秀 …………………… (956)
379 鄭忠信 …………………… (957)
380 金地粹 …………………… (962)
381 李敬輿 …………………… (963)
382 李景奭 …………………… (970)
383 吳竣 …………………… (978)
384 金光煜 …………………… (979)
385 金世濂 …………………… (981)
386 具鳳瑞 …………………… (984)
387 李昭漢 …………………… (986)
388 尹順之 …………………… (993)
389 趙絅 …………………… (995)
390 鄭太和 …………………… (1001)
391 洪柱元 …………………… (1009)
392 蓬萊君炯胤 …………………… (1011)
393 李元鎮 …………………… (1013)
394 蔡裕後 …………………… (1015)
395 洪翼漢 …………………… (1020)
396 吳達濟 …………………… (1025)
397 尹集 …………………… (1030)
398 黃床 …………………… (1033)
399 柳碩 …………………… (1036)
400 任有後 …………………… (1037)
401 崔有淵 …………………… (1040)
402 李元胄 …………………… (1041)
403 林坦 …………………… (1042)
404 宋希甲 …………………… (1042)
405 宋民古 …………………… (1044)
406 李穆 …………………… (1044)
407 朴漪 …………………… (1045)
408 沈東龜 …………………… (1048)
409 楊萬古 …………………… (1051)
410 趙相禹 …………………… (1051)
411 鄭斗卿 …………………… (1054)
412 權克中 …………………… (1060)
413 李回寶 …………………… (1062)
414 蔡聖龜 …………………… (1064)
415 李行進 …………………… (1066)
416 李時楷 …………………… (1066)
417 李時楳 …………………… (1067)
418 李海昌 …………………… (1068)
419 趙重呂 …………………… (1068)
420 李志賤 …………………… (1070)
421 鄭麟卿 …………………… (1071)
422 柳道三 …………………… (1071)
423 姜柏年 …………………… (1072)
424 宋浚吉 …………………… (1075)
425 尹元舉 …………………… (1079)
426 趙錫胤 …………………… (1082)
427 李一相 …………………… (1086)
428 朴長遠 …………………… (1090)
429 曹漢英 …………………… (1091)
430 洪處亮 …………………… (1093)
431 俞棨 …………………… (1095)
432 趙復陽 …………………… (1097)
433 申濡 …………………… (1100)
434 洪錫箕 …………………… (1101)
435 金得臣 …………………… (1104)
436 孫必大 …………………… (1109)
437 李冕夏 …………………… (1110)
438 金始振 …………………… (1111)
439 權栻 …………………… (1112)
440 李知白 …………………… (1113)

441 李殷相 …………………… (1114)
442 洪柱世 …………………… (1117)
443 李弘相 …………………… (1119)
444 申最 …………………… (1120)
445 申混 …………………… (1122)
446 李端相 …………………… (1123)
447 洪葳 …………………… (1126)
448 金萬英 …………………… (1128)
449 洪柱國 …………………… (1128)
450 洪錫龜 …………………… (1130)
451 金錫胄 …………………… (1133)
452 申晸 …………………… (1136)

羽士三人
453 李逗春 …………………… (1139)
454 李顯郁 …………………… (1140)
455 田禹治 …………………… (1140)

衲子十九人
456 惠文 …………………… (1142)
457 坦然 …………………… (1143)
458 達全 …………………… (1143)
459 卍雨 …………………… (1144)
460 真靜 …………………… (1145)
461 圓鑒 …………………… (1145)
462 了圓 …………………… (1147)
463 禪坦 …………………… (1147)
464 益莊 …………………… (1148)
465 參寥 …………………… (1148)
466 休靜 …………………… (1149)
467 行思 …………………… (1151)
468 惟正 …………………… (1151)
469 太能 …………………… (1154)
470 慶雲 …………………… (1155)
471 冲徽 …………………… (1156)
472 希安 …………………… (1156)
473 守初 …………………… (1157)
474 處能 …………………… (1158)

雜流六人
475 金孝一 …………………… (1161)
476 崔大立 …………………… (1161)
477 劉希慶 …………………… (1161)
478 白大鵬 …………………… (1164)
479 崔奇男 …………………… (1165)
480 鄭愛男 …………………… (1166)

閨秀七人
481 許氏 …………………… (1167)
482 曹氏 …………………… (1170)
483 李媛 …………………… (1171)
484 楊士奇妾 …………………… (1172)
485 黃真 …………………… (1172)
486 翠仙 …………………… (1174)
487 桂生 …………………… (1175)

附錄不姓氏三人
488 筠 …………………… (1176)
489 鼎吉 …………………… (1181)
490 烓 …………………… (1181)

《箕雅目錄》失收詩人十人
491 崔滋 …………………… (1182)
492 李瑱 …………………… (1184)
493 朴致安 …………………… (1186)
494 孫舜孝 …………………… (1186)
495 申濳 …………………… (1187)
496 趙璞 …………………… (1189)

497 石之珩 ……………… (1190)
498 鄭泰齊 ……………… (1191)
499 正思 ……………… (1192)
500 祖異 ……………… (1192)

徵引書目 ……………… (1193)
詩人索引 ……………… (1207)

上　　册

前　言

朝鮮漢詩(韓國學者一般稱之爲韓國漢詩)是東亞漢文學的重要組成部分。“韓國的漢文學是韓國人作家以韓國人的生活爲内容,以韓國讀者爲對象而創作的”①,“這類文學作品形式上是用漢文表述的,但就其内容來説,其表達韓國人的思想和感情生活比用韓國文創作者更爲淋漓盡致,故此,它們被稱爲漢文文學”②。朝鮮漢詩在亞洲漢文學中是中國以外成就最爲突出的文學創作現象。蓋在於古代中朝關係最爲密切,漢字傳入朝鮮半島遠早于越南、日本,在西周初年就由箕子在朝鮮實施“八條之教”:

> 古朝鮮即箕子所封之地。其民習於禮讓,知尊君親上之義。(《高麗史》卷七一)

新羅時代又建立“讀書三品制”:

> (元聖王)四年春,始定讀書三品。以出身讀《春秋左氏傳》,若《禮記》,若《文選》,而能通其義,兼明《論語》、《孝經》者爲上;讀《曲禮》、《論語》、《孝經》者爲中;讀《曲禮》、《孝經》者爲下;若博通五經三史諸子百家書者,超擢用之。前只以弓箭選人,至是改之。(《三國史記》卷一〇《新羅本紀第一〇·元聖王》)

自高麗時代始,仿照中國建立科舉制度,且設國學七齋,學習中國文化是其必修課業:

> (睿宗)四年七月,國學置七齋:《周易》曰“麗澤”;《尚書》曰“待聘”;《毛詩》曰“經德”;《周禮》曰“求仁”;《戴禮》曰“服膺”;《春秋》曰“養正”;武學曰“講藝”。(《高麗史》卷七四《志第八二·選舉二》)

尤其朝鮮王朝與明朝關係至爲友好,程朱理學已成爲社會主流思想。所以,朝鮮詩人言志抒情的主要文學方式就是創作漢詩,使之成爲朝鮮古代文學最重要的文學形式。

---

① (韓)趙東一等著,周彪等譯《韓國文學史綱》,北京大學出版社2003,第4頁。

② (韓)趙潤濟著,張璉瑰譯《韓國文學史》,社會科學文獻出版社1998,第3頁。

朝鮮漢詩最著名的三部總集是《青丘風雅》、《國朝詩刪》、《箕雅》。但《青丘風雅》由於是朝鮮前期成宗時代文臣金宗直(1431—1492)編選,所以其後自成宗至肅宗二百年間優秀詩作未能收入,不能善其終;許筠所編《國朝詩刪》則只收朝鮮王朝漢詩而不收新羅、高麗漢詩,不能溯其始。惟《箕雅》最爲晚出,貫穿新羅、高麗、朝鮮三朝,收羅宏富,影響很大,是朝鮮古代漢詩規模最大的一部詩歌總集。

《箕雅》編輯者是朝鮮王朝肅宗時代著名詩人南龍翼(1628—1692),字雲卿,號壺谷,諡文憲,宜寧人。朝鮮肅宗時文臣,文科及第,歷任兩館大提學及禮曹、吏曹判書。己巳換局時流配明川,死於配所。以文章書法見長。著有《壺谷集》、《扶桑錄》。壺谷深於詩學,于朝鮮歷代各家詩人之作沉潛吟詠,發之評論在在多有,撰爲《壺谷詩話》,載于《詩話叢林》中,讀者可以參看筆者《詩話叢林箋注》。此舉其一則,以見其一斑:

余以臆見妄論勝國與本朝之詩曰:"麗代之儁者,如朴小華寅亮之豐亮,郭真静輿之玄闃,金文烈富軾之矯健,林西河椿之奔放,金老峰克己之醖藉,李銀臺仁老之要妙,俞文安升旦之巧密,吴玄静世才之枯梗,陳翰林澕之流麗,金英憲之岱之騰踔,洪舍人侃之濃麗,李稼亭穀之醇厚,鄭雪谷誧之纖美,偰近思遜之哀抗,李樵隱仁復之詳穩,鄭圓齋樞之平鋪,金惕若九容之苦夐,李牧隱穡之渾博,鄭圃隱夢周之豪暢,李遁村集之安寂,李陶隱崇仁之精練,元文定松壽之冲確,各造其妙。而至於色韻之精雅,當以李益齋齊賢爲宗;聲律之清新,當以鄭司諫知常爲主;氣力之雄壯,當以李文順奎報爲冠。

"本朝之尤者,如鄭三峰道傳之凌厲,姜通亭淮伯之開燁,李雙梅詹之榮茂,卞春亭季良之練達,徐四佳居正之贍大,李三灘承召之妥適,姜晋山希孟之蒼老,金佔畢宗直之勁傑,金梅月時習之神邈,南秋江孝溫之激烈,李忘軒胄之高華,鄭虚菴希良之炯邃,李容齋荇之圓渾,朴訥齋祥之感慨,金慕齋安國之核激,金冲菴淨之簡峻,奇服齋遵之悲婉,蘇暘谷世讓之舒泰,鄭湖陰士龍之煉悍,申企齋光漢之葩秀,林石川億齡之飛動,鄭林塘惟吉之夷曠,李退溪滉之純静,盧蘇齋守愼之淵宏,朴思菴淳之豔傑,李栗谷珥之通明,成牛溪渾之雅正,宋龜峰翼弼之真活,黄芝川廷彧之典特,李鵝溪山海之妍媚,鄭松江澈之遒緊,高霽峰敬命之穠富,許荷谷篈之超敏,林白湖悌之爽快,崔孤竹慶昌之清淑,白玉峰光勳之瘦朗,李蓀谷達之孤絶,崔簡易岦之沈健,李月沙廷龜之和遠,申象村欽之粹潤,李五峰好閔之穎脱,李芝峰睟光之溫淡,車五山天輅之轟浩,李體素春英之驁宕,李東岳安訥之混雄,洪鶴谷瑞鳳之警策,金清陰尚憲之恬整，張谿谷維之鬯達，李觀海敏求之閑曠，李澤堂植之清緊，李白洲明漢之豪逸，各臻其極。而至於調格之卓邁，當以朴挹翠軒誾爲主；情境之諧和，當以權石洲韠爲宗；體制之奇拔，當以鄭東溟斗卿爲冠。余以企齋敵司諫，石洲敵益齋，東溟敵文順，具眼者以爲如何？”

以此等眼光編纂一部詩歌總集，自是當行，其銓擇取捨可以服人。

《箕雅》收入自新羅詩人崔致遠（857—？）至朝鮮肅宗時代詩人金錫冑（1634—1684）八百年間共計五百位詩人的2253首漢詩作品，按五言絕句137首、七言絕句613首、五言律詩397首、七言律詩677首、五言排律35首、七言排律18首、五言古詩200首、七言古詩161首、不列姓氏詩歌15首順序排列，幾乎囊括了韓國全部優秀漢詩作品，向以規模宏大而採擇全面著稱。

由於《箕雅》收入了韓國古代所有重要漢詩詩人的詩歌創作，所以比較全面地反映了韓國漢詩發生、發展和興盛的全部過程。計收新羅詩人四位，高麗詩人詩僧九十九位，朝鮮王朝的詩人詩僧雜流閨秀三百九十七位，無名氏若干人不計。

新羅作品自漢詩之祖崔致遠始，次及新羅賓貢諸子崔承祐、朴仁範、崔匡裕。反映出新羅詩歌受晚唐影響之面貌：

登臨暫隔路岐塵，吟想興亡恨益新。畫角聲中朝暮浪，青山影裏古今人。霜催玉樹花無主，風暖金陵草自新。賴有謝家餘境在，長教詩客爽精神。

（崔致遠《登潤州慈和寺》）

雨晴雲歇鷓鴣飛，嶺嶠臨流話所思。厭次先生須讓賦，宣城太守敢言詩。休攀月桂凌天險，好把煙霞避世危。七十長溪三洞裏，他年名遂也相宜。

（崔承祐《送曹松入羅浮》）

高麗作品自前期重要詩人崔承老、崔冲、朴寅亮、郭輿、鄭知常、金富軾始，次及高麗中期“海左七賢”（李仁老、林椿、吳世才、皇甫沆、咸淳、李湛之、趙通），崇尚東坡的高麗宰相李奎報，久居中國與趙孟頫交往甚深的“高麗詩文第一”李齊賢，終以麗末“三隱”李穡、鄭夢周、李崇仁。高麗時代詩人受宋詩影響，以學習蘇黃爲主，高麗宰相李奎報詩作即是顯例：

釣魚利其肉，釣名何所利。名乃實之賓，有主賓自至。
無實享虛名，適爲身所累。龍伯釣六鼇，此釣真壯美。
太公釣文王，其釣本無餌。釣名異於此，僥倖一時耳。
有如無鹽女，塗飾暫容媚。粉落露其真，見者嘔而避。

釣名作賢人，何代無顔子。釣名作循吏，何邑非龔遂。
鄙哉公孫弘，爲相乃布被。小矣武昌守，投錢飲井水。
清畏人之知，楊震真君子。吾作釣名篇，以諷好名士。

（《釣名諷》）

經籍史乘、諸子百家隨手拈來，確有蘇軾博學廣聞揮灑成篇之趣。

朝鮮王朝時代作品始以高麗、朝鮮過渡期重要詩人鄭以吾、李詹。繼以世祖朝重要詩人申叔舟、金守溫，“生六臣”系、“死六臣”系諸詩人，成宗、明宗朝詩人金宗直及其門人曹伸、李冑，以朴誾、李荇爲首的“海東江西詩派”，詩壇“四傑”徐居正、成俔、朴祥、申光漢，詩壇理學諸儒李滉、徐敬德、曹植、李珥等，三大詩人“湖蘇芝”（湖陰鄭世龍、蘇齋盧守慎、芝川黄廷彧），“穆陵（宣祖）盛世”的“三唐”崔慶昌、白光勳、李達，“八文章”系詩人李山海、崔岦、李純仁、宋翼弼、河應臨、李珥、鄭澈、徐益，“湖南派”詩人林億齡、白光弘、朴淳、高敬命、林悌，其他諸大家鄭礦、柳成龍、李舜臣、李好閔、李芝峰、車天輅，光海朝詩人柳夢寅、成汝學、許筠、權韠，仁祖朝“月象谿澤”四大家月沙李廷龜、象村申欽、谿谷張維、澤堂李植，以及李朝諸位女性詩人許楚姬等，網羅殆盡。朝鮮王朝自開國至仁祖朝，幾乎與明代相始終。受明代詩歌復古學唐的影響，此時韓國詩人大抵貶宋尊唐，最突出的代表詩人即“三唐”詩人崔慶昌、白光勳、李達：

古郡無城郭，山齋有樹林。蕭條人吏散，隔水擣寒砧。

（崔慶昌《題高峰郡山亭》）

秋草前朝寺，殘碑學士文。千年有流水，落日見歸雲。

（白光勳《弘慶寺》）

寺在白雲中，白雲僧不掃。客來門始開，萬壑松花老。

（李達《山寺》）

無怪乎女詩人許楚姬以詩評之曰：“近者崔白輩，攻詩軌盛唐。寥寥大雅音，得此復鏗鏘。”

朝鮮漢詩不但在詩歌格律體式上一依中國，而且在語言運用和技巧方法上與中國詩歌血肉相連，甚至在使事用典和詩歌風格方面也着意與中國詩歌靠近。但是，朝鮮漢詩終究是表達朝鮮詩人的思想感情，因此在學習、模擬中國詩歌的同時，又處處充溢着朝鮮民族固有的歷史文化精神，舉凡其國家之經濟、政治、軍事、文化、風俗無不形之於漢詩。對朝鮮漢詩創作進行全面系統深入的研究，不但有助於揭櫫朝鮮漢詩的創作規律，也將大大有助於我們更深刻地理解亞洲漢文化的豐富内涵。

隨着中韓文化交流的日益活躍，朝鮮漢詩研究也在進一步開展。但基礎文獻的不足,導致朝鮮漢詩研究仍然不能盡如人意。二十多年前韓國釜山孫八洲教授曾經慨嘆:"由於一些國學者錯誤地把漢文學排除在韓國文學之外的緣故。結果光復前後開始的國語文學研究已經取得了相當可觀的成績,而用漢字記載的汗牛充棟的文籍,則迄今仍堆在書庫裏等待研究者的問津。近來雖然有了研究漢文學蔚然成風的勢頭,但其數量與質量尚未達到令人滿意的水平。①"近年來,中央民族大學祁慶富教授也道出過文獻缺乏的苦衷:"筆者校註工作中,最大的困難是限於條件所能掌握的朝鮮文獻資料缺乏。②"

孟子云:"頌其詩,讀其書,不知其人可乎?"研究朝鮮漢詩不可或缺的基礎文獻是朝鮮漢詩詩歌作品、詩學理論著作和詩人本事。在詩歌作品方面,筆者已經完成了《箕雅校注》(中華書局 2008 年)、《足本皇華集》(鳳凰出版社 2012 年);在詩學理論著作方面,完成了《詩話叢林箋注》(南開大學出版社 2006 年)、《韓國詩話全編校注》(人民文學出版社 2012 年);本書則在第三個方面力圖提供較爲豐富的朝鮮漢詩詩人創作的背景文獻。

本書題為《箕雅五百詩人本事輯考》,《箕雅》以上已簡略介紹。所謂"五百詩人",是指本書考證本事的五百位朝鮮漢詩詩人。南龍翼《箕雅目錄》實列具名詩人四百九十名,其中五人有名無詩(許錦、李原、崔鐵堅、僧惟政、錦山君成胤)。另有十人《箕雅》中有其詩作,但《箕雅目錄》失收(崔滋、李瑱、朴致安、孫舜孝、申潛、趙璞、石之珩、鄭泰齊、僧正思、僧祖異)。十人中朴致安《月夜聞老妓彈琴》誤題朴孝修,孫舜孝《張良》誤題蔡壽,其他八人均在詩題後署名,而未列入目錄。估計南龍翼編輯《箕雅》時,因規模太大而失收。本書對此都進行了補正。

所謂"本事",除詩人事蹟外,本書還將有關詩人的評論收入,以資讀者瀏覽。

所謂"輯",是指本書從 441 種朝鮮韓國歷史文學古籍(引用書目見[附一])中爬梳鈎稽出《箕雅》500 位韓國詩人的背景材料,包括以下幾類古籍:

㈠正史(《三國史記》、《高麗史》、《朝鮮王朝實錄》);

㈡雜史(如《海東繹史》、《高麗史節要》等);

㈢傳狀(非正史之單篇傳記、行狀、謚狀);

㈣碑誌(墓碣、神道碑、墓誌);

① 孫八洲《申緯詩文學研究》,民族出版社,1996,第 1 頁。

② 祁慶富《朝鮮詩選校註》,遼寧民族出版社,1999,第 46 頁。

㈤年譜(指明出處,内容從略);

㈥序跋(序、後序、跋、題後、後識);

㈦詩話筆記(《破閒集》、《寄齋雜記》等)。

所謂"考",是指對材料的考證取捨。由於詩人衆多,年代久遠,記錄者觀點不一,很多材料相互矛盾齟齬。筆者盡量通過仔細考辨,取其優勝者錄之。限於篇幅,考證過程從略。但最後取錄的材料仍會有一定出入,其原因頗為複雜。有文體方面的原因,如傳狀碑誌往往是傳主和逝者的家屬倩人所為,大多有褒無貶,難免諛墓之譏,不如正史公允,但此類文字往往記述詳細,是其優長。如洪瑞鳳,《朝鮮仁祖實錄》卷四六載:"二十三年八月丁亥。左議政洪瑞鳳卒。瑞鳳爲人聰敏穎秀,長於詞藻,爲儕流所推。癸亥反正,參靖社勳,長兩銓,典文衡,及爲相無所建明。穆陵之變,附會欺誣,秉銓之日,頗通賂遺,人以是短之。"而《行狀》則為其辯白:

丙子擢拜議政府右議政,仍兼仁烈王后山陵摠護使,俄陞左議政。夏,司諫趙絅上章,誣公以受人賂馬。其說無根,上疑之,令政院詰問其言誰所受。絅不肯首,因亂舉他事,詆公益甚,皆捃摭無其實。上愈疑之,欲下絅吏,詢于諸大臣。北渚金公及仙源金公尚容以謂:"臺諫雖重,不過與宰相等耳。今絅所陳大臣事,非細故,不可不究覈處之。"於是上遂下吏問之。時公因絅言,出在江上,陳章待罪。聞絅之就獄,上疏言:"絅之不爲的指言根,亦守自己體面。國家二百年待臺諫之道,緣臣取謗而壞了。後雖有可言之事,言官以敢言爲戒,緘口而已。則非國家之福也。"言者亦多以拿問臺官爲未安,事得已。蓋絅之爲銓郎,公有所不韙者。及其薦中書,公又顯言斥之。絅聞而銜之,乃誣公如此。

即使正史,也由於朝鮮有二百年黨爭之弊,是此非彼,互相攻訐,朝鮮王朝的《實錄》與《修訂實錄》作者一易其手,對傳主的評價就大相軒輊。如對成渾的記載就截然相反:

《朝鮮宣祖實錄》卷一〇一:三十一年六月庚申。前贊成事成渾卒。(早有隱士之名,而晚醉功名。至於己丑之變,不救李潑、李潔、白惟讓之獄,又坐視崔永慶之死而不救,一時之人皆惡之,以其與奸澈同惡故也。嗚呼惜哉!)

《朝鮮宣祖修正實錄》卷三二:三十一年六月甲寅。前議政府右參贊成渾卒。渾,字浩原,守琛之子也。守琛有高世之操,隱居講道,世稱聽松先生。渾天分甚高,德器早成。自童幼時,服膺庭訓。又嘗尊慕李滉而私淑焉。其爲學以考亭爲準則,講明踐履,交致其功,而于本源之地尤慥慥焉。與李珥論四端七情、理氣先後之說，往復累十萬言，多有儒先所未發者。李珥嘗稱曰"若論見解所到，吾差有寸長。操履敦確，吾所不及"云。初以學行被薦，屢以職召，皆不就。上眷遇愈重，召之不已。渾力辭不獲，雖間或赴都，恒無久意。歷計立朝日月，不滿一歲。壬辰之亂，爲李弘老所構陷。上眷寢衰，遂不復赴召。至是，卒於坡山舊居。學者稱爲牛溪先生。

誠如《朝鮮仁祖實錄》卷四八所言："宣廟朝《實錄》出於賊臣自獻、爾瞻等之手，是非舛謬，無可考信。（李）植白上設廳，裒取野史及諸士夫家藏雜記而修正之，將別爲一帙。未就而卒，人皆惜之。"於此類情況，筆者則兩錄之，讀者亦不難尋繹其端倪。

在體例方面，本書以南龍翼《箕雅目錄》所載詩人先後爲序，每人之下先以黑體字迻錄《箕雅目錄》原有之字號籍貫仕履，並校正其訛誤衍脱（底本脱字以空心方框"□"標識，後以方括號標識正字。訛字後以方括號標識正字。訛字與正字字數不一者，訛字以圓括號標識，正字以方括號標識）；次列詩人本事；最後簡要概述詩人生卒年、字號謚號、詩歌存世狀況、詩歌特點及《箕雅》收詩統計，以【按：】標識之。

又，本書於2009年元月完成初稿，蒙孫昌武、李劍國、陳洪三位先生推薦，有幸獲得當年全國哲學社會科學規劃辦公室提供的"國家社會科學基金後期資助"，纔使這部近一百多萬字的學術著作得以順利出版。在此謹致謝忱。

由於筆者水平所限，不當與不足之處，尚祈中外專家學者不吝賜教。

趙　季

2011年3月於南開大學範孫樓206室

《箕雅》五百詩人本事輯考

新羅

崔致遠　　字孤雲。十二入唐，僖宗乾符元年登第，爲高駢從事。後東還，拜翰林學士。晚年入伽倻山終焉。謚文昌侯，配享文廟。

《三國史記》卷四六：崔致遠，字孤雲，王京沙良部人也。史傳泯滅，不知其世系。致遠少精敏好學，至年十二，將隨海舶入唐求學，其父謂曰："十年不第，即非吾子也。行矣，勉之。"致遠至唐，追師學問無怠。乾符元年甲午，禮部侍郎裴瓚下一舉及第，調授宣州溧水縣尉，考績爲承務郎侍御史内供奉，賜紫金魚袋。時黄巢叛，高駢爲諸道行營兵馬都統以討之，辟致遠爲從事，以委書記之任，其表狀書啓傳之至今。及年二十八歲，有歸寧之志。僖宗知之，光啓元年使將詔來聘，留爲侍讀兼翰林學士守兵部侍郎知瑞書監。致遠自以西學多所得，及來將行己志，而衰季多疑忌不能容，出爲大山郡太守。唐昭宗景福二年，納旌節使兵部侍郎金處晦没於海，即差榅城郡太守金峻爲告奏使。時致遠爲富城郡太守，袛招爲賀正使。以比歲饑荒，因之盜賊交午，道梗不果行。其後致遠亦嘗奉使如唐，但不知其歲月耳。故其文集中有上大師侍中狀云："伏聞東海之外有三國，其名馬韓、卞韓、辰韓。馬韓則高麗，卞韓則百濟，辰韓則新羅也。高麗、百濟全盛之時，強兵百萬，南侵吴越，北撓幽燕齊魯，爲中國巨蠹。隋皇失馭，由於征遼。貞觀中我唐太宗皇帝親統六軍渡海，恭行天罰。高麗畏威請和，文皇受降回蹕。此際我武烈大王請以犬馬之誠，助定一方之難。入唐朝謁，自此而始。後以高麗、百濟踵前造惡，武烈王朝請爲鄉導。至高宗皇帝顯慶五年，敕蘇定方統十道強兵，樓船萬隻，大破百濟。乃於其地置扶餘都護府，招緝遺氓，蒞以漢官。以臭味不同，屢聞離叛。遂徙其人于河南。總章元年命英公徐勣破高句麗，置安東都護府。至儀鳳三年，徙其人于河南隴右。高句麗殘孽類聚，北依太白山下，國號爲渤海。開元二十年，怨恨天朝，將兵掩襲登州，殺刺史韋俊。於是明皇帝大怒，命內史高品、何行成、太僕卿金思蘭發兵過海攻討，仍就加我王金某爲正大尉持節充寧海軍事雞林大都督。以冬深雪厚，蕃漢苦寒，敕命回軍。至今三百餘年，一方無事，滄海晏然，此乃我武烈大王之功也。今某儒門末學，海外凡才，謬奉表章，來朝樂土。凡有誠懇，禮合披陳。伏見元和十二年，本國王子金張廉風飄至明州下岸，浙東某官發送入京。中和二年，入朝使金直諒爲叛臣作亂，道路不通，遂于楚州下岸，迤邐至楊州，得知聖駕幸蜀。高太尉差都頭張儉監押送至西川。已前事例分明，伏乞大師侍中俯降臺恩，特賜水陸券牒，令所在供給舟船熟食及長行驢馬草料，並差軍將監送至駕前。"此所謂大師侍中姓名亦不可知也。致遠自西侍大唐，東歸故國，皆遭亂世，迍邅蹇連，動輒得咎。自傷不遇，無復仕進意。逍遙自放山林之下，江海之濱，營臺榭植松竹，枕藉書史，嘯詠風月。若慶州南山、剛州冰山、陜州清凉寺、智異山雙溪寺、合浦縣別墅，此皆遊焉之所。最後帶家隱伽耶山海印寺，與母兄浮圖賢俊及定玄師結爲道友，棲遲偃仰，以終老焉。始西遊時，與江東詩人羅隱相知，隱負才自高，不輕許可人，示致遠所製歌詩五軸。又與同年顧雲友善，將歸，顧雲以詩送別，略曰："我聞海上三金鼇，金鼇頭戴山高高。山之上兮珠宮貝闕黃金殿，山之下兮千里萬里之洪濤。旁邊一點雞林碧，鼇山孕秀生奇特。十二乘船渡海來，文章感動中華國。十八橫行戰詞苑，一箭射破金門策。"《新唐書·藝文志》云："崔致遠《四六集》一卷，《桂苑筆耕》二十卷。"注云："崔致遠，高麗人。賓貢及第，爲高駢從事。"其聞名上國如此。又有文集三十卷行於世。初，我太祖作興，致遠知非常人，必受命開國。因致書問，有"雞林黃葉，鵠嶺青松"之句。其門人等至國初來朝，仕至達官者非一。顯宗在位，爲致遠密贊祖業，功不可忘，下教贈內史令。至十四歲太平二年壬戌五月，贈謚文昌侯。

《海東繹史》卷六七：《雙女墳記》：雞林人崔致遠，唐乾符中補溧水尉。嘗憩於招賢館，前岡有塚，號曰"雙女墳"。詢其事蹟，莫有知者。因爲詩以吊之。是夜，感二女至，稱謝曰："兒本宣城郡開化縣馬陽鄉張氏二女，少親筆硯，長負才情。不意爲父母匹于鹽商小豎，以此憤恨而終。天寶六年，同葬於此。"宴語至曉而别。在溧水縣南一百一十里。《六朝事蹟》按：崔致遠……始西遊時，與羅隱及同年顧雲友善。光啓元年，奉詔歸本國。雲以詩送之，……此詩載《三國史·本傳》，而《全唐詩》見漏。又《東文選》崔文昌《和張進士喬村居見寄》詩注云"喬字松年"，而《全唐詩小傳》不著喬字。

《孤雲集·序(盧相稷)》：世之論新羅者，於山必曰頭流、伽倻、清凉，于水必曰東溟、東洛，於人必曰文昌崔先生。蓋國之爲國，有名山名川名人，而後可以擅地靈而彰皇猷也，之三者亦相須而成其美也。得名山川鍾毓之厚而先生生焉，先生之于名山川不能無意焉。然非先生自爲，天爲之也。使先生終有遇于唐，則先生爲唐人而止。又使有遇于羅，則先生之跡不暇遍於名山川也。未弱冠而射策金門，廿三歲而筆挫浙賊，天子賜以魚袋，天下誦其文章。方是時，世皆知爲唐之孤雲，豈圖復尋其懸弧之國哉？先生已知幾，不欲居亂邦，乃于銀河列宿之年，作爲奉詔錦還之人。羅之幸福大矣。然羅，褊邦也。豈能容四海第一人物？疑忌者漸朋興焉。先生所以再不遇也。雖然，吾不以先生之不遇爲恨，而悼其遭值之不辰也。唐之興，歷十九帝而碭山之俘虜承寵。羅之三姓，傳四十九王而菩提之堂斧薦起，淫恣之女弟當阼。豈先生隻手所能持扶哉？既不能安於朝廷，則海雲、臨鏡、月影足以紓孤臣憤懣之懷，頭流巖門示廣濟之志，清凉棋板觀勝敗之數，伽倻流水聾是非之聲。於是而知先生之不幸，爲山川之遭遇也。歷年既久，聲徽頗湮，人但以影響自揣。以黃葉青松，謂爲麗王上書。麗之後王亦謂之密贊祖業，躋之聖廡。若然，洪、裴、申、卜四功臣，當先于先生矣。從祀，大禮也。非王自專，而群臣之議有定。至麗祀羅賢，微先生無以當之。先生實東方初頭出之文學也。三千里內禮義之俗，先生實倡發焉。人或以先生文句往往有梵語爲疵。然俗之所尚，聖人或不免焉，獵較是也，先生豈真佞佛者哉？先生之學以四術《六經》仁爲本孝爲先爲宗旨，辨沈約"孔發其端，釋窮其致"之語則曰："佛語心法，玄之又玄。終類繫風，影難行捕。"限老佛之爲異道則曰："麟聖依仁乃據德，鹿仙知白能守黑。更迎佛日辨空色，教門從此分階墄。"擯子房從赤松之說則曰："假學仙有始終，果能白日上升去，止得爲鶴背上幻軀。"以此三言而推之，先生之所願，學孔子也。所棲而與緇流相混者，高盾之術也。一朝早起，林間遺屨者，示不復生在人間而已。寧有他哉？佔畢先生"世上但云屍解去，那知馬鬣在空山"之句，足以破千古之惑也。先生著《經學隊仗》一書，發明性理，暗先相孚于宋儒之論。而俗皆不嗜，故先生亦不屑以示人。麗之時誦佛益甚。不但不讀《隊仗》，亦鮮讀先生詩文。惟《四山碑銘》一卷播在四方，於此而求彷佛焉。故人不知真孤雲先生矣。至我朝，濯纓發執杖屨之願，愼齋歎倡文學之功，李子許西嶽之設，猶未見《隊仗》，此則先生之又不遇於堯夫也。餘人之紛紜雌黃，尚不息於佛銘。而實不知衛道辟異之功在佛銘之中也。昌黎爲太顛留衣，而佛骨之表猶爲萬古昌言；先生爲佛作銘，而斥佛之意闇然而章焉。後孫國述君，積年搜求遺文，而出貨以付剞劂者，欲令世之人知先生之爲佛作銘，皆所以恭承君命而以寓諷諫之義也。優遊山澤，終身不返，非欲與勝區相遇，惟恐忝跡于王氏之朝，始與麋鹿爲友，竟鴻飛於冥冥也。《桂苑筆耕》、《經學隊仗》已各爲一書而刊佈,《四六集》無以求。此卷所載,草草如此,後學之所共恨也。丙寅六月下浣,後學光州盧相稷謹書。

《孤雲集·孤雲先生文集編輯序(崔國述)》:伏惟我孤雲先生,東國文學之祖也。幼而北學,早登魁第,而天下之士莫敢爭先,蓋其才德間世一人而已。宜黼黻皇猷,經緯宇宙,以續三代不傳之緒。而適值宦寺執內,藩鎮擅外,非復有行道之望於中土,乃還歸本國,時王甚敬重之,若將與有爲於治。天運否塞,王又晏駕。况國俗重佛教,而不知有儒道。進不能容,退無可施之地,遂放於山水而終。尼父之浮海,孟氏之不得而退,是豈盡本旨也哉。噫!生於千載之後,欲求彷佛乎千載之上,則非文無以爲徵。世或以綺麗短先生,撰佛詆先生。然晚唐文法自有定制,凡百需用非四六則不得行,此其所以不可不從也。且當羅季,所與促膝接吻無非法家流,而君有重命,力辭不獲,則竟安得不作佛文?猶眷眷以儒自明,而內懷憂懼,兼陳諷諫之語,讀之者亦當想其時而見其志,不可泥於言而疑其非古也。若求古言於今人之作,則補《華黍》續《湯征》,果皆能無媿於本經耶?與其有意古作而不得古,不若因用時語而寧不失古人之義。觀夫檄黃巢而使之歸化,功不下于格苗、征葛之誓;贈樂官而與之垂淚,悲更多於《黍離》、《麥秀》之歌。年代曆則象日月之遺典,輿地說則導山水之餘謨。語王者之德而先以仁孝,請學生之業而惟曰禮樂。此乃先生之得于中者,皆古聖人傳授心法也。其著于文而嘉惠後人必不爲不多。世代寢遠,存者無幾,從何而可徵先生之道歟?今所傳者,只有《桂耕集》、《經學隊仗》,其他若干則散出無紀,不便讀閱。余乃搜拾于樂府、文選、野史、僧傳,僅得三編二卷,竊歎耳目之不能多及也。幸有博雅君子,不惜廣采而備悉之。則不但爲此役之光,其於尊賢慕道之地,不覺深賀萬萬云爾。時旃蒙赤奮若林鐘月金藏之日,後孫國述謹書。

《破閑集》:文昌公崔致遠字孤雲,以賓貢入中朝擢第,游高駢幕府。時天下雲擾,簡檄皆出其手。及還鄉,同年顧雲賦《孤雲篇》以送之云:“因風離海上,伴月到人間。徘徊不可住,漠漠又東還。”公亦自敍云:“巫峽重峰之歲,絲入中華;銀河列宿之年,錦還故國。”預知我太祖龍興,獻書自達。然灰心仕宦,卜隱伽倻山。一旦早起出戶,莫知其所歸。遺冠履于林間,蓋上賓也。寺僧以其日薦冥禧,公雲髯玉頰,常有白雲蔭其上。寫真留讀書堂,至今尚存。自讀書堂至洞口武陵樓幾十里,丹崖碧嶺,松檜蒼蒼,風水相激,自然有金石之聲。公嘗題一絕,醉墨超逸。過者皆之曰“崔公題詩石”。其詩曰:“狂奔疊石吼重巒,人語難分咫尺間。常恐是非聲到耳,故教流水盡籠山。”

《白云小說》:崔致遠孤雲有破天荒之大功,故東方學者皆以爲宗。其所著《琵琶行》一首載于《唐音·遺響》,而錄以無名氏。後之疑信未定,或以"洞庭月落孤雲歸"之句,證爲致遠之作,然亦未可以此爲斷案。如《黄巢檄》一篇雖不載於史籍,巢讀至"不惟天下之人皆思顯戮,抑亦地中之鬼已議陰誅",不覺下床而屈。如非泣鬼驚風之手何能至此!然其詩不甚高,豈其入中國,在於晚唐後故歟?

按《唐書·藝文志》載崔致遠《四六》一卷,又刊《桂苑筆耕》十卷。余未嘗不嘉其中國之廣蕩無外,不以外國人爲之輕重,而既載于史,又令文集行於世。然於《文藝》列傳不爲致遠特立其傳,余未知其意也。若以爲其事蹟不足於立傳,則致遠十二渡海入唐遊學,一舉中甲科及第,遂爲高駢從事,檄黄巢,黄巢氣沮,後官至道統巡官侍御史。及將還本國也,同年顧雲贈《儒仙歌》,其一句曰"十二乘船渡海來,文章感動中華國"。其自敘亦云:"巫峽重峰之歲,絲入中華;銀河列宿之年,錦還東國。"蓋言十二而入唐,二十八而東還也。其跡章章如此,以之立傳,則固與《藝文》所載沈佺期、柳並、崔元翰、李頻輩之半紙列傳有間矣。若以外國人,則已見於《志》矣,又于《藩鎮虎勇》,則李正己、黑齒常之等皆高麗人也,各列其傳,書其事備矣。奈何於《文藝》,獨不爲致遠立其傳耶?余以私意揣之,古之人于文章不得不嫌忌,况致遠以外國孤蹤入中朝,躪踏當時名輩,若立傳直其筆,恐涉其嫌,故略之歟?是余所未知者也。

《補閑集》:金海府黄山江,沿流而下六七里,蒼崖斗起,兩峰夾江,有煙村十餘戶,皆竹籬茅舍如在畫圖中。唐侍御史崔致遠嘗累石爲臺,名曰"臨鏡"。題詩石壁曰:"煙巒簇簇水溶溶,鏡裏人家對碧峰。何處孤帆飽風去,瞥然飛鳥杳無縱。"歲久臺壞,壁書漫滅,後人移書于黄山樓,所矚物象與詩反。如縣額州榜,何其背矣。公凡所留詠,率不過絶句一首,就中嘉景無不破的,故過客見之,吟玩不足。寄贈亦多絶句,清婉可愛,如《贈檜谷獨居僧》云:"除却松風耳不喧,結茅深倚白雲根。世人知路應翻恨,石上莓苔汙屐痕。"

《太平通載》卷六八《崔致遠》:崔致遠字孤雲,年十二西學于唐。乾符甲午,學士裴瓚掌試,一舉登魁科,調授溧水縣尉。嘗遊縣南界招賢館,館前岡有古塚,號雙女墳,古今名賢遊覽之所。致遠題詩石門曰:"誰家二女此遺墳,寂寂泉扃幾怨春?形影空留溪畔月,姓名難問塚頭塵。芳情倘許通幽夢,永夜何妨慰旅人。孤館若逢雲雨會,與君繼賦洛川神。"題罷到館,是時月白風清,杖藜徐步,忽睹一女,姿容綽約,手操紅袋就前曰:"八娘子、九娘子傳語秀才,朝來特勞玉趾,兼賜瓊章。各有酬答,謹令奉呈。"公回顧驚惶,再問:"何姓娘子?"女曰:"朝間拂石題詩處,即二娘所居也。"公乃悟。

見第一袋是八娘子奉酬秀才,其詞曰:"幽魂離恨寄孤墳,桃臉柳眉猶帶春。鶴駕難尋三島路,鳳釵空墮九泉塵。當時在世長羞客,今日含嬌未識人。深愧詩詞知妾意,一回延首一傷神。"次見第二袋,是九娘子。其詞曰:"往來誰顧路傍墳,鸞鏡鴛衾盡惹塵。一死一生天上命,花開花落世間春。每希秦女能抛俗,不學任姬愛媚人。欲薦襄王雲雨夢,千思萬憶損精神。"又書於後幅曰:"莫怪藏名姓,孤魂畏俗人。欲將心事說,能許暫相親?"公既見芳詞,頗有喜色,乃問其女名字,曰"翠襟"。公悦而挑之,翠襟怒曰:"秀才合與回書,空欲累人。"致遠乃作詩付翠襟曰:"偶把狂詞題古墳,豈期仙女問風塵。翠襟猶帶瓊花豔,紅袖應含玉樹春。偏隱姓名寄俗客,巧載文字惱詩人。斷腸唯願陪歡笑,祝禱千靈與萬神。"繼書末幅云:"青鳥無端報事由,暫時相憶淚雙流。今宵若不逢仙質,判却殘生入地求。"翠襟得詩還,迅如飆逝。致遠獨立哀吟,久無來耗,乃詠短歌。向畢,香氣忽來,良久,二女齊至,正是:一雙明玉,兩朵瑞蓮。致遠驚喜如夢,拜云:"致遠海島微生,風塵末吏,豈期仙侶猥顧風流?輒有戲言,便垂芳躅。"二女微笑無言。致遠作詩曰:"芳宵幸得暫相親,何事無言對暮春。將謂得知秦室婦,不知元是息夫人。"於是紫裙者恚曰:"始欲笑言,便蒙輕蔑。息嬀曾從二婿,賤妾未事一夫。"公言:"夫人不言,言必有中。"二女皆笑。致遠乃問曰:"娘子居在何方?族序是誰?"紫裙者隕淚曰:"兒與小妹,溧水縣楚城鄉張氏之二女也。先父不爲縣吏,獨佔鄉豪,富似銅山,侈同金谷。及姊年十八,妹年十六,父母論嫁。阿奴則訂婚鹽商,小妹則許嫁茗賈。姊妹每說移天,未滿於心,鬱結難伸,遽至夭亡。所冀仁賢,勿萌猜嫌。"致遠曰:"玉音昭然,豈有猜慮。"乃問二女:"寄墳已久,去館非遙。如有英雄相遇,何以示現美談。"紅袖者曰:"往來者皆是鄙夫,今幸遇秀才,氣秀鼇山,可與談玄玄之理。"致遠將進酒,謂二女曰:"不知俗中之味,可獻物外之人乎?"紫裙者曰:"不餐不飲,無饑無渴,然幸接瑰姿,得逢瓊液,豈敢辭違?"於是飲酒,各賦詩,皆是清絕不世之句。是時明月如晝,清風似秋,其姊改令曰:"便將月爲題,以風爲韻。"於是致遠作起聯曰:"金波滿目泛長空,千里愁心處處同。"八娘曰:"輪影動無迷舊路,桂花開不待春風。"九娘曰:"圓輝漸皎三更外,離思偏傷一望中。"致遠曰:"練色舒時分錦帳,珪模映處透珠櫳。"八娘曰:"人間遠別腸堪斷,泉下孤眠恨莫窮。"九娘曰:"每羨嫦娥多計較,能抛香閣到仙宫。"公歎訝尤甚,乃曰:"此時無笙歌奏於前,能事未能畢矣。"於是紅袖乃顧婢翠襟而謂致遠曰:"絲不如竹,竹不如肉,此婢善歌。"乃命《訴衷情》詞,翠襟斂袵一歌,清雅絕世。於是三人半酣,致遠乃挑二女曰:"嘗聞盧充逐獵,忽遇良姻;阮肇尋仙,得逢嘉配。芳情若許,姻好可成。"二女皆諾曰:"虞帝爲君,雙雙在御;周良作將,兩兩相隨。彼昔猶然,今胡不爾?”致遠喜出望外,乃相與排三淨枕,展一新衾,三人同衾,繾綣之情,不可具談。致遠戲二女曰:“不向閨中,作黄公之子婿;翻來塚側,夾陳氏之女奴。未測何緣,得逢此會?”女兄作詩曰:“聞語知君不是賢,應緣慣與女奴眠。”弟應聲續尾曰:“無端嫁得風狂漢,強被輕言辱地仙。”公答爲詩曰:“五百年來始遇賢,且歡今夜得雙眠。芳心莫怪親狂客,曾向春風占謫仙。”小頃,月落雞鳴,二女皆驚,謂公曰:“樂極悲來,離長會促。是人世貴賤同傷,况乃存沒異途,升沈殊路?每慚白晝,虚擲芳時。只應拜一夜之歡,從此作千年之恨。始喜同衾之有幸,遽嗟破鏡之無期。”二女各贈詩曰:“星斗初回更漏闌,欲言離緒淚闌干。從兹更結千年恨,無計重尋五夜歡。”又曰:“斜月照窗紅臉冷,曉風飄袖翠眉攢。辭君步步偏腸斷,雨散人歸入夢難。”致遠見詩,不覺垂淚。二女謂致遠曰:“倘或他時重經此處,修掃荒塚。”言訖即滅。明旦,致遠歸塚邊,彷徨嘯詠,感歎尤甚。作長歌自慰曰:“草暗塵昏雙女墳,古來名跡竟誰聞?唯傷廣野千秋月,空鎖巫山兩片雲。自恨雄才爲遠吏,偶來孤館尋幽邃。戲將詞句向門題,感得仙姿侵夜至。紅錦袖,紫羅裙,坐來蘭麝逼人薰。翠眉丹頰皆超俗,飲態詩情又出群。對殘花,傾美酒,雙雙妙舞呈纖手。狂心已亂不知羞,芳意試看相許否?美人顔色久低迷,半含笑態半含啼。面熱自然心似火,臉紅寧假醉如泥?歌豔詞,打歡合,芳宵良會應前定。才聞謝女啓清談,又見班姬抽雅詠。情深意密始求親,正是豔陽桃李辰。明月倍添衾枕恩,香風偏惹綺羅身。綺羅身,衾枕恩,幽歡未已離愁至。數聲餘歌斷孤魂,一點殘燈照雙淚。曉天鸞鶴各西東,獨坐思量疑夢中。沈思疑夢又非夢,愁對朝雲歸碧空。馬長嘶,望行路,狂生猶再尋遺墓。不逢羅襪步芳塵,但見花枝泣朝露。腸欲斷,首頻回,泉戶寂寥誰爲開?頓轡望時無限淚,垂鞭吟處有餘哀。暮春風,暮春日,柳花撩亂迎風疾。常將旅思怨韶光,况是離情念芳質。人間事,愁殺人,始聞達路又迷津。草沒銅臺千古恨,花開金谷一朝春。阮肇劉晨是凡物,秦皇漢帝非仙骨。當時嘉會杳難追,後代遺名徒可悲。悠然來,忽然去,是知風雨無常主。我來此地逢雙女,遙似襄王夢雲雨。大丈夫,大丈夫,壯氣須除兒女恨,莫將心事戀妖狐。”後致遠擢第東還,路上歌詩云:“浮世榮華夢中夢,白雲深處好安身。”乃退而長往,尋僧于山林江海,結小齋,築石臺,耽玩文書,嘯詠風月,逍遙偃仰於其間。南山清凉寺、合浦縣月影臺、智理山雙溪寺、石南寺、墨泉石臺,種牧丹至今猶存,皆其遊歷也。最後隱於伽倻山海印寺,與兄大德賢俊、南嶽師定玄,探賾經論,遊心冲漠,以終老焉。

《筆苑雜記》:崔文昌侯致遠入唐登第,從高駢伐黄巢,其檄巢曰:“非特天下之人皆思顯戮,抑亦地中之鬼已議陰誅。”巢讀至於此,不覺下床。因此名聞天下。今《桂苑筆耕》多有不解處,恐當時氣習如此。或東方文體未能如古也。新羅之文傳於今者絕無,只有元曉、薛聰所著一二篇而已。余曾見新羅王獻唐《織錦五言古詩》、高句麗乙支文德《贈于仲文》五言四句,皆精到。當時能文之士不爲不多矣,而今無所傳丁萬一。惜哉!

東還之後,其遭遇設施,未有所考。或云,時適世亂,隱於伽倻山海印寺,與緇流遊燕。公所築瀛洲等三山、紅流洞、鳳下石、書巖遺跡,至今宛然。不知所終,世稱仙去。按唐僖宗十二年乙巳,新羅憲康王十一年,致遠自唐捧帝詔還。越十年甲寅,真聖王八年,致遠進時務十餘條,王嘉納之。時後百濟甄萱拒完山叛,已三年矣。越二十五年戊寅,高麗太祖王建立。越十年丁亥,甄萱入新羅弑王。則致遠年方七十,不至衰耗。而其出處無所考,可疑也。

《稗官雜記》:嘉靖辛丑歲余隨賀節使赴燕,適武宗皇后崩,本國人員亦隨班朝暮哭臨。一日尚早,假坐於社門之外,中朝之官多來坐。隙宇有一吏謂譯士洪謙曰:“子能賦詩呼?”謙曰:“昨夜小雨,客懷無聊,偶成一絕。”吏求見甚懇,謙書崔孤雲詩以示曰:“秋風唯苦吟,世路少知音。窗外三更雨,燈前萬里心。”吏持去以示其官。於是爭遣吏傳寫。填咽良久,至有持茶果來慰者,最後一人手紙筆給謙曰:“子其再賦。”謙指余曰:“彼亦能詩,其往索之。”遂求于余。余書紙曰:“雕蟲篆刻本非丈夫事,況遭國哀,豈吟風詠月時乎? 無已,則有路上行紀,當以其中一絕句相示。”其人曰:“幸甚。”乃寫《到湯站送人東還》詩曰:“松鶻山前路,君東我馬西。欲題家信去,臨紙意還迷。”遂相顧傳寫如初,指“豈吟風詠月時”之語,歎曰:“真知禮之國也。”

《清江詩話》:金慕齋以宣慰送日本使硼中,慕齋書崔孤雲“沙汀立馬待回舟,一帶煙波萬古愁。直得山平兼水竭,人間離別始應休”一絕曰:“此吾少時送友之作也。”硼中笑曰:“氣骨非宣慰所述。”慕齋嘆服。

《松窩雜說》:世傳有人題一絕於人之門壁而過者。其詩云:“我是新羅末葉人,年將八百又三春。行忙雨濕歸程遠,不與高門談笑因。”人言崔孤雲作地仙入伽倻山,至今猶存生,必孤雲之詩也。以余觀之,大葩奎英之灑落,必不如是之朽俗,況孤雲之至今猶存,固未可信也。是不過狂童之戲吟矣。

《惺叟詩話》:崔孤雲學士之詩在唐末,亦鄭谷、韓偓之流,率佻淺不厚。唯“秋風唯苦吟,世路少知音。窗外三更雨,燈前萬里心”一絕最好。又一聯“遠樹參差江畔路,寒雲零落馬前峰”亦佳。

《小華詩評》:我東之通中國遠自檀君箕子,而文獻蓋蔑蔑。隋唐以來,始有作者如乙支文德之獻規仲文,新羅女王之織錦頌功。雖在簡冊,率皆寂寞,不足下乘。而至於唐侍御史崔致遠,文體大備,遂爲東方文學之祖。其《江南女》詩曰:"江南蕩風俗,養女嬌且憐。性冶恥針線,妝成調急絃。所學非雅音,多被春心牽。自謂芳華色,長占豔陽天。却笑鄰舍女,終朝弄機杼。機杼終老身,羅衣不到汝。"佔畢齋金宗直云:"公仕于唐,此詩疑是見三吳女兒作。"余觀此詩,蓋有所感諷而作,非但詠三吳女兒也。辭極古雅,非後世人所可及。其所著詩文甚富,而屢遭兵燹,傳者絕少,良可惜也!

崔孤雲致遠《泛海》詩曰:"掛席浮滄海,長風萬里通。乘槎思漢使,采藥憶秦童。日月無何外,乾坤太極中。蓬萊看咫尺,吾且訪仙翁。"詞語宏肆。《贈智光上人》詩曰:"雲畔構精廬,安禪四紀餘。筇無出山步,筆絕入京書。竹架泉聲緊,松欞日影疎。境高吟不盡,瞑目悟真如。"句格精緻,且如《題輿地圖》一聯:"崑崙東走五山碧,星宿北流一水黃。"囊橐天下山水之祖宗,思意極其豪健,想此老胸中藏得幾個雲夢。

《東國詩話彙成》:芝峰云智異山有一老髡,於山石窟中得異書累帙,其中有孤雲所書詩一帖十六首,今逸其半。求禮倅閔君大倫得之,以贈芝峰。李晬光見其筆跡,則真孤雲筆,而詩亦奇古,其爲孤雲所作無疑,甚可珍也。詩曰:"東國花開洞,壺中別有天。仙人推玉枕,身世倏千年。"又:"萬壑雷聲起,千峰雨色新。山僧忘歲月,誰記葉開春。"又:"雨餘多竹色,移坐白雲開。寂寞因忘我,松風枕上來。"又:"春來花滿地,秋去葉飛天。至道離文字,原來在目前。"又:"澗月初生處,松風不動時。子規聲入耳,幽情自應知。"又:"擬說林泉興,何人識此機。無心見月色,默默坐忘歸。"又:"密旨何勞舌,江澄月影通。長風生萬壑,赤葉秋山空。"又:"松上青蘿結,澗中流白月。石泉吼一聲,萬壑多飛雪。"《蜀葵花》詩:"寂寞蕪園裏,繁花壓柔枝。香徑梅雨後,影帶麥風欹。車馬誰見賞,蜂蝶徒自窺。自慚生賤地,敢恨人棄遺。"崔拙翁云:"此公自況也。"

【按:崔致遠(857—?)字孤雲、海雲,慶州崔氏始祖。高麗時追封文昌侯,配享文廟。著有《桂苑筆耕》、《孤雲集》今傳。其詩絕句清婉可詠,律詩對仗工整,用典恰切,但不脫晚唐風習。崔致遠對韓國漢文學影響巨大,被尊爲韓國漢文學開山之祖。他也是第二位韓國在唐朝賓貢科進士及第者,韓國第一位有文集傳世者。《箕雅》收其五絕一首、七絕四首、五律二首、七律六首、五古一首。】

崔承祐　　唐昭宗景福二年入唐,登第。

《三國史記》卷四六:崔承祐以唐昭宗龍紀二年入唐,至景福二年,侍郎楊涉下及第。有《四六》五卷,自序爲《餬本集》。後爲甄萱作檄書移我太祖。

《五洲衍文長箋散稿·元曉、義相辨證説》:嘗考《海東傳道錄》,則“唐文宗唐文宗開成元年丙辰,新羅興德王十一年薨,僖康王元年也新羅人崔承祐、金可紀、僧慈惠三人遊學入唐。可紀先中進士,官華州參軍轉長安尉。承祐又中進士,官大理評事,相與遊終南。有天師申元之在廣法寺,慈惠適寓是寺,與申深相結知。崔、金二人因惠親申,每從遊。適鍾離將軍來,申托三人傳道,鍾離許之,授道書《青華祕文》、《靈寶畢法》、《金誥》、《入頭岳訣》、《內觀玉文寶籙》、《天遁鍊魔法》等書,且傳口訣。三年丹成,承祐從李德裕於西京兼鹽鐵判書數年。贊皇謫崖州,承祐致仕歸國,慈惠亦從之,可紀則不還。及返國,慈惠入五臺山,而承祐仕羅朝,官太尉,九十三卒。慈惠百四十五歲,入寂於太白山”云。然按李厚庵《東國榜眼》,“崔承祐唐昭宗景福二年癸丑新羅眞聖女主七年也楊涉榜”。則自唐文宗開成元年丙辰新羅僖康王元年也至唐昭宗景福二年癸丑新羅眞聖女主七年也爲五十八年,而唐則歷六朝文宗、武宗、宣宗、懿宗、僖宗、昭宗,新羅則歷九君興德王、僖康、閔哀、神武、文聖、憲安、景文、憲康、眞聖女主,竝九君也而始中第,從宦幾歲,致仕歸國則已經六七十年矣。是豈理也哉?

《五洲衍文長箋散稿·歷代詩集家數辨證説》:我東則自新羅,惟崔孤雲致遠及崔承祐二人有集。孤雲則《崔氏文集》三十卷,承祐則《餬本集》五卷而已。聞韶金烋《文獻錄》載之如是。然以李厚庵萬運《東國榜眼》考之,致遠、承祐外,有金雲卿、崔彥撝、金夷魚、金可紀、朴仁範、金文蔚、金渥凡七人入唐登第,則乃是詩人也,必有詩文集而無考。海東文獻無徵如此也。

【**按:**崔承祐(新羅孝恭王時人),新羅真聖女王四年(890)赴唐朝在國學學習三年,真聖女王七年(893)賓貢科及第。其歸國時間至早在899年,《送陳策先輩赴邠州幕》有“珠淚遠辭裴吏部”語,裴樞唐昭宗光化二年(899)任吏部侍郎,天復三年(903)任吏部尚書。即承祐在唐至少首尾十年。《東文選》卷一二載其七律一〇首,均爲在唐之作。其文章與崔致遠、崔彥撝並稱三崔。著有駢文《餬本集》。《東文選》卷一二載其七律一〇首,均爲在唐之作。其中有七首是與唐詩人曹松等唱酬送別之作,一首詠鏡湖(浙江紹興城西南)。其詩善用典實,對仗工穩。《箕雅》收其七律二首。】

朴仁範　　任為著作。

《三國史記》卷四六:朴仁範……雖僅有文字傳者,而史失行事,不得立傳。

《孤雲集·新羅王與唐江西高大夫湘狀》:伏遇大夫手提蜀秤,心照秦臺。作蟾桂之主人,顧鷄林之士子。特令朴仁範、金渥兩人雙飛鳳里,對躍龍門。許列青襟,同趨絳帳。不容醜虜有玷仙科。此實奉太宗逐惡之心,守宣尼擇善之旨。振嘉聲於鼇岫,浮喜氣於鯷溟。伏以朴仁範苦心爲詩,金渥克己復禮。獲窺樂鏡,共陟丘堂。自古已來,斯榮無比。

《桂苑筆耕集·新羅探候使朴仁範員外》:忽奉公狀,備睹忠誠。慰愜欽依,但增衷抱。員外芳含鷄樹,秀稟鼇山。來登天上之金牌,桂分高影;去陟日邊之粉署,蘭吐餘香。今者仰戀聖朝,遠銜王命。捧琛執贄,棧險航深。能獻款於表章,欲致誠於官守。

《東文選·白鷄山玉龍寺贈謚先覺國師碑銘》:(道詵)言訖跏而寂,時大唐光化元年三月十日也。……王乃命瑞書學士朴仁範爲碑文。

《白雲小說》:學士朴仁範《題涇州龍朔寺》詩云:"燈撼螢光明鳥道,梯回虹影落巖扃。"參政朴寅亮《題泗州龜山寺詩》云:"門前客棹洪波急,竹下僧棋白日閑。"我東之以詩鳴於中國,自三子始,文章之華國有如是夫!

【按:朴仁範(新羅憲康王王時人),唐朝賓貢科及第。據《登科記考》卷二三,高湘于乾符四年(877)九月知貢舉,朴仁範當于此榜登第。歸國任翰林學士、守禮部侍郎。憲康王九年(883),朴仁範嘗任新羅探候使入唐,赴西川拜見唐僖宗。《東文選》卷一二載其七律一〇首,均爲在唐之作。其中唱酬六首、登臨懷古四首。于歷史滄桑感喟良深。《箕雅》收其七律三首。】

崔匡裕　　入唐遊学。

《孤雲集·奏請宿衛學生還蕃狀》:新羅國當國,先具表奏宿衛習業學生四人。今錄年限已滿,伏請放還,謹錄姓名奏聞如後:金茂先、楊穎、崔渙、崔匡裕。……故臣亡父先臣贈太傅晸,遣陪臣試殿中監金僅充慶賀副使入朝之日,差發前件學生金茂先赴闕習業,兼充宿衛。其崔渙、崔匡裕二人,金僅面叩玉階,請留學問。聖恩允許,得廁黌中。今已限滿十年,威收二物。銜泥海燕久污雕樑,遵渚塞鴻宜還舊路。況乃國境尚多離亂,家親切待放歸。雖乖大成,輒具上請。靡慙窺豹之說,冀試搏螢之功。伏乞睿慈,俯徇故事,特賜宣付屬國所司,令準去文德元年放歸限滿學生大學博士金紹游等例,勒金茂先等并首領輩,隨賀正使級餐金穎船次還蕃。庶使駑馬成規,無辭十駕之役;割鷄新刃,聊呈一割之能。臣義重在三,情深勸百。冒犯宸扆,無任激切屏營之至。

【按:崔匡裕(新羅真聖王時人),據上崔致遠狀,匡裕於 878 年至 888 年頃在唐留學,當新羅憲康王至真聖王時代。其詩作頗佳,抒發懷念祖國之意頗濃,《東文選》卷一二載其七律一〇首,均爲在唐之作。其中九首爲寫景抒懷,可知其到過長安(《長安春日有感》)、商山(《商山路作》)、江南(《憶江南李處士居》),一首題《送鄉人及第還國》。《箕雅》收其七律三首。】

高麗

崔承老　　慶州人。成宗時爲正匡,官至守侍中。封清河侯。謚文貞。

《高麗史》卷九三:崔承老,慶州人。父殷含,仕新羅至元甫,久無嗣,禱而生承老。性聰敏好學,善屬文。年十二,太祖召見,使讀《論語》,甚嘉之,賜鹽盆,命隸元鳳省學生,賜鞍馬,例食二十碩。自是委以文柄。成宗元年,爲正匡行選官御事上柱國。時王求言,承老上書曰:"……"承老見王有志,而可與有爲,乃進此書,餘六條史逸。二年,轉門下侍郎平章事。上章辭,不允。七年,拜門下守侍中,封清河侯,食邑七百戶。累表乞致仕,皆不允。八年,卒,謚文貞,年六十三。王慟悼,下教褒其勳德,贈太師,賻布一千匹,面三百碩,粳米五百碩,乳香一百兩,腦原茶二百角,大茶一十斤。穆宗元年,配享成宗廟庭。德宗二年,加贈大匡內史令。子肅,肅子齊顔,事顯德靖文四朝,官至太師門下侍中。及疾篤,文宗親臨問疾,齊顔具服拜謝。翼日,卒。輟朝三日,謚順恭。制曰:"故侍中崔齊顔一子,雖年未及仕,可特受八品職,賜名繼勳,以示優眷。"宣宗三年,配享文宗廟庭。初,太祖信書訓要失于兵燹,齊顔得于崔沆家藏,以進,由是得傳於世。

《補閑集》:王輪寺三重子,其袖一囊篇來示予,乃光宗代侍中文貞公崔承老《禁中雜著》詩稿也。惜其國初文字,幸不湮沒到於今,取其中四韻絶句四首載之。《長生殿后百葉杜鵑花應制》云:"去年曾是滿朱欄,今日芳姿又一般。但願此花開萬轉,微臣長奉聖人歡。"……《百濟進白鵲贊》云:"皚皚雪色好飛鳴,來自江南僅十程。看爾羽毛偏潔朗,只應來瑞我時清。"《謝宣獎入唐文字兼頒內庫酒果》詩云:"多幸千年遇至尊,不才忝職在西垣。文章敢望同諸彥,寵渥須誇示後昆。銘感極來徒有淚,喜歡深處却無言。尋思報答終難得,但祝南山拜聖恩。"又有《重陽燕御製走筆頌美》詩,以此知光廟弄翰捷疾,煥乎有文。方其時,金虎不偃,未暇向學,而宸翰猶若是,况大平已久,世世君王當清燕之際,黄竹白雲之作不爲不多。然《補閑》所載,皆卿大夫高僧逸士所作,豈宜與天章同列而評,當別部收錄,卓其雲漢之瞻望。

《小華詩評》:凡寫詩意在言表,含蓄有餘爲佳,若語意呈露直說無蘊,則雖其詞藻宏麗侈靡,知詩者固不取矣。清河崔承老詩曰:“有田誰布穀,無酒可提壺。山鳥何心緒,逢春謾自呼。”辭語清絕,意味深長,頗得古人賦此之體。昔韓昌黎游城南作詩曰:“喚起窗全曙,催歸日未西。無心花裏鳥,更與盡情啼。”山谷云:“喚起、催歸,二鳥名,而若虚設,故後人多不覺耳。然實有微意。蓋窗已全曙,鳥方喚起,何其遲也。日猶未西,鳥已催歸,何其早也。二鳥無心,不知同遊者之意乎?更爲我盡情而啼,早喚起而遲催歸可也。”至是然後知昌黎之詩,有無窮之味而用意則精深也。布穀、提壺亦皆鳥名,清河此詩得韓法。

崔侍中承老《禁中新竹》詩曰:“錦籜初開粉節明,低臨輦路綠陰成。宸游何必將天樂,自有金風撼玉聲。”有諷諫音樂之意。

【按:崔承老(927—989),經太祖、惠宗、正宗、光宗、景宗、成宗諸朝,歷任要職,官至門下守侍中,封清河侯。任職期間所有奏請無不獲准,在整頓高麗初創期之中央集權體制中功勳卓著。其《上時務書》將五朝國王善惡得失分爲二十八條,尤負盛名。《東文選》卷一二載其七律一首《奉賀聖上受大尉册命初襲王封》,七絕一首《代人寄遠》。其詩大多爲應制讚頌之作,詞藻富麗。《箕雅》收其七絕一首。】

張延祐

《高麗史》卷九四:俞義與中樞院使張延祐建議奪京軍永業田,以充祿奉。武官頗懷不平,上將軍崔質又以邊功累拜武職,而不得爲文官,居常怏怏,遂與上將軍金訓、朴成、李協、李翔、李暹、石邦賢、崔可貞、恭文、林猛等以奪田激衆怒,誘諸衛軍士鼓噪,闌入禁中,縛俞義及延祐捶撻,垂死。詣閣中面訴云:“俞義等占奪我輩田,實謀自利,殊非公家之利。若截趾適屨禁四體,何諸軍洶洶不勝憤怨?請除國蠹,用快群情。”王重違衆志,除俞義、延祐名流配。……延祐,瀛洲尚質縣人。新羅末,父儒避亂吴越,後還國。光宗以解華語,累授客省。每中國使至,必使儒擯接之。張延祐長於吏事,以幹能稱。後以戶部尚書卒,贈尚書右僕射。

《高麗史》卷七一《志第二五·樂二》:《寒松亭》。世傳此歌書於瑟底,流至江南。江南人未解其詞,光宗朝國人張晉公奉使江南,江南人問之,晉公作詩解之曰:“月白寒松夜,波安鏡浦秋。哀鳴來又去,有信一沙鷗。”

《東國詩話彙成》:《箕雅》以爲張延祐詩,《勝覽》以張晉山詩記之,未解延祐即晉山之名否乎?

【按:張延祐(?—1015),顯宗二年(1011)契丹入侵時扈從顯宗避亂,遷中樞院使,官至戶部尚書。《東文選》卷一九及《箕雅》僅載其五絕一首

《寒松亭》。《寒松亭》本高麗樂府俗樂,“皆用俚語(指韓國語)”,張延祐譯爲漢詩,清新流利。】

崔　冲　　**字浩然。海州人。穆宗時登第,文宗時門下侍郎。時稱“海東孔子”。謚文憲。**

《高麗史》卷九五:崔冲字浩然,海州大寧郡人。風姿瑰偉,性操堅貞。少好學,善屬文。穆宗八年,擢甲科第一。顯宗時,累歷拾遺補闕、翰林學士、禮部侍郎、諫議大夫。德宗初,轉右散騎常侍、同知中樞院事。奏:“成宗時,内外諸司廳壁皆書《說苑》六正六邪之文,漢刺史六條之令。今世代已遠,宜更書揭之,使在位者知所飭勵。”從之。俄授刑部尚書、中樞使。靖宗朝,除尚書左僕射、参知政事,判西北路兵馬事。王命冲行邊境,拓定城池,賜衣遣之。冲置寧遠、平虜等鎮,及諸堡十四。還,升内史侍郎平章事加守司徒,修國史,上柱國,尋遷門下侍郎平章事。文宗即位,拜門下侍中,命考定律令書算,加守太保。四年,又加開府儀,同三司守太傅,賜推忠贊道功臣號。冲以侍中爲都兵馬使。奏:“去歲西北州鎮禾穀不登,百姓貧乏,男困徭役,女困徵糴。請修繕城池外,凡工役悉令禁斷。”從之。又奏:“東女真酋長鹽漢等八十六人累犯邊境,今勒留京館有日。夷狄人面獸心,不可以刑法懲,不可以仁義教。勒留既久,首丘之情必深忿怨,且供費甚多,請皆放還。”從之。明年,爲式目都監使,與内史侍郎王寵之等奏及第李申錫不錄氏族,不宜登朝。門下侍郎金元冲、判御史臺事金廷俊奏氏族不錄,乃其祖父之失,非申錫之罪,况積功翰墨,擢第簾前,身無痕咎,合列簪紳。制曰:“冲等所奏固是常典,然立賢無方,不宜執泥。”其依元冲等奏。七年,冲以年滿七旬乞歸。制曰:“侍中崔冲累代儒宗,三韓耆德。今雖請老,未忍允從,宜令攸司稽古典賜几杖視事。”復加推忠贊道協謀同德致理功臣、開府儀同三司守太師兼門下侍中上柱國致仕。尋加内史令,仍令致仕。冲聞王將遣使就第賜告身禮物,上章辭曰:“臣立朝以來未有輔佐,方耗齒衰,敢乞骸骨。坐屍優俸已荷殊私,今又蒙特下明綸,將降使于雲霄,俾及榮於閭里。循涯揆分,情所未安。招損害盈,臣之所懼。乞回成命,追寢新恩。”不允。遣内史侍郎平章事金元鼎、同知中樞院事王懋崇就第。賜詔曰:“……”後改内史門下省爲中書門下省,以冲爲中書令,致仕。冲雖居家,軍國大事悉就諮焉,累加推忠贊道佐理同德弘文懿儒保定康濟功臣號。二十二年卒,王遣太醫監李鹽下詔,吊其子惟善等曰:“……”顯宗以後,干戈才息,未遑文教。冲收召後進,教誨不倦,學徒坌集,填溢街巷,遂分九齋,曰樂聖、大中、誠明、敬業、造道、率性、進德、大和、待聘。謂之“侍中崔公徒”。凡應舉子弟,必先隸徒中學焉。每歲暑月,借歸法寺僧房爲夏課,擇徒中及第、學優未官者爲教導,授以九經三史。間或先進來過,刻燭賦詩,牓其次第,設小酌,童冠列左右奉樽俎,進退有儀,長幼有序,相與酬唱,及日暮,皆作《洛生詠》以罷,觀者莫不嘉歎。及卒,諡文憲。後凡赴舉者亦皆隸名九齋籍中,謂之"文憲公徒"。又有儒臣立徒者十一:弘文公徒,侍中鄭倍傑,一稱熊川徒;匡憲公徒,參政盧旦;南山徒,祭酒金尚賓;西園徒,僕射金無滯;文忠公徒,侍郎殷鼎良;愼公徒,平章金義珍,一云郎中朴明保;貞敬公徒,平章黃瑩;忠平公徒,柳監;貞憲公徒,侍郎文正;徐侍郎徒,徐碩;龜山徒,未知爲何人。世稱"十二徒"。冲徒爲最盛,東方學校之興蓋由冲始,時謂"海東孔子"。宣宗三年,配享靖宗廟庭。子惟善、惟吉。

《補閑集》:崔文憲公冲有二子,常戒之曰:"士以勢力進,鮮克有終。以文行達,乃爾有慶。吾幸以文行顯,誓以清愼終於世。"乃作《訓子孫文》傳之。中葉不謹,失其本。有二詩,其一曰:"家世無長物,唯傳至寶藏。文章爲錦繡,德行是珪璋。今日相分付,他年莫散忘。好支廊廟用,世世益興昌。"文憲公之孫中書令思諏,作《訓儉文》遺子平章溱,溱之孫持示予,今已三十餘年。但記"吾祖令公常用木器"八字,忘其餘。不知其卷子今誰傳之。

崔文憲公典試,所貢十四人,乙科三人。金無滯、李從現、洪德成,同拜尚書。李象廷、崔尚、崔有孚,相繼爲參政。金淑昌、金正、金良贄、吳學麟,並爲學士,世號"尚書榜"。大康九年癸亥同榜無達官,李資玄、郭輿,皆棄官爲處士,時號"處士榜"。有一滑稽僧戲舉子云:"須占尚書榜,休登處士科。"

侍中上柱國崔公,功名富貴之極,雅尚出塵,詩語清婉。忽一夕,風清月朗,松篁自籟,不覺吟一絕云:"滿庭月色無煙燭,入座山光不速賓。更有松絃彈譜外,只堪珍重未傳人。"公未當國時,丁未冬月,寓居加祚里別第夜坐,見林曹李諸子圍爐打話,書以示之云:"龍騰虎踞列穹豐,壯氣能銷鳳炭紅。莫向晨昏爭燕蝠,好將行止付天公。"立語神奇,措意清壯,有雄偉不常之韻。公之不與庸瑣爭,而受天命承襲大業,於此一聯可見矣。此皇天眷佑於未形,使公不自知而發此言耳,其金幢之夢亦何異也。公之第,十二樓臺珠翠森列,奇花異卉蒸紅曬綠,飄飄若登瑤臺望玉清,不可以耳目以狀容也。然此特侯邸尋常事,不足爲異。若靈泉流入于前池,怪鳥飛鳴於後峰。此必天公地媼別作溪山逸賞以供方外之樂也。越甲寅春夏之交,百花方盛,開瓊筵燕兩府,召集當時韻儒四十許人,刻燭賦月花。及歡酣,乃作詩示諸座客曰:"水閣風櫺苦見招,簿書叢裏度流年。朱櫻紫筍時將過,紅槿丹榴態亦妍。病久却嫌邀客飲，性慵偏喜聽鶯眠。良辰健日終難再，急趁花開做醉仙。”甲寅季夏，久雨不止。公乃作詩曰：“溽暑久歊蒸，陰雲雨不收。市窮喧野叟，江漲鬧漁舟。蚊蚋棲窗機，蝦蟆入灶廚。何時卷炎熱，斫額上層樓。”公之寒亭宜暑，高閣宜雨，似不識民間窮苦。今言暑雨甚悉，以至斫額上樓，其燮理經濟之心可見於此。

崔郎官仁全爲國博時，和同姓從弟見贈詩云：“先後龍頭三相國，聯翩麟閣四功臣。一門盛事傾千古，更有何人繼後塵？”蓋言文憲公以龍頭配饗靖廟爲功臣，其子文和公亦以龍頭配饗文廟，其孫中書令思諏配饗肅廟，玄孫平章事允儀配饗毅廟，仍孫平章事洪胤亦是龍門上客。其餘非龍頭而位宰相者十餘人，仁全亦文憲之孫也。

《芝峰類說》：前朝崔冲詩曰：“滿庭月色無煙燭，入座山光不速賓。更有松弦彈譜外，只堪珍重未傳人。”此詩世所稱佳，而但“未傳人”三字不妥。或言非崔冲，乃崔沆云。

《東國詩話彙成》：崔文憲公有二子，常戒之曰……又曰：“清儉銘諸己，文章繡一身。”

【按：崔冲（984—1068）字浩然，號惺齋、月圃、放晦齋，謚文憲。致仕後開創私學，培養人才極多，被推仰爲“海東孔子”，其弟子被稱爲“文憲公徒”。著有《崔文憲公遺稿》。《東文選》卷一二載其七律一首，卷一九載其七绝一首，詩語清婉。《箕雅》收其七絕一首。】

朴寅亮　**字代天，號小華。竹州人。文宗時入宋，肅宗時參知政事。謚文烈。**

《高麗史》卷九五：朴寅亮，字代天，竹州人，或云平州人。文宗朝登第，多所敭歷。遼嘗欲過鴨綠江爲界，設船橋，越東岸，置保州城。顯宗以來屢請罷，不聽。二十九年，遣使請之。寅亮修《陳情表》，曰：“普天之下，既莫非王土王臣；尺地之餘，何必曰我疆我理？”又曰：“歸汶陽之舊田，撫綏弊邑；回長沙之拙袖，抃舞昌辰。”遼王覽之，寢其事。累遷右副承宣，轉禮部侍郎。三十四年，與戶部尚書柳洪奉使如宋，至浙江遇颶風，幾覆舟。及至宋，計所貢方物失亡急半。帝敕王勿問，王乃釋洪等。有金覲者亦在是行，宋人見寅亮及覲所著尺牘、表狀、題詠，稱歎不置，至刊二人詩文，號《小華集》。歷翰林學士承旨，同知中樞府事。肅宗元年，以右僕射參知政事卒，謚文烈。寅亮文詞雅麗，南北朝告奏、表狀皆出其手。嘗撰《古今錄》十卷，藏秘府。

《海東繹史》卷六八：高麗，海外諸夷中最好學。祖宗以來，數有賓客貢士登第者。自天聖後十年,不通中國。熙寧四年,始復遣使修貢。因泉州黄慎者爲向道,將由四明登岸。比至,爲海風飄至通州,謝太守云:“望斗極而乘槎,初離下國;指桃源而迷路,誤到仙鄉。”詞甚切當,使臣御事民官侍郎金第(按:金第即金悌之訛,《宋史》是。《通考》作金梯亦誤)與行朴寅亮詩尤精。如《泗州龜山寺》詩云“門前客棹洪濤急,竹下僧棋白日閑”等句,中土人亦稱之。寅亮爲其國詞臣,以罪廢之,後與金第使中國。《澠水燕談》

張中爲明州象山尉,坐私與高麗人朴寅亮唱和詩,停官。《家世舊聞》

元豐三年,高麗入貢,有日本國車一乘。正使柳洪、副使朴寅亮先致意館伴官曰:“諸侯不貢車服,誠知非禮。但本國欲中朝略見日本工拙爾。”詔特許。《石林燕語》

按:寅亮文宗朝登科,熙寧及元豐再使中國,《麗史》自有傳。

《補閑集》:朴參政寅亮奉使入中朝,所至皆留詩。《金山寺》云:“巉巖怪石疊成山,上有蓮房水四環。塔影倒江蟠浪底,磬聲搖月落雲間。門前客棹洪波急,竹下僧棋白日閑。一奉皇華堪惜别,更留詩句約重還。”行次越州,聞樂調中奏新聲,旁人曰:“此公詩也。”至浙江風濤大起,見子胥廟在江邊,作詩吊之曰:“掛眼東門憤未消,碧江千古起波濤。今人不識前賢志,但問潮頭幾尺高。”須臾風霽,船利涉。其感動幽顯如此。宋人集其詩成編,今傳於世。

《小華詩評》:我東以文獻聞於中國,中國謂之“小中華”,蓋由崔文昌致遠唱之于前,朴參政寅亮和之於後。文昌入唐,賦詩膾炙人口。其《郵亭夜雨》詩曰:“旅館窮秋雨,寒窗静夜燈。自憐愁裏坐,真個静中僧。”朴參政奉使宋,所至皆留詩,華人傳賞,刊其詩文,號《小華集》。其《舟中夜吟》詩曰:“故國三韓遠,秋風客意多。孤舟一夜夢,月落洞庭波。”崔詩格律嚴整,朴詩語韻清絶,可與中國諸子櫜鞬周旋。

《東國詩話彙成》:宋王闢之《澠水燕談》曰:“高麗使朴寅亮《答象山尉張中詩·序》有:‘花面豔吹,愧鄰婦青脣之動;桑間陋曲,續郢人白雪之音。’宋神宗問‘青脣’之事,左右皆不能對。趙元老奏《太平廣記》有夫見婦吹火,贈詩云:‘吹火朱脣動,添薪玉腕斜。遥看煙裏面,恰似霧中花。’其鄰妻效之,夫爲詩云:‘吹火青脣動,添薪黑腕斜。遥看煙裏面,恰似鳩盤荼。’”按:佛語“鳩”,甕形也。

【按:朴寅亮(?—1096)字代天,號小華,平山人。官至知政事,謚文烈。《東文選》卷一二載其七律一首,卷一九載其七绝一首,詩語雅麗,韻味清絕。《箕雅》收其七絕一首,七律一首。】

郭　輿　　**字夢得。初隱金州。睿宗徵之，使居禁中，時謂“金門羽客”。諡真靜。**

《高麗史》卷九七：輿少時夢有人命名“輿”，遂以爲名，字夢得。自幼不茹葷，不從群兒戲，常獨處一室力學。登第，屬内侍，以閤門祗候出爲洪州使，就野外川上築小庵，名曰“長溪草堂”，公暇每往遊息。考滿，入爲禮部員外郎。歸隱金州。睿宗在東宫識之，即位，遣中使徵之，使居禁中純福殿，稱爲“先生”。以烏巾鶴氅常侍左右，從容談論唱和，時人謂之“金門羽客”。王以其久在禁中，或思出遊，則賜别業西華門外。輿嘗請餞入宋使王字之文公裕於别業。王賜酒果，命内宫主辦，供張甚盛。物議非之。既而固求退居，賜城東若頭山一峰構室以居，號“東山處士”，名其堂曰“虚靜”，齋曰“養志”。親書額賜之。一日，王微行至山齋。輿適入城，王徘徊久之，賦詩題壁而還。後又幸山齋，執其手，使口號。其見寵遇如此。仁宗八年卒，年七十二。王嗟悼，遣近臣祭之，贈諡“真靜”，命知制誥鄭知常作《山齋記》，立石。輿瑰偉無髯，目若懸珠。涉獵書史，至於道釋、醫藥、陰陽之説，見輒成誦不忘。射御琴棋，靡所不治。終身不娶妻。在洪州私一妓，將還，使飲藥，詐言仙去，潛攜至京。色衰遣歸。又于山齋常以婢妾自隨，爲時議所少。

《破閑集》：郭處士璵，睿王在春宫時寮佐也[illegible]及上踐阼，掛冠長往。詔賜城東若頭山一峰。開别墅名曰“東山齋”。[illegible]常烏巾鶴氅出入宫掖間，時人謂之“金門羽客”。嘗于内宴上賜戴花一支，[illegible]令進詩，云：“誰剪紅羅作牧丹，芳心未展怯春寒。六宫粉黛皆相道，何事宫花上道冠。”又隨駕長源亭，上登樓晚眺，有野叟騎牛傍溪而歸者。即令口占：“太平容貌恣騎牛，半濕殘霏過壟頭。知有水邊家近在，從他落日傍溪流。”豈惟仙風道韻足以傾動人主意，至於文章亦勁敏絶倫，上眷顧尤異，非朝臣所及。上嘗從北門出，率黄門數十人，自稱宗室列侯，訪東山齋。處士適留城中不返，上徘徊數四，製《何處難忘酒》一篇，以宸翰題壁而還。時皆以謂漢帝白雲之詞，唐皇舞鳳之筆，實兼而有之。古今所無也。詞曰：“何處難忘酒，尋真不遇回。書窗明返照，玉篆掩殘灰。方丈無人守，仙扉盡日開。園鶯啼老樹，庭鶴睡蒼苔。道味誰同話，先生去不來。深思生感慨，回首重徘徊。把筆留題壁，攀欄懶下臺。助吟多態度，觸處絶塵埃。暑氣鎖林下，熏風入殿隈。此時無一盞，煩慮滌何哉。”公應制：“何處難忘酒，虚經寶輦回。朱門追小宴，丹灶落寒灰。鄉飲通宵罷，天門待曉開。仗還蓬島徑，屐惹洛城苔。樹下青童語，雲間玉帝來。鼇宫多寂寞，龍馭久徘徊。有意仍抽筆，無人獨上臺。未能瞻日月，却恨向塵埃。搔首立階下，含愁倚石隈。此時無一盞，豈慰寸心哉。”

金學士黄元、李左司仲若、郭處士璵皆奇士，少以文章相友，號神交。二公嘗訪左司第,清談亹亹不覺日暮。須臾月出雲開,碧天如水,相與登南樓小飲,占韻各成一聯。李率然曰:“壯氣暗生天外劍,雄謀潛轉幄中籌。”郭云:“座中冰雪三山客,秤上錙銖萬戶侯。”次至於黃元,曰:“異於三子者之撰。”遂引滿朗吟曰:“日暮鳥聲藏碧樹,月明人語上高樓。”二公不覺屈膝曰:“雖古人何遠!”遂罷。吾友湛之即左司內孫,僕嘗見其真跡,醉墨宛然,真家寶也。

東珦即郭處士猶子也,少有才名。時處士入處大內山呼亭,東珦往謁,清談從容,會日晚留宿焉。迨夜半月色如練,上步至山呼亭,處士命東珦出拜。上曰:“是何人耶?”對曰:“臣兄子某,久不得面,今幸得敘契闊。及將還,而金鐘已下。死罪!死罪!”上曰:“朕亦聞久矣。”處士獻壽,口占云:“月影偏尋天子座。”命東珦續之,即跪奏云:“露花還濕侍臣衣。”上大加稱賞曰:“有才如是,雖明皇豈忍放耶?”是夕入直金門。

《東國詩話彙成》:有《壽康宮逸鷁》詩云:“夏冷冬暖飼鮮肥,何處穿雲去不歸。海燕不曾資一粒,年年來傍畫樑飛。”含諷喻之意。

【按:郭輿(1058—1130)一作郭璵,字夢得,謚真靜,籍貫清州,文科及第。《東文選》卷一一載其五言排律一首,卷一二載其七律一首,卷一九載其七绝二首。其詩多抒發隱士情懷,清新淡遠。《箕雅》收其七絕一首、七律一首。】

李資玄　　字真精。棄官入真州清平山,以禪道自樂。謚真樂。

《高麗史》卷九五:資玄,字真精,容貌魁偉,性聰敏。登第爲大樂署丞,忽棄官入春州清平山,葺文殊院居之,疏食布衣,以禪道自樂。睿宗遣內臣賜茶香金帛,累詔徵之。資玄曰:“臣始出都門,誓不復踐京華,不敢奉詔。”遂上表曰:“以鳥養鳥,庶無鐘鼓之憂;觀魚知魚,俾遂江湖之性。”王覽之,知不可致。幸南京,遣其弟尚書資德諭赴行在,作詩手書賜之。資玄赴召,王曰:“朕慕此老道德久矣,不宜以臣禮見。”令上殿拜,賜坐,從容與語。命留三角山清凉寺,再見問養性之要。對曰:“莫善於寡欲。”遂進《心要》一篇。王歎賞,待遇甚厚。既而固請還山,乃賜茶湯道服,以寵其行。仁宗即位,亦傾向之。有疾,遣內醫診視,賜茶藥。卒,年六十五。性吝,多畜財貨,舉物積谷,一方厭苦之。賜謚真樂。

《破閑集》:真樂公資玄,起自相門,雖寓跡簪組,常有紫霞逸想。少游金閨,從術士殷元忠密訪溪山勝地可以卜隱。殷公云:“楊子江上有青山一曲,真避世之境。”聞之常掛於心。年二十七,仕至大樂署令,忽致叩盆之患。拂衣長往,入清平山葺文殊院以居之。尤嗜禪說,學者至則輒與之入幽室，竟日危坐忘言。時時舉古德宗旨商論，由是心法流布於海東，惠照、大鑑兩國師皆遊其門。乃於洞中幽絕處作息菴，團圓如鵠卵，只得盤兩膝，而默坐其中，數日尤不出。其同年友郭璵，持節出關東見訪，贈詩云："清平山水似湘濱，邂逅相逢見故人。三十年前同得第，一千里外各棲身。浮雲入洞曾無事，明月當溪不染塵。目擊無言良久處，淡然相照舊精神。"公次韻云："暖逼溪山暗換春，忽紆仙杖訪幽人。夷齊遁世唯全性，稷契勤邦不爲身。奉詔此時鏘玉佩，掛冠何日拂衣塵。何當此地同棲隱，養得從來不死神。"睿王渴仰真風，累詔徵之。對使者曰："……"上知其不可屈致，特幸南都召見，問以修身養性之要。對曰："古人云：'養性莫善於寡欲。'惟陛下留意焉。"上嗟賞不已曰："言可聞而道不可傳，身可見而志不可屈，真潁陽之亞流也。"賜茶藥還山。及卒，謚真樂公。其餘事蹟見金相國《重創記》。

《東國詩話彙成》：本朝退溪先生適清平山，詩云："夾束江盤棧道傾，忽逢雲外出溪清。至今人說廬山社，是處君爲谷口耕。白月滿空餘素抱，青嵐無跡遠浮榮。東韓隱逸誰修傳，莫指微疵屏玉珩。"蓋李資玄隱居于清平山三十七年，亦一時高士，而史氏詆之以貪嗇，未免吹毛，退溪此詩足爲定論。

本朝李松齋偶過清平山，有詩云："經濟藏修蘊一身，臥聞青木半摧薪。徑深不是終南捷，誰遣重來李姓人。"注："李資玄隱清平山凡三十七年卒。青木，松也，謂松嶽也。此言麗運將衰，無以施經濟之策也。"

【按：李資玄（1061—1125）字真精，號息菴、清平居士、希夷子，謚真樂。籍貫仁州。李顗子。文科及第。宣宗朝辭大樂署丞，築堂庵研究禪學了度餘生。著有《禪機語錄》、《歌頌》、《南遊詩》。其詩多表達栖隱禪寂之境。《箕雅》收其五絕一首。】

金富軾　**慶州人。仁宗時討平西京賊妙清等，拜門下侍中。撰《三國史》。毅宗封樂浪侯。謚文烈。**

《高麗史》卷九八：金富軾，富佾之弟。肅宗時登第，補安西大都護府司錄參軍事。考滿，直翰林院，歷右司諫、中書舍人。仁宗即位，李資謙以國舅當國。王詔："資謙於朕爲外祖，班次禮數不可與百官同，兩府兩制及諸侍從官其會議以聞。"寶文閣學士鄭克永、御史雜端崔濡議曰："傳云天子有不臣者三，后之父母居其一。今資謙宜上表不稱臣，君臣宴會不與百官庭賀，徑詣幕次拜，上答拜而後坐殿。"衆議雷同。富軾時爲寶文閣待制，獨曰："……"宰輔以兩議聞，王遣近臣康侯顯問資謙。資謙奏曰："臣雖無知，今觀富軾議，實天下之公論也。微斯人，群公幾陷老臣於不義。願從其議勿疑。"詔可。尋與朴昇中、鄭克永修《睿宗實錄》。二年，轉禮部侍郎。王追封資謙祖考，昇中欲媚資謙，請焚黄日，賜教坊樂。富軾以爲宗廟用樂象平生，若墳墓則以素服從事，至於涕泣豈可用樂？昇中又欲號資謙生日爲仁壽節，富軾言："生日稱節，自古所無。唐玄宗時始稱皇帝生日爲千秋節，未聞人臣有稱節者。"平章事金若溫曰："侍郎議善。"四年，拜御史大夫，歷戶部尚書、翰林學士承旨，進平章事，加守司空。十二年，王以妙清言，欲幸西京避災。富軾奏曰："今夏，雷震西京大華宫三十餘所，若是吉地，天必不如此。避災於此，不亦左乎？况今西成未收，車駕若出，必蹂禾稼，非仁民愛物之意。"又與諫官上書極言，王曰："所言至當，朕不西行。"十三年正月，妙清與趙匡、柳旵等據西京反。王以富軾爲元帥，將中軍，金正純、鄭旌淑、盧令琚、林英、尹彦頤、李瑱、高唐愈、劉英佐之。吏部尚書金富儀將左軍，金旦、李愈、李有開、尹彦佐之。知御史臺事李周衍將右軍，陳淑、梁祐忠、陳景甫、王洙佐之。西人矯詔徵兵，兩界急。王遣周衍、景甫、洙分將右軍二千人，自東路往諭諸城，仍搜賊党，命富儀率左軍先趣西京。王召問兩府大臣將出師，富軾與諸相議曰："西都之反，鄭知常、金安、白壽翰等與謀，不去是人，西都不可得平。"諸相深然之。召知常等三人至，密諭正純使勇士曳出三人，斬于宫門外，乃奏之。王御天福殿，富軾戎服入見，乃命上陛，親授鈇鉞遣之曰："閫外之事，卿其專之以賞罰用命不用命。然西人皆吾赤子，殲厥渠魁，慎勿多殺。"右軍先行，次馬川亭，中軍次金郊驛。邏騎擒致西京諜者田元稷，富軾解縛慰遣之曰："歸語城中人，大軍已發，有能自新放順者可保性命。不爾，天誅不可久逭。"時士卒頗驕，謂朝夕凱還，裝褚單寡。會天雨雪，士馬凍餒，衆心解馳。富軾撫循賙給，軍情乃安。王以洪彝敘、李仲孚爲西人黨，授詔書往諭之。彝敘等緩行，四日始至生陽驛，懼不能前，使驛吏傳詔書而還。富軾囚彝敘于平州，流仲孚于白翎鎮。至寶山驛，閲兵三日，集將佐問計，皆曰："兵貴拙速，先則制人。今大軍已出，宜卷甲倍道疾馳，掩賊不備，蕞爾小醜計日可擒。若所至掩留，必失機會，且使賊益得爲計，非我之利。"富軾曰："不然。西京謀反已五六年，其設計必周，戰守之具既備然後舉。今欲掩其不備，不已晚乎？且我軍有輕敵心，器仗未整，猝遇伏兵竊發，一可危也；頓兵堅城之下，天寒地凍，壁壘未就，忽爲賊所乘，二可危也；又聞賊矯制徵兵，兩界列城，狐疑莫辨真僞，萬一有奸人應之，表裏相結，道路梗塞，禍無大於此矣。莫若引軍從間道繞出賊背，取諸城軍資以餉大軍，告諭順逆，使與西人絕。然後益兵休士，飛檄賊中，徐以大兵臨之，此萬全之計也。"遂引兵由平州趣管山驛，左右軍皆會，聯次以行。富軾由射巖驛新城部曲徑到成州，休兵一日，馳檄諸城，諭以奉辭討賊之意，遣軍吏盧仁諧招諭西京，且覘城中虛實，引諸軍道漣州抵安北大都護府。淑、周衍等自東界來會。前此遣錄事金子浩等懷敕間行,歷兩界城鎮,告諭西人反狀,人心猶懷顧望。及大軍至,列城震懼,出迎官軍。富軾又遣寮掾曉諭至數四,匡等知不可抗,意欲出降,自以罪重,猶豫未决。平州判官金淳夫齎詔入城,西人遂斬妙清、昆及昆子浩等首。使分司大府卿尹瞻、少監趙昌言、大將軍郭應素、郎將徐挺等,偕淳夫請罪於朝。又投書中軍曰:“謹奉詔旨及元帥之言,已斬渠魁,馳獻闕下,欲以羊酒犒獻,敢請日期。”於是富軾遣錄事白禄珍奏之,又貽書兩府曰:“宜厚待瞻等,以開自新之路。”宰相父公仁、崔濡、韓惟忠謂禄珍曰:“汝元帥不直趣西京,循迂路以赴安北。吾等奏遣單介齎召諭降,非爾元帥之功,爾來何爲?”淳夫至郊,面縛瞻等將入京。兩府遣法司枷鎖,請下獄,臺諫亦請置極刑。王皆不許,命解縛襲衣冠入見,賜酒食勞慰,置客館。未幾,下獄,梟妙清等首於市,賜富軾銀藥合,詔曰:“……”匡等聞瞻等下獄,謂必不免,復反。王遣殿中侍御史金阜、內侍黄文裳與瞻往頒詔,阜等劫之以威,不加慰撫,西人怨怒。二月,諷亂兵殺阜、文裳及諸從者。瞻奉太祖真逃出,捕殺之,嬰城固守。富軾遣錄事李德卿往諭,又殺之。富軾與諸將誓告皇天后土、山川神祇曰:“……”富軾以西京北負山岡,三面阻水,城且高險,未易猝拔,宜環城列營以逼之,乃命中軍屯川德,部左軍屯興福寺,右軍屯重興寺西。又以大同江爲往來之衝,賊若先據,道梗不通,使大將軍金良秀、侍郎楊齊寶、員外郎金精、閤門祗候崔子英、直長權景亮等將兵屯守,號後軍。又使陳淑、郎中王毅、閤門祗候全鎔、安寶龜等將兵屯重興寺東,號前軍。且城外民戶甚多,自兵興,丁壯多入城爲戰卒,其餘逃竄山谷。富軾以爲若不招撫,勢必嘯聚爲賊耳目,分遣軍吏勞來慰諭,逃竄者悉出,或負糧餉願助軍費者,絡繹不絶。給衣食,使得安居。西人沿江築城,自宣耀門至多景樓,凡一千七百三十四間,置六門以拒之。先是王遣內侍祗候鄭襲明、濟危寶,副使許純、雜識署令王軾往西京西南海島,會弓手、水手四千六百餘人,以戰艦百四十艘入順化縣南江禦賊船。至是,又遣上將軍李禄千、大將軍金臺壽、錄事鄭俊、尹惟翰、軍侯魏通元等,自西海領舟師五十艘助討。禄千至鐵島,欲徑趣西京,會日暮潮退,襲明曰:“水道狹淺,宜乘潮而發。”禄千不聽,行至半塗,水淺舟膠。西人以小船十餘艘載薪,灌油火之,隨潮而放,先于路旁叢薄間伏弩數百,約以火發同時齊舉。及火船相迫,延燒戰艦,衆弩俱發。禄千狼狽不知所圖,兵仗皆燒,士卒溺沒殆盡,臺壽、俊死,禄千蹈積屍登岸,僅以身免。由是西人始輕官軍,選卒練兵爲拒守計。富軾慮後軍寡弱,夜密送步騎一千以益之。賊不知,黎明渡馬灘、紫浦,直衝後軍,燒營突進。僧冠宣應募從軍,擐甲荷大斧,先出擊賊,殺數十人。官軍乘勝大破之,斬首三百餘級,賊皆蹂躪赴江溺死,獲兵船甲仗甚多,賊勢頓挫。時諸軍野屯數月,富軾恐春夏之交,水潦洊至,爲賊所襲,欲築城按甲,州鎮兵番休就農,持久以伺其便。議者皆曰:“西人兵少,今舉國興師,當指日平盪,數日不決,尚爲稽緩? 况築城自固,不亦示弱乎?”富軾曰:“城中兵食有餘,人心方固,攻之難克,不如好謀而成,何必疾戰多殺人乎?”遂定計。以北界州鎮南西近道軍分隸五軍,各築一城,又於順化縣、王城江各築小城,數日而畢,峙兵積穀,閉門休士。雖或與賊兵交,無大勝敗;或分道攻城,而城高塹深,雖矢石所及,多所殺傷,而官軍亦傷。王遣近臣崔褒抗、員外郎趙碩等下詔招諭,富軾亦遣錄事趙諝榮、金子浩、康羽及僧品先等百計開諭,許以不死。每獲賊諜及樵蘇者,皆給衣食遣之。匡等殊無降意,幸其有外患,使王師自罷。時金使適至,賊欲遮刺之以構釁。官軍知之,候察甚至,故賊不敢發。賊人恐其黨降附,詐爲我中軍文牒示衆曰:“諸軍所俘及降人,無問老少,皆殺之。”西人頗信之。已而聞撫慰降者甚厚,稍稍歸順。時有朝臣獻議曰:“自古用兵當觀形勢如何,豈校一時之損傷乎? ……”王以示富軾。富軾奏曰:“……”王亦以爲然。……王遣國子祭酒林光就第勑賜金銀鞍馬米布藥物,賞平西之攻也。二十年,三上表乞致仕,許之,加賜同德贊化功臣號。詔曰:“卿年雖高,有大議論當與聞。”二十三年上所撰《新羅高句麗百濟三國史》,王遣內侍崔山甫就第獎諭,賜花酒。毅宗即位,封樂浪郡開國侯,食邑一千戶食實封四百戶。命撰《仁宗實錄》。五年卒,年七十七。謚文烈。爲人豐貌碩體,面黑目露,以文章名世。宋使路允迪來,富軾爲館伴。其介徐兢見富軾善屬文通古今,樂其爲人,著《高麗圖經》載富軾世家。又圖形以歸奏於帝。乃詔司局鏤板以廣其傳,由是聞名天下。後奉使如宋,所至待以禮。三掌禮闈,以得士稱。贈中書令,配享仁宗廟庭。有文集二十卷。

《海東繹史》卷九八:金氏世爲高麗大族,自前史已載,其與朴氏族望相埒,故其子孫多以文學進。富軾豐貌碩體,面黑目露,然博學強識,善屬文,知古今,爲其學士所信服,無能出其右者。其弟富轍亦有時譽。嘗密訪其兄弟命名之意,蓋有所慕云。《高麗圖經》

余昔閲《高麗史》,愛其臣金富軾之文。又兄弟一名軾一名轍。疑其當宣和時,去元祐未遠,何竊取眉山二公之名? 讀《游宦記聞》云,徐兢以宣和六年使高麗,密訪其兄弟命名之意,蓋有所慕。文章動蠻貊,語不虚云。觀此則知余前疑不誤,而是時中國方禁錮蘇黄文章字畫,豈不爲外夷所笑哉?《香祖筆記》

《破閑集》:文烈公先入中書,以故在樞府十餘年,性嗜讀書,開別室,常與士大夫討論文章,雖妻妾稀見其面。及寢疾,有朝士夢馬糞自雲間而下,問云:"今日金樞密賓天矣。"世以謂"天星之精"。富貴家兒非生得而性好,則罕有工文章者。金樞密闡有蕭氏八葉之貴,棄紈綺舊習,竟日危坐看書。不好爲詞章,及其有所作,則必滌筆於冰甌中,然後爲之。故篇什未得多傳於世,而所傳者必警策也。如乘軺歷鹽州客舍題一絕云:"鴛衾無夢夜猒猒,凉月多情照畫檐。喚作鹽州眞大誤,一州風物總無鹽。"

《補閑集》:凡出大軍,命元帥必以儒將。西都反,文烈公爲元帥。時太平已久,諸武人未曉行營故事。公于帳中微吟古人詩曰:"白鹿坡頭百萬兵,碧油幢下一書生。如今始信爲儒貴,臥聽將軍報五更。"軍中傳誦。自是內廂將軍報更籌。

文烈公《和慧素師貓兒》云:"螻蟻道存狼虎仁,不須遣妄始求眞。吾師慧眼無分別,物物皆呈清淨身。"文順公《蟾》云:"痱磊形可憎,爬蹉行亦澀。群蟲且莫輕,解向月中入。"眉叟《蟻》云:"身動牛應斗,穴深山恐頹。功名珠幾曲,富貴夢初回。"文順公形容甚工,李學士句句皆用事,文烈公寄意浮屠言理最深。大抵體物之作,用事不如言理,言理不如形容。然其工拙在乎構意造辭耳。

嘗讀文烈公集,見《大覺國師碑》。師以王子求出家,如宋問道,得賢首、達摩、天臺、慈恩、南山等五宗法門。至泗上,禮僧伽塔天竺寺、禮觀音像皆放光明。北遼天佑帝聞其名,送《大藏經》諸宗疏鈔六千九百餘卷。燕京法師雲諝、高昌國闍梨屍羅嚩底,亦皆以策書法服爲問。遼人來聘者皆請見。吾使入遼,則必問師安否。日本人求師碑誌。其爲異國所尊如此。師餘力外學經史百子,皆尋其根柢。率爾落筆,文辭平淡而有味。今得數詩嘗味之,文烈公"平淡"之言信哉! 到飛來方丈禮普德聖師云:"涅盤方等教,傳授自吾師。兩聖橫經日元曉義相受《涅槃維摩經》于師,高僧獨步時。隨緣任南北,在道勿迎隨。可惜飛房後,東明古國危。"師本高句麗盤龍寺沙門,飛房至百濟孤大山。後神人見於高句麗馬嶺,告人曰:"汝國敗無日。"《題錦石庵》云:"老苔斑似錦,瑞石列如屏。時有高僧倚,長眠養性靈。"《題龍巖院》云:"踏盡殘花上翠微,徘徊瞻景欲忘歸。他年若也酬前志,高臥煙霞與世違。"

《小華詩評》:金侍中富軾《燈夕》詩曰:"城闕沉嚴更漏長,燈山火樹燦交光。綺羅縹緲春風細,金碧鮮明曉月凉。華蓋正高天北極,玉罏相對殿中央。君王恭默疏聲色,弟子休誇百寶妝。"詞極典實。《松都甘露寺》詩曰:"俗客不到處,高臨意思清。山形秋更好,江色夜猶明。白鳥高飛盡,孤帆獨去輕。自憐蝸角上,半世覓功名。"亦翛然出塵之趣。

【按:金富軾(1075—1151)字立之,號雷川,謚文烈,籍貫慶州。修撰《睿宗實錄》,仁宗二十三年編纂《三國史記》五十卷今傳。毅宗朝主持編纂

《仁宗實錄》。金富軾雅好讀書,博通經史,深諳佛典。《三國史記》是韓國現存最早紀傳體史著,高句麗、新羅、百濟三國絕大多數史實賴其得以流傳。《東文選》卷四載其五古一首,卷九載其五律一首,卷一二載其七律一七首,卷一八載其七言排律一首,卷一九載其五絕一首,七絕一〇首。其詩矫健典雅。“麗朝詩十二家”之一。《箕雅》收其五絕一首、七絕二首、五律一首、七律五首、五古一首。】

鄭知常　　**西京人。仁宗時爲知制誥,妙清之亂被誅。**

《高麗史》卷一二八:知常,初名之元。少聰悟,有能詩聲。擢魁科,歷官至起居注。人言富軾素與知常齊名,於文字閒積不平,至是託以内應殺之。知常為詩得晚唐體,尤工絕句,詞語清華,韻格豪逸,自成一家法。

《破閑集》:滎陽偶遊天磨山八尺房,竟夕苦吟,未能屬思。詰旦方回,乃援轡行吟,比至都門,乃得一聯云:“石頭松老一片月,天末雲低千點山。”策蹇而返。手撼門鈕,直入院中,奮筆題於壁還。

西都,古高勾麗所都也。控帶山河,氣像秀異,自古奇人異士多出焉。睿王時,有俊才姓鄭者,忘其名,垂髫時送友人詩云:“雨歇長堤草色多,送君千里動悲歌。大同江水何時盡,别淚年年添作波。”又作詩云:“桃李無言兮蝶自徘徊,梧桐瀟灑兮鳳凰來儀。無情物引有情物,况是人不交相親。君自遠方來此邑,不期相會是良因。七月八月天氣凉,同衾共枕未盈旬。我若陳雷膠漆信,君今棄我如敗茵。父母在兮不遠遊,欲從不得心悠悠。簷前巢燕有雌雄,池上鴛鴦成雙浮。何人驅此鳥,使我解離愁。”其後赴上都擢高第,出入省闥,謇謇有古諍臣風。嘗扈從長源亭題詩云:“風送客帆雲片片,露凝宫瓦玉鱗鱗。綠楊閉戶八九屋,明月倚樓三兩人。”其語飄逸出塵皆類此。及作《東山齋真靜先生祭文》,上亦命作《東山齋記》,作表云:“鶴背登真,乘白雲於杳漠;螭頭紀事,披紫詔之丁寧。”又云:“年逾七十,不離中壽之徒;功滿三千,必被上清之召。”又云:“而出入先生之門,其來久矣;况對揚天子之命,無所辭焉。”至今皆膾炙不已焉。

《白雲小説》:俗傳學士鄭知常嘗肄業山寺。一日夜月明,獨坐梵閣,忽聞詠詩聲曰:“僧看疑有刹,鶴見恨無松。”以爲鬼物所告。後入試院,考官以《夏雲多奇峰》爲題而押“峰”韻。知常忽憶此句,乃續成書呈,其詩曰:“白日當天中,浮雲自作峰。僧看疑有刹,鶴見恨無松。電影樵童斧,雷聲隱寺鐘。誰云山不動,飛去夕陽風。”考官至頷聯,極稱警語,遂置之嵬級云。“僧看”“鶴見”一聯雖佳,其他皆是稚髫語,何所取而至於居魁,未可知也。

侍中金富軾、學士鄭知常，文章齊名一世，兩人爭軋不相能。世傳知常有“琳宫梵語罷，天色淨琉璃”之句，富軾喜而索之，欲作己詩，終不許。後知常爲富軾所誅，作陰鬼。富軾一日詠《春》詩曰：“柳色千絲緑，桃花萬點紅。”忽于空中，鄭鬼批富軾頰曰：“千絲萬點，有孰數之也？何不曰‘柳色絲絲緑，桃花點點紅’。”富軾心頗惡之，後往一寺，偶登廁，鄭鬼從後握陰囊，問曰：“不飲酒，何面紅？”富軾徐曰：“隔岸丹楓照顔紅。”鄭鬼緊握陰囊曰：“何物皮囊子？”富軾曰：“汝父囊鐵乎？”色不變。鄭鬼握囊又力，富軾竟死於廁中。

《補閑集》：鄭舍人知常以詩鳴于仁廟時。嘗與郭先生扈從宿長源亭，有作云：“玉漏丁東月掛空，一春天與牡丹風。小堂卷箔煙波緑，人在蓬萊縹緲中。”《詠竹》云：“修竹小軒東，蕭然數十叢。碧根龍走地，寒夜玉鳴風。秀色高群卉，清陰拂半空。幽奇不可狀，霜夜月明中。”《留題團月驛》云：“飲闌欹枕畫屏低，夢覺前村第一雞。却憶夜深雲雨散，碧空孤月小樓西。”《長源亭有作》云：“岧嶤雙闕枕江濱，清夜都無一點塵。風送客帆雲片片，露凝宫瓦玉鱗鱗。緑楊閉户八九屋，明月捲簾三四人。縹緲蓬萊在何許，夢闌黄鳥報青春。”《月詠臺》云：“碧波浩渺石崔嵬，中有蓬萊學士臺。松老壇邊蒼蘚合，雲低天末片帆來。百年風雅新詩句，萬里江山一酒杯。回首雞林人不見，月華空照海門回。”《題邊山蘇來寺》云：“古徑寂寞縈松根，天近斗牛聊可捫。浮雲流水客到寺，紅葉蒼苔僧閉門。秋風微凉吹落日，山嶽漸白啼清猿。奇哉庬眉一衲老，長年不夢人間喧。”《西都》云：“南陌風微細雨過，輕塵不動柳陰斜。緑窗朱户笙歌咽，總是梨園弟子家。”語韻清華，句格豪逸。讀之使煩襟昏眼灑然醒悟，但雄深巨作乏耳。

大同江是西都人送别之渡，江山形勝，天下絶景。鄭舍人知常《送人》云：“大同江水何時盡，别淚年年添作波。”當時以爲警策。然杜少陵云：“别淚遥添錦江水。”李太白云：“願結九江波，添成萬行淚。”皆出一模也。文順公于祖江送别云：“舟將人遠心隨去，海送潮來淚共流。”言淚雖同，意成小異。

鄭舍人知常《題八尺房》云：“石頭松老一片月，天末雲低千點山。”予嘗愛其辭意清絶，時時吟玩。及爲全羅道按廉，當二月生明，登邊山。不思議房後峰傍有老松攙天，新月隱映。下望平原，際天衆山如灸注，尖抹雲煙。忽憶鄭公詩，沉吟咀嚼，以爲不到此境，安知鄭公得意處也。

《櫟翁稗説》：鄭司諫知常詩云：“雨歇長堤草色多，送君南浦動悲歌。大同江水何時盡，别淚年年添作波。”燕南梁載嘗寫此詩作“别淚年年漲緑波”。余謂“作、漲”二字皆未圓，當是“添緑波”耳。鄭又有“地應碧落不多遠，人與白雲相對閑”、“浮雲流水客到寺，紅葉蒼苔僧閉門”、“綠楊閉戶八九屋，明月捲簾三兩人”、“上磨星斗屋三角，半出虛空樓一間”、“石頭松老一片月，天末雲低千點山”等句，是家喜用此律。

《東人詩話》：金文烈富軾、鄭諫議知常齊名一時。文烈《結綺宮》詩：“堯階三尺卑，千載稱其德。秦城萬里長，二世失其國。隋皇何不鑑，土木竭人力。”《燈夕》詩：“華蓋正高天北極，玉爐相對殿中央。君王恭默踈聲色，弟子休誇百寶妝。”詞意嚴正典實，真有德者之言也。鄭詩語韻清華，句格豪逸，深得晚唐法。尤長於拗體，如“石頭松老一片月，天末雲低千點山”，“地應碧落不多遠，僧與白雲相對閑”，“綠楊閉戶八九屋，明月捲簾三兩人”等句，出口驚人，膾炙當世，可以一洗空群矣。二家氣象不侔。

詩當先氣節而後文藻，夏文莊公竦《試殿詩》：“殿上袞衣明日月，硯中旗影動龍蛇。縱橫禮樂三千字，獨對丹墀日未斜。”果魁天下，評者譏其自負。鄭壯元知常詩“三丁燭盡天將曉，八角章成桂已香。落月半庭人擾擾，不知誰是壯元郎”，大有文莊自負氣象。文莊功名富貴雖卓然一時，而立朝大節多有可議者，如鄭者又何足論哉？嘗見韋承貽《試罷》詩：“三條燭盡鐘初動，九轉丹成鼎未開。明月漸低人擾擾，不知誰是謫仙才。”亦大蹈襲。

《稗官雜記》：謝學士《蝴蝶》詩曰：“狂隨柳絮有時見，舞入梨花何處尋？”人呼爲“謝蝴蝶”。趙嘏《秋夕》詩云：“殘星數點雁橫塞，長笛一聲人倚樓。”杜紫薇目之爲“趙倚樓”。鄭谷《鷓鴣》詩：“雨昏青草湖邊過，花落黃陵廟裏啼。遊子乍聞征袖濕，佳人才唱翠眉低。”人謂之“鄭鷓鴣”。鮑當《孤雁》詩：“天寒稻粱少，萬里孤難進。不惜充君廚，爲帶邊城信。”時號“鮑孤雁”。余竊謂，牧隱“長嘯倚風磴，山青江自流”之詩，可謂“李風磴”；鄭知常“大同江水何時盡，別淚年年添綠波”之詩，可謂“鄭大同”；崔斯立“眼穿落日長程晚，多少行人近却非”之詩，可謂“崔眼穿”；申企齋“江路火明聞犬吠，小童來報主人歸“之詩，可謂“申江路”也。

《惺叟詩話》：鄭大諫詩在高麗盛時最佳，流傳者絕少，篇篇皆絕唱也。如“風送客帆雲片片，露凝宮瓦玉鱗鱗”稍佻，而至於“綠楊閉戶八九屋，明月捲簾三四人”方神逸也。其“石頭松老一片月，天末雲低千點山”雖苦，亦自楚楚矣。

鄭大諫《西京》詩曰：“雨歇長堤草色多，送君南浦動悲歌。大同江水何時盡，別淚年年添綠波。”至今稱爲絕唱。樓板題詠，值詔使之來悉撤去之，而只留此詩矣。其後崔孤竹和之曰：“水岸悠悠楊柳多，小船爭唱採蓮歌。紅衣落盡西風冷，日暮芳洲生白波。”李益之和之曰：“採蓮參差蓮子多，蓮花相間女娘歌。歸時約伴橫塘口，辛苦移舟逆上波。”二詩雖好，有王少伯、李君虞餘韻，然自是採蓮曲，非《西京》送別詩本意也。

《晴窗軟談》：高麗鄭知常之"桃花紅雨鳥喃喃，繞屋青山間翠嵐。一頂烏紗慵不整，醉眠花塢夢江南"，警拔藻麗，我東之詩鮮有可比。

《小華詩評》：拗體者，律之變也。當平而仄，當仄而平，如"負鹽出井此溪女，打鼓發船何郡郎"、"湘潭雲盡暮山出，巴蜀雪消春水來"等句是也。鄭學士知常深得其妙，《題邊山來蘇寺》曰："古徑寂寞縈松根，天近斗牛聊可捫。浮雲流水客到寺，紅葉蒼苔僧閉門。秋風微涼吹落日，山月漸白啼清猿。奇哉厖眉一衲老，長年不夢人間喧。"清健可愛。

《東國詩話彙成》：丁秘監而安邃于文章，墨草最妙，常于侯家有一畫簇，衆史皆瞢其圖。秘監見曰："是鄭舍人詩。"因醉吟題詩云："桃花紅雨鳥喃喃，繞屋青山間翠嵐。一頂烏紗慵不整，醉眠花塢夢江南。"誦其詩，較其畫，無一毫差。

《西京詩話》：鄭司諫之死爲千古藝苑訟端，如李學士仁老所云："出入省闥，謇謇有古爭臣風，引而不發而已。"不如李文康石亨所云："金富軾擅斷國事，削自己之奸邪，墨知常之事直，幾可以成獄矣。"又不如朴錦陽瀰所云："文筆高峰剗盡平，千秋留得妒賢聲。長堤南浦才情語，直到天荒不昧名。"一筆決斷罪人，斯得可謂二十八字《麟經》。

【按：鄭知常（？—1135）本名之元，號南湖，睿宗九年（1114）文科及第。初任舍人，官至翰林學士。仁宗五年（1127）以左正言彈劾拓俊京。深信妙清陰陽術，主張西京遷都。以王命爲郭輿撰《山齋記》。妙清之亂時被斬。善詩、書，通曉易學、佛典，對老莊之學深有造詣。著有《鄭司諫集》。《東文選》卷九載其五律一首，卷一二載其七律六首，卷一九載其七絕六首。其詩語韻清華，膾炙人口，是高麗初期詩歌成就最高者，至今影響巨大。"麗朝詩十二家"之一。《箕雅》收其七絕四首、五律一首、七律四首。】

高兆基　　濟州人。官至平章事。

《高麗史》卷九八：高兆基，初名唐愈，耽羅人。父維，右僕射。兆基性慷慨，涉獵書史，尤工五言詩。睿宗初登第，出守南州，清白奉公。仁宗朝，拜侍御史。李資謙修弘慶院，以僧正資富及知水州事奉佑幹其事，發丁州縣，爲害甚巨。資謙敗，資富坐配島。惟奉佑素結宦官，僥倖復職。兆基上疏論駁，至再三忤旨，左遷爲工部員外郎，後復爲臺官。資謙之亂，朝臣皆脅從失節，其支党夤緣苟免至宰輔者多。兆基欲斥去之，屢上書力爭曰："雖聖上寬大，掩其疵疾，何面目立朝廷見日月乎？"王雖是兆基言，不忍盡棄大臣，尋擢兆基爲禮部郎中，實奪臺職也。毅宗即位，拜政堂文學，轉參知政事，進中書侍郎平章事。時金存中用事，兆基屈己偷合，時議非之，爲諫官所劾，降爲尚書左僕射。賴存中救，不數月復拜平章事，尋致仕。十一年，卒，無子。輟朝三日，命有司護喪，賜謚。

《東人詩話》：唐詩："閨中少婦不知愁，春日凝妝上翠樓。忽見陌頭楊柳色，悔教夫壻覓封侯。"古今以爲絶唱。曾見高平章兆基《寄遠》詩："錦字裁成寄玉關，勸君珍重好加餐。封侯自是男兒事，不斬樓蘭未擬還。"唐詩雖好，不過形容念夫之深，愛夫之篤，情意狎昵之私耳。高詩句法不及唐詩遠甚，然先直以思念之深，信書之勤，繼之以征戍之愼，飲食之謹，卒勉之以功名事業之盛，無一語及乎燕昵之私，隱然有《國風》之遺意。詩可以工拙論乎哉！

《小華詩評》：余嘗宿丹陽鳳棲樓，時秋雨終宵，溪聲聒耳。曉夢初覺，開戶視之，濃雲滿壑，樹色依微，宿鳥猶在枝間沾濕刷羽，忽憶高平章兆基"昨夜松堂雨，溪聲一枕西。平明看庭樹，宿鳥未移栖"之詩，如覺摸寫今朝情景，甚喜。

【按：高兆基(？—1157)本名唐愈，號雞林，籍貫濟州。《東文選》卷九載其五律四首，卷一九載其五絶一首，七絶一首。其詩摹景生動逼真。《箕雅》收其五絶一首、七絶一首、五律一首。】

鄭襲明　**延日人。官至樞密院事，以規諫爲己任，毅宗甚憚之。後知上意，仰藥死。**

《高麗史》卷九八：鄭襲明，迎日縣人。倜儻奇偉，力學能文，以鄉貢登第，屬內侍。仁宗朝，累轉國子司業起居注，知制誥。與郎舍崔梓、宰相金富軾、任元凱、李仲、崔奏等上書言時弊十條。伏閣三日，不報，皆辭職不出。王爲罷執奏官，減諸處內侍別監及內侍院別庫，召梓等令視事。襲明獨以言不盡從不起。右常侍崔灌獨不與上書，供職如常，議者鄙之。襲明寓居富軾別第，諫官劾襲明失諫臣體，請罪之，落起居注。尋升禮部侍郎。毅宗即位，授翰林學士，進樞密院知奏事。初，毅宗爲元子，襲明侍讀。仁宗慮元子不克負荷任，後亦愛次子，將立爲太子。襲明盡心調護，故得不廢。襲明久居諫職，有諍臣風。仁宗深加器重，使傅東宮，及不豫，謂毅宗曰："治國當用襲明言。"襲明自以先朝顧托，知無不言，毅宗憚之。金存中、鄭諴日夜短之，會襲明告病，以存中權代其職。襲明揣知王意，仰藥而死。自是佞倖日進，王益縱恣逸遊無度。嘗幸歸法寺，馳馬至獺嶺茶院，從臣皆莫及。王獨倚柱，謂侍者曰："鄭襲明若在，吾豈得至此？"

《破閑集》：南州樂籍有倡，色藝俱絶。有一郡守忘其名，屬意甚厚。及瓜將返轅，忽大醉，謂傍人曰："若我去郡數步，輒爲他人所有。"即以蠟炬燒灼其兩頰無完膚。後滎陽襲明杖節來過，見其妓，悵怏不已。出一幅雲藍，手寫一絕贈之："百花叢裏淡豐容，忽被狂風减却紅。獺髓未能醫玉頰，五陵公子恨無窮。"因囑云："若有使華來過，宜出此詩示之。"妓謹依其教，凡見者輒加賙恤，欲使滎陽公聞之，因得其利，富倍于初。

東館是蓬萊山，玉堂號鼇頂，皆神仙之職。本朝舊制，雖天子莫得擅其升黜。苟有缺，必須禁署諸儒薦引，然後用之。非有三多之譽七步之才，則世皆謂處之必未免血指汗顏之誚。睿王時，江南措大鄭襲明抱奇才偉量，涉世無津，嘗賦石竹花："世愛牡丹紅，栽培滿院中。誰知荒草野，亦有好花叢。色透村塘月，香傳隴樹風。地偏公子少，嬌態屬田翁。"時有大閹誦此詩達於宸聽，上曰："非狗監何以知相如之尚在耶？"即令補玉堂。……鄭公後入樞掖，居喉舌。受遺輔主，謇謇有王臣風。……噫！風雲際會，古人謂之千載。今觀二公唯以一篇見知，不煩夢卜，自然而合。明良相值，豈偶然哉！

《櫟翁稗説》：洪揔郎侃最喜鄭承宣襲明："百花叢裏淡豐容，忽被狂風減却紅。獺髓未能醫玉頰，五陵公子恨無窮。"豈以其含咀之久而有餘味乎？近世豐州有名妓，西京存問使召置府籍，妓頗以晚遇爲恨，李學士頲作一詩令妓歌之："憶昔正年三五時，金釵兩鬢綠雲垂。自憐憔悴容華減，來作紅蓮幕裏兒。"比之鄭詩，未必多讓。

【按：鄭襲明（？—1151）字滎陽，籍貫延日，延日鄭氏滎陽公系始祖。爲人直言敢諫。《東文選》卷九載其五律一首，卷一九載其七絕二首。其詩抒懷感慨深至。《箕雅》收其七絕一首、五律一首。】

鄭　沆　　字子臨。知樞密院事。謚文安。

《高麗史》卷九七：鄭沆，字子臨，東萊郡人。父穆，大府卿。沆性穎悟好學，肅宗時中第，補尚州司錄。州人以年少易之，及臨事善斷，皆服歎。州人數司錄二鄭一韓，謂沆及鄭克永、韓冲也。秩滿，直翰林院。睿宗朝，以內侍掌奏事，處心平直，出納詳明。隨李資諒如宋，館伴學士王黼見所製表章，稱歎之。還，拜右正言，論事讜直，爲權貴所忌，通判全州。尋召還，爲右司諫，歷按楊廣、忠清兩道。仁宗幼冲即位，李資謙威勢震赫，郡守及奉使者競聚斂以媚之，沆獨不然。資謙敗，拜樞密院承旨，升知奏事。勸王讀書，學業日就。王以妙清言幸西京，妙清、鄭知常欲王長御西京，諷諫官請停修上京宮闕。沆再上疏，請修葺舊宮還御，言甚切直。王從之。知貢舉，崔滋盛出試題謬誤，有司請罷。貢舉學子金貽永，沆之女婿，王妃母弟也；尹英瞻，承宣韓惟忠女婿，亦妃戚也。妃勸王勿罷舉，沆與惟忠亦因宦官干請，得不罷。十四年，沆有疾，王遣内醫診視。疾革，進知樞密院事、禮部尚書、翰林院學士承旨。命下，翼日卒，年五十七。王震悼。輟朝弔祭，聞其家無擔石之儲，歎曰：“三十年近侍，十一年承旨，貧如是，可嘉也。”加賻米百碩，布二百匹，御筆特謚文安。

【按：鄭沆（1080—1136）字子臨，謚文安。籍貫東萊。直言極諫仁宗都西京，終返開城。《東文選》卷一二載其七律一首，卷一九載其七絶一首。其詩流利平和，頗含諷諫。《箕雅》收其七律一首。】

朴椿齡

《補閑集》：貞肅公嘗言：“昔朴待制椿齡嘗見人佳作即感泣，我亦如之。”予聞其言，嘗慕朴君，不知其爲文何如也，切欲見之。今得一詩，果深於詩者也。《題寶城公館思金太守儒》云：“下惠官卑尚不辭，牛刀焉用割雞爲。甘棠正是思人樹，峴岫依然墮淚碑。父老能談遺愛化，兒童爭頌舊留詩。常聞蹠壽顔回夭，天理茫茫不可知。”

《紀年東史約》卷六：初，侍郎朴椿齡守完山，以聯句選郡童，得陟卿、崔均、崔松年，及遞還，與之偕勸令就學，後三人皆爲名士，世號完山三崔。

【按：朴椿齡（高麗中期人），《東文選》卷一二載其七律四首，卷一九載其七絶一首。其詩善用事典，格律嚴整。《箕雅》收其七律一首。】

朴浩

《高麗史》卷一一《世家·肅宗》：（五年十月）辛酉，遣朴浩如遼賀天安節。

【按：朴浩（高麗肅宗時人），據《東文選》卷三四朴浩《謝禮部員外郎表》、《謝右拾遺知制誥表》、《謝直翰林院表》、《謝權知直史館表》，可知其曾任禮部員外郎、右拾遺知制誥、直翰林院、權知直史館。《東文選》卷一二載其七律一首，卷一九載其七絶一首。其景物詩長於摹畫，詠物詩善於寓意。《箕雅》收其七律一首。】

李之氏　　**字宗固。官至政堂文學、參知政事。謚文正。**

《高麗史》卷九五：之氏，字子固。好讀書，屬辭如宿構。擢魁科，直翰林院。仁宗初，授右正言，時論公正忤時宰，改殿中内給事，出按西海道。時資謙當國，嗜利者爭附，之氏獨不相比。資謙使者交午州郡，爭取財賄。之氏痛禁，資謙惡之，除平州使。資謙敗，召還，累遷爲起居注。妙清、白壽翰結近侍以妖術惑衆,之氐獨深斥之,曰:“此輩必誤國。”王幸西京,鄭知常、金安與妙清誣言:“大同江有瑞氣,此神龍王吐涎,千載罕逢。請順天心,稱尊號以厭金國。”王以問,之氐對曰:“金,強敵,不可輕也。況兩府大臣留守上都,不可偏聽一兩人言以决大議。”王從之,拜中書舍人。西京叛,久不下。之氐與左常侍李仲上疏曰:“虎兕出於柙,龜玉毁於櫝,是誰之過?西賊之謀久矣,一二大臣非獨不防閑,反信其謀而張之,致今日之患。請賜明斷,誅其黨與。”蓋指文公仁、林景清輩也,公仁、景清由是罷。升御史大夫同知樞密院事,歷禮部尚書、政堂文學、守司空左僕射,進參知政事。二十三年卒,年五十四。王遣使弔祭,贈中書侍郎平章事,謚文正。之氐風標英雅,秉心寬厚,文章事業爲一時傑。但吝嗇,父沒,不分弟妹財産。其家奴肆横,或至盜劫,不檢制,爲時所議。

《破閑集》:仁王卜得中興大華之勢,於西都新開龍堰閣。鳳輦西巡置群臣宴,命學士李之氐作口號,其略云:“帝出震以乘乾,雖曰應時之數;王在鎬而飲酒,固當與衆而同。”又云:“室家相慶,奚我後其來蘇;管籥初聞,曰吾王能鼓樂。”又云:“遊豫爲諸侯度,既符夏諺之稱;飲食盡忠臣心,允協周人之詠。”對偶精切,固無斧鑿之痕。文烈公見之歎曰:“非近代詞臣駢四儷六以組織爲工者所比也。”公,侍中公壽之子,十八擢龍頭高選。指日躡臺鼎,容貌如畫,不妄顧視。雖新學後生,相對如大賓。忠言嘉謀足以與伊傅訓命爲表裏,真古所謂大臣者,至今號其居爲“政堂里”。嘗奉使東都戲題詩云:“大醉昏昏曉夢顛,不知帳下玉人眠。旁人莫笑風情薄,解賦西江月一篇。”

【按:李之氐(1092—1145)字子固,謚文正。籍貫仁州。爲詩敏捷,流利上口。《東文選》卷一九載其七絶一首。《箕雅》收其七絶一首。】

崔惟清　　字直哉。官至左僕射。謚文莊。

《高麗史》卷九九:崔惟清,字直哉,昌原郡人。六世祖俊邕佐太祖,爲功臣。父奭,初名錫,擢魁科,事文、順、宣三朝,位至守太保門下侍郎同中書門下平章事,判吏禮部事,謚譽肅。惟清少孤,嗜學。睿宗時登第,乃曰:“儒者當學古人旨。”遂杜門讀書,不求仕宦。有薦者,辭以學未就,後被薦直翰林院。仁宗即位,李資謙謀逆,大臣有不附己者輒以計誅竄。平章事韓皦如號剛正,非罪見流。惟清姊婿鄭克永爲皦如表弟,連坐貶斥,惟清亦失職。及資謙敗,召入内侍,累遷左司諫。出倅尚州,有德政。秩滿,授侍御史,轉御史中丞。言事忤旨,遷殿中少監。尋以諫議大夫如金謝册命,言動中禮,金人嘆服,移牒使加爵禄。比還,拜户部侍郎。後出外東北面兵馬副使,朔方倚如長城。召拜承宣。毅宗初,升知奏事,出納惟允,驟進中書侍郎同中書門下平章事,判兵部事。時郎中鄭敘坐陰結大寧侯流外。惟清,敘妹婿也。敘宴大寧,惟清假器皿,臺諫劾以失大臣體,貶南京留守使,連貶忠、廣二州牧使。雖久淹外寄,處之怡然。王悟其忠直無他,欲復拜平章事。有沮之者,乃以守司空左僕射致仕。鄭仲夫之亂,文臣皆被害,諸將素服惟清德望,戒軍士勿入其第,以至期功之親俱免禍。有刑部尚書韓就者,湍州人也,工術數,能言人禍福,亦以智保全,官至中書侍郎平章事。明宗立,以惟清宿德舊望拜中書侍郎平章事,尋守司空集賢殿大學士,仍令致仕。四年卒,年八十,謚文淑。自幼至老,手不釋卷,經史子集,靡不該通。又酷好浮圖,日誦佛經,至學生沙門質問者坌集。嘗奉詔撰《李翰林集》,著《柳文事實》,王覽之嘉賞,鏤板以傳。又有所著文章數百篇及《南都集》。

《破閑集》:樞府金立之詞翰外尤工墨君,嘗以湘岸兩叢獻大宗伯崔相國,作一絕謝之:"先帝當年稱活竹,幾回相憶謾含情。兩叢忽向西軒立,只恐根株發地生。"金壯元君綏即其子也,得其家法甚妙。僕往與君綏同在察院,院中有素屏一張。諸公請寫一枝,使僕跋之,即題云:"雪堂居士以詩鳴,墨戲風流亦寫生。遙想江南文笑笑,應分一派寄彭城。"

《補閑集》:崔譽肅公奭,其先佐太祖有功。公擢第狀元爲平章事,其子文肅公惟清留守南都日,有二子在輦下。公以詩訓之曰:"家傳清白無餘物,只有經書萬卷存。恣汝分將勤讀閱,立身行道使君尊。"因自注曰:"君尊則國理,國理則家安,家安則身安,身安則餘無所求。"二嗣果以儒雅位宰相。長曰靖安公讜,今判樞璘即其孫。弟曰文懿公詵,今侍中宗峻、僕射宗梓、承宣宗蕃皆其子。僕射和侍中詩曰:"三代平章後,惟兄拜侍中。"又有三婿皆爲相。一是龍頭,二同受鉞爲上副元帥。世世積善,慶流子孫,清紫滿朝,盛矣哉! 文肅公家集行於世,故惟載《訓子》一篇。

【按:崔惟清(1095—1174)字直哉,謚文淑,籍貫昌原。崔奭子。精通經史,佛經造詣甚深,書法也極出色。著有《南都集》、《柳文事實》、《崔文淑公集》、《李翰林集注》。《東文選》卷四載其五古九首,卷一九載其七絕五首。好爲組詩,如《雜興九首》,感喟世事頗深。《箕雅》收其五古七首,五排一首。】

鄭與齡

《補閑集》:予入北朝,見故燕地村家壁上題:"春前有雨花開早,秋後無霜葉落遲。"傍書曰:"端的。"此殆謂敘事對屬端的也。鄭與齡《和文懿公葦詩》云:"春芽綠日河豚上,秋葉黃時塞雁來。"此賦物端的也。敘事不及賦物。世傳文懿公見與齡此句曰:“吾詩不敢與此同板。”遂削之。此言之者過耳。觀鄭詩雖端的,是新進刻燭賦物、號爲急作者之體也。昔爲童冠赴夏課會,占韻急作《土卵》云:“種時鳩始乳,收日雁初賓。”亦其體。《櫻桃》云:“摘來夏實珠千顆,想得春花雪一枝。”此亦一骨而異體。有二生賦《絞床》,一曰:“下恐壓顛擎柱錯,中嫌陷落絡繩多。”一曰:“青衫影裏承恩少,畫角聲中得意多。”“壓顛”之聯意巧語瑣,“青衫”之語非新進急作,乃老儒語也。李侍郎需被人請走筆賦《鞘子》云:“裹皮尚有將軍質,著漆猶存國士風。恐管不留中漸窄,惡塵多滯下微通。”“恐管”之聯與“壓顛”之聯語格同。其使“恐、留、惡”三字尤生且疏,然爲時俗所尚。裹皮著漆,皆常談也。若改爲裹革漆身,此聯有可觀。

《東國詩話彙成》:晉陽,古帝都,溪山勝致爲嶺南第一。有人作其圖獻李相國之氐,貼諸壁以觀之。軍府參謀榮陽與齡往謁,相國指之曰:“此圖是君桑梓鄉也,宜留一句。”操筆立就云:“數點青山枕碧湖,公言此是晉陽圖。水邊草屋知多少,中有吾廬畫也無。”一座服其精敏。

【按:鄭與齡(高麗仁宗時人),曾任軍府參謀。其詩詠物對仗工整,被評爲“賦物端的”。《箕雅》收其七绝一首。】

金若水

《東人詩話》:金奉使若水《題任實公館》詩曰:“老木荒榛夾古蹊,家家猶未飽蔬藜。山禽不識憂民意,唯向林間自在啼。”鄭密直允宜《題江城縣舍》詩曰:“凌晨走馬入孤城,籬落無人杏子成。布穀不知王事急,隔林終日勸春耕。”鄭詩雖源于金,煅煉尤妙,可謂青出於藍者矣。

【按:金若水(高麗末葉人),《東文選》卷一九載其七絕一首。其詩關注民生疾苦,且非直言指斥,而以山禽反襯出之,頗新奇。《箕雅》收其七絕一首。】

金莘尹

《破閑集》:仁王幼臨大寶,元舅朝鮮公擅朝。醫官崔思全游談平、勃間,卒安漢祚。由是畫形麒麟,驟登宰輔。其時誥院金存中作誥云:“莽何羅之觸寶瑟,變起蒼黄;夏毋且之抵藥囊,意存忠義。”時人謂之切理。恩顧尤厚,賞賜以百萬計。有兩子曰弁曰烈。公以金罍二具與之。及公捐館,愛姬竊其一。兄怒欲鞭之,弟曰:“此先公寵妾也。當傾倒家貲以賑恤之宜矣,况此物耶?吾所得金罍尚存,請以遺之。毋困此妾也。”仁王聞之曰:“可謂孝且仁矣。”即以御筆賜名曰“孝仁”。其立朝大節可見於是。嘗辭閣門祇候應舉,欲遂先公遺令而未果,常以怏怏不已。其友金尚書莘尹作六字詩贈之:“骰子選中得失,黃粱夢裏升沉。汲汲百年能幾,如何以此傷心。”

江夏黃彬然未第時,與兩三友讀書湍州紺嶽寺。時金東閣莘尹名士也。醉發狂言,忤當時貴幸,徒步出城歸紺嶽。自云“老兵將還鄉,請寄宿”。彬然憫其老且困,許焉。終日在床下無一言,偶取火箸畫灰成字勢。座皆指目:“這老漢頗解文字也。”詰朝,公之子藴琦,已登第也,率蒼頭兩三人,負酒壺往尋及門。問於人曰:“昨者家公出都門抵此,今在否?”答曰:“但有一老兵來宿。安有金東閣耶?”藴琦突入拜庭下,彬然伏地愧謝。公笑曰:“措大!爾安得知范睢之已相秦耶?”相與登北峰,坐松下石,共飲極歡。命座客賦松風各一韻“斷送玄猿嘯,掀揚白鶴銜彬然。厭喧攲枕客,怕冷拾枯童宗聆。泠然姑射吸,颯爾楚臺雄無名。鶴寒難得睡,僧定獨如聾東閣”也。是夕劇飲而罷,彬然叩頭願受業,留數月讀《前漢書》畢方還。士林至今以爲口實。

毅王詔五道及東西兩界,分遣吏,悉錄諸院宇郵置所題詩,悉納御府,察其風謠及民物利病。因擇名章俊語編上,以爲詩選。有措大題驛壁云:“終日曝背耕,而無一斗粟。换使坐廟堂,食谷至萬斛。”金尚書莘尹出鎮龍灣幕,亦作詩:“割民媚上成風久,舉國滔滔盡詭隨。厚禄高官雖可戀,青天白日固難欺。齊王疾病如能瘳,伊摯烹醢豈敢辭。寄語友朋莫相笑,正而不足是男兒。”及是,吏錄此兩篇進呈。上閱詩,悵讀至此,默然久之,左右咸懼不測。及秋命公移鎮東藩,又明年還赴龍灣幕,三受擁旄之命,朝紳罕比。

《櫟翁稗説》:金尚書莘尹《毅廟庚寅重九日有詩》云:“輦下風塵起,殺人如亂麻。良辰不可負,白酒泛黃花。”可見當時之事不可奈何,而此老胸中亦磊落不凡。

《東人詩話》:文丞相天祥《重九》詩:“老來憂患易凄涼,説到悲愁更斷腸。世事不堪逢九九,休言今日是重陽。”高麗毅宗朝,金尚書莘尹重九有詩云:“輦下風塵起,殺人如亂麻。良辰不可負,白酒泛黃花。”蓋庚癸之亂無可奈何,然白酒黃花聊復自寬。則金老憂世之情猶或可言。丞相值宋室陽九之厄,又逢九九,世事已去,雖有白酒又何暇自慰哉!其言“休説重陽”,慷慨憂憤之詞甚于金老。惜哉!

【按:金莘尹(高麗毅宗、明宗時人),毅宗朝鎮守龍灣、東面,明宗元年(1171)以右諫議大夫同知貢舉,遷左諫議大夫。與金甫當彈劾宰相崔允儀與宦官鄭誠告身之事,後因反對承宣李俊儀等職兼臺省,左遷爲判太府事。《東文選》卷九載其五律二首,卷一二載其七律一首,卷一九載其五絕一首。其詩關乎國計民瘼,現實感頗強。《箕雅》收其五絕一首。】

蔡寶文

《新增東國輿地勝覽·仁川都护府》:蔡賨文,毅王時李純佑榜登第,官至兵部侍郎,知制誥。

《補閑集》:蔡拾遺賨文名重一時,觀其詩遒麗無雕琢之痕。嘗遊學錦城,後爲按廉而至,題公舍壁云:"此地來遊十餘載,今秋又作雁南飛。簾旌暮卷江山是,鏡匣朝開齒髮非。半夜白沙留月色,長年綠竹媚春暉。腰黄服赤新榮重,來去誰云一布衣。"又和珍島碧波亭詩云:"此亭誰創碧江濱,無限黄蘆與綠筠。柳岸喜逢彭澤令,桃源行訪武陵人。稀微海上蓬萊島,出沒波間日月輪。金橘數枝低馬首,行人誰道使君貧。"次韻道康會仙亭詩云:"驅馳客路古今同,攻破愁城酒有功。風引水聲來玉枕,月移花影上珠櫳。階邊百草爭春色,檻外雙松盡日風。座上群仙皆令德,可歌詩雅賦椅桐。"

每歲春秋轉《大藏經》及與消災道場,皆命誥院詞臣作四韻音贊詩。李公仁老初登誥院,以謂:"音贊詩乃贊佛德也,大抵賦道場莊嚴,觀覽景致。或歸美君主,敘事說情,皆非也。"及制呈云:"靈山當日鵲巢肩,濯濯還如出水蓮。"此雖句語有力,鵲巢肩是苦行時事,非贊萬德莊嚴也。金貞肅公仁鏡云:"千古金仙事杳茫,海東今日更張惶。扶蘇蒼翠真靈鷲,宣慶莊嚴是普光。"此用古事即今事可警。蔡拾遺賨文云:"性空月滿乾坤曉,覺樹花開世界春。"此真贊佛也,亦可云贊法,然非出新意。音贊之法,若不能專贊佛寶,通贊三寶亦得。如陳補闕云:"兩手蕉心經卷卷,半肩山色衲層層。"此贊僧寶也。文順公云:"琅函霧濕龍擎到,紺席風生象踏行。"此通贊法寶僧寶也。金貞肅公云:"穿花玉漏曹溪滴,映日珠簾帝網重。"此即禁中事贊法寶也。趙直講文拔云:"改'穿花'爲'風傳'則尤佳。"崔平章奭在綸院時云:"鐘吼遠醒三界夢,殿嚴高壓五天空。雖將大地研爲墨,難盡吾皇志願洪。"此詩當文廟創立興王寺三層大殿,特開慶贊道場,故雖敘事可也。文順公云:"形勝新開白玉京,江山王氣擁明堂。更憑佛力金城固,寧畏胡雛鐵騎強。"李學士云:"譆譆出出如鳴社,戰戰兢兢若履冰。"文順公:"當遷新都,日禳狄兵。"李學士:"當廩災後招粳。"宜敘事如此。陳補闕云:"禪朝案上香堆燼,講夜簷頭月减棱。"雖語格清爽,賦景致非也。第一聯言設席,頷聯、景聯皆贊三寶,落句言福利,此音贊詩之範也。雖鴻儒巨筆,尤局其前範,未免换骨。而文順公《天變消災》云:"虜吻流涎已足征,乾文見謫又何懲。天心似水雖難測,佛力如山信可憑。"《禳狄兵》云:"殘寇虚張菜色軍,吾皇專倚玉毫尊。若教梵唱如龍吼,寧有胡兒不鹿奔。"其語豪放不局,故拘凡滯俗者或議其偃蹇。趙直講《大藏道場》云:"金章進勸宸躬拜,繡衲趨迎御步巡。"言君主舉動非也。《周官·司議》:"掌相以詔揖讓之節。"注:

"贊禮曰相,以揖讓之節告王。"後漢謁者僕射贊拜,又唱贊百官拜,若今之喝。至魏始置通事舍人。今諸道場親幸拜禮,樞密詣左相之,俗稱爲勸拜。趙用俗語。

【按:蔡寶文(高麗毅宗時人),文科及第,官至兵部侍郎。《東文選》卷一三載其七律三首。其詩遒麗無雕琢之痕。《箕雅》收其七律一首。】

林　椿　**字耆之。西河人。再舉不第。武人之亂,闔門遭禍,脱身僅免,窮厄而死。**

《高麗史》卷一〇二:椿,字耆之,西河人。以文章鳴世,屢擧不第。鄭仲夫之亂,闔門遭禍,椿脱身僅免,卒窮夭而死。仁老集遺稿爲六卷,目曰《西河先生集》,行於世。

《西河集·序(李仁老)》:西河先生少有詩名於世,讀書初若不經意,而……字字皆有根蔕,眞得蘇黄之遺法,雄視詞場,可以穿楊葉於百步矣。而屢擧不得第,及毅王末年闔門遭禍,一身僅脱,避地於江之南。累歲還京師,收合餘燼,思欲雪三奔之恥。卒不就一名。宗伯李相國贈詩曰:"莫嗟丹桂久含冤,人道明年作狀元。無限禹偁多日恨,不教英俊在吾門。"雖窮躓不振,而名動搢紳如此。大抵秉筆之徒,工於詩則短於爲文,互有得失。右擅其美,罕有兼得之。先生文得古文,詩有騷雅之風骨,自海而東,以布衣雄世者一人而已。

《明谷集·林西河集重刊序》:林西河耆之先生生負絶藝,大鳴一世。文苑之評,謂得蘇長公風格。觀於眉叟誄文所謂"名將泰華不滅。才與星斗相軋",可見當時推許之盛也。然其章什之流傳,只寂寥數篇,眞箇泰山毫芒,一臠不足以識全鼎,譚者以爲恨。乃者野僧掘地江岸,得銅尊一枚,中有西河集印本詩文六卷合爲一冊,後爲清道士人所有,西河之後孫再茂訪求而得之。及爲洪陽營將,將謀重刻以廣其傳。間嘗袖以示余,求爲之釐定,余爲摩挲而屢歎之。

《破閑集》:牛後,教坊花原玉小字,色藝爲一時冠。黄壯元作《牛後歌》,其略云:"應恨蛾眉馬前死,欲教返是名牛後。"劉壯元羲云:"牛心只合供羲之。"吾友耆之云:"只應天上隨牽牛。"故以"牛後"爲名字,請僕同賦:"君不見石崇騎牛迅若飛,綠珠豔質芝蘭秀。又不見魏公騎牛行讀書,雪兒妙唱雲霄透。自古綺羅人,例合居牛後。持此問牛後,得稱汝意否。嫣然含笑微俛首,一曲千金爲我壽。"

華嚴月師少從僕遊,自號高陽醉髡,作詩有賈島風骨。昨者攜訪西河耆之,一見如舊識。乃謂曰:"師爲李公稱譽久矣。何必待握手論交,然後爲相知耶?"即於座上伸筆而贈之:"昔有能詩釋惠勤,從遊長在醉翁門。如今眉叟真奇士，誇我高陽得一髡。長恨聞名猶未見，相逢欲話却忘言。清詩健筆何須問，且說相傳自狀元。”

詩家作詩多使事，謂之點鬼簿。李商隱用事險僻，號“西崑體”。此皆文章一病。近者蘇黄崛起，雖追尚其法，而造語益工，了無斧鑿之痕，可謂青于藍矣。如東坡“見說騎鯨遊汗漫，憶曾捫虱話悲辛”，“永夜思家在何處，殘年知爾遠來情”，句法如造化生成，讀之者莫知用何事。山谷云“語言少味無阿堵，冰雪相看只此君”，“眼看人情如格五，心知世事等朝三”，類多如此。吾友耆之亦得其妙，如“歲月屢驚羊胛熟，風騷重會鶴天寒”，“腹中早識精神滿，胸次都無鄙吝生”，皆播在人口，真不愧于古人。

西河耆之倦遊，僑泊星山郡。郡倅飽聞其名，送一妓薦枕，及晚逃歸。耆之悵然作詩曰：“登樓未作吹簫伴，奔月空爲竊藥仙。不怕長官嚴號令，謾嗔行客惡因緣。”其用事甚精。此古人所謂蹙金結繡而無痕跡。

白雲子棄儒冠，學浮屠氏教，包腰遍遊名山。途中聞鶯，感成一絕：“自矜絳觜黄衣麗，宜向紅牆綠樹鳴。何事荒村寥落地，隔林時送兩三聲。”吾友耆之失意游江南，聞鶯亦作詩云：“田家椹熟麥將稠，綠樹初聞黄栗留。似識洛陽花下客，殷勤百囀未曾休。”古今詩人托物寓意多類此。二公之今作，初不與之相期，吐詞凄惋，若出一人之口。其有才不見用，流落天涯羈遊旅泊之狀，了了然皆見於數字間。則所謂“詩源乎心”者，信哉！

耆之避地江南幾十餘載，攜病妻還京師，無托錐之地。偶游一蕭寺，岸幅巾兀坐長嘯。僧問：“君是何人？放傲如是。”即書二十八字：“早把文章動帝京，乾坤一介老書生。如今始覺空門味，滿院無人識姓名。”

《補閑集》：林先生椿《贈李眉叟書》云：“僕與吾子雖未讀東坡，往往句法已略相似矣。豈非得於中者暗與之合？”今觀眉叟詩，或有七字五字從《東坡集》來。觀文順公詩，無四五字奪東坡語，其豪邁之氣，富贍之體，直與東坡吻合。世以椿之文得古人體，觀其文，皆攘取古人語，或至連數十字綴之以爲己辭，此非得其體，奪其語。

十二徒冠童，每夏會山林肄業，及秋而罷，多寓龍興、歸法兩寺。一夕秋空月朗，爽氣襲人，咸司直淳、李先達湛之、玉先達和遇，率冠童六七人，會歸法石橋開小飲。用前人韻賦詩。李曰：“夏炎風掃去，秋意月含來。”咸、玉皆愕然自屈。聞者笑曰：“此林椿先生句也。不知醉李潛竊耶？暗合耶？何毒玉不知而自屈也。”李使酒不檢，玉耿介忤物，故時呼“醉李毒玉”。

《櫟翁稗說》：林西河椿《聞鶯》詩云：“田家椹熟麥將稠，綠樹初聞黄栗留。似識洛陽花下客，殷勤百囀未能休。”崔文清公滋《夜直聞采真峰鶴唳》詩云：“雲掃長空月正明，松棲宿鶴不勝清。滿山猿鳥知音少，獨刷疏翎半夜鳴。”二詩俱是不遇感傷之作，然文清氣節慷慨，非林之比。

《東人詩話》：林西河椿薄遊到星山，州倅送名妓薦枕，及晚逃歸。明朝徑赴筵席，林有詩曰：“紅妝待曉帖金鈿，爲被催呼上綺筵。不怕長官嚴號令，謾嗔行客惡因緣。乘樓未作吹簫伴，奔月還爲竊藥仙。寄語青雲賢學士，仁心不用示蒲鞭。”近有韓斯文卷奉使到平壤，妓有勝小蠻者色藝俱絕，韓頗屬意。州官令蠻薦枕。蠻有他狎客，怒韓醜老，背燈而坐，俄而遁去。韓作詩云：“平壤佳兒勝小蠻，年才二八玉容顔。縱然未遂鴛鴦夢，却勝高唐夢裏看。”比之林詩不及遠甚，然亦可資梨園捧腹。

《謏聞瑣錄》：高麗僧神駿《聞鶯》一絕：“田家葚熟麥初稠，宜向紅牆綠樹鳴。何事荒村寥落地，隔林時送兩三聲？”林西河椿亦有一絕云：“田家葚熟麥初稠，綠樹初聞黄栗留。似識洛陽花下客，殷勤百囀未曾休。”李學士眉叟評云：“二公之作，初不與之相期，而吐辭凄惋，若出一人之口。”余則以爲不然，前詩詠物而失於纖弱，後詩言情而句法豪壯，氣象不同，而云“若出一人”，何耶？林詩本歐陽公“四月田家麥穗稠，桑枝生葚鳥啁啾。鳳城綠樹知多少，何處飛來黄栗留？”非徒竊意，仍竊其語也。

《稗官雜記》：林西河《詠逃妓》詩……固佳矣，但“蒲鞭”一語，頓無香閨風韻。若遇投梭之女，恐不如幼輿之甘心折齒也。

《小華詩評》：林西河椿詩曰：“十載崎嶇面撲埃，長遭造物小兒猜。問津路遠槎難到，燒藥功遲鼎未開。科第未思羅隱恨，離騷空寄屈原哀。襄陽自是無知己，明主何曾棄不才。”以公文章，終未登第，其感慨愁歎之意可見於詩矣。

《東國詩話彙成》：林椿卒既二紀，李文順嘗夢其友朴還古來告云：“林先生死，墓銘非子焉托？”因出木槧三寸許，請其辭。李嫌其狹，朴曰：“得子辭，雖一字足矣。”遂志曰：“林某字耆之，性孤峭，頗以才自負，累舉試場不捷，某日月卒於家。”銘曰：“未施才，命哉！”按：文順此志雖夢中所作，才一二語，敘盡其一生事，殆筆之三昧者矣。先生文集久無傳者，近康熙癸巳年間，嶺南雲文寺僧印淡因夢感之異，掘得先生遺集于本寺之近麓，詩文凡六篇，盛之銅器，封緘甚密。即前朝僧印淡所藏也。藏之者印淡，得之者印淡，其事甚奇。後殆四百年而其集復行於世。

【按：林椿（高麗毅宗時人），字耆之，號西河。醴泉林氏始祖，奉享醴泉玉川精舍。與李仁老、吳世才等並稱江左七賢，其詩文收錄于《三韓詩龜鑑》，著有《西河集》今傳，假傳體小說《麴醇傳》、《孔方傳》膾炙人口。其詩寒孤，简古精雋。學蘇黄，善用典而無斧鑿痕跡。身世坎坷，故多感慨之詞。《箕雅》收其七絕一首、五律一首、七律四首。】

金克己　　**慶州人。高宗時爲翰林。**

《東文選·金居士集序(俞升旦)》:四序迭循而春回天宇,則羽蟲百族乘淑氣之漲暖,引吭鏄鞘,玉囀珠哢,嚶嚶磔磔,觸耳可愛。及至梧樹朝陽,長離綵羽,覽德輝而下翔,嗜雅音而律。則向之群噣反哇淫啾雜,蔑足聽者。翰苑金先生以詩鳴于時,其類是歟? 眞人中鸞鳳也。先生諱克己,鷄林人也。童齔穎悟,開口成章卽有驚人語。逮壯不汲汲于進。自登進士第,不復首路京師借勢公卿之門,唯與逸人韻士嘯咏山林。故文譽益豐,而宦途愈阻。安仁素髮颯已垂領,始補義州防禦判官。亦非在上推轂引手之援,自以桂藉久次見調耳。秩滿替迴,明廟聞其詞藻,召直翰林院。搢紳鉅公昔但飲其名,今始嚌其實,同然歆服,曾無異辭。惜乎! 命不副才,卒以六品青衫而就木焉。儀曹之命,亦泉壤之追寵,朱銀華錫不逮其存。吁! 可嘆也哉。有集百餘卷。噫! 膝下絶析薪之克荷,琴中少流水之深知。若稍延引歲月,則殆磨滅于醬瓿間。賴今相國清河崔公瑀愛才好善出自天性,當世之嘶風冀野自銜爲山子騄駬者,與夫眠沙伏草隱逸德於坰牧者咸蒙翦拂,騰踔雲路。至乃骨苟駿,雖死尚以千金市。故先代之以文名世,生不遇以隕沒者,雖片言隻字,皆欲捃拾以傳不朽。而先生遺稿首被搜訪,凡得古律詩四六雜文共一百三十五卷,盖其平昔手錄。分送數州,俾售工而鏤于板者,欲其速成也。一日,大常嚴府錄叔卿見訪於弊廬,欵諭相國公之旨,因以題辭屬於予。自顧朽鈍,屢負血指汗顔之愧,宜執謙挹,以推妙斲。竊感相國公之知待,又喜掛名於先生集中,聊記梗概,冠諸篇首云。

《補閑集》:李學士《逍遙園》云:"接輿當日諗肩吾,綽約神人在邈姑。唯有神高汾水側,杳然親見雪肌膚。"文順公《獨樂園》云:"一泉寒水呼鄰汲園中井縱鄰里汲,滿榻清風共客分。唯有名園靜中樂,不曾容易使人聞。"金翰林《清聚軒》云:"下嶺飛泉尚有情,穿林落沼響泠泠。若觀一性無分别,尋丈波瀾卽四溟。"李學士奇辭妙意全用《南華》篇,文順公出自新趣,金翰林使浮屠語。古人云:"蘇子瞻雖言辭浩瀚有餘意,近於浮屠,非謂風騷之作。"若文烈公《貓兒》詩,是答慧素師。金翰林清軒詩,是題僧舍,宜以浮屠言之也。其他作不應淺異。

文烈公《菊花》云:"一夜秋風萬樹空,菊花才發兩三叢。樊素無情逐春去,朝雲獨自伴蘇公。"文順公云:"青帝司花翦刻多,何如白帝又司花。金風日日吹蕭瑟,把底陽和放豔葩。"翰林云:"芬敷恨不及春風,露冷霜凄慘玉容。歲晚芳心誰獨識,殘叢尚有愛花蜂。"李學士《重九後》云:"莫將殘豔怨居諸,一掬秋香久尚餘。人意不隨時自變,龍陽何苦泣前魚。"古今多以美女比花,文烈用美人事,意雖精當,事則芻狗。眉叟用龍陽事,此詩家意外之喻,最警。又《賦鸚鵡》云:"語言愈巧身愈困,須信韓非死《說難》。"皆類此。金詩有風人自寓之意,讀之悽然有感。文順公不用事不取比,直穿天心而已。

李學士《梅花》云:"青帝含情玉作花,素衣真箇在施家。幾教醉尉昏昏眼,錯認林中縞袂斜。"皇祖《和金樞密玉梅》云:"姑射冰膚雪作衣,香唇曉露吸珠璣。應嫌俗蕊春紅染,欲向瑤臺駕鶴飛。"文順公《梨花》云:"初疑枝上雪粘華,爲有清香認是花。飛來易見穿青樹,落去難知混白沙。"金翰林《李花》云:"凄風冷雨濕枯根,一樹狂花獨放春。無奈異香來聚窟,漢宫重見李夫人。"李學士眉叟《李花》云:"曾將玉鹿駕雲車,入處瓊宫十八餘。樹下初生因作姓,從茲仙李便扶疎。"《梅花》二首用事雖異,皆取色言。《李花》兩首用事有深淺,優劣自分。眉叟但言李不言花,雖用事深,何工?文順公率不用事,蓋尚新意耳。

予偶得金翰林集第一卷觀之,卷首編《宫詞八詠》,皆古人已陳之意,且復辭語淺局,私心竊薄之。漸披至兩三幅,見《醉時歌》及《河陽山莊》、《用劇韻敘舊》等長篇,其辭意清曠。後復見八九卷,清辭浩汗,酌而不窮,誠富贍之才華也。不然何以陳補闕澕《憶翰林》云"吟詩臥窮巷,爽氣透屋浮。上天結爲露,散作人間秋"?翰林《途中即事》云:"一徑青苔澀馬蹄,蟬聲斷續路高低。窮村婦女猶多思,笑整荊釵照柳溪。"《漁翁》云:"天翁尚不貫漁翁,故遣江湖少順風。人世險巇君莫笑,自家猶在急流中。"《晨興》云:"竟日長吟《蜀道難》,横眠始得一身閑。却嫌枕上多情蝶,千里崎嶇訪故山。"《東郊值雨》云:"黄塵漠漠漲晴旻,舉扇西風厭汙人。多謝晚雲能作雨,半途湔洗滿衣塵。"《贈彌勒寺住老》云:"林端窈眇路逶遲,境僻寧教俗士知。唯有雪衣松上鶴,見公初到結廬時。"《秋晚月夜》云:"日落頑風起樹端,飛霜貿貿葉聲乾。開軒不用迎清月,瘦骨秋來怯夜寒。"《興海道上》云:"桑間婦女趁微行,撥穀飛來繞樹鳴。只爲田家趍事報,何人寫出管絃聲。"辭意清熟,頗帶風騷,類多長篇巨韻,或鮮有宫禁富貴之作,故但錄此山野絕句而已。觀其集,疑有他山石來介於群玉崗,是由編摭者無似耳。

鄭舍人知常《新雪》云:"昨夜紛紛瑞雪新,曉來鴛鷺賀中宸新雪朝賀。輕風不動陰雲卷,白玉花開萬樹春。"此詩和豔富貴,非東坡所謂"村學中"雪詩也。金翰林《雪》云:"矗嶺嵬岑繞郭來,横空萬疊玉成堆。水仙向曉遊何處,江上銀屏邐迤開。"李眉叟《雪》云:"暮風吹雪弄纖纖,夜久渾疑月滿簷。須信書生清透骨,玉壺空掛水晶簾。"金詩喻白,李詩喻清,喻清之詩尤爽。

金翰林云:"北軒睡足花陰轉,樑燕將雛去又來。"雖不及陳詩,其語華緊相近。

《東人詩話》:金員外克己《醉時歌》:"釣必連海上之六鼇,射必落日中之九烏。六鼇動兮魚龍震盪,九烏出兮草木焦枯。男兒要自立奇節,弱羽纖鱗安足誅。"語甚豪壯挺傑。其意本少陵"射人先射馬,擒賊先擒王",其詞本涪翁"酌君以蒲城桑落之酒,泛君以湘纍秋菊之英。酒洗胸中之磊塊,菊制短世之頹齡"。雖用二家詞意,渾然無斧鑿痕,真竊狐白裘手。

范希文《贈釣者》詩:"江上往來人,但愛鱸魚美。君看一葉舟,出沒風波裏。"金居士克己賦《漁翁》詩:"天翁尚不貰漁翁,故遣江湖少順風。人世險巇君莫笑,自家還在急流中。"語意深遠,末句尤妙,道希文所不道。蔡蒙齋粹然詩曰"世間無地不風波",即此意。

《惺叟詩話》:金員外克己詩運思極巧,《詠冬日李花》落句曰:"無乃異香來聚窟,漢宮重見李夫人。"此前賢所未道者。在龍灣作詩曰:"文章向老歌相娛,一劍遊邊尚五車。衙罷不知爲塞吏,紙窗明處臥看書。"其排遣之懷脩然可想。

《小華詩評》:詩人之詠漁父,例多取其閑味而已。獨金老峰克己詩曰:"天翁尚不貰漁翁,故遣江湖少順風。人世險巇君莫笑,自家還在急流中。"此則言其危險,乃反案法也。真逸齋成侃詩曰:"數疊青山數曲煙,紅塵不到白鷗邊。漁翁不是無心者,管領西江月一船。"此亦與有心于名利者異矣。屬意雖不同,寫景遣辭,各極其妙。

《東國詩話彙成》:新羅風俗淳直,雖豪富婦女未嘗服羅綺。公作詩記之云:"十里桑麻一徑通,熙熙尚有古人風。犁鋤只自鳩民事,綺繡何曾蠹女工。"……爲詩典雅,對偶襯切。譬如秋山,多骨少肉,奇峭無窮,而草木亦與之堅實。

《星湖僿説》:高麗金克己《黄龍寺》詩云:"五侯耽耽宇,當夏不受暑。炎官恥失威,陋室煩遷怒。焦心愁似火,爍體汗如雨。願隨葉靜能,飛入清虚府。身騎輕瑤蟾,手弄白玉兔。可惜凡骨腥,雲霄失歸路。不如扣幽人,霑灑清軟語。曉起理枯藤,來尋西社主。蝸涎繞砌苔,鳥弄雲歸樹。殿閣誇壯麗,尋空欲飛去。一室曼陀花,繽紛落玉麈。坐久黄金鴨,湛煙横篆縷。活火試芳茶,花瓷浮玉乳。香甜味尤永,一啜空百慮。暮色入平林,長廊鳴法鼓。才微萬象驕,把筆吟尤苦。"此篇可誦,命意又奇,蓋憤世疾俗之作也。貴勢崇高,人不敢那,而貧賤固窮,反受其毒。至"凡骨、失路"之語,有籲天難徹之意,惟知者知其然耳。又《金海黄山院》一聯云"驚起浪聲風意氣,洗開山色雨工夫",下語亦奇。此人溶溶大家數,其見於《輿地勝覽》亦多此類。惜不得見其全集。

【按:金克己(高麗中期人)號老峰,籍貫慶州。文科及第,無心仕宦,後因學行任職翰林院，不久去世。著有《金居士集》一三五卷。《東文選》卷四載其五古一首，卷六載其七古二首，卷九載其五律八首，卷一三載其七律一一首，卷一八載其七排一首，卷一九載其七絶二七首。其詩爲"麗朝詩十二家"之一，屬詞清曠，多而益富，或典雅俊壯，或幽博明媚。《箕雅》收其七絶七首、五律五首、七律六首、五古六首、七古二首。】

李仁老　　**字眉叟，號雙明齋。仁州人。明宗時登科魁，在玉堂十四年，官至右諫議大夫。**

《高麗史》卷一〇二：李仁老字眉叟，初名得玉，平章事顒之曾孫。自幼聰悟，能屬文，善草隸。鄭仲夫之亂，祝髮以避，亂定歸俗。明宗十年，擢魁科，補桂陽館記，遷直史館，出入史翰凡十有四年。與當世名儒吳世才、林椿、趙通、皇甫抗、咸淳、李湛之結爲忘年友，以詩酒相娱，世比江左七賢。神宗朝，累遷禮部員外郎。高宗初，拜秘書監右諫議大夫。卒，年六十九。以詩名于時。性偏急，忤當世，不爲大用。所著《銀臺集》二十卷、《後集》四卷、《雙明齋集》三卷、《破閑集》三卷行於世。

《破閑集》：讀惠弘《冷齋夜話》，十七八皆其作也。清婉有出塵之想，恨不得見本集。近有以《筠溪集》示之者，大率多贈答篇，玩味之皆不及前詩遠甚。惠弘雖奇才，亦未免瓦注也。古語云"見面不如聞名"，信矣。因見潘大臨《寄謝臨川》一句，今爲補之："滿城風雨近重陽，霜葉交飛菊半黄。爲有俗雰來敗意，惟將一句寄秋光。"

文房四寶皆儒者所須，惟墨成之最艱。然京師萬寶所聚，求之易得，故人人皆不以爲貴焉。及僕出守孟城，承都督府符造供御墨五千挺，趁春月首納之。乘遽到孔巖村，驅民采松煙百斛，聚良工躬自督役，彌兩月云畢。凡面目衣裳皆有煙煤之色。移就他所洗浴良苦，然後還城。是後見墨雖一寸，重若千金，不敢忽也。因念世人所受用，若剡藤蘄竹蜀錦吳綾皆類此。古人云《憫農》詩："誰知盤中餐，粒粒皆辛苦。"誠仁者之語也。僕始得孟城，作一絶云："稚川腰綬白雲邊，手採丹砂欲學仙。自笑驚蛇餘習在，左符猶管碧松煙。"

雞林人金生用筆如神，非草非行，迥出五十七種諸家體勢。本朝華嚴大士景赫、樞府金公立之以草擅名，然未免仲翼、周越之俗氣。毅王末年，大金使人蓋益筆勢奇異，清河崔讜購得之，常掛壁以賞之。有人借觀，留其真跡，而影寫還之。學士誦《東山》詩："畫地爲餅未必似，要令癡兒出饞水。"笑而不問。僕聞之戲爲絶句："子雲春蚓謾成行，醉素驚蛇去渺茫。夢覺不知誰得鹿，路多空歎竟亡羊。"

恒陽子真出倅關東，夫人閻氏悍妒無比。有女隸頗姿色，勿令近之。子真曰："此甚易耳。"乃與邑人換牛蓄之。僕聞之戲成一絕："湖上鶯飛杳不還，江皐佩冷欲尋難。園桃巷柳今何在，只有欄邊黑牧丹。"然道阻不得附郵筒。其後二十餘年，子真新僦屋紅桃井里，與僕連牆接巷，旦夕相從。請觀僕詩稿，以一通出示之。讀之半，有題云《聞友人爲郡君所迫，以妾換牛》，子真愕然，徐曰："是誰耶？"僕笑曰："公是已。"子真曰："有是哉？然閨閫間一時戲耳。雖勿嘲評可也。不如是何以助先生萬古詩名！"閔氏先子真死，鰥居八載猶不邇色，可謂篤行君子。

黄壯元彬然中秋直玉堂，長空無雲，月華如晝。作詩示同局吳公世文："季孟中間朔，炎凉一樣天。春宵何闃寂，秋夕獨喧闐。月色應同爾，人心所使然。知君能决事，此景果誰先。"玩味之深有理趣，不見和篇，今用其意答之："月輪當一歲，十有二回圓。底事秋將半，流天影自偏。金風收掩翳，玉露洗嬋妍。故與春宵異，憑詩子細傳。"

湍州北仰巖寺距皇都不遠，山奇水異，窅然有幽奇之致。僕與隴西湛之嘗讀書於此，每日暮憑欄縱目，漁火明滅，雲沉煙澹，茅茨聯屬，如在武陵源上。將還，主老挽裾請留一字勤懇，因題壁上云："前壓蒼波後翠巖，蕭蕭蘆葦半松杉。謝公遊興唯雙屐，張翰歸心滿一帆。只要緱山鞭皓鶴，不須溢浦泣青衫。十洲三島遊遨遍，自愧飄然骨換凡。"其後二十年，子真出按南洲，倦行入憩於是寺。其詩壁半毁，塵侵苔蝕。幾不可讀字。謂傍人雖不以紗燈籠護之，不加堊焉，幸矣。即設詩板，親自跋之，囑三剛勿令墮失。

元宵，黼座前設絳紗燈籠，命翰林院制燈籠詩進呈，使工人用金薄剪字帖之，皆賦元宵景致。明王時，僕入侍玉堂，即制進云："風細不教金燼落，更長漸見玉蟲生。須知一片丹心在，欲助重瞳日月明。"上大加稱賞。是後皆詠燈，自僕始。

昔仁王初，許平章洪材以金榜首入侍玉堂。毅王即祚，劉公羲、黄公彬然相繼而入。明王在宥，李公純祐先鳴，僕以不才繼之於後，近有金公君綏亦踵僕而入焉。僕以一絕賀之："十載含毫演帝綸，多君繼入玉堂春。如今始識花磚貴，共是龍門第一人。"

碧蘿老人嘗以睡居士所畫墨竹小屏贈僕，題白傅詩一句於後云："管領好風煙，欺凌凡草木。"筆跡尤奇妙。僕嘗學之，遇紙素屏幛無不揮灑，自以謂得其仿佛。故作詩云："餘波猶及碧琅玕，自恐前身文笑笑。"然僕誠不工，僅得形似耳。堂兄千林堂頭以紙屏求之，僕但寫一枝，横跨四幅，而不及葉。有一畫史見之曰："此枝節非庸流所能，有東山墨戲風骨。"乃安八九葉於其間，便有蕭然氣勢。昔潘岳得樂廣之旨，緝成名筆；鄭國之令，東里猶潤色之。今是竹也,亦雕琢之餘,盤薄之巧,相資而成,吻然若出於爐錘之一手,可謂凝神矣。有贊之者曰:“乾坤一氣,胡越同心。衆妙之極,無跡可尋。”

僕嘗於貴家壁上,見草書二簇,煙薰屋漏,形色頗奇古。其詩云:“紅葉題詩出鳳城,淚痕和墨尚分明。御溝流水渾無賴,漏泄宮娥一片情。”座客皆聚首而觀之,以謂唐宋時人筆,紛然未得其實,就問於僕以質之。僕徐答曰:“是僕手痕也。”客愕然曰:“殘縑敗素寒具留痕,似非近古物。”僕曰:“此僕《詠史》詩中一篇也。僕非自作,未嘗下筆作草。”

天水亦樂將赴梁州倅,僕與子真冒曉到天壽寺門餞之。亦樂爲友人所牽挽,日午尚未到。二人者緩步訪一僧舍,闃然無人。僕偶以淡墨題板扉云:“待客客未到,尋僧僧亦無。唯餘林外鳥,款曲勸提壺。”其後二十餘年,於子真家見一僧,道貌魁然不凡,揖僕曰:“曾蒙寵示佳篇,姑此奉謝。”僕惘然不測,僧誦此詩云:“我是當時主院者也。”相與大噱。遂附家集云。

智異山或名頭留,始自北朝白頭山而起,花峰萼谷綿綿聯聯,至帶方郡,蟠結數千里,環而居者十餘州,歷旬月可窮其際畔。古老相傳云:“其間有青鶴洞,路甚狹才通人行,俯伏經數里許,乃得虛曠之境。四隅皆良田沃壤宜播植,唯青鶴棲息其中。故以名焉。蓋古之遁世者所居,頹垣壞塹猶在荊棘之墟。”昔僕與堂兄崔相國有拂衣長往之意,乃相約尋此洞,將以竹籠盛牛犢兩三以入,則可以與世俗不相聞矣。遂自華嚴寺至花開縣,便宿神興寺。所過無非仙境,千巖競秀,萬壑爭流,竹籬茅舍,桃杏掩映,殆非人間世也。而所謂青鶴洞者,卒不得尋焉。因留詩巖石云:“頭留山迥暮雲低,萬壑千巖似會稽。策杖欲尋青鶴洞,隔林空聽白猿啼。樓臺縹緲三山遠,苔蘚微茫四字題。試問仙源何處是,落花流水使人迷。”昨在書樓偶閱《五柳先生集》,有《桃源記》。反復視之,蓋秦人厭亂,攜妻子覓幽深險僻之境,山回水復,樵蘇所不可得到者以居之。及晉太元中,漁者幸一至,輒忘其途不得復尋耳。後世丹青以圖之,歌詠以傳之,莫不以桃源爲仙界羽車飆輪長生久視者所都,蓋讀其記未熟耳。實與青鶴洞無異,安得有高尚之士如劉子驥者,一往尋焉。

《破閑集·誌(李世黃)》:《南華篇》曰:“親父不爲子媒。親父譽之,不若非其父者也。何則?蓋謂聽者惑也。”子之於父亦猶是。苟以父之所爲,推美于文翰之中,則只自招謗耳,又不若非其子者也。然《戴經》云“父作子述”,則昔童烏之參《玄》是也。又况《魯論》云:“父在觀其志,父歿觀其行。”則之志也之行也,豈他人所能得其仿佛哉?惟子乃能耳。若以《南華》之親嫌,背《戴經》、《魯論》戒子之義,而不錄先人志行而傳於不朽,則觀父之義安在哉？我先人，生大金天德四年壬申，早喪考妣，無所依歸。有大叔華嚴僧統寥一撫養之，常不離左右。訓誨勤勤，三墳五典諸子百家莫不漁獵。至乙未夏題名豹榜，翌年秋月，踵八賢關連捷考藝，又庚子春場首登龍門，聲動士林。及永清司業崔公永濡爲賀正使，以書狀官預于一行。是年臘念七，行至漁陽鵝毛寺，乃祿山煉兵所也，因留詩云："槿花相映碧山峰，卯酒初酣白玉容。舞罷霓裳猶未畢，一朝雷雨送豬龍。"入燕都，元日館門額上，題春帖子云："翠眉嬌展街頭柳，白雪香飄嶺上梅。千里家園知好在，春風先自海東來。"題未幾，名遍中朝。及還朝，出爲桂陽書記，俄入補翰林，凡諸詞疏皆出手下。厥後中朝學士遇本朝使价，則取誦前詩，問云"今爲何官"不已。先人始自翰院至於誥院，凡十有四載，演綸餘暇遇景落筆，詞若湧泉略無停滯，時人指之曰"腹稿"。日與西河耆之、濮陽世材輩約爲金蘭，花朝月夕未嘗不同，世號"竹林高會"。倚酣相語曰："麗水之濱必有良金，金山之下豈無美玉。我本朝境接蓬瀛，自古號爲神仙之國。其鍾靈毓秀間生五百，現美於中國者，崔學士孤雲唱之于前，朴參政寅亮和之於後。而名儒韻釋，工於題詠，聲馳異域者，代有之矣。如吾輩等，苟不收錄傳於後世，則堙沒不傳决無疑矣。"遂收拾中外題詠可爲法者，編而次之爲三卷，名之曰《破閑》。又謂儕輩曰："吾所謂閑者，蓋功成名遂懸車綠野心無外慕者，又遁跡山林饑食困眠者，然後其閑可得而全矣。然寓目於此，則閑之全可得而破也。若夫汨塵勞役名宦，附炎借熱，東鶩西馳者，一朝有失，則外貌似閑而中心洶洶，此亦閑爲病者也。然寓目於此，則閑之病亦可得而醫也。若然，則不猶愈於博弈之閑乎？"當時聞者皆曰"然"。集既成，未及聞於上，而不幸有微恙，卒于紅桃井第。先是家有鵶頭孫女，夢見青衣童十五輩，奉青幢翠蓋，扣門叫喚。家童閉門力拒，俄而門鎖自開，青衣踴躍直入相賀，須臾而散去。未幾而卒。則安知不爲玉樓之記而召之耶？上仙之夕，有赤氣一條上冲牛斗間，竟夜不滅，望之者皆怪焉。此蓋先人之平昔也，自負其文章聲勢，而恨不得提衡，居常鬱鬱。及登左諫議大夫，始受選錢之命。未開試席，天不假年，奄然而逝。則其胸中憤氣發而上衝者，又未可知也。噫！平生所著古賦五首，古律詩一千五百餘首，手自撰爲《銀臺集》。又撰耆老會中雜著爲《雙明齋集》。洪樞府思胤，是雙明太尉公之姻族也。嘗管興王寺，受朝旨付板，教藏堂傳於世，其餘皆未上板，但積年蠹朽于家藏耳。頃當水龍秋首，北兵大至。掠及松都，城中擾亂，捲入江都。時又霾霖連月，攜幼扶老，共迷所適，或填溝壑而死者亦多矣。僕時爲學諭，扈從法駕，艱難跋涉中，常齎遺稿不啻若籯金，猶恐有隻字之失，期成萬世子孫之寶，寤寐不忘者，將五十年矣。頃以事黜於東閣，貶秩左符于機張縣。于時按廉使大原王公弭節弊封,問民之暇,語及先人遺稿。哀余力薄未遂其志,命取雜文三百餘首,《破閑集》三卷,躬自檢閲。命工鋟梓,光曜幽宫。又使僕之鬱結一朝冰釋,則可不覼縷本末,以視無極耶?其所未畢者,倘有雲來收拾餘緒,繼志板傳,則與《戴經》《魯論》所說,亦可鏡於千古矣。庚申三月日孽子閤門祗候世黄謹志。

《補閑集》:李眉叟少年時所作《送春詩》、《孤石碧蘿亭詩記》,無不膾炙人口,以此名爲獨步。及爲翰林以後,見從前所作甚鄙之。人有言者,輒慚恧。皆焚之,不編于家集中。

《東人詩話》:李大諫仁老《瀟湘八景》詩:"雲端豔豔黄金餅,霜後溶溶碧玉濤。欲識夜深風露重,倚船漁父一肩高。"語本蘇舜欽"雲頭灩灩開金餅,水面沉沉臥彩虹"之句,點化自佳。元學士趙孟頫愛此詩,改後句曰:"記得太湖楓葉晚,垂虹亭下訪三高。"其必有取捨者存焉。

李大諫仁老《題天水寺壁》云:"待客客未到,尋僧僧亦無。唯餘林外鳥,款曲勸提壺。"古之評詩者以謂能狀難寫之景如在目前,含不盡之意見於言外,然後爲至。予於此詩見之矣。且韓昌黎詩:"喚起窗全曙,催歸日未西。無心花裹鳥,更與盡情啼。"蓋催歸、喚起皆鳥名,提壺亦鳥名,李詩自然有韓法。

古人云:"句法不當重疊。"如淮海小詞"杜鵑聲裏斜陽暮",蘇東坡曰:"此詞高妙。但既云斜陽,又云暮,重疊也。"李大諫題《漁陽》詩云:"槿花低映碧山峰,卯酒初酣白玉容。舞罷霓裳歡未足,一朝雷雨起豬龍。"此詩亦好,但既曰碧山,而又曰峰,亦未免重疊之病。

《惺叟詩話》:《翰林别曲》稱元淳文、仁老詩,則李大諫之詩,固亦當時第一也。其"半夜聞雞聊起舞,幾回捫虱話良圖"之句殊好,與瞿宗吉"射虎他年隨李廣,聞雞中夜舞劉琨"相似。其《八景》詩亦佳。

李大諫值銀臺,作詩曰:"孔雀屏深燭影微,鴛鴦雙宿豈分飛?自憐憔悴直樓女,長爲他人作嫁衣。"蓋李大諫久屈於兩制,尚未登用,而同年皆涉揆路,因草相麻,感而有此詩也。

《小華詩評》:李仁老號雙明齋,嘗奉使赴燕,元日門館額上題春帖子,未幾名遍中朝。後中朝學士遇本朝使价取誦前詩,問曰"今爲何官"云。其詩曰:"翠眉嬌展街頭柳,白雪香飄嶺上梅。千里家園知好在,春風先自海東來。"語甚清婉。且如《幽居》一絕曰:"春去花猶在,天晴谷尚陰。杜鵑啼白晝,始覺卜居深。"酷似唐家詩。

【按:李仁老(1152—1220)初名得玉,字眉叟,號雙明齋。籍貫仁州,李顗曾孫。文科及第。與皇甫抗等七人結爲忘年友,自稱海左七賢,好詩酒,文章書法出衆，爲“麗朝詩十二家”之一。著有詩賦《銀臺集》二十卷。詩話《破閑集》今傳，闡發詩學理論頗多。其詩清麗要妙，“言皆格勝，使事如神，雖有躡古人畦畛處，琢煉之巧青于藍也。”（崔瀣）《箕雅》收其五絶二首、七絶六首、五律一首、七律五首、五古四首、七古四首。】

俞升旦　　仁同人。人謂之“照夜神珠”。高宗受學，待以師禮。官至參知政事。謚文安。

《高麗史》卷一〇二：俞升旦，初名元淳，仁同縣人。沉訥謙遜，博聞强記，尤工於古文，世稱“元淳文”。經史奥義，有問者，辨釋無疑。至於釋典，亦能旁通。嘗過尚書朴仁碩家，仁碩有藻鑑，待之盡禮。人問其故，答曰：“此人如照夜神珠，求不可得，况敢自致？”康宗爲太子時，選補僚屬，擢第爲侍學。康宗放江華，升旦亦被斥不調。熙宗朝，始授南京司録參軍。與留守崔正華有隙，降授深岳監務，不赴。高宗在幼冲亦受學，及即位，除宫署丞，恩眷甚厚，遂爲師傅，歷禮部侍郎、右諫議大夫，進參知政事。蒙古大舉侵及京畿，崔怡會宰樞，議遷都江華。時升平既久，京都户至十萬，金碧相望，人情安土重遷。然畏怡，無敢發一言者。升旦獨曰：“以小事大，義也。事之以禮，交之以信，彼亦何名而困我哉？棄城郭，捐宗社，竄伏海島，苟延數月，使邊氓丁壯盡於鋒鏑，老弱繫爲奴虜，非爲國長計也。”怡不聽。十九年卒，謚文安，無子。

《補閑集》：文安公以文行爲人倫龜鑑，嘗謂所親曰：“吾欲終身行之，唯‘不欺‘二字。”……公嘗遊穴口寺和板上韻云：“地縮兼旬路，天低去尺鄰。雨宵猶見月，風盡不躋塵。晦朔潮爲曆，寒暄草記辰。胡羌看世事，堪羡卧雲人。”爲中道按廉，巡歷椙城，和壁題云：“再過煩宵候，松明度兩傍。陛槍新翼衛，腰劍舊顔行。共待寒年纊，誰分儉歲粱。酌民無小澤，每愧勸鵝黄。”抵宿保寧云：“晝發海豐縣，侵宵到保寧。竹鳴風警寢，雲泫雨留行。暮靄頭仍重，朝暾骨乍輕。始知身老病，唯解卜陰晴。”《仰賡睿廟題僧伽窟聖制》云：“崎嶇石棧躡雲行，華構鄰天若化城。秋露輕霏千里爽，夕陽遙浸一江明。漾空嵐細連香穗，啼轂禽閑遞磬聲。可羡高僧心上事，世途名利總忘情。”《和文正公獨樂園唱和》詩曰：“蘚刻丹書額，壺藏白日仙。清歡雖共客，真樂得全天。庭雨蕉先響，園晴草自煙。桃花流水遠，回却武陵船。”《和文正公同年席上》詩云：“般斧誰掄一代雄，靈椿獨秀衆材中。安危經濟當今日，將相功名屬我公。幾轉玉弢馴犬豕，時留珠唾警兒童。算來萬事皆無歉，揚觶唯祈壽不窮。”《和移竹》詩云：“瞻公有韻畫，訝竹不根生。愛爾情非俗，呼君贅不名。嫩凉回枕簟，濃暑却簾楹。體道虚心久，蓍靈謾四警。”

李眉叟《盆竹》云：“水灩盆中玉鏡寒，白沙培養碧琅玕。渭濱湘岸俱千里，爭及軒窗取次看。”文順公《和朴丞家盆竹》云：“欲試君賢豈一端，悍根又耐石盆寒。個中尚有湘江意，直作攙天玉槊看。”學士詩警于眼，相國詩警於心。然水盆白沙，宜養菖蒲，非養竹，學者當取韻語清婉，而忘其意。文安公《和朴丞家宴崔相國賦瑞祥花》云：“新祥喜見滿枝春，果向今朝得好賓。花瑞一家賢瑞國，誰收花愛總移人。”此詩亦警於心。

予嘗謁文安公，有一僧持《東坡集》質疑於公，讀至“碧潭如見試，白塔苦相招”一聯，公吟味再三曰：“古今詩集中罕見有如此新意，近得李學士春卿詩稿見之，警絕新意頗多。其長篇中氣至末句而愈壯，如千里驥足，方展走通衢，未半途勒止也。”

文安公曰：“吳世才先生才識絕倫，嘗得《類篇》，覽之曰：‘爲學莫此爲急。’乃手寫畢頌。凡作者當先審字本，凡與經史百家所用，參會商酌，應筆即使，辭輒精強，能發難得巧語。辭若不精強，雖有逸情豪氣，無所發揚，而終爲拙澀之詩文也。”

文安公常言：“凡爲國朝製作，引用古事，于文則《六經》、《三史》，詩則《文選》李杜韓柳，此外諸家文集不宜據引爲用。”又曰：“至妙之辭，久而得味；鄙近之作，一見即悅。學者看書，當熟讀之深思之，期至於得意。”

《東人詩話》：前輩以俞參政《穴口寺》詩“晦朔潮爲曆，寒暄草記辰”爲工，予嘗讀陶元亮詩“雖無記曆志，四時自成歲”，唐人詩“山僧不解數甲子，一葉落知天地秋”，古人有此等意思，但俞之妝點自妙。

【按：俞升旦（1168—1232）原名元淳，又名承旦。謚文安。籍貫仁同。通曉經史，且文章卓越。《東文選》卷九載其五律五首，卷一三載其七律三首。其詩語勁意淳，用事精簡。《箕雅》收其五律三首、七律一首。】

金良鏡　　慶州人。高宗時從趙冲平契丹于江東，拜右承宣。謚貞肅。

《高麗史》卷一〇二：金仁鏡，初名良鏡，慶州人。平章事良慎公義珍四世孫。……仁鏡才識精敏，善隸書。明宗時，中乙科第二人，直史館，累轉起居舍人。高宗初，趙冲討契丹，兵于江東城，辟仁鏡爲判官。時蒙古元帥哈真東真、元帥完顔子淵請兵糧，冲欲詞之，難其人。仁鏡請行，冲曰：“幕中籌策，君所職耳。冒險往諜，非素習也，何敢請爲？”仁鏡曰：“嘗聞蒙古佈陣取法孫吳，予少讀《六書》，熟知之，故敢請。”冲乃許之，即遣仁鏡率精兵一千，輸米一千石與之。會哈真、子淵攻契丹兵於岱州，屯州西禿山。仁鏡領兵往見之，兩元帥張樂宴慰，極歡而罷。仁鏡就州西門外結方陣，兩元帥登高而望，蒙古四十六人被甲帶劍相對而立。仁鏡使才人列軍前，鼓噪作雜戲，又使善射者二十余人一時俱射，矢入州城。契丹登城望者皆奔避，兩元帥歎軍容整肅，復邀仁鏡，置之上座，更宴慰。轉禮部郎中，論功擢樞密院右承宣。十四年，東真寇定、長二州。仁鏡知中軍兵馬事，與戰於宜州，敗績。明年被讒，貶尚州牧使，故舊無一人相送者，唯門生餞于郊。仁鏡有詩云："一鞭幾盡掃胡塵，萬里南荒作逐臣。玉筍門生多出餞，感深難禁淚沾巾。"又題州壁云："敢向蒼天有怨情，謫來猶自得專城。何時鈴閣登黃閣？太守行爲宰相行。"未幾，拜刑部尚書、翰林學士，尋知樞密院事、尚書左僕射，當時以爲美談。十九年，進政堂文學、吏部尚書，兼修國史，升中書侍郎平章事。二十二年，卒，謚貞肅。仁鏡文武吏材俱贍，詩詞清新，尤工近體詩賦，世稱"良鏡詩賦"。

《虛白堂集·金良鏡詩集序》：余少時知讀書，習舉子業，見《新凉賦》，愛其詞語俊邁，與唐虞融《詠曉賦》相上下，別騷中一體也。及既操琴學樂，鼓《翰林別曲》，則曲是高宗朝翰林諸儒所作。當時若翁閔陳劉二李，其詩文傑篇，爲一代之宗。而公以詩賦齒列齊名，播諸樂府，至今誦詠不置。……歲己亥，余自玉堂移諫垣，時金君可構爲獻納，草疏之暇坐園亭，袖抽一帙示之，乃公遺稿。手跡宛然，詩辭清新，信乎名不虛得者。……公初名良鏡，後改仁鏡。始與金君綏讀書山寺，一日謂君綏曰："修舉業者皆不及我，所畏者惟君耳。君停今年舉，則我得爲壯元矣。"君綏許之。後君綏迫於老母，竟擢壯元，而公爲弟二。其子鍊成擢首科，公喜作詩云："昔年金榜錯吾名，白髮如今憤未忘。心膽豁然緣底事，鍊成今作壯元郎。"夫取科第如摘頷髭，人所難也。父子相繼爲一二，其榮華福慶宛然像想。今可構氏即公裔孫，而能其緒以歟盛時，是亦不可不書也。孟秋有日，大司諫成俔序。

《補閑集》：貞肅公以左承宣出爲東北面兵馬使，聞李祭酒公老代爲喉舌任，以詩寄之曰："千里書回一雁天，新承宣代舊承宣。不才見擯雖堪愧，猶向皇朝賀得賢。"《曉起》云："玉帳燈殘入睡鄉，康安親捧赭袍光。門前曉角渾無賴，咽破雲霄夢一場。"大觀殿黼座後障《無逸圖》壞，上欲命公書之，試其筆跡。公作詩書二簇以進曰："輅重駑馳短，天高鶴戀長。舊衣幾經濯，猶帶玉爐香。"又："園花紅錦繡，宮柳碧絲綸。喉舌千般巧，春鶯欲勝人。"或謂公有未忘權要之義，非也。公天資清婉，詩語似之。可謂表裏冰澄塵不能點者。豈爲權要所累耶？孔子三月無君，則皇皇如也。杜子美在寒窘中，句句不忘君臣之大節。况名爵如公者，雖在閫外，戀戀有愛君之心，故其宜也。嘗于洛山祝聖齋罷有作云："華祝精誠動覺天，奉爐雙淚濕香煙。直將龜鶴三千歲，算作吾皇第一年。"愛君之意略見於此。又左遷爲尚州牧，路過德通驛，書一絕於壁上云："豈向蒼蒼有怨情，謫來猶得任專城。何時鈴閣即黄閣，太守行爲宰相行。"有二進士過德通驛見此詩，吟玩良久曰："'何時鈴閣即黄閣'，此一句造語似未工。且自鈴閣登黄閣，其間何闊？"其友生曰："此公之詩讖也，非爾曹所識。"未幾，果大拜。予于甲辰春自尚州罷任過郵亭，見公手跡惻然有感，籠以碧紗，因題一絕。後三年丁未夏，除國子祭酒芸閣學士，仍受節鉞，出鎮東南路，復和二絕。及戊申春，拜文昌右相，承詔赴闕，又留一絕。今皆在壁間。

貞肅公小名有"松"字，及第金台臣小名是"竹"。及公入相，台臣獻詩云："聞道山中十八公，年來已受大夫封。此君知己唯君在，爲報殷勤薦祖龍。"近有及第柳葆上朴舍人暄云："紫薇花下仙毫露，化出人間萬樹紅。唯有東門一條柳，年年虚度好春風。"古今以姓名字喻物爲詩頗多，是雖已陳之體，始見之如有新構意。台臣言祖龍，非所宜列。

《東人詩話》：丙戌登俊試，金乖厓守溫爲壯元，姜晉山希孟爲榜眼，居正忝爲探花。嘗寄晉山詩云："登俊科中榜眼賢，黑頭勳業照凌煙。探花三月嗟遲晚，最好芳菲二月天。"蓋用金貞肅仁鏡故事。高麗明王時，仁鏡以詞賦自負當擬龍頭，金諫議君綏擢壯元，貞肅居亞元，位至卿相尚怏怏。甥皇甫壯元瓘家設龍頭會，寄詩云："聞道君家宴貴賓，桂林渾是一枝春。欲參高會慚非分，却恨當年第二人。"金諫議次韻："莫將金榜較嘉賓，入律花枝次第春。正月尚寒三月暖，芳菲二月最宜人。"蓋以正月比壯頭，二月亞元，三月探花也。

《聞韶漫錄》：余行至咸昌，見東軒題詠有金良鏡絕句，其末端曰"以丞旨言事爲尚州牧使"云云，恰與余事相類，可怪也。良鏡，麗代宰相，有詩名云。其詩曰："豈向蒼蒼有怨情，謫來猶自得專城。何時鈴閣登黄閣，太守行爲宰相行。"後果爲宰相，人以爲詩讖。以余觀之，怨情二字必發於芥懷，而"黄閣"、"宰相"之言，尤涉於希望。君子坦懷理遣之道，恐不當如是也。然古今人事偶然相符，故不計蕪拙而和之曰："聖主知臣烏鳥情，洪恩特許養專城。商山明日新銜罷，將毋聞韶敢緩行。"其後，見《東人詩話》、《輿地勝覽》，皆載金良鏡詩。

《東國詩話彙成》：麟州有妓名曰蓮香，貞肅公常奉使過此州，眷眷。别後寄詩曰："寄語北飛雲一片，汝應行過太華峰。峰頭若見玉井蓮，說我相思憔悴容。"後爲兵馬使，妓以其詩進呈，公復贈一絕云："城南城北碧重重，疑是巫山十二峰。白髮未成雲雨夢，玉顔都不損春容。"李眉叟聞之，題詩寄之云："風暖鶯嬌客路邊，千紅萬紫競爭妍。使君却厭春光鬧，獨向秋塘賞白蓮。"李詩華豔，未若金詩清婉。

【按:金良鏡(? —1235)後改名仁鏡,諡貞肅,籍貫慶州。《東文選》卷一一載其五排二首、卷一四載其七律二首、卷一九載其五絶二首、卷二〇載其七絶三首。其詩"使字必欲清新,故每出一篇驚動時俗"(崔滋)。《箕雅》收其五絶一首、七絶一首、七律一首、五排一首。】

吴世才　　字德全。高敞人。明宗時登第。性踈雋少檢,不容於世,窮困而死。私諡玄靜。

《高麗史》卷一〇二:世才,字德全,高敞縣人,祖翰林學士學麟。世才少力學,手寫《六經》以讀,日誦《周易》,明宗時登第。性踈雋少檢,不容於世。仁老三上書薦之,竟未得官。僑寓東京,窮困而卒。與李奎報爲忘年交,奎報私諡曰"玄靜先生"。

《破閑集》:天下之事,不以貴賤貧富爲之高下者,唯文章耳。蓋文章之作,如日月之麗天也,雲煙聚散於大虚也,有目者無不得觀,不可以掩蔽。是以布葛之士,有足以垂光虹霓。而趙孟之貴,其勢豈不足以富國豐家?至於文章則蔑稱焉。由是言之,文章自有一定之價,富不爲之减。故歐陽永叔云:"後世苟不公,至今無聖賢。"濮陽世材,士也。累舉不得第,忽病目作詩:"老於病相隨,窮年一布衣。玄華多掩映,紫石少光輝。怯照燈前字,羞看雪後暉。待看金榜罷,閉目坐忘機。"三娶輒棄去,無兒息托錐之地,簞瓢不繼。年至五十得一第,客遊東都以歿。至其文章,豈以窮躓而廢之?

《白雲小説》:濮陽吴世才德全,爲詩遒邁勁俊,其詩之膾炙人口者不爲不多,而未見其能押強韻。及登北山欲題戟巖,使人呼韻,其人故以險韻呼之。吴題曰:"北嶺石巉巉,邦人號戟巖。逈搘乘鶴晉,高刺上天咸。揉柄雷爲火,洗鋒霜是鹽。何當作兵器,亡楚却存凡。"其後有北朝使,能詩人也,聞此詩再三歎美,問:"是人在否?今做何官?儻可見之耶?"我國人茫然無以對。余問之曰:"何不道今之制誥學士耶?"其昧權如此,可歎。

《補閒集》:翰林學士吴學麟《重遊興福寺》云:"日改物自改,事移人又移。鶴添新歲子,松老去年枝。院院古非古,僧僧知不知。悠然登水閣,重驗早題詩。"出語圓滑,曲盡重遊之意。學士家世業儒,其孫世功、世文、世才三昆季皆文章大手。季弟世才最優,世文次之。平生詩藁山積,皆散逸不傳于世。悲夫!二兄皆達,世才老不得志,客遊東都。弃庵居士淳之贈詩曰:"我本東南一民耳,老慵未可躬耒耜。來依古寺寓閒房,每被人呼作居士。恰似伯通屋廡下,梁鴻德耀暫同止。時從苾蒭問經論,敢逐搢紳攻文字。茲邦如魯古多儒,縱或相逢如有忌。乃知所趍苟不同,雖在比鄰邈千里。况於京國文翰苑,絶聽猶如天上事。然曾慣聞濮陽公,學海渾渾無涯涘。文如典誥少委蛇,詩似雅頌肯華靡。相如《大人》尚誕夸,屈平《離騷》却骫骳。淵深沕穆喜自珎,不露虹霓千丈氣。金無迹嘗謂予言:"世之譏評吳公以為使酒豪横者,皆非也。公乃深沈閑雅,挫鋭韜光,不欲露一毫芒耳。"心祈一見每叩天,未覺己身賤且鄙。至誠感神固非虚,忽此相逢非夢裡。我嘗夢裡見天人,尚記容顔公即是。敢將拙詩對神句,但恨其時未呈似。嘗夢見神人下降,士女觀之者甚衆。予從駢闐中望之,所謂神人者容貌不甚肥白,乃似世間書生。相傳云,神人作詩有一句云"萬姓欣欣樂泰階"。予謂神人若見我,令對此句,則不可以應卒。乃預構之云"三光爛爛開天仗"。若自進於其前,未果。遂覺。今觀公之貌,與夢所見無異。如今屢陪樽俎筵,又得新篇加溢美。喜將黄色發眉間,即今雖死無所恥。陳篇尚慕古聖賢,何况並生大君子。嗚呼愛之復畏之,佩服德音曷日已。"文順公少於吳三十餘年,結為忘年交,亦以詩寄之云:"海山東去路悠悠,一落天涯久倦遊。黄稻日肥雞鶩喜,碧梧秋老鳳凰愁。烟波不返遊吳棹,雪月期浮訪剡舟。聖代未應終見弃,莫思垂白釣清流。"其為一代英雄所稱慕如此。

《櫟翁稗説》:吳大祝世才諷毅廟微行詩云:"胡乃日清明,黑雲低地横。都人且莫近,龍向此中行。"……李文順公奎報謂:"先生爲詩學韓杜。"然其詩不多見。《金居士集》中載其一篇有曰:"大百圍材無用用,長三尺喙不言言。"亦老健可尚。

【按:吳世才(1133—?)一作"世材",字德全,謚玄静,籍貫高敞。吳世文弟。文科及第,終身未得仕宦,一生清苦。《東文選》卷九載其五律二首。其詩遒邁勁俊,險韻天成。《箕雅》收其五律二首。】

李奎報　　字春卿,號白雲居士。黄驪人。明宗時登第,十年不調。後官至守太保平章事。謚文順。文章爲東國之冠。

《高麗史》卷一〇二:李奎報,字春卿,初名仁氐,黄驪縣人。父允綏,戶部郎中。奎報幼聰敏,九歲能屬文,時號奇童。稍長,經史百家佛老之書,一覽輒記。其赴監試也,夢有奎星,報以居魁,果中第一,因改今名。明宗二十年,登進士第,嫌末科,欲辭之。父責之切,且無舊例,不得辭,因醉謂賀客曰:"科第雖下,庸詎知不三四度鑄門生者乎?"坐客掩口竊笑。時李仁老、吳世才、林椿、趙通、皇甫抗、咸淳、李湛之等,自以爲一時豪俊,結爲友,稱七賢,每飲酒賦詩,旁若無人。世才死,湛之謂奎報曰:"子可補耶?"奎報曰:"七賢豈朝廷官爵而補其闕耶?未聞嵇阮之後有承乏者。"皆大笑。又令賦詩,奎報口號,其一句云:"未識七賢内,誰爲鑽核人?"一坐皆有慍色。宰相趙永、任濡、崔詵、崔讜等上書薦之,爲不平者所抑,久不調。神宗二年,始補全州司錄,爲同僚所忌,見替。東都叛,命將討之,以及第未官者充修製。人皆以計避，奎報慨然曰："予雖怯懦，避國難非夫也。"遂從軍，爲兵馬錄事兼修製。及還，論賞將士，奎報獨未得官。後禁省諸儒上書交薦，權補直翰林院。崔忠獻使作《茅亭記》，覽之嘉賞，遂爲真。自是忠獻屢招致，走筆賦詩，驟遷司宰丞。高宗初，以詩贄忠獻，求參職階除。忠獻以其詩示其府簽宋恂，曰："此子高亢，意不止此，若直除參官，則亦人望也。"乃拜右正言，知制誥，歷左右司諫。八關會有闕賀表者，奎報欲彈，琴儀固止。忠獻聞而劾之，貶奎報爲桂陽副使。尋以禮部郎中起居注召還，累拜左諫議大夫、翰林學士，判衛尉事。以事流蝟島，踰年召判秘書省事。時蒙古兵壓境，屢加徵詰。奎報久掌兩制，制《陳情書表》。帝感悟撤兵，王大嘉之，特授樞密副使、右散騎常侍，進知門下省事、戶部尚書、集賢殿大學士，陞政堂文學守太尉參知政事。二十三年，上表乞退。遣近臣敦諭，起之。明年，三上表，固辭。王重違其志，特加守太保門下侍郎平章事致仕。辭命猶皆委之，俸祿如故。二十八年卒，年七十四，謚文順。性豁達，不營生產，肆酒放曠。爲詩文不蹈古人畦徑，橫鶩別駕，汪洋大肆，一時高文大冊皆出其手。三掌禮闈，所得多名士。有集五十三卷，行於世。

《東國李相國集·序（李需）》：公姓李，諱奎報，字春卿。始名仁氐，夢奎星報異瑞，因改之。九歲能屬文，時號奇童。稍長，經史百家佛書道帙無不遍閱，一覽輒記。爲詩文略不蹈古人畦徑，以詩捷稱。王公大人聞其能，邀致之請賦難狀之物，令每句唱強韻，若古若律，走筆立成，風檣陣馬，不足況其速也。方未冠時，有吳先生世才者，世所謂名儒，平生小許可人，一見奇之，許以忘年。人或非之曰："先生長於李三十餘年矣，何媟此頑孺子，使之驕耶？"先生曰："非爾輩所知也。此子非常人，後必遠到矣。"少放曠，自號爲白雲居士，酣飲賦詩爲事，人不以經濟待之。無何，名振海外，獨步三韓，翺翔玉堂，出入鳳池，王言帝誥高文大冊皆出一手，不十年位至臺鼎。則吳之知人信矣。何一吳先生知公遠到，而衆莫之知也？當公之擁金紫立朝端，珠瞳雪髭，輝映人物，左右皆指之曰人中龍，其奇資偉望不類於常者如此。自作相來，屹立爲正直大臣，人無間言者。然則公之初不自檢束，特謔浪翫世耳。晚年嗜讀《洗心經》，窮大衍之數。古之人云"通天地曰儒"，公之謂歟？於丁酉歲固乞退，以金紫光祿大夫守大保門下侍郎平章事修文殿大學士監修國史判禮部翰林院事大子大保致仕。雖家居，外國交聘徵詰文字皆委之，以是眷遇不衰。每受俸，多小與現官宰輔相等。其平生所著不蓄一紙，嗣子監察御史涵收拾萬分之一，得古賦古律詩牋表碑銘雜文幷若干首，請爲文集。公可其請，分爲四十一卷，號曰《東國李相國文集》。涵又請曰："集已成矣。不可無序。"於是公乃命予。予固不才，亦諸子之伍，莫敢以冠首爲讓。公命益勤，姑序一二。辛丑八月日，入內侍朝散大夫尚書禮部侍郎直寶文閣太子文學李需序。

《東國李相國集·東國李相國年譜》：（略）。

《白雲小說》：余昔登第之年，嘗與同年遊通濟寺。余及四五人佯落後徐行，聊鞍唱和，以首唱者韻，各賦四韻詩，此既路上口唱，非有所筆，而亦直以爲詩人常語，便不復記之也。其後再聞有人傳云："此詩流入中國，大爲士大夫所賞。"其人唯誦一句云："蹇驢影裏碧山暮，斷雁聲中紅樹秋。"此句尤其所愛者，余聞之，亦未之信也。後復有人能記一句云"獨鶴何歸天杳杳，行人不盡路悠悠。"其首、落句則皆所不知也。余雖未聰明，亦不甚椎鈍者也。豈其時率爾而作，略不置意而偶忘之耶？昨者歐陽伯虎訪余，有座客言及此詩，因問之曰："相國此詩傳播大國，信乎？"歐遽對曰："不唯傳播，皆作畫簇看之。"客稍疑之。歐曰："若爾，余明年還國，可齎其畫及此詩全本來以示也。"噫！果若此言，則此實非分之言，非所敢當也。次前所作絕句贈歐曰："慚愧區區一首詩，一觀猶足又圖爲。雖知中國曾無外，無乃明公或有欺。"

余自九齡始知讀書，至今手不釋卷。自《詩》、《書》、《六經》、諸子百家、史筆之文，至於幽經僻典、梵書道家之說，雖不得窮源探奧、鉤索深隱，亦莫不涉獵游泳、採菁摭華，以爲騁詞摛藻之具。又自伏羲已來，三代兩漢秦晉隋唐五代之間，君臣之得失，邦國之理亂，忠臣義士奸雄大盜成敗善惡之跡，雖不得並包並括，舉無遺漏，亦莫不截煩撮要，覽觀記誦，以爲適時應用之備。其或操觚引紙題詠風月，則雖長篇巨題多至百韻，莫不馳騁奔放筆不停輟，雖不得排比錦繡編列珠玉，亦不失詩人之體裁。顧自負如此，惜終與草木同腐，庶一提五寸之管，歷金門，上玉堂，代言視草，作批敕訓令、皇謨帝誥之詞，宣暢四方，足償平生之志，然後而已。豈碌碌瑣瑣求斗升祿，謀活其妻子之類乎？嗚呼！志大才疏，賦命窮薄，行年三十，猶不得一郡縣之任，孤苦萬狀，有不可言者，頭顱已可知已。自是遇景則漫詠，遇酒則痛飲，以放浪於形骸之外。方春風和日暖，百花競發，良辰不可負也。遂與尹學錄置酒飲賞，作詩累十篇，興闌，因醉睡。尹呼韻，勸余賦詩，余即步韻而應曰："耳欲爲聾口欲瘖，窮途益復世情諳。不如意事有八九，可與語人無二三。事業皐夔期自比，文章班馬擬同參。年來點檢身名上，不及前賢是我慚。"尹謂余曰："以八九對二三，平仄不調。公于平日，文章浩汗激越，雖屢百韻律，一揮而就，雨駃風迅，無一字瑕點。今爲一小律反違簾，何也？"余曰："我今夢中所作，故有不擇發耳。'八九'改之以'千萬'亦無不可，但太羹玄酒不下醋酢，大家手段固如是也。公豈知之耶？"言未訖，忽欠申而覺，乃一夢也。

遂以夢事具言于尹曰："夢中便説夢作，此所謂夢中夢也．"相對胡盧，因戲占一絶曰："睡鄉偏與醉鄉鄰，兩地歸來只一身。九十一春都是夢，夢中還作夢中人。"

余本嗜詩，雖宿負也，至於病中尤酷好，倍於平日，亦不知所以。每寓興觸物，無日不吟，欲罷不得，因謂曰："此亦病也。"曾著《詩癖篇》以見志，蓋自傷也。又每食不過數匙，唯飲酒而已，常以此爲患。及見《白樂天後集》之老境所著，則多是病中所作，飲酒亦然。其一詩略云："我亦定中觀宿命，多生債負是歌詩。不然何故狂吟詠，病後多於未病時。"《酬夢得詩》云："昏昏布衾底，病醉睡相和。"《服雲母散》詩云："藥消日晏三匙食。"其餘亦仿此。余然後頗自寬之曰："非獨余也，古人亦爾，此皆宿負所致，無可奈何矣。"白公病暇滿一百日解綬，余於某日將乞退，計病暇一百有十日，其不期相類如此，但所欠者，樊素、小蠻耳。然二妾亦於公年六十八皆見放，則何與於此時哉！噫！才名德望雖不及白公遠矣，其於老境病中之事，往往多有類余者。因和《病中十五首》以紓其情。其自解曰："老境忘懷履坦夷，樂天可作我之師。雖然未及才超世，偶爾相侔病嗜詩。較得當年身退日，類余今歲乞骸詩。"落句缺。

白雲居士，先生自號也。晦其名，顯其號。其所以自號之意，其在先生《白雲語録》："家屢空，火食不續，居士自怡怡如也。性放曠無檢，六合爲隘，天地爲窄。嘗以酒自昏，人有邀之者，欣然輒造，徑醉而返，豈古淵明之徒與？彈琴飲酒，以此自遣，此其實録也。居士醉而吟一詩曰：'天地爲衾枕，江河作酒池。願成千日飲，醉過太平時。'又自作贊曰：'志固在六合之外，天地所不囿。將與氣母遊於無何有乎！'"

詩有九不宜體，是余之所深思而自得之者也。一篇内多用古人之名，是"載鬼盈車體"也。攘取古人之意，善盗猶不可，盗亦不善，是"拙盗易擒體"也。押強韻無根據，是"挽弩不勝體"也。不揆其才，押韻過差，是"飲酒過量體"也。好用險字，使人易惑，是"設坑導盲體"也。語未順而勉引用之，是"強人從己體"也。多用常語，是"村父會談體"也。好犯丘、軻，是"凌犯尊貴體"也。詞荒不删，是"莨莠滿田體"也。能免此不宜體格，而後可與言詩矣。

夫詩，以意爲主，設意最難，綴辭次之。意亦以氣爲主，由氣之優劣，乃有深淺耳。然氣本乎天，不可學得。故氣之劣者，以雕文爲工，未嘗以意爲先也，蓋雕鏤其文，丹青其句，信麗矣。然其中無含蓄深厚之意，則初若可玩，至再嚼則味已窮矣。雖然，自先押韻，似若妨意，則改之可也。唯於和人之詩也，若有險韻，則先思韻之所安，然後措意也。句有難於對者，沉吟良久,不能易得,即割棄不惜,宜也。方其構思,思若深僻則陷,陷則着,着則迷,迷則有所執而不通也。惟其出入往來,變化自在,而達於圓熟也。或有以後句救前句之弊,以一字助一句之安,此不可不思也。

純用清苦爲體,山人之格也。全以妍麗裝篇,宮掖之格也。唯能用清警、雄豪、妍麗、平淡,然後體格備而人不以一體名之也。

人有言詩病者,在所可喜。所言可則從之,否則在吾意耳,何必惡聞如人君拒諫,終不知其過耶?凡詩成,反覆視之,略不以己之所著觀之,如見他人及平生深嫉者之詩,好覓其疵失,猶不知之,方可行之也。

凡效古人之體者,必先習讀其書,然後效而能至也,否則剽掠猶難。譬之盜者,先窺謀富人之家,習熟其門戶牆籬,然後善入其宅,奪人所有,爲己之有,而使人所不知也。不爾,及夫探囊取篋,必見捕捉矣。余自少放蕩無檢,讀書無甚精,雖六經子史之文,涉獵而已,不知窮源,況諸家章句之文哉!既不熟其文,其可效其文,盜其語乎?此所以不得不作新語。

《詩話》載李山甫《覽漢史》詩曰:"王莽弄來曾半沒,曹公將去便平沈。"余意謂此可句也。有高英秀者譏之曰:"是'破船詩'也。"余意凡詩言物之體,有不言其體而直言其用者。山甫之寓意,殆必以漢爲之船而直言其用曰"半沒、半沈"。若其時而山甫在而言曰:"汝以吾詩爲'破船詩',然也。余以漢擬之船而言之也,而善乎子之能知也。"則爲英秀者何辭以答之也?《詩話》亦以英秀爲惡喙薄徒,則未必用其言也。

古人曰:"天下不如意事,十常八九。"人生處斯世,能愜意者幾何?余嘗有《違心詩》十二句,其詩曰:"人間世事亦參差,動輒違心莫適宜。盛歲家貧妻常侮,殘年祿厚妓將追。雨霪多是出遊日,天霽皆吾閑坐時。腹飽輟餐逢美肉,喉瘡忌飲遇深巵。儲珍賤售市高價,宿疾方痊鄰有醫。碎小不諧猶類此,楊州駕鶴況堪期。"大抵萬事之違於心者類如是,小而一身之榮悴苦樂,大而國家之安危治亂,莫不違心。拙詩雖舉其小,其意實在于喻大也。世傳《四快詩》曰:"大旱逢佳雨,他鄉見故人。洞房花燭夜,金榜掛名辰。"旱餘雖逢雨,雨後又旱;他鄉見友,旋又作別;洞房花燭,安保其不生離?金榜掛名,安知非憂患始也?此所以違心多而愜心少也,可歎也已。

《補閑集》:《文順公家集》已行於世,觀其詩文,如日月不足譽。近代律詩於五七字中有聲韻對偶,故必須俯仰穿琢以應其律。雖宏材偉器不得肆意放言披露妙藴,故例無氣骨。公自妙齡走筆,皆創出新意,吐辭漸多,騁氣益壯,雖入於聲律繩墨中,細琢巧構,猶豪肆奇俏。然以公爲天才俊邁者,非謂對律,蓋以古調長篇強韻險題中縱意奔放,一掃百紙,皆不踐襲古人,卓然天成也。猶能謙下於人,凡有一善必褒奬若出己右。弱冠時,作《麴秀才傳》,李史館允甫初登第時效之,亦作《無腸公子傳》。公見之而甚善,每唱于詞林間曰:"近得能文者李允甫,真良史才也。"又與文安公同在誥院時,晉陽公設禪會於普濟、廣明、西普通三寺。及罷會,公請二公及尹直講于一作三會枋,俞作廣明枋。時人以俞枋下於公。而公見之,稱歎所至,揚言曰:"今此作,吾不及俞君遠矣。"公爲翰林時,孫直院得之和公《早茶》長篇五首,公驚歎曰:"從來未識孫有如此高才也。"公資正直公明,觀其贊善詬惡,出自天性。古人云"詞人相輕",蓋爲凡庸兒輩之言耳。

及第金台臣和許彦國《虞美人草歌》,爲贄于文順公。時李史館允甫往謁公,公出示之。史館借其卷子來。予於史館家見其詩,即和進七首,史館傳示公。公許可,特裁長書,遣翰林何千旦賫書報云:"此詩韻強,凡作者頗艱于和。觀君之作辭意絕妙,雖使李杜作之,無以復加也。"又投長篇,褒獎大過。及予謝進,倒屣出迎,固留開飲,盡出文稿示之曰:"深愧相知之晚也。昔全履之能文,時人不識,我獨知之。今見君貌,不知有逸才,是真隱德人也。"後數年,公除國子祭酒,予爲學諭。一日因公事坐廳事,曰:"日者宴庾諫議宅,走筆賦《水精杯》詞,人皆見和,君獨不和何也?"予驚惶承命,即和成七首奉呈,公稱歎不已。傳示於誥院曰:"此詩非今世人作也。"其寵勸後進如此。

文順公爲完山幕參軍時,承按廉符爲邊山斫木使,作絕句云:"權在擁軍榮可詫,官呼斫木辱堪知。邊山自古真天府,好揀長材備棟榱。"又云:"曉寒虚閣生清籟,夕霽長天卷駁雲。門外幾人皆墮指,愧予猶擁綺羅熏。"《和友人》云:"努力事文字,休嫌秩未高。須知三足鼎,鑄自一錐毫。"公之宰相之氣,於此三詩早已形矣。

金狀元莘鼎頌文順公《游魚》曰:"圉圉紅鱗沒復浮,人言得意好優遊。細思片隙無閒暇,漁父方歸鷺又謀。"《聞鶯》曰:"公子王孫擁綺羅,要憑嬌唱助歡多。東君亦學人間樂,開了千花遣爾歌。"問予曰:"孰勝?"予曰:"鶯詩淺近,魚詩雄深,且有比興之趣,此爲絕勝。"狀元曰:"不然。今古鶯詠皆不及此意,唯公新鑿。夫意雖雄深,已陳則常也。雖淺近,新鑿則可警。"予未能答,今復思之,金之言然。

李史官允甫嘗與人評曰:"吾曩與李翰林春卿等詩友三四人同作詩。李先曰:'送來一雨雲還拆,開了千花天使閑。'一座閣筆,終不吐一辭。後與李同在禁林,時康廟大行,誥院翰署皆作挽詞。李曰:'未信賓天終不返,却疑遊月倘還來。'院署諸老拱手嘆服。時陳翰林澕亦云:'九原一旦成千古,四海三年遏八音。'不及李遠矣。又言'九原',非。"

詩評曰:"氣尚生,語欲熟。"初學之氣生然後壯氣逸,壯氣逸然後老氣豪。文順公少年時走筆,皆氣生之句,膾炙衆口。如《次韻文長老見贈》云:"睡美工夫深巷雨,夜寒消息一瓶水。"又"數篇詩句閑中迫,一局棋聲靜裏喧。"又"一洞煙霞僧富貴,兩峰松月鶴生涯其寺對兩峰。""朝暮鳥聲門外樹,古今人影路傍潭。"又"階竹困陰孫未長,庭梅飽雨子初肥。"又"顔逢美酒雙紅易,眼爲佳人一白難。""滿林白雪猿跳破,半壁斜陽鳥唤殘。""竹根擘地龍腰曲,蕉葉翻階凰尾長。""蟾腹硯寒書易凍,猊蹄爐暖坐慵還。""觀棋遺跡衣生皺,省酒奇功語減喧。""半壁斜陽"語格清爽,"省酒奇功"氣生語熟,"古今人影"辭雖已陳,屬意則新。"閑中迫"聯辭淺而意不淺。無衣子爲大學生時野行云:"臂筐桑女盛春色,頂笠蓑翁戴雨聲。"陳補闕云:"觸石樹腰成磊磈,入地泉脚欠潺湲。""臂筐"之句氣與語俱生,爲時俗所尚。"觸石聯"氣雖生語猶熟,雖詩老亦驚。

《櫟翁稗説》:東坡《題韓幹十四馬》云:"韓生畫馬真是馬,蘇子作詩如見畫。世無伯樂亦無韓,此詩此畫誰當看。"李文順公《題鷺鷥圖》云:"畫難人人畜,詩可處處布。見詩如見畫,亦足傳萬古。"語雖不侔,其用意同也。

《東人詩話》:古人詠明皇貴妃事者多。嘗愛韓子蒼詩"尚覓君王一回顧,金鞍欲上故遲遲",張祜詩"桃花院靜無人見,閑把寧王玉笛吹"。今觀李文順《開元天寶四十二詠》,隨事諷詠,抑揚頓挫,沉深痛快,雖置之唐宋作者亦無愧焉。其《賦剪髮》云:"敕還外第妃何恨,一朵烏雲足市歡。"其《賦玉笛》云:"竊向寧王非細事,可憐君意未終移。"雖韓張老膝不得不屈。予嘗讀羅隱詩"佛屋山頭野草春,貴妃輕骨此爲塵。從來絕色終難得,不破中原不是人。"語雖工,非仁人君子之言。文順《賦辟寒犀》云:"羅綺香薰暖似春,君王猶愛辟寒珍。人間臘雪盈三尺,白屋那無凍死民。"豈不有關於治教乎?

詩不蹈襲,古人所難。李文順平生自謂擺落陳腐,自出機杼,如犯古語,死且避之。然有句云"黄稻日肥雞鶩喜,碧梧秋老鳳凰愁",用少陵"紅稻啄餘鸚鵡粒,碧梧棲老鳳凰枝"之句。又云"洞府徵歌調玉案,教坊選妓醉仙桃",用太白"選妓隨雕輦,徵歌出洞房"之句。又云"春暖鳥聲碎,日斜人影長",用唐人"風暖鳥聲碎,日高花影重"之句。以李高才尚如是,況不及李者乎?

古人未有以人姓押韻作詩者,唯唐升平公主婿郭曖盛會文士賦詩,有李端者爲一時巨擘,郭起請端以"錢"姓爲題,端有"銅埒金山"之句,衆稱妙絕。高麗崔忠獻集門客四十餘人賞冬日牧丹,以諸姓押韻賦詩,李文順亦賦一篇,有皇后趙、張京尹、紫大宋、迷下蔡、照夜車、森湛盧等,押韻處尤佳。亦一詩家俳優,非正體也。

作詩非難，能造情境模寫形容一言而盡，此古人所難。如李文順《北山雜題》云："欲試山人心，入門先醉㬉。了不見喜慍，始覺真高士。"如此形容，雖古人亦未易到。

予嘗愛李文順詩"披襟快得風來北，隱几從教日向西"，言順字穩，以爲佳對。後見韓子蒼詩曰："朝辭杞國風微北，夜泊寧陵月正南。"李詩使字與子蒼甚相似，雖謂之暗合可也，謂之點化亦可也。

《謏聞瑣錄》：《明皇雜錄》：虢國大人恩傾一時，奪韋嗣立宅以廣其堂，後復歸韋氏。因大風折木，墮堂上不損瓦，視之，皆堅木也。文順公《詠史》云："雕成木瓦費何如？虛葺人家竟未居。不是韋公被豪奪，天教虢國理韋廬。"廢朝時稱"內人親族奪人家舍者，才修葺貯財產，而旋爲本主所據"，此之謂也。

《惺叟詩話》：李文順富麗橫放，其《七夕雨》詩信絕唱也。其"清衫小簟臥風欞，夢覺啼鶯三兩聲。密葉翳花春後在，薄雲漏日雨中明"之作，讀之爽然。又"官人閑撚橫笛吹，蒲席凌風去似飛。天上月輪天下共，自疑私載一船歸"，亦盡高逸矣。

《芝峰類說》：李奎報《詠井中月》詩曰："山僧貪月色，並汲一瓶中。到寺方應覺，瓶傾月亦空。"崔簡易次之曰："僧去汲井水，和月滿盂中。入寺無所見，方知色是空。"兩作不啻天壤。

《小華詩評》：李相國奎報號白雲居士，世傳其母夢奎星而生。嘗遇謗而有詩曰："爲避人間謗議騰，杜門高臥髮鬅鬙。初如蕩蕩懷春女，漸覺寥寥結夏僧。兒戲牽衣聊足樂，客來叩戶不須應。窮通榮辱皆天賦，斥鷃何曾羨大鵬。"詞極婉轉。《詠鸚鵡》詩曰："衿披藍綠嘴丹砂，徒爲能言見罻羅。驕姹小兒圓舌澀，玲瓏處女慧容多。慣聞人語傳聲巧，新學官詞導字訛。牢鎖玉籠無計出，隴山歸夢漸蹉跎。"公詩素稱大家，而巧妙亦如此，可謂大則須彌，小則芥子。

李白雲《游魚》詩曰："……"《聞鶯》詩曰："……"崔滋《補閑集》載此兩詩而評之曰"鶯詩淺近，魚詩雄深，且有比興之趣，魚詩絕勝"云。余則以爲魚詩造理精深，鶯詩運思纖巧，各臻其體，無甚上下，而但格皆隋、宋也。

《農巖雜識》：近見壺谷所編《箕雅目錄》，稱李奎報"文章爲東國之冠"。余意此論殊不然。奎報詩擅名東方久矣，前輩諸公亦皆推爲不可及。蓋其材力捷敏，蓄積富博，爭多鬥速，一時莫及。又能自造言語，不蹈襲前人以爲工，亦可謂有詩人之才矣。然其學識鄙陋，氣象庸下，格卑而調雜，語瑣而意淺。其古律絕數千百篇，無一語一句道得清明灑落，高古宏闊意思。其所沾沾自喜，以爲不經人道語者，大抵皆徐凝之惡詩，真嚴羽卿所謂"下劣詩魔入其肺腑”者也。試拈其數句,如“滿院松篁僧富貴,一江煙月寺風流”、“竹根迸地龍腰曲,蕉葉當窗鳳尾長”、“湖平巧印當心月,浦闊貪吞入口潮”,此等皆人所膾炙以爲奇警者。而自今觀之,殆同村學童所習《百聯鈔》句語耳,亦何足尚哉?當時之人目見其贍敏擅場,固宜畏服,至於後來尚論宜有不然,而至今三四百年猶不敢置異議於其間,誠所未解。然此特以詩言耳。至他文尤不足深論,雖詞賦駢儷頗有可取,而若以是壓倒牧隱諸人,而爲東國之冠,則恐未爲允也。論文章于東國,固難以一人斷爲冠首,然文則當推牧隱爲大家,詩則當推挹翠爲絕調。牧隱不獨文爲大家,詩亦宏肆豪放,氣象可觀,不似奎報齷齪。

【按:李奎報(1168—1241)初名仁氐,字春卿,號白雲居士、止軒、三酷好(詩、酒、玄鶴琴)先生,謚文順。籍貫驪興。著有《白雲小說》、《東國李相國集》四十一卷、《東國李相國後集》十二卷今傳。“麗朝詩十二家”之一。李奎報詩歌創作豐富,詩風豪邁雄贍,空前創作了著名長篇英雄敍事史詩《東明王篇》和三百零二韻排律。被南龍翼譽爲“文章爲東國之冠”,雖個別如金昌協農巖持異議,亦不能掩其光輝。《箕雅》收其五絕五首、七絕七首、五律九首、七律一三首、五排三首、七排二首、五古三首、七古三首。】

陳　澕　　清州人。神宗時登第。屢遷右司諫。出知公州,卒。

《高麗史》卷一〇〇: 澕選直翰林院,以右司諫、知制誥出知公州,卒。善爲詩,詞語清麗。少與李奎報齊名,時號“李正言、陳翰林”。

《梅湖遺稿·梅湖公小傳(崔粹翁)》: 梅湖公,洪州驪陽縣人也。姓陳名澕,梅湖其號也。曾祖諱寵厚,事高麗仁宗,以大將軍討賊臣李資謙,封驪陽君。祖諱俊,參知政事,當毅、明庚癸亂,扶護文臣,全活甚多,時人謂其後必昌。考諱光賢,樞密副使。公其仲子也。有儁才,善屬文,尤工歌詩,清麗雅健,藹然有正始音。明宗嘗命群臣製《瀟湘八景》詩,公以童丱亦作長篇,氣格豪壯,與李大諫仁老詩俱爲絕唱。其文藝夙就如此。神宗戊午,從樞副公東京任所。未幾魁司馬,庚申登亞元第,時公未委禽。辛酉補内侍,當時新進極選也。熙宗己巳遷學正,康宗壬申預青錢選,與孫得之、李允甫諸人俱掌絲綸,而高文大冊多出公手。李文順奎報以硬韻急倡自多,每倚半酣援筆立就,疾如風檣,人莫不瞠若乎後,而公與之方駕不少讓。《翰林別曲》所謂“李正言、陳翰林雙韻走筆”者,蓋指此也。癸酉坐言事免官,尋還入翰苑。高宗乙亥,禮部員外郎尹世儒謁崔忠獻,請試館閣諸公,賦詩四十餘韻,使翰林承旨琴儀考閱。文順爲首,公次之。凡諸考試,必居伯仲間,如沈、宋之在唐朝。以書狀官如金還,遷玉堂兼知制誥,由正言歷補闕。因王事赴關東，以右司諫出補知公州事，卒于官，葬于駒城縣南元巖某坐原。公以踈爽出俗之姿，詞華才猷爲一世冠冕，妙年通籍，聲望甚隆，雍容展步，不離臺閣，人皆以公輔期之。時權凶柄國，氣燄薰灼，名儒才子多投詩媒進。公心鄙之，述感興詩以見志。唯以琴酒自適，位雖不振，而名益顯。文順嘗曰："陳君長篇辭語奔放，在天地六合之外。"安棄庵淳之曰："君才已過筠溪，少進之可至東坡。"崔文清公亦曰："公詩清雄華靡，變態百出，信一代宗匠也。"其推美之至矣。惜其全稿不傳於世，散見於《補閑集》、《東文選》諸書者若干篇。公十五世孫始裒輯而刊行之。公有四男：長錫，門下侍中；次鏡；次蕃，戶部尚書；次普，少監。按南公泰普所錄，公自號梅湖，參知政事俊孫，寵厚曾孫。公之子令獻，翰林學士；孫蕃，樞密副使。陳氏新譜校百年前舊譜相錯，此說必有所本。而小傳姑從新譜，當俟更攷。

《梅湖遺稿·跋（崔粹翁）》：梅湖陳公之詩卓爲麗代名家，清而不寒，麗而不繁，雄健華雅，百態橫生，與李相國奎報方駕不相讓。評之者或推以才近東坡，或許以李杜孰勝。其大行於時，固不待今也。

《梅湖遺稿·跋（陳廷杰）》：噫！詩以言志。公之感興詩有曰："待物當以信，應天當以誠。"此孔子所謂"不言而信"，曾子所謂"誠其意"工夫也。又曰："寧甘無辜失，可忍非義得。"此孟子所謂"行一不義，殺一不辜，得天下不爲"底意思也。觀於此，可以驗公之志，豈不偉哉。若夫《春秋》之義，先見之明，已悉於數公序記中，故茲不復贅云爾。崇禎三甲辰仲秋下澣，後孫廷杰謹識。

《醇庵集·梅湖詩集跋》：《梅湖詩集》一卷，麗朝右司諫陳公澕之作也。集首有《偶題》絕句一首，蓋公以書狀官奉使金源時詩，而其旨激昂悲咤，千載之下猶令人擊節而興慨也。嗚呼！當是時，中國陵夷，戎狄迭侵，而《春秋》尊王之義漠然不復聞矣。然竊嘗怪以三韓禮義之國，猶且靡然服從於胡虜，終至結婚媾通朝宦而不知恥。及讀公詩，然後始知其時士大夫未嘗無忍痛不得已之心，特畏約力不能有爲也。昔周之衰，而有《匪風》、《下泉》之詩，當時列國慨念王室之意藹然著乎詠歎之中，使天下後世知民彝之不可終泯者，實賴斯二詩耳。然則公之此詩，其可比列於曹、檜之什而無愧焉。公善爲歌詩，與李文順公奎報齊名一世，搢紳學士皆推許之。嘗有文集，佚而不傳。公之裔孫搜輯其殘篇斷句之散見文籍者，及諸名公評品之語，將付剞劂，以圖不朽。屬余跋其後。噫！公之賢，固不可名以一詩人，然今之知公者幾希矣。非斯集亦何所徵焉哉？於是書此以歸之。崇禎紀元後三甲辰，資憲大夫工曹判書兼知經筵事弘文館大提學藝文館大提學知成均館事奎章閣提學世子左副賓客首陽吳載純書。

《補閑集》：陳補闕《遊五臺山》云："畫裏當年見五臺，掃雲蒼翠有高低。

今來萬壑爭流處，却喜穿雲路不迷。”此古人所謂對境想畫也。

陳補闕澕評詩，以“文順公《杜門》云‘初如蕩蕩懷春女，漸作寥寥結夏僧’如牙齒間置蜜，漸而有味；李由之和耆老相國詩云‘睡倚乍容青玉案，醉扶聊遣絳紗裙’如咀冰嚼雪，令人心地爽然無累。置蜜之辭未若咀冰之語。”僕於此評未服，彼咀冰之語，雖新進輩月煉日琢，則萬有一得。置蜜之辭，深得杜門之意，非老手固不可道。陳與由之及當時鳴詩輩共和耆老相國詩，“裙”韻最強，至於復用，皆有難色。而由之道此聯，陳即驚動，故有此語。陳補闕《讀李春卿詩》云：“啾啾多言費楮毫，三尺喙長只自勞。謫仙逸氣萬像外，一言足倒千詩豪。”及第吳芮公曰：“逸氣一言可得聞乎？”陳曰：“蘇子瞻品畫云：‘摩詰得之於象外，筆所未到氣已吞。’詩畫一也。杜子美詩雖五字中，尚有氣吞象外。李春卿走筆長篇，亦象外得之，是謂逸氣。謂一語者，欲其重也。夫世之嗜常惑凡者不可與言詩，況筆所未到之氣也。”

陳補闕聞人頌文禪師詩一句云“剪蕉窗減雨，裁竹砌添秋”以爲警句，陳笑曰：“此乃兒曹語。老儒不道也。予嘗題山寺落句云：‘碧砌落花深一寸，東風吹去又吹來。’此等句格乃老儒語也。”

陳玉堂澕、李蓬山允甫，同夜直禁林，時有前入大金書狀官某言，廣寧府道傍有十三山，往來客子題詠頗多，皆淺近未能破的。請兩君賦之。陳即援筆云：“巫山十二但聞名，驛路偷閒午枕凉。剩骨一峰雲雨惱，傍人應笑夢魂長。”李云：“六七山抽碧玉簪，蔥籠佳氣射朝驂。從今嵩嶽嘉名減，只數奇峰二十三。”又：“少年蠟屐好登山，踏盡衡巫岱華間。五老八公遊未遍，不知藏此此中慳。”陳詩以意，李詩以言，兩首之言不如一首之意。

李史館允甫夜直，與陳玉堂澕賦《遊月宮》篇云：“……”館閣諸君以陳詩清壯爲優，李詩語雖清寒，瑣屑爲劣。陳詩逸。

陳補闕初直玉堂時，孫翰林得之、李史館允甫、李同文百順、前翰林尹于一，六官才俊，皆在席上。占韻令賦扇，陳即抽筆書之曰：“欲風犀楓扇，自冰火雲天。暑退蠅難近，秋回雁莫先。小荷翻掌上，團月墮襟前。雅稱麾軍將，曾隨畫水仙。紈新如剪雪，柄古尚含煙。安石仁風遠，羲之醉墨顛。晝昏餘彩女，恩薄怨凉蟬。把玩臨寒簟，楊州百萬錢。”一座以陳詩不佳，乃相約各自賦口吟，相切磨品第。

古今警絕句不多，如草堂《江上》云：“功業頻看鏡，行藏獨倚樓。”《悶》云：“捲簾唯白水，隱几亦青山。”陳補闕云“杜子美詩雖五字氣吞象外”，殆謂此等句也。……陳補闕云“三年旅枕庭闈月，萬里征衣草樹風”，未若草堂“三年笛裏關山月，萬國兵前草木風”語峭意深。

陳補闕因王事，行過雉嶽西。松杉蔭密，水石幽奇，心愛之。入洞中，有草屋兩三隱映林間,一老僧帶兒子坐溪石。陳下馬與語,氣韻不凡,遂偶坐。見一紙扇畫蟠松,陳取扇書其背云:"老僧長伴蒼髯叟,何更移真入扇團?"僧即和云:"春風不到峩眉嶺,撲地蛟龍翠作團。"陳驚愕嘆服。又贈十韻,語意俱清絕,不知何許人。

《櫟翁稗説》:陳正言澕《詠柳》云:"鳳城西畔萬條金,勾引春愁作暝陰。無限光風吹不斷,惹煙和雨到秋深。"情致流麗,然唐李商隱《柳》詩云:"曾共春風拂舞筵,樂游晴苑斷腸天。如何肯到清秋節,已帶斜陽更帶蟬。"陳蓋擬此而作。山谷有言:"隨人作計終後人,自成一家乃逼真。"信哉!

《東人詩話》:陳司諫澕"雨餘庭院簇莓苔,人静柴扉晝不開。碧砌落花深一寸,東風吹去又吹來。"砭者曰:"落花稱深一寸,似畔於理。"予曰:"趙退庵曰'蒲色青青柳色深,今年寒食去年心。醉來不記關河夢,路上飛花一膝深。'其曰一膝,則又深於一尺矣。况太白詩'燕山雪片大如席',又曰'白髮三千丈',蘇子瞻詩'大繭如甕盎',是不可以辭害意,但當意會爾。近得《甘露集》,乃宋僧詩也。其詩云'綠楊深院春晝永,碧砌落花深一寸',與陳句無一字異。古之人亦有是語矣。"

古人詩多用佛家語以騁奇氣。如陳翰林澕詩:"水分天上真身月,雲漏江邊本色山。"李益齋詩:"此物非他物,前身定後身。"皆好。然王荊公《寫真》詩云:"我與丹青兩幻身,世間流轉會成塵。但知此物非他物,莫問前身是後身。"李詩述半山,未若陳之意新而語奇。

鄭司諫《西都》詩:"紫陌春風細雨過,輕塵不動柳絲斜。綠窗朱戶笙歌咽,盡是梨園弟子家。"西都繁華氣象四句盡之,後之作者無能闖其藩籬。陳補闕澕《松都》詩:"小雨朝來卷細毛,浴江初日暈紅濤。千門撲地魚鱗錯,雙闕攙天鶩翼高。吳苑裌衣晴門草,漢宫仙袂醉分桃。多慚久忝金閨侍,與倚清香奉赭袍。"詞語清新美麗,亦可以並駕齊驅矣。

李相國詩:"輕衫小簟臥風欞,夢斷啼鶯三兩聲。密葉翳花春後在,薄雲漏日雨中明。"陳司諫澕詩:"小梅零落柳慨垂,閑踏清嵐步步遲。漁店閉門人語少,一江春雨碧絲絲。"兩詩清新幻眇,閑遠有味,品藻韻格如出一手,雖善論者未易伯仲也。

《惺叟詩話》:同時陳翰林澕,與文順齊名,詩甚清邵。其"小梅零落柳僛垂,閑踏晴嵐步步遲。漁店閉門人語少,一江春水碧絲絲",清勁可詠。

《芝峰類説》:麗朝學士陳澕,洪州人,詩甚清麗,與李奎報同時。《翰林别曲》所謂"李正言、陳翰林雙韻走筆"者也已。其《五臺山》詩曰:"畫裏當時見五臺,掃雲蒼翠有高低。今來萬壑爭流處,自覺穿雲路不迷。"又有詩曰:"作詩亦是妨真興,閑看東風掃落花。"

陳澕詩曰:"還笑遊人心大躁,一來欲上最高峰。"鄭道傳詩曰:"望欲遠時愁更遠,登高莫上最高峰。"觀此兩詩,則陳作大迫無餘味,其不能遠道宜矣。道傳似知足者,而貪進不止,卒以自禍,亦不足道也。李齊賢《登鵠嶺》詩曰:"莫怪後來當面過,徐行終亦到山頭。"可見其遠大氣象矣。

【按:陳澕(高麗高宗時人)號梅湖,籍貫驪陽。著有《梅湖遺稿》今傳。其詩清而不寒,麗而不繁,雄健華雅,百態横生。"麗朝詩十二家"之一。《箕雅》收其七絶三首、五律一首、七律三首、七排一首、五古一首、七古三首。】

陳　溫　　澕之弟。高宗時登第。

《高麗史》卷一〇〇:澕、溫皆登第有文名。

《小華詩評》:陳梅湖澕賦詩敏速,與李白雲齊名。……其弟溫亦能詩,《詠秋》詩曰:"銀砌微微著淡霜,夾衣新發玉膚凉。王孫不解悲秋賦,只喜深閨夜漸長。"寫出富家氣像。

【按:陳溫(高麗高宗時人),澕之弟。《東文選》卷二〇載其七絶四首。其詩摹寫富貴氣象甚工。《箕雅》收其七絶二首。】

任　奎　　長興人。仁宗妃之弟。官至平章事。謚文肅。

《高麗史》卷一七:毅宗五年十二月戊子,以任克忠同知樞密院事。六年十二月丙戌,以任克忠爲翰林學士。十一年十二月戊午,以任克忠司空。十六年十二月己丑,以任克忠判尚書刑部事。十八年十二月己丑,以任克忠爲太子太保。

《高麗史》卷一九:毅宗二十四年九月己卯,鄭仲夫等逐毅宗,領兵迎王(明宗)即位于大觀殿。……以任克忠爲中書侍郎平章事。

《補閑集》:凡留題以辭簡義盡爲任,不必誇多耀富。朴參政寅亮《題僧伽窟》二十韻、咸郎中子真《題洛山》四十四韻、李史館允甫《題佛影》一百韻,皆紀事實,辭不得不繁。若亭臺樓觀所過題詠,只在一兩聯寫景如畫,森然眼界,使念念過客讀之,口不倦心不厭,吟玩遺興耳。予平生飽聞任相國克忠《題黄驪縣客樓》云:"月黑鳥飛渚,煙沉江自波。漁舟何處宿,漠漠一聲歌。"但奇其韻語,未得其味。及按廉中道,抵宿此樓,是時江煙冥漠,淡月朦朧,水鳥飛鳴,漁人相歌。惱眼感耳,總是任公之詠,其詩價對景益高。

【按:任奎(? —1171)亦名克忠。籍貫長興。元厚子。高麗仁宗恭睿王妃兄,毅宗、明宗母舅。文科及第。《東文選》卷一二載其七律二首,卷一九載其五絶一首。其詩寫景如畫。《箕雅》收其五絶一首。】

金之岱　　**清道人。元宗時平章事。謚英憲。**

《高麗史》卷一〇二：金之岱，初名仲龍，清道人。風姿魁梧，倜儻有大志，力學能文。高宗四年，江東之役，代其父隸軍隊，以行隊卒皆於楯頭畫奇獸。之岱獨作詩，書之曰："國患臣之患，父憂子所憂。代親如報國，忠孝可雙修。"元帥趙冲點兵見之驚問，召入内廂，器使之。明年，冲知貢舉，之岱擢第一名，例補全州司錄。恤孤寡，抑強豪，發擿如神，吏民敬拜。入拜寶文閣校勘，後爲全羅道按察使。崔怡子僧萬全住珍島一寺，其徒橫恣，號通知者尤甚。其所請謁，之岱皆抑不行。嘗至其寺，萬全慢罵不見。之岱直入升堂，堂上有樂器，乃横笛數弄，操琴鼓之，音節悲壯。萬全欣然出，曰："適有微疾，不知公至此。"相與歡飲，因托以十餘事。之岱即行之，留數事曰："至行營乃可爲耳，宜遣通知相候。"還營數日，通知果至。之岱命縛之，數其不法，投之江。萬全即沆也，雖挾前憾，以之岱廉謹少過，竟莫能害。累遷判司宰事。時蒙古兵犯北邊，知兵馬事洪熙嗜女色，不恤軍務，一方離心。以之岱有才略，升簽書樞密院事，代熙出鎮，撫以恩信，西北四十餘城賴以安。元宗初，拜政堂文學、吏部尚書。未幾，上章請老，加守太傅中書侍郎平章事致仕。得疾，剃髮坐逝，年七十七，謚英憲。之岱聞城南有叟善星命，往見之。叟迎入推占，因令少女拜庭下，云："此公後必貴，汝蒙其賜，謹識之。"後二十年，之岱按全羅時，賊黨多繫獄。之岱按囚，一婦呼曰："舊日城南叟女也，不幸至此。"之岱驚駭，命釋，後慰而遣之。

《東人詩話》：拗體者，唐律之再變，古今作者不多。其法，遇律之變處，當下平字，换用仄字，欲使語氣奇健不群，晚唐人喜用此體。鄭詩深得其妙，後無人能繼者。惟金英憲之岱得其法，如"雲間絶磴七八里，天末遥岑千萬重"，"茶罷松窗掛微月，講闌風榻摇殘鍾"，"白鳥去盡暮天碧，青山猶含殘照紅"，"香風十里捲珠簾，明月一聲飛玉笛"等句，多有所沾丐云。

古之評詩者曰："武侯廟柏才十丈，杜云'二千尺'，過於太高。又云'霜皮溜雨四十圍，黛色參天二千尺'，是則高二千尺而徑七尺，過於太細。"老杜詩聖也，後之評者尚有之。金英憲之岱《洛山寺》："雲間絶磴七八里，天末遥岑千萬重。"其曰千萬重則然矣，絶磴指稱曰七八里何耶？是殆失之於詞爾。

金英憲之岱《題義城館樓》詩曰："聞韶公館後園深，中有危樓百餘尺。香風十里卷珠簾，明月一聲飛玉笛。煙清柳影細相連，雨霽山光濃欲滴。龍荒折臂甲枝郎，仍按憑欄尤可拍。"爲一時膾炙。後十年，樓火於兵，板隨以亡。又後數十年，一按部入縣，索金詩甚急，邑人無如之何。時縣守吳君迪莊有一女,曾與張相國鎰子庭賀約爲婚媾,吳攜女之任,庭賀取他耦。吳女發狂亂語,忽詠出金詩,邑人錄呈按部。按部奇之。世相傳以爲鬼物亦愛詩,能護惜不失,復傳於世。予嘗以爲此說荒怪,無足信者。嘗觀杜詩注,有病瘧者誦少陵"子章髑髏血模糊,手提擲還崔大夫"之句,病頓痊。又《名臣言行錄》,王榮老之任觀州渡江,七月風作不涉,人曰:"江神極靈,舟中必有異物,當獻得濟。"榮老只有黃塵尾,獻之。風如故。又以端硯獻之,風愈作。又獻宣包虎帳,皆不驗。夜臥念黃魯直草書扇子,乃韋蘇州"獨憐幽草澗邊生,上有黃鸝深樹鳴。春潮帶雨晚來急,野渡無人舟自橫"一絕句也,取獻之。香火未收,南風吹便帆飽,一瞥而濟。僧洪覺範曰:"此必元祐遷客之鬼,不然何嗜詩之深耶?"然則詩能感鬼神,古人亦已言之,予何獨疑于金之詩也哉?

《小華詩評》:金英憲之岱《題瑜伽寺》云:"寺在煙霞無事中,亂山積翠秋光濃。雲間絕磴六七里,天末遙岑千萬峰。茶罷松簷掛微月,講闌風榻搖殘鍾。溪深應笑玉腰客,欲洗未洗紅塵蹤。"與鄭學士《來蘇寺》同一句律。

《東國詩話彙成》:崔滋出爲鎮撫使,行及正朝,之岱以東南路按廉使修狀賀云:"雞人報曉,爭黏楚戶之雞;鳳詔頒春,催浴筍池之鳳。"隔兩日,除書至,而鎮撫使爲右僕射。之岱又修狀致云"新詔濕鴉之字,千里而來;前書浴鳳之言,三日乃驗"云云。

【按:金之岱(1190—1266)原名仲龍,謚英憲。清道金氏始祖。文武全才。《東文選》卷六載其七古一首、卷一四載其七律三首,卷一八載其七排一首,卷二〇載其七絕二首。其詩善用拗體。《箕雅》收其七律一首、七古一首。】

白文節　　字彬然。藍浦人。忠烈時大司成。

《高麗史》卷一〇六:白文節,字彬然,藍浦郡人,新羅諫官仲鶴之孫。高宗時登第,入翰院,累官至中書舍人,歷吏部侍郎、國子祭酒,忠烈朝拜司議大夫。時無功有世累者多補官,郎舍不署告身。王屢趣之,不從。有人銜之,托左右以激王怒。會承旨李尊庇將啓監察司狀,王意僉議府狀。大怒,斥退尊庇,命忽赤崔崇繫文節及司議金愭、給事中金之瑞、典書崔守璜、中舍郎李益培、司諫李行儉李仁挺、正言鄭文張碩等。尊庇欲辨,復進。王疑救郎舍,責止之,即罷文節等官。尊庇厲聲曰:"王不察臣心,臣何敢司出納?請從此免歸。"李之氏進曰:"尊庇所白者監察司狀,非僉議府狀也。上不之察,罪郎舍,責尊庇,且僉議府百官之長,使一忽赤夜縛諸郎舍,于國體何?"王取閱其狀,悔,遂釋之。俄遷國學大司成、寶文閣學士。八年卒。文節文詞富贍，下筆霈然，爲一時所推，不以才自負。元宗復位，如元，林衍以其子惟幹及腹心㐌行，固要勿言廢立事。王使文節撰表，言以病辭位。文節閣筆泣諫。王感悟，奏以實。文節常若懶迂，及是人知其有志節。

《高麗史節要·忠烈王六年》：監察司又言："國步多艱，天旱民飢，非遊畋燕樂之時也。殿下何其耽于遊畋，不恤民事耶？且以未調之駿足，馳不測之危途，患生所忽，雖悔何追？如不得已，止令將士逐獸平原，登高臨觀，不亦可乎？又忽赤、鷹坊爭設內宴，翦金爲花，蹙絲爲鳳，窮奢極侈，不可形言。與其縱一時之娱，費於無用，孰若遵上國之法，簡而易供，聲樂則斥委巷之俚音，進教坊之法曲，一國之望也。上將軍尹秀侍宴殿上，登床戲舞，犯禮不恭。大禪師祖英，淫穢無行，出入臥內，大駭觀聽。請加黜責，以勵其餘。"承旨趙仁規以狀聞王，將聽納，秀及祖英相與譖之，遂大怒，命將軍林庇、池允輔等鞫侍史沈諹于崇文館，問首發此議者，鬭木索置碎瓦股間，迭令人踏其上，血迸流地，諹終不言。遂囚于巡馬所，流雜端陳倜、侍史文應于海島，罷殿中侍史李承休。翼日，王見殿後杜鵑花題詩，令詞臣白文節、潘阜、郭預、閔漬等和進，文節等曰："殿下示天章，令臣等賡載，萬世之幸也。沈諹敢忤上旨，其罪重矣，然亦儒者之類。乞賜寬貸，以彰右文之美。"王曰："諫諍，省郎之任。監察司諫君是非，非其任也。又其言不遜，欲問倡議者耳。今爲卿等宥之。"卽命釋之，尋又釋倜、應等。諹謇諤無他，莅官中外，皆有成績，及除侍史，慨然以振綱自任，至是見讒挫辱，言路遂塞。

《東人詩話》：成齊堂《題子陵臺》詩："節義功名總不輕，南宮圖像煥丹青。如何只畫風雲將，不畫桐江一客星。"此後之詩人爲光武一大高論處，正是"雲臺爭似釣臺高"之意。白司成文節《詠光武》詩："百戰車中講六經，八珍案上憶蔞亭。雲臺滿壁丹青濕，七里灘頭訪客星。"此贊光武物色嚴光，待以故人，崇尚節義之美。古之詩人立意措詞雖不同，要皆各臻其極，歸之於正而已。

【按：白文節（？—1282）字彬然，號淡巖，謚文獻。藍浦人。《東文選》卷六載其七古一首、卷二〇載其七絕四首。其詩立意高卓，韻味清遠。《箕雅》收其七絕一首。】

李　混　　字太初，號蒙庵。全義人。忠宣時藝文大詞伯、僉議政事。

《高麗史》卷一〇八：李混，字去華，一字太初，全義縣人。元宗朝，年十七登第，調廣州參軍，入補國學學正。忠烈時，累歷僉議舍人、右副承旨，陞副知密直司事、文翰學士、承旨，加同知司事。王嘗欲籍耽羅居民隸內庫，混極言不可，王不悅。時近幸多奉使擾民，都堂言："西北界人性暴悍，不可以內旨擾之。自今宜下都評議司司牒,都指揮使亦可辦事。驛吏逃散實由傳遽之繁,宜遣使整理。近以內旨出,使者相繼,民受其弊,宜經都評議司給驛,然後行。"近幸者疾之,訴于王。王怒,命巡馬官執堂吏李紓訊其倡議者。紓曰:"此事皆我所爲。"王益怒,命萬戶高宗秀必欲得情,痛加榜掠。紓誣服指混,下混獄,遂罷。起知密直司事、世子元賓,陞密直司使、銓曹判書、集賢殿大學士,修國史。尋罷,復起判密直司事,又罷。王謂左右曰:"人臣之節漸不如舊。昔李混、尹琽主銓選,寡人欲以混弟子和爲行首,混辭曰:'殿下不以臣不肖,待罪銓曹。臣弟爲行首,則人謂臣何?'又以琽子安庇爲權務,琽亦曰:'臣子年少,臣又掌銓選,不敢受。'皆固辭再三。今之主銓選者先以美官授親戚,不令寡人知之,況敢辭乎?此所以廉恥日喪,世道日降也。"王惟紹、宋邦英既誅,忠宣得專國政,以混爲僉議侍郎贊成事,俄改中護。忠宣在元,以賀正使召之,至則與議選法更定官制,於是密直、重房、內侍、三官、五軍皆罷,失職者多怨之。混與崔鈞、金元具、權准齎忠宣所定官制及批判還自元,時宰樞會慈雲寺,有人投匿名書曰:"中護李混詣瀋陽王所,議選法,陞擢二子,其餘所舉多親戚故舊。誣上行私,不宜大用。"混大慚,及忠宣還國,事皆令藝文館申奏,故拜混大詞伯,加壁上三韓。未幾,爲淑妃所構,貶淮州牧使,又貶禮州牧使。召還,拜僉議政丞,致仕。混性寬厚。嘗與鄭瑎、尹珤在政房,相推致。一日語曰:"吾輩交歡久,盍相告?"以過混,謂混曰:"人謂君巧。"又謂珤曰:"人謂君好自尊,宜改制。"瑎乃謂混曰:"人謂君不廉,然乎?"混久典銓選,性且不廉,故其家富。務疏散,喜賓客,好琴棋,置別業于城南,號曰"福山莊",數往來。卒年六十一,諡文莊。詩文清便,長短句若干篇行於世。嘗貶寧海,得海浮查,制爲舞鼓,至今傳於樂府。

《東人詩話》:古人作詩,無一句無來處。李政丞混《浮碧樓》詩:"永明寺中僧不見,永明寺前江自流。山空孤塔立庭際,人斷小舟橫渡頭。長天去鳥欲何向,大野東風吹不休。往事微茫問無處,淡煙斜月使人愁。"一句二句本李白"鳳凰臺上鳳凰遊,鳳去臺空江自流",四句本韋蘇州"野渡無人舟自橫",五六句本陳後山"度鳥欲何向,奔雲亦自閑",七八句又本李白"總爲浮雲蔽白日,長安不見使人愁"之句,句句皆有來處,妝點自妙,格律自然森嚴。

李大諫《八景》詩"林間出沒幾多屋,天末有無何處山",李政丞混《永明寺》詩"長天去鳥欲何向,大野東風吹不休",李相國《沙平院》詩"郵吏送迎何日了,使華往來幾時休",三李句法相似,然相國詞語重復未圓,當樹降幡。

【按：李混(1252—1312)字去華、太初，號蒙庵，謚文莊。籍貫全義，禮安李氏始祖。文科及第，官至僉議政丞。詩文卓越，歸養寧海時所作《舞鼓》傳於《樂府》。《東文選》卷四載其五古一首、卷九載其五律三首，卷一四載其七律一首，卷二〇載其七絕三首。其詩善化用唐人詩句，文詞清便。《箕雅》收其七律一首。】

郭 預　**字先甲。高宗時登魁科。官至密直司事。**

《高麗史》卷一〇六：郭預，字先甲，初名王府，清州人。高宗時擢第一人及第，調全州司錄。元宗初，補詹事府錄事。與洪濘齎和親牒如日本，請還被擄人口。預有才行，無汲引者，蹇滯不進，爲史館所薦，以禮賓注簿兼直翰林院。忠烈王素聞其名，及即位，始擢用，累遷版圖正郎、寶文署待制，知制誥，爲必闍赤，入參機務，士林稱得人。歷國子司業、典法摠郎、都尉尹、春宫侍講學士，拜右副承旨。建議禁宰牛馬，爲同知貢舉，辭。以典法判書金愲位在己上，請改命，人多其謙讓。會愲丁憂，復以預掌試，所取多知名士，陞左承旨、國子監大司成、文翰學士。十二年，加知密直司事監察大夫。如元賀聖節，卒於道，年五十五。爲人平淡勁直，謙遜樂易，雖至貴顯，如布衣時。善屬文，書法瘦勁，成一家體，當世效之，翕然一變。其在翰林院，每雨中跣足持傘，獨至龍化池賞蓮，後人高其風致，多詠其事。

《小華詩評》：郭密直預《題直廬》詩曰："半餉踈箔向層巔，萬壑松風動翠煙。午漏正閑公事少，倚窗和睡聽鈞天。"富麗之中有閑曠意。密直每遇雨，持傘獨至龍化院池上賞蓮。其詩曰："賞蓮三度到三池，翠蓋紅粧似舊時。惟有看花玉堂老，風情不減鬢如絲。"其氣像疏蕩至今可想。

【按：郭預(1232—1286)字先甲，初名王府。清州人。《東文選》卷六載其七古一首、卷九載其五律三首，卷一一載其五排二首(其中《詠橘樹》係李仁老作，誤題郭預)，卷二〇載其七絕六首。其詩氣象疏蕩，七古《感渡海》譏刺深刻。《箕雅》收其七絕一首、五律一首、七古一首。誤題郭預《詠橘樹》五排係李仁老作，不計。】

魯璵

《東人詩話》：客有問：魯典書璵《順興樓》詩"寒推岳色僧扃戶，冷踏溪聲客上樓"，許平章伯《杆城樓》詩"五更曉色先虛閣，一葉秋聲滿小樓"，孰優？予曰：魯詩大巧而反拙，許詩似俗而大奇。鄭政堂思道《高住寺》詩"坐久夕陰生邃壑，吟來霜葉滿虛樓"，亦可伯仲二老矣。

《海東雜錄》：詩語清峭如魯璵"寒推岳色僧扃戶。冷踏溪聲客上樓"。

《武陵雜稿》:到官來未三日,先訪竹溪。距順州舊城一牛鳴地,有宿水寺廢址,即安文貞所賦"靈龜形勢縮山頭,下有臨溪百尺樓",魯璵所詠"寒推岳色僧扃戶,冷踏溪聲客上樓"者是也。雲山原水誠不讓廬山,白雲常滿洞壑,敢名其洞曰白雲。

【按:魯璵(高麗後期人)。《東文選》卷一四載其七律一首。其詩僅《順興宿水寺樓》名篇單傳,語韻清峭。《箕雅》收其七律一首。】

蔡洪哲　　號中菴、紫霞洞主人。官至平章事。

《高麗史》卷一〇八:蔡洪哲,字無悶,平康縣人。忠烈朝登第,補膺善府錄事,稍遷通禮門祇候,出守長興府,有惠政。已而棄官,閒居凡十四年,自號"中菴居士",以浮屠禪旨琴書劑和爲日用。忠宣素知其名,及即位,將大用,強起之,除司醫副正,驟陞密直副使。由前祇候八遷爲相,士林榮之。又加知司事。忠肅元年,始正經界,量田制賦,洪哲爲五道巡訪計定使。明年,陞僉議評理,轉三司使,尋遷贊成事。巡訪一年,五道田籍粗畢,然新舊貢賦多不均,民不聊生。性又貪婪,喜營私,多取民田,遂致鉅富。王雖不直其所爲,以有寵忠宣,且與權漢功、崔誠之善,故未敢發。至五年,欲釐正之,分遣臺官,竟無糾舉者。七年,拜重大匡平康君。子河中仕元,秩五品,以恩授洪哲奉議大夫、大常禮儀院判官、驍騎尉、大興縣子。忠肅復位,起爲贊成事。時兩府以行邸用度不足,科斂文武官布,抽索富人財。理問郎中蔣伯祥謂洪哲曰:"君爲老相,強斂民財,何也?"洪哲曰:"非吾過也。今王在燕邸,多所須用,有旨徵錢,府藏虛竭不能支,不斂何爲?"改封順天君,進三重大匡,賜純誠輔翊贊化功臣號。命洪哲及安珪掌試。梁載者,王之嬖幸也,操弄政柄,士大夫多出其門。載以李潤屬洪哲曰:"走馬看錦,恐迷日五色。"洪哲果取之,王賜洪哲苧布五十匹、珪玉帶五綜、布六百匹。忠惠後元年卒,年七十九。爲人精巧,于文章技藝皆盡其能,尤好釋教。嘗于第北構旃檀園,常養禪僧。又施藥,國人多賴之,呼爲"活人堂"。忠宣嘗幸其園,施白金三十斤。又于第南作堂,號"中和"。時邀永嘉君權溥以下國老八人爲耆英會,制《紫霞洞新曲》,今樂府有譜。初,金方慶鎮北界悅龍岡,官婢生一女,洪哲娶之,生河中、河老。

《東文選·有元奉議大夫太常禮儀院判官驍騎尉大興縣子高麗純誠輔翊贊化功臣三重大匡右文館大提學領藝文館事順天君蔡公墓誌銘(李穀)》:至元六年歲在庚辰正月十日癸亥,大興縣子順天君蔡公年七十九,以疾卒于其第。……公諱洪哲,字無悶,交州道平康縣人。生十八,以能文詞中成均試,二十二登進士第……公鑑識絕倫,風猷希代,取人無備,觀過知仁,居室接物,一團和氣,可謂大雅君子矣。

《秋江集·松京錄》:又入一洞,左視王倫寺而有堂基,乃前朝侍中蔡公中庵先生所居。先生諱洪哲,倜儻爲一代風流宗。構一室,所居上,日迎耆英設會,自作《紫霞之曲》,令女兒肄之。昏夜,令入紫霞洞唱其曲,絲管俱起,隱然如天上聲。中庵誣其客:"此後紫霞洞舊有神仙,夜則又有此聲。"諸客信之。一日,曲聲漸近,至於中華堂後,俄而直至堂前中庭。中庵下跪,諸客稽首,莫不俯伏而聽。以此世傳此洞有神仙云。余等坐堂上小峰,紲馬下坐,談中華堂故事。老父曰:"此蔡政丞時仙人所駐之峰也。"伶人會寧奏紫霞洞之曲,諸客皆喜。

《甁窩集·答學子問目》:赤縣之外,風土自別,偏狹之地,方音已薄。雖以李相國、崔簡易之博洽,猶不諧樂府,况其下者乎?晉人以七絃琴送高句麗,第二相王山岳增損其制,作六絃。其後克宗作《平調》、《羽調》、《界面調》,被之六絃;高麗侍中蔡洪哲作《清平樂》、《水龍吟》、《金殿樂》、《履霜曲》、《五冠山》、《紫霞洞》;鄭敍作《鄭瓜亭》;翰林諸儒作《翰林別曲》;我國鄭道傳作《與民樂》、《洛陽春》、《步虛子》、《豐安曲》、《靖東方》、《倡義詞》、《鳳凰吟》;尹淮作《致和平》;鄭麟趾作《滿殿春》、《醉豐亨》:此所謂東方樂府,而雅樂則無聞。

【按:蔡洪哲(1262—1340)字無悶,號中菴、恥庵、紫霞洞主人。籍貫平康。著有《中庵集》。《東文選》卷一四載其七律二首、卷二〇載其七絕二首。洪哲善音樂,今傳三詩,二首與音樂有關。《箕雅》收其七律一首。】

禹　倬　　成均祭酒。通性理之學。

《高麗史》卷一〇九:禹倬,丹山人。父天珪,鄉貢進士。倬登科,初調寧海司錄。郡有妖神祠,名八鈴。民惑靈怪,奉祀甚瀆。倬至,即碎之,沉於海,淫祀遂絕。累遷監察糾正。時忠宣烝淑昌院妃,倬白衣持斧荷稿席詣闕,上疏敢諫。近臣展疏不敢讀,倬厲聲曰:"卿爲近臣,未能格非,而逢惡至此,卿知其罪耶?"左右震栗,王有慚色。後退老禮安縣。忠肅嘉其忠義,再召,不起。倬通經史,尤深于《易》學,卜筮無不中。《程傳》初來,東方無能知者。倬乃閉門月餘,參究乃解,教授生徒,理學始行。官至成均祭酒,致仕。忠惠三年卒,年八十一。

【按:禹倬(1263—1342)字天章、卓甫,號易東,謚文僖,丹陽人。奉饗安東道東書院、丹陽丹巖書院。《東文選》卷一五及《箕雅》僅收其七律《映湖樓》一首。詩語平易流利。】

朴　恒　　**字革之。以春州吏登第。忠烈時贊征日本。官至贊成事。謚文懿。**

《高麗史》卷一〇六：朴恒，字革之，初名東甫，春州吏。聰慧，美鬚髯。高宗朝登第。蒙兵陷春州，恒時在京，不知父母死所。城下積屍如山，貌肖者皆收瘗，至三百餘人。後聞母被虜，在燕京，再往求之，竟不得。選補翰林院，倅忠州，政最，徵拜右正言。按慶尚、全羅二道，有聲績。忠烈朝拜承宣，掌銓注。先是政房銓注，時出宿其家，干謁填門。恒始銓注訖，乃出禁中，後人遂以爲常。以同知密直司事從王入朝，平章哈伯使外郎問宰樞曰："忻都云天子令高麗諸島民出陸，高麗復使島居，差勾當使，有諸？"恒曰："至元七年，我國以帝命復都舊京，其諸島民未有出陸之命。但以三別抄叛，據珍島、耽羅。招討使金方慶但令全羅、慶尚近賊諸島出陸，避擄掠。陸處者不可不鎮撫，所以差勾當使也。"曰："島民乘舟成群往來，如生事何？"恒曰："島嶼之人以魚鼈爲衣食，往來漁釣非官吏所當禁也。且朝廷凡有命小邦者，皆下帥府及達魯花赤。忻都以元帥駐鹽州已久，西海諸島如喬桐、龍媒與帥府相望，忻都何坐視而不使出陸耶？其無朝令明矣。"哈伯不敢詰。拜參文學事，尋陞贊成事。王欲依舊制，覆親試新及第。僧祖英得幸於王，爲其侄吴子宜及親舊者，欲令不限登第久近，皆赴試。王問柳璥，璥對："新舊及第及衣冠子弟披藍者宜悉赴。"時人謂璥之言爲其孫仁明、孫婿權永也。內宦將軍李之氐言："殿試之法自毅廟以來廢絕，幾百餘年。今國家多事，正宜未遑。又本國人讒構上國者多，恐誣指殿試爲天場，則以僭越。"待制郭預亦嘗沮之。王命展試期，後祖英強王行之，雖執政近臣，不之知。恒請依舊制試之，王不允。祖英將子宜等試稿達王，因請拆糊封，定科目，取十五人，以子宜爲首，餘皆親舊。王召恒云："不能遍考，卿與祖英第高下。"祖英恐事不濟，與恒言："日者上見子宜詩賦，業已定乙科，何必改爲？"恒知祖英意，遣中使白王，與旋題員郭預、摠郎崔守璜、右正言李子芬等考定。及榜出，趙簡居首，皆非祖英所定。元世祖將征日本，戰艦、軍糧、器仗，令本國一切幹辦，而遣元帥忻都、右丞洪茶丘監督，君臣拱手聽命，力不能堪。恒言于王，具以狀奏帝，授王丞相行中書省事，金方慶爲征東都元帥，又有萬戶、千戶、百戶俱受宣命符信，使忻都等不得自專。其東征供億之策及軍機措置，皆自恒出。七年卒，年五十五，謚文懿。富文章，寬厚善接人，孜孜奉公，長於吏治，時稱其能。然臨事自用，不恤人言，所擢多其恩舊。嘗考殿試，中選者九人，其五皆恒門生，人謂白圭一玷。

《櫟翁稗說》：朴文懿恒："淺山白日能飛雨，古塞黃沙忽放虹。"安文成珦："一鷗曉雨草連野，匹馬春風花滿城。"金密直琄："片雲黑處何山雨，芳草青時盡日風。”皆佳句也，但恨不見全篇耳。

【按：朴恒（1227—1281）初名東甫，字革之，謚文懿。春川朴氏始祖。文科及第。《東文選》卷一四載其七律一首、卷二〇載其七絶一首。今傳二詩皆紀實，摹景鮮活。《箕雅》收其七律一首。】

洪　侃　　**字平甫。安東人。忠敬時登第。屢遷都僉議舍人。後貶東萊縣令，卒。**

《洪崖遺稿·慶尚道安東任内豐山洪氏世系》：二世，侃，字平甫，一字雲夫。高麗忠敬王朝丙寅閔漬榜登第，官至都僉議舍人知製誥。出守原州官，貶爲東萊縣令，大德甲辰卒于官。著有《洪崖遺稿》今傳。如《孤雁行》、《懶婦引》、《山水圖》、《送秋玉蟾》等詩見于《東文選》、《大東詩林》、《青丘風雅》、《三韓詩龜鑑》中。

《雪谷集·東萊雜詩》：當日洪平甫，波瀾起筆端。高才不遇世，晚歲此爲官。憔悴身仍病，吟哦興未闌。壁間無一字，豈爲和詩難。

《洪崖遺稿·跋（洪霶）》：往在宣廟朝，先子以弘文館應教入侍經筵。上論及麗朝文章，仍問于領經筵李山海曰：“鄭誧《東萊雜詩》中有《憶洪崖》一首，詞甚艶麗，而盛稱洪崖文詞。所謂洪崖是誰歟？”先子對曰：“洪崖是高麗忠敬王朝都僉議舍人洪侃之號，而以文雅鳴世。以言出爲東萊縣令，卒于官。卽臣之九代祖也。”上又問：“詩文有集乎？”先子對以“舊聞洪崖集在嶺南，而不得見矣”。……若夫先祖詩格之高，既有鄭雪谷題品，觀者自當知之。

《惺叟詩話》：洪舍人侃詩濃豔清麗，其《懶婦引》、《孤雁》篇最好，似盛唐人作。

《小華詩評》：按許筠《四部稿·丙午紀行》曰：“天使朱太史之藩謂筠曰：‘本國自新羅以至於今，詩歌最好者可逐一書來。’筠遂選四卷以呈。太史覽畢招筠語曰：‘子所選詩，吾達夜燃燭看之，孤雲似粗弱，李仁老、洪侃最好’云。”諱侃號洪崖，即余先祖也。麗朝皆尚東坡，至於大比有“三十三東坡”之語。獨洪崖先祖深得唐調，擺脱宋人氣習。其《早朝馬上》詩：“紫氣横空澗水流，風煙千里似滄州。石橋西畔南臺路，杜笏看山又一秋。”格韻清越，不雜塵累。

洪崖《孤雁行》極清楚流麗。詩曰：“五侯池館春風裏，微波粼粼鴨頭水。欄杆十二繡戶深，中有蓬萊三萬里。彷徨杜若紫鴛鴦，倚拍芙蓉金翡翠。雙飛雙浴復雙棲，綷羽雲衣恣遊戲。君不見十年江海有孤雁，舊侶微茫隔雲漢。顧影低仰時一呼，蘆花索莫風霜晚。”佔畢齋選入《青邱風雅》，評以爲“似是自况”。許筠亦嘗稱“似盛唐人作詩,貴逼真”。

《東國詩話彙成》:豐山人,字平甫,一字雲夫。國子直學之慶之子,自號洪崖。光宗朝登第,官至舍人。後貶以爲東萊縣令。卒。

《題李白醉後圖》云:“天子呼來不上船,醉吟風月幾千篇。三山鶴馭尋常事,故誇青驢作地仙。”公與白彝齋聯句,白先唱云:“鷗入荻花能避雨。”公歎賞,即對曰:“蜂隨柳絮不禁風。”又作一絕贈之云:“炎州翡翠莫同遊,金綷毛衣總是愁。愛殺見幾能避雨,荻花深處一沙鷗。”

【按:洪侃(?—1304)字平甫、雲夫,號洪崖,豐山人。擅長詩文,“麗朝詩十二家”之一。今傳《洪崖遺稿》。其詩清楚流麗。《箕雅》收其七排一首、七古四首。】

張　鎰　　字弛之。昌寧縣吏。高宗時登第。官至僉議副事。謚章簡。

《高麗史》卷一〇六:張鎰,字弛之,初名敏,昌寧郡吏。性溫恭正直,善屬文,長於吏才。高宗朝登第還家,居十五年,補昇平判官,以政最聞。及罷任,又歸舊隱,若將終身。按察使王諧薦爲直史館,累遷殿中侍御史。元宗初,與侍郎金祇錫迭爲全羅、忠清、慶尚三道按察,人以爲威重不及祇錫,而决斷過之。遷吏部郎中,歷兵禮二部侍郎、左諫議大夫。三别抄叛,據珍島。以鎰得南民心,授慶尚道水路防護使鎮撫之。鎰前後八使上國,不辱君命。以判大府事,有疾,乞退。王不允,曰:“鎰從事賢勞,尚稽大用。”超授簽書樞密院事、翰林學士贊成事。俞千遇賀詩云:“初似維摩方丈室,終如均正狀元郎。”曹均正年老赴舉,乞恩賜試,官閲其文,佳,遂擢第一,故用其事戲焉。十四年,出爲全羅道指揮使,明年,遷同知樞密院事。忠烈即位,加知僉議府事、寶文署大學士,修國史,致仕。尋卒,年七十,謚章簡,無子。

《芝峰類說》:張鎰《題昇平燕子樓》詩曰:“風月凄凉燕子樓,郎官一去夢悠悠。當時座客何嫌老,樓上佳人亦白頭。”昇平,今順天府也。張曾判此郡,時有太守孫億眷官妓好好,及張按部重來,好好已老,故云。郎官指孫億也。申光漢詩:“重來邑宰還青眼,别後佳人已白頭。”亦此意也。

【按:張鎰(1207—1276)初名敏,字弛之,謚章簡。昌寧人。《東文選》卷一四及《箕雅》僅收其《昇平燕子樓》七絕一首。物是人非之感慨,讀之愴然。】

鄭允宜　　草溪人。忠敬時登第。

《東文選・樵隱先生李公墓誌銘并序(李穡)》:文烈(李兆年)年未冠,神彩秀發。草溪鄭允宜使其府,一見知其異人,以其子妻之。

《櫟翁稗説》:張章簡鎰《昇平燕子樓》詩云:“ ”郭密直預《壽康宮逸鷂》詩云:“夏凉冬暖飼鮮肥,何事穿雲去不歸。海燕不曾資一粒,年年還傍畫樑飛。”李動安承休《詠雲》詩云:“一片忽從海上生,東西南北便縱横。謂成霖雨蘇群槁,空掩中天日月明。”鄭密直允宜《贈廉使》云:“凌晨走馬入孤城,籬落無人杏子成。布穀不知王事急,傍林終日勸春耕。”令人喜稱之。然章簡感舊而作,無他義,三篇皆含諷諭,鄭、郭微而婉。

【按:鄭允宜(高麗後期人)。嘗官密直。《東文選》卷一二及《箕雅》僅收其《書江城縣舍》七絕一首。諷諭微婉。】

白元恒　　從忠惠留元,官至贊成事。

《東人詩話》:宋真宗《賞花釣魚》詩,丁晉公謂應制云:“鶯驚鳳輦穿花去,魚畏龍顔上釣遲。”忠宣王宴禁池,白贊成元恒詩:“琉璃晴色瀲方池,魚樂無心上釣絲。柳外曲闌簾半捲,燕輕微雨小晴時。”詞語玲瓏圓轉可愛。

崔舍人斯立《天壽寺》詩:“天壽門前柳絮飛,一壺來待故人歸。眼穿落日長亭晚,多少行人近却非。”能道人欲道不道處,萬口傳誦。白贊成元恒《阻江》詩:“小船當發晚潮催,駐馬臨江獨冷咍。岸上行人何日了,前人未渡後人來。”白詩意好。然造次立語曲盡情狀渾然無跡,非崔之比。

【按:白元恒(高麗後期人),水原人。忠烈王五年(1279)文科及第。忠宣王三年(1311)以知讞府事,爲别監使。忠肅王元年(1314)與陰宣佐侍講《資治通鑑》,四年以總部典書爲同考試官,擔任銓選。八年經密直使,任僉議評理。《東文選》卷六載其七古四首、卷九載其五律一首、卷一五載其七律二首、卷二〇載其七絕九首。其詩善於立意,詞語玲瓏。《箕雅》收其七絕一首、七古一首。】

金　坵　　字次山。扶寧人。高宗時,入元表章皆其所撰。官至平章事。

《高麗史》卷一〇六:金坵,字次山,初名百鎰,扶寧縣人。自幼善屬詩文,每夏課,儕輩無居右者,皆以狀元期之。高宗朝,擢第二人及第,知貢舉。金仁鏡恨不置第一,以己亦爲第二人,語和范傳衣故事慰籍之。坵作長啓以謝,駢儷精切,出人意表。補定遠府司錄。同縣人黄閣寶挾憾摘世,累訴有司。權臣崔怡重其才,營救不得,改濟州判官。時崔滋爲副使,人有自京來報科場賦題云《秦孝公據肴函之固,囊括四海》。滋謂坵曰:“此題難賦,試爲我著之。”坵談笑自如,亡何,索筆立書,文無加點。滋嘆服,語其子曰:“此詩賦之準繩,汝謹藏之。”以權直翰林,充書狀官如元,有《北征錄》行於世。在翰林院八年,由堂後除閤門祇候,遷國學直講。崔沆雕《圓覺經》,令坧跋之。坧作詩曰:“蜂歌蝶舞百花新,總是華藏藏裏珍。終日啾啾說圓覺,不如緘口過殘春。”沆怒曰:“謂我緘口耶?”遂左遷。元宗四年,拜右諫議大夫。坧之祖,僧也,不宜在臺諫,然以坧有才,乃署告身,累遷尚書左僕射,歷樞密院副使、政堂文學、吏部尚書。王嘗賀聖節,達魯花赤率其屬,立於右內豎。上將軍康允紹阿附達魯花赤,亦率其党胡服直入,自比客使,見王不拜。及王拜,一時作胡拜。王怒,不能制,有司亦莫敢詰,坧劾之甚力。達魯花赤怒曰:“允紹先開剃,遵上國之禮,而反劾耶?”將危之,或以告,坧曰:“吾寧獲譴,豈可不劾此奴耶?”陞參知政事,建言:“後生怠于著述,表箋未合律格,宜試參外文臣所製,賞其能者。”王允之,事竟不行。進中書侍郎平章事。忠烈即位,改知僉議府事,尋遷參文學事,判版圖司事。舌人率微賤庸劣,傳語多不以實,或懷奸濟私。坧獻議置通文館,令禁內學館參外年少者習漢語。四年卒,年六十八。王曰:“坧曾拜平章事,吊誄宜以平章書之,官庀葬事。”謚文貞。性悃愊無華,寡言語。至論國事,切直無所避。嘗撰神、熙、康三朝《實錄》,掌詞令。時上國徵詰,怠無虛歲。坧撰表章,因事措辭皆中於理。回詔至云:“辭語懇實,理當俞允。”元翰林學士王鶚每見表詞,必稱美,恨不得見其面。

《止浦集·附錄·神道碑文並銘(鄭宲)》:公稟性悃愊無華,端方有度。釋褐以後,不汲汲於進取。與安文成公裕爲道義交,講磨經傳,以興學爲務,其所抱負非尋常俗儒之比。故立朝言議實多可觀。斥林衍之專擅,而憂時嫉惡之心著矣;劾允紹之倡狂,而尊主遏夷之義凜矣。元學士王鶚見公表文,恨不見面,則公之文章可謂華國矣。後來諸賢之稱道甚盛。奇高峰大升是經術君子,而以德行推公;徐四佳居正卽文苑宗匠,而以傑然稱公。觀於此,可知公卓然爲前代之名臣矣。不佞之最所景歎者,勝國之時竺教肆行,上下奔波以求福田利益。彼崔沆之丐文媚佛也,公獨正色斥之,雖死靡悔。其闢異扶正之功,實有吾東方無窮之惠矣。公卜居於縣之仙鶴洞,晚又築室於邊山海上,名之以知止浦。休退之暇,琴書自娛,以訓誨後學爲己任。嚴立課程,有育才之效。歿後,邑之章甫立祠於縣之道東以享之,其遺風餘韻至今未沫。

《止浦集·附錄·年譜(金弘哲)》:(略)

《性潭集·止浦集序》:維茲詩文之編,幸出於累百載之後,尚可以使後人誦讀而知其蘊矣。若其詩之格調,文之體規,有非懵陋所敢議。而竊謂當時麗王之所稱“稟東璧之精,擅西京之手”者至矣。篇帙雖少而各文俱存,不甚寂寥,奚翅爲一羽之珍一臠之美也。

《櫟翁稗說》:坦之登科有詩名,出家號鷲峰。《賦落梨花》云:“玉龍百萬爭珠日,海底陽侯拾敗鱗。暗向春風花市賣,東君容易散紅塵。”正所謂“村學中詩”也。金文貞坵亦有《落梨花》詩:“飛舞翩翩去却回,倒吹還欲上枝開。無端一片黏絲網,時見蜘蛛捕蝶來。”作者手段固有不同。

《東人詩話》:宋莒公《落花》詩“漢皐佩冷臨江失,金谷樓危到地香”,了京云:“將飛更作回風舞,已落猶成半面妝”,余襄公云“金谷已空新布障,馬嵬徒見舊香囊”,其用事精切。金文貞坵詩“飛舞翩翩去却回,倒吹還欲上枝開。無端一片粘絲網,時見蜘蛛捕蝶來”,《松都天水寺壁》亦詠落花云“帶雨無情墮,乘風作意回。映溪千萬朵,却恨十分開”,兩詩方莒公諸作邈乎不可及矣。然金詩語工而意淺,天水詩意深而語滯,好詩者當辨之。

《謏聞瑣錄》:文人詞藻,流傳不朽,千載之下,想望其風彩。但有諂諛之詞,取媚哀乞,阿其所非,所阿則並其已前欽慕而盡棄之,可不戒哉?嘗愛金坵障子詩:“風護花奴頭上槿,露濃王母手中桃。”何其豔麗?及見《上晉陽公》詩:“兩世波瀾定海東,太山功後太山功。茆分萬戶猶毫末,河潤三韓亦掌中。”極口稱頌。且得罪,乞救于晉陽云:“玉上無端點作痕,已將名利負乾坤。可憐百世升沉事,决在明朝一片言。”皆未免阿諛哀乞。

【按:金坵(1211—1278)初名百鎰,字次山,號止浦,謚文貞。扶寧人。著有《止浦集》今傳。其詩精工艷麗,然意藴欠深厚。《箕雅》收其七絶、七律、七古各一首。】

李藏用　　字顯甫。元宗時守太傅平章事。謚文貞。

《高麗史》卷一〇二:李藏用,字顯甫,初名仁祺。中書令子淵六世孫。父儆,清儉寡欲,通經史,善斷事,官至樞密院使。藏用高宗朝登第,調西京司錄,入補校書郎,兼直史館,累遷國子大司成、樞密院承旨,陞副使,拜政堂文學。元宗元年,參知政事,加守太尉監修國史,判戶部事,進中書侍郎平章事,又加守太傅、判兵部事、太子太傅。五年,蒙古徵王入朝,王命宰相會議,皆持疑未决。藏用獨曰:“王覲則和親,否則生釁。”金俊曰:“既就徵,萬一有變,乃何?”曰:“我以爲必無事也,脫有變,甘受孥戮。”議乃定,遂從王入朝。時永寧公綧在蒙古,言:“高麗有三十八領,領各千人,通爲三萬八千人。若遣我,當盡率來爲朝廷用。”史丞相召藏用至中書省問之。藏用曰:“我太祖之制蓋如此。比來死於兵荒,雖曰千人,其實不然,亦猶上國萬戶牌子頭,數目未必足也。請與綧東歸點閱,綧言是,斬我;我言是,斬綧。”綧在側,不敢復言。有問:“高麗州郡戶口幾何?”曰:“不知。”曰:“子爲國相,何爲不知?”藏用指窗欞曰:“丞相以爲凡幾個?”丞相曰:“不知。”藏用曰:“小國州郡戶口之數有司存,雖宰相焉能盡知?”丞相默然。翰林學士王鶚邀宴其第,歌人唱吳彦高《人月圓》、《春從天上來》二曲。藏用微吟其詞,中音節。鶚起,執手歎賞曰:"君不通華言而解此曲,必深於音律者也。"益敬重。帝聞藏用陳奏,謂之"阿巒滅兒里干李宰相",見者亦謂"海東賢人",至有寫真以禮者。王還,以功進門下侍郎同中書門下平章事、慶源郡開國伯,食邑一千戶,食實封一百戶,又加太子太師。八年,蒙古遣兵部侍郎黑的等,令招諭日本。藏用以書遺黑的曰:"日本阻海萬里,雖與中國相通,未嘗歲修職貢,故中國亦不以爲意,來則撫之,去則絕之,以爲得之無益于王化,棄之無損於皇威也。今聖明在上,日月所照皆爲臣妾,蠢爾小夷敢有不服?然蜂蠆之毒豈可無慮?……"日本竟不至。將累我國,故密諭黑的,欲令轉聞寢其事。王以其不先告,疑有二心,即配靈興島。館伴起居舍人潘阜亦坐不告,流彩雲島。阜方對黑的坐,武士突入曳出,黑的怒,詰問知之,乃還藏用書,且曰:"我若歸奏此書,幸而聽乎,天下之福也;如不之聽,于汝國亦有何罪?"固止之,由是皆獲免。九年,拜門下侍中。藏用嘗言於朝:"欲使宗社無虞,中外晏然,莫如還都舊京。"金俊及其黨皆不欲之。藏用曰:"若不能席卷以出,且令作宮室,夏居松京,冬返江都,如上國之有兩都可也。"於是置古京出排都監。蒙古帝遣使徵兵於我,敕令藏用來奏軍額。及藏用謁帝,帝曰:"朕命爾國出師助戰,爾國不以軍數分明奏聞,乃以模糊之言來奏。王綧曾奏:'我國有四萬軍,又有雜色一萬。'故朕昨日敕爾等云:'王所不可以無軍,其留一萬以衛王國,以四萬來助戰。'爾等奏云:'我國無五萬軍,綧之言非實也。苟不信,試遣使與告者偕往點其軍額。若實有四萬,陪臣受罪;不,則反坐誣告者。'爾等若以軍額分明來奏,朕何有此言?"遂呼綧曰:"宜與藏用辨。"又敕藏用曰:"爾還爾國,速奏軍額;不爾,將討之。爾等不知出軍將討何國,朕將討宋與日本耳。今朕視爾國如一家,爾國若有難,朕安敢不救乎?……爾歸語王,造戰艦一千艘,可載米三四千石者。"藏用對曰:"敢不承命?但督之。則雖有船材,恐不及也。"帝曰:"三皇五帝以來,歷代之事爾等所知,不必更說,朕將取近而言之。昔成吉思汗皇帝時,河西王納女請和曰:'皇帝若征女真,我爲右手;若征回回,我爲左手。'後成吉思汗皇帝將討回回,命助征,河西竟不應,帝討而滅之。爾亦聞之。"藏用對曰:"我國昔有四萬軍,三十年間死於兵疫殆盡。雖有百戶千戶,但虛名耳。"帝曰:"死者尚有,獨無生者乎?爾國亦有婦女,豈無生者?爾乃年老諳事,說何妄耶?"對曰:"小邦蒙荷聖恩,自罷兵以來有生者,然皆幼弱,不堪充軍。"帝又曰:"爾國于宋,風順則可兩三日至,日本則朝發夕至,此汝國與蠻子人之言也。汝國何不生是事乎?"綧欲復言軍事,藏用曰:"至尊前不當爭辨,遣人可驗。"帝謂曰:"言已畢已。"十年,林衍謀廢立,宰樞莫敢言。

藏用自度不能止，且恐有不測之變，乃以遜位爲言。衍遂廢王，立安慶公淐。時世子在蒙古，回至鴨緑江聞難，還入朝。衍懼，以藏用充節日使如蒙古，欲令説世子而返。至則具陳衍廢立，未幾，王復位入朝。明年，藏用謁王於道。王至東京行省，問廢立之故，王以“有疾遜位”對。行省知其非實，請以藏用從行。王惡藏用言與己異，故不許。藏用追謁于燕，具奏衍逆狀。帝使頭輦哥率兵衛王還國。又明年，蒙古斷事官不花等宣言：“林衍廢立時與謀者尚在朝列，不正其罪，何以懲惡？”遂免藏用。藏用曰：“當時不能死，豈非罪乎？”十三年卒，年七十二。美風儀，性聰明，恭儉沉重。博覽經史，陰陽、醫藥、律曆，靡所不通。爲文章清警優贍，又喜浮屠書，嘗著《禪家宗派圖》，潤色《華嚴錐洞記》。遺命火葬，無子。忠烈王元年，追謚曰文真。

《櫟翁稗説》：金末詩人楊飛卿《題紅樹》云：“海霞不雨棲林表，野燒無風到樹頭。”李文真公藏用亦云：“廢院瞞盱秋思苦，淺山唐突夕陽明。”飛卿老膝不得不屈。

文真有《三角山文殊寺》長篇詩：“語闌缺月入深扉，坐久微風吟聳柏。”深得山中之趣。又一句云：“鍾梵聲中一燈赤。”羅氏《路史》載：“人有不改家火至五世，其火色正赤如血。”文真用此事以言長明燈也。

《東人詩話》：李侍中藏用《三角山文殊寺》詩：“還他駕鶴楊州天，添却騎驢華山籍。”蓋三角山在楊州，亦有華峰。用事精切。李侍中需《普門寺》詩：“殿閣盡吞千世界，樓臺直掛一虚空。”氣象廣豁。趙文景永仁《安和寺》詩；‘前泉通漢騫應路，後岳支天杞不憂。”詞語險僻，然亦奇健可尚。

李侍中藏用詩：“萬事唯宜一笑休，蒼蒼在上豈容求？但知吾道如何耳，不用斜陽獨倚樓。”末句深遠有味。杜甫詩曰“行藏獨倚樓”，趙子昂詩曰“斜陽雖好自生愁”。

《東國詩話彙成》：樂軒在通津山齋，李百鎰、李松縉，皆一時之傑，偕卓然師自江都往謁師，筆法亦爲當時之冠。路人見者謂“江都地勢一日東傾”。作詩云：“兩點文星會德星，三韓望重泰山輕。座中更看天將子，莫怪江都地勢傾。”

【按：李藏用（1201—1272）初名仁祺，字顯甫，謚文真。仁州人。著有《禪家宗派圖》、《華嚴錐洞記》。《東文選》卷一四載其七律七首、卷一八載其七排二首、卷二〇載其七絕二首。其詩氣象廣豁，清警優贍。《箕雅》收其七律二首、七排一首。】

鄭　瑎　　字晦之，忠烈時掌銓注，官至贊成事。謚章敬。

《高麗史》卷一〇六：鄭瑎，字晦之，初名玄繼，大將軍顗之孫。少孤，力學登第，補秘書校勘，歷史翰。忠烈時，以大常錄事爲必闍赤，與李混、尹琋齊名。從王如元，以勞拜閣門祗候，累遷左副承旨、司議大夫，掌銓注，執法不阿，雖近倖稱旨干請亦不聽。遷知申事，進副知密直，出爲南京留守、廣陵府尹，入知密直。印侯之謀執韓希愈也，悉召諸大臣。大臣皆揣侯意，莫往。獨瑎不知而往，輒還。坐罷。尋起爲密直使，歷判三司事、僉議參理。時王惟紹、宋邦英謀廢忠宣，立瑞興侯㙉。瑎憤其所爲，未得發。邦英奉使如元，兩府出餞。邦英道遇瑎，將揖馬上，以奉使乘傳爲辭。瑎怒其無禮，佯不見，徐下馬，交禮訖，責喝道不辟，批其頰而還。邦英慚。瑎即日遘疾，醫診視之，曰："病由怒發。"久乃愈。三十一年，進贊成事，知貢舉，取張子贇等，時稱得士。政丞韓宗愈、金永旽皆所取也。學士宴，王賜書簇，瑎喜而展之，其一聯云："萬事不成身便死。"瑎色變，坐客亦愕然，然知其爲不祥。未幾，舊疾作而卒，謚章敬，遺命薄葬，年五十二。嘗受宣命，爲征東省郎中，又爲儒學提舉。美風儀，鬚髯如畫，內剛外和，喜怒不形，平居坦蕩，遇事則精悍不可撓。王所幸美人嘗與瑎私，王知之，亦不怒。

【按：鄭瑎（1254—1305）初名玄繼，字晦之，謚章敬。清州人。雪谷鄭誧之父。《東文選》卷二〇載其七絕三首。其詩豪放蒼凉。《箕雅》收其七絕一首。】

李齊賢　**字仲思，號益齋。慶州人。從忠宣于燕邸，與趙孟頫等遊善。奉使西蜀，還，封金海君。恭愍即位於元，命攝政丞，權斷征東省事。謚文忠。**

《高麗史》卷一一〇：李齊賢，字仲思，初名之公，檢校政丞瑱之子。自幼嶷然如成人，爲文已有作者氣。忠烈二十七年，年十五，魁成均試，又中丙科，曰："此小技耳。"討論經籍益勤，淹貫精研。瑱喜曰："天其或者益大吾門乎？"三十四年，選入藝文、春秋館。忠宣元年，擢糾正，累遷成均樂正。嘗任豐儲內府，監斗斛校錙銖無難色，人曰："李公可謂不器君子。"忠宣佐仁宗定內亂，迎立武宗，寵遇無對，遂請傳國於忠肅。以大尉留燕邸，構萬卷堂，書史自娛。因曰："京師文學之士皆天下之選，吾府中未有其人，是吾羞也。"召齊賢至都。時姚燧、閻復、元明善、趙孟頫等咸遊王門，齊賢相從，學益進，燧等稱歎不置。遷成均祭酒，奉使西蜀，所至題詠膾炙人口。驟陞選部典書。忠宣之降香江南也，齊賢與權漢功從之。王每遇樓臺佳致，寄興遣懷，曰："此間不可無李生也。"忠宣嘗問齊賢曰："太祖時，契丹遺橐駞，令繫橋下，不與芻豆，餓而死。橐駞雖不產中國，亦未嘗不畜之。國君有數十頭橐駞，其弊不至傷民，却之則已，何至餓而殺之乎？"齊賢對曰："創業垂統之主,其見遠,其慮深,非後世所及也。且宋太祖養豬禁中,仁宗令放之,後得妖人,顧無所取血。知太祖慮亦及此,此亦未爲定論,安知太祖養豬之意不有大於取血者耶?我太祖之所以爲此,將以折戎人之譎計耶?抑亦防後世之侈心耶?蓋必有微旨,此在殿下恭默而思之,力行而體之爾。"又問:"我國古稱文物侔于中華,今之學者皆從釋子以習章句,何耶?"齊賢對曰:"……"忠宣嘉納,遷知密直司事,賜端誠翊贊功臣號,又賜田及臧獲,以賞燕吴侍從功,奏授高麗王府斷事官,後復如元。柳清臣、吴潛上書都省,請立省本國,比内地。齊賢爲書上都堂,曰:"……"議遂寢。忠宣被讒,流吐蕃。齊賢又與崔誠之獻書元郎中,曰:"……"又上書丞相拜住,曰:"……"既而帝命量移忠宣于朶思麻之地,從拜住所奏也。齊賢往謁忠宣,謳吟道中,忠憤藹然,加密直司使,賜推誠亮節功臣號,再轉僉議評理、政堂文學,又封金海君。忠肅薨,曹頔構亂,忠惠擊殺之,然其黨在都者甚衆,必欲抵王罪。元遣使召王,人心疑懼,禍且不測。齊賢奮不顧曰:"吾知吾君之子而已。"從之如京師。事得辨析,功在一等,賜鐵券。既還,群小益煽,齊賢屏居不出,著《櫟翁稗説》。忠惠被執于元,宰相國老會旻天寺,議上書請赦王罪。齊賢草其書曰:"……"後欲署名呈省,國老多不至,事竟未就。忠穆襲位,進判三司事,封府院君。上書都堂,曰:"……"後與安軸、李穀、安震、李仁復增修閔漬所撰《編年綱目》,又修忠烈、忠宣、忠肅三朝《實録》。恭愍即位,未至國,命齊賢攝政丞,權斷征東省事。齊賢上書于王曰:"……"尋拜都僉議政丞。齊賢下理問裴佺及朴守明於行省獄,流直城君盧英瑞於可德島、贊成事尹時遇於角山,貶贊成事鄭天起爲濟州牧使、知都僉議韓大淳爲機張監務。時王在元,國空虚,齊賢措置得宜,人賴以安。嘗于拜表陞陛上,行禮儀衛與王無異,人譏之。趙日新挾負紲之功,暴横驕恣,以齊賢居右,深忌之,相詰。齊賢白王曰:"臣不敢居具瞻之地。"固辭,不允。又因墮馬傷足上箋辭,王不允,加推誠亮節同德協義贊化功臣號。齊賢又上三箋,牢讓不已,遂致仕。日新聚群不逞,夜入宫害所忌,縱兵誅殺,齊賢以辭位得免。日新伏誅,起齊賢爲右政丞,賜純誠直節同德贊化功臣號。明年,辭。以府院君知貢舉,取李穡等,復爲右政丞,辭,封金海侯,改門下侍中,又辭,不允。六年,乞以本職致仕,從之。國制封君致仕,頒禄有差,既老而猶受厚禄,於義不安,故有是請。朝論以爲本職致仕,非所以敬大臣也,復封雞林府院君。奇轍等伏誅,王以轍等衣服、彩帛賜宦寺及兩府。齊賢辭以無功不受,又上箋請老,仍致仕。撰國史于其第,史官及三館皆會焉。王嘗命齊賢議定昭穆之次,語在《禮志》。王又以修築京城訪大臣耆老,齊賢上言曰:"……"紅巾之亂,王南幸。齊賢謁于尚州,揮涕歎曰:"今日播遷,何異玄宗禄山之亂?"及賊退,又與洪彦博言曰:"古人稱'壯哉山河,此魏國之寶也'。初若設險守隘,制勝可必,恨不早圖也。賊若野戰,則我軍必敗。但因風雪,乘賊不虞,故勝之,此賴宗社山河之祐也。"十六年卒,年八十一,謚文忠。天資厚重,輔以學問,其發於議論、措諸事業者俱有可觀。初,齊賢讀史至《則天紀》,曰:"那將周餘分,續我唐日月。"後得《朱子綱目》,自驗其學之正。人有片善,稱譽惟恐不聞。先輩遺事,雖細以爲難及。平生未嘗疾言遽色,又(不)及穢語。晚年閒居,對客置酒,商榷古今,亹亹不倦。崔瀣嘗歎曰:"士别三日,刮目相待,吾於益齋見之矣。"齊賢務遵古法,不喜更張,曰:"吾志豈不如古?但吾才不及今人耳。"齊賢之孫連姻奇氏,齊賢忌其盛滿,及拜平章,恭愍敕兩制賦詩以賀,且命齊賢敘其事,齊賢辭不爲。恭愍之寵辛旽也,齊賢白王曰:"臣嘗一見旽,其骨法類古之凶人,必貽後患,請上勿近。"旽深銜之,毁之百端,以其老不得加害,乃謂王曰:"儒者稱座主,門生布列中外,互相干請,恣其所欲。如李齊賢門生門下見門生,遂爲滿國之盜,儒者之爲害如此。"及旽之敗,王曰:"益齋先見之明,不可及已。"自少,儕輩不敢斥名,必稱益齋;及爲宰相,人無貴賤,皆稱益齋,其見重於世如此。然不樂性理之學,無定力,空談孔孟,心術不端,作事未甚合理,爲識者所短。後配享恭愍廟庭。所著《亂稿》十卷行於世。齊賢嘗病國史不備,與白文寶、李達忠作紀年傳志,齊賢起太祖至肅宗,文寶、達忠撰睿宗以下。文寶僅草睿仁二朝,達忠未就稿。南遷時皆散逸,唯齊賢《太祖紀年》在。

《牧隱集·益齋亂稿序》:元有天下,四海既一。三光五嶽之氣渾淪磅礴,動盪發越,無中華邊遠之異,故有命世之才雜出乎其間,沈浸醲郁,攬結粹精,敷爲文章,以賁飾一代之理,可謂盛矣。高麗益齋先生生是時年未冠,文已有名當世,大爲忠宣王器重,從居輦轂下。朝之大儒搢紳先生若牧庵姚公、閻公子靜、趙公子昂、元公復初、張公養浩咸游王門,先生皆得與之交際。視易聽新,摩厲變化,固已極其正大高明之學。而又奉使川蜀,從王吳會,往返萬餘里。山河之壯,風俗之異,古聖賢之遺迹,凡所謂閎博絶特之觀,既已包括而無餘,則其疎蕩奇氣殆不在子長下矣。使先生登名王官,掌帝制,優游臺閣,則功業成就决不讓向之數君子者。斂而東歸,相五朝,四爲冢宰,東民則幸矣,其如斯文何?雖然,東人仰之如泰山,學文之士去其靡陋而稍爾雅,皆先生化之也。

《東人詩話》:古人稱杜甫非特聖於詩,詩皆出於憂國憂民、一飯不忘君之心。如避地鄜州達行在,間關崎嶇,其《哀王孫》、《悲陳陶》等篇,可見其志之所存。大元至治中,高麗忠宣王被讒竄西蕃,益齋李文忠公萬里奔問,忠憤藹然,如"寸腸冰雪亂交加,一望燕山九起嗟。誰謂鱣鯨困螻蟻,可憐蟻虱訴蝦蟆。才微杜漸顔宜赭,義重扶顛鬢已華。萬古金縢遺冊在,未容群叔誤周家”,又“咄咄書空但坐愁,式微何處賦萇裘。十年艱險魚千里,萬古升沉貉一丘。白日西飛魂正斷,碧江東注淚先流。滿門珠履無雞狗,飽德如吾死合羞”等篇,其忠誠憤激,杜少陵不得專美於前矣。

樂府句句字字皆協音律,古之能詩者尚難之。陳後山、楊誠齋皆以謂蘇子瞻樂詞雖工,要非本色語。況不及東坡者乎?吾東方語音與中國不同,李相國、李大諫、猊山、牧隱,皆以雄文大手未嘗措手,唯益齋備述衆體,法度森嚴。先生北學中原,師友淵源必有所得者。近世學者不學音律,先作樂府,欲爲東坡所不能,其爲誠齋、後山之罪人明矣。

李大諫仁老《瀟湘八景》絕句清新富麗,工於模寫。陳右諫澕七言長句豪健峭壯,得之詭奇。皆古今絕唱。後之作者未易伯仲。惟益齋李文忠公絕句樂府等篇精深典雅,舒閑容與,得與二老頡頏上下於數百載之間矣。

凡詩用事當有來處,苟出己意,語雖工,未免砭者之譏。高麗忠宣王入元朝,開萬卷堂,學士閻復、姚燧、趙子昂皆游王門。一日,王占一聯云:“雞聲恰似門前柳,”諸學士問用事來處,王默然。益齋李文忠公從旁即解曰:“吾東人詩有‘屋頭初日金雞唱,恰似垂楊嫋嫋長。’以雞聲之軟比柳條之輕纖。我殿下之句用是意也。且韓退之《琴詩》曰:‘浮雲柳絮無根蒂’,則古人之于聲音亦有以柳絮比之者矣。”滿座稱歎。忠宣詩苟無益老之救,則幾窘於砭者之鋒矣。

益齋《山中雪夜》詩:“紙被生寒佛燈暗,沙彌一夜不鳴鍾。應嗔宿客開門早,要看巖前雪壓松。”能寫出山家雪夜奇趣,讀之令人沆瀣生牙頰間。崔拙翁嘗曰:“益老平生詩法盡在此詩。“

《慵齋叢話》:高麗忠宣王久留元,有所鍾情者。及東還,情人追來,王折蓮花一朵贈之以爲别。日夕王不勝眷戀,令益齋更往見之。益齋往,則女在樓中,不食已數日,言語不能辨,强操筆書一絕云:“贈送蓮花片,初來的的紅。辭枝今幾日,憔悴與人同。”益齋回啓云:“女入酒家,與少年飲酒,尋之不得耳。”王大懊唾地。翌年慶壽節,益齋進爵,退伏庭下,言死罪。王問之,益齋呈其詩,道其事。王垂淚曰:“當日若見詩,竭死力還往矣。卿愛我,故變言之,真忠懇也。”

《謏聞瑣錄》:益齋《四皓歸漢》詩:“見説扶蘇孝且仁,胡今二世禍生民。逋翁不爲卑詞屈,未忍劉家又似秦。”論議的當。《蜂》詩:“課蜜若非王事急,只消恒舞百花中。”善於形容。

《惺叟詩話》:人言崔猊山悉抹益齋詩卷,只留“紙被生寒佛燈暗,沙彌一夜不鳴鍾。應嗔宿客開門早,要見庭前雪壓松”,益齋大服,以爲知音。

此皆過辭也。益齋詩好者甚多,如《和烏棲曲》及《澠池》等古詩,俱逼古。諸律亦洪亮。至於少作《詠史》如"誰知鄴下荀文若,永愧遼東管幼安",如"不解載將西子去,越宮還有一姑蘇",如"劉郎自愛竇叢國,古里虛生羽葆桑",此等作俱入竅,發前人未發者,烏可小看! 此亦英雄欺人,不可盡信。

益齋婦翁即菊齋公也。夫婦享年八十四,而夫人先公卒。公挽婦翁詩一聯:"姮娥相待廣寒殿,居士獨歸兜率天。"權公喜佛,以樂天兜率比之不妨。姮娥竊藥,自古詩人例于煙火中喻其奔去,用之于妻母似亦不安。

《芝峰類說》:益齋李齊賢《詠范蠡》詩曰:"論功豈啻破強吳,最在扁舟泛五湖。不解載將西子去,越宮還有一姑蘇。"其意甚新。

《小華詩評》:我東人不解音律,自古不能作樂府歌詞。世傳李益齋齊賢隨王在燕邸,與學士姚燧諸人遊,其《菩薩蠻》諸作爲華人所賞云。豈北學中國深有所得而然耶? 余見其《舟中夜宿》詞:"西風吹雨暝江樹,一邊殘照青山暮。繫纜近漁家,船頭人語嘩。白魚兼白酒,徑到無何有。自喜臥滄州,那知是宦遊。"其《舟次青神》詞曰:"長江日落煙波綠,移舟漸近青山曲。夜深篷底宿,暗浪鳴琴築。隔竹一燈明,隨風百丈輕。夢與白鷗盟,朝來莫謾驚。"詞極典雅。華人所贊,其指此歟?

《東國詩話彙成》:公聞淮安君出家,有詩曰:"火中良玉水中蓮,夜半逾城去渺然。雲衲換來新面目,綠窗啼盡短因緣。瑤琴月照三更夢,玉塵風傳一味禪。碌碌儒冠成底事,可憐奔走二毛年。"按淮安大君,公之友婿也。佛說釋迦以王子夜半逾城入雪山修道云,蓋用此也。

益齋聞忠宣王被讒不能自明,到黃草店有詩云:"寸腸冰炭淚交加,一登燕山九起嗟。萬古金縢遺冊在,未應群叔誤周家。"王流於吐蕃,益齋在元,獻書于元郎中以雪之。王自吐蕃放還。

【按:李齊賢(1287—1367)初名之公,字仲思,號益齋、實齋、櫟翁,謚文忠。籍貫慶州。李瑱子。白頤正門人。其文章與外交文書久負盛名,引進並推廣趙孟頫書體,確立程朱學基礎。著有《益齋亂槁》、《益齋集》、《櫟翁稗說》、《孝行録》、《西征録》、《史略》。李齊賢不僅為漢詩大家,且因居留中國多年,詞作亦爲韓國第一。其詩作内容豐富,廣闊反映社會現實。尤多與中國有關之詩歌與詠史詩。藝術成就頗高。"麗朝詩十二家"之一。《箕雅》收其五絕一首、七絕八首、五律三首、七律一七首、五古七首、七古三首。】

曹繼芳　　昌寧人。忠烈時爲提學。

《東國詩話彙成》:退居於鄉,安貧樂道。有詩曰:"一面踈籬是何家,春來不隔四山花。粉牆丹桂何能久，坐愛庭中月色多。”又：“世間從富不從貧，誰記江村冷瘦人。唯有乾坤無厚薄，寂寥茆屋亦青春。”

《東詩話》：又有一詩載徐四佳《詩話》，其詩曰：“敲門宿客直須麾，勿使山家奇事知。屋角梨花開滿樹，子規來叫月明時。”三詩俱見其有清雅恬退之意，而其音調亦同，《勝覽》、《詩話》之所以取捨，何爲而各異？是未可知也。

【按：曹繼芳（高麗忠烈工時人），昌寧人。曹光漢子。其詩多安貧樂道之退隱色彩，詩句清雅。《箕雅》收其七律一首。】

崔　瀣　　字彥明，號拙翁。致遠之後。不遇於世。自著《猊山隱者傳》。

《高麗史》卷一〇九：崔瀣，字彥明父，一字壽翁，雞林人，文昌侯致遠之後。父伯倫，擢魁科，官至民部議郎，元授高麗王京儒學教授。瀣幼穎悟，九歲能詩。既長，學日進，大爲先輩所服。登第，補成均學官。學諭闕員，瀣與李守者爭。政丞崔有渰欲與守，伯倫罵有渰，語頗不遜，配伯倫于孤蘭島。瀣選藝文春秋檢閱，以事貶長沙監務，召授藝文春秋館注簿。忠肅八年，應舉於元，中制科，授遼陽路蓋州判官。及東還，藝文、成均、典校三館出迎於迎賓館，遷藝文應教。始赴蓋州，地僻職冗，居五月移病東歸，累官至檢校成均大司成。瀣才高志奇，讀書爲文辭不資師友，超然自得。不惑異端，不溺習俗，而務合于古人。至論異同，苟知其正，雖老師宿儒爲時所宗者，且詰且折，確持不變。延祐科興，聞詔乃曰：“可試所學。”既而果中制科，同年狀元宋本稱其才，屢形於詩，自是名益著，異己者亦不喜而排之。瀣又不善伺候，放蕩敢言，卒不大用。然取友必端，詩酒自娛。嘗過東萊縣登海雲臺，見合浦萬戶張瑄題詩松樹云：“噫！此樹有何厄？遭此惡詩！”遂削去之，塗以土。行至安東，瑄聞之怒，命猛將三四追之，得傔從一人歸，械立門外。瀣潛逾竹嶺還京，大爲儒林所笑。其恃才傲物類此。生平不理家人生產業，自號“拙翁”，後居城南獅子山下，自著《猊山隱者傳》曰：“隱者，名夏屆，或稱下逮，蒼槐其氏也，世爲龍伯國人。本非復姓，至隱者因夷音之緩，並其名而易之。隱者方孩提，已似識天理。及就學，不滯於一隅，才得旨歸，便無卒業，其泛而不究也。梢壯，慨然有志於功名，而世莫之許也。是其性不善於伺候，而又好酒。數爵而後，喜說人善惡，凡從耳而入者，口不解藏，故不爲人所愛重，輒舉輒斥而去。雖親友惜其欲改，或勸或責，不能納。中年頗自悔，然人已待以非可牢籠未可用，而隱者亦不復有意於斯世矣。嘗自言：‘吾所嘗往來者皆善人。而其所不與者多，欲得衆允，難矣。’此其所短，乃其所以爲長也。晚從獅子岬寺僧借田而耕，開園曰‘取足’，自號‘猊山農隱’，其銘座右曰:‘爾田爾園,三寶重恩。取足奚自,愼勿可諼。’隱者素不樂浮屠,而卒爲其佃戶。”蓋訟夙志之爽,以自戲耳。忠惠後元年卒,年五十四。嘗選本國名賢詩文,題其目曰《東人之文》,凡二十五卷。所著《拙稿》二卷,行於世。無子,家又甚貧,無以襄事,朋友致賻,乃克葬。

《東人詩話》:其恃才傲物如此。然坐此蹭蹬。嘗貶長沙監務,有詩云:“高名千古長沙上,却愧才非賈少年。”又云:“三年竄逐病相仍,一室生涯轉似僧。雪滿四山人不到,海濤聲裏坐挑燈。”又嘗有詩云:“我衣緼袍人輕裘,人居華屋我圭竇。天工賦與本不齊,我不嫌人人我詬。”讀其詩,可見困頓氣象。

予嘗愛拙翁《四皓》詩:“漢用奇謀立帝功,指揮豪傑似兒童。可憐皓首商山老,亦墮留侯計術中。”趙學士子昂《四皓》詩:“白髮商君四老翁,紫芝歌罷聽松風。半生不與人間事,亦墮留侯計術中。”雖詞意不同,而末句如出一手。拙老入元朝中制科,與趙同時,其或有所模擬。但以拙老之崛強,豈效顰一時儕輩之所作乎?

崔猊山詩曰:“漏雲殘照雨絲絲”,牧隱深味之,有“膾炙猊山四句詩”之句。頃見李大諫仁老詩曰“薄雲漏日雨中明”,猊山詩未必非點化也。然古人詩有偶同者,有因點化而尤工者,或讀古人詩已熟往往恰得認爲己有者,此詩家常事。猊山豈竊人詩者哉?

崔拙翁詩:“桃花籬落映清渠,門外荒田二頃餘。每過村家心語口,無官不去竟何如。”此老平生有雅操,功名蹭蹬,無意於世,而亦不能去,况不及拙翁者乎?

崔拙翁《雨荷》詩:“胡椒三百斛,千載笑其愚。如何碧玉斗,終日量明珠。”有譏誚不廉之意。

古人用事,有直用其事,有反其意而用之者。直用其事,人皆能之;反其意而用之,非材料卓越者自不能到。崔拙翁《太公釣周》詩:“當年把釣釣無鉤,意不求魚况釣周。終遇文王真偶爾,此言吾爲古人羞。”蓋發明釣周非太公之本心,能反古人意,自出機軸,格高律新。

《謏聞瑣錄》:牧老云:“近世有改拙翁文者。”因記段墨卿《淮西碑》事有詩:“刻物區區代化工,何顔地下見文公?海東亦有雌雄手,獨向猊山吊拙公。”可見牧老推重崔拙翁,以其文擬韓公。

《小華詩評》:詩可以達事情,通諷諭也。若言不關於世教,義不存於比興,亦徒勞而已。崔拙翁遷遞職後詩曰:“塞翁雖失馬,莊叟詎知魚。倚伏人如問,當須質子虛。”以警患得患失之輩。

《東國詩話彙成》:雞林人,字彦明,號拙翁,又號猊山。孤雲之後,時人謂之"後儒仙",益齋爲作《後儒仙》歌。忠烈王朝登第,又中元朝制科。撰集東文,起于新羅崔致遠,至忠烈王時詩,曰:"五七文曰千百,騈儷之文曰四六,總而名之曰《東人文》。"

《谿谷集·拙翁集序》:始公弱歲以詞賦冠進士。既登朝,賜暇湖堂。宣祖嘗庭試文臣,公中魁選。自是文譽益振,遂拜藝文提學,竟秉文衡,爲一代宗匠。公於詩,不以聲色爲工,一主於理致,要以暢其意而止。爲文本源經術,該贍典實,不爲空言。生平著述甚富,而盡軼於寇難。公能暗記而錄之,得詩文九百餘篇。

【按:崔瀣(1287—1340)字彦明父,一字壽翁,號拙翁、猊山農隱。慶州人。編有《三韓龜鑑》、《東人文》,著有《拙藁千百》今傳。其詩善反古人之意而出新裁,該贍典實,不以聲色爲工。《箕雅》收其五絶一首、七絶三首、五排一首、五古一首。】

李　穀　　字仲父,號稼亭。韓山吏。忠肅時中元朝制科,即授國史檢閱。本朝封韓山君。

《高麗史》卷一〇九:李穀字中父,初名芸白。韓山郡吏自成子也。自齠齔舉止異常,稍長知讀書,亹亹忘倦。早喪父,事母孝,爲都評議使司掾吏。忠肅四年中舉子科。窮研經史,一時學者多就正焉。其年登第,調福州司錄參軍。忠惠元年遷藝文檢閲。忠肅後元年中征東省鄉試第一名,遂擢制科。前此本國人雖中制科,率居下列。穀所對策,大爲讀卷官所賞,置第二甲,宰相奏授國史院檢閲官。穀與中朝文士交遊講劘,所造益深,爲文章操筆立成,辭嚴義奥,典雅高古,不敢以外國人視也。奉《興學詔》還國,尋復如元。本國授典儀副令,元授徽政院管勾轉征東省行中書省左右司員外郎。元屢求童女于本國,穀言於御史臺,請罷之。代作書曰:"……"帝納之。本國除判典校寺事。忠惠後二年奉表如元,因留居,凡六年,元授中瑞司典簿。時本國官爵猥濫,奴隸亦得軒冕。殿中崔江求爲正尹,穀聞之寄詩云:"不妨正尹生前得,猶勝中書死後加。"安就、趙湜死後皆拜中書,故云。忠穆襲位還國,穀寓宰相書曰:"……"順帝幸上都,穀扈從。本國拜密直副使,累陞知司事,進政堂文學,封韓山君。以頒朔還國,與李齊賢等增修閔漬所撰《編年綱目》,又修忠烈、忠宣、忠肅三朝《實錄》。與陽川君許伯掌試,取金仁琯等。穀、伯徇私,多取世家不學子弟。憲司彈之,不出,新及第依牒。復還于元,中書差監倉,本國拜都僉議贊成事,尋還國。忠定即位,穀以嘗請定恭愍不自安,遊關東。明年,元授奉議大夫征東行中書省左右司郎中。又明年卒,年五十四。謚文孝。性端嚴剛直,人皆敬之。所著《稼亭集》二十卷行于世。子穡自有傳。

《稼亭集·稼亭先生年谱》:(略)

《東人詩話》:稼亭、牧隱父子相繼中皇元制科,文章動天下,今二集盛行於世。牧隱之於稼亭,猶子美之於審言,子瞻、子由之於老泉,自有家法。評者曰:"牧隱之詩雄豪雅健,天分絕倫,非學可到;稼亭之詩精深平淡,優遊不迫,格律精嚴。自有優劣,具眼者辨之。"

《謏聞瑣錄》:稼亭"栽松歲久陰初合,種稻田腴穗更長"之聯典實。又"風雪九街長柄笠,圖書四壁短檠燈。"對甚工,但"長柄笠"似指傘,則未知出處。

《遣閒雜錄》:高麗時拙翁崔瀣、稼亭李穀、牧隱李穡、樵隱李仁復、興寧君安軸,皆登第於元朝,而瀣才奇志高不遇于時,終居獅子山下,自著《猊山隱者傳》而卒。穀爲元朝翰林國史院檢閱,終爲本國贊成事。穡爲元朝翰林知制誥,終爲本國侍中。仁復爲本國檢校侍中,軸亦爲贊成事。穀乃韓山鄉吏,而穡即其子也。

《艮翁疣墨》:先祖稼亭,戊戌年生,年十三屬於諫院外郎。時國家無事,拾遺之官每以會飲爲事,名之曰"曲會"。嘗於夜會,一士先唱曰:"長夜不長詩酒夜。"諸僚皆不能對,稼亭請曰:"是不難也。"即應曰:"遠山非遠畫圖山。"座客不覺驚歎,每出入必與之同鞍,自此知名。

《松窩雜說》:先祖稼亭公年三十六入元朝,登制科二甲。前此東人未有登二甲者,爲華人所稱。牧隱年二十七就試製科,考官歐陽公大加歎美,欲置之魁。時議以外國人難之,屈置第二甲第二人。牧隱曾言:"吾父子登科中國,天下皆知東國知有韓山也。"其詩云"自從父子登科後,天下皆知此邑名"者是也。

《小華詩評》:李稼亭穀入中國捷制科第二甲,名聲藉甚。嘗有《道中避雨》詩曰:"甲第當時蔭綠槐,高門應爲子孫開。年來易主無車馬,唯有行人避雨來。"人之侈大宮室爲後世計者,可以爲戒。

李稼亭穀《有感》詩曰:"身爲藏珠剖,妻因徙室忘。處心如淡泊,遇事豈蒼黄?"以譬人之物欲内蔽。

【按:李穀(1298—1351)初名芸白,字仲父,號稼亭,謚文孝。韓山人。李穡父。李齊賢門人。著有《稼亭集》今傳。奉享韓山文獻書院。其詩精深平淡,優遊不迫,格律精嚴。《箕雅》收其七絕一首、五律三首、七律四首、五古二首,七古一首。】

朴尚衷　　字誠夫,號潘南。官至直提學。謚文正。

《高麗史》卷一一二:朴尚衷字誠夫,羅州潘南縣人。恭愍朝登第,累遷禮曹正郎,凡享嗣禮儀司悉掌之。舊無文簿,屢致錯誤。尚衷參證古禮,序次條貫,手寫之以爲祀典,後之繼是任者得有所據。丁母憂,授典校令。時士夫服父母喪百日即除,尚衷欲終三年不得,遂就職。然不食肉終制。辛禑初,金義殺朝廷使臣,奔北元。及義從者來,李仁任、安師琦待之厚。尚衷上書曰:"……"諫官李詹、全伯英亦疏論仁任之罪。下詹等獄鞫之,尚衷辭連逮獄,杖流道死,年四十四。性沉默寡言,慷慨有大志。博該經史,善屬文。燕居但觀書,言不及產業。兼通星命,卜人吉凶多中。居家孝友,莅官勤謹視人,不義富貴蔑如也。嘗寄詩代言林樸云:"忠臣義士世相傳,宗社生靈五百年。那料奸人能賣國,坐令逆黨得安眠。"樸不答,專事模棱。

《海東樂府》:麗自元宗事元,忠烈王遂尚主,結舅甥之好,幾百餘年。忠宣王以下皆元外孫也,代有其國。大明初興,恭愍王雖以義主事之,一時議論多以不可輕絶北元爲言。鄭道傳、朴尚衷等諸人主事明。李仁任、池大淵等諸人主事元。互相詆斥,至有被罪者。

《三峰集·哭潘南先生文并序》:噫乎先生乎! 先生之生也人疑之,先生之死也人益疑之。俗賢利口,其巧如簧;時尚詭隨,其柔如韋。先生不然,簡默無言。先生守正,不與時推移。小人以此疑先生爲訥爲魯。簡賢附勢,無人不是。利祿所在,舉世爭趨。先生不然,寧餓死溝壑而吾不苟得,寧終身卑賤而吾不妄求。此爲善雖在傭丐之微,好之如芝蘭;彼爲惡雖在趙孟之勢,疾之如仇讎。小人以此疑先生爲迂爲妄。當其死也,人皆畏死而重生,蒙恥冒辱,迭出哀鳴。先生不然,吾義之安於死也,寧觸虎狼之口,吾不負義以求活也,吾身可殺也。吾道不可屈也。小人以此疑先生之戇也。君子則曰:先生之有道也,可以尊主庇民而不得行於世。先生之有學也,可以貫穿古今而不得信於人。義色凜然,而群小以慍;忠言直切,而上不以聞。以此疑先生命之戾而時之屯也。先生之爲善也,可以福祿永終而不得享其壽。可以遺慶後嗣而不得保其身。以此疑先生之不幸也。予則以爲彼之疑皆非也,皆不知先生者也。道之行不行,時也。死生禍福,非在己者也。先生於此將何爲哉? 行吾義而已矣。先生之生也吾信之,先生之死也吾益信之。先生不與貪鄙者同貴,不與姦佞者同生。則其死乃所以保其身,其不貴乃所以爲榮也。而又何疑乎? 然則何哭乎? 哭斯民之不被先生之澤也,哭吾道之無所託也,哭吾輩之無所取則也。非哭死也,爲生者哭也。哭曰:"嗚呼先生兮,已而已而。丁時不淑兮,人莫我知。閔時世之嶮巇兮,不忍默默以無言。曾微軀之幾何兮,横抑河海之狂奔。遭漂溺而莫救兮,竟隕其生。人以此議先生兮,卒得狂名。我苟得其所兮,中心孔寧。惟賢達之卓軌兮,亮愚昧之難明。吾輩負義以偷活兮,徒遑遑其疇依。嗟面目之有靦兮,內包羞而懷悲。嗚呼!九原如可作兮,惟吾先生之與歸。”

《退溪集·退溪先生文集攷證》:案朴尚衷,羅州人,號潘南。官直提學。恭愍時,爭事北元之非,謫死。我朝贈諡曰文正。

【按:朴尚衷(1332—1375)字誠夫,號潘南,諡文正。羅州潘南縣人。著有《祀典》。《東文選》卷一五載其七律二首,卷二一載其七絕一首。其詩器局濶大,莊重典正。《箕雅》收其七律一首。】

安　軸　　字當之,號謹齋。福州人。忠肅時登元朝制科。官至贊成事。封興寧君。諡文貞。

《高麗史》卷一〇九:安軸,字當之,福州興寧縣人。父碩,以縣吏登第,隱不仕。軸生而穎悟,力學工文。中第,調金州司錄,選補史翰,除司憲糾正。忠肅十一年,中元朝制科,授遼陽路蓋州判官。時忠肅被留於元,軸謂同志曰:“主憂臣辱,主辱臣死。”乃上書訟王無他。王嘉之,超授成均樂正。蓋州守遣人禮請,王方向用,故不能去。累遷右司議大夫。忠惠即位,命存撫江陵道。有文集曰《關東瓦注》。入判典校,知典法事。忠肅復位,凡得幸忠惠者皆斥之。或以軸爲所斥者,親罷之,既而起爲典法判書。忤內豎用事者,又罷。忠惠復位,又拜典法判書,轉監察大夫。自樂正至監察大夫皆帶館職,表箋詞命多出其手。以檢校評理出牧尚州,時母在興寧,軸往來以盡孝。忠穆立,召爲密直副使,累升僉議贊成事,監春秋館事,與李齊賢等增修閔漬所撰《編年綱目》,又修忠烈、忠宣、忠肅三朝《實錄》。執事者不喜儒,罷,封興寧君,已而復職。四年,疾作,乞致仕,復封興寧君,卒。年六十二,諡文貞。處心公正,持家勤儉,嘗曰:“吾平生無可稱。四爲士師,凡民之屈抑爲奴者,必理而良之。”碩早沒,軸教二弟輔、輯,俱登第,輔、輯事之亦如父。

《謹齋集·謹齋先生集序(李齊賢)》:古者置官采詩,非取其絺章繪句而已,欲以觀其美刺而爲之勸誡也。當之學壬,存撫江陵道,集其所爲詩若文,名之曰《關東瓦注》。吟哢風月,摹寫物像,固亦無讓於前人矣。其感憤之作,關乎風俗之得失、生民之休戚者,十篇而九。讀之使人慘然。嗚呼!孰能誦之吾君之前乎?前政堂文學李齊賢序。

《謹齋集·跋(安慶運)》:嗚乎!人有德業文章,則文集之刊行於世者尚矣。吾先祖謹齋先生以粹美之姿,精博之學,當麗氏衰亂之季出案江陵道,所得詩文名之曰《關東瓦注》。惟其忠君憂國之誠,慨世閔俗之意,溢於詞藻之間。而覽其詩詠其篇,自不覺其激仰感憤。益齋李相國序其集曰

"其作關乎風俗之得失、生民之休戚者十篇而九,讀之使人慘然"云者,可謂真得其本形色矣。

《謹齋集·謹齋集跋(趙貞奎)》:《書》稱虞夏,《詩》稱商周。蓋聖人之政化與元氣流行,乃發于文者也。余生千載之後,悼斯文之不及于古氣。今讀謹齋文,甚喜其蒼古,終篇而不知倦也。先生,麗季人也。用科學而起,早魁於東方,又震於上國。在朝老於館職,一時辭命多出其手。在本卷無有傳之者,蓋亦古人之作典謨雅頌也,因付簡策,以公天下,而不與於家者之類也。其所存若干言,乃存撫關東時及閒居所作也。文則甚勁,簡乎蕩蕩,正大精白。詩則善狀,懇乎惓惓,忠愛惻怛,蓋處《變雅》賢大夫之時者也。嗚呼!天地之元氣健萬古而未嘗少息,使二帝三王復起於後,政化有所本,其作詩書之才庶亦有人矣。若是文者刊行一世,俾補風教,亦明王哲相之所可知也。顧世久板沒,留卷又孤,天下又大亂。吾道所寄,詎敢倚諸人?本孫之重是役也,亦宜矣。後學咸安趙貞奎謹書。

《東國詩話彙成》:有《牛背牧笛》一絶云:"仰空吹笛快軒看,牛背身無掩脛衣。家在前山陂隴隔,雨天行趁暮鴉歸。"多有閒適意思。

金剛山在江原道,遊山之徒絡繹於途。近侍銜命,官吏奔走,供倖之費動以萬計。傍山居民困於應接,至於怒目罵曰:"山胡不在他境?而髠首衒鬻是山,自圖溫飽,而民受其害也。"謹齋詩曰:"骨立峰巒劍戟明,居僧齋罷坐無營。如何山下居民類,瞻望時時蹙頞行?"

詩語沉痛如"百年丘隴無情草,十里風煙有信鷗"之類。嘗按廉江原,其所著詩文名曰《關東瓦注》,又有《鹽戶》詩。

【按:安軸(1287—1348)字當之,號謹齋。福州人。奉享順興紹修書院。著有《謹齋集》今傳。其詩關注民生疾苦,"忠君憂國之誠,慨世閔俗之意,溢於詞藻之間"。《箕雅》收其七律一首、七古一首。】

薛文遇

《高麗史》卷二:光宗丙辰七年,後周顯德三年……周遣將作監薛文遇,來加冊王爲開府儀同三司、檢校太師,仍令百官衣冠從華制。前節度巡官大理評事雙冀從文遇而來,以病留。及疾愈,引對稱旨,王愛其才,表請爲僚屬,遂加擢用。未踰歲,授以文柄,時議不愜。

《小華詩評》:麗朝之詩,……七字聯佳者,如……"荷葉亂鳴倚枕雨,柳條輕颺捲簾風",薛文遇《雲錦樓》詩也;"漁翁去後孤舟在,山月來時小閣虛",金九容《幽居》詩也。勝國詩格,一臠可知。

【按:薛文遇(中國五代時後周人,當高麗光宗時),出使高麗,經後周同

意留高麗為官。《東文選》卷一一載其五排一首,卷一五載其七律二首。其詩典實,對仗工整。《箕雅》收其七律一首。】

權漢功　　號一齋。安東人。官至政丞。謚文坦。

《高麗史》卷一二五:權漢功,安東人。父頙,官至僉議評理。漢功忠烈朝登第,直史館。王與忠宣俱在元,王惟紹等離間王父子,政歸忠宣。漢功以從臣在忠宣邸,與崔誠之主選法。及王薨,忠宣還國,賜鞓帶,常出入禁闥,召見無時。拜密直副使,驟陞僉議評理。時王久留於元,群臣皆思歸。漢功、誠之同掌銓注,利其賂遺,無意東還。李思溫、金深言於徽政院,繫漢功等獄。王怒,白太后,釋漢功,流思溫、深。王喜遣漢功來,宴其父頙、誠之父毗一及諸宰相。忠肅初,轉三司使教,曰:"漢功、誠之、朴景亮等侍從父王,夷險一節。金深、李思溫輩積歲蓄謀,圖國危主,而三人共竭心力,夾輔終始。"有司舉行賞典。又元贈三王,時漢功與正尹洪瀹掌文字,論其功,賜錄券,轉贊成事。忠宣奉御香南遊江浙至寶陁山,漢功與李齊賢從之。初,忠宣在元,凡國家事遙傳旨以行,漢功與誠之、李光逢等扈從京邸,招權納賄,親戚故舊濫授朱紫。忠肅頗懷不平,及帝流忠宣于吐蕃,王下漢功、光逢及金廷美、蔡洪哲、裴廷芝於巡軍,命贊成吳潛、代言金千寶鞫漢功於理問所。漢功自廁竇逃,捕而囚之,籍漢功、洪哲家,釋廷美。命三司使金恂、密直使白元恒、密直副使尹碩、全應甫、大護軍李仁吉與監察讞部官杖漢功、洪哲、光逢、廷芝,流遠島。臨海君李瑱餞於郊,漢功曰:"天下雖廣大,一身藏處難。"瑱曰:"廁竇好。"漢功大慚。漢功、洪哲、光逢等不入海島,皆聚洪州界,擾民間不可勝紀。未幾,洪哲子前正尹河中偕元使金家奴來自元,以帝命赦漢功、洪哲而召之。後漢功、洪哲、光逢等怨王,乃邀驪興君閔漬、永陽君李瑚等欲請立沈王暠。會百官慈雲寺,上書中書省曰:"……"漢功等復會慈雲寺,招百官督署呈省。書署未半,天忽大雨雹。監察執義尹宣佐曰:"吾不知吾君之非。臣而訴君,狗彘不爲。"唾之而去。於是臺諫、史翰及贊成事閔宗儒、彥陽君金倫等皆不署。漢功、河中等承沈王旨,囚斯萬、仁沇、之鏡於巡軍。漢功等又招百官署名,忽雷震以雹,大如李梅,四角如蒺藜。漢功等使民部議郎趙湜齎書如元呈中書省,不受呈,翰林院亦不受。漢功素爲忠宣所重,忠宣在吐蕃寄漢功詩云:"瘴煙蕃地舊聞名,未識離都幾萬重?夢裏備嘗艱險了,思君况乃不勝情。"忠惠聞漢功二室康氏有姿色,使護軍朴伊剌赤納之宮中。伊剌赤先奸,事覺,王怒,皆撲殺之。及忠惠被執如元,宰相國老會旻天寺,議上書請赦王罪。漢功曰:"昔殷太甲不明于德,伊尹放諸桐。三年後,悛心改行,復於君位。又有一國介於要衝之地,殺其朝覲諸侯。及天子之使於是,天子遣人誅之。又有一國之臣使於他國,及其還,天子之使斬其君首而去。其臣詣屍所陳祭而哭,亦令斬之。今王無道,天子誅之,何得而救乎?"語在《金倫傳》。漢功官至都僉議政丞、醴泉府院君。嘗受元命爲太子左贊善。忠定元年卒,謚文坦。

《櫟翁稗説》:宋時,上元日内出御詩,宰相兩制三館皆應制,以爲盛事。王岐公云:"雙鳳雲間扶輦下,六鼇海上駕山來。"最爲典麗。我朝燈夕《文機障子》詩,李文順公云:"三呼萬歲神山湧,一熟千年海果來。"可與岐公並驅爭先矣。今醴泉權一齋漢功云:"南山釀瑞生銀甕,北斗回杓作玉杯。羯鼓百枝春浩蕩,鳳燈千樹月低回。"白評理元恒亦云:"九霄月滿笙簫地,一夜春開錦繡山。"自言:"不及權詩遠矣。"

《東人詩話》:延祐間,一齋權侍中、益齋李侍中同登南州多景樓。益齋曰:"昔王荊公、郭功父同登鳳凰臺,次李白詩韻,功父詩名由是大播。今吾二人雖才非王郭,同遊勝地,不可無詩。"一齋欣然。各用古韻賦一編。益齋詩:"楊子津南古潤州,幾番歡樂幾番愁。佞臣謀國魚貪餌,黠吏憂民鳥養羞。風鐸夜喧潮入浦,煙蓑暝立雨侵樓。中流擊楫非吾事,閑望無涯范蠡舟。"一齋詩:"北固登臨望潤州,一樽難洗古今愁。浪奔江勢猶含怒,國破山顔尚帶羞。淮海風煙連古壘,金焦鍾鼓殷岑樓。憑誰與問興亡事,唯有沙鷗近葉舟。"

《東國詩話彙成》:安東人,號一齋。忠烈朝登第,怨上王,欲立鄱陽王未果,死。官至政承。謚文恒。

到遼東涯頭有詩云:"野闊民居樹,天低馬入雲。"其形容遼野無復餘蘊。牧隱云:"此詩遼野十字傳神,與杜工部'地偏江動蜀,天遠樹浮秦'語意絶相類。"牧隱遂用十字爲韻,因成十絶。

【按:權漢功(? —1349)號一齋,謚文坦,安東人。著有《一齋集》。《東文選》卷七載其七古四首,卷一〇載其五律二首,卷一六載其七律二首,卷二一載其七絶七首。其應制詩典麗華縟,登臨詩作氣象濶大。《箕雅》收其七絶　首、七律　首。】

閔思平　　字坦夫,號及菴。驪興人。官至都僉議贊成事。謚文溫。

《高麗史》卷一〇八:思平,字坦夫。少有器局,政丞金倫號知人,以女妻之。學日進,試補散員別將。不樂武資,讀書益力。忠肅朝登第,調藝文春秋修撰,歷藝文應教、成均大司成、監察大夫,封驪興君。嘗從忠定朝於元,及即位,以勞拜僉議參理,賜輸誠秉義協贊功臣號,進贊成事、商議會議都監事。恭愍王八年,卒,年六十五,謚文溫。性溫雅,睦姻親,善交遊,居官處事不爲崖異,常以詩書自娛,所著《及庵集》行於世。

《霽亭集·高麗故輸誠秉義協贊功臣重大匡都僉議贊成事商議會議都監事進賢館大提學知春秋館事上護軍贈謚文溫公閔公墓誌銘并序》:公生於元貞乙未十二月戊辰。五歲而喪妣,長於忠順,資超然有器度。大宰金貞烈公素號知人,妻公以女。貞烈喜賓客,一時名勝多從之遊,因有所觀感,學日進。試補奉先庫判官,轉右列爲散員,加別將。且不樂虎資,讀書益力。延祐乙卯,吾東庵文定公主禮闈,考閱甚精,所取不滿常額,選無匪人。公中之,由是學問優遊十年之久。時毅陵久于上國,至泰定乙丑正位東還,愼簡庶僚,公拜藝文、春秋二修撰,歷左右二正言、獻納,服賜銀緋,金紫視其品。庚午,永陵卽位,頗不喜儒。苟非有得於中者,惟虎是效,爲之媚悅。公時以軍簿正郎、藝文應教,亦出入王府,與議選授,其操守不小變。至順壬申,毅陵復位,大明黜陟,公拜衛尉少尹知制教,階奉善。丙子,加奉常。以版圖總郎出爲慶尚道鹽鐵使,民便之。召以典校副令右文館直提學,復版圖總郎。館職改藝文,進成均祭酒,遷左司議大夫,階以中顯陞中正,館改進賢。出爲全羅道按廉使,惠化敦洽。入拜成均大司成,充春秋館修撰官,由正順進奉翊。至正壬午,以判典校掌成均試,取金仁管等九十三人。甲申,明陵卽政,授典理判書,轉監察大夫。乙酉,入密直爲提學,帶上護軍,歷副使知司事。明年封驪興君。越己丑,聰陵入朝,公從之。既踐位,以其勞授僉議參理藝文館大提學、知春秋館事,號輸誠秉義協贊功臣、進贊成事、商議會議都監事。退而閒居者八年。至正己亥,年六十五,秋七月戊申,病卒於私第。訃聞,上嗟悼,賜謚曰文溫公。於戲!公奕世衣纓,事業昌熾,未嘗略有矜色。性資溫雅,處親姻雍容敦睦,雖有拂戾不以爲言,終必赧服。善交遊,嘗與拙齋崔先生友善,尤篤喜其文,出力刊行。其敦信樂善類知此。居官處事不爲崖異,一循義理而已。率以詩酒自娛,坦蕩蕩君子人也。……是月庚甲。葬於大德山感應寺之南麓。

《牧隱稿·及庵詩集序》:先生詩似淡而非淺,似麗而非靡,措意良遠,愈讀愈有味。其亦超然妙悟之流歟?其傳也必矣。

《及菴詩集·跋(李仁復)》:及菴以醇厚之資,遭遇盛時,其所以存養其心者有素。故其詩冲淡高古,讀之使人知有作者之風。

【按:閔思平(1295—1359)字坦夫,號及菴。驪興人。著有《及菴詩集》今傳。其詩冲淡高古而韻味醇厚。《箕雅》收其七律一首。】

王　伯　**江陵人。忠烈時登第。官至密直副使。**

《高麗史》卷一〇九:伯,初名汝舟,江陵人。本姓金,新羅太宗五世孫周元之後。遠祖乂佐太祖有功,官內史令,太祖納其女爲妃,賜姓王。伯忠烈朝登第,忠肅時以糾正參銓注,尋爲左司補。嬖人李仁吉妻父西京郎將崔得和爲隨州守,伯與右司補李菁等不署告身,仁吉訴之,杖伯等闕下,流海島。忠惠後二年,乞骸骨,歸老全州。忠定二年卒,年七十四,無子。

《東人詩話》: 王密直伯詩:"村家昨夜雨濛濛,竹外桃花忽放紅。醉裏不知雙鬢雪,折簪繁萼立東風。"詞語玲瓏,氣象舒閑。東坡詩曰:"人老簪花不自羞",此老妝點亦妙。

【按:王伯(1278—1351)本姓金,初名汝舟,賜姓王。江陵人。《東文選》卷二〇載其七絶一首。其詩詞語玲瓏,氣象舒閑。《箕雅》收其七絶一首。】

尹　澤　**字仲德,號栗亭。茂松人。恭愍時政堂文學、贊成事。乞歸錦州而卒。謚文貞。**

《高麗史》卷三八: 忠定王三年十一月乙亥,以尹澤爲密直提學。

《高麗史》卷四二: 恭愍王十九年九月丁酉,僉議贊成致仕尹澤卒。

《牧隱稿·栗亭先生尹文貞公墓誌銘并序》: 以至元己丑生公。公生三歲就學,既授輒成誦。正獻每見公有警句,抱之泣曰:"興吾門其汝乎?守平爲不死矣。"稍長,痛自樹立,從姑夫尹壯元宣佐讀書,無不通究,尤長於《左氏春秋》。常誦范文正公"先天下之憂而憂,後天下之樂而樂",以謂大丈夫寧可碌碌耶?延祐丁巳中進士舉。庚申中秀才科《寶劍賦》第一,人多誦之。調京山府司錄,董耕葺學,勸民追遠,禮俗以興。入錄書籍事,爲校勘,爲檢閱,官纔九品,自視宰輔。或以爲侮,公傲然處之不疑。至順壬申,毅陵在燕邸,公單騎上謁,一見器重,因有托孤之語,意在今上也。公拜謝:"臣且老矣,何能爲?"明年,上駐駕西京,以檢閲權參軍供頓有制,民賴以安。上每歎曰:"賢哉回也。"以公貌類西人,故云。詔使至,命公讀詔,左右曰:"讀詔自有內外製,參軍恐非例。"上曰:"參軍爲兩製,顧不在吾耶?"遂命權廳教賜紫。未幾欲擢爲府尹,以資淺陞判官。或誣公不遜,上曰:"尹生忠。必汝罔也。"戊寅拜右副代言,掌銓選。上欲官公子護軍,公曰:"名器至重,賢勞猶滯,敢私臣子?"上愈重之。己卯轉右代言,試士成均,取安元龍等九十九人,多知名士。三月癸未,上寢疾,上復以燕邸所語語公。公跪曰:"無煩聖慮。"永陵立,改政圖新,公屏居自頤。明陵立,被選牧羅州。公所至政尚寬恕,仆強植弱。聰陵立,貶光陽監務。初,明陵薨,民望歸今上。公倡議拜書都堂,言本國兄弟叔姪相繼之故,少主不堪保釐之狀,辭甚剴切。聰陵銜之,故有是命。歲辛卯,上初政,入密直爲提學,慨然自任以當世之事，上疏建白，不允。乃以開城尹致仕，公年六十有四矣。近臣議追鄉樂，公聞之上疏曰："世皇已嘗却之，今復進，恐取譏。"又以節用上言，上深納之。築宮南京，公言釋妙精惑仁廟，幾至覆國，厥鑑不遠。矧今四境當備他盜，訓兵養士猶懼不給，興工勞衆恐傷本根。上命寫《無逸篇》賜宰臣，命公講，因陳周公輔成王勤勞曰："願殿下成法成王能聽周公之訓，嚴恭抑畏，社稷之福。"上爲動容。公以眞西山《大學衍義》、本朝崔中令承老《上成廟書》，皆進講。時上深味空桑之譚，超然有遠舉之志。公曰："殿下上奉宗廟，下保生靈，奈何欲效匹夫廢絶倫理之事乎？如聽臣言，非孔子之道不可。願加聖意。"白岳之役，公極言其弊。因曰："凡事得失，聖意雖灼其然，委之大臣，未卽處分。因仍之際，其害已成，救之莫及。"上賜酒，公一飲三巵，神氣自若。前侍中洪彥博歎曰："不謂尹公贛直至此，吾所不及也。"公雖致事，自以先朝顧托，知無不言，或至切直，上亦優容焉。甲辰，公年七十六，疾作，乞歸錦州，以山水自娛者七年，而憂君之心未嘗食息忘。庚戌八月丙子，前子孫而訓之曰："吾正獻興寒地，以清白忠直名一時。吾先君不幸早世，吾夙夜不克繼志是懼。誤爲上知，寵祿過望。年逾八旬，此皆先世潛德，正獻清白之所遺也。若等其守之毋墜。我且死，葬毋拘忌，用浮屠法毋侈。"九月丁酉卒。是夕天大風以雨，旣棺乃止。己亥，窆于大夫人之墓側。訃聞，上悼甚，下大常諡曰文貞。公之哀榮可謂無缺矣。公旣早孤，不及識先君面，時祭上冢，必哭甚哀。公於方策，見述父子之情，未嘗不垂涕，氣塞不能言。常佩一囊，得異味必盛之，歸獻大夫人，不以非笑少止。尹莊元歿，女孫二人孤無所依。公曰："吾而不恤吾姑夫之孫，吾尚爲人乎？"擇士人嫁之。游燕時道見遺金百兩，守以待其主，其主泣謝而去，略無德色。公平生布被弊席，饔飧或缺，晏如也。至春秋良晨，必置酒邀客，其任情自適又如此。……嗚呼！磊落奇偉非常之材不世出，出而不遇，與遇而不用，與用而不久，皆天也。若栗亭先生之遇毅陵之知，可謂千載一時。而毅陵上賓之亟，今上旣深知先生，手寫眞書"栗亭"二字以賜，其遇極矣。而公在政府才數閱月，而致事家居者十有九年，抗論雖切，竟亦何補？嗚呼悲夫。

《牧隱稿·栗亭先生逸稿序》：文章，外也，然根於心。心之發，關於時。是以誦詩者不能不有感於《風雅》之正變焉。叔世章句日趨于下，無怪乎正音之不復作也。幸而有孤鳳之鳴于鳥群，又其聲隨風而去，去益遠而餘音不可得接矣。嗚呼悲哉！栗亭先生以雄偉之器，通《春秋》，攻蕭《選》，文章於是焉出。先生之座主益齋先生屢稱公之文"有古氣"。然今所錄止此，何哉？公之老于錦，嘗失火，屋廬煨燼，文書隨之盡。唯孫紹宗耳聞目覩而已。

《東人詩話》：栗亭尹文貞公澤退居錦州，壽八十餘，寄黃檜巖詩："少年花下醉沉香，立進清平光焰長。潦倒如今看武庫，唯餘紫電與清霜。”語意穠贍雄麗。……可想二老襟度。

【按：尹澤（1289—1370）字仲德，號栗亭，謚文貞。茂松人。著有《栗亭集》。《東文選》卷四載其五古一首，卷二一載其七絶三首。其詩穠贍雄麗。《箕雅》收其七絶一首。】

辛　蕆　　政堂文學。

《東人詩話》：辛政堂蕆《木橋》詩：“斫斷長條跨一灘，濺霜飛雪帶驚瀾。須臾步步臨深意，移向功名宦路看。”有自警之辭。

辛政堂蕆按關東，秩滿將還，別江陵妓小蓮香詩：“到老方知離別難，忍看雙淚濕紅顔。白沙汀畔斜陽路，琴與人歸我獨還。”鄭雪谷誧梁州客館別情人詩：“五更燈影照殘妝，欲話別離先斷腸。落月半庭推戶出，杏花踈影滿衣裳。”鄭詩尤清絶，能寫出一時情境。

《小華詩評》：辛文學蕆《詠木橋在江原道三陟》詩曰：“……”以戒干祿之徒。

《東國詩話彙成》：靈山人，安文成門人。登第仕爲揔郎，官至政堂文學。按關東。

【按：辛蕆（？—1339）號德齋，謚凝清。靈山人。安珦門人。忠肅王元年（1314）經選部直郎，官至判密直司事，卒。《東文選》卷九載其五律一首，卷一五載其七律二首，卷一八載其七排一首，卷二一載其七絶二首。其詩善於諷戒，寫景自然流利。《箕雅》收其七絶一首、七律一首。】

白文寶　　字和父，號淡菴。官至政堂文學。謚忠簡。

《高麗史》卷一一二：白文寶，字和父，稷山縣人。忠肅朝登第，補春秋檢閲，累遷右常侍。恭愍初，轉典理判書，上書請設十科以舉士，拜密直提學。兵火之餘，史局所藏史稿、實錄僅餘數篋。王在清州，遣供奉郭樞移置海印寺。文寶時留都，與金希祖議曰：“今寇亂甫定，不可遽移國史，駭人視聽。”留樞待後命。後上書言事曰：“國家世守東社，文物禮樂有古遺風。不意寇患屢作，紅巾陷京，乘輿南狩，言之可謂痛心。今當喪亂之後，民不聊生，宜霈寬恩，以惠遺黎。且天數迴圈，周而復始，七百年爲一小元，積三千六百年爲一大周元，此皇帝王霸理亂興衰之期。吾東方自檀君至今已三千六百年，乃爲周元之會，宜遵堯舜《六經》之道，不行功利禍福之說。如是，則上天純祐，陰陽順時，國祚延長。顧念睿廟置清燕、寶文閣故事，講究天人道德之說，以明聖學。且鄉曲皆正，則國家可理。唐鄉置大中正，國初亦置事審。今宜大小州郡復置事審,糾察非違。新羅始崇佛法,民喜出家,鄉驛之吏悉逃徭賦,士夫有一子亦皆祝髮。自今官給度牒,始得出家三丁不足者。”並不聽。初,王還都,權置廟主於彌陀寺,設還安都監。文寶與平陽伯金敬直主其事,稽緩逾月。王怒,督之,對以“無典籍可稽”,遣史官南永伸詣海印史庫取《三禮圖》、杜祐《通典》至。文寶仿《通典》,又采寢園老給事朴忠語爲儀制。忠不識字,多出於臆計。辛禑爲大君,就學,王命文寶及田祿生、鄭樞爲師。官至政堂文學,封稷山君。二十三年卒,謚忠簡。性廉潔正直,不惑異端,善屬文,無子。

《淡菴逸集·白彝齋實記》: 始性理之學未及東方,夷俗未祛,士趨不正。白彝齋入中朝,得程朱全書以歸。於是朴恥庵忠佐、李益齋齊賢、李稼亭穀、李樵隱仁復、白淡菴文寶首先師受,爲群儒倡,以明道學。使學者知吾道之可尊,異端之可斥,繼開之功實有大焉。

《淡菴逸集·後敍(金道和)》: 於乎!公又以文章鳴於世。其立朝諫諍之章,從師講討之篇,與夫朋友間寓懷酬唱,必多蒼然可誦。而今距先生之世遠矣,滄桑翻劫灰伏,當日咳唾之傳蕩然爲杞宋。而今後裔諸公之收拾於航頭者,不過詩文雜著若干耳。雖甚寂寥,然卽其所存而觀之,章疏剴切,似陸宣公之奏議;詩律悲壯,似杜工部之詠歎。故我曾王考龜窩先生嘗稱其文章德業之盛足以傳後。則烏可以全鼎之一臠少之哉?後世尚論之士,必有誦其詩讀其書而能言者矣。

【按:白文寶(?—1374)字和父,號淡菴,謚忠簡。稷山縣人。著有《淡菴遺集》今傳。其詩“詩律悲壯,似杜工部之詠歎”。《箕雅》收其七排一首。】

韓宗愈　　字師古,號復齋。漢陽人。官至政丞。退老楮子島。謚文節。

《高麗史》卷一一〇: 韓宗愈,字師古,漢陽人。父英,密直致仕。忠烈三十年,年十八擢第,入史翰,忠肅朝爲史官修撰。魏王館庭磚日照霜光,燦爛成花草狀,又僧元果獻怪草。宗愈與內官等以爲聖德致此瑞也。累遷藝文應教。王置政房,以代言安珪掌銓注,宗愈與右常侍林仲沇、議郎曹光漢參之,轉司僕副正。時王留元,沈王暠覬覦王位,惡本國多輸錢財于王。所以帝命遣人徵其錢物,令各倉司刷送所輸文字,宗愈及義成倉提學金仁衍獨不聽。暠與王相持,國人頗惑,宗愈慨然爲王訟理,乃與李兆年等連名爲書,如元獻之。王歸,擢爲代言,遂陞知申事。王又爲奸臣所誤,謂宗愈曰:“吾欲表請於元,禪位沈王。”遂密以表授宗愈,促令印之。宗愈曰:“國家傳之祖宗,豈有廢嫡以與旁支乎?”固諫,不得命。既退,托以墜馬不起。與兆年謀諸大臣，執奸臣斥之，事竟不行。忠惠初，進密直提學，與右代言李君侅同掌試，取周贇等。崔安道子璟借作中試，諫官許邕、趙廉、鄭天濡等，論宗愈等取士不公，請令復試。曹頔之亂，宗愈與政丞金倫理其党，獄成驛聞。丞相伯顔不省顧奏，徵忠惠。宗愈等從之，至則俱縶獄，事叵測。會伯顔死，得解。王還國，論功爲一等，拜評理，封漢陽君，賜鐵券，圖形壁上，爵其父母妻子，賜田及臧獲，俄改贊成事。王有岳陽之行，時忠於王者宗愈及兆年，兆年已卒。帝欲托元子，召宗愈。明年詔奉忠穆歸國輔政，拜左政丞。王嘗欲觀李白、杜甫詩，宗愈曰："抽黃對白，無補於政。"王命進之，宗愈托以無典，守者竟不進。忠定立，權倖用事。宗愈以府院君退老其鄉，非有事未嘗至京城。恭愍元年，與金承澤等入侍書筵。王每加優禮，復欲相之。三年得疾，謂子壻曰："吾起布衣，位冢宰，死亦何恨？後三日當與若等別。"至期果卒，年六十八，謚文節。自幼瞻視異衆，性厚重，軀幹魁偉，望之儼然，知其公輔器。自筮仕，九轉爲三重大匡，常典銓選，處事接物皆有餘裕。爲文章務去俗氣，尤致意于詩文。喜談笑樽俎間，和氣油然可愛。其未達也，與一時名士相往還，群飲無虛日，號"楊花徒"。宗愈醉輒起舞，歌《楊花辭》，曰："待如晦清風，飛揚到黃閣中。"識者皆異之。

《東人詩話》：詩忌蹈襲。古人曰："文章當出機杼，成一家風骨，何能共人生活耶？"唐宋人多有此病，近代洪中令子藩詩"愧將林下轉經手，遮却斜陽向帝京"，韓復齋宗愈詩"却將殷鼎調羹手，還把漁竿下晚沙"，陽村權文忠公詩"却將潤色絲綸手，能倒山村麥酒杯"，李陶隱詩"如何釣竿手，策馬向京都"，皆不免相襲之病。杜牧詩曰："惆悵江湖釣竿手，却遮西日向長安。"後人祖其語，致此屋下架屋也。

《慵齋叢話》：高麗政丞韓宗愈，少時放蕩不羈。結徒數十人，每于巫覡歌舞之處，劫掠醉飽，拍手歌《楊花》，時人謂之"楊花徒"。及爲相國，功名事業彪炳當世。晚年退老鄉曲，即今漢江上楮子島也。嘗作詩云："十里平湖細雨過，一聲長笛隔蘆花。却將殷鼎調羹手，還把漁竿下晚沙。"又云："輕衫短帽繞池塘，隔岸垂楊送晚凉。散步歸來山月上，杖頭猶濕露荷香。"

《遣閒雜錄》：東湖楮子島，絕勝也。前朝政丞韓宗愈爲別業，退老。其詩曰："……"詩亦好矣。奉恩寺在島西一里許，昔年余於湖堂賜暇時，乘舟泊島，訪寺而還。江邊漁村杏花盛開，春景正佳，舟中有作："東湖勝概衆人知，楮島前頭更絕奇。蕭寺踏穿松葉徑，漁村看盡杏花籬。沙暄草軟雙鴛睡，浪細風微一棹移。春興春愁吟未了，狎鷗亭畔夕陽時。"今過四十餘年，而無復往賞，不勝其依依也。狎鷗亭在島西數里，故相韓明澮別業，亦以勝名。

【按：韓宗愈(1287—1354)字師古，號復齋，謚文節。漢陽人。著有《復齋集》。《東文選》卷七載其七古一首,卷一五載其七律一首,卷二一載其七絕二首。其詩雅懷出塵,清新自然。《箕雅》收其七絕一首。】

吴珣[洵]　　延祐二年登魁科。

《東人詩話》:吳諫議洵工於絶句,《題茂陵客館》云:"修竹家家翡翠啼,雨催寒食水生溪。蒼苔小草官橋路,怕見殘紅入馬啼。"【按:此詩他本皆題崔元祐作,是。】《上辛草亭》詩:"漢江南畔釣魚翁,來入紅塵謁相公。欲去欲留心未决,滿庭黄葉又秋風。"又《賦春江》云:"春江無際暝煙沉,獨把漁竿坐夜深。餌下纖鱗知幾個,十年空負釣鼇心。"令人咀嚼漸入佳境。恨不見其長篇大作也。

吴諫議洵《觀稼亭》詩:"春耕易耨夏多熱,秋斂未盡冬已寒。安得玆亭移輦道,君王一見此艱難。"有陳戒稼穡艱難之意。

【按:吴洵(高麗末人),其先延日縣人,後徙寧遠鎮。壯元及第,終諫議大夫。《東文選》卷二一載其七絕六首。其詩言簡意深。《箕雅》收其七絕一首。】

崔元祐　　司憲執義。

《高麗史》卷一一一:監察司囚都評議錄事家奴,(柳)濯見執義崔元祐,請放。元祐既許,退,又囚一奴。濯曰:"囚錄事家奴,是囚我奴也。"怒不朝。宰樞囚元祐獄,罷之。元祐嘆曰:"臺中事必會議而行,豈獨老夫?但老夫無用,固宜貶黜。"

《芝峰類説》:冬栢榴生南方海邊,葉冬青,十月以後開花,色深紅,耐久不凋。蓋古所謂山茶花也。每花開時,有翠鳥來食木花蘂,夜或棲止樹間。崔元祐《題茂珍客舍》詩"脩竹家家翡翠啼"是矣。

《芝峰集·順天府重建八馬碑陰記》:余嘗閲《輿地勝覽》,見崔碩八馬碑事而慕之。歲丙辰,忝吏于玆。首訪其故,則碑燬於丁酉兵燹,不復者二十載矣。慨然謀所以復之。于是邑之賢長者許鍵、生員鄭之推等若干人相與鳩材治石,不踰歲而告成。噫!崔公之爲是府四百年于今,而民思其德如一日,碑雖廢而口碑尚存,則安用區區刻石爲哉?然所以表識而風厲乎人者,實在於此碑,固不可闕也。昔府使崔元祐嘗起其踣,而猶詩以誇之。……崔元祐詩云:"來往昇平節序移,送迎多愧奪民時。莫言無德堪傳後,復起崔君八馬碑。"元祐乃麗季人也。

【按:崔元祐(高麗恭愍王時人),忠肅王十三年丙寅榜文科,忠穆王時赴西海道勘察民田,任按廉存撫使。恭愍王十四年(1365)任監察執義,翌

年左遷貞海監務。《東文選》卷一五載其七律二首,卷二一載其七絕四首。其詩立意正大,用語自然。《箕雅》收其七絕一首。】

李公遂　　**號南村。官至侍中。謚文忠。**

《高麗史》卷一一二:李公遂,益州人,讞部典書行儉之孫。以監察糾正擢魁科,授典儀注簿,累遷典校副令。忠穆朝,歷知申事、監察大夫。有金用謙者性暴戾,因侄宦者龍藏,驟拜代言。龍藏侄郭允正亦籍其勢,拜大卿。用謙忌之,說龍藏,罷之,又奪龍藏所給資產。允正訴監察司,劾之。八關會王觀樂,命用謙入侍。公遂奏:"用謙被彈,不可齒朝列代言等,請姑留。"王曰:"寧少一代言?"欲拒諫。錄事金龍起爲陰竹別監,厚斂民財,盜用事覺,憲司鞫之。龍起謂持平崔安沼曰:"爾昔在陰竹,斂民尤甚,安有以盜治盜者?"王命釋龍起,公遂曰:"龍起,國蠹也。今釋之,是勸人以盜也。"不聽。恭愍王時,拜僉議評理,進贊成事,授行省都事,辭,封益山府院君。紅賊既平,復拜贊成事,領分司百官,留守京都。甫經兵亂,庶事草創,公遂盡心區畫,朝無廢政。時補諸陵殿直,命留都宰相薦之,多舉親屬。公遂獨不舉一人,曰:"國家有命,豈爲吾等子孫弟侄耶?"元廢王,立德興君。公遂適奉使如元,至西京謁太祖原廟,誓曰:"吾君不復位,臣死不復還。"公遂,奇后内兄也。既至都,后及太子遣人郊勞。帝在興慶宫召見,后設饌慰曰:"卿盡心孝吾母,是吾親兄也,敢不以親兄待之?"公遂曰:"周姜嫄、任姒育聖基化,及其中衰,姜后待罪,宣王以興。褒、妲、呂、武覆宗絕祀,美惡昭然,千載龜鑑。本國於大朝,戎臣既結兄弟,太子又定甥舅,魚水相得,百有餘年。矧今后即周之妊姒,三韓之幸也。今勤王敵愾,爲國樹勳,當行賞示四方,以激將帥,奈何逞私憾、廢公義乎? 丙申之禍,實我家不戒盛滿之致然耳,非王之罪也。不知反咎,而廢有功之主,他日必爲天下笑。願善奏於帝,復吾王,逐奸臣。"后感其言,然怒猶未已,令公遂奉德興東歸。時國人在燕京者皆受僞官東歸,公遂獨不肯,后及太子強之。公遂曰:"老臣縱不能以頸血濺德興之轅,其忍從耶?"辭疾請留,皇后不敢強。尋拜大常禮儀院使,辭曰:"臣生長荒陬,不慣華語,不習華禮,何敢冒寵取譏? 况今將帥布列於外,獲功者未賞,臣恐天下有以議陛下也。"不允。適大享宗廟,公遂爲大常卿,蹈禮不違,觀者敬之。太子以帝命召公遂上萬壽山廣寒殿,太子問殿額仁智之義。公遂曰:"愛民之謂仁,辨物之謂智。帝王用此御世,則可致大平矣。"指殿金玉柱曰:"老人曾見乎?"曰:"帝王發政施仁,則所居屋雖朽木堅于金石,不然金玉反不如朽木也。"太子彈瑟未成曲,曰:"久不習,忘之矣。"公遂跪曰:"第不忘憂民之心耳。瑟上一二調,忘之何害?"帝在大液池舟上,太子以公遂言奏。帝曰:“朕固知此老賢,汝外家惟此一人耳。”一日,后問兄轍禍敗所由。公遂曰:“貪財聚怨,鮮有免者。勢激而然,非王之心也。”宦官朴不花密告后曰:“公遂但爲其主,豈念其親?”后由是久不召見。德興至遼陽,崔濡曰:“李公遂在都,其心莫測,事或中變,悔無及矣。”重賂禿魯帖木兒、朴不花,必欲得公遂以歸。公遂知之,謂書狀官林樸曰:“吾既無父母,又無後,位亦極矣,豈復有一毫顧籍意耶? 當祝髪入山,决不從彼也。”禿魯帖木兒等人奏帝,不從,本國拜左政丞。未幾,譯語李得春妄言德興署公遂爲右政丞,乃罷之。德興既敗,公遂與洪淳、許綱、李子松、金庾、黄大豆、張子溫、林樸等爲書,納竹杖中,潛遣傔從鄭良、宋元,衣藍縷爲乞人狀,從間道報:“崔濡復謀起大兵而東,願勿謂德興已敗,謹備之。”本國始知得春妄,拜公遂領都僉議,賜推忠守義同德贊化功臣號以旌之。會孛羅帖木兒引兵入都,黜丞相代其位,與御史大夫禿堅帖木兒、平章老的沙言曰:“高麗王有功無罪,爲小人所陷,盍先申理?”帝降詔,復王位,械濡以遣,公遂亦解職東歸,忠義聞天下。出燕京齊化門令蒼頭吹笛曰:“天下之樂,復有加於此者乎?”中途馬困,蒼頭以矢買束菽飼之。公遂曰:“何故奪窮民食乎?”截綿布償之。閭山站無人,粟積於野,從者又取飼馬。公遂問:“粟一束,直布幾尺?”如其言,書“布兩端”,置粟積中。從者曰:“人必取去,何益? 不如不償。”曰:“吾固知之,然必如是,吾心得安。”既還,時方修國學,公遂喜,即解帝所賜金帶,助其費。辛吨當國,忌公遂名望。公遂亦以盛滿自戒,杜門不出,未嘗一日坐廟堂行事,人頗恨之。吨竟罷公遂,封益山府院君。十五年卒,年五十九。王哀悼,命官庀葬事,謚文忠。公遂精明謹愼,一毫不妄取與。臨事剛毅,不爲形勢所窘。風流閒雅,蕭然有山野之趣。置别墅德水縣,自稱“南村先生”,幅巾藜杖,逍遙自適。早喪母,長於姊夫全公義。家既顯,事公義如父,姊如母。公遂遘疾,親屬謂妻金氏曰:“盍禱於佛家?”金曰:“公平生未嘗佞佛,安敢背其道以欺耶?”辛禑二年,配享恭愍廟庭,無子。

《東人詩話》:李侍中公遂《下第》詩曰:“白日明金殿,青雲起草廬。那知廣寒桂,尚有一枝餘。”林西河椿《下第》詩:“科第未消羅隱恨,《離騷》空寄屈平哀。”又曰:“科第由來收俊傑,公卿誰肯薦非才?”其氣象大不同。李終得大魁入臺衡,林竟不第,不霑一命。詩出肺腑,或者天其先誘乎?

【按:李公遂(1308—1366)號南村,益州人,謚文忠。《東文選》卷一九載其五絶一首,卷二一載其七絶一首。其詩氣象高遠。《箕雅》收其五絶一首。】

李　嵒　　**號杏村。固城人。官至府院君。書法名世。**

《高麗史》卷一一一:李嵒,字古雲,初名君侅。……父瑀,鐵原君。嵒髫齔異凡兒,忠宣時,年十七登第。忠肅愛其才,命典符印,除秘省校勘,累遷都官正郎。忠惠初,擢密直代言兼監察執義。忠肅復位,以嵒爲忠惠嬖幸,杖流海島,罷瑀歸田里。忠惠復位,授知申事,進同知樞密院事,轉政堂文學、僉議評理。王以武人韓用規爲典校副令,嵒執不可,王不聽。忠穆即位,拜贊成事,與提學鄭思度提調政房。宦者高龍普以銓注不公白王,流嵒於密城、思度于光陽,既而免之。忠穆薨,奉忠定如元,及嗣位,命嵒聽斷國務。還國,命提調政房,賜推誠守義同德贊化功臣號,復除贊成事,拜左政丞。閲戰艦于江,還帶弓矢,從者三十餘騎,二騎前導,觀者以爲僭。恭愍初,封鐵原君,乞骸,入清平山。王徵還,守門下侍中。紅賊入寇,嵒爲西北面都元帥,領兵二千。行有朴居士者,自言有秘術能破賊以惑人,嵒執送於京。既而以嵒懦不能軍,遣平章事李承慶代之。紅賊逼京城,從王南幸。賊平,錄扈從功爲一等,封鐵城府院君,賜推誠守義同德贊化翊祚功臣號。十三年卒,年六十八,命有司以禮葬之,謚文貞。嵒謹守繩墨,居家不問有無,以圖書自娱。書法妙一時,嘗手寫《大甲篇》獻王,語其子岡曰:"汝志之:吾既老矣,無官守,無言責,當以格君心爲務耳。"辛禑元年,配享忠定廟庭。

《東人詩話》:復齋韓文節公宗愈晚居漢陽筆林村墅,黄冠野服扁舟短棹,日往來楮子島。有詩云:"十里平湖細雨過,一聲長笛隔蘆花。却將殷鼎調羹手,還把漁竿下晚沙。"杏村李文貞公嵒再入臺鼎,晚年乞骸,與息影庵禪老爲方外交,扁舟往還,至輒忘返。嘗有詩曰:"浮世功名是政丞,小窗閑味即山僧。個中亦有風流處,一朵梅花照佛燈。"兩公風流高致同出一揆,兩詩亦清絕可愛,雖曰"詩中有畫"亦可也。

《慵齋叢話》:高麗恭愍王值紅賊之亂,南幸清州,至元巖驛。其時杏村李侍中嵒、漆原尹侍中桓、瑞谷廉侍中悌臣、唐城洪元哲、壽春李壽山、啓城王梓、檜山黄石奇,皆年高德邵,共稱"七老"。《宴集》詩曰:"碧玉杯深美酒香,嵇琴聲緩笛聲長。個中又有歌喉細,七老相歡鬢似霜。"黄石奇之詩也。想見一時諸老之氣象也。

《青坡劇談》:先祖杏村公以前侍中退居春川,時適有紅賊之變,玄陵遣内臣起之。公方手鋤治穢於路上,内臣不知是公,問:"侍中宅在何處?"公謬指他洞,徑還具冠帶出見之,遂起爲都元帥。公没,玄陵親寫其影,"杏村"二字乃玄陵手法,而書與畫俱絕妙。影今在吾家寶藏之。

【按:李嵒(1297—1364)字古雲,號杏村、紅杏山人。初名君侅,字翼之。固城人。官至侍中,以功封鐵城府院君,謚文貞。能書畫,著有《農桑

集說》、《檀君世紀》。《東文選》卷二一載其七絕二首。其詩清絕可愛。《箕雅》收其七絕一首。】

安　裕　　興州人。元宗初登第。忠宣時集賢大學士。謚文成。配享文廟。

《高麗史》卷一〇五：安珦，初名裕，興州人。……珦少好學，元宗初登第，補校書郎，遷直翰林院，屬内侍。三別抄之亂，珦陷賊。賊素聞名，將用之。誘且脅令曰："縱安翰林者罰。"珦以計得脱，王義之，嘉賞。十二年，奉使西道，以廉稱。召還内侍院。書奏院中宿弊祛之。尋遷監察御史。忠烈元年，出爲尚州判官。時有女巫三人奉妖神惑衆，自陝州歷行郡縣，所至作人聲呼，空中隱隱若喝道，聞者奔走設祭，莫敢後。雖守令亦然。至珦，珦杖而械之。巫托神言怵以禍福，尚人皆懼，珦不爲動。後數日，巫乞哀乃放，其妖遂絕。……及忠烈復位，忠宣如元，珦從行。一日，帝召王急，王懼。丞相出曰："從臣爲首者入對。"丞相傳旨曰："汝王何不近公主？"裕曰："閨闥之間，非外臣所知。今日以是爲問，豈足於聽聞。"丞相以奏，帝曰："此人可謂知大體者，庸可以遠人視耶？"不復問。……旋復爲贊成。珦憂學校日衰，議兩府曰："宰相之職，莫先教育人材。今養賢庫殫竭，無以養士。請令六品以上各出銀一斤，七品以下出布有差，歸之庫，存本取息爲贍學錢。"兩府從之。以聞，王出内庫錢穀助之。密直高世，自以武人不肯出錢，珦謂諸相曰："夫子之道垂憲萬世。臣忠於君，子孝于父，弟悌于兄。是誰教耶？若曰'我武人何苦出錢以養爾生徒'，則是無孔子也，而可乎？"世聞之慚甚，即出錢。珦又以餘貲付博士金文鼎等送中原，畫先聖及七十子像，並請祭器樂器《六經》諸子史以來。且薦密直副使致仕李㥠、典法判書李瑱爲經史教授都監使。於是禁内學館、内侍、三都監、五庫願學之士，及七管十二徒諸生横經受業者動以數百計。有諸生不禮先進，珦怒將罰，生謝罪。珦誓曰："吾視諸生，猶吾子孫。諸生何不體老夫意？"因引至家置酒。諸生相謂曰："公之待我以誠如此，若不化服，我爲人耶？"三十二年，復以僉議中贊致仕，卒。年六十四。謚文成。及葬，七管十二徒素服祭于路。珦莊重安詳，人皆畏敬。在相府能謀善斷，同列順承惟謹不敢爭。常以興學養賢爲己任，雖謝事家居，未嘗忘於懷。喜賓客，好施爲。文章清勁可觀。且有鑑識。……晚年常掛晦庵先生真以致景慕，遂號晦軒。蓄琴一張。

《謏聞瑣錄》：高麗文成公安珦嘗作詩書于學宫曰："香燈處處皆祈佛，絃管家家盡祀神。獨有一間夫子廟，滿庭秋草寂無人。"慨然以興起斯文爲己任，納臧獲百口于成均館，卒後配享文廟，血食中外。至今公之承祀宗子，連十代登科第，可謂食其報矣。公鎮合浦數月，朝廷取士，促召之使主試席。時霖潦水漲，公間關至星州，作詩贈李東庵曰："夏初分鉞海邊來，吟過三庚致遠臺。驛吏電馳傳密旨，文闈火迫選賢才。星山瀑潦乘槎渡，月窟清飆養桂催。預想奏名開慶席，鳳笙檀板錦千堆。"

《東詩話》：詩有一兩句奇警足矣，未必全篇盡然。……安文成珦："一鳩曉雨草連野，匹馬春風花滿城。"益齋常恨不見其全篇，然使見之，安知其必皆可誦耶？朴燕巖亟稱益齋詩，亦只舉"窮秋雨鎖青神樹，落日雲横白帝城"、"雨催寒犢歸漁店，波送輕鷗近客舟"、"風鐸夜喧潮如沸，煙衰暝立雨侵樓"此三數句而已。

【按：安裕（1243—1306）後改名珦，字士蘊，號晦軒。謚文成。興州人。高麗最初朱子學者繼承人，奉享順興紹修書院、長湍臨江書院。《東文選》卷一四載其七律一首。其詩清絕，時含諷戒。《箕雅》收其七絕一首。】

鄭　誧　　字仲孚，號雪谷。忠惠時司議大夫，貶蔚州。

《牧隱稿·鄭氏家傳》：雪谷字仲孚。泰定丙寅，年十八，連中進士科、及第科。喜從雞林崔拙翁游，得其語法，故其詩文無俗氣。歷備巡衛參軍、典儀直長。至元丁丑，入藝文爲修撰。奉表如京師，會忠肅王東還，上謁瀋陽道左，忠肅一見愛之，留以自從。戊寅，驟加秩左思補、知製教、成均司藝、藝文應教、知製教兼春秋館編修官。己卯正月，忠肅薨。辛巳，忠惠王立，轉典理摠郎。是夏拜中顯大夫、左司儀大夫、藝文館直提學、知製教。秋，進階中正司議，古諫大夫也。多所封駁，執政惡之，既褫職家居。或譖諸王曰："恐鄭氏兄弟走上國夾輔太弟。"於是命下逐兄弟，文克赴寧海，雪谷赴蔚州。雪谷雖在謫中，吟嘯自若。今其集中詩語可見。煦民以愛，待吏以嚴，到于今稱誦焉。歲甲申，游燕，丞相别奇昔化公大愛之，將薦之天子。不幸遘疾，乙酉秋七月十四日歿于旅舍。簽書時年十三，奉柩以歸。吾先人稼亭公哭之，其詩有"多慮傷神"之句。蓋是時同在客中，頃刻不相離，必有所見而云然。筆蹟爲一時之妙，吾家屏風所書八疊，辛丑冬棄之而去，惜哉。

《牧隱稿·雪谷集序》：予觀雪谷之詩，清而不苦，麗而不淫，辭氣雅遠，不肯道俗下一字。就其得意，往往與予所見中州才大夫相上下，置之唐姚、薛諸公間不愧也。

《東人詩話》：半山詩"一水護田將緑繞，兩山排闥送青來。"前輩以謂，護田排闥出《漢書》，用事精切。牧隱詩"田園未得悠然逝，門巷何曾顯者來"，陽村先生曰："悠然逝、顯者來，皆出軻書。用事不減半山。"予嘗愛朱新仲詩"何以報之青玉案，我姑酌彼黄金罍"，李師中詩"詩成白也知無敵，花落虞兮可奈何”，屬對妙絕。鄭雪谷誧詩“平生恥與噲等伍，後世必有楊雄知”，屬對亦妙，不讓二老。

鄭雪谷《聞普濟寺鍾》詩：“金銀佛寺側城闉，夜夜鳴鍾不失晨。誰道令人發深省，只能喚起名利人。”世以謂佳作。然《中州集》祝太常簡詩：“寒雞縮頸未鳴晨，已聽春容入夢頻。未必佛徒能警悟，只能喚起利名人。”鄭詩摹擬大過。

《小華詩評》：鄭雪谷誧《示兒》詩曰：“乏食甘藜藿，無衣愛葛絺。若求溫飽樂，不得害先隨。”以警非分妄求之輩。

《東國詩話彙成》：清州人，字仲孚，號雪谷。年十八登第，忠惠王朝除左司諫議大夫。被讒，貶守蔚州，慨然有游官上國意。後游燕都，丞相別哥普花一見大奇，將薦之天子，會病卒。年三十七。詩詞簡古，筆跡亦妙。

雪谷所畜馬死，外舅崔春軒文度寄書云：“袖詩來馬可得。”雪谷獻詩云：“聖門也有乘肥者，款段還嗤馬少遊。”可謂善謔。

【按：鄭誧(1309—1345)字仲孚，號雪谷。清州人。鄭瑎子。著有《雪谷集》今傳。其詩清而不苦，麗而不淫，辭氣雅遠。《箕雅》收其五絕一首、七絕四首、五律二首、七律二首、五排一首、五古三首、七古一首。】

李湛□[之]

《高麗史》卷一〇二：時李仁老、吳世才、林椿、趙通、皇甫抗、咸淳、李湛之等自以為一時豪俊，結為友，稱七賢。每飲酒賦詩，旁若無人。世才死，湛之謂奎報曰：“子可補耶？”奎報曰：“七賢豈朝廷官爵而補其闕耶？未聞嵇阮之後有承乏者。”皆大笑。

【按：李湛之(高麗高宗時人)字清卿，慶州人。與李仁老、吳世材、林椿、趙通、皇甫沆、咸淳為友，世比江左七賢。《青丘風雅》及《箕雅》收其七絕《枯木》一首。其詩形容逼真。】

李達衷　**號霽亭。慶州人。官至密直提學、雞林君。有鑑識，知我太祖必貴，屬以子孫。諡文靖。**

《高麗史》卷一一二：李達衷，慶州人。父倩，登第，官至僉議參理，封月城君。達衷忠肅朝登第，累官成均祭酒。恭愍元年，拜典理判書，轉監察大夫。八年，遷戶部尚書。八關會有司設盥洗幕於僕射廳南，豎樊限內外。達衷與刑部尚書李挺坐廳上，令撤其樊。王在儀鳳樓，見之大怒，命繫獄。左右請之，止囚家奴。御史臺又劾之，挺嘗提調內佛堂，特原之。十五年，王以達衷名儒，擢爲密直提學。時辛旽方用事，達衷嘗於廣坐謂旽曰：“人謂相公好酒色。”吨不悦。未幾,見罷。及吨誅,作詩云:“天地生成品彙煩,誰干洪造擅寒暄?歡情浹洽藏春塢,怒氣陰凝蔽日雲。雉蜃鷹鳩猶足怪,龍魚鼠虎豈容言?可憐老木風吹倒,蘿蔦離披失所援。”“騁怪馳妖老野狐,那知有手竟張弧?威能假虎熊羆懾,媚或爲男婦女趨。黄狗蒼鷹尤所忌,烏雞白馬是何辜?曾聞汝死必丘首,今見城東官道隅。”吨性畏畋犬,惡射獵,且縱淫,常殺烏雞白馬以助陽道,時人謂吨爲“老狐精”,故云。後拜雞林府尹,上箋辭,不允。辛禑十一年,以雞林君卒,謚文靖。性剛直不撓,有鑑識。嘗爲東北面都巡問使,及還,我桓祖餞於野。太祖立桓祖後。桓祖行酒,達衷立飲。太祖行酒,乃跪飲。桓祖怪,問之。曰:“此子誠異人,非公所及。公之家業,此子必能大之。”因以子孫屬之。所著《霽亭集》行於世,其詩文大爲李齊賢所稱賞。

《霽亭集·附録·舊譜》:公初諱達中。玄陵以御筆改以“衷”字。位端誠輔理翊贊三重大匡政堂文學,鷄林府院君,號霽亭。案高麗官制,政堂文學,文宗定一人,秩從二品。忠烈王政參文學事。十六年復改文學。忠宣王罷,後復置之。辛禑十一年甲子八月卒,贈謚文靖公。葬交河北里山,或云墓在齊陵北洞。

《霽亭集·跋(尹淮)》:霽亭先生生高麗文物全盛時,以雄才直道冠冕斯道。余少也嘗讀先君子代二子祭先生之文,想見其爲人,意其必卓乎名世立言之先覺也。惜余生晚,不得執鞭以從下風而望餘光。今其諸孫寶藏遺稿,謀其不朽,思所以傳世行後者。適司憲監察寧商爲江原道觀察都使,遂刊之于春川都護府,屬余爲引。試讀而美之。其英華之發外,鏘金鳴玉,膾炙人口,眞有德者之言歟!

《謏聞瑣録》:《哭弟》詩:“愧予體短才又短,恨爾身長壽不長。”又聯:“秋聲喧蟋蟀,日色耿蜻蜓。”又:“黄犢觸樊圃,翠禽登水亭。”“耿”字、“登”字新。

《東國詩話彙成》:慶州人,字止中,號霽亭。忠肅王朝登第,官至成均祭酒。以名儒擢爲密直提學,封雞林君。

有《春靜》詩云:“小院寥寥樹木青,幽葩照葉轉分明。”“一雙燕子嬌無語,千點楊花漫不流。”謂水冒物曰漫。

三陟府竹西樓下川匯爲潭,水底游魚歷歷可數。其《八景》一曰“臨水數魚”。霽亭詩云:“樓下澄潭浸碧空,觀魚不覺夕陽紅。乍先乍後數難定,爲二爲三言未同。”

【按:李達衷(1309—1385)初名達中,字止中,號霽亭。慶州人。著有《霽亭集》今傳。其詩英華外發,下字新巧。《箕雅》收其七律二首、五排一

首、五古二首、七古一首。】

韓　脩　**字孟雲，號柳巷。清州人。十五登第。善草隸。封清城君。判厚德府事。謚文敬。**

《牧隱稿·韓文敬公墓誌銘》：予年十六七，喜從詩僧遊。至蓮寺，儒釋雜坐啜茶聯句。文敬公年纔十二三，每有的對，衆皆驚嘆，雖老於文墨者推讓不敢齒。予固心異之。歲丁亥，吾先君知貢舉，文敬果中高第，時年十五歲也。落第者服其才皆曰："韓生非邀幸也。"先是，以門蔭再爲眞殿直別將。不求仕，討論墳典，從益齋先生讀《左傳》、《史》、《漢》。作字眞草皆入妙。歲己丑，聰陵襲位，補德寧府注簿，召置政房爲必闍赤。歲辛卯，遜于江都，公從之。玄陵召還，不卽用。歲癸巳，授典儀注簿，又爲必闍赤。明年，遷典理佐郎、知製教。又明年，再加通直郎、成均直講、奉善大夫、成均司藝。皆帶藝文應教、知製教。歲丙申，爲中散大夫秘書少監、知制誥。明年遷兵部侍郎、翰林待制兼史館編修官、知制誥。又明年，進中大夫國子祭酒、知制誥。歲壬寅，再轉典儀、典校二令，階中正。明年秋，加奉順大夫判司僕寺事、右文館提學。冬拜正順大夫密直司左副代言、寶文閣提學、知製教、知典工司事。明年進右副代言，又進左代言。歲乙巳春，辛旽得幸於上，其跡甚祕。公知之，密告曰："旽非正人，恐致亂。願上思之。非臣誰敢言？"上方愛倖旽。夏，判書禮儀。秋，進軍簿，蓋踈之也。冬十月，丁父憂。終三年制，上以前言猶不用。歲辛亥秋，旽敗。上曰："韓脩有先見之明。可急召來。"乃授榮祿大夫理部尚書、修文殿學士。居數日，上念"銓選重事也，非聰敏精密不足以授其柄。吾思惟韓脩其人也"。於是拜正議大夫、密直司右承宣、寶文閣學士、知製教、知民部事、知銓選。冬進左承宣，兼判衛尉寺事，充春秋館修撰官、知摠部事。歲乙卯夏，拜奉翊大夫、密直提學、藝文館提學、同知書筵事。秋，陞簽書、同知春秋館事。明年改同知密直。夏五月，同知貢舉，取今判書鄭摠等三十三人，時稱得士。秋進知司。歲戊午，封上黨君、進賢館大提學，階大匡，錫輸忠贊化功臣之號。己未冬，復簽書。明年春，封清城君，階重大匡。癸亥秋，拜匡靖大夫、判厚德府事、右文館大提學、知春秋館事、上護軍，功臣號如故。歲甲子三月二十八日，以病卒于第。上悼甚，遣朋酒誄書以致祭，謚曰文敬。

《陽村集·柳巷先生韓文敬公文集序》：近世名卿有若柳巷韓文敬公志行之高，識見之明，爲一時士林之模楷。而書法絶倫，爲一世之所重也。……公於詩早有聲，爲益齋、稼亭所稱賞，晚乃益進。謹守三尺，有問之者，必竭兩端。陶隱輩始得盛名，凡有著述，必詣公就正。有所去取，莫不忻然而服，充然而歸。以予不敏,往往亦幸得蒙不鄙而頷之者矣。……公言行才識,皆可爲士君子之師範,詩特其緒餘爾。晚年閒居,又與牧隱同里閭,杖屨相邀,吟哦往復。二老風流高致,讀其詩可以想見也。柳巷,其里名,因以自號。平生著述,自以不滿而不收。捐館之後,諸子裒集逸藁,得若干首,眞所謂泰山之毫芒也。然觀其簡潔冲澹,高出意表,如聞玉聲,清越以長。多乎哉?不多也。

【按:韓脩(1333—1384)字孟雲,號柳巷,謚文敬。籍貫清州。忠烈王三年(1347)文科及第。善草書、隸書。今傳《柳巷詩集》。其詩簡潔冲澹。《箕雅》收其五律二首、七律二首、五古一首。】

鄭　樞　　字公權,號圓齋。官至政堂文學。謚文簡。

《海東繹史》卷六八:鄭樞,恭愍王十四年爲左司議,與正言李存吾極論辛吨之奸。顓怒,召樞等面責。吨與顓並據胡床,存吾目吨叱之。吨不覺下床。顓愈怒,下巡軍獄,曰:"畏存吾怒目也。"命李穡鞫之,問樞等:"誰誘爾上疏?"樞曰:"見上委政非人,將危社稷,不得默默,豈待人誘?"穡曰:"不可以令公故,開殺諫官之例。"免死,貶東萊縣令。《列朝詩集》按:樞字公權。恭愍王初中第,以左司議大夫論辛吨,貶東萊。後召還,拜成均大司成,授書辛禑。禑即位,歷簽書密直、政堂文學,賜功臣號。八年卒,謚文簡。所著《圓齋集》行於世。

《陽村集·圓齋稿序》:予少也嘗遊牧隱先生之門,一時名卿以道德文章,見其推隆而多所唱酬者,有若圓齋鄭文簡公、柳巷韓文敬公,尤其傑然者也。先生於圓齋稱其雄贍,於柳巷稱其清峻。每得一韻,更次迭賡,累至數十篇,愈出而愈不窮。嗚呼盛哉!若其交契之篤,久而彌敬。命駕相謁,不隔數晨。見輒從容商榷道義,悠然相樂,竟日忘歸。予侍左右,獲聞緒論,有所霑益者多矣。不數年間,二公與先生相繼下世。卿士大夫勤於世務,經營治績,若不暇給。唱酬之響,沒沒不聞。嗚呼!詩道之衰也,交道之變也,可不嘆哉!公以忠厚篤實之資,精深博洽之學,早跱詞垣,華問大振。及其爲諫大夫也,鷲城僧吨方見寵倖,公乃抗疏極言其奸,遂斥南荒,進修益力。吨果逆誅,復見召用,以全宰輔。當其主少國疑多虞之際,匪躬謇謇,弘濟艱難,公之事業亦可謂卓偉矣。先君雪谷節義甚高,學問甚邃,其爲詩亦臻高妙,不幸早世。公乃能業而接之,弘而大之,氣雄而詞贍,清高而瀏亮,殆軼前光而可爲後觀矣。

《圓齋稿·序(河崙)》:詩,原於性情者也。觀其詩,可以知其爲人矣。則詩之於人所係豈小哉?吾友清城鄭君,以其先大夫圓齋先生詩集願鋟諸梓,請予序其卷端。予嘗讀雪谷先生集,以謂東人之詩少有其比。今觀圓齋此集,可謂得其家法矣。清而不至於苦,麗而不至於靡,□□愛親之心,慮世閔俗之意,藹然於□。可見其存養之有素而性情之得其正矣。

《東人詩話》:朴生致安早有詩聲,屢舉不中,居常怏怏。薄遊寧海郡,聞老妓月下彈琴,聲甚凄咽,有詩曰:"七寶房中歌舞時,那知白髮老荒陲。無金可買《長門賦》,有夢空傳錦字詩。珠淚幾沾吳練袖,薰香獨濕越羅衣。夜深窗月絃聲苦,只恨平生無子期。"語義雄深,真傑作也。鄭圓齋《老妓》詩:"寒燈孤枕淚無窮,錦帳銀屏昨夢中。以色事人終見棄,莫將紈扇怨西風。"前輩稱爲精麗,然當避生一頭地。

《牧隱稿·鄭氏家傳》:雪谷娶僉議參理春軒崔先生諱文度之女,生衎,安陵直,早亡。次衎,改樞,字公權,今以字行,簽書密直司事,辭位家居。

《謏聞瑣錄》:圓齋《蔚珍官舍》詩:"寂寂鳥歸花影裏,蕭蕭人語竹陰中。"即景如畫。

《東國詩話彙成》:清州人,字公權,後以字行世,號圓齋。雪谷之子。恭愍王朝登第。與李存吾極論辛吨,貶爲東萊縣令。性勤厚,居官以正。後官至政堂文學。嫉權奸用事,疽發背,卒。謚文簡。遊牧隱之門,牧隱稱雄贍。

【按:鄭樞(1333—1382)初名衎,字公權,號圓齋。鄭誧次子。著有《圓齋稿》今傳。其詩氣雄而詞贍,清高而瀏亮。《箕雅》收其七絕一首、五律三首、七律一首、五古一首。】

許　錦　　字在中,號埜堂。陽川人。恭愍朝登第。官至典理判書。

《高麗史》卷一〇五:錦,字在中,恭愍朝登第,補校書校勘,累轉禮儀正郎。辛禑時遷左常侍,尋遷典禮判書。未幾免。性恬靜,樂觀書史。不喜佛,又不阿權貴。與趙浚、尹紹宗輩爲忘年友。自少嬰疾,不樂仕宦。謹妃雖其姻親,未嘗趨附。退居田里,傾貲劑藥,凡有疾者,無問尊卑輒施予,所療活甚多。禑初立,錦作詩曰:"漢儀自合復三輔,秦世應難至萬年。誰解在房雙陸夢,緬懷擊楫大江船。"十四年卒,年未五十。士林惜之。

《謏聞瑣錄》:許錦《獨遊》詩:"幽齋近日稀相訪,時與兒童拾落梅。""拾落梅"語意新。

《牧隱文稿·鄭氏家傳》:雪谷……元氏女長適三司左尹許錦。

《貞齋逸稿·杜門洞言志錄》:有明太祖洪武二十五年壬申秋七月哉生魄丙申,即麗朝運訖,本朝受命之際也。忠臣烈士罔有臣僕之志,自靖其義之所當盡。於是焉齊登松都市東南峴,戴蔽陽之笠,掛朝天之冠,因登不朝峴，各言其志。……邊貴壽、安從約、高天祐、金埈、尹霫、朴忱、許錦、裴尚志、具鴻、李唯仁、成思齊、閔普文、車原頫、嚴泰憲、金冲漢、李失名、金瑺、閔安富、申德隣、申包翅、田祖生、張安世、宋桂之徒遠遯于頭流山下排禄洞。而皆抗不二之節，取其義成其仁焉。當時士大夫皆高尚其道，希之者惟恐不及，更將標榜，爲之稱號。

【按：許錦(1340—1388)字在中，號埜堂。鄭誧之婿。著名詩人。《東文選》卷一六載其七律一首，卷二二載其七絶二首。其詩頗有新意新語。《箕雅》未見其詩。】

崔斯立　　舍人。

《淡菴逸集・尹氏墳廟記》：夫人金氏生公，諱澤。九歲誦詩書，中書舍人崔斯立見之曰"神童"作《神駒行》與之："飛黄驥子生有種，作駒權奇志千里。閃電光開夾鏡眸，追風氣壓批竹耳。由來飢食玉山禾，渴飲醴泉毛骨異。視之汝是服轅駒，萬里青雲心莫已。驥子驥子莫虚馳，願爲八駿長奉明君隨所至。"

《東人詩話》：崔舍人斯立《天壽寺》詩："天壽門前柳絮飛，一壺來待故人歸。眼穿落日長亭晚，多少行人近却非。"能道人欲道不道處，萬口傳誦。白贇成元恒《阻江》詩："小船當發晚潮催，駐馬臨江獨冷咍。岸上行人何日了，前人未渡後人來。"白詩意好。然造次立語，曲盡情狀，渾然無跡，非崔之比。

《濡谿集・遊松都錄》：出餞於天水寺吹笛峰新亭，亭卽留守李相芮所營也。板上有李仁老、崔斯立詩。圭復沈吟，情境宛然，眞絶唱也。及見徐、成兩學士和篇，亦可伯仲間。

【按：崔斯立(高麗末期人)，嘗任中書舍人。《東文選》卷六載其七古一首，卷二〇載其七絶一首。其《天壽寺》一詩曲盡情狀，渾然無跡，能道人欲道不道處，膾炙人口。《箕雅》收其七絶一首。】

李堅幹　　司憲執義。

《高麗史節要》卷二四：忠肅王四年三月，元遣使來閲軍器所弓弩都監及江華軍器。遣上護軍李堅幹如元獻童女。

《東人詩話》：前輩詩用子規，語多清絶。如李執義堅幹詩："旅館挑殘一盞燈，使華風味淡於僧。隔窗杜宇終宵聽，啼在山花第幾層。"尹祇候汝衡詩："乾坤蕩蕩我無家，一夕挑燈九起嗟。誰使遠遊人有耳，杜鵑啼血杜鵑花。"崔執義元祐詩："揖送吾師嶺外行，春風一杖野裝輕。碧山杜宇聞何處,古寺梨花月政明。”曹副令繼芳詩:“敲門宿客直須揮,莫使山家奇事知。屋角梨花開滿樹,子規來叫月明時。”四詩皆清絕,李尤高妙。

《惺叟詩話》:李堅幹詩:“旅館挑殘一盞燈,使華風味淡於僧。隔窗杜宇終宵聽,啼在山花第幾層。”此詩當時以爲絕唱。余慣遊關東,其所謂杜鵑者即鼎小也之類。浙人王子爵、泗川商邦奇俱嘗來江陵,余問之二人,皆曰:“非杜鵑也。”蓋詩人托興言之,雖非其物,用之於詩中。如“隔林空聽杜猿啼”者,我國本無猿也。如“修竹家家翡翠啼”者,見青禽而謂之淡洲翠也。“鷓鴣驚簸海棠花”者,見大鵲叫礫礫,而謂“行不得也”,皆此類歟!

《東國詩話彙成》:後有人跋云:“山花句與兩儀存,題遍江南處處村。也識青蓮居士後,一家風月有傳孫。”公之此詩膾炙於世,號曰“山花先生”。

【按:李堅幹(高麗忠肅王時人),星山人,嘗任上護軍、戶部典書。今傳《山花先生逸稿》。其《奉使關東聞杜鵑》詩號爲絕唱。《箕雅》收其七絕一首。】

朴孝修　　號石齋。忠肅王嘉其清白,設學士宴。封延昌君。

《高麗史節要》卷二四:忠肅王七年八月,賜崔龍甲等三十三人及第。李齊賢、朴孝修所取也,王嘉孝修清白,賜銀甁五十、米百石,令辦學士宴。

【按:朴孝修(?—1337)號石齋,籍貫竹山。忠肅王四年(1317)掌管九齋朔試,兼代言試官。後任密直副使,其清節出名,封延昌君。《東文選》卷七載其七古一首,卷一六載其七律四首。其詩關心民瘼。《箕雅》收其七律二首。其中《月夜聞老妓彈琴》一首係朴致安作,實僅一首。】

李邦直　　字清卿,號義谷。清州人。官至進賢大提學、琅城君。

《高麗史》卷一三五:辛禑十年十一月,狼川君李邦直卒。【按:狼川在江原道江華,琅城在忠清道清州,今琅城面。李邦直乃清州人,當封琅城君。《高麗史》誤。】

《牧隱稿·義谷清卿四字讚幷序》:西原李氏,大族也,世有令名。慶流秀毓,至于義谷。遇知玄陵,進秩二品。其名曰邦直,字清卿也。玄陵聽政之暇,親紆札翰,若曰:“臣邦直,予甚嘉之。世臣大家,旌別褒異,予敢後焉。”於是大書“義谷清卿”四字以予之。公之子三司左尹承度以公之言求讚,臣穡伏覩玄陵筆法之妙高出近世,凡今之人所共瞻仰。至於禮貌世臣,上法祖宗。李氏之先有曰公升者,大爲毅廟所重。今其孫又被寵渥如此,信乎其不可及已。使百世之下奉奎畫,親耿光,宛如一日。則承度諸子之子孫,如對乃祖於卷中,其事君事親忠孝之心當日奮而不少衰矣。玄陵獎誘人材，父父子子君君臣臣，垂裕無疆，其道豈不愈益光大也哉！臣穡謹拜手稽首，爲之讚曰："直哉惟清，惟義之明。如臨于谷，君子之貞。允矣君子，世臣之倚。克繩乃祖，疇匹其美。玄陵之心，如璧如金。形于翰墨，晃耀來今。匪私李氏，實激于世。矧其子孫，宜體上意。"

《壄隱逸稿·應製錄》：恭愍王十一年壬寅秋九月辛酉，王幸北亭拜表，遂登拱北樓，令文臣和板上詩韻。出《高麗史》。元松壽、李穡、成士達次韻製進，洪彦博、李嵒、李齊賢、黄石奇、柳淑、金漢龍、禹吉生、李岡、廉興邦、田祿生、崔龍、權鑄、朴中美、金君鼎、華之元、禹玄寶、李韌、韓昉、曹繼芳、許佺、田得良、李邦直皆和進。出《輿地勝覽》。諸公詩今不錄。

《慵齋叢話》：《義谷集》一帙，李邦直所著。

【按：李邦直（？—1384）字清卿，号義谷，籍貫清州，文科及第。官至集賢殿大提學，封琅城君。著有《義谷集》。《東文選》卷七載其七古一首。其詩清新流利。《箕雅》收其七絶一首。】

郭　珚　　提學。

《高麗史節要》卷二五：忠惠王五年十一月。遣尹安之、安輔、郭珚應舉于元，輔中制科。

【按：郭珚（高麗忠惠王時人）。《東文選》卷六載其七古一首，卷一四載其七律三首，卷一八載其七排一首，卷二〇載其七絶二首。其詩高古冲淡。《箕雅》收其五古一首。】

偰　遜　　字公遠，號近思齋。回鶻人。元朝進士，端本堂正字。避賊東奔，恭愍禮待，封富原君。

《高麗史》卷一一二：偰遜，初名百遼，回鶻人，以世居偰輦河，因以偰爲氏。自高祖岳璘帖莫爾歸於元，世仕元。父哲篤，官至江西行省右丞。遜順帝時中進士，歷翰林應奉文字、宣政院斷事官，選爲端本堂正字，授皇太子經。爲丞相哈麻所忌，出守單州。居父憂，寓居大寧。紅賊逼大寧，恭愍七年，避兵東來。王之在元也，侍從皇太子于端本堂，與遜有舊，由是待之甚厚，賜第，封高昌伯，改封富原侯，賜田富原。九年卒。著有《近思齋逸稿》。子：長壽、延壽、福壽、慶壽、眉壽。

《牧隱稿·近思齋逸稿後序》：元朝北庭進士以古文顯于世，如馬祖常伯庸、余闕廷心，尤其傑然者也。乙酉乙科偰伯遼遜公遠學於南方，年未踰冠，盡通舉業，間攻古文，名大振。既第，應奉翰林選，爲端本堂正字。久之，丞崇文監。方嚮於用，而當國者與其父淮南左丞公有怨，出知單州，有能聲。

俄丁內憂,寓居大寧。時賊已破上都,指遼西。公遠挈子弟,單騎渡遼水入高麗。既行數日,而賊下大寧矣。上以端本從游之故,迓勞相續。及見,禮待優渥。賜田富原,封君開府。居數年,病卒。弟公文、公素惜其文稿散軼,筆其詩可紀者爲二帙。辛丑避兵,又失之。今晉州判官金君子贇得其一帙於煨燼中,而歸之偰氏。偰氏,回鶻大族,入中國爲名家,登第者九人。詩書禮義浸漬數世,而公遠積其英華,發而振耀之。其文炳然直與伯庸、廷心相上下,可傳於後者无疑。身未歿而已失之,失而又失,以至於無幾。其亦可悲也夫。今觀此稿皆少作,蒼然有老氣,壯時所著蓋可想也。其子都官揔郎天祐謂余曰:"此稿之存,金侯之力也。吾兄天民幸爲其長,將板而藏之晉之鄉學。請序其故。"余爲略述公之出處大概,與夫此帙之幸存者于篇末,以爲他日續文類者所徵云。

《謏聞瑣錄》:偰遜絕句:"欹斜草帽花枝重,寬博絺衣水氣凉。山月忽當船尾照,野風渾作甕頭香。"平易寫景而語實。圃隱"腹裏有書還誤國,囊中無藥可延年。龍愁歲暮藏深壑,鶴喜秋晴上碧天。"含蓄意思,而語皆虛。又"客路半年孤枕上,窗櫺依舊送明來。""窗櫺"、"送明",能道人所未能道。

【按:偰遜(? —1360)字公遠,號近思齋。著有《近思齊逸稿》。《東文選》卷七載其七古四首,卷一〇載其五律一首,卷一六載其七律六首,卷一九載其五絕一首,卷二一載其七絕一〇首。其詩多方,或平易或哀抗。《箕雅》收其五絕一首、七絕一首、五律一首、七律二首、五古一首、七古一首。】

咸承慶　　檢校中樞院學士。

《朝鮮太宗實錄》卷二〇:十年十二月癸巳。東原君咸傅霖卒。傅霖,江陵府人,字潤物,自號蘭溪,檢校中樞院學士承慶之子。

【按:咸承慶(高麗末期人),江陵人。咸傅霖父。與金九容同時,九容有《寄崔卜河咸承慶兩同年雜言》。《東文選》卷一九載其五絕一首,卷二二載其七絕一首。其詩奇絕勁健。《箕雅》收其五絕一首。】

李仁復　　字克禮,號樵隱。京山人。中元朝制科。官至檢校侍中、興安君。謚文忠。

《高麗史》卷一一二:李仁復,字克禮,星山君兆年之孫。生而狀貌魁偉,稍長,舉止如老成,力學善屬文。兆年每撫背曰:"大吾門者,汝乎?"忠肅朝,年十九登第,調福州司錄,選補春秋供奉。忠惠時,除起居舍人,中元朝制科,授大寧路錦州判官。東還,遷起居注。忠穆即位,以仁復中制科有名望，四轉爲右副代言，進密直提學，命進講書筵。仁復貌嚴，辭氣簡重。王每爲左右曰：“吾見李公不覺竦然。”累遷三司左使，元授征東行省都事。恭愍初，趙日新作亂，號令中外，朝臣洶懼，噤無一言。王密召仁復，曰：“事已至此，何爲則可？”對曰：“人臣倡亂，固有常刑。況今天朝堂堂，法令彰明，如其猶豫，臣恐累及於上。”王决意誅日新。王素重仁復，及是對，益重之。遂拜政堂文學，兼監察大夫，尋封星山君。元授征東省員外郎。元下詔赦誅奇氏及犯邊之罪，當遣使謝，王以仁復知大體守節義，遣之。平章事李承慶，仁復諸父也，言于王曰：“臣以李仁復爲奸。”王曰：“何謂也？”曰：“仁復平生所學經濟之術，何不一陳于王乎？”改尚書左僕射、御史大夫。謂李穡曰：“予不才。長憲臺者再三，未嘗振紀綱目。自念瑣碎，不足煩上聽；大事又在廟堂，不可中撓也。”轉參知中書政事，歷判開城府事、僉議評理，進贊成事，賜端誠佐理功臣號。王遣仁復如元謝復位，時孛羅帖木兒引兵入燕京，黜丞相代其位。仁復入見，辭簡貌重。孛羅帖木兒屢目之，仁復退，謂從者曰：“就之不見，所畏其斯人乎？”王奏授奉議大夫、征東行中書省左右司郎中。忤辛旽，罷，封興安府院君，尋判三司事。王大設文殊會，率兩府禮佛。唯仁復與李穡至拜時輒出不拜。二十二年，以檢校侍中居父憂，在京山，王遣判典校寺事林樸吊慰。明年，疽發背，自度不起，具衣冠北面稽顙，若辭遠之狀。臨歿，弟仁任勸念佛，曰：“吾平生不佞佛，今不可自欺。”進藥，又却之，謂仁任曰：“宰臣歿，官庀葬事，國家厚恩。顧吾平日未有絲毫補，死且有愧，爲我辭焉。”言訖，命加朝服於身而卒，年六十七。王悼甚，素膳，遣使致祭，以禮葬之，謚文忠。仁復剛直有守，聞人善，雖小必喜。一事失當，必怒形於色，然不發於口，人謂口吃。自言：“吾性褊急，恐失言，以忍爲守。”爲文章辭嚴義奥，操筆點綴極苦，敘事賦物語多譏諷。嘗修閔漬《編年綱目》，忠烈、忠宣、忠肅三朝《實錄》及《古今》、《金鏡》二録。仁復密啓：“旽非端人，他日必有變，請遠之。”不聽，及旽誅，王歎其先見之明。仁復惡弟仁任、仁敏之爲人，曰：“敗國亡宗者必二弟也！”後果敗，其孫存性亦連坐。辛禑元年，配享忠定廟庭。

《東人詩話》：柳思菴淑乞骸歸老瑞城，樵隱李侍中仁復送詩云：“人間膏火日相煎，明哲如公史可傳。已向危時安社稷，更從平地作神仙。五湖夢斷煙波綠，三徑秋深野菊鮮。愧我未能投紱去，邇來雙鬢雪飄然。”時推爲傑作。然未幾思菴死於逆旽之手。論者以謂未必非樵隱之詩爲祟，蓋“明哲”之語非時君所樂聞，“五湖”二字適犯其怒。嗚呼！先生之詩實思菴之實録，而反爲讒賊所構，詩可易言哉！

《遣閒雜録》：高麗李仁復即兆年之孫，世稱賢人。寄元朝同年馬彦翬承旨、傅子通學士詩曰:“每向瓊林憶醉歸,賜花春暖影離離。别來更覺交情厚,老去安知世事非。駑鈍尚慚懷棧豆,鵬飛誰復顧藩籬。請君莫笑東夷陋,海上三峰聳翠微。”佔畢齋載此詩於《青丘風雅》,注曰“是時元朝方亂,末句招二人避地東來也”云。承旨學士乃皇帝近侍秩高之官,仁復雖曰同年親厚,以外國之人安敢招來乎? 況末句别無招來之意,未知佔畢何據,而爲是注耶?

【按:李仁復(1308—1374)字克禮,號樵隱,謚文忠。籍貫星州。白頤正門人。著有《樵隱集》。《東文選》卷四載其五古二首,卷七載其七古一首,卷一〇載其五律八首,卷一一載其五排二首,卷一五載其七律四首,卷二〇載其五絶一首,卷二一載其七絶五首。其詩詳穩。《箕雅》收其五絶一首、五律一首、七律二首、五排一首、五古一首。】

金九容　　字敬之,號惕若齋。判典校事。洪武十七年奉使遼東,帝命流大理,道卒。

《高麗史》卷一〇四:九容,字敬之,初名齊閔。恭愍朝,年十六中進士。王命賦《牡丹詩》,九容居首。王奇之,賜職散員。登第,授德寧府注簿,累遷民部議郎兼成均直講。勉進後學,訓誨不倦,雖休沐在家,諸生質問者相踵。辛禑元年,拜三司左尹,時北元遣使來曰:“伯顔帖木兒王背我歸明,故赦爾國弑王之罪。”李仁任、池奫欲迎之,九容與李崇仁、鄭道傳、權近等上書都堂曰:“若迎此使,一國臣民皆陷賊亂之罪,他日何面目見玄陵於地下乎?”慶復興、仁任却其書不受。諫官李詹、全伯英等疏論仁任罪,請誅之,仁任杖流。諫官又以九容、崇仁等謀害己,並流之。九容竄竹州,尋移驪興,放跡江湖,日以詩酒自娱,扁其所居曰“六友堂”。七年,禑召爲左司議大夫。乃上書曰:“今倭寇侵擾,四方受敵,干戈未息。民失其業,饑饉流移,貢賦、軍旅調發無地。况變故屢興,誠宜恐懼修省以答天心。殿下興居無節,乘醉馳馬閭巷間,若或一蹶,恐致毁傷。殿下縱自輕,奈宗廟社稷何? 伏望念祖宗艱難之業,察皇天譴告之心。日接大臣講論治道,出入威儀,率由舊章。”不聽。明年,遷成均大司成,尋判典校寺事。初,義州千戶曹桂龍至遼東,都指揮梅義等紿曰:“我於爾國事,每盡心行之,爾國何不致謝耶?”十年,以九容爲行禮使,奉書兼齎白金百兩、細苧麻布各五十匹以行。至遼東,總兵潘敬、葉旺與義等曰:“人臣義無私交,何得乃爾?”遂執歸京師,帝命流大理衛。行至瀘州永寧縣,病卒,年四十七。後禑追治桂龍,誤傳義言,流之。九容善詞章,有《惕若齋集》行於世。

《惕若齋學吟集·序(河崙)》:牧隱先生學于中國,卓爾有高明之見。

其於東人之詩少有許可者，獨于先生之作有所歎賞曰："平澹精深，絶類及庵。"詩而至於平澹精深，亦豈易哉？又於衆作之中，嘗舉先生一句曰："可謂頂門上一針。"信乎先生之詩格高出於一時，非他作者所能髣髴也。

《三峰集·若齋遺稿序》：敬之外祖及庵閔公思平善詞學，尤長於唐律，與益齋、愚谷諸公相唱和。敬之朝夕侍側，日濡耳染，觀感開發而自得尤多。道傳嘗見敬之作詩，其思之也漠然若無所營，其得之也充然若自樂，其下筆也翩翩然如雲行鳥逝。其爲詩也清新雅麗，殊類其爲人。敬之之於詩道可謂成矣。

《牧隱稿·題惕若齋學吟後》：及庵閔先生詩造語平淡而用意精深，其時益齋先生、愚谷先生與竹軒政丞居同里，號鐵洞三庵。及庵，竹軒壻也。竹軒仙去而及庵又來居其第，三庵之稱未絶，一世宗之。予晚生幸及平時，皆得接其道德之輝，以爲終身山斗之仰，蓋幸之幸也。益齋先生每歎曰："及庵詩法自得天趣。"又言："拙翁彦明父性放達少許可，獨愛及庵甚。遊聯騎，宿對床，不問家人有無生産，又同嗜酒，又同樂也。"予之往來及庵之門也，及庵年已衰矣，而溫溫閒雅，俯引後進惟恐後。一日枉高軒陋巷，坐樹陰移日而去，予至今未敢忘。外孫金敬之氏生長于及庵先生之家，及志學又學於及庵，得以親炙益齋、愚谷。故其蓬生麻中，不扶而直，勢所必至。又況生質粹美，儕輩莫敢齒乎？今觀學吟，益知詩法絶類及庵。人樂有賢父兄，詎不信然？嗚呼！詩豈易言哉？文章云乎哉，學問云乎哉。嗚呼！詩豈易言哉？

《惕若齋學吟集·世係行事要略(金明理)》：先君生長于外祖及庵文溫公家，早知好學。既長遊于士林，聲價聞於中外。交遊如圃隱鄭達可、陶隱李子安、三峰鄭宗之、浩亭河大臨，相與講論切磋而友善尤篤焉。先君所著詩與文不爲不多矣，先兄未嘗侍側，予亦幼弱，故未能盡記之。今此刊行若干詩，乃手書遺稿及得於他人所傳誦者也。

《惺叟詩話》：金惕若九容詩甚清贍，牧老所稱"敬之下筆如雲煙"者是已。嘗以回禮使致幣于遼東都司，潘奎執送京師。其諮文"馬五十匹"誤填以"五千匹"，高皇帝怒其私交，且曰："五千匹至，當放還也。"時李廣平當國，素不喜公輩，迄不進馬。帝流公大理，作詩曰："死生由命奈何天，東望扶桑路渺然。良馬五千何日到，桃花門外草芊芊。"《武昌》詩曰："黄鶴樓前水湧波，沿江簾幕幾千家。醵錢沽酒開懷抱，大別山青日已斜。"公竟卒於配所。其後，曹參議庶亦流金齒，數年而放還。黄州作詩曰："水光山氣弄晴沙，楊柳長堤千萬家。無數商船城下泊，竹樓煙月咽笙歌。"丈夫生偏壤，嘗恨不獲壯遊。二公雖流竄殊方，亦看盡吳楚山川，實人間快事也。

《東國詩話彙成》:公常奉事關東有詩曰:"瀟湘江山共我清,樓臺到處管絃聲。若非細馬馱紅粉,誰識三韓更太平。"後有攬轡者,秩滿將還,與情人泣别於西樓,有人題詩曰:"細馬馱紅傳鉢在,莫嫌司馬濕青衫。"

臨死曰:"吾在家死兒女手,誰肯知之？今在萬里死王事,得死所矣。"

【按:金九容(1338—1384)初名齊閔,字敬之,號惕若齋。籍貫安東。文科及第。與鄭夢周、朴尚衷、李崇仁等人確立程朱學,爲斥佛揚儒先鋒。著有《惕若齋學吟集》今傳。其詩清贍精深,爲"麗朝詩十二家"之一。《箕雅》收其七絶二首、五律二首、七律二首。】

金齊顔　　字仲賢。謀誅辛旽,事泄,旽殺之。

《高麗史》卷一〇四:齊顔,字仲賢。登第,恭愍王十三年爲正言。時内豎韓暉、李龜壽以邊功超拜僉議評理,管機密,甚寵倖。諫官不署告身,二人疑齊顔,譖王曰:"臣等國耳忘家,暴露於外。齊顔年少,謬居言官。非惟不署臣等告身,凡㺚川之役,將士告身皆不署。是有二心,欲使將士解體也。"王大怒,謂侍中慶千興、僉書密直元松壽、密直副使金達祥曰:"韓暉、李龜壽備嘗艱危,宣力有勞,故報之以爵。齊顔不署告身,欲鞫之。"對曰:"郎舍衆矣,齊顔豈可獨任其責?"王曰:"齊顔,卿等之族,故爲卿等言之。"又讓松壽曰:"卿掌銓選,引卿族爲諫官,欲何爲也?"松壽伏地,流汗不能對。王將下齊顔獄,千興與密直副使宋仁績爭之不能得,達祥進曰:"齊顔,諫官也。若下獄,後世以殿下爲何如主？且告身不時署,有何罪?"王益怒,走入内。翼日齊顔謝病,王遣中使强起,令署暉等告身,竟罷之。十五年,以軍簿佐郎從田祿生聘河南王擴廓帖木兒。至燕京,皇太子惡其通信,命東還。齊顔謂祿生曰:"公,大臣,不可留。予且留,必達使命。"遂稱疾留燕,寄書其兄齊閔曰:"燕京雖不如昔,文夫可居之地也。"王以齊顔有異謀,徵例賜錢谷。居無何,齊顔自燕單騎走河南,達國書曰:"宰相田祿生被令旨還國,齊顔以王命不可不達,又樂聞大王名,不遠萬里而來。"仍獻玉燭。王問何物,曰:"此明燈之具,燻而暗,修則復明,冀王修德若此。"因上書,以爲"我王聰明仁武,坐殲紅賊百萬之衆,以安帝室,爲天下倡。今大王忠義聞天下,欲東西協力削平僭亂,夾輔帝室"。王大喜,奏授中議大夫、中書、兵部郎中,簽書河南、江北等處,行樞密院事。齊顔素善儒琴,至是爲王彈之,王悦。未幾,遣其幕客郭永錫偕來報聘。王欲拜代言,辛旽嗛其不謁己,沮之。乃授内書舍人,尋左遷典校副令。齊顔常怏怏,後與前密直副使金精等謀誅旽,事泄,繫巡軍杖之,旽遣人縊殺。

《小華詩評》:金齊顔,九容之弟也,謀誅辛旽,事泄見殺。嘗有《寄無悦師》詩曰:“世事紛紛是與非,十年塵土汙人衣。落花啼鳥春風裏,何處青山獨掩扉。”有遁世之意而竟不自謀,惜哉。

【按:金齊顔(? —1368)字仲賢。籍貫安東。文科及第。《東文選》卷二二載其七絶二首。其詩頗多感懷。《箕雅》收其七絶一首。】

蔡　璉　　號盤澗。

《海東雜錄》:蔡璉,號盤澗。有詩名,多載《風雅》。有《詠簾》短律云:“風來一陣雨,月映萬條冰。麗日篩紅暈,遙峰漏碧層。”佔畢齋云“此四句極巧”。

【按:蔡璉(高麗末期人)號盤澗。《東國輿地勝覽》載其詩七首,《青丘風雅》載其詩一首。其詩多詠物寫景,語意新巧。《箕雅》收其五律一首。】

李　穡　　字穎叔,號牧隱。穀之子。繼其父登第元朝,授翰林知制誥。恭愍朝門下侍中。文章經術爲搢紳領袖。入本朝,封韓山伯。謚文靖。

《高麗史》卷一一五:李穡,字穎叔,贊成事穀之子。生而聰慧異常,讀書輒誦。年十四中成均試,已有聲。穀仕元,爲中瑞司典簿。穡以朝官子補國子監生員,在學三年。穀在本國卒,自元奔喪。恭愍元年,穡服中上書曰:“……”二年,擢魁科,授肅雍府丞。中征東省鄉試第一名,充書狀官,如元應舉。明年赴廷試,讀卷官參知政事杜秉彝、翰林丞旨歐陽玄見穡對策,大加稱賞,遂擢第二甲第二名,敕授應奉翰林文字、承仕郎、同知制誥,兼國史院編修官。尋還國,王授典理正郎、藝文應教。四年陞内書舍人,又如元禮,任翰林院權經歷。五年,以母老棄官東歸。上書言時政八事,其一罷政房,復吏兵部選也。王嘉納,遂以穡爲吏部侍郎,兼兵部郎中,以掌文武之選。六年試國子祭酒,遷右諫議大夫。請行三年喪,從之。七年以言忤權貴,一時諫官皆左遷,擬穡尚州,其夜命以穡爲樞密院右副承宣、翰林學士,謂宰相曰:“李穡才德出衆,非他人比。用舍不如此,無以伏人心。”自是參掌機密凡七年。十年,紅賊陷京,王南幸扈從,錄功爲一等。十一年,王聽佛護寺僧言賜田。會穡奉御寶印,監試榜。王遣宦官,命并印賜僧牌。穡白曰:“此事宜議諸大臣,不可輕易。”王怒甚,穡恐,即印牌。王怒猶未解,命停印榜。知都僉議柳淑諫曰:“僧以非理干黷聖政,穡爭之誠是。殿下聽非理而罪爭臣,于理何?”王怒稍霽,乃印榜。穡上箋解職曰:“臨事徑情,反激怒雷霆之下;撫躬對影,若難容天地之間。”王不允。十二年,元授征東行中書省儒學提舉,本國授密直提學,同知春秋館事,賜端誠保理功臣號。自是與國政,雖在罷閑,有大政則必就問焉。十四年,簽書密直司事。十六年,重營成均館,以穡判開城府事,兼成均大司成。增置生員,擇經術之士金九容、鄭夢周、朴尚衷、朴宜中、李崇仁,皆以他官兼教官。先是,館生不過數十,穡更定學式,每日坐明倫堂,分經授業,講畢,相與論難忘倦。於是學者坌集,相與觀感,程朱性理之學始興。元授征東行中書省左右司郎中。十七年,侍中柳濯等上書,諫馬巖影殿之役。王大怒,下濯等獄,使穡鞫之。王欲以事誅濯,命穡制《諭衆文》。穡請濯罪名。王曰:“久爲首相,多行不義,致天大旱,一也;奪演福寺田,二也;公主之薨,三日闕祭,三也;其葬降用永和公主之例,四也。不忠不義,孰大於此?”穡曰:“此皆既往事也。近日濯等請寢影殿之役,雖以四事歸罪,國人皆以爲上書之故。且此四事皆非可殺之罪,願更思之。”王愈怒,趣愈急。穡伏俯曰:“臣寧得罪,安敢爲文以成其罪?且上書之事非獨濯,領都僉議亦知之矣。”時辛旽爲領都僉議,方在王側,不得已乃曰:“老夫亦知之,但以上怒不敢告耳。”王命侍中李春富封御寶,春富俯伏不敢進。旽曰:“宜令言者封之。”乃命穡,穡恐。王益怒,乃封之,書曰:“臣穡謹封。”王曰:“以予否德,不從予言,持此去求有德者事之。我太祖初豈王孫哉?予避位矣。”乃移御定妃宮,不許進膳。翼日,旽欲解王怒,啓王下穡獄,使贊成事李仁任、知都僉議柳淵訊之,坐以不從王命。穡曰:“臣自布衣,謬蒙上知,不有戰功,不經吏職,但以文墨小才驟至宰相,上恩深重,圖報無由。嘗謂苟可以有益上德者,不惜身命,力言之以報萬一。今柳侍中在縲絏,穡爲問事官而敢進言者,欲王動心省悟,不濫殺大臣也。”因泣曰:“穡之泣,非爲見恤於獄官,非敢望達於上聽,又非畏死也。但恐因此一失主上之名,不美於天下後世也。”仁任等以聞,王遂感悟,放濯等,命穡曰:“沐浴而朝,予將與之言。”明日,穡進謝,王曰:“勿嫌前怒,宜更盡心。”十八年,改三司右使。二十年,拜政堂文學,加文忠保節贊化功臣號。我太祖爲知門下府事。王謂近臣曰:“近日物議何如?”對曰:“皆言國家得人。”王笑曰:“文武皆用第一流以爲宰相,誰敢議之?”王每召見穡及李仁復,必令左右灑掃焚香。僧神照白王曰:“君見臣何必致敬如此?”王曰:“爾何知此二公道德非庸儒!且穡學問舍肌膚而得骨髓,雖中國亦罕比,烏敢慢哉?”尋丁母憂,起復仍舊職。二十二年,辭免,封韓山君。辛禑三年,加推忠保節同德贊化功臣號。禑以穡爲師傅。穡追父穀志,成《大藏經》。禑聞之,命知申事盧嵩降香。八年,判三司事,稱病不視事。明年,復封韓山君,尋復判三司事。十年,以病辭,進封韓山府院君。帝遣張溥、周倬等來,溥等至境,問穡安否。禑以穡稱爲判三司事,出迎詔命。十一年,上書乞退,禑不聽,尋檢校門下侍中。十二年,知貢舉。以舊例享禑於花園,禑以師傅敬重之,親執手引入,欲對榻坐,穡固辭。禑親牽内廄馬賜之,命作詩。穡書云:“聖主開興運,愚臣荷異恩。科場命分桂,卑食特羅尊。當面山光滴,臨身日色溫。經筵參小技,茂渥似乾坤。”是試,穡嚴立禁防,舉子年未滿十二不赴試,判門下府事曹敏修子赴試不中,同知貢舉廉興邦欲取之,力請於穡,穡不聽。十三年,禑修西普通塔,命穡作記。略曰:“我太祖創業垂統,弘揚佛法,以保子孫者,非前世帝王之所可及。先王能體太祖之心,歸崇三寶。今殿下修塔如此,殿下之心上合于太祖,又可知矣。嗚呼!周雖舊邦,其命維新,將不在於今日乎?”識者譏其諂主佞佛。一日,穡稱病不出曰:“侍中李成林生長矮屋,及爲宰相,廣占田民,一時並起三第。左使廉興邦亦以取斂爲事,誤國家者必此二人也。”十四年,我太祖回軍,欲擇立宗室。曹敏修謀立昌,以穡爲時名儒,欲藉其言,密問於穡。穡欲立昌,乃曰:“當立前王之子。”遂立昌。昌起穡拜門下侍中,賜推忠保節同德贊化輔理號,賜馬一匹,王大妃亦遣宦官饋酒果。自恭愍薨,帝每徵執政大臣入朝,皆畏懼不敢行。及穡爲相,曰:“今國家有釁,非王及執政親朝,無以辨之。王幼不能行,是老臣之責也。”自請入朝。我太祖稱之曰:“慷慨哉,是翁!”昌及國人皆以穡老且病,固止之。穡曰:“臣以布衣,位至極品。常欲以死報之,今得死所矣。設死道路,以屍將命,苟得達國命于天子,雖死猶生。”遂與李崇仁、金士安如京師賀正,且請王官監國。穡以我太祖威德日盛,中外歸心,恐其未還乃有變,請一子從行,太祖以我太宗爲書狀官。及入朝,道有一官人語穡曰:“汝國崔瑩將精兵十萬,李太祖舊諱執之,易如捕蠅,汝國之民李太祖舊諱罔極之德,何以報之?”帝素聞穡名,引見數四,禮待甚厚,從容賜語曰:“汝在元朝爲翰林,應解漢語。”穡乃以漢語遽對曰:“請親朝。”天子未曉,曰:“說什麼?”禮部官傳奏之:“穡久不入朝,語頗艱澀。”帝笑曰:“汝之漢語正似納哈出。”回至渤海,與二客船同行,及半洋山,颶風大作,二客船皆沒,我太宗所乘船亦幾不救。人皆驚懼顛仆,太宗神色自若。穡還,語人曰:“今皇帝心無所主之主也。我意帝必問此事,帝不之問,帝之所問皆非我意也。”時論譏之曰:“大聖人度量,俗儒可得而議乎?”時田制大壞,我太祖與大司憲趙浚欲革私田,都評議使司議田制。穡以爲不可輕改舊法,持其議不從。穡謁禑于黄驪府,未幾,乞解職,舉李琳自代。昌以穡爲判門下府事。穡嘗與洪永通、李茂方等設白蓮會于南神寺,佛者以穡藉口,益肆其說。又久典文衡,以其子種學再掌試,種學素不能文,士林頗譏穡私其子。昌將親朝,穡曰:“遼野寒甚,宜早行。”既而昌母李氏憫昌年幼,言於都堂,寢其行。昌命穡、琳及我太祖劍履上殿,贊拜不名,各賜銀五十兩、彩段十匹,下教獎諭。初,崇仁副穡赴京,至是崇仁以買賣事被劾流竄。穡不自安,上箋乞退。昌不聽,命中官賜酒慰諭,猶不出。昌趣令視事,又命贊成事禹仁烈賜酒於第。穡又上箋辭,昌不聽。蓋穡嘗愛崇仁文章,其再上箋,意欲救之也。穡遂歸長湍别業,昌遣中使李匡存問,又遣知申事李行賜酒,敦諭請還,穡不起。恭讓即位,穡自長湍詣闕賀。王召入内,下床而待,乃曰:"平日閒遊,不意今日得此也,願卿補之。"復以爲判門下府事。王親祼大廟告即位,將事之夕,有司請撤禑母神主。穡曰:"此事未保其終,姑徐之。"左司議吴思忠、門下舍人趙璞等上疏曰:"判門下李穡事我玄陵,以儒宗位輔相。及玄陵薨,無嗣,權臣李仁任自欲擅權,貪立幼主,而穡助議立禑。諸將回軍議立王氏之際,大將曹敏修以仁任姻親欲立子昌,以繼其邪謀,問計於穡。穡亦嘗以昌爲心,遂定議立之。其子種學宣言于外戚曰:'群臣議立宗室,卒立世子,吾父之力也。'穡之回京師也,與李崇仁、金士安等相期謁禑於驪興,而穡先期獨見。其獨見之際,所言公歟?私歟?是未可知也。……"王命罷穡、種學,奪敏修告身。思忠等復上疏論劾,流穡於長湍、種學於順天,遣糾正田時鞫敏修于昌寧。時欲以敏修立昌之謀出於穡,取辭,敏修不服曰:"立昌之罪予固獨當,穡實無與焉。"累日逼之,乃服。二年,憲司上疏,請治穡、敏修立昌又欲迎禑之罪。諫官又上疏,請下穡、敏修于憲司,嚴加鞫問,置之極刑。命削穡職,與敏修徙遠地。左常侍尹紹宗以穡門生,不署名。臺諫復請穡罪,王遣思忠、時及執義李皐鞫穡於長湍,命之曰:"勿令穡驚動,若不服,當更稟旨。"穡果不服曰:"倡立辛昌,非穡所知。穡若妄言,上天監臨,請與敏修對辨。"思忠遣時以聞,王命加栲訊。時還宣旨,使獄卒執杖立左右,竟日通夜逼之,且示敏修昌寧獄辭。穡曰:"回軍議立之際,敏修問穡宗親與子昌孰當。時敏修以主將領兵還,且與昌外祖李琳爲族,同心。穡不敢違,以'禑立已久,當立子昌'爲對,無首勸擅立之語。去年朝京師到禮部,尚書李原明曰:'汝國逐父立子,天下安有是理?王與崔瑩皆被拘囚,是何義耶?'予應之曰:'崔瑩教王謀犯遼陽,將軍曹敏修與李太祖舊諱以爲不可,到義州不敢發。瑩數趣之,不獲已,回兵繫瑩獄。於是王怒,欲害諸將。故太后廢王,置於江華,去開京二十餘里舊都勝地,怡養性情,無如此地。且宰相、侍衛、儀仗、器物、朝夕膳奉,皆如平昔,何放之有?'及還,謂侍中李太祖舊諱曰:'原明之言耳可得聞,口不可道。驪興遠地,迎置近地,可免放君之名。'但此語而已,固無迎立之議。"思忠等取辭乃還。穡嘗語人曰:"……"臺諫再論穡、敏修罪,不報,交章復論,遂移穡於咸昌。臺諫又論穡、琳,王欲與宰相議。知申事李行曰:"臺諫之論,安知非功臣意耶?"手書疏尾曰:"依申,以穡爲座主。"令右代言趙仁沃代署名。臺諫劾行黨附座主,專事蒙蔽,又劾仁沃侵官。王不得已,皆罷之。我太祖及功臣七人上書以爲:"臺諫論列非臣等所知,人以此歸咎臣等,禑昌之黨疾臣等,造言興謗。臣等請避位彌謗,以保性命。”遂皆杜門。大司憲成石璘聞之,亦上書辭職。臺諫論執愈堅。王素未信李穡謀亂,且禹洪壽駙馬成范之父,故怒臺諫彈劾不已,不進膳。臺諫伏閤請命,王曰:“琳、穡等皆已流竄,勿更論請。”王以功臣等不視事,命評理裴克廉署事都堂。大提學安宗源、左使權仲和等白王曰:“都堂庶事至繁,如兩府侍中不可一日無也,速令九功臣就職。”王曰:“卿等其圖之。”對曰:“古者一相辭職,都堂皆改批。今亦宜改九功臣批,令出視事。”王從之。九功臣詣闕拜謝。王召入內殿,賜酒慰之,乃出視事。臺諫以言不聽辭,皆左遷爲守令,流行於清州。王昉、趙胖還自京師,白王曰:“禮部召臣等曰:‘爾國人有坡平君尹彝、中郎將李初者來訴於帝,言高麗李侍中立王瑤爲主。瑤非宗室,乃李侍中姻親也。瑤與李侍中謀動兵,將犯上國。宰相李穡等以爲不可,郎將李穡、曹敏修、李琳、邊安烈、權仲和、張夏、李崇仁、權近、李種學、李貴生等殺害,將禹玄寶、禹仁烈、鄭地、金宗衍、尹有麟、洪仁桂、陳乙瑞、慶補、李仁敏等遠流,其在貶宰相潛遣我等來告天子,仍請親王動天下兵來討。’乃出彝、初所記穡、敏修等姓名以示之。胖與彝等對辨曰:‘本國事大以誠,安有是乎?’因問彝曰:‘爾位至封君,頗知我乎?’彝愕然失色。禮部官曰:‘天子聖明,亦知其誣矣。爾速還國,語王及宰相,將彝書內人等鞫問來報。’”於是臺諫相繼上疏,請鞫彝、初之黨,留中不下。會宗衍逃,遂下玄寶、仲和、補、夏、仁桂、有麟於巡軍,大獄遽起,令臺省、刑曹雜治之。先鞫有麟,峻急,辭連崔公哲、崔七夕、曹彥、趙瓊公義、韓成、金忠、安柱、郭璿、鄭丹鳳、朴義龍等,並下獄。初,有麟從弟思康素無行,嘗爲僧,犯贓亡入上國,改名彝。有麟家臣丁夫介從胖赴京師,知而不言。及還,先往有麟家言其狀。有麟在獄,憂憤不食而死,梟首於市,籍其家,囚夫介。逮繫穡、琳、仁烈、仁敏、地、崇仁、近、種學、貴生等於清州獄,遣門下評理尹虎、密直副使朴經、右司議李擴、刑曹左郎申孝昌、田時與楊廣道都觀察使柳珣鞫之。虎等在清州,鞫諸囚,皆不服。忽雷雨大作,前川暴漲,毀城南門,直冲北門。城中水深丈餘,漂沒官舍民居殆盡。獄官蒼黃攀樹木以免,故老謂:“自有州以來,未有水災如此其甚者。”王以水災下教釋之,仍安置咸昌。尋宥穡,許從便。三年,憲府請復治穡、種學,不從。憲府復論穡罪,王勉從之,流於咸昌。諫官又論種學,流遠地,俄許京外從便。穡上書謝曰:“……”王覽書,即命驛召穡及崇仁、種學。穡還京,謁我太祖于私第。太祖驚喜,迎之上座,跪進酒,請穡立飲。穡不讓,人皆非之,極歡而罷。王聞之曰:“此二公疇昔之情好也。”王嘗謂左右曰:“向者省憲數上疏請誅穡子,以爲穡嘗事玄陵,言事忤旨。雖怒甚,猶待以禮。又爲僞朝奉使大明,帝寵待優渥,召待便殿,屢賜宴慰。

天下想望其爲人。以玄陵之睿鑑,皇帝之威靈,禮貌如彼,況如寡人,其敢害之?”居數日,穡與崇仁、種學詣闕謝恩。召入内殿,賜酒慰之,命還告身,復封韓山府院君,領藝文、春秋館事。四年,宴群臣于壽昌宫。穡醉,發聲大笑,侍近大護軍金鼎卿止之。穡惶恐,趨出。鄭夢周、柳曼殊等醉輒喧嘩,是日稍戢,蓋懲于李恬使酒得罪也。誅夢周,鞫諫官金震陽等,辭連穡、種學、種善,流種學、種善於外。王使謂穡曰:“卿之二子得罪於朝,卿其去矣。兩江之外,惟卿所適。”穡憮然曰:“臣顧無田宅,果安歸乎?”遂貶衿川,尋徙驪興。入本朝封韓山伯,卒年六十九,賜祭賻,禮葬之,謚文靖。穡天資明敏,博覽群書,爲詩文操筆即書,略無凝滯。勉進後學,以興起斯文爲己任,學者仰慕。掌國文翰數十年,屢見稱中國。然志節不固,無大建白,學問不純,崇信佛法,爲世所譏。有《牧隱集》五十卷行於世。

《朝鮮太祖實錄》卷九:五年五月癸亥。韓山伯李穡卒于驪興神勒寺。……及太祖卽位,以故舊原之。每進見,退語子弟曰:“眞受命聖明之主也。”又嘗請止營繕,及退,人有問之者,“創業之主,廟社宫室官府城郭,不可緩也。”乙亥秋,請遊關東,入五臺山,因欲留居,上遣使召。至,封韓山伯。穡進見曰:“開國之日,何不使我知之?我若知之,當行揖讓之禮,更有光矣。豈可使馬賈爲首乎?”指裵克廉。南誾曰:“何得使汝老腐儒知之!”上叱誾使不復言,待以故舊之禮,送至中門。後有議之者,南在召穡子種善謂曰:“尊公發狂言,有議之者,不去必受禍。”丙子夏五月,請避暑神勒寺,將行疾作,既至疾革。有僧進欲有言,穡舉手揮之曰:“死生之理,吾無疑矣。”言訖而卒。穡天資明睿,學問精博,秉心寬恕,處事詳明。爲宰相務遵成憲,不喜紛更,勉進後學,孜孜不倦。爲文章操筆卽書,辭意精到。有集五十五卷行于世。爲家不問有無費,平生無疾言遽色,樽俎之間,油油然處之不及亂。襟懷灑落,言動從容,久居寵利而不以爲喜,再遭屯亂而不以爲慼。晚年奉旨銘指空、懶翁二浮圖,其徒因來往于門,頗有佞佛之譏。穡聞之曰:“彼謂追福君親,予不敢拒也。”

《陽村集·恩門牧隱先生文集序》:吾東方牧隱先生質粹而氣清,學博而理明,所存妙契於至精,所養能配於至大。故其發而措諸文辭者優游而有餘,渾厚而無涯。其明昭乎日月,其變驟乎風雨。巋然而萃乎山岳,霈然而浩乎江河。賁若草木之華,動若鳶魚之活,富若萬物各得其自然之妙。與夫禮樂刑政之大,仁義道德之正,亦皆粹然會歸於其極。苟非稟天地之精英,窮聖賢之藴奥,騁歐、蘇之軌轍,升韓、柳之室堂,曷能臻於此哉?自吾東方文學以來未有盛於先生者也。

《牧隱稿·牧隱先生文集序(李詹)》:韓山牧隱先生生而穎悟,好學博聞。入中國，齒辟雍，所造益深。汪洋高大，捷高科遊翰苑。歸仕本國，歷官四十餘年，位至侍中。冠冕斯文，凡國家辭命制教銘頌之文必需公乃成。又以興起斯文爲己任，訓進後學，孜孜無倦，陳說大義，辨析微言，使之煥然冰釋，東方性理之學繇是乃明。五知貢舉，一時名士皆出門下。且累年移疾閑居，容接賓客，雖異端者至亦不麾之。上大夫墓隧碑碣，讌游餞行，以至浮屠方外之作，有求輒應，下筆如神。初不用意，妙臻其極。兼總條貫，蔚爲大家。有詩若文五十五卷，郁乎富哉。眞所謂配元氣而伴造化者矣。……昔者公之試文於禮部也，大司徒歐陽文公大加稱賞，置之高第，其必有志同氣合者矣。評其文者有曰："意雄而辭贍，如黑雲四興，雷電恍惚，雨雹交下。及其雲散雨止，長空萬里，一碧如洗。可謂奇偉不凡者矣。"假使斯人見公之文，想亦以此評之也。其若義理上接程、張，文辭下視蘇、黄，則浩亭之文盡之矣。浩浩滔滔，如江河注海，則陽村之言蔽之矣。余奚庸贅哉。

《東人詩話》：詩貴含蓄不露，然微詞隱語不明白痛快，亦詩之大病。宋元豐八年三月，神宗崩。五月一日，蘇軾題揚州竹西寺云："此生已覺都無事，今歲仍逢大有年。山寺歸來聞好語，野花啼鳥亦欣然。"元祐間趙君錫等構軾曰："軾不得志於神朝，今喜上賓有是句。"哲宗疑之。恭讓朝太祖輔政，牧隱貶長湍，有"松軒當國我流離，夢裏何曾有此思"之句，朝議以語涉不遜，請論如法，事叵測。嗚呼！以蘇、李之大才亦坐是病，詩可易言哉！

東坡平生功名出處自比白香山，牧隱亦嘗以東坡自比。熙寧中王安石以新法誤天下，東坡有《山村五絕》，有"邇來三月食無鹽，過眼青錢轉手空"等句，坐譏時事謫南荒，謂其詩曰"烏臺詩案"。牧隱謫長湍，《寄省郎十首》有"黜僧還恐似王輪，滿庭青紫絕無人"等句，爲臺官所彈，禍且不測。其視烏臺詩案亦無幾矣。

古人詩不厭改。少陵詩聖也，其曰"桃花細逐楊花落，黄鳥時兼白鳥飛"，屢經刪改。牧隱嘗與子麟齋種學登西川樓有題云："西林石堡入雲端，亭樹含風夏尚寒。"行至半途，種學曰："大人詩中'尚'字不如'亦'字之穩。"牧隱曰："果是也。"促令返改之。"尚、亦"雖一意，殊不如"亦"字尤穩。

古人詩多用經書語。李師中云："夜如何其斗欲落，歲雲暮矣天無晴。"牧隱云："月獨有情從我蔡，山多不俗起予商。""木鐸何患二三子，舞雩六七詠歸童。""王風幸矣興于魯，女樂胡然至自齊？"用辭不窘，工致可尚。

洞庭巴陵天下壯觀，騷人墨客題詠者多。如"水涵天影闊，山拔地形高"，"四顧疑無地，中流忽有山"，"鳥飛應畏墮，帆過却如閑"，俱見稱於世。然不若孟襄陽"氣蒸雲夢澤，波撼岳陽城"，又不若少陵"吳楚東南坼，乾坤日夜浮",不知此老胸中藏幾個雲夢歟?牧隱《吳中八景》一絶云:"一點君山夕照紅,闊吞吳楚勢無窮。長風吹上黄昏月,銀燭紗籠暗淡中。"其曠漠冲融之氣雖不及老杜徑庭,豈足多讓於前數聯哉?

牧隱《貞觀吟》豪健快壯,其一聯曰:"謂是囊中一物耳,那知玄花落白羽。"玄花其言目,白羽其言箭。世傳唐太宗伐高麗至安市城,箭中其目而還。考《唐書》、《通鑑》皆不載,此事雖有之,當時史官必爲中國諱,毋怪乎其不書也。但金富軾《三國史》亦不載,未知牧老何從得此。

牧隱初入元朝,文士稍輕之,嘲曰:"持杯入海知多海,"牧隱應聲曰:"坐井觀天曰小天。"嘲者更不續。嘗謁歐陽學士玄,得印可。牧老晚有詩云:"衣鉢當從海外傳,圭齋一語尚琅然。邇來物價皆翔貴,獨我文章不直錢。"蓋歎晚節之蹭蹬也。

論者謂牧隱酷似東坡,間有發越處或過之。有問陽村權先生者,先生笑曰:"子歸讀東坡前後《赤壁賦》、牧隱《觀魚臺賦》,自當知之矣。"予謂古人以蘇老前後《赤壁賦》爲一洗萬古,則非後人所可議擬也。

牧隱詩屬對工致。如天只對日諸、黄奶對玄夫、黄甲對白丁、地忍對天然、黄間對白下,又如"歸來書甲子,憔悴降庚寅","子雲殊寂寞,伯始自中庸","憂時如杞國,請始自燕臺","江山微媚嫵,風月愈踈狂"等語,用事精切。

古人謂子美夔州以後詩尤好,蓋愈老愈奇也。評者謂牧隱晚年之作不如少時。僧竹澗曰:"牧老少游中原,與文人才士頡頏爭雄,爲詩文一字一句法度森嚴,無愧於古之作者。晚年所作氾濫縱横,有不經意處。此老才高一世,傲睨東方,謂無人具眼者敢如是。"竹澗,緇流之傑然者也。

古人詩有"風定花猶落"之句,無人能對。荊公對以"鳥鳴山更幽",遂爲警聯。牧隱祖其意作七言一聯云:"風定餘花猶自落,雲移小雨未全晴。"雖半山老手亦當縮袖。春亭詩"風定柳絲垂"亦佳。

予嘗讀李相國長篇,豪健峻壯,凌厲振踔,如以赤手搏虎豹拿龍蛇,可怪可愕,然有粗猛處。牧隱長篇變化闔闢,縱横古今,如江漢滔滔,波瀾自闊,奇怪畢呈,然喜用俗語。學詩者,學牧隱不得,其失也流於鄙野;學相國不得,其失也如捕風繫影無着落處。近世學詩者例喜法二李,不學唐宋。古人云:"作法於凉,其弊猶貪;作法于貪,弊將何救!"

《慵齋叢話》:牧隱入元登第,黄甲三名,其第一則牛繼志,第二則曾堅也。牧隱東還,牛狀元作别詩曰:"我有丈夫淚,泣之不落三十年。今日離亭畔,爲君一灑春風前。"

《筆苑雜記》:李文靖公穡《貞觀吟》曰:"謂是囊中一物耳,那知玄花落白羽。"玄花言其目,白羽言其箭。世傳唐太宗伐高麗,至安市城,箭中其目而還。考《唐書》、《通鑑》皆不載,但柳公權小說"太宗初見延壽惠真率渤海軍佈陣四十里,有懼色",亦未有言其中傷者。居正意以謂當時雖有此事,史官必爲中國諱,毋怪乎其不書也。但金富軾《三國史》亦不載,未知牧老何從得此。

《謏聞瑣錄》:牧隱自負才豪,但多用俚語以作詩。如"雀晝傳言鼠夜傳",又"添不曾知減却知",又"前若貧居後富居",又"田字窗臨口字庭",又"雀飛東海上",俗呼銅盆爲東海,故云。又"平桂真如板",平桂,蜜餅也,以面和蜂蜜,捏成薄餅,廣半寸,長二三寸,煎成於香油,謂之平桂,或稱果子,今人於喪祭婚姻賓宴皆用此。飣器高至一尺,治具而不及此,必以爲儉,蓋自麗俗而然。又云"削竹串穿蕎麥糕,仍塗醬汁火邊燒。"蓋指面菜炙也。俗以蕎麥面和雜菜煎成糕,切而爲炙,塗醬而燒之,用之於素饌,謂之面菜炙。俗節冬至,以豆粥相饋遺,公詩云:"天淨閭閻曉色濃,小娥梳洗淡妝紅。家家相送成風俗,白髮衰翁樂在中。"上元作糯米飯,和果實甜蜜相遺,詩云:"粘米如膠結作團,調來崖蜜色斕斑。更教棗栗並松子,助發甜甘齒舌間。"

牧隱《戲作同來僧渡溪墜馬失履詩》云:"山溪流入海,馬臥欲化龍。柱杖茫然忽落手,袈裟盡濕春雲濃。折蘆老胡亦戲劇,飛錫羅漢稱神通。借問雙履在何地?定應不在葱領東。不須更踏石頭路,自有一吸西江風。"用事精切,詞語雅健,但恐僧之騎馬,不必柱杖在手且著袈裟如何?

牧老詩閒適,如《晨興》詩曰:"湯沸風爐雀噪簷,老妻盥櫛試梅鹽。日高三丈紬衾暖,一片乾坤屬黑甜。"《春陰》詩:"春陰漠漠午風輕,綠暗紅殘小院明。微雨乍來看不見,忽聞黃鳥兩三聲。"《即事》云:"風定餘花猶自落,雲移小雨未全晴。牆頭粉蝶別枝去,屋角錦鳩深樹鳴。"《絕句》云:"松舟向晚繫苔矼,落日微風滿一江。詩興浩然收不得,更呼明月倚蓬窗。"如《蟬聲》詩云:"細泉流月葉號風,欲斷還連乍異同。曾記客程搔首立,滿山紅葉夕陽中。"狀物精巧,有無限意思。《拾栗》詩:"坐想山村栗正肥,金丸欲落映離離。乞身何日飄然去,拾得滿籠深夜歸。"可見欲歸之志。

牧老《待人不至》詩曰:"新年無日不思家,豈有工夫管物華?寂寂小村來往斷,西山依舊夕陽斜。"寫出蕭然意態。又云:"堂北堂前多老樹,最高樹上有鳴鳩。"又:"小婦掃落葉,盛之以破箕。頂戴入廚去,主婦催暮炊。"又:"坐藉白沙地,掛巾青松枝。"可謂言之容易,即見如畫。

許迂軒《題草溪客舍曲松》曰:"未脫名韁白髮翁,折腰非是爲時風。不關世事蒼髯叟,悅服何人每鞠躬?"牧翁次云:"落落商山伴彼翁,蒼官千載有高風。絳侯牘背誰相示？鞭朴庭中慙曲躬。”皆寓意新。

按《牧隱集》，公以洪武己巳十二月被謫出居長湍，庚午四月又論前事，付處咸昌。八月到咸昌寄三峰詩曰：“世利秋毫小，交情粥面濃。任教中齟齬，百折水流東。”壬申四月又貶出，居江外衿川，寄松軒詩曰：“倘賜山中郡，安心送夕陽。”猶望乞郡送老。六月又居驪興甓寺，有《泛舟至鸕鷀巖》等詩，詩《止於此寄省郎諸兄詩十二絕》皆極凄婉感怨之思，有云：“聞說三郎方被劾，奈何天也奈何天？”又云：“白頭身世付長湍。”又云：“宦途古今足危機，何怪衰年惹是非？再拜聖恩天地大，萬山殘雪掩柴扉。”又：“玄陵策上甲加寅，放牓辛朝始出身。坐數至今荒野去，滿庭青紫絕無人。”似言甲寅科之人，以出辛朝，貶出不在也。又：“促敗老翁唯四字，黜僧還恐似王輪。”又云：“松軒當國我流離，夢裏何曾有此思？”倚托深矣。又云：“彈文直欲殺無赦，倘幸並生天地間。”似指三峰。太祖嘗就李穡問其字及居室名，穡取“桂花秋皎潔”字之曰“仲潔”。配桂莫如松，公所重者節義也。故扁其居曰“松軒”云云。太祖崇儒重道，素厚牧老，牧老晚年遭謗狼狽，幾至阽危而卒保全者，豈非素厚之力歟？

牧老云：“邀上党韓公登西峰賞花，既而禮安君禹公攜至其第，設酌，默稿一聯曰：‘花開將爛漫，我老豈蕭條？’獻壽談笑，未暇成篇。適鄭達可、李士渭、金九容、李崇仁、崔彪、崔崇謙、廉廷秀攜酒過陋巷。家童走報，辭出馳歸，明日足成一詩”云云。前輩之文酒游會，宛然可想。此聯蓋本簡齋“拒霜花已吐，吾宇不凄凉”云。

牧老《洞庭晚靄》詩：“一點君山夕照紅，闊呑吳楚勢無窮。長風吹上黃昏月，銀燭紗籠暗淡中。”於東方真可橫絕古今。《柳巷對月彈琴》詩：“半輪江月上瑤琴，一曲新聲古意深。豈謂如今有鍾子？只應彈盡伯牙心。”情景宛然。

《稗官雜記》：許魏之來，朝廷議，令遠接使從容告以宗系等辨誣事，仍以《牧隱集》中桓祖大王及李仁復墓碑示之，且曰：“覽此，則國祖與李仁任不爲一李，自可辨矣。”蓋李仁復爲李仁任兄故也。許讀過曰：“文章甚好，欲見此人詩篇。”洪純彥對曰：“詩集不來矣，浮碧樓中有所制題詠。”答曰：“汝試寫之。”純彥遂寫“昨過永明寺，暫登浮碧樓。城空月一片，石老雲千秋。麟馬去不返，天孫何處遊？長嘯倚風磴，山青江自流”之詩以呈。許吟諷良久曰：“汝國安有如此之詩乎？”其言似輕東國，而心服牧隱之作也。

《艮翁疣墨》：牧隱入元朝，見稱于歐陽玄。一日歐陽公戲曰：“獸蹄鳥跡之道交於中國。”公應聲曰：“雞鳴狗吠之聲達於四境。”歐陽公一日又吟曰：“持杯入海知多海。”蓋譏公自小邦入中國，始見於文物之盛也。公即對曰:“坐井觀天曰小天。”蓋言東國亦大,文獻有傳,歐公未能遍觀而特小東矣。如此等句,皆爲歐公之所歎賞,而深服公之聰明,至有“吾道東矣”之語。公於暮年,爲群小所構,不能安於朝廷之上,有詩曰:“衣鉢誰知海外傳,圭齋一語尚琅然。邇來物價皆翔貴,獨我文章不直錢。”圭齋,歐公號也。

牧隱天資明睿,學問精博,尤深于理學。忠君愛親之念至老不衰,形於辭色,現于詩文。爲文章操筆即書,如風行水流,略無凝滯,浩浩滔滔如江河注海。而辭義精到,格律高古。掌國文翰,多更變故險難之際,能修辭命,屢見嘉歎。及公貶斥,忌公者典文,始以表辭見責於皇朝。則公之文章智識有補於世如此。恭愍雖知致敬而不能盡用其言,後長百僚而未幾罷免,經濟之學卒莫大施,天也!襟懷灑落,言動從容,喜怒不形,圭角不露,久居寵利而不見其驕盈,晚遭屯艱而不見其貫濩,縲絏非辱,圭組非榮。公之操存守履亦可謂確乎不拔者矣。此乃權陽村之詞也。

牧隱《登浮碧樓》詩云:“昨過永明寺,暫登浮碧樓。城空月一片,石老雲千秋。麟馬去不返,天孫何處遊。長嘯倚風登,山青江自流。”又有詩云:“麟去白雲窟,龍歸芳草洲。江山如昨日,有客獨登樓。”此等詩乃華使之所歎賞也。又有《三月二十日與二同年會話》詩一聯云:“九十日春餘十日,卅三人榜只三人。”又有《述懷》詩一聯云:“身爲病敵雖持久,心與貪安已守成。”此亦衆人之傳誦也。

《松窩雜説》:牧隱大爲我太祖所重。太祖嘗請其字及居室號,又請名其二郎。……且三郎之名芳毅,故名一郎曰芳果,果毅相須者也。吟成一篇曰:“著鞭樞府愧揚揚,同日磨肩入省堂。月滿海山何皎皎,歲寒松柏愈蒼蒼。友恭可見親情洽,果毅何憂敵勢強。願與一時諸大將,共師始終郭汾陽。”

牧隱于高麗恭讓王己巳十二月被謫出,居長湍。庚午四月付處咸昌,五月逮至青州獄。以水譴蒙宥,還至長湍。壬申四月又貶矜陽,六月自矜陽又移驪興,居甓寺。有《泛舟至鸕鷀巖》等詩,詩止於此。革命之後,朝廷將議置重典,太祖特原之。自驪興流於長興府之南碧沙驛,其冬放還。韓山公不能安居一處。乙亥秋遊關東,入五臺山,仍留止。同年十一月,太祖屢以手書招之。公不得已,乘轎入覲。太祖下榻,相對以故舊之禮,願承一教,勿以蒙昧而棄之。公言:“亡國之大夫不可以圖存,但當將此骸骨歸葬故山而已。”太祖知不可留,步出中門,相揖以別。丙子之夏,公懇求避暑驪興。五月初三日,自碧瀾渡乘舟溯江,有護送中使亦來。初七日,至驪興清心樓之下流燕子灘,公沒於舟中。公之歿,人多疑之。蓋麗氏之子孫多於水中見處,此皆鄭道傳、趙浚等之術也。衆人之疑不能無也。嗚呼痛哉!

牧隱于麗季議立新君之際,獨以當立前王之子,赤幟於衆囂之中。禑之廢居江華也,公以微服前往省之,有《對菊》詩云:"人情那似物無情,觸景年來漸不平。偶向東籬羞滿面,真黄花對僞淵明。"又云:"龍沙漠漠又秋風,衰草連雲落照紅。折得黄花誰上壽,海西千里是行宫。"又有《黄花》詩云:"數枝籬畔媚霜葩,潤色韓山牧隱家。此老豈知書甲子,門前碧柳帶煙霞。"公之眷眷之意可見矣。

牧隱謫居長湍,寄省郎諸兄詩云:"玄陵一代小人儒,揚歷中書諫大夫。得至侍中僥倖耳,斯文何事若相圖。"又云:"《中庸》《大學》學曾思,人道瀛王是汝師。長樂邇來非獨我,有誰重賦去來辭。"又云:"去年長子入黄泉,仲氏今朝謫海壖。聞說三郎方被劾,奈何天也奈何天。"又云:"世間榮悴似迴圈,松柏蒼蒼又苦寒。且學仲尼陳九卦,白頭身世付長湍。"……又云:"長湍太守送纖鱗,晚食還驚味更真。始識省郎恩甚重,忍饑供職豈無人?"……又云:"天子呼來賜八珍,侍中光彩動朝臣。請看倚伏難逃處,寂寂荒村伴野人。"……又云:"汝恃家門逞汝頑,哪知汝父是冰山。彈文直欲殺無赦,尚幸並生天地間。"又云:"欲加之罪豈無辭,似毁疑褒世所知。畢竟有天吾不患,爛烹肥肉到深卮。"

牧隱《寄呈松軒侍中》詩一云:"臣罪當誅聖主恩,屏居闕内得安身,問渠何以逢天幸,只爲松軒是故人。"一云:"白頭身世已殘陽,無識無田亦不妨。只有遊山高興在,敢煩廊廟一商量。"一云:"秋入郊原淑景移,物華晴好雨仍奇。太平廊廟多高會,每趣看蓮又是誰?"一云:"三到咸昌興更新,依然黄鳥亦相親。韓山有我先墳在,欲及仲秋拜兩親。"一云:"三韓迓命日方中,百折交情水必東。乖亂自銷和氣動,只緣黄閣有清風。"

牧隱《聞鄭圃隱被死偶題》詩云:"省擊臺彈直到今,鳥川奇禍駭人心。生來屑屑何妨事,更感松軒愛我深。"圃隱鄭先生,名夢周,字達可,延日人,麗朝門下侍郎,謚文忠,從祀文廟。

牧隱偶題一詩云:"玄陵將相幾人存,壁上圖形亦已昏。多病牧翁頻仕已,至今經濟獨松軒。"一云:"松軒忠義薄雲天,漢絳唐梁與比肩。欲識太平真氣像,閉門高枕得安眠。"一云:"年來喜我已無爲,浮世功名絕不思。只恨多生餘習在,時時遇興即題詩。"

牧隱《自詠》詩一云:"老弱身似晏嬰長,舍瑟還同點也狂。縱得乞歸何處去,落花流水渺茫茫。"一云:"子思當日作《中庸》,極口稱揚乃祖風。世美韓山文字耳,至今詩句尚難工。"

牧隱《喜室人至》詩云:"少年游宦各天涯,夢裏相逢話所思。今日那知前日面，縱然心喜又心疑。”《即事》詩云：“田字窗臨口字庭，炊煙朝暮鎖虛廳。出門可是舒長嘯，滿眼冠山分外青。”

金自粹《韓山題詠》云：“東國文章集大成，稼亭父子冠群英。山川孕秀今猶古，且問何人繼姓名。”趙啓生次其韻云：“山傍熊津疊嶂成，終教李氏稟其英。自從父子登科後，天下皆知此邑名。”

《惺叟詩話》：李文靖“昨過永明寺”之作，不雕飾，不探索，偶然而合于宮商，詠之神逸。許潁陽見之曰：“你國亦有此作耶？”其《浮碧樓》大篇，其曰“門端尚懸高麗詩，當時已解中華字”者，雖藐視東人，而亦服文靖之詩也。

元送孽僧來也，舉國震駭，我太祖以偏師大破之。德興遁去，玄陵賞其功。凱還，命文靖及太祖並參大政。宣麻之日，玄陵喜謂左右曰：“文官用李穡，武臣用李某，予之用人如何？”太祖與文靖交甚厚，請以軒名，文靖以“松軒”命之，而作說以勖之，又著《桓祖碑文》。後文靖流竄於外，子種學、種善俱遠謫，而門人鄭摠、鄭道傳反攻不遺餘力。公作詩曰：“松軒當國我流離，夢裏何曾有此思？二鄭況聞參大議，一家完聚更何時？”首句不矜，而意則甚倨。

《芝峰類說》：牧隱詩曰：“邇來物價皆騰踴，獨我文章不值錢。”又曰：“詩書未必皆君子，卿相由來起匹夫。”蓋傷時之作也。按恭愍時諫官上言“白丁驟拜卿相，皂隸濫處朝班”是矣。

《於于野談》：李穡入中國應舉捷魁科，聲名動中國。到一寺，寺僧禮之曰：“飽聞子東方文章士，爲中國第一科，今何幸見之。”俄而有一人持餅來饋之，僧逐作一句“僧笑少來僧笑少”，使穡對之。僧笑，餅之別名也。穡倉促不得對，謝而退曰：“異日當更來報之。”後遠遊千里外，見主人把瓶而至，問：“何物？”答曰：“客談也。”客談，酒之別名也。穡大喜，遂對曰：“客談多至客談多。”半歲後，歸而說其僧，僧大嘉之曰：“凡得對貴精，晚暮何傷？”得一語之工，而不遠千里來報，此尤奇之奇也。

《晴窗軟談》：牧隱之“[illegible]點君山夕照紅，闊呑吳楚勢無窮。長風吹上黃昏月，銀燭紗籠暗淡中。”氣象闊遠，可吞餘子。

《小華詩評》：李牧隱穡，稼亭之子也。繼其父，登于中朝，名動天下，授翰林知制誥。……其《入覲大明殿》詩曰：“大闢明堂曉色寒，旌旗高拂玉欄杆。雲開寶座聞天語，春滿霞觴奉聖歡。六合一家堯日月，三呼萬歲漢衣冠。不知身世今安在，恐是青冥控紫鸞。”詞極典麗，可謂唐人《早朝》之亞。

《玄湖瑣談》：《麥秀歌》出於欲泣，爲近婦人，而古詩所謂“悲歌可以當泣”者此也。李白詩“平生不下泣，於此泣無窮”，李義山詩“三年已制思鄉淚,更入東風恐不禁”,黃山谷詩“西風壯夫淚,多爲程顥滴”。元人牛繼志即牧隱榜元也。牧隱東還也,牛繼志贈詩曰:“我有丈夫淚,泣之不落三十年。今日離亭畔,爲君一灑春風前,”率相蹈襲,而句法漸下。我朝鄭士龍詩“向來制淚吾差熟,今日當筵自不禁”,亦祖義山者也。

《寧齋詩話》:東方詩道之昌,始自麗朝三李。白雲詩如“竹根迸地龍腰曲,蕉葉當窗鳳尾長”,“湖平孤印當心月,浦闊貪呑入口潮”,極體物屬對之工,而殊非大雅規範,往往有村學堂句語。益齋北游萬卷堂中,與趙、虞諸公游,極一時之選。岳陽之行,崎嶇吳蜀,忠誠懇至溢於辭表。江山之狀,又足以長其氣格。故其詩卓然名家,高處不減唐賢。然猶未能備衆體而兼綜錯矣。至於牧隱,天分既高,人工尤至。入唐出宋,縱橫馳騖,殆近于古之所謂化者。氣魄之雄,聲響之深,東方所未有也。余於斯道,固未足以窺諸賢之藩籬,然乃所願則學牧隱者也。

【按:李穡(1328—1396)字穎叔,號牧隱,謚文靖,籍貫韓山。李穀子。李齊賢門人。其門下權近、卞季良等諸多弟子輩出。奉享韓山文獻書院。《傳》中多處“時論譏之”,“爲世所譏”等,蓋史書厚誣前代之弊,不可坐實視之。牧隱李穡爲高麗詩文大家,與李奎報、李齊賢並稱麗朝三李,與鄭夢周(圃隱)、李崇仁(陶隱。一說吉再號冶隱)並稱麗末三隱,“麗朝詩十二家”之一。著有《牧隱詩稿》三五卷、《牧隱文稿》二〇卷今傳。其詩渾博浩瀚,雄深雅健。《箕雅》收其五絶一首、七絶五首、五律六首、七律九首、五古四首、七古五首。】

鄭夢周　**字達可,號圃隱。襲明之後。理學爲東方之祖。恭讓時門下侍中。麗朝命革,身與國亡。本朝贈領議政。謚文忠,配享文廟。**

《高麗史》卷一一七:鄭夢周,字達可,知奏事襲明之後。母李氏有娠,夢抱蘭盆忽墮,驚寤而生,因名夢蘭。生而秀異,肩上有黑子七,列如北斗。年至九歲,母晝夢黑龍升園中梨樹,驚覺出視,乃夢蘭也,因改夢龍。既冠,改今名。恭愍九年應舉,連魁三場,遂擢第一人。十一年,選補藝文館檢閱。十三年,從我太祖擊三善三介於和州,累遷典農寺丞。時喪制紊馳,士大夫皆百日即吉。夢周于父母喪獨廬墓,哀禮俱盡,命旌表其閭。十六年,以禮曹正郎兼成均博士。時經書至東方者唯朱子《集注》耳,夢周講說發越,超出人意,聞者頗疑。及得胡炳文《四書通》,無不吻合,諸儒尤加嘆服。李穡亟稱之曰:“夢周論理,橫說豎說,無非當理。”推爲東方理學之祖。十七年,轉成均司藝。二十年,改大常少卿,俄遷成均司成。二十一年,以書狀從洪師範如京師賀平蜀,還至海中許山,遭颶風船敗,漂抵巖島。師範溺死,其得免者才什二。夢周濱死乃生，割韂而食者十三日。事聞，帝具舟楫取還，厚加恩恤遣還。辛禑元年，拜右司議大夫，移成均大司成。初，皇明肇興，夢周力請於朝，首先歸附。至是恭愍被弑，金義殺使，國人恟恟，不敢通使朝廷。夢周又陳大義，以謂："邇來變故，當早詳奏使上國，釋然無惑，豈可先自疑貳，構禍生靈？"於是始遣使告哀，且辨釋金義事。時北元遣使賜詔，權臣李仁任、池奫欲復事元，議迎其使。夢周與文臣數十人上書曰："……"池、李深忌之，貶流彥陽。二年，許任便居住。時倭寇充斥濱海，州郡蕭然一空，國家患之。嘗遣羅興儒使霸家臺，說和親。其主將拘囚興儒，幾餓死，僅得生還。三年，權臣嗛前事，舉夢周報聘於霸家臺，請禁賊。人皆危之，夢周略無難色。及至，極陳古今交鄰利害，主將敬服，館待甚厚。倭僧有求詩者，援筆立就，緇徒坌集，日擔肩輿，請觀奇勝。及歸，與九州節度使所遣周孟仁偕來，且刷還俘尹明、安遇世等數百人，且禁三島侵略。倭人久稱慕不已，後聞夢周卒，莫不嗟惋，至有齋僧薦福者。夢周憫倭賊奴我良家子弟，乃謀贖歸，力勸諸相各出私貲若干，且爲書授尹明以遣，賊魁見書辭懇惻，還俘百餘人。自是每明之往，必得俘歸。四年，拜右散騎常侍，歷典工禮儀、典法版圖判書。六年，從我太祖擊倭雲峰，還，拜密直提學。明年，簽書司事。十年，拜政堂文學。本國與朝廷多釁，帝怒，將加兵於我。增定歲貢，乃以五歲貢不如約，杖流使臣洪尚載、金寶生、李子庸等於遠地。至是當遣使賀聖節，人皆憚行規避。最後乃擬遣密直副使陳平仲，平仲以臧獲數十口賂林堅味，遂辭疾，堅味即舉夢周。禑召面諭曰："邇來我國見責朝廷，皆大臣過也。卿博通古今，且悉予意。今平仲疾，不能行，乃代以卿。卿意何如？"對曰："君父之命，水火尚不避，況朝天乎？然我國去南京凡八千里，除候風渤海，實九十日程。今去聖節才六旬，脫候風旬浹，則餘日僅五十，此臣恨也。"禑曰："何日就道？"對曰："安敢留宿？"遂行，晨夜倍道。及節日進表，帝覽表盡日，曰："爾國陪臣必相托故不肯來，日迫乃遣爾也。爾得非往者以賀平蜀來者乎？"夢周悉陳其時船敗狀。帝曰："然則應解華語。"特賜慰撫，敕禮部優禮以送，遂放還尚載等。十一年，同知貢舉。取士故事，每試一場，輒考較出榜，初場不合格者，不得入中場，終場亦如之。懿妃弟盧龜山童騃無學，中場不入格。禑大怒，欲罷試。李成林、廉興邦等詣龜山父英壽第，請使龜山赴終場。英壽辭以不可獨入。於是並試不合格者十數人，竟取龜山。德昌府行首文允慶，本宦官李匡從者，竊書其友策。夢周黜之，知貢舉廉國寶乃取之。崔瑩戲語人曰："前月監試學士尹就棄寒士，取昏童，致天大雹，盡殺我麻。今東堂學士復致何等天變耶？"十二年如京師，請冠服，又請蠲免歲貢。夢周奏對詳明，得除五年貢未納者及增定歲貢常數。及還，禑喜甚，賜衣帶鞍馬,拜門下評理。明年請解職,封永原君。與河崙、廉廷秀、姜淮伯、李崇仁建議革胡服,襲華制。十四年,拜三司左使。辛昌元年,改爲藝文館大提學。從我太祖定策立恭讓,拜門下贊成事,同判都評議使司事、戶曹尚瑞司事、進賢館大提學,知經筵春秋館事,兼成均大司成,領書雲觀事,封益陽郡忠義君,賜純忠論道佐命功臣號,教曰:“……”夢周進言曰:“儒者之道皆日用平常之事,飲食男女人所同也,至理存焉,堯舜之道亦不外此。動静語默之得其正,即是堯舜之道,初非甚高難行。彼佛氏之教,辭親戚絕男女,獨坐巖穴,草衣木食,觀空寂滅爲崇,豈是平常之道?”時王欲迎僧粲英爲師,故夢周講及此。然王方惑佛,不納。彝初獄起,臺諫論其黨甚力。夢周請因封崇四代,大赦,臺諫猶論執不已。王下都堂議,夢周以爲罪狀不白,今又經赦,不宜復論。刑曹劾夢周右彝初党,夢周再上箋辭,皆不允,召夢周宴慰之。尋拜壁上三韓三重大匡、守門下侍中,判都評議使司、兵曹尚瑞寺事,領景靈殿事,右文館大提學,兼春秋館事、經筵事,益陽郡忠義伯。三年,王謂經筵官曰:“今人知中國故事而不知本朝之事,可乎?”夢周對曰:“近代史皆未修先代實錄,亦不詳悉。請置編修官,依《通鑑綱目》修撰,以備省覽。”王納之,即命李穡、李崇仁等修《實錄》,不果行。成均博士金貂上書毀佛,王怒,欲抵以死罪。兵曹左郎鄭擢上疏曰:“……”代言等畏王怒,不敢啓。夢周與同列上疏曰:“……”王從之,貂等得免。又疏曰:“……”從之。於是省憲刑曹論五罪曰:“……”王御正殿,召夢周及判三司事裴克廉、兼大司憲金湊、門下評理柳曼殊、左常侍許應、右常侍全五倫、諫議朴子文全伯英、獻納權軫、正言柳沂、金汝知、掌令崔咸金畝、持平李元緝、李作、刑曹判書具成祐、摠郎成溥、正郎何係宗、佐郎朴猗等議定五罪。王曰:“自寡人即位以來,臺諫每以五罪交章上疏。然罪狀不白,難可罪之。不唯予之軫念,臺諫因此或落職,或左遷,紛紛不已。即今宜以明辨,其有罪者不可以私赦,被誣者亦不可不赦。卿等勿面從,退有後言。”乃問立昌迎禑之事,欲寬李穡曰:“戊辰年,諸將回軍,議立王氏,問計於穡。而曹敏修以辛昌外戚爲時大將,穡實怯懦,故曰:‘父廢子立,有國之常。’乃立昌襲位,罪可恕也。”夢周對曰:“然。但穡無節操耳,何有罪乎?”湊駁曰:“當殿下龍潛之日,僞辛稱玄陵之後,穡知其非王氏而倡立子昌,曰‘父廢子立’,是成辛氏爲君也。成辛氏爲君,則殿下以辛氏之臣而簒辛氏之位矣。穡爲世大儒,就斷國論,貪生忘義,罪可恕乎?當時大將如諸軍事可不恃賴,而固畏敏修乎?”諸郎舍但唯唯,汝知獨希旨曰:“臣亦以謂穡等無罪也。”王又欲原禹玄寶、朴可興。湊又曰:“殿下似有私意。”王勃然色變,曰:“卿以予私耶?”遂釋穡、玄寶等,以無供辭而但有金佇、鄭得厚之言也。王命敏修、安烈籍其家,湧奇、可興依舊付處。仁烈、安德、葳,外方從便。餘皆京外從便。初,安德亦在京外從便中。溱曰:“安德,藍浦之役,專軍覆沒。其還也,必道驪興而謁辛禑,議迎立。謂之罪狀未白,可乎?外方從便其賜亦大矣。”王從之。夢周啓王著令曰:“今後如有論上項人等罪者,以誣告論。”尋賜夢周安社功臣號。四年,夢周取《大明律》至正條格本朝法令,參酌刪定撰新律以進。夢周忌我太祖威德日盛,中外歸心,又知趙浚、南誾、鄭道傳等有推戴之謀,嘗欲乘機圖之。及世子奭朝見而還,太祖出迎黄州,遂畋於海州,墜馬,體甚不平。夢周聞之有喜色,遣人嗾臺諫曰:“李太祖舊諱今墜馬病篤,宜先剪羽翼趙浚等,然後可圖也。”遂劾浚、道傳、誾及素所歸心者五六人,將殺之,以及太祖。太祖還至碧瀾渡,將宿。太宗馳至,告曰:“夢周必陷我家!”太祖不答。又告:“不可留宿於此。”太祖不許,固請,然後力疾,遂以肩輿夜還于邸。夢周憂不濟事,不食已三日。太宗又白曰:“勢已急矣,將若何?”太祖曰:“死生有命,但當順受而已。”太宗與太祖弟和、壻李濟等議於麾下士曰:“李氏之忠於王室,國人所知。今爲夢周所陷,加以惡名,後世誰能辨之?”乃謀去夢周。太祖兄元桂之婿卞仲良泄其謀于夢周,夢周詣太祖邸,欲觀變。太祖待之如初。太宗曰:“時不可失。”及夢周還,乃遣趙英珪等四五人要于路擊殺之,年五十六。太宗入告,太祖震怒,力疾而興,謂太宗曰:“汝等擅殺大臣,國人以我爲不知乎?吾家素以忠孝聞,汝等敢爲不孝乃爾?”太宗對曰:“夢周等將陷我家,豈可坐而待亡?此乃所以爲孝也。宜召麾下士備不虞。”太祖不得已,使黄希碩白王曰:“夢周等党庇罪人,陰誘臺諫,誣陷忠良,今已伏罪。請召浚、誾等與臺諫辨明。”於是鞫臺諫,流之,並流其黨。梟夢周首於市,揭榜曰:“飾虚事,誘臺諫,謀害大臣,擾亂國家。”太祖麾下士又上疏籍其家。夢周天分至高,豪邁絕倫,有忠孝大節。少好學不倦,研窮性理,深有所得。太祖素器重,每分閫,必引與之偕,屢加薦擢,同陞爲相。時國家多故,機務浩繁,夢周處大事、决大疑不動聲色,左酬右答咸適其宜。時俗喪祭專尚桒門法,夢周始令士庶仿《朱子家禮》,立家廟,奉先祀;又以守令雜用衆外吏胥,秩卑人劣,始選用衆官有清望者,嚴其黜陟;又以金谷出納都評議司錄事白牒施行,事多猥濫,始置經歷都事,籍其出納;又内建五部學堂,外設鄉校,以興儒術。其他如立義倉賑窮乏,設水站便漕運,皆其畫也。所著詩文豪放峻潔,有《圃隱集》行於世。本朝贈大匡輔國宗祿大夫,領議政府事,修文殿大提學兼藝文春秋館事,益陽府院君,謚文忠。

《東人詩話》:魏野贈王文正公詩:“西祀東封都了畢,好來相伴赤松遊。”贈寇萊公詩云:“好去上天辭將相,却來平地作神仙。”勸之使退也。當麗季,國勢岌岌,有僧贈圃隱鄭文忠公曰:“江南萬里野花發,何處春風無好山?”圃隱流涕曰:“嗚呼! 其晚也,其晚也。”

金元帥得培蕩平紅寇,功蓋一國。未及凱還,爲賊臣金鏞所害。鄭圃隱祭詩曰:“君是儒生合討文,奈何提劍將三軍。忠魂壯魄今安在? 回首青山空白雲。”能敘盡一時悲悼之懷。古人云“長歌之哀過於痛哭”,信哉!

洪武年間,鄭圃隱入朝,又登多景樓,有詩:“欲展胸中氣浩然,須來甘露寺樓前。甕城畫角斜陽裏,瓜浦歸帆細雨邊。古鑊尚留梁日月,高臺直壓楚山川。登臨半日逢僧話,忘却東韓路八千。”春亭卞先生嘗曰:“圃老豪邁峻壯橫放傑出氣象,概於是詩見之。”

驪興清心樓古今題詠者多,辛巳日本東征,天使詩云:“江清澈見水中水,樓迥可觀山外山。”世稱美句。以予謏見,“山外山”意好,其曰“水中水”,則前輩無此等語,語頗牽強。牧隱云:“捍水功高馬巖石,浮天勢大龍門山。”語峻壯。《柳巷》云:“山中苦別懶殘子,郡裏來逢元次山。”語典實。日本釋梵齡云:“清磬月高知遠寺,長林雲盡辨遙山。”語清絕。圃隱鄭文忠公一絕云:“煙雨空濛滿一江,樓中宿客夜開窗。明朝上馬衝泥去,回首滄波白鳥雙。”河東鄭相國常云:“諸詩固好,終不若此詩閑遠有味。”

《筆苑雜記》:圃隱鄭文忠公平生有志節,人無間言。或戲曰:“人言子有三失。知之乎?”文忠曰:“試言之。”或曰:“人言子於朋友燕飲,先入後罷,飲酒太遲。”文忠曰:“誠有之。少在鄉曲,得一盆濁醪,思欲與親戚朋友一懽。今既富貴,座上客常滿,樽中酒不空。吾豈悻悻然哉。”或曰:“人言子於色不得淡然。”文忠笑曰:“好色人之常情。孔子亦曰‘如好好色’,則孔子非不知好色也。”或曰:“人言子於唐物貿易,不得無心。”文忠變色曰:“老夫家貧,子女實繁。婚姻之禮,例用唐物。吾不能免俗耳。況貿遷有無,聖人之遺制。吾何嫌乎哉?”或曰:“前言戲耳。”

《謏聞瑣錄》:圃隱《明遠樓》詩:“南畝黃雲知歲熟,西山爽氣覺朝來。風流太守二千石,邂逅故人三百杯。”殊無窘態,不似押和韻。

《惺叟詩話》:鄭圃隱非徒理學節義冠于一時,其文章豪放傑出。在北關作詩曰:“定州重九登高處,依舊黃花照眼明。浦漵南連宣德鎮,峰巒北倚女真城。百年戰國興亡事,萬里征夫慷慨情。酒罷元戎扶上馬,淺山斜日照紅旌。”音節跌宕,有盛唐風格。又曰:“風流太守二千石,邂逅故人三百杯。”又曰:“客子未歸逢燕子,杏花才落又桃花。”“梅窓春色早,板屋雨聲多。”皆翩翩豪舉,類其人焉。

圃隱詩:“江南女兒花插頭,笑呼伴侶遊芳洲。蕩槳歸來日欲暮,元央雙飛無限愁。”風流豪宕,輝映千古,而詩亦酷似樂府。

《芝峰類說》:鄭圃隱使日本詩曰:“斑衣想自秦童化,染齒曾將越俗通。”“行人脱履邀尊長，志士磨刀報世讎。”“梅窓春色早，板屋雨聲多。”皆記實也。

鄭圃隱《征婦詞》曰：“一别年多消息稀，塞垣存沒有誰知。今朝始寄寒衣去，泣送歸時在腹兒。”此詞結句佳而起句甚劣，决非唐調。

《小華詩評》：鄭圃隱夢周嘗使日本，留詩甚多，五律一首曰：“平生南與北，心事轉蹉跎。故國海西岸，孤舟天一涯。梅窓春色早，板屋雨聲多。獨坐消長日，那堪苦憶家。”頃歲，倭僧能詩者語我國使臣曰“圃隱‘梅窓春色早，板屋雨聲多’之句，爲日本絶唱”云。

圃隱奉使南京，有詩曰：“江南形勝地，千古石頭城。緑樹環金闕，青山繞玉京。一人中建極，萬國此朝廷。余亦乘槎至，宛如天上行。”非徒理學爲東方之祖，其文章亦唐詩中高品。

《東國詩話彙成》：太宗大王設宴，而請先生作歌侑酒曰：“此亦何如？彼亦何如？城隍堂後垣頹落亦何如？我輩若此爲不死亦何如？”先生遂作歌《送酒歌》曰：“此身死了死了，一百番更死了。白骨爲塵土，魂魄有也無。向主一片丹心，寧有改理也歟！”太宗知其不變，遂議除之。

先生一日問病于太宗邸，仍察氣色。歸路過酒徒家，主人出外，階花盛開，遂徑入呼酒，舞於花間曰：“今日風色甚惡甚惡。”連嚼數大碗而出，其家人怪之。俄聞“鄭侍中遇害矣”。

先生之自太宗邸歸也，有櫜鞬武夫冲其前導而過，變色，顧謂隨行録事曰：“汝可落後。”答曰：“小人從大監，何可他往乎？”再三呵止，不從。及先生遇害，抱持同死。當時倉卒無人記其姓名，不傳於後世。沈光世所纂《海東樂府》有詩記其事，詩曰：“今日風色雖甚惡，階上含杯舞亦樂。全裝武夫衝馬過，愼若詰問知能那？五百年綱常，一身都自任。白骨委塵土，未改向主心。相公一死分内事，彼録事，誰氏子？生從相公生，死從相公死。君不見聖朝開國策勳臣，盡是麗時食禄人。”成俔《慵齋叢話》云：“一日梅軒權遇往謁先生，適又出出吊，隨而出洞，有武士數人帶弓箭横過馬前者，呵卒辟除，武士不避之，公顧謂梅軒曰：‘君速去，勿隨吾行。’梅軒猶隨之，公色怒曰：‘何不聽余言？’梅軒不得已，辭歸。俄有人來，言鄭侍中遇害也。”

圃隱祠堂在永川，孫公舜孝爲方伯時嘗過郡境，馬上醉睡昏昏，夢見一老翁鬢髮皤如，衣冠偉然，自言圃隱，且言所居頹廢，風雨不庇。公驚異之，詢故老，得其故址，勖郡人營之。堂成，備物躬奠以落之，自傾大巵，醉書堂壁曰：“文丞相，忠義伯，兩先生肝膽相照。忘一身，立人紀，千萬世景仰無已。爲利所在，古今奔走。清霜白雪，松柏蒼蒼，構屋一間，將以蔽風雨。公靈安乎，我心安兮。”

【按：鄭夢周（1337—1392）原名夢蘭、夢龍，字達可，號圃隱，謚文忠。籍貫延日。麗末三隱之一，後稱東方理學之祖，追贈領議政，從祀文廟，奉享開城松陽書院等十三處書院。著有《圃隱集》今傳。“麗朝詩十二家”之一。

其詩豪放雄邁，氣骨峻壯。《箕雅》收其五絶一首、七絶六首、五律三首、七律八首、五排一首、五古一首、七古一首。】

柳　淑　　**字純夫，號思菴。贊成事。爲辛旽所殺。旽誅，雪冤。謚文僖。**

《高麗史》卷一一二：柳淑，字純夫，瑞州人。忠惠後元年登第，調安東司錄。恭愍以王弟入侍元朝，淑從之。居四年，忠穆即位，恭愍僚佐多不守節，淑獨不變。選補春秋修撰，轉三司都事，棄官如元。忠穆薨，耆老百官上書中書省，請立恭愍。命將下，淑聞母病，即日請歸。或止之，淑曰："忠臣孝子，名異實同，本末則有序。况事君日長，事親日短，萬一不諱，悔之何益？"遂東歸，母見淑喜，病即愈。尋又如元，恭愍即位還國，至遼陽拜淑爲左副代言，陞右代言、左司議大夫，參典機務。然非有召，未嘗詣內。爲趙日新所構，罷，屏居田莊。王錄燕邸侍從功，爲一等。日新誅，淑方居母憂，起復爲代言，尋判典校。王事皆咨訪，淑不欲昵近，屢辭以疾。一日，使宦者再召不至，王怒，下巡軍。歷版圖典理判書、樞密院直學士，累陞知院事。錄誅奇轍功，賜安社功臣鐵券。淑謂諸功臣曰："功券即罪案也，願相勉保終始。"又曰："君子不党，吾决不黨於人。願諸公同心奉王室，無私黨。"紅賊入黄州，勢甚逼。淑曰："國所恃者，城池與糧餉也。今城未完，倉無儲，將何以守？"遂决策南幸，進樞密院使、翰林學士、承旨，同修國史。賊平，論賞將士，判事金貴抗言於淑曰："黄裳、金琳冒受高官，貴獨何人？功大賞微。"淑怡然曰："公不要忙。"因以俚語慰之曰："安知先之羡，不爲後之羡也？"安祐等殺總兵鄭世雲曰："今既殺總兵官矣。柳淑居中，每出奇謀，可畏也。盍去之？"淑知之，告于王曰："衆怒難犯，今諸將忌臣者，徒以在殿下左右耳。殿下如逐臣，則臣一布衣耳，誰復置齒牙間耶？"於是出爲東京留守。未幾，召知都僉議，賜忠勤節義贊化功臣號，遷評理。王以手教賜嬖人公州倉米，按廉李之泰曰："王命必由兩府而下，且兵糧不可虚以與人。"不奉命。其人訴于王，王怒，罪且不測，淑固執不可。王怒甚曰："事皆由卿等耶？"目淑曰："出。"淑趨出，王復召之。淑具以之泰語白王，且曰："殿下怒不已，臣恐後世以爲口實。"王怒解，置不問。他日，淑謝曰："臣受恩既久，而無纖芥之效，反以口舌妄觸天威，罪在不赦。"上賜黄金以慰之，且曰："賞卿之言也。"淑以盛滿乞骸骨，封瑞寧君。興王之變，王避於密室，聞賊相語曰："何故來遲？"曰："殺洪彦博、柳淑，故遲。"既而諸將率兵入討，淑隨之入。王曰："謂卿已死，不復再見。及見卿面，疑其思成。聞卿之語，疑始釋矣。"乃拜政堂文學兼監察大夫，策功爲一等，又策辛丑扈從功，亦爲一等，進拜僉議贊成事、商議會議都監事、藝文館大提學、知春秋館事。忤辛旽，罷，復封瑞寧君。淑見王多猜忌,功臣少有全者,屢乞退。王不許。淑告病不朝,不通賓客者數月。初,旽出入禁闥,淑稍抑之。及進用,作危福,中傷大臣,氣焰可畏。每召淑,淑不往,旽深銜之,且惡淑忠直,讒毁百端。王稍信之,召淑,執手歎曰:"予倚卿,永作股肱,何其衰耗乃爾? 卿其言志無隱,唯卿所欲。"淑乞退田里,許之。將相大臣、門生故吏咸餞于郊,車騎塞路,觀者咨嗟。淑賦詩,其末聯云:"不是忠衰誠意薄,大名之下久居難。"人皆嘉其明哲。淑既去,旽勢日熾,無所忌憚。後王猶不忘淑,稱之不已。旽恐淑復用,必欲加害,陰求淑罪。有人爲旽誦淑詩,旽譖于王曰:"淑之乞退有深意,上知之乎?"曰:"何意耶?"旽曰:"淑以勾踐比上,范蠡自比,故其乞退甚懇。范蠡爲勾踐將伐吴,勝之,取吴王妃西施,載船而去,曰:'鳥嘴魚腮,食人之相;大名之下,難以久居。'淑以上比勾踐,罪莫大焉。"王曰:"何以聞之?"旽曰:"淑將行賦詩,其一聯云云,此其驗也。今淑在瑞州,近海,若效范蠡乘舟而去,則必向燕都,謀立德興。不如早除,以絶後患。"王問諸左右曰:"淑去時作詩否?"有舉末聯以對者,王愈疑之。旽欲殺淑,王重違旽意,乃命杖之,除名籍没,旽遂縊殺於靈光。淑之屏居也,聞國事異於平日,未嘗不涕泗交下。及禍作,家人以淑平日之言送龍腦,又謂不如走,乃送良馬。淑曰:"君、父,天也,可逃乎? 且死生有命,固當順受,亡將何之?"就死,顔色如平時,人皆爲之流涕。子實與厚亦皆流竄,家人收骨藁葬。及旽誅,王始知其然,悼甚,有旨雪其冤,謚文僖,召還實、厚,又命以禮葬之。辛禑二年,配享恭愍廟庭。

《東人詩話》:思菴忤逆辛旽乞退,有句云:"不是忠衰誠意薄,大名之下久居難。"讒者伺旽意構曰:"'盛名久居'本范蠡辭越王語也。淑以范自比,勾踐比王。且瑞州近海,必效范蠡所爲。不如早除。"愬於旽。旽白王害之。本朝孟文貞公思誠、朴貞肅公安信同爲臺官,坐言事當誅。文貞面有墨色,蒼黄罔措;貞肅顔色自若,口吟一絶云:"數當千載應河清,自謂君王至聖明。爾職不供甘受死,恐君得殺諫臣名。"以磁尖畫地成字,瞋目語獄吏曰:"當以詩上聞,不則我爲厲鬼,爾屬無噍類矣。"太宗聞而霽威,赦之。古人云:"詩能窮人,亦能達人。"予則曰;"詩能殺人,亦能活人也。"

《秋江冷話》:柳思菴淑《碧瀾渡》詩曰:"久負江湖約,紅塵二十年。白鷗如欲笑,故故近樓前。"思菴竟未免紅塵之厄,其忠清大節,終不見白於大名之下,爲賊旽所誣陷,黯黯就戮,哀哉! 余年三十六,過碧瀾渡步韻曰:"未識青雲路,江湖四十年。思菴終賊手,余在白鷗前。"乃翻思菴案也。

《遣閑雜録》:徐居正所撰《東人詩話》,前朝恭愍王時政丞柳思菴淑《送友人歸田》詩曰:"人間膏火自相煎,明哲如公史可傳。已向危時安社稷,更從平地作神仙。五湖夢斷煙波綠,三徑秋深野菊鮮。顧我未能投紱去,邇來雙鬢雪飄然。"辛旽以"明哲"、"五湖"等語譖于王而殺之。金宗直所撰《青丘風雅》亦選此詩,以爲李仁復送柳淑之作,末端注曰:"末句初曰'西風塵土意茫然',恐辛旽見之,改曰:'邇來雙鬢雪飄然'。"徐與金皆文章博覽之人,時之先後,亦不相遠,而記載如此之異,何其怪也?旽以詩譖王,則詩爲柳作,明矣。

【按:柳淑(1316—1368)字純夫,號思菴,謚文僖。籍貫瑞山。文科及第。《東文選》卷七載其七古一首,卷一〇載其五律一首,卷一六載其七律六首,卷一九載其五絕一首,卷二一載其七絕七首。其詩含蓄清遠。《箕雅》收其五絕一首、七律一首。】

李　集　**字浩然,號遁村。廣州人。辛旽將陷不測,竊負其父奔永川。旽誅還朝,官至判奉常寺事。**

《新增東國輿地勝覽》卷六:李唐,本州吏,謹飭有賢行,五子俱登科。集,其第三子也。初名元齡。高麗忠穆王時登第,文章志節有名於世。李穡、鄭夢周、李崇仁等相與爲敬友。嘗以抗直忤賊僧辛旽。旽將捕殺之,竊負其父唐晝伏夜行,投于永川崔允道家。旽誅始還,改名曰集,字浩然,號遁村。自是無行世之意,爲奉順天府判典校寺事。未幾,退居驪州川寧縣,躬耕讀書,時以詩篇新粒問遺鄭夢周等,夢周寄書歆歎。恭讓丁卯歲卒。夢周、崇仁等俱作詩哭之,厥後諸賢相繼淪沒,而高麗革命,我朝開運,其事蹟顛末備載諸稿。逮撰史也,任士洪父子甚嫉李克堪兄弟,乃誣以集入我朝仕官,遂致錄於本朝人物下。繼而注《詩林》者亦踵其謬。宣宗朝經筵官洪迪請改,宣宗命待印出之日上之。三年始判教釐正,上令儒臣改撰,革誣載實,出處大節明白無憾矣。

《遁村雜詠·附錄·墓碣文(李休徵)》:吾李籍于廣,而唯我遁村先生寔爲始祖,挺生麗季,以斯道爲己任,文學志節冠冕一世,考諸傳記班班可見。蓋嘗受業於安文敬公輔,其學有淵源,從學者衆,委屬先生爲知道。則陶隱稱知人之明,牧隱誌文敬墓,歷敍其門人,則首許先生"能遯荒野"。當時王室將傾,事變無窮,忠孝兩到,義形于色,動心忍性,曲盡情理,志足以貫金石,氣足以參穹昊,今後數百載下,誠有未易形容盛德者。顧隻字斥言,詎不愈於跡之粗耶?况一代名流無不敬服。有若圃隱先生東方百世師,而以道學推重未有其人,獨於吾先生曰:"恭承孟氏訓,勿助與勿忘。千載同此心,鳶魚妙洋洋。"則先生涵養功程,處窮力量益可驗矣。先生考諱唐,本以州吏登司馬試,有賢行,五子俱登第。先生於次爲第二,初名元齡,生於元泰定丁卯。至正七年高麗忠穆王三年登第,官至奉順大夫判典校寺事。皇明洪武二十年丁卯卒,享年六十一。當恭愍戊申,忤賊吨,禍將至。負嚴親逃難,踰嶺而南,竄伏永川郡同年崔元道家。親歿,葬郡南蘿峴。吨誅乃出,改名集,字浩然,號遁村。其義則俱載於牧隱所著《字說》及《遁村記》。先生沒六年壬申,本朝革命,子孫爲卿爲相相望,追加先生議政府左贊成。……先生道德既積而發,出處大節綽然有裕,風聲所樹彌遠彌彰。乃若踐履造詣,牧、圃諸賢反覆詳說,更無底蘊。去就行藏當於《麗史》傳信,譜系地望當於《輿地覽》考實。文章詩詠,自有卷軸在,昭如日星,百世以俟。

《遁村雜詠·附錄·李恒所錄》:世傳我遁村先生嘗住松京之龍首山下,初字成老,號墨巖齋,又號南川。與吨客蔡判書者同里。先生嘗憤吨賊,對衆大言論其罪狀。蔡遂密囑吨將加害。時進士公已耄老,先生乃乘夜竊負踰嶺而南,投永川崔司諫家。是日崔公適有小酌,鄉里咸集。先生徑就崔家廊舍乍憩,崔公聞知之,便佯驚且怒曰:"是將載禍相餉。"遂自起歐遣之,仍燒其舍。先生被逐而行纔五里,就一林少休。自語於口曰:"崔友是余知心。今以窮來,必不相拒。而此舉亦所以爲我地耳。"遂遲留到夜。夜將深,崔公携杖來過而至其林,便呼曰:"李友其在此否?"先生出應之。崔公遂扶携歸家,使之晝住於樓上,夜宿於閨中。吨行關永川,譏捕甚急,鄉黨爲之呈文,陳其當初逐送之由,事遂得解。崔公養進士公如其父,進士公安之如家。未幾歿,崔公遂具殯殮,衰戚如親喪云。

《東人詩話》:自古窮人之語皆枯寒瘦淡。林西河詩:"恒饑窮子美,非病老維摩。"盧先輩永綏詩:"老妻容寂寞,稚子淚飄零。衰鬢千年鶴,殘生十月螢。"李遁村集詩"借書勤夜讀,乞米續新炊","瘦馬鳴西日,羸童背朔風","江海無家客,山村有髮僧",柳泰齋方善詩"腹中粗飯何曾飽,身上單衣苦不溫"等句,可見憔悴困踣氣象。

《謏聞瑣錄》:先生生麗季,嘗以抗直忤賊吨,竄身嶺表者四載,及還未幾而歿,歿未幾易代,其間變故不一而足。平生所著非不多也,遺失殆盡,只餘詩稿若干,亦出於人之記誦。而奧意緒論,不能尋摭其一二,不幸甚矣。然其詩冲澹淵灝,出於性情,迢然於物欲之外。非有學力之積,實得之妙,其發於言者能如是乎?

《慵齋叢話》:遁村先生以文學著名於世,所交皆一時英俊,嘗誹謗世事,語觸辛吨,吨欲陰中之,先生奉父逃竄,聞同年崔元道居永川,遂往投焉。元道供接甚厚,三年不許出,適先生之父死,元道備殯殮諸事,一如其親,令葬於其母殯側,作詩贈之曰:"慷慨傷時淚滿襟,流離孝懇達幽陰。漢山迢遞雲煙阻,羅峴盤回草樹深。天占後先雙馬鬣,誰知君我兩人心?願言世事常如此,須使交情利斷金。”至今人皆稱其信義,羅峴即葬母之處。

《海東雜錄》:初名元齡。恭愍王朝登第。性剛直,容貌充充,無饑餓色。見忤于辛旽,旽欲害之,負父南走。旽誅,還京謂諸友曰:“怳若既夢而覺,既死而蘇。實吾身之再初也。身者,名所寄也。今再初矣,名獨可仍舊乎?”遂改名曰集。

《紫海筆談》:高麗遁村李集仕恭愍朝,忤賊旽,竊負其父而逃,投于永川同年崔元道家。旽誅,始還仕爲判典校事,未幾退居驪州卒。《輿地勝覽》誤載於本朝之下,曰“仕本朝云云”。而注《詩林》者亦踵其謬。宣廟朝,經筵官洪廸請改之。命待印出之日。今三年改刊輿地志,公八代孫李漢陰德馨時爲領相,上書乞遵遺教釐正。上從之,命儒臣改撰。付錄於其名下曰“辨誤”。而集以恭讓丁卯歲卒,鄭夢周、李崇仁等俱作詩哭之。丁卯歲乃辛禑十三年也,越二年己巳恭讓始立。改撰之抵牾不合,無異於前。所謂儒臣不過當時玉堂之臣,聞淺見謏,無怪乎有此誤。而漢陰以詞林領袖,爲祖先雪誣,固當詳愼。亦有此失,信乎撰述難也。

《東國詩話彙成》:牧隱寄書于先生曰“世間新事,歲異而月不同”云云,此必有所指,非徒與他人道者。故先生以詩答之曰:“病客唯知守一丘,世間榮辱等雲浮。晚來江海風波惡,何處深灣繫釣舟。”以此推之,壬申之事已自嘿察。深憂淪喪罔補之志,的然可知云云。

《東詩叢話》:李集《漢陽道中》詩:“病餘身已老,客裏歲將窮。瘦馬鳴斜日,羸童背朔風。臨津冰合渡,華岳雪連空。回首松山下,君門縹緲中。”海翁曰:“五言長城未必另肚。”

【按:李集(1327—1387)初名元齡,字成老,號墨巖齋、南川。後改名集,字浩然,號遁村。籍貫廣州。奉享廣州龜巘書院。著有《遁村雜詠》今傳。其詩冲澹淵灝,出於性情,而有寒苦之語。《箕雅》收其七絕二首、五律一首。】

李崇仁　　字子安,號陶隱,京山人。官至密直副事。以鄭夢周黨削職杖流,卒。

《高麗史》卷一一五:李崇仁,字子安,京山府人。恭愍朝登第,授肅雍府丞,累遷長興庫使,兼進德博士。本國選文士應舉,京師崇仁爲首選,以年未二十五不遣,歷禮儀散郎、藝文應教、門下舍人。辛禑時,除典理摠郎。與金九容、鄭道傳等請却北元使,坐流削職。尋釋之,起拜成均司成,轉右司議大夫。與同僚上書曰:“……”尋拜密直提學,與政堂文學鄭夢周纂《實錄》。崇仁、夢周會權門燕飲,不勤編摩,時議譏之。轉同知司事,以李仁任姻族杖流通州。召還簽書密直司事，與李穡、金士安如京師賀正，還拜藝文館提學。辛昌時，與朴天祥、河崙等辨永興君環真僞，坐誣，憲司請置極刑。崇仁逃，獄卒反接崇仁子次若索之，鞭背流血。過梨峴，適遇我太祖，獄卒匿次若路傍家。次若大呼曰："願令公活我！"太祖驚，問之，謂獄卒曰："豈可責子索父耶？"即令釋之，令從者　人歸次若於家，乃與侍中李琳白昌曰："即位之初，宜布寬仁，請宥天祥等。且崇仁侍講書筵，啓沃有日，乞令供職。"於是流天祥等於遠地，崇仁乃出赴書筵。憲司劾之。崇仁辭，不允。諫官具成佑、吳思忠、南在、沈仁鳳、李堂等上疏劾崇仁曰："……"昌下其疏于憲司，令究問。是夜，憲司使臺卒守崇仁家。崇仁穴牆逃，獲之。上疏劾流京山府。又劾前秘書監朴敦之嘗蒸妻母，今又從李穡入朝親自買賣，並流遠州。敦之即啓陽也，與崇仁素善，故及。簽書密直司事權近上疏，論救崇仁曰："……"大司憲趙浚時起復，故以"父母俱歿，三年內踐華要，坐府司"等語爲己發也，深銜之。崇仁雖有才，然行己則所失固多，近之論救亦不可謂至公。近嘗言穡之入朝也，士安傔從。商人白巨麻多齎金銀以行，崇仁令減其數。巨麻恨之，構虛事。昌下近書於都評議使司，令議使司移門下府。門下府牒憲府問崇仁伴行通事宋希正，希正云："崇仁齎白金、苧麻布入市，買彩段十六匹，絹二十餘匹，木綿五匹，色絲五六斤。"又鞫私隸白仁者，亦如希正言。諫官上疏論近曰："……"復上疏曰："……"昌命勿鞫，奪告身，流牛峰縣。起居舍人孟思誠以嘗受業於近，不署名於疏。恭讓時，諫官論崇仁與河崙前爲仁任腹心，後徇穡姦計，以督辛昌朝，見而欲立辛禑，以絕王氏之血食，徙流他郡。彝初獄起，逮繫清州，以水災免。未幾，許從便召還，給告身，除知密直司事，同知春秋館事。又以鄭夢周黨削職遠流，尋卒。崇仁天資英鋭，文辭典雅。穡每歎賞曰："此子文章求之中國，世不多得。"高皇帝嘗覽崇仁所撰表，嘉之曰："表辭誠切。"中原士大夫觀其著述，亦莫不嘆服。有《陶隱集》行於世。

《朝鮮太祖實錄》卷一：元年八月壬申，孫興宗、黃居正、金輅等還朝，慶尚道流人李種學、崔乙義，全羅道流人禹洪壽、李崇仁、金震陽、禹洪命，楊廣道流人李擴，江原道流人禹洪得等八人死。上聞之怒，曰："杖一百已下者皆死，何故也？"崇仁，星州人，字子安，號陶隱，星山君元具之子。前朝至正庚子，年十四，中成均試。壬寅中禮闈試，丙科第二人。拜藝文修撰，累遷至典理佐郎。洪武辛亥，朝廷命遣貢士。文忠公李仁復、文靖公李穡掌鄉試，擢崇仁爲第一。恭愍惜之，不遣。尋授成均直講、藝文應教，以至典理摠郎。時金承得構朴尚衷等于池齋，俱貶於外，崇仁亦貶大丘縣。戊午，以成均司成召還。辛酉喪母，壬戌起復左右衛上護軍，掌成均試。以父在，且踰期年不辭,然人以此短之。遷至典理判書,陞密直提學。丙寅以賀正使如京。戊辰春,被崔瑩門客鄭承可之讒,貶通州。夏,瑩敗,召還,復知密直司事。冬,左侍中李穡朝京,崇仁爲副行。乙巳秋,有人自日本來,自稱永興君。崇仁以姻親嘗識其爲人甚悉,乃辨其僞,見貶星州。庚午夏以尹彝、李初之獄,逮繫清州,以水災宥,歸忠州。壬申春復知密直,夏貶順天。至是居正至羅州,杖其脊。遂卒於南平,年四十六。子四人:次點、次若、次騫、次參。崇仁聰明絕人,讀書輒成誦,年未冠,詩文已爲時輩所推。博極群書,尤精於性理之學。自直講至判書,皆兼制教。李穡病後,事大文字全出其手。高皇帝稱之曰:"表辭精切。"李穡嘗曰:"吾東方文章,前輩無如子安者。"今我殿下命文忠公權近序其遺稿,印行於世。初與鄭道傳爲友,從遊最久。道傳後附趙浚,知浚惡崇仁,反陰毀之,以致於死。

《陶隱集·序(周倬)》:《三百篇》而降,《詩》變爲《騷》。至李陵、蘇武之輩五言篇什,其音響節簇,又非浮藻排聲韻者可得擬倫也。盛唐杜甫、李白倡爲聲律,尤工五七言古詩,備諸家之製作,體雅頌之遺風,端爲騷人韻士之宗師。噫!《詩》之化者也。高麗前進士李君子安,以明經登上甲,位宰輔。不以富貴介其意,每公暇之餘,卷不釋手,涵泳性情,發爲詩篇。或五七言律詩古詩,或樂府絕句,積若干首。洪武乙丑秋九月,僕奉命使高麗,得與子安接見。邂逅之頃,握手論心,若平生契,第恨相知之晚也。他日,出所作詩見示,讀之令人襟度灑然。其辭皆華而不浮,質而不俚,發奇麗于和平之中,寓優柔於嚴整之外,且忠君愛國隆師親友之意溢於言表。吁!三韓遠邦之地,而子安學問情性如是邪?其振拔斯文,扶植邦本,舍子安其誰歟?《傳》曰:"登高能賦,可以爲大夫。"吾于子安見之矣。雖然,子安豈必以此一時之作,鳴於當代者哉?尚當磅礴《三百篇》賦比興之性情,臻漢魏晉宋諸作者藩籬,熟李白、杜甫之三尺,將使子安所作之詩,上足以歌揚皇明聖德,下足以鳴高麗典章文物之盛,垂百世而無窮也。僕于吾子安,深有望焉。是月二十又九日。賜同進士豫章周倬序。

《三峰集·陶隱文集序》:吾東方雖在海外,世慕華風,文學之儒前後相望。在高句麗曰乙支文德,在新羅曰崔致遠,入本國曰金侍中富軾、李學士奎報其尤者也。近世大儒有若雞林益齋李公,始以古文之學倡焉。韓山稼亭李公、京山樵隱李公從而和之。今牧隱李先生蚤承家庭之訓,北學中原,得師友淵源之正,窮性命道德之說。既東還,延引諸生,其見而興起者,烏川鄭公達可、京山李公子安、晉陽河公大臨、潘陽朴公誠夫、永嘉金公敬之、密陽朴公子虛、永嘉權公可遠、茂松尹公紹宗。雖以予之不肖,獲廁于數君子之列。子安精深明快,度越諸子。其聞先生之說,默識心通,不煩再請。至其所獨得，又超出人意表。博極群書，一覽輒記。所著述詩若文若於篇，本於《詩》之比興，《書》之典謨。其和順之積，英華之發，又皆自禮樂中來，非深於道者能之乎？皇明受命，帝有天下，修德偃武，文軌畢同。其制禮作樂，化成人文，以經緯天地，此其時也。王國事大之文大抵出子安氏，天子嘉之曰："表辭誠切。"今茲受命于王，修歲時之事。渡遼沈，徑齊魯，涉黄河之奔放，入天子之朝。其所得於觀感者爲如何哉？嗚呼！季札適魯觀周樂，尚能知其德之盛。況子安氏此行，適當製作之盛際，將有以發其所觀感者記功述德，爲明《雅頌》，追于尹吉甫無愧矣。子安氏歸也，持以示予，則將題曰《觀光集》云。壬寅科進士中正大夫典校令知制教三峰鄭道傳序。

《陽村集·陶隱集序》：星山陶隱李先生生於高麗之季，天資英邁，學問精博。本之以濂洛性理之説，經史子集百氏之書靡不貫穿。所造既深，所見益高，卓然立乎正大之域。至於浮屠老莊之言，亦莫不研究其是否。敷爲文辭，高古雅潔，卓偉精緻。以至古律併儷，皆臻其妙，森然有法度。韓山牧隱李文靖公每加歎賞曰："此子文章，求之中國，世不多得。自有海東文士以來鮮有其比者也。"嘗再奉使如京師，中原士大夫觀其著述，接其辭氣，莫不嘆服。有若豫章周公倬、吳興張公溥、嘉興高公巽志皆有序跋以稱其美。是豈惟見重于一國，能鳴于一時而已者哉。真所謂掩前光而獨步者矣。高麗有國五百年，休養生息，涵濡作成，人才之多，文獻之美，侔擬中華。然其名世者未有若牧隱之盛，陶隱之雅者焉。始其衰季而其文章乃益振發，是必數百年休養之澤，卒萃於是而終之也歟？及我朝鮮，王業方亨，而先生屏居於野。我太上王受命之後，愛惜其才，將欲徵用，而先生乃卒。嗚呼惜哉！先生嘗典成均之試，今我主上殿下之在潛邸，登其科目。嗣位之後，每臨經筵，悼念甘盤之舊，追加封贈，爵其二子以躋顯仕，又命印其遺稿，期於不朽。其所以尊禮師儒，崇重文獻，而褒獎節義者至矣。斯一舉而數善并焉，宜我殿下拳拳于此也。臣近承命，不敢以辭。姑書此以爲序。永樂四年十月下澣。起復推忠翊戴佐命功臣，崇政大夫、吉昌君，集賢殿大提學、知經筵事兼判內資寺事臣權近奉教序。

《牧隱稿·書陶隱詩稿後》：丁巳仲冬晦前三日，晨興盥櫛，焚香危坐，讀陶隱詩數篇。如珠走盤，如冰出壑而置之玉壺也。黄絹幼婦之辭，吉日癸巳之刻，當並傳而不專美矣。予少也讀詩而不知其味，獨于夫子所取"思無邪"之一語想像髣髴。老之至矣，而不能忘也。陶隱詩語既灑落無一點塵，而其趨惟在於此，足以感人情性之正而歸於無邪矣。予是以喜之甚，題其卷後而歸之。韓山牧隱李穡跋。

《陶隱集·跋(張溥)》：古之君子，和順積中而發爲文章，形於詠歌，皆足以明物理達人情，有關於世教。後代之競葩藻者，自以爲得詩人流麗之家法，於理之精粗，情之邪正，不遑論也。余奉使至高麗國，其提學李公子安示余陶隱齊吟稿一帙，愛其吐辭精確于渾成之中，命意深遠於雅淡之際，往往絶類唐人。視彼之沾丐膏澤、規隨摹仿者，不可同日語矣。若子安之粹姿敏學，壯年掇巍科，躋膴仕，持以詞人聲律，寫其胸中之所藴耳。自此行益顯位益重，功業益以隆，則所以垂不朽者，豈但詞章雲乎哉？子安其勉之。洪武十八年冬十月壬寅，前文華殿大學士吳興張溥跋。

《東人詩話》：唐時高麗使過海有詩云："水鳥浮還没，山雲斷復連。"賈浪仙詐爲梢人，聯下句云："棹穿波底月，船壓水中天。"麗使佳歎。世傳麗使爲崔文昌。余考文昌入唐爲高駢書記，不與浪仙同時。或者以顧學士送文昌詩有"乘船渡海"之語，有此誤耳。洪武年間，李陶隱崇仁奉使金陵，楊州舟中一聯云："落照浮雲外，殘山大野頭。"篙工撫背歎曰："此措大可與言詩。"即援筆足之。如篙工者，又焉知非浪仙輩耶？恨不得傳其詩耳。

梅聖俞、蘇子美齊名一時，二家詩格不同，蘇之筆力豪俊，以超邁横絶爲奇；梅則研精覃思，以深遠閑淡爲高。致各臻所長，雖善論者未易甲乙。然歐陽子隱然以梅爲勝。李陶隱、鄭三峰齊名一時，李清新高古而乏雄渾，鄭豪逸奔放而少鍛煉，互有上下。然牧老每當題評，先李而後鄭。一日，牧隱見陶隱《嗚呼島》詩，極口稱譽。間數日，三峰亦作《嗚呼島》詩，謾牧老曰："偶得此詩于古人詩稿中。"牧隱曰："此真佳作，然君輩亦裕爲之。至如陶隱詩不多得也。"後三峰當國，牧隱屢遭顛躓，僅免其死，陶隱終蹈其禍。論者以爲未必非《嗚呼島》詩爲之祟也。

宋王沂公曾微時以所業贄呂文穆公，有《早梅》詩："雪中未知和羹事，且向百花頭上開。"呂曰："此生次第安排，當作大魁登巖廊。"後果然。金學士黄元作詩好使"夕陽"字，金學士富儀以爲晚登要路之讖。李陶隱《登崧山》詩有"飛上危巔一瞬間"之句，論者以謂有躁進之氣，果不大施。益齋《登鵠嶺》詩"徐行終亦到山頭"，論者以謂從容寬緩，有遠大氣象，果能年逾八秩，輔相五朝，功名富貴始終雙全。詩者，心之發氣之充，古人以謂"讀其詩可以知其人"，信哉！

《謏聞瑣録》：陶隱《感舊》詩："曾共猊師撫稚松，東峰遊了又西峰。如今松樹已過額，怊悵猊師難再逢。"懷舊之意藹然於言外。

《稗官雜記》：日本僧天祐贈陶隱以赤城紫石硯，陶隱謝以二詩，其一曰："海岸神山是赤城，山中寶氣燭天明。上人斫得羊肝石，持贈東韓翰墨生。"其二曰："肌理如脂不假硎，池邊石眼點華星。染毫敢作雕蟲字，擬寫《楞伽》一部經。"

《惺叟詩話》:李陶隱《嗚呼島》詩,牧隱推轂之以爲“可肩盛唐”。由是不與三峰相善,仍致奇禍。頃日朱太史見此作,亦極加嗟賞。其“山北山南細路分,松花含雨落紛紛。道人汲井歸茅舍,一帶青煙染白雲”之作,何減劉隨州耶?

《芝峰類説》:李陶隱崇仁在麗末諸學士中最後進,文譽未著。一日揭古畫障於壁,書一絶其上曰:“山北山南細路分,桃花含雨落紛紛。道人汲水歸茅舍,一帶青煙染白雲。”牧隱見之以爲逼唐,名聲遂盛。

《小華詩評》:李益齋《過漂母墳》詩曰:“婦人猶解識英雄,一見殷勤慰困窮。自棄爪牙資敵國,項王無賴目重瞳。”李陶隱過淮陰,感漂母,有詩曰:“一飯王孫感慨多,不知菹醢竟如何。孤墳千載精靈在,笑殺高皇猛士歌。”蓋嘲項劉不能,皆不及一女之知,諷意俱深。

《東國詩話彙成》:麗季諸王有永興君者,被虜日本甚久,國人莫記其存沒。其後有人自日本來,自謂永興君。國人疑之,崇仁辨真僞,以爲考其年,今當老矣,貌不衰,何也?答曰:“吾服江南藥,能却老耳。”事聞,下禁府覈實,先生坐此南遷。先生作詩用其語以譏之云:“兩鬢年來雪一層,不堪羸疾更侵凌。誰家解畜江南藥?却老吾當學永興。”

浹歲之間,妻亡子沒,身又流落,旅窗獨坐,攬筆書懷云:“賦鵩人將去,傷麟道欲窮。……童烏梓應拱,萊婦室還空。”童烏,漢揚雄子。九歲時助父著《太玄》,早夭。事見漢揚雄《法言·問神》。後因以指早慧而夭折者。宋蘇軾《悼朝雲》詩:“苗而不秀豈其天,不使童烏與我《玄》。”

【按:李崇仁(1349—1392)字子安,號陶隱。籍貫星州。理學詩文出衆。麗末三隱之一。著有《陶隱集》今傳。其詩清新高古,淡雅藴藉,語韻清圓,爲“麗朝詩十二家”之一。《箕雅》收其五絶一首、七絶三首、五律七首、七律三首、五排一首、五古四首、七古三首。】

李存吾　　字順卿,慶州人。恭愍時以正言面劾辛旽,貶長沙監務,憂憤成疾而卒。

《高麗史》卷一一二:李存吾,字順卿,慶州人。姿相端潔,簡重寡言。早孤力學,慷慨有志節。年十餘肄十二徒,賦《江漲詩》云:“人野皆爲沒,高山獨不降。”識者異之。恭愍九年登第,調水原書記,選補史翰。與鄭夢周、朴尚衷、李崇仁、鄭道傳、金九容、金齊顔相友善,講論無虚日,大爲人稱。累授監察糾正,十五年爲正言。辛旽當國,凌僭不法,無敢言者。存吾奮不顧身,將論之,袖疏稿赴省示同列曰:“妖物誤國,不可不去!”諸郎畏縮,無敢應者。左司議大夫鄭樞,存吾姻親也,謂曰:“兄不當如是?”樞從之。遂上疏曰:“臣等伏值三月十八日於殿内設文殊會,領都僉議辛旽不坐宰臣之列,敢與殿下並坐,間不數尺。國人驚駭,罔不洶洶。夫禮所以辨上下、定民志,苟無禮焉,何以爲君臣?何以爲父子?何以爲國家乎?聖人制禮,嚴上下之分,謀深而慮遠也。竊見旽過蒙上恩,專國政,而有無君之心。當初領都僉議、判監察命下之日,法當朝服進謝,而半月不出,及進闕庭,膝不少屈。常騎馬出入紅門,與殿下並據胡床。在其家,宰相拜庭下,皆坐待之。雖崔沆、金仁俊、林衍之所爲,亦未有如此者也。昔爲沙門,當置之度外,不必責其無禮。今爲宰相,名位已定,而敢失禮毁常若此。原究其由,必托以師傅之名。然俞升旦,高王之師;鄭可臣,德陵之傅。臣等未聞彼二人者敢若此也。李資謙,仁王之外祖,仁王謙讓,欲以祖宗之禮相見,畏公論而不敢。君臣之分素定故也。是禮也,自有君臣以來,亘萬古而不易,非旽與殿下之所得私也。旽是何人?敢自尊若此乎?《洪範》曰:‘惟辟作福,惟辟作威,惟辟玉食。臣而有作福、作威、玉食,必害於家、凶于國。人用側頗僻,民用僭忒。’是謂臣而僭上之權,則有位者皆不安其分,小民化之,亦踰越其常也。旽作福作威,又與殿下抗禮,是國有兩君也。凌僭之至,驕慢成習,則有位者不安其分,小民踰越其常,可不畏哉?宋司馬光曰:‘紀綱不立,奸雄生心。’然則禮不可不嚴,習不可不慎。若殿下必敬此人而無災禍,則髡其頭,緇其服,削其官,置之寺院而敬之。用此人而國家平康,則裁抑其權,嚴上下之禮以使之。民志定矣,國難紓矣。且殿下以旽爲賢,自旽用事以來,陰陽失時,冬月而雷,黄霧四塞,彌旬日黑,子夜赤祲,天狗墜地,木冰太甚;清明之後,雨雹寒風,乾文屢變,山禽野獸白日飛走於城中。旽之‘論道燮理功臣’之號,果合於天地祖宗之意乎?臣等職在諫院,惜殿下相非其人,將取笑于四方,見譏于萬世,故不得嘿嘿,庶免不言之責。既已言矣,敬聽所裁。”疏上,命代言權仲和讀之,讀未半,王大怒,遽命焚之,召樞、存吾面責。時旽與王對床,存吾目旽斥之曰:“老僧何得無禮如此?”旽惶駭,不覺下床。王愈怒,下巡軍獄,命贊成事李春富、密直副使金蘭、簽書密直李穡、同知密直金達祥鞫之,乃謂左右曰:“予畏存吾怒目也。”春富等問存吾曰:“爾乳臭童子,何能自知?必有老狐陰嗾者。其無隱。”曰:“國家不以童子無知,置之言官,不敢言以負國家耶?”時年二十五。旽黨必欲殺之,穡謂春富曰:“二人狂妄,固可罪矣。然我太祖以來,五百年間未嘗殺一諫官。今因令公殺諫官,恐惡聲遠播。且小儒之言,于大人何損?不如白令公,勿殺。”春富等然之,得免,貶爲長沙監務。國人稱之曰:“真正言也!”退臥公州之石灘。旽勢亦熾,存吾憂憤成疾。二十年,疾革,令左右扶起,曰:“旽尚熾乎?”左右曰:“然。”還臥曰:“旽亡,吾乃亡!”返席未安而卒,年三十一。歿三月,而旽誅。

王思其忠，贈成均大司成。子來年十歲，王手書“諫臣存吾之子安國”，下政房，授掌軍直長。安國，來少字。存吾性孝友，兄養吾嘗出，爲賊所殺，並其三奴。存吾累月乃得聞，即奔赴收葬，屍已成骸，不可辨。存吾曰：“吾兄異常，手有六指。”驗之，乃得以葬，請於官，盡獲其賊。

《東人詩話》：李正言存吾平生慷慨不群，其《論逆吨》一疏文章氣節直與日月爭光，爲詩亦豪邁絕倫。其《送胡奉使還臺州》詩云：“南省郎官聘我邦，風流瀟灑已心降。主人寵遇彤弓 ，門客知深白璧雙。禹貢山河猶戰伐，箕封風俗自淳厖。秋風不識留君意，直送飛艎到浙江。”又《送李副令使浙江》云：“天地紛爭問幾回，南朝往事不勝哀。君歸應過越王墓，爲我丁寧酹一杯。”讀其詩，其氣象可知。

詩者小技，然或有關於世教，君子宜有所取之。李存吾正言忤逆吨，貶長沙詩：“狂妄真堪棄海邊，聖恩天大賜歸田。草廬隨意生涯足，一片丹心倍昔年。”陳補闕瑾言事落職，將赴沃川詩：“欲知民水載君舟，要盡忠誠誡逸遊。諫院未能陳藥石，長沙見謫不須愁。”無孤臣怨讁之辭，有警戒規箴之意。

《芝峰類說》：李存吾十余歲賦江漲曰：“大野皆爲沒，孤山獨不降。”其志節可想。若使公當革命之際，其立節豈在圃隱下哉！按孤山在驪州，李存吾所住之處。

【按：李存吾（1341—1371）字順卿，號石灘、孤山。籍貫慶州。奉享驪州孤山書院。著有《石灘集》今傳。其詩志節高尚，豪邁絕倫。《箕雅》收其七律一首。】

元松壽　　號梅溪，原州人。官至政堂文學。謚文定。

《高麗史》卷一〇七：松壽登第，補春秋修撰。忠惠王御書筵，安震言：“臣等備員兩府，未可竟日侍講，宜擇端士以備顧問。”遂薦松壽及閔湜判三司。李齊賢等又進言：“玉之有瑕者必待良工雕琢，然後成其寶器。人君豈皆無失？必待良臣啓沃，然後能成其聖德。”因曰：“元松壽，中贊傅之曾孫，宰相善之之子。臣等不參侍講之時，宜令此人常在左右講劘道義。”王從之。忠穆時拜獻納，與獻納郭忠秀、贊成事鄭大起告身未出，而直入政房題品人物，且棄其妻，常在倡家。王怒，下松壽等鞫之。宰相、臺諫詣闕營救不得，竟罷。忠定三年，出爲西海道按廉。恭愍即位東還，松壽迎謁於道，風儀清秀，進退有度。王知其非常人，即擢爲內書舍人兼左副代言，委以機密。日見親信，轉知奏事，參銓注。愼重名器，不少私。王嘗欲授僧職，召之，辭以疾。又以尹澤有翊戴功，命補其孫二人陵壇直。松壽止注一人，他日王問之,對以闕少,未能盡奉旨。澤,松壽座主也。王由是益敬重,見松壽至,必起待之。松壽嘗在妻服,命出視事。松壽奏曰:"承宣非獨臣,且在服視事,無古禮。"王然之。十年,王避紅賊南狩,松壽扈從。監察司以事劾睦仁吉,仁吉與宦官譖于王,欲令臺官分司京城以沮之。松壽力言不可,遂止。賊平,策扈從功爲一等。松壽典機務八年,常懷憂懼,涕泣乞代。王曰:"卿進如卿者可代。"乃舉李岡以代。除簽書密直司事,賜忠勤贊化功臣號。十四年,拜政堂文學。未幾,忤辛旽,罷。明年,旽益用事,憂憤成疾,卒,年四十三。有宰相器,國人惜之。王命有司葬之加等,謚文定。

《東人詩話》:唐僧靈轍詩:"相逢盡道休官去,林下何曾見一人。"足以愧萬古貪功名利祿者之面目。元政堂松壽詩:"少日心期未老閑,宦游容易損朱顔。君恩報了方歸去,吾眼無由見碧山。"雖無激流勇退之相,而能寫盡欲歸未歸之志。曲盡無餘,真警語也。

《立齋遺稿·東史評証》:恭愍王避紅寇南幸,至臨津赤壁,謂元松壽、李穡曰:"風景如此,卿等正宜聯句。"至安東,汎舟映湖樓下,觀者如堵,有返袂興嗟者。按:臨津聯句,映湖流連,是何風致。痛飲頹屋之下,長歌破舡之中,正謂此也。

《東國詩話彙成》:原州人。號梅溪,一云梅軒。……有《正朝賣慵懶》詩:"慵懶由來不直錢,相呼相賣謾爭先。世人誰把千金擲?今歲仍然似去年。"與韓昌黎《送窮文》同意。

【按:元松壽(1323—1366)號梅溪,謚文定。籍貫原州。通曉禮學,善於寫詩。《東文選》卷一〇載其五律一首,卷一七載其七律二首,卷二二載其七絕九首。其詩閒適冲確。《箕雅》收其七絕二首、五律一首、七律一首。】

吉　再　**字再父,號冶隱。海平人。麗末登第。注書。本朝累徵不起,卒於家。忠孝俱全。世宗褒其節義,贈左諫議大夫。**

《朝鮮世宗實錄》卷三:三年四月丙戌。高麗門下注書吉再卒。上命戶曹致賻,米豆五十石,紙百卷,給埋葬丁夫。再,字再夫,號冶隱。或稱金鼇山人,善山府屬縣海平人也。再爲孩,清瘦穎悟。父元進仕於京,再隨母金氏在鄉。及元進守寶城,母赴之。以俸薄,留再外家,時年八歲。一日,獨游南溪,得石鼈,爲之歌曰:"鼈乎鼈乎,汝亦失母乎?吾知其烹汝食之也。汝之失母猶我也,是以放汝也。"因投于水,號泣甚哀。鄰嫗見之感泣,鄉里聞者莫不垂涕。後元進還京,母歸於鄉。元進又娶盧氏,踈其母。母怨之,再語母曰:"婦之於夫,子之於父,雖有不義,不可少有非之之心。人倫之變,古昔聖賢亦有不免。但處之以正，以待天定而已。"母感之，終不出怨言。再年十八，就尚州司錄朴賁受學，貧無騎從。一日，辭於母曰："有父不覲，非人子也。"隨賁赴京，事父至孝。盧氏不慈，再起敬起孝。盧感之，待之如己出。鄰里稱之。遂從李穡、鄭夢周、權近等學焉。入國學，中生員進士試。上王在潛邸，入學讀書。再以同里閈相從講學，情意甚歡。辛禑丙寅登第。當禑攻遼東，再作詩有曰："身雖從衆無奇特，志則夷齊餓首陽。"己巳拜門下注書。庚午春，知國之將危，棄官而歸。就李穡告別，穡贈詩有曰："軒冕儻來非所急，飛鴻一個在冥冥。"再遂還善山舊廬，累辟不起。及聞辛禑凶聞，方喪三年，不食菜果醯醬。奉母惟謹，定省不廢，必具甘旨。居室屢空，亦怡然不以爲意。教授學徒，以孝悌、忠信、禮義、廉恥爲先。上王爲儲副，嘗召之授奉常博士。再上箋自陳曰："忠臣不事二君。臣以草萊，委質僞朝，至受爵命，不宜復仕盛朝，以累名教。"上王嘉其節義，優禮遣之，許復其家。母卒，喪葬祭祀，一遵文公《家禮》，不用浮屠法。妻父申勉嘗有蒼赤十餘口，逃躲有年，約子孫得者，即以與之。再適得之，勉欲如約，再固辭。勉密爲書如約，再後閱文書得之，又固辭。勉怒曰："辭爵祿辭奴婢，不宜處人類也！"再云："子孫，即祖考遺體，安可厚薄？嫡子已沒，存養雖孽生，義當主祀，不可不重。"遂分與太半。聞權近卒，垂泣曰："民生於三，事之如一。"乃行心喪三年。朴賁沒，亦如之。表兄釋雪幢以法孫奴婢與其子師舜。再曰："既云法孫，何傳於族？"命師舜還之。及師舜被召赴京，再啓之曰："君先乎臣，三代以後蓋罕聞也。汝當效我向高麗之心，事汝朝鮮之主。"再每遇忌日，齋蔬悲泣，一如初喪。常語人曰："人之言行，錯於書者，以夜不存心耳。"夜必靜坐，中夜而寢，或擁襟達曉。雞初鳴，具冠帶，謁祠堂及先聖，與子弟講論經書。雖有疾病，手不釋卷。疾革，命喪葬一依文公《家禮》。言訖而卒，年六十七。權近嘗序《贈再詩》曰："有高麗五百年培養教化，以勵士風之效，萃先生之一身而收之；有朝鮮億萬年扶植綱常，以明臣節之本，自先生之一身而基之。其有功於名教也，大矣！"

《慵齋叢話》：吉先生再痛高麗之亡，以門下著書投紱，居金烏山下，誓不仕我朝。我朝亦以禮待之，不奪其志。公聚郡中諸生徒分爲兩等，以閥閱之裔爲上等，以鄉曲賤族爲下等，教以經史，課其勤惰，受業者日以百數。公嘗作《閒居》詩曰："盥手清泉冷，臨身茂樹高。冠童來問字，聊可與逍遙。"又云："臨溪茅屋獨閒居，月白風清興有餘。外客不來山鳥語，移床竹塢臥看書。"

《東閣雜記》：吉冶隱再仕高麗辛禑朝，爲門下注書。及恭讓王立，棄官歸善州，奉養孀親，鄉黨稱其孝。初太宗在潛邸，再同學于成均館。及爲世子，與書筵官論遺逸之士，太宗曰："再，剛直人也。我嘗同學，不見久矣。"

正字田可植,再同貫人也,具言再孝行。太宗下令徵之。再乘傳至京,太宗啓於恭靖,授奉常博士。再不詣闕謝恩,乃上書太宗曰:“再于昔日得于邸下讀詩泮宫。今日之召臣,不忘舊也。然再于辛朝登科筮仕,及王氏復王,即歸於鄉,若將終身。今者記舊徵召,再欲上謁即還,從仕則非再志也。”太宗曰:“子之所言乃綱常不易之道也,義難奪之。然召之者吾也,官之者上也,告辭於上可矣。”再遂上書,略曰:“臣本寒微,仕于辛氏之朝,至門下注書。臣聞女無二夫,臣無二王。乞放歸田里,遂臣不事二姓之志。孝養老母,以終餘年。”恭靖嘉其節義,優禮以遣。命本州復其家。世宗即位,太宗爲上王,教曰:“吉再不事二君,真義士也。聞其有子,宜召用之,以旌其忠。”遂驛召其子師舜,除宗廟副丞。再卒,命賻米豆,且給葬軍。後贈左諫議大夫。權近曰:“我太祖寬仁大度,褒獎節義之美,直與周武之釋夷齊,漢光之遣子陵,異世而同符。斯皆所以崇其義而遂其志,以激百世之高風。以存萬世之大防也。”

《東國詩話彙成》:先生作歌曰:“泉水涓涓可以療饑,河水浼浼可以濯纓。攜其一二同志,或以綠蟻嘉肴,策藜杖而趨花時。慵則晝眠,樂則吟哦。簷雨浪浪,或高枕而成夢;山雪飄飄,或烹茶而自酌。”退居教授生徒,一家和之。婢僕舂粟亦以詩章相杵,如後漢鄭玄家婢皆讀書,有婢不稱旨,使人曳泥中。一婢問曰:“胡爲乎泥中?”曰:“逢彼之怒。”佔畢齋有詩云:“烏山鳳水愻徜徉,冶隱清風說更長。爨婢亦能詩相杵,至今人比鄭公鄉。”

權梅軒作畫像贊曰:“人固有道,挺生者稀。惟我吉公,其殆庶幾。珪組之榮,斧鉞之威。視如浮雲,高蹈而歸。桑梓十畝,茅屋柴扉。圖書一室,巍冠褒衣。噫!周德之如天兮,不問西山之採薇;暨漢祖之中興兮,亦放羊裘於釣磯。迄今餘千歲,方信此心此理之無違。”

【按:吉再(1353—1419)字再父,號冶隱、金烏山人,謚忠節。籍貫海平。麗末三隱之一。師從李穡、鄭夢舟、權近精研理學,傳于金淑滋、金宗直、金宏弼、趙光祖等人。奉享錦山星谷書院、善山金烏書院、仁同吳山書院。著有《冶隱集》今傳。其詩優游清遠。《箕雅》收其七絶一首。】

本朝

鄭道傳　　字宗之,號三峰。奉化人。恭愍時登第。贊我太祖創業,封奉化伯,官至判三軍府事。後與芳碩之亂,被誅。

《高麗史》卷一一九:道傳,字宗之,檢校密直提學雲敬之子。恭愍朝登第，調忠州司錄，累轉通禮門祗候。連喪父母，廬墓終制，召授大常博士。王親享宗廟，命道傳按圖制樂器。歷禮儀正郎、藝文應教、成均司藝。以文學見稱，王甚愛之。辛禑初，北元使來，李仁任、池奫欲迎之。道傳與金九容、李崇仁、權近上書都堂，以爲不可迎。仁任、慶復興却其書不受，令道傳迎元使。道傳詣復興第曰："我當斬使首以來，不爾，縛送於明。"復興怒曰："如此，則與叛臣金義何異？"道傳備陳利害，辭頗不遜，又白太后以爲不可迎。復興益怒，與仁任不視事，乃流道傳會津縣。臺省侍從官送至東郊，廉興邦遣裴尚度曰："吾已言於侍中，怒稍解，姑徐待之。"道傳方飲酒，奮然曰："道傳之言，侍中之怒，各執所見，皆爲國也。今王有命，豈以公言止乎？"遂上馬去。宰相聞之，以爲猶不悛，欲遣人杖之，會有釋器之亂，乃止。尋宥，任便居住，結廬三角山下講書，學者多從之，常以訓後生、闢異端爲己任。固城妖民伊金自稱彌勒惑衆曰："若不信吾言，至三月，日月皆無光。"僧粲英曰："伊金所言皆荒唐無稽，其言日月無光，尤爲可笑，國人何信之如此？"道傳曰："伊金、釋迦其言無異。但釋迦遠言他生事，人不知其妄。伊金近言三月事，虛妄立見耳。"僧嘿然。起，除典儀副令，升成均祭酒。乞郡，出守南陽府。我太祖薦之，召拜成均大司成，屢獻計。辛昌立，充書筵侍讀。未幾，擢密直副使。從我太祖定策立恭讓，封忠義君，賜推忠論道佐命功臣號，拜三司右使。教曰："卿學通天人，識貫古今。早捷科第，遂躋膴仕。居父母憂，克終聖制。教誨幼弟，俾克樹立。臧獲強壯悉與弟妹，自取老弱。孝友之性然也。玄陵選置胄庠，仍掌制誥，倡明濂洛之道，排斥異端之說，教誨不倦，作成人才，一洗我東方詞章之習。聖明龍興，我玄陵先天下奉正朔。天子嘉之，賜祭服樂器，王於是躬祼大室。卿爲大常，協音律，定制度，尤爲玄陵所重。玄陵賓天，權臣議立辛禑。卿謂許錦、柳伯濡曰：'勢已成矣，難以去之。'欲請王大妃臨朝訃，未遂，與伯濡歎曰：'今日之舉，無一介忠臣矣。'先是金義偕帝使赴遼東，聞玄陵訃音，遽生異圖，殺使奔胡。卿與鄭夢周、林樸、朴尚衷白執政曰：'先王不幸，天使不返，不早達朝廷，社稷危矣。'執政藉口以爲人皆畏難，莫敢欲行。卿與夢周等諭崔源入覲，遂使東人免罪於天朝。權臣以禑稱玄陵後報于胡，欲固其位。書成，卿與尚衷、樸不肯署名，其事遂寢。卿之有狄張平勃興復之忠，於此可見。既而胡人予這使，稱詔以來，書辭甚逆。權臣欲率國人以迎，卿乃力言以謂：'苟爲玄陵臣子者不可迎此使。'執政黽勉從之。然忤其意，被斥南荒，凡歷七年，殊無難色。非信道篤者疇克如是哉？後金庾、洪尚載、金九容等入朝，皆被拘留，朝聘道絕。卿與夢周入賀聖節，倍日兼行。帝乃嘉之，遣還庾、尚載等。我國不失事大之禮，宗社生靈之永賴，惟卿與夢周之力也。及平東歸，將欲大拜，乃求外補,意有以也。南陽之民感卿惠政,至今稱之。禑、昌父子將繼僭號,殄絕我宗祀,害虐我蒸民,神人怨恫者凡十六載。及天子責異姓爲王,而卿與諸大臣定策,以予於神廟正派最親且長,俾宗祀。一日之內克復社稷,以延萬世之洪休。豐功偉烈,求之古今罕有倫比。卿展所蘊,行所學,革去弊政,修明禮樂,真所謂王佐之才也。是用圖形紀功,追贈祖考,宥及永世,嫡長世襲,仍錫土田臧獲銀帛。其服休命,益勵忠誠。"時有獻大虎者,道傳曰:"諸道曲獻,却之便。否則請付有司,以備國用。如大虎道路舁舉至數十人,且其肉不登俎豆,將安用之?"王以爲然,貢獻悉付有司。王御經筵,謂道傳曰:"今欲罷偽朝添設職,其術何由?"道傳曰:"……"又問居外者處之何如?對曰:"……"王從之,置宮城宿衛府。道傳又言唐用人之法,條目有五:"……"王深然之,令經筵檢討官韓尚敬書其言以進。金星貫月,王謂道傳曰:"將有何災?"道傳曰:"咎在上國,不關我朝。"時議非之。憲府劾檢討官申元弼矯世子旨,王爲罷其職,既而怒言者,欲罪之。道傳曰:"元弼乃殿下潛邸舊臣,若有其罪,言者必謂殿下喜怒出於私,非初政美事也。"王怒稍解。拜政堂文學,同判都評議使司事,兼成均大司成。王命撰積慶園中興碑,賜衣一襲,廄馬一匹。省五軍,爲三軍都總制府,以道傳爲右軍總制使。道傳辭曰:"三軍之作,臣在中朝。憲司所建白,臣不知也。然罷元帥爲三軍,以臣爲總制使,則諸帥失職者必怏怏曰:'道傳革元帥,自爲總制。'怨刺並興,臣又不便弓馬,不敢當。且革私田、改冠服等事皆非臣所爲也,左右皆目臣。又冒處是任,則讒言日至,臣其危乎!願更命他人。"王曰:"大國三軍,古制也。中爲權臣所廢,宰相各稱元帥,一民莫非其有。今革元帥立三軍,此復古之機也。總制實重任,議諸兩侍中,以卿爲之,卿勿辭。"道傳曰:"儻有讒言,請勿納,永保微臣。"遂不辭,王悅。王自南京還都,次檜巖寺,以誕辰禮佛飯僧。道傳曰:"誕辰飯僧雖非古典,但出於臣子則可矣,未聞人君自祈福利。"不聽。王欲營演福寺塔殿,令京畿、楊廣民輸木五千株,牛盡斃,民甚怨之。道傳極言其害,尋以病乞退,不允。王下教求言,道傳上疏曰:"……"仍徼辭箋以進,不允。當時上書者甚衆,而道傳對爲第一,王每稱之。然以盡言不諱忤旨,且以武三思比禹玄寶党,玄寶孫成範爲駙馬,故王不悦道傳,而玄寶及李穡之黨亦惡道傳。道傳又上書都堂,請誅穡、玄寶曰:"……"又上箋辭曰:"……"諫官言:"道傳功在社稷,上箋辭職累日不答,待功臣不可如此其薄。"復爲政堂文學。臺省交章,請玄寶罪,王以成範故不聽。使人于我太祖請禁臺省論奏,太祖歎曰:"王曾謂我指揮臺省乎?"時王忌太祖功高得衆心,又舊家世族怨革私田,多方誣毁。禑、昌之党連姻王室,朝夕譖訴。王信讒言,日夜與左右潛圖除之。太祖困于讒說,謂道傳、南誾、趙仁沃等，曰："吾與卿等戮力王室，而讒言屢騰，恐吾輩不得容，吾當東歸以避之。"先令家人趣裝，將行，道傳等曰："公之一身，宗社生靈之所係，豈可輕其去就？不如留相王室，進賢退不肖，以振綱紀。如此，則王庶幾有悟而讒言自息矣。今若退居一隅，彼讒者必誣以蓄異心，禍且不測矣。"太祖曰："昔者子房從赤松子遊，高祖不之罪。我心無他，王豈罪我哉？"相與論議，未决。都鎮撫黄希碩因家臣金之景白夫人康氏曰："道傳、誾等勸公東歸，事將非矣，不如去此數人。"康氏信之，告于太宗曰："道傳、誾等皆不可保。"對曰："公困於讒説，有引去之志。道傳、誾等力陳利害，以止其行者也。"乃責之景曰："數人與公同休戚者也，汝勿更言。"王召道傳，道傳辭疾不赴，遣代言安瑗敦諭乃至。王問穡、玄寶罪，道傳對如疏意，語若懸河。王曰："穡罪狀稍著，玄寶罪猶未白。"道傳曰："穡罪已著，宜置極刑，以示不忠。若玄寶者，罪狀未白，故臺諫交章請流遠地，臣亦以爲宜使淑慝異處。"王曰："穡、玄寶事寢之已久。今有抗疏者必卿疏爲之階也，卿近不見寡人者，亦以此也。"道傳曰："君臣之義情同父子。譬如父責子不孝，而明日又愛之如初者，天理之不掩也。殿下今雖責臣，後若推誠任臣，敢不奮勵？今當農月，天久不雨，殿下召臣面議，天乃雨；昔霾霖禾穀不茂，殿下召臣議政事，陰雨霽。殿下以爲何如？脱有奸黨矯旨罪臣，臣請面啓，然後伏罪。"王不悦。憲司劾糾正朴子良等不迎執義禹洪得，下獄鞫之，辭連道傳，出爲平壤府尹。省憲上疏劾道傳陰誘糾正，非毁臺諫，請置極刑。王以功臣宥之。復論道傳濫居功臣之列，内懷奸惡，外施忠直，染汙國政，請加其罪。王放歸其鄉奉化縣。臺省交章曰："道傳家風不正，派系未明，濫受大職，混淆朝廷，請收告身及功臣錄券，明正其罪。"王只收職牒錄券，移配羅州。大司憲金湊等上疏，論其子典農正津、宗簿副令澹廢爲庶人，尋量移道傳于奉化縣，鄭夢周嗾諫官金震陽等上疏曰："鄭道傳起身賤地，竊位堂司，欲掩賤根，謀去本主，無由獨舉，織成萋斐之罪，連坐衆多之人，請於貶所典刑，垂戒後來。"初玄寶族人金戩嘗爲僧，私其奴樹伊妻，生一女，人皆以爲樹伊女，戩獨以爲己女，密加覆護，以嫁士人禹延，生女，女適云敬，生道傳，故云。後夢周誅，召還，賜米豆百石，給其子告身，復封忠義君，自此以後入本朝。

《朝鮮太祖實錄》卷一四：七年八月己巳。道傳天資聰敏，自幼好學，博覽群書，議論該洽，常以訓後生、闢異端爲己任。嘗窮居偃仰，自謂有文武才。從上至東北面，道傳見號令明肅，卒伍整齊，進而密言曰："美哉，此軍！何事不可濟？"上曰："何謂也？"道傳對曰："謂擊倭寇於東南方耳。"營前有老松一株，道傳請留詩松上。白而書之曰："蒼茫歲月一株松，生長青山幾萬重？好在他年相見否，人間俯仰便陳蹤。”及開國之際，往往醉中微誦，曰：“不是漢高用子房，子房乃用漢高。凡可以贊襄者靡不謀之，卒成大業，誠爲上功。”然以量狹，多忌且怯，必欲害其勝己，報其宿憾。每勸上殺人立威，上皆不聽。所撰《高麗史》，恭愍以後筆削多不以實，識者非之。初，道傳師事韓山李穡，與烏川鄭夢周、星山李崇仁爲友，情好實深。後欲納交趙浚，譖毁三人，以成仇怨。又以外祖禹延妻父金戩嘗爲僧，潛奸奴樹伊妻生一女，是爲道傳外祖母。禹玄寶子孫以戩姻族熟聞其說。道傳當初除拜告身淹滯，謂爲玄寶子孫揚說使然，積其憤怨。及其得志，必欲陷玄寶一門，醸成其罪，陰嗾居正等殺其三子及崇仁等五人。乃與南誾等欲挾幼孽恣行己志，謀害宗親，身與三子俱及於死。

《東閣雜記》：太祖嘗于庚申夜召鄭道傳及諸勳臣，置酒酣，太祖謂道傳曰：“寡人之得至於此，卿之力也。”道傳對曰：“齊桓公問于鮑叔曰：‘何以治國？’鮑叔曰：‘願公毋忘在莒時。’公曰：‘願仲父無忘在檻車。’臣願殿下毋忘墮馬之時，臣亦無忘鎖項時。則子孫萬世可期矣。”太祖曰：“然。”使人歌《文德曲》，目道傳曰：“此卿所撰也。卿宜起舞。”道傳即起舞。太祖令脱上衣以舞，遂賜龜甲裘，歡甚，徹夜乃罷。

太祖神懿王后誕六男，恭靖王居第二，太宗居第五。神德王后康氏生芳蕃、芳碩。及公主適李澄，太祖嘗召裴克廉、趙浚等於内殿，議立世子。克廉等曰：“時平立嫡，世亂先有功。”康氏潛聽之，哭聲聞於外，遂罷出。他日又召克廉等議，無復有以嫡以功爲言者。克廉、浚退而議曰：“康氏必欲立己出。芳蕃狂悖，其季稍可。”遂請封芳碩爲世子。鄭道傳、南誾等附芳碩，忌諸王子，謀欲去之。密啓請依中朝諸皇子封王之例，分遣王子于各道。太祖因謂太宗曰：“外間之議，汝輩不可不知。宜諭諸兄戒慎之。”卜者安植曰：“世子異母兄有天命者非一。”道傳曰：“即當除之。何患乎？”義安君和知之，密告太宗。戊寅秋，太祖寢疾。道傳等托議移御事，召諸王子入來，欲因以作亂，令其黨在内謀之。前參贊李茂亦其黨也，盡以其謀潛泄于太宗。時太宗與諸兄恒宿于勤政門外。元敬王后與其弟將軍無疾議，遣奴金小斤請來太宗。小斤曰：“與諸君同處，何辭以請？”后曰：“汝以我胸腹卒痛奔告，則公當速來矣。”小斤奔告之，和贈以清心蘇合等藥曰：“宜速往治之。”太宗即還邸，與后及無疾鼎立密語良久。后涕泣執太宗之衣，因謂勿詣闕。太宗曰：“豈可畏死而不往？且諸兄皆在禁中，不可不使知之。”乃拂衣而出。后追及戶外曰：“慎之慎之。”后與弟大將軍無咎及無疾謀之，兵仗鞍馬皆潛整備，爲應變之計以待之。太宗既至闕，有小宦自内而出曰：“主上病重，欲避寓。諸王子盡入來。”先是宫門皆設燈，是夜無燈，人益疑之。太宗佯如廁思之。益安君芳毅、懷安君芳幹、上党君李伯卿追呼曰:“靖安君靖安君,將若何?”太宗曰:“何聲之高也?”又以手拍袂曰:“無計奈何。”與芳毅、芳幹、李伯卿走出延秋門。太宗曰:“吾兄弟立馬于光化門外,以待天命可也。”分遣人召政承趙浚、金士衡等。浚方對卜者卜吉凶,連促之,乃來。帶甲伴人多從之。太宗使攔於禮賓寺前石橋,令只率數人以來。太宗謂浚曰:“公等不憂李氏社稷耶?”俄而朝臣多來赴者。浚、士衡欲入坐政府。太宗議曰:“若自宮中出兵,而我軍少退,則彼等入其中矣。”語之曰:“吾兄弟立馬道上,政承不宜入坐府中。”使坐於雲從街。召集百官,贊成柳蔓殊率其子而來,太宗授之甲,使立於後。李茂曰:“蔓殊乃芳碩之黨也。”太宗命殺之。蔓殊下馬牽太宗之鞍曰:“我當白之,我當白之。”金小斤以刀刺其項,乃仰倒斬之,並殺其子。太宗率武士覘道傳等。李稷方會于南誾妾家,明燈歡笑,伴從皆睡。使李叔蕃故發矢落於屋瓦上,因縱火焚之。道傳走匿於其鄰判奉常閔富家。富呼曰:“有皤腹者入我家矣。”軍人入搜之。道傳匍匐杖劍而出,執詣太宗前。道傳仰曰:“若活我當盡力輔佐。”太宗曰:“爾既負王氏,又欲負李氏耶?”立斬之。其子游、泳亦被殺。

《陽村集·三峰集序》:先生著述,有《學者指南圖》若干篇,義理之精瞭然在目,能盡前賢所未發。《雜題》若干卷,本於身心性命之德,明於父子君臣之倫,大而天地日月,微而鳥獸草木,理無不到,言無不精。王國辭命之文,典雅得體。古律之作,襲魏晉追盛唐,而理趣出乎雅頌,質而理,溫而淡,誠無愧乎古人。樂府小序,删繁亂削淫僻,唯感發性情之正是錄。……嘗奉使朝于京師,浮遼海過齊魯,詩文之作皆爲中國文士所嘉賞。是能以文鳴於一方,頌揚東漸之化,俾東人歌於萬世,與聖代治道之盛同垂罔極,亦無疑也。

《保閑齋集·三峰集後序》:先生之於詩文固緒餘耳。然其詩之高澹雄偉,文之通暢辯博,亦可因以窺其學問胸次之萬一矣。况先儒如牧隱、圃隱、陽村諸公皆所推服乎?

《三峰集·附錄·鄭三峰詩文序(周倬)》:宗之自初仕至成均,累歲所作詩辭若文,積爲卷凡若干篇首。……詩爲七言者清新瀏亮,五言沈着簡古,命意立言傑出時輩。其爲文尤見其博於學問,議論弘達,非苟作者之所企及。

《東人詩話》:半山與東坡不相能,然讀東坡《雪後》“叉”韻詩,追次至六七篇,終曰:“不可及。”時人服其自知甚明。一日,三峰假寐,族侄黃鉉從旁誦陶隱《扈從》詩:“鼓角滄江動,旌旗白日陰。詞臣多侍從,會見獻《虞箴》。”三峰忽開眼,令鉉再誦曰:“語韻清圓似唐詩。”鉉曰:“李簽書崇仁所著也。”三峰曰:“兒子輩何從得惡詩來乎?”嗚呼!以半山之執拗自是,尚不廢公論,鄭之不及半山亦遠矣。

《象村雜録》:鄭道傳與李陶隱崇仁同師牧隱,才名相埒,而定向異。道傳積不平。及我朝受命,道傳爲柄臣,令其私人黄居正,出宰陶隱所配之邑,杖殺之。甚矣小人之用心也。未幾道傳與於芳碩之亂,身首横分。居正亦以道傳門客,忤太宗大王,特削勳籍,至今未敘。其子孫上言訴冤,而士論不許,不得復。道傳之禍,烈於崇仁。崇仁之名,光於後世。天道不僭,足以戒後來之小人哉。

《小華詩評》:鄭三峰道傳《奉天門》詩云:“春隨細雨渡天津,太液池邊柳色新。滿帽宫花霑賜宴,金吾不問醉歸人。”豪逸不羈。《訪金居士》詩曰:“秋陰漠漠四山空,落葉無聲滿地紅。立馬橋頭問歸路,不知身在畫圖中。”詩中有畫。

《筆苑雜記》:鄭三峰道傳嘗赴早衙,穿靴一白一黑。及公坐,胥吏以告。三峰俯視一笑,竟不易。及衙罷,騎馬而行,笑謂傔從曰:“爾毋怪乎吾靴之黑白也。左者見白不見黑,右者見黑不見白,亦何傷乎?”其不外飾如此。

《東國詩話彙成》:我太祖移都漢陽,置酒新宫凉廳宴群臣,鄭道傳賦詩以獻云:“禁苑春深花正繁,爲招耆舊置金樽。上天忽放知時雨,更覺渾身雨露恩。”

我太祖令人歌《文德曲》,目鄭道傳曰:“此卿所撰進,卿宜起舞。”道傳即起舞,遂令賜龜甲裘,徹夜甚歡。裘以貂鼠皮裁之,黑白相間爲之,其文猶龜甲然,故名之。

【按:鄭道傳(1337—1398)字宗之,號三峰,謚文憲。籍貫奉化。李穡門人。爲儒學大家,以斥佛崇儒爲國是。善詩文書法,作《文德曲》等樂章。著有《三峰集》今傳。其詩凌厲雄偉,豪放不羈。《箕雅》收其五絶一首、七絶四首、五律一首、七律二首、五古四首、七古一首。】

權　近　**字可遠,號陽村。安東人。恭愍朝登第。入我朝,官至贊成事。封吉昌君。謚文忠。**

《高麗史》卷一〇七:近,初名晉,字可遠,一字思叔。少好學,恭愍朝,年十八登第。唱名入庭,王怒曰:“彼少者亦登第耶?”同知貢舉李穡對曰:“將大用,不可少之也。”選補史翰,爲王府必闍赤。本國選文士,應舉京師,近再中鄉試,以年少不赴,除成均直講、藝文應教。辛禑時,歷禮儀軍簿正郎、典校副令,拜左司議大夫。與同僚上書曰:“……”又上疏曰:“……”書上，禑命更書以進。又上疏曰："……"又上言："今倭寇四侵，反間刺客往來京城。殿下以數騎馳騁道路，終夜不返，臣等深爲殿下危之。"禑曰："我誠有此愆，非卿輩忠，誰肯言之？"後近又與獻納成石璘極諫，禑醉甚，欲射之。遷判典校寺事，執政擬近代言，禑曰："此人爲諫官，使予不得遊幸，何可近侍？合令防倭耳。"取筆勾去。拜成均大司成，歷禮儀判書、左代言，陞密直副使。辛昌立，授厚德府尹，轉簽書密直司事。昌遣近及門下評理尹承順如京師，請親朝。近齎禮部責異姓爲王咨，還中路私自拆視。既至，先詣昌舅李琳私第，示之，然後付都評議使司。近上書論辯李崇仁罪，諫官劾以黨比崇仁，欺詐罔上，流牛峰縣。恭讓朝，憲府上疏曰："今以權近私拆咨文之故問尹承順，承順言：'與近復命，約明朝謁侍中李琳。翌日，將往琳第，道遇近。近曰："吾已謁。然既相遇，更與之進。"既見琳，予以病在家。近將咨文藏聖旨筒，置於其家，開見後乃付都堂。'臣等謂此咨本國宗社存亡所關，宜直付都堂，會宰相同拆。近累日私藏，私自開拆，隱密謀議，漏泄天機，陰謀難測，不忠莫甚。請更究問，依律決罪。"王命勿問，遠配寧海。郎舍尹紹宗等上書，復論私拆之罪，請正典刑，命杖一百，徙流興海。臺諫復交章請罪，又移金海。尹彝、李初之獄起，逮繫清州，尋以水災免歸漢陽，又貶益州。尋宥之，歸忠州。在謫著《入學圖說》及《五經淺見錄》，自此以後入本朝。

《朝鮮太宗實錄》卷一七：九年二月丁亥。吉昌君權近卒。是日曉，上聞近病革，命世子視疾，臨發，聞近已卒，乃止。……（庚午）於是免歸漢陽，徙益州，著《入學圖說》。辛未春得自便，歸忠州，定《禮經》而未就，至是乃得立稿。癸酉春，太祖幸雞籠山，特召近赴行在，命與鄭摠撰定陵墓碑。甲戌秋，拜中樞院使。丙子夏，大明太祖高皇帝怒表箋有戲侮字，遣使徵撰表人鄭道傳。道傳稱疾，來使日督之。近自請曰："撰表之事，臣亦與知，願隨使赴京。"太祖以非有徵命止之。近復請曰："臣于前朝之季，身被重譴，幾不保首領。幸賴殿下欽恤之仁，獲保性命。及今國初，又蒙收用。再造之恩，如天罔極。而臣未有報效，願乞赴京。如天之福，庶得辨明，少答聖恩之萬一。"太祖密賜黃金以贐行。及渡鴨綠江，使臣孛羅與諸宰相問入對之辭，而不問於近。近曰："大人何獨不與我言？"孛羅改容曰："今子無徵命而自往，國之忠臣也。帝有何所問，子亦何所對。"九月入，翌日禮部欽奉聖旨，爲留撰表人，移咨本國。敕召近視咨草。近叩頭曰："小國事大，不因表文，無以達情。而臣等生於海外，學不通方，使我王之忠誠不能別白於黈纊，誠臣等之罪耳。"帝然其言，待以優禮，命題賦詩十八篇。每進一篇，帝嘉歎不已。仍敕有司，備酒饌具妓樂，使之遊觀三日，亦命賦詩以進。帝乃親制長律詩三篇賜之。敕仕文淵閣，得與翰林學士劉三吾、許觀、景清、張信、戴德彝相周旋。每稱美我太祖回軍之義,事大之誠。帝聞嘉之,特稱"老實秀才",乃命遣還。既還,道傳㬫臺諫,劾以鄭揔等皆被拘留,獨得放還之故,申請其罪。太祖曰:"當天子震怒之時,挺身自往,善辭專對,能霽天威,功實不細。反加罪乎?"近亦上書自敍微勞,於是稱下元從功臣。戊寅秋,丁外憂。己卯,起復拜簽書,再上箋乞終制。不允。俄遷政堂文學,兼大司憲,上疏罷私兵。庚辰十一月,上即位,賜推忠翊戴佐命功臣之號。壬午春,以參贊議政府事知貢舉,取申曉等三十三人。中國使臣必先問近動静,及相接,加以禮貌。御史俞士吉、内史溫不花奉使而來,亦於鴨綠江問安否。及至都,殿下慰宴使臣,諸宰相以次行酒禮。及近行禮,士吉、不花皆起坐。殿下曰:"天使何至是也?"士吉曰:"何敢慢斯文老成君子乎?"不花曰:"太祖皇帝之所致敬者也。"不花即孛羅也。癸未,上表乞解仕就閑,終考禮經節次。上不許曰:"昔司馬光編《資治通鑑》,未嘗解職。"乃命三館士二人,日就近第供翰墨。及成,繕寫一本以進。乙酉春,拜議政府贊成事。冬,居内憂。丙戌春,命起,復拜大提學。再上箋,乞終制。不允。其秋,上將禪于世子。上書請停禪位,又輿疾詣闕啓之。上謂左右曰:"吾固知其非常人,然其胸中斷事,不謂如此精確也。"丁亥夏,上親試文士,命近與左政丞河崙讀卷,取藝文館直提學卞季良等十人。戊子冬,疾篤,聞上怒臺諫官,將置極刑,上書切諫。上乃釋之。自寢疾,賜藥問安無虚日。卒,年五十八。上聞而震悼,輟朝三日,命有司治喪事,賜祭吊誄賻,贈甚厚。中宫亦遣中使致奠,世子親臨柩祭之。成均大司成崔咸等領三館士,祭以小牢。贈謚文忠。近自檢閲至爲宰相,常任文翰,歷揚館閣,未嘗一補外寄。天資精粹溫雅,深於性理之學。平居雖甚倉卒,未嘗疾言遽色。至於擯斥廢黜、死生在前,處之泰然,曾不隕獲。凡經世之文章,事大之表箋,亦皆撰述。有集若干卷,行於世。其將卒也,聚子若壻,遺命不作佛事。其子壻治喪,一依《家禮》,不用浮屠法云。

《東人詩話》:陽村權文忠公詩溫醇典嚴。洪武年間被征入朝,高皇帝命題,賦詩二十四篇,皆操紙立就,詞理精到,不可點綴。其賦《弁韓》云:"紛紛蠻觸戰,擾擾弁辰韓。"帝悦之。其賦《大同江》云:"需然入海朝宗意,正似吾王事大誠。"帝曰:"人臣之言當如是。"大加寵異。或問於浩亭河公曰:"陶隱詩文刻意煉琢,精深雅高,陽村詩文平淡溫厚,成于自然。畢竟陶隱優於陽乎?"浩亭曰:"陶之煉琢,陽爲之有裕;陽之天機,陶終不能及也。且應制詩二十四篇,陽村爲之,而陶隱必不能也。"

《筆苑雜記》:高麗恭讓朝尹彝、李初之變,牧隱李文靖公、陽村權文忠公皆逮繫清州獄,鞠問甚峻,事將叵測。一日黎明,天乃雨。未及日中,山崩水湧，壞城門漲入，屋舍皆沒。問事官漂溺，攀鴨脚樹僅免。事聞，釋不問。文靖、文忠由是得全。初玉川君劉敞聞兩公被誣逮獄，語人曰："兩先生乃天所挺生之人，必有天變。"其言卒驗。有人題詩曰："流言不幸及周公，忽有嘉禾起大風。聞道西原洪水漲，是知天道古今同。"

權文忠公近常赴京師道遇雨，假郵吏笠帽。既還之，訟公不還，責其直。公不較而與之。後有一郵吏，冒認氈衫之失，責其直。公又欲與之。使臣孛羅知其誣，鞫郵吏。乃曰："此人前不較而與直，故敢爾。非失也。"孛羅罰其人。

權文忠公嘗謫居忠州。癸酉春太祖幸雞龍山，召赴行在。一日太祖賜銀盤一面于扈從諸宰樞，爭射賭之。武臣以次皆不中。文忠平生一不操弓，是日一箭中之，得銀盤。人皆曰："射以觀德。此之謂也。"

《海東雜錄》：鄭三峰、李陶隱與公相與論平生樂處，公曰："白雪滿庭，紅日照窗，暖室溫堗，圍屏擁爐，手執一卷書，大臥其中，美人刺繡，時復停針，燒栗啖之，此足樂也。"鄭、李大笑曰："子之樂亦足起予也。"

《松窩雜說》：高麗恭愍王時，王昉、趙胖還自大明曰："禮部召我等語之曰：'爾國人有坡平君尹彝、中郎將李初來訴於帝，言高麗李侍中立王瑤，瑤非宗室，乃姻親也。瑤與李侍中動兵，將危上國。宰相李穡等以爲不可，即皆誅竄。其在貶宰相等遣我來告天子，仍請動天下兵來討。'乃出初所記姓名以視之。"臺諫請鞫彝、初之党，繫李穡等於青州獄，遣門下評事尹虎等訊之。諸囚皆不服。忽雷雨大作，前川暴漲，毀南門，直衝門城中，水深處丈餘。漂沒官舍，民居殆盡。客館門前有鴨柳樹數十株，獄官蒼黃攀樹以免。事聞，王下教釋之，權陽村有詩云："流言不幸及周公，忽見嘉禾偃大風。聞道西京洪水漲，却知天理古今同。"

《象村雜錄》：權近乃麗末名大夫也，其被罪，一則以牧隱，一則以陶隱。苟使當時安於流放，則其文章名論，烏下於二公？而《雞龍》一頌，遽作開國寵臣，哀哉！既降之後，位不滿三司，年未享六旬，所得微矣。其時有譏近之詩曰："白晝陽村談義理，世間何代更無賢。"豈不可羞也哉？惟其子姓相承，冕弁不絕，至今猶勝。故人皆曰："陽村陽村，有若有德行者然。甚矣盜也。"

《小華詩評》：權陽村近嘗奉天朝使，太祖問朝鮮形勝，仍命賦詩，陽村即應制，太祖稱以"老實秀才"。其《詠金剛山》詩曰："雪立亭亭千萬峰，海雲開出玉芙蓉。神光蕩漾滄溟近，淑氣蜿蜒造化鍾。突兀崇巒臨鳥道，清幽洞壑秘仙蹤。東遊便欲凌高頂，俯視鴻蒙一蕩胸。"鄭之升謂此詩"起頭寫出金剛真面目"。

《東國詩話彙成》:(帝)又命題《聽高歌於來賓》。來賓,樓名也。詩云:"萬國來賓會王京,高樓爲向路傍營。酒熏和氣淪肌骨,歌咽清聲感性情。風動佩環珠玉碎,香飄舞袖綺羅輕。遠人遊賞知多少?爭似微臣此日榮。"老譯金乙玄謂公之子踶曰:"僕赴南京,登來賓樓看陽村詩揭板。禮部尚書李原明跋云:"近朝鮮人承命來觀,應制而作,奉勅鏤板云。"

【按:權近(1352—1409)字可遠、思叔,號陽村,謚文忠。籍貫安東。經學詞章傑出。著有《陽村集》今傳。其詩溫醇典嚴,平淡溫厚。《箕雅》收其七絕一首、七律三首、五排一首、七排一首、五古一首。】

趙　浚　**字子明,號松堂。平壤人。贊我太祖,爲開國元勳。官至門下左侍中,配享太祖廟庭。謚文忠。**

《高麗史》卷一一八:趙浚,字明仲,侍中仁規之曾孫,自幼倜儻有大志。恭愍王在壽德宮,望見浚挾書過宮前,召見,奇之,問其家世,即命屬寶馬陪指諭。王使洪倫輩強辱諸妃,浚歎曰:"人道滅矣,復奚言哉?且王以威福與奪,與群小謀,而不及君子,今日之勢岌岌乎殆哉!"母吳氏嘗見新及第綴行呵喝,歎曰:"吾子雖多,未有登第者,何用哉?"浚聞之,跪泣,指天誓曰:"予所不第者有如天。"自是勤學,遂登第。辛禑初,以通禮門副使出按江原道,威惠並行,至旌善郡有詩云:"滌蕩東溟當有日,居民洗眼待澄清。"識者知其有大志。召拜司憲掌令,轉監門衛大護軍,知制教,撰《祈禳疏》云:"踈正直忠信之人,狎諂佞讒邪之徒。"知申事金濤、代言朴晉祿、金湊曰:"王若問正直忠信而踈者何人?諂佞讒邪而狎者何人?則何以對?"令浚改撰。遂白禑:"誥院所撰宜令書題宰臣監申,然後判可。"禑從之。累遷典法判書。時倭奴充斥,慶尚道陷爲賊藪,州郡騷然,民皆奔竄山谷。國無紀綱,將帥玩寇,環視不戰,賊勢日盛。都統使崔瑩舉浚爲體覆使,浚至,召都巡問使李居仁,數其逗遛之罪,斬兵馬使俞益桓。居仁及諸將股栗曰:"寧死敵,莫犯趙公威。"咸力戰告捷,一道賴安。浚又上書都堂,旌表孝子烈女之死賊者。擢密直提學、商議會議都監事。禑召浚曰:"楊廣、慶尚道倭賊大熾,元帥、都巡問使懦怯不戰,卿其往察軍機。"浚曰:"臣母年逾八十,又罹沉痾,乞遣他人。"禑曰:"卿正直無私,且有威望,無以易卿。"浚曰:"殿下若命臣全制兩道,其將帥逗遛敗績者聽臣區處,則臣謹奉命。不然,元帥、都巡問使位在臣上,豈畏臣就死地乎?"將帥族黨忌之,白禑,止之。倭寇江陵、交州道,以浚爲都檢察使,賜宣威佐命功臣號。禑荒淫無度,權奸當國,忌浚亢直不阿。浚杜門不出,以經史自娛者四年。瑩誅林廉,浚方居母憂,起爲簽書密直司事,浚辭不起。浚嘗憤王氏絕嗣,與尹紹宗、許錦……結爲友,密誓有興復之志。我太祖見浚器宇不凡，與論事，大悅，待之如舊職。及回軍，舉爲知密直司事兼大司憲，事無大小，悉咨之。浚亦以經濟爲己任，知無不言。先是田制大壞，兼併之家奪占土田，毒痡日深，民皆怨咨。我太祖與浚、鄭道傳議革私田。浚與同列上疏辛昌，極論之，語在《食貨志》。舊家世族交相謗毁，執之愈固。都堂議利害，侍中李穡以爲不可輕改舊法，持其議，不從。李琳、禹玄寶、邊安烈及權近、柳伯濡附穡議，道傳、紹宗附浚議，鄭夢周依違兩間。又令百官議，議者五十三人，欲革者十八九，其不欲者皆巨室子弟也。太祖卒用浚議革之。未幾，世臣巨室動浮言，欲復之。浚又上書論之，諫官吴思忠、李舒、李竴等亦以爲不可復，上書固爭，從之。浚又率同列條陳時務曰："……"尋知門下府事，仍兼大司憲，賜推忠勵節佐命功臣號。我太祖定策立恭讓，與同列上疏曰："……"王皆允之。又上疏曰："……"王在潛邸廣植田園，嘗惡革私田，至是欲復之。浚又上書爭之，語在《食貨志》。浚在憲司前後論列，累數萬言，皆砭切時病，弊政一革。進評理，兼判尚瑞寺事，掌銓選，賜中興功臣錄券，封朝鮮郡忠義君。教曰："卿曾祖貞肅公從我忠烈王入覲元朝，誅權奸以正名，復都邑以定國，本深末茂，舄奕蕃衍，以至於卿。卿幼有大志，克肖前人。玄陵念卿世勳，知卿偉器，引置扈從，尤加眷顧。及玄陵薨，無嗣，李仁任立辛禑。卿傷祖宗之絕嗣，誓天日以興復。及禑得罪于天子，李太祖舊諱議立王氏，曹敏修以仁任之黨立禑子昌，而自爲塚宰。李太祖舊諱以絳侯梁公之忠，始與國政，寄卿憲綱。卿方在母憂，不少辭而就職，是卿誠以爲非李太祖舊諱無可與圖興復之功。於是彈敏修以貪婪撓法而逐之，請追停仁任賜謚弔祭之典，蓋痛仁任之立異姓而絕宗祀也。卿爲億兆而忘一身，忤巨室而任衆怒。革私田而復三韓，建議遣使黜陟將帥守令，而民安寇戢。令百官陳得失，臺吏禁奔競。省冗官，興學校，置家廟，禁火葬，厚官祿，給圭田。兩府非登三科者不除，百司皆屬六曹大夫，無加刑。工商收告身。陞御史階，置館驛丞，宦者不與朝。官非有功不封君，若子弟不授官。諸道省元帥，八縣置守令。覆試定律，籍丁口。置常平軍吏，受真職。水軍食島田，私膳、私書、雜使、別遣，俱有常刑，罪不及孥，訟勿直達。監務皆遣參官，守令專理本郡。凡所陳列益時救弊之術，頓綱振紀之法，化民成俗之方，豐財足兵之政，結人心而收人望者至矣。及昌請入朝，而禮部責以異姓爲王。時昌舅李琳爲塚宰，秘不發，凶謀不測，王氏之孤危甚於累卵。卿冒萬死與夢周、道傳贊李太祖舊諱而定大策。以寡人承玄陵之正統，不刑一人，不動聲色，而除十有六年南面之辛氏。太祖列聖絕祀而復享，使天下知三韓之有人，卿有力焉。今錫之土田臧獲，嫡長襲爵，誓以帶礪，宥及永世。卿其夾輔寡功，以永終譽。"尋陞贊成事，判禮曹事。夢周嘗密白王曰："定策之日，浚不欲立殿下。且浚爲大司憲論禹玄寶，禹氏之黨皆疾之。”王右禹氏，由是惡浚。時奉使朝廷者多不見禮，故遣浚賀聖節。王聞其還曰：“予又見浚面。”尋判尚瑞，蓋踈之也。加賜忠勤勵節佐命定祚功臣號，移三司左使。爲金震陽所劾，繫水原獄。召還，復爲贊成事，尋判三司事。自此以後入本朝。

《朝鮮太宗實錄》卷九：（五年六月）辛卯，領議政府事平壤府院君趙浚卒。浚字明仲，號吁齋，平壤府人。曾祖仁規有功高麗，官至門下侍中，謚貞肅，父德裕版圖判書。浚家世貴顯，略無紈綺習，幼有大志，以忠孝自許。母吳氏嘗見新及第呵喝，嘆曰：“吾子雖多，無一人登第者，將焉用哉！”浚卽涕泣自誓，發奮力學。洪武辛亥，恭愍王在壽德宫，浚挾冊過宫前，王見而奇之，卽補步馬陪行首，甚愛之。登甲寅科。丙辰，拜左右衛護軍兼通禮門副使，選爲江陵道按廉使，吏民畏愛，豪猾屛息。行部至旌善郡留詩，有“滌蕩東溟當有日，居民洗眼待澄清”之句，識者韙之。累遷至典法判書。時朝政日紊，倭寇充斥，將帥畏縮。壬戌六月，兵馬都統使崔瑩擧浚監慶尚道軍。浚至，召都巡問使李居仁，數其逗遛之罪，斬兵馬使俞益桓以徇，將佐股栗用命。癸亥，拜密直提學。戊辰夏，崔瑩擧兵攻遼，我太上王仗義回軍，執退瑩，欲大革積弊，一新庶政。雅聞浚有重望，召與論事大悦，擢知密直司事兼司憲府大司憲，事無大小，悉以咨之。浚感激思奮，知無不言，立經陳紀，興利除害，使斯民出於湯火之中，而懷樂生之心，浚之力居多焉。僞主辛禑遜于江華，太上議立王氏，首相曹敏修素黨李仁任，立禑子昌。浚首論敏修之奸而逐之，繼論仁任之罪，請削謚誅。又請革私田，以厚民生，世家巨室怨謗沸騰，浚論執益力。太上意與浚叶，竟排群議而行之，陞知門下府事。己巳冬，昌請親朝，禮部奉聖旨，付都評議使司，責異姓爲王，昌外祖李琳爲首相，秘不發。浚素憤王氏不祀，遂贊太上定策，乃與沈德符、鄭夢周等七人迎立恭讓君。遷門下評理，策勳封朝鮮郡忠義君，世謂之九功臣。庚午冬，進贊成事。辛未六月，入賀聖節，道經北平府，太宗皇帝在燕邸，傾意待之。浚退語人曰：“王有大志，其殆不在外藩乎！”時鄭夢周爲右相，欲剪太上腹心羽翼，密告於恭讓曰：“定策之日，浚有異議。”恭讓信之，遂慊浚。壬申三月，夢周乘太上墜馬病篤，乃使臺諫，劾浚及南誾、鄭道傳、尹紹宗、南在、吳思忠、趙璞等，指爲朋黨亂政，悉竄于外。尋逮水原府，欲置之極刑。四月，我主上使趙英珪擊死夢周，浚得免，復贊成事。七月辛卯，浚率諸將相推戴太上。卽位之夕，召浚入臥内曰：“卿知漢文帝入自代邸，夜拜宋昌爲衛將軍，鎭撫南北軍之意乎？”因賜都統使銀印畫角彤弓曰：“五道兵馬，皆委卿摠之。”遂拜門下右侍中、平壤伯，策勳第一，賜功臣號曰同德奮義佐命開國，賜食邑一千戶，食實封三百戶田地奴婢。撫安君芳蕃，次妃康氏出也。太上絶愛之，托以康氏有功於開國，欲立爲世子，召浚及裴克廉、金士衡、鄭道傳、南誾議之。克廉曰："立嫡以長，古今通義。"太上不悦。問浚曰："卿意如何？"浚對曰："時平則先嫡長，世亂則先有功，願更三思。"康氏覘知之，哭聲聞于外。太上取紙筆授浚，使書芳蕃名，浚伏地不肯書。太上竟立康氏幼子芳碩爲世子，浚等不敢復言。十二月，進門下左侍中。浚上箋辭食邑實封，優教不允，寵眷委任，無與爲比。甲戌，又爲五道都統使，置幕僚。太上命以都城四門管鑰，藏于浚私第，掌其啓閉。丁丑，高皇帝以本國表辭有戲侮字樣，遣使催取撰文人鄭道傳赴京師，太上召浚密議，對以不可不遣。道傳時爲判三軍府事，托疾不行，乃陰謀以爲舉國而絶，則己可免禍，遂建言訓鍊將士，軍國急務，增置陣圖訓導官，大小中外官帶武職者，下至軍卒，竝令肄習，考察嚴峻。深結南誾，使誾上書曰："士卒已鍊，糧餉已備，可以乘時復東明之舊壤。"太上殊不以爲然。誾屢言之，大上問道傳。道傳歷論往古外夷得王中原者，深以誾言爲可信，且援引圖讖，傅會其說。浚在告月餘，道傳與誾承命至浚第告之，且曰："上意已定。"浚不可曰："此特君等之謬算耳。上意本不如是。以下犯上，不義之大，國之存亡，在此一舉。"遂力疾入見啓曰："殿下卽位以來，民庶欣仰，反不及潛邸時。近因兩都之役，民之疲瘵至矣。况今天子明聖，堂堂天朝，無釁可乘，以疲極之民，興不義之舉，不敗何疑！"遂嗚咽流涕。誾曰："政丞但知斗升出納耳。豈能畫奇謀良策乎？"太上從浚言，議遂寢。道傳又欲代浚爲相，與誾每短浚於太上，太上待之愈厚。嘗命工圖浚形，賜之者再，令道傳卽圖而讃之。上在潛邸，嘗過浚家，浚迎之中堂，置酒甚謹。因獻《大學衍義》曰："讀此，可以爲國。"上解其意受之。及戊寅秋，變起倉卒，上夜遣朴苞召浚，又自逆於路。浚至，率百官上箋，請立嫡長爲嗣，太上可之。九月，上王受内禪，錄功一等，仍拜左政丞，加功臣號曰靖難定社，復賜田地奴婢。己卯八月，上王夢浚自陳盛滿乞退，比明，浚果上箋辭免。上王感歎良久，慰諭不許。十二月，復辭，乃以判門下府事就第。浚爲首相八年。草創之初，政煩務劇，右相金士衡醇謹自守，事皆决於浚。浚剛明正大，果敢不疑，雖内降指揮，有不可，輒持之不下，同列肅然，無敢發一語。體統尊嚴，紀綱振舉，然得君專而秉權久，人多怨者。浚旣罷相，杜門謝客，口不言時事。初，静妃之弟無咎、無疾屢求美官，浚抑不用。庚辰七月，二人陰嗾臺諫，論浚流言數事，請加鞫問，遂下巡衛府獄。上在東宫，知事出閔氏，怒曰："臺諫當早暮供職，不宜奔走勢家，希旨生事，誣害忠良。此最前朝衰世弊風也。"謂問事委官李舒曰："宰臣，正人君子也，不可羅織獄辭，陷人於死地。"乃啓于上王，釋浚出。十一月，上卽位，仍拜判門下府事,甲申六月,復左政丞。浚再相,欲有施爲,輒爲異己者掣肘,無如之何。未幾復罷,爲領議政府事,卒,年六十。上震悼慟哭,素膳輟朝三日,上及世子親臨弔祭,謚曰文忠。聞其亡者,莫不惜之。比葬,三都監錄事與各司吏典之屬皆設路祭而哭之。浚晚年頻遭詆訕,務自退避,上眷遇不小衰。嘗宴功臣,至浚上壽,爲之起立。及其沒也,尚論賢相風度氣概,必以浚爲首,常稱趙政丞而不名。其終始敬重如此。浚宇量寬弘,風采凜然,好善嫉惡,出於天性,待人以誠,不設封畛,奬引賢才,振拔淹滯,唯恐不及,寸長必取,而略其小過。三掌禮闈,號爲得人。既貴,遇同年故舊,迎門款曲,握手從容,無異布衣時。長於史學,爲詩文豪宕如其人。有集若干卷。嘗使檢詳條例司裒集國朝憲章條例,櫽括成書,名曰《經濟六典》,刊行中外。一子大臨,尚上女慶貞宫主,封平寧君。

《陽村集·松堂趙政丞浚詩稿序》:惟我朝鮮之肇興也,有開國元勳秉政大臣曰平壤趙公,實左右我太上,仗義定策,弼成大業。從容堂陛之上,不動聲色而革前朝衰亂之政,以啓我朝鮮億萬年太平之基。摠百官,均邦國,歷相上王及我殿下,得君行政十有餘年。其豐功偉烈藏在盟府,載諸國史。利澤加于時,名聲昭于後,近世大臣無與爲比,吁盛矣哉!捐館之後,嗣男駙馬平壤君收拾遺稿若干首將壽諸梓,請予序其端,三至弊廬而禮益恭。予不獲辭,受而讀之。其氣雄渾,其辭秀發,不屑屑於雕琢之工,而其豪逸傑出之態,有非文人才士苦心撚鬚,專務巧麗,自以爲工者所可企及。至其憂國愛民亨屯濟溺之意間現層出,則其平生所存之志,所養之氣,讀其詩亦可以想見之矣。是宜遭遇聖君,魚水相契,以建非常之大烈如此其卓卓也。是集之傳,豈直以其辭藻而已哉。永樂四年丙戌冬十一月至後甲子。

《松堂集·序(趙磪)》:四佳徐相公以謂"相業經綸,若不經意於詩。其詩横放傑出,有大人君子之氣像"。五山車斯文亦稱"天機流動,自然高古"。若二公者,豈非知言之君子耶?

《東人詩話》:趙文忠公浚相業經綸,若不經意於詩,爲詩豪放傑出,有大人君子之氣象。《題安州百祥樓》詩:"薩水湯湯漾碧虚,隋兵百萬化爲魚。至今留得漁樵話,未滿征夫一哂餘。"蓋有譏隋唐之意,造語奇特。大明奉使祝孟獻次韻曰:"隋兵再舉豈成虚,此地應爲涸轍魚。不見當時唐李薛,直揮征節到扶餘。"蓋反趙意,有抑東方之氣象。

《東國詩話彙成》:國初梨園妓雪梅擅唱樂詞,趙文忠公浚初入相,諸國老設讌西郊以賀。酒未半,命召文忠公赴闕,諸國老共進一爵,令梅唱樂詞,乃唱"西園未罷看花會,又被宣召宴上陽"之詞,一座嘉歎。

【按:趙浚(1346—1405)字明仲,號吁齋、松堂,謚文忠。籍貫平壤。編

撰《經濟六典》,著有《松堂集》今傳。其詩豪放傑出,有大人君子之氣象。《箕雅》收其七絕一首。】

成石磷　**字自修,號獨谷。昌寧人。恭愍時登第。入我朝,官至領議政、昌寧府院君。謚文景。**

《高麗史》卷一一七:成石璘,字自修,昌寧縣人。父汝完,昌寧府院君。石璘恭愍朝登第,選補史館,累遷典醫注簿。王見而器之,命爲劄子房必闍赤,歷典理佐郎、典校副令。王曰:"石璘善書,且諳鍊。"陞爲知印,遷爲典理摠郎。不阿附辛旽,旽惡之,譖于王,出爲海州牧使。召還,爲成均司成,擢密直代言,陞知申事。辛禑初,拜密直提學。倭賊大至,入昇天府。石璘爲助戰元帥,隸元帥楊伯淵。將戰,諸將欲退度橋。石璘曰:"若度橋,人心二矣,安能力戰? 不若背橋而戰。"諸將從之,人皆殊死戰,賊果敗。賜輸誠佐理功臣號,進同知司事。伯淵之獄起,辭連石璘,杖百七,配咸安戍卒。蒙宥從便。封高原君,賜端誠翊祚佐理功臣號,拜政堂文學。出爲楊廣道都觀察使,時適饑荒,石璘請置州郡義倉。從之,仍令諸道皆置義倉。召拜門下評理。從我太祖定策立恭讓,俄兼司憲府大司憲。與同僚上疏曰:"偽主所除官爵,不可混於聖朝,請皆收奪。其以軍功都目除拜者,吏兵曹核其真偽,移牒尚瑞寺,俟其改授,方許帶銜。雖素負名望衆所信服者,亦令臺省具聞改授。其有冒妄者痛行糾理,並以詐偽論。"王難之,下都堂議。又上疏曰:"臺諫職專諫爭,宜近禁中。今在疏外,事無大小,必具疏聞。不唯煩冗,下情亦不能盡達。殿下即位之初,尤宜開廣聰明,豈可深居安逸,以虧中興之業? 願自今事有可言者,使得面啓,其大者只令疏聞。"從之,賜中興功臣錄券,封昌城郡忠義君。下教褒美曰:"卿端愨之資,慷慨之志,早通鄒魯之書,遠繼鍾王之筆。荷玄陵簡注之深,將爲大用;以逆旽忌憚之甚,遂致左遷。不阿世而取容,唯樂天而知命。嘗被憲司之薦,乃有觀察之行。予在潛邸,悉聞高風。辛禑盜據王位,既流毒於生靈,又得罪于上國。守門下李太祖舊諱首倡大義,卿贊佐決策,推戴寡功,載惟功烈,增光簡冊。若不褒獎,何以勸勵? 爰命勒碑紀德,立閣圖形。錫之土田,副以臧獲。後昆襲忠義之號,永世蒙赦宥之恩。仍賜白金五十兩,廄馬一匹。卿其膺此異數,諒我至懷。"賜端誠保節贊化功臣號,遷三司左使。請減宦官祿,王止罷月俸。尋以疾辭,不允,加賜定祚功臣號,轉藝文館大提學,拜門下贊成事。以李穡、禹玄寶之党,與弟石瑢流於外,自此以後入本朝。

《獨谷集・行狀(金連枝)》:太祖新登寶位,寵遇深隆。癸酉秋以元老進階崇政,除門下侍郎贊成事、同判都評議司事、判戶曹事、寶文閣大學士、知經筵、藝文、春秋館事。甲戌秋拜判開城府事、都評議、實文閣如古。乙亥春以太祖元從之功受功臣錄券。夏改拜判漢城府事,餘如古。丙子春轉藝文、春秋館大學士、都評議、寶文閣如古。夏,移開城留後司留後。戊寅夏,除門下侍郎、贊成事、判戶曹事、都評議、寶文閣如古。秋,依前門下侍郎、贊成事兼西北面都巡問察理使、兵馬都節制使、平壤府尹、都評議、戶曹、寶文閣如古。建文元年己卯夏,召還,復拜侍郎、贊成事、判吏曹事、都評議、寶文閣如古。是年冬,改稱輸忠翊戴功臣,陞門下右政丞,判都評議使司事、兵曹事兼尚瑞司事、集賢殿大學士、監春秋館事、領經筵事、昌寧伯,階特進輔國崇祿。庚辰春除左政丞,判吏曹事餘如古。夏,改稱同德贊化功臣,依前左政丞,判議政府事兼判尚瑞司事、領藝文、春秋館事、錄軍國重事、吏曹、集賢殿、經筵,稱伯如古。是秋丁母憂,喪盡其禮,不拘於俗。辛巳春,以關係重臣起復,改稱推忠同德翊戴佐命功臣,除昌寧府院君、集賢殿大學士。是年二月太宗以除朴苞之亂,賜書褒美之,下佐命三等功臣錄券,追爵考妣,宥及永世,錫之土田臧獲白金文綺廄馬。秋,改稱輸忠同德翊戴佐命功臣,大匡輔國崇祿大夫,除昌寧府院君,集賢殿大提學。自此以後皆稱此功臣號與府院君。壬午冬,陞領議政府事,修文殿大提學、領春秋館事。俄而依前領議政府事兼判開城留後司留後,餘如古。永樂元年癸未春,依前領議政府事召還,修文、春秋館如古。夏,除議政府右政丞,判兵曹事兼判尚瑞司事、領經筵事。帝賜印章,公奉謝恩之命如京。甲申春,以累世勳舊奉使如京,屢承寵錫,賜書褒美之,仍給昌寧官奴婢五口,俾傳後昆。夏,除昌寧府院君,集賢殿大提學。乙酉秋,拜領議政府事、修文殿大提學、領經筵、春秋館事、世子師。丁亥秋,改議政府左政丞,判吏曹事,餘如古。辛卯春,知貢舉,取權克中等三十三人。秋上箋乞解職事,不允。甲午夏,改昌寧府院君,修文殿大提學。乙未冬復除領議政府事,修文殿如古。庚子春,改昌寧府院君領藝文館事。辛丑賜几杖,奉箋謝恩。……公天資高邁,氣宇宏深,學究天人,識貫古今。敬謹自持,終始不懈。少捷科第,擢居史院。時益齋李相公掌修國史,見公奇之,每引公俾事編摩,大爲所重。自是歷諸文苑,名聲藉藉,士林仰之。……至其晚年解機務歸私第,不以世累介其意,年彌高而神益清,常不弛愛君憂國之念耳。功名富貴終始無間,比之古人,唐之晉公、汾陽蓋一揆也。公之燕處,常坐一木養和。自壬寅正月,始氣微違和,然無寢疾之患。癸卯正月十二日甲午夜,問左右曰:“更幾何?”侍者曰:“已二更矣。”於是倚養和而坐,默然者久,復寢小頃而卒。年八十有六。上聞之悼甚,輟朝三日,賜書致祭,謚文景。道德博聞文;由義而濟景。命攸司庀葬事,以禮葬于抱川北里溪流山先塋之東。

《**四佳集·獨谷集序**》:嘗聞世之談公者,皆曰公姿相瑰奇,氣度豪逸,風流文彩迴出塵表,人望之爲神仙。又或擬之曰:"公詩酒跌蕩學太白,眞草妙絶法羲之,功名終始比白傅。"聞之未嘗不拱手加額。公早仕高麗,已陞宰輔。及相我太宗,有佐命勳,入居廊廟。利澤聲利之加時見後者,吁甚盛矣。詩之傳不傳,何足論哉? 然詩非徒詩也,心之發,氣之充,辭之達,讀其詩可以知其人。今是編氣雄以放,詞贍而麗,不屑屑於雕篆,精彩爛然可喜。非他文人詞士安一字下一句,苦心撚鬚者之比也。抑因是概見公道德之高,勳業之盛,文章之富,而能鳴一代之盛者矣。詩果傳不傳乎? 後之論時運,盍亦於是有徵。

《**東人詩話**》:趙文忠公浚邀座主李文靖公開筵,簪纓滿座。時方小雨,桃花亂落,獨谷成文景公石磷先成賀詩一絶云:"得士方知座主賢,侍中獻壽侍中前。天教好雨留佳客,風送飛花落舞筵。"滿座閣筆。家君昌寧府院君汝完盛怒曰:"文章當自損,示屈於人。誇才眩能,取禍之道也。"深譴之。獨谷悔謝。

獨谷訪騎牛李文節公行不遇,有詩云:"德彝不見太平年,八十逢春更謝天。桃李滿城香雨過,謫仙何處酒家眠。"詞語豪宕俊逸。

《**筆苑雜記**》:成文景公石磷少有倜儻奇節。嘗爲楊伯顏幕下禦倭,失律當刑。公假寐,有人告曰:"公著蒿冠無爲也。"公自解曰:"蒿冠以蒿裹頭,不祥莫甚。"竟貸死除名。後爲首相曰:"吾夢蒿冠者,高官也。"早年與四五同僚在政房,辛旽負手傍觀。指文景曰:"終必大顯,福德非諸君所及。"卒如其言。老賊亦復具眼。公年六十,慈氏亦年踰七十,病革,瞑目不言者數日,藥餌無效。公焚香祈禱,哀號幾絶。俄而慈氏曰:"是何聲也?"侍者驚喜曰:"祈禱聲也。"慈氏曰:"天遣人賜几杖曰:'有子至誠如此,可扶而起。'"病尋愈。人皆歎文景孝誠之篤。

《**壺谷詩話**》:五言絶,成獨谷石璘"一萬二千峰"最古,成侃《囉嗊曲》亦好。

《**小華詩評**》:成獨谷石磷《送人楓嶽》詩曰:"一萬二千峰,高底自不同。君看日輪上,何處最先紅。"以譬人品之高下。

《**東國詩話彙成**》:獨谷出按關西,眷定州妓,入州留數日,將出有雨,微心欲留焉。問邑宰曰:"恐有雨,候,何如?"邑宰故若不解公意,乃曰:"今日當不雨。"公不獲已。發向嘉山,中路雨。作賦詩云:"却恨雨師無老手,嘉平館外濕征衣。"

獨谷得蓯蓉草,送呈騎牛子李行,戲書一絶曰:"世傳東國草蓯蓉,補益房中最有功。老子自知無所用,題封寄與謫仙翁。"蓯蓉主治男子絶陽,故云。

麗季,倭寇昇平府,主將楊白淵失律坐事,幕僚成石磷亦連坐。唐城曰:"石磷律應不坐。"都統崔營必欲置死地,城憤然曰:"都統先律文乎?律文先都統乎?以己意輕重律文,律文如何?"崔營從其議,免死。後城卒,石磷爲詩哭之曰:"都統律文先後語,生當欲報死難忘。"

晚年致仕懸車,以幅巾藜杖,散步逍遙,或陟山阿,或尋梅採菊,寫爲《燕坐》、《散步》二圖。以起居無時,惟適所安之意。雙梅堂有《散步圖記》。

獨谷成文景公愛淮陽妓月纖纖,嘗判開城府,一日忽起訪纖纖之興,稱病直抵淮陽郡。淮陽太守某,獨谷同年友也。行到金化縣,報先聲。太守方與纖纖私焉,聞獨谷來,攜纖往長楊屬縣避之。獨谷至,則既不見邑宰,又不見情人。空館寥寂,長夜敻漫,情不自聊,題一絶云:"龍鍾嗜酒判開城,獨對孤燈白髮明。早識主人嫌宿客,莫教郵吏報先聲。"比曉促駕而還。郵吏語曰:"令公何倏來忽返若是?"獨谷曰:"我愛纖纖,乘興而來;不見纖纖,興盡而返。"郵吏曰:"未聞虎前乞肉者也。"獨谷大笑。

【按:成石磷(1338—1423)字自修,號獨谷,諡文景。籍貫昌寧。詩詞出衆,擅長草書。著有《獨谷集》今傳。其詩氣雄以放,詞贍而麗,豪宕俊逸。《箕雅》收其五絶一首、七絶二首、七律一首。】

曹　庶　**仁山人。官至禮議。嘗奉使入大明,流金齒,後還國。**

《朝鮮太祖實錄》卷一四:七年五月庚申。被留使臣曹庶從人崔祿,齎禮部侍郎張炳書及曹庶、郭海龍招狀回自京師。書曰:"……其曹庶狀招曰:'有本國前禮曹正郎尹珪、成均司成孔俯、禮曹正郎尹須、曹庶,俱係秀才。洪武三十年八月間,有尹珪等對庶言說:"去年大明皇帝取俺每撰箋的金若恒每赴京去了。如今有判三司事偰長壽回來說:'大明皇帝都留下不放,他每回來好生怪,俺每這裏將進的鞍子都拆毁了,他每這幾箇好歹不放回來。如今殿下十一月千秋,俺每王好歹將禮物去進,必要啓本,俺每這裏商量計較,尋幾箇音同的字樣,安在裏面,看中國可有好秀才看得出來。'"各人依聽,商議於殿下千秋啓本内,故寫千秋節使字樣譏侮,差判典儀寺事柳灝、司譯院判官鄭安止、打角夫崔浩齎進赴京。不期本年十二月十九日,有原根差同柳灝赴京,打角夫崔浩齎禮部文書回還,要作寫啓本的人來回話。當有同商議作啓本譏侮人尹珪、孔俯、尹須却於王根前告說,然是俺每四箇商議,作寫中間,都是曹庶主張。有王至本月二十五日,喚司譯院事郭海龍押送庶。當分付郭海龍:"爾曾赴京多遍,好生省得那裏言語,去年差爾送金若恒赴京。後使臣盧仁度、鄭揔、吳世謙赴京,不見發回,恐防那裏留下他每,引路征取俺每地方。如今差爾伴送曹庶赴京,若見他每,討箇仔細回來,與俺知道。"以此就差郭海龍,伴送到京回話打聽。'今蒙送問招狀是實。"

《朝鮮太宗實録》卷九:四年九月丙午。謝恩使呂稱齎禮部咨文回自京師。咨曰:"照得,先該欽依查取朝鮮國比先爲事充軍犯人,已行雲南等處軍民衙門挨查去後,續該雲南都司送到曹庶等五名,釋放回還本國去訖。"

《朝鮮太宗實録》卷九:五年四月丁丑。賜曹庶、宋希靖各米豆二十斛。

《壄隱逸稿·尊慕録附》:曹庶,仁山人。嘗奉使入大明,流金齒,後還國。官至禮曹參議。詩在《東文選》。

《壄隱逸稿·附録·壄隱先生歷官略》:二十年辛亥三月同知貢舉。取金潛等三十一人。……時全伯英、李行、南在、李伯由、金若采、柳寬、金若恒、金震陽、廉廷秀、曹庶等亦登第,皆知名士也。

【按:曹庶(朝鮮太宗時人),仁山人。恭愍王二十年(1371)登第,官至禮曹參議。《東文選》卷八載其七古一首,卷一〇載其五律三首,卷一七載其七律四首,卷一九載其五絶一首,卷二二載其七絶二首。其詩摹景畢肖。《箕雅》收其七絶一首、七律一首。】

南　在　**字敬之,初名謙,號龜亭。宜寧人。太祖潛邸時故人,參開國勳,官至領議、宜寧府院君。配享太祖廟庭,謚忠景。**

《朝鮮世宗實録》卷六:元年十二月甲申。宜寧府院君南在卒。停朝市三日,致賻米豆七十石、紙二百卷,官庀葬事。謚忠景:危身奉上忠,由義而濟景。在,慶尚道宜寧人。少登第,通今達古,歷揚臺省,出入中外,有經濟之才。及革代之際,翊戴之謀多出於在。甲戌年間,上王以王子入朝,在從行,一時偕行宰相頗不恭,獨在禮敬。逮至戊寅,其弟誾與鄭道傳、沈孝生謀去諸嫡,上王以在不與謀,置諸私邸。事定,免死流之,後復召還,累官至右政丞,就封府院君。上王以耆舊特加禮貌,至是病卒,年六十九。其孫暉尚上王第四女貞善公主。其少也家貧,一奴一馬,以祗候九年不遷,亦爲婦翁不禮,及爲開國功臣,恃勢多奪人奴婢。歲戊寅,爲辨定都監提調,有人訴之,在怒,因他事百計侵逼,其人憤恚而死。以故晚年資財頗富,又與其弟實爭産,終身不睦,實晨炊才給,而不之恤。

《龜亭遺稿·行狀(南磬)》:府君於敬烈爲長男也。府君生於忠定王辛卯。中恭愍王辛亥同進士出身第五。逮恭讓王時,諫官金震陽論流府君及府君之季誾、趙浚、鄭道傳、尹紹宗、趙璞等,蓋有推戴我太祖之意故也。及太祖受命,以府君拜中樞院學士兼司憲府大司憲。下教曰:“中樞院學士南在,識天命之去就,察人心之向背,以民社大義决意定策,推戴寡躬,共成大業。其功甚大,策開國勳一等。”歷官楊廣道廉問計定使、慶尚道都觀察黜陟使、春秋館太學士兼五道都兵馬使、議政府贊成事。嘗避官遯于野,太祖思公甚,至物色求之,賜名“在”。蓋府君初名謙,而喜其無恙尚在也。府君乃字以敬之,亦出敬君賜之義也。府君懲前朝壞壞亂之弊,急新政先務之要,條上十一事。二年癸酉,府君以奏聞使出疆,上特遣府君之弟將軍,贊賜以衣酒。三年甲戌,高皇帝以本國表辭倨傲,命遼東毋納朝鮮之使。使臣至遼,不得人而還者五輩。而已遣使諭以送親男。時太宗爲靖安君,上謂太宗曰:“天子若有所問,非汝莫能對。”太宗對曰:“臣爲宗社大計,豈敢辭避?”上揮涕曰:“汝體質羸瘦,萬里之行能無恙乎?”是行也,朝臣皆爲太宗危之,府君奮然曰:“靖安君有萬里之行,吾輩安枕死於此乎?”仍自請往。上遂命府君及趙胖與之偕行。行中諸人或有失禮於侍御之節者,惟府君執禮盡敬。及如京,帝引見再三,優禮遣還。太祖益禮重焉。先是,算法自中國初來,人莫有能解者,府君究得之如神,人謂府君“南算”。及奉表赴京,坐轎中布算,度前幾里有山幾里有水,歷歷皆驗。華人莫不驚異之。四年乙亥正月,府君遭敬烈公喪。七月壬辰,上特命召對于便殿,憫其羸毁,勉以從權。五年丙子十二月,以征倭事承命起復,由藝文春秋館太學士爲都兵馬使,從都統使金士衡發五道兵擊一歧、對馬島。將行,上親餞于南門外,賜以冠劍弓矢。六年丁丑正月班師。七年戊寅,府君以政堂文學奉命致祭于松岳,聞弟誾與芳碩之亂,坐法還謫于諸王子,有欲並害府君者。太宗欲全之,下教曰:“素不與誾同心,不可連及。其還我第。”時府君之母夫人在果州田莊,謂府君亦死於亂,日夜號慟,意在必死。府君拔其鬚送之,母夫人始知府君得全矣。事定,放于宜寧。未幾,上王曰:“南在必無與知之理。”特命召還。庚辰正月甲午,定宗卽位,府君首建早定儲嗣之議。河崙等仍請曰:“天意人心可知,請定位號。”定宗曰:“善。”遂定靖安君爲儲。定策之功,公實伯焉。太宗卽位之初,選書筵官,以府君學業可以備勸講之任,特拜師傅。三年癸未十月甲戌,府君以慶尚道都觀察使疏陳弊瘼,請壯邊圉復漕運及除米納布等事,皆蒙採施,至今賴之。閏月壬戌,上聞府君因禁斷酒,慮其勤於事而致某病,特賜宫醞于任所,仍令服藥用酒。府君嘗與吉冶隱再相善,中間出處雖異,而心常景慕。及受嶺節,遂造其廬,爲詩而褒其節,營廟而成其志。四年甲申五月乙亥,拜議政府贊成事。七月甲子,上幸母岳,相宫都之地,府君亦從焉。十月戊子,臺諫劾府君以居易之黨。上素知府君之冤,下三省官于巡禁司鞫詰之。因命府君出視事,府君詣闕謝恩,具陳所懷。上至墮淚而教之曰:“卿之心事,予豈不知乎?”府君拜謝而退。八年戊子,浚慕華館南池,功久不就,憲府劾提調官朴子青等。上召責持平崔自海,勒歸其家,執義權遇等待罪。府君時以大司憲進諫曰:“臺諫,人主之耳目也。言雖不中,亦不加罪者,所以開言路廣視聽爲萬世計也。子青被責,固不足論。設若奸臣弄權,事關大體,臺諫含默不言,非細虞也。”上卽命遇等就職。十四年甲午,府君以判府事擢拜右議政,封宜寧府院君。同年陞左,以監春秋掌會試,取生員趙瑞康等三十三人。上曰:“權蹈、成漑、李賀、李隨皆朝士,而無中試者,可見掌試之公也。”上命府君及河崙改修《高麗史》。上曰:“恭愍王以下事多不實,宜更竄之。”十五年乙未,解相,以勳封兼修文殿大提學、世子傅。是時上爲貴主擇駙馬,定于府君之孫宜山君暉。語于大臣曰:“凡爲駙馬者,習於驕奢,尠有不敗。今此選定,端爲其家之儉約。”此可見府君儉德之素著也。十六年丙申,拜領議政。世宗元年己亥十二月十四日,卒于第。享年六十九。停朝市致賻賵。同月己丑,上備法駕,率百官幸公第賜祭弔孤。官庀葬事,贈謚忠景。危身奉上曰忠;由義而濟曰景。……府君嘗卜居于漢師南小門洞城底,蓋國初定都時上命堪輿家擇而賜者也。於其宅南别構一堂,揭號曰翠微,此寔爲終南之山腰而名之也。每於公退之暇,輒與客着棋終日。或問其故,答曰:“生人有氣,必有言語。有語而不及朝廷鮮矣。終日着棋,所以避言諱也。”人服其謹愼。府君以英豪之姿,高邁之識,通今達古,燭微炳幾。妙歲登第,遭遇盛際,倡義决策,克成洪業。盡言革弊,載贊新化。勤護聖躬,盡節於萬里之行;遠避政權,脫危於兩家之亂。其碩德雅望豐功盛烈,足以銘彝鼎而被絃歌。

《壺谷集·先祖翠微堂遺事跋》:詩亦不事繪飾,忠厚和遠。所載雖至尠,嘗臠可以知鼎,豈雕篆小子所敢測其涯涘哉。

《秋江冷話》:龜亭好酒多大略,然言語未嘗少失。好與客著棋,終日不倦。客問其故,答曰:“生人有氣,必有言語。有語則不及朝廷者鮮矣。終日著棋,可以避言諱也。”人服其謹愼。

龜亭持心大謹,不檢形外。一日著國家所禁衣服朝于闕。有人諫於家曰:“大臣亦爲禁服歟?”龜亭瞿然呼婢曰:“我朝會時服何衣耶?”人服其雅量宏遠,不審衣服也。尹慶曾謫長興五六年,生一子矣。余客寓其家。一日慶會語其妾曰:“吾欲往尿,中門有扉歟? 無扉歟?”余以龜亭方其才。

《青坡劇談》:南政丞在罷相,養閑於墨寺洞本第,日以棋局爲事。有墨寺長老屢造焉,相與圍棋,而長老佯不勝,公大喜。既脫其冠,又脫其衣,至於中裙,則長老不敢脫,哀懇再三然後免。日暮而長老還寺,則公使婢子二三人持米豆饌物以遺之。由是長老無日不脫衣,而所得日增,公亦不知也。

有閔姓朝官謁焉,公亦與之對棊。閔臨局爭道不遜,至以手犯其頂。公不悅曰:“此客氣豪。然得志則得志,不得志則不得志也。”

【按:南在(1351—1419)初名謙,字敬之,號龜亭,諡忠景。宜寧人。著有《龜亭遺稿》今傳。其詩不事繪飾,忠厚和遠。《箕雅》收其七絕一首。】

趙云仡　　號石磵,豐壤人。官至監司。恭愍時辭職。佯狂自晦,自號板橋院主。

《高麗史》卷一一二:趙云仡,漢陽府豐壤縣人。恭愍六年登第,調安東書記,累轉閣門舍人,十年授刑部員外郎。紅賊之亂,從王南幸,錄功爲二等。明年,遷國子直講,歷全羅、西海、楊廣三道按廉使。其在全羅,評理廉之范妾兄與其党盜太山人金彦龍馬。云仡按驗具服,徵布,殺爲首者。會金允瑨代云仡聽,之范屬反徵彦龍布五百匹還之,令吏將獄辭,押彦龍及盜詣法司辨之。盜中路竊獄辭,亡匿之范家。彦龍跡而得之,告憲司。憲司劾之范,以宰相庇盜捕之。之范逃,杖允瑨,除名。二十三年,以典法摠郎辭職,居尚州露陰山下,自號石磵棲霞翁。佯狂自晦,出入必騎牛,著《騎牛圖贊》、《石磵歌》以見意。與慈恩僧宗林爲方外交,超然有世外之想。辛禑三年,起授左諫議大夫。與同列上疏曰:“……”再轉判典校寺事。六年乞退,居廣州古垣江村,重營板橋、沙平兩院,自稱院主,敝衣草屨,與役徒同其勞,過者不知爲達官也。十四年,復起爲典理判書,遷密直提學。時議按廉秩卑,不能舉職,選兩府有威望者爲都觀察黜陟使,授教書鈇鉞以遣。云仡爲西海道,將行,上書曰:“臣聞芳餌之下必有巨魚,重賞之下必有良將。”又曰:“……”禑下其書都堂。云仡觀察州郡,頓綱振紀,抑強扶弱,有犯法者毫髮不貸,部内大治。辛昌元年,召拜簽書密直司事,俄陞同知。恭讓二年,出爲雞林府尹,入本朝授江陵大都戶府使。尋以病辭,歸於廣州別墅。又拜檢校政堂文學,檢校例受祿,云仡辭不受。爲人立志奇古,跌宕瑰偉,徑情直行,不肯隨時俯仰。將終,自述墓誌曰:“趙云仡本豐壤人,高麗王太祖臣平章事趙孟三十代孫。恭愍代,興安君李仁復門下登科。歷仕中外,佩印五州,觀風四道。雖大無聲跡,亦無塵陋。年七十三,病終廣州古垣城,無後。以日月爲珠璣,以清風明月爲奠,而葬于古楊州峩嵯山南摩訶耶孔子杏壇上,釋迦雙樹下。古今聖賢豈有獨存者?咄咄人生事畢。”

《東人詩話》:李文順《送春》詩曰:“春向晚,送將歸,杳杳悠悠適何處?不唯收拾花紅歸,兼取人間渥丹去。好去青春莫回首,與人薄情誰似汝?”趙石磵云仡《送春》詩:“謫宦傷心涕淚揮,送春兼復送人歸。春風好去無留意,久在人間學是非。”李則惜春歸,趙則勸春歸,各有意態,老健奇絕。

作詩非難，而知詩爲尤難。李文順嘗評古人詩，以梅聖俞爲不佳，“池塘生春草”爲非警語，而徐凝《瀑布》詩爲妙。然東坡稱徐爲惡，歐陽子以梅爲工，“春草”之句古今絕唱。而李之品評如是，知詩豈不爲難乎？文順《平沙院》詩：“朝日初升宿霧收，促鞭行到漢江頭。天王不返憑誰問，沙鳥閑飛水自流。”趙石磵選入《三韓龜鑑》，批曰：“天王不返，未知指言何事。”然尚取之何耶？以今考之，漢江無天王不復等事，雖用《左傳》語亦不好。

朴惠肅信少有時譽，按江原，愛江陵妓紅妝，情頗珍重。秩滿將還，府尹趙石磵云仡誑曰：“妝已仙去。”朴悼念思想，頗自聊。府有鏡浦臺，形勝爲關東第一，尹邀廉使出遊。密令紅妝靚飾豔服，別具畫船，選一老官人，鬚眉皓白衣冠褒偉，狀類處容者，載紅妝。又揭彩額，題詩其上曰：“新羅聖代老安詳，千載風流尚未忘。聞說使華遊鏡浦，蘭舟不忍載紅妝。”徐徐擊楫入浦口，徘徊洲渚間。絲管清圓，如在空中。尹語廉使曰：“此地有古仙遺跡，山頂有茶灶，距此數十里，有寒松亭，亭亦有四仙碑。至今仙曹神侶往來其間，花朝月夕人或見之。但可望不可近也。”朴曰：“山川如此，風景殊異。”適無情況，涕淚盈睫。俄而舟行順風，一瞥直前。老人艤船相棹，形貌詭奇。船中紅妓歌舞綽約翩躚。朴駭愕曰：“比神仙中人。”熟視乃紅妝也。一座抵掌大笑，極歡而罷。後朴寄關東詩曰：“少年持節按關東，鏡浦清遊入夢中。臺下蘭舟思又泛，却嫌紅粉笑衰翁。”

《筆苑雜記》：趙石磵云仡自少奇偉卓犖，不與世低昂。麗季見世亂，托青盲不仕。入本朝，尹雞林江陵二府，未幾託病卜居廣州之古垣村，韜晦不見。一日左相上洛金公士衡歷訪，欲勸之一仕。石磵穿闊袖布衫，頂葦笠，長揖不交一語。上洛曰：“崛強是老，故態如之何？”命駕而還。石磵日騎牛往來鄭金、廣津二院，施濟行旅。嘗自吟曰：“騎黃牛，傍青山。粗粗乎其身彩，一疋布也不直。”

《慵齋叢話》：高麗宰臣趙云仡，知時將亂，謀欲避患。其所居鄉野在今廣津下，公求爲沙平院主。與鄉人結侶，每與飲會，相與雜坐，談諧戲謔，無所不至。一日坐亭上，朝臣貶斥者多渡江，公作詩曰：“柴門日午喚人開，步出林亭坐石臺。昨夜山中風雨惡，滿溪流水泛花來。”

《東國詩話彙成》：公初爲江陵府使，不喜接賓客，不煩擾民間，至今以清白稱之。一日府妓在席上相嬉笑，公問其故。一妓答云：“妾夢侍官寢，今與諸伴解夢耳。”公即索筆題曰：“心似靈犀意已通，不須容易錦衾同。莫言太守風情薄，先入佳兒吉夢中。”

麗末，公上九月山有詩云：“山中猶在戊辰雪，柳眼初開己巳春。世上榮枯吾已見，此身無限付窮貧。”戊辰，辛禑之末年。己巳，恭讓之初年。

按:我太祖倡議回軍廢禑立瑤,皆在辰巳之年。是時,兵興擾攘,更相背向,朝野分崩,天地閉革,故石磵見榮枯之無常,寧窮貧而無憾,深有悲憤之意。

知時將亂,謀欲避患,詐爲狂誕。嘗觀察海西,每念佛。有一守令相友善者,到窗外念"趙云仡",公曰:"何以稱我名?"守令曰:"令公之念佛欲成佛。吾之念令公,欲成令公耳。"相視大笑。

守江陵時,厭客,爲略設盃酒,計故令釀酒酸薄。酬酢一兩盃,輒曰:"酒味適薄,不敢勸客。"顧左右撤盃盤。

《楓巖輯話》:趙石磵云仡爲大司諫,被臺官所劾。臺官以公緘劾問,石磵不答,但書一絕曰:"一杯酒,一杯酒,大諫醉倒春風前。不願富,不願貴,但願無事終千年。"臺諫曰:"此老倔僵如此,非公文可制。"遂不問。

【按:趙云仡(1332—1404)號石磵,豐壤人。李仁復門人。著有《石磵集》,編有《三韓詩龜鑑》。《東文選》卷二二載其七絕五首。其詩老健奇絕。《箕雅》收其七絕二首。】

偰長壽　　字天民,號芸齋。遜之子。恭愍時登第。官至判三司事。本朝賜籍慶州。

《高麗史》卷一一二:長壽,字天民。恭愍時,以慶順府舍人居父憂,王以色目人特命脫衰赴試,遂登第,官累判典農寺事。上書曰:"……"竟不行。辛禑時,拜知密直事,再轉政堂文學。𧷤禑遜位表如京師。我太祖定策立恭讓,長壽參謀議,王賜中興功臣鐵券,封忠義君,下教褒奬曰:"乃者偽主辛禑頑兇狂悖,傷敗彝倫,妄興師旅,潛圖猾夏。尚賴祖宗之靈啓迪于上,忠義之臣憤激於下,舉義旋師。當此之時,人情洶懼,國論紛紜,入覲天庭,敷奏詳明。天子嘉之,授以丁寧之訓:'卿乃常懷匡復之心,以待事機之變。'乃與侍中李太祖舊諱等上奉天子之命,下徇臣民之情,推戴寡躬,剗除異姓,使九廟之主有所依歸,三韓之人得以永賴。肆命有司追贈三代,宥及永世,立閣圖形,鐫碑紀績。"錫之奴婢土田,又賜銀錠、馬匹。進贊成事,賜定亂功臣號。遷判三司事憲府,劾附鄭夢周,罷之。復上疏請除名遠流,王不得已,從之。自此以後入本朝。

《青丘風雅》:仿柳蘇句法。狀春秋景清麗。

【按:偰長壽(1341—1399)字天民,號芸齊,謚文良。本回鶻人偰遜之子,賜籍慶州。高麗恭愍王時隨父歸化。朝鮮朝封燕山府院君。後以使臣身份八次赴明,善詩歌書法。著有《直解小學》、《芸齋集》。《東文選》卷一〇載其五律三首,卷一七載其七律四首,卷一九載其五絕一首,卷二二載其七絕一首。其詩狀景清麗。《箕雅》收其五絕二首、七絕一首、五律二首、七

律一首。】

鄭　摠　　字曼碩，號復齋。樞之子。太祖朝封西原君，洪武丙子被留於大明，卒。謚文愍。

《朝鮮太祖實錄》卷一二：太祖六年十一月戊寅，鄭摠、金若恒、盧仁度之妻，以鄭允輔之言發喪。上聞之曰："帝若殺摠等，禮部必有咨。允輔之言未可信，令禁之。"摠字曼碩，清州人，文簡公公權之子。僞朝丙辰，洪仲瑄知貢舉改舉法，以詩賦設科，摠登第一人。年十九，拜春秋檢閲，歷臺諫應教，至大護軍。己巳，恭讓君立，陞兵曹判書，一時表箋，多出其手。自上潛邸，歸心日久，上即位，錄功爲一等，授僉書中樞院事、西原君。甲戌，遷政堂文學，改藝文春秋館太學士，與鄭道傳同修《高麗國史》。乙亥，以請誥命赴京，帝方怒國朝進表有回避字樣，謂摠撰表拘留，遣人取家小，帝怒其非眞，皆還之，又遣使取鄭道傳。道傳病，權近請曰："撰表之事，臣實與焉。臣今不逮而往，容或見原，逮而不往者，亦且免疑，臣若後日見逮而往，臣罪反重。"上遣之。帝見近怒稍解，命近及摠等，日赴文淵閣，聽諸儒講論。將遣還，俱賜衣，令遊觀三日，命題賦詩。及陛辭，近服賜衣，摠以顯妃喪服素衣，帝怒曰："汝何心不服賜衣，乃著素服？"獨遣近還，命錦衣衛鞫摠等。摠惶懼逃遁，被執而刑，金若恒、盧仁度以摠故并及。上聞之悼甚，謚文愍。子二，孝文、孝忠。

《海東雜錄》：鄭摠，清州人。字曼碩，圓齋樞之子，自號復齋。辛禑朝捷巍科，官至政堂文學。入本朝爲開國功臣，封西原君。丙子被留于大明卒，謚文愍。……高皇帝二十九年賀正表箋，語涉戲侮。徵近、摠詰責之。近蒙宥而還，摠被留不還。

《東文選·復齋記(李崇仁)》：古之人肄業，必有其地。若國之有學，黨之有庠，術之有序，家之有塾是已。自家塾之廢，而齋舍作焉。夫既齋而名之，既名而稱述之，蓋欲居是齋者，思有以稱其名齋之義焉。則其於肄業，豈不有所增益者哉？吾友藝文應教西原鄭曼碩氏，扁其所居曰"復齋"，求余文記之。余嘗讀《易·復》之一卦，因以參考先儒之說，以爲復有三，繇陰陽，有天地之復焉；繇動靜，有聖人之復焉；繇善惡，有衆人之復焉。蓋《復》之爲卦，陽之消極於上而方息於下者也。孟冬之月，純陰用事，俯仰兩間，品彙歸藏。既而一陽復萌，生物之心，盎然呈露，乃天命流行，造化發育，機緘之動實始於此。所謂復，其見天地之心乎？維聖人亦然。其未感物也，此心之鑑空衡平於寂然中者，雖鬼神亦莫得而窺也。及夫酬酢之際，如舜之好生，禹之拯溺，文王之視民如傷，是乃聖人所以心天地之心，而人因其動而見者也。若夫衆人之生,氣稟既駁矣,物欲又蔽矣,喪其心而不自知者皆是。然其本然之善固在,如陽之未嘗盡而必復也,故隨感而見,自有所不可遏者焉。雖至窮者,不能或屑於嗟來之食;至暴者,不能或忍於匍匐之入。此其善端之復,而不敢忽者也。夫復之義有三,而聖人之辭拳拳焉致詳於衆人之復者何哉?蓋天地之炁靜極而動,自當有復之之理。是故《易》之教人,雖歸重於天道,而尤歸重於人心焉。初之不遠復,二之休復,三之頻復,四之獨復,五之敦復,上之迷復,何其人心之難保也如此哉?聖人於《復》之卦辭,只明天地自然之復,而於六爻皆言人心之復,不一而足。使萬世之人觀其辭,翫其占,能有以趨吉而避凶,可謂至矣。雖然,吾夫子於不遠復下,又贊之曰:"以脩身也。"又以顔氏之子當之。夫學顔子之學,固吾儕之所願也。今吾與曼碩氏從事於不遠復之元吉,而深戒乎迷復之凶。其殆庶幾乎?晦庵先生有詩曰:"幾微諒難忽,善端本緜緜。閉關息商旅,絶彼柔道牽。"至哉言乎,曼碩氏識之。

《東文選·復齋先生遺稿序(安崇善)》:文辭,所以吟咏性情以達所藴,故和順積中而後英華發外,其雄深雅健之辭實根於元氣。則文辭之不可僞爲也審矣。吾舅氏西原君復齋鄭公生於麗季,天資精敏,學問該博,早捷魁科,遍揚清選。贊我太祖,爲國元勳,功在社稷,凡國家辭命、制教、事大之文皆出其手,文章道德師範一時。歲在乙亥,奉使不還。使經綸之器,雄偉之才,終不得大施。嗚呼惜哉!公仲男上將孝忠來諗於予曰:"欲刊先君遺稿,請兄序之。"仍授一帙。予雖文拙,義不敢辭。焚香静坐,披覽數日。其辭和而不浮,質而不俚,清新出於要妙,浩瀚發於深邃。愛君憂國之意藹然溢於辭氣之間,有非詞人韻士所可髣髴其萬一也。先祖雪谷、圓齋父子之集盛行于世,而吾舅氏夙承庭訓,謹守家法,著詩若文又如是。吾東方文學之士世不乏人,而父子及孫相繼有集,則未之聞也。上將之拳拳顯揚先烈,以傳不朽者如此,是不可不書也。

【按:鄭摠(1358—1397)字曼碩,號復齋,謚文愍。籍貫清州。鄭樞子。善書法,著有《復齋集》今傳。其詩清新要妙,浩瀚深邃。《箕雅》收其七絶二首、五律一首、七律一首。】

姜淮伯　**字伯夫,號通亭。晉州人。辛禑初登第。入本朝,爲東北面都巡問。**

《高麗史》卷一一七:姜淮伯,晉州人。父蓍,門下贊成事。淮伯辛禑初登第,累遷成均祭酒,歷密直提學副使、簽書司事,賜推忠協輔功臣號。恭讓即位,以淮伯、趙浚、徐鈞衡、李至爲世子師。淮伯以年少無學固辭,陞判密直司事，兼吏曹判書。上疏曰："……"王納之。初爲交州江陵道都觀察黜陟使，召還，拜政堂文學兼大司憲。與同列言："人事乖於下，天變應於上。今星失其躔，月有食既。又當農月耕播之時，寒冰未解，候如隆冬。必有召致，不可不慮。願殿下恐懼修省，明其政刑，恪勤天戒，以答天心。乃敕京外不急土木之役，一皆停罷，以彌怨氣。"王從之。諫官金震陽等承鄭夢周指嗾，劾趙浚、鄭道傳等罪。淮伯亦率臺官上疏論劾浚等，及夢周誅，震陽等皆杖流。淮伯以王婿淮季兄得不坐，遂稱疾辭之。左常侍金子粹等上疏曰："姜淮伯等羅織無辜，欺罔宸聰。而殿下命一二大臣窮問得情，震陽、鄭熙等十人皆服厥辜，遠竄於外。獨淮伯與柳沂苟免在家，若不與於其議者罪同罰異。願殿下斷以大義，削淮伯、沂職，流遠地以正邦憲。"王不得已從之，流淮伯于晉陽。入本朝爲東北面都巡問使。卒，年四十六。

《朝鮮太宗實錄》卷四：二年十一月戊戌。前參判承樞府事姜淮伯卒。淮伯，晋陽人，恭穆公蓍之子。歲丙辰登第，壬戌年二十六拜代言，是年陞奉翊密直提學。乙丑冬，以賀正如京師，戊辰，又朝京師。己巳，拜匡靖判密直司事，觀察交州、江陵道。辛未，遷政堂文學兼司憲府大司憲。壬申夏，貶于晋陽，七年庚辰，授東北面都巡問使，階正憲，尋拜參判承樞府事，以疾卒于第，年四十六。淮伯聰明過人，慷慨老成，所至有聲績。五子：宗德、友德、進德、碩德、順德。

《私淑齋集·正憲大夫東北面都巡問使通亭先生姜公行狀》：公諱淮伯，字伯父，號通亭。高麗門下贊成事蓍之子。自幼聰警絶人，讀書史一過輒記。發爲詞藻，天趣自高，不落尋常窠臼，時輩推服。辛禑初鄭摠榜登第。從陽村先生受性理之學，益覃研精思，大爲陽村所稱賞。……我太祖啓運，搜擢前朝人物。公時丁内艱，特起復爲鷄林府尹，俄遷東北面都巡問使，固辭不允。尋卒。年四十六。……希孟生三歲，鞠於王母李氏。李常教余："吾事乃祖於竄謫中，又與再蒙天恩。公不以淪落自歉，不以伸達自盈。雖妻子未嘗見其喜愠色。嘗器表姪河演之爲人，以吾季妹妻之。河公治第晉曲，公戒云：'子當踐敭美官，爲國大相，非終老鄉曲者。'勸令之京，後其言無一不中者。"希孟聞命在耳。以今思之，公之德之行敻乎不可及也。夫窮達不貳其操，其確也已。知人於側陋中，其明也已。在屋漏言行無可擇，其敬也已。既敬且明，確守其操，此公所以保其天年，以永終譽者也。天順辛卯冬十月下澣，孫推忠定難翊戴、純誠明亮佐理功臣、崇政大夫、判敦寧府事、兼知經筵，春秋館事、晉山君希孟謹狀。

《東人詩話》：宫殿朝謁之類，詩家多用富貴綺麗之語。如老杜《早朝大明宫》，岑參、賈至之徒和者非一，皆極豔麗，無爐頭寒乞之聲。牧隱《天壽節人朝大明殿》詩:"大闢明堂曉色寒,旌旗高拂玉闌干。雲開寶座聞天語,春滿金巵奉聖歡。六合一家堯日月,三呼萬歲漢衣冠。不知身世今安在,疑是青冥控紫鸞。"通亭姜淮伯亦赴南京,賦早朝奉天殿詩:"御溝楊柳正依依,月上觚稜玉漏遲。環佩丁當鵷鷺集,羽林磨戛虎賁馳。螭頭忽暗香煙動,鳳尾徐開彩仗移。稽首紅雲瞻肅穆,日光先照萬年枝。"蓋有得於賈杜諸公餘剩矣。宣德年間,牧隱之孫李文烈公季甸赴燕京,朝罷出掖,主客郎中請賦早朝詩,文烈窘,書牧隱詩示之,主客大加稱賞。後通亭之孫姜文景公孟卿將赴燕京,文烈戲曰:"奈如華士試文何?"文景應聲曰:"吾家亦有《通亭集》。"滿座絕倒。

《小華詩評》:姜通亭淮伯、玩易齋碩德、仁齋希顔祖子孫三人皆以文章大鳴。噫! 歷觀往古讀書能文章者爲難;雖能文章,而成一家傳後世爲難;雖能傳後世,奕世趾美不墜其業爲尤難。求之于古,僅得蘇、杜二家。而我東方獨有通亭一家繼世箕裘,豈不韙哉? 通亭《寄燈明師》詩曰:"人情蟬翼隨時變,世事牛毛逐日新。想得吾師禪榻上,坐看東海碧粼粼。"玩易齋《題秀庵上人軸》詩曰:"占斷煙霞心自閑,茅茨高架碧孱顔。饑餐倦睡無餘事,春鳥一聲花滿山。"仁齋《詠松》詩曰:"階前偃蓋一孤松,枝幹多年老作龍。歲暮風高揩病目,擬看千丈上青空。"格調最高。

《東國詩話彙成》:公少時,讀書于智異山斷俗寺,種梅株於庭,乃題詩曰:"一氣循環往復來,天心可見臘前梅。直將殷鼎調羹食,謾向山中落又開。"至今傳爲"政堂梅"。曹南冥有詩云:"寺破僧羸山石古,先生自是未堪家。化工定誤寒梅事,昨日開花今日花。"蓋譏其失節也。

漢陽盤松亭枝柯輪囷,可蔭數十步。世傳麗王幸南京避雨於此云。通亭有詩云:"蒼松蒼松生道左,數個連蔭德有鄰。細枝連揚張翠帷,遮斷白日相依因。人言邃古無何時,君王避雨如嬴秦。因封此樹爲將軍,守者代捧霑王仁。"

【按:姜淮伯(1357—1402)字伯夫,號通亭。籍貫晉州。姜碩德父。著有《通亭集》。《東文選》卷五載其五古一首,卷一七載其七律三首,卷二二載其七絕一首。其詩洪麗開爗。《箕雅》收其七絕一首、七律二首。】

朴宜中　字子虛,號貞齋。密陽人。恭愍南行清州時登第,壯元。官至大提學,太宗朝拜參贊。

《高麗史》卷一一二:朴宜中,字子虛,初名實,密城人。父仁杞,版圖摠郎。宜中恭愍朝擢魁科,授典儀直長,累轉獻納司藝。辛禑時,除門下舍人,陞左司議大夫。與鄭蕰上疏曰:"……"不報。遷成均大司成,拜密直提學。

如京師，請還鐵嶺迤北。自恭愍朝，奉使者多齎金銀土產，市彩帛輕貨。雖有識者，迫於權貴所托，居貢獻十分之九。中國以爲高麗人假事大、貪貿易來耳。及林廉用事，其弊尤甚。宜中不齎一物，遼東護送鎮撫徐顯索布，宜中傾橐示之，解所著紵衣與之。顯歎其清白，以告禮部官。天子引見，待之有加。顯出，語人曰："偰宰相而下，吾所見高麗使臣多矣，至尊禮待未有如朴宰相者。"帝又命禮部官享宜中于會同館，坐之前元平章院使上，遂寢鐵嶺立衛之議。時張子溫死於錦衣衛，其從行二人尚未東還。帝附宜中遣之。行數日，遼東以崔瑩舉兵。聞宜中到遼海，從者恐爲遼東所執，中路皆逃。宜中單騎到遼東，略無懼色。辛昌立，賜推誠補祚功臣號。恭讓時爲同知經筵，一日，王御經筵，謂侍講官曰："予年齒已暮，雖讀聖經，恐無益也。"宜中曰："昔晉平公謂師曠曰：'吾年已七十七，欲學恐年耄矣。'師曠曰：'何不炳燭乎？'公曰：'安有爲人臣而戲其君者乎？'師曠曰：'盲臣安敢戲其君乎？吾聞之，少而好學如日出之陽，壯而好學如日中之光，老而好學如炳燭之明。炳燭之明，孰與昧行？'公然之。今殿下春秋尚富，學未晚也。"王嘉納。書雲觀上疏曰："道詵《密記》有地理衰旺之說，宜幸漢陽，以休松都地德。"王謂宜中曰："卿以遷都爲何如？"對曰："古昔人君以讖緯術數保其國家，臣未之聞。况今下民多疑，有書來自上國，則曰：'必有事。'西北界有報牒急騎，則曰：'天兵降至。'禁宮門闌人，則曰：'是必有以也。'民心既如是，又動衆以遷，則下民尤惑矣。供億之費，搔擾之弊，不可勝言。《書》曰：'匹夫匹婦不獲自盡，人主罔與成厥功。'願殿下察焉。"王曰："吾非不知其弊，陰陽之說其盡誣也？"不聽。尋拜藝文館提學，兼成均館大司成，入本朝爲檢校參贊議政府事。卒，年六十七。天資明敏，學問篤實，廉清慷慨，夷險一節，爲文章精深典雅。

《東文選·貞齋記（李穡）》：壬寅科壯元朴子虛，號其所居曰貞齋。蓋取諸《易》也。……子虛氏明敏之資，篤實之學，動而貞夫一也。

《貞齋逸稿·貞齋記演義（成最烈）》：大提學朴宜中學問篤實，文章典雅，倡明道義，始興程朱之學，以至華人之稱"海東夫子"。

《東文選·子虛詩序卷後題（鄭道傳）》：道傳奉閱牧隱先生《送子虛詩序》，至其稱子虛曰"縝密精切"。

《貞齋逸稿·羅山誌》：訪鄭道傳於消災洞。三峰謫居之地有錦城山、月出山，奇偉重疊，而有錦江經其東南，且黃茅脩竹間於松枏。道傳寒一裘暑一葛，早寢晏起，興居無拘，飲食惟意。與二三學者講論之餘，夤緣溪磵，登降巖谷。倦則休，樂則行。每遇佳處，徘徊瞻眺。或逢田夫野老，斑荊而坐，相勞問如故。有金成吉者善詩，金天能者善飲，老佛安心者記俚語，金千富、曹松者粗解棋譜,日語飲話。乃搆草舍二間,築土爲階,編竹爲籬。見子虚而笑曰:"杜子美在成都搆草堂,只閲數歲,而草堂之名傳千載。吾之居草舍幾時,吾去之後,草舍爲風雨所漂壞耶?野火所延爇,朽爲土壤而已耶?抑有聞於後耶?無耶?皆未知也。"子虚曰:"君子之不朽者,以名不以舍。君子之令名,不必泯於後也。則是天地爲其宇,日月爲其戶也。何與二間草舍哉?"共座諸友皆笑而罷。

《海東雜錄》:三國鼎峙,各守一方,日事攻戰,勢同蠻觸。貞齋記朝京及還,高皇帝移咨,數其五侮責之:"歲貢種馬,盡皆駑下之獸,此侮之一也;以馬爲禮,及其至也,皆爛斑雜色,雖行商亦不以爲用,此侮之二也;時或遣人密覘事勢,致令發露,此侮之三也;水陸往來,明白興販,何事不成,何機不得云云,此侮之四也;以匹帛易馬,伐胡陪臣等,皆以駑來易,以價較之,今三四匹馬價易一駑馬,終不爲用,此侮之五也。"

【按:朴宜中(1337—1403)初名實,字子虚,號貞齋。籍貫密陽。文科狀元。著有《貞齋逸稿》今傳。其詩縝密精切。《箕雅》收其七絶一首、五律一首、七律一首。】

尹紹宗　　號桐軒。澤之孫。高麗乙巳壯元。入本朝,官至兵曹典書。

《高麗史》卷一二〇:尹紹宗,字憲叔,贊成事致仕澤之孫。恭愍朝擢魁科,選補史官,累轉爲正言。草疏陳時事曰:"……"疏未上,獻納金允升知之,與司議禹玄寶托以紹宗累月在告曠職,劾罷之。辛禑初,授典校寺丞,轉成均司藝,改典儀副令、藝文應教。紹宗不顧產業,家甚貧。知申事李存性白禑,賜米十碩,移典校副令。我太祖回軍,紹宗詣軍前,因鄭地求見,懷《霍光傳》以獻,其意欲復立王氏也。辛昌立,陞典校令。與同僚奏本朝舊制:"……"昌從之。又奏:"……"昌下都堂議。俄拜右司議大夫,極論李仁任罪,又與同舍許應、閔開等復疏論仁任,日暮不得上。會疽發背,請告應等寢其書。紹宗遷大司成,赴書筵,以前疏進。仁任族黨疾之,至有欲殺者,語在《仁任傳》。紹宗在書筵,上書曰:"……"鄭道傳見之曰:"議論切至,深得告君之體。"恭讓即位,以大司憲趙浚薦,爲左常侍、經筵讀官。浚嘗從紹宗學,故有恩憐之舊,凡有章疏,紹宗皆具稿。初,紹宗嫉李崇仁才高,又忌李穡譽崇仁而不譽己。及永興君獄起,紹宗譖崇仁於浚,欲殺之。紹宗與同列請誅邊安烈,疏六上,從之。王欲覽《貞觀政要》,命鄭夢周講之。紹宗進曰:"殿下中興,當以二帝三王爲法,唐太宗不足取也。請講《大學衍義》,以闡帝王之治。"王然之。初,禑之移江陵也,門下評理尹虎、柳曼殊、簽書密直禹洪壽、同知密直俞光祐等押行,又廢昌之日,商議門下府事崔元沚、密直副使柳龍生、守宫門判慈惠府事鄭熙啓、慈惠府尹李恭靖王舊諱、密直副使金仁贇、知申事李行等守傳國，密直使姜淮伯、知密直尹師德封府庫。王論其功，賜虎等爲功臣。紹宗言："賞罰，國之大柄，不可濫也。我太祖征伐四十年，稱功臣者止六人。金樂、金哲代太祖而死，尚不與六功臣之列。今殿下既以和寧伯等九人告廟，行賞虎等之功，人所未聞，請削之。"不聽，復上疏爭之，竟不從。王遣吏曹摠郎李混迎曹溪僧粲英爲師，紹宗與兼大司憲成石璘等伏閤諫。石璘曰："釋氏以清淨寂滅爲宗，無補國家。昔成湯師伊尹、文王師太公，以致商周大平之治。未聞以釋氏爲師也。"紹宗曰："殿下如欲求師，有元老大臣在，何用僧爲？"遂退，交章論奏曰："……"又上疏曰："……"不允。又上疏曰："……"疏留不下。遷紹宗爲禮儀判書，其餘臺諫亦遷他官，以其彈劾不已也。紹宗嘗謂上護軍宋文中曰："今李侍中不能進君子退小人，若一朝墮于小人之計，悔何及哉？"沈德符等聞之告于王，王怒，罪紹宗。我太祖請曰："廷臣直言者惟紹宗耳，不可罪之。"代言李士渭亦曰："紹宗屢上書，皆不聽。今遽罪之，外議必謂殿下惡直臣也。"王曰："予既除紹宗高官，人惡得而言哉？李侍中功在社稷，紹宗等敢辱之，其可不罪歟？"遂放於錦州。初，紹宗與友婿崔乙義爭臧獲，未决，托辛禑嬖臣潘福海，得之。及爲常侍，喜論駁，王甚惡之。每舉托潘事呰之，至是見竄。後録回軍功，賜田，宥其罪。諫官承鄭夢周指嗾，上疏論劾，削職遠流，及夢周誅乃宥。入本朝，拜兵曹典書、修文殿學士、同知春秋館事，卒。

《朝鮮太祖實録》卷四：二年九月己未。兵曹典書、知製教、同知春秋館事尹紹宗卒。紹宗字憲叔，茂松縣人，文貞公澤之孫。聰敏好學，年未冠，詩文已老成，文忠公李齊賢見而稱奇。恭愍庚子中成均試，乙巳年二十一，中乙科第一人。對策高出前輩，遂拜春秋修撰，累官至左正言。時幸臣金興慶恣行威福，驕傲無禮；宦者金師幸巧詐逢迎，專掌工役，俱病國害民。紹宗草疏極言，欲皆斥去。同僚知之，托以稱疾不仕，劾罷之，疏不果上。僞朝己未，起爲典校寺丞，遷典儀副令、藝文應教。辛酉，丁母憂，居廬錦州。服闋，南方學者多從而受業。丙寅，以成均司藝召還。戊辰夏，上回自威化島，駐軍東門外，紹宗懷《霍光傳》進見。上既執退崔瑩等，乃行陞黜，擢爲典理摠郎，尋陞右司議大夫。己巳春，上書論李仁任，請斬棺瀦宅，不允。移成均大司成。上與趙浚等欲革私田，令百官議可否，俱以爲不可，紹宗與鄭道傳等力請革之。恭讓君立，授左常侍、經筵講讀官。恭讓欲迎僧粲英爲師，抗疏止之，恭讓積不平，改禮曹判書，尋竄錦州。上卽位，召拜兵曹典書，許列原從功臣。紹宗慷慨有大志，常以格君心正風俗爲己任，每當言路，極陳得失，無所忌諱。其居家不治生産，雖至屢空，不以爲意。博覽經史，手不釋卷，精於性理之學，闢異端甚力。年四十九，病卒，士林惜之。所著詩文八卷，自目曰《桐軒集》。子淮登辛巳科，今爲僉知承文院事。

《東人詩話》：桐軒尹壯元紹宗平生抗髒有奇節，嘗爲諫官，草疏請黜幸臣金興慶、寵臣金斯幸。同舍覺之，希興慶旨，劾公他事，不上疏。公有詩曰："孤臣野服謁天門，天語溫溫授正言。更把何心謀性命，重懷古意誓乾坤。未將社稷安危計，大負君王擢拔恩。千載不欺皇上帝，陳湯劉向二忠魂。"詩意謂漢王鳳以陳湯爲從事，劉向與湯友善，謂湯曰："今外戚日盛，必危劉氏。吾而不言，孰當言者？"遂上疏極諫。蓋湯爲鳳所信任，若不爲漢計，泄言，鳳則必先去劉向矣。向之封事安得上乎？今歎同舍之不然也。

《慵齋叢話》：（幻庵）師嘗請尹評畫山水十二幅，又請尹紹宗作詩。紹宗舉目而覩，走筆成之。紹宗出，師謂門人曰："此詩雖好難上於屏，不如邀牧老耳。"遂邀牧隱到房，張屏坐其中。良久沈吟，先書題目曰："此黃鶴樓也，此滕王閣也。"一一名之，然後搦筆成詩，詩思入神，遂手書屏上而去。師曰："此眞老手也。"嘗寶玩之。後爲廣平府院君李仁任所得。余少時至儒生歌謠廳見此畫，筆蹤疏宕而遒勁，卽牧隱手筆也。

《海東雜錄》：恭愍王見狗鳴，以爲腹痛，以藥救之。尹紹宗作詩記之云："庚子上在白岳宮，上見病狗傷天衷。宣傳急呼大醫來，出藥與狗中使催。微物且加不忍恩，家法仁愛難名狀。"

《東國詩話彙成》：李存吾論辛旽謫長沙，尹紹宗作詩送別云："復上雙亭重回首，秋高喬岳易生悲。"存吾氣節與秋色、喬岳爭高，既別存吾，對其似者而悲也。

《象村雜錄》：辛禑時，尹紹宗爲諫官，言禑所失，直斥無遺，有若數罪者。此豈真直言哉！不過谷永之專攻上身，彌彰君惡，弄之股掌之間。不然，則何以革面於二君也。

【按：尹紹宗（1345—1393）字憲叔，號桐亭，謚文景。籍貫茂松。尹澤孫。尹淮父。李穡門人。著有《桐亭集》。《東文選》卷五載其五古四首，卷八載其七古四首，卷一〇載其五律四首，卷一一載其五排一首，卷一七載其七律三首，卷二二載其七絕四首。《箕雅》收其七古一首。】

李　詹　**字少叔，號雙梅堂。洪州人。洪武元年壯元。入本朝，官至知議政府事。謚文安。**

《高麗史》卷一一七：李詹，洪州人。恭愍王幸九齋試經義，賜詹等七人及第，授詹藝文檢閱，三轉爲正言。上疏曰："……"王從之，令每月六衙日，六部臺省官親奏事，又令史官近侍。全羅道都巡問使李金剛貪財喜酒色，奪羅州牧使河乙沚玉頂兒，又漕運後期，致漂沒。憲府將劾之，知申事廉興邦聞之曰："金剛賄賂絡繹，憲府何能爲？"金剛果以賄免罪，後拜四宰，諫官不署告身。辛旽謂詹曰："何不署金剛告身？"詹曰："何可署也？吾父若祖俱令同正，吾得爲正言足矣。"旽默然。後貶知通州事，召，復爲正言。辛禑初，陞獻納，與正言全伯英上疏請誅李仁任、池奫，貶知春州事、伯英榮州事，尋杖流河東。蒙宥從便，累歷門下舍人、典理摠郎。辛昌立，拜司憲執義，書唐太宗《帝範》以進曰："……"恭讓即位，轉成均大司成，改右常侍、經筵講讀官，歷工禮二曹判書，尋拜密直代言。時成均博士金貂上書曰："……"王覽疏不悅，會貂以陵辱長官下巡軍，罪當笞。王指貂名曰："此人嘗上書詆毀佛法者也，欲殺之，而不得罪名。"詹曰："自我太祖以來，歷代崇信佛法。今貂斥之，是破毁先王成典，以此罪之，不患無辭。"王然之，命刑曹按律。刑曹以貂罪輕遲留不决。王益怒。賴鄭夢周論救，只坐陵辱長官罪。一日，王御經筵，講《貞觀政要》至"唐太宗欲再伐高麗，房玄齡上表諫之"之語，詹曰："我國自古能守臣節。昔梁武帝爲侯景所逼，而我遣使往朝，至則朝市鞠爲茂草，使者見而泣。侯景執之以問，答曰：'不如古昔盛時，是以泣。'侯景義而釋之。唐玄宗避祿山之禍，西幸蜀。我使至，玄宗喜，親制詩十韻賜之。此皆載在簡編，昭然可觀。至若元末北遷上都，而奔問猶謹，此臣等所親見也。故固守臣節，他國莫及。况今堂堂天朝，安敢稍違臣節？"知門下金士衡亦曰："我國僻在遐陬，山川險阻，若能謹守侯度，誰敢侮之？"王深納其言。詹進九規："……"陞知申事，以事流于桂城，未幾釋之，任便居住，自此以後入本朝。

《朝鮮太宗實錄》卷九：五年三月乙丑。知議政府事李詹卒。詹，洪州人，字中叔，自號雙梅堂，贈參贊議政府事熙祥之子。至正乙巳，中監試第二人。戊申，恭愍王幸九齋，以經義試諸生，命李穡讀卷，中者七人，詹爲第一，特賜及第，拜藝文檢閲。明年，擢右正言，上疏請令百官每日五更啓事，史官二人入侍左右，王從之。乙卯，拜左獻納，與正言全伯英上疏，論守門下侍中李仁任、贊成事池奫潛通亡元，交結瀋王，禍不可測，請誅二人。坐此流貶者十年。戊辰，起拜内府副令、藝文應教，五轉至右常侍。恭讓君素與詹善，拜詹代言，頗信重之。壬申春，以知申事掌監試，及金震陽等杖流，詹亦流于結城。冬，得自便。戊寅秋，起爲吏曹典書，陞中樞院學士、同知貢舉。壬午，以知議政府事，從河崙入賀皇帝登極，奏于帝，請改賜誥命印章。使還，以功賜田口，進階正憲。卒年六十一。輟朝三日，賜棺槨，贈謚文安。詹天資厚重，力學能文，手不釋卷。一子小畜。

《墊隱逸稿·尊慕錄附》：李詹字少叔，號雙梅堂，洪州人。恭愍戊申魁科。乙卯以右獻納與先生同言事杖流。入本朝，官至知議政府事。謚文安。有集行世云。

《謏聞瑣錄》：牧老詩云："寄懷雲藹藹，乘興夜沉沉。""雲藹藹"謂詩，"夜沉沉"謂酒，此用古人法。雙梅堂亦云："林間無縫塔，盤上去毛鵝。"牧老又云："人心自古鶴州錢。"以"腰纏十萬貫，騎鶴上揚州"作三字，語新。雙梅堂詩："蝸引苔侵壁，蛙鳴水滿庭。""引"字奇。

《海東雜錄》：李詹於居第之堂西有兩株松，因號雙松。後松已仆，惟梅存，改扁堂曰雙梅。……恭讓王末年，以李詹爲知申事。詹謝辭曰："知奏之任，所以出納王命。舉止要須便捷，言語要須精詳，機務要須強記。臣有不堪者三：體貌肥重而舉止癡澀，一也；口舌頑訥，語不分明，二也；早患羸疾，性善逋忘，三也。"……自贊其像云："老漢無學術，托跡斯文幸也。無德業，致位宰相幸也。無善慶，繼緒子孫幸也。嗚呼！爾之幸，國家之不幸也。"……有自適詩："舍後桑枝嫩，畦西薤葉抽。陂塘春水滿，稚子解撐舟。"多有閒適自得之意。作《韓柳歎》一篇："君不見韓退之，文章可起八代衰。又不見柳子厚，天奪䮍驥高步驟。元和間，共南流，韓爲潮州，柳爲柳州。虺蛇爭結鱷如舟，叵堪瘴癘恒憂愁。"朝京至登州作詩云："鴈度三千里，鵬騫九萬天。"言自本國至登州三千里，如鵬之上天。嘗按節慶尚，到金海，於燕子樓前手植梅花，其後圃隱先生寄詩云："燕子樓前燕子回，郎君一去不重來。當時手植梅花樹，爲問春風幾度開。"

《惺叟詩話》：國初之業，鄭郊隱、李雙梅最善……李之"神仙腰佩玉摐摐，來上高樓掛碧窗。入夜更彈流水曲，一輪明月下秋江"之作，亦楚楚有趣。雙梅《聞鶯》詩曰："三十六宮春樹深，蛾眉夢覺午窗陰。玲瓏百囀凝愁聽，盡是香閨望幸心。"酷似杜舍人。

《小華詩評》：李雙梅詹《詠汲黯》詩曰："諂諛從來易得親，君看大將與平津。高才久屈淮陽郡，孰謂當時社稷臣！"痛惜之意，令人悲慨。且如"舍後桑枝嫩，畦西薤葉抽。陂塘春水滿，稚子解撐舟"，何減唐人？

《東詩叢話》：李詹在支那之潼陽，舟行詩："一葦滄江上，飄然任此身。楚山遙送客，淮月近隨人。衰鬢渾成雪，征衣易染塵。那堪行役久，汀草暗知春。"通篇自無渣滓，今人詩務欲驚人，殊失渾然。

【按：李詹（1345—1405）字少叔，號雙梅堂，謚文安。籍貫洪州。與河崙等撰修《三國史略》，創作小說《楮生傳》，文章、書法俱出衆。著有《雙梅堂篋藏集》今傳。其詩閒適，而四十六首詠史詩剴切感慨。《箕雅》收其五絕一首、七絕三首、五律二首、七律三首、七古一首。】

李　原　　**字次山，號容軒。嵓之孫。十八登第。官至左議政、鐵城府院君。謚襄憲公。**

《朝鮮世宗實錄》卷三一：八年三月己酉。司憲府啓：左議政李原，自己家僮非少也。一口婢金莊，稱買於金道練之妻，已爲難信。且其妻娚崔孟良奴妻都思加，歲甲午，金道練已曾得決從賤，其所生四口，非孟良之奴婢，受贈於金道練明矣，冒稱傳得於孟良。且子息收養之人，不問賢否，皆受官職，不直不正莫甚。歲戊戌，原與洪汝方，爭富商内隱達之女爲妾，事覺見劾，太宗以皆大臣，特原勿論，仍命："非有内旨，毋嫁他人。"太宗昇遐，纔過卒哭，原以勳臣首相，欺君逆命，任意作妾，殊無股肱大臣之義。若濫受官職，事在赦前，固不足論，其以非理，受人臧獲，至今役使，違教强娶，因仍爲妾，不可以赦前例論。請按律痛懲，以戒後人。"命收功臣錄券與職牒，自願礪山安置，後四年卒于貶所。原字次山，慶尚道固城縣人，密直副使岡之子也。子七人：臺、谷、垤、埤、塲、增、墀。

《四佳集·左議政鐵城府院君贈謚康憲李公神道碑銘并序》：洪武戊申正月某甲生公。公諱原，字次山，號容軒。初公生四月而文敬卒，郭夫人常抱悲泣曰："天若祚李，其在此孤乎？"公在襁褓，嶷然如成人。稍長，力學不倦。公姊權文忠公夫人李氏憐公早孤，撫如己出。文忠亦教誨如子。學日就，爲文有作者氣。每與論議，發越不群。文忠驚曰："吾舅氏不亡也。"公年十五中壬戌進士科。乙丑，圃隱鄭文忠公主試席，公擢第。圃隱曰："以文敬之才之德，不大厥施。今有兒如此，天之報施信有徵哉。"戊辰拜司僕寺丞，累轉工禮二曹佐郎、兵曹正郎。壬申，太祖開國，器其賢，歷試繁劇，三入臺，爲持平爲侍史爲中丞。剛正自持，臺中凜然。出守楊根郡，有惠政。再爲典校任文翰，所至藉甚有名聲。恭靖王擢爲右副丞旨。敷奏詳明，出納惟允，陞爲左。太宗立，仍置喉舌，眷注益篤，錄佐命勳，賜鐵券，拜司憲府大司憲，封鐵城君。出爲京畿觀察使，黜陟嚴明，豪猾畏縮。永樂癸未夏，太宗文皇帝賜誥命，如京謝恩。冬，出尹平壤府。府古稱繁劇難治，公撫綏得宜，政大理。時方繕修大同館，公恐擾民，率僚吏親輸材瓦，民樂趨事，不日告成。明年，以府尹兼西北面都巡問察理使。丙戌，拜藝文提學，轉中軍摠制參知議政府事，又拜大司憲，遷判漢城府事。戊子，爲慶尚道觀察使。癸巳，爲東北面都巡問察理使。乙未，改賜推忠翊戴佐命功臣之號，進禮曹判書，尋移大司憲。至是凡三爲憲長，正色立朝，激濁揚清，謇諤有憲臣體。改判漢城府事，累轉吏兵二曹判書、議政府參贊，陞贊成事。戊戌，世宗立，擢爲右議政，加賜功臣同德二字。己亥，文皇帝賜誥命冠服，公奉表如京謝恩。公姿相魁偉，巍然萬人中。帝見而奇之曰："黄髯宰相！後須復來。"辛丑，陞左議政。主禮圍,取安崇善等三十三人,時稱得士。乙巳,宣宗章皇帝登極,如京進賀。公自參知政事,出入廟堂二十餘年,爲相九年。政務寬大,不喜更張,持大體。當世宗鋭意初政之時,啓沃獻替,裨益弘多,朝廷想望其風裁,公亦盛滿爲戒,欲乞退者有年。先時,有忌公者構公暗昧之過,太宗親雪之。太宗上賓,忌公者挾前憾,唻臺欲抵公死。世宗知公無他,重違臺臣之請,謫礪山郡。是丙午春也,世宗念舊勳,眷顧不衰。每論議大事,必曰:"鐵城在,必處之矣。"未幾欲召還復相,忌公者又沮之。己酉夏,以病卒,享年六十二。世祖還賜職牒功臣錄券。公氣宇寬洪,性稟忠直,輔以學問之正,故其發於議論,措諸事業者蔚乎可觀。平生與人言未嘗矯飾,又不崖岸自異。及其臨决大事,確然不動,屹如山岳。掌銓注十餘年,選賢與能,予奪不以私,故人無怨言。眞太平宰相也。惜乎一遭顛躓,不能贊成世宗維新之治,亦天也。

《容軒集·年譜》:(略)

《容軒集·序(鄭麟趾)》:吾少也,爲郎於諸曹,而承事長官者頗多。若容軒公,杏村之適孫,當代之勳臣。身彩嶷然有鸞鶴之姿,胸襟闊如,抱風月之懷,可謂群山之喬嶽,衆流之江河,眞大人君子也。詩章特其餘事耳。春亭先生卞公工於詩語,然常思避席而仰慕焉。果登相位,垂名竹帛。予惟山之高也,故金銀銅錫興焉;海之深也,故蛟龍魚鼈生焉;氣之厚也,故道德文章具焉。吾於容軒公見之矣。今其孫壯元李公陸奉遺稿一帙,請序其端,猶以亡失之多爲辭。然多乎哉,不多也。後之人奉讀數篇,足以知大人君子之氣象云。成化十一年乙未冬十二月日,輸忠衛社協贊靖難同德佐翼定難翊戴純誠明亮經濟佐理功臣,大匡輔國崇祿大夫,河東府院君,兼領經筵春秋館事鄭麟趾伯睢序。

【按:李原(1368—1430)字次山,號容軒,謚襄憲,籍貫固城。著有《容軒集》今傳。其詩閒適清遠。《箕雅》未見其詩。】

柳方善　**字子繼,號泰齋。瑞州人。淑之曾孫。進士,蔭主簿。遭家禍禁錮不第。居原州,訓誨後進,一時公卿多其門人。**

《泰齋集·行狀(鄭葵陽)》:先生諱方善,字子繼。柳氏初貫文化。高麗名臣諱車達,其鼻祖也。奕世珪簪,譜不絶書。……曾祖諱淑,藝文館大提學瑞寧君,謚文僖公,自號思菴,有文章節行。……洪武戊辰夏,先生生于松都之坊第。幼有特質,稍長嗜讀書,日誦千言。十二歲隨長老選勝于冠山之靈通寺,遇題放墨,神思泉湧,往往有驚人語,見者目之爲神童。時卞春亭季良以文章耆造,負世重望,權文忠公近退居陽村,大開明理之門,先生欣然負笈而往。講問經旨，授受論量之際，多有開發處。二公傾心獎與，不以後生遇之，一時英俊亦自以爲不及也。獻陵乙酉，中國子司馬選，始遊泮宫，自此聲聞益藹蔚。己丑，罹文網，編管于西原。先生怡然上途，不以禍福動一髮。人有來唁者，但曰："命也。"惟杜門看書，若將終身。明年移配永陽。永之西山素稱佳絶處，先生就其下松谷築室數楹以居之，扁其楣曰"泰齋"。日吟哦自適，悠然有閒泰意思。病遐堧文教未振，聚邑中子弟而訓之，隨才設科，娓娓不倦。四方聞風坌集，戶外屨常滿矣。先生曾與李西坡安柔相善，至是，李老亦以論事謫押梁，同郡名流又有曹學士尚治、李迂齋就、鄭尚書舉、崔諫議元道、尹侍郎統，互相推先，激昂風猷，蓋嶺海之間不落莫也。乙未宥還原州，俄爲修郄者所齕，更尋前路。莊憲王丁未，特原之，放歸田里。在譴凡十有九年，流離羈危，備常無限辛辣，而隨遇而安，無幾微見於色辭，既歸亦無纖毫喜。人以謂稽古力也。法泉舊墅在鳴鳳山麓，又有招提可幽靜可遊。先生講學之暇，時携冠童六七訪寺吟詩，超然若浴沂者氣像，於進取名利事泊如也。朝廷以幽逸薦爲主簿，先生自廢不肯起。莊憲王敬重之，命集賢殿學士等往復質問，待以師禮，蓋致禮貌於畎畝，唐虞以下所未有也。士林榮之，望若星斗焉。上益知先生有經濟才將大用，不幸罹風疾，以正統癸亥春卒，春秋纔五十六。……先生天姿英敏，志器不凡。早服家庭之訓，又多師友之益，其文章皆本之經教，典雅有體，不尚諸家險僻語。爲詩尤冲澹高古，清而不苦，溫而不迫，優入唐宋閫域。非得之性情之正、風雅之法能乎？本朝繼勝國衰亂之末，文治未遑，詞學久廢。至英廟戊午始設進士科，中場用詞賦。自是詩學大盛，論者謂先生訓誨之力有以致之，然此特先生土苴耳。先生晚喜點《易》，曰："《易》之理，一本達萬殊也。"形容聖人心事則曰："安土樂天能事在，聖心無處不春風。"後來文章家雖終身弄墨，安能説得此等説耶？嘗語學者曰："爲學在於窮理，窮理在於存心。非存心無以窮理，非窮理，其爲學皆苟。故學者之初須當敬以存心，精以讀書，晝誦而夜思之，因其所知而益求其精，及其眞積力久而有得焉。則人欲日消，天理日明，與聖賢同其歸。彼以詞章而已者，陋矣。"又曰："行藏，士君子大節。不可出而出，則忘義以循祿，非知命者。可出而不出，則潔身以亂倫，非知道者。"又曰："孰不惡死？君子樂死於義；孰不欲生？丈夫且恥其苟容。"蓋其學文精深，見識卓越，言論易以動人。故當世及門之士，如李大田甫欽以節義著，徐四佳居正蔚然爲文學領袖，其餘名公鉅匠接武輩出，賁飾王猷，大鳴國家之盛者，實先生鼓之也。前輩以東漢名流之多歸功於嚴處士，至曰"一絲扶漢鼎"。今先生以布衣爲朝中賢士大夫所矜式，以至累百年而文教愈久愈興，雖謂柳先生扶我鼎，恐非夸語也。然非光武不能成子陵之高，苟非聖朝禮遇之殷,亦安能使先生振作人才至於此哉?先生於書無不通,雖岐黄龜策陰陽圭臬之説,亦皆旁搜無餘。如天地之運化,物理之消息,人事之得失,一於詩發之。故先生之詩,非爲吟哢而作也。而一句纔成,舉國傳誦,内而圻湖,外而嶠關,凡名園勝館,不得先生詩如無館。以至祕書省所藏《輿地錄》中,先生詩文居十六七。吁!亦盛矣。

《泰齋集·泰齋滑稽錄》:泰齋,方善之自號也。人有來唁者曰:"今子既爲民,名載版籍,犇馳未遑,食未飽腹,衣不煖體。出門則人皆掉臂而去,入室則兒子挽鬚而泣,跋前疐後,其爲窮厄莫子若也。乃以泰號之,何也?"曰:"而豈知余哉?曩余當南遷之初,斧鉞在後,死生在前,視之恬然無所憂懼,玆非泰乎?有酒則酭,無酒則沽,可飲而飲,飲酣而止,吟風詠月,以樂其樂,曾不以窮達累其意,亦非泰者能之乎?豈若小人然,一遇患難則戚戚焉苦心勞思,日以焦朽,卒至於死亡而人莫知之也耶?况余之艱極矣,理當復泰之時也。尤寧不以泰自號而自期歟?若居計之豐嗇,人情之憎悦,特勢耳。烏足以動其中乎?"唁者於是提壺挈榼,相與獻酬,既醉而告之曰:"文王仲尼,天下之大聖也。一則囚羑里,一則畏於匡。是皆遇艱之時也。然泰之理,未嘗不在其中焉。彼脅肩諂笑,苟免貧賤,自以爲得志,而人已視其肺肝者,非余之所知也。"唁者莫對,垂頭而去。染毫以錄焉。

《泰齋集·年譜》:(略)

《四佳集·泰齋集序》:泰齋先生,思菴文僖公之曾孫也。天資英敏,學問精博。早遊陽村、春亭兩先生之門,得師友淵源之正,人皆以大器目之。不幸而不獲乎時,尤肆意於經籍中,諸史百子靡不研究,至於醫藥卜筮陰陽地理之書,亦皆搜刮無餘。朝中文學之士如有所疑,皆詣先生而質之。先生已無意於媒進,退居村野,優遊於泉石之間。凡天地之運化,物理之消息,人事之得失,心思之憂樂,一於詩發之。有孤曠閒適之趣,悲憤激烈之音矣。歲己未冬,居正謁先生於北原别墅,陪杖屨者數月。先生口授指畫,乃擊余蒙。其後相繼造謁,獲聞緒論於先生,所著亦時得一臠而嘗之,恨不得完稿而見也。先生竟不究於設施,捐館于鄉。今年春,季子允謙哀稡遺文,彙次爲略干卷示余,始得雋永而味焉。先生之詩,本之以性理之學,推之以《雅頌》之正,不怪詭以爲奇,不藻飾以爲巧,清新雅淡,高古簡潔,雖古之作者無以加也。

《泰齋集·重刊跋(夏時贊)》:先生藴抱典重,落拓羈寓,自爲聖代之逸民。而優游泉石,吟詠性情,其爲詩也雅淡高古,自有鏘金戛玉之音。其立言也正大精密,深得造道成德之妙。不知千載之遠,而亦可以想像其遺風矣。

《東人詩話》:客有評泰齋詩者曰:"陶隱寄若齋金九容詩:'北望山川阻,南來日月多。'泰齋寄金教授久冏詩:'南來日月同春夢,北望山川隔暮煙。'全犯陶隱詩不諱,何耶?"予曰:"子以謂泰齋之於王維孰優?王維,唐賢之傑然者也,然喜用古語,如'水田飛白鷺,夏木轉黄鸝',本李嘉佑詩也,維加'漠漠、陰陰'四字。評者以謂王維爲嘉佑點化,精彩百倍。今泰齋詩未必不爲陶隱點化也。"客大笑。

《筆苑雜記》:同時有主簿柳方善,亦禁廢不用,學問文章與趙(須)相伯仲,而詩句清絶過之。世宗亦命集賢儒士往復質問,多所發揚。居正未釋褐時,與吉昌權公擥、上党韓公明澮受業于先生者四五年。居正之盜竊文名,得至今日,皆先生賜也。本朝開國以後,詞學盡廢。歲戊午,始設進士科,中場用詞賦。自此詩學大成,皆二先生訓誨之力也。柳則有《泰齋集》行於世。

《新增東國輿地勝覽》:泰齋在北原法泉寺,講學受業者自遠方而集。若權擥、韓明澮、康孝文、徐居正,皆有名。至今題詠留在塔上。

《海東雜錄》:高麗閤門祗侯柳公權之後,思菴柳淑之曾孫。有詩名。永樂中,遭家禍流永川,遇赦放還京師,猶禁錮不第,學者多從之遊。有集行於世。

《謏聞瑣錄》:今之稱及第爲"先進",未知從何時而然。泰齋《酬趙狀元瑞康》詩曰:"憶昔同遊在兩京,君爲後進我先生。如何今日還先達,却使先生仰盛名?"

僧義砧號月窗,泰齋所從學杜詩者。柳參議允謙傳于父泰齋,世稱能通杜詩。成廟嘗令以諺文注解杜詩,間有迂曲處,此月窗之所傳歟?泰齋《遊城西律詩》云:"若被風光惱客懷,杖藜徐步郡城西。柳垂一岸吟春鳥,花覆千家響午雞。云云。"此學杜而剽竊其句者也。

泰齋《吟紅桃花》詩云:"肉林淫戲憐商受,錦障豪奢想石崇。牧野血痕猶滿地,關中火焰尚燒空。"狀之欲巧,而"肉林"、"血痕"比紅桃,似不雅。其五言律詩曰:"杜門甘屏跡,誰肯許同群?松月眠孤鶴,溪風起薄雲。江山終日見,世事隔年聞。寂寞齋居静,清香手自焚。"其《演雅》曰:"杜門車馬少,獨坐岸烏巾。竹屋雞鳴午,花村犬吠春。籬疎狐試客,簷短鳥窺人。盡日蝸廬静,唯聞燕語新。"又聯云:"鳥啼深樹静,魚戲小池渾。"頗有平淡閒適之思。其曰:"竹林人語碧,花塢鳥聲紅。"曲巧不成理。

《小華詩評》:柳泰齋方善,嘗被謫,後廢科隱居。有詩曰:"晝静溪風自捲簾,吟餘傍架撿書籤。今年却勝前年懶,身世全教付黑甜。"懶睡比檢書更閑,語自好。

【按:柳方善(1388—1443)字子繼,號泰齋。籍貫瑞山。柳淑曾孫。權近、卞季良門人。奉享永川松谷書院。少有文名,詩文出衆,擅長山水畫。著有《泰齋集》今傳。其詩清新雅淡,高古簡潔。《箕雅》收其五絶一首、七絶二首、五律二首、七律一首、五排一首。】

鄭以吾　**字粹可,號郊隱。晉州人。恭愍末年登第。入本朝,官至贊成、大提學。謚文定。**

《朝鮮世宗實錄》卷六五:十六年八月乙卯。判右軍都總制府事致仕鄭以吾卒。以吾,字粹可,號郊隱,慶尚道晉州人也。中洪武甲寅科,丙辰拜藝文館檢閲,丁巳除三司都事,歷工禮兩曹正郎、典校副令。甲戌,出爲善州。戊寅,入爲奉常小卿。建文庚辰,除成均樂正。恭靖王册我太宗爲王世子,接見則必陳兵衛。以吾上書,極言其非。都鎮撫趙溫白于恭靖王,請鞫問之。人皆危之,以吾曰:"既爲王世子,則父子也,焉有父子而陳兵相見之理乎?"於是,恭靖王以兵柄盡授王世子曰:"撫軍監國,世子之職。此儒之言,甚爲允當。"人人皆賀。歷兵曹議郎校書、監藝文館直提學、成均司成。癸未,除成均大司成。乙酉,拜工曹右參議,歷禮曹右參議。丁亥,進恭安府尹。辛卯,檢校判漢城府事,歷藝文館大提學。戊戌,議政府贊成致仕。己亥,判右軍度總支付致仕。壬寅,患風疾。兩上各遣醫治之。以吾質無華,恥言人過失,不事生產。自爲舉子,常遊牧隱、圃隱之門,已爲儕輩所推。及擢第,登顯仕,常帶待制。其爲詩文,駿迅雅麗。至於試課程品,略無差失。然短於處事。及卒,停朝市二日,致吊致賻。謚文定:勤學好問,文;純行不爽,定。

《東人詩話》:予嘗愛翁施龍《鑑湖》詩:"昨年曾過賀家湖,今日煙波大半無。惟有一天秋夜月,不隨田畝入官租。"此言鑑湖亦屬官府,徵租所不及者唯月色耳。鄭郊隱《題茂豐縣》詩:"立錐地盡入侯家,唯有溪山屬縣多。童稚不知軍國事,穿雲互答採樵歌。"此言豪強兼併,貧者無立錐之地,所不兼併者,溪山而已。與翁詩意同,頗含譏諷。掊克貪黷者可以少省矣。

鄭郊隱守一善郡,《春日西郊》詩:"銜罷乘閑出郭西,僧殘寺古路高低。祭星壇畔春風早,紅杏半開山鳥啼。"雅麗清便,雖置之唐詩亦無愧。

古人詩煉格煉句煉字,又就師友求其疵而去之。曾吉甫贈汪彦章詩:"白玉堂中曾草詔,水晶宮裹近題詩。"先示韓子蒼,子蒼改兩字云:"白玉堂深曾草詔,水晶宮冷近題詩。"迥然與前句不侔。雙梅李壯元詹與郊隱鄭文定公以吾論詩,自詫嘗得句云:"煙橫杜子秦淮夜,月白坡仙赤壁秋。"郊隱吟玩再三,但曰:"籠、小。"李初不認。鄭徐吟曰:"煙籠杜子秦淮夜,月小坡仙赤壁秋。”“籠”、“小”二字比前精彩百倍。

晏元獻公過維揚大明寺，召王琪同遊池上，時春晚有落花，晏有句云“無可奈何花落去”，王應聲曰“似曾相識燕歸來”。自此辟薦館職，遂躋侍從。鄭郊隱早春與諸耆英會城南聯句，同里子弟多在坐，郊隱先唱云“眠牛壟上草初綠”，朴生致安屬對曰“啼鳥枝頭花政紅”。滿座稱賞，詩名自此大振。然終蹇躓。不霑一命。不能如元獻之吹薦，可恨也已。

《惺叟詩話》：鄭之“二月將闌三月來，一年春色夢中回。千金尚非買佳節，酒熟誰家花正開”之作，不減唐人佳處。

《新增東國輿地勝覽》：守善山時，詠飛鳳山祭星壇一絕云：“衙罷桑間出郭西，僧殘寺古路高低。祭星壇邊春風早，紅杏半開山鳥啼。”毅宗時，南極老人星見於善山地，每歲春秋中氣日，降香以祀之，壇在府西飛鳳山。

《海東雜錄》：恭愍王末年登第。工於詩。出守善山，涖事清而簡，文治有餘。入本朝官至贊成事。年過八十。謚文定。有集行於世。

《詩評補遺》：鄭郊隱以吾次人詩曰：“憐君別墅少人知，漢曲奇遊足四時。藤爲簷虛長送蔓，竹因牆缺忽橫枝。白雲滿地尋蓮社，明月流江卷釣絲。抱道不輝安可得，聖君前席要論思。”通篇閑淡，三四極佳。

【按：鄭以吾(1347—1434)字粹可，號郊隱、愚谷，謚文定。籍貫晉州。參與編撰《太祖實錄》。以文名，著有《郊隱集》、《火藥庫記》。《東文選》卷一七載其七律一首，卷二二載其七絕四首。其詩駿迅雅麗，頗含譏諷。《箕雅》收其七絕二首、七律二首。】

權　遇　**字中慮，號梅軒。近之弟。辛禑時登第。入本朝，官至藝文提學。**

《朝鮮世宗實錄》卷三：元年三月戊午。藝文提學權遇卒。

《東文選·梅軒集跋(安止)》：余少也游泮水，梅軒先生爲大司成，長於成均。倡鳴道學，施教不倦，四方向學之士聞風而至者日興雲集。時余受《易》于先生函丈之下，一日，先生論奇偶之數，而曉譬之曰：“此易知也。人每當飯，先執匙，後下筯。匙單而筯雙，此其數也。但人自不察耳。”余雖愚昧，竦然聞之，恍如有得。私竊以爲厥工豈知有陰陽之理，寓於日用之間、先後之中？然本有天地自然之數，故雖陶冶之賤亦不得不爲之然也。自是以後，因事知數，觸物觀理者蓋亦不少。服膺勿失，誓終吾身。先生眞吾師也。歲乙丑，先生仲子兵曹正郎技來示予以先生之遺稿，乃曰：“吾先人所爲詩文不爲少矣，而多所亡逸。伯兄右承旨採只錄若干首，未畢收輯而不幸先逝，此吾平生之痛恨也。”自余奉閱以還，吟翫圭復，不忍釋手者有年矣。正郎今守錦山郡,馳書於余曰:"吾先人之稿,嘗欲刊行而未之果也。今監司成安金相公,先人之門生也,亦圖其所以不朽,常加勸勉。而河東鄭相公已爲序。子其跋之。"余惟先生長於勳閥,達於儒術,文章道德與伯氏陽村先生爲甲乙,鳴於一時。其詩若文如精金美玉,堅正溫雅,清麗縝密,讀之愈久愈味。非精於學而深於道者能若是乎?獨恨所存太少耳。誠宜壽之梓而傳之後也。而况仲子之登第也,余以不材獲參試席之末。余之於先生之門,緣分亦不淺矣,故不敢以文拙辭避。感昔年開示之恩,仍敍平日嘆慕之情。於是乎樂爲之書。

《佔畢齋集·彝尊錄·先公師友第三》:權遇字仲慮,陽村之弟,號梅軒,官至藝文提學。甲午年,以禮曹左參議同考試。

《海東雜錄》:安東人。字仲慮,初名遠,號梅軒。陽村之弟。少遊圃隱門下,精於性理之學。陽村每曰:"吾不如弟。"辛禑朝登第。仕本朝,官至藝文提學。有集行于世。有秋日詩云:"竹分翠影侵書榻,菊送清香滿客衣。落葉亦能生氣勢,一庭風雨自飛飛。"佔畢齋批云:"意靜而語喧。"……作冶隱畫像贊云:"噫周德之如天,不問西山之採薇。曁漢祖之重興,亦放羊裘於釣磯。迄今千餘歲,信此心此理之無違。"

《東國詩話彙成》:公之子採再登第,官至承旨而早沒。有《碧松亭禊飲》詩云:"宛似羲之修禊處,還如點也詠歸時。斜陽影裏傳杯急,長笛聲中舞袖垂。"亭在泮水下,時稱斯文高會。

【按:權遇(1363—1419)初名遠,字慮甫,原字中慮,號梅軒。籍貫安東。鄭夢周門人。禑王十一年(1385)文科及第。恭讓王三年(1391)任吏曹佐郎,朝鮮太宗十五年(1415)以藝文館提學遷世子賓客,講論經史。擅長書法,作品《花山君權近神道碑》傳世。著有《梅軒集》今傳。其詩堅正溫雅,清麗縝密。《箕雅》收其七絶一首、五律二首、七律一首。】

李　惠　　號短豁翁。知甫州。

《雙梅堂篋藏集·代李惠薦父疏》:諸佛若抱津之吏,皆欲濟焉;衆生是撲燈之蛾,自求禍也。宜投福地,以洒寃魂。念先考義及家傳,撫我躬恩偏鍾愛。學孔鯉之再過,從師遠遊;得何蕃之一歸,事親欲孝。曾策名於戎籍,遂隕命於賊鋒。何期天地之恩兮,竟委原隰之哀矣。既能死於國事,人雖曰忠;未得終其天年,我以爲感。嘆蓼莪之罔報,哀梁木之遽摧。庶仗聖慈,可伸哀懇。適齊晨之七迫,設心旌以三薫。嘗締雖微,照詳伊邇。云云。悉除熱惱,悟四大無常之身;直至樂方,觀一切有爲之法。

《五洲衍文長箋散稿·古今文人病廢辨證説》:我東則文人之有疾者,

不知有幾人。而有李惠,卽姜希孟之外孫。【按:此言李惠爲姜希孟之外孫誤。若惠果爲姜希孟(1424—1483)之外孫,則下條春亭卞季良(1369—1430)寄詩時,惠當未生。且徐居正《姜希孟行狀》備言希孟之子女:"公配貞敬夫人安氏……生二男:長曰龜孫,中己亥科,爲司僕寺正;次曰鶴孫,司評,庚子科生員;女一適持平成世明;一適監察金成童;一適司果權曼衡;副室有二男:曰鰲孫,曰淼孫。"是其女未有適李姓者。】爲人身短口缺,自號短豁翁。有《短豁集》。

《海東雜錄》:李惠短小齒豁,自號短豁公。春亭寄詩云:"短豁新詩應滿篋,何妨寄與故人看。"

【按:李惠(朝鲜初期人),號短豁翁。嘗官知甫州事。姜孟卿之外祖父。《東文選》卷一〇及《箕雅》僅收其五律《馬天使思親堂圖》一首。其詩使事妥帖,對仗工整。】

卞仲良　　密陽人。麗朝登第。入我朝,官至密直司承旨。

《朝鮮太祖實錄》卷一四:七年八月己巳。道傳等又嗾散騎卞仲良,上疏請罷諸王子兵權至再三,上不允。……翌日雞鳴,上召石柱入內,黎明,又召文和,文和詣西凉亭。世子與芳蕃、濟、和、良祐、淙、樞相張思吉、張湛、鄭臣義等皆已入內。自諸君樞相、大小內官下至內奴,皆被甲帶劍,唯曹恂及金陸、石柱、仲良不甲。……軍士執仲良、石柱及南贇等以出。仲良仰視靖安君曰:"我注意於公,今已數年矣。"君曰:"彼口亦肉也。"……竝囚于巡軍,而追斬于路。

《國朝寶鑑》:殿中卿卞仲良與兵曹正郎李薈言曰:"自古政權兵權不可兼任一人。兵權宜在宗室,政權宜在宰輔。今趙浚、鄭道傳、南誾等旣掌兵權,又掌政權,實爲不可。"上聞之怒曰:"此數人皆我股肱之臣,終始一心者。如或可疑,誰可信者?爲此言者,必有以也。"命大司憲朴經同巡軍雜治,流仲良于寧海、薈于順天。

《東閣雜記》:初散騎常侍卞仲良附芳碩上疏,請罷諸王子兵權,離間骨肉。至是執詣軍前。仲良曰:"吾自近日歸心於王子矣。"太宗曰:"彼口亦肉也。"斬之。

《詩評補遺》:卞密直仲良春堂,密陽人,太祖兄完山君元桂之婿《鐵關》詩曰:"鐵關城下路歧賒,滿目煙波日又斜。南去北來春欲盡,馬頭開遍海棠花。"頗覺清淡。《松京》詩曰:"松山繚繞水縈回,多少朱門盡綠苔。惟有東風吹雨過,城南城北杏花開。"弔古感慨之意亦可見。

【按:卞仲良(1345—1398)字孝卿,號春堂,籍貫密陽。卞季良兄。著

有《春堂集》今傳。其詩感慨清淡。《箕雅》收其七絕二首、五律一首、五古一首。】

卞季良　**字巨卿，號春亭。仲良之弟。辛禑時十七登第。入本朝，登重試。官至贊成，典文衡。謚文肅。國朝文衡始此。**

《朝鮮世宗實錄》卷四八：十二年四月癸巳。判右軍府事卞季良卒。季良，字巨卿，號春亭，密陽府人，玉蘭之子。自幼聰明，四歲誦古詩對句，六歲始綴句。十四中進士試，十五中生員試。十七登第，補典校注簿，累遷司憲侍史，歷成均樂正、直藝文館、司宰少監，兼藝文應教直提學。丁亥重試，擢乙科第一人，特拜禮曹右參議。己丑，進藝文館提學。乙未大旱，上甚憂之。季良上言："本國祭天，雖云非禮，事既迫切，請禱圓壇。"即命季良制衣以祭之。丁酉，拜藝文大提學。明年，轉禮曹判書，尋遷議政府參贊。又明年，倭奴侵我南鄙，多殺掠。大宗取季良之言，議征討。丙午，判右軍都總制府事。至是卒，年六十二。訃聞，輟朝三日，命攸司致祭賜賻及棺。東宮亦賻米豆，並三十石。謚文肅：學勤好問，文；執心決斷，肅。季良典文衡幾二十年，事大交鄰詞命多出其手。掌試取士，一以至公，盡革前朝冒濫之習。論事決疑，往往出人意表。然以主文大臣，貪生畏死，事神事佛，至於拜天，靡所不爲。識者譏之。初娶鐵原府使權總之女，去之。又娶吳氏，死。又娶李村女，數月而去之。又娶都揔制使朴彥忠之女。以有妻娶妻爲攸司所劾。竟無子，婢妾子曰英壽。

《春亭集·行狀（鄭陟）》：先生諱季良，字巨卿，號春亭。密陽人也。……洪武二年己酉三月公生，自孩提神氣異於凡兒，六歲誦古詩綴句。壬戌，公年十四中進士。癸亥中生員。乙丑，公年十七登第。……公自幼聰明絶人，好學不倦，以研窮性理爲務，日遊圃隱、牧隱、陶隱、陽村諸賢之門，得師友淵源之正，所聞益廣，所造益深。典文衡二十餘年，事大交隣辭命皆出其手，朝廷每稱賞表辭之精切。五掌禮圍，三掌司馬，再爲親試讀卷官，取士一出於至公，嚴其棘圍，禁其挾持，革前朝冒濫之習，正萬世科場之法，士流咸服。公嘗有詩曰："春圍曾見士如林，萬萬花容有淺深。李白桃紅都自取，天工造化本無心。"公之所守於此詩可見矣。

《春亭集·年譜》：（略）

《春亭集·重刊序（沈象奎）》：不佞嘗從《東文選》、《文苑黼黻》諸書，喜誦公文。今幸得讀原集，全鼎和味，眞晟世之音，君子之言。而封事諸篇遠猷剴論，拳拳辰告，所貴乎碩德宗匠，豈絺繡華采已哉？世傳金侯久冏以呰謷先生詩語爲所擯，卒坎坷。今集中有次金侯韻，推奬甚重，愍惜至深，溢於詞意。是必金侯爲何人所陷，欲救不得，愛莫助之。可知傳者之妄。

《春亭集·舊序（權踶）》：古者有采詩之官以觀民風。盖詩者，心之發而言之精，故其感人也深，而王化之汚隆、世道之升降亦著焉。吁！詩道之用何可小哉。春亭卞先生天資明敏，學問精博。年未弱冠，師事圃隱、陶隱及我先人陽村文忠公，大爲諸公稱賞，華聞日播。由是優遊侍從，恒任文翰，一時辭命多出其手。而文辭典雅高妙，尤長於詩，清而不苦，淡而不淺，可謂升諸公之室堂，而無讓於古人之作者矣。我太宗殿下擢置宰輔，言聽計從，而裨益弘多。今我主上殿下尤加眷待，昵侍經幄。雖生知之聖無待於顧問，遜志之學實深於倚重。而先生嘗作新調，歌詠兩宮之慈孝，形容一代之治功，被諸律吕，垂之無窮。又豈騷人墨客吟風詠月者之可及也？先生文章事業亦可謂卓卓矣。

《東人詩話》：凡詩妙在一字，古人以一字爲師。張乖厓在江南題一絶云："獨恨太平無一事，江南閑殺老尚書。"蕭楚材改"恨"作"幸"曰："今天下一統，公功高位重，獨恨太平何耶？"張謝曰："蕭君一字之師也。"金直殿久冏嘗有聯云："驛樓擧酒山當席，官渡哦詩雨滿船。"卞文肅公季良曰："當字未穩，宜改臨。"金曰："'南山當戶轉分明'，'當'字有來處。"卞曰："古詩有'青山臨黄河'，如金者豈知'臨'字之妙乎？"金竟不屈，終不相能。一字相師，義安在乎？然今之評者曰："'臨'字不如'當'字之穩。"

自古詩人喜相傾軋。春亭嘗自矜一聯云："虛白連天江郡曉，暗黄浮地柳堤春。"謂有神助。金殿直久冏曰："予亦嘗得句：'淡白流青溪映草，嬌黄漾緑柳彈煙。''風引淡煙遮碧柳，雲拖清雨折紅蕖。'何如所得？"春亭默然。金嘗爲僧，春亭戲之曰："賈島文章張子學。"蓋島本爲僧，而横渠晚逃佛老也。金深銜之。後春亭挽太宗詞曰："草合樂天亭下路，雲横豐壤澗邊樓。"金大笑曰："非挽詩，乃亡國詩也。"春亭不悦，金遂不大用。

《筆苑雜記》：卞文肅公季良性固執。宣德年間《賀白雉表》詞中有"惟兹白雉"之語。文肅曰"兹"字宜中行。諸公曰"不屬上，何謂中行"。文肅固執之。諸公曰"宜取旨"。世宗是諸公之議。文肅復啓曰："耕當問奴，織當問婢。殿下爲國，若鷹犬宜問文孝宗輩。至於詞命，當依任老臣，不可輕許他議。"世宗不得已從之。

《慵齋叢話》：卞春亭繼陽村掌文衡，然文章軟弱。文士金久冏以能詩名世，每見春亭所製，掩口大笑。一日春亭告暇遊村莊，偶占一句云："虛白連天江郡曉，暗黄浮地柳堤春。"自負得美聯，將入京上奏。有人言諸久冏，久冏曰："詩甚鄙屈，若上奏則是罔上也。"

《小華詩評》：詩之所謂有神助者，"池塘生春草"千古膾炙，蓋出語天然自得，造化之妙，議論安敢到也？後世文人往往自云有神助者，宋楊徽之"新霜染楓葉，明月借蘆花"之句，自稱神助，而謂之警聯則可矣，豈可謂之神助耶？我東卞春亭季良"虚白連天江郡曉，暗黄浮地柳堤春"，鄭湖陰"雨氣壓霞山忽暝，川華受月夜猶明"，兩公亦皆矜神助，春亭詩寫景雖新，未見其神處；湖陰詩極有清虚之氣，雖謂之神助，亦非過許。

【按：卞季良（1369—1430）字巨卿，號春亭，謚文肅。籍貫密陽。卞仲良弟。李穡、鄭夢周門人，文科及第。二十年任大提學，文章名家。著有《春亭集》今傳。其詩清而不苦，淡而不淺。《箕雅》收其五絕一首、五律五首、七律三首、五排一首、五古一首。】

李孟畇　　**穡之子［孫］。贊成，謚文惠。**

《朝鮮世宗實録》卷九〇：二十二年八月己亥。前左贊成李孟畇卒。孟畇字士原，穡之孫也。年十三中進士試，十五擢第，例補成均直學。累官至司宰少監，遷内書舍人，出知丹陽郡事，考滿拜藝文館直提學。未幾，除司憲執義，以言事貶原州。及賜環，知永川郡事。歲辛卯召拜知承文院事，尋陞判承文院事。癸巳冬，遷成均大司成，上書乞免，遂除左司諫。乙未冬，陞禮曹參議，累遷至敬承府尹。戊戌，出爲忠清道觀察使，還拜漢城府尹。壬寅，遷禮曹參判，明年，拜工曹判書，尋遷禮曹判書，累歷吏兵曹判書。未幾，拜議政府參贊、兼司憲府大司憲。戊申，復拜吏曹判書，庚戌，又拜議政府參贊，乙卯，復拜吏曹判書。丙辰秋，遷知中樞院事、兼判吏曹事，冬，陞議政府右贊成，仍兼判吏曹事，己未，陞左贊成。至是，自貶所赴京，行至開城府卒，年七十。時人憐孟畇受制於婦人，老不安死也。訃聞，輟朝二日，致弔致賻。謚文惠：學勤好問文；柔質慈民惠。以禮葬之，王世子亦致弔致賻。孟畇性稟溫良，早承家業，爲詩文典雅。無子。

《海東雜録》：韓山人。知密直事種德之子。辛禑朝，年十五登第，有文名，尤長於詩。入本朝，官至左贊成，嘗坐事流寓而卒，謚文惠。

《筆苑雜記》：李文惠公孟畇學問精深，筆跡高妙，有韓山稼、牧風。位至貳公。晚節以非罪蹉跌，且無後。嘗有詩云："自從人道起於寅，父子相傳到此身。我罪伊何天不吊，未爲人父鬢絲新。"有轗軻不盡之意。人皆曰："伯道無兒，天道未可知。于文惠亦然。"

《慵齋叢話》：李公孟畇，牧隱長孫，官至貳相，承籍世業，有文名。尤長於詩。嘗作《悲松都》詩云："五百年來王氣終，操雞搏鴨竟何功。英雄已逝山河在，人物南遷市井空。上苑鶯花微雨後，諸陵草樹夕陽中。我來此日偏多感，往事悠悠水自東。"

【按:李孟畇(1371—1440)字士原,號漢齋,謚文惠,籍貫韓山。李穡長孫。擅長書法詩文。《東文選》卷一七載其七律二首,卷二二載其七絶一首。其詩感慨清苦。《箕雅》收其七律一首。】

趙 須　　字亨父,號松月堂。世祖朝爲成均司藝。

《朝鮮世宗實録》卷八三::二十年十一月庚戌。上命集賢殿撰集《韓柳文註釋》。書成,命應教南秀文跋之。其辭曰:"唐韓柳氏所著文章雄偉雅健,傑立宇宙,實萬世作者之軌範也。是以朱文公嘗語後生曰:'若將韓柳文熟讀不到,不會做文章。'然二書皆文深字奇,注解無慮數百家,而盛行于世者,韓有二本,朱子校本字正而註略;《五百家注》本注詳而字訛。柳亦有二本,其《增廣注釋音辯》,又不如《五百家》之詳也。讀者就此較彼,未易領會。正統戊午夏,殿下命集賢殿副提學臣崔萬理、直提學臣金鑌、博士臣李永瑞、成均司藝臣趙須等會稡爲一,以便披閲。韓主朱本,逐節先書考異,其元註入句未斷者,移入句斷。《五百家註》及韓醇詁訓,更采詳備者,節附考異之下,白書附註以别之。柳主《增註音辯》,亦取《五百家註》韓醇詁訓詳備者增補,句暢其旨,字究其訓,開卷一覽,昭若發矇。旣徹編以進,令鑄字所印布中外,爰命臣秀文跋其卷後。臣伏覩殿下以緝熙聖學,丕闡文教,凡諸經史,悉印悉頒。又慮詞體之不古,發揮二書,嘉惠儒士,使之研經史以咀其實,追韓柳以摛其華,其所以右文育材者,可謂無所不用其極矣。將見文風益振,英才輩出,煥然黼黻太平之業,而我國家文物之盛,炳耀千古也無疑矣。"

《東人詩話》:予嘗愛晚翠亭趙先生須《詠松》詩:"日斜雲影移高閣,風動潮聲在半岡。"後得宋僧《詠老松》詩:"雲影亂鋪地,濤聲寒在空。"趙詩其祖宋僧乎?趙先生曾詠秋獲詩,有"磨鐮似新月"之句,語予曰:"韓退之詩云'新月似磨鐮',吾用此語而反其意,此謂翻案法。學詩者不可不知。"

《筆苑雜記》:趙司藝須博極群書,無所不通,尤長於詩學。中遭家禍,禁錮者三十餘年。世宗惜其才,晚乃進用,授司藝。命集賢殿儒士輪日往復質問。公應對如響,人皆服其該博。尤精于韓文,人有受業者,公不攜書冊,合眼低頭,口誦教之。嘗曰:"聰明不如多讀。予於群書必讀百遍,是以雖老亦不忘耳。"爲詩豪贍俊逸,有《晚翠亭集》數卷。居正之少也,亦摳衣于先生,得見詩稿,嘗其一臠,今稍稍記憶。但先生無後,稿竟不傳。

《青坡劇談》:趙司藝須流落關東,餘三十年。因大肆力於問學,無書不讀,頗有能詩聲。世宗甚重之。安平大君遺《李太白集》,趙以手撫腹,固拒不受曰:"此中有《李太白全集》。"一日上使承傳内官賚簇子一雙,求詩于趙。趙方授弟子學。内官以上命通謁,趙不爲禮,因憑几召使前曰:"何爲來也?"内官曰:"上有命求詩於先生。"因出簇子以呈之。趙但首肯而已,講問不輟。内官告辭曰:"他日題詩來當取去。"趙曰:"即當題上,何待他日?"奮筆一揮,辭旨兼美。且吟且卷曰:"老子書法正似乳虎爬。"因大笑以還於内官。其坦率如此。

《東國詩話彙成》:字亨父,號松月堂,又曰晚翠亭。太宗朝登第,官至司藝。中遭家禍,禁錮三十年。英廟惜其才,晚乃進用。臨卒焚其稿。

韓斯文閏請堂名於晚翠,扁曰"三畏",韓問曰:"先生亦有三畏乎?"曰:"吾有三不畏,有錢沽酒,酒盡則醉,醉則長臥,臥則必鼻雷,不畏霹靂一也。冬裘夏褐,朝饘夕粥,盎無餘糧,篋無餘衣,不畏盜賊二也。十年遊宦,進寸退尺,浮雲富貴,脱屣功名,不畏卿相三也。"

《熱河日記·銅蘭涉筆》:今皇帝《斥錢謙益詔》有曰"猶假借文字,以自圖掩飾其偷生"者,可謂洞照其姦情矣。如《跋高麗板柳文》之類是也。其跋語:"高麗刻《唐柳先生集》,繭紙堅緻,字畫瘦勁,在中華亦爲善本。陪臣南秀文跋尾,前後敬書正統戊午夏,正統四年冬十一月。尊正朔大一統之意,肅然著見于簡牘。蓋箕子之風教故在,而明皇家文命誕敷施及蠻貊,信非唐家所可比倫也。天傾地仄,八表分崩,高麗久不作同文夢矣。摩挲此本,潸然隕涕。陪臣奉教編次者,集賢殿副提學崔萬里、直提學金鑌、博士李永瑞、成均司藝趙須等。而南秀文應教署啣則云'朝散大夫集賢殿應教藝文應教知製教經筵檢討官兼春秋館記注官'。并書之,以存東國故事。東人每以同文夢一語爲故實,作科體詩題,陋甚陋甚。陳立齋家有《古文百選》及《柳文抄》,皆韓邁字,以爲高麗板,頗珍之。蓋本之此跋也。"

【按:趙須(朝鮮世宗時人)字亨父,號松月堂、晚翠亭,籍貫平壤。太宗元年(1401)文科及第。任兵曹正郎,九年爲内贍寺少尹,因細事罷免。《東文選》卷五載其五古一首。其詩豪贍俊逸。《箕雅》收其五律一首。】

李　稷　**字虞庭,號亨齋。星山人。辛禑時年十六登第。入本朝爲開國佐命功臣,官至左議政、星山府院君。謚文景。**

《朝鮮世宗實錄》卷五三:十三年八月己亥。星山府院君李稷卒。稷字虞庭,星州人,仁敏之子。年十六登第,補慶順府注簿,累歷司憲持平、成均司藝、典校副令,充王府知印尚書,轉宗簿令。丙寅,拜密直司右副代言,壬申,翊戴我太祖開國,遂拜知申事,策爲三等功臣。是年丁内艱,癸酉,起爲中樞院都承旨,尋拜中樞院學士,加賜推忠翊戴開國功臣號。丁丑,遷司憲府大司憲,建文己卯,以中樞院使兼西北面都巡問察理使,冬誘降賊倭六艘,悉送于京，陞參知門下府事。庚辰，進參贊門下府事，尋以三司左使、知議政府事召還。辛巳，策佐命功爲四等，俄改參贊議政府事，加推忠翊戴開國佐命功臣號，奉使如京，請誥命印章，蒙賜回還，以事安置陽川縣，壬午，蒙宥，復除參贊議政府事。永樂癸未，拜判司平府事，上箋辭，不允。乙酉，始置六曹判書，秩正二品，稷爲吏曹判書。丁亥，出爲東北面都巡問察理使、永興府尹，尋以議政府贊成事召還，兼司憲府大司憲，戊子，復爲吏曹判書。庚寅，以遷陵都監提調，至慶源府，奉遷德、安二陵于咸興府。壬辰，進星山府院君，甲午，判議政府事，上箋辭，不允，俄陞議政府右議政。帝北征凱還，稷奉表進賀，乙未，坐罪安置星州，壬寅，召還，復封星山府院君，甲辰，拜領議政府事。仁宗皇帝登極，奉表進賀。宣德丙午，拜左議政。丁未，乞辭，封星山府院君，至是卒，年七十。舉哀輟朝三日，致弔賻米豆并七十石、紙一百五十卷，官庀葬事。稷天性厚重謹慎，國初因緣攀附，得與功臣之列，位至極品，然與世浮沈，遇事無可否，時人以此少之。子師厚、師元、師純。

《佔畢齋集·亨齋詩集序》：世謂文章之與命不相爲謀，故要妙之作，多發於山林羈旅之中。達者則氣滿志得，雖欲工，不暇爲也。余則以爲不然。窮者而後加工雖信有之，然公侯貴人之能者亦豈少哉？其器宇之宏而天分之高，金章赤紱若固有之者，出言而金石自諧，觸思而風雲自隨，其仁義之弸彁于中者自然泄之於詩而不容掩也。又焉有氣滿志得若細人處富貴者之爲也哉？是故穆如之頌非關林羈旅，紅藥之詠不在於山林。燕許擅聲華之宗，韓范富風雅之製。如是者代不乏人焉，雖吾東方之作者亦然。高麗之盛，表表名于世若金文烈公、李文順公、李大諫、金員外、益齋、稼亭、牧隱諸先生，非宰樞則給舍也。其未達者吳世才、林耆之數人而已。以是言之，益見達者之未嘗不工於詩也。亨齊李先生生于麗季，長于名胄，而能踔厲不群，無書不讀，閎乎中而肆乎外。其爲詩文優游渾厚，法律森嚴。少處濁世，自鳴其胸中之蘊。及我聖神興運，攀鱗附翼，歷相四朝，得施其經濟，以紹祖烈，而能以詩笙鏞一代。嘗再奉使于皇朝，抵燕薊，涉江淮，與聞人陸顒、章謹輩唱和。其都邑河山之巨麗，禮樂文物之融侈，收拾涵蓄，以盡天下之大觀。達者而工於詩，先生亦其人也。然而先生務自韜晦，平生所作，人罕得見之。先生歿後三十餘年，余與先生之孫監察永蓁同官，賃屋又比隣，相得甚驩。成化乙酉春，監察出守靈川。將行也，示余先生亂稿曰："吾祖之功名事業銘之鐵卷、紀之青史者炳炳也。而獨此文章無傳焉。吾以是懼，將欲縮節官廩，以圖繡板。子爲吾編之。"余辭不獲，則遂分古律詩二百九十六篇，彙爲四卷，雜著三篇附錄于左。又竄定先生手草年譜而弁其卷首。因喟然言曰："家有弊箒，爲孝子慈孫者尚不忍棄之。况此言語菁華之不朽者乎？况功名事業因是可以求其髣髴者乎？君之子孫競欲克肖，以不墜箕裘之業者，將不在兹歟？宜亟梓行以博於四方也。佔畢齋金宗直序。

《東閣雜記》：太宗率武士覘道傳等。李稷方會于南誾妾家，明燈歡笑，伴從皆睡。使李叔蕃故發矢落於屋瓦上，因縱火焚之。……李稷詐爲從人，登屋作救火狀得免。

英廟憂旱，禁酒中外，久不進藥酒。議政李稷請進之。上曰："禁人飲酒，而予獨飲可乎？"再啓不許。

《小華詩評》：李亨齋稷《登鐵嶺》詩曰："崩崖絕澗愜前聞，北塞南州道路分。回首日邊天宇淨，望中還恐起浮雲。"有憂讒畏譏之意。

【按：李稷(1362—1431)字虞庭，號亨齋，謚文景。籍貫星州。爲官期間掌管癸未字鑄造。奉享成州安峰書院。著有《亨齋詩集》今傳。其詩感慨清淡。《箕雅》收其七絕一首、五律一首、五古一首。】

尹　淮　　**字清卿。太宗初登魁科，官至兵曹典書，典文衡。謚文度。**

《朝鮮世宗實録》卷七一：十八年三月戊寅，藝文大提學尹淮卒。淮，字清卿，茂松人，紹宗之子也。年甫十歲，能誦《通鑑綱目》，聰敏過人。歲辛巳登第，累遷左正言吏、兵曹左郎吏、禮曹正郎，知承文院事，爲辨正都監，决訟明允。丁酉拜代言。太宗嘗謂淮曰："卿學通古今，希世之才，非庸流之比，卿其勉旃。"尋以淮爲兵曹參議，常使近侍，每稱醇儒。壬寅，以事罷，尋拜集賢殿副提學。癸卯，陞同知右軍摠制，歷藝文提學。壬子，丁母憂。起復，上箋固辭。不允。尋拜大提學。性嗜酒，兩上屢呵禁之，猶不能止。甲寅，聚諸儒臣於集賢殿，纂集《通鑑訓義》，命淮主其事。淮病風，力疾從事，再閲歲甫訖，病日篤。上日遣醫診視，又賜良劑内需以調護之。卒，年五十七。停朝市致吊，致賻賜祭。東宫亦致祭。謚文度：學勤好問，文；心能制義，度。

《筆苑雜記》：在家沈醉，我英廟遣中使急召。左右扶起上馬，宿醉未醒。及至上前，略無醉色。命草宣制，揮翰如飛，皆合睿志。上曰："真天才也。"時人語曰："文星酒星聚精，生此一賢也。"嘗侍宴，太宗前倚之曰："予之柱石也。"

尹淮、南秀文皆能文章，性喜酒，常飲過度。我英廟惜其才，命飲酒毋過三爵。自後凡會，二公必飲大碗，名雖三爵，實倍飲於他人。英廟聞而笑曰："予之戒酒，適所以勸飲也。"

《海東雜録》：我世宗欲使儒士分授諸史而讀之。淮對以經學爲本，不可專治史學。世宗曰："於經筵，問以《左傳》、《漢書》所記古事，則皆不能對。博覽古事,以備顧問,不亦可乎?”遂命諸臣分讀諸史。

自幼聰明絕倫,一覽輒記。尤長於史學,嘗背誦《資治通鑑》不差一字。

【按:尹淮(1380—1436)字清卿,號清香堂、鶴川。謚文度。籍貫茂松。尹紹宗子。太宗元年(1401)增廣文科及第。歷任佐郎、正郎等。世宗四年(1422)任兵曹參議。任集賢殿副提學,校讎《高麗史》,任藝文館提學,編撰《八道地理志》,擔任《資治通鑑訓義》纂輯。後經兵曹判書陞至藝文館大提學。號稱酒豪。著有《清卿集》。《東文選》卷一〇載其五律一首,卷一七載其七律三首。其詩冠冕條達。《箕雅》收其七律一首。】

魚變甲　**字子先。咸從人。太宗朝登魁科。世祖朝拜直提學。棄官歸養于咸安。**

《杞園集·先祖集賢殿直提學贈左贊成府君墓表》:公諱變甲,字子先。魚氏本自江陵,移籍咸從。……公以洪武辛酉十月己亥生。己卯,中生員。永樂戊子,魁文科。始拜校書副校理,歷諸司郎、春坊司經文學、司諫院正言、献納,帶三字銜。以天官郎兼藝文應教。世宗肇置集賢殿,選爲應教,轉陞直提學。其入臺論事,藝苑應製,屢被睿奬。而所進《闢佛疏》尤辭嚴理明,至今傳誦焉。公以兩親年老,常有歸養之願。一日因病請告,恬然歸鄉廬。作詩曰:“謝病歸來一室幽,荒涼草樹古池頭。若余豈避功名者,祇爲慈親不遠遊。”是公之志也。朝夕具甘旨,以娛悅親心。而焚家中貨券,不以一毫營産自累也。後授金海府使不赴,召以知諫院事亦不就,一世士大夫皆高仰之,而尚論國朝恬退者,必以公先。嗚呼盛矣。公既退四年,丁外憂,喪制一遵文公《家禮》。越七年宣德乙卯,年五十五而卒。時母夫人尚在堂,未免終養,惜哉。後再贈爵至議政府左贊成。配贈貞敬夫人昌寧成氏,寶文閣直提學思齊女,生一男孝瞻,官至判中樞府事,謚文孝公。文孝有二子:曰世謙,左議政文貞公;世恭,戶曹判書牙城君襄肅公。俱以文章勳業有大名。

《東閣雜記》:魚變甲自左正言出爲忠州判官,時公之父淵以前河陽縣務置散,變甲上疏陳情代己職。太宗許之,陞淵二階,除本職。後變甲爲獻納,同列將上疏論劾雞林府尹尹向,而事涉曖昧。公不署名曰:“吾於其時適在尹公所,詳知此人必無此事,敢虛捏以陷人乎?”遂奮袂而起。坐罷。

《謏聞瑣錄》:魚變甲《答禹廣州》詩:“登高遙望故人廬,聊向江頭問鯉魚。非是物情隨世變,奈何吞釣不吞書。”寓意深切。

《稗官雜記》:余高祖提學公諱變甲,永樂戊子中文科會試。大提學郊隱鄭公以吾《夢得詩》曰:“三級風雷魚變甲,一春煙景馬希聲。誰云對偶元相敵？那及龍頭上客名。”公果中殿試第一名。

余高祖提學公爲監察，與同僚申巖軒檣約曰：“吾等苟得名，遂須歸養老親。”及爲集賢殿直提學，以上恩稠重，未忍遽離輦下，常恨歸養之已晚。宣德丙午患濕症，即欣然辭職。行至昌寧別墅作詩曰：“謝病歸來一室幽，荒凉草樹古池頭。若余豈避功名者，只爲慈親不遠遊。”至咸安本家，題壁上曰：“歸來棲息地，環堵兩三間。風雨弟兄話，晨昏父母顔。門聽雙澗水，樓對四窗山。只要君臣義，休官諒不難。”後申公官至工曹參判，謂公之子翰林孝瞻曰：“余與乃翁密約歸養，乃翁能决然而歸，余則負約。今家君拜司諫而來。余馳書乃翁曰：‘余亦今日侍嚴君。大諫可謂人生得意無南北也。’”贊成權公踶謂人曰：“我國辭爵祿者止二人，許判漢城周與魚某也。”朝議惜其行義，除金海府使，不起。丁父憂服闋。以知司諫院事徵之，亦不就。期欲終養慈親，而不幸先卒。

曹適菴《謏聞瑣錄》載余高祖提學公變甲《答禹廣州》詩曰：“登高遙望古人廬，聊向江頭問鯉魚。非是物情隨事變，奈何吞釣不吞書。”批云：“寓意深切。”今按，此詩逸於《世稿》，適菴其得於傳誦也歟？

提學公喪後臨禫，夢中作詩曰：“酸梨小洞古山阿，廬墓三年一擲梭。饘粥厭何疏食進，衰麻才着練冠加。昊天罔極恩難報，中月而行禫已過。莫謂泉扃終寂寞，五男俱在子孫多。”

《西京詩話》：魚直殿故是國初巨擘，特掩於孝耳。嘗謁歸第，有詩云：“謝病歸來一室幽，荒凉草樹古池頭。若余豈避功名者，只爲慈親不遠遊。”千古忘親徇祿者可以愧死。

【按：魚變甲（1381—1435）字子先，號綿谷。籍貫咸從。奉享固城綿谷書院。《東文選》卷一〇載其五律一首，卷二二載其七絶一首。其詩寓意深切。《箕雅》收其七律一首。】

姜碩德　　字子明，號玩易齋。淮伯之子。蔭大憲，知敦寧。謚戴愍。

《朝鮮世祖實錄》卷一七：五年九月己丑。知敦寧府事姜碩德卒。賜賻米豆幷二十石、紙一百卷、棺槨、油芚等物。碩德字子明，晋州人。蔭補啓聖殿直，累除楊根郡事，治爲第一。遷仁壽府少尹，陞司憲執義，進承政院同副承旨，歷戶曹參判、司憲府大司憲、吏刑二曹參判、開城留守，入拜知敦寧府事。碩德性清廉慷慨、高邁好古。事寡母至孝，待異母兄弟極其和睦。嘗語其子希顔、希孟曰：“吾行年六十，雖無功利之及人，行事無權詐，則自反無愧矣。”居官慮事，綱理甚密，處家則左右圖書，焚香端坐，澹然無營。手作“懲忿窒慾”四大字貼座右，手不釋卷。篆隸八分墨戲俱妙，詩以簡雅爲宗，必中古人矩度乃發。至疾亟,亦令諸子讀書聽之。謚戴敏:典禮不愆,戴;好古不怠,敏。

《筆苑雜記》:姜戴敏公碩德性好古,風流文雅,近代無比。作詩最高古,書畫亦妙絕。謚之曰"敏"宜矣。謚法:"好古不怠曰敏。"此元朝學士趙文敏之敏也。世之人以公不於紅紙上題名輕之,甚非也。

《青坡劇談》:玩易齋姜公碩德性高亢,一舉不中,退歎曰:"男兒生世固當磊落,安用舉業以爭技白日之下,爲平生進取之媒乎?"竟不復舉。

【按:姜碩德(1395—1459)字子明,號玩易齊,謚戴愍。籍貫晉州。姜淮伯子。蔭補出仕,歷任知敦寧府事。著有《玩易齋集》。《東文選》卷八載其七古二首,卷一九載其七律一首,卷二二載其七絕一〇首。其詩高古。《箕雅》收其七絕一首。】

辛碩祖　　號淵冰堂。靈山人。文宗朝爲集賢副提學。

《朝鮮世祖實錄》卷一八:五年十一月辛卯。開城府留守辛碩祖卒。碩祖字贊之,初名石堅,靈山縣人。少善屬文,魁丙午生員試登第,選補集賢殿著作郎,累陞至直提學,遷右司諫大夫,陞集賢殿副提學,歷吏曹參判、司憲府大司憲、開城府留守,卒年五十三。性溫良純謹。謚文僖:博文多見,文;小心畏忌,僖。賜賻弔奠如例。

《海東雜錄》:初名碩堅,號淵冰堂。我英廟朝擢高第,以文藝顯,有詩名。官至集賢殿大提學,謚文僖。碩祖,武節公有定之孫。碩祖每曰:"鑑祖性急,佩韋自警。"嘗修史春秋館,與一下僚同事筆硯。下僚忽遽間顧吏高聲語曰:"辛碩祖將硯水來。"旋即慚赧,低頭不敢仰視。文僖遽前執手曰:"我輩少時失言于先生長者前,豈止此耶?"即呼酒來,滿酌對飲。人服其弘量。

【按:辛碩祖(1407—1459)初名碩堅,字贊之,號淵冰堂,謚文僖。籍貫靈山。辛永禧祖父。參與編撰《世宗實錄》、《醫方類聚》、《經國大典》等,學問文章卓越。著有《淵冰堂集》。《東文選》卷一九載其七律一首。其詩詩中有畫。《箕雅》收其七律一首。】

崔　恒　　字貞父,號太虛亭。朔寧人。世宗朝登魁科,選湖堂,官至領相,三冊勳寧城府院君。謚文靖。

《朝鮮成宗實錄》卷四一:五年四月壬午。左議政崔恒卒。輟朝弔祭、禮葬如例。恒,字貞父,朔寧人,贈領議政,士柔之子。恒幼聰明好讀書。宣德甲寅,世宗幸學策士,遂擢第一人,特授宣教郎、集賢殿副修撰,歷修撰校理直殿。丁卯,中重試,陞直提學。景泰庚午,文宗即位,授左思諫大夫。辛未,陞副提學。壬申,拜同副承旨,轉左副承旨。癸酉,世祖靖亂。恒適直政院,與有功,陞都承旨,賜輸忠衛社協贊靖亂功臣之號。甲戌,嘉善吏曹參判,封寧城君。乙亥,遷大司憲。世祖即位,賜佐翼功臣號。天順丁丑,嘉靖戶曹參判,尋移吏曹。戊寅,資憲刑曹判書,俄移工曹。是年冬,丁母憂。己卯起,復加正憲,爲中樞院使、藝文館大提學,兼成均館大司成,主文衡也。恒三上書請終制,不許。庚辰,加崇政吏曹判書。癸未,拜議政府左參贊。成化丙戌,陞崇祿,兼判兵曹事。尋陞輔國崇祿左贊成。丁亥,大匡輔國右議政轉至領議政。未幾,還,封寧城君。庚寅,改封府院君。辛卯,賜純誠明亮經濟弘化佐理功臣號,復拜議政府左議政。至是卒,年六十六。謚文靖:道德博聞,文;恭己鮮言,靖。爲人謙謹寡言,雖盛暑,斂膝危坐,終日無惰容。耽學强記,爲文章長於對偶,一時表箋皆出於其手,中朝稱精切。《世祖睿宗實録》、《武定寶鑑》、《經國大典》,皆其所撰定也。號太虛亭,有集行於世。恒臨事少裁决,長銓曹,居相位,一無建白,依違而已。世祖嘗與勳舊論難是非,以觀其志。問恒曰:"吾欲爲某事,欲立某法,欲征南征北,可乎?"恒不度是非,不計難易,俯首竦身,謹對曰:"唯。"上再問,恒復曰:"唯唯。"前此典文衡者,拜議政則必辭。恒拜議政,猶帶不辭,時議譏之。妻徐氏性悍,家政一聽於徐,不得自由。恒多女,擇婿惟取富饒,不論人品,率多癡騃。嘗自歎曰:"吾家乃活人院。"言病人聚也。有奇采者,恒友婿李培倫女婿也。采只有一女,適鄭孝常家,饒於財。恒利其富,不嫌近族,取其女爲子永灝妻,朝議譏之。

《四佳集·太虛亭集序》:寧城崔先生早有大志,博極群書,涵養精熟,發而爲文者亦復奥妙,名聲已挺於諸輩中。宣德甲寅,世宗臨雍策士,先生褎然爲大魁,擢入集賢殿,陪侍經幄,昵被知遇。在鑾坡者十七年,盡閲中祕書,淹貫今古,集文章之大成,獨步當時。……凡朝廷雄文大冊,事大表箋,皆出其手。他如公卿碑碣,官署寺院紀功載績者,與夫一時四方求文字者,得公片言隻字,如獲拱璧而珍寶之。……先生平生以詞章爲無用空言,雖有著述,鮮存其稿。……然聞世之評先生之文者曰,先生天分至高,學力亦到,方其得意,肆筆成章,浩乎若長風驅帆順流而下也,閃乎若騕褭騰驤藾雲而上也,瑩乎若干將莫耶光刃畢露也。其體裁雄渾峻壯,沈鬱淵願,雖富而不侈,雖覈而不鑿,雖奇而不怪。尤精於駢驪,深得陸宣公文法。眞可謂奇偉不凡之才矣。

《東人詩話》:古人云:"天下無無對之句。"東坡詩"公獨未知其趣耳,臣今時復一中之",今古以爲奇對。近有薛司藝緯忤執政遞職有句云:"怒于甲者移於乙，用則行之舍則藏。”頃在春坊聯句有占“治”字曰：“治國其猶指諸掌。”崔文靖公恒對曰：“存人者莫良於眸。”信乎天下無無對之句。

古之詩人托物取況，語多精切。如東坡詠海棠云：“朱唇得酒暈生臉，翠袖卷紗紅映肉。”以婦人譬花也。山谷詠荼蘼云：“露濕何郎試湯餅，日烘荀令炷爐香。”以丈夫譬花也。崔文靖恒詠黑豆云：“白眼似嫌憎客意，漆身還有報仇心。”以文人烈士譬黑豆，用事奇特，殆不讓二老。

金翰林係熙以親老休官歸金海郡，集賢諸學士詩以送之。崔文靖恒詩曰：“銀海幾寒金海望，青雲難奪白雲思。”語奇巧。李修撰永瑞詩曰：“金榜玉堂早策勳，平看脚底起青雲。離親仕宦知多少，江上秋風獨送君。”後句言遠而意深，離親仕宦者知小愧矣。

《謏聞瑣錄》：成煖《謫居金海》詩：“漢城客作盆城客，銀海波添金海波。”蓋用淚添波事。而崔文靖公恒詩：“銀海幾寒金海望，青雲難奪白雲思。”未必不出於此。

【按：崔恒（1409—1474）字貞父，號太虚亭、幢梁，謚文靖，籍貫朔寧。擅長文章。著有《太虚亭集》今傳。其詩雄渾峻壯，沈鬱淵願，用事奇特。《箕雅》收其七絕一首。】

權　踶　**號止齋。近之子。太宗朝親試魁科。官至貳相，典文衡。謚文景。**

《朝鮮世宗實録》卷一〇八：二十七年四月己未。議政府右贊成權踶卒。踶，字仲義，初名蹈，贊成事近之子也。初以功臣子補敬承院注簿，累遷司憲監察。忤臺長，罷。甲午秋，擢親試第一，拜司諫院右獻納，遷兵曹正郎、藝文應教。丙申，拜成均司藝。戊戌，太宗封世宗爲世子。踶以議政府舍人改爲典祀少尹、世子左文學，明年拜司憲執義。從謝恩使敬寧君梯爲書狀官如京師，還，拜承政院同副代言，陞左代言。癸卯，丁母憂。服闋，除集賢殿副提學。俄拜禮曹參判，夏轉司憲府大司憲，冬出爲咸吉道都觀察使，以事貶鎮川。明年召還，爲平安道都觀察使。踰年病免。庚戌，拜慶昌府尹，以事貶白川。壬子春，爲京畿都觀察使。秋，以疾辭。癸丑春，復拜禮曹參判。乙卯拜吏曹判書，自是典文翰。丁巳，命修《高麗史》，移禮曹判書。戊午，副計稟使惠寧君祉如京師，奉敕還，賜土田臧獲，遷藝文大提學、中樞院使。己未冬，以事貶原州，踰月召還，命以散秩，仍修《高麗史》。庚申春，同知中樞院事，陞院使。癸亥，拜議政府左參贊，兼判吏曹事。乙丑，進右贊成，三月患瘇。上命醫就第，以供藥餌，又日遣內醫問疾。及疾篤，特爵長子擥超一級。卒，年五十九。輟朝市二日，官庀葬事。謚文景：博聞多見，文；

由義而濟，景。踶聰明博學，善談論，喜言時事。然惑於妓妾，待妻子甚薄。家道不正，世以此少之。其女嘗與妾有忤，踶蹴之而死。後以史事除名。子摯、擥、攀、摩、挈、擎。

《東人詩話》：權止齋踶、閔判事厚生、崔弼善文孫、弟孝孫讀書衿川道安寺澄上人方丈，四人相繼中科。止齋寄澄師詩云："故人猶着舊麻衣，曾笑龍門約已違。三聖山靈應自慶，四枝丹桂映朝暉。"蓋用吕丞相蒙正故事。吕少與三人讀書龍門山，相誓曰："不作壯元不復舉。"吕擢壯元，其一擢甲科，其一落第，遂不復舉。後吕致仕，還鄉寄詩曰"故人猶着舊麻衣"。

《筆苑雜記》：止齋與權判書克寬、權參判克和初俱失志，抵水原蓮亭，止齋曰："他日得志，細雨濛濛，雨雪霏霏，明月入簾，荷香滿座，相與觴詠，亦足賞今日之行。"諸公笑曰："雨既濛濛，雪不當霏霏。雪既霏霏，月不當明，荷香豈雪中得乎？"是年止齋大魁。諸公相繼擢第，乃曰："水原雪中荷花今可一賞矣。"後止齋爲監司，權出宰是府，適荷花盛開，相目而笑。止齋有詩云："雨雪霏霏月正明，荷香荏苒滿塘清。當年此說神應秘，二十年前計已成。"甲午秋親試，讀券官河崙等取舉子三人券子以進太宗曰："當依古焚香祝壯元故事。"信手抽之，乃權文景蹈也。上喜曰："予悼蹈父近之早逝，今得子爲壯元，聊復自慰。"顧語崙等曰："此榜乃予門生，卿等不得爲自家桃李也。"崙等終不受禮謁。蹈後改名。

《謏聞瑣録》：止齋乞洪魚詩："細肌凝豆腐，軟骨嚼沙糖。"又云："箕形如可得。"皆狀其魚之形模而語俗。

【按：權踶(1387—1445)字仲義、仲安，號止齋，謚文景。籍貫安東。與鄭麟趾、安止作《龍飛御天歌》。著有《止齋集》、《歷代世年歌》、《永嘉連魁集》。《東文選》卷一七載其七律一首，卷二二載其七絶一首。其詩用語通俗。《箕雅》收其七律一首。】

朴元亨　**字之衢。世宗朝登第，選湖堂，官至領議政、延城府院君。配享睿宗廟庭，謚文憲。**

《朝鮮睿宗實録》卷三：元年正月丁丑。領議政朴元亨卒。元亨字之衢，歲甲寅中親試第三人，累轉司僕判官。時文宗爲世子，夜與諸君釣慶會樓池，召司僕官元亨入見。文宗顧左右曰："初謂兼官直宿，斯人也。"上亦敬待，不可與爲戲，卽謝遣之。及卽位，轉判司僕寺。事世祖靖難，拜同副承旨，暨受禪陞都承旨，賜佐翼功臣號。遷吏曹參判，封延城君，歷户、刑、吏、禮四曹判書，陞議政府右贊成。丙戌拜右議政，明年平逆賊李施愛，遣元亨存撫本道，進左議政，睿宗卽位，又與翊戴功臣。至是有疾沈綿，召子安性，令進酒，口號云：“今夜燈前酒一巡，汝生三十六青春。吾家舊物惟清白，好把流傳無限人。”卒年五十九。訃聞，上震悼，輟朝三日，致弔祭。元亨器度簡重，平居無疾言遽色，處事决疑，毅然持正。每群議各執所見，徐以一言定之，動合事宜。又善辭命，明使至國，必爲儐相，儀觀甚度。早喪母，事繼母如事所生。然城府深，人莫之窺，又能揣摩承迎，與世低昂。性好潔，每赴公朝，雖倉卒，必照鏡視衣，有塵污拂去乃出。謚文憲：博聞多見，文；薦可替否，憲。子二，安命、安性。

《海東繹史》卷六九：朴原亨按：當作元亨官戶曹判書，調刑曹判書。《明詩綜》

張寧《贈朴判書詩序》：予來朝鮮，國之諸臣無日不交相候問，皆雅有體度可道。其間迎送陪從，所與朝夕共處者，唯刑曹判書朴君一人最久。判書老成文雅，中敏外嚴，加以謙密不矯，得藩佐體。讀書能文章，善辭令，有古列國大夫之風。自義州往復幾一月，雖勞頓不息，始終未嘗有惰容。非恒不振者能之乎？予初至，判書遣二子安命、安性謁拜館下，進退肅雍，不敢當交接禮，家教之隆因亦可見。是皆人所難，而判書具有之。風塵空谷中跫然之喜，何可多得也？兹將違遠，彼此之情不能不相爲動色，因成近體一章。既以敘區區之懷，且以塞判書之請。斯文古意，是又不能以名義相律也。不識見者，以予言爲何如？《奉使錄》

天順元年，使朝鮮者翰林修撰吳陳鑑緝熙、太常博士會稽高閏居平；三年，奉使則刑科給事中余姚陳嘉猷世用；四年，奉使則禮科給事中海鹽張寧靖之。原亨按：元亨之訛凡三年充館伴，靖之贈詩云：“朝鮮賢臣朴判書，老成文物非凡儒。”蓋其國中翹楚也。《靜志居詩話》

張靖之兩使朝鮮，水館星陲留題殆遍。陪臣朴元亨以刑曹判司爲館伴，詩篇酬和，殊不相下。及偕登太平館樓黃門，成七言長律六十韻。元亨誦至“溪流殘白春前雪，柳折新黃夜半風”之句，乃閣筆，曰：“不能屬和矣。”同上

《三灘集・領議政朴文憲公行狀》：公諱元亨，字之衢，號晚節堂。新羅宗姓也。……以永樂九年辛卯八月初十月己亥生公，聰悟絶倫。方四歲時，乳媼聞隣家讀書聲，謂公曰：“男兒長必讀書。吾爲汝憂之。”公曰：“人皆讀之則吾亦讀之。又何憂也？”其機警若此。及長就學，一覽輒誦，以能詩文鳴，尤工於程文，至今習舉子業者皆傳誦以爲軌範。延興君再謫于外，公隨侍，晨夕不離側，甘旨之奉身自操辦，必極滋味而後已，鄉人莫不嘆異焉。世宗十四年壬子春，中司馬試，遊學於成均館。時權採以名儒爲大司成，見公甚器之。贈《綱目》、《通鑑》、《宋元播芳》、《杜詩》，館中諸生榮之，自是聲華大振。甲寅春，上幸成均館謁先聖，親試諸生，公擢第三人，授啓功郎禮賓直長，屢遷至宣教郎都染署令。丙辰，丁延興君憂，哀毁逾禮，與弟元貞廬墓

三年,凡葬祭之事一依朱文公《家禮》行之。戊午六月服闋,拜義禁府都事。己未,以司憲監察,爲正朝使書狀官如京師。自使以下,皆憚公清直。庚申,陞宣務郎承文院副校理。辛酉,遷兵曹佐郎。壬戌,階加承訓郎。秩滿當遞,時國家築長城,徙民實塞下。兵曹事務方劇。判書鄭淵以爲非公莫能治,特啓留公。公入見議事,則判書必改容,如接大賓,退則目送之。嘗謂人曰:"如我輩當避一頭地。"扈從伊川,大駕將還,已上道,顧見行宫煙焰屬天。上大驚,遣公廉問。公還啓曰:"耕夫火田,不覺延燒。"上召入臥内曰:"予以爲民厭數幸而焚之。今聞汝言,良足慰懷。非汝之明,何以得情?"癸亥,命議政府與司僕提調舉能任馬政者,僉以公對。特加承議郎,授司僕判官。是年,赴京使臣馳啓曰:"我國羅州人漂流至蘇杭州。帝命還本土。"上命公往鞫羅州官吏不啓之罪。公至,不得其情,更審漂流人名,與濟州人相類。卽啓曰:"必是濟州之人,初不以實告也。今敬差官鄭光元將歸濟州,請使幷覈。"上許之。公又念全羅道人遠行,則必於錦城堂呈願狀。使人悉取而觀之。有一狀卽漂流人姓名,而元繫濟州者也。人稱其神明。居無何,光元推啓,亦其人也。及漂流人至,上問:"汝初何以羅州人告乎?"對曰:"聞濟州本中原之地,若告以實則慮有別議故耳。"上召公喜曰:"汝言驗矣。"李思儉巡察下三道牧場,薦公爲從事官。乙丑,轉吏曹正郎。上重馬政,復授司僕判官,特加奉訓郎。朴仲林與宋仲孫爭一奴年稚,兩家婢俱稱己子,事涉疑似,前後所遣朝官皆莫能决。上命公鞫之。公曰:"未辨其父者容或有之,豈有未辨其母之理?"卽往仲林農莊,俱得其情,聞者快之。文宗爲世子時,乘月與諸弟及宦官釣于慶會樓池,使人召司僕官。公適直宿入見,文宗顧左右曰:"我意兼官入直。若人不可與共爲戲事。"左右曰:"暮夜偶爾遊戲。何嫌焉?"文宗曰:"斯人也上亦敬待。"卽遣中官報曰:"使者誤召耳。"丁卯,陞奉直郎司僕少尹、知製教,累加至朝奉大夫。景泰二年辛未,文宗卽位,特加朝散大夫司僕寺尹。上重公,未嘗以名呼之。壬申,拜威毅將軍大護軍、知司諫院事、知製教。癸酉,陞中直大夫,守判司僕寺事。是年十月,世祖靖内難,以公爲右副承旨。謂宰相曰:"朴其非公事未嘗至於私門。直道而行,物望所歸。"屢遷至左承旨,皆兼知刑曹事,時稱奏讞明允。乙亥六月,世祖受禪,陞拜都承旨,策勳爲推忠佐翼功臣,賜田八十結、奴婢八口、白銀二十五兩、綵段一表裏、内廏馬一疋。丙子三月,公啓曰:"每歲宰相耆老者會宴於三月三日及重九日,謂之耆英會。例賜酒樂,其來久矣。老臣等餘生無幾,慰宴之禮,不可廢也。"上感其言,命司僕寺多獵禽以賜,又命公賫酒肴厚慰之,在會者皆感泣。耆英會遣内相自此始。時朝庭使臣尹鳳、金興將還,上餞于大平館,以獻童宦奏草示之。興覽訖曰:"幷錄皇帝宣諭之辭,無效順之義。”公答曰:“如物膳之類則可。至於人口,雖欲效順,無宣諭則不得擅便以獻。”興拱手曰:“甚善。”上亦嘉之。盗入公家,資產殆空。上聞之憫然曰:“家本清寒,今復如是。”賜内帑綵段甚多,并賜第一區。十月,超拜嘉靖大夫吏曹參判、世子賓客,延城君。丁丑,陞資憲大夫戶曹判書。是年,正統皇帝復位,改元天順。使翰林陳鑑、大常高潤來頒詔。上以公爲遠接使,仍命曰:“使臣來期尚寬,則巡審塞上烟臺及鐵山牧塲,因革便否。并詢問守令得失,民間利害以聞。”鑑、潤初至義州,以不郊迓責公。公使通事答曰:“遠接使不出迎于郊,我國舊例也。”潤猶怒不解。及公入謁,潤見公周旋中度,風彩動人,不覺下床曰:“吾悔之。如朴宰相,求諸中原亦不可多得。”明日,宴于館,公以諱日不食肉。潤問知之曰:“上國人於諱日不茹葷,未聞斷肉也。”公應聲曰:“君子有終身之喪,忌日之謂也。若之何食肉?”鑑、潤歎服,自是益敬公。凡有所爲,必曰:“朴宰相聞之,得無不可於心乎?”曁還,公送于境上,鑑執公手揮涕曰:“上感殿下厚德,次感公之意氣。烏得不潸然?”更酌酒以進曰:“故人有千里交神者,况此累月相從乎?願毋相忘也。”遷刑曹判書。戊寅,上欲招撫野人,以公爲咸吉道都巡察使。公至則宣布德威,邊人畏愛,且置富寧鎮以固關坊。己卯,朝庭以我國授野人官爵,遣給事中陳嘉猷來詰之。上慮應對之際一失其辭,則生釁上國,事機至重,故復以公爲遠接使。七月,以奏聞兼謝恩使如京師。禮部郎中孫武見公於朝曰:“陳翰林鑑欲見公,可詣禮部相待。”鑑果至,引公入主客司廳饋茶,勞慰甚勤。學士倪謙及鑑、潤屢使人問寒暄。將還,皆作詩頌美,書于簇以爲贐。進階正憲大夫。庚辰,朝庭又以野人事遣張寧、武忠來,公又爲遠接使。加崇政大夫。辛巳,公以病乞解職,不允。壬午,轉吏曹判書。癸未,遷禮曹判書。新置弘文館,以公兼大提學。甲申,給事中金湜、舍人張珹來,公亦爲接伴使。湜篆書“晚節堂”以贈,珹爲作記,公因以自號。陞崇政大夫議政府右贊成,兼禮曹判書。成化元年乙酉,知成均館事。丙戌,兼義禁部判事,皆以贊成帶之。一日,上問曰:“今學者趨向何如?”公對曰:“上數引諸生講經,近古所罕。然或兼講九流之書,學者頗有他歧之惑。”上默然良久曰:“此則予之罪也。”又召問盧思愼,對曰:“朴元亨之言是矣。儒士至有讀佛書者。”上又嘗酒酣,語公曰:“予好佛之主乎?”對曰:“然。”上曰:“何如梁武帝?”公不敢對。上固要之,左右皆危公。公徐對曰:“殿下必不至以麵爲犧牲矣。”上笑。四月,拜大匡輔國崇祿大夫議政府右議政、世子傅。上又命公巡審全羅、慶尚道,并考慶尚道軍容。十月,改延城君,兼禮曹判書。丁亥夏,咸吉道李施愛聚群不逞,盡殺節度、觀察使及守令,據險以反。上遣將討平。然猶浮言未殄,人多反側。特遣公存撫曰:

"民罹兵革,流離失所。不大舉救恤,則軍民死亡無際。卿其賞罰監司以下,便宜從事,不必取旨。"戊子三月,拜左議政。四月,帝遣姜沃、金浦等來,上宴于大平館。既罷,出御更衣室。公時亦爲接伴使,將入啓事,見上不冠帶,遲回不進。上望見,遽命左右取冠帶曰:"此吾之汲黯也。"語公曰:"予屈卿爲接伴,於卿意何如?"對曰:"臣雖無狀,然猶待罪三公。朝庭若聞以議政爲接伴,則益信殿下事大之誠矣。"上曰:"人欲改之,予固不聽。亦此意也。"九月初七日,上疾大漸,傳教於公曰:"予欲今日傳位世子,速諭國人皆知此意。"公退,指揮措辨,俄傾之間,大禮以成。翼日,上薨。公與大臣議定喪制,雖自謂達禮者無敢異議。今上問公曰:"舊稱大妃之教曰內教。予欲改之,何如?"公對曰:"大妃當大行王累日行辛時,若不得已有命,則稱內教爾。今大妃所命,殿下稟而行之,何得別稱大妃之教?"上曰:"然。"又問公曰:"今喪制,二十七日後方斷流以下罪,如是則無乃滯獄乎?"公對曰:"三年之喪二十七月而除。近古帝王,以日易月,故必待二十七日而決罪。世宗、文宗皆用之矣。"舊制,九月十七日考閲軍士,兵曹據例將行。公聞之,啓曰:"詰戎雖國家大事,然於初喪,釋衰麻著戎衣,有所未安。"上曰:"予以軍務之重,從兵曹之請。今聞公言,甚合予意。"遽命止之。冬,康純、南怡謀不軌,上炳幾誅除,公之贊謀居多,賜保社定難翼戴功臣之號。公當國恤遭大變,夙夜盡瘁,遂感疾。然以山陵事重,不敢辭職,力疾扈衛,漸至沈綿。己丑正月初八日夕,召子安性於灯下謂之曰:"今日乃汝生日也,可稱觴壽我。"因口號一絶句曰:"今夜灯前酒數巡,汝年三十六青春。吾家寶物唯清白,好把相傳無限人。"公之詩,公之心也。是月二十二日丁丑,卒于正寢,年五十有九。訃聞,上震悼,停市朝三日,遣禮官弔祭,官庀葬事。公稟性嚴重,宇量寬弘。平居無疾言遽色,溫醇樂易,人皆可親。及其臨大事決大疑,毅然持正,不爲威屈,不爲利撓,有巖巖不可犯之氣。每於上前,群臣論議,各執所見,是非鋒起,公徐以一言定之,適情合理,人莫能奪。雖以世祖之豁達顛倒豪桀,而尚不冠不見,至比之汲黯,則公之爲人蓋可想矣。公早喪母,事繼母如所生。弟元貞遘疾,親嘗藥餌,盡心治療。及死,不勝慟怛,自斂尸。曁窆棺,躬自臨視,勿之有悔焉。撫其遺孤,無異己子。孝友之心出於至誠,人無間言。自承旨至判書刑曹,治獄凡六年,務存大體,不事苛察。雖部決如流,而必盡其明慎;摘伏如神,而必加以懇惻。至於覆讞死囚則爲求生道,哀矜勿喜。世祖嘗謂公曰:"自公在秋官,幾致刑措。倚卿如皋陶也。"有一宰相獻弭盜之策曰:"強盜除三覆奏,竊盜不待時斷。"世祖問於公,對曰:"三覆之法,所以求生道也。待時之法,所以順天道也。唐時至五覆奏,此帝王欽恤之仁也,且不可輕改舊章。"世祖又以密告之法問於公，對曰："淑季人心澆薄，誣上行私，若聽匿名書，則勳戚之臣被誣者多矣。"世祖皆嘉納之。公之用心仁恕皆類此。末年，久兼春官，交隣事大，各盡其禮。當國恤之際，事多倉猝，而公處之恢恢有餘地。又善於辭命，凡五爲遠接使，未嘗失言於人失色於人，故使者皆敬慕，雖以宦寺之驕縱不法，亦折節爲恭，不敢以非禮相加。若陳翰林諸公則悦公文雅之美，相與唱酬，歡若故舊。由是，身居海外而名動中原。每我國奉使人至京師，則縉紳之士必問曰："朴宰相好在否？"世祖嘗引見流球國使臣於別宮，命公爲儐相。顧謂左右曰："朴某眞所謂束帶立於朝，可使與賓客言者也。"公以勳臣爲宰相幾二十年，而第宅不易於舊，無衣帛之妾，無食粟之馬，常以節儉戒其子孫，故爲當世法家云。

《筆苑雜記》：朴文憲公元亨明達事體，諳熟典故。中原使臣陳鑑、高閏、張寧、陳嘉猷之來，皆爲儐。周旋交際，咸中其宜。張奉使嘗語文憲曰："如子之才，生於春秋之時，當不在叔向、子產之下矣。"

《慵齋叢話》：世祖朝，翰林陳鑑到國，翰林見畫蓮，作詩云："雙雙屬玉似相親，出水紅蓮更逼真。名播頌聲緣有客，愛從周後豈無人。遠觀自可祛煩暑，並立何曾染俗塵。料得丹青知此意，絕勝鵜鴨惱比鄰。"朴延城爲館伴次韻云："水鄉花鳥邈難親，筆下移來巧奪真。菡萏初開如欲語，鷺鷥閑立不驚人。淤泥淨色還無染，冰雪高標迥脫塵。玉署儒仙看不厭，清儀馨德與相鄰。"從事李胤保之所作也。又作《喜晴賦》，金文良即依韻次之，翰林大加稱賞曰："東方文士，與中華無異矣。"

《思齋摭言》：朴政丞元亨位至臺極，清檢律身，教弟子有法。其子贊成公安性位未顯時，值其晬日，置酒獻壽。政丞公受獻歡飲，至夜分，呼贊成使前，口占曰："今夜燈前酒數巡，汝年三十二【考：據《行狀》及《實錄》當作"六"】青春。吾家舊物唯清白，好把相傳無限人。"門闌酒杯之間，無浮浪流蕩之玩，而有警責詔訓之義，亦可爲教弟子之法也。

《菊堂排語》：天順四年庚辰，世祖大王六年也。正使禮部掌給事中張寧、副使錦衣衛都指揮武忠齎敕來責我國擅殺野人事也。遠接使刑曹判書朴元亨。正使《渡大同江》詩曰："平壤孤城發曉裝，畫船簫鼓麗春陽。鳥邊雲盡青山出，渡口潮通碧海長。共喜皇仁同天地，不知身世是他鄉。清樽且莫頻相勸，四牡東風路渺茫。"遠接使次曰："遠傳丹詔促行裝，暫駐星槎浿水陽。江浦雪消春意動，郵亭日暖客懷長。一杯且可酬佳節，萬里無勞憶故鄉。野闊天低山似畫，不禁詩思入蒼茫。"

【按：朴元亨（1411—1469）字之衢，號晚節堂，謚文憲。籍貫竹山。《東文選》卷一七載其七律一首，卷一八載其七排一首，卷二二載其七絕三首。

其詩典雅莊重。《箕雅》收其七絶一首、七排一首。】

權　擥　　**字正卿，號所閑堂。踶之子。文宗朝連魁三試。佐世祖，官至左議政、吉昌府院君。謚翼平。配享世祖廟庭。**

《朝鮮世祖實錄》卷三五：十一年二月癸未。吉昌府院君權擥卒。訃聞，命進素膳，停朝市三日。禮曹請舉哀，命往哭於其家。擥字正卿，贊成踶之子。自號所閑堂。器宇寬偉，磊落不群，沈静寡言。少篤志力學，有大志，不規規爲舉子業，爲文不務入時眼。自以爲高世之士，年踰三十，不霑一命，人或稱屈，不以屑意，物論愈藉藉，皆以公輔望之。嘗與韓明澮爲忘形交，以蕭、曹、管、鮑自許，不事家人産業，相與言曰："男兒不能奮矛躍馬，樹功邊閫間，要當讀萬卷書，立不朽之名耳。"初踶惑於妾，踈嫡妻，擥泣諫，踶欲杖之，擥遂辭家，與明澮遍遊名山，窮搜奇勝。文宗卽位，親策取士，擥指陳時事，言甚剴切，擬以第四，文宗覽之，擢置上第。及上之靖難也，與明澮首先贊襄，與靖難一等功臣。上卽位，擢授吏曹參判，封吉昌君，加賜佐翼一等功臣號。擥嘗有投閒養病之志，上賜御札曰："卿之於予，非可以知心合德論也。天實爲生役之大任，予無愛卿之心，卿無愛我之心，以宗社功業言之，則卿有絲毫有私，予有絲毫有欲，而冒突水火，忘身妻子，誓天及地，遂定禍亂乎？得有今日，卿實功業主人，予每以卿之有疾，未得如他數面爲懷，今見卿林泉之趣，驚嗟不已。卿何得解天任？"使尋除右贊成。上嘗御便殿，撫世子，謂群臣曰："此吾之寶也。"擥曰："非殿下之寶，乃國家之寶也。"上下床謝曰："卿言是。"立賜鞍馬，進拜右議政。及晚年，以病就第，擥營産頗勤，嘗治第南山下，制度過侈，又縱豪奴，凌駕士族，參贊李承孫至被罵辱，擥不之罪，人以此譏之。謚翼平：思慮深遠，翼；克定禍亂，平。

《海東繹史》卷六九：陳緝熙使朝鮮，國人賦詩，繼和者自朴原亨按：元亨之訛、申叔舟外，有若仁順府尹寶文閣提學金守溫、領議政鄭麟趾、禮曹參判盧叔仝、禮曹判書洪允成，兼成均司成金鉤、金末、左承旨曹錫門。而權擥爲之作序，書銜曰："吏曹判書集賢殿大提學知春秋館事。"後二年進議政府右贊成，明年進右議政。其序略云："詩者，人心之感物而形於言也。心之所感，既不能無邪正，故言之所形亦不能無是非。唯聖人在上，則人皆親被其化，以成其德。有以得夫性情之正，故其所感而發於言者，粹然無不出於正矣。"其持論中繩尺。《静志居詩話》

《東閣雜記》：魯山幼冲嗣位，八大君強盛，人心危疑。光廟有靖難之志，權擥出入邸下甚密。每進見，日晏不退，進膳失時。宮人見擥之至曰："寒虀郎又來矣。"及即位，召入内殿，設宴慰之。顧貞熹王后曰："此乃昔日寒羹郎也。”

《東人詩話》：正統丁巳，吉昌權相擥、上党韓明澮、金海李公文炯數十同志遊西原。妓一枝紅，吉昌所情鍾；銀臺月，金海意中人也。越數載，吉昌、金海重遊西原，一枝紅已仙矣。金海述吉昌意題一絶云：“憶昔來遊戊午年，一枝紅豔惱儒仙。今日重遊還有感，可憐孤塚隔寒煙。”又十九年，金海以左承旨乘傳歷西原，銀臺月尚無恙，隻雞斗酒來敘殷勤，極歡而罷。吉昌時爲相，聞金海之言，見剛中說不置。又語及剛中少時事。剛中少與西原妓鳳凰池相別于州北栗峰驛，樓下小池荷花盛開，少年落魄不覺顛倒。後七年，重到西原，奔月已兩年矣。遂題一絶于驛樓云：“隴麥初胎梅已仁，江南行客動傷神。小塘依舊荷花淨，不見當時勸酒人。”吉昌笑曰：“西原本佳麗之地，今金海馳傳入州，觀者攔街，英耀極矣。吾與子雖到西原，正如詩之所恨，欲如金海得耶？昔人有‘謾擁旌旗，樓上無人’之句，正吾與子之謂矣。”相與抵掌大笑。

《筆苑雜記》：權翼平公擥弱齡有大志，博覽強記，才名挺出儕輩。然屢屈場屋，怡然自處，不屑屑於懷。予誦孟郊詩曰：“‘出門即有礙，誰謂天地寬。’郊之落第悲悴困窮者，無所容其身者。今子將無然乎？”翼平笑曰：“得不得寧非命耶？”予知其爲大器。後翼平年三十五，以文擢壯元。四十六入相，爲一代元勳之首。蓋眺躁悲傷，士之常情，而公之大度如是。郊之不遇，豈非局小使然耶？

《謏聞瑣錄》：所閑堂代清州妓謝衣寄剛中詩云：“憶君時復展君衣，別淚斑斑尚未晞。剪破此衣還作縷，欲連愁緒寄君飛。”甚有意思。《賦遠浦歸帆》云：“行色青山動，來陰白鳥驚。”來陰謂帆來之陰，未見用處。

《海東雜錄》：權擥志大多奇策。與韓明澮年過三十，尚落落事奇遊，不事仕宦。載笈尋名山古跡，無所不到，所至輒留讀。

光廟御後苑觀射，御制詩曰：“欲小欲可滿，事簡事可成。敬天天可保，對民民乃寧。小藝莫致慮，大政宜致精。”贊成權擥和進曰：“木從繩則正，玉不琢不成。凜乎馭朽索，本固邦其寧。宵旰更憂勤，愚臣當竭精。”

【按：權擥(1416—1465)字正卿，號所閑堂，謚翼平。籍貫安東。權近孫。著有《所閑堂集》。《東文選》卷一〇載其五律一首，卷一九載其五絶一首，卷二二載其七絶一首。其論詩持教化說，爲詩亦然。《箕雅》收其五絶一首。】

成三問　**字謹甫。昌寧人。世祖朝登第，選湖堂，登重試，官至承旨。世祖朝與李塏等謀復魯山，事覺被誅，後有六臣祠。**

《秋江集·六臣傳》:成三問字謹甫。世宗朝登第,宣德乙卯,生員。戊午式年、丁卯重試壯元。恒侍經幄,啓沃弘多。英廟晚年有宿疾,屢幸溫泉,常令三問及朴彭年、申叔舟、崔恒、李塏等便服在駕前備顧問,一時榮之。癸酉,光廟誅金宗瑞,並賜集賢諸臣靖難功臣號,三問恥之。諸功臣輪設宴,三問獨不設。乙亥,光廟受禪,三問以禮房承旨抱國璽慟哭。光廟方俯伏謙讓,舉首諦視之。明年丙子,與其父勝及朴彭年等謀復上王,期以詔使請宴日舉事,會議於集賢殿。三問曰:"申叔舟吾所善,然罪重不可不誅。"皆曰:"然。"使武士各主所殺,刑曹正郎尹鈴孫主申叔舟。會其日罷雲劍,謀中止,而鈴孫不之知。方叔舟就便房沐發,鈴孫按劍而前,三問目止之。及事覺被收。光廟親鞫問叱之曰:"若等何爲反我?"三問抗聲曰:"欲復故主耳。天下誰有不愛其君者乎?我之心國人皆知之,何謂反耶?進賜平日動引周公,周公亦有是否?三問之爲此者,天無二日,民無二王故也。"光廟頓足曰:"受禪之初曷不沮之?而乃依我。今背我乎?"三問曰:"勢不能也。吾固知進不能禁,退有一死。然徒死無益,忍而至此者,欲圖後效耳。"光廟曰:"汝不食我祿乎?食祿而背,反復人也。名爲復上王,而實欲自爲也。"三問曰:"上王在。進賜何以臣我哉?且不食進賜祿耳。如不信,籍我家而計之。"光廟怒甚,令武士灼鐵穿其脚斷其肱,而顏色不變。徐曰:"進賜之刑慘矣。"時申叔舟在上前,三問叱之曰:"吾與汝在集賢時,世宗日抱王孫逍遙散步。謂諸儒臣曰:'寡人千秋萬歲後,卿等須護此兒。'言猶在耳,汝獨忘之耶?不意汝之惡至於此也。"提學姜希顏辭連,栲訊不服。上問曰:"希顏與謀乎?"三問曰:"實不知之。進賜盡殺名士,宜留此用之。"希顏由是得免。三問車載出門,顏色自若,顧左右曰:"若輩佐賢主致太平,三問歸見故主於地下。"笑謂監刑官金命重曰:"此何事耶?"既死,籍其家,自乙亥以後祿俸別置一室,書曰"某月之祿"。家無所餘,寢房惟有苫薦而已。有子五人。長曰元,妻爲官婢全節。方光廟之受禪也,勝以都總管入直,聞禪位事,送奴政院數問,三問不答。久之,三問起如廁。仰天太息曰:"事畢矣。"奴以白勝,勝亦太息,促馬歸家。奴竊仰視之,迸淚如泉。即告病,臥一室不起,家人亦不得見面。惟三問來,辟左右與語。三問爲人詼諧放浪,喜談謔,坐臥無節。外若無持守,內操堅確,有不可奪之志云。有詩曰:"食君之食衣君衣,素志平生莫願違。一死固知忠義在,顯陵松柏夢依依。"

《保閑齋集·成修撰三問**臨江翫月圖詩序》**:正統丁卯仲夏既望,陰霖溽暑不可當。予素患熱,若身在烘爐上。適昌寧成謹甫氏袖一軸示予,軸首有圖,謹甫氏掩其尾曰:"子能辨乎?"予熟視之,山高水靜,明月高懸。高人邀客臨江,貳客侍坐,方舉酒指月。有雁從西北來,悠揚欲下,遠者小,近者大,一一可數。汀洲窈窕，風露高涼，氣象變化莫窮。一幅尺寸耳，生江湖萬里遐想，令人髮豎膚粟，不覺世間更有炎熱。噫！天下豈有此？人言九州外有蓬瀛者，不已則其是。謹甫氏發掩笑曰："昔吾扈駕喜雨亭，與子深任氏從匪懈堂臨江翫月。酒酣，東宮命內豎徵詩，仍賜橘一盤，橘盡而詩見。一坐驚且榮之，各進詩一篇。今圖其跡記其詩，以久其傳。子爲我演其說。"吾觀世之遊山水者，或鑿巖窮源以爲高，或乘流縱纜以爲放。所謂高且放，果眞有得於山水之樂者乎？今子非窮源縱纜，直於輦轂之下嘯詠湖山，與道逶迤，高情雅興得徹前星。天葩垂艷，照映人目。此豈窮源縱纜自以爲高且放者所可致也？況橘之爲物，獨立不遷，深固一志。譬之於人，淑離不淫，秉德無私之君子也。豈止可口可鼻之已哉？賜而必以橘，謹甫氏宜以爲像。若夫當時清遠幽閑之趣，吾拙矣，不能形容。然圖其糟粕，尚足使人滌煩襟而袪炎熱，序其可已乎？

《樂全堂集·成謹甫集序》：謹甫於六臣中尤有盛名，光廟必欲臣之，以定一時之人心，有類乎永樂之欲用方正學草詔之意爾。曾見東鶴寺死簿，諸成無論少長，俱糜於膏斧之下，亦類乎方氏之十族。既不能生致其用，則用重典以震疊之。雖以人力勝，而南岡之累累，猶能識其姓氏以別之。謹甫此集，至剞劂而傳之，天理不泯，猶閉關微陽闖發於地底也。噫！永嘉上党諸勳貴，縱有一時之烈，不有六臣者培其義而樹其節，則何以揭大東之日月，而維數百年彝常哉？英陵之寵待六臣，高皇帝之以異人稱方正學者，俱留爲扶綱立紀之地。聖神同符，非人之所可測也。彼諸勳貴亦各自有文章黼黻于一時，而至於今或傳或不傳，不免爲鼠蠹之餘。誰能欣慕激賞於數百年後，必欲壽其傳如謹甫之寥寂小集哉？余觀此集，竊有感於天人之際，且嘉德輝好古尚德之志。謹書顛末爲序。

《稗官雜記》：成謹甫嘗赴燕京，有人請題白鷺圖而不示其本，公走筆先成上二句曰："雪作衣裳玉作趾，窺魚蘆渚幾多時。"於是出畫示之，乃水墨圖也。遂足之曰："偶然飛過山陰縣，誤落羲之洗硯池。"

南秋江作《六臣傳》，其……《成三問傳》，不知何人添注於其下曰："臨車載時，有詩云：'擊鼓催人命，回首日欲斜。黃泉無一店，今夜宿誰家？'"余按《今獻彙言》："孫蕢，宋潛溪高弟也。被罪，臨刑口占一詩曰：'鼉鼓聲正急，西山日又斜。黃泉無客店，今夜宿誰家？'"此非成公之作明矣，實注者之誤也。

《遣閒雜錄》：世祖受禪于魯山，尊魯山爲上王。朴彭年、成三問、柳誠源、李愷、河緯地、俞應孚及金鑕、三問父勝、上王之舅權自新等潛謀復上王，約議舉世事之日，失其事機。金鑕知事不濟，馳告其妻父鄭相昌孫，詣闕上變,金鑌錄功,餘皆被誅。約事失機,金鑌告變,皆天也,豈人哉?當初世祖誅安平大君及大臣金宗瑞等,爲靖難功臣之時,彭年、三問以集賢殿官宿衛循例參勳,三問恥之。功臣等輪設宴會,三問獨不設。及其受禪,三問以禮房承旨持國寶,失聲痛哭。世祖若疑其獨不設宴失聲痛哭之情,而詰問之,則豈不殆哉?三問之處事可謂迂矣。彭年爲忠清監司,凡于上達啓目,不書臣字,只稱朴某,非止一再。世祖若察悟而詰問其不書臣字之情,則豈不殆矣。彭年處事亦迂矣。欲舉大事而處事之迂若此,安可保其不敗露乎?南秋江孝溫所撰《六臣傳》罕傳於世,人之見者亦不多矣。彭年文章冲澹,筆法高妙。三問以世宗朝重試狀元,榮寵備至,名望亦重。誠源、塏、緯地皆世宗寵愛之人。應孚,武人宰相也。

《海東雜錄》:三問臨刑載車,其奴泣而上之酒,三問俯而飲之,即有詩云:"食君之食衣君衣,素志平生莫願違。心上但存忠與孝,顯陵松柏夢依依。"

顯陵久在承華,春秋向高,而沉潛學問,晝夜不懈。月明人靜,或手攜一卷,步至集賢直廬,與之問難。時成三問等直殿,冠帶夜不敢解。一日宵刻將半,意鶴駕不出,脱衣欲臥,忽聞戶外履聲,呼"謹甫"而至。驚惶顛倒而出迎。聖學之勤,好士之篤,誠千古所罕聞也!

佔畢齋啓於成廟曰:"成三問是忠臣也。"成廟色變。公徐曰:"脱有變故,則臣當爲三問矣。"成廟色定。

《東國詩話彙成》:倪天使謙贈詩云:"海上相逢即故知,燕閒談笑每移時。同心好結金蘭契,共吟偏憐玉樹姿。敢謂楊雄多識字,雅聞子羽善修辭。不堪別袂臨江渚,勒馬東風怨別離。"

《東詩叢話》:梅竹軒成三問,端廟朝六君子之一也,臨刑顏色不變,賦自決詞一絕曰:"擊鼓催人命,西風日欲斜。黄泉無客店,今夜宿誰家?"詞語無誹怨哀苦,倒含諧滑,可見其從容就義。

【按:成三問(1418—1456)字謹甫、訥翁,號梅竹軒,謚忠文。籍貫昌寧。成勝子。死六臣之一。奉世宗之命編撰《禮記大文諺讀》,爲創製《訓民正音》與流配遼東之明朝翰林學士黄瓚來往達十三次,質疑音韻。著有《成謹甫集》今傳。其詩思敏捷,大義凜然。《箕雅》收其五絕一首、七絕一首。】

朴彭年　**字仁叟。世宗朝登第,選湖堂,官至刑曹參判。與成三問同死於世祖朝。**

《秋江集·六臣傳》:朴彭年字仁叟,世宗朝登第,宣德壬子生員。甲寅親試，正統丁卯重試。與成三問等嘗任集賢殿，見重於上。乙亥，光廟受禪，彭年知王事終不濟，臨慶會樓池欲自隕。三問固止之曰：“方今神器雖移，而尚有上王。我輩不死，猶且後圖。圖而不成，死亦未晚。今日之死，無益於國家。”彭年從之。無何，出爲忠清道觀察使。啓事於朝，不稱臣，但書曰“某官某”。朝廷不之知也。翌年，入爲刑曹參判。與三問及三問父勝、俞應孚、河緯地、李塏、柳誠源、金礩、權自慎等謀復上王。時天使來，光廟欲同上王請宴于昌德宫。彭年等謀曰：“以勝及俞應孚爲别雲劍。當宴舉事，閉城門除羽翼，復立上王。”謀已定，適於其日上命罷雲劍，世子亦以疾不從。應孚猶欲舉事，彭年、三問固止之曰：“今世子在本宫，公之雲劍不用。天也。若舉事於此，而倘世子聞變，從景福宫動兵，則成敗未可知。不如俟他日。”應孚曰：“事貴神速，若遲恐泄。今世子雖不來，羽翼皆在此。今日若盡誅之，衛上王號令，千載一時，不可失也。”彭年、三問固不可曰：“非萬全計也。”遂止。金礩知事不成，馳與其妻父鄭昌孫謀曰：“今世子不隨駕，特除雲劍。天也。不如先發告，僥倖得生。”昌孫卽與礩馳詣闕上變告曰：“臣實不知，礩獨與焉。礩罪當萬死。”上特赦礩、昌孫，收彭年等。辭服。上愛其才，密諭曰：“汝能歸我而諱初謀，則得生。”彭年笑而不答。稱上必曰“進賜”。上令齬其口曰：“汝既稱臣於我。今雖不稱，無益也。”對曰：“我是上王臣，豈爲進賜臣也？曾爲忠清監司一年，凡於狀牘未嘗稱臣。”使人校其啓目，果無一臣字。弟大年、子憲皆死，妻爲官婢，守節終身。憲中生員，亦正直，臨刑顧謂人曰：“毋以我爲亂臣。”金命重時爲禁府郎，私謂彭年曰：“公何以致有此禍？”歎曰：“中心不平，不得不爾。”彭年性沈潛寡默，以小學律身。終日端坐，衣冠不解，令人起敬。文章冲澹，筆法慕鍾、王云。光廟爲領議政，宴於府中。彭年有詩曰：“廟堂深處動哀絲，萬事如今總不知。柳綠東風吹細細，花明春日正遲遲。先王大業抽金櫃，聖主鴻恩倒玉巵。不樂何爲長不樂，賡歌醉飽太平時。”光廟愛賞之命繡板，懸諸府中壁上云。

《朴先生遺稿·跋(李慶億)》：永春朴侯崇古既裒集其先代醉琴先生文集，復得成、李、河、柳、俞五先生文字同時入梓，合爲一帙，其事良勤而其情孔悲矣。不佞於醉琴先生爲彌甥，亦樂聞而贊成之。嗚呼！六先生之可傳者固不待此，而欲觀六先生性情之緼之發者，亦安得舍此而他求哉？且如俞先生卽一時熊虎魁傑之士，而其一首短章英爽氣概，足與張中丞、岳武穆諸作伯仲。矧復諸先生相和，而大鳴盛際，清廟朱絃，豐山景鍾，希音宏響，比竝《風雅》者，又安敢容口而贊歎之也？嗚呼！誠可珍也，誠不可無傳也。

《清陰集·題六臣遺稿卷後》：蓋當我英廟之世，有六臣者云。其時人材之盛指不勝屈，而獨稱六人爲臣者何耶？夫臣而盡臣道然後謂之臣，猶古稱大舜爲君哉者是也。故曰君君臣臣。若棄義偷生,死而有愧於地下者,非臣也。嗚呼!六臣之事所不忍聞,亦不敢言,至今忠臣烈士語及于此,未有不拊心長歎,繼以泣血者也。顧有所畏約,於其幸全而僅存者,亦未盡採摭表揚之道,寖遠而寖泯。尚義者憾焉。平陽公有苗裔曰崇古,慨然裒集其先稿之散軼,竝求五臣之遺錄,通共若干首,萃于一冊,間以示余,而託弁卷之語。嗚呼!玆五君子被英廟眷待之隆,久處金閨,其出入論思,餘事摛文者,必有盈箱篋而溢簡策。今之所存沒沒若此。至如俞氏一臠,亦足見其雄豪氣象。平生感奮,豈無他製?而俱爲世所諱言。悲夫悲夫!雖然,其精忠義烈千古凜凜,片言隻辭猶可與日星爭曜,尚奚以爲憾哉?嗚呼!自古有節義者未必有文章,而獨採薇之歌,沈湘之辭,文信國之文,方正學之集及與此編,眞可謂儷美而雙全,盛矣哉盛矣哉!敍固非余所可任,而竊有附驥之願,且嘉朴君之意,謹識于後如此。六臣之死,在兩世後,而言英廟朝者,蓋其所成就由於英廟之培植者故也。

《小華詩評》:朴彭年、成三問、李塏、河緯地、柳誠源,世宗朝皆選入集賢殿,最承恩遇。乙亥,光廟受禪,魯山爲上王。彭年等與武人俞應孚密謀欲復上王,事發,皆死。其詩若文不能刊行於世,今取傳誦者各一首。噫!六先生精忠義烈,炳炳烺烺。片言隻字猶可與日月爭耀,故不必多也。蓋覩者即此而求之,亦足知其人之大略矣。朴彭年詩:"十年身在禁中天,只有丹心魏闕懸。西望白雲生眼底,不堪歸興繞林泉。"時公雙親在全義,故云。成三問《詠夷齊廟》詩:"當年叩馬敢言非,大義堂堂白雲輝。草木亦沾周雨露,愧君猶食首陽薇。"李塏《善竹橋》詩:"繁華往事已成空,舞館歌臺野草中。惟有短橋名善竹,半千王業一文忠。"河緯地《答朴彭年借蓑衣》詩:"男兒得失古猶今,頭上分明白日臨。持贈蓑衣應有意,五湖煙雨好相尋。"柳誠源《送別》詩:"白山拱海磨天嶺,黑水横坤豆滿江。此是李侯飛騎處,剩看胡虜自來降。"俞應孚爲咸吉節制使,有詩曰:"將軍持節鎮寧邊,沙漠塵清士卒眠。駿馬五千嘶柳下,良鷹三百坐樓前。"倪侍講嘗奉使東方,見成三問《詠夷齊廟》,大加稱賞,曰:"不圖海外之方有此忠節之士也。"

《海東雜錄》:我世宗時,朴彭年以集賢學士,買田于廣州。其友責之曰:"祿足以代畊。買田何爲?"彭年即還賣之。其時士習可知。

我仁廟朝筵經官韓澍啓曰:"世祖于朴彭年等心雖嘉之,而危疑之際,不得加罪。故嘗下教曰:'當代之亂臣,後世之忠臣。'恐其泯滅於後世,故爲此微言。以曉後世子孫也。"

《東國詩話彙成》:有詩云:"孰謂周公佈以誠,冤無多少獻微爭。當年又未平斯憤,地下何顏更聖明。"時人以朴先生庚字韻詩爲速禍之本也。

祠宇在大丘河濱,龍蛇之變,倭奴欲毁之,始以火,繼以斧,終不能毁。火跡斧痕尚今宛然。尹梧陰斗壽來過,有詩曰:"亂後人家百不存,數間祠宇倚山垠。神明自是蒼天佑,虜火何能震廟魂。"

【按:朴彭年(1417—1456)字仁叟,號醉琴軒,謚忠正。籍貫順天。死六臣之一。配享莊陵忠臣壇,奉享寧越彰節書院等多處。其裔孫朴崇古輯《朴先生遺稿》今傳。其詩慷慨激烈。《箕雅》收其七律一首。】

李 塏　字清甫。世宗朝親試登第,選湖堂,登重試,官至副知承文院事。與成三問同死於世祖朝。

《秋江集·六臣傳》:李塏字清甫,一字伯高。牧隱之曾孫,種善之孫也。生而能文,有祖父風。正統丙辰親試,丁卯重試。與丙子之謀,事覺就鞫。方彭年、三問繫闕庭灼刑,塏徐曰:"此何等刑也?"爲人瘦弱,嚴刑之下顔色不變,人皆壯之。與三問同日死。臨車載有詩曰:"禹鼎重時生亦大,鴻毛輕處死猶榮。明發不寐出門去,顯陵松柏夢中青。"

《東文選》:李塏《八家詩選序》:"詩自雅頌以後,正聲寢微。齊梁之間,衆作啁啾。至唐有《三百篇》之遺韻,而宋之稱大家數者,蓋亦髣髴乎唐矣。後之論詩者,不過曰唐曰宋而已。然其諸集浩瀼,人患失未易遍覽也。一日匪懈堂語及於此,因欲裒集成編,即與二三士分而選之,而實主裁之。于唐得李杜韋柳、于宋得歐王黄蘇,采五七言短律及七言絶句等可爲楷範者凡若干首,分爲十卷,以便觀閲。其餘名家亦不爲不多,然一一收錄,則未免於繁亂。故斷以此八家,而不及他焉。是書也簡而精,雅而典麗,實爲《三百篇》之羽翼。而亦將以振起詩道、挽回雅頌之權輿也。其有功於來學豈淺淺哉?嗚呼!匪懈堂以英雋之資,處富貴之地,能以淡泊自守,而以文章自娱,其用心至於如此。千百載之下,亦因是編而欽尚其雅致矣。"

《東閣雜記》:李塏,牧隱之曾孫也。詩文清絶,爲世所重。英廟幸溫陽,塏與三問等便服隨駕備顧問,人皆榮之。……光廟在潛邸,塏之叔父季甸出入甚密,塏戒之。及是,光廟曰:"曾聞有此言,心以爲不肖。果有異心而然耶?"

《東國詩話彙成》:雪冤後有人題詩曰:"清宗家世尚孤貞,豈效朝梁暮楚生。後識幸從斯時筆,子陵應恥漢官名。"作者之名不傳,疑使臣之作也。

《晚窩雜記》:野史,清甫與謹甫、汎翁受命讀書津觀寺,有紙燈聯句,汎翁云:"提攜憐不久,朝日在扶桑。"謹甫云:"狂風吹不滅。"清甫云:"微月照金光。"是瓦金玉碎之兆歟?

【按:李塏(1417—1456)字清甫、伯高,號白玉軒,謚義烈、忠簡。籍貫韓山。李穡曾孫。死六臣之一。文科及第。世宗二十三年(1441)任著作郎,參與編撰《明皇戒鑑》、《訓民正音》。世祖二年(1456)爲直提學。詩文書法出衆。英祖時期追贈爲吏曹判書,奉享寧越彰節祠、大邱洛濱書院等。《東文選》卷一〇載其五律一首,卷二二載其七絶四首。其詩清絶。《箕雅》收其七絶一首、七律一首。】

河緯地　　**字天章。晉州人。世宗朝登第,選湖堂,登重試,官至禮曹參判。與成三問等同死。**

《秋江集·六臣傳》:河緯地字天章,一字仲章。世宗朝登第,宣德乙卯生員,正統戊午式年壯元。爲人沈静寡默,口無擇言。恭而有禮,過闕必下,雖雨潦不曾避路。嘗在集賢侍講經幄,多所補正。及魯山幼冲嗣位,八公子强盛,人心危疑。朴彭年嘗借蓑衣於緯地,以詩答寄曰:"男兒得失古猶今,頭上分明白日臨。持贈蓑衣應有意,五湖煙雨好相尋。"蓋傷時也。及誅金宗瑞,光廟爲首相。盡賣朝服,以前司諫退居善山。光廟白上,以左司諫徵之。上書辭不就。乙亥,光廟受禪。教書請致至勤,緯地就召,拜禮曹參判。而恥食祿,自乙亥以後別貯一室而不食。及丙子之變,灼刑三問等,次及緯地。曰:"既加我反逆之名,則厥罪應誅。夫復何問?"上怒弛,不施灼刑。與三問等同日死。世宗培養人才,至文廟時方盛。論一時人物,推緯地爲首。

《松窩雜說》:光廟丙子之難,河緯地被法,其妻子在一善,朝廷議以連坐之律,遣禁府都事處之。緯地有二子,長琥恍惚失措,仆地無言。次曰珀,年未弱冠,略無懼色,動止自若,顧謂都事曰:"萬無亡命之理。願少緩之,不得已與母有告訣之言矣。"都事聽之,珀入門跪,告於其母曰:"死不難也。父既被殺,子不可獨生,雖無朝廷之命,猶當自決。但有一妹,年將就笄,雖沒爲賤隸,婦人之義,惟當從一而終。勿爲狗彘之行於它日也。"遂再拜而出,從容就死。人皆謂緯地又有子矣。

《芝峰類說》:河緯地《謝人贈蓑衣》詩曰:"……"詩意如此,而不能決退者,豈以"無可去之義"故耶?

《丹溪遺稿·丹溪遺稿跋(洪啓禧)》:嗚呼!此丹溪河先生遺稿也。詩十一篇,文四篇,可謂寂寥矣。然顧安用多乎哉?其人爲國家之真元氣,其文爲宇宙之真文章,撑拄綱常,震耀左海,可與日月爭光,則零金碎玉足以動人耳目。雖如俞先生之"三百良鷹",亦可使千載之下志士忠臣,咨嗟雒誦,如見鬚眉。况斯集所載,不翅全鼎之臠乎。嗚呼偉哉!惟其生同志死同傳,同歸九原,長衛英孫,則朴先生後孫崇古,所以搜輯六先生著述合爲一集者,其志可悲也。然俞先生固武人,至若五先生俱爲英陵所儲養於集賢清華之選,以貽嗣孫者也。風流翰墨照映一世者,當何如也? 出入論思,潤色王國,其遺餘詠唾可傳者何限? 惜乎劫禍蕩滅之余,無人收拾,不能如皇朝方希直全稿之始錮而終顯焉。尤可見東人之畏禍鹵莽,爲甚恨也。成先生遺文之流傳者視諸公較多,故已有編成一家言者。世或疑之。君子曰:"何傷也? 諸先生之文,合之則如七曜之並麗,分之則如五嶽之各峙。合編與分編,非有所彼此也。從今以往,或分或合,又未知有幾番入梓,而均之可以永耀於天壤之間,其何傷也? 河先生後孫龍翼等亦依成先生集例,别刊兹編,仍有附錄。啓禧實與聞其事,就其中車原頫《雪冤記序》,不但其文字荒陋,斷不出於先生而已。考其年月,乃在於景泰丁丑五月。竊想其時先生之熱血苦衷,噴薄翢蕩,與神爲謀,與天相抗。則此等閒漫著述,萬萬不留心明矣。後之託名贋作者,多見其欲巧而破綻爾。遂决意删去而附記之。上之四十四年戊子七月下澣,輔國崇祿大夫、行判中樞府事致仕奉朝賀洪啓禧謹跋。御侮將軍行龍驤衛副司果張道行董印。

【按:河緯地(1412—1456)字天章、仲章,號丹溪、延風,謚忠烈。籍貫晉州。文科壯元。死六臣之一,世宗二十六年(1444)爲集賢殿校理,參與商訂《五禮儀註》。文宗元年(1451)編撰《歷代兵要》,輔佐首陽大君。著有《丹溪遺稿》今傳。其詩感慨傷時。《箕雅》收其七絕一首。】

申叔舟　**字泛翁,號保閑堂。高靈人。世宗朝登第,選湖堂,登重試,典文衡,高靈府院君。謚文忠。配享成宗廟庭。**

《朝鮮成宗實錄》卷五六:六年六月戊戌。領議政申叔舟卒。輟朝弔祭,禮葬如例。叔舟,字泛翁,高靈縣人,工曹右參判贈領議政檣之子也。永樂丁酉六月丁酉生。自少氣度異凡兒,讀書一覽輒記。正統戊午,世宗始設詩賦進士,叔舟連魁初復試,又中生員。己未,擢文科第三人,初授典農直長。吏曹差叔舟祭執事,吏忘不授牒,因而闕事,憲府劾之。吏當得罪罷役,叔舟悶之,乃自誣服曰:"吏實傳牒,我自不進。"由是吏得全而叔舟罷,人推其厚德。辛酉秋,授集賢殿副修撰。癸亥,國家遣使聘日本,以叔舟爲書狀官。叔舟適病初愈,世宗引見便殿,問曰:"聞爾病羸,可遠行乎?"對曰:"臣病已愈,何敢辭?"將行,親戚故舊以爲死别,有泣下者。叔舟怡然,略無難色。及至日本,國人持箋袋求詩者坌集。叔舟操筆立就,人皆嘆服。回至對馬島,聞我國與島主約定歲遣船數。島主爲群下所誤,依違未定。叔舟言於島主曰:"船數定,則權歸島主,而群下無所利;不定數,則人可自行,何賴島主? 其利害不待智者而後可知。"島主遂定約。行遇颶風,衆皆失色。叔舟神色自若,言曰:“丈夫當遠遊四方,今我既見日本國,又因此風經泊金陵,得見禮樂文物之盛,不亦快乎?”有本國女曾爲倭賊所擄,有娠,至是同舟而來。舟中皆曰:“孕婦行舟所忌,今日惡風,此女爲祟也。”欲投之海。叔舟獨曰:“殺人求活,所不忍也。”俄而風定,一行皆完。丁卯,中重試,超授集賢殿應教。景泰庚午,詔使倪謙、司馬恂到本國。世宗命選能文者從遊。叔舟與成三問從謙等唱和,大被稱賞。謙作《雪霽登樓賦》,叔舟即于座上步韻和之。及謙還朝,寄詩曰:“詞賦曾乘屈宋壇,爲傳聲譽滿朝端。”蓋服之也。歷司憲掌令執義、集賢殿直提學。壬申,世祖爲謝恩使赴京,叔舟以書狀官從行。癸酉,陞通政、承政院同副承旨。世祖靖難策勳,賜輸忠協策靖難功臣之號。甲戌,陞都承旨。乙亥,世祖即位,賜同德佐翼功臣之號,陞資憲藝文館大提學,封高靈君。充奏聞使,請誥命,蒙准而還。賜土田臧獲、鞍馬衣服。丙子,陞正憲兵曹判書,俄陞崇政,判中樞院事兼判兵曹事,轉議政府右贊成兼判兵曹事、成均館大司成,主文衡也。天順戊寅,進大匡輔國崇祿、議政府右贊成、高靈府院君。己卯,陞左議政。先是北虜屢犯邊,世祖每欲征討,朝議紛紜,叔舟獨建策請討。庚辰,命叔舟爲江原咸吉道都體察使,往討之。捷聞,賜表裏土田臧獲。壬午,陞領議政。成化丙戌,辭免,改封高靈君。戊子,睿宗即位。世祖遺命設相位,叔舟與焉。參定南怡之亂,賜保社炳幾定難翊戴功臣之號。己丑,睿宗昇遐,中外遑遑,罔知所爲。叔舟稟于大王大妃,首定大策。辛卯,賜純誠明亮經濟弘化佐理功臣之號,又拜領議政。叔舟累上書辭免,大王大妃傳曰:“世祖稱卿爲魏徵,今忘之歟?何辭也?”至是卒,年五十九。訃聞,上震悼,謂左右曰:“予所倚重大臣,近來多逝。今領議政又亡,予甚痛惜。”叔舟天資高邁,寬厚豁達,博洽經史。議論常持大體,不爲苛細,處大事、斷大義如江河之決,朝野倚以爲重。久掌禮曹,以事大交鄰爲己任。詞命多出其手,解正音,通漢語,翻譯《洪武正韻》,學漢音者多賴之。親涉日本,凡其山川、官制、風俗、族系,靡不周知,作《海東諸國紀》以進。世宗撰《五禮儀》,未頒,上命叔舟刊定行之。爲文章皆出胸中,不事刻削。自號保閑齋,有集行於世。撫親戚以恩,待寮友以誠。雖僕隸之賤,待之皆有恩義。及卒,聞者莫不惜之,至有掩涕者。遺命薄葬,不作浮屠法,殉以書籍。謚文忠:道德博文,文;危身奉上,忠。叔舟娶贈領議政府事尹景淵之女,生八子。……次瀞,吏曹參判。……史臣曰:“叔舟夙有重望。世宗嘗謂文宗曰:‘叔舟,可付國事者。’遭遇世祖,計行言聽,世祖嘗曰:‘卿是我之魏徵。’每遇大事必咨之。及上即位,輔養贊道之功爲多。然事世祖,務爲承順。睿宗朝,刑政失中,而無所匡救,此其短也。恩眷方盛,身遭縲絏之辱。身歿未幾,瀞亦見誅,悲夫!”

《四佳集·保閑堂集序》:爲文章豪贍發越,善於鋪張,不藻飾爲工刻削爲古。其平易處如嘉禾異麥,至味自存;其精彩爛然者則如矞雲景星,不自韜光而聳人觀聽矣。

《佔畢齋集·申文忠公詩集序》:其爲文章皆本之仁義忠信,優柔和暢,卓犖恢闊,不煩繩削而自有法度。兩漢之要妙,盛唐之雋永,彷彿於諷誦之餘。雖弄翰戲語率然而作,亦信其爲有德者之言矣。此亦其江河之量,弘涵演迤而遇風成文,奇變百出而然,非可以筆墨蹊逕而求之者也。

《保閑齋集·序(洪應)》:公亦以經濟致理爲急務,而不雅尚文藻,留意著述,隨作而棄之。然當時詞命多出其手,渾厚醇正,發越以肆,不要工而益工,不求奇而自奇,有若編貝璨焉騰輝,尋常粱肉味自膏腴。讀之令人亹亹忘疲,古之作者蓋無多讓也。

《保閑齋集·序(任元濬)》:公年十五受《楚辭》、《韓詩》於先正參判公,讀誦三昧。由是少時詞賦每居人前,膾炙儒林。至如詩什,尤長於古風長篇,雖數百強韻,押之能穩,靡有艱處。元濬嘗陪侍南宮,一日,贈日本僧詩幾五十餘句,元濬閱久不釋。公笑曰:"云何?"元濬實服其韻強而押易。異日,幸閱韓集,方知公作出於韓韻也。倪學士送畫松簇子於公,題畫面云:"大平館裏雕闌曲,曾倚清陰讀《楚辭》",亦服公妙於騷詞,而奪換楚法也。

《保閑齋集·序(金紐)》:公嘗奉使觀上國之光者非一再矣,而又東遊日本,北征沙漠,足跡半天下,有以極其絶特博大之觀。故凡天地之間事物之變,寓於目接于耳者,盡取而發之於文章。其踈蕩奇氣變化出沒,隨所寓而不同,而辭從之。故或奔放浩汗,或渟滀淵深,或和平而渾厚,或雅健而典重。莊生之曠達,韓子之溫醇,陸贄之懇切,李白之豪逸,魏鄭公之仁義,諸葛亮之忠貞,層見疊出,千態萬狀,悉聚而集其成焉。眞可謂有德有言,托不朽於盛事者矣。其視收拾古人糟粕,自負於一句一辭之工者,不可同年而語矣。嗚呼盛哉!

《筆苑雜記》:文忠始登第,選入集賢殿。一日當直入藏書閣,取平昔所未見書讀之。漏已下三鼓,世宗遣小宦覘視,端坐讀書。及四鼓又遣覘之,亦如是。函賜御衣以奬。

申高靈叔舟爲領相,具綾城致寬新拜右相。世祖急召兩相於內殿,上曰:"今日有問於卿等。能對則已,不能對則罰,不可辭。卿等自度何如?"兩相拜謝曰:"庶幾謹飭無罰。"俄而上呼"申政丞",申即對。上曰:"予呼新政丞。子失對。罰一大爵。"又呼曰"具政丞",具即對。上曰:"予呼舊政丞。子失對也。罰一大爵。"上又呼曰"具政丞",申即對。上曰:"予呼姓,子失對也。罰之。"又呼曰"申政丞",具即對。上曰:"予呼姓,子失對也。

罰之。"上又呼曰"申政丞",申具皆不對。又呼曰"具政丞",具申皆不對。上曰:"人君有召,人臣不對,非禮也。亦罰之。"如是終日。兩相飲罰極醉,上大笑。

《慵齋叢話》:天使到我國者,皆中華名士也。景泰初年,侍講倪謙、給事中司馬詢到國,不喜作詩。謙雖能詩,初於路上,不留意於題詠。至謁聖之日,謙有詩云:"濟濟青襟分左右,森森翠柏列成行。"是時,集賢儒士全盛,見詩哂之曰:"真迂腐教官所作,可袒一肩而制之。"乃遊漢江作詩云:"才登傑構縱奇觀,又棹樓船泛碧湍。錦纜徐牽綠翠壁,玉壺頻送隔雕欄。江山千古不改色,賓主一時能盡歡。遙想月明人去後,白鷗飛占鏡光寒。"又作《雪霽登樓賦》,揮毫灑墨,愈出愈奇,儒士見之,不覺屈膝。館伴鄭文成不能敵,世宗命申泛翁、成謹甫往與之遊,仍質漢韻。侍講愛二士,約爲兄弟,相與酬唱不輟。竣事還,抆淚而別。

其後,太僕丞金湜、中書舍人張城到國。金湜善詩,尤長於律,筆法臻妙,畫竹入神。人有求畫者,以左右手揮灑與之。又畫一簇呈于世祖,世祖令畫士移描加彩,又令文士作詩,言奪胎換骨之意。請宴之日掛諸壁間,太僕初見不識,熟視大笑曰:"此大王顛倒豪傑處也。"天使詩曰:"新試東藩雪苧袍,夜深騎鶴過江皐。玉簫聲透青天月,吹落丹山白鳳毛。"申高靈詩云:"天上儒仙蜀纈袍,筆端清興寄林皐。青丘正值千齡運,玉葉瓊枝化翠毛。"金乖厓詩云:"十載春風染舊袍,貞姿曾見雪霜皐。誰教白質還青骨,變化中山一穎毛。"李文簡詩云:"霜雪曜姿拔翠袍,籜龍風雨變江皐。歲寒結得枝頭實,栖集丹山五彩毛。"徐達城詩云:"此君奇節可同袍,玉立亭亭萬丈皐。龍騰變化應多術,一夜雷風換骨毛。"金福昌詩云:"苦節何曾換故袍,枉叫堅白辨湘皐。晴窗披得鵝溪繭,依舊青青頰上毛。"

尹茂松即申高靈之妻兄,一時拜相。常於同年之會,高靈占句云"青眼故人俱白髮",茂松遂對曰"黑頭賢相只丹心"。高靈嘆服屈膝曰:"我不如兄之精敏。"高靈愛古阜妓只丹心,故語及之。

《秋江冷話》:庚辰北征,申文忠公叔舟爲上將,一日會僚佐宴飲,文忠令軍中曰:"稠人之中,能作詩寫今日意者,余擇爲上客。"有別侍衛朴㩲謙者,即應聲曰:"十萬貔貅擁戍樓,夜深邊月冷狐裘。一聲長笛來何處,吹盡征夫萬里愁。"文忠喜之,擇爲上客,朴因此得詩名。

《龍泉談寂記》:詔使倪謙之來,申保閑叔舟與之遊賞,手把一集,衣面以小楷書"泛翁"保閑之字也二字,乃匪懈堂筆也。倪謙見之曰:"筆法甚妙,此誰所書也?"文忠跪言:"吾友姜景愚希顏之字也也。"謙出紙求書,文忠贈以仁齋希顏之號也書。謙曰:"非一筆也。"世廟聞之曰:"王子公孫貴乎文雅,其于藝何諱?”令匪懈堂書與之。後國人赴燕者,求妙筆,燕人曰:“爾國自有第一,何勞遠購?”以是知清之匪懈堂之字也之跡見重於中國也。陳倪藻識之神,能辨其真贋於只句片字之間,誠可貴也。

《松窩雜説》:申高靈叔舟之夫人尹氏,子雲之妹也。叔舟在英廟朝與于八學士之流,而尤與成三問最善。光廟丙子之難,三問等獄事發覺。其日之夕,叔舟還家中,門洞開,而夫人不在。西歷探房簾,見夫人獨上抹樓,手持數尺之布坐于樑下。公問其故,答曰:“君於平日與三問輩相厚,不翅如兄弟。今聞三問等獄事已發,意君必與之同死,將俟君凶聞之及而自决,不圖君之獨爲生還也。”公屈首悵然,若無所容。謹按它野史,此事在於乙亥夏,魯山遜位,光廟受禪之日,搢紳間相傳以爲美談。此錄似出於傳聞之未詳耳。夫人卒于丙子正月四日,而六臣之獄起于四月,安得有云云之說也。

《芝峰類説》:《雜記》曰申叔舟以元帥北征,深入虜境。虜乘夜來攻,營中喧呼,叔舟堅臥不動,召幕僚口占云:“虜中霜落塞垣寒,鐵騎縱橫百里間。夜戰未休天欲曉,臥看星斗正闌干。”將士見其安閒,賴以不擾云。余謂:“叔舟非能不動,其所爲出於矯情鎮物,乃其動處也。”

【按:申叔舟(1417—1475)字泛翁,號保閑齋、希賢堂,謚文忠。籍貫高靈。與成三問協同世宗創制《訓民正音》,參與編撰《世祖實錄》、《睿宗實錄》,撰修《國朝五禮儀》、《東國正韻》、《國朝寶鑑》、《永幕錄》等。配享成宗廟庭。著有《保閑齋集》、《四聲通考》今傳。其詩渾涵壯闊,尤善長篇古風。《箕雅》收其七絕一首、五古一首。】

金守溫　**字文良,號乖崖。永同人。世宗朝登第,選湖堂,登重試,魁拔英試、登俊試。官至領中樞、永山府院君。**

《朝鮮成宗實錄》卷一三〇:十二年六月庚戌。永山府院君金守溫卒。輟朝弔祭,禮葬如例。守溫,字文良,永同人,贈領議政訓之子也。守溫生而穎秀。正統戊午,中進士。辛酉,中文科,補校書正字。世宗聞其才,特命仕集賢殿,預撰《治平要覽》。上時時命題,令集賢殿諸儒製詩文,守溫屢居首。歷訓練主簿、承文校理。景泰庚午,特除兵曹正郎。辛未,守典農少尹。壬申,出知榮川郡事。丙子,除成均司藝。天順丁丑,中重試第二人,擢通政僉知中樞院事。時守溫省母永同縣,世祖遣中使賜醞于漢江,命臨瀛大君、永膺大君及諸君往餞之。戊寅,拜嘉善,同知中樞院事。己卯,陞嘉靖、漢城府尹。庚辰,出判尚州牧事。甲申,資憲知中樞院事,俄拜工曹判書。成化丙戌,魁拔英試,特加崇政。又魁登俊試,陞判中樞府事。世祖以守溫家貧,令司饔院諸司供辦慶宴,命政府諸相齎宫醞往押宴。又遣中使賜犀帶錦囊羅綺衣服靴帽等物四十餘件、鞍馬及米十碩。自國朝設科以來,登第之榮,無此比也。文武科壯元賜米自此始。戊子,陞崇祿。己丑,上即位,加輔國。辛卯,賜純誠佐理功臣號,封永山府院君。甲午,拜領中樞府事。丁酉,復封永山府院君。至是卒,年七十三。謚文平:學勤好問,文;惠無内德,平。守溫博覽書史,爲文雄健跌宕,汪洋大肆,爲一時巨擘。嘗和大明使陳鑑《喜晴賦》,蹈厲發越,後守溫入朝,華士爭指之曰:“此是和《喜晴賦》者耶?”世祖屢策試文士,守溫輒居魁。嘗撰《圓覺寺碑銘》,主文者多有刪改,守溫見之曰:“大手所作,小手其能竄改乎?”然以信眉之弟,酷耽禪學,佞佛太甚。嘗投檜巖寺,欲爲髡,不果。其詭行如此。又無檢身之律,或鋪書籍,寢處其上。或衣布,加金帶履屐見客。性迂拙無幹局,有心治產而居計甚踈,處官事闊略無執守,殊不類爲文氣象。朝廷終不以館閣之任畀之,與梁誠之、吳伯昌上書,請封功臣,得參佐理。嘗自號乖崖,有《拭疣集》行於世。

《拭疣集·題後(金禹濬)》:嗚呼!此篇維我先祖文平公乖崖先生遺集也。伏惟我成宗大王特嘉乃其文章勳業,命校書館印出二十四卷與《功臣錄》一卷,頒賜於其時諸臣及嗣孫者,而傳及于宗孫得河家矣。盡入於灰燼,餘存者此二卷而已。……府君平日文章之超健,怳若波濤洶湧,千派萬頃,浩無際涯也。若保靈龜,如奉拱璧。

《東人詩話》:自古詩人好尚不同。宋治平中,沈括、呂惠卿、王存、李常同在館下評詩。沈曰:“退之之詩乃押韻之文,格不近詩。”呂曰:“詩正當如是。我謂詩人以來未有如退之者。”王存是沈,李常是呂,四人相詰不决。居正嘗在鑾坡以黃文獻公溍、胡祭酒儼二詩示金乖厓守溫曰:“孰優?”金曰:“胡優。”又以益齋、春亭二詩示曰:“孰優?”金曰:“春亭優。”又以牧隱、雙梅二詩示曰:“孰優?”金曰:“雙梅優。”每問,皆逆吾心。吾笑曰:“胡之于黃,猶宋詩之于唐也。益齋入元朝,與閻復、姚燧、趙子昂諸學士比肩切磋,名動天下。牧隱中制科,圭齋學士有‘傳鉢’之語。非春亭、雙梅二子得嘗一臠,况軼而過之耶?何子之取捨落落如是?”乖厓撫吾背大笑曰:“子非魚,焉知魚乎?”

《筆苑雜記》:金文平公守溫自少好學不倦,博覽廣記,經史子家列莊老佛之書靡幽不燭,靡賾不探,爲文亦奇偉峻壯。雖官至極品,處之淡然如寒素。常騎馬瘦骨崢嶸,旬月之間連喪數馬。或曰:“何不使掌馬者殷勤豢養,違則嚴加捶楚乎?”文平曰:“安可爲畜物而罪及於人乎?”其慈仁如此。

《稗官雜記》:金乖崖守溫未第時,閉門讀書,因小遺下堂,見落葉始知其爲秋。前輩之篤于讀書如此。後病劇,將易簀。謂子弟曰:“爾輩慎勿讀《庸》、《學》。我今煩悶,眼裏森羅者,皆《庸》、《學》中字也。”

《慵齋叢話》:金文平公能通《六經》,諸子百史無不探討,尤深於釋典。嘗謂人曰:“學文之功,須要熟讀一書。又當緩而思之,急速則難嚌其味。我操心定性,故觸處皆通也。”皇華陳翰林遊楊花渡賦詩,詩有“怡”字,人有次其韻者,皆艱澀。公遂占曰:“江深畫舸惟須泛,山遠晴雲自可怡。”陳公曰:“‘山中何所有,嶺上多白雲。只可自怡說,不堪持贈君。’君真得其趣也。”祁郎中遊漢江賦詩,詩有“眠”字,侍坐文士皆和。公獨艱苦,沈吟良久未就,竟占一句云:“江口日斜人自集,渡頭風靜鷺絲眠。”時注書李昌臣在旁告曰:“‘人自集’、‘鷺絲眠’恐非對格。”公遽曰:“君可改之。”昌臣曰:“改‘絲’爲‘閑’,若何?”公曰:“君言甚當,我近來詩思枯涸,此是不針灸之患。”人皆笑之。

金文平文章雄渾,泛駕縱横,專倣司馬子長之軌,舉世無與支吾,而其詩亦豪健,深得骨髓。然性不拘檢,押韻不正,故皆謂詩不如文,其實詩文兩贍也。《擊甕圖》詩云:“甕中天地忽開豁,山川品物同昭蘇。”《沈中樞山村》詩云:“柴門不整臨溪岸,山雨朝朝看水生。”《龍宫軒題詩》云:“痛飲百杯樓上臥,捲簾南北是青山。”又《題山寺》詩云:“窗虚僧結衲,塔静客題詩。”此皆得意外之趣,非人所能及也。

《秋江冷話》:光陵使金乖崖守溫赴京,尋得梵字不傳東方者。乖厓入大明,抵甘露。而住持中華之名釋,聞乖崖東國大儒,預設倚卓,爲置筆硯鵝溪紙其上。乖崖入門,壁有墨梅。即染筆題柱上曰:“曹溪黄梅,甘露墨梅。若以色見,不是般若。”住持下庭叩頭。待以大牢,具酒肉甚備。余少時持賦詩,要點抹于乖崖先生。先生曰:“少子文法可教,而書法殊不類。作文之術先廣氣,作字之法先正心。”

《龍泉談寂記》:古人於詩,投贈酬答,但和其意而已。次韻之作始于元白,往復重押,愈出愈新,至歐蘇黄陳而大盛。然於詞賦用韻,未之聞焉。我國凡皇朝使臣采風觀謠之作,例皆賡和之,雖詞賦大述,亦必步韻。明使陳鑑作《喜晴賦》,世廟難其人,召金乖厓守溫曰:“汝試爲之。”乖厓退私齋,獨臥廳事中,凝神不動,兀若僵死,締思數日方起,令人執筆書進,文瀾沛然,辭意貫屬,韻若天成。世廟讀之喜,令崔寧城恒潤色之,寧城竄改數句。乖厓笑曰,“安有持刻畫無鹽之餘,爲西子補妝者耶?”陳鑑見之,果大加稱賞,而指點改下處曰:“非本人手段。”自是乖厓之名大播中朝。後乖厓入覲帝庭,翰林院帶牙牌學士環立賞見曰:“此金喜晴也。”

《惺叟詩話》:金乖厓詩亦豪放,如“柴門不整臨溪岸,山雨朝朝看水生”、“窗虚僧結衲,塔静客題詩”之句,殊閑遠有致。

《旬五志》:天使祁順出對曰:“三角山形三角立。”金乖厓對曰:“燕尾澄流燕尾分。"蓋燕尾澄在於京江水口。且金慕齋爲宣慰使時,日本僧口號:"冰消一點還成水。"慕齋答曰:"木立雙株更作林。"僧驚服。此等對偶,或爲華使稱善,或爲島夷嘆服,文章之華國有如是夫。

【按:金守溫(1410—1481)字文良,號乖崖、拭疣,謚文平。籍貫永同。參與編撰《治平藥覽》、《醫方類聚》,後增修《釋迦譜》。學問文章卓越,訂《四書》、《五經》口訣,翻譯《明皇誡鑑》,致力發展國語,有功于佛經翻譯刊行。著有《拭疣集》今傳。其詩豪放閑遠。《箕雅》收其五絶一首、七絶一首、七律一首、七排一首。】

金克儉　　字士廉,金海人。世祖朝登第,魁重試,參拔英試。官至戶曹參判。

《燕山君日記》卷三二:五年正月甲申。傳于政丞等曰:"聞同知事金克儉之卒,喪具無乃不贍耶?其議例賻外別賻以啓。"弼商等啓:"克儉,慶尚道人也。其屍必歸於本土,令所在官給米豆十碩何如?"傳曰:"可。"克儉拙直清儉,位至二品,無家無儲,人以此多之。

《顔樂堂集·先執記》:金克儉,字士廉,金海人。天順己卯登第,成化丙戌魁重科,又擢拔英試,官至漢城右尹。性踈澹,以清素自守。

《海東雜錄》:金海人,字士廉。我光廟朝登第,又擢重試壯元。性廉介,不營產業,所莅有冰蘗聲,官至同中樞府事。

李相公蓀出守金海府,營小閣于燕子樓傍,有古梅數株叢筠數十本,蕭然對立,合而扁之"梅筠"。金克儉有詩云:"高閣穿雲倚碧雲,夜深涼月白紛紛。主人所愛無餘物,惟有梅兄與此君。"

金克儉爲安東府使,寄書于野城權五福云:"向之消息久絶,懷抱頗惡。忽蒙問之以海錯,戲成兩絶,呈于文軒求和云云。小友爾來消息稀,移吾帶眼緩吾衣。如今頗得平安信,行見肌膚日以肥。"又:"寂寞寒廚無所有,朝朝飣餖欠甘肥。誰分海錯兼珍味,便使鹽虀得解圍。"

《芝峰類説》:李後白《閨情詩》曰:"妾身只似門前柳,眉樣雖新已朽心。"金克儉詩曰:"銀釭還似妾,淚盡却燒心。"似佳。

【按:金克儉(1439—1499)字士廉,號乖厓。籍貫金海。官至同中樞府事。《國朝詩刪》卷一載其五絶一首,卷四載其五律一首,卷一八載其七排一首,卷二〇載其七絶二首。其詩巧於譬喻。《箕雅》收其五絶一首。】

姜希顔　　字景愚,號仁齋。碩德之子。世宗朝登第,官至仁壽府尹。書畫俱絶。

《朝鮮世祖實錄》卷三四:十年十月己丑。仁壽府尹姜希顔卒。字景愚,天資真粹和平,樂易沉默,清素文雅,擅於一時。又工於詩,善書畫,篆隸、八分,皆造妍緊,人推爲三絕。洞曉物理,觸緒輒解,而未嘗以事先人。嘗著《養花小錄》,寓以經綸之志。性厭煩愛寂,少不喜榮進。議政府嘗擬檢詳,希顏聞之苦辭。政府以爲嫌也,竟知其真乃已。希顏嘗赴京師,山海關主事楊琚得希顏短劄,藏弆以爲寶,後請書其所著《山海十詠》。及弟希孟之入朝也,希顏贈詩一聯云:"山海若逢楊主事,爲言兄不學鍾王。"希孟以示琚,琚曰:"書詩兩絕,斯人難得!"館待希孟益厚。天使金湜嘗留詩于安州萬景樓,希顏奉教書版。湜見之驚倒,識其姓名以歸。世佔有一藝者,亦自衒求售。希顏多材而守之以愚,不亦賢乎?

《筆苑雜記》:希顏字景愚,畫詩書三絕,獨步一時。詩似韋柳,畫似劉郭,書兼王趙。爲人有才有德,真大人君子也。不大厥施,惜哉。

《秋江冷話》:姜仁齋希顏少有才藝,晚年登楊州樓院,有小詩三篇。其一篇曰:"青山何處不爲廬,坐對青山試一噓。簪笏十年成老大,莫教霜鬢賦歸歟。"永川君定字安之,見而拜之,且批曰:"此詩逼真,非徐即李。"時徐居正、李承召擅詩名,故爲定所服也。後定過樓下,見前批下有書曰:"此詩有江山雅趣,無一點塵埃,必非世儒拘于結習者所作。且夫天地之大,江山之奥,豈無人才,而必推徐、李?是何孤人才蔑人類太甚耶?"定見書大悔恨,抹其前批。今之《晉山世稿》三篇皆不載,惜乎輯選之不博也。

《海東雜錄》:判刑部時,盜賊恣行。公治獄嚴明,奸徒竄伏,京獄空虛。舊制,獄空則啓之。郎官請啓獄空,公拒之曰:"若非皐陶淑問,安敢居此?"僚佐愧服。

姜希顏預朴彭年、成三問獄,栲訊不服。上問:"希顏預謀乎?"三問曰:"實不知。進賜盡殺名士,宜留此用之,實賢士也。"希顏由是得免。

【按:姜希顏(1417—1464)字景愚,號仁齋。籍貫晉州。姜碩德子。姜希孟兄。文科及第。善詩、書、畫,世稱"三絕"。曾書寫世宗時代金印昭信之寶、世祖時代乙亥字。著有《菁川養花小錄》,圖畫有《橋頭煙樹圖》、《山水人物圖》,書法有《姜知敦寧碩德墓表》等。《東文選》卷五載其五古一首,卷八載其七古一首,卷一七載其七律四首,卷一九載其七絕一首,卷二二載其七絕二首。其詩清逸。《箕雅》收其五絕一首、七絕一首、七律一首、五古一首。】

李石亨　**字伯玉,號樗軒。延安人。世宗朝一年三魁,登第,選湖堂,登重試。官至延安府院君。謚文康。**

《朝鮮成宗實錄》卷七六:八年二月丁丑。延城府院君李石亨卒。輟朝弔祭,禮祭如例。石亨,字伯玉,延安人。贈左議政懷林之子。及長,好學不倦。正統辛酉,連魁進士生員試,又魁文科,拜司諫院正言。壬戌,轉集賢殿副校理。丁卯,陞應教,中重試,守直殿。景泰辛未,陞直提學。乙亥,進階通政,僉知中樞院事,尋出爲全羅道觀察使。丙子,遞拜禮曹參議。天順丁丑,陞嘉善,判公州牧事。戊寅還,拜僉知中樞院事。一日,以別雲劍侍,世祖顧謂左右曰:“李石亨自公州特召者,將以大用,不可久滯行職。”即拜漢城府尹。庚辰,世祖將巡西界,特命爲黄海道觀察使。石亨應辦稱旨。大加褒賞,賜鞍馬,陞嘉靖。他日,世祖見石亨必曰:“是我西道主人也。”辛巳,拜司憲府大司憲,尋以中樞院副使兼京畿觀察使。壬午,遞拜戶曹參判。冬,陞資憲,判漢城府事。中外戶牌之事,悉委任之。石亨考核甚苛,良民之無籍者,多投勢家爲奴,人或言石亨亦多占之。甲申,加正憲。丙戌,特加崇政,判漢城如舊,命爲八道體察使,尋加崇祿。石亨判漢城凡七年,世祖嘗慰藉曰:“卿勿以久任爲恨,終當有以待卿。”戊子,世祖昇遐。石亨以告訃請承襲使如京,還知中樞府事。己丑,覆命特加輔國。今上即位,拜判中樞府事。辛卯,賜純誠佐理功臣號,以本職封延城府院君。丙申,實封府院君。至是卒,年六十三。謚文康:勤學好問,文;溫柔好樂,康。石亨性和厚,宗族貧之者,皆周之。有妹家貧早歿,收其二女,養於家,婚嫁如親子。晚年,祿崇官閑,唯以詩酒自娛。名其堂曰“戒溢”,岸幘燕坐,日夕嘯詠。嘗與洪敬孫等删節《大學衍義》,采麗史可勸戒者附之,名曰《衍義輯略》上之,命印頒,時議以西山《衍義》不宜增減,竟不行。世祖嘗曰:“我好佛,何如梁武帝?”石亨方被酒,叩頭曰:“殿下奈何以梁武帝自處乎?”每引內殿,命宫女唱《三壯元詞》,以侑酒。

《樗軒集·附録·年譜》:……今上即位之後,崇儒右文,留意興學。特命公與二三儒老輪坐成均,獎勵儒生。公承命,自以育才爲己任,雖不煩教誨,而薰陶漸漬,人材輩出,文風稍振。晚年祿崇官閑,唯以詩酒自悞。家北碧松亭上,洞壑深幽,溪澗清泠。每良辰吉日,與洞中諸老策杖徐步,或詠或觴,日暮醉還,人望見者皆以爲神仙云。又於園中鑿池,種蓮其中,構亭其上,傍植花卉,名曰戒溢亭。岸幘宴坐,日夕嘯詠,消遣世慮。乖崖金公守溫作記美之。……

《筆苑雜記》:李文安公石亨嘗因真德秀《大學衍義》,删繁就簡,添入麗史之可爲勸戒者爲一書,名曰《大學衍義輯略》,請於經筵進講。上嘉納之。公之意以謂:“經書時方經進高麗之事。傳聞所及,鑑誡最切。故或删或約或添之。其於觀覽,不無有益。”然論者以謂:“經以載道,皆聖人之言。德秀之編,皆非苟爲。今盡删去,於義未安。因舊《衍義》之文。添入麗史。

庶幾近之矣。"

《謏聞瑣錄》:東湖居士徐師川,作詩多愛句中疊字,如云:"雪中出去雪邊行,屋下吹來屋上平。積得重重那許重,飛來片片又何輕?"本國文安公李石亨,字伯玉,號樗軒,亦喜此體,云:"煙拖野色添春色,風送松聲作雨聲","松下尚看花下客,山中猶伴酒中仙","雪消溪畔溪聲急,日轉松林松影斜","庭雪已消餘谷雪,溪波方急勝潮波","階花雨後枝枝色,山鳥春來種種聲"。

《海東雜錄》:樗軒初生,裹以青胞。既剖之,則肌膚甚墨,骨節粗疎,遍身有毛。以爲不祥,將棄之。其父見之大喜曰:"真奇男也。"生前夕夢白龍圻大石踴出,忽飛騰。夢覺則舍人報生男,其名石亨以此。……臂上黑文大如手,隱隱如龜形。將有喜事,則臂龜必繞身行動。……正統辛酉,連居三壯元。我世祖嘗引見内殿,命宫女歌《三壯元詞》以侑酒。自是凡引見必以此詞歌之。

《海東樂府》:李石亨,延安人。英廟朝登三壯元,名冠一時。最與成三問、朴彭年諸人相切。光廟受禪,適丁内憂。服闋,即除全羅監司。丙子六月二十五日,成三問等獄事起,石亨以外任之故不爲連累。二十七日巡到益山,聞諸人盡死。遂題一詩於縣壁上,書曰"丙子六月二十七日作",詩曰:"虞時二女竹,秦日大夫松。縱有哀榮異,寧爲冷熱容。"其時臺諫啓請鞫問詩意,光廟覽之曰:"詩人命意不知所在。何必乃爾?"事遂止。

《東國詩話彙成》:公《惜花詩》自敘曰:"吾於年前過楊州,見紅芍藥爛開,愛之,斫一根種之花塢。培土而灌之,朝夕望成。今則枯矣,豈造物者見猜也耶?吟成一絕,示鄰友金敬肅曰:名花當日好移栽,培養殷勤日百回。造物不知何似者?春來不見一枝開。仍求和云。"敬肅方苦吟,夫人在傍,問何詩?敬肅言其事,釋其詩。夫人笑曰:"聞李家有美人新死者,此詩豈直指花而已哉?君何見事之晚耶?"金爲之撫掌,遂和其詩云:"君不見韓昌黎,早將倩桃風流園中栽,那知後日傷心鎮州回。榮枯聚散物固如此,不如邀朋觴詠好懷開。"申高靈聞之,次韻曰:"若要栽花次第栽,須令日日看花回。縱使不枯開便謝,爲君安得鎮長開。"又:"天心傾覆且培栽,浪使悲腸日九回。尤物移人君莫惜,春風卷地百花開。"

《楓巖輯話》:樗軒李公石亨《有感》詩云:"經濟三朝一老臣,朝堂深處儼垂紳。當年事業人休問,神殿神宫不日新。"自注曰:"時相鄭恭以三朝元老佐幼主,不能輔導德義,以土木相尚。癸酉六月,昌德宫成,民力大困。或有言者,則曰'當今太平,舍此無餘在事'云。史氏曰:'噫,鄭公賢,尚得時謗，難乎涉世如是矣。'”

【按：李石亨（1415—1477）字伯玉，號樗軒，謚文康。籍貫延安。與鄭麟趾等參與編撰《高麗史》。擅長文章書法。編撰《歷代兵要》、《治平要覽》、《大學衍義輯略》，著有《樗軒集》今傳。其詩尚巧，多用疊字。《箕雅》收其五絕一首、七律一首、七古一首。】

徐居正 **字剛中，號四佳。大丘人。世宗朝登第，魁重試，參拔英試、登俊試。典文衡。官至右贊成，達城君，謚文忠。詩文贍博。**

《朝鮮成宗實錄》卷二二三：十九年十二月癸丑。達城君徐居正卒。輟朝弔祭，禮葬如例。居正，字剛中，慶尚道大丘人，文忠公權近之外孫也。幼聰穎，年六歲，始知讀書綴句，人謂之神童。正統戊午，中生員、進士兩試。甲子，中文科第三人，授司宰直長。未幾，選補集賢殿博士，陞副修撰知製教，兼世子右正字，累遷至副校理。乙亥，授集賢殿應教知製教，兼藝文館應教、世子右弼善。丙子，遷成均館司藝。德宗在東宮，世祖謂左右曰：“輔弼之人，當擇學問醇正、才行俱優者爲之。”遂以居正爲左弼善。居正嘗集趙孟頫《赤壁賦》字作七言絕句十六首，甚清麗。世祖見之歎曰：“非尋常人。”丁丑，捷重試，特授通政司諫院右司諫知製教。時世祖欲巡狩四方。居正論諫激切，物論多之。世祖與群臣射于後院，居正諫曰：“與臣子耦射，恐失事體。且有正殿可以接群臣，何必因射得聞善言而達下情乎？”世祖顧謂禮曹判書李承孫曰：“居正之言甚迂。不識事體，黜之何如？”承孫曰：“居正之言過當，然古云‘主明臣直’。今殿下聖明，故居正有是言。臣竊賀焉。”世祖嘉納之。戊寅，以廷試優等陞通政工曹參議知製教，俄遷禮曹參議。一日，世祖從容謂居正曰：“《祿命書》亦儒者窮理之事，卿爲作假令以進。”於時，著《五行總括》。庚辰，移吏曹參議，以謝恩使赴京。於通州館遇安南國使梁鵠，乃制科壯元也。居正以近體詩一律先之，梁和之，居正即酬連十篇。梁嘆服曰：“真天下奇才也！”遼東人丘霽見居正草稿曰：“此子文章，求之中原亦不多得。”辛巳，陞嘉善刑曹參判。癸未，司憲府大司憲。乙酉，帶藝文館提學。丙戌，中拔英試，授禮曹參判。旋中登俊試第三人，特加資憲行同知中樞府事，參修《經國大典》。丁亥，刑曹判書、藝文館提學。尋帶藝文館大提學、知成均館事，蓋典文衡也，國家典冊詞命皆出其手。冬，移工曹判書。戊子，世祖留意遷英陵，朝廷多有言當遷者。世祖難之，召居正問之。對曰：“近世論山水禍福之說，大抵以方位山水之美惡爲子孫之禍福。臣謂《洪範》一篇，聖人傳道之書也。而雨、暘、燠、寒、風爲肅、睿、哲、謀、聖之應，此但論其理如此耳。若一一配而合之，則臣未知其可也。況山水之說，昉于後漢諸儒，臣以謂不可信。且世之遷葬，求獲福也，王者更有何望哉？然此大事在聖心英斷耳，非臣之所敢臆議。"世祖曰："卿言是矣，吾復無意於遷陵也。"秋，帶世子左副賓客。冬，遷漢城府尹，移戶曹判書。庚寅，拜議政府右參贊。上之即位三年辛卯，賜純誠明亮佐理功臣號，封達城君。冬，除平安道觀察使。申叔舟等啓典文衡者不宜出於外，從之。壬辰，遷司憲府大司憲。故事，凡臺諫啓事者因承旨傳語中官，轉達於上。其間言語或有漏誤之患，居正請用劄子，凡所言皆得書啓，下情畢達，皆以爲便。乙未，議政府左參贊。丙申，祈郎中順、張行人瑾奉使來，居正爲遠接使。順，詞林大手，自鴨綠江至王都道途山川之景，輒形賦詠。居正即席趁韻和之，揮翰如流，遇強韻和之十餘篇，愈出愈奇。兩使不覺屈膝。順作《大平館賦》，居正次其韻酬之。順歎曰："賦，古未有次韻者，是又人所難能也。如公之才，求之中朝，不過二三人耳。"陞右贊成。丁酉，以事遞職，旋封達城君。戊戌，帶弘文館大提學。上視學，諸儒問難。居正啓曰："古者帝王之治，皆本於心。堯舜禹之精一執中，商湯周武之建中建極，皆此心也。是以蔡沈序《書》曰：'二帝三王，存此心而存；夏桀商紂，亡此心而亡。'願殿下終始一心。"上嘉納之。俄除漢城府判尹。己亥，移吏曹判書，建議依宋朝舉子脫麻衣故事，立文科館漢城鄉試，中七舉者敘用之法，又獻議設明經科。辛丑，移兵曹判書。癸卯，拜議政府左贊成。戊申，翰林侍講董越、工科右給事中王敞奉使來見，居正尊禮待之，每論話，必拱手起立。及遊觀望遠亭，兩使謂居正曰："公斯文老先生，今日煩公勞動。"崔溥嘗奉命往濟州，遭風飄泊浙江，帝命遣還中原，文士見溥者必問居正安否。至是卒，年六十九。謚文忠：博聞多見，文；事君盡節，忠。嫡無子，有孽子福慶。居正溫良簡正，博涉群書，兼通風水星命之學，不喜釋氏書。爲文章不落古人科臼，自成一家。有《四佳集》三十卷行於世。若《東國通鑑》、《輿地勝覽》、《歷代年表》、《東人詩話》、《太平閒話》、《筆苑雜記》、《東人詩文》，皆所撰集。構亭於中園，鑿池種蓮，號亭亭亭。左右圖書，澹如也。居正爲一時斯文宗匠，爲文章尤長於詩。篤意著述，至老不懈，或有譏之者。居正曰："是我膏肓，不可醫也。"在朝廷最爲先進，而名望後己者往往躐躋臺席，居正不無偏心焉。命居正與後生輩同製詩文以進，如此者非一再矣。居正不平曰："予雖不材，主盟斯文三十餘年，甘心與黃吻小生較其才耶？朝廷於此失體。"居正器狹，無容人之量，又未嘗獎進後生，世以此少之。

《四佳集·序(任元濬)》：四佳徐先生實陽村之彌甥，其得於淵源家法多矣，而與諸公齊驅竝駕於一時，繼寧城掌文衡，今二十有餘年。先生自童丱已有能詩聲，往往其佳篇警聯膾炙人口。既擢第入鑾坡，鑾坡羣彥亦無出其右者。先生窮抵古人之妙奥,深契其理。故雖率爾寓思,信筆點綴,而動中繩墨,咳唾成珠。先生其眞三昧於詩者也歟?若夫規模之大,原委乎李杜;步趣之敏,出入乎韓白。而其清新豪邁,雅麗和平,備諸家而成一大家。先生其眞集成於詩者也歟?是以朝庭縉紳,無貴賤有得其詩者,莫不藏弆以爲之寶。至於觀光上國,奉使諸路按部分符者,與夫幽人逸士山僧野客,袖卷求之者日夕坌至。先生左扣右應,揮翰如流,是豈尋常文士之所可企及也耶?竊觀其應制,其擬古題詠,贈送哀輓之作,若頌若賦,若五七言古風近體歌行絶句萬餘首,爲詩集者五十餘卷。序記説跋碑銘墓誌數百餘篇,爲文集者二十餘卷。宏深廣闊,汪洋浩汗,如水之行地,匯而爲湖海,流而爲江河,折而爲涇渭,瀦而爲池沼,隨其大小而盈焉。苟非本之於《五經》,參之以諸子,貫穿百代,該括六合,明於事物之原,發乎性情之正,則其所著述何能若是其富且麗哉。先生以博通之學,明達之材,歷翰苑,長臺諫,五判諸曹,四入黄扉,踰四十年,其銘鍾鼎而垂竹帛者,悉於詩推之。渢渢鍧鍧,一追雅頌之音。其所以超後代而復隆古者,實在於斯。豈謂文章之作,直以古今時世而有異哉。歲在丙申,祁戶部順之使來于我也,先生實承館接之命。當其道途送迎之際,原隰馳驅之餘,攬物興懷。輒形歌詠。與先生更唱迭酬,爭奇競雄,欲以壓倒。而先生左右逢源,其和強韻雖至累百,愈出愈奇,亦何嘗見窘於彼耶?是以祁終心醉而歸,至曰:“如此奇才,求之天下不易多得。”戶部,天下之士,而其歎服如此,使中國之人益信我東方文獻人才之盛。

《四佳集·序(任士洪)》:四佳徐相國生當氣化之盛,運際文明之會,領袖斯文,久踰弍紀,其平昔著述充箱溢篋。我殿下右文興化,以先生經幄元老,待之尊敬。清燕餘閒,思攬所作,命輯其詩文幾卷,特賜乙夜之覽。歎賞迺下,先生榮感宸睠,稽首以藏之。一日,出其卷以示士洪。士洪伏閱僅徧,如汪洋巨浸莫窺涯涘,天吳海若顛倒錯亂。未暇記其梗概也,謹斂衽起而嘆曰:“文章非一體,能者互短長。賦工於仲宣,而他文或不逮;詩聖於子美,而無韻則難讀。涑水之不習四六,南豐之文過其詩。工乎兩者古亦難矣。先生則不然,文不主一家而兼備衆體,詩雖會衆格而自爲一宗。融液古今,變態不窮。千載而下,獨與牧隱竝行,當爲我朝一大家數也。餘非淺薄所能知也。”先生命士洪曰:“予嘗游爾父子間。爾翁既序吾集,爾可無言?”士洪敬拜曰:“唯。”戊申仲秋,通政大夫前承政院都承旨兼經筵參贊官、春秋館修撰官、弘文館直提學、尚瑞院正西河任士洪謹書。

《虛白堂集·跋徐達城南行稿後》:丈夫生而遇聖明之世,居股肱之任,則君之所倚者隆。君之所倚者隆,則位高而責吾者重,務叢而所治者廣。如或責重而治廣,則事君澤民,夙夜謇謇之無暇,何由縱睇四方,以酬弧矢之志哉？不幸而不能遇，然後始得遊覽山川，嘲哂煙月，退垂名於文字間。其能刮磨齒角，兩保其全者蓋寡也。嘗讀《漢書》"司馬遷出自河山之陽，南遊江淮，上會稽探禹穴，闚九疑浮沅湘，北涉汶泗，講業齊魯之郊，鄉射鄒嶧，過梁楚以歸"，其足跡遍天下，其精神所馳，耳目所觸，憂懽變慹之所感，縱横轇葛於胸中，故其文章大進，遂爲西京之冠。然不得肆厥志，身名兩躓，反不如嚴、徐、終軍之輩，以貽後人之誚，可笑也。今我相公遭遇昌辰，歷事五朝。文章道德，士林仰如山斗；功名事業，帶礪盟於石室。眞可謂謂位高責重，謇謇匪躬之日也。朝廷慮南方無事，軍械懈弛，以公爲軍容使。公身兼節制，按察嶺南六十餘州。嶺南古新羅駕洛横公之地，山川奇秀，風物清爽，其繁華富庶甲於東方，而英豪騷墨之所往來也。公於軍務之暇，與諸從事登樓臺，眂山水，遂酬唱於樽酒間。凡一境之奇蹤勝概，毫髪不逃於藻鑑，遂彙而名之曰《南行稿》，無慮三百餘首。其游刃恢恢，作爲雅頌以垂後世。使後世之人爭吟競誦，如神龍威鳳而不可測，如瑚璉圭璋而不敢褻，豈可與長卿困頓倦遊者比歟？僕亦嘗遊嶺南，顧才學鹵莽，不能發寸筳於一撞。今觀是集，思想遊歷，信乎江漢秋陽之不可尚已。謹再拜薰浴而爲之辭。己亥臘冬，門人成均館大司成成俔謹書。

《慵齋叢話》：其後戶部郎中祁順與行人張瑾一時而來，戶部純謹和易，善賦詩，上待之甚厚。戶部慕上儀采曰："真天人也。"盧宣城、徐達城爲館伴，余與洪兼善、李次公爲從事官，以備不虞。達城曰："天使雖善作詩，皆是宿構。不如我先作詩以希賡韻，則彼必大窘矣。"遊漢江之日，登濟川亭，達城出呈詩數首曰："丈人逸韻，僕未能酬，近綴蕪詞，仰希高和。"戶部微笑一覽，即拔筆寫下，文不加點，如"百濟地形臨水盡，五臺泉脈自天來"之句，"倚罷高樓不盡情，又攜春色泛空明。人從竹葉懷中醉，舟向楊花渡口横"之句。又作《江之水辭》。乘舟順流而下，至於蠶嶺，不曾輟詠。達城膽落，岸帽長吟而已。金文良舌呿不收曰："近來我不針灸，詩思枯涸，故如此受苦耳。"不能措一詞，人皆笑之。

我伯氏三度爲黄州宣慰使，與安嶽妓相别于龍泉館前潭水上，其後又與州妓相别于潭水上。任西河亦以平壤宣慰使，率妓來别於此。時有人戲作詞曰："川嗚咽而如泣兮，旭朝暾之凄凉。"因名潭曰"嗚咽灘"。徐相國剛中作詩戲之曰："皇恐灘前皇恐意，喜懼山下喜懼情。如何嗚咽龍泉水，却似情人哭别聲。""黄州館裹花滿開，前度劉郎三度來。嗚咽灘聲何日歇，朝朝送别哭如雷。"

《筆苑雜記·序》：《筆苑雜記》，吾仲父四佳先生所著也。先生以文章大手，平生著述甚多。《三國使節要》、《東國通鑑》、《東文選》、《輿地勝覽》,皆受命與諸公同撰,而大抵皆出於公手。《五行總括》、《歷代年表》、《東人詩話》、《勝覽續集》、《滑稽傳》皆平居所著,而《筆苑雜記》亦其一也。蓋法歐陽文忠公《歸田錄》,又取國老閒談、東軒雜錄而爲之,欲記史官之所不錄,朝野之所閒談,以備親覽。其有補于來世,夫豈小哉?用是見先生用心之勤,學問之精,而凡所著述,我一家子孫世守之青氈也。今請義城縣令俞侯好仁鋟諸梓,欲與好事者共之。龍集丙午仲冬日南至,猶子奉直郎行吏曹佐郎彭召序。

《筆苑雜記》:舊例,諸科會試每三場日,禮曹設宴,又別有内賜酒果,諸試官歡飲爲榮。于諸生亦置淡粥清酒數三盆以解渴喉。及式例出而皆罷之。近在試院有一參試官戲成一句云:"座主不飲香醪一杯,何烘其頭?諸生甘吸墨水數升,皆黔其吻。"僕亦有句云:"茶碗始從今日大,酒杯仍憶去年深。"滿座皆笑。

中朝使臣前後來者,皆文章節義之士。自陸顒、端木孝思、祝孟獻以下皆可數。自居正所及見,世宗末年倪侍講兼司馬給事恂偕來,倪通而和,馬簡而正。才名馬不及倪,操行倪不及馬。陳吏部純、李司正寬繼來,陳之節行仰若山斗,李則風儀雋朗,處事在陳範圍之内,不露圭角,亦可人也。後有陳侍講鑑、高太常閏,陳之文章亞于倪而操行則同,高之文章不及于陳而操行則愈下。初陳、高二使渡鴨綠江,國家遣宣慰使遺節衣,不受。高作《送衣不受》詩,語甚倨傲。其作《成均館記》有"天理未嘗泯滅"之語,詩亦有"豺獺報本"之辭。及踰陽村應制詩則曰:"到朝鮮,恨無物足以駭人觀聽。"其傲視東方甚矣。《題太平館樓》詩自批曰:"極盡豪華之氣,一以清高爲主。"成均館唱酬,詩板尾自筆大書曰:"詩不成者四人,後當足之。"蓋譏我國宰相有不成詩者也。嘗書其草數帖,曰:"羲之之字千金難得,學者宜寶藏之。"其輕薄至此。時居正執事于館下,每見高作,勃然變色,手裂擲地。同列皆笑。一日高倩承文院博士郭義卿書行錄,僕竊見之,首書《思親詞》一首,次書《送衣不受》詩,次書《却妓》詩,次書《謁宣聖廟》詩,其餘覽物興懷之作皆諱不書。僕曰:"此虜將還中國,以此爲釣名之資。人之無狀至此哉!"一日殿下贐鞍馬,僕語同列曰:"鞍馬非橐中之物,此輩必却之。如却之,高必作詩。卿等第觀之。"俄而高作《却鞍馬》詩曰:"漢文即是輕千里,祖逖無心著一鞭。"同列大笑,僕大怒曰:"豈朝鮮寡弱無一人分別是非?欲狙詐如是。"將行也,殿下贐好劍,閏作詩謝之。《皇華集》既成,閏初見喜,倒讀至《謝劍》詩憤然失色。其飾詐失使臣體如是。陳給事嘉猷寬平正大,觀其氣象,知其爲大人君子。文章亦平淡。張給事寧,其文章可伯仲于陳,而言行頗有強作處,然亦君子人也。金舍人湜工於七言四韻,筆法畫格亦高妙,但節行掃地。張御使城有溫雅氣象,而無奇節。姜行人浩有大寬之量而少文行。祁戶部順實有節行,文詞亦純正。其陳張兩給事之儔乎? 張行人瑾文章操行不及祁,而在其範圍之內耳。

近得見《遼海編》,乃翰林侍將倪謙奉事我邦所作,附以我國諸賢酬酢贈別之作,如僕之不才,姓名亦在其中。布政司參議盧雍序之曰"初侍講到朝鮮,其國擇文學之臣以爲館伴。公假顔色俯就之,其人有操筆面肆矜眩者,公乃發舒其奇思如湧泉,信筆立就,殊不經意,而辭旨超逸,睥睨驅馭,旁若無人。舉國始皆駭謂歎仰無已"云云。今考其時館伴,則鄭文成公麟趾也。面肆矜眩,豈公所爲耶! 翰林侍講吳節跋之曰"暨公至國,其國廣擇素能詩文者以司館伴,先生才思敏捷若水湧山出,肆筆揮灑頃刻而就。國人咸聚首稱歎,斂縮不敢出所長,惟鄭麟趾、申叔舟、成三問三人,稍知警策,間能屬和。先生亦屢加獎進也"云云。惜乎! 盧、吳二子之尊崇侍講,而屈抑我東賢者太甚! 今讀侍講《遼海》全編,只是平平之詩文耳,未見有洞蕩發越奇偉橫絕之辭。如侍講《雪霽登樓賦》雖佳,而申文公忠公叔舟次韻賦辭,文從字順,翩翩有楚聲,亦可以伯仲侍講矣,何可易之哉? 盧、吳二子之言實非公論也。

古例,吏曹參議必拜二品。居正以吏曹參議爲謝恩使赴京,假著金帶而行,人皆謂我必拜二品。我亦以古例自期。及使事訖,還到鴨綠江,義州牧判官來迎船上,語我曰:"君移拜禮曹參議。"我即脱金帶,還著銀帶,與主人相目而笑。我醉賦一絕云:"曾聞橘渡淮爲枳,未見金過水作銀。"滿座大笑。

《謏聞瑣錄》:達城徐文忠公號四佳《讀王荊公集絕句》云:"杜鵑當日哭天津,天下蒼生事事新。相業早知能誤世,半山端合作詩人。"頗有議論。又有《絕句》詩末聯:"白石細沙幽澗裏,亂蟬喬木殘山中。"又:"一場春夢無關鍵,歸及故園山水春。"又:"曲欄西畔鉤簾看,躑躅半開山雨來。"又:"小雨清朝酥檨潤,山禽啄盡小桃開。"又:"燕子日長無客到,黄薔薇下戲兒孫。"其大手段,固自以爲擅場如此,小詩皆極閑趣。又《雪詩》:"禪家初喜皎然至,詩壘還逢白也來。羞作顛狂春後絮,相從淡薄臘前梅。"

《龍泉談寂記》:成廟朝,祁戶部順來頒帝命,道途所由,覽物興詠,遠接使徐四佳居正以爲平平,心易之。竣使事明日,四佳以漢江之遊請。順曰:"諾。在道酬唱客先主人,明日江上主人先客以起興可也。"四佳預述一律,並錄夙製永川《明遠樓》詩韻,曰:"當豎此老降幡矣。"到濟川亭,酒未半,於座上微吟,若爲構思之狀,索筆書呈一聯,有曰:"風月不隨黄鶴去,煙波長送白鷗來。"順即席走毫曰:"百濟地形臨水盡,五臺泉脈自天來。"顧四佳曰:"是否?"筆鋒横逸,不可枝梧,四座皆色沮。乖厓亦預席,當和押,有"堆"字,苦吟思涸,攢眉顧人曰:"神耗意竭,吾其死矣。"久乃僅綴云:"崇酒千瓶肉百堆。"而後又有"頭"字押,乖厓云:"黑雲含雨已臨頭。"順曰:"可洗肉百堆。"乘舟放棹,順流而下。江山役神,觴豆疾行,操瓠瀝精,不暇流眄。西日半銜,夕波微興,倚醺瞑目之境,舟至蠶頭峰下。戸部開目曰:"是何地名?"舌者曰:"楊花渡。"即吟一律:"人從竹葉杯中醉,舟向楊花渡口横。"四佳次韻:"山似高懷長偃蹇,水如健筆更縱横。"二公巧速略相敵,猶兩雄對陣,持久不決,奇正變化,莫不相諳,鋒交戰合,電流雷迅,而揖讓之氣,存乎旗鼓之間,雖堂堂八陣舉扇指麾,而仲達之筭無遺策,亦未易降也。順嘗曰:"先生在中朝,亦當居四五人内矣。"還至臨津舟上,四佳先賦古風長韻。順卷紙尾置案上,手披徐徐,覽一句輒成一句,手眼俱下,須臾覽訖,而步韻亦訖,步訖而筆猶不停,連書竟紙,颯颯風馳雨驟,而一篇又成。四佳心服之,顧從事蔡懶齋曰:"速矣,多矣。"額稍蹙然,即連賡兩件,意思泉湧,浩浩莫竭。彼一再唱,而和必重,累以多爲勝,此亦稀世之捷手也。中朝人士見國人問:"徐宰相安未?"崔司諫溥嘗自耽羅漂海至臺州,泝蘇、杭而來,南人亦有問者。四佳名聞于天下可知已。

《稗官雜記》:成化丙午,祁郎中順重過博川江作詩,其末句押"菱"字。四佳徐文忠公和其韻,往復各十二篇,最後四佳云:"南望達城家萬里,夢魂常繞故園菱。"郎中曰:"菱非園中之物,此句何謂也?"譯士進曰:"徐公家在水國,產菱最多,故云爾。"曰:"然則不妨。"蓋四佳泛指故鄉爲故園,然終不穩愜。

《松溪漫錄》:徐四佳《次祁天使》詩:"金巖日暖初楊柳,劍水春寒未杜鵑。"黄柳村汝獻公歆豔不已。僕質于鄭湖陰,則曰:"頗有語病。吾不知其美也。"一揚一抑,兩意不同。退而思之,此一聯之對,專用元人詩語。彼則以兩地相遠,故著"初"、"未"字固宜。金巖、劍水之間,朝發夕至者,豈有日暖、春寒之有異?此所謂語病,當以湖陰之言爲是也。

《惺叟詩話》:英廟朝人才輩出,一時文章鉅公甚多,古詩殊愧於前人,律絕亦無警策。唯徐四佳,雖曰漫衍飫緩,而春容富豔,時有好處。如"遊蜂飛不定,閑鴨睡相依"、"月色蛩音外,河聲鵲影中"、"更欲乘鸞吹鐵笛,夜深明月過江南"等句亦佳趣。

《小華詩評》:徐居正號四佳亭,權陽村外孫也。六歲屬句,人稱神童。八歲時陪陽村坐,四佳曰:"古人七步成詩尚似遲也,請五步成之。"陽村姑欲試,遂指天爲題,因呼"名、行、傾"三字,四佳即應聲曰:"形圓至大蕩難名,包地迴旋自健行。覆幬中間容萬物,如何杞國恐頹傾。"陽村大奇,歎賞不已。四佳久典文衡,聲名最盛,而不爲評家所重者,蓋以才止于華贍而已。其對皇華天使祈順也,先唱:"風月不隨黃鶴去,煙波長送白鷗來"之句,有若挑戰者。而卒困於"五臺泉脈自天來"之句。先輩只以"先交脚後負地"爲譏,而殊不覺剽竊古人全句也。余見《東文選》前朝蔡中庵洪哲《月影臺》詩一聯,與徐作無異同,而只改"相逐"二字。《東文選》即四佳所受命抄撰者也,其眼目宜慣,豈欲豎天使降幡,故用此句耶?

《詩評補遺》:徐四佳居正兒時,華使出來,四佳入太平館,以指穴窗窺視。華使惡之,使捉入穴窗兒。觀其秀朗異凡,問:"汝識字否?"曰:"然。"又問:"能製作乎?"曰:"何難?"使口號曰:"指觸紙窗成孔子。"四佳即應曰:"手把明鏡對顏回。"使大奇,攜手而坐,親問書史,應口輒對。華使曰:"不料奇才產于東國也。"

天使祁順嘗出遊揚花渡,舟中有詩曰:"倚罷高樓未盡情,又攜春色泛空明。人隨竹葉杯中醉,舟向揚花渡口橫。東海微茫孤島沒,南山蒼翠淡雲生。從前會得江湖樂,今日襟懷百倍清。"徐四佳公以儐使和之曰:"風流江海十年情,坐待湖光撥眼明。山似高人長偃蹇,水如健筆更縱橫。舵樓舉酒日初落,官渡哦詩潮自生。更待明月扶醉去,杏花踈影不禁清。"兩詩俱佳,祁詩似優。四佳每當酬答,蹙頞有難色。祁公見四佳之作,甚獎詡。

《東國詩話彙成》:申高靈叔舟中己未科第三,丁卯覆試第四。四佳亦中甲子科第三,丁丑覆試第四。謁高靈,笑謂四佳曰:"以子之才,何屈第四?"四佳曰:"和凝之後有范質,金坵之前豈無金仁鏡乎?"申大笑。昔和魯公中第十三,後知貢舉,謂范魯公:"君文合居第一,暫屈十三者,用傳老夫衣鉢耳。"高麗金貞肅仁鏡領貢舉,金坵爲第二,舉魯公傳鉢故事及之。貞肅亦明王朝第二名也。四佳作《懶病》詩以自嘲云:"閑能成懶懶成癖,病亦思歸歸亦難。門掩蒼苔春寂寂,枕書高臥日三竿。"真懶病者之高致也。又作《白髯吟》一絕,爲問答以自嘲云:"去歲白髯雪半黏,今年髯上十分添。問髯何事白如許?曰坐吟詩苦批髯。"

《新增東國輿地勝覽》:徐居正:"水落山中水落寺,水落石出山中暮。黃鶴去邊近青山,黑雲拖處飛白雨。去年尋僧此來遊,積雪滿壑山月白。今年尋僧此來遊,岸畔春花欲開落。去年今年自往來,山川歷歷如昨昔。杖藜一枝苔蹤滑,石泉激激風生腋。飯後鍾聽舊時聲,壁上有詩塵欲撲。紅袖古今豈獨寇萊公,我一笑王公豪氣少,二十年來始得碧紗籠。"敘云:"少時讀書諸山寺,往來水落山者亦再。偶留此詩於壁上,計今三十餘年矣。日昨,一庵專上人謄寫來示,曰得于長湍白太守口誦,索予正其誤字。予於詩旋作旋棄,無片言隻字留於箱篋間。況少年狂縱,無意流傳,安肯稿錄乎?三十二年之事,恍如夢中,當時題詠尚不得記憶,又焉知誤字?然一讀過,押韻下字有未盡處。必是予稚過,抑誦者失之,姑存之。慨念疇昔,能不有感乎?遂賦近體六首,錄奉一庵法座下。一庵時住佛巖寺,距水落寺才十餘里。他日攜一庵遊,當畢吾說。"詩曰:"山中古寺昔曾遊,屈指如今三十秋,步屐多時攜客去,愛閑長日爲僧留。花濃竹細連幽境,木古巖回擁小樓。更欲攜師一歸去,少年往事夢悠悠。""悠悠往事少年曾,醉裏狂豪筆勢騰,我本無心題板壁,僧偏多事寫花藤。碧紗紅袖慚非分,白髮黃塵老可憎。更欲攜師一歸去,有峰高處快重登。""重登准擬最高峰,歷井捫參可蕩胸。白日頭邊過一鳥,青山眼底戲群龍,金銀佛刹三千界,錦繡山河百二重。更欲攜師一歸去,煮茶聲裏坐高舂。""高舂落日煮茶聲,偃蹇青山不世情,俯視片雲平地起,仰看飛瀑半空明。滿樓花雨沾衣濕,欹枕松濤徹骨清。更欲攜師一歸去,青蓮結社送殘生。""殘生結社是初心,惆悵年來雪滿簪。結願誰知非淺淺,入山長恐不深深。蟬貂久矣無心戀,猿鶴依然有夢尋。更欲攜師一歸去,佛巖村墅近業林。""業林近在佛巖山,山下吾廬屋數間。三徑陶潛雖寂寞,一區楊老可盤桓。討蓴燒筍尋常事,送菊迎梅自在閑。更欲攜師一歸去,暮年身世共追攀。"

【按:徐居正(1420—1488)字剛中,初字子元,號四佳亭、亭亭亭,謚文忠。籍貫達城。權近外孫。參與編撰《經國大典》、《東國通鑑》、《東國輿地勝覽》、《東文選》,翻譯《鄉藥集成方》。精通性理學、天文、地理、醫藥,爲韓國漢文學做出巨大貢獻。詩壇"四傑"之一。著有《東人詩話》、《四佳亭集》、《筆苑雜記》今傳。其詩春容富豔。《箕雅》收其五絕一首、七絕三首、五律五首、七律六首、五古一首、七古四首。】

金壽寧　　世祖朝十八登第,封福昌君,謚文悼。

《朝鮮成宗實錄》卷三二:四年七月壬辰。福昌君金壽寧卒,輟朝弔祭,禮葬如例。壽寧字頤叟,號養素堂,安東人,折衝將軍潚之子也。幼聰慧,七歲能屬文,時謂神童。其外祖左參贊安崇善奇愛之,嘗曰:"此兒他日當大鳴於世。"景泰癸酉,年十八,春中生員試,秋擢文科第一人,授集賢殿副修撰,歷兵曹佐郎、司諫院獻納、藝文館應教。時上黨君韓明澮爲咸吉、平安、江原、黃海、忠清五道體察使,署爲從事官。天順辛巳,明澮遣奏邊事,面對甚悉,世祖嘆賞曰:"今聞爾言,雖隔千里,如與明澮面語。"特加一階。壬午,世祖御慶會樓,命藝文諸儒論難古昔帝王得失,壽寧證據經史,辨析是非,輒言動聽,又命加階,尋擢爲承政院同副承旨,以事罷。成化乙酉,拜僉知中樞院事,尋拜禮曹參議。丙戌復拜左承旨,遞爲工曹參議,歷刑曹、戶曹參議。戊子進階嘉善,庚寅拜大司諫。參撰世祖、睿宗兩朝《實録》,時稱有良史才。辛卯賜純誠佐理功臣號,封福昌君,陞嘉靖,歷户曹、工曹參判,是年復拜福昌君。至是卒,年三十八。謚文悼:博問多見,文;中年早夭,悼。壽寧天資明敏,學問該博,爲文章超邁簡古,操筆立就,不蹈襲前人語。然不置稿,以是詩文傳世者少。外和内剛,苟非其人,雖達官貴要,終日相對,未嘗與之言,如其人也,雖韋布之士,必屣履迎接。不營産業,常待祿而飽,僦屋而居,終身坦蕩,細故不芥于胸。但滑稽多大言,無君子謹默之容,人以是短之。

《筆苑雜記》:金文悼公壽寧再爲承旨,皆褫職。姜文良公希孟曰:"如何再爲承旨,再見罷黜?"文悼曰:"能再罷,不猶愈於一不爲者乎?"蓋誚文良不爲承旨也。

文悼爲癸酉科壯元。丁丑將開重試,文悼語人曰:"鄭麟趾之後,豈無鄭麟趾乎?"蓋於初重試皆爲壯元,金有睥睨壯元之志。而終落第。居正戲金曰:"李廣爲將,自倚無雙;劉蕡對策,何以不第?"金曰:"不爲甲科一人,何取乙科一人乎?"蓋誚我乙科一人也。

《謏聞瑣録》:趙惠號施齋,喜作詩而不工。《贈玩易齋》詩云:"獐逃山裏去,魚在水中沉。鴻雁飛千里,雉三表我心。"琴軒謂文悼公金壽寧曰:"此詩何如?"時適旱,文悼曰:"燒《施齋集》則雨矣。"

《海東雜録》:安東人。字頤叟。參判益精之孫。魯山癸酉年十八,擢壯元,參佐理功,官至吏曹參判,封福昌君。文章俊發老健,尤工于章疏。一夕劇飲而卒。謚文悼。

我成廟以幼冲嗣位。大諫金壽寧上劄曰:"爲學之道如舟泛流,不日進則日退。今經筵只御朝晝,不御夕講,恐非磋磨及時之意。乞令經筵官更日直宿,以備顧問。"上嘉納之。

金壽寧疏:"處高危則思謙降,臨滿盈則思挹損,遇逸樂則思撙節,在宴安則思後患,見可欲則思知足,將興繕則思知止,防壅蔽則思迎納,疾讒邪則思正己,行爵賞則思因喜而僭,施刑罰則思因怒而濫。兼是十思,而行之以悠久,守之以誠信,則民心悦而天道順,太平之治可以立效。"金頤叟語徐剛仲曰:"高麗詩文詞麗氣富,而體格生疎。近代著述辭纖氣弱,而義理精到。孰優孰劣?"剛仲曰:"豪將悍卒,抽戈擁盾談説仁義。腐儒俗士,冠冕從容禮法。先生何取?"頤叟大笑。

【按:金壽寧(1436—1473)字頤叟,號素養堂,謚文悼。籍貫安東。參與世祖、睿宗《實録》編撰。文章卓越,通曉經史,與梁誠之、徐居正等編撰《東國通鑑》。《東文選》卷一〇載其五律一首,卷一七載其七律三首,卷二

二載其七絕一首。其詩俊發老健。《篋雅》收其七律一首。】

魚世謙　**字子益。變甲之孫。世祖朝登第,選湖堂,典文衡,官至左相,咸從府院君。謚文貞。**

《燕山君日記》卷三九:六年十一月戊寅。咸從府院君魚世謙卒。字子益,咸從人,判中樞府事孝瞻之子。中景泰丙子科,選補承文院正字,累歷至藝文館直提學。成化丁亥,拜承政院右副承旨。戊子,南怡謀不軌誅,策勳推忠定難翊戴功臣。轉平安道觀察使,吏、禮曹參判,司憲府大司憲,工、戶、刑、兵四曹判書,弘文館大提學,典文衡,轉議政府左右贊成。甲寅陞右議政,尋轉左議政。戊午以史事免,後封咸從府院君,領經筵事。至是卒,年七十一。謚文貞:博聞多見,文;清白守節,貞。天資確實,氣量宏闊。不畜姬妾,不修容飾。不事干謁,不行小惠。性又清儉,所居室累土爲階,壁圬而已,不加丹堊。耽經史,喜飲酒,客至輒留飲竟日。爲文章務辭達,不事鍛鍊,自成一家。平生不惑邪誕,如陰陽、風水之說,確然不以動其心。自少恬於進取,口不出僥倖利祿之言。雖有射御之才,未嘗自衒,未嘗作一書爲子弟求恩澤。既卒,家無餘粟,物論推重,稱爲宰相之器。然於公務不勤臨莅,嘗判京兆,日晏而仕,有午鼓堂上之譏。

《東閣雜記》:成化壬寅,成廟幸光陵,仍拜影殿於奉先寺。魚世謙以大司憲扈從。寺僧欲饋百官,世謙諫曰:"以堂堂扈從之臣,受僧施食,於國體何?況百官皆自齎飯,不患無食。"上曰:"任爾不食。"世謙與諸臺諫皆不食。

《稗官雜記》:余伯祖文貞公諱世謙,嘗過臨溪驛有詩曰:"得句偶書窗,紙破詩亦破。好詩人必傳,惡詩人必唾。人傳破何傷?人唾破亦可。一笑騎馬歸,千載誰知我?"正德庚午歲,公之甥尹觀察金孫刊公集於嶺南,令同宗魚灌圃得江、魚軍威泳浚編次,此一篇删去不錄。今載錄《東文選》。且《挽崔寧城》、《挽李延城》、《和御制示功臣詩》、《效王諱器物銘》等作,皆見删於本集,而見於《東文選》。去取之不同如此。

成化己亥中國征建州,請兵於我元帥魚有沼。至滿浦鎮,以江冰未合,罷兵而歸。成廟大驚,即命尹弼商代之,斬賊魁李滿住,其它首級亦多。又獲被虜人口,遣參判魚公世謙獻俘馘于京師。行至遼東,御史及太監總兵管等曰:"首級人口何必進于京師?首級則付邊鎮,人口則付親戚可也。我等當具由奏達。"公答曰:"獻馘王庭,古制也。今奏捷而無所獻,將何以驗?"往復數三,竟不從。御史等爲公設宴,公揖而不跪。御史曰:"何不跪飲?"公曰:"我奉殿下之命來朝京師,諸大人特設宴以禮慰我耳。我焉得跪飲?"

至海州衛,有人自稱御史丁鑽,作絕句求和。公即次其韻曰:“百尺深池百尺城,聖明千載際時清。手中掣得鯨鯢首,不愧凌煙掛姓名。”其人跋云:“真宰相也。”

李文順見衆鳥啄蟲,惡而斥之,因作詩曰:“朱朱公,好啄蟲。予不忍視,斥勿使遖。汝莫怨我爲,好生本自期。我今退老踈散,不卜朝天早晏。豈要聞渠報曙聲?貪眠尚欲避窗明。”自注云:“自三言至七言,蓋法李太白《三五七言》之詩也。”魚文貞公《詠菊》詩:“菊,菊。兄松,弟竹。挹夕露,承朝旭。粲粲英英,芬芬鬱鬱。霜葩耀晚金,雨葉滋晨玉。開三逕望南山,溯一潭追甘谷。甜芳自可制頹齡,隱逸還堪醫薄俗。香魂不滅宛舊精神,色相猶存本來面目。烏帽落時須更插一枝,白衣來處何嫌酌數斛。物既貞潔其操自然而真,人爭播詠於詩愛之誰酷。“自注云:“自一字至十字,蓋又法文順詩,而添其體格也。”按一字至十字,宋朝文與可《吟竹》已有此體。

魚文貞公世謙以新來在承文院,走筆戲作《金自貞先生贊》,書于藏書閣下樑上。其詞曰:“著作金公,名曰自貞。身雖在此,心則西京。西京謂何,有妓擅名。寤寐思之,誓願未成。焉遂其欲,惟點馬行。顧其字畫,既拙且生。爰書謄錄,以求其精。三伏極暑,流汗川横。勤書不掇,廿紙爲程。窮日矻矻,不知疲瘦。友朋共吊,曰何勞形。託云提調,考察甚明。不得已耳,非敢營營。書之自苦,勤劬丁寧。嗚呼金公,病孽將萌。猶未悔止,不亦愚冥。人之有身,亦不可輕。庶節其勞,載逸載寧。莫習諮文,莫思箕城。守分隨緣,以保其齡。洛城佳妓,顔如舜英。紫陌長堤,王道平平。載驅載馳,以慰君情。”其後凡新及第分館,使讀公贊一過,即令誦之。若未誦則加罰焉。故潛傳寫以誦,遂爲院中故事。

魚文貞公世謙嘗訪徐四佳,四佳曰:“頃者李坡見訪,語及文衡事。因問曰:‘誰可代先生者?’余答曰:‘當今學問詞章無出君右,君宜代之。’李雖虚讓,而觀其色頗有自得者。”文貞問曰:“果誰代之?”曰:“非子莫堪任也。”文貞笑曰:“毋以紿李坡者紿我也。”四佳曰:“李可紿,子不可紿。”後文貞果代典文衡。

《西京詩話》:魚直殿之後,奕世文獻,獨文貞公世謙者實是主盟。其爲吏部也,嘗值月山大君自内擎出銀甆二事,腰兩面,皆金縷,御制以賜大君者也。香醪皆滿,大君屬在座者奉賡引觴之。又繼内使宣旨,令諸宰屬和。文貞即應制云:“外耀千金字,中藏萬事春。奎章才漏泄,斟酌已醺人。”其長篇句多不錄。

【按:魚世謙(1430—1500)字子益,號西川,謚文貞。籍貫咸從。魚變甲孫。與成俔改撰《雙花店》、《履霜曲》、《北殿》等樂詞。著有《西川集》。

《續東文選》卷三載其五古四首，卷四載其七古二首，卷六載其五排一首。其詩清俊通脱。《箕雅》收其七絕一首、七律一首、五古一首。】

盧思慎　　字子胖，號葆真齋。交河人。世祖朝登第，官至領相，宣城府君。諡文匡。

《燕山君日記》卷三一：四年九月辛丑。宣城府院君盧思慎卒。字子胖，齋名葆眞，交河人。同知敦寧府事物載之子，右議政閈之孫。小時讀書，日記數百語。景泰癸酉中文科，拜集賢殿博士，陞修撰。乙亥丁内艱，服闋授司憲府監察。一日分臺軍資監，斗量紛嚣，塵埃眯目。公書案上曰："丈夫磊落平生志，豈在斗升出納間。"戊寅拜司諫院左正言，歷藝文館應教，轉世子文學。乞暇過振威縣投宿，翼日早起程，行數里，有小吏走且呼。思慎駐待之，小吏曰："匣裏筆見失，縣宰使我來索。"笑出所佩囊中筆與之。壬午超授承政院同副承旨，轉都承旨。乙酉拜戶曹判書，丙戌中拔英、登俊兩試。戊子南怡、康純等謀逆誅，策推忠定難翊戴功臣，累陞至左贊成。辛卯成宗錄夾輔功，策純誠明亮佐理功臣。丙申陞宣城府院君，丁酉陞右議政。壬子陞左議政，甲寅陞領議政，秋遞拜府院君，十二月乞致仕，不允。戊午九月疾革。王遣承旨洪湜問所欲言，思慎曰："臣無所言，但願賞罰得中，勤御經筵。"年七十二。諡文匡：博聞多見，文；貞心大度，匡。思慎襟度虛曠，不事邊幅，略畦逕，不營產，意豁如也。博覽書史，無不通貫，釋經道帙亦皆淹該。晚年扁所居堂曰"天隱"，聚古人書畫以自娛。但世祖嘗幸龍門寺，手指雲端，以示群臣曰："白衣觀音現象。"群臣仰觀不能對，思慎唱言："觀音在彼。"人惡其諂。成宗朝作相，無所建明。今王嗣服之初，爲首相，王怒臺諫，欲囚鞫，則思慎曰："臣喜賀不暇。"怒太學生諫佛，欲竄之，則思慎亦贊成之。士林切齒。然其性無忮害，至史獄起，尹弼商、柳子光、成俊等素疾清議之士，欲一網殲盡，目爲朋黨，思慎獨力救之曰："東漢錮名士，國隨以亡。清議不可不使在下。"士類賴以全活者多。思慎子公弼有學識，揚歷且多，諳練世務。然其產業絲毫不遺，多造船舶，以收雇直。又與孽族盧從善爲偶，求四方公私賤口漏匿者，陳訴請諸吏，受賞而分之。又與柳子光、任士洪結爲通家之友，人以此知心術之不正。

《海東雜錄》：右議政閈之孫。魯山癸酉登第，有文名。參翊戴佐理功臣。戊午之獄，稍有救解之力。官至領議政，諡文匡。戊午禍起，柳子光出佔畢齋文集，摘出其中《弔義帝文》及《述酒》詩等篇，乃曰："此皆指世祖而作。"欲乘王怒爲一網打盡之計。盧思慎搖手止之曰："獨不聞黨錮之事乎？禁錮日峻，使士林無所容跡，漢隨以亡。清論宜在朝廷，清論之亡，非國家之福。”子光少沮。

昔思愼與某人訟奴婢。某人度難與宰相爭訟,納文券于盧公曰:“相宅奴婢爲是,故納文券矣。但小人此奴婢外,更無他奴婢,自此爲常人矣。”盧公惻然曰:“汝之窮至此乎? 吾不復與汝爭之。”乃還其文券,而斷不復訟焉。

【按:盧思愼(1427—1498)字子胖,號葆真齋、天隱堂,謚文匡。籍貫交河。盧公弼父。參與編撰《三國史節要》、《經國大典》中《戶典》、《輿地勝覽》等。《續東文選》卷三載其五古二首,卷七載其七律一首。其詩多佛家空幻之思。《箕雅》收其五古一首。】

李承召　　字胤保,號三灘。世宗朝登魁科,選湖堂,參重試,官至禮曹判書、陽城君。謚文簡。

《朝鮮成宗實錄》卷一六二:十五年一月戊戌。陽城君李承召卒。輟朝弔祭,禮葬如例。承召,字胤保,陽城人,贈兵曹判書蒕之子,生而穎異。年十三入學,讀書過目輒誦。擬試程文,儕輩莫及。正統戊午,年十七,中進士試。丁卯春,中文科,發解南省殿試,皆居第一人,拜集賢殿副修撰。秋,又中重試。景泰庚午,陞副校理。辛未,陞應教。甲戌,遷司憲府掌令,轉世子左弼善,陞集賢殿直提學、世子輔德。天順丁丑,陞授通政、成均館大司成,歷吏戶禮刑四曹參議。庚辰,陞授嘉善、藝文館提學,兼世子副賓客。世祖嘗論釋道,承召正議不阿,人皆稱之。尋拜兼忠清道觀察使,每事務從簡易,一道晏然。成化戊子,拜禮曹參判,兼藝文館提學。辛卯,賜純誠佐理功臣之號,封陽城君。陞資憲、禮曹判書,轉議政府右參贊。辛丑,階加正憲,歷吏刑兩曹判書。壬寅,特加崇政,移議政府左參贊。至是卒,年六十三。謚文簡:博文多見,文;居敬行簡,簡。爲人天資溫醇,學問精深,凡陰陽、地理、醫藥之書,無不通曉。爲文章典雅精純,爲一時冠。性廉簡恭謹,不事表襮,襟懷灑落,日以書史自娛。死之日,家無餘財。史臣曰:“承召風姿端雅,操履清愼。不營產業,不妄交遊,人稱金玉君子。性謙退,未嘗以能先人。文章與徐居正齊名,而居正獨擅文柄,承召每推重不敢抗。久在經筵,講論規諷,多所裨益。然無政事之才,嘗判吏曹,注擬悉委以下,漫不可否,多致錯誤,此其短也。”

《三灘集・行狀》:公諱承召,字胤保,姓李氏。陽城人。……以永樂二十年壬寅十二月戊子生。堂叔李蒕取而鞠之。甫九歲,父母恐不學請還。自此敬承庭訓,讀書過目成誦。年未成童,覽到群書。迨學爲文,下筆驚人。正統戊午,年十七,國家始設進士試,取以詩賦,公最少年而中,爲世稱賞。

丁卯四月,擢第第一。自館試禮闈,至於殿試,皆居第一。設科來,一試三場狀元,獨數公與庚午狀元權巽平擘耳。世宗奇之,欲授集賢殿官。銓曹以非集賢錄啓,上卽命錄之。除副修撰、知製敎、經筵司經,階宣務。八月,又擢重試,超階承訓。自修撰至應敎,凡在集賢八年矣。甲戌,司憲掌令兼春秋館記注官。乙亥,直集賢殿。丙子,陞直提學、世子右輔德,階通訓。戊寅,成均大司成,階陞堂上,尋轉禮、戶二曹參議。己卯春,移刑曹。夏,復戶曹。時朴判書元亨以奏聞使朝京,特薦公爲副以行。秋,移吏曹。庚辰,特陞二品藝文提學。辛巳,兼成均司成。壬午,兼世子右副賓客。乙酉,出爲忠淸道觀察使。丙戌秋,丁內憂。冬,又丁外憂,哀毁疾瀕死。世祖遣注書齎肉以賜,幷之醫藥。公欲上箋陳謝,疾劇,乃口號代人寫進。上令傳視侍臣曰:"斯人精神若此,必不死矣。"疾果瘳。己丑,拜禮曹參判兼春秋館同知事,加階嘉靖。辛卯,今上策功,賜純誠佐理功臣號,封陽城君兼同知經筵春秋館事藝文館提學。秋,上問吏曹曰:"資憲參判,於古有之乎?"曰:"有之。"命加資憲仍參判。申議政叔舟兼判禮曹,薦公于上曰:"承召可代臣任。"旣而陞判書。時朝庭方議懷簡王附廟之宜,公卿大夫各執所見,互有異同。公據古證今,以明其可附,疏以上之。丁酉,轉議政府右參贊,館職如舊,又兼都摠府都摠管。戊戌,復禮曹判書兼知經筵春秋館事、弘文館提學。庚子,吏曹判書。冬,副上黨府院君韓明澮奏請中宮誥命朝京,時太監鄭同憑承內旨,求索我國土產,每行如是。同旣徵韓獻,又徵於公曰:"副使獨無獻乎?"公曰:"韓族是皇親,雖獻亦可。人臣奉命,豈宜私獻?"同雖盛怒,不得加以無禮。旣蒙准還,賜臧獲土田。辛丑春,復議政府右參贊兼知義禁府事,加階正憲。冬,復吏曹判書。壬寅夏,移刑曹判書。七月,京城旱災。公以刑官長,慮滯囚所感,上書請免。八月,又疾請免。俱不允,御書勉起。其翼月,封陽城君,階陞一品,尋轉議政府左參贊。癸卯二月,遘疾彌留。八月,復封君。甲辰正月,前疾轉劇,卒于第。實是月初十日,而公年六十三矣。上痛失良佐,命有司庀喪事,輟市朝,弔祭如禮。……所著書有文集、詩集幷幾卷。公風姿溫粹,局度凝定。美鬚髯,鮮言語。居官處私,端嚴若神。卽之如入春風中,久與之處,能使人所謂珠玉在側,而覺我形穢,莫不氣奪而意消。……而公之學博覽精記,自禮樂兵刑,陰陽律曆,醫藥地理及老佛家書,靡不貫通。公之文本乎聖經,涵養旣馴,故其溫醇淡潤類玄文之玉,澤而無瑕。今人愛戀,傳誦不休。嘗奉使于燕,倪學士謙贈之以詩云:"昔年奉使到東方,曾識儀刑在漢陽。每念贈行詩絶妙,幾回開卷墨猶香。"於此亦知公之蘊蓄,而見稱於天下之士也如是。凡國家典冊敎令,交隣事大之文,多出其手。

《虛白堂集·三灘先生詩集序》:公當文治全盛之時,學爲詩文,詩文俱優贍,迢出等夷,與四佳、乖崖、私淑齋三大老齊驅幷駕於一時,名聲相上下。至如集衆流而成大全者,皆以公爲稱首。余以後進遊乎門下,承休光而挹餘馥者非一日。公舉止閒雅,風姿玉雪,宛如神仙中人。人敬慕之,得片言隻字者如精金美璞,吟玩而手不能釋焉。惜乎人亡物逝,風流談論無復存,而不亡者惟遺響矣。三老詩文皆蒙甄拔而印行于世,惟公之作無人收錄,豈不爲識者之浩歎。今見公之遺稿若干帙,平淡醞藉而跬步又闊,大篇舂容,短韻要妙,讀之如啖蔗,久益其味,靡靡不厭。見其詩可以想公之標,知公之心矣。今之所錄者只詩,而雄文巨筆則不見其一篇,豈非收藏者不謹之所致歟?其幸存而未泯者,敷而揚之,俾鋟于梓,則必將笙鏞人耳,膾炙人口。使斯文後生仰希軌躅,作爲雅頌,以培國家之氣脈,爲不細矣。

《二樂亭集·三灘集序》:余自少聞三灘大老氣格,溫醇簡素,不獨位望重朝著,大以文章鳴國家之盛。每以生後不得承咳唾,接緒論於案下爲恨。或見其詩於題詠間,知其所得高遠,常服其精深雅健,而又以不得見所作之全爲嘆。一日,公之胤子熙出宰滎川郡,將之任,袖公詩文全稿來,屬余爲序曰:"先人平昔常以文章自任,爲一時搢紳山斗,與四佳、乖崖、私淑三大手齊驅,不擬後一步。三大手詩文皆官印行世,獨先人之作棄不收。私情憫鬱,欲鋟梓,如以謂可傳於後,幸序而張之。"余每嘆不得見全稿以探其所蘊之奧,今幸得見,托名卷右,豈不幸哉?第坐慵懶,兼官務役役,讀不能終卷,未成序者幾三兩載。今承更叩,愧汗自流。噫!觀公之詩文,玉韞山輝,春晴雲藹,外淡而中腴,辭今而意古,坦坦然如履平地,卒遇絶嶮,跬步不失規矩,風恬波靜,激石而濤浪拍天。可與啖蔗得深味者看,不可與刺口劇菱芡者論。公之作眞識高意遠,出於天然自得,而登于大家數者也。豈後四佳諸大手哉?其行于世而傳于後也無疑。豈徒行世而傳後,其爲學詩文者所規範,而播揚一代文治之盛于無窮者,其不在斯作歟?

《筆苑雜記》:李文簡公承召爲禮曹判書。一郎官日飲無何,公務多闕。同列有欲黜者。文簡笑曰:"許丞多時耳聾重聽,長官不忍絕之。今郎官雖長醉,然醒時亦多。又何廢爲?"

徐居正嘗在集賢殿與李承召同坐,有同僚柳誠源,請作李牧使挽章。柳曰:"李郎雙梅學士之後。"文簡公曰:"此是雙梅之後,何無馨德也?"柳應聲曰:"人居孤竹之鄉,盡有清節乎?"蓋海州別號孤竹,文簡之父母在海州。

《清江詩話》:三灘《送人赴京質正》詩末句云:"吏文質正尋常事,端取《羲經》問象前。"朴訥齋亦送人質正詩末句,與三灘末句無一字加減。以先後論,則訥齋當襲三灘。然訥齋之高亢,專用東人語如此耶?是未可知已。

《海東雜錄》:友愛出性,其兄承周年少而死,冀其復蘇,解衣親膚抱之而臥,至於竟夕。人不得禁。……局度凝定,凡事遇物接,務從大體,不露廉隅。博覽強記,凡禮樂兵刑陰陽律曆醫藥地理,靡不通貫。居家淡素,庭除之間,積草不翦,客至則惟設蒲茵而已。擢嵬科即入集賢殿,自修撰至應教,在集賢凡八年。

延豐路傍斷麓上有雙堲,累累若路堠。土人相傳:"昔人東京吏,獨與一家狗負笈徒步,赴舉於京,道病至此而死。其狗還家,出入悲鳴,若有哀訴之狀。其子疑狗獨還,且怪異常,即隨狗而去。狗疾造先導,遂至死所,氣暍而死。其子力不能歸葬,舉父屍厝于麓上,並瘞狗於其傍。"李三灘嘗過此有詩云:"誰憐道死委山阿,犬獨還歸報主家。與子偕來仍暍死,隴頭雙塚世傳誇。"既解職,喜,作《蚊負山》、《蟬脱網》兩篇寄友人徐剛中:"蟬脱網,誰汝拘,更不回來蛛網裏。蟬脱網,所恣往,乾坤萬里廣蕩蕩。"嘗作詩《題蜜狗食橡實圖》云:"老栩秋深霜葉稀,枝頭綴子十分肥。年年剩得山中樂,不識人間有駭機。"蜜狗俗云覃甫。作詩《題九九帖上》云:"一而生二二生三,象數滋時巧僞深。直欲從今回萬古,結繩淳樸杳難尋。"

《惺叟詩話》:徐四佳久爲大提學,故一時如姜晉山、李陽城、金永山,皆不得主文而先沒。李陽城之《燕》詩"綠楊門巷東風晚,青草池塘細雨迷"之句,酷似唐人。

《西京詩話》:李文簡公承召,成廟朝太宗伯,以廉直著名,上嘗敕黃門覘其家,惟茅屋數椽,且不設祠堂。玉音詰之,對曰:"臣家在平壤,伯兄主祀。臣旅宦,幸得容膝足矣。"于時判本兵者亦入侍,上目李:"與相識乎?"即對以"不知"。本兵慚曰:"非不知也。以臣營立家戶,爲子孫計,故云耳。"

【按:李承召(1422—1484)字胤保,號三灘,謚文簡。籍貫陽城。受王命,用韓文轉抄《明皇誡鑑》。醫藥、地理造詣甚深,與申叔舟、姜希孟等編撰《國朝五禮儀》。著有《三灘集》今傳。其詩平淡醞藉,春容要妙。《箕雅》收其七絕二首、七律四首。】

崔淑精　　字國華。太宗朝登第,選湖堂,參重試、拔英試,官至副提學。

《朝鮮成宗實錄》卷一二一:十一年九月己卯。弘文館副提學崔淑精卒。上問致賻舊例,承政院書故侍講官張繼弛致賻例以啓。傳曰:"繼弛以家貧厚賻,豈可以此爲常例?且淑精居計何如?"都承旨金季昌等對曰:"淑精起自草茅,家又貧寒。"命依張繼弛例,賜油芚二張、紙六十卷、米豆幷十碩及棺槨。史臣曰:"淑精稍有詞華,然妬才,爲儕輩所不齒。嘗以驪州牧使見罷不得志，至是復入弘文館，喜甚，適賜酒殺，淑精痛飲，因此得病而死。”

《逍遙齋集·附錄·墓誌銘（李肇源）》：公諱淑精，完山之崔。……公以宣德壬子生。天順壬午，以進士登丁科第一人，補槐院，賜暇讀書湖堂。成化丙戌，擢重試及拔英試。庚寅，拜修撰，處弘文館前後凡七年。以使事赴京師，還爲校理。丙申，爲便養出牧驪州。丁酉，入爲副應教。時上試文臣，連中三魁，陞資爲直提學。戊戌，承命纂《東文選》訖，特授副提學。己亥卒，壽四十八。……公以詞學之臣，出入帷幄且十餘年。而不幸早歿，不能究其用。後孫罹戊午禍，遂至零替。文獻亡佚，事行之懿，無所概見，世愈遠而不識有公者往往焉。於虖！豈不惜哉？於今所傳信如《懿敬齋壁》詩“笙鶴朝天”之句，其他雜出於地誌、野乘、詩人裒錄之篇者讀之，皆溫瀜有理致，足以想見其爲人。同時所與遊唱和，表表若姜公希孟、梁公誠之、徐公居正、金公宗直有著述，輒屬公爲弁卷之文，以見其推重之意。則公之不唯詩也。

《逍遙齋集·附錄·跋（朴宗薰）》：昔宣陵乙未，上遣韓上黨赴京，選于時，以逍遙齋崔公暨成公俔、李公瓊仝從焉。成李二公儁才碩望，睥睨一世。而在途唱酬，推服崔公莫之先。卽崔公可知已。其在帝京有“漢綱唐目同時舉，《麟趾》《關雎》一日行”之句，播聞藉甚，東南名勝之願交者踵相接也，輒讜以爲介。余嘗攷佚史得之，喜曰：“不特翕瀜沈渟類古名家語，蓋學識蘊抱不離於本質，實用爲可禮。”

《竹石舘遺集·逍遙齋集序》：吾宗四佳公主文柄二十年，號稱得人之多，後皆相繼爲館閣，故副提學逍遙齋崔公其一也。公以儁才華聞，乘運高蹈，與佔畢、乖厓諸公高視倂驅，爲詩文浩汗贍縟，氣燄之相薄不相上下，可謂盛矣。……當公之世，人淳俗庬，士無浮慕虛騖，讀書必熟讀深究，爲文多積而後發。故其詞雄深汗洋，沛乎若原泉之不可竭，此其所以難也。

《逍遙齋集·序（金愚淳）》：其詩也，文而有質，雅而不雜，可知爲盛代之文也。”……其持心也有公正之德，處世也無忮求之意。發之吟詠之際，而恬靜和易之氣，渢渢乎爲治世之希音。豈不盛歟！

《秋江冷話》：先君晚年友愛崔先生國華，壬子年試第，崔作《三箭定天山賦》，魁中場，捷嵬科，先君走詩賀曰：“將軍本無敵，三箭定天山。凱旋朝野喜，丹墀近天顔。”詩則長篇大作，而二聯乃首句也。士論咸稱之，或有學詩者，談不容口。先君三十二而終，無多好句，而只有此詩膾炙人口，唐人所謂“詩貴傳遠，不貴多”也。

《艮翁疣墨》：崔公淑精在集賢，韓公明澮爲西帥而去，一時文士俱會離亭,約以韓事爲用,終以韓字爲韻,衆莫能成句。崔公後至,坐定語之,故使賦之。公即朗吟曰:"君王喜得無雙信,西賊驚聞有一韓。"滿座服其精敏。

《海東雜錄》:陽川人。字國華,號逍遙亭。我光廟朝登第,又擢重試拔英試,官至副提學。詩文絕倫,有集行於世。

【按:崔淑精(1433—1480)字國華,號逍遙齋、私淑齋。籍貫陽川。參與編撰《世祖實錄》、《睿宗實錄》,與盧思慎等編撰《三國史節要》。能詩文,著有《逍遙齋集》今傳。其詩瀜澮沈渟,恬靜和易。《箕雅》收其七律二首。】

成　任　　字重卿,號安齋。世宗朝登第,登重試,官至吏曹判書。謚文安。

《朝鮮成宗實錄》卷一六九:十五年八月甲戌。知中樞府事成任卒。輟朝弔祭如例。任,字重卿,自號逸齋,昌寧人,知中樞府事念祖之子。正統戊午,中司馬試。丁卯,中文科。初屬承文院,未幾,超拜承政院注書。景泰庚午,陞成均主簿。壬申,拜兵曹左郎。甲戌,陞集賢殿副校理。乙亥,遷吏曹正郎。天順丁丑,直藝文館,中重試,超授判軍器監事,俄遷判司宰監事。戊寅,魁文臣庭試,擢拜通政僉知中樞府事。己卯,遷工曹參議,尋拜承政院同副承旨,累轉爲都承旨。辛巳,超陞嘉靖吏曹參判。壬午,遷工曹,移拜中樞副使。甲申,出爲全羅道觀察使,遞拜刑曹參判。成化乙酉,拜仁壽府尹。丙戌,拜戶曹參判,中拔英試,加資憲刑曹判書。丁亥,移中樞府知事,俄遷吏曹判書。戊子,加正憲。辛卯,移工曹判書。丙申,拜開城府留守,遞拜知中樞府事。壬寅,拜議政府左參贊。未幾,以疾還拜知中樞府事。至是卒,年六十四。謚文安:博聞多見,文;寬裕和平,安。任爲人器度寬洪,識見精博。善書工文,尤長於律詩。嘗仿《太平廣記》編輯古今異聞,名曰《太平通載》行於世。子世明,中文科。弟侃、俔皆有文名。史臣曰:"任性度豁達,文詞華贍,真偉器也!但無剛直之行,務營產業。嘗典銓衡,有納賄之譏。"

《虛白堂集·家兄安齋詩集序》:惟我伯氏,以公平寬裕之資,得精微博厚之學,措諸事業,黼黻王度。故其爲詩文質而不俚,實而不窳,紆餘雄渾,平澹典雅,蔚乎一代之製。而儕輩皆推讓之,以爲眞得晚唐之體。余少孤閔凶,鞠於伯氏,占科揚榮,有名於文苑者,皆平昔教誨之力寔賴。常陪杖屨於園林,優遊嘯傲,遇興觸物,必形於詩。至於天然自得之趣則卓乎不可及,然後信知其高也。其所著爲稿者非一二帙,頃緣典守者不謹,盡耗於鬱攸。當時所與齊名者如申高靈、李延城、金永山、姜晉山數子之作皆蒙睿奬,命鋟梓盛行於世,獨公之詩泯滅而無傳。如晦慨然發憤,於平生往來留詠樓館,與夫相知者之卷軸,旁搜遠抉,僅得二百餘首。此皆公之殘章碎句,至於全篇大作，則皆不得見。如晦之言曰："先君位不滿德，才不盡展，詩又被災而不能盡，寔可歎已。"余則以爲不然。公歷事王朝，二公弘化則雖不若數子，聲名勳業之炳烺，未爲不遇也。文章土苴之緒，亦賴子而不墜。則與世之孱孫劣子覆諸醬瓿者，奚啻霄壤哉？後之人讀公之詩，可以記公之才，知公之德。然則是集之傳，非徒垂輝宗族，其膾炙人口流行於世者，終不艾矣。弘治己酉孟冬上澣，序。

《筆苑雜記》：成文安公任真草隸三法皆妙。先恭惠公曰："仲父獨谷文景公以善書鳴一時。觀汝筆跡似不墮家業。"曰："書法晚乃益進。"嘗書《圓覺寺碑》，光陵嘉歎之："近來書法公最優。"

《慵齋叢話》：世廟設拔英試，一時名臣宰相皆與焉。翌日謝恩，上御思政殿，引見設酌而慰之，御製詩一首，令群臣和之。伯氏亦入侍，附耳語李文質公曰："上常以足下爲迂闊，君可爲戲詩呈之。"遂和云："歌詠聖德欲起舞，大風吹袖助迴旋。"上大笑曰："予以芮爲迂儒，今觀是詩，豪氣有餘者也。"即命內女彈琵琶，用文質所作詩歌之，令文質起舞，極歡而罷。

世祖設內經廳，聚朝士寫經。伯氏與洪益城、姜仁齋、鄭東萊、趙稚圭、李期叟輩常在宮禁，不得出外浪遊。伯氏戲作詩曰："手執毛錐子，辛勤過一春。濛濛花影裏，爛醉是何人。"

余于辛未年間在坡州別墅。一日余伯氏陪大夫人往登珍巖，巖枕洛河，其高千仞，上可坐百許人，西接海門，北與松都相對，松嶽、五冠、聖居諸山如在咫尺，風景勝於鼇嶺。是時日斜，忽飛雨驟集，有虹自巖頭小井入于江中，光輝所照，人面皆黃，腥穢之氣，人不敢近，真天地之淫氣，而古人之言不虛也。伯氏作詩曰："江波渺渺水如空，泛泛漁舟個個同。日暮顛風吹雨過，晚虹時起斷岡東。"

李廣城文章經濟之才俱贍，常自稱國士，其品藻人物少許可，獨與伯氏爲刎頸交。廣成爲都承旨，伯氏爲右承旨，廣城愛一角妓，行蹤詭秘。伯氏尋之所往，作詩云："衙罷歸來日欲低，名花國士兩相攜。誰家巷裏藏車駕，司醞東邊禮部西。"潛以詩付於壁。廣城見之，裂取藏袖裏，自是尤以意氣相許。及廣城遞任，世祖問："代君者誰人？"廣城啓曰："無如成某之賢。"伯氏超拜都承旨。

安齋嘗在玉堂，抄錄《太平廣記》五百卷，約爲《詳節》。又聚諸書及《太平詳節》爲《太平通載》八十卷。

《海東雜錄》：念祖之子。我英廟朝登第，爲人寬厚博雅，善文又能詩，得晚唐體。官至左參贊，謚文安。有集行於世。安齋七歲從師受章句，能通文義。有同舍兒讀《孝經》，公從旁默志之，退而口誦，不失一字。筆法端麗,甚可愛。光廟出内藏趙子昂書,命摹之,其筆力正逼真體。自上稱賞不已,曰:“真天才也。”

【按:成任(1421—1484)字重卿,號逸齋、安齋,謚文安。籍貫昌寧。成俔兄。參與編撰《經國大典》、《輿地勝覽》,改修《五禮儀》。著有《安齋集》、《太平廣記詳節》。《國朝詩删》卷四載其五排一首。其詩華贍。《箕雅》收其五律一首、七律一首、五古一首。】

姜希孟　　字景醇,號私淑齋。希顔之弟。世宗朝登第,選湖堂,參重試、拔英試、登俊試,官至贊成、晉山君。謚文良。

《朝鮮成宗實錄》卷一五一:十四年二月辛巳。議政府左贊成姜希孟卒。輟朝市賜賻弔祭,禮葬如例。希孟,字景醇,晉州人,知敦寧府事碩德之子。性聰慧,喜讀書,一覽輒記。年十八,中生員試。正統丁卯秋,擢文科第一名,拜宗簿主簿。景泰庚午,轉禮曹左郎,歷敦寧判官。癸酉,遷禮曹正郎。乙亥,拜集賢殿,俄遷兵曹正郎。丙子,陞同僉知敦寧府事。天順丁丑,轉判典農寺事。戊寅,遷判通禮門事。頃之,陞禮曹參議,歷吏曹參議,陞中樞院副使,歷吏禮曹參判世子賓客,擢禮曹判書。世祖設拔英、登俊科以試文臣,希孟中拔英第三,登俊第二。世祖嘗品題諸臣曰:“予有臣三第一:韓繼禧微妙第一,盧思愼豁達第一,姜希孟剛明第一也。”世祖不豫,希孟入侍,晝夜不離。及上疾瘳,寵錫便蕃,賜内帑犀帶,仍加崇政。未幾,特拜刑曹判書。成化戊子,南怡誅。睿廟論功,賜柳子光等翊戴功臣號。希孟初不與,上書自列其功。命錄三等,封晉山君。上即位,賜純誠明亮佐理功臣號。未幾,拜兵曹判書,歷判中樞府事、吏曹判書,倚任甚重。有忌之者,作匿名書投大内,譭謗萬端。上御書敦諭,至有“予不疑卿,卿不疑我”之言。希孟奉閲感泣。自遭譭謗,再三上書辭職,上不允,委任益加,累歷判敦寧,陞左贊成。爲人恭謹愼密,當官涖職,動合事宜。博覽經史,多識典故,參定禮制。爲文章精深雅古,操紙立就。至是以疾卒,年六十。有二子:龜孫、鶴孫。龜孫登己亥科。上雅重希孟文章,命撰次詩文。有《私淑齋集》若干卷行於世。謚文良:勤學好問,文;溫良好樂,良。史臣曰:“希孟博覽強記,爲文章典雅精絕,一時儕輩無能出其右。但平生迎合主旨,以希恩寵。世祖駕幸金剛山,有異鳥盤舞空際。世祖以爲佛力妙應,希孟在都聞之,遂撰《青鶴頌》以進。世祖嘗酒酣,戲語左右曰:‘吾欲横行中土。’希孟以爲實然,乃撰一書以進,名曰《國勢篇》,多有諛辭。世祖見之曰:‘此不可使聞於人也。’即還之。又自列其功,得參功臣。爲吏曹判書,得謗亦多。雖有詞藻之美,何取?”

《**懶齋集·私淑齋行狀**》:公自少專意讀書,不事他技。性又聰慧,一覽輒記。年十二,斯文先生金禮蒙見公於山房,奇之。寺前有古木,即占韻口號。公應聲曰:"一株古木帶春風,獨立空山杳靄中。想得年年花雨後,幾枝零落幾枝紅。"金先生嘆賞不已。

《**私淑齋集·舊序(徐居正)**》:先生天資卓越,涵養既久,積學能文。在世宗朝擢魁科,踐歷文局。攻文章,渾涵浸郁,大放以肆,爲時輩所推。及我世祖右文之時,大展厥材,拔英試中探花,於登俊居榜眼,遂蒙顯擢,爲大宗伯,爲大司寇,聲名藉甚。際會我聖明,參勳烈,長六卿,貳巖廊,經幄論思,黼黻至治。凡朝廷制作出公亦多,至如應世酬答之文亦極奧妙。汪洋乎大篇,舂容乎短章,渢渢有大雅之音矣。居正與先生周旋館閣終始凡四十年,知先生最深。先生之於文章雖天分至高,亦有家法淵源之正。先祖通亭先生以文名顯於前,先大夫戴愍公趾美於後,先生與伯氏仁齋齊名一時,藹然有蘇家之風。居正嘗論通亭之端麗,戴愍之簡潔,仁齋之冲澹,各有所長,而先生集衆長而一之者也。

《**東閣雜記**》:姜文良公希孟爲刑曹判書,剖决明敏,獄無囚人。舊例以圄空啓之則有賞,下僚欲啓之,希孟不聽。後沈貞爲判書,亦一日獄空。方欲啓知,適有捕告犯牛肉者。貞語老吏曰:"鹿肉甚似牛肉。"吏揣其意,即論以鹿肉釋之。遂啓獄空蒙賞。時己卯士類或死或竄配者甚多,貞實下手,而反欲得刑措之名,其矯誣無忌甚矣。若希孟之撝謙,可謂有君子之度矣。

《**筆苑雜記**》:姜文良公希孟曰:"宋朝朋黨之患,起於寇萊公搏擊人物。其流之弊,雖程朱亦不免於黨。今觀年少氣鋭新進儒士,日以搏擊人物爲事,弊將何如?"

《**謏聞瑣錄**》:辛丑春,晉山姜文良公爲天使遠接使,西都妓曾薦枕者已老,公憫之,有詩曰:"十年重到關西地,妓已皤皤客又翁。"率至龍灣,遣還有詩曰:"浿江重見老倡兒,隨我他年有好期。自說龍灣曾訪處,欲從車馬勝遊時。閑吟鐵笛誇新巧,略掃花鬟愧漸稀。不覺半途雲雨散,獨來孤館轉孤危。"又題其扇曰:"吾猶黑鬢汝紅裙,醉把長琴上統軍。重到龍灣真似夢,不妨吹破滿紅雲。滿紅一作滿江""十二年前贈別離,重來相見夢耶非?鏡中不識容華變,猶把情悰說舊時。"其後,妓益老而落籍,每使客至西都,妓必以扇詩呈之,多蒙賞吟賙給之優。

《**海東雜錄**》:自號私淑齋,又號雲松居士,或稱菊塢。仁齋之弟。我英廟朝擢嵬科。詩文醞藉精深,渾涵浸鬱,大放以肆,雄深雅健似司馬子長,汗瀾卓犖似韓退之,簡古精密似柳柳州,俊邁奔放似廬陵文忠公,爲時所推。

《**惺叟詩話**》:姜景醇《養蕉賦》極好,其《病餘吟》曰:"南窗終日坐忘機,庭院無人鳥學飛。細草暗香難覓處,淡煙殘照雨霏霏。"《詠梅》曰:"黄昏籬落見横枝,緩步尋香到水湄。千載羅浮一輪月,至今來照夢回時。"皆閒雅可愛。

《晴窗軟談》:姜私淑之詩文俱精緻興雅,自是四佳之敵,而其規模之大不及四佳。

【按:姜希孟(1424—1483)字景醇,號私淑齊、菊塢、雲松居士、萬松岡,謚文良。籍貫晉州。姜碩德子,姜希顔弟。文科及第。著有《私淑齋集》今傳。其詩簡潔閒雅。《箕雅》七絕四首、五律二首、七律一首、七古一首。】

成　侃　　**字和仲,號真逸齋。任之弟。世祖朝登第,官止修撰。三十而夭。**

《燕山君日記》卷一:卽位年十二月庚辰。俔與其兄任、侃皆有文名,而頗惑釋教,士林以此少之。今觀俔所啓,其家世佞佛,蓋不誣矣。

《虛白堂集·眞逸先生傳》:眞逸先生者,余之仲兄氏也。少伯兄氏七歲。伯氏鼓篋於黌,而先生猶童丱嬉戲。然其心志磊落,每長嘯望天曰:"男兒生斯世,當倣郭子儀、李光弼之爲人,豈可效埃壒間缺缺者哉?"持杖立門,人有過之者稍或不敬則抶之,人皆以爲難當而莫敢近。家君拜執義,諸監察隨例來謁。有李潅殿中者就撫先生頂曰:"我是汝父之同年也。"先生瞋目叱之曰:"我父爲中丞貴官。汝於何處弄松子丸,尚爲卑下職乎?"卽以杖抶之。左右皆絶倒。身雖放蕩不檢,而聽人讀書,默記其語。年十五赴司馬試,人皆操筆苦吟,先生不措一辭,只盡冠蓋人物於砌間而已。旁有老儒嘲曰:"何許小兒?不吮母乳而浪遊如是。"先生答曰:"此吾遊街像也。"日夕,持紙兩端,筆下如雨,竟擢其試。放榜之日,人有譏之者曰:"此兒乃借手也。"先生發憤讀杜詩千遍,豁然大悟。凡書之文理聱牙未曉之處,潛心究得,迎刃而解,由是《六經》子史無不通熟。常夜以繼日,不弛衣帶,脅不寢席者十餘載。性度虛明,聰又過人,一覽輒記,凡幽經僻籍無不探討。聞人有美書,則不憚艱苦,百計求而得之。雅籤插架,充牣棟宇。每閉戶飜書,不窺門閾。麤衣弊冠,處之怡如。常購《史記》不得,聞孝寧大君有善本,躬謁白其所以。大君嘉其篤學而與之,先生以帶纏而負之。行過大市,忽帶斷,亂墜于地。市人爭咻之曰:"狂措大也。"先生徐而整之,不顧而去。先生博覽強記,手不釋卷。爲詩文豪放奥健,森有法度,不落俗人窠臼。倪侍講奉使到本國,先生代人作送行詩。侍講見之不覺屈膝曰:"東人辭藻不減中朝矣。"先生又能通於雜藝,天文地理醫藥卜筮書畫算術譯語音韻,皆盡精微而得奥趣,雖善本業者莫敢枝梧焉。以故連不得志於有司。歲癸酉,年二十七,擢文科第三,拜典農直長,選入集賢殿爲博士。諸學士讀書有疑處皆質於先生,先生隨問而答,如冰釋而無留焉。又自博士陞爲修撰,先生心慨然曰:“余於文學雜藝無所不知,但未知樂耳。”遂操琴學鼓,不數月手臻要妙,洞曉律吕。生平做業大勤,不少懈弛,故氣弱身羸,清癯瘦骨,未免爲山澤之容。歲丙子,文儒煽亂伏誅,罷集賢殿。先生移拜正言。未出官,得疾而卒。年三十。常自占其命曰:“吾遇丙子凶。”至是其言始驗。贊曰:“以先生之學也,而不能以素藴施之事業;以先生之才也,而不能黼黻皇猷以鳴盛世。以先生之仁也,而年未過三十;以先生之賢也,而二子踽狂不能幹蠱。賈太傅遇漢文而卒夭於長沙,黄叔度以萬頃之波不能澤潤生民。先生其類此也。

《四佳集·眞逸遺稿序》:嗚呼和仲!予尚忍序其詩乎?予與和仲之兄重卿氏相善。和仲氏少予七八歲,嘗兄予。又與和仲兄弟同在鑾坡者數年,相知最久,相得最深。和仲氏平生有大志,於學無所不通,於書無所不讀,縱横馳騁,辯博精深。爲文章益自奮鋭,務似古人,不落時俗窠臼。至於談論時事,出入經史上下古今,矻然有經世之志。但其用心勤苦,疾病沈綿,遽爾長往。重卿氏哀其早逝,裒集遺稿爲一帙,屬予序。嗚呼和仲!尚忍序其詩乎?予嘗以謂天地英靈之氣,鍾於人而爲文章,發而爲功名事業。天既與斯人以文章,宜其不奪於時命也。奈何文人才士,或困於屢空,或阨於不遇,或固之以疾,或不假以年,懷奇抱藝不大以遠者古今常有。是何造物者之戲劇於人者至是耶?和仲之于文章所養既深,所見亦卓。根於心發於辭者高古冲澹,温厚雅贍,蔚然成一家,有古作者之風。若使遭遇顯隆,奮肆揄揚,以鳴國家製作之盛,其所施夫豈小哉?斯人也,有是才無是命,階不過六品,壽不踰三十。不盡所長,不大厥施,是不亦天之與和仲者雖厚,而奪和仲者甚酷耶?嗚呼和仲!予尚忍序其詩乎?予徐思之,古君子貴立言,立言者名不朽。今是集之傳,足以動人耳目,垂耀後世,其視僥倖富貴,誇詡一時,死無令名者不啻天壤矣。是寧知奪和仲者,乃所以厚和仲也,和仲氏眞不亡矣。是可書也。成化紀元之三年龍集丁亥重陽節,資憲大夫刑曹判書兼藝文館大提學達城徐居正剛中敘。

《眞逸遺稿·序(成俔)》:公諱侃,字和仲,先考恭惠公之仲子。宣德丁未生於京都。少時放蕩不羈,常持杖日遊閭巷,人固難當。年十三折節就學。歲辛酉,年十五中進士試。自是篤志力學,夜以繼日,未嘗解衣而寢。壬戌,與伯氏讀書于曉日寺。癸亥,又與伯氏居冠嶽寺。甲子,與伯氏俱下第,在衿州之三藐寺。乙丑,伯氏爲厚陵直。公與蔡子休等讀書於興教寺。仍遊松都,還向開慶寺,其間多有所作。丙寅往檜巖寺。丁卯又下第。時先考爲松都留守，公隨往，仍訪古跡。庚午夏，遇先考喪，哀毁得疾，終歲彌留，未克居於廬側。明年辛未，病稍愈。又明年壬申夏，與伯氏及李子野兄弟李季彭等，祗往松都，遊天磨、聖居、五冠、松岳諸山，凡諸勝境無不搜訪，作《遊山録》一帙。癸酉春登文科第三，特拜典農直長，移入集賢爲博士。日隨群彦相與酬唱，大抵國家制教多出其手。甲戌陞爲修撰。丙子群奸煽亂，相繼伏誅，而公自集賢移爲司諫院左正言。未就官。是歲七月以病卒，年三十。合葬于夫人李氏之墓。夫人，卽監察李成寧之女，亦世族也。公務於博覽，凡《四書》、《六經》、諸子百史，無不精敦。至如天文地理，醫藥卜筮，書畫算術悉皆通曉。其聰明過人，一覽輒記，未嘗遺忘。嘗謂人曰："文章技藝我皆能矣，所不能者惟樂也。"仍學琴於金瞍，稍知音律。又嘗自卜其命曰："余年過三十。足矣。"至是果合其數，人皆服其有先知也。玉堂諸輩學有所疑，咸就質問。公剖析玄趣，議論風生。諸輩相謂曰："我輩於學只知一隅，至如和仲並通雜術，故凡看文字觸處皆通，終不可及也。"聞其卒，曰："東方無文星矣。"知與不知，皆痛惜之。其平生所與交者，金文良、徐剛中、李胤保、姜景醇、盧子胖、任子深、李子野、李平仲、金頤叟、崔勢遠，皆一時名士也。

《慵齋叢話》:集賢諸學士上巳日遊城南，和仲氏亦與焉。和仲新及第，有文名，故邀之也。學士分韻爲詩，和仲得"南"字云："鉛槧年來病不堪，春風引興到城南。陽坡芳草細如織，正是青春三月三。"諸公閣筆皆不能賦。及爲博士，與提學李伯高在鑾坡，伯高占聯句云："玉堂春暖日初遲，睡倚南窗養白癡。鳴鳥數聲驚午夢，杏花嬌笑入新詩。"和仲次云："乳燕鳴鳩書刻遲，春寒太液柳如癡。鑾坡睡破無餘事，時展蠻箋寫小詩。"又遊藏義洞造紙署，爲辦宴具，有妓數人，亦有僧數人。和仲亦占一句云："有花有酒仍有山，賓歡主歡僧亦歡。不辭酒後兩耳熱，飛泉灑面令人寒。"伯高曰："不如改'令人寒'爲'聲聲寒'。"

《筆苑雜記》:成修撰侃自幼博覽廣記，無書不讀。經史百家諸子天文地理醫藥卜筮道經釋教算法譯語，皆涉獵其徑庭。聞士大夫朋友之家有幽經僻書，亦必求見乃已。予之在集賢殿，侃求見藏書閣中秘書。予曰："內秘書不宜輕示外人。"難之。一日獨儤直，忽聞謦欬聲，乃侃也，求見秘書益切，乃許之。終夜張燈，不交一睫，閱之幾盡後，言："閣中書籍體制卷帙，亦不少差。"後十年，侃亦登第，入集賢殿。長坐閣中，左右書籍，窮日盡夜，閱盡群書。同列以"書淫傳癖"譏之。然讀書過勞，消瘦成疾，年三十而卒。惜也。

《青坡劇談》:昌寧成侃和仲，少以文章鳴，有《真逸集》傳於世。爲人貌不揚。集賢殿有燕會,必邀和仲爲坐客,由是士林謂貌醜者爲“坐客”。其弟俔磬叔,貌似乃兄,而亦有文。韓山李二相坡平仲,自以風彩當世第一,而面上有髯。有戲公者,比之尹吉生中樞,李甚病之。蓋尹貌險而多髯故也。吾家有燕集,洪政丞益成及李公、成公與諸宰相盛會,時成爲司饔院正。李目成朗吟曰:“有客有客成饔正。”諸公不解其意。平仲自釋之曰:“有客之客,坐客之客也。”成立對曰:“于偲于偲尹吉生。”滿坐無不失聲絕倒。時玄四宰碩圭貌陋,嘗以議政府舍人詣一大相宅,婦人自窗隙窺而笑之。成以翰林亦進其宅,婦人不覺失聲曰:“前日舍人雖陋而如人,今之翰林不似人形。安得而不笑?”世祖嘗策士,見成笑曰:“汝雖才貌甚陋,他職則可。承旨地近,必不可也。”至今謂成爲“御覽坐客”。

昌寧成侃和仲,少以文章鳴,然爲人歇後。爲集賢殿修撰,有白事於大提學。聞大提學坐義禁府,直入請謁,既行禮而復入跪,則皆本府堂上也。成仰視之,慚赧蒼黄而退,滿坐爲之劇笑。時謂“成修撰請謁”。

《海東雜録》:真逸齋偶書一絕曰:“白日春天萬里暉,祥麟威鳳共乘時。三更月落村墟黑,留與狐狸假虎威。”佔畢齋評云:“謂當清明之朝或有竊弄威福者,詩意似有所指。”朴仁叟批云:“此詩多有奇氣,名不虛得。”

匪懈堂好學,一時名儒無不締交,聞成真逸有名,伻人邀之。真逸往謁,賡賦亭中諸詩,詩語高絕。遂敬待而送之,期以再會。母夫人謂曰:“王子之道,當閉門麾客,謹慎無他。豈有聚人作朋之理?其敗可待。汝勿與交。”其後再三招之,皆不赴。後敗死。人皆服夫人藻鑑。

《惺叟詩話》:東詩無效古者,獨成和仲擬顔、陶、鮑三詩深得其法,諸小絕句得唐樂府體。賴得此君,殊免寥寂。

《小華詩評》:真逸齋成侃……《途中》詩曰:“籬落依依半掩扃,夕陽立馬問前程。翛然細雨蒼煙外,時有田翁叱犢行。”説景如畫。……其《囉嗊》詩曰:“爲報郎君道,今年歸不歸。江頭春草緑,是妾斷腸時。”“郎如車下轂,妾似路中塵。相近仍相遠,看看不得親。”“緑竹條條勁,浮萍箇箇輕。願郎如緑竹,不願似浮萍。”其此詩之謂乎?

《楓巖輯話》:成真逸侃,字和仲,任之弟,俔之兄也。夢見李提學塏爲龍,白家攀龍飛渡江,江岸草木人物皆非人世所覩。未幾,伯高被誅,真逸亦病。病中作詩,書之云:“西風拂嘉樹,零露發華滋。我亦一天物,玉汝來有期。”翌日逝。

【按:成侃(1427—1456)字和中,號真逸齋。籍貫昌寧。成任弟。柳方善之門人。文科及第。任修撰,身爲集賢殿博士文名卓越。擅長書法,尤善詩賦,《宮詞》、《新雪賦》等作品傳世。著有《真逸齋集》今傳。其詩高古冲

澹,溫厚雅贍。《箕雅》收其五絶三首、七絶六首、五古二首、七古三首。】

許　琮　　字宗之,號尚友堂。陽川人。世祖朝登第,才兼文武,身長十一尺二寸。官至右議政、陽川府院君。謚忠貞。

《朝鮮成宗實錄》卷二八七:二十五年二月癸酉。右議政許琮卒。輟朝賜賻弔祭禮葬如例。琮字宗卿,高麗侍中珙之後,志氣沈遠,少與友同棲,偷兒盡取衣屨以去,諸人咸懊恨,琮怡然不介意。景泰丙子中生員試,天順丁丑中文科第三名,初授義盈庫直長兼世子右正字,己卯授通禮門奉禮郎知製教。世祖嘗命習天文,時適見日食,琮推算食分以進,并疏斥異端、開言路、節遊畋、御經筵等事,言甚鯁峭,命召入,詰之曰:"十旬不返,以麪代牲,予無是失,而汝以夏康、梁武比予,何耶?"佯加威怒,命捽下杖之。琮略無懼色,應對不差。上曰:"眞壯士也。"遂命進爵,進退雍容。俄授兼宣傳官,上分授諸名臣,使讀佛經曰:"琮不喜佛,其勿授之。"庚辰拜平安道都節制使都事,辛巳拜刑曹都官佐郎,壬午拜咸吉道觀察使都事,遞爲正言。癸未拜持平,遷成均直講兼藝文應教,甲申陞司藝。時韓明澮爲平安道巡察使,以琮爲從事,每有事當稟旨,必遣琮。是年冬擢授承政院同副承旨,成化乙酉拜嘉善咸吉道節度使。丙戌春丁父憂,康孝文代之。丁亥李施愛殺孝文以叛,起復爲節度使,及賊平,琮從容鎭定,北方賴以安。賜精忠出氣布義敵愾功臣之號,階加崇政,封陽川君。戊子以母病召還,己丑爲平安道觀察使,數月徵還,俄拜大司憲。有賊張永奇起全羅道,以琮爲節度使,賊就擒召還,未幾拜兵曹判書,辛卯賜純誠佐理功臣之號,丁酉拜禮曹判書。是年建州野人寇遼東,命琮巡察平安道,冬拜議政府右參贊,尋陞左參贊。戊戌上將廢妃,人莫敢言,獨琮引漢光武、宋仁宗之失,力陳不可,上意解。秋丁祖母憂,庚子起復爲平安道巡察使,辛丑拜戶曹判書,壬寅陞議政府右贊成,癸卯兼世子貳師。乙巳丁母憂,丁未秋拜吏曹判書,戊申翰林侍講董越、給事中王敞奉詔來,琮爲遠接使,應對周旋中度,兩使敬服,臨別至出涕曰:"望公早時朝京,使中朝知海外有此人也。所不知者天上,人間則無雙。"秋移兵曹判書,尋加崇祿,己酉,永安道訛言起,人心不定,命琮爲觀察使,進階輔國崇祿。辛亥秩滿當遞,將征尼麻車,故仍之。命乘遽入覲,面陳方略,遂以爲北征都元帥。琮受命還部署,諸將抵虜部落,虜皆畏遁,遂焚蕩室廬而還。上遣都承旨鄭敬祖齎宣醞迎勞。壬子進階大匡輔國崇祿議政府右議政,至是病篤,上遣中官安仲敬問後事,琮已危,開目喉語曰:"願殿下愼終如始而已。"享年六十一,謚忠貞:事君盡節,忠;直道不撓,貞。史臣曰:"琮性寬厚簡重,姿表秀偉,鬚髯亦美,人望之知其爲大人君子,雖倉卒未嘗疾言遽色。

臨事確然,不以人主喜怒爲遷就。博覽書籍,旁通雜藝,尤深於性理之學。平生不治産業,所居湫陋,處之泰然。才兼文武,望重將相,以身繫國家輕重,而北征之舉,時議惜之。”

《海東繹史》卷六九:孝宗即阼之初,以右春坊右庶子兼翰林院侍講寧都董公越、工科右給事中上元王公敞頒詔於朝鮮。宗卿時爲館伴,繼和之作綽有唐人風格。句如“春歸飛鳥外,天闊落帆中”,“細雨全沉樹,孤城半帶煙”,“東風菼蔓水,斜日竹枝歌”,“風急搏羊角,波翻起雁群”,“官橋晴曬網,野渡晚維舟”,俱清婉可誦。董公爲作序,稱其“音律諧暢,蕭然出塵”,非虚譽也。董公後仕至南京工部尚書,贈太子少保,謚文僖。王公亦仕至太子少保、兵部尚書,贈太子太保。宗卿祖愭字原德,官奉常,有《梅軒集》。曾祖錦,字在中,官判書,有《野堂集》。見龔、吳兩公序。《靜志居詩話》

《龍泉談寂記》:許忠貞公琮自少氣宇沈毅。常于行路中,未嘗目左右,凝然若沈思者,或至迷途。嘗結同儕讀書,偷兒夜入其室,盡將衣屨去。諸伴莫不懊恨,公獨怡然不以爲意。取筆書壁上曰:“既奪我之衣兮,宜吾鞋之莫偷。既奪衣又偷鞋兮,竊爲盜先生不取也。”識者始服其量。及釋褐,調軍器直長。光廟簡文官習天文,公研窮推步法。時適見日食,公推食,公書進,尾繫以疏,斥異端絕游畋開言路等事。趣召内閣,摘疏中語。佯加威怒以試之曰:“予無十旬不返以麵代犧之失。爾何以比予于夏康、梁武?”命力士捽下,以圓杖杖之,傍侍股栗。上又取匣劍横膝上,令曰:“見吾劍拔盡匣,則即行斬。”遂徐徐拔出,霜刃照人閃閃。拔垂盡,力士方挾斧鑕,目其劍以待之。公猶不變對,隨問無錯。上還納匣中曰:“真壯士也。”以晚見爲恨,命進酌。公從容起洗杖血,裂衣裹之,就尊所斟滿以進,進退頗雍容。上大奇之。終至大拜。

逮迴旋臨鴨綠江祖餞,彼此俱有惜别之色。忠貞作一絕云:“青煙漠漠草離離,正是江頭欲别時。默默相看無限意,此生何處更追隨。”董使覽而悦之,即次曰:“重上蘭舟話别離,相逢莫道更何時。簷花細雨挑燈夜,兩地應知有夢隨。”因相視不覺涕下。信乎!情志同歸,不問風土也。

《稗官雜記》:弘治戊申,董侍講越、王給事敞來頒登極詔。許忠貞公琮以遠迎使候於義州。兩使嘗矜持,視人蔑如。左右執事者小失尺寸,則必詬怒:“我非爾國貂璫,敢爾無禮耶?”蓋往時奉使者多我國人朝宦寺,故有是言。及見公長身玉立,衣冠偉然,兩使瞿然相目曰:“堂堂哉若人。”自是嚴稜漸消。左右雖或迕意,皆不問。每見公必留語,從容相與討論經史,或至夜分而罷。一日王給事語及嘗奉使遊蜀,公問:“入蜀有二路。陸由褒斜,水由荊門。公由何路?”給事曰:“由江而入。”公又問:“聞江出岷濫觴,至夔東峽極險，至夷陵始漫流，信否？”因舉江至某某地焉，某某水沿江上下，襄樊荊鄂數千里間山川遠近、戶口多寡，以至古今英雄豪傑並吞割據，歷歷縷數。兩使心服，前執公手曰：“若非胸藏萬卷，何能如此？”公問中朝典故，雖宮禁隱密，皆爲公盡言，略無所諱。……其後艾郎中璞奉事而來，爲人傲狠，遇卿相貴人，皆睥睨不爲禮。然入境首問公起居，及見公斂容屏氣，送迎鞠躬，甚禮重之。

《惺叟詩話》：鄭湖陰少推伏，只喜訥齋詩……又云：“許宗卿有‘野路欲昏牛獨返，江雲將雨燕低飛’之句，可與姜木溪‘紫燕交飛風拂揚柳，青蛙亂叫雨昏山’之語相當也。”

《芝峰類說》：許琮《別董越天使》詩曰：“青煙漠漠草離離，正是江頭送別時。默默相看無限意，此生何處更相隨？”天使見之垂涕云。蓋詩格不甚高，而語意懇到故也。權擘《別董天使詩》曰：“不知後會期何日，只是相思隔此生。”柳根《別熊天使》詩曰：“江西海外前緣在，天上人間後會難。”未知孰勝。

《菊堂排語》：弘治元年戊申，成宗大王十九年也。正使翰林院侍講董越、工科給事中王敞來頒登極詔。遠接使史吏曹判書許琮。兩使於路上遇奇勝則必住馬吟賞，副使坐松下詩曰：“空山落日翠煙微，點點歸鴉向北飛。坐久酷臨風景好，春寒不覺透羅衣。”正使次曰：“盤礡松陰坐翠微，隔林斜日亂煙飛。江南三月無邊景，到此偏傷未拂衣。”遠接使次曰：“一村桑柘夕陽微，芳草萋萋柳絮飛。已過蘭亭修禊後，風寒猶未著春衣。”正使重遊大同江有“壺觴又勸歸來客，詩句難留過去春”之句，兩使詩俱清贍。蔥秀山之蔥字，舊用聰字。正使謂遠接使曰：“峰巒削出如清蔥，胡易聰爲蔥字。”蔥秀用蔥字，自董侍講始。

【按：許琮（1434—1494）字宗卿、宗之，號尚友堂，謚忠貞。籍貫陽川。許琛兄。醫術高深，與盧思慎、徐居正等注解《鄉藥集成方》，編撰《新撰救急簡易方》，著有《尚友堂集》。《續東文選》卷六載其五律一首，卷七載其七律三首，卷九載其七絕二首。其詩音律諧暢，清婉可誦。《箕雅》收其七絕二首、五律一首、七律一首。】

金宗直　　**字季昷，號佔畢齋。善山人。世祖朝登第，官至刑曹判書，謚文簡。文章冠一世。燕山時禍及泉壤。**

《朝鮮成宗實錄》卷二六八：二十三年八月己巳。知中樞府事金宗直卒。輟朝賜賻祭如例。宗直，字季昷，善山人。成均司藝叔滋之子。景泰癸酉中進士。天順己卯中文科。世祖罷集賢殿，選能文之士十人兼藝文，宗直與兄宗碩俱選入。上即位,依集賢殿增藝文館員額,選文學之士充之,皆帶經筵,宗直爲修撰。以親老乞郡,出爲咸陽郡守。成化乙未,秩滿,授承文院參校。尋以母老辭職,除善山府使。己亥,丁母憂。服闕,居金山村野。壬寅,召拜弘文館應教。未幾,超拜直提學,陞副提學,拜承政院同副承旨,轉至左副,擢拜都承旨。俄陞嘉善吏曹參判,兼同知經筵。時經筵堂上,但參侍朝講。上特命宗直進讀,仍參晝講。宗直久爲同知經筵,未有建白,名望稍減。丁未,出爲全羅道觀察使。弘治戊申,拜工曹參判。己酉,陞資憲刑曹判書。患風痹,賜告不愈。遷知中樞府事,乞浴東萊溫井,因歸密陽舊第,上章辭職。上親制不允批劄以賜之。至是卒。初諡文忠:道德博文,文;廉方公正,忠。後以臺駁,改諡文簡:博文多見,文;居敬行簡,簡。宗直自號佔畢齋,所著文若干卷,所撰集《青丘風雅》、《東文粹》行於世。

《虚白亭集·刑曹判書兼同知成均館事諡文簡金公神道碑銘并序》:德行、文學、政事,自孔門高弟未有駢之者,况其外乎? 是故才優者行缺,性素者治拙,此恒狀也。若吾文簡公則不然。行爲人表,學爲人師,華國有萬丈文光,臨民有去後遺愛,生而上眷遇,歿而衆哀慕。何公之一身關輕重也乃爾! 公諱宗直,字季昷,嵩善人。自號佔畢齋。公天分絶人,總角有能詩聲,日記數萬言。積學以爲文,年未弱冠,䆄然有大名。初中景泰癸酉榜進士,次捷天順己卯科,遂選補承文院正字。時咸從君魚子益、牙城君魚子敬皆有時名,爲本院先進。子益見公詩,大歎曰:“使我執鞭爲奴隸,當甘受之矣。”爲人短小,子敬戲之曰:“季昷,人若劫奪其才思,則直一童蒙耳。”聞者胡盧。歷遷至本院副校理,轉監察。殿中適入對,忤旨罷。起爲嶺南兵馬評事,遷校書校理。時上初卽位,開經筵,特設藝文館招文學之士,同時被選者凡十數人,而公其尤也。未幾復出爲咸陽郡守,其治以興學校育人才爲本,興除利病,安民和衆爲務,政成爲嶺南第一。既官滿當遞,上曰:“某治郡有聲,其優遷。”於是陞拜承文院參校。是歲適當重試式年。公曰:“重試是文士驟進之階耳,吾不願爲。”竟不赴。物論高之。未幾又出爲善山府使,其治一如咸陽焉。先是凡三出外,皆爲母也。至是母卒,廬於墓三年,喪禮一遵朱文公儀。服闋,築書堂于金山黄嶽下也,池其旁而種之蓮,扁其堂曰景濂,蓋竊慕無極翁也。日吟哦其中,無意人世事。尋以弘文館應教徵,辭以疾,不許,不得已而起。公入侍經筵,語不長而意暢,講讀甚善,故眷注偏傾。自應教至承政院左副承旨,足不停輟。時都承旨缺,特命超授,公辭不敢當。教曰:“卿文章政事足以堪之。勿辭。”未幾陞吏曹參判、同知經筵事。舊例,同知事不進讀,且侍朝講而已。至是特命公進讀,兼侍晝講,其見待之殊如此。後觀察湖南,不動聲色,一路肅然。入拜漢城右尹,轉工曹參判,尋特陞刑曹判書。弘治己酉秋，以病辭，移授知中樞府事。欲謝病歸，久未敢。一日，請浴東萊溫井，許之。因臥密陽田莊不還。聖恩特許勿遞前職，三辭不允，至親製批答賜之。疾革，遣内醫賜藥。壬子八月十九日卒，年六十二。訃聞，輟朝二日。命本道庀喪事，用某年某月日葬某原。太常議諡曰文簡，君子曰稱。命禮官賜祭，天官賜諡，禮也。公之考曰叔滋，成均館司藝，贈戶曹判書。……公少時，戶曹病且瘦，公憂傷，作《籲天賦》。大夫人在，公未嘗安于朝，常乞郡奉養。伯氏客京師死，公奉柩歸葬故里，撫其孤如己出，教誨使成立。伯氏又病癰疽，云餌蚯蚓汁良，公先嘗以進，果效。其孝友天至如此。凡居官莅民，居簡以御煩，主靜以制動，故所在不露形跡而事理，而民不犯法。平時待人接物渾然和氣，至如見凶人，未嘗少恕，於稠人中公言詆之。性廉，非其義，不以一箇取諸人。唯耽於書史，至老忘倦，故平生所得浩溥。四方來學者，隨其器之大小，各盈其求而歸焉。苟經品題，便成佳士，今之以文鳴于世者太半皆是。至若今戶曹参判曹公大虛及曹佺子眞、曹伸叔奮，皆公之婦弟也；康咸安伯珍，公之外甥也。一何公之門之萃聞人耶？世以此益奇之。公所纂《青丘風雅》、《東文粹》、《輿地勝覽》行於世。公歿而其所著詩文尤見貴。大虛公撰次本集，纔成卷帙，上命入内，故外人時未得見者多。

《佔畢齋集·附錄·年譜》:（略）

《佔畢齋集·後序（金紐）》:吾東方道學宗派發源於圃隱鄭先生，冶隱吉先生受業於圃隱之門而得其正脈，曾王父直提學江湖先生又學於冶隱之門，接其統緒而傳之家庭。則王父佔畢齋先生學問淵源之粹然一出於正，爲如何哉。竊聞當時名賢俊士出於先生之門者不止十數焉，寒暄、一蠹、梅溪皆其所獎發，而静菴、晦齋、退溪諸賢相繼而起，上以接洙泗濂洛之統，下以開億萬年無疆之休，先生繼往聖開來學之功豈不偉歟？嗚呼！先生易簀後七年，不幸昏朝亂政，權奸煽禍，禍及泉壤，至使遺文殘稿亦不得脱焉。追想其時風色，可勝嗚咽哉。伏念先生天分甚高，文章道德師範一世，事親而克其孝，事君而盡其誠，惟其根本之植於内者確乎不拔，故英粹之發於外者焕乎有文。成廟擢居文昌，恩顧彌渥，倡明濂洛之道，排斥佛老之言。講論惟精，深得聖賢之奥；教誨不倦，蔚有人才之興。後學仰之如山斗，稱之以海東夫子。而戊午甲子大禍之餘，佔畢齋名號爲世大忌。則紀年師友錄之不傳於世，勢固然矣。今其遺風餘論日就埋滅，而至於言行之概亦未有表著而爲徵於後世。不獨爲不肖孫之羞，抑豈非斯文之不幸耶？瞻仰世德，不勝感悒之懷。輒採諸賢所錄，收拾於世傳書籍及傳聞之末，述其紀年，敍其門人。以俟知言君子有所考焉。萬曆八年庚辰秋七夕後一日，孫進士紐敢撰。

《惺所覆瓿稿·金宗直論》:天下有私其利而竊其名者,而世以爲君子者,則人信之否?曰:吾未之信也。何以未斯之信耶?以爲私歟?以爲竊歟?則雖出於道德仁義,亦未免假爲,況利與名歟?既已私其利竊其名以誣一世,自享其榮祿,則固當畢智殫慮,求稱其職分之當爲,可以少補其失。乃反曰"榮祿非吾志也",偃然徒朱其軒,徒赤其紱,以終其身。則其罪不容誅矣。金宗直,近世所謂大儒也。少嘗不肯仕,先廟迫令赴舉,不得已登第,亦出入於侍從華顯矣。乃稱母老而勉仕。及母以天年終,猶仕不止。其門人金宏弼或規其無建白,乃曰:"仕非吾志,故不欲也。"若宗直者,眞所謂私其利竊其名,偃然徒朱軒赤紱者也。當靖亂日,宗直非有祿食如彭年、三問輩,非素蒙恩如時習也。特一鄉曲眇然韋帶之士,於舊君無可死之義,其不肯仕,固已僞矣。雖僞而已立其志,則上縱逼之,矢死不赴可也。乃若怵禍而黽勉赴之者然。既釋褐,珥筆記言而挾策伏細旃,又以專城享其母,其私其利者矣。又欲竊其名,號之於人曰:"吾有吾親,吾終守西山之志。"既脫母制,則受敎之命,十年之間躐取大司寇,宜若休矣。猶貪戀不去,尸位素餐,不爲職分之當爲。及其門人言之,則爲遁辭以答之。是果可爲君子,而罪當誅矣。世之至今稱其人不替,何哉?余竊覸其爲人,不過剟拾家學,爲文墨以自拔者。而其心則黠,欲高其名,以聳動一世人而惑主聽,爲竊利地。既售其計,則忖其才不足於康濟,故似若可裕爲而不肯者,爲藏拙之端。其亦巧矣。其作《義帝文》、《述酒詩》,尤爲可笑。既仕則是我君,而乃詆之不遺餘力,其罪尤甚。身後之禍非不幸,而抑天怒其黠且巧,假手於人,以顯戮之耶?余憫世之人不求其形跡,徒崇其名,至今推以爲大儒。故特表而著之。

《謏聞瑣錄》:金文簡公宗直《訪孫克謙林園》詩曰:"十室卑湫地,閑園數畝荒。松爲一柱觀,菊作百和香。小砌蘭承露,踈籬柿得霜。主人年八十,燕坐惜頹光。"此即村老園林詩。《宿踏溪驛》詩曰:"古樹獰飆攪,荒林片月孤。官胥來督傳,郵婦泣供廚。鼠竄殘殘戶,星馳急急符。誰知燈影下,危坐恨非夫?"此即殘驛詩。《齊雲樓快晴》詩曰:"雨脚看看取次收,輕雷猶自殷高樓。雲歸洞穴簾旌幕,風颭池塘枕簟秋。菡萏香中蛙閣閣,鷺鷥影裏稻油油。憑欄更向頭流望,千丈峰巒湧玉虯。"此即城樓雨後登眺詩。《雪後發古阜向興德》詩曰:"一夜湖山銀界遙,瀛州郭外馬蕭蕭。村家竹盡頭搶地,野樹禽多翅綴條。沙浦煙痕滄海岸,笠巖霞氣赤城標。臘前已是饒三白,想聽明年擊壤謠。"此即雪後行路詩。皆即景如畫。

文簡公佔畢齋成化丙申乞郡,得善山。時公大病之後不便騎馬,予陪侍舟行抵驪州,解纜以微服登清心樓看詩板。有問之者,使對以金生員之行。既下,日已曛黑,投甓寺,寺僧齋祝於三門外,喝退雜人。公遂不入,還舟中賦詩二篇,一贈住持僧,一寄州半刺。其詩“十年世事孤吟裏,八月秋容亂樹間”之句,任西河見之曰:“此等語決非今人所能道。”《過鳥嶺》詩曰:“天嶺分符去,峰頭凍映空。會稽懷印返,澗底葉翻紅。魏闕趨蹌遠,高堂笑語融。悠悠十年内,不做獲禽功。”一、二聯用扇對法。

佔畢齋《因雨留增若驛》詩:“增若驛中三日雨,戊戌夜半一聲雷。不辭衣服冠而坐,其奈饑寒渴並來?宿麥胚胎真足慰,羈鴻沾濕亦堪哀。明朝馬上看桃李,想勝三郎羯鼓催。”又《寒食日雨》詩:“休誇故里印累累,雀鼠紛紛莫敢窺。四十七年頭欲雪,一百五日雨如絲。池邊凍燕才尋壘,軒外慳梅忽糝枝。誰向空齋掣鈴索?使君方且探春詩。”前詩起聯、後詩頷聯皆用側字,而語妥帖不覺冗。

壬寅年間,開寧縣松坊里一人耕田,得古石佛,耳目口鼻皆泯滅,置之田畔。有病喘人拜之,病若輕歇,遂以爲靈。男女雜遝,持米布、紙錢、香燭、花果者日夜不絶。有僧來主香火,有施主作瓦家,又將作大刹。時金山郡守李仁亨聞之,遣儒生及吏卒,捕其僧及施主逐之。金文簡公辭應教之命,方居金山,以詩賀李守云:“抛擲田菜不記春,頑然拳石有何神?初如求食木居士,漸作撞錢土舍人。男女幾家將污染,香燈一里欲因循。我侯真是邠州守,擊破妖邪震四鄰。”

吾鄉崔先生台甫天順,己卯春,與進士李淑璜、許詢、李從周同赴鄉試,馬上忽夢垂楊嫋嫋韠于馬首。覺而異之,説與同行。許生曰:“垂楊之狀正似青蓋,汝夢其奇,吾當買之。”先生曰:“吉兆已定,何可買?”果捷鄉圍,遂與佔畢齋季昷同赴會試於京。先生曰:“君才高,必占巍科,吾無附驥之望。”畢齋曰:“昔孫僅與弟何同試,兄爲榜頭,弟次之。吾二人安知不爲僅、何?”因賦一絶曰:“池塘青草雨痕多,人道吾行是僅何。莫恨狄家春色晚,滿城桃色未開花。”道有行脚僧,以柱枝擎圓笠而前導,其狀似蓋,畢齋曰:“是亦禎祥也。”相與諧謔而行,是歲竟皆登第。

《稗官雜記》:佔畢齋金文簡公作《舍方知》詩,其序曰:“舍方知,私賤也。自幼其母爲女兒服,傅脂粉學翦製。及長,頗出入朝士家,多與女侍同寢。進士人金九石妻李氏,判院事純之之女也。寡居引舍方知,托以縫衣,晝夜與處幾十餘年。天順七年春,司憲府聞而鞫之。逮訊其素所通一尼,尼曰:‘陽道甚壯。’令女醫班德捫摸,果然也。上令承政院及永順君溥、河陽尉鄭顯祖等雜驗之。河城之妹,爲李氏媳婦。河城亦吐舌曰:‘何其壯也。’上笑之,特令勿推曰:‘恐污蔑純之之家門也。’將舍方知與純之區處。純之只杖十餘,送於畿内奴子家。既而李氏潛召舍方知還。純之卒後,又縱恣不已。今年春,宰樞因燕語白之。上杖配舍方知於新昌縣。余聞之賦二首云:

‘絳羅深處幾潛身，脱却裙釵便露真。造物從來容變幻，世間還有二儀人。’又云：‘男女何煩問產婆，妖狐穴地敗人家。街頭喧誦河間傳，閨裏悲歌楊白華。’”

古稱鸚鵡能言，永樂丁亥欽差内使金壽等來，帝賜鸚鵡六籠，皆不能言。成化間琉球國王遣使獻鸚鵡一隻，亦不能言。佔畢齋遇之於東都，作詩曰：“珍禽隻影到東陲，幾伴檣烏日夜馳。嗚咽只應非故土，媕阿還欲學癡姬謂是鳥不能言。翠衿自惜菱花照，紺趾難辭玉鎖縻。爭似九苞丹穴鳳，不言猶瑞太平時。”

《鶴山樵談》：明人以文鳴者十大家：李崆峒獻吉、王陽明伯安、唐荊川應德、王祭酒允寧、王按察慎中、董潯陽玢、茅鹿門坤、李滄溟攀龍、王鳳洲世貞、汪南溟道崑。而崆峒專學西漢，王、李則鉤章棘句，欲軼先秦。南溟華健，董、茅則平熟，慎中則富贍。明人皆厭之，以爲腐俗。余所見略同伯安：不專攻文而以學發之，故未免駁雜。荊州則典實。然皆可大家。王元美輩以明人文章比西漢，以獻吉比太史公，于鱗則比子雲，自托於相如，其自誇太甚。我東方金季昷、南止亭、金冲菴、盧蘇齋之文置之十人中，比諸董、茅亦不多讓，而不得攘臂于中原，惜哉！

明人以詩鳴者，何大復景明、李崆峒夢陽，人比之李杜。一時稱能者，邊華泉貢、徐博士禎卿、孫太白一元、王檢討九思。何李之長篇七律俱善近古，李于鱗、王元美亦稱二大家，而吳國倫、徐中行、張佳胤、王世懋、李世芳、謝榛、黎民表、張九一等皆並驅爭先。我國金季昷、金悦卿、朴仲悦、李擇之、金元冲、鄭雲卿、盧寡悔等製作雖不及何、李、王、李，而豈有愧于吳、徐以下人邪？然不能與七子周旋中原，是可恨也。

《松窩雜説》：佔畢齋過寧海有《懷牧隱》三絶，一云：“無價亭中和氏璧，觀魚臺下北溟鯤。自從攤袖遊燕薊，雲夢區區不足吞。”一云：“滄海東頭不識儒，千年間氣只塊蘇。先生一出爲人瑞，從此丹陽草木枯。”一云：“師友淵源絶後前，青丘人物盡陶甄。如今始過軒渠地，恨不同時執一鞭。”

《惺叟詩話》：佔畢齋文竅透不高，崔東皐最慢之。其詩全出蘇、黄，宜銓古者之小看也。仲兄嘗言：“‘鶴鳴清露下，月出大魚跳’何減盛唐乎？如‘細雨僧縫衲，寒江客棹舟’，甚閑淡有味。”斯言蓋得之。

前輩讀佔畢齋驪江所詠“十年世事孤吟裏，八月秋容亂樹間”之句，然不若神勒寺所作“上方鍾動驪龍舞，萬竅風生鐵鳳翔”之句洪亮嚴重，此真撑柱宇宙句也。其《寶泉灘即事》曰：“桃花浪高幾尺許？銀石沒頂不知處。兩兩鸕鷀失舊磯，銜魚却入菰蒲去。”此最伉高。《東京樂府》篇篇皆古。

《芝峰類説》：金宗直詩云：“詩書舊業戈舂黍，翰墨新功獺祭魚。”按《荀子》曰:"不道禮意,以詩書爲之,猶以戈舂黍也。"古書云:"李商隱爲文多點檢,閱書典左右鱗次,號獺祭魚。"余謂:"爲文而以編綴用事爲能者,乃詩人之病也。頃世鄭士龍類抄諸書,盛以大囊。每有製作,必以自隨。故其詩多牽補斧鑿之痕,決無平穩底氣像,蓋以坐此病耳。"

《睡隱詩話》:注詩有三難:世之相後,地之相距,當時事蹟後人難悉,故得其事爲難;箏郭師已與不可傳者死矣,今之所存惟紙墨之糟粕,故得其情爲難;古人於詩文遣言下字各有其體,故得其體爲難。"遙聞叔孫子,已致魯諸生","廟堂新掃舊巢痕",范石湖猶不能知,而放翁之所以不敢注坡也。……國朝佔畢齋彙集《青丘風雅》而間間自注,崔猊山謫長沙詩:"三年竄逐病相仍,一室生涯轉似僧。雪滿四山人不到,海濤聲裏坐挑燈。"佔畢齋訓"海濤"爲"松濤"。余見長沙古縣正在西海上,潮水出入於蕪城之下,所謂海濤正是海潮也。

詩家之注莫深於《三體》,國朝文章莫高於佔畢齋,而猶不免三難之病,詩文果可易言乎哉!

《效顰雜記》:柳子光之父爲天嶺太守,治民之時,而脅制邑吏以其女嫁子光。子光乃孽產也,吏歎曰:"吾女之命,卜者皆云爲一品。而今歸孽子,冤莫甚矣。"不知子光終爲一品,而厥女爲貞敬夫人也。他日,子光得志,到天嶺,題詠於學士樓。佔畢齋見之,詬而去其板。子光因此含恨,遂注《弔義帝賦》,譖于燕山。蓋賦是佔畢齋所作也。噫!以一題詠削去之故,而佔畢齋不免身後之禍,諸賢亦遭駢首之戮,子光可謂兇險不測之人也。《詩》曰"讒人罔極",其此之謂也歟?

《晴窗軟談》:佔畢齋之詩稱爲冠冕者,實非誇也。每誦其"細雨僧縫衲,寒江客棹舟",則未嘗不服其精細;"十年世事孤吟裏,八月秋容亂樹間",則未嘗不服其爽朗;"風飄羅代蓋,雨蹴佛天花",則未嘗不服其放遠也。

《壺谷詩話》:國初,朴貞齋、李雙梅之詩最高,權陽村、卞春亭詩不如文,徐四佳之大手可謂我朝之燕許,而終不詣妙境。當時,李三灘、姜晉山一體各有長於四佳,而其大皆不如。惟佔畢獨超出,而四佳終不讓文衡,難免忮矣。

《小華詩評》:佔畢齋金宗直,善山人也。嘗出宰善山,其詩曰:"津吏非隴吏,官人即邑人。三章辭聖主,五馬慰慈親。白鳥如迎棹,青山慣送賓。澄江無點滓,持以律吾身。"詞極典雅。《長蜆村家》詩曰:"籬下紅桃竹數科,零零兩脚間飛花。老翁荷耒兒騎犢,子美詩中西崦家。"可謂詩中有畫。且如"霜後梧桐猶窣窣,月明鵁鶄自翻翻。"其淡如此。"鳩鳴穀穀棣棠葉,蝶飛款款蕪菁花。"則典雅如此。所謂"冠冕國朝"者,豈虛言哉。

《詩評補遺》:金佔畢宗直以學業文章爲一世所宗。少時入試院製進《白龍賦》,考官過眼而遺。乖厓見其落卷,深歎之。遂入啓,除靈山訓導。佔畢有詩曰:"雪裏梅花雨後山,看時容易畫時難。早知不入時人眼,寧把胭脂寫牡丹。"噫! 文章貴在沖淡,不苟務爲采色誑耀時俗,而考官失之于掄選,自古如此,惜哉!

《東詩叢話》:佔畢齋嘗言:"詩能陶冶性情,非欲汗漫而發。"

【按:金宗直(1431—1492)字季昷、孝盥,號佔畢齋,謚文忠,改謚文簡。籍貫善山。學問淵博,爲嶺南學派宗祖。弟子金馹孫將其指責世祖篡奪王位而寫之《弔義帝文》編入史草,引發戊午史禍,剖棺戮尸。爲總裁官增修《東國輿地勝覽》,善畫。奉享密陽禮林書院、善山金烏書院、咸陽柏淵書院、開寧德林書院等。著有《佔畢齋集》今傳,編有《青丘風雅》、《東文粹》、《一善志》、《彝尊錄》。其詩典雅,詩中有畫。《箕雅》收其七絕二首、五律六首、七律一二首、五排一首、五古五首、七古九首。】

金時習　**字悅卿,號梅月堂。江陵人。五歲能文,稱爲"神童"。隱而不仕,佯狂爲僧,清風高節,人到于今稱之。**

《梅月堂集·梅月堂先生傳(尹春年)》:先生姓金名時習,字悅卿。江陵人。……先生生於宣德乙卯。有生知之質,三歲能作詩,見乳母開花乳母名碾麥,朗然吟之曰:"無雨雷聲何處動,黃雲片片四方分。"人皆神之。五歲,英廟召之于承政院,試之以詩,大加稱嘆,賜帛五十疋,使之自輸。先生遂各綴其端,曳之而出,人益奇之。路上老嫗有以豆腐饋之者,輒吟詩曰:"稟質由來兩石中,圓光正似月生東。烹龍炮鳳雖莫及,最合頭童齒豁翁。"於是名動一國,人目之曰"五歲"而不敢名。娶訓鍊院都正南孝禮之女爲妻。年二十一,景泰乙亥,讀書于三角山重興寺。人有自京城而還者,先生卽閉戶不出者三日。一夕,忽痛哭,盡焚其書,佯狂陷於溷廁而逃之。於是削髮爲僧,名曰雪岑。或居于楊州之水落寺,或居于慶州之金鼇山。之東之西,靡有定處。而累變其號,曰清寒子,曰東峰,曰碧山清隱,曰贅世翁,曰梅月堂。世祖嘗設雲水千人道場于圓覺寺,諸僧咸曰:"此會上不可無雪岑。"上遂命召之。既至,自投於寺廁中,諸僧以爲病狂黜之。然先生所造益深,聲聞益遠,人之欲問道者咸歸之,以千百數。先生陽爲狂妄輕躁之態,或以木石擊之,或彎弓欲射之,以試其志。其弟子有曰善行者事之累年,雖受箠楚,終不辭去。或怪而問之,行曰:"吾師嘗於居山時,盛水于小瓢,捧跪于佛座前。自朝達夜,至于三日。禪定如此,卽是佛也。余心服而不能去云。"先生雖於詩學爲餘事，然格高思妙，迥出常情。遣興述懷，放情肆筆，以紙窮爲限。成輒焚之，故世不多傳。成化辛丑，長髮還俗，作文以祭其祖父，遂娶安氏之女爲妻，出入閭閻。一日，被酒過市，見領議政鄭昌孫呼之曰："奴！汝宜休。"或於月夜誦《離騷經》，輒痛哭。其後妻歿，無所依賴，復還山。弘治癸丑二月日，卒于鴻山縣無量寺。遺命無燒葬。先生於平日親畫其老少之二像，仍自贊，留于寺。其從遊之士曰洪裕孫餘慶、南孝溫伯恭，其弟子僧曰道義，曰學梅。世以先生爲多幻術，能驅役猛虎，變酒成血，吐氣作虹，邀請五百羅漢。然亦不可盡信。

《栗谷全書·金時習傳》：爲人貌寢身短，豪邁英發，簡率無威儀，勁直不容人過。傷時憤俗，氣鬱不平。自度不能隨世低昂，遂放形骸遊方之外。域中山川，足跡殆遍，遇勝則棲焉。登覽故都，則必躑躅悲歌，累日不已。聰悟絶人，其於《四書》、《六經》則幼時受業于師，若諸子百家則不俟傳授，無不涉獵，一記而終不忘。故平日未嘗讀書，亦不以書笈自隨。而古今文籍通貫無漏。人有舉問者，應口說無疑。磊塊慷慨之胸無以自宣，凡世間風月雲雨，山林泉石，宫室衣食，花果鳥獸，人事之是非得失，富貴貧賤，死生疾病，喜怒哀樂，至於性命理氣，陰陽幽顯，有形無形，可指而言者，一寓於文章。故其爲辭也水湧風發，山藏海涵，神唱鬼酬，間見層出，使人莫知端倪。聲律格調不甚經意，而其警者則思致高遠，迥出常情，非雕篆者所可跂望。於道理雖少玩索存養之功，以才智之卓，有所領解，横談豎論，多不失儒家宗旨。至如禪道二家，亦見大意，深究病源，而喜作禪語，發闡玄微，穎脱無滯礙，雖老釋名髡深於其學者莫敢抗其鋒。其天資拔萃以此可驗。自以聲名早盛，而一朝逃世，心儒跡佛，取怪於時，乃故作狂易之態以掩其實。士子有欲受學者，則逆擊以木石，或彎弓將射，以試其誠，故處門者既罕。且喜開山田，雖綺紈家兒，必役以耘穫甚苦，終始傳業者尤鮮矣。山行，好白樹題詩，諷詠良久，輒哭而削之。或題于紙，亦不示人，多投水火。或刻木爲農夫耕耘之形，列置案側，熟視終日，亦哭而焚之。有時所種禾甚盛，穎栗可玩，乘醉揮鎌，盡頃委地，因放聲而哭。行止叵測，大被流俗所嗤點。居山見客，問都下消息，聞人有肆罵者，則必色喜。若曰"佯狂而有所藴云"，則輒攢眉不怡。見除目達官或非人望，則必哭曰："斯民何罪，此人當此任耶？"時名卿金守溫、徐居正，賞以國士。居正方趨朝，行辟人，時習衣藍縷，帶蒿索，戴蔽陽子賤夫所著白竹笠稱蔽陽子遇諸市，犯前導，仰首呼曰："剛中居正字安穩。"居正笑應之，駐軒語。一市皆駭目相視。有朝士受侮者不能堪，見居正欲啓治其罪。居正搖首曰："止止。狂子何足與較？今罪此人，百代之下，必累公名。"金守溫知館事，以《孟子見梁惠王論》試太學諸儒，有上舍生見時習于三角山曰：

“乖崖守溫別號好劇，孟子見梁惠王豈合論題！”時習笑曰：“非此老不出此題。”乃走筆成篇曰：“生員爲自製者，試瞞此老。”上舍生如其言，守溫讀未終，遽問曰：“悦卿住京山何寺？”上舍生不能隱，其見知如此。其論大略以爲梁惠僭王，孟子不當見云。今逸不收。守溫既卒，人有言坐化者。時習曰：“乖崖多慾，寧有是？就令有之，坐化非禮。吾但聞曾子易簀，子路結纓而已，不知其他。”蓋守溫好佛故云。成化十七年，時習年四十七，忽長髪，爲文以祭祖若父。其文略曰“帝敷五教，有親居先；罪列三千，不孝爲大。凡居覆載之內，孰負養育之恩。愚騃小子，似續本支。沈滯異端，末路方悔。乃考禮典，搜聖經，講定追遠之弘儀，參酌清貧之活計。務簡而潔，在腆以誠。漢武帝七十年，始悟田丞相之說；元德公一百歲，乃化許魯齋之風”云云。遂娶安氏女爲妻。人多勸之仕，時習終不能屈志，放曠如舊。值月夜喜誦《離騷經》，誦罷必哭。或入訟庭，持曲作直，詭辯必勝。案成，大笑破棄之。多與挑達市童傲遊，醉倒街上。一日，見領議政鄭昌孫過市，大呼曰：“彼漢宜休。”昌孫若不聞者。人以此危之，相識者絶交，惟宗室秀川副正貞恩、南孝溫、安應世、洪裕孫輩數人終始不渝。孝溫問時習曰：“我所見如何？”時習曰：“穴窗窺天。”言所見小也。“東峰所見如何？”曰：“廣庭仰天。”言見高而行未到也。未幾妻歿，復還山，作頭陀形僧家翦髪齊眉者謂之頭陀。喜遊江陵、襄陽之境，多住雪岳、寒溪、清平等山。柳自漢宰襄陽，待以禮，勸復家業行于世。時習以書謝之，有曰：“將製長鑱，用斲苓朮。庶欲萬樹凝霜，修仲由之緼袍；千山積雪，整王恭之鶴氅。與其落魄而居世，孰若逍遙而送生？冀千載之下，知余之素志。”弘治六年，臥病于鴻山無量寺，終焉。年五十九。遺戒無燒葬，權厝寺側。後三年，將葬啓其殯，顔色如生，緇徒驚歎，咸以爲佛。竟依異教茶毗僧家燒葬之名，取其骨作浮圖小塔名。生時手畫老少二像，且自贊，留于寺。贊之亂曰：“爾形至眇，爾言大侗。宜爾置之丘壑之中。”所著詩文散失，十不能存一。李耔、朴祥、尹春年先後裒集，印行于世云。

《鵜溪遺稿·梅月堂集序》：其爲詩也，本諸性情，形於吟詠。故不事鍛鍊繡繪而自然成章，長篇短什愈出而愈不窘。其或憂愁慷慨之極，輪囷磊塊之胸無以自暢，則必於文字焉發之。縱筆揮灑，初若玩弄戲劇，略不經意。而抑揚開闔，變動叵測，衆體具呈，萬狀畢露。或淩厲頓挫，幽眇回鬱，使人愴然而悲，肅然而恐。或豪儁跌宕，或蕭散冲遠，雜以恢諧放曠奇瑰之語。有可以感發懲創，有可以扶世教厚民彝者不一而足。是猶水之安流無濤，泓涵演迤，而及其遇驚颷觸崖磯，哮吼奮激而不知止。斯可謂不得其平而鳴者乎？自古文章之魁偉者，多出於羈旅草野。心之所存既不能和緩舒泰，則文辭之發不期工而自工。信乎其愁思之聲要妙，而窮苦之言易好也。

《梅月堂集·序(李耔)》:其爲詩浩蕩,朝夕煙雲,驅風詈雨。怒嗔喜笑,皆成句語。不規規於聲律,而典章不紊;不刺刺於詞華,而大璞愈麗。

《秋江冷話》:東峰金時習,讀書不拘文義,見大旨,味大義而已。余嘗作《征夫院十絕》和元遺山詩,其一篇曰:"百草凋霜月滿空,年年鞍馬任西東。令嚴萬幕平沙夜,部伍相招鼓角中。"東峰見而失笑曰:"措大誤矣。豈有令嚴之時,復有相招之事乎?"取《詩·小雅》以示余,有曰:"之子於征,有聞無聲。允矣君子,展也大成。"余深服其言,歸而告于餘慶,嘆服不已。

《謏聞瑣錄》:金時習字悅卿……《贈空庵思俊師律詩二十首》云:"翩翩一錫響空飛,三月松花滿翠微。盡日鉢擎千戶飯,多年衲乞幾人衣?心同流水自清淨,身與片雲無是非。踏遍江山雙眼碧,優曇花發及時歸。"又云:"苔痕一徑白雲鎖,花影半窗紅日明。澗暗但聞泉淅瀝,峰回剩見月虧盈。"又:"鼎中甘藥黃金賤,松下茅齋紫綬輕。"又:"半溪夜雨藤花老,一徑春煙芋葉齊。松子打窗雲入戶,苔痕繞砌竹穿階。"又:"空色觀來色即空,更無一物可相容。松非有意當軒翠,花自無心向日紅。同異異同同異異,異同同異異同同。欲尋同異真消息,看取高高最上峰。"又:"滿庭天篆幽禽跡,八足人爻涼簟紋。情慮萬般都殺了,夜深風趁一窗雲。"又:"滿庭涼葉無人見,寂寞竹房生磬音。"又:"藥杵聲中敲翠竹,茶鐺影裏點孤燈。"又"短笻歸去千峰靜,翠壁亂煙生晚晴"云云。

《龍泉談寂記》:東峰金時習自齠齔已有能詩聲,遂擺落糾紛,祝髮爲僧,改名雪岑,與南秋江爲方外遊。狂吟放浪,翫弄一世。逃世於禪,不奉其法。世以狂僧目之。行過市肆中,或凝睇忘歸,植立移刻。或便旋街路,不避稠視。群兒詆笑,爭擲瓦礫以逐之。其臧獲田宅任人取奪,曾不屑意。復忽從其人請還,其人不肯。岑身即雀鼠之庭,面爭供對,譊譊如市井之競,竟獲辨理。官卷既成,納懷中出門。視天大笑,遽出券碎裂而投之溝中。其戲人侮俗如此。光廟嘗作法會於內殿,岑亦被揀預。忽凌晨逃出,不知所之。遣使踵之,則故陷街裏溷穢中,露半面而已。有沙彌喉音清楚,能出商聲,浪詠長吟,遺響裊空,凄有餘感。每值皓月朗然,中宵獨坐,令沙彌詠《離騷經》一過,輒泣下霑襟。性嗜酒,飲醉則曰:"不見我英廟。"流涕甚悲。諸比丘推以爲神師,服事頗謹。一日合辭請曰:"弟子等奉大師久,尚靳一教。大師清淨法眼,終以付誰?衆生迷方,願受金篦之刮。"請彌堅,岑曰:"諾。"大開法筵,岑具袈裟法衣坐跏趺。緇流坌擁,合掌羅跪,方聳聽。岑曰:"可牽一牛來。"衆莫測所以,牽牛繫庭下。岑又曰:"將芻束來。"令置牛後。大笑曰:"爾等欲聞法,類是矣。"牛於畜類中最爲頑,然人之迷冥無識者俗謂之牛後置芻。緇衆赧然而退。近代詩僧,岑爲之領袖。爲詩典重,少蔬筍氣。入金鼇山，著書藏石室曰：“後世必有知岑者。”其書大抵述異寓意，效《翦燈新話》等作也。

《稗官雜記》：金時習與柳襄陽手簡累百言，其略曰：“僕生孩八月，自能知書，族祖崔致雲命名時習。三歲能綴文，作‘桃紅柳綠三春暮，珠貫青針松葉露’等句。五歲讀《中庸》、《大學》于修撰李季甸門下，司藝趙須命字作說以授。政丞許稠到廬曰：‘余老矣，以其“老”字作句。’僕應聲曰：‘老木開花心不老。’許擊節歎賞曰：‘此所謂神童也。’英廟聞而召于代言司，命知申事朴以昌試之，知申事抱於膝上，指壁畫山水圖曰：‘汝能作句乎？’僕應聲曰：‘小亭舟宅何人在？’如此作文作詩甚多。”

金時習嘗出俗爲僧。有富家翁以白段子作袈裟施之，金著入京都，穢水中轉身數十遍，竟脱而棄之。後光廟幸圓覺寺設水陸齋，金以神僧被召。衣百結之衲，懷青魚一捆。進見之時微露其魚，光廟以爲狂僧黜之。

《清江詩話》：金悦卿落拓不遇，詩文極高。徐達城嘗一邀致，出《姜太公釣魚圖》請題，即書一絶云：“風雨蕭蕭拂釣磯，渭川魚鳥已忘機。如何老作鷹揚將，空使夷齊餓采薇？”其詩有諷意。達城見之，默然良久曰：“子之詩，吾之罪案也。”

《鶴山樵談》：本朝詩學以蘇黄爲主，雖景濂大儒亦墮其窠臼。其餘鳴於世者，率啜其糟粕，以造腐牌坊語，讀之可厭。盛唐之音，泯泯無聞。梅月堂詩清邁脱俗，然天才逸蕩，自去雕飾，或不經意率然而成者多，故間有駁雜處，終非正始之音。

《惺叟詩話》：金悦卿高潔卓爾，不可尚已。其詩文俱超邁，以其遊戲，不用意得之。故強弩之末每雜蔓語，張打油可厭也。其《題細香院》曰：“朝日將暾曙色分，林霏開處鳥呼群。遠峰浮翠排窗看，鄰寺鍾聲隔巘聞。青鳥信傳窺藥灶，碧桃花下照苔紋。定應羽客朝元返，松下閑披小篆文。”《昭陽亭》曰：“鳥外天將盡，吟邊恨未休。山多從北轉，江自向西流。雁下汀洲遠，舟回古岸幽。何時抛世網，乘興此重遊。”《山行》曰：“兒捕蜻蜓翁補籬，小溪春水浴鸕鷀。青山斷處歸程遠，横擔烏藤一個枝。”俱脱去塵臼，和平淡雅，彼纖靡雕琢者當讓一頭也。

《谿谷漫筆》：溫庭筠《渭上題詩》有曰：“呂公榮達子陵歸，萬古煙波繞釣磯。橋上一通名利跡，至今江鳥背人飛。”我朝金悦卿詠《渭川垂釣圖》曰：“風雨蕭蕭拂釣磯，渭川魚鳥亦忘機。如何老作鷹揚將，空使夷齊餓采薇。”二詩俊爽，頗相類焉。然溫詩直以名利讓太公，殊無意致；悦卿詩用意深遠，又關世教，識者自能辨之。世謂古今人不相及，真影響語耳。

《小華詩評》：金東峰時習五歲以奇童名。文廟召試《三角山》詩，大奇之。後佯狂爲髡,居山中。所賦詩極多,皆率口信手,止遣興而未嘗留意敲推,然所造超越,有非凡人所及。其《無題》詩:"終日芒鞋信脚行,一山行盡一山青。心非有想奚形役,道本無名豈假成。宿霧未晞山鳥語,春風不盡野花明。短笻歸去千峰靜,翠壁亂煙生晚晴。"非悟道者寧有此語。

《詩評補遺》:金東峰時習有一絕曰:"五帝三王事,掉頭吾不知。孤舟一片月,長笛白鷗飛。"有遺世出塵之高致,與屈原《遠遊賦》同意。余先人嘗有一聯曰:"心儒跡佛金時習,外聖内禪王守仁。"東峰心跡,此一句盡之矣。

李嘉祐詩曰:"水田飛白鷺,夏木囀黄鸝。"王維添"漠漠"、"陰陰"四字於五言上以成七言,先輩稱其精神自倍。謝靈運詩曰:"林壑欲暝色,雲霞收夕霏。"李白《五雲裘歌》添"衿前"、"袖上"四字於其上,其襯切增彩亦爲古人所美。賈島詩曰:"獨行潭底影,數息樹邊身。"我東東峰又添"飛錫"、"敷床"四字於其上,反有斧鑿痕,未若浪仙五言之天然。其不及于王維、李白之倍增神彩遠矣。

《丙辰丁巳錄》:金乖崖文良公贈清寒子詩曰:"舍儒歸墨是何心,此道元非物外尋。欲識兩門端的意,請看《論語》細參尋。"清寒子依韻答之曰:"歧路雖殊只養心,養心不必漫他尋。但於事上渾無礙,糟粕何須歷歷尋。"絕句之連押一韻非古也。以今觀之,清寒子遇感慨之事,遂染緇爲僧。放浪山水,潔身亂倫,蓋非其志。豈太過之者乎? 文良以衣冠宰相,至欲燒葬其母,非儒名而墨行者耶? 是何責人易而責己難也?

《東國詩話彙成》:字悦卿,號東峰,又號碧山清隱,又號清寒子。光廟攝政,入沙門,名曰"雪岑"。入居水落山精舍,修道煉形。見儒生則言必稱孔孟,絕口不道佛法。

先生二十一,方讀書於三角山中,有人自京城來傳魯山遜位事。即閉戶三日不出,乃大哭,盡焚其書,發狂陷於溷廁而逃之。托跡緇門,名曰"雪岑"。值月夜,每誦《離騷經》,誦罷輒哭。

先生被緇,有詩曰:"趙吠真榮兆,飛黥是禍胎。羊頭如欲爛,柴盡爾園梅。"

金思齋云:"梅月堂平生心懷,世人未窺,觀詩集好使'薇'、'蕨'字,亦不知意義所在。余以家病避寓山寺,見老衲年過七十,與之語,頗聞玄理。問所師受,則少時以沙彌逮事五歲即雪岑也。"仍曰:"五歲著述傳世者,僅百中之一二。"問其由,曰:"老僧以侍奉雪岑居中興寺。每逢雨後,山水添流,折作片紙百余段,令具筆硯,隨後沿山流而下,必擇湍急處而坐,沉吟作詩,或律或絕或五言古風書於紙,放流見遠去。且書且放,或至終夕,紙盡乃還。

有時一日所述,幾至百餘首云”。此亦其意難窺。

《與柳襄陽自漢書》略曰:“心事相違,顛沛之際,世宗顯陵相繼賓天。光廟之初,舊家喬木盡爲鬼簿,僕之志已荒凉矣,遂伴髡者遊山水。人以我爲善釋,然不欲以異道顯世,故光廟傳旨,屢招而皆不就,處身益以疎狂云云。”

清寒子入水落山修道煉形,見儒生,則言必稱孔孟,口不道佛法。辛丑年間,食肉長髮,爲文以祭其父祖,其略曰:“愚騃小子,嗣續本支。少沉滯於異端,嗟幽懵而未講。將修道可以薦拔,悟慌說莫如輪回。壯歲因循,末路方悟。”又曰:“如贖舊衍,倘納堪輿之兩際;庶將面目,得拜祖宗于九原。云云。”

尹尚書春年《答人書》略曰:“年之以悦卿爲近于聖人者,非以其跡,以其心爾。孟子于伯夷、伊尹曰:‘行一不義,殺一不辜,得天下不爲。’是則同於孔子者,只以其心耳。愚之所以以悦卿爲近于聖人者,其孟子之遺書也。”又曰:“世祖有武王之舉,爲一時也;悦卿有伯夷之節,爲萬世也。既以世祖爲不異于武王,則亦豈可獨以悦卿爲不同于伯夷乎?周粟不可食,首陽不可隱,此所以托異端。云云。”

《日得錄》:梅月堂非但節概殊異,其詩絕奇,予之必收輯裒粹俾壽其傳者,非偶爾也。

《東詩話》:梅月堂金時習,生八月知書,號稱神童。年五歲,世宗聞而召之,令承旨朴以昌試以詩,應口而對曰:“東聳三峰貫太清,登臨可摘斗牛星。非徒岳岫興雲雨,能使東邦萬事寧。”上賜帛五十匹,使自運去,遂綴其端,曳之而出,由是名震一世,稱“金五歲”。

明天淵者,元末翰林學士。元亡,剃頭爲僧,名來復,字見心,而其鬚如故。高皇帝召而怪問之,對曰:“削髯除煩惱,留鬚表丈夫。”後賦詩含譏諷被戮。我朝梅月堂亦爲僧,而不去鬚曰:“削髮逃塵世,存髯表丈夫。”未知其有慕於來復而效之與?抑又暗合與?二公節概,亦略相似,可謂奇事。

【按:金時習(1435—1493)字悦卿,號梅月堂、東峰、清寒子、碧山、贅世翁,謚清簡。籍貫江陵。生六臣之一。著有《梅月堂集》今傳。其詩清邁脱俗,且少蔬筍氣。《箕雅》收其七絕二首、五律四首、七律八首、五古一首、七古一首。】

洪貴達　**字兼善,號虛白亭。咸陽人。世祖朝登第,選湖堂,典文衡,官至右參贊。燕山時賜死。謚文匡。**

《燕山君日記》卷五四:十年六月乙亥。傳曰:“前者洪貴達以孫女病未詣闕,來啓曰:‘雖卽令詣闕,未能來矣。’言甚不恭。如此者存之無用。”洵等啓:“若如上教,則當置大罪。但前此李世佐定罪時教云:‘貴達言語之失。’今罪之何律?”傳曰:“其時貴達之罪,比之世佐則有間,故云‘言語之失’而已。貴達慢君甚矣。今方革俗之時,豈可以爲宰相,而不罪乎?其處絞。”貴達起自寒微,力學登第,位至宰相。性坦夷寬大,平生未嘗與人有忤色,聞人毁己,亦不爲怒,人多服其量。爲文章麗而健,有法度。尤長於敍事,一時碑銘、墓誌皆出其手。扁其亭曰“虚白”,日以書史自娱。見時政日荒,屢於經筵因古事陳諫,由是忤旨。及爲京畿監司時,王方寵綠水,有人欲爲京營庫直者,因綠水請于王,王潛令愼守勤以己意囑之,貴達不聽,王頷之,竟因事竄外,至是殺之,人皆慟其非辜。但嘗爲吏曹判書,多受賄賂,士林譏之。

《虚白亭集·行狀(鄭宗魯)》:先生諱貴達,字兼善,姓洪氏。其先中國人也,唐初,有來居于南陽者,遂爲東韓大姓,其後散居諸處,而在缶溪者卽先生貫也。……正統戊午,先生生於咸昌羊積里。幼有異質,聰明穎秀。既入學,自力不怠。家無書,從人借讀,必成誦乃還之。年十二,聞天子北巡,慨然流涕曰:“天下倒懸矣。”識者咸異之。嘗從鄉師受《魯論》,儼然端坐。潛心求道,要必有諸己,甘鹽虀,窮日夜而不倦。既淹貫諸子,爲文章優游閎肆,以適意爲宗。己卯,解國子。辛巳,對親策登第。主司得其券,喜曰:“他日傳吾家衣鉢者必此人也。”徐文忠居正亦推以主文手。初試三館職,歷藝文館奉教、侍講院說書。時命才兼文武者爲宣傳官,先生膺焉。文兼之職昉於此。丁亥北關之役,先生佐元帥許忠貞琮協籌整伍,功爲多。事平,超拜水部郎,兼藝文應教。是選也,惟將典文衡者膺之。轉藝文校理,兼帶如故。遷司憲府掌令,言事切直,一時疏箚皆出先生手,遞授成均館司藝。銓部擬外授,徐文忠啓洪某宜文翰職,不可出。特授藝文典翰,兼弘文典翰。嘗筵侍,請於燕閒時夜對講義,以爲永規。上嘉納焉。經席夜對蓋自先生始也。上將幸松都,時相請以女樂隨。先生入侍,極言不可。上愕然改容曰:“微爾言,幾乎失矣。”卽命停之。後於正殿禮宴,亦命勿用女樂,以深有悟於先生言也。俄陞直提學,擢承政院都承旨。己亥秋,觀察湖西。以事遞,尋特授嘉善階,佐貳秋曹。移拜漢城右尹。時先生有第在南山下,就傍臯築一亭,扁以虚白,而自號涵虚子。每公退,幅巾藜杖,嘯詠其中,蕭然若遺世者。辛丑夏,奉使賀千秋節。先是,使行之過遼陽也,站唯給一日資。雖病淹雨滯,絶不復餽,賓旅坐窘甚。先生與書狀官申從濩訴禮部,得奏可,自後進朝者永賴焉。還到龍灣,聞貞夫人喪,奔赴。甲辰,除天官亞卿,進階嘉靖。出按關東,興學校,恤軍民。公務之暇,遊三日浦四仙亭,有留詩于石。

邑人爲刻,置于亭上。時判書公已老,先生上章請解職歸覲。蓋以國法,方伯無越封例故也。上特命帶職而覲。乙巳秋,遞,再貳秋曹。丙午,爲便養乞外尹慶州。己酉春,以大司憲召還。上箚乞歸養,不允。三月,丁判書公憂。前後喪皆廬墓終三年。辛亥,服除。構小屋於判書公墓西,名曰愛敬堂,以寓慕父母意。尋拜成均館大司成,慨然以興起斯文自任。因材命業,訓勵多方。遠邇韋布聞風雲集,願一經指授者動以百數。建白立香室于聖殿傍,又立享官廳于尊經閣之北,而撰序記以揭之。時大提學缺,上難其代,虛位數月,朝望咸薦於先生。壬子春,進階資憲,兼兩館大提學知成均館事。上箚請弘文館學士勿苟年限,令製月課,且選其年少有才行者分番賜暇讀書。上從之。轉議政府右參贊,尋遷天官卿,兼帶文衡如故。適有朝京之命,先生發素患風疾,乞免。法司以憚避劾罷之。先生退閒於南山下,與一時朋舊歡飲賦詩,或投壺以爲樂,見者不知其爲黄閣貴也。甲寅,起拜地部卿,兼同知經筵、知春秋館事。是年冬,成廟禮陟,以三都監提調管護玄宫事。燕山乙卯,增秩正憲,上箚救斥佛儒生。夏,王行人獻臣來錫命,先生爲遠接使。王性峭峻少許可,見先生欣然若素交。其後遇東人,必問先生起居。已而又入政府,拜右參贊,復兼大提學。俄陞左參贊,兼帶如故。戊午,撰《成宗實録》。夏,史禍起,以先生久典文衡,見金馹孫史草而不爲啓聞,被劾左遷。尋以《實録》未畢,復文衡職。秋,兼知義禁府事。時主虐日甚,臺諫以言事貶戮者相繼。己未,先生上疏論拒諫累千言。其略曰:“……”其餘若廣言路,愼好尚,明賞罰,憂兵額,擇守令,檢使行,休軍兵,停營繕諸條,皆關宫禁祕事。而反覆開諷,言言切直。主積不平已久,至是大怒。會有告先生簡涉行私者,主卽下其事。因奪經筵大提學參贊等官,左授散職。弘文館啓過微罰重,非所以待大臣,況文衡之任非人人所宜據,請復之。主愈怒。癸亥,出爲京畿監司。有内嬖家數以非理干請,先生不聽。遂搆讒於上,又以他事羅織,擇惡地,流于慶源。先生與家人訣曰:“我以咸昌一田卒致位卿相,成亦自我,敗亦自我。亦復何恨?”怡然就道。既而有戊午黨人加罪之議,令建赴京獄。行到端川,承命官馳至,授一策書。先生開覽從容,神色不亂,遂遇害。實弘治甲子六月二十二日也。時先生諸子俱配海島,唯僮僕數人藁葬其地。及中廟改玉,贈左贊成,特致賻祭,人常謚曰文匡。諸子亦蒙放,遂得扶櫬還鄉,葬于判書公墓下子坐之原。……先生與金文簡、曹文莊、成慵齋爲道義交,時以“四君子”稱。嘗與成俔、權健承命撰《歷代明鑑》與序文以進,大要主勸戒以裨益治道。當祁戶部順奉詔而來也,與徐文忠相唱酬。祁欲以多窮之,作《登樓賦》六十餘韻,先生代文忠立次之,祁贊賞良久。世之求碑碣題識者皆歸先生門,得一語莫不以爲榮焉。然斯則先生之餘事也。先祖文莊公嘗序先生文集曰:"爲成廟之名卿易,爲廢朝之直臣難。爲黼黻之文章易,爲樸實之諫說難。"此固爲百世之定論。而若其所以難者,則其一本於道德,又安可誣也。

《愚伏集·虚白亭集序》:余觀於故判書虚白洪公之文,而得其所謂大節者,《論拒諫》、《諫打圍》兩疏是也。方燕山淫虐之日,慾敗度,縱敗禮,以人爲嬉,以殺爲儇。屏論思之臣,罷諫爭之官。言或逆耳,則駢首而磔戮之。其兇暴之威,不可犯之勢,譬如虓怒之虎磨牙鼓吻,盛氣以向人。乃能握持正議,反復開陳,以畜其所欲,有如端笏治朝與明主論說。至今百載之下,其引筆伸紙,神閑色定,視刀鉅如軒冕之氣象在人目前。嗚呼壯哉!……論其世考其行,而大節如此。則其摛華播馥,膾炙人口者,直公之賸事。而潤色王猷,爲一代宗匠,他人亦可能也。孔子曰:"寧武子之智可及也,其愚不可及也。"豈不以平世易於治職,危亂難於盡節耶?余於公亦嘗僭爲之評曰:"爲成廟之名卿易,爲廢主之直臣難。爲黼黻之文章易,爲樸實之諫說難。"千百世之後,誦其詩,讀其書者,必有以徵余言之不誣矣。

《稗官雜記》:金時習遊嶺東,至襄陽府讀樓題罵曰:"何物狗子作此詩乎?"每讀罵不絕聲。讀至一篇曰:"此漢稍可。"及見其名曰:"果貴達之作也。"蓋謂涵虚洪公也。

《謏聞瑣錄》:涵虚洪文匡公,有子彦弼娶豐山權氏,儒名方振而早死。一日權氏婦來謁,公愴然書一詩曰:"人道吾兒第一流,可憐今日土饅頭。傷心子夏明猶在,可忍臨河見柏舟。"子之賢而夭,婦之守寡,公之悼亡之意,四句盡之,可謂能言。豐山、臨河二縣,皆隸安東府。

《清江詩話》:洪贊成貴達少時,有長者命聯,即曰:"鳥坐花枝,或枝動不動。"識者以"或"字爲文章氣習。

《涪溪記聞》:故事,大提學遞,則必自舉其代。徐達城遞,人皆屬望于佔畢齋,達城素稱佔畢,遂舉洪虚白以自代,物議譁然。梅月堂金時習詩曰:"平生可笑事,貴達爲文章。"蓋譏之也。

《菊堂排語》:弘治五年,成宗大王二十三年也。正使兵部郎中艾璞、副使行人高閏先來頒冊立皇太子詔。遠接使戶曹書盧公弼。郎中輕躁,務要速還。渡江後道而馳抵國都,一宿便回程。往來所作詩只十餘首,而語甚稚澀不足觀。參贊洪公貴達序其集有曰"吾邦雖陋,仲尼之所居,箕子之所受封。前乎此皇華大夫之來遊者,皆從容寬假,至於登樓有賦,樓壁有詩,自以爲不知身之在他鄉。何先生之不留不處,倏而來,忽而逝也?何前後之皆賢達而所履之殊也"云云,蓋譏之也。

《海東雜錄》:義興缶溪縣人。字兼善,號涵虚亭,一曰虚白亭。我光廟朝登第。官至左參贊。燕山朝被罪謫慶源，卒於謫所。文章雅健典古。久典文衡，謚文匡。

爲江原監司時，遊三日浦序云：“自古神仙不死，或變名易形復遊於千載之後，而人不知者。永郎徒安知今日不在座中耶?”詩云：“昔聞三日浦，今上四仙亭。水拍白銀盤，山圍蒼玉屏。天空彩雲濕，石老秋光清。仙人去已遠，古亭今無楹。當時遊戲處，雲外笙簫聲。千載復吾人，六字看猶明。風高永郎湖，月出安商汀。孤尊泊舟處，此固云蓬瀛。”

謫慶源，登城南樓作詩云：“去國一身投絕域，高城五月上南樓。乾坤納納存雙眼，尊俎喧喧失百憂。賈生不用傷王傅，子厚何須恨柳州。底處江山非我有，古今人世本來浮。”

爲江原監司瓜還，過醴泉次客舍詩：“前村煙暝已藏鴉，客舍沉沉夜不嘩。深樹月明啼杜宇，廣庭春盡落梨花。衰容對鏡年年換，病眼看書字字斜。夢裹溪山明日去，門前流水是吾家。”

【按：洪貴達(1438—1504)字兼善，號虛白堂、涵虛亭，謚文匡。籍貫缶溪。編撰《續國朝寶鑑》、《歷代明鑑》。著有《虛白亭集》今傳。其詩雅健典古。《箕雅》收其五律一首。】

李瓊仝　**字玉汝，全州人。世祖朝登第，選湖堂，登重試、拔英試，官至大司憲。**

《燕山君日記》卷五三：十年閏四月丁丑。承政院書啓：“己亥年六月初五日廢懷陵時，承旨則洪貴達、金承卿、李瓊仝、金繼昌、蔡壽、邊脩，注書則申經、洪訶，史官則崔璡、李世英，諺書飜譯則蔡壽、李昌臣、鄭誠謹。壬寅年八月十六日承旨則盧公弼、李世佐、成俊、金世勣、姜子平、權健，注書則李承健、權柱，史官則辛服義、洪係元，諺文開讀則內官安仲敬，諺文解示則姜子平。”傳曰：“政丞等其議罪以啓。”柳洵等書啓曰：“瓊仝、繼昌、邊脩收職牒，申經罷職，洪訶收職牒，崔璡罷職，蔡壽、李昌臣收職牒，付處遠方，鄭誠謹其子等收職牒，付處外方，金世勣、姜子平、權健、李承健收職牒，權柱、辛服義罷職，洪係元收職牒何如?”從之。

《顏樂堂集·先執記》：李瓊仝字玉如，全州人。捷科丁天順壬午，又登重科、拔英試于成化丙戌。以參判終。有文名。

《海東雜錄》：李瓊仝，字玉如。政堂文學文挺之後。

《完山誌》卷一：李瓊仝，文挺四世孫，登壬午科，又擢重試、拔英二科，官至兵曹參判。以文章名於世，退居于州治北可連山之楸川。成廟賜詩曰：“完山仙李遠扶疎，名曰瓊仝字玉如。三折桂枝操翰墨，四登烏府草章疏。

銀臺賜履參帷幄，金匱抽書注起居。天地春秋官歷遍，庶全忠孝返眞廬。”後州人享祠于黄岡。

【按：李瓊仝（朝鮮成宗時人）字玉如，一作玉汝，號楸灘，籍貫全州。文科及第。世祖十二年（1466）歷任待教、宣傳官。成宗十年（1479）爲右承旨，極力反對廢王妃尹氏，投獄。曾任兵曹參判等職。燕山君十年（1504）甲子士禍，作爲同知經筵事被流配。《續東文選》卷三載其五古二首，卷七載其七律一首，卷九載其五絶一首、七絶三首。其詩流暢練達。《箕雅》收其五絶一首、五古一首。】

成　俔　**字磬叔，號虛白。任之弟。世祖朝登第，選湖堂，登重試、拔英試，典文衡，官至禮曹判書。謚文戴。**

《燕山君日記》卷五二：十年一月辛巳。知中樞府事成俔卒。字磬叔，昌寧人。中天順壬午科，選補承文院。成化丙戌，中拔英試，陞博士，累轉至司憲府持平。丙申，中重試，超授司饔院正知製教。尋拜弘文館直提學，陞副提學，遷承政院同副承旨，屢遷至右承旨，特陞刑曹參判，歷江原、平安兩道觀察使，漢城府右尹判尹，司憲府大司憲，禮曹、工曹判書，兼弘文館大提學知成均館事。卒，年六十六。廢朝追罪言者皆致重典，俔亦被剖棺之刑。靖國之後，追贈議政府左贊成。性虛曠，不修飾，不事產業，唯以書籍自娛，爲文章健熟。久典文衡，所著有《虛白堂》等集。又精于音律，常兼掌樂提調。但無吏幹，闊於事情，所至無聲績。

《虛白堂集·虛白堂先生文戴成公行狀（金安國）》：贈謚曰文戴公：博聞多見，文；典禮不愆，戴。公天性寬裕，襟度冲虛，與物無競。不汲汲於仕宦，不屑屑於得失。平居無疾言遽色，家人小子如有所失，未嘗加以武怒，怡然處之。凡衣服飲食車馬宮室，略不致意，雖至弊汚，未嘗修餙。不營生業，世業田莊多有廢棄者。常鷄鳴而起，靜坐一室，左右圖書，手不釋卷，雖隆寒盛暑，未嘗廢也。夜則對月鼓琴，翛然遐想，望之如神仙中人。每戒子弟曰：“汝等如吾執心，則學業何難成就。”嘗作詩曰：“所惡是諂諛，所欲惟忠藎。”書與二子誦之。平生不喜訪權貴，人有來謁者，亦不甚款待。以是官至六卿，門巷蕭然。惟好探山水，雖居室，常以江湖風月爲懷，聞名山勝區靡遠不討。嘗以承旨見罷，與仁川君蔡壽約遊金剛山，野服蕭然，從數僮探奇窮勝，飫而後返。戒諸僕勿言名職，出入郡邑，莫知爲誰也。其任率類此。少時與盧交城諸伴學琴，公獨得其妙，通曉律呂，爲掌樂院兼官及提調前後二十餘年，其節奏多所更定。成宗嘗命一時文士撰定樂章，皆讓公焉。今之合字諸譜《樂學軌範》，皆公所撰也，人稱近代知音一人而已。再爲成均大司成，又爲同知館事,繼文匡公洪貴達掌文衡,以興起斯文爲己任。屢掌試圍,得人尤盛。及卒,知與不知皆傷惜之。門生故吏僚友親戚,弔賻奠祭,連絡不絶。公於諸子百史無不探討,爲文章雄贍宏富,不事雕篆,詩又豪健,一時高文大冊皆出其手。所著《虚白堂詩集》十五卷、《補集》五卷、《文集》十五卷、《風雅録》上下卷、《浮休子談論》六卷、《奏議稗說》六卷、《慵齋閒話》十二卷、《錦囊行跡》四十三卷、《桑榆備覽》四十卷。《經綸大軌》五十餘卷,未就而卒。所撰《風騷軌範》三十卷行于世。其他命撰諸書,應製篇章稱是。

《默齋集·虚白堂集序》:昔在癸亥春,予因成參贊遯齋,得謁于虚白堂相公。公賜一言以勉之,許同遯齋讀書肄業,往來門下者幾半歲矣。明年甲子,公卒。……往時竊聞之於尊師文老,皆曰:"公之詞賦紆餘雄渾,長短詩章泓涵純粹,戲述雜著多而不厭,博而有要。皆可擬諸古之名家。"嗚呼!此豈雕章刻句,務眩人目者之所及耶?究其所自,公在幼齡深潛聖經,蘊爲己有。以資格物致知之具,本立而末舉,條植而枝分,整整乎其不亂。然後歷代載史興衰之蹟,詩人百家芬葩之英,莫不徧獵旁搜以助其發。故其爲文不但辨博而原於理,其爲詩不事藻繢而歸於雅。體用一源,本末兼該。吾東方有文集能與此倫者,亦不知幾人耶?然則向之尊老之言誠不誣矣。蓋公天稟最秀,心地虚明,一閲往載,毫細縷端萬不一遺。敍古事則身如在其時目其事,咸記備述,扳千古迹爲昨日之事。昔人之能此者獨眉山一人,而公與之齊,後之人躡此閫閾者難矣。公在韋褐,世廟一見其製,便以宗匠期之。繼被成廟賞遇,終秉文衡,爲多士楷範,掉鞅於立言之域。

《海東繹史》卷六九:朝鮮兵曹判書魚世謙弘治元年序《皇華集》,録俔詩四首。王尚書稱爲成中樞,又稱成同知。又爲作《風月樓記》,則云西京觀察使。惜成化一朝奉使之詩無存,未能詳考矣。《靜志居詩話》**按:**董越《風月樓記》曰:"三月既望,畢使事西歸。至平壤時,館伴吏曹許君預約西京觀察使成君俔,具舟候予大同江上。且請南泛入舊城,尋箕子遺跡。遂解纜自南門入,至斯樓設燕。吏曹觀察亦就次。吏曹清明可掬,觀察内秀,而文皆於風月無負者。"本文止此據《靜志居詩話》,本記知傳於中國,書而無從得見,故今取《輿地勝覽》所載者節録焉。

《慵齋叢話》:余與同年元壽翁偕赴京,壽翁鼻楂赤,行至平壤,適侍房之妓鼻亦楂赤。余賦詩戲之曰:"箕都城内朔風寒,春色如何上鼻端。醉後一雙金橘燦,樽前兩葉晚楓丹。帳中光影偏相照,客裏風情慘不歡。我是直言吳可立,爲傳聲譽滿長安。"甑山有老宦吳可立,若見行客昵妓之事,每說於人,故詩語及之也。

《謏聞瑣録》:《叢話》云:辛丑歲奉使關西,仍歷黄海,覆審邊邑農事。

辛狀元季琚時爲黄海幕客,迓于黄州。自鳳山偕向安嶽,渡延津,題一絶於亭上,屬季琚和之:“蕭蕭蘆葦滿汀洲,却恐前呵起白鷗。徙倚江亭空悵望,煙波渺渺晚山愁。”辛詩忘未記憶。歷黄、鳳、安、豐、殷、長、甕、海、延、白諸州,晝則聯鞍諧謔,夜則共榻同眠,名區勝景,吟詠酬唱甚多。明年季琚入玉堂爲修撰,與予扈從箭串,以事俱被劾。未幾季琚得末疾,竟不起。予以詩哭之,有“箭串春風同扈駕,延津落日共題詩”之句。季琚雅有器局,志節異常,士林咸惜其不遠到。

《龍泉談寂記》:成虚白堂俔與蔡聘君懶齋皆踈宕不拘,雅有林壑之想。同在銀臺,坐微事同罷。馱騾下隨,以小平頭負錦囊壺酒,薄遊山水間。乃東走關東,登楓嶽觀東海日出。幽巖邃壑,仙蹤異跡,無不參尋。蓬累笠也。老子《本傳》“君子得時則駕,不得時則蓬累而行”垂條垂條兒絲帶也,布衣芒屩,作爲不羈遊。行具蕭然,殊不類金馬鳳池客也。行道所過,遠避城邑,人無覺者。但逐勝賞,縱意所適,不問境途近遠。一日貪興夷猶,不覺西日掛岑,遑迫無所歸。投一縣校丐宿,適值校官有行新還,諸生殺雞蒭酒,方開軟脚之會。校官鱸頣蓬鬢,岸帽緩帶,左憑白木几,右擁守壚娘,童孺揮扇於後。堂長學舍諸生中最老者謂之堂長進鍾酒盞無耳有柄者俗謂之鍾於前。酒酣意得,唱噱樂不勝謂之唱噱方喧。望見公等立在門屏間,以爲老困措大,邀同醉席,許坐諸生之右,浮以大杓曰:“措大後至,宜加數籌。”粗談徘謔,視若嬰兒。公等飲對謹。校官撫娘背,使歌以侑酒曰:“措大毋嫌我蛙聒蟲啾,鉛槧無成,畢竟到此,到此亦覺有味。措大後當自知。宜以‘歌’字占聯句,唱一句令屬對。”懶齋先成,虚白足之。校官詠過彈指曰:“雖蔡文章之作,何以加此?”時懶齋文聲方藉人口,故云然。已而按廉之价尋至,叩門曰:“兩丞旨行安在?”校官始知,駭汗而遁。又于抱川路傍朝爨,班荊而坐,卸鞍歇馬,解輜秣牛。遙見一村夫横截田畝,信步而來,徊徨睨視曰:“司直得非永安道市牛畜者乎?”虚白漫聲應之曰:“然。”村夫曰:“願以碩粟易一頭。”虚白曰:“市之盡,只余任馱者矣。”其人罵之而去。至昌道驛,病滯數日,拾溪邊小磐石作棋子,畫紙爲局,共行伴李武官昭三人鼎坐,彈碁爲戲。一郵卒直踞坐側,聲色俱獰,解牛馬繫,驅出門外。大罵曰:“何物俗子,敢縱畜乘踐穢庭廡乎?”虚白笑謂曰:“子何待人之薄耶? 安知異日作爲馹官乎?”郵卒仰天大哂曰:“吾齒老矣。未聞永安道司直乃作馹官也。”蓋北鄙人積勤行伍中,授西衛職人之尊稱者必曰司直故也。未幾虚白按是道,李昭宰本府,郵卒見之,則皆曩日被罵者也。乃大驚謂人曰:“永安道司直,吾不復輕易之矣。”聞者大笑。自古賢人高士隱下賤甘胥靡,玩世弄俗者多矣。世人見人外貌,便加陵侮,其不爲校官之待措大者幾稀。而郵卒之罵司直,滔滔是矣。此不可不誡。

厥後董侍講越來，到平壤城，張盛席于風月樓。按察成虛白俔儀貌不揚，董使以爲州官視之，不甚省。及酒酣賦詩，在座皆和。虛白之作有“紅雨滿庭桃已謝，青錢點水藕初浮”等語，董使改容曰：“此人何故作州官？”接伴許忠貞公琮答曰：“我國重觀風，揀朝右爲之。”董使《風月樓記》云“觀察內秀而文”，蓋以此也。

【按：成俔（1439—1504）字磬叔，號慵齋、浮休子、虛白堂、菊塢。謚文戴。籍貫昌寧。成任弟。詩壇“四傑”之一。著有《虛白堂集》、《慵齋叢話》今傳。其詩泓涵純粹，豪健雄贍。《箕雅》收其七絶一首、五律一首、七律一首、五古一首、七古一首。】

蔡　壽　**字耆之，號懶齋。仁川人。睿宗朝登第，選湖堂，登重試，官至大司憲。謚襄靖。**

《朝鮮中宗實錄》卷二三：十年十一月庚寅。仁川君蔡壽卒。壽爲人聰穎，博覽強記，少以文藝顯名。在成宗朝，極諫廢妃之失，有諍臣風。然性輕躁誕妄，舉措粗率。常以詩酒音律自娛。嘗作《薛公瓚傳》，辭多不經，士林短之。反正之後，不任以事。以年老乞退鄉曲，閑養五年而卒。後賜謚襄靖。

《容齋集·仁川君蔡公墓誌》：公諱壽，字耆之。仁川人。……公生而穎異，及長，豪邁不羈。年十一始就學，未數年而大成，爲詩文大爲佔畢齋稱贊。年二十中戊子司馬試。翌年擢甲科第一，即授司憲府監察，寔成宗大王即位之歲也。豈睿廟爲國家得人以遺之歟？公對策館試、會試俱第一，殿試又第一，至今士林傳誦，以爲模式。成宗鋭意文治，實館一依集賢殿古例，妙簡一時文學之士。公首膺其選，拜修撰、知製敎兼經筵檢討官、春秋館記事官。越五年，陞校理，俄拜司憲府持平，遷忠翊府都事，選吏曹正郎，兼掌樂院僉正。以公解音，故後仍兼之。由司贍寺僉正，還入藝文館爲應教。上命改藝文館號爲弘文館，公因爲應教，陞典翰。未幾，超拜承政院同副承旨，兼經筵參贊官、春秋館修撰官。公至是釋褐適十年，人榮之，以爲“一舉首登龍虎榜，十年身到鳳凰池”者，正爲公道也。公以不次乞辭，御書狀尾曰：“予觀明鏡，姸蚩自露。莫鋪區區之辭，更竭斷斷之誠。”陞至左承旨。坐事當遷，命降左副。政院僉啓曰：“院中上下之間禮分甚嚴。當遞，不當降。”上答曰：“如某不可不在喉舌。卿等安知予有何意？”不數月，起授都承旨。公再三懇辭，御札答之，辭旨丁寧，至引古名臣以勉之。且曰：“一身榮辱禍福，皆在欽之一字。”其器遇之隆如此。嘗入對，因天變極論丙子之獄連坐多濫，久竄遐裔，豈無冤枉？上大感悟，疏放凡數百人。信矣！仁人之言，其利博哉。後因事闔院幷罷，既而授掌隸院判决事。時司憲府大司憲闕，上適幸後園，命入侍大臣薦堪職者。公亦在薦中，上擢拜之。卽命召公至，教曰："憲長，須用慷慨人。卿爲承旨久，予知卿心，是以命卿。凡事不可過重，亦不可過輕，乃爲得中。"公俯伏受命。上命都承旨李吉甫取金帶帶之，命公行酒于儀賓以上。其所以眷注之隆無與爲比。一日，嘗侍經筵，與弘文館校理權景祐同啓："尹氏雖坐廢，曾配至尊。而今褻處閭閻，家貧，奉養亦窘。請别置一室，官給廩餼。"上震怒，以爲阿媚元子，爲後日地。命大會公卿議，事將不測。先命收告身鞫問，公對不屈。又命下禁獄鞫之，公對如前。廷臣皆懼，莫敢出一言爲解。然竟赦不罪，猶奪告身，置散地。後三年，始敍西班職，仍出爲忠清道觀察使，歷漢城府左尹、戶曹參判。方居憂，成宗賓天。嗚呼！以公知遇之隆，公卿位可指日致，而卒不至焉。豈非命耶？及至廢朝，尤不喜仕宦，惟與世浮沈，未嘗以官事爲意。十餘年間，其處閑地爲多。由禮曹參判遷刑曹，出爲平安道觀察使，秩未滿，以病辭。又授西班職。甲子獄起，追論公嘗爲承旨時，請翻大妃所下諺書廢妃罪狀，宣付史官爲可罪，杖配丹城縣。初，公侍從，察任士洪父子奸狀，倡同僚上章力辨，且言不去將敗國。人且怪之，以爲太甚。後士洪果敗，始服其先識。士洪怨公至骨，至是當國，凡平生所嫉惡者，必置死地乃已，至有闔門遭禍。人皆爲公悚懼，公曰："死生在天。"略不爲意，雖在遷謫中言笑怡然，無異平昔，既而放還。及聖上卽位，參靖國勳，例進階，封仁川君。公見一時朋儕彫謝殆盡，而卿相以下皆後進晚輩，班行無可省識。乃歎曰："少年知遇，食祿已四十餘年，榮幸已極，不去何爲？"遂退歸咸寧村舍老焉。舍南有斷峰臨流斗起，就其頂構小亭，名曰"快哉"。日與子姪群從，觴詠爲樂。搢紳間往往爲詩文，贊詠其事而稱慕之。以爲名遂身退，今世一人而已。公爲詩題亭壁，末句云"何似盡抛塵世事，蓬萊頂上伴神仙"。未幾，公無所病而卒。人謂公果世外人也，其知之矣。公天性踈宕不拘，與物無忤，唯好讀書，雖疾病未嘗釋卷，然亦讀不過數徧輒成誦。爲詩文，操筆立就，若未始搆思，而語輒驚人。至於山經地誌無不該博，雖天下異國，亦了然如親見之。嘗以聖節使朝京，途遇御史孟貴，悉認孟所莅地，答問無差。孟驚服。於北京見雲南人崔瓛，問瓛所居，仍歷說道里遠近，山川形勝。瓛大驚曰："某山下卽吾居也，未知宰相何時遊歷？"平生酷愛山水，自承旨落職，與成公俔薄遊關東，入金剛山，恣窮探討，飄飄然有出塵想。其罷大憲，又遊俗離山，皆行具草草如布衣時，惟以琴酒自隨，人莫有知者，山僧亦以老措大目之，而一時儒林望之若仙遊然。晚年築室南山下，鑿方塘，醉必撫琴長吟以寓意。猶以爲未也，竟棄官南歸，仿佯優遊，以終天年。公之素志於是乎畢矣。

《懶齋集·年譜》:(略)

《懶齋集·仁川世稿序(李純亨)》:懶齋之文章殆發於乾坤渾厚之氣,體段夙成,鋒穎早脫。少魁文榜,聲華蔚然,其所製作動炙人口,殘膏賸馥猶能使人咀嚼。惜乎勇退桑鄉,優游自適。平生所著足以汗牛,而散落不收,歸於醬瓿之間者不知其幾耶。

《龍泉談寂記》:蔡聘君襄靖公,幼從父任在慶山,與二弟同臥衙閣。夜忽思便旋,攬衣獨出房櫳外。開目見白氣如火圓鏡,五色相比極明絢,在空中回轉若車輪,自遠而近,迅如風電。襄靖魂悸,蒼皇走入。才踰中閾,其物追入房中。俄聞小季最在房奧者驚起騰躍,呼痛之聲不絕口,口鼻流血而斃。襄靖了無傷損。凡邪氣中人,必乘其虛,人氣全則亦不能害矣。

《稗官雜記》:蔡懶齋壽中廟初著《薛公瓚還魂傳》,極怪異。末云:"公瓚借人之身淹留數月,能言已怨及冥間事甚詳。令一從所言及所書書之,不易一字者。"欲其傳信耳。言官見之駁曰:"蔡某著荒誕不經之書,以惑人聽,請置之死。"上不允,止罷其職。

《於于野談》:蔡壽有孫曰"無逸",年才五六歲。壽夜抱無逸而臥,先作一句曰:"孫子夜夜讀書不?"使無逸對之,對曰:"祖父朝朝飲酒猛。"壽又於雪中負無逸而行,作一句曰:"犬走梅花落。"語卒,無逸對曰:"雞行竹葉成。"

《詩評補遺》:成虛白俔、蔡懶齋壽性皆踈宕,不拘小節。嘗並直銀臺,坐事俱罷。薄遊松京,不以僕夫自隨,兩人遞爲奴主。一日,虛白爲主,懶齋執鞭。行到滿月臺,見鄉士會飲。虛白直抵席末而禮之曰:"吾乃貧士也,將適西關。偶值盛會,願沾餘瀝。"諸士與之酒,問曰:"君能識字否?"對曰:"僅辨魚魯耳。"諸士曰:"當呼韻,君可應之。"遂呼韻,虛白應聲曰:"秋風匹馬松京路,訪古行人意未閑。流水至今鳴澗谷,浮雲依舊鎖峰巒。千年城郭夕陽外,一代衣冠春夢間。爲問繁華何處去?"至落句"班"字頗有沈吟未就之狀。懶齋伏在座下,忽仰視虛白曰:"上典主,上典主。何不道'殿臺無主野花斑'乎?"諸士愕然曰:"怪事,怪事,彼蒼頭亦能詩乎?"仍詠過,彈指曰:"汝奴主真可與言詩。雖成、蔡文章,何以加此?"時兩人文聲方藉甚,故云。虛白告別曰:"他日相逢,姓名不可不知,我是成俔。"懶齋亦曰:"蒼頭是蔡壽也。"諸士始知爲兩人所賣,駭汗而遁。

【按:蔡壽(1449—1515)字耆之,號懶齋,謚襄靖。籍貫仁川。奉享咸昌臨湖書院。著有《懶齋集》今傳。其詩婉麗嫺熟。《箕雅》收其七律一首。】

金　訢　　**字君節，號顔樂堂。延安人。睿宗朝登第，選湖堂，登重試，官至工曹參議。奉使日本，不至而還。**

《顔樂堂集·墓誌銘(申從濩)》：生而穎異。稍長閉門讀書，人罕見其面。窮探遠搜，涵漬日富。歲戊子，年二十一，魁進士。辛卯又擢魁科，聲名振一時。風彩端雅，人望之知其爲金玉君子也。因事久不調。癸巳春，授宣務成均典籍。夏遷兵曹佐郎。乙未，階承訓，帶知製教。丙申，拜藝文副校理，兼經筵侍讀官，加承議。戊戌，加奉訓。藝文館改號弘文，仍爲校理兼春秋館記注官。己亥，國家通信日本，選爲書狀官遣之，未達而還，加奉直。庚子差質正官朝京，加通善。辛丑，加通德。壬寅，加朝奉。癸卯，兼藝文館應教，國制，擇才高將主文盟者授之，加奉正。甲辰，陞直提學。冬，特加中訓。乙巳，超通訓。丙午，陞工曹參議。已感風疾，乞解職，不許，遣醫治療。丁未，又辭，移上護軍。雖在床褥，長賜廩祿，數問其證，聯賜藥餌，浴于溫陽，下書監司，發丁輿歸，皆異數也。壬子正月，遂不起。享年四十五。聞者惜之。……與君節相從於玉堂金馬，首尾五寒暑矣，知君節莫如我。壬寅歲，余自廣陵校官，誤恩西清。一時魁傑雄俊之士林立，而心所敬服者，獨吾君節耳。嘗欲剡章論事，締思數日，過君節而質之。則微笑若有所思，索筆盡抹去，命易他紙，颯颯風馳而雨驟，筆不暫停，須臾已盈數紙。從傍睨之，出入今古，援據精切，文彩爛然。如從濩者雖罄終身之力，其敢望其髣髴耶？一日，同論事上前，危語劘上，天威震動，傍侍者縮頸，不能出一聲。獨徐徐辨析是非，默回天心。余既服其才，又服其剛勁不撓又如此。其奉使日本也，遇風濤，舟出沒如鳧鷖，死僅一髪。同舟之人皆蒼皇叫號，而端坐讀書，怡然如在閨閤。抵對馬島，上介遘疾，命還。衆皆躍躍失喜，而君節獨以不能窮扶桑暘谷，盡天下大觀爲恨也。平生胸襟坦然，死生利害，一聽於天，而遇事略不動心。……文章簡古雅潔，又能詩，尤工於排律，雖置古作者亦不多讓。每庭試儒紳輒居第一，恩賜稠疊，士林歆艶。娶前平康縣監尹塀之女，生三女三男。男長曰安國，後改鼎；次曰安世；次曰安老。

《二樂亭集·顔樂堂集序》：聲爲心出，詩乃言志，詩固發於性情而形於聲，則觀詩亦可以知其人也。和易之人其辭舒以暢，褊狹之人其言嗇而僻。曠達者放，窮愁者苦。識未高則意淺，理不勝則氣滯。粤自大雅熄，衆作蟬噪，能溫醇莊律，樂不淫，哀不傷，遠窺《風雅》之域者僅一二數。立意造語不亢不流，端重近正者亦世不多得。噫。！章隨世降，人趨舍又不同，樂春華而忘秋實，理皮膚而遺骨髓者皆是。有能外膚華尋骨實，直遡其正派者，則雖未造於奥妙，吾猶將表而彰之，况又近於典雅者乎？吾少也聞顔樂堂之聲，才高氣勁，擅美玉堂，爲一時操翰墨者所推重，欽其名而仰慕之。及覩其眉宇冰清玉潤，爽氣逼人，即知其中有所藴。恨余生後，無以接緒論而挹餘芳也。今年春，因先生胤子得見其詩若文，溫栗明瑩，如珠生合浦，無一顆可揀；玉出崑山，抵鵲皆絶品。比來作者濃贍富麗則或有之，若典律雅健，不得無讓於先生也。先生心有規範，辭無詖淫，義理中勝，紛華外絶。雖咀爵欬唾，要不與流俗混。又用"顔樂"扁其堂以立其志。其發而文諸言，自能庶幾於性情之正，雖謂之近典雅而直遡其正派，亦非濫也。後之人如欲探先生之藴，讀遺編可得其概。此余所以重其作而服其人也。

《二樂亭集·附録·題後(李沆)》：文章日陵替，宇宙寂寞中。李杜去我遠，蘇黄世不同。長嘯海東頭，自歎身世窮。安知先輩中，乃有顔樂公。獨步擅詩聲，造化讓其工。静女笑幽閨，秋葩發深叢。淡粧謝脂粉，孤芳避春紅。文華動一時，荷眷莫與隆。當時我成廟，好文天下雄。盛公白玉堂，縹緲蓬山崇。十載論思地，幾多補衮功。多才造物猜，奪去不待終。黯黮奎璧晦，淒凉翰苑空。遺篇幸不朽，光焰照蒼穹。三子亦能業，詞藻振大東。乃知虎豹文，餘斑在兒躬。其中白眉者，述作擬乃翁。昂然野鶴姿，足想中散風。

《冲菴集·顔樂堂詩集跋》：顔樂公早升堂於佔畢，得其淵源。今觀其詩，簡正古雅，削其世俗華艷，一主於精深。如冠冕佩玉，聲容節度可敬而儀也。余謂公之詩非東方之詩也。觀其所用力，眞欲寫出性情之藴，遠追古人意趣，所謂夐越常情，卓然有見者也。公之平生道德行事，余固不贅。後之欲知公者，即公之詩而以簡正古雅者，求公之性情風標，斯不遠耳。而又必有得於吾言之外者。正德癸酉七月既望。

【按：金訢(1448—1492)字君節，號顔樂堂，謚文匡。籍貫延安。金宗直門人。著有《顔樂堂集》今傳。其詩簡正古雅。《箕雅》收其七絶一首、七律一首、七排一首。】

安　琛　　字子珍。順興人。睿宗朝登第，選湖堂，官至工曹參判。

《朝鮮中宗實録》卷二一：十年二月己丑。己丑朔，知敦寧府事安琛卒，年七十有二。琛少以才名見稱，然嗜財輕義。當燕山時，出按忠清，承迎主意，陰剝謫人。謚口恭平。

《容齋集·工曹判書安公神道碑銘并序》：正德甲戌，工曹判書安公名琛，字子珍，以疾乞辭，遞爲知敦寧府事。翌年乙亥春二月初一日卒，葬于廣州之靈長山，從先兆也。……公兄弟凡五人，而公居中。自幼穎秀出衆，及學不煩指授。年十八與仲兄璿竝登天順壬午生員、進士兩試。參贊公尚在，受其慶。成化丙戌，世祖幸江原道，仍取士，公及長兄參判公瑚竝聯名釋褐而還,一世以爲榮。補承文院正字,選議政府司錄。戊子,陞司憲府監察。辛卯,成廟用集賢殿故事設藝文館,揀一時名士以充之,公亦膺其選,爲副修撰、知製教兼經筵檢討官。癸巳拜司諫院正言。甲午出爲平安道都事。乙未授吏曹正郎。丁酉復入藝文館校理,尋拜司諫院獻納。一日,因朝對極論公主第宅踰制。時任士洪爲諫院長,其子光載尚公主,甚恨之。卽會兩司于朝房,士洪揚言曰:"臺諫須議同乃啓,獨啓非宜。"公曰:"言官當各盡抱蘊。若有所待,必礙言路。"士洪愈執不迴,且以啓。上卽召對令陳狀,知不可相容,竝許遞之。公復爲校理。庚子陞應教。時士洪爲承政院都承旨,勢焰頗熾。公與同列,論發其姦。上震怒,同館皆見罷。賴宗室朱溪正深源極陳士洪陰邪狀,上大悟,卽斥士洪,而復公等職。辛丑授司憲府掌令,陞成均館司成。癸卯由軍器寺正拜弘文館直提學。甲辰進階通政,爲副提學,拜承政院同副承旨,陞至右承旨。坐事罷。丙午以西班職,充管押使赴京。丁未拜楊州牧使。秩滿,以禮曹參議召還,復爲弘文館副提學。癸丑由吏曹參議,特加嘉善,爲同知中樞府事,充千秋使朝京。甲寅拜成均館大司成兼世子賓客,尋拜吏曹參判兼都摠府副摠管。成廟昇遐,以兼同知春秋館事,參修《實錄》。丁巳,以久在政曹辭,拜同知中樞府事。戊午授全羅道觀察使。己未遞爲漢城府右尹,尋授司憲府大司憲。庚申由同知中樞府事出爲慶尚右道兵馬節度使。壬戌遞拜漢城府左尹,授戶曹參判兼藝文館提學。癸亥以刑曹參判陞嘉義,出爲忠清道觀察使。甲子遞拜禮曹參判。乙丑陞資憲,爲知中樞府事。正德丙寅,出爲平安道觀察使。今上卽位之明年丁卯,以疾辭遞,拜知中樞府事。戊辰兼成均同知事。庚午知敦寧府事。甲戌以年至請致仕,不許。是年冬特拜工曹判書,許之。未三月而卒。訃聞,上爲輟朝市,賻贈竝如禮。公性端雅簡靜,自少爲儕輩所推許,所與遊皆一世知名士。爲文章以達意爲尚,遇物措思,音韻自諧。筆迹典重,得松雪齋遺法,求書碑碣屏障者日相繼。成廟大加奬異,屢下內紙命書進,其見賞遇如此。公以教化自養士始,所至必以興學爲務。其爲大司成,教養誘掖皆有課程。患諸生食堂陋隘,斥以爲廣。又患學宮與閭閻相溷,收買洞口民居撤之,以西泮水爲限。及爲平安道觀察使,設作成庫以贍學廩,至今猶遵不廢。平生未嘗言人過失,然於國事亦不爲避。其斥士洪也,公主之甚力,故士洪銜公尤深。及燕山末年,士洪平日所睚眦或至闔門遭禍,公常恐不免,唯務與世浮沈而已。聖朝中興,公已告病,而上猶以耆舊特擢爲六卿,亦異數也。文城柳公洵、漢山李公蓀與南庠舊交結爲耆年會,公年未及七十,用司馬故事邀與同會。酬唱成卷,模寫爲圖,一時傳以爲勝。

《謏聞瑣錄》:高麗文成公安珦嘗作詩書于學宮曰:"香燈處處皆祈佛,

絃管家家盡祀神。獨有一間夫子廟,滿庭秋草寂無人。"慨然以興起斯文爲己任,納藏獲百口于成均館,卒後配享文廟,血食中外。至今公之承祀宗子,連十代登科第,可謂食其報矣。公鎮合浦數月,朝廷取士,促召之使主試席。時霖潦水漲,公間關至星州,作詩贈李東庵曰:"夏初分鉞海邊來,吟過三庚致遠臺。驛吏電馳傳密旨,文闈火迫選賢才。星山瀑潦乘槎渡,月窟清飆養桂催。預想奏名開慶席,鳳笙檀板錦千堆。"公之父子相繼爲合浦都節制使,而九代孫琛亦爲節度使,次公詩云:"文成公後耳孫來,黑槊紅旗訪古臺。詩禮我家能積善,武文何代不生才?勤王一寸丹心在,戀闕千莖白髮催。傳世青氈期勿失,黄金不屑謾成堆。"

《稗官雜記》:安知事琛《靈巖郡徘徊樓》詩:"徘徊樓上月徘徊,客子徘徊亦快哉。玉兔幾年仙藥搗,素娥何處鏡奩開?搖波散百東坡水,對影成三太白杯。直到夜深天似洗,好風吹送桂香來。"一時以爲佳作。然"東坡白"、"太白三"本李文順語,而安又有《昌寧秋月軒》詩,其一聯云:"搖波散作東坡百,對影真成太白三。"有何新語,而屢用歟?

【按:安琛(1444—1515)字子珍,號竹窓、竹溪,謚恭平。籍貫順興。擅長書法,爲松雪體。《續東文選》卷三載其五古一首,卷六載其五排一首。其詩清和淡遠。《箕雅》收其五排一首、五古一首。】

崔敬止　　**字和甫。世祖朝登第,登重試、拔英試,官至副提學。**

《朝鮮成宗實録》卷一〇八:十年九月壬申。承政院啓,弘文館副提學崔敬止卒,傳曰:"以何病而死?近臣構病則啓達,例也。何不啓之?"都承旨洪貴達啓曰:"敬止素纏疾病,或痛或愈,痛愈無常,玆不啓達。"右副承旨蔡壽啓:"崔敬止,本有酒病,昨日折簡於臣而求藥,乃知其病。然豈知遽至於此乎?"

《秋江冷話》:上党府院君韓明澮構亭漢江之南,名曰"狎鷗",欲以定策功,擬韓忠獻而得恬退之名,將"辭老江湖"爲言,而顧戀爵禄不能去。上作詩别之,朝廷文士爭相和韻,累數百篇,而判事崔敬止詩爲第一。其詞曰:"三接殷勤寵渥優,有亭無計得來遊。胸中自有機心靜,宦海前頭可狎鷗。"明澮惡之,不列懸板。後有布衣李尹宗者,過其下,憩亭上,有長篇大作,其末韻曰:"有亭不歸去,人間真沐猴。"李詩太露,不若崔詩之溫淳典重。

《海東雜録》:崔敬止,全州人,字和甫。我光廟朝擢壯元。有才名氣概,官至弘文館副提學。有狎鷗亭題詩一絕,語甚警云。

【按:崔敬止(?—1479)字和甫。籍貫慶州。世祖六年(1460)文科壯元,任正言,十二年拔英試及第。睿宗元年(1469)任春秋館編修官,參與編撰《世祖實録》、《睿宗實録》。成宗六年(1475)以奉常寺副正重試及第,反對仁顯王后廢位,其後任副提學。氣概高尚,詩才出衆。其詩溫淳典重。《箕雅》收其七絶一首。】

盧公弼 **字希亮,號菊逸齋。世祖朝登第,官至領中樞府事。燕山時杖流茂長。**

《朝鮮中宗實録》卷二六: 十一年十一月乙巳。交城君盧公弼卒,遣承旨往弔之。史臣曰:"公弼爲人,强敏精察,諳鍊古事,奉職詳密,稍能詩文。然性甚偏刻,貪汚鄙嗇,逐利分毫,有同商賈。唯不懈祭先,人或稱之。及卒,諡曰恭褊。執禮銜賓爲恭,心隘政急爲褊。公弼自少常往來親善者,唯任士洪、柳子光,而士洪則至與爲婚。二人皆誤國奸雄,議者曰:'亂政之時,公弼幸早被謫,若在朝則其不爲士洪之黨,未可知也。'反正之後,舉朝請竄柳子光,公弼反以言者爲非,士林莫不憤罵。"

《海東繹史》卷六九: 弘治五年,兵部郎中艾璞德潤使朝鮮。公弼充遠接使,亦有詩贈答。知成均館事。洪貴達爲之序。《靜志居詩話》

《二樂亭集·領中樞府事交城君盧公神道碑銘》: 公諱公弼,字希亮,自號菊逸齋。交河人。……以正統乙丑生公。公少英敏穎達,長篤志力學。中天順壬午司馬試,任補義盈庫直長,轉社稷署令。登成化丙戌文科,歷成均館直講、藝文館校理,轉陞應教、典翰、直提學、副提學。歷兵、吏、禮三曹參議,拜承政院同副承旨,次轉爲都承旨。癸卯,階超嘉靖,爲同知中樞府事,尋拜司憲府大司憲,歷兵、吏、戶三曹參判。弘治己酉,特陞資憲,工曹判書。自是歷長六曹,出按京畿,所履著績。戊午拜議政府右參贊。是年丁内憂。服闋,封交城君,襲考勳也。癸亥特陞崇政,議政府右贊成。甲子遭燕山昏虐,杖配茂長,非其罪。秋,丁外憂。時方短喪制,雖士大夫畏罪怵禍,鮮守古禮。公於配所設神位,哭行朝夕奠,服終三年如禮。正德丙寅,聖主膺運,收舉竄謫,還拜交城君。以先朝耆舊,特命録原從二等功,尋拜右贊成。丁卯,特陞輔國崇祿,領敦寧府事,兼領經筵,重朝望也。上之卽位,遣使皇朝請承襲,未蒙允詔。朝廷舉公更遣,禮部猶執前議。公陳請誠切,竟得受權署國事勑而還。上親迎于慕華館,特録功原從一等,賜土田臧獲。秋,拜領中樞府事。甲戌,以年七十致仕。不允,賜几杖。丙子患疾,十一月二十八日卒于正寢。享年七十三。訃聞,輟朝市,別遣内臣弔孤,官庀喪事,贈賻特加。越明年丁丑某月日,窆于某縣某里某坐某向之原,從先塋也。公性稟貞亮,風儀端方。本之學問,緣飾吏治。爲文章雅峭,不流俗尚。事親誠孝,老而彌篤。……練達治體,諳習典章,樞機綜密不遺纖毫,朝廷倚重。

【按:盧公弼(1445—1516)字希亮,號菊逸齋。籍貫交河。盧思慎長子。《續東文選》卷六載其五律一首,卷八載其七律二首,卷一〇載其七排二首,卷二〇載其七絶二首。其詩熟練平實。《箕雅》收其七律一首。】

月山大君婷　　字子美,號風月亭。成宗大王之兄。謚孝文。

《朝鮮成宗實錄》卷二二三:十九年十二月庚戌。月山大君婷卒。輟朝市,禮葬如例,祭賻有加。婷,字子美,即上之母兄也,生而聰穎異常。世祖鍾愛,養于宮中。歲庚辰,封月山君。辛卯,封大君,賜純誠明亮經濟佐理功臣之號。自幼好讀書,性又冲澹,不喜紛華,其於聲色鷹犬,尤不悦焉,惟好詩酒。嘗構小亭於園中,扁曰"風月",聚經史子集,日處其間,搜獵殆盡。爲詩平淡,又解音律。雖喜文士,不妄交接,門庭寂然,絶無車馬。祈郎中順奉使我國,見婷儀貌閑整有禮,頗賜容接婷。嘗爲文昭殿宗簿寺提調,辭不敢當,乃免。國法,朝臣道遇王子,下馬拱立,以俟其過。婷爲請許避馬,其謙德如此。每朝詣闕問安,雖隆寒盛暑,未嘗暫廢。至於侍宴射,雖歡洽之至,必循規蹈轍,未嘗少失。上亦友愛甚篤,待遇極隆,恩賚稠疊。是年九月,仁粹王大妃不豫,侍藥憂勞成疾。沉綿數月,至是乃卒,年三十五。娶平陽君朴仲善之女,無嗣,側室有二男。太常議謚以恭簡,上特賜謚孝文:秉德不回,孝;施而中理,文。

《虚白堂集·月山大君詩集序》:孝文公卒之明年,上命裒聚遺詩爲集,令臣爲序弁其首。臣竊惟養珍木者得寸根,必壅之以墳,灌之以水,暖之以日,然後得遂且茂。所托者淺,故必用人力以扶植之也。其生於深山大壑之中者,不賴栽培灌暖,而自然枝葉敷暢,卒至上撓青雲而不見其巔。此無他,其托根深,而元氣厚也。人之有才者亦猶是爾。凡人之爲學者,孳孳屹屹,勞心怵慮,飽憂患而費工夫。然後得發爲文,雕琢務奇,而其氣像未免有淺近之病。王公鉅人則不然,居移氣而養移體,所處高而所見大,不務學而自裕,不鍊業而自精,恢恢然有餘力而其功易就。然文章之名,多出於窮困,而不出於紈袴者,非窮困之獨工,而紈袴之獨不能也。汩於富貴繁華之樂,而不可爲也。漢興,河間獻王德修德好古,邀四方道術之士與之講論,又奉對策於三雍之宫。東平王蒼少好經書,爲文典雅,所作書記賦頌歌詩爲當時儒士之所錄。其文章事業,皆爲兩漢之冠。然好名矜夸之累,識者譏之。公以宗室之胄,肺腑至親,禮義檢身,動遵繩墨,斥去紛奢,務要儉約,謝絶賓客,潛心墳典。發爲詩文,隨意輒占。今觀是集大篇舂容,短韻雅健,不勞埏埴而陶範自成,不要斤斲而規矱允合,不點雌黄而文采爛發,不費御勒而跬步不窘。其清深醞藉,一無紈綺之習,而蕭然有出塵之標。自非見理之明,寫物之精，何以至此？雖老儒大手有名於文苑者，莫能攀而倫之。則彼河間、東平之儔，奚足比肩而擬議之耶？世之身叨富貴，目不知書，而心中所存者寡焉，則年雖多而道則夭。公則學文富於一己，而文雅擅乎一代，敷施煥發，身雖亡而不亡者存焉。則雖曰夭於天年，而道則未嘗不壽。上以黼黻邦家，下以資民歌詠，作爲雅頌，彪驲琅炳，垂青史而不墜。則其膾炙後人之口，豈淺淺乎哉？行成均館大司成臣成俔謹序。

《東閣雜記》：成廟嘗於政事日，命饋吏兵曹堂上六承旨、兩儀賓于昌慶宮大門内。酒數行，月山大君自内擎出銀瓶三事，大一小二。腰兩面皆金縷御制詩，以賜大君者也。而香醪皆滿，大君屬在坐者奉賡因觴之。繼又内使宣命云："聞大君示予拙作于諸宰，予甚慚焉。詩雖不可觀，韻猶在也。諸卿宜和進。"

《謏聞瑣錄》：有出宫人箱篋收貯截紙劄翰異常，云："幽亭瞰流水，高樹俯潺湲。驊騮嘶青草，春在翠微間。"又："絕壁立千仞，松風鳴未休。憑欄無限意，依約故山秋。"又曰："新菰初嚼水晶寒，兄弟情親忍獨看。"又曰："問兄何事送羲娥？遙想洋琴與渭歌。"又曰："期會親戚，聘招佳妓。義雖君臣，恩則兄弟。"云云。見之者，知爲成廟常時戲筆棄餘也，二絕句必題畫之詩，不知誰作。餘皆與月山大君之簡稿也。成廟每引月山入内曲會，出則簡寄，酬唱無虛日，蓋其友愛篤至焉。

月山大君婷，字子美，號風月亭。喜酒好文雅。成化乙巳丙午年間，屢陪詩酒。嘗贈予詩曰："仲也風騷客，詩名又一奇。獨能兼古律，不奈是珠璣。吟裹思無盡，閑中喜有期。相逢一樽酒，談笑興遲遲。"句格高遠深穩，尋常業詩者所不能及矣。

【按：月山大君（1454—1488）姓李，名婷，字子美，號風月亭，謚孝文。德宗長子，成宗之兄。深得世祖寵愛，七歲封爲月山君。成宗時晉封爲月山大君，冊錄爲二等佐理功臣。酷愛書史，文章出衆，詩尤著名。著有《風月亭集》。其詩春容雅健，古律兼善。《箕雅》收其五絕一首、七絕一首、五古二首。】

朱溪君深源　**字伯淵，號醒狂。太宗大王子，孝寧大君補之孫。嘗論斥姑父任士洪之奸，燕山時終被害。**

《燕山君日記》卷五三：十年閏四月庚辰。義禁府郎廳自泗川，拿李幼寧而來，傳曰："其即斬于軍器寺前，梟首于市，百官序立如前。"命承旨朴說、李繼孟及内官監刑，令諭之曰："汝輕聽友人之言，發人陰事，托爲公論，誣陷重罪，罪不可赦。茲命典刑，其知之。"史臣曰："幼寧，太宗五世孫。好學登第，選補承文院，後爲吏曹佐郎，遷司憲持平，以具世健事被誅。初，幼寧父朱溪君深源面對成宗，極論任士洪之奸。士洪以此久廢錮，怨入骨髓，未有以發。及得志，搆殺幼寧，竝及其父深源、弟幼盤。”

《燕山君日記》卷六二：十二年四月丙寅。下任士洪贈天使書，傳曰：“不敬天使，是辱帝命也。士洪責禮華使，若上國來問其由，則何以答之？士洪不啓稟，任意爲之，尤非也。鞫之何如？”政丞等啓：“上教允當。”士洪爲人性訩狠貪鄙。成宗朝爲都承旨，與司諫朴孝元、持平金彦辛諸輩結爲黨友，排擯異已者。成宗知其奸，廢錮不用者數十年，其子光載、崇載，皆尚公主，聯姻王室，伺候人主所好，欲市恩寵者久矣。及上卽位，好聲色遊畋之樂，崇載奪人妻妾有姿色者納之，以是得幸，出入臥內。上一日以微服幸其家，召士洪進爵，士洪見上拜泣嗚咽。上愕然問之，士洪曰：“天門九重，無路自達，豈意今日得見聖主於私地？”因誣訴嚴淑儀、鄭昭容譖廢母后事，上亦爲之泣下。入夜還宮，召嚴鄭二媛，手殺之。未幾授士洪工曹參判。歷授吏、兵曹判書，受人賂賄萬計。忠勳府都事南傑、義禁府都事李嗣宇、兵曹正郎尹龜壽事之如父，士洪亦不爲禮，待之僕隸。士洪與朱溪君深源、廣陽君李世佐有隙，皆譖殺之，由是道路側目。甲子而後，變革舊制，殺戮大臣，屢起大獄，皆士洪所導也。

《記言・朱溪君碣陰記》：朱溪君諱深源，字伯淵，別號醒狂。我恭定王第二王子孝寧大君蕭之曾孫，而宗室諸公子也。性方正好讀書，以文學著聞，一時士爭師之。先公子枰城君偉賢，我惠莊王稱直而文者也。我康靖王薨，燕山君嗣立，狂悖無道，賊殺忠良，好淫虐，國人叛之。公子數諫不用，極言嬖婞臣士洪譖賊用事。以大逆誅族其家，二子幼寧、幼槃皆死。幼寧以才學顯用，禍時爲天官正郎。少子幼靖、幼寧子敦復以童稚沒入爲奴。事在史氏。公子家既滅死，而有遺文七卷傳於鳴陽正賢孫，其受業弟子也。及燕山君廢而恭僖王立，大釋諸囚，公子追爵興祿正一品，旌其閭，置守塚十家，給復田五結，令祭祀不絶也。敦復召除官，至谷山郡守。昔當殷之亡，微子去之，箕子佯狂爲奴，比干諫而死。孔子曰：“殷有三仁焉。”三仁之行不同，而其心出於至誠，孔子稱其仁。若公子可謂比干之仁也，亦至矣。公子被殺死至今二百三十四年，有外子孫延安都護府使權德徽刻石其墓曰“朝鮮公子朱溪君之墓”。今上卽位之七年秋八月朔日辛巳。

《稗官雜記》：宗室朱溪君深源有先見之明。成廟朝，知姑夫任士洪奸邪，上疏力辨。竟竄士洪於外。燕山末年，士洪用事，譖深源殺之。中廟卽位，嘉其忠義，贈爵旌閭。正德中，命撰《續三綱行實》，纂集廳欲錄于忠臣中。已畫其圖，適有異議，竟不施行。聞者恨之。

《謏聞瑣錄》:朱溪正深源非但解理學,亦能綴詩。《雨後晚望》曰:"一犁春雨杏花殘,處處人耕白水間。獨立蒼茫江海上,不勝惆悵望三山。"《到雲溪寺》曰:"樹陰濃淡石盤陀,一徑縈回透澗阿。陣陣暗香通鼻觀,遙知林下有殘花。"

《小華詩評》:申玄翁欽云:"宗英之能詩者亦多,風月亭爲冠,醒狂子、西湖主人其次也。"按風月亭即月山大君婷,醒狂子即朱溪君深源,西湖主人即茂豐正總。今選三人詩各一首,風月亭《寄人》詩曰:"樹陰濃淡石盤陀,一徑縈回透澗阿。陣陣暗香通鼻觀,遙知林下有殘花。"醒狂子《雲溪寺》詩曰:"旅館殘燈夜,孤城細雨秋。思君意不盡,千里大江流。"西湖主人《漁父》詞曰:"老翁手把一竿竹,靜坐苔磯睡味閑。魚上鉤時渾不覺,豈知身在畫圖間。"近世泰山守棣亦能詩,其《閒居即事》詩曰:"蕪菁結穗麥抽芽,粉蝶飛穿茄子花。日照踈籬荒圃靜,滿園春事似田家。"蓋自古宗英生長綺紈,耽悅聲色,罕有留意文章者。而觀其詠諷,絕俗超倫,有非等閒詞客所及,貴哉!

《師友名行錄》:深源字伯淵,號醒狂,又號默齋、太平眞逸。太宗之玄孫。與余同年生,日月後於余。經明有行,兼通醫術。性忠孝,不喜巫佛。平居冠帶,手不釋卷。殿講通《四書》、《五經》。進階明善大夫,行朱溪副正,年二十五。凡前後五上書論治道,或允或不允。又廷論叔母夫任士洪不道異心。失意於祖父,謫長湍,又謫伊川。上書請見病父母,言語懇至。得允。丁未年宗親科試,講經史擢第一人,賜藥賜酒。賜階二品而不封,以前有忤祖父之過也。

【按:朱溪君(1454—1504)姓李,名深源,字伯淵,號醒狂、默齋、太平眞逸。太宗之玄孫。《國朝詩刪》卷二載其七絕二首,卷五載其七律一首,卷七載其五古二首。其詩韻清意遠,古體有樂府古態。《箕雅》收其七絕二首、七律一首、五古二首。】

鳴陽正賢孫　　字世昌。太祖大王四世孫。

《秋坡集·附錄·言行錄》:公之外王考朱溪君,以道學眞儒,在成廟朝請對論任士洪奸凶終必誤國之狀。至燕山政亂之時,士洪以倖臣擅國柄,搆誣朱溪君父子,竝被慘禍。朱溪君門人鳴陽正賢孫收拾朱溪君遺稿,藏於其弟。臨歿,語其夫人曰:"吾收拾先生遺稿於散亡之中,藏之久矣。將以待先生子孫以付之,使壽其傳。今將死矣,願夫人密藏此稿,待後日付其子孫之可傳者云。"及公爲舍人時,有稱鳴陽正子弟者踵門,傳其母夫人之辭曰:"吾年老臨死,欲以此稿付其子孫,故來告耳。"公卽馳往其家,夫人卽以其稿出付公，且使其子傳言曰："吾家翁生時祕此稿，將以付諸先生子孫而不得遂。臨終時付余，俾遂其志。吾祕藏有年，欲待先生子孫可傳者付之。每留心探問，則先生直孫雖有之，而無顯名者，不知其可傳與否。今聞舍人方以清名令節，顯揚於世，此稿之不朽，其有人乎？吾是以必欲邀公而付之耳。今幸得成家翁之志，吾死且有辭於家翁矣。"因放聲痛哭，聲聞于外。公亦掩泣謹受而來，告于大夫人，大夫人不覺失聲痛哭。及公出按關東，卽以此稿鋟梓刊印，將廣布於世。而以其時病篤徑還，未及多印爲恨。及公之姻友俞判書絳出按關北，又囑俞公刊於咸興。而以其刻字不好，且多誤處，欲改刊之際，適朱溪君外孫洪仁範出宰錦山，公又囑洪君開刊于錦山，正其訛誤，刻字亦分明，公製跋。使洪君之繼子迪寫之而竝刊，迪則故舍人荷衣子其號也。公常曰："鳴陽正夫人能體其家翁之志，使此稿得傳于後，眞所謂賢婦也。"自是之後，公與其子弟托交相往來。大夫人亦感其恩，每遇時物及珍味，必相饋遺。及其夫人之歿，公親自往護，顧恤備至。

《謏聞瑣錄》：宗室鳴陽正國珍，瀟灑出塵，喜文雅，作詩如其爲人。《遣意》詩曰："小雨茅齋濕，新晴枕席凉。水衣緣礎上，庭草過牆長。露浥芪花淨，風含蕙葉香。悠然午眠破，林杪淡斜陽。"《秋日》詩曰："白露園林淨，高風草木衰。覆杯踈竹葉，汲井煮桑枝。落日雁横塞，秋窗蟲吐絲。誰憐貧病客，長吟楚人詞。"又："空盤堆馬齒，荒園長雞腸。""水閣青奴冷，巖田腐婢香。""莓苔侵礎遍，蓬艾繞窗長。""紫蘇葉帶回風響，紅蓼花含返照明。""溪禽帶雨全身濕，山柿經霜半臉紅。"常有清羸之疾，未三十而沒。其《感懷》詩可見其不壽，云："光陰如電督，歲月不貸予。成名雖及時，畢竟歸空虛。形骸非我有，一朝無復餘。榮華豈足賴，天地真蘧廬。笑彼窮途人，痛哭終如何。"

《芝峰類說》：鳴陽正賢孫與南秋江爲友，有詩曰："水衣緣礎上，庭草過牆長。""水閣青奴冷，巖田腐婢香。"又曰："溪禽帶雨全身濕，山柿經霜半臉紅。"

《師友名行錄》：賢孫字世昌。神堯之後，官至鳴陽副正。年後余十二歲。動以法律身，篤行亞於大猷。嘗欲行冠禮，大猷止之。丁母憂，一從家禮。

【按：鳴陽正（1467—？）姓李，名國珍，字世昌。朝鮮太祖四世孫。其詩清逸瀟灑。《箕雅》收其五律三首、五古一首。】

南孝溫　**字伯恭，號秋江。在之五代孫。與金時習相友。十八，上《復昭陵疏》。登進士，更不赴舉，清遊物外。早歿，燕山時禍及泉壤。**

《燕山君日記》卷五六：十年十一月己亥。傳曰："成仲溫景溫、韓堡兄弟刑訊。匿名書事，南孝溫以亂臣例，剖棺凌遲，籍沒家産，其子處斬梟首，書柱曰：'父孝溫請復昭陵罪。'"

《秋江集·附録·諡狀(李性源)》：秋江南先生諱孝溫，字伯恭，一號杏雨。籍宜寧。唐天寶中，中國鳳陽府人金忠奉使日本，漂到嶺南，仍居之。以其自南來，故賜姓南氏。……公生以景泰甲戌。氣質豪邁，志尚高古。甫弱冠，抗疏請復昭陵。都承旨任士洪以"臣子所不敢議"，倡議力排。領議政鄭昌孫曾與廢陵之議，亦沮之。時人目之以狂生，比之孫昌胤。公退而作詩曰："北闕曾上書，物論頗紛厖。謾得孫子號，短蓑來秋江。"自是遂絶意於世。往往危言激論，雖觸諱而不少避。或登母岳，慟哭而返。躬耕于杏洲，暇則戴蓑笠手釣竿，漁于南浦，或策蹇驢尋鴨島，燒荻花煮魚蟹，探韻賦詩，徹夜而後還。凡域内名勝之地，足迹殆將遍焉。嘗仰看白日皎然，嘆曰："人生也直。人不可欺，天可欺乎？"遂以"日月昭昭頭上，鬼神監臨左右"十二字作《敬心齋銘》以自警。公早孤，事母夫人至孝。不屑爲舉業，而以母夫人命，間黽勉製應試，中庚子司馬，遂不復赴舉。其友東峰金悦卿謂公曰："我則受英廟厚知，爲此辛苦生活宜也。公則異於我，何不爲世道計也耶？"公曰："復昭陵後赴舉未晚也。"悦卿亦不復強之。素嗜酒，以母夫人憂之，作《止酒賦》，斷飲自誓。悦卿以書勸之，公復曰："僕自少酷好麴蘖，中歲遭齒舌不少。肆爲酒狂，自分永棄。身爲物役，心爲形役。使精神自耗於曩時，道德日負於初心。不意馴致不德，肆酗於家，貽慈母之羞。孟子以博奕好飲酒，不顧父母之養爲不孝，况敢酗乎？醒而自念則罪在三千之首，何心復舉杯？於是質之天地，誓之吾心，自今以後，非君父命不敢飲。若祭而受胙，獻壽而有酬，吾何辭焉？嗚呼！醒屈醉倫，本非二致。清夷和惠，竟是一道。"嘗著《六臣傳》，門人怵以大禍將至。公曰："吾豈畏一死，終沒忠臣之名乎？"卒行于世。又其遺詩云："四十七奏疏，能廣靈脩聰。終然四字論，不啻耳邊風。賴用季通筮，末路號遯翁。寒泉一間舍，端合證參同。"其微意可見也。所著《鬼神》、《心性》之論，見道精而立言約，發揮源流，殆無餘蘊，有非專門宿儒所能幾及。公雖自祕於形骸之外，而其踐履之篤，造詣之深，槩不能自掩也。少從佔畢齋金公宗直、寒暄堂金公宏弼、一蠹鄭公汝昌遊。畢齋不名公，而必曰"吾秋江"。朱溪正深源、安應世子挺皆友善。又嘗與辛永禧、洪裕孫結爲竹林羽士，砥礪名行，爲時領袖。道東南者無不禮於其門。以弘治壬子歿，壽纔三十有九。葬于高陽大壯里負西之原。……燕山甲子禍作，追罪公昭陵之疏，發公柩刑于楊花渡邊。公子忠世亦竝命。吁亦慘矣。……竊嘗聞寒暄堂金先生論公曰："冲澹而弘毅，踈曠而典雅，胸次洒落，無一點塵氣。”

《秋江冷話》：兼之嘗夢有一奇形士人寄兼之詩曰：“世上紅塵滿，天樓紫玉寒。東皇求八狴，終不憶家山。”兼之疑其夢乃冥招也，而衆咸歎在世不久。翌年應舉，捷科探花郎。余走詩賀曰：“日下五雲爛未收，廣寒深殿桂花秋。只隨傅說調金鼎，准擬東皇八狴求。”詩意指東皇爲我君，而期兼之於必得輔佐。未幾，入弘文館，寵榮爲多。

余嘗旅寓關西之祥原郡，寢屏有詩《題三笑圖》曰：“遠公訥而黠，破戒非不知。暫寄虎溪興，欺謾措大癡。”余大驚且喜。郡守曰：“客子所驚者何事？”余曰：“關西二百日之行，始見一詩，寧不驚動耶？且儒生見句，勝得百金，豈不喜躍？”即翻案其詩而步韻曰：“小年昧大年，小知迷大知。題詩亦措大，安知陶陸癡？”仍謂守曰：“作者必是吾友也。”到京廣問，仲鈞手筆也。

丘中仁號壺隱，喜仙而好名利，客死孤竹。余薄遊關西，到成川沸流江上，聞訃即成四章而哀之。其一章云：“壺隱先生我故人，聲名四十一年春。鉛埋永沒胎光斃，墓木蕭蕭掩洞賓。”二章云：“治丹已領報銜轡，采藥天臺暗有期。科業剝人今鬼錄，可憐鴻寶世空嗤。”頗爲好事者所傳笑。

余嘗遊關西，詩近百余篇，李仲鈞獨取《箕子殿》詩首二聯曰：“武王不憎受，成湯豈怒周？二家革命間，聖人無怨尤。”曰：“此詩可駕古作，餘無足取。”友儕疑其論太過。余惟李齊賢詩，拙翁全稿塗抹，只留“應嗔宿客開門早，要看庭前雪壓松”之句。李之詩才可步大元，詩集不啻千萬篇。僕之學詩日淺，而關西詩數至少，且仲鈞詩眼過於拙翁，則取僕四句，亦過分矣。歸而思之，李論甚穩。

《謏聞瑣錄》：南孝溫字伯恭，號秋江。性固倜儻，篤學好古，有志節。嘗上書請復昭陵，被謫而不撓屈。友朱溪正深源、安應世子挺舉進士，或不試東堂。慈氏有言，則時就試而不屑也，由是竟不第。弘治壬子，年才三十九而卒。成化己亥，予徵入京。將赴日本，伯恭袖詩求見，送予于漢江。因以相好，同遊松都，上天磨山。家在高陽，策蹇相尋，宿鴨島，燒荻火啖魚蟹，探韻賦詩以徹夜。介予謁畢齋於湖南，嘗愛其詩，比之古人。既死，遺孤忠恕有狂易病，且死非命。餘皆女婿，不集草。

伯恭《西湖》詩曰：“秋江秋興蒲城酒，明月一船釣一竿。釣罷月傾江夜黑，微醺初醒肺肝寒。”《幽思》詩曰：“西塞山前百草黄，秋風陣陣雁行行。天孫自在弄機杼，河鼓終年淚滿眶。”“一日回頭十二時，南來魚雁苦何遲？秋荷露和徂徠墨，手點淑真腸斷詩。”

《丙辰丁巳錄》：秋江性慷慨，嘗事師清寒。放跡物外，與世俗不相關。年十八上書成廟，請復昭陵。每憤時事，或登母岳痛哭而返。危言激論，雖觸忌莫顧也。大猷、伯勖戒止之，終不聽。二公講明性理之學，操履以小學爲律，其所尚實與秋江異。然交契相厚，真所謂芝蘭同臭者也。

《海東野言》：南孝溫字伯恭，號秋江，又號杏雨。才行卓越。惡衣食，常乘雌馬，兒童婦女相隨指笑。性嗜酒，母責之，著《止酒賦》，十年不飲。病風復飲，病已復作《止酒賦》，五年不飲。後病篤，酒作生涯，不仕終家。廢朝以畢齋門徒斬大猷，以《復昭陵疏》陵遲伯恭屍。

《鶴山樵談》：南秋江《寒食》詩曰："天陰籬外夕陽生，寒食東風野水明。無限滿船商客語，柳花時節故鄉情。"《夢子挺》詩曰："邯鄲一夢暮山前，魂與魂逢是偶然。細雨半庭春寂寞，杏花無數落紅錢。"《上巳城南》詩曰："城南城北杏花紅，日在花西花影東。匹馬病翁驚節候，斜風吹淚女牆中。"數詩不減唐人。《鬼神論》一篇學問儘高，有才不施，惜哉。

《效顰雜記》：南秋江《詠吉冶隱》有詩曰："達可身事二姓主，杞梓寸朽鑑中疵。"此言于義未安，若禑是吨子，則非徒圃隱不肯委質，冶隱亦恭愍朝士子，其不許身於僞朝也亦明矣。又况諺傳禑臨死歎曰："你等謂我以吨子而殺之。然王氏本龍孫，故兩腋下例有黄鱗二甲。"仍解衣示之云。則當時史筆恐不足信也。惟禑有可廢者二焉：淫虐太甚，一也；以臣伐君，二也。負此二罪惡，難乎免矣。

《東詩叢話》：南秋江題箕子廟："武王不憎受，成湯豈怒周。二家革命際，聖人無怨尤。家亡道不亡，爲周陳九疇。道者是公器，傳授無親讎。"秋江是端廟朝六臣之一，而其悲憤惻怛之氣常存於吟詠之間。

《佔畢齋集·附録·門人録》：南孝溫字伯恭，宜寧人，自號秋江居士。早喪父，事母以孝聞。爲人冲澹而弘毅，踈曠而典雅。胸次灑落，無一點塵氣。嘗受業於先生，先生不敢名，必曰"吾秋江"，其見敬禮如此。與金宏弼、鄭汝昌、金時習諸賢相推重，若弟兄然。在成廟朝上疏請復昭陵，不聽。遂絶意於斯世，以散漫爲事。凡稱名勝之地，足跡殆將遍焉。正統甲戌生，歿於成化壬子。年三十九。燕山甲子追罪昭陵之疏，禍及泉壤。俞弘跋《秋江集》。

【按：南孝溫(1454—1492)字伯恭，號秋江、杏雨、最樂堂，謚文貞。籍貫宜寧。金宗直門人。生六臣之一。著有《秋江集》今傳。其詩悲憤惻怛。《箕雅》收其五絶一首、七絶三首、五古五首。】

安應世　　**字子挺，號月窗。進士，早夭。與南秋江友善。**

《燕山君日記》卷三一：四年八月己卯。柳子光啓："南孝溫軒名秋江，金宗直許與氣岸，以能詩稱之。孝溫，宗直之黨，嘗作詩云：'安生已逝知音少,洪子役鄉吾道窮。縱有大猷趨向苦,心懷説與隴西公。'所謂安生,其類安應世,洪子卽洪裕孫也。朴處綸爲南陽府使時,疾裕孫輕世高談,復鄉吏之役。謂之吾道窮者,以裕孫比孔子也。大猷,金宏弼字也。宏弼初與孝溫等同志,而竟赴科舉,故云趨向苦。隴西公指李允宗也。右人等結爲黨援,高談詭説,傷毁士習。裕孫軒名曰軒軒軒。必有名軒者。且裕孫與其同志者號曰竹林七賢,蓋慕晋室阮咸等事也。效衰世之事,復行於聖明之世,請鞫之,以懲其罪。又有姜應貞者,與其徒號爲十哲。其類推應貞口大了,請竝鞫之。"傳曰:"可。所謂軒軒軒、隴西公者,何義也?"子光曰:"隴西公者,昔李陵、李白居隴西,故後人稱李姓通謂之隴西。"傳旨義禁府曰:"洪裕孫與某某人,竹林七賢稱號,放浪無忌,辭緣及南孝溫詩'安生已逝知音少,洪子役鄉吾道窮。縱有大猷趨向苦,心懷説與隴西公'作詩意趣,及命軒名軒軒軒者竝鞫之。"

《秋江冷話》:《湖山老伴》一部一百十四篇,乃亡友子挺所撰也。子挺抱不世大才,生二十六年白衣而歿。其文章操行,余于誌文詳之矣。天性山野,不喜世上紛華。乃就古人古律歌詞中,拔其閒適可玩之尤者曰《湖山老伴》,以爲終老江山之計,而尚友于千載之意。嗚呼! 子挺平生性嚴厲,雖不能白眼待俗,於人少許可。獨與余交分最深。嘗憂余病風少氣力,在世不久。一日就余談詩,夜分乃去。朝明又來謂余曰:"昨話心期甚穩。中道忽思君宿疾,私自語曰:'某若先我化去,則余誰與語懷?'掩泣而歸。"子挺此語琅琅若今日耳聞者,豈意病者存而強者死,以子挺之悲移我以悲子挺哉?子挺仙化十年之冬十月,披得此編於篋中,悲不已已。

子挺亡後三年壬寅,高生嘗夢見子挺於曠漠之野,相與酬唱如平生。子挺問伯恭宗之安在。生曰:"已上寺肄業矣。"子挺不悦,即成一詩,付生以遺二人曰:"文章富貴總如雲,何須勞苦讀書勤。但當有錢沽酒飲,世間人事不須云。"生覺而記之,遺余云。

《師友名行録》:竹山人。字子挺,號月窗,又號鷗鷺至人,又號煙波釣徒,又號藜藿野人。後於余一歲。爲人清澹灑落,安貧喜分,不求名利,不學仙佛。喜博奕,能詩,尤長於樂府。嘗曰:"不義之財,補止於家;不義之食,補止五臟。尤不可犯也。"子挺之操心類如此。白玉之疵,喜酒色也。庚子年進士,是年九月沒,年二十六。知與不知莫不痛之。

《海東雜録》:秋江夢見子挺述夢中所見。作詩一絶記之云:"邯鄲一夢暮山前,魂與魂逢是偶然。細雨半庭春寂寂,杏花無數落紅錢。"

【按:安應世(1455—1480)字子挺,號月窗、鷗鷺至人、煙波釣徒、藜藿野人。竹山人。《續東文選》卷一〇載其七絶三首。其詩蒼凉清絶。《箕

雅》收其七絶一首。】

辛永禧　字德優，號安亭。進士，不仕。

《秋江冷話》：辛上舍永禧家有祖父文禧公之詩集。友人有曰："子之家集可以印行於世乎?"辛曰："我祖雖有能文名冠世，而家集所載無一可傳者。嘗有挽一門生詩曰'三十二而卒，不幸同顔回'句之外無佳詩，豈可刊行?"人以此爲不孝，余則以爲孝也。何者? 直述祖父之行藝，只乃孝道。假使巧言飾筆以譽，父母之鬼寧無愧心於冥冥之中乎?

《師友名行録》：辛永禧字德優。靈山人。宰臣碩祖之孫。倜儻不羈，磊磊多大節，不喜科名。詩名播聞中外，成参議俔以其詩爲出入蘇黄。癸卯年進士，自後不應舉。

《冲菴集·冲菴先生年譜》：安亭名永僖，字德優。佔畢門人，與南秋江、洪裕孫爲竹林羽士。文章行誼爲一時士林領袖，縉紳東南行者無不過禮其門。

《海東野言》：寒暄先生爲佐郎時，馳見辛進士永禧氏曰："今日吾當絶君。觀今士氣，且類東漢之末，朝夕禍起。如我則禍已迫矣，進退無及矣。諸君遠遯鄉曲，不者吾即相絶。肯聽我言否?"辛公忽引去稷山斜山下，號安亭。安亭嘗與南孝温、洪裕孫結爲竹林羽士，文章行義爲一時領袖。東南行過者，無不禮於其門。出《景賢録》

《海東雜録》：安亭退去稷山，構小堂號安亭。申企齋過山莊有詩云："村號老人那不識，里名貧士愛茲來。云云。樵兒不識風流遠，猶唱蛇山别曲回。"貧士里即處士所居之地。《蛇山别曲》亦處士所製之歌，稷山人至今歌之。

安亭不事科業，而詩名日播聞。成慵齋以其詩出入蘇黄。

安亭與秋江交遊，其詩清新灑落。佔畢齋嘗見《南征》詩曰："此詩當詠于青山白石之間。"

《芝峰類説》：辛永禧詩曰："打麥聲高酒滿盆，老人無事臥荒村。呼童室下遮風幔，恐擾新移紫竹根。"按進士辛永禧號安亭，與金寒暄、南秋江友善，知士禍將作，隱居不仕，文章行義爲一世所推云。

《晚窩雜記》：安亭辛永禧與洪裕孫、南孝温輩爲竹林羽士，文章行誼爲一時領袖，有寓意詩曰："男僕掃庭除，女僕掃堂闈。丈夫掃邊塵，志不在門楣。高臥斗屋下，掉我胸中旗。野人非丈夫，丈夫各自奇。"又："走馬下急板，呼鷹入雲際。下馬雪消處，踞石時少憩。僕夫開冷飯，支火湯沸細。家在十里餘，山腰夕陽麗。"又："花枝插破笠，垢袂翻舞臂。"

【按:辛永禧(1454—1511)字德優,號安亭,籍貫靈山。辛碩祖孫。金宗直門人。成宗十四年(1483)司馬試及格。與南孝溫、金宏弼、鄭汝昌等交友,治學揚名。其詩清新灑落。《箕雅》收其七絕一首、五古一首。】

金宏弼　字大猷,號寒暄堂。瑞興人。生員,刑曹佐郎。以佔畢齋門人始倡性理之學,燕山甲子被禍。贈議政,謚文敬,配享文廟。

《燕山君日記》卷五六:十年十月甲子。傳曰:"金宏弼梟首于鐵物市。"

《高峰集·故承議郎刑曹佐郎贈大匡輔國崇祿大夫議政府右議政兼領經筵事金先生行狀》:先生諱宏弼,字大猷。其先黃海道瑞興府人,後徙慶尚道玄風縣,今爲玄風人。……先生以景泰甲戌五月二十五日寅時生于漢陽貞陵洞之私第。少豪逸不羈,游走市街,鞭笞人物,人見先生至輒避匿。既長,發憤學文,中成化庚子生員試。是歲圓覺寺僧潛轉佛像,謂佛自回立,士女奔波。臺諫交章請罪,不得允。先生草疏數千言,乞窮覈姦狀,肆諸市朝。其言反覆援譬,明白剴切,欲以感悟君心。疏上報罷。弘治癸丑,成廟命舉遺逸。明年甲寅夏,慶尚監司上先生行義。十月授南部參奉。已而成廟賓天,世子襲位。乙卯十月,移典牲署參奉。俄因吏曹上稟,命敍六品。丙辰春拜軍資監主簿,遷司憲府監察。冬,御命鞫獄于金浦縣。丁巳春轉刑曹佐郎,獄訟明恕,人皆稱服。戊午秋,史獄起。以先生遊佔畢齋門,決配熙川。庚申夏。移配順天。時禍機叵測。先生處之夷然。不改常操。甲子九月,加罪戊午黨人。先生聞有命,沐浴冠帶而出,神色不變,徐鬚銜口曰:"身體髮膚,受之父母,不可并此受傷。"乃就刑。十月初一日也。年五十一。葬于玄風烏舌里松林甫老洞先塋之傍。家被籍沒,諸子皆分配。……先生初從佔畢齋金先生請業。先生以《小學》授之曰:"苟志於學,宜從此始,光風霽月亦不外此。"先生眷眷服膺,手不釋卷。人或問及時事,必曰:"《小學》童子,何知大義?"嘗作詩,有"《小學》書中悟昨非"之句。金先生批曰:"此言乃作聖根基。魯齋後豈無其人乎?"先生篤志力行,常以《小學》自律。奉親盡其孝,承事極其敬。平居鷄鳴而起,省問如禮。終日危坐,講習不懈,雖家人未嘗見其惰容。年三十四丁外艱,飦粥致哀,絶而復蘇,廬墓三年,一依禮制。服除,必晨拜祠堂,次詣母夫人問起居。母夫人性嚴,意或不愜,必變色不言。先生惶恐不敢退,起敬起孝,得其悦豫乃退。嘗訓諸子曰:"汝等心存敬畏,毋敎懈惰。人或議已,切勿相較。"又引古語以誨之曰:"言人之惡,如含血噴人,先汚其口。汝等必以此爲戒。"又教諸女曰:"異日往之汝家,惟舅姑是順,惟祭祀是謹。至於麻絲紝紃,罔或不勤。無敢多言,以招人議。事良人遇娣姒,必須敬愼。財利之間,尤不較多少,惟恐失兄弟懽心。御婢僕以恩,有過則教之,教而不從,乃可示罰也。”曾祖妣郭氏先世墳塋在玄風者歲久圮壞,樵牧不訶。先生謂郭門諸族曰:“先塋如此,爲子孫所不忍睹,切宜禁護。又於令節,以時羞告虔,因而講睦,不亦可乎?”於是莫不樂從,以爲恒式。先生以興起斯文,訓迪後生爲己任,遠近聞風,慕而從之。執經升堂,至不能容。先生誨誘不倦,隨才成就,後多有名於世。與咸陽鄭先生伯勗志同道合,特相友善。每相見與之研磨道義,商確古今,或至達曙。先生爲學,精積力久,猶恐不及。確而不滯,通而不流。其應官處俗,不求甚異於人。雖仕務迫遽,亦不廢講授。伯勗先生嘗以謗議將騰,勸止之。先生不聽曰:“釋陸行設教,其徒考業者千餘人。或止之曰:‘禍患可畏。’行曰:‘使先知覺後知,先覺覺後覺。吾所知者告人耳。禍福天也。吾何與哉?’行雖緇流,其言亦可取也。”喜讀昌黎文,每至《張中丞傳後敍》“巡呼雲曰:‘南八!男兒死耳,不可爲不義屈’”,未嘗不三復流涕焉。娶順天朴氏,平陽府院君天祥之後,副司猛禮孫之女,家在陜川郡冶爐縣末谷村。先生從而寓居,名其所寓曰寒暄堂。後歸玄風馬山里率禮村,自参議府君以來世居之地也。入都則居于好賢坊里第。先生以自古名門盛族,莫不有家訓。而我東國士大夫鮮有之,是以化導不及於妻孥,教澤不下於臧獲。乃作《家範》以訓子孫,制爲儀節,倣諸《內則》。至於內外婢僕,使各有名號,分之以職,較其勤惰而升降勸懲之。其俸料之差,視升降而增減;吉凶之費,隨豐約而紓縮。又有朔望讀法聽訓之規。然亦未及推而行之也。雅有高趣,尤愛佳山水。聞楊根郡有迷原,卜居往訪之。樂其泉石之美,有築室終老之志。竟不果。

《秋江冷話》:金宏弼字大猷,受業于佔畢齋,庚子年生員。居玄風,篤行無比。平居必冠帶,人定然後就寢,雞鳴則起。室家之外,未嘗近女色。手不釋《小學》。人或問國家事,必曰:“《小學》童子何知大義?”嘗作詩曰:“業文猶未識天機,小學書中悟昨非。”佔畢齋先生批云:“此乃作聖之根基。魯齋後豈無其人?”其推重如此。年三十後始讀他書,訓後進不倦。如賢孫,即鳴陽副正也,李長吉、李續、崔忠成、朴漢參、尹信皆出門下,茂材篤行如其師。年益高,道益卲。熟知世之不可回,道之不可行。韜光晦跡,然人亦知之。畢齋先生爲吏曹參判,亦無建明事。大猷上詩曰:“道在冬裘夏飲冰,霽行潦止豈專能。蘭如從俗終當變,誰信牛畊馬可乘。”先生和韻曰:“分外官聯到伐冰,匡君救俗我何能。從教後輩嘲迂拙,勢利區區不足乘。”蓋惡之也。自是異于畢齋。丁未年遭父憂,饘粥哭泣之哀,絕而復蘇。大猷以《小學》律身,以古聖人爲準則,招徠後悔悔然執灑掃之禮。修六藝之學者滿于前後,謗議將騰。伯勖勸止之,大猷不聽。嘗謂人曰:“釋陸行設爲禪教,弟子考業者千餘人。其友止之曰:‘禍患可畏。’行曰:‘使先知覺後知,使先覺覺後覺。吾所知者告人耳。其禍福天也。吾何與哉?’行雖緇流無可取,其說至公。”

《海東野言》:金大猷性學淵源,謹獨不倦。成廟朝,以行首舉,累遷爲刑曹佐郎。去數十年間,責我曰:“於君已欲絕交。而情不忍云。”問之,則云:“非君能斷也。”追問之,則曰:“伯恭、百源、正中、文炳皆有晉風。晉以清談累。不出十年,禍在此輩云。予誓自今不復來往。後皆不保。”

《海東雜錄》:瑞興人。字大猷,號寒暄堂。中生員試。嘗從佔畢齋受業,授以《小學》。平生以《小學》律己,精於性理之學,以興起斯文訓迪後生爲己任。甲寅以遺逸薦授參奉,擢拜刑曹佐郎。燕山戊午史禍起,以佔畢門徒配熙川,又移順天。甲子加罪。中廟初例贈都承旨,十三年特加贈右議政,謚文敬。先生謫熙川,趙靜菴從往之遊,得聞爲學大方。久而歸,目送之曰:“吾道東矣。”

先生受《小學》于佔畢齋,作讀《小學》詩云:“業文猶未識天機,《小學》書中悟昨非。從此盡心供子職,區區何用羨輕肥。”佔畢齋批云:“此言乃作聖根基。”

先生與一蠹志同道合,特相友善。每相遇,與之講劘道義,商確古今,或至達曙。……一蠹出宰安陰縣,寒暄往訪。一蠹置一金盞,寒暄責之曰:“不意公作此無益事。後必以此誤人。”其後邑宰果以此坐贓云。……先生禍及謫所,聞命沐浴具冠帶,神色不變。偶屨脱,既還著。以手理其鬚,銜之曰:“身體髮膚,受之父母,不可并此受害。”然後乃就刑。

【按:金宏弼(1454—1504)字大猷,號寒暄堂、蓑翁,謚文敬,籍貫瑞興。金宗直門人。戊午史禍時以金宗直門人流放熙川,後移配順天,甲子士禍時賜死。中宗追贈爲右議政,配享文廟,奉享牙山仁山書院、瑞興花谷書院、熙川象賢書院、順川玉川書院等。著作有《寒暄堂集》、《家範》、《景賢錄》。其詩清思可掬,神情散朗,有林下之風。《箕雅》收其七絕一首。】

鄭汝昌　**字伯勖,號一蠹。河東人。與寒暄爲道義交。成宗朝登第,歷翰林,求補安陰縣,燕山時謫卒。贈議政,謚文獻,配享文廟。**

《桐溪集·文獻公一蠹鄭先生神道碑銘并序》:以景泰元年庚午生先生,生有異質。左尹通判義州時,先生在髫齔,華使張寧一見,知其爲非常兒,作說以名之。後左尹爲咸吉道虞侯,拒叛將李施愛死之。先生絕而復蘇,入積屍中,求遺體歸葬。時年十七矣。服除,上嘉左尹衛國功,命官其嗣。先生以父敗子榮爲不忍,辭不受。奉養母夫人,滫瀡備至。母夫人所爲無甚害於義，不敢違。母夫人亦知子之志，不欲傷。故母無過舉，子無曲順之失。癸卯，中進士試。母夫人欲見决科之榮，乃游太學。每夜深必兀然端坐，於是泮中知其有思道之功，益尊敬之。及南歸，母夫人方在癘染中。人勸令在外候問，先生不聽徑入。未幾母夫人遘癘不起，躃踊嘔血，幾至滅性。治喪，不顧俗忌，襲斂殯奠皆以禮。人甚危之，而癘患自熄，先生終無。人以爲孝感所致。方伯聞其行，令郡官辦葬具。先生以煩民力怨及親，爲辭不受。凡有欲助之者，皆不聽。乃移左尹墓同穴，期啜粥，三年憂，苴杖不出廬外，危坐終日，不脱絰帶。既祥，不歸家，入頭流山，遑遑有如有求不得之狀。人勸酒肉，輒涕泣不肯。郡守曹梅溪偉躬造勉之，以爲先王中制不敢過，於是不敢辭。寺正趙孝同、參議尹兢疏薦其學行，成廟嘉之，特授昭格署參奉。先生陳情固辭。成廟題其疏尾曰："聞汝之行，予不覺出涕。行不可掩，而今猶如此。是汝之善也。"兄弟姊妹分土田臧獲，先生擇其磽薄老弱者自占。猶有不厭其心者，則復以己所得與之。成廟庚戌，登丙科，補藝文館檢閲，遷侍講院説書。輔導以正，東宫頗不悦。即求補外。甲寅，出監安陰縣。縣素稱凋弊，先生首訪民隱，嚴立科條，櫛垢爬癢，民獲蘇醒。朞月之間，恩信周遍。吏民相戒，莫敢欺負。暇日招選鄉子弟之秀者親自教誨，遠近聞風多來學。坐戊午史禍，謫鍾城七年，無幾微怨悔見於色辭。府定庭燎之役，每使星入府，躬自燃火，不懈益謹。其行乎患難者如此。六鎮近胡域，無文風舊矣。先生擇其可與語者教誨不倦，未幾有中進士科者。斯非過化之妙歟？甲子夏四月一日，易簀於謫所。壽五十有五。輿歸咸陽，葬升安洞艮坐坤向之原。是年秋，史禍復作，其可忍言之哉。不數年，昭雪無餘憾。褒贈祀典，愈久愈隆。郡儒建書院，特賜濫溪之號，春秋用小牢享之。自戊辰以後，館學儒生，請從祀文廟，歲以爲常。萬曆庚戌秋，始蒙允。八月，賜祭於家。於是先生道學之光益彰於世矣。先生之學以濂、洛爲准的，讀書以窮理爲先，處心以不欺爲主，日用工夫不出誠敬之外。至於治平之律令格例，無不究其極。求諸治縣，已見其端緒矣。與寒暄金先生俱游佔畢金先生之門。志同道合，許以莫逆。論道講學，動必相隨。惜其微言餘論不少傳於世，而先生平日著述又火於戊午之禍。豈不爲後學之長痛乎？

《一蠹集·附録·史禍首末》：李克墩嘗於金濯纓之爲獻納，重被論劾。及修成廟《實録》時爲堂上，見史草書已惡甚悉。一云：成廟之喪，克墩爲全羅監司，不進香京師，而載妓而行。濯纓書之於史，克墩私請改而不從，銜之。及修《實録》，遂起士禍。又見書光廟朝事，載佔畢齋《弔義帝文》，欲藉爲禍胎，問於魚世謙，世謙不答。又謀於柳子光，子光嘗銜畢齋焚其所作懸板於咸陽郡，聞克墩言，揚臂從之。盧思慎、尹弼商、韓致亨亦聞而從之，俱詣差備門，密囑都承旨慎守勤亦嘗銜於士類啓之。

燕山嘗憤爲文士所拘不能縱恶，欲一施快而未得其釁。聞子光等所啓，大喜，鍛鍊成獄。子光摘佔畢集中《弔義帝文》與《述酒》詩，以爲皆指世祖而作。自爲註釋，逐句解之。啓以不道，論以大逆。即令剖棺。金馹孫、權五福、權景裕以黨恶相濟，稱美其文，書諸史草，竝置極刑。李穆、許磐、姜謙以誣飾先王所無之事，傳相告語，筆之於史，皆按律李許極刑，姜决配。表沿沫、洪瀚、鄭汝昌、宗室摠罪犯亂言，姜景敍、李守恭、鄭希良、鄭承祖知亂言而不告，幷論决遠配。李宗準、崔溥、李黿、李胄、金宏弼、朴漢柱、任熙載、康伯珍、李繼孟、姜渾俱以門徒，朋黨謗訕，分輕重論决，或極邊，或遠方付處。幷定烽燧庭爐干之役。戊午七月十七日傳旨，七月二十七日頒教。先生决杖一百流三千里鍾城。甲子九月，縉紳禍再起，禍及泉壤。

《一蠹集·附録·事實大略》：皇明代宗景皇帝景泰元年我世宗大王三十二年庚午某月某日，先生生于咸陽德谷里介坪村第。英宗睿皇帝天順四年世祖大王六年庚辰，先生隨大人通判公到義州府。天使張寧適到州，見先生而異之，撫弄移時。通判公仍請錫名，張公命之曰汝昌，遂著說而與之。其說曰："義州通判鄭六乙有子甫八歲，穎悟善應對，過於常兒，眞韓文公所謂可念者也。余與副使武公名忠客邊一見皆驚喜之，撫弄不忍舍去。明日，其父且求名曰：'此兒尚有弟一人，今六期矣。如見念，竝賜之。'因感其言之勤也，命長曰汝昌，命次曰汝裕。將期其能昌鄭氏之門，而克裕其後也。然人能貴名，名不貴人。爲父者須加教養之。而昌、裕他日知好學之年，其以吾言而顧名思義哉。毋棄毋忽。天順四年，奉勑正使浙西張寧書。"按先生八歲時，乃天順元年也，而名說下書以天順四年。未詳其由。先生取伊川程子"天地間一蠹"之語，自號一蠹，又號睡翁。十四年成宗大王九年戊戌夏四月，被任士洪等彈劾。先是，朱溪君深源上疏，以爲"鄭汝昌、丁克仁、姜應貞、朴演，皆聖賢之徒也。孝子慶延，乃社稷之器也。"蓋深源與南孝溫欲議復昭陵，故斥世祖朝勳舊諸臣，而請進用林下儒賢，特爲此疏。由是勳舊韓明澮等嗾都承旨任士洪、同副承旨李瓊同啓曰："復昭陵事，非臣子所敢言。且深源、孝溫與姜應貞、鄭汝昌、朴演等別爲一群，創爲詭異之行。推應貞爲大了，指演爲顔淵，戰國處士之横議復起於聖世。請鞫深源、孝溫，以遏其流弊。"上曰："謂之朋黨則不可。且予既求言，從而罪之，非來諫之道也。"遂不問。下旨于議政府："俾韓上黨等諸勳臣曉予不信之意。"十六年成宗大王十一年庚子，上諭成均館，求經明行修，館中舉先生爲第一。知館事徐居正將進先生講經，辭不就。是歲，金濯纓馹孫始就金先生學。嘗謂同門知舊曰："予性本小許可。十七歲始遊佔翁之門，得神交十有三人焉：道德，金大猷宏弼、鄭伯勖汝昌、李伯淵深源；文章，姜士浩渾、李胄之胄、李浪翁黿、李仲雍穆；遺逸，南伯恭孝溫，辛德優永僖、安子挺應世、洪餘慶裕孫；音律，李伯源總、李正中貞恩。”十八年成宗大王十三年壬寅秋，先生自花開訪楸溪尹公有慶孝孫于南原之中方里，相與講論朱書。十九年，成宗大王十四年癸卯，中進士試，李瑞榜中二等第二十人。二十二年成宗大王十七年丙午，丁母夫人崔氏憂，葬于昇安竹岡子坐。先生哭泣嘔血，幾至滅性，勺飲不入口。廬墓三年，不出山口。先生曾入智異山養性讀書，至於三年之久。既遭內艱，外除纔畢，即携二弟復入山中，體道益篤。又就蟾津之口築室構亭，扁以岳陽之號。孝宗敬皇帝弘治二年成宗大王二十年己酉夏四月庚子，與濯纓發頭流之行。丁巳，因泛舟下蟾津賦一絶。己未，至晉州訪姜木溪。木溪能文章，時以注書辭還已數日矣，夜論詩文。壬戌，謁畢齋先生于密陽。是行也，歷覽山川，講論不撤。因與木溪共詣師門，時畢齋先生以刑曹判書辭病致仕，退臥鄉廬。四方學者益衆，遂留受教，旬有五日而歸。戊寅，還雲溪今紫溪。己卯，濯纓餞至昌寧。三年成宗大王二十一年庚戌，同郡趙寺正孝仝與尹參議兢俱上疏薦先生學行，除昭格署參奉。先生上疏辭之，上優答不允。十二月登文科別試，選補藝文館檢閲，遷侍講院說書。時濯纓帶是職，聞先生釋褐曰：“代我掌史者此人也。”因薦以自代。上深納其言，陞濯纓爲待教，以先生爲檢閲。七年成宗大王二十五年甲寅，拜安陰縣監。時寒暄堂金先生在陜川郡冶爐縣之末谷。先生屢與約會於居昌加祚縣之山際洞，頗有泉石之勝，而爲兩地之中。徜徉晤語，從容講論。十一年燕山四年戊午七月二十七日戊午，先生坐史禍，流配鍾城府。六月，濯纓來訪，因共留青溪精舍。濯纓樂與先生從遊，而又愛瀘溪山水之勝，嘗遣人卜築此舍，使先生題其額曰“青溪精舍”。至是濯纓來訪，而適有疾，調養于精舍。七月五日丙申，濯纓以史事被逮，先生遂與之別。先生嘗與濯纓日夕講磨于精舍，或語及時事，相對流涕。濯纓偶作《聚星亭賦》示之曰：“昔朱夫子作《聚星亭贊》，其意蓋有在也。此亦余之寓意也。”先生曰：“何過慮也？”濯纓曰：“子不聞大猷之言乎？大猷非無識人也。嘗謂德優曰：‘觀今士氣，正類東漢之末。伯源、伯恭、正中、文炳皆有晉風，不出十年，禍在此輩。’此言誠然。而余謂非獨士氣然也。先王好賢如色，從諫如流。吾輩年少有志之士自以爲身逢明主，展布所蘊，可使唐虞之治復致於今日。盡言不諱，積忤權奸。不幸皇天不祚，仙御遽賓。時移事變，群壬得志。今禍已迫矣，烏得免乎？”先生曰：“然。”相與嗟嘆者久之。是日，使命至，逮捕濯纓。先生適在座，謂濯纓曰：“士流之禍自此始矣。”濯纓曰：“此必克墩發史事也。吾其不還矣。願伯勖爲道自愛。”先生曰：“勿多言，吾亦從此逝矣。”十七年燕山十年甲子夏四月一日，先生易簀于謫所。六月，返葬于郡東昇安洞艮坐之原。九月，史禍再作，禍及泉壤。

《新增東國輿地勝覽》:安陰縣有光風樓霽月堂,先生爲倅時建而名之。

《秋江冷話》:鄭汝昌字自勛,取朱子《中庸章句》曰"天以陰陽五行化生萬物",而不取其"氣以成形而理亦賦焉",曰:"安有後氣之理乎?"余聞而甚高之,然不能無病。所謂理先於氣者,理之體。所謂氣先於理者,理之用。如人總仁義禮智而名之曰性,而發仁義禮智之端。而分之曰不謂之性,可乎?

《海東雜錄》:先生中年飲燒酒,醉倒曠野,經宿而返。夫人憂甚不食。自此飲福之外,絕不介面。我成廟嘗賜酒,先生伏地曰:"臣母在時,嘗責飲酒。臣固誓不復飲,不敢承命。"上嗟歎許之。

先生平生不喜作詩。早卜築頭流山,只有一篇流傳於世云:"風蒲獵獵弄輕柔,四月花開麥已秋。觀盡頭流千萬迭,扁舟又下大江流。"其胸中灑落,無一點塵態,此可想矣。

《芝峰類說》:鄭一蠹先生有《岳陽樓》詩曰:"風蒲獵獵弄輕柔,四月花開麥已秋。看盡頭流千萬疊,孤舟又下大江流。"可見其氣象矣。岳陽、花開,皆晉州地名。

《星湖僿說》:一蠹堂鄭先生詩云:"風蒲獵獵弄輕柔,四月花開麥已秋。看盡頭流千萬疊,孤舟又下大江流。"宋釋參寥詩亦云:"風蒲獵獵弄輕柔,欲立蜻蜓不自由。五月臨平山下路,藕花無數亂汀洲。"其起句意到不妨相襲,收殺得完好,是白獺補臉手。參寥則第二句卑劣,不脫胡釘鉸、張打油套中。東坡所謂"詩似儲光義,洗去蔬筍氣"者,未必是的論。

【按:鄭汝昌(1450—1504)字伯勛,號一蠹,謚文獻。籍貫河東。金宗直門人。甲子士禍時剖棺。爲性理學大家,通曉經史,著有《庸學注疏》、《主客問答說》、《進修雜著》等,戊午史禍時被其妻燒毀。今傳《一蠹集》。其詩胸次脱然。《箕雅》收其七絕一首。】

俞好仁　**字克己,號㵢溪。咸陽人。成宗朝登第,選湖堂,歷掌令。爲親陝川郡,卒。**

《朝鮮成宗實錄》卷二八九:二十五年四月丙寅。上聞陝川郡守俞好仁死,傳於承政院曰:"好仁非凡流。曾爲經筵官,其以米豆並十五碩、油芚三事、紙七十卷、石灰二十碩賻之。"史臣曰:"好仁有文行,爲時輩所推。工于詩,格律雅古。久在經幄,爲親累補外。至是,又乞歸養。上愛惜其才,特升級授傍郡。未數月而死,士林惜之。"

《虛白亭集·送俞侯好仁赴任陝川詩序》:夫君子有諸己者大,故施於時者無地不可。事君則君嘉其忠,事親則親悦其孝,臨民則民德其仁。使人望其來而喜,見其去而惜。是豈偶然哉? 俞侯克己氏以文名於世,在經幄日久,多論思之益。成化中以弘文館出而爲聞韶令,爲親屈也。上惜其去,愛其才,每歲終令寫進所著詩文,時復廩其親以寵異之。邑人喜其來,悅其仁。愛之如父母,未嘗違其令;敬之如神明,未嘗售其姦。及其政成而召還也,民又惜其去,而朝中喜其復來也。弘治七年春,由侍御史復乞外,上又惜其去。初若難之,而竟許之。於是出守樂安郡。侯上書曰:“親在嶺南樂安,他道而路遠,恐妨往省。”上親點其旁近諸郡,以陜川最近,特命換授。人曰:“侯之始出,而朝廷惜其去,樂安之民徯其來。侯之再轉,而樂安之民失其乳,陜川之民得其養。一去就之間,而關於朝野得失如此。其爲人果何如哉?”將行,玉堂遊從之舊皆有贐行之編。侯謂余曰:“子其序之。”嗚呼! 吾雖不文,與侯交最久且厚,可無言乎? 乃言曰:“今舜、文在上,以孝爲治,正朝廷以及乎四方萬民。下有曾、閔如吾侯輩布列州郡,爲民之儀。親吾親以及人之親,老其老以及人之老。彼橫目者夫孰無秉彝之天乎? 將見一邑化而四方皆成純孝之俗,其自吾侯始矣。用是安得不爲陜川賀,爲治道賀,更酌一盞於東門祖席乎?”

《虚白堂集・濡溪詩集序》:詩難言也。言詩者論氣而不論理,非也。氣以行於外,理以守諸內。守於內者不固,則行於外者未免泛駕而詭遇。詩以理爲貴也。善爲詩者悟於理,故能不失根本。苟失根本,雖豪宕濃艷,雕鎪萬狀,而不可謂之詩也。自麗季至國朝,詩之名家非一,而能悟其理者蓋寡。平者失於野,豪者失於縟,奇者失於險,巧者失於碎,俗習卒至於委靡而不回。吁! 此則詩之不幸也。俞侯克已氏,金閨彥士也。少時學詩於佔畢先生。先生以詩鳴於世,縉紳之士攀附而席餘光者無限。余亦與先生相友善,每聞先生之論人,以侯爲奇才。其後余入鑾坡,與侯相從非一日,耳其言而咀其詩。其詩深悟於理而自得,故篇篇有範,句句有警,米鹽醞藉,不落世之窠臼。譬如秋山,多骨少肉,奇峭無窮,而草木亦與之堅實。其得雅頌之遺音歟? 昔鉅鹿侯芭從楊雄授《太玄》、《法言》,劉歆見其書曰:“吾恐後人用覆醬瓿也。”嚴厷謂桓譚曰:“雄書能傳於後世乎?”譚曰:“凡人貴遠而賤近,親見子雲,祿位容貌不能動人,故輕其書。自雄沒至今四十餘年,而其書始行。”當其時,雄未甚顯而人未甚貴之也,所從學者惟芭,所歎服者惟譚,然猶流波遠暨而不泯。况今侯詩,佔畢之所稱,成廟之所深許,而膾炙於衆口者,其不覆醬瓿也明矣。所謂“詩能窮人”者,不遇知於世主,泯滅其跡耳。侯則際會文明,得遇聖君,而猶不達。信乎詩之能窮人也! 侯之職位事蹟不得垂於青史,而所可傳者惟詩耳,其可不編而壽諸梓歟? 見侯之稿,慨然抆淚而題之。丙辰中秋,磬叔敍。

《五山說林》:公在玉堂,恩顧特優,學士無比。每月夜,從宦者數人遊走慶會池中,舟葷受五六人,獨公從之,有若唐玄宗之待謫客也。公以校理豹直,上從小宦寺,一人夜臨直宿之房。公驚起,上命只著紗帽而坐,從容談論。上見其袖衾露破絮,染黃色退。上曰:"爾歷官清要,儉素如此,可尚也。"即命宦者持玉被來,因以覆之,去。此與唐文宗幸韋綬同恩寵也。上愛公之詩才,惠澤日隆,終不至大官。蓋察其氣,不堪爲宰輔也。時人以是服上之用人各盡其才也。

俞公好仁家在南中,每乞歸省老母,成廟不許。一日好仁辭歸,成廟親餞,中酣作歌이시렴브듸갈다아니가든못손냐므더니솔터라남의권을드런다그려도하에답고나가 을일너라以歌之。好仁感泣,左右亦爲之感激。異日好仁不辭而去,成廟密遣人跡其行曰:"予念之未忘于懷,渠亦念我乎?"受命者追及之。至一驛亭,見好仁登樓北望。夷猶久之。遂書壁上一律曰:"北望君臣隔,南來母子同。"還奏其狀。上曰:"然。渠亦念我。"好仁乞縣,便養老母。成廟初不許,血誠頻年,命除義城。密諭監司曰:"好仁,予之友也。爲親屈百里,善視之。"未幾監司考下下,上怒之,問監司曰:"予曾有命,何以殿好仁也?"監司對曰:"國家設守宰,非爲榮其身,爲其親民而軌物也。今好仁吟風弄月,不治官事,是以謫之。"

《東閣雜記》:俞好仁在成廟朝,以文章最承恩寵。親老乞養,由修撰除居昌,由校理除義城。最後以掌令,又乞歸養。上使之輦母來京,病不能致。御劄下銓曹曰:"好仁事親日短,可除其鄰晉州牧使。"銓曹辭以不可無故經遞,以毁成憲,乃待陜川闕除之。好仁雖在外任,上令歲抄錄進所著詩文,輒褒美賜母食物。時曹梅溪偉亦爲養補外,與好仁同被睿渥,逈出常數,人皆榮之。

《謏聞瑣錄》:濡溪俞應教克己《松京雜詠》曰:"茫茫海國水連天,黄屋艱危四十年。咫尺松京胡霧隔,摩尼山上暗烽煙。""白日西沉性命屯,蜀山萬里泣孤臣。四朝苦節風霜裏,一段經綸鬢似銀。""圓頂方袍汙廟堂,大庭白日奮忠腸。長沙萬里瘴煙祟,縱使公亡道不亡。"

《東國詩話彙成》:《東都雜詠》曰:"查查丹鵲白雞祥,徐伐輸來異姓王。莫道千年瓜瓞遠,可憐匏運早凄凉。""鼾睡彈丸黑痣中,區區鼎峙勢終窮。熊津浿水三千里,一統雄圖屬太宗。""八關歌舞太平辰,鍾鼎千門化日暄。花萼輝光真古宅,沙堤冠蓋角干幡。""將軍白骨化蒼苔,甲襻弓弦百戰來。一曲陽山都護裏,劍光閑却髑髏臺。""上元糯飯競千坊,書出池邊事已荒。士女怛忉無箇事,惟將蹴鞠答春光。""八月京城月正圓,纖纖麻枲鬥嬋娟。會蘇凄斷嘉俳夕,兩部風光尚宛然。""一點飛來碧海頭,月中雙鳥冷颼颼。

裁爲天上紫鸞曲，吹徹瑶池十二樓。”“雲開海上處容郎，萬舞回風般八琅。紫袖鳶肩歌數闋，東京明月更茫茫。”“軒天撼地踣三光，河岳英靈聳萬方。浮世石羊興武墓，西風黄葉上書床。”“明活城中麋鹿鄉，瞻星臺畔夕陽斜。佳人巧稔昭華琯，嗚咽吹殘玉樹花。”“荊棘銅駝九陌非，軟紅今化劫灰飛。乾坤百變無餘物，留得鼇山碧四圍。”雞林故事説盡無餘。

【按：俞好仁（1445—1494）字克己，號林溪、㵢溪。籍貫高靈，文科及第。善詩文，奉享長水蒼溪書院、咸陽灆溪書院等地。著有《㵢溪集》今傳。其詩格律雅古，奇峭精警。《箕雅》收其七絶一首、五律二首、七律一首、五古一首。】

曹　偉　**字太虚，號梅溪。昌寧人。成宗朝登第，選湖堂，官至戶曹參判，謫死順天。**

《虚白亭集·同知中樞府事曹公墓誌銘》：公諱偉，字大虚。昌寧人。……景泰甲戌七月庚申生公。七歲有能詩聲，神氣出人。族父曹忠簡公錫文見而異之，命留家塾讀書，才日以進。中壬辰司馬兩試。甲午擢文科，拜承文正字，遷藝文檢閲。成廟別選年少儒臣賜暇讀書，以爲後日地，公爲其首。歷弘文正字、著作、博士、修撰、司憲持平、侍講院文學、弘文校理、應教。以親老乞郡，出守咸陽。拜議政府檢詳，遷司憲府掌令。未幾，超陞承政院同副承旨，遷至都承旨，轉戶曹參判、忠清道觀察使、漢城左尹、成均大司成、全羅監司、同知中樞府事。弘治戊午，朝京賀聖節。及還，坐金宗直詩文撰集，流義州。久之，移配順天。遂病卒。是弘治十六年十一月日也。公宏材博識，爲文章最麗，一時文士皆出下風。最知遇成廟朝，其守咸陽也，有教月進所製詩，每加褒美。及遞還，不次遷擢。朝夕且至公輔，一斥竟不返，惜哉！

《梅溪集·年譜（曹伸）》：（略）

《梅溪集·序（鄭澔）》：曾聞佔畢公嘗許先生之學有曰：“吾與太虚講論，若决江河。太虚眞我師也。”洪虚白嘗稱先生之文曰：“嘘雲吐虹，萬丈文光。”其後尤庵文正先生論斷先生之文章道學則曰：“餘事文章，黼黻王朝。經術論思，身許夔、皐。”又退溪、高峰諸先生或手題臺扁，或記述淵源，無復餘憾。嗚呼！觀於此足以槩先生之始末矣。

《謏聞瑣錄》：戊午歲，梅溪充聖節使赴燕都，還至遼東，聞七月之事，事在叵測，人皆危之。予爲訪得遼東卜士鄒源潔卜之，其繇詩曰：“千層浪裏翻身出，也須巖下宿三宵。”既至辨明，止於遠竄，而終未喻下句之意。嗚呼！豈知有甲子仲冬之變乎？慟哉！

梅溪《宿定慧寺》詩:“雞足山中寺,祇林劫火餘。覆牆花叵匝,繞殿樹扶踈。夜靜生靈籟,風清響木魚。塵機愁未息,到此意如何?”又:“慧祖初開地,名藍愜所聞。連筩引石澗,添火爇爐薰。尚篋施田券,猶函造塔文。模金曾攫去,不念薦誠勤。”

梅溪宿龜城公館,《折梅戲賦絕句》曰:“夜雨生寒瘦玉肌,平明繞樹晚長枝。如今驛使無消息,縱把寒香寄與誰。”《宿直旨寺》曰:“綠髮金鑾舊史官,祇園夜宿借蒲團。篝燈細話《楞伽》字,撲籟風欞雪打寒。”此是少年之作,清警可喜。晚謫義州,《途中憶昆季》詩曰:“兩兄俱嶺外,一弟在京師。聚散混如夢,團圓復幾時。長占烏鵲喜,空詠鶺鴒詩。去去關山遠,回頭只自悲。”《寄從弟咸昌守存慎》詩曰:“病骨崢嶸瘦十分,鬢毛衰颯白紛紛。羈懷正苦龍灣月,歸夢頻過鳥嶺雲。少日金鑾曾視草,老來鐵馬欲從軍。故園消息今何似,爲問梅兄與竹君。”

自童稚時,人皆期以遠到。既筮仕,大被成廟之知,獎愛特甚。爲親乞郡,特賜一級,陞四品,守咸陽。在郡時,下書褒諭曰:“爾以文章致身,陪侍帷幄,爲予所器者久矣。以親老辭職求侍,得除近郡守令以資奉,蓋出於不得已也。予以侍從之故,下諭監司,令略致餼於爾親。使鄉里知爾以稽古之力,榮及其親。爾其知悉。”公上箋陳謝。前此令上歲抄所製詩稱旨,命賜父母米豆。在郡秩滿而丁憂,又賜賻祭米豆。外官賻典,前所無也。官至參判。燕山朝,以修撰佔畢齋詩稿定罪,謫義州,移配順天。弘治癸亥感疾卒,享年五十。所交結皆一時名流巨公,相與講論朝典,切磨文史,亹亹不倦。雖以文事廢謫,猶手不釋卷。著述頗多,嘗草《梅溪叢話》十餘事,未成稿以卒。

《海東雜錄》:謫龍灣就寓舍,園中構亭數椽,蓋以茅茨。園之廣袤堇尋丈,種葵數十根,翠莖嫩葉,動搖熏風,因名之曰葵亭。有記云:“葵能向日,謂之忠可也;葵能衛足,謂之智可也。”

謫昇平,僑居西門外玉川上,累石爲臺,名曰臨清,取陶淵明“臨清流”之語名之。或掬水洗面,或據石濯足,臨清流弄清泚,鑑清流而數毛髮,徜徉竟日乃還。常與諸老爲真率會,酒數巡而止,飲無酬酢,取其簡儉也。自爲文以記其事。寒暄先生謫于昇平,就居相近,往來相從甚相適。梅溪先一年以疾卒,先生爲文以悲之。

《東國詩話彙成》:梅溪謫去順天時,録《重遊藏義寺》詩寄許右相獻之曰:“匡山讀書處,重到意悠哉。花氣熏金地,茶煙揚石臺。魚跳戲碧澗,鳥下印蒼苔。髣髴三生夢,夷猶晚未回。”敘其後云:“偶閲書篋得此詩草,乃壬子三月同耆之、叔強,次韻獻之、克己遊藏義寺所作也。自壬子拒今堇十稔,而次韻克己下世,與可行流落海隅。追念往日,怳然如夢,世事之難常,悲歡之易變,可勝慨耶？後次韻以寓感傷之懷云:‘十年歡笑地,回首意悠哉。衮衮登蘭省,冥冥隔夜臺。龕燈明石甕,山雨濕階苔。歷歷追前事,猶應夢屢回。’辛酉三月書于昇平之蒼葍亭。”

東國無樂府作者,獨梅溪謫海上,見時事感慨懷鄉,多賦樂府以見其意,故今録之。《中秋對月懷舊寄叔強憶秦娥》詞云:“中秋日,暮雲飛盡清輝徹。清輝澈,江南漢北,茅簷魏闕。年年月色今宵別,共看千里應愁絕。應愁絕,鑾坡舊約,不堪重說。”清明出遊城南《點絳唇》云:“寒食清明,綠楊芳草無情緒。小桃和雨,看遍村村樹。　欲撥閒愁,跨馬垂鞭去,城南路,隔林人語,佇立斜陽暮。”

《題松廣寺》詩曰:“問渠何事占長閑,雲水深深福地寬。舊業未抛猶是累,未應嗔客未休官。”蓋反靈澈詩意而答之也。

公常曰:“余讀崔文昌‘人間之要路通津,眼無開處;物外之青山綠水,夢有歸時’之句,想公襟抱飄飄然,非塵寰中人也。”

【按:曹偉(1454—1503)字太虛,號梅溪,謚文莊。籍貫昌寧。曹伸兄。金宗直門人。爲性理學大家。著有《梅溪集》今傳。其詩清警可喜。《箕雅》收其五絕一首、七絕一首、五律二首、七律一首、五古一首、七古一首。】

金馹孫　**字季雲,號濯纓。清道人。成宗朝登第,選湖堂,官止獻納。戊午史禍被禍,贈都承旨。**

《戊午史禍事蹟》:弘治戊午燕山四年七月十七日。傳旨:“金宗直,草茅賤士。世祖朝登第。成宗朝擢置經筵。久在侍從之地,以至刑曹判書,寵恩傾朝。及其病退,成宗猶使所在官特賜米穀,以終其年。今其弟子金馹孫所修《史草》内以不道之言,誣錄先王朝事。又載其師宗直《弔義帝文》,其辭曰:‘丁丑十月日,余自密城道京山,宿踏溪驛。夢有神人被七章之服頎然而來。自言“楚懷王孫心,爲西楚霸王項籍所弑,沈之郴江”。因忽不見。余覺之,愕然曰:“懷王,南楚之人也。余則東夷之人也。地之相去不啻萬有餘里,世之先後亦千有餘載。來感于夢寐,茲何祥也？且考之史,無投江之語。豈羽使人密擊而投其尸于水歟？是未可知也。遂爲文以弔之:惟天賦物則以予人兮,孰不知其遵四大與五常。匪華豐而夷嗇兮,曷古有而今亡。故吾夷人又後千祀兮,恭弔楚之懷王。昔祖龍之弄牙角兮,四海之波殷爲衁。雖鱣鮪鰌鯢曷自保兮,思網漏以營營。時六國之遺祚兮,沈淪播越僅媲夫編氓。梁也南國之將種兮,踵魚狐而起事。求得王以從民望兮,存熊繹於不祀。握乾符而面陽兮,天下固無尊於芈氏。遣長者以入關兮,亦有足覩其仁義。羊狠狼貪擅夷冠軍兮，胡不收以膏齊斧。嗚呼勢有大不然者，吾於王而益懼。爲醯醋於反噬兮，果天運之蹠盭。郴之山磝以觸天兮，景晻曖而向晏。郴之水流以日夜兮，波淫泆而不返。天長地久恨其曷既兮，魂至今猶飄蕩。余之心貫于金石兮，王忽臨乎夢想。循紫陽之老筆兮，思蹉蜳以欽欽。舉雲罍以酹地兮，冀英靈之來歆云。'其曰'祖龍之弄牙角'者，祖龍，秦始皇也。宗直以始皇比世廟。其曰'求得王以從民望兮'者，王，楚懷王孫心。初，項梁欲誅秦，求孫心以爲義帝。宗直以義帝比魯山。其曰'羊狠狼貪擅冠軍兮'者，宗直以羊狠狼貪指世廟，擅夷冠軍指世廟誅金宗瑞。其曰'胡不收以膏齊斧'者，宗直指魯山胡不收世廟云云。其曰'爲醯醋於反噬兮'者，宗直謂魯山不收世廟，反爲世廟醯醋云云。其曰'循紫陽之老筆兮，思蹉蜳以欽欽'者，宗直以朱子自處。其心作此賦，以擬《綱目》之筆。馹孫贊其文曰：'以寓忠憤。'念我世廟大王，當國家危疑之際，奸臣謀亂，禍機垂發。誅除逆徒，宗社危而復安，子孫相繼以至于今。功業巍巍，德冠百王。不意宗直與其門徒譏議聖德，至使馹孫誣書於史，豈一朝一夕之故？陰蓄不臣之心而歷事三朝，予今思之，不覺慘懼。其議刑名以啓。"七月二十七日頒赦。教曰："恭惟我世祖惠莊大王以神武之資，當國家危疑，群奸盤據之際，沈幾睿斷，戡定禍亂。天命人心自有攸屬，聖德神功卓冠百王。增光祖宗艱大之業，貽厥子孫燕翼之謀。繼繼承承，式至今休。不意奸臣金宗直包藏禍心，陰結黨類，欲售兇謀，爲日久矣。假托項籍弑義帝之事，形諸文字，詆毁先王。滔天之惡，罪在不赦。論以大逆，剖棺斬屍。其徒金馹孫、權五福、權景裕朋姦黨惡，同聲相濟，稱美其文以爲忠憤所激，書諸史草欲垂不朽。其罪與宗直同科，竝令凌遲處死。馹孫又與李穆、許磐、姜謙等誣飾先王所無之事，傳相告語，筆之於史。李穆、許磐竝皆處斬。姜謙決杖一百，籍没家産，極邊爲奴。表沿沫、洪瀚、鄭汝昌、茂豐副正摠等罪犯亂言；姜景敍、李守恭、鄭希良、鄭承祖等知亂言而不告，竝決杖一百，流三千里。李宗準、崔溥、李黿、李胄、金宏弼、朴漢柱、任熙載、康伯珍、李繼孟、姜渾俱以宗直門徒結爲朋黨，互相稱譽，或譏議國政，謗訕時事。熙載決杖一百，李胄決杖一百，極邊附處。宗準、崔溥、李黿、宏弼、漢柱、伯珍、繼孟、渾等，竝決杖八十，遠方附處。而流人等竝定烽燧庭爐十之役。修史官等見馹孫等史草而不即啓，魚世謙、李克墩、柳洵、尹孝孫等罷職。洪貴達、趙益貞、許琛、安琛等左遷。隨其罪之輕重，俱已處決。謹將事由告于宗廟社稷。顧余寡昧，翦除姦黨，戰懼之念既深，而喜幸之心亦切。肆於今七月二十七日昧爽以前強竊盜及關係綱常外，已決正未決正，咸宥除之。敢以宥旨前事相告語者，以其罪罪之。於戲！人臣無將，既伏不道之罪；雷雨作解，宜霈惟新之恩。故茲教示，想宜知悉云云。”

《濯纓集·附錄·記實（黄宗海）》：先生以皇明天順甲申降焉，卽我世祖十年也。年十七，聞佔畢齋金先生宗直丁憂在密陽，乃往從之，得聞爲學之方。成化癸卯，丁外憂。丙午中生員進士，其年十月登第。丁未爲晉州學。時仲兄驥孫乞養昌寧，先生每自晉往來省母。戊申秋，先生以病辭晉學還清道。己酉冬以非罪幽金寧。未幾蒙恩得赦，尋被召以遼東質正官赴京師。是時，在烏蠻館，脫所穿衣，換得何旺所藏古畫十四幅。辛亥元正又朝京。是時，見周銓、程愈，又得《小學》書。是年夏以龍驤司正校讎《綱目》。壬子秋遭仲兄喪，有祭文。是秋又聞佔畢訃，以兄喪不得往哭，有“鴒原方急，饘堂莫及”之文。癸丑春奉旨頒諭本道。是年秋冬在讀書堂有“餘力學琴”之語。丙辰三月丁内艱。戊午仲夏外除。是時燕山亂政，史獄大起，先生戮於市。是年七月二十七日也。同時駢首死者有四人：權五福、權景裕、李穆、許磐。先生之伯兄提學公諱駿孫，及提學公之子三足堂諱大有，亦以先生之故俱配湖南，逮中廟登極得釋。先生兄弟三人竝仕清顯，而仲兄早世無箕裘，先生身後，亦寂寞焉。善人報施之理安在？而獨提學公後先生卒，三足堂賢而有文，曹南冥許以蓋世之雄。……先生身居海外之褊荒，志慕中華之君子。上自程朱，下至金許，常恨不同時而不相見，又念當今賢士之在中國者思有以一見。而到京之後果得二人，一則好道之程愈，一則博學之周銓。聞有李東陽者文望高世，欲介周一拜，而歸期已迫，未能也。他日送人赴京，傳致不忘之意於二人焉。其好賢樂善之誠出尋常萬萬，而所謂天下之善士斯友天下之善士者，其近之矣。朱先生《小學》書行於我東久矣，而至於程愈《集說》則初未聞也。先生之入京也，程愈贈《集說》，先生以爲是范子勸横渠學《中庸》之意，而持以東還，刊布國中。《集說》之行於東方蓋自此始，而學者之所賴者爲如何哉！前後赴京，行色蕭然，囊槖所有盡買經籍。先生在書堂也，上賜四十八詠，使之和進。先生遂跋文以獻。蓋所謂四十八詠，卽詠四十八種花卉也。先生姑舍花卉之鮮明，推廣物理之無窮，因此著彼，以小喻大，或進君德，或言治道。戒以翫物喪志，勸以主敬達順。此實陳善閉邪，因事納忠之意，而亦觀他一箇大胸襟包得許多也。

《宋子大全·濯纓先生文集序》：惟其著述浩渺灝噩，見者皆望洋焉，華人至稱以東國之昌黎。然先生生乎程朱之後，而又與寒暄、一蠹諸老先生磨礱浸灌，則其擇之精而無駁也，必有異於漢唐之世矣。

《稗官雜記》：讀書堂舊有内賜水精盞，濯纓金公銘其盞盤，其後又作序曰：“盞初無盤，倩工造，銅質鍍黄金。銘盤面四周任熙載八分字凸，盤心書‘内賜讀書堂’五字凹。”姜士浩篆銘曰：“清不汩，虚能受。德其物，思勿負。"遂爲一時文士奇玩。不知何年爲典守者所竊,好事者常恨之。嘉靖年間,趙松岡士秀令譯士洪謙求買於中國,以補故事。

《松溪漫錄》:金濯纓先生以文章自名,南止亭常稱曰:"挹翠軒之詩、濯纓之文,可謂絕等。"其文集盛行於世,而詩則罕傳,三嘉縣觀水樓有一律云:"一縷溪村生白煙,羔羊下括漫爭先。高樓尊酒東西客,十里桑麻南北阡。句乏有聲遊子拙,杯斟無事使君賢。倚欄更待黃昏後,觀水仍看月到天。"詩與文孰優,觀者詳知。

《海東雜錄》:季雲能文章,性簡亢少許可,仕至吏曹正郎。李克墩爲全羅監司,成廟之喪,不進香,載妓而行。金馹孫書其事于史草。克墩私請改之,馹孫不從,克墩銜之。及修《實錄》,遂起史禍而殺之。

金馹孫嘗爲獻納,論李克墩與成俊交相傾軋,將成牛李之黨。克墩大怒,及開成廟史局,見馹孫史草書己惡甚悉,又見書光廟朝事。欲因此報怨,與柳子光謀,封史草以啓,鍛成戊午大獄,論以大逆,一代名流誅夷乃盡。

《詩評補遺》:濯纓金馹孫受業于金佔畢齋。畢齋嘗語曰:"君才於詩非所長。"濯纓遂不從事於詩。故唯《三嘉縣觀水樓》一篇載於集末。……芝峰亦云:"以濯纓之雄于文而短于詩詞,古人所謂'詩有別才',信矣。"

《東國詩話彙成》:南止亭挽其遷葬曰"鬼神茫昧然,天道諒難知。好惡與人異,禍福恒舛施。悠悠此宇宙,修短同蔑諳。焉知髑髏樂,不易南面治。達觀付一莞,浮雲於渺瀰。獨憐名世人,其出每遲遲。契闊數百年,乃得一見之。見之久不遂,至治寧有期。吾生亦何幸,得與君並時。文章漢西京,人物宋豐熙"云云。又"披坨城東土,草草難掩屍。情鍾有子孫,卜兆謀遷移。君今九天上,俯視息相吹。他年纂圖誌,錄墓當不遺"。

【按:金馹孫(1464—1498)字季雲,號濯纓、少微山人,謚文愍。籍貫金海。金宗直門人。中宗反正時伸冤,追贈都承旨。奉享木川道東書院、清道紫溪書院。著有《濯纓集》今傳。其詩古樸無華。《箕雅》收其五律一首。】

權五福　　字享之,號睡軒。成宗朝登第,選湖堂,官止校理。戊午冤死。

《燕山君日記》卷三〇:四年七月庚申。尹弼商等共議書啓:"金馹孫、權五福、權景裕大逆,凌遲處死。李穆、許磐、姜謙亂言切害,斬,籍沒。表沿沫、鄭汝昌、洪瀚、茂豐副正摠亂言,姜景叙、李守恭、鄭希良、鄭承祖知亂言不告,竝決杖一百、流三千里,烽燧軍庭爐干定役。李宗準、崔溥、李黿、康伯珍、李胄、金宏弼、朴漢柱、任熙載、李繼孟、姜渾朋黨,決杖八十、遠方付處。尹孝孫、金詮罷職,成重淹決杖八十,遠方付處。李宜茂決杖六十,徒一年。柳順汀未鞫,韓訓在逃。"仍請臺諫等亦以朋黨論之。子光啓:"姜謙初聞許磬之言,及馹孫開端,乃答云:‘吾亦曾聞權氏操行果高。’則與磬罪恐有間也。”思慎啓:“宗直作詩文以譏議,其情切害。論以大逆,允爲便當。馹孫等只讃宗直詩文,恐與宗直不當同科也。此事當傳後世,不可容易斷之。論以亂言切害何如? 雖如此,亦當籍沒家産。”弼商啓:“申從濩、李陸今雖已死,竝治其罪何如?”傳曰:“誅馹孫等也,其令百官往見。近日慶尚道及堤川等處地震,是爲此輩而然也。古人以地震爲人君失德之致,然此變予疑此輩所致也。儒生或居館,或在四學,但觀古書,不知朝章,相與謗訕朝政,安有如此之風? 此輩雖有文學,所爲如此,反不如無學之人。有罪者當坐其罪,其以此意,更問于宣城府院君。武靈所言姜謙事,果有可矜,其罪宜輕於磬。其餘自有律文,唯李胄當加一等。尹孝孫有罔言,當罷職。李克墩則欲啓久矣,魚世謙亦當罷職乎? 其議啓。陸及從濩宜治罪。此大事也,予欲告于宗廟,頒赦中外,於卿等意何如?”弼商等啓:“告廟、頒赦甚當。陸、從濩追奪告身何如?”思慎啓:“馹孫等非自作詩文,只讃宗直,則其罪宜輕,故敢啓之。”傳曰:“從濩等事,依所啓。”

《木溪逸稿·睡軒集跋》:右詩稿一帙,吾友嚮之氏所著也。余與嚮之同丙午科,余在史局二載,在鑾坡六載,無不與之同焉。嚮之少余二歲,其文章之清古,識見之超邁,志節之勁正,行義之清修,大爲一時聞人金季雲所推服。而竟坐事,與季雲同死。余與嚮之、季雲爲莫逆交。今見是稿讀數過,掩卷隕淚以悲焉。於乎! 士之生世,顧其平生樹立之如何耳,壽夭禍福有不足言者。其若使是稿不湮沒於世,則嚮之之名爲不朽,與天壤長存,是足以慰嚮之之不幸矣。今庇安縣監權公五紀,嚮之之兄也。編是稿已,請余題一言。余仍書此以歸之,以寓夫山陽感舊之意云。正德己巳五月二十七日,友人晉州姜渾書于醴泉郡之快賓樓。

《嘯皐集·睡軒集序》:越自漢北建極以來,人才之盛,推英宣兩朝爲首。跡其一時充滿班行,誠無讓於濟濟之美。而其中表表晴雷霜日,如丙子戊午前後之數君子,乃其尤者也。襄陽睡軒權公蓋亦戊午禍網中之一人。遭凶虐罔極之變,碪斧在前而確乎不亂,從容就盡。此實朝家養士之報,於先王爲有光矣。竊惟人禍天刑,古之行行者,猶不免恐懼之譏。而公妙齡釋褐,薦入翰苑,已能思死其職,靡所顧慮。追南史、董狐而與之友,其氣節之强毅,得之於天者爲如何哉? 寒玉焚於酷炎,勁松摧於狂飈,人情同於駭惜,其深冤極痛,至今將百許年,凡有聞焉者尚且哽于喉泫于眥。矧乎門戶之中,骨肉情深,瓜葛分厚者,將何以爲心? 嗚呼! 萬事已矣,九京閉矣,所謂吾末如之何也者。獨其咳唾之霏,精華之發,光天射斗,擲地聲金者,猶足以留典刑於彷彿,寓無窮之遐思。公之仲氏判閣公先獲乎此,力加搜輯,而患亂傾蕩之餘,散失殆盡,所得只五七言古體律絶并百餘首,賦表記銘等雜文又若干篇,裒爲一帙,謀欲壽梓,未及而沒,遺恨有年。今達城府伯權君文海於公爲從孫,慨然有志於斯。前牧公山,工材已鳩,徑遞未就。及下車于此,懲前而亟圖之,閱數月以刊畢告,且印寄一本于余。蓋府伯曾以序文相屬,余不敢諾,而府伯督之不置。嗟余筆力衰落,何能絲毫有所發揮於公乎哉?第觀卷中諸作,一一流出於肺腑,拳拳乎戀君憂國之深,懇懇乎思親憶弟之切, 片衷忱交溢於語句之表。至其邂逅而唱酬者,無非名世之士,而當時第一流如濯纓子最爲莫逆交,懽然相對,牙鼓而鍾聽,顧眄唯諾之容,宛乎猶可以想見焉。噫!公於是乎爲不亡矣。彼無道之淫刑,亦安能斬截百世不磨之流芳也哉。噫!噫!其可傷也,而其亦可慰也夫。公諱五福,爲校理玉署,乞便養出宰野城。三年而被收,年纔三十二而絶。府伯之爲是舉,經營甚勤,爲之訂正之次第之,釐爲上中下三編,板刻楷整,殊可觀也。

《草澗集·睡軒先生集跋》:觀其短什長篇,詞語簡潔,格律森嚴。一生忠孝兩節,根於性情,發於吟咏。其視屑屑於組繪,規規於聲律者不可同日而語也。

《海東雜録》:醴泉人。字向之,號睡軒。文章清健,筆法勁遒。我成廟丙午司馬試,連捷同年丙科,爲時輩所推重。與金馹孫爲莫逆交。燕山戊午史禍起,與金馹孫同死。官至弘文校理。有集行於世。其詞藻之清絕,氣格之森嚴,則閱者自當知之矣。

睡軒以所制詩稿求斤削于金濯纓,贈之以詩曰:"畫蛇著足休嫌拙,須把風斤斲堊漫。"濯纓以書答之曰:"吾無風斤,何以斲向之之堊也?"

有一秀才,借《詩學大成》於睡軒。睡軒以詩贈之曰:"建安六代詞章藪,若比聖門真培塿。周孔文章懸日月,汗牛千卷堪覆瓿。"

天啓中,有人遭喪者,定山於果川地。傍有古墳,卽睡軒公之塋也。起役數日,令其子弟一人董役。役畢,誤拔墳前階砌石數片。其夜之夢,有紅袍長者,自古墳而來,若有慍色。其人不覺前拜問其姓名,長者答云:"我卽權翰林某也。"因指古墳曰"彼吾家也。近者役軍登踏我館舍,掘拔我階石,使我爲之不安。君何不呵禁"云云。其人亦儒者,素知公之事蹟。請曰:"公莫是賦項羽不渡烏江者乎?"長者曰"是也"云云。其人唯唯而退。仍爲驚覺,則汗出遍體矣。翌日躬詣古墳前,見其階石數片果爲拔去。大以爲異,卽令役軍還補缺處。作文以祭之云:"哲人精靈,托於壤土。百年之後,能感動人有如此者,可謂死而不死矣。"

【按:權五福(1467—1498)字嚮之,號睡軒。籍貫醴泉。成宗十七年(1486)文科及第,藝文館、弘文館登用,賜暇讀書。燕山君四年(1498)戊午士禍時處斬刑。書法、詩文出衆，追贈都承旨。奉享醴泉鳳山書院。著有《睡軒集》今傳。其詩詞藻清絕，氣格森嚴。《箕雅》收其五律一首。】

權達手　　**字通之，安東人。成宗朝登第，選湖堂。官止校理。燕山時冤死。**

《燕山君日記》卷五六：十年十一月戊戌。傳曰："權達手等雖承命議之，然誰無父母？追崇先后，在所當爲，而謂不可爲。且臺諫見弘文館之議而效之，此甚不可。其先發言者欲置重典，重典亦有斬有絞。崔叔生等可拷者拷之。"領議政柳洵等啓："達手、世弼皆當重刑，而斬與絞俱是死罪，其減等，皆流三千里者，以斬與絞雖有差等，而死則一也。前日李守恭之事，雖與此同，而守恭則自出己意，啓於經筵，故已被重典，達手因收議而言，其言亦遜，世弼見達手之議而言之，皆與守恭有間。且姜洪、金楊震、金乃文、柳溥等言三人共議，不的指爲某也，故皆已三次拷訊，黄誠昌以下則皆直告，故只刑訊一次。然皆云誤議而無他辭，其中刑訊一次者加刑何如？"傳曰："達手以下皆加一次。"……十二月戊午。下權達手照律案曰："'追崇之典，於禮已極，無以復加。'如此議啓，固爲非也。夫人雖有謫仙之才，而心苟不肖，則將焉用之？其令改照律。"義禁府改照權達手、金世弼罪當斬，崔淑生、李荇决杖一百，遠方爲奴，餘各决杖一百，流三千里，傳曰："卽令行刑，百官序立。"又傳曰："達手、世弼雖同罪，而達手爲首，世弼特減死，絶島爲奴。且世弼等十三人，追奪紅牌。"達手咸昌人。善屬文，不事修飾。好古樂善，氣節坦蕩有大志。將死，語同囚諸友曰："君等宜取酒餞我歸。"言貌如平時。妻鄭氏有節操，收葬畢，不食而死。時無罪誅戮者，或孥其妻子，莫不奔走就役，鮮有以節義自持，獨鄭氏與大司諫姜詗妻金氏死之。

《海東雜錄》：權達手，安東人，字通之。我成廟朝登第，性慷慨有氣節。燕山朝，官至弘文校理。甲子追罪言事者，竟殺之。我中廟命贈都承旨。

《東閣雜記》：李容齋荇燕山甲子竄配巨濟，感念存亡，作十絶，各有註。詩曰："横衢白刃獨能前，天遣妖氛翳日邊。半夜夢魂如夙夕，數行清淚濕寒氈。權達手通之甲子冬與余再繫獄，拷掠備至。一日拉余手指天曰：'日下有白氣亘空，子亦見之乎？'余曰：'未也。'通之仰天良久曰：'噫！吾其死矣，正爲吾也。'十二月初一日被禍。近夜連夢通之如平生，故並及之。"

《龍泉談寂記》：權通之名達手，早上第，爲校理。燕山主議尹庶人立廟事，大作威鉗，主所欲莫敢忤。通之慨然議以"非先王意"，館中不敢異。主怒，皆杖流。久而怒彌甚，玉堂臺諫中首其論者，將極法之。時追治舊事，仇摘倡言者日滋酷，例皆旁推先死，剖發朽壤以苟免。獨通之自引伏，不爲負亡僚自活計。并臺員先發者。鐵鑽已具，獄吏哀之曰："與其兩死，寧歸之一而一生之。"爲臺者候承吏旨，更言玉堂先於臺，通之張目熟視曰："某乎！某乎！爾果效我而爲之耶？"即奪筆書供曰："不肖臣達手敢爲之，不可苟隱以偷生。"供畢顔色不變。與之酒，立盡吸，就刑如平常。人莫不歎傷之。初通之謫在龍宫縣被拿而歸也。歷訣家累於永純里。余在咸寧村，挈壺酒往省之。通之引滿健倒，執余手曰："自昔讒奸慫慂逢惡，屠害士類者，寧有終保乎？我則死矣，亦當抉眼而覩之矣。"辭氣慷慨，因泫然。傍坐皆泣下沾襟。通之既不幸，其未亡人泣血不食死，聖朝贈通之爵，旌烈婦門。可謂節義成雙者矣。其聲容意氣，森爽在目，思之不覺摧心而傷骨也。

《稗官雜記》：南止亭作《權校理達手墓碣》曰："喬桐主之立十年甲子，將舉追尊之事，下百官議。于時酗怒方熾，忤旨者輒遭害，屍積於街。滿庭恟恟，莫敢立異。校理君憤曰：'何可靳吾命而陷君於惡乎？議以爲不可。'同列之士與御史諫官等義君言，皆如其議。主一切逐之。君半歲逮捕。前議者將置於刑。君曰：'倡議者我也。餘人無與。'由是君獨戮于市，餘皆得全。君之被逮也，夫人鄭氏在咸昌，粒米不入口，懣則歠水而已。聞其死，曰：'我與之同穴則足矣。'遂長慟而絕。嗚呼！若君者，豈非古之烈士？而夫人與有焉。真可謂節義成雙者也。"

【按：權達手（1469—1504）字通之，號桐溪。籍貫安東。成宗二十三年（1492）文科及第，歷任檢閲、正言，後任校理。燕山君十年（1504）因反對燕山君追崇母后廢妃尹氏，流配龍宫縣，後召回處死。中宗時期追贈都承旨，奉享咸昌臨湖書院。著有《桐溪集》今傳。其詩清泠逸絕。《箕雅》載其七古一首。】

許　琛　　字獻之。琮之弟。成宗朝登第，選湖堂。官止左相。謚文貞。

《燕山君日記》卷五八：十一年五月庚子。左議政許琛卒。琛字獻之，陽川縣人，高麗典理判書錦之四世孫。幼而聰穎，既長，博聞强記，經史子集過目未嘗忘中。成化乙未科，歷司憲府監察，成均館典籍。成廟揀文學之士賜暇讀書，琛首膺其選，授藝文館副修撰，轉弘文館副校理、司憲府持平、兵曹正郎、知製教。壬寅中進賢試，拜侍講院弼善，戊申陞輔德，尋遷弘文館直提學兼藝文館應教。庚戌超授承政院同副承旨，轉至左承旨。壬子特授全羅道觀察使，入爲司憲府大司憲，歷禮、吏、戶、刑四曹參判，慶尚、京畿兩道觀察使，壬戌特超授吏曹判書，癸亥遷議政府右參贊，甲子擢拜右議政，俄陞左議政。常以主荒政亂，未能匡諫爲憂，遂成錮疾，疾革，不進藥餌曰："欲速死耳。"卒年六十二。謚文貞：博聞多見，文；清白守節，貞。性恬靜寡慾，端重溫粹,純和之氣達於面目。然其中剛正,臨事毅然不可犯。居家不營産業,唯終日讀書而已,孝友出於至性。交際亦淡泊無僞,爲詩文閑淡簡遠,然不喜作,作必脱俗,其德業文章,與兄琮齊名。爲相値時事已非,不能行其素志,然因事彌縫,裨益亦多。死之日家無餘財,僅辦喪具,人尤服其清德。

《慕齋集·許文貞公行狀》:公姓許氏,諱琛,字獻之。陽川縣人也。……以正統甲子八月壬戌生公。幼而聰穎端秀,迥異凡兒。既長就學,博聞強記,經史子集過目未嘗忘。大爲時輩所推服,與兄右議政琮齊名。議政公奇偉卓犖,公則溫粹精敏。雖所造不同,而士林翕然皆景仰,莫能相上下焉。已而議政公先登第。公於天順六年壬午中進士試。未久丁外憂,回嬰疾病,七八歲猶未釋褐。人或以遲速爲公惜者,公則夷然不介於懷。成化七年辛卯,以門蔭補懿廟參奉。至十一年乙未春乃登第,拜宣務郎通禮院引儀。秋,陞司憲府監察。十二年丙申秋,移成均館典籍。時成廟鋭意文治,重文學之士,思有以作成之。乃教曰:"業不專不成。宜如世宗朝故事,其擇文臣,賜暇于山房,以專其業。"遂命公及蔡壽、權健、曹偉、俞好仁、楊熙止等就藏義寺講習。供給之具,錫賚之豐,出於尋常,以示寵渥之隆。未幾,更命入侍經幄。朝夕論思,分番迭休,休日則肄業如故。如是者數年,天眷尤注,士林皆榮之,以比登瀛洲。十三年丁酉,移藝文館副修撰、知製教兼經筵檢討官。十四年戊戌,改藝文爲弘文,陞公爲副校理,俄遷司憲府持平。冬,以病辭。病愈,即授工曹正郎。十五年己亥春,特拜驪州判官。有宰相啓曰:"某文學行誼,當常在侍從獻納之地,不宜補外。"成廟曰:"予豈不知?但爲此者,欲暫屈試治民耳。"請之益固,乃命遞授繕工監判官兼承文院校理,即移成均館直講。冬,以薦拜兵曹正郎、知製教。十八年壬寅夏,陞軍器僉正。秋,移奉常僉正。冬,命特開進賢試,以試文臣,公中第。三十九年癸卯春,始設侍講院,遴擇朝臣之有德行文學兼備者充之,乃以公爲弼善。時公所交遊如申從濩、權健、曹偉、俞好仁、金訢等皆以文章見重於世,上尤眷注。命公及從濩等每於歲終,繕寫一年所著詩文以進,以備清燕之覽。儒林籍籍,以爲曠世之榮。二十一年乙巳春,移弘文館應教、知製教兼經筵侍講官。夏四月,丁内憂。越丁未秋,服闋,復拜弼善。弘治元年戊申秋,陞輔德。二年己酉秋,移奉正大夫弘文館直提學兼藝文館應教。朝制,必擇有才行將主文衡者授是職,時朝廷難其人,久闕其位,至是乃以公充之,蓋重選也。三年庚戌春,出内旨,特加中直一階。未幾,超拜通政大夫承政院同副承旨兼帶經筵春秋館,歷陞左承旨。五年壬子夏,特陞嘉善,拜全羅道觀察使。冬,憲府啓曰:"爲監司者徵斂郡縣,以應人求者或有之。請禁之。"成廟曰:"如某廉正,必不爲此。"六年癸丑秋,入爲同知中樞府事,俄遷司憲府大司憲。遇事敢言,朝綱頓肅。然持心平正,不容私意於其間,故人愈信服而罔有怨者。皆以爲近來任風憲,得體無有如公者。甲寅夏,以賀千秋使赴京。成廟謂公曰:“卿宜久在風憲之地,以整朝綱。然使臣亦當專對,任又非輕。自非博雅敏達之才,其何能堪? 故不得不遣卿耳。”遂遞授禮曹參判,俄移吏曹。公赴朝,行李蕭然,帶行通使等相語曰:“宰相之心我皆知之,未見有如公之清者。”至大都,牙儈細人不得貿賣,皆笑公爲貧宰相。將還,遼東大人疑貿弓角而歸,密令搜索。公謂其人曰:“此出於聖旨乎? 抑大人所自爲乎? 弊邦敬事皇朝出於至誠,故朝廷亦待之無外,異於他國。今疑而欲搜行橐,於外人視聽何如? 恐非所以示天下也。且我國前承聖勑屢征野人,因此構怨,爲我世讎。若聞此事,則亦必指笑。以謂‘朝鮮麗附上國,而反爲所疑’,此亦無奈有妨於事體乎?”遼東大人聞公語,愧悟曰:“宰相言是也。我不及此。”遂止。秋,特拜守知中樞府事。冬,成廟昇遐,今上卽位。弘治八年乙卯春,遷刑曹參判,移兵曹參判兼同知成均館事。十年丁巳冬,公以久在政曹請辭,遂移同知中樞府事。十一年戊午秋,拜慶尚道觀察使。己未冬,遞拜户曹參判兼同知成均館事、都摠府副摠管。知成均館事洪貴達啓曰:“學校師表之任,所係重大。請專委某以成均之事,以責作成之效。”上曰:“户曹掌賦,摠府典禁兵,所係尤重,不可人人而授之。其遞成均同知。”十三年庚申,移吏曹參判。十四年辛酉春,以病請免至再。上不允,只賜告給藥調保而已。公辭之益力,乃命授閑官,以便調養,遂移同知中樞府事。病愈,遷刑曹參判。十五年壬戌夏,拜京畿觀察使。未幾,命召公,下御書特拜吏曹判書曰:“用人以賢,古今通論。特超一資,以行吏判之任。”命下之日,朝野相慶,以爲得賢判書。公廉方公正,復有藻鑑,掄選注擬,咸適其才。人莫敢干以私托,亦無有怨其屈滯者。門庭蕭然,無異平昔。前後掌銓衡者,物論翕然皆以公爲首。十六年癸亥秋,特拜資憲大夫議政府右參贊兼知義禁府事。十七年甲子夏,擢拜大匡輔國崇祿大夫議政府右議政兼領經筵事、監春秋館事。時三公缺位,滿朝想望。一日,上命召右議政柳洵等議置相。仍傳曰:“三公之任燮理陰陽,所係非輕。以一家言之,屋雖傾危,棟樑若良則可以久存。君雖庸暗,苟能相臣執德輔導匡救,則可以長久而不亡。今欲以某作相,謀諸卿等,而卿等亦以爲然。是臣主之意皆協,卽當拜之也。”洵等啓曰:“臣等備員而已。如某名望所在,今日卜相得人,臣等不勝大賀。”上卽命召公,教曰:“朝臣非不多。擢用卿者,予意有在。卿其知之。”公辭曰:“夫所以擢用者,必才德特出而後可以當之。臣於朝臣之中德望最下,庸劣無似。今蒙拔擢,不次已甚。請辭。”上曰:“雖小官,必人器相當而後可授也。況臺鼎之任乎? 物論皆以卿爲可,故授之也。”公又辭曰:“朝廷官爵當以次遷轉。臣觀祖宗朝以來,未有以二品陞三公者。三公之職,所任重大。以臣庸才,恐不能堪。臣之所以固辭者,出於誠心,非爲虚文也。”上曰:“古云爵人於朝,與衆共之。苟可用也,何計資級?擢卿爲相,衆論所歸,其無辭。但以赤心輔予一人。”仍賜犀帶一腰。初公之位未高也,一時物論皆以臺輔期之,第以位秩尚卑爲恨。至是果驗。未久,陞左議政。十八年乙丑春,患風疾,漸至彌留。上遣内侍金子猿問候曰:“三公之位不可輕遞。望速調保,以匡不逮。”因賜内廚珍羞甚優。公對曰:“小臣無似,特蒙上德,待罪三事。常欲竭犬馬之力,庶報萬一。今至於斯,恐未復覩天顔也。”上又命賜藥餌,日遣内醫候之。公上章乞免,上遣内侍金璽問之,又遣注書宋澂賜不允批,略曰:“爲朝廷擇忠賢,既任百責之所萃,惟進退係輕重。何遽一疾而告辭?惟卿天資合於道妙,德行得於家傳。博雅該通,雖古人無以遠過;忠清謙恪,在今世誰敢與同。挽回世道之責,非大賢誰當;轉移風俗之機,非庸人可托。”公於病中勑子弟曰:“我疾定不起矣。然年逾六十,位登三事,固無遺憾矣。平生雖蒙上恩,得至於此,無勳業可紀,愼勿樹碑。喪事務遵儉約,勿用豐侈以重余過。生必有死,理所必至,如斯而已。爾輩亦毋慟也。”疾革,妻子哭泣。公聞而止之曰:“汝輩不讀《家禮》耳。”醫來診脈曰:“六脈俱順。”公曰:“脈順乎?予不喜也。惟欲其速絶耳。”遂不進藥,略無留人世之意,蓋憂時事而然也。以五月十六日卒于正寢。士林咸痛惜之,至於市人馬卒亦莫不驚歎曰:“賢政丞亡矣。”上遣禮官賜祭,命官庀喪事。公天性恬静寡欲,從容溫粹,純和之氣達於面目,語默動静端詳閑泰,不露圭角,口未嘗言人過失。平居怡怡,無疾言遽色。雖子弟婢僕,未嘗見其有喜愠之色。及其臨事處决,毅然不可犯。治家淡泊,生産作業略不經意,入則唯終日讀書而已。雖貴爲三公,四方無田園之植,唯祖業所傳數頃而已,一家百口取給祿奉,而他無長物焉。平生孝友,尤出至性,事慈闈以色,奉寡姊以誠。日相聚會,嬉笑飲食,以盡歡意。交朋友接人物,亦淡然無僞,故莫不敬而愛焉。性不喜榮進,無汲汲之意,常以漁釣爲樂。每往來林泉,必休告信宿而返。其冲澹雅趣如此。……爲詩文淵深精確,斥去浮靡,閑淡簡遠,追乎大雅。然不事表襮,恒若不足焉。

《謏聞瑣錄》:丁酉春,與成磬叔、許士謂、蔡耆之、安子珍、許獻之、成如晦遊松都,同訪長源亭。豐德郡守宋叔琪設飲於亭上,仍請諸公賦詩。獻之作近體,有“海涵落日撑金柱,潮送輕波拭玉盤”之句,一座歎賞。予亦賦之,只記一聯:“海門浪蹙青山湧,沙岸風微白鳥飛。”諸公之詩,皆載《松都錄》中,有一宗室竊去,竟失其本。

【按:許琛(1444—1505)字獻之,號頤軒,謚文貞。籍貫陽川。許琮弟。

與曹偉等刪定《三綱行實》。《續東文選》卷五載其七古三首，卷六載其五律三首，卷八載其七律一三首，二〇載其七絕一首。其詩淵深精確，閑淡簡遠。《箕雅》收其七絕一首、七律一首、七古一首。】

申從濩　字次韶，號三魁堂。叔舟之孫。成宗朝登第，進士、及第、重試皆魁，選湖堂。官至禮曹參判。奉使燕京，回到松京卒。

《燕山君日記》卷二二：三年三月丙辰。禮曹參判申從濩卒。從濩字次韶，高靈人，文忠公叔舟之孫。少好讀書，偏閱群書，至忘寢食，文忠器之。甲午連魁進士初、覆試，庚子魁文科試。選入弘文館爲修撰，累歷至應教。乙巳魁重試。弘治戊申拜直提學，尋陞副提學。己酉遷承政院同副承旨，轉至都承旨。庚戌拜禮曹參判，轉司憲府大司憲，遷兵曹參判、京畿觀察使，重拜禮曹參判。丙辰冬以賀正使赴京，回至開城府病卒，年四十二。氣度宏遠，執守剛毅，不以事物嬰懷。胸次坦然，無城府畛域，疾惡如讎，未嘗以人言撓法。按京畿，守令有怙勢貪縱者立黜之，一道肅然。爲文章雄渾汪洋，自成一家。詩尤奇麗豪健，士林景慕。

《梅溪集·嘉善大夫司憲府大司憲申公墓誌銘并序》：文忠公諱叔舟，佐五朝，位冢宰，封高靈府院君，配享成宗廟庭。文忠公生八子。長諱澍，賢而早世，卒官通禮門奉禮郎，贈吏曹參判。娶上黨府院君韓忠成公女，生三男，公其季也。公名從濩，字次韶。生於景泰丙子某月某甲。未及期而孤。穎秀異凡兒，好讀書，未冠，遍閱群書，至忘寢食。文忠大器之，試命作《李泌傳》，文奇而老成。文忠喜曰："他日嗣吾業者必此兒。"甲午魁成均試，又中庚子科壯元，拜司憲監察。冬，選玉堂，諸僚輪賜暇讀書于山寺，公以本官被選。辛丑爲書狀官，從洪兼善朝京師賀千秋節。前此，遇有水潦疾病留館驛者，不支芻粟。公議兼善投書言禮部，禮部奏准，仍遣序班護送，自此待本國有加。然坐擅達，左降洪州教授。未幾，移廣州。壬寅秋，有旨舉賢才遺逸，大司憲蔡壽薦公宜在顧問地，除弘文修撰、知製教兼經筵檢討官，俄陞副校理兼侍讀。癸卯秋，錢塘人葛貴隨勑使金興到本國，稍有文藻。上命公及偉與貴遊處，微扣其學，仍訪中朝事。貴歎服其才。乙巳進校理，特加一級。丙午陞副應教，冬重試又擢第一名。超拜禮賓副正，階中訓。公於科場未嘗屈於人。甲午進士連魁初覆。庚子發解庭試皆第一，又魁重試。世謂科舉以來未曾有也。戊申拜弘文直提學。今皇帝登極，翰林侍講董越、給事中王敞奉詔來頒。許忠貞公琮爲接伴，以公爲從事。董王一時名儒，沿塗喜題詠。往復酬答，多出公手，兩使歆服。冬進副提學。己酉春拜承政院同副承旨，以事忤旨，合院幷免。遷僉知中樞府事，轉禮曹參議。冬復入爲左副，俄陞右。庚戌六月進都承旨。十二月進禮曹參判,階嘉善。辛亥轉司憲府大司憲。北虜犯境害邊將,上鋭意攻討,公率其屬守闕爭之。語侵首相,上怒罷其職。尋拜同知中樞府事。壬子移禮曹參判,轉兵曹,兼世子右副賓客。侍胄筵,敷陳經義,援引古事,隨事規諷,裨益多。甲寅夏,出爲京畿觀察使。時屬旱饑,請糶京倉米若干石以賑。又借忠清穀以備民種,盡心荒政,民賴以活。十二月,成廟昇遐。明年,勅使金等到本國。畿甸凋弊,供億如雲,山陵事急,迫於星火。公奔走竭誠,能裁闊狹,事得辦集無欠闕,優加賜。乙卯任滿,復入禮曹爲參判,兼同知春秋館事,與修《成宗實錄》,取舍精當,删有法度。俄兼藝文提學丙辰秋。始患咳喘。明年,賀正使,爭以計避之,最後及公。人皆勸公宜以疾辭,公曰:“食祿計利害,非夫也。”遂行。前此進獻物表箋,例使通事齎進。公親自擎捧付禮部,禮部稱歎,以爲“知禮宰相”。公於是行檢攝有法,一行咸服。丁巳二月,轉戶曹參判。回至遼東城,疾轉劇。舁至開城府,上遣內醫暨公子沆兄從沃等馳驛往視。三月十四日卒于公館。享年四十二。……公氣量宏闊,風度凝遠。不以事物嬰情,胸次坦然,無城府畛域。……八典貢舉,所收多名士。於書無所不窺,爲文章雄渾汪洋,自成一家。詩尤奇麗清壯,不類東方氣習。筆法亦遒勁。

《涪溪記聞》:燕山之復廢后也,命收議於宰臣,虐威殺戮,人莫敢異言。獨三魁堂申從濩抗論:“廢妃得罪先朝,遺教著在令甲,不可與鉤弋、甄后并論。”多引經傳以證,論議甚正。雖以燕山之暴,不能加罪。

《稗官雜記》:古之賤婦遇詩人而垂名不朽者固多有之,黄四娘之于子美,柳枝之於義山,商婦之于樂天,國香之于魯直是也。豈非風流一奇事,而四婦之大幸也。近世有京妓上林春,以能琴擅一時,嘗爲申參判從濩所眄,申贈詩曰:“第五橋頭楊柳斜,晚來風日轉清和。緗簾十二人如玉,青瑣詞臣信馬過。”至嘉靖年,妓已年過七十,倩李上佐畫其事,寫申公詩其上,仍乞詩於縉紳。鄭湖陰乃題一律,其小引曰:“琴妓上春林年七十有二,其技不衰。感傷舊事,輒放撥隕淚,故聲調多怨。每來乞詩,欲留名身後。憐其堅懇,爲書一律云。”其詩曰:“十三學得《猗蘭操》,法部叢中見藝成。遍接貴遊連密席,又通宮籍奏新聲。嬌鶯過雨花間滑,細溜侵宵澗底鳴。才調終慚白司馬,豈能商婦壽佳名?”金慕齋題絶句曰:“容謝尚存傾國手,哀絃彈出夜深詞。聲聲似怨年華暮,奈爾浮生與老期。”諸公多和其韻,聊爲大軸。噫!妓之奇遇,殆不在黄四娘諸婦之後耳。

《月汀漫錄》:申企齋凡有所作,輒示申直講從濩,得其是正,方以行於世。一日以《洗草宴契軸》詩令申觀之,讀至“人間遺跡似龍騰”,未契於心,再三諷詠。企齋曰:“以爲未洽當耶?”申曰:“東坡所謂‘世間遺跡猶能騰’

者,謂蘭亭繭紙真本殉葬昭陵,其摹本之傳於世者,猶如龍騰,謂摹本雖非真本,其筆勢猶似龍騰。今用此語以對'天上寶書隨水化'恐未當。"企齋曰:"何可作如此看?龍騰,只謂如龍之變化而無跡也。"不以申語爲然,不改"龍騰"之語而傳於世。今恐申語爲是。

《小華詩評》:保閑齋申叔舟、二樂堂用溉、企齋光漢祖子孫三人皆以文章典文衡,偉哉。保閑嘗北遊寄中書諸君詩:"豆滿春江繞塞山,客來歸夢五雲間。中書醉後應無事,明月梨花不怕寒。"二樂堂《楊花渡》詩:"水國秋高木葉飛,沙寒鷗鳥淨毛衣。西風日落吹遊艇,醉後江山滿載歸。"企齋《獨直内曹聞夜雨》詩:"江湖當日亦憂君,白首無眠夜向分。華省寂寥踈雨過,隔窗梧葉最先聞。"三魁堂從濩亦保閑之孫,能文章。其《傷春》詩:"茶甌飲罷睡初驚,隔屋聞吹紫玉笙。燕子不來鶯又去,滿庭紅雨落無聲。"諸詩何讓唐人!

《企齋集·高靈世稿序》:吾觀三魁之文之淵源,既受于文忠公厚,又激於奉禮公深,且其自得于天分者爽邁而秀發。雖不容吾喙,而皇朝邵進士,吾相國洪公之述備矣。

【按:申從濩(1456—1497)字次韶,號三魁堂,籍貫高靈。申叔舟孫。著《輿地勝覽》。善詩文、書法,著有《三魁堂集》。其詩奇麗清壯。《箕雅》收其七絶二首、七律一首、五古一首、七古二首。】

崔　溥　　字淵之[淵],號錦南。羅州人。成宗朝登第,選湖堂。官止司諫。奉使濟州,奔喪飄風,遍覽中國山川而還。燕山甲子被害。

《燕山君日記》卷五六:十年十月庚午。傳曰:"聞崔溥、李黿臨刑有所言,何言也?其問之承旨尹珣。"……溥公廉正直,博通經史,富於文詞。爲諫官知無不言,無所回避。

《錦南集·錦南先生集序(柳希春)》:錦南先生崔公諱溥,字淵淵。羅州人。進士諱澤之子也。生有異質,剛毅精敏。既長,治經屬文,卓冠時輩。年二十四,中進士第三。二十九,成化壬寅春,成廟謁聖取人。公以對正統策,登第第三。自爲上舍居泮宮,才名大振。與申公從濩等爲友。及筮仕立朝,累官爲典籍。參修《東國通鑑》,著論 百數十首,明白的確,大爲時論所推許。丙午中重試亞元。自司憲府監察,爲弘文館副修撰,尋陞修撰。丁未,陞副校理。九月,以推刷敬差官往濟州。弘治戊申閏正月,聞父喪,荒忙渡海。遭風漂至中國之臺。六月,回到漢陽青坡驛。承上命,撰進《漂海錄》。厥後連丁内艱。壬子正月,免喪,除持平。諫官以前日初喪,應命撰《錄》爲過而駁之。上以其議爲太深,御宣政殿引見,問漂流首末。公細陳榻前，上嗟歎曰："爾跋涉死地，亦能華國。"乃賜衣一襲。是年，以書狀官赴京。癸丑春，爲世子侍講院文學。四月，拜弘文校理。臺官又循前論，玉堂諸學士啓曰："崔某連喪四年，一不到家，孝行卓異，願與同僚。"成宗議於公卿，卒授之。五月，病遞，爲承文校理。甲寅正月，復爲弘文校理。八月，陞副應教兼藝文應教。藝文，極選也。非將執文衡，莫得預焉。乙卯春，爲生員會試參考官，以得人名。丙辰五月，以湖西大旱，燕山命公往教水車之制，至九月乃還。十一月，自相禮爲司諫。丁巳二月，祔大廟後，公草疏，極諫燕山之失，又痛詆公卿大臣。是月，左遷爲相禮，差質正官赴京。既還，秋，爲禮賓正。皆坐忤權貴。戊午七月，史禍起，以公及申從濩等八人嘗以所著文科次於佔畢齊。燕山命搜其家，公獨以家藏《佔畢集》受拷訊，尋杖流端川。公既至謫所，處之坦蕩蕩。至甲子十月，燕山命拿致詔獄。將行刑前夕，金公詮、洪公彦弼等以輕繫同處。以酒餞，先生一一受飲。訣別丁寧，神色不亂，陽陽如平時。公生於景泰甲戌，至是年五十一。正德丙寅，中廟靖國。追贈通政大夫、承政院都承旨。先生博覽載籍，該洽過人，尤邃于《易》。教導後生亹亹不倦。海南爲縣，僻在海隅，舊無文學，禮儀亦荒陋。先生受室是邑，累年遊處，以正論變陋俗。又得尹孝貞、林遇利二秀才及我先人，倒廩傾困而誨之。三人以所學授徒，一鄉翕然，遂爲文獻之邦。宦遊京洛時，亦有英材朴誾等從之遊。謫端，又有權遇鸞等質疑請益。先生嚴厲廉介，居家未嘗爲儋石謀。出入臺諫侍從，急於報國，奮不顧身。屢進危言，力扶大義。自少抱經濟之才，百不一施。遭値否運，卒死非辜。士林痛惜。先生既酷沒，又無嗣子。其平生著述散亡零落，十無二三。希春收拾於六十年之後，僅得疏、記、碑銘七首，並東論一百二十首。爲二卷。鋟諸梓以傳將來。其氣節之勁特，經綸之規模，議論之精切，觀于此者尚可以識其一端云。隆慶辛未十月癸巳。外孫通政大夫守全羅道觀察使柳希春謹識。

《稗官雜記》：錦南文詞簡古，而詩則非其所長，然嘗讀《宋鑑》作絕句云："挑燈掇讀便長吁，天地間無一丈夫。三百年來中國土，如何付與老單于。"讀此詩者，咸歎其慷慨奮厲之氣。

《鶴山樵談》：崔溥字淵淵，羅洲人，號錦南。能文章。再登第，奉命使濟洲，聞喪渡海，風漂四十夜，泊台州府臨海縣牛頭外洋之地，塘頭寨千戶誣以倭寇，溥應對捷給得免。至杭州，三司官問本國歷代興廢，建置山川、禮樂人物甚詳。溥對之若剖竹，三司官皆歎賞。及還，成廟命修日記以進，凡三卷。溥詩不多見，《讀宋史》詩曰："……"沈著老蒼，可想其爲人。

《寄齋雜記》：公爲司諫，鄭光弼、南袞爲左右正言。公題詩稧軸，其末句曰："後人指點婆娑處，某也回邪某也忠。"公之此詩雖或偶然而成，味其詞意似專爲二公而發者，君子一言爲忠邪之鑑戒，其可畏哉。

《東國詩話彙成》：公與柳城隱相善，乃拜城隱之父。城隱既沒，其孤希春往請學。公贈詩曰："君當我爲兄，我謂君如弟。悠悠俯仰間，對面今三世。"末句暗使韓退之《馬殿中墓誌》之意。

【按：崔溥（1454—1504）字淵淵，號錦南。籍貫耽津。金宗直門人。著有《錦南集》今傳。其詩慷慨奮厲，沈著老蒼。《箕雅》收其七絕一首。】

李　胄　　字胄之，號忘軒。固城人。成宗朝登第，選湖堂，官止正言。燕山時流珍島冤死。

《燕山君日記》卷五三：十年五月辛亥。義禁府啓："李胄已拿來。"傳曰："胄前爲正言，時請作臺諫廳于闕内，甚無禮。"承旨權鈞論其罪名十，胄仍監刑，遂斬於軍器寺前。百官序立，梟首傳屍。胄少強志力學，早擢第，慷慨有直節。善屬文，爲詩高邁豪爽，有古人風。與金馹孫、韓訓同時爲諫院，慨然以言責爲己任，知無不言，彈擊無所回避。遭戊午禍，久竄於外，至是追罪之。兄胤、弟膂，俱有名當世。

《忘軒遺稿·忘軒先生遺稿識（張範）》：先生姓李，諱胄，字胄之。固城人也。高麗判密直事尊庇之後，容軒先生原之曾孫，杏村之玄孫也。燕山朝自司諫院獻納，配珍島，卒以見法。萬丈光焰，不止此矣，而先生姪孫李公之所藏者，太山一毫芒爾。懼其復就泯泯，且鋟諸梓，以示同志云。皇明隆慶辛未五月日，玉山張範謹識。

《海東雜錄》：李胄，杏村之後。我成廟朝登第，有文名，人稱有濟世才。嘗爲正言，言事慷慨。燕山戊午，以佔畢齋門徒流海島，竟被殺。嘗到忠州蓮亭別友有詩，膾炙人口云："池面沉沉水氣昏，夜深魚擲枕邊聞。明朝泊近驪江月，竹嶺參天不見君。"

《鶴山樵談》：忘軒李胄之之詩沉着老蒼，仲氏以爲近於大曆貞元，然自是蘇杜中來，大體不純。

李忘軒謫珍島日贈別李浪翁詩曰："海亭秋夜短，一別復何言。怪雨連鯨窟，頑雲接鬼門。素絲衰鬢色，危涕滿衫痕。更把《離騷》語，憑君欲細論。"其移配濟州日，將發船，舍弟追至，遙詠一詩以訣曰："强停鳴櫓痛平生，白日昭昭照弟兄。若教精衛能填海，一塊耽羅可步行。"千載之下令人殞絕。金慶林命元爲舍兄道之如此。

《惺叟詩話》：李忘軒詩最沈着，有盛唐風格。如"朝日噴紅跳渤澥，晴雲拖白出巫閭"甚有力，"凍雨斜連千嶂雪，饑烏驚叫一林風"老蒼奇傑。其《通州》詩曰："通州天下勝，樓觀出雲霄。市積金陵貨，江通揚子潮，寒鴉秋落渚，獨鶴暮歸遼。鞍馬身千里，登臨故國遙。”亦咄咄逼王、孟也耳。

《於于野談》：李胄，文人也，以書狀官赴中原，登通州門樓，題詩曰：“通州天下勝，樓觀出重霄。市積金陵貨，江通揚子潮。孤雲秋落渚，獨鳥暮歸遼。鞍馬身千里，登臨古國遙。”中國之人揭懸板稱之曰“獨鳥暮歸遼先生”。中國下外國人，雖以崔致遠作宦中國，而其詩文未曾概見於諸文士之列。或謂《唐音》中無名氏者即崔孤雲，而未詳真僞。獨《藝文志》些少見錄，東人以爲榮。近者學官魚叔權嘗著《稗官雜記》，見抄於《天中記》，亦無中之有也。東國人多稱崔致遠《黄巢檄》，不選於四六之書，中國亦不免隘也。以余觀之，《黄巢繳》雖有驚人之句，而立語命意亦多顛錯，東國人信乎不識文矣。但山僧闐秀亦以同中國見選，我國子集，豈無一二可采者乎？是可恨也。如李胄懸板通州，亦云幸矣，余于萬柳莊懸板，有所感矣。

《詩評補遺》：玄翁云：“我朝文章巨公，非不蔚然輩出，務爲專家。至於取法李唐者絶少，冲菴、忘軒之後，崔孤竹、白玉峰、李蓀谷最傑云。”今各錄其一首。李忘軒《寄僧》詩曰：“鍾聲敲月落秋雲，山雨翛翛不見君。鹽井閉門猶有火，隔溪人語夜深聞。”金冲菴《江南》詩曰：“江南殘夢晝懨懨，愁逐年芳日日添。雙燕來時春欲暮，杏花微雨下重簾。”崔孤竹《廣陵》詩曰：“三月廣陵花滿山，晴江歸路白雲間。船人遙指奉恩寺，杜宇一聲僧掩關。”白玉峰《贈僧》詩曰：“湖外逢僧坐晚沙，白巖歸路亂山多。江南物候春猶冷，野寺叢梅未著花。”李蓀谷《宫詞》詩曰：“平明日出殿門開，鳳扇雙行引上來。遙聽太儀宣詔語，罷朝親幸望春臺。”朱太守見崔李白集，大加歎賞曰：“當歸梓江南，以誇貴邦文物之盛。”蓋服崔、李、白之詩也。噫！文章之華國有如此，則世之以爲小技而忽之者何哉？

【**按**：李胄（1468—1504）字胄之，號忘軒，籍貫固城。李喦玄孫。李原曾孫。金宗直門人。戊午史禍流配珍島，甲子士禍處斬刑。因詩文而著名，追贈都承旨。有《忘軒遺稿》今傳。其詩取法李唐，沉著老蒼。《箕雅》收其七絶四首、五律二首、七律七首。】

姜　渾　**字士浩，號木溪。晉州人。成宗朝登第，選湖堂。參靖國功臣，晉川君。官至判中樞。**

《朝鮮中宗實錄》卷三六：十四年五月丁未。晉川君姜渾卒。渾時退居家鄉，慶尚道觀察使以聞，上曰：“渾耆舊勳臣，宜別賻贈。”史臣曰：“渾少以文章顯，事廢主，致位崇品，反正以來，動被物論，久不得志於時，解官歸養老母。平時不愼酒色，發疽新愈，卒以此亡。”

《朝鮮中宗實錄》卷三九：十五年四月甲戌。史臣曰：繼孟俊邁豪放，不可撿束,趙光祖用事時,年少之輩指爲浮浪。爲兵判、贊成,俱被論遞,托病歸鄉。聞光祖等被罪,語人曰:“年少之人不識世變,妄自恣横,其及無怪。惜乎姜士浩不在也。有一微寒之出,何恣横乃爾?”乃指弘文校理梁彭孫也。彭孫實愚妄人也。嘗爲吏曹佐郎時,見繼孟不禮焉。士浩則渾也。不得爲年少人所與,永歸鄉家,路出湖西,抵清州,適逢都事朴世熹及邑人韓忠,談話酒半,韓、朴謂渾曰:“令公當罰。不得爲士林所容,令公當罰。”以大鍾滿酌而進,渾輒飲。朴又謂曰:“令公歸安鄉貫,是士論未峻之故也。”渾出,韓忠遂率渾妓去。渾到家,憤恚疽發背死。一時驚惋,以韓、朴是日所行,蠻貊無異云。故繼孟嘆其不在。

《木溪逸稿·附錄·家狀(姜必秀)》:先生諱渾,字士浩,姓姜氏。晉州人。……以皇明天順八年甲申某月日,先生生于月牙山下木溪之上。幼穎悟不群,日誦千餘言。年十四三已貫穿經史,輒以文章自命,卓犖不羈。既成童,選入國學。金濯纓馹孫以同庚新進,亦在太學,志氣激昂,論議英發,同遊者莫不敬憚,先生與之許爲神交。其後方伯入本州,以所眄妓薦枕,即戲題一絶於妓褻,方伯見之大異,遂勖以實學。庚子,佔畢齋金先生丁憂在密陽,先生從而師事之,得聞爲己之方,與其門下如金寒暄宏弼、南秋江孝溫、李再思堂黿諸先生相講磨道義,蔚有時譽。成化癸卯,以弱冠俱中生進壯元。乙巳,盧判書公弼以遠接使迎上國使於鴨綠,先生與濡溪俞好仁爲從事,有唱斯和,國人聳觀。明年丙午十月,登閔頤榜文科丙科,轉入弘文館校理、春秋館記事官。弘治己酉,以丞政院注書乞辭歸覲。是夏,濯纓與一蠹鄭先生汝昌登頭流山,自花開歷訪先生,數日講論詩文,因共就師門,相資半月,甚得得而還。秋,入直翰苑兼藝文館應教,俄遷侍講院說書、經筵侍讀官,常帶本職。蓋重其才也。癸丑,賜暇東湖堂讀書,與金馹孫、申用溉、李希舜諸賢流同研,暇日學理琴韻。上遣中使宣醞,仍下手書以獎之曰:“爾等文學,皆佗日大用之才也。宜益勉學業,以副予育英之樂。特送酒示意云云。”其一時隆渥至此。堂舊有内賜水晶盞,無盤,至是造銅質鍍黄金爲盤。先生篆盤心“内賜讀書堂”五字,凹其款。時濯纓以詞賦冠倫魁,作《秋懷賦》自敍所負,證左以先生之言曰:“蒼生繫念,白屋有冤,思濟時康者耶?日耕墳典,身遊宇宙,恨未置身於虞唐者耶?感慨忠良,憤疾凶邪,謾鞶鞶於前代之興亡者耶?亦或幼學無成,壯恨面墻。擬沂伊洛,反航絶潢。汩沒塵埃,世累蒼黄。上負聖教,下孤時望。然猶得餘馥於陳編,自以爲九畹之國香。抱獻芹之微誠,徒餔啜而周章。思美人之遲暮,鶗鴂鳴而不芳。”先生省親歸鄉,濯纓又作《擬別知賦》爲贐曰:“始得君而爲友,飽學味之辛酸。既同年而同隊,若入室之芝蘭。望孔墻而猶未得其門兮,謾貿貿於儒冠。緣氣稟之不類兮,我實躁而君寬。苟不内得而外誇兮,乃鬼神之所慢。推誠心而相傾,每吐出其肺肝。思尚友乎忠賢,恨不誅其權奸。道摳衣於朱程,詞襲馨於黄韓。學不期於阿世,志惟在於責難。倘後日之前席,呈腹中之琅玕。"於此可見二先生當日綢繆肺腑之情,立朝處身不苟之義也。乙卯,燕山主立。先生上章乞歸養,主原其意,遂除河東縣監,以壤近而省便也。其去也,朝之薦臣大夫士,有重其器不欲去者,亦有嘉其志慶其去者。設供帳祖道都門外,各以詩文稱述者數百人。洪虚白貴達之序曰:"今上初卽位,諒陰哀慕。追舜文之孝,聞者大悦。吾侯在下,又能身曾閔之行,親吾親老吾老,以及人之親與老。幾如是爲而其國不虞周者乎?"先生嘗得朴訥書帖後,以粧褙之,欲以爲悦親之資。濯纓善之曰:"此悦親無方者也。"及瓜滿,召拜吏曹正郎。時主頗喜詞藻,嘗以"寒食園林三月暮,落花風雨五更寒"爲題,命近臣製進。先生詩爲魁,主大加稱賞。由是,先生見主多失德,雖欲辭退,而不可得也。戊午,史草獄起,一時善類殲滅殆盡。先生與寒暄堂及李慵齋宗準、崔錦南溥、朴迂拙漢柱諸賢坐結爲朋黨,謗訕時事,杖流遠方,竝定熢燧之役。斯文之禍未有甚於此時者。辛酉,丁外憂。情文自盡。正德丙寅秋,以承宣奉首慈順大妃,具仗衛迎中宗于私邸。反正肆赦,進階崇祿大夫,官左贊成、吏曹判書,判中樞府事,錄秉忠奮義決策翊運靖國功臣號,封晉川府院君。前後累典文衡,論思之述,對揚之作,多出先生手。今雖未得其踐履之詳,而載在世譜者蓋如此。癸酉,上因檢討官蘇世讓侍經筵,語及昭陵之故,惕然會公卿雜議之。時領相以下皆以爲難,群口譁然。獨先生與申用漑、張順孫、金銓等議當復。會天雷太廟木,大召群臣入對闕失,然後議乃僉同。當昭陵之廢,朝野隱痛,莫不冀復,而至是遂下允命。先生扶綱常立大義之功,亦不爲不多矣。先生自號曰木溪子,及其晚年又號東皐。築落帽亭於所居之傍,蓋有山林水石之勝。暇日岸巾逍遥,以文酒自娱,泊然無復當世之念。至今勝事,以亭名其墟云。以某年月日終,禮葬于東山盤野洞先塋東麓枕亥之原。太常節惠曰文簡。……先生以魁傑之才,抱經世之志,講業畢齋之門,而其輩行得寒、蠹之德行,濯纓、睡軒之文學,浸郁乎内外,刮劘於日月,則其必有默契於道腴,而胸中已不勝其浩浩也。然則其經綸事業,文章制作,亦可以耀當時而聳後世者不爲不贍。而世代寢遠,兵燹迭作,且中間屢爲鬱攸所災。史乘無以尋逐,而巾衍之蹟毫芒無遺。竟使有數之文,奇偉之行,竝泯沒於後世。……周愼齋先生嘗遺簡于先生之妹夫魚灌圃先生,歸之以收拾之責而曰:"先生之文藻雅古,菁華陶冶,可列於麗季諸公。而惜其遺亡之必多,况其又出於累百載之下也耶?"……遂不自量,掇拾野史諸說及晉之乘明白可據者略略如此,以俟夫世之君子財擇焉。歲丁未九月日，從後孫必秀謹撰。

《木溪逸稿·序(郭鍾錫)》：晉川君木溪姜文簡公天才超邁，在髫丱已以文辭鳴。既又登畢齋先生之門，鎔鍊於大爐鞴中。退則與暄、蠹、濯、睡諸賢周旋劘刮，優游於軌塗之内，而綽乎其大雅之章矣。擢壯元，陞上庠，占黄甲若摘髭。由翰苑入湖堂，翺翔玉署，論思制作，爛然華國。及昏朝失德，公頗有求退之志，而不可得矣。戊午禍起，竟以畢齋門徒罹鉤黨之籍，不免於舂陵之行。中廟改玉，策勳靖國，長銓曹典文衡，由貳相判樞府，躋秩崇品，受封本貫。公於是不可謂不遇矣。乃未老而歸休於東臯之上，幅巾嘯詠，徜徉樂志以卒歲。意者公戊午人也，時則己卯諸賢已當朝用事，而宵小側目。公則其見幾而作，不俟終日者歟？公沒而子姓單寡，巾衍散佚。周武陵先生嘗貽書魚灌圃，稱其"文藻雅古，咳唾成珠"，而惜其編集之無傳，勸以收拾不可緩。周先生，斯文之山斗也。公之見賞於後世之知音如此。則其文之不可不傳審矣。豈灌圃之長弟收拾而未及於成編歟？抑成矣而更燬於兵燹之迭搶歟？尚論者每用是恨。近有其旁裔必秀，辛勤搜採於諸家文集之首尾，丘墓之誌刻與夫稗官詩話之遺，積以歲月之久，而僅得詩文若干篇爲原集，更取國乘野史之語及於公者凡若干條爲附錄，總可一冊。索余以書其端者。余於是始得誦公之詩而讀公之文。蓋其陽春白雪調高響遠，而非商徵之所可群和也。大輅佶牡徐驅坦蹬，而不失乎鑾和之中節也。信乎其爲一初之善鳴，而斯又得之於師友涵薰之益不可誣也。所恨者當日之絲綸渙號，琅函沃心，以洎館閣贊述事大表箋多出公手，而今不得一臠以嘗。如請復昭陵之議，尤是關繫綱常之大義者，而竝無從以尋載，寧不重爲後人之饑渴想耶。若嗣是而有得續附于編，何其幸也！縱其未也，以其已見者求其未見，則其爲典爲謨爲雅爲頌，可推而覩也。此可與知者論，不可與不知者爭其有無多少也。既以此語必秀君，且敍其平日之有感於時運升降之候者，爲木溪先生文集序，以俟夫知言之君子。歲在戊申殷春日，苞山郭鍾錫序。

《稗官雜記》：姜木溪渾嘗往嶺南，眷星山妓銀臺仙。及還，馱到扶桑驛，先驅持寢具已過去，公與妓宿於驛舍，贈詩云："扶桑館裏一場懽，宿客無衾燭燼殘。十二巫山迷曉夢，驛樓春夜不知寒。"又云："姑射仙人玉雪肌，曉窗金鏡畫峨眉。卯酒半酣紅入面，東風吹鬢綠參差。"又云："雲鬢梳罷倚高樓，鐵笛横吹玉指柔。萬里關山一輪月，數行清淚落伊州。"至尚州方別去。公踰鳥嶺小憩，遇星山書生姓呂者自京還鄉。公欣然共飲，裁書寄妓曰："吾與娘素不相識，接神交於千里之外，豈有宿緣歟？商山別後，薄暮到幽谷。虚館闃寂，簷溜玲瓏。挑燈兀坐，隻影徘徊。此時情緒不必言也。明朝踰嶺，澗水淙潺，山禽響答，魂酸骨冷，不能爲懷。雖欲聞娘玉笛一聲，其可得乎?”妓以公詩及簡作屏風。公素有筆法,醉墨交輝,若絆龍蛇。士輩之南行過是州者莫不求見,因而饋遺,賴以自給云。

自古中國多隱君子,或藏于山林,或混於城市,有被裘褐終其身而名垂千萬世者。本國則幅圓狹窄,人心碎屑,凡論人物動以世類,苟非冠冕之胄,則鮮有能自奮于文墨者,況于商工庶人乎?近來市人朴繼姜有能詩聲,中廟改玉之初,陪名士遊彰義門外,得句曰:“乾坤新雨露,詩酒舊山川。”諸公歎美不已。姜木溪嘗與同登木覓山,呼韻使賦詩,即口占曰:“扶筇登眺渺茫間,萬頃滄波萬點山。口腹於吾真一祟,不將身世老江干。”木溪敬服,乃作《市隱先生傳》。以市人而其詩如此,亦東國之所稀有者也。

《松溪漫錄》:姜晋川渾甫鍾情於星州妓銀臺仙,贈之以三絕,第二章云:“姑射仙姿玉雪肌,曉窗金鏡畫蛾眉。卯酒半酣紅入面,東風吹鬢綠參差。”僕逮見其妓,年逾八十,自言:“綠參差今變爲白參差矣。”泫然泣下。

姜晋川《東萊靜邊樓》詩曰:“對馬青山孤雁外,扶桑紅日需雲端。”好則好矣,豈若《星州阻雨》詩“紫燕交飛風拂柳,青蛙亂叫雨昏山”之如畫也?

《海東雜錄》:我成廟丙子早登第,工文章。燕山朝爲丞旨。燕山喪其嬖姬悼甚,令群臣誄之。渾作祭文而進,頗得幸。爲士林所賤。後參靖國功臣,官至判中樞府事,謚文簡。

姜渾自知名當世,被寵于燕山。因經術以文亂政,阿諛取容。及燕山廢,以都丞旨草赦文,輒書輒抹,終不成文理。時人稱:“狐魅之文暮夜得肆,遇明自沮。”

《鶴山樵談》:燕山涖政之日,姜渾爲都承旨,最愛幸。嘗出題曰:“寒食園林三月盡,落花風雨五更寒。”令承旨、史官、經筵官賦七言律以進。姜詩曰:“清明御柳鎖寒煙,料峭東風曉更顛。不禁落花紅襯地,勝教飛絮白漫天。高樓隔水搴珠箔,細馬尋香耀錦韉。醉盡金樽歸別院,彩繩搖曳畫欄邊。”燕山大加稱賞,賜銀珠甚多。

《遣閒雜錄》:使命之出外也,有妓。各官例定薦枕之妓,而監司則爲風憲之官,雖薦枕於本邑,不得馱載而行,亦舊例也。姜晋川渾按嶺南時,鍾情於星州妓銀臺仙。一日,自星巡向列邑,午憩於扶桑驛。驛乃州之半程,故妓亦隨往,至暮不忍別去,仍宿於驛。翌朝題詩贈之曰:“扶桑館裏一場歡,宿客無衾燭盡殘。十二巫山迷曉夢,驛樓春夜不知寒。”蓋枕具已送開寧,未及取還,故無衾而宿也。

《寄齋雜記》:三大將當初議定大計之後,仍曰:“某某可殺。”而姜渾之名高出焉,蓋以文華被幸,驟陞爲都承旨,自通政至崇政,猶不遷。以此得罪於清議者久矣。舉事日,三大將以文城柳洵爲舊相召之。文城遂赴之,未三鼓也，道逢辟除聲，問曰："誰也？"下人對曰："都承旨也。必錯聞更點而詣闕矣。"公使謂曰："今日太早，非詣闕時也。吾之所往，今公必隨來。不然不可說也。"姜訝之，因踵其後。到南小洞口，遠見訓煉院人馬駢闐，燈燭輝煌，猶不知爲何事。文城駐馬謂曰："今日跟老夫，不可造次離也。大事至矣。"姜始懼甚，既下馬，緊隨文城而進。二大將見文城而起，讓席再二。坐初定，平城瞪目指之曰："此何人也？"文城曰："乃姜渾也。老夫帶來矣。"平城曰："前有約。必先殺之。今不可留也。"文城踧蹙無言。菁川察文城之色，急謂平城曰："目今掖攘之際，書記無人，姑使掌之。後殺之，猶未晚也。"平城咆哮而止。姜遂搴袖執筆，左承右奉，能得其機，遂皆稱善。竟策勳爲晉川君。自此事文城如父兄，朝夕必謁，新味必薦。至於内外奴僕，亦皆傾心厚施。公歿之後，事夫人亦未嘗少怠。治其喪尤加意焉。執此想其人，才華佞幸，蓋亦宋朝之流也歟？

曹彦亨爲端川郡守，姜渾爲咸鏡監司，曹與姜少時竹馬交，既長亦不衰。曹性嫉惡好善，不能與世俯仰，由銓郎至執義，屢跲屢起。嘗見姜在廢朝所爲，憤嫉不置。丁卯戊辰間在端川，聞姜按節到郡，遂治行具，戒家。備濁醪一桶。吏來言監司將近，禮當祗迎，曰稱病。日將昏，以紺色直領，曳巨履，率一奴攜酒桶，直詣上房外，呼曰："渾之何在？"姜聞其聲，急起開門，迎謂："吾在此吾在此。"極有欣慰之色。曹就坐，未寒暄先曰："天寒，子可飲乎？"自取大杯以飲之，而無肴。姜亦自酌而飲。過三巡，曹曰："子之前日所爲狗彘不若。誰食其餘？子在少時聰慧敏給，以爲可交。豈知挾小技，行身無狀，至於此極乎？生不如死之爲愈也。僕欲貽書絕交久矣，故舊之情猶有戀戀，且欲一見大責之後絕之也。今已相見矣，我當明日去矣。更飲一杯。"又連饋三杯，姜低首無所言，但終始垂涕而已。明日曹遂棄官而去，後至判校而終。則南冥先生大人也。其氣義激揚之風，蓋有所自云。

【按：姜渾（1464—1519）字士浩，號木溪，謚文簡。籍貫晉州。金宗直門人。著有《木溪遺稿》今傳。其詩文藻雅古。《箕雅》收其七絕三首、七律二首。】

鄭光弼　**字士勳。東萊人。成宗朝登第，官至領相。謚文翼。力救己卯士流，世稱賢相。配享中宗廟庭。**

《朝鮮中宗實錄》卷八九：三十三年十二月乙巳。領中府府事鄭光弼卒。史臣曰："光弼宇量宏遠，休休有容，似若不露圭角，至於當國大事，澟然有氣節。再爲首相，多有匡輔之力，朝野倚望焉。己卯之人將被重典，叩頭極陳，至於夜深，自手秉燭，再進力救，冀回天意，士林之禍不至於慘酷，國家元氣賴以維持。厥後三兇用事，構三逕之説，啓遷陵之謀，必欲置諸重典而不得，竟竄于外。金安老因光弼之族，恐動之曰：‘朝廷終必加大禍，莫如自盡。’光弼聞之曰：‘死生在天，豈以人言自殞性命？朝廷雖加誅戮，余所不惜。秖竢上命而已。’及安老伏罪，首被徵還，朝野相慶，入京之日，至於市童馬卒望見其來曰：‘鄭相還矣’，莫不忭舞，間有泣下者。將擬復相，未幾而卒，時論惜之。”

《鄭文翼公遺稿·附錄·有明朝鮮國大臣輔國崇祿大夫議政府領議政兼領經筵弘文館藝文館春秋館觀象監事世子師贈謚文翼鄭公神道碑銘并序(蘇世讓)》：公諱光弼，字士勛。議政府左參贊翼惠公第二子也。……以天順壬午六月乙丑生公。幼有氣度，瞻視步趨大異凡兒。翼惠公奇愛之。公少多疾病，不能出就外傅，從伯姑鄭氏受業，略解大義。鄭乃翼惠之姊，而女中大家也。有識鑑，知公遠到，以子孫爲託。及長攻苦力學，專心讀誦，經傳子史微辭奥旨，默識洞究，靡不淹貫。尤好《左氏春秋》、《朱子綱目》，手不暫釋。非如俗儒尋章摘句，就時用應科目而已。……弘治壬子中進士試，仍擢大科，初補成均館學諭，例陞博士，兼議政府司錄、奉常寺直長。公不卑小官，供職彌謹。副正鄭誠謹性高亢，少許可。及見公，甚器之曰：“愼厚君子。”李議政克均嘗兼館職，亦以公輔期之。時設局修成廟《實錄》，朝中名士咸聚。李公爲總裁官，擢公處都廳，專委編摩。館員於夏考俱見貶，居中公亦未免連累。局僚皆意其不仕，李公獨大言曰：“鄭之弘量，必不屑矣。”俄而果至。其爲名公所推重如此。歷造紙署司紙、成均館典籍，除司諫院正言，遂入弘文館爲修撰，爲校理。以仕詳定局，務劇，改禮曹正郎，猶帶知製教。遷儀賓府經歷、成均館司藝。由司憲府執義，進禮賓寺正。復入弘文館爲直提學。會文臣庭試方出題，公聞叔父喪，徑出不製，坐是貶西。旋授掌樂院正。癸亥超拜弘文館副提學，移吏曹參議。燕山主昏虐，仇疾言者，公曾抗疏諫禽荒。甲子竄于牙山縣。時法令峻急，被謫者不得自由。公擁帚守官門，無厭惡之色。丙寅秋，將寘重典，押官遽至，盡室惟擾，公怡然就道。邑守追訣于草野，觀者憫默，公則言笑自若。俄有人來説廢立者，座中抃躍。公曰：“此爲宗社大計。但未聞舊主死生。”遂却肉不食，人服其操。中廟初政，妙選經幄長官，以副提學徵還，旋拜承政院右承旨。丁卯特拜吏曹參判。戊辰轉兵曹。由司憲府大司憲，超拜漢城府判尹，尋遷禮曹判書。自吏曹至此，常兼經筵春秋館、義禁府都摠管等職。庚午復以大司憲，拜議政府右參贊。是年夏，三浦倭叛亂，南邊繹騷。以全羅道壤地相接，須得重臣控制，命公爲都巡察使往撫之。公巡歷海甸，凡城鎮遠近，防戍緊歇，士卒之強弱，軍器之利鈍，無不親履而目閲。其所規畫，悉合機宜，南服晏然。還判兵曹，銓選平允，軍政乃理。壬申，以久執權柄辭，拜右參贊。九月出爲咸鏡道觀察使。時北方飢荒，餓莩枕藉，朝議以非位望素高盡誠體國者，莫能救活，故有是命。公多方撫綏，一境賴以全。癸酉下書褒美，特陞崇政，以議政府右贊成兼觀察。公上疏辭，不許。未幾拜右議政，尋陞左。先是，成議政希顔嘗薦公當宅端揆，故不次擢用。乙亥，章敬王后誕元子而薨，後宮有嬖寵者挾先出窺陞中壼。上相依違首鼠，公率堂僚援引經義，叩閤力陳，坤位乃正。丙子，陞領。自成廟右文興學，金宏弼、鄭汝昌倡明性理之學，從游者衆。至燕山朝，一切驅陷罪罟。中廟好古樂善，奬用經學之士，士爭奮厲，謂唐虞之治朝夕可致。更張無漸，大爲流俗所忌。己卯，二三臣詐爲蟲葉讖書，因掖庭密達，以惑天聰。夜開神武門，入對便殿。天威震動，禍將不測。或言朝廷大事不可使首相不知，遂召公。公至上前，冒萬死救解。上怒而起，公牽裾從之，涙隨言滴。上亦感悟，竟寬斧鉞，公之力也。公常獨居，深念年少輩過激得禍爲憂。有一宰以微服夜抵公宅，稱有密旨。公嚴辭拒之曰："今日之計，莫如調劑鎭定。如此處置，非所聞也。"至是，又不詭隨，乃罷相，領西樞。丁亥，復入爲左相，尋陞領。己丑，以病辭。遣内侍問疾，仍賜藥餌。辛卯，引年致政。賜几杖，不允。初，金安老未顯時，公目爲憸人。及連姻宫禁，依倚内勢，欲取壺串牧場作田。公爲太僕提調，引法不許。又稱上旨，必欲得之。公固拒不從，安老銜之。其貶斥在外也，有欲放還者，公又數寢之。及當柄用，謀復私讎，搆禍朝廷。公謂李相荇曰："安老决不得爲善人矣。"由是積怨，百計擠陷。會癸巳，洪礪獄起。公啓王室至親，不宜拷掠禁庭。群邪以此藉口，詆公故緩大獄，復罷相爲領樞。公以耆舊，義同休戚，不顧觸諱，入侍講席啓曰："日來災變，未必非濫獄所致。"時據左右言地者皆安老羽翼，逢迎捃摭，攻之甚力。蓋公之在朝，實群邪所忌。甲午，褫其職。公不欲遠違都下，寓居楊根村墅。石田茅屋，人所不堪，而公處之有裕。乙未，復鐫秩，放歸田里，公遂居于懷德農舍。安老猶以爲未快，竊令人潛伺公過，竟無所得。丁酉，有言禧陵葬地不吉而遷之。以公嘗爲摠護使掌其事，羅致重律，家人輩奔走號泣。公方與人博六，了無動色。俄報末減，長流金海，卽促裝。入夜，寢息如平時。明發登途，亦無顧戀意。夏潦路泥，跋涉山谿，加以押員刻日驅迫，艱楚萬狀。僕侍有怨及安老者，公輒止之曰："死生有命豈由人。"爲賦詩敍懷，有"積謗如山竟見原，此生無計答天恩"之句，其忠厚氣象如此。在貶月六彀，而三兇見敗，卽賜環拜領樞，兼領經筵。入京之日，都人聳觀，巷市爲空，如司馬自洛赴闕之時。朝野引領，望其復相。而忽感疾不起，戊戌十二月甲申也。春秋七十七。纔屬纊，靈光自屋宇直上于天，如虹霓之狀，甚可異也。訃聞，上震悼，輟朝市三日，贈賻加常數。連遣近侍弔孤致祭，東宮亦如之。太常易名曰文翼忠信愛人曰文；思慮深遠曰翼。官庀喪事。四月日，葬于廣州省達里亥坐巳向之原。從先兆也。今上初年，論輔相功，配享中宗廟庭。……公姿狀奇偉，長身美鬚，神清而骨秀，望之不似塵世中人。寬洪樂易，與物無競。平居休休焉，只是一團和氣。及當國論，毅然之色凜不可犯。群議紛爭，片言决之，渙若冰釋。口未嘗言人過惡，有善則揚之若不及。人人飲德，莫不傾心愛戴。自奉儉素如寒士，屢處權地，門無雜賓。公退則坐一室讀書史，不事營殖，不喜聲色。每以耽樂喪德爲家庭戒。燕山時史禍大起，言犯觸忤，無得免死。公監抄史稿，多所脱活。中廟朝，失原廟主。委公治之，衆意典僕謀陷廟郎者所爲，爭欲拷訊。公獨以爲不然。後得賊，果如公料。局量恢恢，光明正大，充之以學力。非意挫辱，曾不少撓。忠君憂國之心老而彌篤。朝野倚之如蓍龜，士林仰之若山斗，以身繫國家安危輕重者殆三十年。

《東閣雜記》：鄭光弼宏厚有量，李相克均一見以公輔期之。時開史局，克均爲總裁官，光弼官纔學正，擢授都廳之任，一委編摩。燕山時謫牙山，尋又拿來，罪在叵測。親舊涕泣送餞，忽有以廢立來告者，座中皆歡呼失次。光弼夷然曰："此乃爲宗社計也。"仍却肉樑曰："未知故主生死也。"見者嘆服。成希顔常曰："百申用溉不能當一鄭光弼。"薦之爲相。

《鶴山樵談》：我國名相以黄許爲首，世或以前朝科第病之，厥後無聞。中廟朝鄭文翼公光弼不愧前人。

《松窩雜説》：鄭文翼公在己卯年間爲首相，中廟因災異延訪於思政殿，左右迭進，各陳弭災之策。韓忠進曰："聖上雖勵精求治，鄙夫敢居首相之位，災變之作必有所由，而治道之盛不可望矣。"及退賓廳，右相申用溉作色大言曰："新進之士面斥相臣，此習不可長也。"公顔色自若，揮手止之曰："渠知吾輩之不怒，發此言也。若小有忌憚，雖勸之不可肯也。於吾固無所害，而年少敢言之風不宜摧抑之也。"用溉服其言，而聞者以爲有大臣之量。

鄭文翼公當清流將設賢良科也，三司亦並請之。公獨以爲不可曰："賢良之名雖善，在三代之下固不可爲也。"中廟不聽。及諸賢斥死之後，所立善政一切反之，舉朝請罷賢良科，公亦以爲不可罷也。中廟謂公曰："設科之初，舉朝皆以爲可，而卿獨以爲不可設也。今之將罷，皆以爲當罷，而卿亦獨以爲不可罷也。卿之所見每與時議相反，何歟？"公對曰："臣於當初固言其不可爲。今既設科給牌除職，安可罷乎？一設一罷，國家政權不宜如是顛倒也。"中廟亦不聽。公之所言雖未見施於前後，而直截難拔之氣，真無愧於古之大臣者矣。

《畸翁漫筆》：鄭文翼公光弼在謫所，有使夜叩棘門云："吉報至矣，群奸皆敗。老爺承召,有多少書信在此。"公徐曰:"姑置之,遲明開封。"鼾睡如初,人服其偉量。

《寄齋雜記》:鄭文翼公光弼有一同賚生,見其婦姑之出,隨其轎後,東扶西舉,高聲檢飭,至下轎而止。後日文翼公亦隨其行,任其傾側,寂無一語。既下轎,姑氏責其不如某。公亦無慍色,但唯唯而已。又與韓判書亨允、成大憲世純爲同榻友,既同中進士初試,又同中文科初試。共上山寺,約曰:"當取大科。如進士試不足赴也。如有違者,衆攻之。"一日公辭曰:"明日吾之生辰,當謁父母而回。"諸公許之。且曰:"毋忘前約。"公曰:"諾。"既下山,父母勉之曰:"明日乃會試。名紙筆墨亦已準備,不可徑還。"公告以約,則又責之。公遂黽勉而入。既出,卽上寺。諸公大噪,依約衆攻之,如今所謂舉風者。公徐起而颦曰:"負約非吾本意,故走筆免不作。豈知居末以取困海哉?"其年諸公與公並登大科,卒爲名臣之冠。古語曰"大賢若愚,大德若疏",公近之矣。

《小華詩評》:文翼公鄭相國,余外六代祖也。平生所著散逸無遺,《謫金海》詩一首,外世莫得見,故余摭拾以記之。其《歸田詩》曰:"金章已謝路漫漫,垂白歸來舊業殘。沿澗石田才數畝,打頭茅屋只三間。一村黎老皆新面,兩岸青山是故顔。鄰里不知蒙譴重,猶將濁酒慰茲還。"《冬夜》詩曰:"收拾柴薪用力窮,煙消榾柮火通紅。昏鴉棲定風初下,旅雁聲高夜正中。北闕夢回天穆穆,東山跡滯雨濛濛。一生狂走叨名利,竟與邯鄲呂枕同。"屬意高古,辭興婉愜,每詠其詩,想見其德。

《詩評補遺》:文翼公鄭相國詩傳世者甚鮮,余于《小華詩評》中已選入數首,後復取五言近體二首錄之。其《佳峰》詩曰:"漠漠山雲黳,茫茫京路賒。青歸原上草,紅矗澗邊花。萬象皆春色,孤生感物華。山僧情獨厚,霖潦亦來過。"又曰:"寥落盆山暮,寒江向海流。魚龍回永夜,風露動高秋。獨鶴猶孤漢,群鴉得自由。故園千里遠,心折此淹留。"

【按:鄭光弼(1462—1538)字士勖,號守天,諡文翼。籍貫東萊。配享中宗廟庭,奉享懷德崇賢書院、醴泉沆潭鄉社等。著有《鄭文翼公遺稿》今傳。其詩高古婉愜。《箕雅》收其七律一首。】

申用溉　**字溉之,號松溪。叔舟之孫。成宗朝登第,選湖堂,典文衡,官至左相。諡文景。**

《朝鮮中宗實錄》卷三七:十四年十月癸亥。左議政申用溉卒。上聞訃驚慟,命都承旨別致賻贈;命政府、禮曹議舉哀。鄭光弼、安瑭、南袞、李惟清、尹殷弼等議啓曰:"舉哀雖載禮文,而《大典》亦云:'有特旨乃行。'但自祖宗朝未嘗行之,且禮文云:‘當行於别殿。’我朝無别殿,今又雨濕,恐未可行禮。”上曰:“此果禮文所載,故議之。但今日雨勢如此,似難行也。”史臣曰:“用漑,高靈府院君叔舟之孫,倜儻有俠氣。父㴻以咸鏡監司死于李施愛之亂。公年尚稚弱,奮然有必報之志,嘗膽未忘,物色加害之人值於都下,請力士必殺後已。人服其義,以氣概知名,士林交遊者皆一時俊彦。成廟選貯玉堂,賜暇讀書,久秉文柄,早上臺輔,久協清望。心不回曲,坦率多大節,不修細目,居家事國,内外如一。及入廊廟,但提綱紀,不治節目。常於經幄,衆論雜進,公獨揭義理,一言斷之。而平生不屑屑於名行,頗有聲色之癖,而人不以爲疵,物望自高。不好爲是非、排詆人物,又不以技能輕人,惟喜酒放逸,於財泊如也。以名家世閥,位勢亢極,而門無雜客,其疎簡如此。疾之方殆,上遣内官問之,則扶起禮拜,如在朝廷,恪謹又如此。”又曰:“國之有宰相,如屋之倚柱石,安危由是。苟非謇謇匪躬,臨大節而不可奪者,雖苟居其位,其終也未免明者之譏。用漑平生處心似有丈夫之氣宇,而其文章亦有可稱,故歷敭清要,人無間言。所少者窮格踐履之學,故爲大臣不能善處事機,反爲身謀,内懷不平,則過飲至醉,或忘形倒載,人雖曰歇後宰相,其中未必有也。”又曰:“用漑性度坦易,風神亳邁。自少雖以文章爲名,尤長於吏才,且有弓馬之才。其用意平正,渾然天成,自是一德器。是以及其卒,人無賢愚貴賤皆惜之。”又曰:“前者上於齊安大君之病,親臨問之,今又爲用漑之卒,議行舉哀之禮,其慨然欲行古禮,尊宗屬、重大臣之意,豈偶然哉?當此機會,人心之可以爲善,古治之可以復見。而况用漑雖於經綸輔相之功,未有能焉,有才名能文章,爲一時名儒,而既至三公之位,則上之舉哀,未爲不可,而政府、禮曹以重難爲言,諉諸祖宗亦莫之行,既不能引君當道,又從而遏其爲善之機。得君如是,而古禮不復見,能不憾焉!”

《二樂亭集·附録·文景公行狀(申光漢)》:謹按公姓申氏,諱用漑,字漑之。公之嘗自號者四,號二樂亭、號松溪、號休休子、號睡翁。公本系出高靈縣掾吏,爲高靈人。……以天順癸未十月辛丑生公。公生而英拔俊邁,已識其非凡兒。早孤,養于文忠公第。文忠公授以《孟子》七篇,公讀過四五訖便成誦,久藴而無所遺。文忠公大器異,遂名而字之,加訓誨樹立。年十三四時就學于鄭孝恒之門,儼如成人。鄭之門號多賢材,鄭嘗講質經史,試詩賦,無出公右者。未冠,遊成均館,博問強記,日有所就,學中目爲巨擘。弱冠後一年,癸卯赴司馬試,一舉兩試,俱捷第二等,陞上舍。自是力爲文章大肆,工草隸,善射御。未解褐已有將相之望。戊申春,成廟幸學,祀文宣王訖,御明倫堂,限刻親試,得四人焉,公中丙科第一人,卽日賜冠蓋袍笏,遊街以寵之。成化年間,以父觀察公死於國,有命超公數資,授西班職事。以故初授啓功郎，權知承文院副正字，尋以選授弘文館正字兼經筵典經、春秋館記事官。是冬加階務功。己酉冬加階宣務。庚戌春由正字陞爲著作兼經筵說經。辛亥夏由著作陞爲博士，兼經筵司經、春秋館記事官，尋又陞爲副修撰、知製教，餘如舊。秋又陞爲修撰，餘如舊。時成廟重儒術，妙選一時除館職，日三御經筵，與之討論皇王帝霸以出治，非宏才博學者亦難稱是職。公久處左右，不形直，不隱忠，從容啓沃，贊襄弘多。成廟至解御衣以衣之，其見寵眷如是。冬選授吏曹佐郎，仍賜暇讀書，乃依世宗朝故事也。世宗患時儒不務弘遠，得科名而盡。命揀年少聰敏文臣，俾賜之暇讀書，經綸大材用是輩出。成廟稽舊典，重是選，優於館職。修龍山之廢佛寺，號爲讀書堂以處之，遣中使宣勸，殆無虛日。公與在選諸儒攻苦鑽堅不少懈，公之有施於世者實基乎此。壬子冬，試文臣才于廷，公首焉，特加宣教階。未幾又加階承訓。甲寅春加階承議。夏授司憲府持平，以言事左授平市署令。冬復除吏曹正郎，蓋重銓選也。乙卯夏加階奉訓。成廟昇遐，設殯殿都監，以公擬郎。至是卒事，賞以資。未閱月又加階奉直。秋，弔祭賻誥至自中朝，設迎接都監以禮使，擇練於禮贍於詞華者以擬郎，公亦與焉。使還，加階通善。丙辰夏加階通德，又加階朝奉大夫。冬，兼承文院校理。承文院掌事大文書，爲任又重，而公得兼之。丁巳春加階朝散，又加階奉列，授議政府檢詳兼春秋館記注官，餘如舊。尋又超中訓階。初，李施愛反吉州，誑誘州人，劫殺觀察公于咸興府。時公尚幼。既長，痛父死非辜，拜疏闕下，願得仇人以復讎。上慮或驚搖北人，不許。至是公知仇人至都中，乘夜格殺之道上，甘心焉。三省將鞠殺人者，公欲往首，大夫人力止之。朝廷亦知，義而置之。夏，陞本府舍人兼春秋館編修官、承文院校勘。秋，丁母憂，廬墓三年，時稱善居喪。戊午，士林禍起，一時名流多誅死竄謫。辭及于公，公在服且病，輿至于京。時鞠獄宰臣無與公忤者，僅獲免。己未冬，服闋，授弘文館校理、知製教兼經筵侍讀官，俄陞本館副應教兼藝文館應教，餘如舊。舊例藝文應教，必擇將主文衡者授之。如未得人，寧闕其位。時議歸公，故兼是職。庚申夏授司憲府掌令，封章奏事，言論切直，多忤燕山主旨。秋，左授忠勳府經歷。時燕山主政未甚荒。不久，復除司諫院司諫。因事善規，上補主失，彈劾百僚，非公所性，時謂得諫臣體。由司諫陞授內贍寺正，又入爲弘文館直提學、知製教兼經筵侍講官、春秋館編修官。冬加階中直。辛酉春加階通訓，以內臣出觀慶尚道漕運便否，在道拜通政大夫，承政院同副承旨兼經筵參贊官。有旨召還。是年由同副陞右副，由右副陞左副，兼帶竝如舊。壬戌春轉右承旨兼春秋館修撰官，餘如舊。夏由右而左，餘如舊。秋由左而都，兼藝文館直提學、尚瑞院正，餘如舊。凡爲承旨二載，出納克允，然燕山主憚公方直。

冬,以特旨出爲忠清道水軍節度使。雖加階嘉善,實貶也。公在水營修明軍政,百廢俱興,吏卒安之。歲且周,以疾辭,就散秩。癸亥秋拜同知中樞府事。冬拜刑曹參判。公久任文翰,雖不親吏事,天資超邁,剖决如神,獄訟是理。俄拜禮曹參判。甲子夏,差聖節使赴京,燕山主已敗度禮,斥殺朝臣不已。公還未入京,亦見奪官,聽其所之。尋被囚繫,幾危者數,竟謫于全羅道之靈光郡。丙寅秋,今上反正,自謫所召拜僉知中樞府事,至則已遷拜刑曹參判矣。是秋,兼同知經筵事。冬兼弘文館提學。丁卯春兼同知成均館事。身兼衆職,時論洽然,上亦眷倚。人知公將大用也。未久,主文衡無其人,僉曰非公則不可。上特超公資憲大夫,拜知中樞府事兼弘文館大提學、藝文館大提學、知春秋館、成均館事,兼經筵如舊。上承大亂之後,新臨寳位,慨然欲反廢政由舊。公每入侍經帷,知無不言。中興正始之初,公與有功焉。秋,昌山府院君成公希顔爲奏聞使赴京請誥命,公副焉。行至牛家莊,河水始冰不可渡。公親斬管葦,欲填河而渡。成公止之曰:“下多有人,不須自苦如是。”公曰:“王事有程,當以身先。”成公亦從,下爭趨之,卽成平陸。是行,得竣事而還,上特賜原從功臣號,給土田臧獲有差。其教書曰:“事君盡忠,臣子之節。有功必賞,王者之典。頃遭國運之中否,而致廟社之將傾。幸賴忠義之臣,旋復祖宗之舊。俾予寡躬,入纘大統。一邦以定,鴻基永固。是雖臣民推戴之力,實由皇明錫命之加。時於往來之際,不憚跋涉之艱。竟蒙天允,以成大慶。予實嘉之,其敢忘哉。當錄原從之功,庸示報答之義。”冬拜工曹判書,餘如舊。戊辰春拜議政府右參贊,與聞軍國重事。秋典禮難其人,遷拜禮曹判書,餘如舊,俄又兼五衛都摠府都摠管。冬拜議政府左參贊,餘如舊。己巳春拜吏曹判書,餘如舊。權衡一時人物,頗使輕重得宜。庚午秋,復拜禮曹判書,餘如舊。時三浦居倭,怨邊將失撫,屠陷邊邑,朝廷遣使逐而絶之。日本國爲對馬洲屢遣使請和,公實掌其議,聽其和,而減其歲船半,倭至今不敢逾約。辛未春掌試,取姜臺壽等十六人。秋兼知經筵事。癸酉春取韓忠等十人。夏拜司憲府大司憲。公爲憲長僅逾月,善取公議,裁用其中,綱紀以布。俄陞正憲大夫,兵曹判書,餘如舊。秋又取表憑等三十三人。冬陞崇政大夫,議政府右贊成兼判義禁府事,餘如舊,始爲貳宰。甲戌夏,上幸學,横經問難,設明經科。公爲侍講官,取崔灝等四人。乙亥春復拜兵曹判書,餘如舊。昌山成公病且卒,上遣内臣問以後事,薦公及今領相鄭公光弼自代。上更欲歷試,有是命。公再判兵部,軍務之煩號稱難治,公顧眄指揮,郎舍無停筆,須臾而畢,老吏胥縮手,咸駭服公才之敏也。秋掌試取張玉等十五人。丙子春拜議政府左贊成,餘如舊。夏陞大臣輔國崇祿大夫,議政府右議政兼領經筵事,監春秋館事,餘如舊。未幾,力辭文衡之任,上亦不欲以此煩公,允之。國家久廢議政府署事法,雖置三公,實無所統,爲相者亦存形跡,不肯以身當國,朝綱由是而不立。言者多以爲可復舊法,遂下其議議政府。公與領議政鄭公光弼請從言者,自是身揔庶政,竭誠輔理。上亦鋭志,遠法唐虞,期復古治。而公包容一世,取人爲善,援經擬道,黼黻王猷,其所施設不可殫記,有史氏存。是春,掌試取金庾信等三十三人。秋設重試科,又取鄭士龍等三人。丁丑夏,大妃不豫,以内醫提調夙夜在闕,調進藥餌。及有喜,賜鞍馬。戊寅春,陞議政府左議政,餘如舊。是夏,公病在家,適地震爲災,上書辭職。引古證今,兼陳時事,辭意懇至。上不允辭職,批答曰:“省所上辭職狀。引病乞退以避賢路。辭具悉。相臣之寄,安危所係。君主之託,棐迪是資。責望既深,去就亦難。豈因小疾,遽欲辭解?……勉加藥石,冀速治療。愛一身求解劇務,是雖卿之深懇;爲萬民圖任舊人,兹迺予之至情。”及疾瘳就職,公亦衰矣。己卯夏,掌試取金湜等二十八人。秋,患脹證。上書乞骸骨,上不允。批答曰:“人之動止由乎股肱,國之安危係乎宰相。未聞去肱而成人,豈云無相而爲國。……姑謝機務之關决,務親醫藥而保頤云云。”公疾彌留,三上書懇辭。上遣翰林還狀,不允。命内醫給藥餌,屢遣承旨問疾。病革,遣承旨洪彦弼問所欲言,公已不省矣。翼朝卒。正德十四年十月初三日也。享年五十七。訃聞,上震悼,停朝市三日,别賜賻有加。服既成,遣承旨弔其孤,尋又賜祭。公天資豪爽,器宇坦易,自少篤志于學,聰明博達,因文有見,頗合道美。其爲人望之毅然若不可犯,卽之溫然,口不喜道人惡,清濁無所失。朋友若責其無廉隅,則曰:“不須平時與人崖異,當遇事見志。”及立朝,介然無所苟。性勤,雖遇疾患,未嘗廢公事。其待人也,不以親疎,不以窮達,一出至誠。雖輿臺下賤,俱得其懽心。其爲文也遒勁簡古,初若不拘思,語多驚人。凡爲人著碑碣,不虚美,不隱惡。時之人必得公語以爲神道榮。嘗撰《續東文選》、《三綱行實》刊行于世。

《慕齋集·二樂亭先生集序》:高靈申文忠公當三朝之盛,歷館閣而陞相位,勳德文章,一世仰若山斗。其孫二樂先生嗣興於成廟全盛之時,英資間氣,益之以家世淵源之學。早捷巍科,聲華震赫。敭歷翰苑,論思經帷。與一時諸彦被選賜暇,大肆力於文學,既畜之深而積之多。其位廟堂典文衡,事業文章炳燿乎世,皆本之德義之粹學問之正,有非絺章琢句組織爲能者之所得窺其藩墻也。試誦公之詩與文,醇嚴典正,不事靡麗,裁之以規度而無邊幅之窘,發之以勁健而絶粗厲之氣,望之知其爲弘公德人之述心。傳之於後,足以知我國家文運之盛,世道之升,治化之隆,有非前代之所得擬其萬一也。

《漁村集·申文景公詩集序》:人有形斯有氣,有氣斯有聲。文者,聲之成章者也。氣昌而大,則其文雄贍暢達,惟所欲言而無所底滯。一餒于中,則綿弱無力,不能自振,劌鉥刻斲,矻矻若不給其役,心愈勞而氣之傷也益甚矣。古之論詩文者,一視其氣而已。二樂公平生著作以氣爲主,富貴而爲寒儉之語,廓廟而有山林之趣,歌吟賦詠往往信口縱筆,若不經意而思味雋永,援據該博,其氣宛然無所傷,而爗爗葩藻,蔚爲國華。文柄落其手,儒林稱其宗。雖欲辭一代偉作之名,以靳于後世,不可得也。公之祖高靈申相國叔舟,秉文柄有名稱,其風流文雅之美至今在人耳目。公自少能文章,以世其風範。其秀朗之氣雖稟於天,而其所得於家者,亦安可誣哉? 夫文章之與事業,大抵皆氣之所爲。氣有所主,則發而爲言,言而爲文章者皆充然而有餘;措而爲行,行而爲事業者皆毅然而難奪。

《企齋集·從父兄文景公二樂亭集序》:吾從父兄相國文景公,當世之有事功文章者乎? 其所謂兩得者乎? 公之學淵源于皇祖文忠公之門,親炙而薰染之者有本。大肆于成廟教育群材之日,琢磨而浸潤之者益精。其行之爲道,得之爲德,發之爲文章,措之爲事功,有其具且有其施。遭遇聖明,道契德合,沛然其行,蔚乎其成。其所垂之於竹帛者,雖擬諸典謨無多愧焉。然則公之文章豈如世人鏤爲篆刻,止爲如是之詩文哉? 而其爲詩文出於性分之高,得於言外之表,爽邁粹拔,杳然獨造,又非世人之所可及。然公之自視則爲餘事,平時著述旋棄草稿,罔有存者。公之子瀚竊拾而藏之,十亡八九。光漢雖在門牆,亦未嘗多得而見之。往往誦一句兩句,如精金美玉,字字可寶。惜乎公今其沒世,公之事功文章,其大者存乎史氏,固不待詩文而傳。然其雄辭巨篇,既遺失而莫可見,其一二存乎子瀚者,又未脱稿,每恨不與人共之。予自罷廢而來,家於驪上,絶意人事,雖文墨亦無所親。一日,瀚抵書與余曰:"先父詩文存者若干篇。今既繕寫,釐爲兩卷,亦叔之所嘗欲見。且多訛字闕字,請質于叔。書其事於卷端,將圖刊行於世。"余既以未得見爲恨,又重其請,敬授而復之。平生背癢,於是乎始爬。乃知今之世有此古詩文。噫! 龍泉夜光,豈是篋櫝之私藏? 當爲人共見。人之見如不異于余之見,其必有所興乎? 皇明嘉靖戊子臘後二日,高靈申光漢書於元亨里之企齋。

《秋江冷話》:茂豐副正摠字百源,構別墅楊花渡上,具小艇漁網,邀詩人騷客,日致好詩無慮千百篇。申用漑之詩云:"沙暖集群鳥,江清浮太陰。"二句爲詩冠。餘慶歎曰:"此子此詩,盛唐韻也。"

《松窩雜説》:申相公用漑自少倜儻多大節,其父㴐爲咸吉道監司,李施愛之亂發於倉卒,無以應變,投入于廳上曲樓之隙。凶卒尋之不得,將去,有小吏指示所在之處，竟爲所害。公及長，慟父死于賊手，必欲報仇，交結洪裕孫，累往咸吉道，審知小吏面貌姓名。一日，其人以事來京，寓於中路人家。公時爲舍人，與洪裕孫乘昏夾斧徒步而往，使裕孫招出，似若以官事相告語者，公自其後斫而殺之而去。主家與同行之人終莫知有何故，而爲何人之所害也。

《寄齋雜記》：申文景公天資豪邁，卓犖有大節。性嗜酒，有時呼老婢相與引滿大爵，醉倒而止。嘗養菊八盆，方秋盛開，置在堂中，高與棵齊。公愛其馥鬱，賞翫不輟。一日謂家人曰："今日當有八佳客至矣。備酒饌以待之。"日將沒，寂然無客，家人稟曰："已具盤矣。"公曰："第少待之。"月既上，圓魄入堂，花光月色，爛熳皎潔。公始呼曰："進酒。"指八菊曰："此吾佳客也。"各陳盛饌。公曰："我當行酒。"以銀桃杯各進二杯而罷，公亦醉矣。

【按：申用漑(1463—1519)字漑之，號二樂亭、松溪、睡翁，謚文景。籍貫高靈。申叔舟孫。金宗直門人。著有《二樂亭集》今傳，編有《續東文選》、《續三綱行實圖》。其詩醇嚴典正，不事靡麗。《箕雅》收其七絕一首。】

洪裕孫　**字餘慶，號篠叢。南陽人。人稱異人。年九十卒。**

《篠叢遺稿・附錄・行狀》：公姓洪氏，諱裕孫，字餘慶。南陽人也。……順治公生公於英廟之世。公性神奇，聰明絶倫。年五歲遂志於學，遍謁諸斯文先生受業，皆以異人遇之。年至十歲，盡通經傳。十二歲，上王召公及南秋江至別殿令賦詩。及弱冠，則諸史百子搜抉無隱，賦詩題文未嘗起草。然不以科舉爲事，慨然若傷今思古者。與南孝溫伯恭、茂豐正百源、安應世子挺、金宏弼大猷爲徒，而從金悅卿遊。公少悅卿蓋十餘歲，故始以師事悅卿，而終以友視焉。公少寓讀於圓覺寺，金乖崖守溫、徐四佳居正自朝退觀于寺，進公呼韻，公應之如響。其中聯曰"青山綠水吾家境，明月清風孰主張"，時悅卿在右席，見此聯，流涕者久，目四佳曰："剛中，汝能如是乎？"公名滿於世，世皆想聞其風。一時名公鉅卿，莫不願爲交。後進之士，必欲經公品題。月山大君築風月亭，迎公受業。尹坡州湯老，王后之兄，文才豪富冠絶一世，名賢滿門，以公爲上客。申用漑漑之、李長坤希剛、趙元紀理之同學於公。申公志復父讎，公告之以策。公南遊頭流，過見方伯于晉州。方伯會諸生賦詩，使公第其高下。公末取一篇，把玩不已，謂方伯曰："此子他日必以文章顯。"召而見之，乃姜渾也。姜公時尚少，後果如其言。申潛元亮以賢良爲翰林，交道日廣，名譽藉甚。公戒之曰："君何不自悔？"未幾，己卯禍作。公嘗過忠州，朴使君祥館公師事之，論文講道累日曰："我公雖在中原鮮有其儷。”公往在燕山朝謫于濟州,中廟反正乃還。中庚午會試,得參進士。娶趙氏女生二子。嘉靖己丑四月初五日卒於家。參議金憲胤公叔、都正尹珍正中、參判金弘胤毅仲皆公晚年所授文士,相與合財葬公于國東門之外三十里楊州注洞。公爲人孝悌,父母死,身自執役,負土以葬,終不假之人。所事先生歿後,遇其忌日,必爲之齋戒。公節義高峻,柳子光常欲見公,公終不肯見,故被謫。公文章甚古,鄭學官蕃問於金冲菴淨:“東人詞賦誰近《楚辭》?”冲菴曰:“洪老《祭悦卿文》爲始。”秋江常稱公,以爲“詩涉山谷,文如漆園。材挾孔明,行若曼倩”云。

《篠叢遺稿·序(李敬一)》:曾見公之《題金剛》一絶,雖近俳諧詼奇,清爽飄然,有羽化登仙之想。嘗以未得見全稿爲恨。一日,其後孫益九袖一冊來謁曰:“此是吾先祖篠叢公遺稿也。閱歷桑海,后承零替,家無中衍之藏,此則得之於同宗洪相國致中氏。今始謀付剞劂,公其爲弁卷之文。”余受而讀之。詩文各若干篇,而詞賦廩廩乎劘屈宋之壘。詩雖不合於雕花鏤冰之格,蒼然有古色。秋江常稱公“詩涉山谷,文如漆園”,自是具眼賞鑑。秋江豈或阿所好哉。以梅月堂之卓識,亦以公“青山綠水”一聯目四佳曰:“剛中汝能如是乎”云爾。則當時諸公之推詡可知。使公蜚英喊世,大放瓊琚,則何遽不若乖厓、四佳諸鉅公也。今所存雖是寂寥數語,嘗一臠可驗全鼎,又奚以多乎哉。

《秋江冷話》:洪裕孫字餘慶,南陽人。外爲狂易失性,而内持釋氏之無字。十餘年方悟,歸讀吾書,大喜曰:“所謂千里他鄉見故人。”且曰:“讀《論語》始而如曰‘學而時習之,不亦悦乎’,可以知二十篇宗旨矣。如人始坐,聞其謦咳之聲,可以預知其人言語之美矣。”醒狂伯淵獨不取信曰:“餘慶之持無字,所謂外語也。”

《清江詩話》:洪上舍裕孫,南陽鄉吏也。苦本邑侵役,中生員後不赴舉,爲方外士,放浪自高。于金剛山石崖題詩曰:“身先檀帝戊辰歲,眼及箕王號馬韓。要與永郎遊水府,偶牽春酒滯人間。”時人以爲神仙所作。後聞洪往來,始認洪之所爲。

《海東雜錄》:洪裕孫,號筱叢,又稱狂真子。世家清貧,放達不檢。嘗謁佔畢齋受業,爲人文如漆園,詩涉山谷,材挾孔明,行如曼倩。

《小華詩評》:洪篠叢裕孫《題江石》詩曰:“濯足清江臥白沙,心神岑寂人無何。天教風浪長喧耳,不聞人間萬事多。”此詩蓋出於崔孤雲“常恐是非聲到耳,故教流水盡聾山”,而語意雖佳,終有不及。

《詩評補遺》:洪篠叢裕孫,隱君子也。玩世高蹈,不干榮利。少時寓讀於圓覺寺。金乖厓守溫、徐四佳居正自朝退觀於寺,邀洪呼韻。洪應聲曰:

"與其非穀強賢臧,爭似丁刀更善藏。雪裏草衣肌益軟,日中木食腹猶望。青山綠水吾家境,明月清風孰主張。如寄生涯宜放浪,還思名教共天長。"金東峰時習在座席,見"青山綠水"之聯流涕者久,目四佳曰:"剛中,汝能知是乎?"南秋江稱洪"文如漆園,詩涉山谷"。

《星湖僿說》:洪裕孫者,南陽人,梅月堂之故人。學于佔畢齋,號筱叢子。不罹戊午之禍,爲人歷落嶔嵜,嘗有詩云:"濯髮飛泉落不收,雪莖隨向海東流。蓬萊仙子如相見,應笑人間有白頭。"語甚峻爽可誦。其了至性博學,教授千人。至孫天贊,三世歷百七十餘歲云。

【按:洪裕孫(1440—1529)字餘慶,號篠叢、狂真子。籍貫南陽。金宗直門人。友金守溫、金時習、南孝溫等,自居竹林七賢,討論老莊學問,詩酒閱歲,稱爲清談派。著有《篠叢遺稿》今傳。其詩俳諧詼奇,清奇峻爽。《箕雅》收其七絕二首、七古一首。】

李　黿　**字浪翁,慶州人。朴彭年之外孫。成宗朝登第,選湖堂。官止禮曹正郎。戊午杖流,甲子冤死。**

《燕山君日記》卷五六:十年十月庚午。傳曰:"聞崔溥、李黿臨刑有所言,何言也?其問之承旨尹珣。"招義禁府郎廳問之,則曰:"溥無一言,黿曰:'吾子來乎?'欲見之,無他言。"傳曰:"監刑内官之言曰'樂哉,吾子來乎?'欲見云,而此則無'樂哉'之言,更問之。若不直,則其栲問;若云'樂哉',其罪尤甚。"……黿放達,不拘小節,氣宇軒昂,無習俗態,其遇人不以貴賤易其禮,好飲酒,善談論。至是見殺,朝野咸惜之。……辛巳。義禁府錄戊午年被罪人以啓,傳曰:"許磐剖棺凌遲,曹偉、表沿沫、鄭汝昌剖棺斬屍,崔溥、李黿斬。"是日昏,獄卒拿崔溥、李黿而至,初更行刑,翌日梟示百官。又傳曰:"任熙載畫竹爲簇,寓意題詩,如此不肖之輩何用?待其至,亦當加大辟。"

《再思堂遺集·附錄·行錄(丁焰)》:公諱黿,字浪翁,號再思堂。慶州李氏。推誠亮節功臣二重大匡、鷄林府院君、文忠公益齋齊賢之七代孫。文忠生弘文提學達尊,提學生司諫德林,司諫生都按撫使伸,按撫生參判繼蕃,參判生觀察使尹仁,觀察生縣令公麟,縣令娶及第朴彭年之女生公。兄弟凡八人而公於序居三。伯曰鼇,仲曰龜,鼉、鼈、鼊、鯨、鯤皆弟也。始縣令公之來聘也,此族感於夢。問諸賓廚而放之水,因以命諸子名,皆奇儁卓犖,時人謂之荀氏八龍,而以慈明目公也。公膺長髮篤生之會,稟清明純粹之氣,其文章節行蓋皆出於德性,非勉強辛苦而得者。以某年進士,決已酉賢良科,亦俯而拾之耳。選補槐院。癸丑兼帶太常官,以文書獲譴。甲寅冬,成廟昇遐,世子襲位。有詩曰:"痛哭周王傳末命,傷心麟史紀元年。"戊午秋,史獄起,以佔畢齋金宗直門徒決配郭山。庚申量移羅州。時縣令公方宰昌平,聽自願,從近道付處也。甲子,加罪戊午黨人,禍且不測。有蒼頭請從夜半出走,公不可。泣且強之,至引李校理長坤事反覆譬喻。公愀然有間曰:"君命不可亡也。"待拿命,卒就刑。乃甲子十月二十四日也。臨刑略無震懼色,有若不服其死者。燕山聞之,益加暴怒,并坐父及兄弟,配諸遠外。丙寅靖國,放還流人,復其官爵,贈諸冤死者職,以公爲承政院都承旨,命錄用子孫。……嘗取《癸丑遊金剛山錄》觀之,山多古蹟流傳之說,往往惑人者有之。公吟風縱筆,形於聲畫之餘,一事一物之微,必求諸理而證其荒誕焉。有僧面壁趺坐問於公曰:"君之目覩萬物乎?萬物入君之目乎?"公答曰:"目亦覩萬物,萬物亦入目。何也?觀物而窮理,窮理而物不遺。此吾道所謂格物致知,物格知至者也。"僧不答。蓋彼以惡物之心,而物不能絶,故有是問。此以窮物之理,而物不可遺,故以是答。宜其言之有以服其心也。因記格物物格之説,往年名儒互相甲乙,久而後定。時未有公說之行也。濯纓公金馹孫常好公詩,而以文自許。及見是錄,嘆賞其文之亦不讓於己也。公心平而和氣,爲詩平淡。雖在《離騷》,猶無楚辭之讀。其在郭山也,著述志賦,亦出於性情之正,無憂憤怨懟之辭。豈所謂可以怨者乎?死生之際,疑或可以苟免,而不敢一日安於偷生。所謂仁人者非歟?卽其所已就者,而爲學之正槩可見矣。南秋江所錄"二家之美萃于公之一身"者,其以是也。

《清陰集·再思堂李先生墓碣銘》:文章峻潔如其人。詩甚高,雖在捐佩之際,絶無哀傷怨懟之辭。所著述放逸不收,《述志賦》行於世。濯纓於文少推讓,而見先生《金剛錄》曰"無以過也"。南秋江孝溫論先生氣像"堂堂可以托六尺之孤",又云"兩家之賢,萃于一人",秋江豈苟譽人者也。

《再思堂遺集·再思堂先生逸集序(宋浚弼)》:吾夫子嘗喟然而歎剛者之未見。夫所謂剛者,非暴虎憑河之謂也。惟善養吾氣,自反常直。出與不出,只知有義理,而不知有勢利。死生禍福,漠然無所動於其心,然後始可謂之剛。是豈非絶無而僅有者歟?若再思堂李先生,以益齋爲祖,以醉琴軒爲外祖,內外媲美,德器早成。旣又師事佔畢齋,得聞君子行己爲學之要。則益加淬礪之功,道義崇深,文章峻潔,聲望傾一世矣。及釋褐登朝,直道而行,不隨俗俯仰,故不免於棲遲下僚。當戊午史獄蔓延之禍,七載賦鵩而安之若命。師門之慟,國家之憂,往往發於哦咏,而少無尤怨哀傷之意。至甲子加罪,有一蒼頭私謂先生曰:"罪非罪,君不君。盍亦爲李校理長坤之爲乎?"號泣請負,先生曰:"君命不可逃也。"終不許。正衣冠就刑,神色不少變。若先生者,豈非善養夫天地之正氣,而聖門所謂剛者歟?然世之人徒見其文章名節之著於外者，而不知其有所本焉，則亦淺之爲知人也。……先生舊有論著甚富，濯纓嘗見之歎曰："典重雅健，雖古作者無以過也。"屢經禍故，散佚無傳。獨《述志賦》、《金剛錄》藏于家。今以所得於《東文選》、《箕雅》者若干篇，附許文正、金文正所撰誌碣及後人敍述之辭，釐爲一卷，將壽其傳。

《海東雜錄》：李黿，益齋之後。我成廟朝登第，官至戶曹佐郎。爲人堂堂有死節，可以托六尺之孤。燕山戊午杖流，甲子被殺。中廟初，命贈都承旨。南秋江嘗曰："益齋之後，朴彭年之外孫，二子之賢能萃於一人。"

【按：李黿（？—1504）字浪翁，號再思堂。籍貫慶州。李鼇兄。朴彭年外孫。金宗直門人。著有《再思堂遺集》今傳。其詩平和淡雅。《箕雅》收其五律一首、七律一首、五古一首。】

李　鼇　　字浪仙，號藏六。黿之弟。登進士。戊午禍後不赴舉，卜居平山，放浪而卒。

《稗官雜記》：進士李鼇字浪仙。燕山戊午，母兄黿以佔畢齋門弟竄于羅州，相與泣別於郊。自是不復赴舉。家于黃海之平山，名其所居堂曰"藏六"。常騎牛載酒，攜鄉社耆老，或釣或獵，哦詩酌酒，日暮忘返。每飲而醉，醉而歌，或涕泣以悲。雖妻妾僕隸亦怪其所以。病革，遺命不擇地，葬於前麓。嘗作《放言》詩曰："我欲殺鳴雞，恐有舜之聖。雖不欲殺之，亦有蹠之横。風雨鳴不已，舜蹠同一聽。善惡各孜孜，不鳴非雞性。"其詩稿若干卷及所製歌詞六章行於世。

《海東雜錄》：李鼇，慶州人。字浪仙。黿之弟。中司馬試，以朴彭年外孫錮廢舉業。自號藏六堂。

【按：李鼇（朝鮮燕山君時人）字浪翁。號藏六堂。籍貫慶州。李黿弟。朝鮮世祖時代文人。司馬試合格，但因是朴彭年外孫，被剝奪科舉應試資格。詩名顯赫。著有《藏六堂詩稿》。其詩慷慨憤激。《箕雅》收其五古一首。】

崔淑生　　字子真，號忠齋。慶州人。成宗朝登第，官至左［右］贊成。

《己卯錄補遺·崔淑生傳》：崔淑生丁丑生，字子眞。壬子及第，官至右贊成，被廢而卒，自號忠齋。補：丁丑戊寅年間爲大司憲，巫女居住於都城內者，皆令出聚于東西活人署。撤城南尼舍毀佛像，使僧人不得接迹於都下。士大夫過制家舍，窮搜治罪，撤去間架。振起頹綱，少不阿私，朝市肅然，以犯禁爲羞。己卯十二月，公與李耔等十二人削奪。其明年庚辰卒于第。自號盅齋。子景弘登文科。

《稗官雜記》:崔盅齋淑生《義州聚勝亭》詩:"馬蹄西海到窮陲,百尺危亭近紫微。且倚雕欄看勝景,不教珠箔障晴暉。江橫鴨綠兼天淨,柳暗鵝黄著雨肥。忽憶玉堂身萬里,蓬萊何處五雲飛。"退休蘇相公令余讀題板,至此篇,公點頭曰:"此老詩,可謂成章。"然曹梅溪偉詩:"雄蕃自古壯邊陲,新構華亭對翠微。絕域雲煙來醉眼,層城花柳媚晴暉。山圍廣野青如畫,雨過長江綠漸肥。叵耐登臨還望遠,歸心日夜正南飛。"以余管見,曹詩豈下盅齋哉?

《詩評補遺》:盅齋崔淑生《幽居》詩曰:"一帶清溪繞竹村,曳筇終日覓真源。歸來月出青山靜,分付兒童莫掩門。"思致翛然,得幽趣三昧。

《海東雜錄》:崔淑生,我成廟朝登第。能詩文,尤工四六。官至右贊成。己卯禍起,削奪官爵。

【按:崔淑生(1457—1520)字子真,號盅齋,謚文貞。籍貫慶州。燕山君二年(1496)賜暇讀書,任修撰、持平、獻納等職。作應教時,因甲子士禍流配,中宗反正釋放,再次復職應教,中宗三年(1508)文臣庭試壯元,隨即任大司諫、獻納、右贊成,任判中樞府事時,因己卯士禍被罷職。著有《盅齋集》。其詩思致翛然,得幽趣三昧。《箕雅》收其七絕二首、七律二首。】

鄭希良　　字淳夫,號虛菴。燕山初登第,拜翰林,選湖堂。善推卜,預知甲子之禍,托以沉江,脱跡遁世,不知所終。

《眉叟記言·清士傳》:鄭希良淳夫者,首陽人。好高節,恥與惡人居,恥與惡人言。博文多學,尤深於《易》數,究陰陽之運化,善推占變通之法術。別自號虛菴者也。弘治五年,選國子壯元。我康靖王薨,七日既成服,率太學諸生,上疏言爲大行作佛事事。所言太切,謫西海,尋釋之。其年擢大科,以文學重於時。在翰苑極言禁中事。明年戊午,累遷奉教,寵賚之甚厚。秋,史禍作。金宗直詆毀先王不道,掘其塚斬屍。金馹孫、權五福、權景裕、李穆、許磐黨惡,貶損先王,以大逆棄市。姜謙杖一百,邊邑爲奴,沒入其家。表沿沫、洪翰、鄭汝昌、公子揔犯亂言,姜景敍、李守恭、鄭希良、鄭承祖不告姦,皆杖一百流三千里。李宗準、崔溥、李黿、李胄、金宏弼、朴漢柱、任熙載、康伯珍、李繼孟,宗直門徒,非議國政,各杖八十,邊邑付處,爲烽燧庭爐干。希良初配義州三年,量移金海一年。母沒,秋以妖孽寬釋諸囚,乃得還,廬於德水。常歎息曰:"甲子之禍甚於戊午。"一日亡去以絕踪,不知所終。初家人踵得之祖江沙堧上,遺其巾屨杖而已,以爲溺水死。五月五日,年三十四。無子。其妻埋其遺衣服,用亡日以祀之。康靖時,燕山母妃既賜死死。燕山及卽位，心怨之。愼守英者以王后弟，寵倖用事，告匿名書，誹謗朝廷，負罪者怏怏怨望，遂有甲子之禍。尹弼商、韓致亨、韓明澮、鄭昌孫、魚世謙、沈澮、李坡、金升卿、李世佐、權柱、李克均、成俊，坐廢母妃事皆致之極刑。致亨、弼商、克均、坡、俊竝族其家。洪貴達、權達手、李幼寧、卞亨良、李守恭、郭宗藩、公子深源、朴漢柱、康伯珍、崔溥、成重淹、朴誾、李黿、金宏弼、申澄、沈順門、姜訶、金千齡、鄭麟仁、李冑、趙之瑞、鄭誠謹、鄭汝昌，或以宗直門徒，或以敢諫，皆僇死。而其已死者，皆僇其屍，或親戚皆連死。後二年，燕山廢，大釋囚徒，連坐者皆得還。金宗直以下皆復其官。或傳嘉靖間，陶叟李先生讀《易》於小白山中，有老釋證正其句讀甚善。先生疑其爲虛菴也，試問之曰："釋知《易》乎？"辭謝不知。又問："釋知虛菴乎？"曰："虛菴爲誰？"先生爲言之。曰："然。吾嘗聞其姓名，亦略知其爲人也。"曰："世旣易矣，禁亦釋矣。虛菴何不出也？"曰："其人者亡去。母死不終喪，不孝。事君亡君之命，不忠。安有不孝不忠而立於世也。"先生心以爲虛菴也，欲厚禮之。釋起去，仍不知所之云。今見《戊午史禍記事》載虛菴事，亦言此事如此。嗟呼！攷其心與事，使人出涕。如斯人者，古之所謂清士者也。當世變，逃世遁跡，以沒身而不悔。特其行卓然尤奇。有遺集傳於世，清苦絶俗，其文亦然。

《虛菴遺集·附錄·虛菴傳(徐命膺)》：鄭希良字淳夫，自號虛菴，海州人也。父延慶，仕爲鐵原府使。成化己丑生希良。希良卓犖寡合，器量甚宏。飲酒三四椀，啖果數斗不胸痺。治詩文赫赫有聲。善陰陽學，推人命無不奇中。與主簿吳順亨友善。順亨精於數，不自表見。希良不能。然朝士問命者不絶於門。趙元紀，文正公光祖季父也，候朝士起入問命，希良曰："彼朝露也。子窮四十，達四十，壽在其中。"後如其言。成宗壬子，舉進士第一。燕山元年乙卯文科，明年薦爲藝文館檢閲。戊午史禍作，希良坐謫義州，尋移金海。辛酉，喪其母。會以天災宥還，廬墓於德水縣德水當作高陽。希良嘗言曰："甲子之禍甚於戊午。"且曰："吾命時位不定。某甲凶不可言。"至是俯仰國事，益無可爲。希良時往壟上，負手徘徊。有僧來相語，若與謀事者。入其室則輒涕泣不已，僮僕以爲思其親也。壬戌五月五日，散遣僮僕樵且採。步出祖江，脫厭冠削杖菅屨，奠于江干，爲赴水狀，遂逃去。至夕家人四索之，無有也。以遺衣服葬于高陽縣西星山。海平君鄭耆叟，希良族也，請于燕山物色之。燕山曰："狂奴逃死。何必物色？"及燕山亡，中廟改玉，希良踪跡稍稍聞于世。李文純公滉少讀《易》山寺，傍有一僧正其句讀。文純公心知爲希良，佯曰："鄭虛菴今可出而仕矣。"僧曰："不然。虛菴不終母喪，不孝也。逃君命，不忠也。不孝不忠，何面目立於世乎？"語已，出山窗便旋,不知所之。金文貞公安國觀察嶺南,巡到加川院,壁上有題曰:“鳥窺頹垣穴,人汲夕陽泉。山水爲家客,乾坤何處邊。”“風雨驚前日,文明負此時。孤笻遊宇宙,嫌鬧幷休詩。”墨痕淋漓尚漬。文貞曰:“必虛菴也。”急令人追之不及。蓋去虛菴逃數十年也。虛菴始爲僧,中又長髮爲方士。有金倫者善推人命,適判事申景洸,見所錄時人五行,至虛菴五行,驚曰:“是吾師李千年之五行也。何爲而在此乎?”仍自敍其遇千年本末曰:“少遊妙香山,得千年數學,從行六七年。嘗爲省覲歸嶺東,千年約己亥年待我於江西九龍山。仍手書贈詩曰:‘八十山中老,三彭已掃除。人間應不夢,鶴伴意無餘。雪榻蟾光冷,雲窗日影疏。誰知無累鑑,萬代自淸虛。丁卯春望,松竹處士愚齋稿。’其小僮年可十三四,亦手書贈詩曰:‘碧山雲萬疊,滄海闊無邊。爲問緣何事,歸心北闕懸。’又至丹溪贈詩曰:‘偸閑一醉是天遊,箇裏江風挽客留。啄木峰高天若近,秀林亭下地疑浮。二娘魂魄千年事,九曲江聲萬古流。胸海久牽塵累擾,丹溪此日洗吾愁。黑蛇之歲。愚齋書。’倫嘗與千年談玄山房,有狐鳴山外,其聲遡耳。千年惡之,向山呪數聲彈其指。翌朝使倫往視,狐斃矣。倫庭拜願學符呪,千年曰:‘不能治心,從事于術,必害人妨物。爾傳我數學,一生衣食有裕。何庸學此爲?’倫怒而竊其三元明鏡數一百卷而逃。”有詩集一卷行于世。朝廷將修燕山史,時新經史禍,史抄一無存者。虛菴家人於屋壁中得史抄以進。由是史無闕文,蓋虛菴所藏也。其弟希儉奉祀云。外史氏曰:“余讀明史至《劉基傳》,未嘗不廢書而歎也。曰:‘基之前知如此,何不少待明興,而顧乃受元末官乎?’鄭虛菴事類於是。其爲陰陽學,已自釋褐之前而能知其命時位不定,則何不早絕科宦,隱淪以遠禍乎? 豈一通一窮,皆數之所在而不可逃歟? 或者以不終母服誚虛菴,則不然。苟欲全其父命,遑恤母服之終不終乎? 是未足爲虛菴累也。”

《松齋集·虛菴遺集序》:余觀古有傳名於後者,其立有三,德爲上,功爲次,言爲下。雖有高下次第之殊,所以流芳而不朽,則未嘗不同也。其有功德之人,則聞望事業,巍巍赫赫,焜耀乎耳目,轟鍧乎簡策,駭當時、震後代者,不待人而然。若但寄言於文章,而身不達,名不大顯於世者,雖有貞曜、后山之詩文,非昌黎、魏衍顯微闡幽之力,同爲草木而腐,復誰知哉! 吾同年友鄭君,亦立言於文而未顯者也。始遊澤宮,有名稍稍籔聞於縉紳間矣。及釋褐登朝,選補史館,將顯矣。俄遭戊午史局之變,久竄于外。放還未幾,先見事釁,沈江而死。不數年,同君而謫者誅夷殆盡。獨能炳乎幾先,引以自决,專其門戶,可謂智矣。有大負抱,立于朝,不大施,靡有功德施于時及於人,況望其傳後哉。傳之所可冀者,惟一段文章而已。然其平日所著不畜於家，幸出於朋知間者，亦經甲乙之禍，散逸無餘。雖有一二所得，雜以科舉之文，屑屑不足爲傳也。余每以君名湮沒爲懼，常往來于懷，未嘗斯須寬。庚午春，聞叔達家有龍灣、盆城二謫之作。卽與李君擇之尋而徵之。擇之、叔達，幷君之友也。相與勖余曰："子有老親，早晚必補外寄。可圖不朽。"受而讀之，其痛快英暢之妙，視前所得，不啻相越。豈非遷謫羈愁之久，困窮拂菀有以激之耶？古人之窮則詩工，政謂此也。君凡三黜于外，窮可知也，而龍灣則極矣。况與梅溪詩老同州而謫，朝夕與處，薰陶龔淬，酬酢往復，有所得而增益者亦豈少哉。是以自得之學，益以淵源之助，發於窮愁之地，其出而爲言者，不期工而自無不工也。余於是充然而喜曰："是亦足以傳後，不必多也。"

《謏聞瑣錄》：虚菴淳夫謫在龍灣，予赴京過之。爲予算命，因贈《別詩》："適菴行李宿春糧，驢背天涯歲月長。曾向扶桑觀出日，重歸上國似還鄉。卷中鯨海蟠深碧，囊裏燕山束老蒼。直待秋風生菊塢，一簾踈雨話連床。"

《松溪漫錄》：昔有數三儒生，攜婉嫚會於山寺，酒闌醉臥，旁有焦桐倚壁。有僧自外來者，容貌黧黑，衣衫襤褸，暗書琴底曰："鵾絃鐵撥撼高堂，玉指纖纖窈窕娘。巫峽啼猿哀淚濕，衡陽歸雁怨聲長。凍深滄海龍吟壯，清澈踈松鶴夢凉。曲罷參横仍月落，滿庭山色曉蒼蒼。"因忽不見，時人以爲非鄭虚菴不能也。

《松窩雜說》：中廟朝正德年間，院驛壁上有題二絕，一云："風雨驚前日，文明負此時。孤笻遊宇宙，嫌鬧並休詩。"一云："鳥窺頹院穴，僧汲夕陽泉。天地爲家客，乾坤何處邊。"世傳鄭校理希良在燕山朝知有甲子之禍，脱身而去，或云投江而死，或云托緇雲遊，此乃希良之詩也。今雖未見其信否，而亦必避亂遁世者之辭乎。

《海東雜錄》：爲詩放逸。又善陰陽學，嘗自算命，每有遁世之志。燕山初登第，選補藝文館檢閲。戊午被史禍，謫義州。甲子蒙放，丁憂守墓德水縣南。嘗曰："甲子之禍甚於戊午。"一日入山。散步坡隴間，托採筆管菜，遂不見。鄰人四散細蹤，人只見南江故屨二隻脱在汀沙，疑其沈江。募水師，或舟或泅，遍江上下，遂不獲其屍。海平君鄭公眉叟，公之族也。啓燕山："令郡縣物色之。"燕山曰："狂奴逃死。何用尋爲？"竟絕影響，不知所終。有《虚菴集》行於世。

虚菴謫中釀酒自飲，不漉不壓，名之曰"渾沌"，尚古也。醉則輒鳴之以歌，其歌曰："我飲我濁，我全我天。我乃師酒，非聖非賢。樂其樂者，樂於心。不知老之將至，人孰知予之樂是酒也。"

《惺叟詩話》:曹梅溪、俞濡溪一時俱有盛名,不若鄭淳夫,其《渾沌酒歌》甚好,酷似長公。如"片月照心臨古國,殘星隨夢落邊城"之句極神逸,而"客裏偶逢寒食雨,夢中猶憶故園春"有中唐雅韻。"春不見花唯見雪,地無來雁况來人。"雖傷雕琢,亦自多情。

《小華詩評》:鄭虛菴希良,燕山朝逃禍爲緇,浮游山水間,老不知所終云。嘗到一寺,題詩壁間曰:"朝天學士五更寒,鐵馬將軍夜出關。度寺日高僧來起,世間名利不如閑。"居僧傳之,識者知其爲虛菴作也。以余觀之,不但人高,詩亦高矣。

《詩評補遺》:鄭虛菴詩一句曰:"百年通計憂多日,一歲中間笑幾時。"正覺世間憂樂。

【按:鄭希良(1469—1502?)字淳夫,號虛菴,籍貫海州。金宗直門人。善詩文,通曉陰陽學,著有《虛菴遺稿》今傳。其詩放逸不羈。《箕雅》收其五律一首、七律四首、七古二首。】

金千齡　　**字仁老,慶州人。燕山時登第,選湖堂。官止直提學。早卒。**

《燕山君日記》卷五〇:九年六月丁巳。執義金千齡以病辭。千齡外溫内剛,不畏强禦。爲執義,語多切直。

《燕山君日記》卷五四:十年六月癸亥。傳于政丞曰:"……千齡當凌遲,其子决杖逐外,其餘斬之可也。大抵爲人雖有濟世之才,所犯如是,則不可以才之美而宥之。"政丞及義禁府堂上以金千齡凌遲處死,籍沒家産,其子决杖一百,遠方爲奴;閔暉、尹金孫、沈順門、權憲、趙世輔等處斬書進,仍啓:"此事無正律,當依棄毁制書律,則爲首者只處斬耳。然傳教如是,故以此書啓。且近來糾正風俗,故罪人等皆以律外論斷。今則風俗大變,請依律斷之何如?"傳曰:"此專是千齡所爲,而前日恃才傲心者也。吾嘗求見中朝西瓜,其時千齡大唱止之。果若人君求他國珍怪之物,則可言而止之。是何爲非而敢言也?由是知此人必爲也。其依所啓,凌遲、籍沒,其子决杖爲奴。其餘閔暉等姑以死囚囚之。且千齡、德崇梟首傳屍,權憲等疏其削去。"……甲子。傳曰:"凡於經筵下問之時,當肅恭改容,而千齡則殊無敬上之心,此恃才而然也,豈人臣之道哉?作疏當於司中公議,若退家製之,則必與親戚朋友私議。國家之事,若聽請囑之言,遂入疏中,則國家必以爲是而信之,不無濟私之弊。且千齡每以遵舊章爲言,然嗣王豈能盡從先王事哉?千齡紛紜言之,甚非也。其身雖死,今旣定罪,其子待年,置重典何如?"柳洵啓:"若所行無禮,置重典允當。"

《清江詩話》:金直學千齡兒時,抱在乃祖膝上,客得句曰:"雲收天際孤輪月。”使其祖公對，未及，金乃拍祖公肩曰：“何不曰‘風定江心一葉舟’乎？”甚奇之。金後果擢魁科，以文名云。

《東閣雜記》：李容齋荇燕山甲子竄配巨濟，感念存亡作十絶，各有註。詩曰……“澹若秋空白露溥，剛如砥柱鎮奔瀾。百年名行伽倻記，要倩宜春洒素紈。”注：“金千齡仁老癸亥九月病卒。甲子之禍亦與焉。仲説嘗草《仁老名行記》，欲請士華筆跡以傳之云。

【按：金千齡（1469—1503）字仁老，籍貫慶州。燕山君二年（1496）文科及第。經典籍、吏曹佐郎，賜暇讀書，爲副應教。爲校勘追陪聖節使訪明，經掌令，爲副提學，卒。甲子士禍剖棺斬屍。中宗反正時伸冤，追贈都承旨。《續東文選》卷九載其五絶一首，卷一七絶二首。其詩平易純熟。《箕雅》收其七絶一首。】

朴　誾　　字仲説，號挹翠軒。高靈人。燕山時十八登第，選湖堂，官至修撰。甲子被殺，年二十六。詩格甚高。

《燕山君日記》卷五四：十年六月甲戌。洵等鞫犯夜打圍未便事，啓：“達人柳順汀供云：‘南世周首唱而臣則參啓。’”傳曰：“世周已死，順汀獨在，無可更問。然順汀之言如此，必世周首唱也。其收職牒。表沿沫論啓不由政院之罪，雖死不可棄也。”“既收職牒，並罪何如？”又傳曰：“朴誾即載去斬於軍器寺前街。百官序立，梟首籍沒，並罪其子。其懸柱書罪名曰：‘詐忠自安，新進侮長官。’”仍傳曰：“前後被罪，分配弘文館員。”書啓：“此人等以罪分配，而反自安身，守令亦或接對。如亂逆緣坐，身犯重罪者及如此首唱者，則不可使之還京。其餘分配者，皆令上來爲賤役，則身不自安而改過自新。若不悛其過，則當宜重論，如輸木石等事。令官員檢察，否者治罪。”“有製述事，又令命製，何如？”洵等啓：“古亦有鬼薪城朝春之罰令，可役使京中，使其勞苦以自新。”誾，高靈人，聰穎特達，善屬文，強志力學。年十八登第，選入弘文館，常侍經幄，必指陳治亂得失，言甚剴切，多所規警。立心制行，常以古人自期。爲文章天分甚高，思如泉湧，一時能文之士咸自以爲不可及。王惡其正直，思欲黜之。適弘文館上疏論事，大臣惡之者因構毁之。王怒，罷其職，後又竄於外。誾殊無戚容，辭氣坦然。至是殺之，時年二十六。誾與李荇、洪彦忠相友善，皆一時名士，亦杖而竄之。

《容齋集・朴仲説墓誌》：君諱誾。高靈人。……君於成化己亥某月某甲生。穎秀異常，神骨透澈，眉眼如畫，望之若不似塵世中人。四歲而知讀書，八歲略解大義，十五而能文章。今吏曹判書藝文館大提學申公用漑見而奇之，歸以女。弘治乙卯舉進士。丙辰擢及第，年十八矣。君學裕而藝成，以童年取科第如引手拾地芥。而滿足之心絶乎中,驕矜之容去乎外,自視常慊慊然也。時朝廷擇文學之士賜休暇,温習于龍山之讀書堂,君寔膺其選,與缶溪洪彦忠直卿同在暇。會天變,聯名上封事論時政十餘條,指陳剴切。事雖不施行,士林洽然稱之。隨千秋使質華訓于中朝,中朝人以君年少易之。及見君作,驚曰:“奇才奇才。”君自登第卽補承文院權知,未幾選入弘文館爲正字,四遷至修撰。在經筵者五年,慨然以遺補爲己任,遇事有不可,必率先言之不少避。燕山主頗憚之,雖宰相亦不悦也。館員嘗論西邊築城不利,忤權臣意被問。君時省親于外,及還朝聞之,卽其日陳其不可。問狀疏箚日三四上,語皆激烈。人人所畏諱者,君獨爲之盡,踰旬日不止。在列咸恐,君奮曰:“禍福者天也,吾無如彼何。而臣道之所當盡者忠也。盡吾道以得禍,亦非所懼。”爭之愈力,主竟允其請。直聲振朝廷,然不悦者滋衆。君又與同列上疏,極詆柳子光陰邪之狀,且論成俊、李克均阿庇子光不正,議爲負國。俊、克均大怒,詣朝堂請問。又屬目於君,構以他事。君與同列皆下獄。獄官承風鍛鍊,幾不測。君獨以直對,坐罷職。自是已知不爲流俗所容,遂放意山水間,以文酒爲樂,窮日夜不休。醉輒把筆爲文章,皆出人意表,若有物來相之者。縱横捭闔,金聲玉振,一倡而三歎,有《三百篇》之遺音。宜春南袞士華常嘖嘖曰:“其天才也。吾東方來無此作久矣。”君於書無所不讀,聰明强記。上下古今,尚論人物氣節之高下,事業之醇駁,文章之正變,以至禮文之損益,風俗之異同,周徧普博,若取諸左右而不少失,聽之每使人爽然。又善於料量,衆人所難處而不能决者,卒然問之,而君應答如響,施之無不當其可。癸亥春,以散官帶學職。甲子春,知製教。非其志也。黽勉供職,甚不樂。每歎曰:“安得山水寬閑之地,卜宅一區,墾田數頃,農圃其中,日與村老往來,結酒社優游猖狂,以終吾餘齒乎?”是時國昏滋甚,清明之士殆不得自全。夏四月,君竄配東萊縣,慶尚道之極裔也。將行,與荇訣曰:“噫!吾無返期矣。子亦必不久於朝,若從我於南者,幸甚。”既已,荇果又出竄。而以道里之隔絶,竟不得相聞。嗚呼!天運之厲耶?造物者之忍耶?使斯人也而生斯時,不自先後。上帝茫茫,號哭無所。君就配未百日,追繫京獄,拷掠酷至,卒就刑。是年六月之十五日也。臨死神色不變,仰天笑者再而已。痛矣哉!天耶地耶?寧有是耶?家籍竝被舉沒錮,子男不得留止京師。錄嘗所與交游者,各杖配遠地。痛矣哉!天耶地耶?爲善之禍一至於是耶?君孩提而學,弱冠而成,處心正,持己簡,事父母以色養,待諸妹以睦。妻子和,室門之内融融然怡悦。與朋友交,信而不苟,見人善,若己有之;其不善者,恐將浼焉。又不喜紛華,於聲色泊如也。居第在南山下,名其軒曰挹翠,四壁唯圖書。嗚呼!世之論者,率以君爲文章之士,而豈知君之所得於己者又如是卓犖乎？然一時能知君文章者亦鮮，今而稍稍知貴之，後世亦必有因是而知其所得者矣。

《容齋集·挹翠軒遺稿序》：太上立德，德之傳，待乎言。文章者，言之粹也。故立德以傳後者，又由是假道焉，其不可偏廢也如是夫。吾友仲說氏盡之矣。其學正，其守確，事親孝，與人交以信。位於朝，直己盡言，卒以是遇禍。余雖未及見古之所謂立德者，斯亦庶幾乎。性情之發藹如也，自然成章，不假雕飾，清廟之瑟，一倡而三歎，有遺音者矣。邈乎不可尚已。有德者有言。信哉！

《挹翠軒遺稿·重刊序（鄭斗卿）》：挹翠朴先生以直道死燕山朝甲子，時年二十六。其時事尚忍言哉！尚忍言哉！先生遭慘禍，所著散失。容齋李相國掇拾十一二行于世，世已遠矣，集將滅矣。余喟然歎曰："嗟乎！天地間安可無挹翠軒集哉？"少時嘗聞崔簡易、權石洲兩公推挹翠文章東國第一，後見良然。其詩氣格放逸，可與黃太史雁行。文亦雅健，大逼西漢。其《亡室申氏行狀》，雖韓昌黎復作，何以加哉？噫噫！天下奇才也。有才如此，又以直道死，天地間安可無《挹翠軒集》哉？於是與禮曹判書吳公竣、吏曹參判趙公錫胤、大提學蔡公裕後、承旨朴公長遠相議，抵書于湖南伯沈公澤，請重刻。沈公曰諾，卽鋟諸梓。挹翠集自今大行於世，其亦幸矣。

《遣閒雜錄》：挹翠軒與止亭、南袞、容齋、李荇自少以文相友善，止亭、容齋皆推挹翠爲不可及。挹翠年十七中司馬試，十八登第，二十六以弘文館修撰遭禍于燕山朝。止亭、容齋皆主文，官至議政。容齋裒集挹翠詩文，名曰《挹翠軒遺稿》，印行於世，挹翠之胤參判公亮權拾散逸爲《別稿》，孫朴愈、朴懋謀印之，以兩稿合秩爲上下卷，屬守慶爲跋，遺稿卷末有五律三首曰："天欲斯文喪，時如殄瘁章。百身人莫贖，萬古夜還長。翰墨餘三昧，風流盡一場。忍將湖海酒，空酹菊花傍。"擇之容齋也。"高才時不遇，薄俗惡文章。一事堪傳後，浮生不較長。存亡嗟異路，詩酒憶逢場。尚有終南色，依然挹翠傍。"浩叔李沆也。"少作吾輕了，還添十載功。晚來驚入妙，身後覺增工。奇釁一生短，長嗚萬世空。終南翠誰挹，暮色尚連穹。"明仲李瑀也。

《惺叟詩話》：南止亭常言："金馹孫之文、朴誾之詩，不可易得。"此語誠然。朴之詩雖非正聲，嚴縝勁悍，如"春陰欲雨鳥相語，老樹無情風自哀"之句，學唐纖麗者安敢劘其壘也。

《芝峰類說》：忠清水營永保亭爲第一勝地，自古題詠甚多，而唯朴誾"地如拍拍將飛翼，樓似搖搖不繫篷"一聯，最爲膾炙。余亦有一聯曰："秋色磨青銅上下，夜光浮碧玉東西。"真所謂唐突西施。

《壺谷詩話》:容齋、挹翠少時齊名,而容之仰翠,有若不可企及。使之天假其年,則其見重華使,不但容齋而已。或云"國初以來專尚東坡,而挹翠忽學山谷,故儕流皆屈服"云。此說近是。其詩中"春陰欲雨鳥相語,老樹無情風自哀"、"天應于我付窮相,菊亦與人無好顔"等句,皆似黄,然窮甚,似難遠到。

《小華詩評》:挹翠軒朴誾、容齋李荇俱以文章相善。挹翠于燕山朝被禍死,容齋裒集詩文,印行於世。其詩天才甚高,不犯人工,如憑虛捕罔象。其《永保亭》詩曰:"地如拍拍將飛翼,樓似搖搖不繫篷。北望雲山欲何極,南來襟帶此爲雄。海氛作霧因成雨,浪勢翻天自起風。暝裏如聞鳥相喚,坐間渾覺境俱空。"容齋曰:"其詩出人意表,自然成章,不假雕飾,殆千古希音。"

《詩評補遺》:挹翠軒詩曰:"故國迢遙隔萬里,荒村寂寞客氈寒。風霜湖海長年别,夜雨尊前一日歡。""今古成嗟咄,行裝飽苦辛。心知皆遠謫,面識少相親。樂事年年減,塵愁日日新。邇來秋釀熟,邀醉止停人。"此二詩見遺於《虚菴集》中,恐其湮滅,錄之。

《農巖雜識》:挹翠軒雖學黄陳,而天才絕高,不爲所縛,故辭致清渾,格力縱逸。至其興會所到,天真爛漫,氣機洋溢,似不犯人力,此則恐非黄陳所得囿也。

余嘗謂挹翠之詩正與安平書相似。安平書雖規摹松雪,而其筆劃則二王也。挹翠詩雖師法黄陳,而其神情興象,猶唐人也。此皆天才高故爾。

挹翠詩如"風從木葉蕭蕭過,酒許山妻淺淺斟"、"春陰欲雨鳥相語,老樹無情風自哀"、"怒瀑自成空外聲,愁雲欲結日邊陰"、"夜深纖月初生影,山靜寒松自作聲"、"一年秋興南山色,獨夜悲懷缺月懸"、"故人自致青雲上,老我孤吟黄菊邊"、"雨後海山皆秀色,春還禽鳥自和聲"、"風帆飽與潮俱上,漁戶渾臨岸欲傾"等語,悲壯老健,清新警絕。如李奎報集中,那得有一語似此。

《海東雜錄》:朴誾,燕山朝登第,仕爲弘文修撰。以文章名世。乙丑追論言事,謫東萊被殺,年二十七。有集行於世。白嶽山麓有白雲巖萬里瀨,即南止亭之舍。後朴誾名之題詩曰:"主人有峰巒,吾家之熏爐。主人有磵石,吾家之簷溜。"

《東國詩話彙成》:南止亭袞家于白巖麓,其北園有泉石之勝。翠軒每與李容齋荇攜酒往遊,止亭以承旨晨入夜歸,輒不得偕。翠軒戲名其巖曰"大隱瀨"曰:"萬里蓋巖,未爲主人所知,所以爲大隱。而瀨若在萬里之遠云爾。"常大醉題詩於巖石曰:"主人高官勢薰灼,門前車馬多侍候。三年一日不窺園,倘有山靈應受訴。”又曰:“主人有金玉,什襲豈輕授?緘滕固鐍守夜半,未信溪山移白晝。”又與容齋飲於止亭,贈詩曰:“昨過萬里瀨,偶逢春雪後。老兵失亦可,猶幸得吾友。溪山自青眼,禽鳥如相誅。舉杯聯好詩,未覺日已酉。松間聞偈道,幽趣忽魯莽。迫則斯可耳,寧更踰牆走。相持還劇飲,蒙不辨誰某。坐見玉山頹,旁人爭拍手。”

李容齋在巨濟謫中感念存沒,作詩悼之曰:“斯人合在白雲鄉,一謫塵區海變桑。痛哭廣陵今已絕,此生無復聽峨洋。”

《日得錄》:挹翠之詩,最得正聲,每一開卷想見其爲人。

挹翠之詩,以唐人之情境,兼宋人之事實,其天才絕高處,雖置之中朝諸家,未必多讓。

【按:朴誾(1479—1504)字仲說,號挹翠軒。籍貫高靈。“海東江西詩派”領袖。著有《挹翠軒遺稿》今傳。其詩嚴縝勁悍,格力縱逸。《箕雅》收其五律五首、七律一一首、五古五首、七古二首。】

李　荇　**字擇之,號容齋。德水人。燕山時十八登第,選湖堂,典文衡。官至左相,謚文定。詩爲大家。**

《朝鮮中宗實錄》卷七八:二十九年十一月癸酉。傳於政院曰:“李荇今死於配所。其檢屍狀云:‘鬚中,稀白。’又云:‘暫白。’常時流配之人,必檢屍者,欲知其存歿,又慮其有奸僞耳。李荇之多鬚,予所知也。檢屍狀以多爲中,於鬚之中有稀白云乎?抑鬚乃中而且稀白云乎?行移問之可也。”史臣曰:“荇以能詩知名,典文衡迨十餘年。性不喜色,少所營爲。然所見偏狹淺陋。凡人之好古樂善者,指以爲浮妄。爲相之久,無所建明,而顧多固執,卒以致敗。羈死謫所,以至於官檢其屍,有同匹夫賤隸之死,惜哉!”又曰:“荇以安老爲其友也,吹之於謫中。扳援而入之於朝,及其專擅凶悖,而國事日非。荇始悔之,與大臣謀去,而舉動草草,遲回不斷。忽爲安老之所覺,使其爪牙擊屏遐裔,竟死羈旅。以傷病脫落之鬚,終致換屍之疑。以曾經臺府之人,檢考已死之身,其爲羞辱極矣!是雖荇所自取,不過爲踈迂之失,時論惜之。”

《武陵雜稿·容齋李相公行狀》:公諱荇,字擇之,號容齋。系出德水縣。今屬京畿豐德郡。……以成化戊戌五月壬午生公。自齠齔時,聰敏好學,夜以繼日。不妄遊嬉,如成人焉。弘治乙卯,公年十八,擢丙科及第,選爲權知承文院副正字。丁巳冬選補藝文館檢閱,兼春秋館記事官,轉至奉教。始先進頗以年少易之,及見公修草,莫不愕然歎服。己未春參修成廟《實錄》。秋例授成均館典籍,兼南學教授。庚申四月,以賀聖節質正官赴京師。秋拜弘文館修撰、知製教,兼經筵檢討官、春秋館記事官。辛酉冬,坐論事遷成均館典籍。壬戌春除禮曹佐郎。未幾,遷世子侍講院司書。癸亥夏拜司憲府持平。九月陞弘文館副校理,例帶兼職,尋陞校理。甲子春除司諫院獻納,還爲弘文館應教。時燕山主荒亂,深憾母妃尹氏之廢死,殺先朝舊臣殆盡,又欲追崇尹氏,極其徽號。議于庭,皆曰允當。公與同僚獨議曰:"追崇之典,於禮已極。今不可復加。"燕山主大怒,下獄鞫之,將置首議人極刑。或有冀免者,力辨不已。唯公順受無一辭。兄弟親戚爭勸其自明,公曰:"死,命也。安忍移于人,以偷生乎?"時應教權公達手在外逮繫,未及至。至則曰:"唱議者,我也。非李某也。"於是權公死,而公得杖流于忠州。人皆多權公,而服公臨死不奪也。六月又坐朴修撰誾事再杖,還配例充役。秋九月,復論前議事,追繫考掠,幾至大故者數。至冬十二月,減死論杖,屬嶺外之咸安郡爲奴。乙丑春正月方至配所。秋八月又因匿名書獄,繫掠更冬。至明年丙寅春正月出配巨濟島。二月方至配所,就高絶嶺下,圍棘以守。是年秋又令收繫,杖限死,垂上道,遭時乃免。初,燕山誅戮朝士無虛日,公前後逮繫杖配,極慘酷。親戚見之無不涕泣,公未嘗一出怨言。人皆曰"必不免",公亦不動心,讀書不輟。人或止之,公曰:"朝聞道矣,夕死何憾?"丙寅九月,中廟即祚,以弘文館校理召還,俄陞爲副應教,又命賜暇讀書于淨業院。丁卯秋承命爲江原道鄉試試官,往江陵。九月陞應教。十二月丁內憂。庚午二月服闋,除成均館司藝。四月拜弘文館副應教,兼藝文館應教。尋除議政府檢詳、知製教,兼春秋館記註官。七月陞爲舍人、知製教,兼春秋館編修官。舊例以舍人司都堂郎廳,必選一時名艶爲蓮亭會。及公之爲舍人也,有筆之於壁曰:"桃李無華。李某入中書堂。"蓋言其遠色,士林傳笑。公終身不近聲色,其律己之嚴多類此。辛未五月除奉常寺副正、知製教,兼承文院參校。九月丁外艱。癸酉十一月服闋,除成均館司藝、知製教,自後常兼知製教。甲戌三月陞司成。十一月爲司贍寺正。乙亥二月除司諫院司諫,兼春秋館編修官。六月特授通政,爲司諫院大司諫。公久滯下僚,聞是命,士林相賀。方章敬之薨也,潭陽府使朴祥、淳昌郡守金淨上疏請以愼廢嬪爲后者,外議洶洶,皆以爲然。公爲大司諫,獨奮然曰:"此不可爲也。當死執。"遂力爭,請置祥等極罪,其議遂寢。於是,上親迎我聖烈大妃殿下,以開三韓億萬年無疆之慶,公之陳力居多。其不識事理者,謂公請誅祥等,是欲謀害士林也。公嘗曰:"燕山主爲母妃反讐我先王,赤戮朝臣,幾危宗社。愼守勤既伏辜,誅其父而立其女爲國母,以蹈覆轍。乃社稷何?誠爲大事,極言其不可爾,豈欲置是屬於死耶?寧甘受其言,而不忍負宗社。"冬十月,坐言事左授僉知中樞府事。十二月拜弘文館副提學。丙子冬移病不出，遞爲僉知中樞府事。丁丑秋除成均館大司成。夏復入爲副提學。六月復爲大司成。謝恩之日，上傳于公曰："以副提學爲大司成，舊無是例。但作人爲重。"七月特授拜承政院左承旨、知製教兼經筵參贊官、春秋館修撰官。八月陞都承旨、知製教兼經筵參贊官、春秋館修撰官、藝文館直提學。是月特拜嘉善司憲府大司憲。初，新進喜變更，好自用。公不肯苟合，由是見忤。果有移書臺諫，論公爲誤國。九月降授僉知中樞府事，公怡然笑曰："一身進退，豈可苟乎？歸守桑梓，以終餘年，是吾志也。"翌日匹馬南歸，僑居于沔川之滄澤村，自號滄澤漁叟。公不事生產，初寓沔川也，伯兄節度公聞公窘乏，與之穀二百斛。公曰："我若飢，不待兄之見許而取食。"終不取一斛。時水原府使李誠彥上疏辨公之誣，不報。成均館儒生亦草疏欲上陳，而爲安處謙所沮，識者莫不傷歎，惜公之去，至有流涕者。戊寅正月除兵曹參知，黽勉赴命，即告病還于沔川。除戶曹參議，不赴。己卯冬，朝議稍定。十二月除弘文館副提學，有旨召還。庚辰正月，特授嘉善工曹參判兼同知經筵、春秋館事，守弘文館大提學、藝文館大提學、知成均館事。公初爲己卯人所斥，及還乃曰："己卯之誤，宰相之過也。年少之輩未經世故者驟加高位，任其紛亂，而不加裁制。其人何罪，抑非宰相有以致之乎？"二月兼同知義禁府事。十月兼世子右副賓客。辛巳正月特授資憲，爲工曹判書兼知義禁府事、世子左副賓客，餘如舊。尋又特授議政府右參贊。今皇帝即位，遣翰林院修撰唐皐、兵科給事中史道來頒登極詔，以公爲遠接使迎于境上。往還酬唱，深得其歡心。時今左相爲義州牧使，兩使聞公荊樹之繁，乃指五星之說稱美之。兩使到弘濟院，以殿下迎詔後乘輦還宮爲非禮。公據例言之，兩使輒有怒色曰："俺等專欲尚禮，參贊亦有此言耶？"公對曰："殿下今待詔郊外，敬事朝廷之禮，大人自當見之。"上使怡然笑曰："因參贊之誠敬，已悉國王之誠敬也。"唐使天下正人，每歎服公之爲人及其詩章，稱爲"吟壇老將"。戒副使慎勿輕投。癸未陞左參贊。十月二十五日，王世子行入學禮，以公爲博士官。博士官乃師傅之職，必選一代碩德。公於講論之際，應答之辭皆出人意表。世子問及治國之事，公對曰："非今日所當問。"因陳孝敬之道。論者服其得體。秋加階崇政，陞右贊成，兼判義禁府事、世子貳師，餘如舊。一日，公乘軺車向闕，有儒生裴珣步遇於景福宮碑隅，隱軀而窺之。公以袂拭淚，兩目皆赤。生怪之甚。行見有人當刑，始知公乃泣辜也。聞者曰："公之是心即天地好生之心。世之不知公者雖罔曰不愛物，豈可信哉？"甲申夏特授吏曹判書，銓甄一出於至公，人無間言。言者以弘化闕位。秋復爲左贊成。丁亥十月特授大匡輔國崇祿大夫議政府右議政兼領經筵事、監春秋館事、弘文館大提學、藝文館大提學、知成均館事。戊子春，滿浦僉使沈思遜爲野人所戕，麾下士皆散走而不救。公曰："此而不誅，何以示法？"朝廷竟免其死。議者皆以公言爲然。中廟方赫怒，鋭意西討，朝議多贊之，已命許硡爲大將。公獨抗節極諫，忠悃之發，反覆不已。語載國乘。其大要："兵凶戰危，難保萬全。使許硡爲將，雖必勝萬全。既勝之後，未可以又使硡守之。邊患將無窮矣。"竟不興師。西北邊蒼生至今免爲魚肉者，繄公之忠懇是賴。九月，上幸驪州，公爲留都大將。庚寅冬陞左議政兼世子傅，餘如舊。貞顯之喪，卜兆于宣陵之南麓，禮曹例更審定。時有以風水名者，同曹欲啓請率行。公曰："不可。"同曹強欲啓之，公毅然曰："此輩欲售其術，若以爲不可用，將改卜他地乎？不然，則後必有言。"竟不帶行。時洪相國彦弼爲禮曹判書，後値中宗之喪，已卜靖陵。而尹霖以邪喙煽動朝廷，大役將就而未定者累日。於是洪相語及其事，歎曰："容齋料事眞不可及也。使李公若在，必無此事。"嘗有言曰："福城君將不利於東宮。"公曰："不殺老夫，不可以動搖。"聞者竦然。公見朝廷之勢漸至委靡，及登相位，常以爲憂，至忘寢食。每進言於上曰："請察威權之所在。"蓋有所指也。辛卯十月，因論金安老事，降授判中樞府事，兼領經筵、弘文館大提學、藝文館大提學、知成均館事。初，公與安老同在翰苑，同入讀書堂，披心相善者久矣。當南文敬之率同朝請竄安老也，公以爲無名而逐宰相，不得無弊也，至涕泣相送。文敬聞而笑曰："李公寬厚容物，不知是人之奸邪，終必爲其所賣。然若他人則理須同責，如李公胸中坦然無可疑者，固不可以是爲責。"及安老之還入也，其子延城尉金禧連上其父之冤，收議于三公。時公爲相，以安老初被無形之罪，今又年久，當自上斟酌耳。公之意蓋欲使自便居住而已。及放還，夤緣復職，締結躁進，以行胸臆。其有嫌怨者，竄逐殆盡。公始悟其狀，見安老則斥言其陰私，嚴辭峻責，不少忌諱。安老有慙色曰："此皆臺諫所爲，非吾之所敢知也。公何以指言我也。"退與其黨陰爲沮公之謀，唱爲之説曰："李某構成吾事。非止罪吾也。將以陷士林。"於是，朋比安老者謀欲構陷，每遣所親信探公之意。大司憲沈彦慶問于公曰："外有浮言，臺諫欲論相公者，此非臺中之論。故臺諫欲自明云。"公笑曰："若然，則吾爲萬世之權臣矣。臺諫豈可以此自明乎？"嘗於族會中，有安老之黨來謂公曰："東宮孤單，頤叔爲羽翼，不可動搖。"公曰："國儲已定，在朝之臣誰不欲爲東宮死者。朝廷只有一安老乎？"及見所著《遣愚文》，歎曰："小人情狀盡在是矣。"决意斥逐。子弟懼交諫曰："請引疾避位，以全門戶。"公曰："吾無先見之智，不能防於未萌。而又避禍以負聖明乎？一身死生不足恤，但恐奸人得志，國事日非也。"遂與領議政鄭光弼俱陳安老奸邪，請竄之。正言許沆曰："李某怯於被彈，托劾安老，謀害士林。"於是臺諫侍從附於安老者并起而反攻公。以公德望素著，不敢遽加罪名，只遞政府，而餘人或罷或竄。公論既噤，邪議朋興，有以公尚未抵罪爲言。明年壬辰三月，生員李宗翼上疏言時政得失，語及公之無罪，更激其怒，遂竄公于平安道咸從縣。甲午十月二十五日卒于謫所，享年五十七。乙未春三月十三日，葬于沔川長者洞先塋之南麓。丁酉冬十月，安老及其黨伏罪。十一月，命復公之舊職。公身長十尺許，面方而髯茂，龜背麟定，抱荊玉而璞如也，團和氣而塑如也，其傑魁如龍虎，翔峙如鸞鳳，望之知其爲大人君子也。早有大志，爲學甚勤。蓮軒謂公曰："余觀四佳徐公終身爲苦，汝欲作苦矣。"蓋公之少時，蓮軒已知其爲典文衡矣。雖在晚年，每鷄鳴而起，就榻讀書，其好學眞如飢渴之嗜飲食。平居無惰容，未嘗有疾言遽色。雖甚怒，亦未嘗罵人以死。食不重肉，衣纔蔽體。仕宦三十年，不問有無，室廬如寒素家，子女滿堂，僅得衣食而已。或勸置田莊，公曰："食祿之家務占田園，無祿者何以聊生？吾祿足以代耕，置田莊爲子孫計，亦不勞乎？"子弟服飾奢，不許升堂。且曰："汝輩苟志於善，雖不得科第，吾亦無所恨。"所乘馬，人不堪騎。公亦不以爲意。至斃而後，代以他馬。及爲宰相，內兄遺以軺，一軺十年。大抵自奉極菲薄，人不堪處，而處之有裕。嘗曰："祿不及親友，而侈自奉，吾不忍爲也。"其待親戚，無遠近必周急撫窮如恐不及。家計屢空，亦有所不暇顧也。其待人，無貴賤，一出至誠，未見有安排。人無賢愚，莫不信服。有布衣交來求祿仕，公引接甚款。其人一日以苞苴來餽，公曰："吾所以遇子，故人之意也。今子以窮求官而遺我以賂，是子非窮矣，何必求官？官職其可以賂得乎？"遂謝不見，大慙而去。公每訓諸子曰："吾平生所得在於不欺。"其好善惡惡出於天性，故見人不善，必面責之。人不敢干以私，朝廷倚以爲重。有以關節不到目之，又曰："人臣居位食祿，當不忘君恩，無負國家。一身不可顧也。如或藉權勢以樹私恩，厚聚斂，以殖田園便一家爲子孫計，則吾不爲也。"又曰："荷國厚恩，須思毫末報效。苟不容於時，而不得行吾志，則當引身而退。彼貪位冒祿，俯仰隨波，則吾亦不爲也。況排斥異己，唯自全是圖乎？"拜相之日，公乃流涕曰："無德而高位，何以堪之？"痛自抑遜。子弟族親有求官，輒拒之曰："朝廷官爵，豈宰相施恩之具耶？"常以王曾恩出怨歸之言爲得宰相體。由是僥倖者或多怨之。末年憂朝廷，歎曰："士林各樹朋黨，非國家之福。此宋朝所以亡也。"嘗於經幄極陳時弊，謂將有後日無窮之患。其見士林，則必切責曰："君等自作不靖。"以此群邪仄目，竟至被斥。又曰："今人家有寶器，則皆知其護惜，其提携必謹，如恐失墜。至於國家事，從心左右，未有念其失手者。是以國家大器，反不如其家之小器。豈不戾哉？"嘗開小齋於南山之青鶴洞，又號青鶴道人。夾路種松檜桃柳，公退扶杖逍遥，蕭然如野人。一日有錄事乘昏報奇去,有一人着屐羸衣,率小童出洞門。錄事騎過而問:“政丞在乎?”公徐顧曰:“欲報奇乎? 我來此云。”錄事不覺墜馬。其忠朴類此也。凡遇胥屬亦必恭謹,至今稱其寬仁。自公爲安老所誣,一時文士爲後生出題,多拈放猊,不然則啜羹也。蓋放猊,指公之仁;啜羹,指安老之忍。及公歿於謫所,聞者莫不流涕。至於安老之敗,中外歌舞,群兒皆雀躍。有人曰:“彼小兒何所知而喜?”又有一人應聲曰:“兒之父曾受其毒,故雖小兒亦知其喜也。”可以見君子小人之辨而人心之難誣也。……公之學出於《論語》。其詩文據事直書,去藻飾,不爲詭異險絶之辭,而如天成神造,無有斧斤痕。盡人情該物理,必妙詣其極,卓乎其不可企及。嘗作逐野人檄文,南止亭深爲之歎服。古無主文硯,止亭爲作大硯,傳于公曰:“此所以爲斯文傳心也。”不及再傳而公歿。平生著述未嘗置草,其得手稿者,唯《謫居》、《南遷》、《海島》三錄,《南遊錄》、《和南岳唱酬集》而已。旁求裒集詩若干卷,文若干卷。其寓咸從也,不復事吟詠,唯杜門讀書,删成《東國史略》,手自繕寫。惟公積德如崇山,可見者畜泄雲雨,而茫乎不可窺其根基之厚也;偉量如鉅海,可見者容育鯨鯤,而不可知其津涘之遠也。訥訥其言,如不克出口也;慥慥其心,如不克勝衣也。儉而能安,貞而不諒。友愛盡於兄弟,信義著於朋友。一念之謹,百行之備。豈天地儲精,生應中興,爲邦家之瑞耶?澤被生民而民不知,功在社稷而國無券。所謂“世皆知有功之爲功,而不知無功之爲有功”者,豈虚語歟?

《容齋集·和南岳唱酬集跋(鄭士龍)》:故左相容齋先生以文章德望冠冕一世,游其門者如退休蘇贊成彦謙、安分李府尹伯益皆負時望,其餘後進經品題爲佳士者指固多屈,雖以余之無似亦忝奬引,嚼殘膏而襲賸馥者實多年紀。先生爲詩勇脱畦徑,自成一家。至於應俗疾書動合矩度,有非繩削鍛鍊者所可窺其閫域。其儐接唐、史二使也,有唱卽酬,使人操筆聽其口號,累至十篇未見語病疊字,眞可謂多多益辦者矣。至今評詩者推爲國朝第一,信不過矣。公之詩文皆手自裒錄,此集卽其一斑,乃避謗憂虞中紓悶之作也。未幾,公爲權倖排抈,拘歿謫籍,此殆其絶筆也。同寅韓公士仰夙被公知最深,分司開城,將此集捐俸入梓,以廣其傳,索余題卷後,其用意豈不深可敬哉。若余者荷公誘掖拉拭之力,既竊虚名,又叨文柄,無非先生之賜也。於斯集豈能忘情哉? 寔庸書此以歸之。嘉靖甲寅中秋既望,湖陰鄭士龍謹跋。

《容齋集·東槎集後序(蘇世讓)》:辛巳歲唐、史兩詔使來也,今右相容齋公爲遠接使。兩使喜文章,凡遇景興懷輒把筆爲詩,夜以繼日,吟哦不輟。公怡然受之,左酬右答,初不似經意而語益奇。兩使大加敬服。臨别抆淚徘徊,戚戚然有兒女子之容。余與鄭雲卿、李伯益從傍目擊,若有所自負。其所著《皇華集》彙爲兩帙，家藏而人誦之。自初迎于鴨綠江上，既送別而還也，私相唱和之作，公目爲《東槎集》。爾後公被擢入相，吾三人者或罷家禍，或出在外，未相合幷者數載。前年春，爲母求外，來刺是府。而雲卿、伯益聯翩赴朝，方會公於青鶴書屋。獨孑孑南涯，汩沒簿領，回首舊遊，已成陳迹。公之浮沈靡定之說尤有以感余之懷矣。於是命工鋟梓，以壽其傳。龍集戊子秋七月下澣，晉山蘇世讓書于完山之燕寢堂。

《龍泉談寂記》：正德辛巳，嘉靖皇帝立，唐修撰皐等來宣登極詔。伴使李容齋荇初於宴接交酢，舉斝前揖，皐輒申手執其臺，少推之，俾稍却立，似有厭近之意。皐有《飲酪》詩，容齋連次四絕曰："柳下胸中定自和，休論酪性更如何。芳名得上詩人句，已比尋常酒德多。""鹽梅今日不須和，奈爾殘傷真性何？若使次公知此味，當時未必戒無多。""一碗嘗來返太和，新詩得意妙陰何。若將曲櫱論優劣，一段天真汝自多。""香粳雪乳共調和，滋養工夫舍此何？熊掌從來非所欲，子輿之論有誰多。"自是交際款昵，常稱"詩壇老將"。詞翰動人類如此。近時中朝有一禮部郎，苛禁國人購書籍，乃以謂："文章多流出海外也。"以我國爲禮義文獻之邦，不鄙夷之者，多在是爾。誠使我國文士入中國贊，定高下于諸老間，豈盡多讓於彼哉？其不間于古今夷夏，明矣。

《稗官雜記》：李容齋《詠朱雲》詩："腰間有劍何須請，地下無人亦足遊。可惜漢庭槐里令，一生唯識佞臣頭。"古今詠朱雲者無此意思，雖置之唐宋集中無愧矣。正德辛巳，容齋遠迎唐太史皐於義州，太史有畦畛，不輕言語。至定州，容齋於座上走筆次《飲酪》四絕句，太史覽之曰："真老拳。"嘉靖壬午年間，中廟令弘文館官制君臣圖像贊，書於各像之上，命書局刊板。容齋李公嘗曰："諸公所製贊多譏貶語，大失贊體。其時遽有刊板之命，未及抹改，可恨云。"

李容齋《登書堂後嶺次雲卿韻》詩："青山今月夜，白首昔年人。節序有來往，風光無故新。多違應物理，一笑亦天真。童僕能扶醉，杯行莫問巡。"時湖陰有遠行，故有"多違應物理"之句。見於《容齋集》中，許三松伯奇編《冲菴集》亦錄此詩，湖陰覽之曰："二公之詩機軸不同，而許也認爲金詩，可謂不知詩也。"

滿浦僉使必採郊草于胡地，以爲營中之用。嘉靖乙酉，以沈公思遜有將略，特授僉使。戊子正月，以故事率軍往采。諸軍四散赴役，唯與二三軍官及八九軍卒設小幕以坐。有四五胡人托拜見以來，乃有仇者也。見其無備，拔劍直前，公急上馬，馬逸而墮，仍被慘酷，剝其衣服以去。李容齋作挽歌曰："臨事聖猶懼，君胡輕厥身。多才須自惜，異類豈宜親？國在多虞日，天方示變辰。吾私何暇哭？沉痛迫楓宸。”

《惺叟詩話》：我朝詩當以李容齋爲第一，沉厚平和，淡雅純熟。其五言古詩入杜出陳，高古簡重。吾平生所喜詠一絕：“平生交舊盡凋零，白髮相看影與形。正是高樓明月夜，笛聲淒凉不堪聽。”無限感慨，讀之愴然。

《清江詩話》：李容齋相公少時，見一宰相家出一斑竹障子求詠於他老巨公，方呻吟未就。公先寫一絕曰：“浙瀝湘江岸，蕭蕭斑竹林。這間難畫得，當日二妃心。”諸公嘆服，以爲雖老作不如，遂題之。

沈上舍克孝，中廟朝人。家終南下，有栗亭甚好，一時以爲名家。有一宰相來飲樂之，欲以新宅换之。沈笑曰：“雖半割天下，添價以岳陽樓，殆不可换耳。”韓相亨允善戲謔，附耳語曰：“實以天下半，添岳陽樓而换之，則君之交易甚利，須勉成之。”時人以好事相傳。及沒，容齋以詩挽曰：“一壑自當天下半，栗亭寧换岳陽樓？”

趙松岡云：“鄭湖陰士龍卜築于宜寧縣鼎津岸上，其壁上只釘容齋、訥齋、適菴三詩。”此三賢爲湖陰所服可知。容齋詩一聯云：“江湖魚得計，鍾鼓鳥非情。”公嘗稱此句。

《松溪漫錄》：李政丞容齋先生《詠諸葛武侯》詩：“死生許國無遺力，成敗論人是少兒。”議論公正，詞語亦新。

容齋《次唐天使皐》詩曰：“縹緲三山看覆鼎，逶迤一帶接投金。”覆鼎，三角山之一名，楊花渡亦曰投金江，對偶甚精。此一聯蘇退休相公之所作云。

《惺叟詩話》：我朝詩至中廟朝大成，以容齋相倡始，而朴訥齋祥、申企齋光漢、金冲菴淨、鄭湖陰士龍並生一世，炳烺鏗鏘，足稱千古也。

《芝峰類說》：李容齋有《贈別》詩曰：“老去分衿重，情多出語遲。”金校理瞻詩曰：“在生難免別，垂老最關情。”語意相似，而金尤勝矣。

《終南叢志》：李容齋荇貌寢，性不喜梳洗。上嘗於燕間問曰：“聞卿居家不梳洗，然耶？”容齋對曰：“臣家有祭祀時，則常梳洗。”上大笑。天使唐皐之來，容齋爲儐相，鄭士龍、蘇世讓、李希輔爲從事。天使見容齋貌醜，常厭近接。天使行到安州，登百祥樓，賦五言律送儐相使和之，容齋方醉睡，諸從事先構以待。容齋覺睡揩眼視之，乃曰：“老夫當改下，即口號書呈。”其押“坤”字曰：“二水分爲坎，三山斷作坤。”天使見之稱賞曰：“真是奇語。”更加禮遇。容齋謂三從事曰：“如我遠接使，後亦有之；如諸君從事，復難得矣。”其時從事之得人亦可想。

《菊堂排語》：正德十六年辛巳，武宗皇帝崩，世宗皇帝即位。中宗大王六年也。正使翰林院修撰唐皐、副使兵科給事中史道來頒登極詔。遠接使右參贊李荇。正使《安興館遇雪》詩曰："昨日陰雲昨夜風，曉來忽見雪滿空。貂皮狐腋勳方策，縞帶銀盃句亦工。候卒戰牙蟲唧唧，征夫爭立密翁翁。平生未慣朝鮮景，況復迷茫一望中。"副使次曰："天剪冰花散曉風，千山一色混長空。明來華館催新句，暗入紅樓鬥巧工。幽谷模糊樵采徑，寒江妝點笠蓑翁。亦知掬雪烹茶處，勝似銷金暖帳中。"遠接使次曰："寒宵萬竅靜無風，曉起乾坤色境空。江上漁蓑堪入畫，林間薝蔔欲爭工。騎驢遠憶襄陽客，授簡慚非司馬翁。剩得使華冰雪句，不知身在道途中。"國都南山，舊名木密，正使以木覓改之。納清亭舊無名，正使名之，副使爲記。

《小華詩評》：李容齋荇爲詩和平純熟，優入神仙境，許筠稱爲"國士第一"。其次韻詩曰："多難累然一病夫，人間隨地盡窮途。青山在眼誅茅晚，明月傷心把筆孤。短夢無端看蟻穴，浮生不定似檣烏。只今贏得衰遲趣，聽取兒童捋白鬚。"又《題直舍》詩曰："衰年奔走病如期，春興無多不到詩。睡起忽驚花事晚，一番微雨落薔薇。"皆溫裕典則，詞家上乘。

《詩評補遺》：李容齋荇嘗以儐相接華使于關西。時天寒雪霽，華使以"赤溝婁"押韻，溝婁即定州地名也。或有以"奎婁"押之者。容齋方與華使對坐，至"婁"字，頗沉吟未就。松溪權應仁以學官在傍磨墨，曰："此墨黔婁，古黔婁，'古'即方言'墨'也。"容齋始悟，即書曰："肩聳似山吟孟浩，衾寒如鐵臥黔婁。"華使大加歎賞。

古人看詩知人休咎。李容齋嘗遊龍山，見長橋落帆，立渚者甚多，賦得一聯曰："出林無葉竹，依岸失雲龍。"二樂亭申用溉聞而諮嗟曰："善則善矣，但竹無葉則枯，龍失雲則危，語涉不祥。"後以徽號事杖流。

《玄湖瑣談》：華使之來，容齋爲儐相，湖陰諸公爲從事。及其還也，諸公以詩送之，長篇傑句，鬱燁璀璨，而華使皆不許可。獨容齋絕句"明月莫須出，天風休更吹。月出有驚鳥，風吹無定枝。"華使稱讚不已。湖陰竊怪之。及還朝沈誦此句數月，然後始知其妙。蓋臨別時觸物易感，彼月出而鳥驚，風吹而枝動，俱可以助離懷，有言外之意。華使之獎，蓋以此也。

華使唐皐之來，容齋爲儐相，湖陰鄭士龍、退休堂蘇世讓、安分堂李希輔爲從事。華使絕不吟詠。到安州，始次板上韻兩聯云："佳句偶來樓上見，旅懷只向客邊傷。龍飛有詔頒高麗，風去何人歎楚狂。"華使以示儐伴諸公，安分易之，頗摘疵病。退休以爲："句語深厚，必是大手。"湖陰亦以爲然。容齋曰："'麗'字音'尼'，恐失平仄。"退休曰："不然，高麗之名，本取山高水麗之義。中國人雖做'尼'音，我國則猶從仄音，華作必因是也。"容齋然之。自此以後酬唱不絕，華作愈出愈好，容齋乃歎曰："天才也。"華使亦推容齋爲騷壇老將，戒副使"切勿浪作"云。

《農巖雜識》:容齋詩雖格力不及挹翠,而圓渾和雅,意致老成,足爲一時對手。其五言古詩,往往有絕佳者,非東岳所及也。

《東國詩話彙成》:正德天使到東坡驛,戲題一句曰:"東坡謫南海,胡爲此來哉?"促儐使續題。時容齋爲遠接使,即書其下曰:"散爲百東坡,無乃一者來。"天使極歎賞。蓋"百東坡"出自坡詩,用事極切。

公爲遠接使,李希輔、鄭士龍、蘇世讓爲從事官,在龍灣戲成《赴燕使別妓》詩。公作首句曰"來來去去總非情",屬諸從事尾之。李、鄭、蘇各占一句曰:"快馬長程紅袖輕。辛苦鴨江江上石,前行才罷又今行。"凡赴燕者,鴨江餞別時拾江邊小石分其半與情人爲驗,乃故事也。東坡詩曰:"辛苦驪山山上土,阿房才廢又華清。"結句蓋出於此也。

唐天使臯《白銀灘》詩云:"江水浩浩去,好灘浮白銀。無乃守國禁,棄捐向通津。"蓋以我國禁銀故也。李容齋和曰:"名銀取其色,此水豈生銀。今日玉人過,更宜名玉津。"世多稱之。

【按:李荇(1478—1534)字擇之,號容齋、青鶴道人、滄澤漁叟,諡文定,改諡文獻。籍貫德水。撰進《新增東國輿地勝覽》。擅長文章、書法、繪畫。配享中宗廟庭。"海東江西詩派"領袖。著有《容齋集》今傳。其詩沉厚平和,淡雅純熟,評詩者推爲國朝第一。《箕雅》收其五絕一首、七絕八首、五律一〇首、七律九首、五古九首。】

南　衮　　**字士華,號止亭。宜寧人。成宗朝登第,選湖堂,典文衡,官至領相,諡文景。造己卯之禍,後削奪。**

《朝鮮中宗實錄》卷五八:二十二年三月丁亥。領議政南衮卒,年五十七。傳曰:"今聞大臣之卒,至爲痛悼。"朝參經筵閱武等事並停之,其進素饌。史臣曰:"衮文章富贍,筆法亦麗。平生不服華美,不營產業,才氣出衆,持論似正。臨終盡火平生草稿,仍語子弟曰:'余以虛名欺世,汝等愼勿傳播,以重吾過。'又曰:'死後勿以段紗斂襲。生平心與行遠,愼勿請諡立碑。'病革,上遣中使問身後事,已不能言矣。己卯年,衮與沈貞輩不得志者挾憾同謀,潛入神武門,驚動上聽。士林流竄殆盡,而不露行跡,其才不可及也。其言'心與行遠'者,若指此而發,則斯亦知罪而斃矣。諡文敬。"

《頤菴遺稿·外祖考領議政贈諡文敬南公墓誌》:公諱衮,字士華,號止亭。宜寧南氏顯自麗世,高祖諱天老,知靈光郡事。以二孫在、誾俱爲開國元勳,故追贈門下侍中。……公生于成化辛卯。容儀端正,目有重瞳。自幼穎異,弱冠文名大振。弘治二年己酉俱中生員、進士。甲寅登乙科,由藝文館檢閱爲弘文館正字、著作,移承政院注書,陞弘文修撰,遷司諫院正言,歷吏曹佐郎、弘文校理、應教、典翰，超陞副提學，拜承政院同副承旨，陞至左副。癸亥冬，丁內憂。甲子，燕山主譴謫于西陲。乙丑，丁外憂。正德元年丙寅，中宗反正。服闋，同知中樞、黄海全羅兩道觀察使、戶兵吏三曹參判。再爲司憲府大司憲。以大臣鄭光弼等薦可大用，陞知中樞，歷戶兵吏曹判書、議政府右參贊。代申用漑典文衡。又二爲大司憲，歷議政府左右贊成，復再爲禮曹、吏曹判書。戊寅以奏請使赴燕京，辨正本國宗系等事。己卯冬拜左議政。嘉靖二年癸未陞領議政。丁亥三月終。享年五十七。太常謚以文敬。官庀喪事。九月。葬于楊州治北鳳凰村寅坐申向之原。公爲人端重篤敬，恭巽清儉。文章富贍麗則，爲近時稱首。……外孫一曰宋寅，尚中宗女，封礪城尉。

《己卯錄續集》：早以文華緣飭，名重縉紳。其所與游如洪彥忠、朴誾、李荇皆一時善士。然不心悦，故諸公亦不以誠許，只期功名之器。一日諸公遊其家北泉石，衮則未覺也。諸公題其巖曰“大隱”，溪曰“萬里”。以其鞅掌名途，有山而不見嘲之。崔斯文溥嘗稱“小人才”。正德丁卯，以承旨丁憂在家。因文士文瑞龜、金公著、朴耕言柳子光構成戊午之獄，盡殲士類，遂使廢主縱嗜殺戮，不如除去，少伸地下之冤。衮將瑞龜變服入闕門，上變告獄成，陞嘉善。臺諫劾其告變者出於要功，請放公著等妻子。而子光亦未久被罪。士林短之。癸酉拜大憲。因朝野之憤，請復昭陵，得允。然時議輕公，不肯許文柄。安貞慼言：“自古才行兼全者不能多得，若衮之辭藻則不可棄也。”遂掌文衡。一喜一憾。丁丑以吏判陞贊成，己卯春兼判禮曹。於是臺諫請削靖國勳籍之濫錄人，命收廷議。衮謀避其議，求爲拜陵獻官而不參。其後靜菴以大憲與公同侍經席，靜菴進啓：“近有崇品六卿爲陵獻官，其人必欲避朝廷大議而求之也。人臣愛其身，餘無足觀。”上不問。公慚惶流汗而出，遂詣申文景第。文景病在家，引入臥內。衮言：“近日議論甚激。”文景奮然而起曰：“公何爲出此言？激之爲言，乃小人陷君子，而亡國之機也。”衮厭然而退。時論方正，恐名位不能自保，忌克之心日生，若芒刺在背。是冬申文景既卒，無復忌憚。十一月十五日，誘致判義禁兼兵判李長坤與洪景舟、金銓、高荊山，初昏入自北門，諱政院密啓，構成黨禍。皆公之主張也。是夜特拜吏曹判書，即退出。政事之時，再命招之，託病不進。十二月又錄上三十五人，請並竄竄。上迎訪政府臺諫，曰：“此人等不可盡竄。無乃有差乎？”遞光弼，陞公爲左相，以金銓惟清充三公。仍命抄啓人，面議輕重，分三等罪之。凡啓請委諸言官，其計雖巧，詎能自脱於首謀之奸雄乎？辛巳祀連獄成。衮自製疏章，姑舉刑政不嚴、朝綱解弛數條，構陷黨人，巧飾論列，指爲黨逆，務遵嚴刑峻法事。嗾臺諫上章，欲使一世之人不得論救。

其爲計至奸極巧矣。其後五六年之間，當時同事之人相繼淪沒。而人心難誣，公論自激。常書空咄咄，懷憂不樂。向族生曰："人謂我爲何如耶?"其人答曰："當不免小人之歸。"遂使家童取平生草稿悉焚之，唯《柳子光傳》行於世，極其詳密云。惟小人能知小人情狀，信不誣矣。隆慶戊辰，仍衆論追奪官爵。

《稗官雜記》：朴翠軒誾……與容齋飲於止亭，贈曰："昨過萬里瀨，偶逢春雪後。老兵失亦可，猶幸得吾友。溪山自青眼，禽鳥如相訹。舉杯聯好詩，未覺日已酉。松間聞喝道，幽趣忽鹵莽。迫則斯可耳，寧使踰牆走。相持還劇飲，蒙未辨誰某。坐見玉山摧，旁人爭拍手。"

申松溪用漑爲大提學，過止亭。南公飲酒酌，松溪把盞呼韻曰："子能賦此，則便以衣鉢相付。"止亭信口吟曰："楊柳陰陰欲午雞，忽驚窮巷隘輪蹄。爭瞻風裁空鄰舍，未具盤筵窘老妻。乘興但知傾藥玉，忘形不省挽鞓犀。沈吟欲賦高軒過，鄭重荒詩未敢題。"松溪嗟賞久之曰："衣鉢有歸矣。"後止亭果代典文衡。

《思齋摭言》：南止亭衮爲黄海監司時，鍾愛海州妓。遞還到金郊驛，初以謂"主守以妓追別於驛亭"。待之不來，終夜耿耿無寐，吟一絕書壁曰："葉走空庭窣窣鳴，誤驚前夜曳鞋聲。旅窗孤枕渾無寐，半壁殘燈翳復明。"聞者謂"香奩情態，曲盡其妙，人莫能及也"。

《石潭日記》：追削南衮官爵。衮少以文名世，急於進取。誣告朴耕謀叛抵死，由是不容於清議。竟與沈貞陷趙光祖，盡逐善類，士林以爲罪不容誅。公論今日始發，輿情快之。猶以生時不得正刑爲恨矣。謹按：我國家積德累仁，世濟治道，而未嘗聞有以道學告君上者也。惟趙文正以性理之學輔我中宗，世道幾變。而衮之讒喙慘於銛鋒，芟刈良善，殄瘁邦國。原情定罪，五刑猶輕。而竟保腰領，老死牖下。身後削爵之罰，不足以當萬分之一。可勝歎哉。

《遣閒雜錄》：正德丁丑年，吾先君與季父默齋公一榜登第。癸未年間，金明胤與其弟弘胤連榜登第，而弘胤爲壯元。止亭南相國衮送賀詩于金之父貳相克福，兼示吾祖父逍遙公曰："二子登科世共誇，壯元門戶更光華。光山今與豐山並，知是從前積慶多。"光山即金之本貫，豐山即吾沈之本貫也。守慶以不肖又僥倖登第，而子孫更無登第者，金門子孫亦無登第者，豈積慶之語，只驗於後世而不驗於本世耶？亦兩門皆衰，子孫自不力於舉業耶？

吾祖父作堂于陽川東北孔巖，西江岸上，名曰"逍遙"。其形勝爲漢江以下沿江亭榭之最。一時名士題詠滿壁。止亭南相國衮有二律，其一曰：

"水從驪漢山從崒,盡向亭前更效奇。孤島巧當江闊處,長煙偏起月生時。望中京口看愈似,夢裏仇池到自疑。君欲逍遙寧遽得,他年長往鬢垂絲。"張斯文玉以四六作序五六十句,人稱佳作,比之《滕王閣序》,其起頭曰:"巴陵縣北,漢陽城西。三島浮來,六鼇戴立。十里長江流向海口,千尺斷岸走入波心。"又曰:"天香滿袖,遠飄西湖之風;江雨入顏,微醒北闕之酒。"警句甚多。余少時覽之,恨不能記得其全篇耳。

《小華詩評》:止亭南袞文章甚佳,東方所罕。《神光寺題詠》六絕皆絕唱,今錄其三首:"千重簿領抽身出,十笏僧房借榻眠。六月炎塵飛不到,上方知有別般天。""金書殿額普光明,二百年來結構精。試問關山大檀越,碧空無際鳥飛輕。""庭前柏樹儼成行,朝暮蕭森影轉廊。欲問西來祖師意,北山靈籟送凄凉。"許筠選入《詩删》而評之曰:"雖其人可怒可嗤,而詩自好。"余嘗見而笑之曰:"太宗祭魏武,正所以自狀。"

《東國詩話彙成》:止亭按湖南,作《招宦子辭》,其序曰:"完山妓有字朝雲者,誦《歸去來辭》,引喉婉轉,能作洛下書生詠,脣齒牙舌、清濁高低了了不差,聽之令人忘倦。一日,雲誦一遍,問余曰:'此何人所作?其意云何?'答曰:'晉處士陶淵明棄官歸來,自述閑適之意,而有此作。'雲曰:'賢哉若人,吾俚唱中亦有這般意思。'仍作唱曰:'試爲尊官唱之。'余乃倚其聲而譯之曰:'富貴功名且可休,□□有水足遨遊。與君共臥一間屋,明月清風成白頭。'吟訖不覺悵然曰:'歌曲之感人一至於此耶?使我能作鹿門之隱,汝能安臼井之勞乎?'雲曰:'尊官何待人之薄耶?既奉巾櫛,何敢復有所憚乎?第恐事機難遇爾。'作《招宦子篇》,申令雲唱之。其辭曰:'雲冥冥兮洞壑深,水泠泠兮薜蘿陰。鼪鼬兮晝飛,谷鳴兮互吟。朝穿林兮拾橡栗,向夕歸兮遺細君。掩柴扉兮展臥,寂千峰兮月一痕。山之中兮可樂,彼宦子兮胡不來歸。朱丹轂兮朝日奪輝,宮錦袍兮雕鶚盤飛。徒得市童之矜羞,不知前有機。鋌刃藏於諧笑,鴆毒隱於雉膏。是寧不足畏兮,而與彼兮滔滔。日復日兮夜復夜,既縞髮兮又墮齒。山中之樂可以忘,胡不來兮彼宦兮。'"

《東詩叢話》:詩不可以觀志,亦不可以論人。南止齋袞文章宏壯,位至相臣。構陷趙靜菴光祖諸賢殞於士禍。曾于金濯纓馹孫之遭害薦窆也,有挽曰:"……"通篇字勢筆筆傷慨,而竟以腹劍加諸他賢,殊是可惡也。世言南袞竟伏奸被誅,故其文章沉埋云。

【按:南袞(1471—1527)字士華,號知足堂、止亭,謚文敬。籍貫宜寧。著有《止亭集》、《柳子光傳》、《南嶽唱酬錄》。其詩有香奩情態,曲盡其妙。《箕雅》收其七律一首。】

鄭子堂　　**字□□[升高]。成宗朝登第,官止承文校理。善滑稽。**

《稗官雜記》:鄭公子堂嘗以祭執事在宣陵作詩刺燕山君曰:"嗷嗷赤子熾爐中,醉富隋皇反似聾。伐豹入宗聞邈邈,丁雷掀殿視濛濛。彗星乙夏天愈怒,土雪辛冬變最凶。魂殿久寒香火炷,廟庭交錯獵畋蹤。三千駿馬搜盈廏,一萬娼兒選入宫。母妃正忌催蛙沸,宣殯初哀射鹿同。兩嬪刃身膏潤草,六勳刑骨碎飄風。慢教撤虛師聖宇,短表殘毁士民風。奸雄唇齒笑刀凜,忠孝心肝怨血紅。功業已歸西漢霍,神人咸屬晉陽龍。曉離舊闕愁容慘,夜渡喬津駭浪洶。街童鼓舞爭譏刺,惡疾終酬眇目瞳。迭棘置城稀見日,低頭捫斫泣臨銅。十載御朝多隱愧,何顔地下拜成宗。"又作絕句曰:"題詩十四韻,泣訴古陵壇。皇靈如有鑑,應照寸心肝。"按鄭詩出於傳誦,時有違律,且對偶或不精切。以其備載燕山之事,故錄之。

《海東雜錄》:鄭子堂喜談謔。上舍李海屢屈場屋,鄭戲曰:"自古無無對之事。吾東方既有庚辰武科,早晚宜有此例。"蓋謂多數試取也。後李登第而鄭且死,李歎曰:"恨不令鄭見之也。"

《東國詩話彙成》:曩者我國士林之禍薦仍,多士以放誕自點。公性豪邁,文才罕儔。時宰相家園有名梨,與友生夜遊園外,遂赤身佩布囊踰牆攀樹摘梨。方盛囊時,月色如晝,相國適有尊客至,命鋪筵樹下玩月。令侍婢進杯。侍婢至客前不覺失笑。相國大怒,訓之,對曰:"偶見樹上有人裸體故,不能言而密笑之。"相國仰見大驚,呼之使下。公下樹長揖,旁若無人。問其姓名,曰:"鄭子堂。"相國叱之曰:"夜越人牆,偷果無行,果如何?爾乃士人,宜以文字自贖,以《新凉入郊墟》爲題,作八角律賦。"公連呼,不輟須臾一篇成。賓主大嘉賞之,下席迎之上座,終夜勸飲而罷。其賦有曰:"蘇子瞻讀詩窗畔,松風山雨夜浪浪;白樂天送客江頭,楓葉蘆花秋瑟瑟。"其餘不能盡記,膾炙當時。

【按:鄭子堂(朝鮮燕山君時人)字升高,號青松。籍貫東萊。成宗十九年(1488)文科及第,任校理。燕山君時佯狂避禍。善詩,喜諧謔。著有《青松詩集》。其詩豪邁但對仗不精。《箕雅》收其七律一首。】

魚無跡　　**字潛夫,號浪仙。居金海,以官奴免賤。以詩譏守之貪縱,守欲捕治,逃之他郡客死。**

《謏聞瑣錄》:魚無跡字潛夫,文貞公世謙之孽族人也。篤學能詩,安知事琛深許之。其《病裏書懷呈相公》詩曰:"方丈煙霞鎖廣寒,暮鍾三杵夕陽殘。樹沿官道牆邊立,月在鄰家屋上看。點水却憐螢誤落,尋巢堪羨鳥知還。隔窗終夜繅車響,疑在山莊如夢闌。"

《清江詩話》：魚無跡字潛夫，以孽産拘國禁未第，甚有才名。少時隨其父公，曉過僧寺，見山出雲，命聯，即應曰："青山敬客至，頭戴白雲冠。"及長，有《新曆歎》、《蒼生難》等諸篇頗膾炙。有《過吉注書金烏山》詩曰："落落高標吉注書，金烏山下閉門居。首陽薇蕨殷遺草，栗里田園晉故墟。千載名垂扶大義，至今人過式前廬。生爲男子誰無膽，立立峰巒總起予。"余嘗親過金烏，此詩第二聯刻在閭表之楣矣。

李安分希輔嘗謂僕曰："余少與魚潛夫遊，魚有詩云：'春夢亂于秦二世，閒愁強似魯三家。'此乃新語，古今詩人所不到者也。"潛之，無跡字也。

《松窩雜説》："食葉蠶聲，緑樹陰中灑秋雨；彈綿弓響，白雲堆裏動春雷。"世傳語無跡之詞，今雖不能詳其是非，而真有聲之活畫也。

《終南叢志》：魚無跡潛夫向嶺南，行至鳥嶺，日午，卸鞍憩於樹下。有一行客衣藍縷騎款段，亦至其處。無跡易之，不爲禮。時秋景政佳，無跡苦吟覓句，良久未就。客曰："余粗解作句，願得紙筆，要經郢匠之一斤也。"即書而進。其詩曰："秋風黄葉落紛紛，主屹山高半沒雲。二十四橋嗚咽水，一年三度客中聞。"無跡見而大驚，逐閣筆而去。其人蓋玄風鄉所李孝則也。古語云："相馬失之瘦，相人失之貧。"此之謂也。

《詩評補遺》：魚無跡、李進皆地卑而能文章，今並疏于左。魚《逢雪》詩："馬上逢新雪，孤城欲閉時。漸能消酒力，渾欲凍吟髭。落日無留景，棲禽不定枝。灞橋驢背興，吾與古人期。"逼唐。

《東國詩話彙成》：凡爲守宰者，例籍民家果樹而收其實。其貪苛者無問其歲之不結，取之必盈其數，民病之至，有伐其樹者。潛夫家于金海，見斫梅者乃賦，有曰："世乏馨香之君子，時務蛇虎之苛政。使余掩野殍之魂，點流民之骨。傷心至此，憔悴寧論。奈何田夫辱斧斤！風酸月苦，誰招斷魂？"又曰"黄金不繫，吏死其饕。妻怨晝護，兒啼夜守。玆皆梅祟，是爲尤物"云云。金海倅覽之大怒，將捕治其罪。潛夫逃之他鄉，欲往依節度使朴元宗，病卒於驛舍。

【按：魚無跡（朝鮮成宗時人）字潛夫，號浪仙。咸從人。其《新曆歎》、《蒼生難》詩爲民歌哭，膾炙人口。《箕雅》收其七絶一首、五律一首、七律一首、七古二首。】

申　沆　**字容耳。從濩之子。成宗朝駙馬，高原尉。年三十一卒。謚文孝。**

《朝鮮中宗實録》卷二：二年二月乙未。上親祭于社稷，停飲福禮。以高原尉申沆卒也。……傳曰："卒高原尉申沆别致賻，依豐川尉任光載例，題給。"沆乃成宗駙馬,而參判從護之子也。

《二樂亭集·高原尉申公神道碑銘》:惟我申系原高靈,自遠祖皆以文顯,爲世名家。至文忠公諱叔舟,佐世祖、睿宗、成宗,官至領議政,爲國柱石,繫重輕於朝者幾二十年,其勳庸德業獨高一代。長子澍以通禮院奉禮早歿。奉禮有三子,其季曰從濩,連魁進士、文科初重試,以文章鳴世,人以公輔期之。官至禮曹參判,亦早卒。參判娶義昌君玒之女,以成化丁酉七月日生公。公諱沆,字容耳。生而聰慧過人,年才齠齔,就師讀書無惰志。數歲已習詩書,兼誦《黄山谷集》,參判試令誦之,不錯一字。仍出山水圖,使題絶句。卽應聲書曰:"水碧沙明秋氣高,隨陽征雁下叢蘆。更看煙雨蒼茫外,一髮青山是我廬。"參判嘆曰:"此兒他日必作大家也。"年十四庚戌之夏尚惠淑翁主,翁主乃成宗第一女也。將下嫁選對,成宗一見公,可之。時有筮者云:"公壽算不遐。"成宗曰:"取人當揀其賢否,何論壽夭? 此子氣宇異凡,其中必有不群於人者。"遂以公爲定。拜順義大夫,封高原尉。一日,御書下公曰:"聞汝學製述,所作幾首?"公卽書若干首投進。自是恩眷彌重,每入禁中,日晏方退。上語一宦寺曰:"人有子如沆,其有何慮?"公之祖母貞夫人韓氏出寓廣津別墅,公與翁主往觀。成宗聞之,爲賜膳羞,仍命公進詩。公作近體十首以進。成宗曰:"今觀汝作,雖名家巨手無以加也。"成宗幸文廟,召公入帳殿,見公衣薄,卽解御衣衣之。其見愛重如是。甲寅冬,成宗上賓,公哀慕倍他,不近葷肉將一年。參判謂公曰:"臣子於君父之喪,情何有極! 然過制之事不可獨行。"公抑情從之。丁巳春,參判以賀正使赴中朝,回至開城府疾作。公以醫藥馳到,病已革不可爲。翌日乃卒。公哀慟踰禮,幾至滅性,居廬三年,朝夕之祭必躬執,終始不衰。己未夏,服闋還職。秋兼五衛都摠府副摠管。辛酉冬階陞資義。壬戌春爲歸厚署提調,給與棺槨必先於窮乏,人皆感嘆。夏爲惠民署提調,試才醫官,一出於公,人不敢干以私。時禮曹判書李世佐心服公之公明,推公獨試。秋階陞通憲。廢主嘗問公曰:"唐太宗、明皇何如主?"公對曰:"唐太宗勇武果斷,能一天下,可謂英主。明皇卽位之初勵精圖治,卒不能辨奸,以致天寶之亂。大抵唐之人主家道不正。烏足取哉!"又問本國制禮與中朝同異,公對曰:"中朝制禮未得其詳。但聞中朝喪制大毁,親死之日,食肉無異平昔,必是胡風未殄也。"後昭惠王后昇遐,廢主定短喪之制。召問公曰:"汝前日謂中朝之人親死食肉乃是胡風。予今短喪,此亦胡風歟?"將有罪公之意。公對曰:"子生三年然後免於父母之懷。三年之喪,天下之通喪也。人君則異是。一日萬機,諒陰之禮勢未可行。中古以來人心澆薄,社稷爲重,是故漢文帝始短喪制,人君之道如文帝足矣。"廢主意少解。公出語人曰:"我今日慮禍及親,不能正對。愧莫大焉。”甲子冬,廢主在上林苑召公及豐原尉任崇載。崇載先入侍飲,公後至。廢主憚公之正,謂崇載曰:“予今日醉甚,不欲見沆也。”崇載素嫉公才行,仍極口陷之。初,臺諫論崇載超資甚力,而公之加資不論。以是崇載謂臺諫庇公,深銜之。遂構譖下義禁府,鞫言者幷推逮公,收其通憲之資,絶通禁之籍,勿令詣闕。公於是杜門端居,謝絶賓戚,以寂寞自守。時有新法,漏洩宫禁之事者族,知而不告者同坐,告者賞。會二人到公第,其一人説宫中事,一人囑公告之。公曰:“余固知不告而後露受重罪,然告訐求生,吾不忍爲。與其不義而生,寧義而死。”其囑告者感激公言,亦終不出諸口。及聖上龍飛之夕,人或勸公曰:“急赴軍門。可及録功。”公大言曰:“我初不與議。今大事已定,而乘時要功,豈丈夫之志。其於厚顔何?”竟不赴。聖上卽位,賜原從一等功臣,階陞奉憲。越明年正德丁卯之二月十九日,以疾卒于家之正寢。享年三十一。易簀之際,呼弟潛曰:“人於一身,謹愼一也,才藝次也。得兼斯二者固善,如未得兼焉,寧舍才藝而守謹愼。汝宜謹之愼之。”次與翁主永訣,只言“孝於親”,無他語。又招親舊之問疾者握手言曰:“聖善在堂,余今長逝。上貽親憂,以是爲痛。”旁人有慰公曰:“天道福善禍淫。以公之積善,何遽有不幸之理?”公曰:“天可必乎? 天若可必,安有顔子之夭?”人曰:“顔子以仁而不得壽,何也?”公曰:“皆自然也。天豈有一一而壽夭萬物耶? 余今安時處順,乘化而歸盡,安有置涓埃之恨於其間哉。人情喜壽而惡夭,此未達於理者。達理者豈以壽夭亂我眞乎? 造物者之無私,豈不樂哉?”仍詠“生存華屋處,零落歸山阿”之句,遂軒然舉手擊屏而轉卧,悠然而逝。訃聞,上悼甚。是日有陳賀之禮,卽命停之。撤朝市二日,賻贈有加,賜謚文孝。卒踰月,葬于楊州某里,其祖母韓氏墓之旁原。官庀葬事。……公稟性高雅,和氣春温,無疾言遽色。孝友之誠,根於天性。夫婦燕處,相敬如賓。榮貴一代,絶去驕矜,一如布衣。凡救喪周急猶恐不及。氣質羸弱,疾病纏綿,常仗藥餌以爲命。左右圖書,一室蕭然。不事産業,以詩酒自娱。性好湖山,身居都下,心常在水石上。築室西湖,每乘暇還往,日以爲常。曉解音律,尤善玄琴羯鼓。耽翫書史,以至諸子百家醫方釋書探討幾盡。爲文章雅健,又善書畫,而未嘗誇衒,故人莫有知者。公可謂多才與藝,有德人也。

《東詩話》:其弟潛亦有詩名,癸丑進士狀元。中宗己卯,以賢良薦文科檢閲,尋罷科榜,杖流長興。十七年居謫,量移揚州,廬於嵯峨山下。白牌亦爲偷兒竊去。有詩云:“紅牌已收白牌失,翰林進士總虚名。從此嵯峨山下住,山人二字孰能爭。”

【按:申沆(1477—1507)字容耳,謚文孝,籍貫高靈。申從濩子。《續東

文選》卷九及《箕雅》收其五絶《伯牙》一首。其詩曠達超詣。】

成重淹　　**字季夫。成宗朝登第，選湖堂，官止弘文博士。燕山時被殺。贈提學。**

《虚白亭集·題成仲淹氏詩卷後》：天之賦於物，率不全其能。是故與之角者弱其齒，傅之翼者兩其足，馬之走者劣於步，儒能文者短於詩。如有角而又齒，翼而又足，走又能步，詩又能文者，則是人物中之特異者，而吾又未之見，試於成氏子得之。辛亥秋，余忝祭酒于國子。旣上官三日，用國典，合斯文諸老課試儒生，命題以箋文。仲淹氏之作裒然爲舉首，工四六者也。後於館中月課累作賦，飄飄然皆有凌雲之氣，雄詞賦者也。作《仲尼顔子所樂何事論》，其第出人加一等，能作文者也。余固奇其才之全也。一日，吾豚犬曰彦邦袖携雜詠詩一卷來，示余曰："是某之作也。"乃懸燈細讀，愈讀愈味，夜久乃訖。何其多且能也，於是又知仲淹氏又長於詩也。嗚呼！文章才子莫盛於唐宋，而李杜以詩名，韓柳以文稱，司馬光自謂不能爲四六，曾子固時稱不能詩。世果有全才，則宜數君子當之，而其長止如此。才難不其然乎？若仲淹氏者，雖謂之角而齒，翼而足，走而又步可也。雖然，吾觀之，士之遊於藝如百工之各其技能。今有業革韡者曰："我無他技，只此能耳。"試其品，儘可觀。有人曰："我則異於是。能靴能屨，又能鞍與韉。吾一身卽象工人也。"試其品，例凡賤耳。彼諸向所云者，曾不能髣髴焉。何者？彼專而此泛故也。然成氏子年富而氣粹，志大而遠，但力爲之，雖百其藝亦何所不臻其極哉。仲淹氏勖哉。知天之賦於物獨厚於君，故吾所云如上耳。

《虚菴集·摭録·師友録》：成重淹，字季文，號清湖。昌寧人。進士彭老子。登甲寅科，選湖堂，官至弘文博士。戊午，杖八十付處。甲子，以史筆被禍。

《芝峰類説》：成重淹以弘文博士，燕山時謫河東。次曹梅溪詩一聯云："往事春泥鴻着爪，浮名滄海劍無痕。"奇典翰遵在玉堂記夢詩尾句云："滄波萬里無迴掉，碧海茫茫信不通。"後配鍾城。二公皆終于謫所，豈非讖耶？

《容齋集》：《余自竄居海島，數與子眞、直卿、公碩諸公相唱酬往復。自念三數年，忘形之交天禍人殃，凋喪幾盡。在而不得見者獨南士華、權叔達而已。今因諸公唱酬之什，聯次爲語，悼故傷生，情亦自至，非曰詩乎云也。十首》："憔悴西南歲月重，風霜變盡紫髯茸。竹山路上蒼黄面，烈火終摧百丈松。成季文戊午秋以史事謫義州。庚申夏遷河東。甲子冬遇禍于遷所。余於甲子六月，被繫詣京獄，遇季文於竹山路中。蓋以事又追杖還配也。瘁形羸面，相目不之識，因叱馬作聲，方認爲季文也。揮淚嘘息而別。"

【按：成重淹（1474—1504）亦作仲淹，字季文，號晴湖。籍貫昌寧。自幼擅詩文。成宗二十五年(1494)文科及第,任檢閲,燕山君時代至博士,任經筵司經春秋館記事官,參與編撰《成宗實録》。戊午士禍時爲名賢辯護流配,甲子士禍陵遲處斬。《續東文選》卷六載其五律四首。其詩低徊沉婉。《箕雅》收其七律一首。】

成聃壽　　字□□[耳叟],昌寧人。隱居坡州以卒。

《研經齋全集·莊陵秉義諸臣傳》:成聃壽字耳叟,號文斗。昌寧人。父熺與從父兄子三問事端宗,以忠貞稱。及三問死,熺受拷掠,閉口不言,竄金海,宥歸公州而沒。聃壽屏居坡州父墓下而惡衣食,與田夫相混。從子夢井觀察京畿至本州,不識所在,物色而後始得之,艸屋土床且無席。夢井歎息而去,送一薦。聃壽却之曰:"此物不宜貧賤家。"時丙丁間被罪人子弟多除職覩去就,皆出,而聃壽竟不拜而卒。正宗辛丑,贈吏曹判書,謚靖肅。弟聃仲亦自廢,授南陽教官不起。聃仲子夢箕挈家室屏居林川之龜山,李荇勸之仕,汪然出涕而不應。

《漁溪集·附録·慶尚道幼學郭億齡等請建六賢書院疏》:在端廟遜位之日,其死而全節者有若成三問、朴彭年、李塏、河緯地、柳成源、俞應孚六臣也。其生而守義者有若元昊、金時習、李孟專、成聃壽、南孝溫暨趙旅六人也。彼成、朴等六臣,葬焉而連其壟,享焉而同其廟。則此六人亦當視其例而並祀之,况同聲相應,同氣相求,則想惟六人之貞魂義魄,必將連蜷於溟漠之中而不相離矣。何獨慕其人之所居,而遺其節之所同者哉?……進士成聃壽,校理熺之子也。熺坐成三問廢錮。聃壽有至性高識,屏居坡州父墓下,未嘗一至京師。其時罪人子弟例除參奉,以覩去就,無不俛首服役。而聃壽竟不拜。

《芝峰類説》:成夏山夢井《題江亭》曰:"爭占名區漢水濱,亭臺到處向江新。朱欄大抵皆空寂,擕酒來凴是主人。"可謂達者之詞也。成聃壽詩曰:"持竿盡日趁江邊,垂脚清波困一眠。夢與沙鷗遊萬里,覺來身在夕陽天。"意興亦高矣。第三句一作"夢與白鷗飛海外。"聃壽,夏山之叔也。

《青坡劇談》:處士成聃壽眉叟,與弟弘文校理聃年仁叟文雅齊名。兄弟姊妹凡十餘人。父母死,三年之喪畢,會兄弟而分財。眉叟見物之有色者則曰"與某",奴之有實者則曰"給某"。其破碎罷劣者則曰:"此父母之意也,我其爲之。"以妹李庭堅之妻無家,又欲以本宅與之。諸弟固諫曰:"父母家舍,當傳之長子。"眉叟曰:"均是父母之子,我不可獨有家也。"即出所有綿布,爲庭堅家之買資,仁叟亦出家財助之。二兄同心,其迷少諸弟以次婚嫁,一門之內無間言。

【按:成聃壽(?—1456)字耳叟,號文斗。謚靖肅。籍貫昌寧。生六臣之一。官承文院校理,因端宗復位事件,死六臣處死刑,受此牽連被流配,後被釋,隱居坡州。其詩意興頗高。《箕雅》收其七絕一首。】

朴　祥　　**字昌世,號訥齋。忠州人。燕山時登第,選湖堂,登重試。官至通政、牧使。己卯被斥而卒。**

《訥齋集·附錄·訥齋先生行狀(尹衢)》:先生以成化甲午五月十八日生。生而神氣英爽,異于常兒。少孤,從伯氏學,强記過人。稍長,能自勸學,博通經史,爲文詞日進。弘治丙辰歲,年二十三中進士選。辛酉歲登第,授校書館正字,例遷至博士,拜承文院校檢,遷侍講院司書、兵曹佐郎。乙丑歲,出爲全羅道都事。正德丙寅秋,今上反正。秩滿,除長興庫令,擢授司諫院獻納。有戚里人越資升堂上,是時廢朝積威之餘,士氣摧沮,人皆畏懦蓄縮,雖知其非而莫敢言。先生慷慨首議,同憲府廷爭彌旬,方解冠辭職。會有國試,命先生考選,乃辭曰:"臣既不能盡所職,不敢奉命。"上大怒。命下於理,將加之罪,朝廷咸危懼。大學生上書訟之,宰相亦交救得解,先生猶不自悔。在諫院一年,彈論無所避,謇然有直名。執政惡之,出補韓山郡守。故事,侍從臺諫,銓曹不得擅擬外官。憲府卽日舉劾銓曹,改授先生宗廟署令,尋徙昭格署缺。先生既仕不得志,又以親老乞外,得守臨陂縣令。公廉明斷,務袪冤滯,三年而政成。一日,引疾投紱,謝歸光城之里第,唯日以圖書自娛。辛未冬,拜弘文館修撰,陞校理。半歲,又陞應教。時館中凡有所章疏必屬先生,先生操紙立就,文約而義盡,同列稱其能。未幾,以親年益高,上疏乞歸養。故例,近侍爲親乞養者,嘗授近鄉守宰。於是來守潭陽府。爲府二年,觀察使以清謹聞,特賜表裏,以優奬之。乙亥春,章敬王后上賓後,中壼無主,時災異迭臻,求聞直言。先生乃與淳昌郡守金淨上封事,請復廢妃愼氏正中位,且論三元勳謀爲自全,建廢國母之失。於是臺諫交章請罪,天怒震動,命繫詔獄以鞫之。群下洶洶,莫不爲先生危之。賴大臣救理,上亦恕其狂直,只令除名,配隸于南平之烏林驛。丙子夏,大旱赤地,宰相言之于上,乃命放歸。是年冬,復授儀賓府都事,遷掌樂院僉正。先生以屢繫縲絏,怪謗叢集,忽忽不樂仕進,黽勉就職。丁丑春,出守順天府。冬十月,丁內憂。居廬三載,執喪過禮,哀毁骨立,杖而後起。己卯冬,服除,拜儀賓府經歷。未幾,陞授繕工監正。是時,士林禍起,同時儕流奔竄貶黜無餘。先生以久侍經幄,受國恩厚,義不可以含默無言。乃具疏若干言,將一陳於上,雖更得罪黜,不恨。子弟親戚咸諫止之曰:"疏雖上,於事無益,只重其禍。"先生喟然仰天歎曰:"一至於此乎。"遂焚之。先生自以孤危之蹤,踽踽周行，如浮江之木泛泛東西，益不喜居中而欲外補，朝廷亦不惜其去。辛巳春，出爲尚州牧使。其年夏，換移忠州。先生不以踈外自嫌，盡心職事三年，觀察使又以廉能聞，又命褒贈表裏。秩滿，拜司導寺副正。嘉靖丙戌冬，擢重試壯元，陞堂上階。以前在忠州有軍丁漏失，丁亥春罷歸鄉里。是年夏，又授羅州牧使。先生既以道不容於世，進退之難，跋胡疐尾，強之就官，非其好也。爲治務振紀綱，大矯時弊，遂致多口喧騰，然不以此少撓，益自厲焉。己丑夏，風邪乘虛，疾病內構，不能視事。卽移疾駕車以俟，遂爲觀察使所抑，竟不能焉。然其志將不久於官也。未幾，考課居殿，官居野處。遠近聞之，咸駭以歎。先生之道，吁亦窮矣。又至於此，窮之極也。卽日輿返里舍，謝絶往來，日以醫藥爲事，疾或作或止。歲餘，庶幾大瘳。庚寅三月，疾復作轉劇。四月十一日，終於家，享年五十有七。夫既不能於人，而天又不與之年，其知先生者莫不慟傷而惜之。先生少而聰明穎脫，長而剛毅，不顧流俗是非。涉世逾多，兢危險艱，靡所不嘗，以成其器。好古益篤，前言往行，無有不識，以養其正。故持身整肅，而準繩有截，處心莊栗，而言笑不妄。其接物也溫然可愛，其臨事也凜然不可犯。莅官居家，常終日端坐，儼然若齊，無偷惰戲豫之色。雖庸人傲夫，自不覺其起敬，而不敢侮狎也。先生好惡每與世俗相反，膻熏厚味，世俗皆然，而先生所餐蔬菜淡如。畫棟丹楹，世俗皆是，而先生所居僅蔽風雨。世俗所悅者媚順，先生之所賤惡也。世俗所忌者剛方，先生之所自寶也。世俗所競騖者財利，先生之所唾擲不顧也。先生所愛者佳山秀水，遊賞而忘歸。所好者典籍辭章，自少至老，未嘗暫輟。自視平生，他物未足以易其樂。所欲與之處者，清修起士，幸而遇之，則披心徹肝，論文說古，竟日夜不知厭。所不齒者，貪叨饕餮，視之若糞壤，若將浼焉。宜夫世之與先生者常尠，而疵議者居多也。先生爲詩與文，亦不樂熟軟，力去陳言，獨追古作者爲徒。夫其中之所存，既拔乎萃，而又博觀古昔，冥探幽搜，擷芳咀華，靡所不至，以至於成。故源流混渾，而氣力雄勁；托興幽遠，而稱物芳美。其存者凡八百餘篇，號《訥齋稿》，實希世之奇寶也。

《訥齋集·訥齋先生集序（朴祐）》：《三百篇》發於性情，文章之祖昉於屈宋，詩道之興極於盛唐。非深於風雅騷李杜者，則難能會訥齋之詩矣。公天才卓越，抱蓄甚鉅，平生著述殆千百餘篇，衆體兼備，雄剛且奇，駕古作者，每欲被梓不朽久矣。林公大樹好古博雅，於名家無所不讀，尤喜此集。適宰錦溪，募工鳩材圖刊。祐亦得完山，與錦近。朱墨之暇，蒐葺詩文併若干卷以送，且補役。不數月功訖。嗚呼！玉光劍氣直出人間，麟角鳳毛終爲瑞世。雖不得之於一時，亦可炳顯於萬禩。豈不偉哉！嘉靖丁未孟夏，弟六峰祐謹序。

《農巖集·訥齋集跋》:訥齋朴先生巋然爲己卯完人,其文章尤瑰崛瑰奇絶世。

《稗官雜記》:正德年,黄校理孝獻示余《八陣圖》詩曰:"此乃朴訥齋祥代其弟祐作玉堂月課之詩也。大提學于考第時不置優等,可怪也。"其詩曰:"兵家休説渭陽符,不見夔江八陣圖。天地動搖歸指畫,鬼神蕭瑟落規模。三分海宇擎微羽,萬古孫吴叱懦夫。雄算未終星已殞,只今遺磧絶高孤。"蓋己卯年間,訥齋、冲菴諸公詩尚盛唐,文尚西京,如金承旨絿、奇典翰遵與其儕輩,皆以訥齋、冲菴爲師友。諸公遭禍,容齋典文,欲改詩文之體,凡監試文科,皆取平平之文。少涉奇健則輒黜之,故月課取捨亦如是。

《清江詩話》:順懷世子之卒,朴思菴淳爲輔德,挽曰:"承華已作傷心地,玉漏猶傳問寢晨。"語甚哀切。

訥齋嘗爲門生所陷,一日其人到門,不見。而以詩示之曰:"閭閻誤解示謙恭,袖裏潛藏射弈弓。堪笑人心真九折,裂裳裹足向雲中。"彼雖辜負,訥齋之責亦非過歟?

《遣閒雜錄》:中廟朝斯文朴祥號訥齋,官至通政,有《訥齋文集》行於世。而亂離之後,文集未保,其餘存矣。爲忠州牧使時所作律詩三首,人多傳誦。今錄之,使不至泯沒也。《彈琴臺》:"往事悠悠不可探,彈琴臺下水如藍。文章強首無遺墓,翰墨金生有廢庵。落日江上船兩兩,斜風盤渚鷺三三。陶辭莫遣歌兒唱,太守聞來面發慚。"《遊川邊》:"藍輿出郭度踈松,三月風光滿眼濃。山鳥好音如説話,野花嬌笑似迎逢。臨溪酌酒人三四,煮雉烹鮮味再重。一十一年長在外,望京安得上高峰。"《寄同年僧甓寺住持》:"採蓮南省丙辰年,師亦同時擢大禪。儒釋莫言殊世界,科名曾幸共因緣。未尋神勒江心月,謾食中原庫裏錢。遙想上房塵事靜,炷香終日禮金仙。"

《惺叟詩話》:鄭湖陰少推伏,只喜訥齋詩,嘗書"西北二江流太古,東南雙嶺鑿新羅"及"彈琴人去鶴邊月,吹笛客來松下風"之句於壁上,自歎以爲不可及。

《畸翁漫筆》:己卯,金大成湜出亡在外,夜投光州朴訥齋祥村舍同宿。備陳群奸壅蔽天聰,自作威福。今日之禍主上未必知,早晚當自暴白。訥齋答以"衮、貞奸謀機緘深密,不應如許空踈。且非如前代權臣閹豎脅制君上之比。此生復見天日難矣"。金始缺望悔悟,是曉辭去,自縊於道旁橋下。

《小華詩評》:朴訥齋祥《南海神堂》詩曰:"蕙肴椒醑穆將愉,神衛煌煌駕赤虯。香火粲薰三宿裏,月星明概五更頭。梢殘貝母天空闊,鎖斷支旂海妥流。禾黍有秋從可卜,慶雲時起祝融陬。"老健奇偉。又《嶺南樓》一聯"漁艇載分籠渚月,官羊踏罷罩坡煙"則極清致;《法聖浦》一聯"龍宫灑出鮫人錦,蜃市跳回姹女車”則渺溟。許筠嘗云:“少見芝川,其持論甚倨,談古今文藝,少所許與,如容齋而目爲太腴,李達而指爲摸擬,湖陰、蘇齋稍合作家,惟取訥齋以爲不可及云。”

《海東雜錄》:朴祥,燕山辛酉登第。天性倜儻,甚有氣節。詩語雄剛奇古。嘗守潭陽,與金冲菴聯名上疏請復愼氏,遂被罪。丙戌擢魁重試,出牧羅州。爲監司所屈辱,罷歸田舍,忿恚而卒。有集行於世。性簡伉,少許可。嫉惡之心出於天性,以此不容於朝。乙亥二月與金淨上疏,請復立愼氏爲妃,拿致王獄。大諫李荇、大憲權敏手指爲邪論,擬於死罪,力請究治,事幾不測。左議政鄭光弼率朝廷救解曰:“言雖不中,不可罪之以防言路。”八月,當杖一百徒配,盡奪告身而杖贖。大臣之救也。吏曹判書安瑭常憤大臣之議不得行於朝廷,因朝啓曰:“朴祥、金淨承求言之教,竭誠盡言。今以一二人之言,反加嚴譴。此杜言路沮士氣,貽萬世之譏也。”李權反駁安瑭,指以誤國。自是朝野之士喪膽畏縮,以言爲諱。丙子放還,己卯被斥。沈貞構逍遙亭,遍求一時名作題懸板。公詩云:“半山排案俎,秋壑閣樽盂。”貞遂拔去之。訥齋嘗曰:“南袞小人之雄。處事奸巧,使人主蠱惑,不自覺其端倪。”

《己卯錄補遺》:乙亥,以潭陽府使與淳昌郡守金淨承求言之教,會宿山寺,共議請復愼氏。各製疏草,克日更會。見冲菴草稿,公遂閣筆不出,聯名上疏。省曼指爲邪議。廷臣皆求言而罪言者,則乃防言路,不可罪。至臺諫以爲言路小事。力請不已,遂徒配。由是廷議角立,互有是非。至丙子夏,始以公等爲是,臺諫侍從交章請放。是冬復敘爲僉正。丁丑春,以母年八十乞養順天府使。己卯冬又被斥。丙戌以忠州牧使擢重試壯元,陞通政。己丑以羅州牧使爲監司。趙邦彥考下。凡堂上守令居中則例罷,而邦彥置公考下,辱之甚也。以此憤恚成疾,遂不起。《訥齋集》行於世。

《東國詩話彙成》:朴訥齋雖當劇官,夜必誦之《離騷》一遍,作近律一篇,然後就寢。

靜菴謫湖南,訥齋以詩送之曰:“分手院前曾把手,怪君黃閣落朱崖。朱崖黃閣莫分別,才至九原無等差。”聞靜菴賜死,以詩哭之曰:“不謂南臺舊紫衣,牛車草草故鄉歸。他年地下相逢處,莫說人間是與非。”

訥齋在秋城衙齋,牧隱先生見夢中,授詩一篇,吞其半前。數日,與元忠論“此老心事得實”云。詩曰:“先正三韓世已遼,人間不朽挺嶢嶢。史家秉筆公何在?昭代凌煙影獨遙。孤竹蕨薇輕聖武,江都冠蓋重神堯。秋宵邂逅驚殘夢,晤語鏘然聽舜韶。”所謂“史家秉筆公何在”者,蓋指當時前王子之事也。及訥齋撰《東國史略》,則引牧老“晉元胡氏而論斷之曰”云云。此筆亦豈盡牧老心事者,蓋難言也。

《日得錄》: 我東詩學,世不乏人。而挹翠軒朴誾之天成,訥齋朴祥之沉鬱,皆盛世風雅之遺,非後來擅名詞垣者之比也。兩集遂命刊印以進。

朴訥齋詩,後人無稱道者,而嘗見其遺集,奇傑遒麗,盡是東詩中第一家數。

近見朴訥齋詩,人力到底處,可與翠軒伯仲,非中世諸詩人可跂及。如"帝魄秋枝款款賡"句,何等神爽,何等爐錘! 予於訥齋別有曠感者存。今讀其詩,如見其人。

朴祥詩往往有恰似俗所謂"百聯抄體",然其古健處非後人所能及。如以俗眼看之,必不能知其好處。

翠軒詩天機宕逸,性情有可見處。

訥齋詩結構緻密,乍看艱晦難知,而久看其味漸雋。

近世趙觀彬悔軒詩能盡心中所欲言者,頗得放翁之法。

【按:朴祥(1474—1530)字昌世,號訥齋,謚文簡,籍貫忠州。詩名極高。追贈吏曹判書,奉享光州月峰書院。詩壇"四傑"之一。著有《訥齋集》今傳。其詩衆體兼備,奇傑遒麗。《箕雅》收其七絶一首、七律九首、七排一首、七古二首。】

李希輔　字伯益,號安分堂。完山人。燕山時登第,選湖堂。官至大司成。

《海東繹史》卷六九: 李希輔,字和宗。由禮賓寺副正,歷官同知中樞府事。《明詩綜》

《稗官雜記》: 余一日謁安分李先生,先生詠唐熊孺《登祗役遇風謝湘中春色》詩曰:"水生風熟布帆新,只見公程不見春。應被百花撩亂笑,此來天地一閒人。"仍謂余曰:"某平生不解此詩爲何等語也?"余對曰:"小生竊嘗有得焉。題所謂祗役者,蓋熊老必有監運之事。既水生風熟而布帆又新,所以貪于公程而不知春色之已來也。今因遇風纜舟閑臥,故水邊之花相撩亂而笑之曰:'汝此來始賞吾百花,作天地之一閒人矣。'此熊老所以謝湘中春色者也。"先生沈吟首肯曰:"渠見似是。"

《清江詩話》: 燕山喪一宫姬,頗傷情,招李安分希輔作詩曰:"宫門深鎖月黄昏,十二鍾聲到夜分。何處青山埋玉骨? 秋風落葉不堪聞。"燕山甚好之,而安分自此遭謗云。

《松溪漫錄》: 龔天使時,湖陰爲遠接,安分爲宣慰。安分次天使詩曰:"日下高名斗南北,天涯別酒玉東西。"天使曰:"此詩佳,當優於禮數,以答其詩。"安分每入拜，天使必下椅子而答之。安分以此自誇，僕以此白于湖陰，曰："此非自作，實出吾手。"文人之爭名蓋如此。山谷詩曰："佳人斗南北，美酒玉東西。"此詩只改數三字，而其所以嗟賞者，"漠漠"、"陰陰"之類也。龔仙豈未閲山谷詩者歟？

《艮翁疣墨》：安分堂《次盧處士全庵詩帖》有兩律，一云："失于人世得於天，食餉瓊芝飲玉泉。澡雪五精參列聖，喚回千古友群賢。義同南郭猶無跡，高似西山又不偏。耽討皇王酬歲月，始知天地道終全。"一云："人不堪憂子獨甘，亂山深處築茅庵。卷舒笑指雲南北，喜怒閑看狙四三。萬壑風雷憐夜静，一林花木樂春酣。悠然獨立乾坤外，星與論心月與談。"

《松窝杂说》：李先生希輔字伯益，號安分堂。學於朱溪君。天性穎悟，聰明過人，博覽强記，無書不通。與申企齋、蘇贊成、鄭湖陰齊名於一時，人獨以公爲博物云。爲銓郎，歷玉堂，陞堂上。中年蹇滯，沈於閑局。專以訓誨後進爲事，士子之受業於公門而成就者甚多。至其晚年，朝廷啓以斯文老成，數奇可惜，特陞嘉善授同知。年七十六而沒。

《於于野談》：李希輔讀書萬卷，自少至老手不釋卷。少時，長者集親友設供帳山上，遣騎邀希輔，希輔方讀書，無意赴邀，強之來。則袖出蠹簡於座，座中注目。時放鷹搏雉于席邊，而希輔不一睨，其淫於書可想。爲遠接使李荇從事官，送天使于碧蹄，天使有一句曰"寄語于干諸賢相"，鄭士龍、蘇世讓等皆未曉，希輔一見冷笑曰，"諸公讀書不多，故昧此也。《詩》云'飲餞于干'，謂諸君出餞於此也。"兩人有慚色。燕山有愛姬死，使朝中文士詩之，希輔有詩曰："宮門深鎖月黄昏，十二鍾聲到夜分。何處青山埋玉骨，秋風落葉不堪聞。"燕山見而垂淚，以此時議薄之，官多滯。至年老，醉中泣下漣如，子弟驚訝之，問其由，希輔曰："吾嘗讀書萬卷，凡所著人未易解，今世人讀書不博，忽我文章，舉世貿貿，孰知余詩高出陳簡齋上耶？"死無有後，有《安分堂集》十二策未梓者傳之外孫。今經亂離，未知能保不失也。

《小華詩評》：李希輔能文章，號安分堂。燕山嘗喪愛姬，悼甚，使諸臣挽之。希輔製進一絕，燕山覽之痛哀，優其賞賚，因此驟進大官，後時議薄之，終爲坎坷。其《春日偶吟》詩曰："錦繡千林鳥亦歌，天公猶自喜繁華。門前枯木無枝葉，春力無由著一花。"其自傷之懷可見，而詩亦絕佳。

《詩評補遺》：安分堂李希輔《哭亡妻墳》詩："老樹荒榛鎖九原，玉人零落此爲墳。山頭明月顏猶見，石上鳴泉語更聞。喚盡不成真面目，爇香難返舊精魂。丁寧來世還夫婦，地下無忘約誓言。"南窗金玄成《省内墳》詩曰："來誰可見去誰辭，宿草離離馬鬣危。天外遠峰思剪髻，澗邊殘柳憶齊眉。兵塵共避千巖險，官廪才寬一歲饑。他日黄泉無愧處，撫君孤侄似君時。"

悼亡之情俱極悽婉。

【按:李希輔(1473—1548)字伯益,號安分堂。籍貫平壤。文科及第。燕山君時代歷任修撰、正郎等職。中宗元年(1506)爲直提學,因阿附張綠水獲罪被罷職,後再次啓用,任大護軍、僉知中樞府事等職。著有《安分堂集》今傳。其詩抒情悽婉。《箕雅》收其七絶二首。】

金安國　字國卿,號慕齋。義城人。燕山時登第,典文衡,官至贊成。謚文敬,配享仁宗廟庭。藻鑑出人。

《朝鮮中宗實録》卷一〇〇:三十八年一月己酉。判中樞府事金安國卒。輟朝二日。安國,義城人。性勤慤而察。七歲始讀《小學》,至"孝哉閔子騫",乃曰:"人當以是爲則。我亦何時長成?得以從事於斯耶?"聞者異之。年未二十,父母相繼以没,遂以慕齋自號,盡誠事死,出入必告,朔望必祭,少不如儀,終日不樂。款遇宗族,咸得歡心。又自少力于文學,遂博通書史。又慕程朱之學,聞末谷金宏弼講論,慨然有求道之志。至於天文地理,亦無不涉獵。登仕之後,夙夜忘勞,竭盡王事,猶恐一日之或遺。其入侍經幄講論,啓:"親祭,不知於事何如?致賻有例,則依施可也。然須更議于師傅以啓。"仍傳於政院曰:"世子致吊等事,已命問于師傅,今更計之。自前非但貳師,至如師傅之卒,亦無世子親祭之舉,不須議定也。致賻則依例爲之,而遣侍講院官弔祭可也。"史臣曰:"師傅、貳師之卒,世子親祭,載於《儀注》者,蓋出於尊師重傅之意。而因循苟且,廢而不舉,凡事亦多類此。可歎!"

《慕齋集·附録·行狀》:公諱安國,字國卿,號慕齋。義城人。……成化戊戌八月初六日生公。公生而穎秀,七歲始學《小學》,讀至"孝哉閔子騫",曰:"人當以此爲法。我何時能長,行得此事耶?"聞者異之。至十二三讀經史通大義。不過三遍,成誦不忘。十五六始慕程朱之學,篤信力行。博通書史,文章亦已大成。所著《大遊賦》膾炙一時。十七丁内艱,十九丁外艱,前後居廬哀毁盡禮,手刻碣文,躬執奠爨。弘治十四年辛酉中進士第一、生員第二。生員試製亦在第一。而考官以一人不可兼魁,遂置第二。公年二十四也。十六年癸亥擢文科别試第二,補承文院權知副正字,階通仕,旋授正字。十七年甲子陞著作,轉拜承政院注書兼春秋館記事官,選拜弘文館博士兼經筵司經官,階務功,俄陞副修撰兼經筵檢討官,尋以事罷。正德元年丙寅,華使徐穆吉時來,公以遠接使從事官起爲虎賁衛司果兼知製教,階秉節,拜承文院校檢,又兼侍講院司書。今上初,復入弘文館爲副校理,階宣教。二年丁卯,累加奉訓兼承文院校理。是年秋擢重試,階奉直,拜司憲府持平。時承廢朝昏濁之餘，喪禮廢毁未復，一日於經筵啓曰："三綱者，天地之大經，古人謂之支天三柱，不可一日廢者也。自廢朝短喪之後，人皆忘親棄禮，彝倫墜地。請下明教，别示勸懲之典，以立風教。"三年戊辰遷禮曹正郎，累加朝奉。四年己巳拜司憲府掌令，務持風節，剛直不撓，時人畏憚。嘗於經筵啓曰："今人不以理學爲重，請擇文士就知理學者學焉。"上從之。秋，以言事遞拜虎賁衛護軍，餘如故。尋爲成均館直講，拜司導寺僉正、成均館司藝，階朝散。五年庚午陞授内資寺副正，移拜成均館司成。時公弟正國爲吏曹郎，法不得遷，而三公以教育爲重請之，故有是命。六年辛未階加奉列。夏，日本國使弸中來，公爲宣慰使。中見公曰："老生再朝中國，兩聘琉球，三至貴國，見人多矣。未嘗見如公者也。"凡館待情禮兼盡，酬唱藻思工敏，中尤敬服不已，臨分至於涕泣。自是倭使至，必問公安否。七年壬申階如奉正。中又以馬島通好來，以公爲宣慰使。公精於《易》學，雖在他職，常侍經幄。弘文館以進講事重啓遞，中等皆涕泣請仍。八年癸酉陞拜内資寺正。東西籍田創置年久，經界堙滅，民多盜占，命公往理之。公出入溝塍，自監算量，更正經界，築土爲標，樹木其上。自是傍民不敢侵犯。十年乙亥拜承文院判校，是亦以三公啓授也。秋特階通政，拜禮曹參議。冬拜司諫院大司諫，以言事遞爲僉知中樞府事。十一年丙子拜承政院同副承旨。夏陞右副。嘗入夜對，啓門蔭吏任試取宂雜之弊。因言："今之所取率皆庸劣無識，自棄無行之徒。遂授以職，布在庶官。乏人之嘆，固無足怪。而庶職之不理，專由此也。請略倣《經濟六典》之法，每年正月或開場試取，或依諸科例，遣臺諫于本曹并出榜給牌，入格者敍用。則庶合於舊《六典》之意，亦不戾於今《大典》之法，而乳臭不學庸愚無識者，不能濫仕矣。"又啓曰："前者，上教忠厚者擢用，辨給浮薄者黜廢，是誠美意。但循默苟容庸劣孱下者有類忠厚，盡言極諫敢於有爲者亦似浮薄。毫釐之差，謬以千里。辨别之際苟少有差，邪正逆置，賢愚顛倒，非小故也。願加審察。"時有魯山、燕山立後之議不一，公於延訪啓曰："今日與大臣議，臣所不得與焉。然事重不可不達懷抱。魯山、燕山有可廢之實，故皆爲宗社而廢之。然燕山於聖躬至親，魯山亦宗先至親。今聖上欲繼絶立後，乃至意也。昔武王伐紂，封其子武庚以奉其祀。紂之惡極矣，又非武王至親，猶且如是者，爲大義也。鄭良霄惡極見誅，死而爲厲，子産猶爲之立後。彼臣子也，且非鄭之至親，猶且如是。況魯山、燕山君臨一國，其用物尤弘，取精尤多。絶祀無主，孤魂無托，厲氣冤鬱，必干和氣。聖上以至親之故，不暇問罪之有無，欲立後嗣，使游魂有托，至仁之意也。公論皆以爲當立後，俾不絶祀。而大臣等難之。然今日之議，欲立後者亦多。請更廣收衆議，考芳碩立後故事行之。"又於經筵，上曰：

"孝弟,人倫之至行,爲治當以孝弟爲先。"公啓曰:"徒知爲治以孝弟之爲美,不知行之之事則無益矣。欲使一國敦行孝弟,須令上自公卿大夫,下至閭巷小民,國學鄉校家塾,崇習朱文公《小學》。自其幼少,習與性成,長而成德,化達四境。人敦於行,則自然風俗淳美,人材亦盛矣。請諭中外俾崇是書,廣印頒布,使人人皆得誦習,以新一世。"上嘗欲立決訟大限,公啓曰:"今人心偷薄,爭訟紛紜,骨肉鬪鬩,無有休時。若立大限,訟可息而俗庶不嚚矣。然立大限以止爭鬪,而望其俗之厚,末也。臣意莫如敦教化,使民興行。然萬民至衆,不可家諭而戶曉,必有鼓舞振作之方,然後民自興起而從善也。祖宗朝撰《三綱行實》,形諸圖畫,播之歌詠,頒諸中外,使民勸習,甚盛意也。然長幼朋友與三綱,并爲五倫。以長幼推之敦睦宗族,以朋友推之鄉黨僚吏,亦人道所重,不可闕也。以臣迂闊之見,當以此二者補爲《五倫行實》,擇古人善行,爲圖畫詩章,頒諸中外,敦勸而奬勵之。"上深然之。十二年丁丑陞左副。公自注書帶館職,自修撰兼知製教,雖居散官如故。未幾特加嘉善,拜慶尚道觀察使兼兵馬水軍節度使。御札下政廳曰:"慶尚大道。某雖不次,人器相當,故特超拜。"公益自感激思效,詣闕啓曰:"本道雖有《小學》板本,刊久刓缺,不合教誨。世宗朝刊行程愈《集說》一本,甚切於初學。欲刊於本道廣布,請賜文樓所藏刊之。"上可之。公下界行至玄風縣,親祭于金先生宏弼之墓。人有從兄弟訟田者,公告之以孝弟親睦之道,兩人感服裂狀,再拜而退。鄉人以學行聞者,或造廬訪問,或禮請敬接。孝子節婦亦皆旌表,存問厚饋。一方風動,興起於善。手撰《二倫行實》,又諺解呂氏《鄉約》、《農蠶書》、《辟瘟方》、《瘡疹方》,刊印頒布。凡爲政以仁恕爲本,教人以《小學》爲先。所著《勸小學》詩邑皆有之。比安縣人多土薄,堤澤鮮少,不能灌漑,民不聊生。公巡到其邑,相視川澤,築堤儲水,一邑蒙其利,感其惠,名其堤曰"相公"。有詰之者曰:"相公非一,後誰知相公爲誰也?"遂改曰"安國堤"。慶尚一道及忠清左道租稅,自高麗時輸積于忠州江邊,乃漕于京,名曰可興倉,而實無藏穀之屋。蓋覆遮藉之費,民力大困,漕畢則棄之,歲輒改供,爲弊不貲。既無倉屋,苫蓋少不密,則漏腐多損。又無墻垣,易於偷竊,諸邑典吏苦於監守,雖晝夜周謹,不能防耗失之患。及納于京,計耗責徵於吏,破產者相望。至本朝,朝議欲造倉者屢矣。傍居之人歲以露積之具牟厚利,百方沮撓,議不得行。公承命馳會忠清監司相視,共條列設倉之便,不設之害,具本馳啓,遂建倉屋。民弊未祛,公始有嶺南之命。有人題詩鳥嶺院屋柱曰:"東海儒宗一國卿,青春持節按齊城。南人拭目瞻新政,實效應須副盛名。玉節朱鞍勞驛吏,曾無毫補到蒼生。嶺南老兔皆三窟,攬轡澄清待國卿。"十三年戊寅,秩滿,爲同知中樞府事。夏以謝恩副使朝京。秋特加資憲,拜工曹判書。其還也,獻所購朱子《論孟或問》、《朱子大全》、《朱子語類》、朱子《延平問答》、兩程《傳道粹言》、張子《語錄》、張子《經學理窟》、胡子《知言》、丘濬《家禮儀節》及《古今表選》曰:"上方向理學,而濂洛諸賢所著性理之書我國多不得見。臣欲多購來獻,而求之書肆,亦不盡有,只買今所獻而已。乞下弘文館講習。且如《家禮儀節》,乃丘氏因朱子《家禮》有所損益,以宜於時,使人易行。實朱子《家禮》之羽翼。《古今表選》,則我國事大表牋爲重,而儒士不務學焉,每當文書甚窘,故并購來。"冬兼知經筵、同知成均館事。十四年己卯,拜議政府右參贊兼弘文館提學,餘如故。夏特拜知中樞府事兼全羅道觀察使、兵馬水軍節度使。拜辭之日,上面慰曰:"政府任重而卿合在朝。但以全羅一道號稱難治,近來尤甚。卿前在慶尚,盡心宣化,治效甚著,故今亦特遣耳。"十一月,大司憲趙光祖等被罪,公亦見罷,居利川注村。構小亭于所居之東,名曰"恩逸"。日與諸生講論經義,學者日衆,雖蔬食菜羹必與之共。持時論者以此爲非,將置於罪。或有愛公者勸謝遣學徒,公笑而不答,講書不輟。嘉靖七年戊子冬,上謁英陵,過邑境。公具冠帶俯伏于田間,以竢車駕之過。是年移寓驪州廢川寧縣別莊,傍構小亭曰泛槎,日與鄉人談飲其上,終夕忘倦,無貴賤一以誠信待之,老少咸懷悅樂。於坐側,甃甎作小塘如斗,引水注其中,放小魚而觀之。一夕有門人侍坐,至夜靜人絶,魚躍有聲。公曰:"大小雖異,自樂則同。且靜中有動,是吾所樂者。"又構草堂,扁曰"八怡":一晦庵塘,二濂溪蓮,三康節風,四莊周魚,五張翰蓴,六靈運草,七淵明柳,八太白月。逍遙自適,吟弄風月,若將終身者十九年,然愛君一念未嘗少弛也。十六年丁酉,權奸伏誅,復起爲上護軍兼同知成均館事。十七年戊戌拜同知敦寧府事,仍兼成均,移中樞府爲知事,俄拜禮曹判書。時戶曹判書闕,上教曰:"金某可爲。而職帶成均,教育任重,不可又煩以戶曹劇務。"遂移禮曹判書俞汝霖爲戶曹判書,以公爲禮曹。秋復爲右參贊兼藝文館提學。以疾辭。遣醫問疾,賜御藥。陞左參贊。十八年己亥,華使華察、薛廷寵來,公爲館伴。應接之際務盡誠敬,無有愆度。酬唱詩章,典重雅贍,協于華國之望。夏以事遞爲知中樞府事兼都摠府都摠管,餘如故。尋復爲左參贊,餘如故。嘗侍經筵,啓曰:"我國取士,講《四書》、《三經》,力不能給,皆不能浸深窮研,只剽裂口誦,以爲試講之計。諸儒學識淺陋,無該博精通者以此也。臣見朱子論科舉規矩,於每式年試舉時,豫令試某經,則舉人皆治其經,極其精研。既試,中者則能精一經者也,落者亦專精一經者。後試又令試某經,則舉人又治其經甚精,及其試,中者精治二經者也。又後如是,則儒皆盡治五經,中者亦皆精研者,力亦裕爲云。今中原科舉專治一經者,亦倣此意。式年則已有成法,難遽改之。別試則可依此式,使專治經。”上深然之。冬特陞崇政。未久,移拜判中樞府事兼判義禁府事,餘如故。十九年庚子兼世子左賓客。夏拜禮曹判書,特拜大司憲。以辭遞拜知中樞府事,餘如故。又拜判中樞府事,俄拜漢城府判尹,復爲左參贊,尋陞爲右贊成,又兼弘文館大提學、藝文館大提學、世子貳師。大提學主一國文衡,朝廷交薦,公拜之,時論洽然。冬陞左贊成。二十年辛丑夏,因旱災延訪群臣。公啓曰:“近者蕩滌無辜,但己卯之人,死者未受職牒,其他被讒被誣者亦不無也。請依祖宗朝例,令大臣會議疏雪。”夏特拜兵曹判書。秋遞拜判敦寧府事,餘如故。冬復拜禮曹判書。先是,典文衡者,凡表箋每以知製教所撰點化用之。公則必親述,中朝之士見其表辭,稱贊不已。二十一年壬寅兼世子貳師,以明《易》特命也。公固辭,蒙允命。未幾,因世子之請,復命公入書筵講《易》。公懇辭曰:“臣曾經貳師,世子禮宜降階迎之。在貳師之任,則雖僭越,不得避矣。今已遞其任,世子儲君,豈敢承當此禮?”上教曰:“然則宜略其下庭之禮。”公又啓曰:“臣爲貳師時,世子既以貳師之禮待之。今若待以賓客之禮,則前後有異。世子待賓客之禮所關甚大,亦學問中重事。禮固不可略,而臣亦不敢當此禮。敢辭。”上教曰:“昨者卿以懇辭,故意謂可略其禮。今更思之,講學爲重,可依貳師禮也。”猶累辭,不許,又兼都揔府都揔管。夏,日本國使臣安心東堂等來,公以禮判待之至誠,得其悅服。時日本馬島契辭俱不遜,公之答辭委備得中,時論益以爲重。冬,以病固辭。上遣醫問病,賜御藥,世子亦遣使問疾。遞拜知中樞府事,尋陞判中樞,餘如故。又辭遞都揔管。公每思盡職,夙夜憂勤,積成勞疾,一臥連月,漸至沈痼。及中朝宮掖有變,而天子獲安,本國將進賀。大臣以公病,乃令提學等代製表箋。公曰:“此乃吾職分,豈可以病廢?”遂力疾構草,自此病轉劇。二十二年癸卯正月初四日,疾革。門人判書許磁、參判尹溉往視問曰:“有何思慮?”曰:“無。”更問曰:“公常以國事爲念,無乃有欲言者乎?”公轉身作氣,言曰:“國事國事。”語不能竟。上聞病劇,欲遣承旨問病。故事非三公,遣問無例。上教曰:“金某雖非三公,盡心國事者。特遣左副承旨李瀣往問。”公已不能起,僅作聲對曰:“上恩至重。臣敢負聖恩死乎?”言訖而卒。……公資性過人,充養有道,和粹之氣盎于面背。剛而不厲,直而有容。忠貫日月,誠質神明。見善若出諸己,聞惡如不及救。是以教人而人易從,怒人而人不怨。自十五六時有志於學。及聞金宏弼論學,慨然有求道之志,而其學問必以考亭爲表準。故文章事業皆在日用常行之間,而不務過於高遠虛誕之事。每當事委曲的確,無非濟世急時之要道。

《眉巖集·慕齋先生集序》:先生眞可謂本立之君子矣。所著文字不爲浮夸艷逸之態而根於仁義禮法之粹然，是豈可與詞人墨客之名世者同日語哉。

《海東繹史》卷六九：使東國者，前有張芳洲，後有華鴻山，皆中國之詩伯。鴻山至日，館伴十有一人。非有不每篇踵韻，然中律者寡矣。十一人者，議政府領議政尹殷輔、議政府右議政金克成、議政府左參贊柳灌、戶曹判書尹仁鏡、吏曹判書成世昌、禮曹判書李龜齡、工曹判書尹世豪、漢城府尹鄭士龍、承政院都承旨黃琦、左承旨申瑛及安國也。鴻山留國中僅五日而返。此見於《皇華集》者不能多焉。《靜志居詩話》

《思齋摭言》：伯氏自少好押強韻，應呼無窘。日本國使弸中來聘，號能詩，伯氏以宣慰使，往迎境上。往還及留館時，相與唱和者無數，弸中每思洄不敵，欲以強韻窮之，以《讀〈易〉》爲題，輒呼強韻，伯氏應口曰："大羹元不和梅鹽，至妙難形筆舌尖。靜裏默觀消長理，月圓如鏡又如鐮。"弸中擊節却坐，歎嗟不已。己卯年，坐累退居於利川田舍，有受業者進曰："先生能押強韻，今請試之。"因命呼韻，時適月魄半死橫天，請以"半月"爲題，仍呼"魚"、"蛆"、"輿"三字，伯氏應口曰："神珠缺碎鬥龍魚，剮殺銀蟾半蝕蛆。顛倒望舒仍失馭，軸亡輪折不成輿。"至今傳誦。

《稗官雜記》：嘉靖己亥，皇帝特賜陪臣宴於禮部。中廟遣官謝恩，禮部郎官覽其謝表曰："表詞極佳。"其表曰："雨露恩深，撫綏罔間於內外；雲天澤霈，優寵延及於賤微。云云。何圖擎表之下价，特賜錫宴之殊榮。凌骨淪肌，怳親沐于洪渥；醉酒飽德，若普霑于全封。玆豈陪臣之私叨，實是一國之同慶。云云。"金慕齋安國之詞也。

日本使弸中之來也，金慕齋爲宣慰使。時適夏月，弸中見食案有冰，忽吟曰："冰消一點還成水。"請慕齋屬對。慕齋呻吟半日，竟不就。"木立雙株便作林"，未知其誰作。

《松溪漫錄》：金慕齋相公《贈星州妓倚沈香之》詩云："不論妍醜不論緣，處久令人意自牽。"切近人情。

《月汀漫錄》：慕齋在驪江時，陰崖自忠州、希剛自牛灣來神勒寺，與慕齋胥會留宿。時金頤叔當國，謂："罷散重臣會于一處議國家事，將被重罪。"希剛則下去呂寧別業，陰崖亦不敢來。慕齋贈僧詩曰："三年廢把東臺酒，明月滄江定怪嗔。爲問山僧休亦笑，償您須反百花春。"

《艮翁疣墨》：金贊成慕齋先生學問該博，應對敏給，年二十四，中司馬，爲進魁生副。放榜之日，政院牌招，呼韻賦詩，欲以險韻窘之，愈出愈奇。時院吏有金山石爲紙吏，乃以"石山金色紙"爲題。公即揮筆曰："紙色金山石，聞在政院裏。今日忽翻身，石山金色紙。"承傳等莫不歎賞。

《松窩雜説》:鄭紹宗少時夢有老翁書紹宗掌心云:"禹跡山川外,虞庭鳥獸間。"紹宗記之不忘。至燕山甲子冬别舉殿試,七言律詩"春放梨園閒閱教樂",乃燕山親題也。紹宗忽思夢中老人之句,各加二字而演成長句云:"春濃禹跡山川外,樂奏虞庭鳥獸間。"金慕齋以考官入參,上考官將置下列。慕齋以爲此實鬼神之語也,大加稱歎,遂置上等。崔世節通計他詩而居魁,紹宗居第四。放榜之後,紹宗以恩門往謁,慕齋問其詩思之何以及此,紹宗因悉少時夢中之事,慕齋益加驚歎。藻鑑之名,自此始著。

《晴窗軟談》:申參判從濩,成廟朝詞臣也。嘗眄妓上林春,過請求其家,有詩曰:"紫陌東風細雨過,輕塵不動柳綠斜。緗簾十二人如玉,青瑣詞臣信馬過。"一時傳誦。由是上林春之名,亦高一倍價矣。參判公早卒,上林春者淪落閭巷,年既老,以公詩作貼持詣貴遊,倩題詠。名公巨卿莫不題贈,而金慕齋安國詩爲冠。其詩曰:"容謝尚存傾國手,哀絃彈出夜深詞。聲聲似怨年華暮,奈爾浮生與老期。"哀怨激切。慕齋在田間,豈亦有自寓之情故然耶?深味之,可見其所托也。

《畸翁漫筆》:己卯諸賢以堯舜君民爲己任,而一時前輩多憂其無漸。至如大段施爲,設立賢科等事,多出於金慕齋安國之議。而及諸賢敗後,慕齋獨免,止於罷職。慕齋少與金安老親切,一日安老聞慕齋入城,委往訪之。時安老方典文衡,慕齋醉戲之曰:"令公主文,只是承乏,曷足貴乎?"安老笑而去。諸子弟憂怖,以爲失言,後必大銜。慕齋笑曰:"我與安老最親,稔知其人,必不以一時戲言害我。"後果無事。安老死後,慕齋每於時節存遺其家不替云。

《丙辰丁巳錄》:金慕齋安國,字國卿。以判書罷歸驪興,號恩逸。性粹勤詳密,不憚鄙事,終始以之。如監獲麥禾,不使一穗遺失一粒遺場。春杵則碎米細糠并收藏之,以賑春饑。嘗曰:"天之生物,莫非有用。暴殄不祥也。"人或譏之。公笑曰:"聖人心細。"嘗爲嶺南方伯,惓惓以教化爲先。列邑鄉校,教以《小學》。作詩勸之。勸咸陽學者曰:"金公治化鄭公鄉,庠塾熏風盡善良。《小學》工夫更勉力,兩賢遺範詎宜忘。"佔畢齋先生曾在是邑,鄭安陰汝昌邑人,皆精性理之學,儒林宗師。勸善山學者曰:"雷化曾經佔畢公,至今惇厚有遺風。願添濂洛淵源教,庠塾先嚴《小學》功。"佔畢公曾宰是邑。勸玄風學者曰:"金先生學世推宗,濂洛餘風振海東。鄉邑親熏應有得,須將《小學》益研窮。"金先生宏弼首唱性理之學,至今學者知趨向,願學程朱,皆先生之力也。公邑人也。勸安陰學者曰:"淵源性理鄭先生,欽想當時政化成。余俗定應敦德行,須將《小學》益修明。"鄭公汝昌曾宰是邑。他邑皆有詩。朴司諫紹彦胄與文浚讀書海印寺,求語於慕齋。書贈曰:

"諸生叩我無他語,未谷村才十里間。聞有金公書築處,卿山應是武夷山。"金公即大猷也。蓋圃隱之後,我朝性理之學,實自先生倡。同志者鄭先生伯勖其人也。大猷精于理,伯勖精于數。惜乎遭時不祥,殞於非命。蒼蒼者天,謂之奈何。中廟朝皆贈議政,致祭家廟。慕齊在驪興,嘗有泛槎亭春帖曰:"亭下長江接漢津,東風新泮緑粼粼。丹心未逐朝宗去,遥向楓宸祝萬春。"以宰相優遊山林,享清福者凡十八年。丁酉歲有賜環之命,又作春帖留與兒輩貼壁曰:"恩逸亭中十九春,餘生何意覲中宸。鴻恩進退皆淪骨,堯日誠深祝聖民。"若公者可謂進退不忘君者。後位至贊成,典文衡。卒謚文敬。

《東國詩話彙成》:公以使赴燕京,收買《朱子大全》、《伊洛淵源》性理諸書,因作詩云:"滿載光風與霽月,東歸應尤契人心。"

【按:金安國(1478—1543)字國卿,號慕齋,謚文敬。籍貫義城。金宏弼門人。精研性理學,且精通天文、注譯、農事及國文學。配享仁宗廟庭。著有《慕齋集》今傳,編書有《二倫行實》、《瘡疹方》。其詩不事浮華,善押險韻。《箕雅》收其七絕七首、五律四首、七律二首、五古五首。】

韓景琦　　字稚圭,號香雪堂。清州人。蔭副正。與金慕齋相友善。

《研經齋全集·逸民傳》:韓景琦字稚圭,清州人。祖明澮,上黨府院君。父堡,琅城君。景琦十八中司馬。夙有重名而不喜仕宦。顧以元勳嫡嗣,屢除官至敦寧副正。朝廷雅知其意,輒以閑司相待,景琦不强辭也。性慕古嗜善,淡然不以物自累。俗流羣笑之,亦不以介意。獨喜飲酒賦詩,與文敬公金安國友善。年五十八而卒。

《慕齋集·通訓大夫行敦寧府副正韓君墓表》:韓稚圭之喪,余痛心友之亡,爲之哭之慟。其葬也,既誌于壙矣。翌年夏,室金氏更遣人請曰:"日月不居,練將至矣。欲樹表墓道,冀使亡夫之跡不朽於後。知亡夫者莫若公,敢復以累公。"余受狀以泣曰:"稚圭沒無後,庶子未壯,不堪克家。賴有良配襄事,得無遺恨。今又鐫石紀實,以爲永久之圖。稚圭爲不死矣,而室氏之賢益可敬已。"稚圭平生,誌已略述。茲更敍次,不憚辭之復也。其系曰:君諱景琦,上黨韓氏。曾祖,贈議政府領議政諱起。祖,議政府領議政上黨府院君諱明澮,翊亮三朝,勳業霞耀。考,琅城君諱堡,趾美策功,亦躋崇位。妣貞夫人李氏,議政府右參贊諱塤之女。其始終任歷曰:君生成化壬辰,歿嘉靖己丑六月十八日,壽五十有八。十八中司馬試。夙有重名,雅不樂仕宦,不屑爲舉子業。朝廷以元勳嫡嗣,初授敦寧府奉事,漸歷通禮院引儀、掌樂院主簿、宗廟社稷義盈三令、軍資司饔兩判官、工戶二曹正郎、忠勳忠翊二府都事、敦寧司贍掌樂司宰四僉正,終於敦寧副正。執政者蓋知君恒思恬退,無榮進意,不欲以宂劇相溷,多處閑職,以慰留之。君亦不強辭也。……其操履之槩曰:君稟氣清爽,慕古嗜善,如不之及。學正而識明,趣尚極高雅。淡然無一物累其懷,視富貴而鄙薄者若糞壤然。俗流譁然,群笑而侮之,略不以介意。常閉門却掃,焚香靜坐,日以經藉自娛。雖湖山泉石之勝,花竹草卉之奇,足以暢胸襟資玩賞者,亦不甚偏著耽好。獨喜飲酒詠詩,高處亹亹逼唐人風韻。平生寡合,所交游甚少,特與余相好,見輒飲醉,談竟日。記博而見粹,論議超詣,未嘗不洒然心服也。以簪組爲外物,崇卑華冷,升沈得喪,任其自爲,其來也不固拒,其止也順之而已,泊乎不以嬰其中。惟以道義爲樂,以終其身。非篤於自信者不能也。所存若此。其孝友忠信之行,憂時慨俗之意,有不待言而後知者。噫!稚圭今已矣,世難復得斯人矣。抆淚而表于墓曰:"潔白之操,高尚之志,皎乎晴昊,霽雪之淨瑩無緇也。貞一之抱,醇懿之學,烔乎光鑑,暾日之洞照無疑也。縱不能無憾於一時之不偶,庶可髣象其爲人於千百載之後。"

《象村稿·香雪堂詩集跋》:欽少時見《慕齋先生文集》有《韓侯景琦墓銘》,盛稱其人若所爲詩,蓋許以輩行,而又有過焉者。欽竊自隱度,慕齋非苟許人者,則之人也必非常人也。後二十年,始得所謂《香雪堂詩稿》於其裔孫韓生嶠而閱之。則葩藻清麗,意致深遠。揆其所至,翛然有浮游蟬蛻之想,而不專於翰墨畦逕間也。夫以上黨之孫,富貴芬華,燀赫耳目。而迺能刮磨豪習,澹泊自持,與當世諸名流相伯仲,如慕齋者復推重揚扢如彼,則其志尚之高,操行之卓,必有人所不及,而性情之正因此詩卷而彷彿之矣。韓生嶠懼其久而遂泯,謀鋟梓以永其傳,仍倩欽書其後。噫!慕齋之名足以藉重於來日,而猶屬欽不置者,豈不以欽夙覯於慕齋之銘,而得諦詳其蹟也乎?若韓生者,其亦克家者非耶?公字稚圭。香雪,堂號也。所居有杏園,爲取適之所,取坡翁詩語以名之云。

《慵齋叢話》:生員韓景琦,上黨府院君之孫也。托言修心繕性,閉戶獨坐,不曾與其妻相語。如聞婢僕之聲,持杖逐之。

【按:韓景琦(1472—1529)字稚圭,號香雪堂,籍貫清州。韓明澮孫。成宗二十年(1489)司馬試及格。任蔭補敦寧府正。與南孝溫等,爲竹林七賢之一,詩名甚高。著作有《香雪堂詩集》。其詩葩藻清麗,意致深遠。《箕雅》收其七絕一首。】

柳　雲　　**字從龍,號恒齋。文化人。燕山時登第,選湖堂。初爲己卯士類所斥,及禍作,以大司憲力救,後削官而卒。**

《朝鮮中宗實錄》卷六四:二十三年十二月丁酉。柳雲卒。史臣曰:“雲,性英豪,善吟詩詠歌。年二十登文科,三十五陞嘉善。己卯清類之亂,以大司憲欲救光祖等。本心則不非之人,而見黜于當權者,戊子年卒于家。非徒有文名,有吏才。素以公輔期之,而終不大施,人皆惜之。然其風流餘韻,至今猶有存焉者。爲大司憲時曰:‘一斬臣頭,以快佞人之心。’及廢居于陽城,家無儲藏之物,以詩酒自娱。”

《己卯錄補遺·柳雲傳》:柳雲乙巳生,字從龍。辛酉進士,甲子及第,官至大司憲。罷歸田里,當權者搆害,事在不測,縱飲爛腹而死。補:嘗觀公山屏上題詩,其豪放不羈,天性然也。畜姬妾數人,静菴嘗責之以公。一日醉,共妓同軺而行,静菴聞之,卽往大責。而不敬父母遺體,而自浼之意。公莞爾而答曰:“諺云‘犬噬雉,城隍所食’。彼雖娼流,焉能浼我?”静菴亦笑曰:“從龍難得之士,但不懲好色之戒。”爾後以不自檢飭,斥拜忠清監司。嘗詠灘石曰:“惡爾灘中石,槎牙隱復流。不爲砥柱立,空作礙行舟。”及秩滿當遞,臺官請仍留不改。先是各道州邑罷女樂,持平李延慶誤聞公於稷山縣樓携妓張樂事,其不守國法,以身先之,不能準下。駁遞之。玉堂上箚救公不然,且以風聞無實之言,不可進退方伯重臣之意。禍作,以謂公含忿,拜大司憲辭職一啓,而迫於救禍執義尹世霖、掌令李謙任樞、持平趙光佐申抃等,皆忘其謝恩。及臺中相會禮,而伏閤論啓曰:“事若反,則光明正大處之。臣等聞此事詭秘,乃邪奸者密啓也。夫密啓者,宗祀危亡之兆。故前日李苗密啓,臺官論其漸,上洞然知之。當今在廷之臣皆爲賢良,固當以身圖治。事既至此,臣等爲之何事,義不就職。請斬臣一人頭,以快奸人之心。”又彈大司諫尹希仁素無物望,以李蘋代之。蘋自長湍府使上來,駁公不爲謝恩肅拜而遽行論諍,以失事體被斥仍罷,寓安城。辛巳秋,以觀望趨勢削奪。是冬南衮啑臺諫《鉤黨疏》中公名在第四,而静菴冲菴、金大成皆已被死。公自疑禍必先及,憂懣痛飲,期於自殞。故人謂之“爛腹而卒”。嫡無子女。

《東閣雜記》:柳雲代趙静菴,除憲長,與府僚及諫院官並不就職。同辭啓曰:“趙光祖等俱以狂踈,只恃聖上言聽計從。而一朝加罪,臣等莫知其由。前臺諫之無故盡遞,亦不知其由。必復用光祖,然後臣等可就職也。且刑人於朝,與衆共之,當光明正大,不可詭秘也。初意此事出於奸邪之徒密啓,今聞自上密諭于洪景舟云即順嬪之父也:‘今趙光祖等羽翼已成矣。前日請設賢良科,予意以爲甚好。到今思之,蓋欲樹羽翼而爲之也。今欲盡除去賢良科之人,但以卿之婿金明胤亦在其中,故不果耳。’此言騰播人口。以人主之勢加罪二三書生,亦何有難?而昏夜之間秘密爲之,何若是也?外示親信而内有翦除之心,君心如此,此危亡之兆也。臣等不勝痛哭。”上答曰:

"此臺諫誤聞之言也。當初洪景舟于南衮、宋鐵、金銓等之家,聞有武士結党欲除文士之言。因共議以爲,如是則將生大變。自朝廷如此爲之,則于光祖等爲福也。今茲之事乃朝廷遠慮,欲使安静之也。"雲竟被劾罷。雲年少登第,倜儻有奇節。退居田里,慨念時事,縱飲病卒。

《思齋摭言》:柳從龍雲性軼宕,不拘小節。嘗爲忠清御史,初入公州,意以謂必選進妙妓薦枕。下帳大臥以俟之。州官以御史不如他使客,恐忤霜威,不敢進妓,只令以通引衛宿廡下。終宵耿耿寂無人跡聲,詰朝將發,吟一絕書寢屏曰:"公山太守怯威稜,御史風情識未曾。空館無人消永夜,南來行色淡於僧。"聞者大噱。

《海東雜錄》:柳雲豪放不羈,一日大醉,與妓同軺而行。趙静菴聞而責之以"父母遺體不可自浼"之意。公莞爾而笑曰:"彼雖妓類,焉能浼我?"

《寄齋雜記》:戊寅年間,書堂官員大會,先生盛集。設筵既罷,静菴與柳雲同宿。夜半柳宿醉未醒,裸身而起,踐蹋静菴而去,立檻頭而溺之,其還亦如之。静菴曰:"從龍從龍,此何狀歟?"柳曰:"此好矣。不效君《小學》之道也。"静菴亦無如之何。然愛其風骨,只勸鈐束而已。

《晚窩雜記》:恒齋柳雲初出爲湖伯,題丹陽一絕:"拾盡凶頑石,平鋪清淨流。捕風囚海若,然後放吾舟。"奸黨傳誦,以柳不容於清流而有此詩。

【按:柳雲(1485—1528)字從龍,號恒齋,謚文敬,改謚文獻。籍貫文化。編有《進修楷範》。其詩滑稽不羈。《箕雅》收其七絕一首、七律一首。】

趙光祖　　字孝直,號静菴。漢陽人。中宗朝登第,選湖堂。及拜大憲,以堯舜君臣爲已任。己卯被禍。謚文正,配享文廟。

《静菴集·附錄·行狀(李滉)》:先生姓趙氏,諱光祖,字孝直,自號静菴。趙氏爲漢陽著姓。……以成化壬寅八月十日生先生。先生生有美質,少小嬉戲,已有成人儀度。稍見人非違,輒能指言之。及長,知讀書修業,慷慨有大志,獨不屑意於科舉之文,而興慕聖賢之風。博學力行,期於有成。年十九而孤,奉母家居,至誠色養,孝義之稱達於邦國。正德庚午試進士居魁。辛未丁内艱。至乙亥夏,廷臣有以孝廉薦聞,除造紙署司紙。是年秋,應中廟謁聖別試,登乙科第一人及第,授成均館典籍。俄遷司憲府監察、禮曹佐郎、司諫院正言。章敬王后之喪也,潭陽府使朴祥、淳昌郡守金淨同上疏請復愼氏,正坤位。朝議以爲非所當言,請拿鞫,事將不測。先生獨力爭曰:"愼氏固不可復。疏中所論亦大有理。不宜加罪,以塞來言之路。"二公由是得免。選入弘文館,自修撰,歷校理、應教、典翰。《儒先錄》此下有"直提學"三字。丁丑夏五月《儒先錄》作"戊寅春正月",陞秩通政大夫《儒先錄》此下有"拜副提學五月遷"七字、承政院同副承旨。僉以爲長玉堂，養君德，非此人不可。冬《儒先錄》作“尋”還玉堂，爲副提學。主上雅尚儒術，鋭意文治，庶幾復見唐虞三代之盛，而尤倚重先生。先生於是感不世之遇，以致君澤民，興起斯文爲己任。以爲君心出治之本也，其本不正則政體無依而立，教化無由而行矣。每入對，必齊心肅慮，如對神明，知無不言，言無不讜。其進啓之辭若曰：“人之一心本與天地同其大，四時同其運。由其理蔽於欲，而大者小；氣梏於私，而運者塞。在常人其害有不可勝言，况人君勢位高亢易致驕溢，而聲色誘陷萬倍常人。心一不正，氣一不順，則兆應於冥冥，而孽作於昭昭，彝倫斁而萬物不遂。夫如是，主上所以存心事天，以致中和之極功，當如何也？”至於義利王霸之辨，古今治亂之幾，君子小人進退消長之戒，無不罄竭底藴，詳論而極言之，或至日昃。上皆虚心傾竦而聽之，日加獎厲。戊寅春《儒先錄》作“是年秋”朝廷欲設賢良科取人，先生啓曰：“以上之志治，久未有成效者，由不得人才故也。若行此法，人才不患不得也。”兩司與玉堂請罷昭格署，累月不允。先生詣政院謂同僚曰：“今日未蒙允，不可退。”至夕，臺諫皆退，玉堂仍留論啓，得允乃出。始會寧府城底野人速古乃，潛與深處野人通謀，入甲山府界，多掠人畜。至是，因南道兵使祕啓，先諭密旨于本道，遣李之芳往，令其伺隙掩捕，置之法。上御宣政殿，臨遣，將相諸臣環侍，先生自外來，請對。進曰：“此事正類盗賊狙譎之謀，非王者御戎之道。且以堂堂大朝，爲一幺麽醜虜，行盗賊之謀，辱國損威，臣竊恥之。”上卽命更議。左右爭言：“兵家有奇正，御戎有經權。詢謀已同，不可以一人之言遽改。”兵曹判書柳聃年曰：“耕當問奴，織當問婢。臣自少出入北門，彼虜之情臣實備諳。請聽臣言。”上猶却衆議，罷遣。上之待先生，先生之得君，可謂兩至矣。其一時以善類同超擢被眷遇者非一二，相與協力贊襄，奮起事功，剗革宿弊，修明教條，先王法度次第舉行。《小學》爲育才之本，《鄉約》爲化俗之方。百僚無不聳勵，而四方爲之風動矣。然而諸公之意未免失於欲速，凡建白施設鋒穎太露，張皇無漸。亦有年少喜事之人，投合時好，以鼓作紛紜者，多廁其間。舊臣之不容時議，因事見攻者，怨入骨髓。先生蓋已早見其幾，知道之難行，而欲避位久矣。是冬，上特命陞先生嘉善大夫，拜司憲府大司憲，兼世子左賓客、同知成均館事。先生益以驟躋爲大恐，控懇力辭。上眷愈隆，愈不許。人有見先生終不得辭而退也，憂懣之色滿容，而無如之何也云。己卯春，有金友曾者誣毁士林，事發廷訊，先生以臺長參焉。兩司以先生不欲窮治友曾論遞。已而用政府啓，仍任。厥後朝論欲追奪靖國功臣之無功濫授者錄券，先生亦同其議。蓋是時先生既不得去，則其所以把握紀綱，激濁揚清，而令行禁止者，在所當然矣。顧於時勢有大可憂者，故臨事不得不稍存調劑之意。其他如申公鐺、李公耔、權公橃所見皆然。乃隨時之義,莫非中道。彼矯激輕鋭之倫,反以先生爲依違苟徇,迹同憸邪,至欲斥舉彈劾者數矣。不知向之群怨在傍,磨牙鼓吻,日俟間隙,而駭機大禍忽作於開神武之變。嗟乎!可勝言哉!可勝言哉!當日之事自有國乘。然而首相之涕泣牽裾,誠動于天。幸有以少霽雷霆之威;諸生之守闕號哭,爭囚禁府。適足以益藉讒鋒之口。此蘇軾所以吐舌於張方平救己之言也。先生以十月日謫于綾城,而後命之至在十二月二十日矣。先生卽沐浴更衣,從容謂都事曰:"主上賜臣死,合有罪名,請恭聽而死。"都事無應。先生又曰:"愛君如愛父,天日照丹衷。"遂卒。享年三十八。明年某月日,歸葬於龍仁縣某里先人之兆。先生天分異甚,絶出等夷,鸞停而鵠峙也,玉潤而金精也,又如猗蘭播芬,而皓月揚輝也。年十七八,慨然有求道之志。時參判公爲魚川察訪,寒暄金先生謫在熙川。先生素聞寒暄學有淵源,因趨庭于彼而往從之遊,得聞爲學之大方。蓋我東國先正之於道學,雖有不待文王而興者,然其歸終在於節義章句文詞之間。求其專事爲己,眞實踐履爲學者,惟寒暄爲然。先生乃能當亂世,冒險難而師事之。雖其當日講論授受之旨,有不可得而聞者,觀先生後來嚮道之誠,志業之卓如彼,其發端寔在於此矣。姑以可見之實言之。其爲學也,篤信《小學》,尊尚《近思》,而發揮於諸經傳。其在平居,夙夜斂飭,儼然肅然,冠服威儀,罔或愆度,出言制行,動稽古訓。其持敬之法也歟?嘗入天磨山,又入龍門山。講習之暇兀坐終晷,潛心對越,涵養本原,堅苦刻厲,人所莫及。其主靜之學也歟?孝友之行出於天性,日拜家廟,風雨不廢。奉養承順,靡不曲盡。治家以正,內外截然,而恩信行焉。以清節自砥礪,自奉如寒士。嘗謂夫人曰:"吾心國事,不暇念家事。"宅產無營也,關節不通也,騶直不納也。其省身克己,常若有不及者。少日偶值女色,將近,卽麾去而避之。尤持麴糵害性之戒,見朋友之因酒失儀亦加峻責焉。居喪極憂戚,追遠盡誠敬。奬進後生,各因其材。論闢異端,欲先正本。素履有聞,而才足以率;英華發外,而風足以動人。嘗於下輦臺御坐,先生以大憲從班,因事挺身而出,趨而過前。望其儀表,百僚盡傾,環橋門者莫不咨嗟嘆息,語不容口。其爲一時聳服如此。而其自任之重也,謂吾君可以爲堯舜,謂吾民可以躋仁壽。其忠貫金石,其勇奪賁育,以匪躬之王臣,當九五之盛際。進則日有三接,退則人爭手額。斯可謂上下交欣,千載一時矣。奈之何天不能不使陰沴蝃蝀於其間。而上不見其志之大行,下不蒙其澤之普被。是則關時運,繫邦厄,天地之所憾,而鬼神之所爲戲,於先生何哉。而況先生嘗與許上舍伯琦言童丱之駭俗,又對成秀才守琛憂《鄉約》之難行。則自任雖重,非有固必之意也。觀其力辭憲長而不得免也,憂之之深如彼。奇公遵嘗發山林獨往之歎,亟稱愜焉。則急流勇退，本其雅素之志也。顧近世待士大夫不循古義，亡求去得請之例，絶臣僚致仕之路。一立于朝，自病棄罪斥之外，無從而去國。則雖先生不合而圖退，見幾而欲作，其能遂其志乎？既不能遂其退，則禍患之來又烏可以智計求免？此其先生所遭者爲益難也。雖然，日月之光依舊明於氛翳之釋，義理之感久愈深於是非之定。中廟欲末，乾心洞鑑，而物論昭雪，固已有渙恩之漸矣。迨仁廟卽阼，因廟堂申論，館學籲天。於是克追先志，命復先生職秩如初。嗚呼！天道之本有常，而人心之固難誣矣。放勳之有遺意，而重華之所成美矣。自是，士學因可以知方，世治因可以重熙矣。斯文可賴而不墜，國脈可賴而無疆矣。由是言之，一時士林之禍，雖可謂於悒，而先生崇道倡學之功亦可謂漸及後世矣。抑又有一說焉。自周衰以來，聖賢之道不能行於一時，而惟得行於萬世。夫以孔孟程朱之德之才，用之而興王道，猶反手也。而其終之所就，不過曰立言垂後而止耳。其故何哉？在天者固不可知，而在人者又未可以一槩論也。然則先生之進，既以是名，其不得有爲於世無怪也。獨恨夫退不克大闡其實，以幸我東方之來者耳。且夫天將降大任於是人也，豈能一成於早而遽足哉？其必有積累飽飫於中，晚而後大備焉。向使先生初不爲聖世之驟用，得以婆娑家食之餘，隱約窮閻之中，益大肆力於此學，磨礱沈涵，積以年時之久，研窮者貫徹而愈高明，蓄養者崇深而愈博厚。灼然有以探源乎洛建，接響乎洙泗。夫如是則其遇於一時者，行亦可也，不行亦可也。所恃以爲斯道斯人地者，有立言垂後一段事爾。今先生則未然。一不幸而登擢大驟，再不幸而求退莫遂，三不幸而謫日斯終。向之所謂積累飽飫於中晚者，皆有所不暇矣。其於立言垂後之事，又已無所逮及焉。則天之所以降大任於是人之意，終如何也？用是之故，由今日欲尋其緖餘，以爲淑人心開正學之道，則殆未有端的可據之處。而齗齗之徒，悠悠之談，反不能脫然於禍福成敗之間。以至世道之益媮，則乃有肆作指目，以相呰謷。行身者有所諱，訓子者以爲戒，仇善良者用爲嚆矢，以重爲吾道之病焉。嗚呼！此豈是放勳之遺旨，重華之克追，以爲扶斯道壽國脈之盛意哉？此又後來聖君賢相與凡身任世道之責者所宜深憂永鑑而力救之者也。故邇年以來，所以轉移更張，而明示好惡者，非止一二。世之爲士者猶知尊王道，賤霸術，尚正學，排異教。治道必本於修身，灑掃應對可至於窮理盡性，而稍稍能興起奮發而有爲焉。此伊誰之功，而孰使之然哉？則上天之意於是乎可見，而聖朝之化於是乎爲無窮矣。先生內子，僉使李允洞之女。生二男。長曰定，早卒。季曰容，今爲全州判官。先生之歿，二子皆幼，且有所畏避。志行之述久未有屬筆，而其事蹟之在人耳目者漸至湮滅。中間洪上舍仁祐撰《行狀》一道。往年判官遣其從姪忠男來，以洪狀抵滉曰："碑石已具,請爲銘文,以表於墓道。"滉以不文辭,且謂曰:"欲作碑文,當先求行狀可也。今觀洪狀殊踈略。須更可博訪,多得事蹟,而求當世大手之人。補完行狀而後,徐圖碑文未晚也。"近判官又遣人致書,竝示《陰崖日錄》等數件文字曰:"事蹟無緣多得。而四顧無肯爲吾先把筆者。敢再三瀆請。"詞情甚哀。滉自念雖不及摳衣於先生之門,受先生之賜則多矣。既辭碑銘,又不爲行狀,豈情至事從之謂哉?且洪乃志學之士,又先生里閈人也。其爲狀雖略,必有所徵據。故乃就其狀中,參以後得文字,稍加檃栝添減而爲此文。姑以少塞判官之孝懇。又擬續有聞見,庶可因此而爲完就之地耳。若謂以此而可爲他日秉筆者考焉,則先生之學問事業言論風旨載之史冊,播於思詠者尤多焉,安可以是限之哉?嘉靖四十三年甲子月日。眞城李滉謹狀。

《靜菴集·年譜》:(略)

《思齋摭言》:李贇成沉被斥爲慶尚左道監司,趙大憲光祖等罪謫後拜大司憲。被召將還,咸陽郡守文繼昌以詩贈別曰:"明公此去似登仙,盤錯須憑利器剸。畋後豈無三窟兔?會看一鶚上秋天。"贇成喜而受之,還朝傳播于士林間,士林側足。

《石潭日記》:贈趙光祖、李彥迪、權橃爲議政。謚光祖曰文正,彥迪曰文元。光祖字孝直,少從金宏弼學。天質甚美,志操堅確。見世衰道微,慨然以行道爲己任。動遵繩墨,高拱危坐,言必以時。流俗指笑,終不少撓。以卓行薦爲司紙。光祖歎曰:"我不求爵祿,而乃有是除。寧赴科出身,以事聖主。"遂應舉登第,選入玉堂。經席之上,每以崇道德、正人心、法聖賢、興至治之說反復啓達,辭旨懇懇。中廟傾聽,一歲中超拜副提學。光祖遂以致君經濟爲志,知無不言。多引清流,布列朝廷,欲革近代拘常之習,以遵古先哲王之軌。于時流俗大臣多不悅而莫敢言。士林興起,而間有好名者雜進,論議大銳,作事無漸。光祖曰:"做事不可卒迫,當以漸進。"每抑儕輩之喜事者。於是浮薄之徒以光祖爲色莊,至有欲論劾者。光祖自知事必敗,白中宗曰:"臣學術不足而爵位過高,欲得一閑僻之郡,讀書進學,然後乃復立朝。而聖明不許,故眷戀遲回,臣罪大矣。"是時南袞、沈貞以傾險得罪于士林,欲革面以托清流,而士類終不與,故懷憤未發。及光祖爲大司憲,執法平允,人皆感服。每出市,人羅伏馬前曰:"吾上典至矣俗語呼其主曰上典。"袞等潛以得人心爲飛語,因洪景舟之女洪嬪,使聞於中廟,上心不能無疑。初中廟之反正也,朴元宗等多以干請錄功,物論囂然稱濫。光祖等以爲士習不正,知利而不知義。當汰冒濫之勳以塞利源,遂率臺諫伏合,請汰靖國功臣濫僞者。累月而不允。爭之甚力,至於辭職。竟得請。上心益厭之。南袞、沈貞、洪景舟等潛因洪嬪告,密夜啓延秋門入侍,不使史官參聽,莫知所言云何。上乃召領議政鄭光弼等議光祖等罪,光弼營救甚力。上使南袞草傳旨,下光祖及金淨、金湜、金絿、奇遵、朴薰等於義禁府,是時清流一網打盡,朝著殆空。上命光弼爲政事。光弼等退至賓廳,光弼熟視南袞而不言。袞退語人曰:"鄭光弼之目也。"光弼以柳雲爲大司憲,李思鈞爲副提學。斯兩人内有志概,外無拘撿,見輕于光祖等者也。袞等以兩人忤光祖不疑也。時人服光弼之識鑑。禁府推官請加刑訊,上命照律。推官金銓等當以奸黨之律當斬,籍其家,孥其妻子。上曰:"朝廷以此成罪矣。"乃下教曰:"光祖、金淨、金湜、金絿四人賜死,其餘竄于遠方。"時日已昏矣,光弼等大臣聚于賓廳。光弼聞賜死之教,驚懼捫燭,乃復力請減死。上乃命杖而流之。光祖路遇李思鈞承召上京,思鈞執手款語曰:"子于《中庸》尚未熟讀,况可做唐虞事業乎?《中庸》不言乎:'愚而好自用,賤而好自專,生乎今之世反古之道,未有不災及其身也。'宜乎子之不免也。子今年少,正好讀書,努力自愛。"時柳雲率臺諫請曰:"殿下復用光祖,君臣如舊,則臣等當就職。不然則請殺臣等,以快奸人之心。"廷爭累日,卒被劾遞。思鈞至京,亦救光祖等,與雲等皆罷。上亦免光弼相。朝臣更無言者,光祖竟不免死。臨死仰天吟詩曰:"愛君如愛父,天日照丹衷。"國人悲之。初光弼務守舊規,光祖欲復古道,兩人持議不合。而光弼出死力相救,人推其德量。我國理學無傳,前朝鄭夢周始發其端,而規矩不精。我朝金宏弼接其緒,而猶未大著。及光祖倡道,學者翕然推尊之。今之知有性理之學者,光祖之力也。

《畸翁漫筆》:趙靜菴八九歲受學于金寒暄門下。一日侍坐寒暄,寒暄以貓兒偷取脯脩,謂其婢使不謹守視,盛氣詬罵不已。蓋將用爲大夫人甘旨供也。靜菴徐曰:"先生爲親之誠則固矣。但貓自無知,婢輩亦非故犯,先生以此過用血氣,恐未安。"寒暄驚服曰:"汝以童稚來學於我,我反學汝!"終日提攜歎賞云。

《小華詩評》:靜菴趙先生光祖,坐己卯黨禍,杖配綾城,累囚中有詩一絕曰:"誰憐身似傷弓鳥,自笑心同失馬翁。猿鶴正嗔吾不返,豈知難出覆盆中。"詞極悽切。尋賜死,吟一句曰:"愛君如愛父,天日照丹衷。"遂飲鴆卒。士林傳誦,莫不流涕。

《丙辰丁巳録》:趙大司憲光祖字孝直。學問純正,志行高潔。爲斯文領袖,爲吾道寄託。遭遇中廟,信任不疑。自以爲千載一時,於吾身可以親見堯舜。旁招野賢,同志彙征。有如金淨、金湜、尹自任、奇遵、朴薰、李耔、金安國、金正國之徒,布列朝廷。昵侍經幄,知無不言,言無不盡。痛杜私途,郭開公道。教士以修己治人之道,教民以孝親敬兄之倫。激濁揚清,革染遷善。三四年間,風俗丕變矣。奈何不逞小人,狙伏旁窺,卒成貝錦,一網打盡。嗚呼痛哉！孝直得君，數歲中迢遷至大司憲，三代以下所未有也。走肖之讖，其術亦踈。論者謂以致此中廟之疑者，誤矣。

孝直初謫湖南，俄賜死。故事，凡賜死宰相，不有御寶文字，只奉王旨施行，金吾郎到竄所宣旨。以爲國家待大臣，不可若是草草，其弊將使奸人得以擅殺所惡者。欲疏陳一言，而竟不果。沐浴冠帶，從容就死，年三十九。朴訥齋昌世作詩哭之曰："不謂南堂舊紫衣，牛車草草故鄉歸。他年地下相逢處，莫話人間萬事非。"又曰："分手院前曾把手，怪君黄閣落朱崖。朱崖黄閣莫分別，方到九原無等差。"

《東國詩話彙成》：先生於綾城謫所，聞有處死之命，書其懷曰："愛君如愛父，白日照丹衷。"成世昌夢先生如平生作詩與世昌，曰："日落天如墨，山深谷似雲。君臣千載義，惆悵一孤墳。"聞者莫不憐之。

先生賜死，弟崇祖奔往，哭於路傍。有老嫗自山谷哀哭而來，問曰："郎君何事而哭也？"答曰："吾喪兄，故哭。嫗則何哭也？"曰："聞國家殺趙某，賢人死矣，民必不得生，故哭也。"

有隱君子匿跡於皮匠之中，先生知其賢，就而問學，時或共宿。其人曰："公之才足以經濟一世，然得君而後可爲也。方今主上雖以名用公，實不知公也。萬一有小人間之，則公必不免矣。"勸之仕，不應，終不言姓名。

《晚窩雜記》：靜菴趙先生初除司紙也，有作詩嘲之者："一部《小學》須勤讀，司紙功名自然來。"此時先生方居窮處約，而人心若是，況後日得君行道乎？先生之生何其不辰也？

先生在謫所臨卒正席就坐，書所懷曰："愛君如愛父，憂國若憂家。白日臨下土，昭昭照丹衷。"遂仰藥，猶未絕，府卒就縊之。先生曰："聖上欲保臣首領，汝何敢如此？"遂益飲毒酒而臥。

【按：趙光祖（1482—1519）字孝直，號靜菴，謚文正。籍貫漢陽。金宏弼門人。宣祖時伸冤，追贈領議政，配享文廟。奉享綾州竹樹書院、龍仁深谷書院等全國多處書院寺宇。著有《靜菴集》今傳。其詩慷慨憤激。《箕雅》收其五絕《自挽》一首，題奇遵作，按《東國詩話彙成》言成世昌夢趙光祖如平生，光祖作此詩與世昌；五古一首。】

金　淨　　**字元冲，號冲菴。中宗朝登魁科，選湖堂，官至刑曹判書。己卯被禍。謚文簡。**

《朝鮮中宗實錄》卷四三：十六年十月乙未。臺諫合司啓曰："……近者重罪之人不有君上，輒卽亡命，臣子之義果安在也？其源蓋出於金淨、奇遵，而實在聖上過於慈仁，以示輕典之故也。伏望殿下量宜處之。"……傳曰：

"奇遵、金淨等亡命之罪不論,故亡命之人頗多。以一罪可論也,如律則過矣。"律則斬,故降爲絞也。

《己卯録·本傳》:金淨,字元冲,新羅敬順王之後。生有異質,聰慧過人,數歲知讀書習字,未及髫齔能誦《大學》。勉力問學,慷慨有大志。年十五而孤,喪制一從禮文,事母誠孝。十九中生員試。二十二擢文科第一,授典籍,遷正言,選入弘文館。爲養出爲忠清都事,秩滿還爲校理,轉吏曹正郎。乞外補淳昌郡守。與潭陽府使朴祥上疏請復立廢妃愼氏,辭甚剀切。大司諫李荇指爲邪議,大司憲權敏手和之,力請拿推。既致王獄,事將叵測。賴大臣之救,徒配於報恩含琳驛。翌年賜還,又入玉堂爲副應教、典翰,特命陞爲副提學。公覲母在報恩縣,聞命震悚,决意求退。時中廟崇奬儒術,圖臻至治,而静菴趙先生方爲上下所倚重。思與公協力贊襄,貽書敦勉,公遂强起。俄命增秩爲吏曹參判,旋授司憲府大司憲。爲老親乞辭職歸養,不許。受由歸覲,上疏辭職,願以力耕給母之暇,討究典墳,爲他日陳力之地。不惟不之許,又陞資憲,以刑曹判書召焉。公控疏力辭曰:"使乳鼻稚童當六卿之任,豈不羞辱朝廷之甚云。"辭愈力而愈不得命,顧無如之何。其所以革弊興化,奮起事功者,無所不用其力,而於君子小人進退之幾尤致意焉。凡建白設施,鋒穎太露,未免失於欲速。而至如追奪靖國功臣之濫參者益增讎怨,一時舊臣之不容公議者陰伺間隙。己卯十一月十五日夜,公與趙光祖等同下獄。諸公皆以爲必死,相與酌酒永訣。是夜長天無雲,明月滿庭,公有詩曰:"重泉此夜長歸客,空留明月照人間。"翌日供曰:"臣年少戇愚,性且褊迫。濫登六卿,常自兢愼。思報國恩,日夜憂念而已。交相朋比,詭激成習,使國論顛倒,朝政日非,臣實無之。"減死杖配錦山。錦山距公報恩之桑鄉百數十里許,公聞母病亟,請於郡守鄭熊,往見病母。未及還,聞金吾郎黄世獻以押移珍島下來。公卽馳還,與黄偕至配所。後事覺,鄭熊謀免其罪,以逃歸捕還爲辭。庚辰夏,下獄鞫問。公裂衣上疏,特命減死安置濟州。辛巳冬,追論亡命,賜自盡。公聞命色不變,呼酒快飲,執牧使手,歷問時事。貽書兄弟,勉以善養老母。又吟絶命辭以見其志,其辭曰:"投絶國兮作孤魂,遺慈母兮隔天倫。遭斯世兮隕余身,乘雲氣兮歷帝閽。從屈原兮高逍遥,長夜冥兮何時朝。炯丹衷兮埋草萊,堂堂壯志兮中道摧。嗚呼千秋萬歲兮應我哀。"從容就死,時年三十六。明年冬,始返葬于清州朱雁縣,公所嘗遊賞而卜築處也。公天性純粹,外醇内敏,於書史讀不過數遍輒成誦,不錯一字。爲文章精深灝咢,遠追西漢,詩學盛唐。立言行事必以聖賢爲準,好賢樂善出於天性。不顧家人生産,不通關節,驕直不入於門,俸禄均頒於族。其在謫中語子弟曰:"余平生處心不愧幽獨,而今得奇禍,汝等勿以我自怠也。”公之落南也，道過淳昌，淳昌之民爭持酒饌攔道涕泣曰：“吾舊使君也。”濟州之俗尚淫祀而矇禮制，公述喪葬祭儀導之，氓俗大變。仁廟末命復公官爵。宣廟朝賜謚曰文簡公。號冲菴。無後，以兄子哲葆爲後，哲葆之孫聲發登文科。公之堂姪應教天宇收遺稿若干編爲《冲菴集》行于世。

《冲菴集·年譜》：（略）

《企齋集·冲菴先生集序》：《冲菴集》者，金侯淨之所著也。侯字元冲，官至判書。己卯之禍，謫死于濟州。……寶劍三千，雖藏于九原，精光顯揚，上爲白虎。况於文章之精英，根乎天地，發乎性情，其人雖沒，金剛玉粹之氣終不可泯滅。集而成書，烏可已乎？後之覽者將有以知其性情之所在，豈獨詩文云乎哉？

《冲菴集·跋（許伯琦）》：冲菴公稟受清高，早以詩家自任。晚乃立志，頗得嚮方。於學問着力多年，非但大成於文章，亦克有悟於聖賢之遺意。知識超卓，動遵古昔，脱落流俗，而其片言隻字亦逼於漢唐之習氣。豈非粹然之出，而油然藹然之不可掩乎？

《思齋摭言》：金提學淨坐黨禍杖流濟州，至海南之海涯，憩道傍老松下，吟成三絕，白松木而書之曰：“欲庇炎亭渴死民，遠辭巖壑屈長身。村斧日尋商火煮，知功如政亦無人。”又曰：“海風吹送悲聲遠，山月高來瘦影踈。賴有直根泉下到，霜雪標格未全除。”又曰：“枝條摧折葉鬖髿，斤斧餘形欲臥沙。望絕棟樑嗟已矣，槎牙堪作海仙查。”士林傳誦，莫不憐之。

《稗官雜記》：金冲菴竄濟州，作《方生談牛島歌》，正如鬼仙之語。余問駱村朴公曰：“冲菴《牛島歌》何如？”駱村曰：“世間除長吉，安能有此作？”所見與余同也。

金冲菴淨以能詩文名一世，所著遺失，存於世者無幾。其《晚望詩》曰：“秋陰起將暝，迢遞倚荊扉。虛莽夔魈悄，冥煙島嶼微。眼穿孤島盡，思遂片雲依。一葦豈云遠，人遐自未歸。”其《江南》詩曰：“江南殘夢晝厭厭，愁逐年芳日日添。雙燕來時春欲暮，杏花微雨下重簾。”其《感興》詩曰：“落日臨荒野，寒鴉下晚村。空林煙火冷，白屋掩荊門。”

冲菴金公嘗遊通川之叢石亭，題詩六首，後郡守毁其板，因而逸其二篇。嘗覽四佳《東人詩話》，金英憲之岱題詩義城館樓，爲一時膾炙，及樓火於兵，板隨以亡。後數十年，縣監吳迪莊之女發狂亂語，忽詠出金詩，以爲鬼物亦愛詩，使復傳於世。若通之爲郡，亦無鬼物之愛詩者，可惜也。今錄四詩於下。其一曰：“絕嶠丹崖滄海陬，孤標敻邈即蓬丘。硬根直插幽波險，削面疑經巧斧修。鼇柱天高殘四片，羊碑峴古杳千秋。鶴飛人去已寥廓，目斷碧雲空自愁。”其二曰：“千古高臯叢石勝，登臨寥落九秋懷。斗魁鏟彩隳碧海，月宮借斧削丹崖。巨溟欲泛危巒去，頑骨長衝激浪排。蓬島簫笙空淡佇，夕陽搔首寄天涯。”其三曰：“八月十五叢石夜，碧空星漢淡悠悠。飛騰桂影陞天滿，搖漾銀光溢海浮。六合孤生身一粒，四仙遺躅鶴千秋。白雲迢遞萬山外，獨立高邱杳遠愁。”其四曰：“雲沒秋晴淡碧層，清晨起望太陽昇。光涵海宇初吞吐，彩射天衢忽湧騰。幽窟老龍驚火焰，深林陰鬼失依憑。人間昏黑從今廓，欲向崦嵫爲繫繩。”

冲菴《贈市隱朴繼姜》二絕句，其一曰：“看渠詩思入湖山，剛厭紅塵十丈頑。大隱從來非曲徑，市中壺日亦仙班。”其二曰：“懶倚紗窗春日遲，紅顔空老落花時。世間萬事皆如此，叩角狂歌誰得知？”按下篇乃弘治年藍衣老人贈韓生之詩，事見《秋江冷話》。蓋必朴繼姜者手軸求詩，公以詩詞意正合于朴，故聊與戲題耳。

《鶴山樵談》：冲菴則清壯奇麗，可謂作家，而生語疊語頗多。

《金冲菴詩集》“青山今夜月”之詩乃容齋李文愍公之作，詩法不類，編者之誤。余見僧軸有冲菴詩曰：“嶺外寒山寺，逢師眼忽青。石泉同病客，天地一浮萍。疏雨殘燈冷，持杯遠海聲。開窗重話別，雲薄曉星明。”本集無有，當時編者或未之見邪？

金冲菴《登毘盧峰》詩曰：“落日毘盧頂，東溟杳遠天。碧巖敲火宿，連袂下蒼煙。”仲氏詩曰：“八月十五夜，獨立毘盧頂。桂樹天霜寒，西風一雁影。”可謂同調。

《惺叟詩話》：金冲菴詩：“落日臨荒野，寒鴉下晚村。空林煙火冷，白屋掩柴門。”酷似劉長卿。其《牛島歌》眇冥惝怳，或幽或顯，極人才之致，申企齋以爲李長吉之比也。

《芝峰類説》：朴雙閑守良，江陵人，以龍宫縣監退隱於鄉。金冲菴自楓嶽往訪，以躑躅杖並詩贈之曰：“萬玉疊巖裏，九秋霜雪枝。持來贈君子，歲晚是心知。”公和贈曰：“似嫌直先伐，故爲屈其枝。直性猶存内，那能免斧斤。”蓋戒其避禍，而冲菴竟亦不免，惜哉！

《於于野談》：金淨釋褐有詩名，操節特殊，士輩仰慕。南袞文章節行不下於時人，而士類賤之，皆目之以小人。袞爲直提學，淨尚儒士，相遇與友人家。淨方大醉，吐茵而臥。見袞至，不理，主人蹙之使起，始乃蓬髮而坐，瞪目視袞曰：“何物小子，來醒我夢？”袞待之盡敬曰：“聞措大名，常如卷中人，欲一奉無因。乃幸得拜於今日。生新得輞川圖障子，幸得佳篇以賁障首。”遂命蒼頭取之家以進。淨醉墨揮灑，不多讓，亦不沈思而就，其詩曰：“江南有樂地，夜裏夢逍遥。自買花村酒，分明過此橋。”蓋指有人荷酒壺渡橋者也。袞再三諷詠稱善，愧謝而去。

《小華詩評》:金冲菴淨文章精深灝噩,先輩稱爲"文追西漢,詩學盛唐"。坐黨禍,杖流濟州,尋賜死。其知南海也,《詠路傍松》曰:"海風吹去悲聲遠,山月高來瘦影疎。賴有直根泉下到,雪霜標格未全除。"又曰:"枝柯摧折葉鬖髿,斤斧餘身欲臥沙。望絕棟樑嗟已矣,杈楂堪作海仙槎。"格韻清遠,用意甚切,蓋以自況。而竟不保命,棟樑之用既已矣,仙槎之願亦絕焉,悲夫!

《詩評補遺》:有士人請于金淨冲菴曰:"余新構草堂于洛東江上,前有蓮池,後有竹塢,願得一語以添顏色。"冲菴即退題以贈,其一聯曰:"寒聲戰碧叢叢竹,淨色藏紅朵朵蓮。"詞極高潔。

《東詩叢話》:金冲菴《寒碧樓》詩樓在清風郡:"磐僻山川壯,乾坤兹地幽。風生萬古穴,江撼五更樓。"三四足與老杜爭雄。《海翁詩話》

【按:金淨(1486—1521)字元冲,號冲菴、孤峰,謚文簡,籍貫慶州。善詩、書、畫。奉享報恩象賢書院、清州莘巷書院、濟州橘林書院。著有《冲菴集》今傳。其詩清壯奇麗,追蹤盛唐。《箕雅》收其五絕三首、七絕六首、五律五首、七律四首、五古五首、七古五首。】

奇　遵　**字子敬,號復[服]齋。幸州人。中宗朝登第,選湖堂,官止應教。己卯被禍。**

《己卯錄補遺》:禍作日,與修撰沈達源入番。初昏爲承旨尹自任所邀,共坐簡儀臺觀星辰。聞政院報變,各還直。俄而與沈同被下獄。十六日,鞫問以私附趙光祖詭激之論。公供曰:"臣年二十八,自少讀古人書,意謂在家則當盡其孝悌,在國則當盡其忠義。與同志之士講求古道,欲使國家期臻堯舜之治。善者許之,不善者嫉之。光祖則少時交遊,金湜、金絿、金淨則晚來相從。其所論不知詭激,與之交遊而已。私相和附,臣實無之。"尹自任、朴世熹擬以同科,决杖流配,爲三公論執,杖贖配牙山。十七日早朝,出處東小門外,又命還禁府。八人同受承旨成雲傳旨而行。先是公之兄逈以文官爲母乞郡養於茂長,公謫在湖西,音聞罕傳。鬱悒之中,欲寓陟屺望雲之懷,便與鄉人登山。則山迭撑天,尤不能自覺而返。及移配穩城之後,事覺拿推,其縣監裴鐵重擅放囚人,致令任意出入。鐵重懼得重罪,以逃歸自還爲供,諂獄杖訊。公裂幅上書陳情曰:"臣輕妄罪戾深重,不敢開一言以有所瀆。然微有所抱不得盡達,亦豈盛世之美事?臣生才閱月,慈父見背。提攜鞠養,唯倚偏母。母子相保,聊以爲命。臣被罪,母在茂長,聞臣遷謫,日夜號泣,疾病相攻,難保喘息。雖欲往見,國法至重,無由得遂,痛悶無告。及移配穩城,妄料地北天南,絕相遙敻,一去塞外,不但終身無路更見,死生存亡，音聞亦難相通。欲一見面以相永訣，情怛於中，不復自止。事迫倉卒，輕妄出去。既出而更思之，逃竄而歸。雖得見母，不唯尤驚，亦恐後事難處，惕然悔改，還來配所。在逃之罪似難自明，然日非再閱，情非有他。臣雖無狀，尚忝士列。豈欲終爲亡命之人偷生於白日乎？况君父之命，無所逃於天地間，安得避之？切迫之情，實不忍於子母之間，以致於此。臣當伏厥罪，方以孝理國，下察微情，則亦庶幾生成之一德。伏願聖明垂憐焉。”乃命决杖還發配所圍籬安置。辛巳冬追論賜自決。

《德陽遺稿·敘(朴忠元)》：德陽屬京畿高陽郡。在前朝有德陽高峰二縣，今合於一，陞爲郡。奇氏于高陽，著土姓，稱望族蓋久。公諱遵，字子敬。公資稟超醜，眉目異凡。始微有知，已能課學，好之如嗜欲，不煩提諭，卓然早成。非但於文詞然，筆法亦不尋常。鉅人長德，謂奇氏有後。自是行益勵，文益進，交遊益附，華問大播。文章本《庸》、《學》造根基，求正於性理群書，不煩程式繩墨。時海南儒尹衢新有能文聲，止亭嘗譽之，其嬌客宋之翰問尹之文與奇某之文孰優，曰“奇文儒士之文，尹文文士之文。機軸不同”云。止亭聞道則未知，從事于文實專且久，則其言豈不信夫？公處玉堂爲府，將古今治亂，進君子退小人，移風易俗，挽回世道之意反復論難，幾於僕屢更矣。彼老宿世事者，頗見彈壓，力示厭苦，謂聖君難逢，寵眷宜報，苟利君國，知無不言，不恤群議，直遂高古，庶幾跨唐越漢，上接三代統紀，誰肯顧籍諱忌？况聖上方倚賴，以道學倡者求治益急，纖人雖欲黜退，懷之未發，士林無事。會追議靖國功臣無功濫受者盡奪錄券，動其機牙，禍斯作，分等定罪，知名之士流竄殆盡，爲善者大懼。恩慈容覆，皆免不測之禍。公得忠清道牙山縣付處。未幾，無賴人謀進取希時宰風旨者上章請罪。於是時宰托布衣公論鼓扇之，近者遠首者死，公安置於咸鏡道之穩城府。府距京師二十四日程，在我國最遠惡地。前後謫去，百不一還。……公事親欲盡其孝，事君欲盡其忠，于兄弟朋友欲各盡其倫理。窮理步天，著力精造，若有所得，發憤忘食。雖夜必整衣冠，坐以待旦，時時諷詠楊士弘編次《唐音》。晚好《周易》，效三絶。臨死從容，言行不愆，學問之力固不淺矣。宜天報壽禄，而至於斯，莫非數也命也。奈不我者何？

《晚翠集·德陽遺稿跋》：德陽服齋奇先生以道德文章鳴一世，而不幸遭時不淑以歿，平生文字十存一二。家庭間所綴緝，只此《遺稿》一卷而止耳。其立朝而形諸疏箚者尚有數十余篇，許典翰篈嘗欲收印而不克果，又經亂而散逸殆盡。豈天不欲掛諸俗人之眼，使雷電下取而莫之留耶？竊想其忠言讜論，必有載諸國乘者，而天上秘書，非人間所得見，此則不過爲後世傳誦之資而已。况先生之詩文，雖本忠孝根性情，無一不關於世教，而于先生爲餘事。其窮理反躬之學,激濁揚清之志,忘身徇國之操,與趙靜菴、金冲菴諸先生聯芳並烈,其行跡炳然,尤不容泯滅,而于集中不及焉。豈非一大欠也?今相國奇公自獻,卽先生之曾孫。每抱遺篇,慨然增感。收拾咳唾,猶恐不實。本集所載之外,又得對策疏章祭文各一篇,啓辭簡劄各三道,贈行詩十首,以補闕遺。至其事蹟之雜出於諸賢所稱,與夫文人韻士追慕而諷詠者亦多採錄。先生之平生心事,始終大節,於是乎備載。而是集之中,一字一義,愈益光焰。何其幸也?噫!讀其詞觀其跡,使人竦然感發,足以爲臣子之勸,其有補於風化甚大。則相國之致勤于此,寧獨私于相國一家之垂範也哉?因書其故,以告同志之士云。萬曆三十三年八月下澣。嘉善大夫,行成均館大司成兼弘文館提學、同知春秋館事、世子左副賓客吳億齡跋。

《思齋摭言》:奇典翰遵一日禁直玉署,夢羈旅關外,間關跋涉,吟成七言近體一首:"異域江山故國同,天涯垂淚倚高峰。頑雲漠漠河關閉,古木蕭蕭城郭空。野路細分秋草外,人家遙住夕陽中。征帆萬里無回棹,碧海茫茫信不通。"忽覺,記夢作於館壁。未久,坐己卯黨籍,謫湖西,俄又移配北道之穩城,道中所見,皆是詩中景色。控馬諷詠,凄然嗚咽,從者皆揮淚。至穩城,尋賜死。世間人事,皆有前定。士林傳誦,莫不嗟惋。

《海東雜錄》:幸州人。字子敬,號服齋。我中廟甲戌登第,官至弘文典翰。天性忠孝,輔以學問,爲一時儕輩所推。己卯禍作,謫牙山,尋移穩城賜死。時年三十。

《鶴山樵談》:奇應教遵謫穩城,未命至自京城,從容賦詩以自挽曰:"日落天如墨,山深谷似雲。君臣千載意,惆悵一孤墳。"讀之令人心膽俱裂。

《小華詩評》:金東峰詩曰:"是是非非非是是,非非是是是非非。"又曰:"同異異同同異異,異同同異異同同。"奇服齋詩曰:"紅紅白白紅非白,色色空空色豈空。"兩公喜用此等語句,頗近戲劇。李白雲《閒居》詩曰:"莫問累累兼苦苦,不曾是是況非非。"不知此老始創此體。

【按:奇遵(1492—1521)字子敬,號服齋,謚文愍。德陽人。奉享穩城忠谷書院、高陽文峰書院、牙山牙山書院。著有《德陽遺稿》今傳。其詩悲婉凄愴。《箕雅》收其五絕一首(或以為趙光祖作)、七絕二首、五律四首、七律四首、五古二首、七古一首。】

金　絿　**字大柔,號自菴。中宗朝登第,選湖堂,官至副提學。己卯被謫,後放還而卒。筆法名世。**

《自菴集·紀年錄》:公姓金,諱絿,字大柔。光州人。自號自菴,晚謫南海,又號栗谷病叟。……弘治元年戊申九月二十八日,公生於漢都東部燕熹坊第。弘治六年癸丑,公六歲,是年作《石榴》詩。公天質凜然,已如成人。冬有頭瘡翦髮。人有愛公者恐爲風傷,以貂皮耳掩授之。公辭謝曰:“他人之物不可虛受。”竟不取。一時聞者莫不異之。弘治八年乙卯,公八歲。是年作《烏鵲橋》詩。……弘治十六年癸亥,公年十六歲。是年以《長樂宮記》魁漢城試。……正德二年丁卯,公二十歲。是年九月初七日中司馬兩魁,科製并見集中。考官批生員試卷曰:“退之作之,羲之書之。”……正德八年癸酉,公二十六歲。是年春三月,登韓忠榜別試第二,科製見丁下。四月初二日拜承文院副正字。七月十五日拜弘文館正字兼春秋館記事官。正德九年甲戌,公二十七歲。是年七月初八日拜行弘文著作。八月二十一日拜守弘文博士。正德十年乙亥,公二十八歲。是年二月十六日拜守弘文副修撰。十月初四日拜守弘文修撰加兼承文校檢。十一月十四日移拜守吏曹佐郎。正德十一年丙子,公二十九歲。是年七月十七日以司果兼承文校檢,拜守成均典籍,選知製教。九月初三日拜守弘文副校理兼春秋館記注官、承文院校理。正德十二年丁丑,公三十歲。是年二月二十五日降資,守弘文修撰兼承文院校檢。六月二十八日還授降資。七月初八日復拜弘文副校理。十月十九日特加并授司諫院獻納。正德十三年戊寅,公三十一歲。是年正月初五日拜守工曹正郎。十七日拜守禮曹正郎。十九日拜守弘文校理。五月十六日拜守吏曹正郎。九月初三日拜守弘文應教兼春秋館編修官、藝文館應教、承文院校勘。九月□日拜弘文館典翰兼承文參校。二十五日拜守司諫院司諫兼成均司成。十一月十七日拜守掌樂院正、知製教兼成均司成、承文參校。正德十四年己卯,公三十二歲。是年三月初五日拜守弘文館直提學兼編修官、藝文館應教、成均司成、承文參校。十三日拜承政院同副承旨兼春秋館修撰官。四月二十八日拜左副承旨。六月二十三日拜右承旨。廿六日拜弘文館副提學、知製教兼經筵參贊官、春秋館修撰官。十一月十六日逮繫金吾。十七日謫南海絕島。正德十五年庚辰,公三十三歲。是年在南海。正德十六年辛巳,公三十四歲。是年在南海。嘉靖元年壬午,公三十五歲。是年在南海。嘉靖二年癸未,公三十六歲。是年在南海。嘉靖三年甲申,公三十七歲。是年在南海。嘉靖四年乙酉,公三十八歲。是年在南海。嘉靖五年丙戌,公三十九歲。是年在南海。正月初八日遭父喪。嘉靖六年丁亥,公四十歲。是年在南海。嘉靖七年戊子,公四十一歲。是年在南海。十一月十四日又遭母喪。嘉靖八年己丑,公四十二歲。是年在南海。嘉靖九年庚寅,公四十三歲。是年在南海。嘉靖十年辛卯,公四十四歲。是年蒙赦。將歸禮山,繼聞防啓量移臨陂之命,故身赴湖南,而家眷則送禮山。嘉靖十一年壬辰,公四十五歲。是年在臨陂。嘉靖十二年癸巳,公四十六歲。是年蒙赦。四月初旬日來拜禮山宗敬里考妣墓所,是日至山所前浦土橋上,空中墮馬,因致大傷。嘉靖十三年甲午,公四十七歲。是年還授職帖。十一月十六日捐世於禮山西面王子池别莊。萬曆十九年辛卯,公捐世後五十七年。是年五月二十二日以中廟戊寅歲,南袞等入京辨誣時用先生撰表得請,故參光國原從功一等,追贈縣監公爵承政院左承旨,贈先生爵嘉善大夫吏曹參判兼弘文館提學、藝文館提學,同知經筵、義禁府、春秋館、成均館事。

《自菴集·自菴金先生集序(鄭斗卿)》:《自菴集》者,己卯名賢金先生所著也。先生歿已數百餘歲,文集不行,識者恨之。外裔義城安使君應昌興叔始鋟諸梓,豈非斯文之一大幸耶?義城言"國家屢經兵火,所著盡失。先人順陽府院君網羅散失,藏諸篋笥,以待今日"云。先賢所著,在他人猶且愛惜,况爲子孫者乎?義城父子之用心其亦是矣,其亦勤矣。義城請余一言。余閱其文集,有廢卷長歎不能自已者。公直玉堂,月夜讀書,中廟聞而嘉之,遂携酒親臨玉趾,待以朋友,與之酬酢,極歡而罷,仍賜貂裘。恩遇之隆,古所未有,卒不免北門之變。君臣際會,其可恃耶?此所以廢卷長歎者也。且先生與趙靜菴、金冲菴兩賢同被讒於小人,然禍有淺深,獨以天年終。或者在當時見機,待小人有道矣。此先生高人數等,人所不知者,余不得不發明云。己亥孟秋,溫城鄭斗卿序。

《海東雜錄》:我中廟癸酉登第,有文名,筆法勁健慕鍾王。公嘗聞爲華人所購,絕不書,故罕傳於世。官至副提學,常入侍經筵,多所啓沃。己卯禍作,杖流遠地,後放還而卒。

丁卯生員進士,俱爲壯元,癸酉及第。禍作日,與冲菴靜菴同下獄,配開寧。十二月流南海,構堂于竹林而居之。辛卯十二月,量移臨陂。癸巳蒙放,奔還禮山。哭父母墳,仍居焉。公前在南海,俱喪父母。欲伸追稅之情,而先嬰感疾而終。

《芝峰類説》:金副學緑少時,長者試以《石榴》爲題,即對曰:"如何賈胡愚,滿腹藏明珠。"一座奇之。

《寄齋雜記》:金慕齋少時赴生員進士會試,俱居魁。及出榜,以爲一人不可爲兩壯元,進士則第二。平生恨之。及公爲試官,金緑生進俱居魁。諸試官又以爲一人不可爲兩壯元。公奮然曰:"羲之之筆,退之之文,何不可之有?"遂爲兩壯元。緑之文章既好,而草書則一時推之,稱爲第一。

《己卯錄補遺》:甲戌以弘文著作入侍經席,因講《綱目》"摘發奸伏"之語,進啓曰:"人臣導民以誠信,不事聰察。"蓋諷之也。公識治體,因事規諫每如此,士林重之。禍作,與諸公一時詔獄。又被靜菴、冲菴同辭鞫問,供曰："臣年三十二，性本庸愚，只慕古人師友之助，與同志之士交遊耳。進退人物非下類所爲，善者好之，不善者惡之，徒知公論相與是非而已。朋比詭激，國論顛倒，朝政日非，非臣之情。"當以死律，上特命杖流。又爲大臣論執，決杖配開寧。十七日又命還聚禁府，受傳旨而行。

十二月流移絕島，定配南海。庚辰春，大人李氏以單騎一馱，率五六蒼頭，追往謫所。是時金大成在逃，購捕日嚴，歧路守卒相望直守，凡有行旅皆搜驗乃送。慶尚監司潘碩枰於路上見一婦人之行，被拘不得發行，留駐路左。探問知之，愀然愍惻，覓給糧物，且使下歸營吏陪行焉。公遂構堂于竹林以居之。辛卯十一月，量移臨陂。癸巳蒙赦，即奔還禮山，哭父母墳而仍居。蓋前在南海，俱喪父母，欲伸追稅之誠，而先嬰感疾，一年而卒。

《東國詩話彙成》：公有節操，能文章，善筆隸，嘗捷司馬生、進試，皆狀頭，考官批其試卷曰："詩如李白，賦如相如，文如馬遷，筆如羲之。"其見重當世如此。每書屏障，必先坐椅上，撫劍長嘯。俟其神氣激揚，輒下椅揮灑其書。先臨趙子昂《赤壁》，後臨張汝弼，故其草以《赤壁賦》字畫爲汝弼盤縮之應。

《晚窩雜記》：己卯諸賢囚禁府之夜，長天無雲，明月滿庭，相與酌酒以訣。元冲淨字詩曰："重泉此夜長歸客，空留明月照人間。"大柔絿字繼吟古詩曰："埋骨白雲長已矣，空余流水向人間。"又詠曰"明月長天夜"，元冲和曰"嚴冬惜別時"。

【按：金絿（1488—1534）字大柔，號自菴、栗谷病叟，謚文懿。籍貫光州。金宏弼門人。朝鮮初期四大書法家之一，因居於首爾仁壽坊，稱其書法爲仁壽體。追贈吏曹參判。奉享禮山德岑書院、臨陂鳳巖書院，著有《自菴集》今傳，書法有《李謙仁墓碑》。其詩激揚飄逸。《箕雅》收其七律一首。】

成世昌　**字蕃仲，號遯齋。俔之子。中宗朝登第，選湖堂，典文衡，官至右相。謚文莊。**

《乙巳傳聞錄·成世昌傳》：成世昌字蕃仲，昌寧人，號遯齋。受業丁寒暄金先生，中辛酉司馬丁卯科。己卯年間，公見幾憂危，嘗與冲菴、陰厓最相善，每以鋒穎太銳爲戒。調病於坡州別業。及庚辰，以散班家居。南袞死，鄭文翼復相，公乃判銓曹。時金安老倡輔護東宮，假抑沈貞，每以欲濟私。公以副提學率同僚劾之。大憲金謹思等聽安老陰嗾，反誣公党附沈貞，構陷之。命鞫問，公怵於杖殞，誣服，遠竄于平海。安老敗，乃召還，乙巳拜右相。丙午李芑啓："成世昌稟性外似踈宕，內實不正。與柳灌、柳仁淑、尹任素相交厚往來，一時凶謀無不參聽，不合相位，請遞。"時奉使朝京未覆命，竄黜長淵。尋卒。公天資英偉,不拘營生。學識超邁,文章典雅,久在詞苑,及掌文衡,爲多士矜式。筆法臻妙,書畫音律莫不精究。時稱三絕。宣祖朝丁卯,命復官爵。

《清江詩話》:沈思遜於中廟時赴滿浦僉使,爲野人殺害,馬亦爲所得。成遁齋相公挽曰:"雲中一馬悲新主,塞外孤旌返故家。"其父貞之持泣。

《己卯錄補遺》:己卯春,調疾於坡州别業,乃欲其避禍也。及庚辰,以散班家居。沈貞意其與清流異趣,造公第啗擬諫長。公恐其浼己,乃曰:"庸駑豈敢其職?但前日國家罪白面書生,實涉黯昧。而北門密啓者不正之甚。有言責者雖在已往,當直諫而糾其失也。"貞色變遽起,以是大忤時宰。及南袞死,鄭文翼公復相,戊子有調停己卯之議,亞判銓曹。是時金安老倡輔東宫,假抑沈貞,實欲濟私,而人莫論之。公以副提學,乃奮然曰:"安老之爲人余所深知,今若得志將必誤國。"率同僚劾之。大諫權輗、大憲金謹思聽安老陰嗾,及誣公党附沈貞,構陷非情,請置重典。命鞠問。公怵於殞命,竟就誣服,遂竄平海。及安老伏辜乃召還。乙巳拜右相,奉使如京,李芑等又深嫉,與柳灌等謀不軌,先定配所長淵,尋卒。前在謫所,聞陰崖下世,乃題詩曰:"百疾千愁總到身,存亡感慨亦相因。遥聞雲路多新輩,每見秋山葬故人。無復舊交思道義,敢期前席爲敷陳。雖存人間終無益,泉路皆歸昔日親。"今上丁卯,追雪復官爵。孫子濟捷文科,官至司藝。曾孫惇亦文科。行狀曰:"公天資英偉,不拘營生。學識超邁,文章典雅。久在詞苑。及掌文衡,爲多士矜式。書畫音律,莫不精曉,筆法亦妙,時稱三絕。"

【按:成世昌(1481—1548)字蕃仲,號遁齋、火旺道人,謚文莊。籍貫昌寧。成俔子。著有《遁齋集》、《食療纂要》。《國朝詩删》卷四及《箕雅》僅收其五律一首。其詩典雅。】

成夢井　　**字應卿。昌寧人。聃壽之侄。燕山時登第,參靖國勳,官至吏曹參判。謚襄景。**

《朝鮮中宗實錄》卷二九:十二年八月庚午。夏山君成夢井卒。賜謚曰襄景公,其議謚曰:"夢井天性端粹,心存孝友,輔以學問,有古人雅趣。早捷巍科,揚歷華要。參列勳誓,不露圭角。所至有聲,遺愛在人。迹其踐履,庶不負初守矣。謹按謚法曰:'因事有功曰襄;布義行剛曰景。'"

《思齋摭言》:成夏山夢井才氣超邁,雖性懶不事文墨,然往往得意則頗有佳句。嘗乘舟過楮子島,仰見權上舍順衡江亭俯壓江潯,空閉寥寂,卸舟登臨,倚欄長嘯,酌數觥,沉吟成一絕書壁間,其末句云:"朱欄大抵多空寂,攜酒來憑是主人。"嘗觀白樂天詩曰:"多少朱門鎖空宅,主人到了不曾歸。"

司空曙詩云:"黄金散盡教歌舞,留與他人樂少年。"雖本此二詩,然亦佳。

《清江詩話》:成夏山夢井天資甚超穎,詩文未嘗經意,而出手必佳。有《病懷賦》。申企齋常書一通,付壁而讀之。李容齋亦言:"使兄力學以充其才,則吾輩不敢望也。"嘗小構南麓,有詩曰:"誰家有道可冲天,料理終知却不然。試向山中高枕臥,此身閑處即神仙。"又遊江亭有詩曰:"爭占名區漢水濱,樓臺幾處向江新?朱欄大抵多空寂,攜酒來憑是主人。"措意皆理達,有警世意。成即尚相之妹兄也。每曰:"兄詩可采于《東文選》而無愧。"詩不見錄,亦命也。

《修山集·漫筆》:成夏山夢井,字應卿。嘗於壁書"孝衰於妻子,官怠於宦成。病加於少愈,禍生於驕盈。清心寡慾,怡神養性,忍快耻復"三十二字以自警,古人懲艾也如此。

【按:成夢井(1471—1517)字應卿,號場巖,謚襄景。籍貫昌寧。成聃壽侄。其詩措意理達,有警世意。《箕雅》收其七絕一首。】

曹　伸　　號適菴。偉之庶弟。

《惺所覆瓿稿·題適菴遺稿序》:曹伸者,梅溪之庶弟。生同年,月日後於偉。昆季竝有文章,俱被宣陵知愛。偉十年之內超至少司徒,而伸以出微,不克簉仕路。初爲司謁,供奉閤門。宣陵召見無時,時試以險韻,輒走筆以進,詞意兼美,每受衣練之賜。以赴日本付軍職,後爲內侍教官,久之移大君師傅。六典頒,始令仕內醫院,又以赴京改譯院積勞至三品。蓋文學之外兼通諸流也。中廟少嘗有甘盤之舊,卽大位,召爲內醫正,仕纂集廳,特加堂上階。因諫臣言寢其命。年七十五,卒于金山家。余見伸《百年錄》,其行蹟概如是矣。當宣、靖二廟之時,文化大振,館閣諸老先生稱鉅公者甚多,皆以伸爲巨擘。南止亭、朴挹翠、李文愍、金頤叔、金文敬、李浩叔,金文貞諸人皆質問辨析,取衷於伸,其推尚可知也。湖陰倔強少許可,其鼎津墅只榜伸詩及容齋、訥齋三作於軒,亦可見也。余從曹汝益得其詩二卷,蓋遺失三卷,而餘存者只此。讀之遒切簡重,蓋出於黄、陳而微穠,比諸太虛則渾融過之,所乏格也響也藻也,其亦國朝名家哉。我朝以庶出名於世者,魚無赤、李孝則、魚叔權、權應仁、李達、梁大樸最著,而伸尤用於世。詔使之來,必典筆札。一時諸公宗尚如是,而其詩止於是,今而後益知吾藐市潛之不可易得也夫。

《虛白亭集·適菴賦幷序》:曹其姓,伸其名,字叔奮者,昌寧人也。卜吾隣,扁其居曰適菴。夙有能詩聲,相識薦而官之。又業醫與譯皆能,世目爲才府。嘗再朝京師,再使馬島無寧歲。今年又使馬島,作《適菴賦》贈其行。其詞曰:問適菴:"君胡號爲適而不自適? 一身象技之所使兮,汨東西與南北。朝發軔於藝苑兮,夕詞林乎弭節。口嘶聲于夜讀,手厚皮于朝閲。既腸胃之困雕鎪兮,亦亂歷乎耳目。屈宋檄召而督之役兮,曹劉旌招而使羽翼。荃既命子爲舌人兮,又呼號曰歧伯。燕京前赴者再兮,馬島今去則三也。山川跋履兮,難阻物象酬酢之何堪。凡生天地之間者,各飛潛與洪纖。纖者自纖兮,飛者不潛。自守其一兮,而不相兼。夫何百夫之殊,其一能兮。子一身之僉也,伊勞苦之若此兮。乃以適而名庵。"適菴子莞爾而笑,盱衡而前,復于涵虚子曰:"噫! 吾無往而不自適也。身賤故官雖小而亦榮,家貧故俸雖薄而易盈。居不必華屋兮,苟容膝則安也。食不必兼味兮,惟充腹之取歡。有酒則飲,無酒則休。獨則自酌,偶則相酬。詩不要好,聊言吾志。書不耽讀,體倦則睡。皆吾之適也。若夫北遊乎中國,有鞍馬之劬。東騁乎扶桑,多舟楫之虞。似非吾之適兮,然不以爲虞。則亦何有於吾? 且夫水滔滔而長流,風刀刀而長號。無古今之或息兮,不自知其爲勞。苟其吾之所性兮,雖卒老道途兮猶甘。鷦一枝而尚寬,鵬萬里而又南。鳧脛短而自足,象鼻長而亦便。吾亦不自知吾之適兮,蓋眞宰之使然。"涵虚子起而酌之,又從而歌之曰:"黄鵠之飛兮,一舉九州。左翼拂乎若木兮,右翼蔽乎不周。惟所如兮自適,執子之手兮難留。舟搖搖兮輕颺,海天茫茫兮水悠悠。悵獨立兮倚層雲,撫長劍兮贈遠遊。"

《稗官雜記》:曹適菴伸嘗赴燕京,與安南國使黎時舉作詩酬唱,至數十餘篇。黎詩一首云:"三韓見説景偏殊,鴨緑澄澄水色秋。知是江山詩思好,還將句法效蘇州。"適菴次云:"嗜魚熊掌味何殊,我愛君詩淡似秋。溫李只要誇富艷,平平端合學蘇州。"黎以押蘇州字犯唱韻,非和詩體,贈書譏之。又贈一首曰:"馬辰遺俗古人殊,世代相移幾度秋。耨薩名官何意義,知君禮制異中州。"適菴以書答之,略曰:"病餘思涸,甘心屏退。梯衝舞于前,而處女自守。君見淮陰之走水上軍,毋發趙人笑也。異日竢身健,當相就爭長詩壇,試觀老子據鞍顧眄也。幕中之籌,無容惜焉。耨薩本是方言,古之雲鳥名官何義哉。交趾豈駢拇之義耶?"黎復書略曰:"君以淮陰自居,以趙人相待。僕則以爲不然。彼淮陰之背水陣,正用兵法中紀律取勝。今君蹈襲唱詩徑用之韻,以兵法律之,則君失伍離次甚矣。將見棄甲曳兵而走,何暇據鞍顧眄哉。大丈夫磊磊落落,墨甲筆鋒,千軍一掃。焉用幕中之籌? 他日貴體安健,幸一相訪。謹命壇夫,嚴設旗鼓以待。交趾本一郡也,郡之北有南交闕、天址山。故名郡以交址。後誤以址爲趾。無怪乎君之承訛也。"

曹適菴伸少有才名,成化己亥隨通信使申文忠公叔舟往日本,蓋洪涵虚貴達、蔡懶齋壽交薦故也，成廟以御劄出五題令製進，又命六承旨各出險韻以試。將行，涵虛作《適菴賦》贈之。後退居嶺南之金山，有詩稿五卷、《謏聞瑣錄》一卷。其《偶吟》詩曰："三杯卯酒詑年稀，手拓南窗一詠詩。泉眼溢池魚潑刺，樹林繞屋鳥來歸。花生顔色雨晴後，柳弄腰肢風過時。誰道適菴無個事？每因節物未忘機。"自注云："用進退格，入詩酒、林泉、魚鳥、花柳、風雨等十字。"

《松溪漫錄》：曹適菴伸入廢佛寺有律，其頸聯云："逕覆今秋葉，廚餘去日樵。"句法奇絕，人爭諷誦，而公自抄所作不錄此詩，無乃以少時作，不滿其意而去之耶？

《海東雜錄》：成化乙亥，適菴隨通信使李亨元赴日本。提學佔畢齋、曹梅溪及仲兄佺字子真俱有詩送之，皆一家人也。及在舟中，各出送行詩，積成卷軸。適菴所得詩略少，舟中人怪之。適菴曰："一家詩三篇足矣。何用多求？"佔畢齋、梅溪贈行詩皆在元集中。

《東國詩話彙成》：豐川尉任光載送李貳相子俊征西，召適菴以曹景宗"競"、"病"韻二十字作絕句，飲一巨觥，使之作詩。苛督之，不可辭。首賦一絕云："征馬蕭蕭鳴，離人刺刺語。臂懸兩角弓，大笑出門去。"任公遽起拊背曰："可惜許渠才。"遂聯成二十絕，轟飲而去。

月山大君喜酒好文，嘗贈適菴詩曰："伸也風騷客，詩名又一奇。獨能兼古律，不奈是珠璣。竹裏思無盡，閑中喜有期。相逢一樽酒，談笑興遲遲。"

【按：曹伸(1454—1528)字叔奮，號適菴。籍貫昌寧。曹偉庶弟。詩文出衆。擢爲思譯院正，編撰《二倫行實圖》，作爲譯官來往中國七次、日本三次。著有《適菴詩稿》，今傳《謏聞瑣錄》。《國朝詩刪》卷四載其五律一首，卷五載其七律一首。其詩句法奇絕，詞意兼美。《箕雅》收其五律一首、七律一首。】

朴　英　　**字子實，號松堂。密陽人。讓寧大君之外孫。登武科，官至兵曹參判。沉潛性理之學，士林尊仰。**

《朝鮮中宗實錄》卷九二：二十五年二月辛酉。慶尚左道兵馬節度使朴英卒。英初以武藝登第，厥後歷探經史，無書不讀，尤精於性理之學，一時之人咸取服焉。己卯之時，歷踐華秩，其所交遊皆當世知名之士。及己卯士林之禍，英亦罷歸洛東江上，以琴書自娱。尤精於醫術，多採藥材，人有病往問之，則多般劑藥，以救危急，所活甚多。丁酉特命召還，除節度使。至是，卒于任所。

《松堂集·附錄·一善誌(崔晛)》:先生密陽人,自先世居本府東省谷里。成化辛卯,先生生于京第。世代將種,幼習弓馬,豪邁不群,武藝絶倫,超越墻屋,射必命中。然而志操異凡,器局弘大。考壽宗心異之,命名曰英,字以子實。五歲,考吏曹參判壽宗歿。七歲,妣貞夫人李氏歿,是讓寧大君禔之女也。十歲,祖母歿。十二歲,祖父安東府使哲孫歿,先生居廬于墓側。十七歲,以上尊謚使李世弼幕下赴京,明年還。二十一歲,以都元帥李克均幕下,從征建州衛,明年還,除兼司僕。是年九月,登武科,除司僕,調宣傳官。道逢劇賊,以計伏之,救得行旅百餘人,才名藉甚。二十四歲甲寅,入直闕内。中夜不寐,嘘唏流淚曰:"馳馬試劍,一勇夫事耳。人而不學,何以爲君子?"遂决意棄歸。未幾,成廟上昇,先生知燕山政亂,絜家歸鄉,卜築洛水之濱太祖山麓,扁曰松堂。自此盡棄前業,一意讀書。受《大學》於新堂鄭先生,沈潛講究,遂通大義。充養自得,十有餘年。朝廷肅清,諸賢相繼入仕,先生猶無宦達之意。己巳除宣傳官,謝恩還家。明年庚午有倭變,先生助防將赴昌原。是年冬罷防還。明年辛未又除宣傳官,不赴。甲戌除黄澗縣監。赴任三年,一境大治。丙子夏特拜江界府使。戊寅以政最陞義州牧使,未至,拜承政院同副承旨。承召詣闕,再轉爲左副。己卯春拜兵曹參判。是時趙靜菴諸賢滿朝,人皆拭目望治,而先生目見可憂之機,謝病歸鄉。夏五月除聖節使,不得已就朝赴京。十二月還朝復命。時諸賢已被禍,憲府駁降一資,除僉知中樞府事。庚辰又除金海府使。辛巳秋盡收職帖還家。是冬被誣拿鞫,累受酷刑,得不死質放,時年五十二。在家頤養十六年,至丁酉,還受職帖。戊戌拜慶尚左道兵使。庚子三月卒于内廂,享年七十。後學稱松堂先生。

鄭新堂聞先生棄官歸家,折節讀書,杜門不出,心異之。一日,朴耕伯牛氏來見新堂,新堂曰:"前日見朴某爲人,甚有異質,近聞讀書甚苦。我二人盍往見之乎?"遂共轡而往。時先生方在彌鳳寺讀書,聞新堂至,馳來相見。新堂要以激之,責出佳釀,酌酒相酬。飲至沈醉,不及警誨之語。留宿數日,新堂謂先生曰:"汝武人,讀書何爲?"對曰:"悔却顛沛迷途,讀書欲知向方耳。"新堂曰:"所讀何書?"曰:"一部《大學》。"新堂舉手指冷山曰:"彼山外何如?"對曰:"未知也。"新堂曰:"汝不曾讀也。"先生遂潛心於《大學》一書,累年精熟,後往見新堂。新堂曰:"汝見冷山外乎?"先生曰:"外面只是前面。彼此何以異乎?"新堂笑曰:"乃今知子讀書之功也。"因與往來精究不怠,世遂以爲"青山大學"。後高斯文應陟每語此事,嘗題一絶云:"聞說松堂豹變年,青山前後悟心傳。常慙吾輩名鉛槧,雙鬢如今雪颯然。"

《己卯錄補遺》:朴英,居善山,中武科。廉退不求宦達,棄官歸鄉里。

常與前校理鄭鵬講究理學，有相長之樂。德容睟盎，勸誨後學，以自得爲先。其所著述詩文皆悟透之語，尤精於醫術，活人甚衆。戊寅薦爲承旨。時都承旨權櫭啓曰："内醫提調，《大典》只言承旨兼之，而都承旨例爲兼帶，非法典也。今承旨朴英精通醫藥，請兼之，以監調劑御藥。"公固辭不居，時議兩美之。己卯以兵曹參判被斥。庚辰爲金海府使。自善山本家由水路赴任，府民金億濟訟屈怨之，搆告公與慶州府尹柳仁淑謀去執政。拿致詔獄，酷加訊問。公不知所因，累受刑訊，至於碎骨。後知億濟所爲，遂暴白慶州雖是同道，相距阻遠，赴任後未見仁淑事，及億濟訟屈搆陷之意。而反坐億濟，輿歸田里。嘗於洛東江上別搆小亭，扁曰"松堂"。有處士趙光輔識見高明，佯狂自晦。當燕山朝，任士洪用事，處士憤怒，謂松堂曰："汝武夫，不可斬殺此奴乎？吾當殺汝。"松堂曰："斬一賊紓國患，固所甘心。後史書之曰'盜殺'則奈何？"處士笑之。

《松堂集·附錄·師友錄(朴演)》：松堂少時出自武藝，倜儻有豪氣。新堂知其有遠大之器，而未得啓鑰之方。一日先生設酌，請新堂于江滸。先生醉倒在地，新堂中夜起而嘆曰："武夫一生，甚可哀也。"咄咄良久。先生惕然驚悟曰："小子請聞先生之教。"新堂曰："丈夫生世抱負極大，醉生夢死，豈不哀耶？"先生再拜曰："先生之意，小子已聞梗槩。願畢其說以教之。"新堂曰："古人爲學次第豈有他耶？君先看《小學》，且讀《大學》，使根基有所牢固，然後爲學庶不差矣。"先生曰："某雖不敏，敢不佩服。"先生自此謝絶外事，專心學問，一以斯文自任。

己卯春，龍巖遇先生於漢上。先生執手欣然曰："何相見之晚也？"龍巖仍陪先生來鄉。先生曰："吾子與成之，聞名已久，第緣俺無分於奉賢，尚此遲晚。今辱吾子，幸莫大焉。願此意通于成之，使得相見何如？"龍巖曰："敬聞命矣。"遂見眞樂，道先生之意而反復曰："道大德崇，渾然冲瀜，爲東方理學之宗匠。願吾輩執經問難於門墻之下，以就弟子之列，不勝幸甚。"眞樂不肯曰："松堂年高爵崇，吾子緣此誤了耶？"龍巖曰："少年高舉之病，正坐此耳。須脱去此病，然後做得新功。莫若早就師友，以質平生也。"眞樂曰："子言誠如是，則激松堂于月波亭上講道無妨。"龍巖以此通于先生，則先生命駕相約。時維四月，序屬清和，三君子會于亭上，各布志願。眞樂顧龍巖曰："若非吾子，余其虚死矣。"遂行師弟之禮。先生曰："友之云乎，豈云師乎？"謙讓久之。

《鶴沙集·松堂先生文集跋》：至於文藝之末，雖不暇用工，出於性情發乎思詠者，夫豈少哉。兵燹之餘，蕩失而僅存者，特泰山毫芒。而不尚藻彩，蒼古俊偉，字字句句無非形容道體之妙，奚待連篇累牘積成卷帙，然後謂之載道也哉？……讀其書誦其詩,怳如登龍門而望芝宇,襲清芬而承至訓。先儒謂詩之言善者,可以感發人之善心,信夫!

《清江詩話》:朴參判英,中廟朝名武臣也。學問甚該博,能書能詩,兼曉醫術。家在善山洛東之濱,詩曰:"絕域南陲海氣昏,兜鍪金甲老王孫。無心麟閣題名字,家在洛東江上村。"又:"四十才過五十初,人間無用一蘧蒢。餘生只合劉伶醉,散步湖邊堪打魚。"

《海東雜錄》:松堂卒,李晦齋作挽詩哭之曰:"天不喪斯文,東隅尚有人。淵源元有自,英邁又超倫。窮探極遐妙,高步入真純。活人憑餌藥,醫國秘經綸。遲暮時逢泰,風雲道更屯。丹心天北極,素髮海東濱。愚陋蒙曾擊,乖離炙未親。忽聞仙路遠,長慟大論湮。秋晚西行路,三杯但沾巾。"

《寄齋雜記》:朴松堂英,以讓寧大君外孫,天資超邁,家又豪富。年十七親往遼東,貿鳩鴿以還。行事多落拓不羈。成廟召戒之,乃業武登第,拜宣傳官。一日騎駿馬美衣服,乘昏過南小洞口。有一女頗有姿色,以袖招之。公下馬戒僕:"明日早來。"遂踵而去。家在深僻無人處,公既到,天已黑矣。其女對公忽潸然,公問其故,輒舉手止之,低聲附耳曰:"觀公風采必非常人。由我枉死矣。"公駭而再問之,乃曰:"賊使我爲餌誘殺人,分其衣服鞍馬者有年。我日思脫出,而賊徒甚多,怕死不敢生計。公能活我耶?"公卽拔劍按壁上四隅,不寐而坐。夜半自房上樓,呼女下大繩。公奮身蹙其壁,急負女自壁穴而出,超數牆,絕裾而走。明日解職歸善山,折節讀聖賢書,變化氣質,爲世醇儒。平生座側置絕裾衣,示子弟以爲戒也。

朴松堂先生嘗以金海府使在衙軒,聞東鄰女哭聲。急呼刑吏,往捕其女而來。既來,公問曰:"汝何哭?"對曰:"吾夫無病暴死。"公再問之,又曰:"吾夫婦同居無間,鄰里所共知。"在庭下人齊應曰:"然。萬無他疑。"公使人抬其女夫屍而來,內外上下輾轉視之,並無痕跡。女人擗踴號哭曰:"天乎知我情。令公何爲此也?"下人無不潸歎,至有流涕者。公使軍校有力者仰臥其屍,自胸至腹下,奮手按之,果自臍中有竹刺長大如中指者迸出。公卽縛其女曰:"吾固知爾有私。速言之。"遂伏曰:"某里某人約與同居。乘其醉寢而行兇。"發軍急捕之,則其言符合,乃置於法。人問曰:"何以知之?"公曰:"初聞其哭聲不悲。故逮來。而檢屍之際,外雖號擗,實有恐懼之色。故知耳。"一日有野鳥於衙園裏驚號三聲,向南而去。公召家人急治行具。裝束未了,金吾郎以公謀叛拿以去,抵獄受訊,骨節皆碎。公大呼曰:"何人之告耶?"推官曰:"某人之告也。"又呼曰:"若然則與此人結怨者,慶州府尹柳仁淑甚於我。柳仁淑亦被拿,則吾可以得生矣。"中廟方親鞫,聞而問之曰:"何也?"公曰:"此人僞造文記,欲奪人田地。就訟于金海,理屈見黜。慶州則怒其奸譎，報監司刑推。故怨深於我也。”上遂問柳曰：“爾知某人乎？爾爲某人所告矣。”柳始知之，其對果同。鞫其人，無辭而服，乃反坐。公之學造詣精微之域，邃于《易》理，又善察言觀色，天文地理，性命算數，無不通會。自被刑之後博觀醫書，著《經驗方》、《活人新方》等書行於世。

《海東雜錄》：朴英在上前，有白馬繫柳枝，作此詩以進，上特賜其白馬云云。“白馬寒嘶繫柳梢，將軍無事劍藏鞘。國恩未報身先老，夢踏關山雪未消。”《本集》

《東國詩話彙成》：嘗調宣傳官，一朝棄官還鄉，折節讀書。鄭先生雲程名鵬以性理書教之，晚年甚相得，有相長之益，德容粹盎淳如也。

【按：朴英(1471—1540)字子實，號松堂，謚文穆。籍貫密陽。讓寧大君外孫。著有《松堂集》今傳。其詩不尚藻彩，蒼古俊偉。《箕雅》收其七絶一首。】

金安老　　字頤叔，號希樂堂。訢之子。燕山時登魁科，選湖堂，典文衡，官至左相。貪奸專擅，中宗丁酉賜死。

《朝鮮中宗實録》卷八六：三十三年正月庚辰。侍讀官李夢弼曰：“僉使、萬戶之侵漁固可罪矣，若尚廉恥，則此風可革矣。近者趙賢範爲全羅道水軍節度使，造船六隻，困載賄貨，并其船輸之於金安老，安老由是起第江邊，受四方賂遺之物。賢範之爲會寧府使也，不計國穀之贏縮，盡易野人之皮物以事安老，若此風不革，則雖擇僉使、萬戶亦無益也。金安老、許沆、蔡無擇皆起第宏侈，冠絶一時。安老則時人以爲，至畜貂皮方席，及朱紅交倚云。如此小人在相位，其末流何足責哉？奢侈相尚，靡然成俗，則國家之危無日矣。”

《海東繹史》卷六九：金安老，字穎叔。歷官議政府左議政，領書筵，監春秋館事，兼弘文館、藝文館大提學，知成均館事，階崇祿大夫。《明詩集》

朝鮮君臣最稱好事，使者輶軒一至，即令館伴遠迎，屬和詩章，連篇累牘。龔修撰用卿鳴治、吳給事希孟子醇於嘉靖十六年奉使，國王遣陪臣十人陪讌漢江之上，泛楊花渡，登龍頭峰，縱觀江山之勝。十人者，金議政安老、蘇判書世讓、尹判書仁鏡、金參贊鱗孫、沈判書彥光、吳判尹潔、許參贊洽、鄭判書士龍、許參判沆、朴承旨洪鱗，皆國中名士。此外復有金議政謹思、尹議政殷輔、黃承旨憲、朴承旨守良、黃承旨琦、鄭參判百朋、開城韓留守胤昌、京畿金觀察希說、平安道李觀察龜齡、中樞李同知希輔咸有詩篇繼和，極東國一時之盛。《皇華》是集，安老實序之。《靜志居詩話》

《清江詩話》:金頤叔構亭于東湖,窗下有松戴雪,得句“窗壓松頭雪”,久未覓對。適鄭湖陰至,金曰:“先覓此對,然後可坐。”鄭即應對曰:“軒臨雁背風。”金曰:“得”。

《鶴山樵談》:金保樂安老未第前夢神人來告曰:“‘春融禹甸山川外,樂奏虞庭鳥獸間。’此句君之平生登賦占也。”既覺,莫曉所謂,亦不語人。燕山丙寅以律詩一題,乃《春日梨園弟子閱樂譜》,而押“間”字。保樂忽憶夢中之句,甚合題意,填作項聯。時金文敬公勘爲大提學,慕齋以禮曹左郎爲對讀官,讀至此句,曰:“此詩鬼語也。”文敬不以爲然,慕齋請待榜名招此秀才詰問,則可知也。文敬出榜招保樂詢問之,則果夢中神授也。慕齋由是以藻鑑稱焉。

《遣閒雜錄》:國朝壯元及第,爲大提學者權踶、鄭麟趾、崔恒、金安老、鄭士龍、鄭惟吉、朴淳、盧守愼、李珥也。祖宗朝藝文大提學主文,而弘文大提學則他人兼之。中廟朝以後,兩大提學一人爲之矣,魚世謙、李荇、金安老爲議政後仍帶大提學,物議式非之云:“禪家師弟間傳道謂之傳衣缽,蓋以衣缽比道也。前朝時,門生坐主有衣缽相傳之語,以文章比衣缽也。大提學亦有衣缽相傳之語,祖宗朝大提學有大硯面相傳云,未知今尚存否也。”

《松窩雜說》:李判書耔,字次野,號陰崖居士,吾韓山人也。能文章,登魁科,嚴毅忠直,時人皆以遠大期之,與金安老有姻婭之親且同學。朱溪君平生所爲薰蕕相反,安老每有忮害之志,而以公守正,無可乘之隙。及正德己卯,諸賢斥死之日,公亦罷黜,居龍宮縣。至嘉靖丙申,安老以左議政受由掃墳於咸昌地,先送人於公,告以當於歸途歷晤疇昔云,而其實忌惡而探試之也。公先見其肝肺,將過之朝,乃以槐花湯沃面擁衾而坐,坐之相接。安老執手極其殷勤,垂淚告別。出而謂人曰:“陰崖公已矣,無足慮也。”君子之于小人有時自晦而避禍,亦其一道也。

金安老廢黜,居於豐德縣。閔壽千赴京而還,歷見安老而謂之曰:“以令公之才華,年未且暮,不欲還朝而終於此地乎?”安老促席而密語曰:“豈無還朝之意,但未得其路耳!”閔曰:“當今三許兩沈共執國論,若此人等援之,則還朝甚不難也。”謂許沆、許洽、許確、沈彥慶、沈彥光也。安老曰:“三許兩沈之欲爲者何事歟?”曰:“欲雪己卯諸賢之冤。”安老審知朝論所向,自此之後,凡見人必大言己卯之冤不可不雪之意。乃曰:“我若還朝,則豈可如此媕婀度日而已乎!”許等聞之,以爲與己意思一般,可以憑仗成事,欲爲援之而難於爲名。安老之子延城尉,仁廟之妹夫也。托以輔翼東宮爲言而力援之。安老入朝,反其前言,盡構己卯之賢。許紳等既入其黨,反爲所使,或爲鷹犬,或爲爪牙。朝綱濁亂,國勢將危。幸賴泰運方開,奸臣伏罪,三許兩沈或黜或斬，而壽千亦被追奪之律。小人投隙干進之幾，其初甚微，而同惡相濟之禍至於此，可畏之甚也。

《東閣雜記》：金安老賊性奸邪，濟以文墨之才。在小官，人已知爲小人。及其子禧尚公主，章敬王后之第一女也，驟加陞擢。甲申爲吏判，以專權亂政，竄黜於外。安老圖復入之計，自言：“我若還朝，可以收用己卯士類。”廷紳中或有信其果然而欲援之者。又使其妻党蔡無擇倡言：“東宮孤單，必用安老爲羽翼。”時文定王后主壼，已有兩間飛語。時李彦迪爲司諫，爭之曰：“觀安老處心行事，真小人也。今若復用，誤國必矣。”大司憲沈彦光等以爲，彦迪在朝，安老不得入。即劾罷彦迪。安老既得志，只放還金絿、朴熏等數人，以實前日之言。錮廢己卯遺存之人，甚於前日。人於是益知其奸。且屢興大獄，王室至親及公卿大臣誅竄相繼，至有欲廢國母之說。中廟憂懼欲去之。戚畹或有微傳內間旨意者，大憲梁淵、大諫黃憲等共議劾之，猶懼其不濟。蔡無擇之堂叔蔡洛方爲司諫，于中學一會之日，特旨除同副承旨。淵等意於是大安之。一啓即命竄之。行至振威葛院賜死。其党許沆、蔡無擇並賜死。時三公尹殷輔、柳溥、洪彦弼等以安老等伏誅，宗廟既危而安，請告廟陳賀。梁淵等以下論賞加階。

《小華詩評》：金頤叔安老能文章，其一聯：“巢鶴立晴粗意氣，火山回碧賴精神。”鄭東溟嘗稱“畫工手段”。

《詩評補遺》：祖宗時或以四韻詩取人。中廟朝出律詩六篇以試。金頤叔爲壯元，其詠《如意擊珊瑚》也，詩云：“王家豈有石家無，較富爭奢一代俱。忽訝手中生霹靂，不知天下重珊瑚。一株莫惜枝枝碎，六樹非慳個個輸。漫把枯柯誇作寶，至今人說墮樓珠。”其人可惡，其才可見。

《東國詩話彙成》：中宗朝以《秋千》律詩，安老爲壯元。其詩曰：“東風初破小桃腮，節迫秋千雨洗埃。繡索掠花紅落濕，纖肢劈柳綠煙開。始疑弄玉吹簫去，還訝飛瓊御鶴來。堪笑半仙真戲劇，景陽兵火是成胎。”此詩“節迫秋千”者，乃不成語，而“景陽兵火”亦誤用事，似不入選矣。

丙申年間，有人題葛院壁上曰：“衆小盈朝誣太平，此身端合早歸耕。愛君不敢輕休退，却笑蚊虻甕裏鳴。”觀其詩意，必在朝不同志者所作。方二凶用事時，淫刑峻法以待異己者，至於粉袍緇髡亦被其毒。　國惴恐，重足脅息，莫敢議之，乃有此人敢大書特書，人心之不可誣也！如此越明年，丁酉，三凶竄死。三凶，金安老、蔡無擇、許沆也。

保樂堂算命于南都，其詩曰：“四數相逢大器鼎，赤虎當歲及第名。赤雞豬月白馬日，葛藤達院向鼠驚。”第一句言官居臺鼎也；第二句言丙寅年登科也；第三句言丁酉十月庚午也；第四句言終於葛院也。“向鼠驚”者，其時賜藥都事甲子生者也。卜書可信,命可逃乎?

【按:金安老(1481—1537)字熙叔,號希樂堂、龍泉、退齋。籍貫延安。中宗時大奸臣,與許沆、蔡無擇并稱爲丁酉三凶。著有《龍泉談寂記》、《希樂堂稿》今傳。其詩有畫工手段。《箕雅》七律一首。】

蘇世讓　**字彥謙,號陽谷。晉州人。中宗朝登第,選湖堂,典文衡,官至贊成。**

《朝鮮明宗實錄》卷二八:十七年十一月庚戌。前左贊成蘇世讓卒。有高才,工書能詩文。嘗爲大提學,但心術不正,爲公論所斥。退居益山,幾二十餘年而卒。

《忍齋集·有明朝鮮國崇政大夫議政府左贊成兼判義禁府事知經筵春秋館成均館事弘文館大提學藝文館大提學五衛都摠府都摠管世子貳師蘇公神道碑銘并序》:蘇氏出晉州。……以成化丙午六月庚辰生公。公諱世讓,字彥謙,號陽谷。生而秀異,年纔七八已好學問。日月將就,不煩師資。性於著述,詩句驚人,筆法亦得松雪體。弘治甲子中進士。乙丑,燕山主以律詩取士,公作居第一。正德丙寅,匿名書獄起,公枉被逮繫,不果赴殿試。是秋,中廟反正,錄公原從功。己巳,捷別試,權知承文院副正字,俄選入弘文館爲正字。庚午移承政院注書。吏曹擬公弘文博士,時南徼警急,朝野多事,邊報出納,文書塡委。政院以公敏於史才,啓仍注書,陞授弘文館副修撰。中廟銳意文治,遵英廟故事,選一時文學之士七人賜長暇讀書,終至典文衡者五人,公其一也。癸酉爲正言,拜修撰。顯德王后廢棄位號幾六十年,臺諫侍從累月伏閤,請復昭陵,久不得允。一日,公入侍面對,極陳其不可廢棄。辭氣慷慨,言論切當。卽蒙允許,移葬顯陵,祔于大廟,時論聳動。秋陞副校理。甲戌爲吏曹正郎。丙子,銓曹啓曰:"本曹郎官非不爲淸選,未若臺諫侍從之爲重。如其當,不竢官滿,隨闕注擬。"上允之。蓋以補闕備問,非公莫可也。歷軍器、掌樂僉正。吏曹欲擬公臺官,以資級不逮難之。上特給一資,授司憲府掌令。病遞,爲成均司藝、司成。己卯薦拜議政府舍人,以事罷。未幾,復入弘文館爲校理。庚辰,冊仁宗爲世子,高選僚屬,授公侍講院輔德,遷司諫,以事遞爲司僕副正,又爲舍人,旋拜司憲府執義,移典翰,三薦爲舍人。辛巳陞拜直提學兼藝文館應敎。國制,將主文柄者例兼此職,搢紳榮之。坐微事遷司成。冬,翰林院修撰唐皐等齎頒今皇帝登極詔,朝廷遣李容齋荇迎接境上,所帶從事極一時之選。公與鄭湖陰士龍從而往返,其所著述大爲華使稱賞。竣事還,復授直提學。壬午,日本遣詩僧大原、東堂等來聘,大臣及禮官舉公爲宣慰使。才華之美,爲遠人嘆服。是冬擢陞堂上階，拜承政院左副承旨。癸未觀察黄海道，因事罷。甲申拜吏曹參議。是歲丁内艱。丙戌服除，欲便養出尹全州。己丑，大提學李荇啓曰："如其合居文翰之職，不宜久滯卑秩。"上特加公嘉善階，拜漢城府右尹。未數日，上以禮官須用稽古之士，特授禮曹參判。夏，將如京師賀聖節，上曰："有老親者，在法勿敍三百里外。某有老親，可使遠赴上國乎？其遞之。"冬，爲觀察全羅道。庚寅秋以事見罷。辛卯參判刑曹。夏陞判禮曹。論者言其驟陞，遞授同知中樞。秋，求爲清洪道水軍節度使，將以便於覲養。大臣謂公不可外補，留不果遣。公卽疏丐歸養，辭職南來。壬辰牧洪州，不卑小官，修舉廢墜，勞來還集，吏民懷惠。大夫人樂於鄉土，不肯隨公之洪，公棄官歸養。癸巳，上奪公志，復授禮曹參判，命乘馹上來。夏觀察清洪道，巡至洪州。民皆以手加額曰："我公來矣。"秋陞授資憲階，拜漢城府判尹。冬遞爲知中樞府，如京師賀生皇太子。禮部尚書夏言名藉一時，聞公有能詩聲，求見公作，稱美不已，贈以書册。及東還，上亦覽公行稿，命題賦詩數首而進，錫賚便蕃。俄判工曹。言者以公入中朝與學士唱和，將有後弊，論執甚力。竟遞，復判漢城尹。冬，懇乞歸養。上命本道觀察使，優遺食物，又給擔夫，輿致母夫人于京。乙未判刑曹。夏移戶曹兼都摠管、知春秋館。丙申兼知義禁府。帝遣翰林院修撰龔用卿等頒誕太子詔，以公爲遠接使。至義州，以病辭。上命留平壤調疾，仍充迎慰使。丁酉判兵曹。冬移判吏曹。公以久處權地爲嫌，力辭不許。未幾，特陞崇政階，拜議政府左贊成兼知經筵、弘文館大提學、藝文館大提學、世子貳師。……己亥復判吏曹，旋復爲左贊成。所以必欲兼貳師也。春，帝册封太子，遣翰林院侍讀華察等來頒詔。公以遠接使迎送于江上，應接之際，不但周旋中禮，酬答詩篇輒爲華使所賞，至於揮涕而別。其後我國使臣入朝，華公必來問公消息。戊戌，星州史閣火，謄寫春秋館所藏《實錄》。命公奉安，特賜餞宴于濟川亭以寵之。秋，公往覲大夫人。閔其老甚，疏乞留養。上採廷議，始許解官便養。辛丑丁外憂。公衰年持服，柴毁已甚。癸卯服闋，判中樞府。公欲引疾不就職，上特命判刑曹，爲論者所沮。甲辰，仁宗嗣位，命收敍公。又遭人彈，命不果行。自是之後無意仕宦，安於蕭散，構得淨室於竹林之下，規作終老計，扁其堂曰"退休"以示其意。然愛君之念老而不衰，如遇人自王京歸者，必斂衽改容，先問上體如何，餘無一語及乎朝政。壬戌十一月，偶患寒疾，因不起。實二十二日壬寅也，壽七十七。

《陽谷集·序(朴忠元)》：余自在儒紳，聞有陽谷先生以間世之才，當右文之日，早得聖君，登揚館閣。能以其清文正聲，協贊太平之治，詎不韙歟。常懷山斗之思，未執筆研之役。歲在丙申，嘉靖皇帝誕生太子，遣使來告。

廷議以先生文章禮貌合待詔史，命送于江上。雖以余之不才，亦忝儐价之選，乃得從事於下風。觀其道路山川，郡國樓臺，觸景興懷，輒形諸詩。長篇短什，法度俱足，美如冠玉，清如食冰。遊於聲律之內，而超乎聲律之外。令人賞玩其華，咀嚼其味，出敦義而到龍灣，不知鞍馬之勞，關河之敻矣。厥後宦遊還朝，公退休家山矣。因有南甸之命，訪公於林下。已無經世之念，而顧喜爲詩。其鉛華鋒穎與少日無異，豈杜甫所稱"毫髪無恨，波瀾老成"者耶？

《稗官雜記》：嘉靖丙申歲，余隨遠迎使退休堂蘇相公留義州，公欲次聚勝亭"暉"字詩韻，呻吟良久曰："諸公多押落暉、夕暉、斜暉、暮暉、朝暉，重疊不工，今得一句，曰'澄江如練謝玄暉'，似不襲舊押，而難其對耳。"余對曰："山谷有'霜月掣金蛇'之句，若曰'霜月掣蛇黃太史'則似可矣。而但山谷之句未及'澄江淨如練'之膾炙千古也。退之詩云'新月似磨鐮'，以此對彼何如？"公曰："果矣。"遂吟曰："新月似鐮韓吏部。"仍賦全篇。時適望後，嫌非新月，待後月初寫以示人。因公遞來，未懸於亭。

丙申歲，余在義州侍退休堂蘇相公，夜坐看唐皐《皇華集》。余曰："容齋《漢江》詩'縹緲三山看覆鼎，逶迤一帶接投金'之聯，極佳。"公笑曰："汝誠具眼，此我之所作。容齋適多事，使我代賦耳。""覆鼎"、"投金"之對果爲天成，雖荊公復生亦無愧矣。或曰：此實容齋作。蘇攘爲己作，無恥甚矣。

嘉靖甲午蘇退休進賀使赴燕序班等，以公《謁文廟》及《即事》二詩示提督主事，示尚書夏言。夏覽曰："早知有才，當待以異禮。"遂贈其詩稿一卷。及還，公啓其事。時李任爲大諫，論啓曰："蘇某濫將惡詩誇示中原，請究其罪。"中廟不聽。其《謁文廟》詩曰："晨起衣冠謁素王，太平絃誦喜洋洋。德尊不廢千年享，道大難窺數仞牆。壇上杏花紅半落，庭前檜樹翠成行。平生只會歌《鴻雁》，今日摩挲石鼓傍。"其《即事》詩曰；"宴開迎餞一旬間，三月皇州却未還。柳絮白于衰翁鬢，桃花紅勝美人顔。春愁黯黯延空館，歸興翩翩落故山。早晚句當公事了，拂衣長嘯出秦關。"按，此詩偶爲夏公所見，而謂之誇示中原，亦不過乎？且夏公心既許之，至於贈其詩稿，則恐不作惡詩者也。

《清江詩話》：蘇浪休罷居湖南，時尚領府在相位，以金裩蘆雁二簇求詠，蘇以二絶還："楓落蘋香蘆荻花，疏翎隨意泛清波。塞天昨夜風霜厲，却愛江南有歲華。""蕭蕭孤影暮江潯，紅蓼花殘兩岸陰。漫向西風呼舊侶，不知雲水萬重深。"皆自喻也，又太逼畫様，可謂絶唱。

《鶴山樵談》：歌詞之作，必分字之清濁，律之高下。我國音律不同，中原固無作歌詞者，龔、吳之來，湖陰不次之，世謂得體。其後蘇退休次華侍講之韻,有"傷心人復捲簾看,目斷凄凄芳草色"之句。華公讚賞不一,抑皆中於律邪?抑只取其藻麗而然邪?

《艮翁疣墨》:蘇贊成世讓《贈雲遊僧》詩云:"松杉如畫嶺雲低,紅葉紛繽沒草鞋。尋了真源山欲盡,到頭心地不曾迷。"又《觀妓》詩云:"羅帶橫拖歸海水,玉簪高插出雲岑。"公丙午生也,弘治甲寅,成宗大王昇遐,其冬大雪,公有詩云:"吾王盛德同天地,草木山川盡縞素。"公時年才九歲也。

《菊堂排語》:嘉靖十八年己亥,中宗大王二十四年也。正使翰林院侍講華察、副使工科給事中薛廷寵來,頒冊立皇太子及恭上皇天上帝泰號二詔。遠接使左贊成蘇世讓。……副使泛臨津詩曰:"不識船爲屋,今看纜掛楹。正宜行載酒,更可坐乘晴。日暖游鱗動,風輕細浪生。漁舟來往泛,滯慮洗孤清。"遠接使次曰:"障日張雲幕,凌波載畫楹。游魚驚避棹,浴鷺喜逢晴。酒力凉侵退,詩懷景會生。無因留返照,隨意亂深情。"

《小華詩評》:詔使華察《鴨綠江》詩曰:"春江三月送浮槎,日落潮平兩岸沙。天地本來分異域,風塵此去愧皇華。波翻鴨綠初經雨,柳帶鵝黃未着花。四海車書今一統,東溟文物自商家。"遠接使陽谷蘇世讓次曰:"溶溶清浪泊靈槎,騎從如雲簇晚沙。始識天公分物色,故教仙客管春華。煙含濯濯江邊柳,雨浥離離岸上花。一脈斯文情誼在,車書同屬帝王家。"詔使歎賞。

《晦隱瑣錄》:我東人於"壬"字皆用上聲讀,權石洲有詩曰"艱難共說壬辰年",近時或有以石洲爲來歷,而壬字仍多用以上聲矣。今閱蘇陽谷集有《除夜》詩曰:"訪水尋山計杳然,一丘高臥歲頻遷。今宵殿最屠蘇飲,已換人間壬子年。""壬子"用上聲已先于石洲矣。

【**按:**蘇世讓(1486—1562)字彦謙,號陽谷、退齋、退休堂,謚文靖。籍貫晉州。著有《陽谷集》今傳。其詩舒泰老成。《箕雅》收其七絕一首、五律一首、七律二首。】

鄭士龍　　**字雲卿,號湖陰。東萊人。中宗朝登第,選湖堂,魁重試,典文衡,官至判中樞。詩名膾炙。**

《朝鮮宣祖實錄》卷三:二年十二月辛丑。鄭士龍卒。士龍以文章致大名,儐接詔使,最被激賞。自少酷慕豪富,營產致饒,侈美自奉,不恤人言。自經副提學以後,每遭彈駁。末以交結權奸,臺論加峻,以判中樞府事,奪爵置散以死。後以光國原從功,追復職牒。其致位崇品,皆用文事受賞。終始以文華勝,醜名亦爲所掩云。

《芝湖集·鄭湖陰事蹟》:鄭士龍,字雲卿,號湖陰。東萊人。吏曹判書翼惠公蘭宗之孫,昌原府使光輔之子,領相文翼公光弼之從子。以成宗辛亥生。中宗丙寅年十六,中司馬。己巳登文科,時年十九。歷翰林兩司玉堂舍人、吏郎、湖堂。以直提學丙子魁重試,陞堂上,拜承旨,年二十六。見斥於時,退歸宜寧,居四年而復入,纔四十。判禮部典文衡,官至崇祿判中樞兼金吾知經筵成均春秋賓客摠管。凡五迎華使,三赴天朝,名動中原。前後華使莫不敬待,俾乘轎並行,至於天子詔求《老人圖》詩。漢吏學官權應寅、李鵬祥、林芑、盧瑞麟、魚叔權諸人,皆一時文章士,奬待特厚,嘗置門下,共論文事。自經副學以後,每遭彈駁。末以交結權奸李樑,臺論加峻,削奪置散。宣廟庚午五月歿,年八十。後以光國從勳追復職牒。自少酷慕富貴,營產致饒,侈美自奉。一日五時所食,皆備珍羞,以左右盤列之。庄獲多在三南兩西畿內,致粟五千餘石。家內使喚婢僕百餘人,而近前娼婢十餘人,皆服綾羅,以易日而入歌舞爲事。客來則設饌而待之,有若外方營府焉,雖大君王子之富無以加此。其致位崇品,皆用文受賞,終始以文華勝,醜名亦爲所掩。爲詩組織奇健,自闢堂奥。與盧蘇齋、黄芝川並名,世稱"湖蘇芝"。有集累秩行於世。自少容齋李荇力爲推轂,後來蘇齋相又極歎賞。墓在楊州渼湖。無子,只有孽產。壬辰亂後,白沙李相到嶺南,登宜寧十玩亭遺墟,見梅花正開,有詩曰:"文章驚世富熏天,湖老風流已百年。物色不知人事改,野梅開落壞牆邊。"後語人曰:"湖陰人物,難以見識論列。其豁達奇偉,真箇陶朱公也。"李芝峰睟光《類說》曰:"湖陰別墅在興仁門外。居處飲食,窮極奢侈,近代貴富之家無能及之者。"

《記言·湖陰遷葬陰記》:吾東方文學之盛,自古記之。說者曰:"國初諸作稍變舊,裁之以雅麗。自新羅歷數千百年,其間高才傑出者如崔學士、李相國、牧隱、佔畢諸老之作,能頡頏唐宋氏,而李相國最大才。自我中明以來,以詩名家者亦多。百餘年間,湖陰之詩特稱於後世。何也?"其《敍》曰:"天才絶倫,自髫齔知讀書,日記累千言,文章卓然早成,遂顯於一世。"吳太史稱之曰:"若流峙動植,變態吐納,音律謠俗,一寓於吟哦,而長於風。爲詩溫厚和平,奇怪而不譎。"於是皇華酬唱之作大傳於天下,今有湖陰詩什行于世者累千篇。當湖陰之世,稱多才學之士如魚叔權、李鵬翔、林芑、盧瑞麟、權應仁之徒皆出湖陰門下,名其時至今。

《湖陰雜稿·自序》:余早歲釋褐,旋入玉堂。文墨之外,志不役他,而所得皆粗率不典。至於長篇散文,未嘗屬意,徒事近體聲律之餘。平生應接,無非出於疾書苟具之中,閑適諷詠之作百不居一。故心鄙意賤,輒棄不收。其僅輳集成稿者亦且無幾。間有同好之輩勸余裒輯,以爲事涉傳後,益不敢當。數年以來,眼昏神耗,雖未忘討閱之習,時復把卷,卽引息睡而止。唯晝坐夜臥之時,念誦舊作,足以排悶遣寂。故檢諸篋笥之藏,又取交游之間揔若干篇，釐爲幾卷，以備耄年負暄之覽云。歲舍辛亥暮秋下浣，湖陰居士書于退思堂。

《湖陰雜稿·附錄·朝天日錄序(吴希孟)》：將别，鄭子迺出《朝天日錄》若干篇，蓋往年朝貢之役之紀也。迺見其吟職守，吟流峙，吟飛潛，吟動植，吟變態叶納，吟音律紀綱有無，原厥成敗。由本國達天朝，凡所經歷，值遭事故，揮寫情狀，一寓于吟。則鄭子昔日之行，將于吾行乎卜之，而其風愈彰矣。且爲詩溫而厚，和而平，奇怪而喻，幽邃而不譎，充如也，郁如也，穆穆乎有餘響焉。復竊嘆曰："賢哉鄭子！其蓋得于《風》而能所以採之者也。"

《海東繹史》卷六九：雲卿嘉靖中五充館伴，道交禮接，爲群公所稱。唐守之贈詩云："鄭子有詩才，豈在鷓鴣下？"龔雲岡則謂其"沉著冲淡，不爲綺麗豔冶之辭，有唐人之遺意"。嘗築十玩堂於鼎津。十玩者，竹梅松菊水石，並楮研筆墨而十也，守之及史給事克弘皆爲之賦詩。及華亭張行人承憲奉使，國王刊其詩入《皇華集》，俾雲卿序之。謂："古之詩人類皆有爲而作，未嘗爲無益之辭。"是亦得詩人之旨者也。句如"不謂交歡地，翻成送别亭"，具饒韻致。《靜志居詩話》

《思齋摭言》：鄭雲卿士龍嘗奉使嶺南，愛昌原妓。相别到驛亭，吟一絕書柱間隱微處。其一句曰："斷盡愁腸無一寸，檜山情刃太尖銛。"權觀察敏手亦奉使往嶺南，繼踵至驛亭，適見柱間所書墨猶未幹，認其爲鄭書也。及見雲卿曰："詩貴哀而不傷，檜山詩句無乃太傷乎？"鄭驚覺失笑。

《稗官雜記》：湖陰公嘗奉使關東，到處作詩，有《關東日錄》。後余侍公讀《錄》中《廣陵早發》詩，有"側耳荒雞何處哭？警眠官燭及晨殘"之句。余曰："荒雞是何雞？"公曰："謂荒村之雞也。"余曰："陰陽書謂，夜半雞爲荒雞，鳴天下大亂，昔祖逖中夜聞雞聲，蹴劉琨覺曰：'此非惡聲也。'蓋夜半雞本惡聲，而謂之非惡聲者，天下既亂，則吾兩人可建功業云尔。"公曰："是矣。"即令寫手改"荒"作"村"。近公之二子印公集，仍作"荒"字，無乃據未改本而印之耶？

《清江詩話》：尚相有靈川子申潛《書竹》、《晴雨》二障，分請企齋、湖陰之詠，各以八韻排律歸之。企齋一句："子瞻去後無真筆，與可亡來有此人。"湖陰一句："神移蘇老三生習，勢倒文翁萬尺長。"皆第七韻也。其用事措意一也，而立語骨法頓殊。平生兩家氣像可想，而天然佶崛，未易甲乙也。

《松溪漫錄》：湖陰爲遠接時，金侯伯醇爲義州牧。湖陰到所串館，寄語云："誰言文武雙全少？横槊如今更賦詩。腹有雄圖專節制，手無難事達施爲。賓筵客散登樓夕，夜帳燈殘念别時。留滯玉關從古事，明年先賀鳳凰池。"此集中之所逸者也。僕偶得此稿。

湖陰次王天使《百祥樓》詩曰:"江天物象媚晴曦,嵐重煙沉頓失奇。半壁劍峰渾滅沒,四圍風幔只低垂。酒因陶寫寧辭累,筆爲牢籠欲放遲。強和《陽春》才告盡,撚鬚終日費吟思。"使僕獻于天使,讀過三遍曰:"真學海也。"

王天使之來也,湖陰爲遠接,洪政丞訥庵亦遠接官,天使同在龍灣。湖陰贈訥庵頸聯云:"摩壘氣沮宜退舍,襲蘭心切共停旄。"僕以"沮"之違律稟之,公曰:"'衰'字何如?"僕曰:"未若'摧'字之有力也。"公曰:"汝真得之矣。"《贈天使》詩曰:"鰈海秦城餘萬里,幾重雲樹隔煙微。"僕曰:"既著'雲',又著'煙',恐未穩也。改'雲'爲'春'何如?"公曰:"汝言果爲是也。"公凡起草,必使僕秉筆,每下字吟思不得,則必下問於僕,而所得者稱意,則輒改下,無執拗之病矣。僕到京城,以"春"字之意評于同僚柳沆曰:"爾亦未之思也,'春樹'之下著'雲'字可也,'煙'則非本色語也。"僕嘆服不已,恨不書"雲"字于《皇華集》中也。

古今天使文章有高下,僕品題于湖陰:"祁順爲首,倪謙、董越次之,金湜七言律極好,張寧似爲未熟"云。公常詠董圭峰"江雨釀寒來樹杪,嶺雲分暝落山阿"之句,稱譽者不一。

凡詔使之來,平安館驛東人詩板一切拔去,只留大同江船亭鄭知常"雨歇長堤草色多"之詩。湖陰云:"牧隱公之《浮碧樓》詩'昨過永明寺,今登浮碧樓。城空月一片,石老雲千秋'云云,絕妙動人,倪天使頓足稱賞,此不及鄭詩乎?"亦留而不去。

《鶴山樵談》:湖陰《題二憂亭》詩曰:"洲渚縱橫潮漸退,樹林搖落雁來賓。"造語奇健。嚴典翰昕短之,未知何意。

《艮翁疣墨》:鄭湖陰雲卿,嘉靖丁酉爲關東證考使。自嶺東北官至臨瀛,將踰嶺,宿於五臺山之月精寺。寺之前有金剛臺,臺之下潭水澄渟,巖之畔松檜成行,乃使客遊賞之處也。公之將發臨瀛也,判官令下人稟於公曰:"妓輩亦當從行乎?"公曰:"不須從也。"公至臺上,俯潭而坐,問曰:"妓輩何以不來乎?"曰:"既有命,不敢違也。"公題詩巖壁云:"東原通判薄風情,諱遣佳娥慰客行。錯與癡人前說夢,銀花無復照潭明。"官馳送駟騎,顛倒招致,開樽張樂,極歡而罷。公之豪氣跌宕類此。

申企齋、鄭湖陰,其文章俊逸之氣嶄巖於幼少之時。企齋少孤未學,年至十五六,猶不讀書,然資質過人,耳目所聞見皆成己用。姜龜孫無子,以侄臺壽爲後。姜赴京而卒,公之挽詞其一聯云:"身終王事文淵願,家主阿咸鄧攸心。"湖陰七歲與群兒摘取鄰家果實,主家之名銀,其妻叱逐之,公走且顧曰:"銀妻呼叱叱,憎憎風落何。"聞者稱其皆有華國手段。

《惺叟詩話》:其時稱“申企齋衆體皆具,而湖陰獨善七律”,似不及焉。湖陰曰:“渠之衆體安敢當吾一律乎?”其自重如此。

湖陰《荒山驛》詩曰:“昔年窮寇此殲亡,鏖戰神鋒繞紫芒。漢豎幟痕餘石縫,斑衣漬血染霞光。商聲帶殺林巒肅,鬼磷憑陰堞壘荒。東土免魚由禹力,小臣摸日敢揄揚。”奇傑渾重,真奇作也。浙人吳明濟見之批曰:“爾才屠龍,乃反屠狗,惜哉。”蓋以不學唐也。

李益之少時學杜詩于湖陰,一日命取架上諸書看之,到《春亭集》擲之地,《梅溪集》則展看,笑掩之,蓋輕之也。唯取《佔畢齋集》看不已。覘之,則悉自批抹,蓋好之而取材爲料也。嘗問平生得意句,則曰:“‘山木俱鳴風乍起,江聲忽厲月孤懸’人以爲峭麗,‘峰頂星搖爭缺月,樹顛禽動竄深叢’亦巧思,而不若‘雨氣壓霞山忽暝,川華受月夜猶明’似有神助也。”

《五山說林》:鄭湖陰舊有《南江》、《立石》、《龜巖》三詩,皆海山亭所見也。先君于原州牧使朴公處得之,板懸於亭。《南江》詩曰:“壯遊窮後浦,佳賞復南江。跋扈魚跳一,冲人雁起雙。雲間天縱嶽,篷缺日烘窗。晚酌成堪醉,羈愁又受降。”《立石》詩曰:“誇娥剞劂移山嶽,雪矗雲堆擲海中。虎攫龍拏人偶立,未應叢石擅奇功。”《龜巖》詩曰:“驅馳天畔少知音,感激登樓動越吟。回首龜峰碧雲合,日邊無事獨關心。”

《芝峰類說》:李容齋荇爲遠接使,李希輔、鄭士龍、蘇士讓爲從事官,在龍灣戲成《赴京別妓》詩,容齋作首句曰“來來去去總非情”,屬諸從事尾之,李、鄭、蘇以次各占一句曰:“快馬長程紅袖輕。辛苦鴨綠江上石,前行才破又今行。”凡赴京者鴨綠江餞別時,拾江邊小石,各分其半,與情人爲驗,乃故事也。東坡詩曰:“辛苦驪山山上土,阿房才廢又華清。”此結句果出於此。

鄭士龍詩曰:“塞草茫茫塞日沈,離家均惱去留心。向來制淚吾差熟,今日當斟自不禁。”蓋用義山詩“三年已制思鄉淚,更入東風恐不禁”之意。此詩非不佳,而乍便知非唐矣。古人謂“唐有別調”者信矣。

《霽湖詩話》:湖陰鄭公《杭州圖》詩曰:“湖舫客歸花嶼暝,蘇堤鶯擲柳陰濃。”近世傳誦。或曰:“鶯之‘擲’字,未知古有否也?”人多疑之。余閱《唐百家》,忘其名,有“林明露擲猿”之句。又杜詩《樹雞柵》詩曰:“織籠曹其內,令人不得擲。”蓋擲者,跳擲也。足以破其疑矣。

林垂湖芑博覽群書,兼有過人之處,凡於九流百家奇書古文,無不目涉而口誦。嘗在都下,文人才子叢萃其家,各以所聞見問難於垂湖,垂湖左顧右眄,應答無疑,如懸河走汞,莫有窮已。湖陰每指之曰:“行秘書。”湖陰或於酒場狼籍賦詩,其用事時時有未曉處,蓋出於偽,而人不能知。垂湖嘗侍湖陰于燕坐,問之曰:“相公之詩多以僞語欺人,謂後世無人耶?”湖陰答曰:“世間畜眼者如君幾人?戲作不在於私稿中,寧被後世之見耶?”遂相與一笑。湖陰詩稿印行於世而無注,家君問之垂湖,則云“吾嘗收其詩稿,既注一卷,而用事及文字率多重出,取以遍閲,重出處愈去愈多,遂乃輟止”云。垂湖雖博恰如是,顧不閑於詩,亦不肯詩賦。壬申迎詔時以日記官隨林塘到龍灣,習齋權學士擘次詔使詩韻,有“仲宣樓上開衿北,子美詩中首路西”之句。垂湖曰:“改‘樓上’作‘賦裏’如何?”林塘目家君曰:“毆彼‘賦裏’,可矣。”一座絶倒。吾東方諺言,“喙”與“賦裏”音相似故也。然曾茶山送曾宏守天臺詩頷聯曰:“興公賦裏雲霞赤,子美詩中島嶼青。”垂湖亦豈無據而發此言耶?

僕嘗於結城見東軒壁上有詩板,埋沒塵埃,即湖陰長律也。頷聯曰:“波春醜石蠔粘甲,日照高梁鷺曬翎。”摸出海濱景象。趙竹陰希逸每誦湖陰“峰頂星搖爭缺月,樹顛禽動竄深叢”之句,三復歎美,蓋曉起即景也。至如“山木俱鳴風乍起,江聲忽厲月孤懸”,舉世稱之。蓋“木葉俱鳴夜雨來”,簡齋之詩也。“灘響忽高何處雨”者,吳融之句也。湖陰上下句而陶鑄之,圓轉無欠。或者以“月孤懸”三字爲不承上語,可謂癡人前説夢。湖陰警句何限,偶記此數語而已也。

《於于野談》:詩者言志,雖辭語造其工,而苟失意義所歸,則知詩者不取也。昔先王朝有桃花馬,使群臣賦之,鄭士龍詩曰:“望夷宫裏失天真,走入桃源避虐秦。背上落花仍不歸,至今猶帶武陵春。”士龍自選私稿,三選其詩而三删之,故《湖陰集》中無是詩。其賦桃花可謂巧矣,而扣其中,終無歸指。“望夷、虐秦”之語,豈合于應教之制乎?宜夫終見删也。

《寄齋雜記》:平城既成大功,卽拜首相。中廟賞賚特厚,擇第而處之。又以興清三百給之,臧獲寶貨稱是。服御供奉,多有僭踰。鄭湖陰以禮曹佐郎,持公事投刺。遽召之,入歷三門,至大廳前。但見煉石爲砌,庭有盤松數株,丹檻綠窗,錦席滿鋪,華麗奪目。轉入一門,有小閣如飛,朱簾垂地。語聲隱隱如自雲霧中來。閣之東有一女,頭戴大首飾,身穿黄長衫,紅裳曳履而出曰:“相公。”湖陰屈身而趍進,至女人之前,又有一門,在小堂之外,清香逆鼻。遂入其門。平城于荷池東,坐于平床之上,繡枕華席,兩叉鬟左右持蠅鞭而立,堂上簾内女侍坐者又不知其幾許。平城起立迎謂湖陰曰:“坐坐。”因舉手引就西畔平床之上。湖陰拜訖,跪曰:“此公事何以處之?”蓋禮文間事也。公取公事置之座右曰:“僕以武夫,有何知義?賴宗廟社稷之靈乘時崛起,冒此匪據,惶恐聳身而已,安敢與議於朝廷公事哉?自有本曹判書,豈不善處之?觀佐郎年少風采,前程極遠,幸飲老夫酒。”遽呼進酒,群女齊聲跪應。已有四女供奉一盤而進,珍羞交錯,不知下筯處。女工數十各持絲竹,環坐于池上,清音妙曲洋洋盈耳。公頻舉杯勸之曰:"勿以武夫爲嫌。"湖陰平生大戒,亦不敢辭,盡醉而起。公使諸女侍扶掖,到外門而止。湖陰多置第宅,自奉務極奢侈者,蓋有慕于平城也。末年家道大成,而乃曰:"安得彷佛其萬一哉。"

《終南叢志》:明廟嘗得一圖,出示群臣,皆莫知其爲何圖也,湖陰鄭士龍進曰:"此乃《西湖圖》也。"遂以手指點曰:"此靈隱寺也,此湧金門也,此東坡所築之堤也,此錢鏐之墟也,此趙蝦之舍也,此林處士之所居也。"歷歷若曾所目見。明廟以鞍具馬立於庭,仍命侍臣作詩曰:"有居魁者,以此鞍馬贈之。"湖陰遂即賦進一律詩曰:"靈隱寺中鳴暮鍾,湧金門外夕陽春。至今蟻垤封猶合,依舊靈胥怒尚洶。湖舫客歸花嶼暝,蘇堤鶯擲柳陰濃。錢墟趙社俱無所,欲問孤山處士蹤。"明廟覽而稱賞,諸臣閣筆,遂賜鞍馬。許筠評爲"春容奇重,說盡一部《西湖志》於五十六字中"。

《菊堂排語》:嘉靖十六年丁酉,中宗大王三十二年也。正使翰林院修撰龔用卿、副使戶科給事中吳希孟來頒皇嗣誕生詔。遠接使刑曹判書鄭士龍。正使《生陽館》詩曰:"老樹千年暗,晴峰萬點尖。山肴多棗栗,海利擅魚鹽。遠水籠煙碧,新苗過雨霑。棲鴉歸返照,詩思晚來添。"世稱龔翰林能文章,而觀其詩贍而不精,散而不收,此一律其中錚錚者也。遠接使次曰:"到處題詩遍,春雲繞筆尖。聲名元瑞世,事業在調鹽。已護蘭薰襲,多蒙瀝水霑。未由酬逸韻,吟苦鬢斑添。"大定江舊無亭,曾于唐翰林、史給事之來隻設帳幕,史令築亭,至是亭始成,正使以控江名之,副使爲記。

嘉靖二十五年丙午,明宗大王元年也。行人王鶴以仁宗大王賻謚事來。遠接使刑曹判書鄭士龍。……《謁箕子墓》詩曰:"商運式微日,先生隱忍時。當年須有見,後世詎能知。教澤東人祖,書疇周武師。瞻依終萬古,駐馬薦清醨。"遠接使次曰:"堂封當道左,使節駐移時。授聖書猶在,佯狂意孰知。三仁雖異跡,萬古尚同師。黄卷空相對,爭如一奠醨。"

《小華詩評》:陽谷曰:"國朝以來,代有作者,各擅名家,而未免偏方氣習之累,不趨於流麗,則或失於組織。鄭湖陰士龍奇古峭拔,一洗萎累之氣,可與唐之長吉、義山並較才云。"湖陰《夜坐即事》詩曰:"擁山爲郭似盤中,暝色初沉洞壑空。峰頂星搖爭缺月,樹巔禽動竄深叢。晴灘遠聽翻疑雨,病葉微零自起風。此夜共分吟榻料,明朝珂馬軟塵紅。"真所謂高秋獨眺,晚霽孤吹!

《詩評補遺》:京妓掌上珠,美色而能詩。鄭士龍未釋褐時眄之。時有一宰,見而悅之,留而不送。湖陰一日過其家,掌上珠適在樓上,俯見湖陰,即以扇擲之,湖陰拾而題曰:“錦箑隨風落,離魂黯欲消。玉樓人有淚,銀漢鵲無橋。”遂投於樓上,掌上珠藏之巾篋而泣。宰知之,即招湖陰,謂曰:“大丈夫雖不能建大業,名垂百代,豈可奪人所愛以斷好緣?”因命出掌上珠,使與俱歸。世傳宰即朴元宗云。

凡詩有意而作,不若得之于自然,則可入妙境。鄭湖陰詩曰:“山雨絲絲竹塢邊,榴花亂點綠苔錢。閑看鬥鵲過牆去,不覺好詩生眼前。”湖老果得之自然否?

湖陰嘗于百祥樓次詔使詩,押“[illegible]”字,詩曰:“樓高飛雁平看背,水淨游蝦細數鬚。”《芝峰類説》云:“朴參判民獻《矗石樓》詩次韻曰:‘樓前過鶩平看背,水底游蝦細數鬚。’他押者皆不能及”云。朴民獻乃湖陰之後輩也,必拾其唾涕以誇人目。芝峰豈不見鄭詩,而有此稱道耶?且鄭詩“高”“淨”二字倍有力,主客可見。

儒生盧麟瑞,湖陰門人也。《詠煙》詩一聯曰:“春於垂柳可,秋與暮山宜。”湖陰深歎,以爲不可及。

安庭蘭,湖南人也,善屬文。時湖陰爲大提學,庭蘭欲自薦爲學官。伺湖陰之出也,坐於崇禮門外石橋旁,及湖陰至,庭蘭故騎馬犯前,從者捕之。湖陰問:“何以攔道?”庭蘭曰:“某是窮儒,頗識文字,欲得學官之任而無路自進,所以騎馬攔路者,政要老爺之一問也。”湖陰曰:“汝可以此橋旁垂柳爲題,隨我呼韻立成以進。”即呼“虹、風、紅”三字,庭蘭即應聲曰:“灞水長橋落彩虹,萬條楊柳舞春風。此間離別知多少?添得佳人恨淚紅。”湖陰大加歎賞,翌日召掌務學官,趣令付軍職。其學官曰:“此人曾未試才,有礙古例。”湖陰出示其詩曰:“此我昨日馬前所試,君輩皆不及也。”其學官赧然而退。

《東國詩話彙成》:詔使祈郎中之來也,公爲遠迎使。以久無白牌,浴于成川。郎中忽到江,公僮及于良策館,郎中待公頗不款。至安州百祥樓,是日適有風,圍之以帳,公令譯士告曰:“古人以背山起樓爲殺風景,今以帷幔遮面江之地,使不通眺望,無乃蹈古今之譏乎?”郎中曰:“宰相亦識字乎?”始作詩示之。公走筆次韻,郎中覽而喜悦,遂令入座,迭相酬唱,自此相得甚歡。及還朝,屢寄詩及簡,聲問不絶。其《百祥樓》詩云:“江天物象媚晴曦,嵐熏煙沉頓失奇。半壁劍峰忽滅沒,四圍風幔只低垂。酒因陶寫寧辭醉,筆爲牢籠欲放遲。強和陽春才苦盡,拈鬚終日費吟思。”使製述官權應仁獻于天使。讀過三遍,曰:“真學海也。”

【按:鄭士龍(1491—1570)字雲卿,號湖陰。籍貫東萊。光弼侄。詩文、音律、書法卓越,著有《湖陰雜稿》今傳。其詩奇傑渾重,尤善七律。《箕

雅》收其七絕四首、五律六首、七律一七首、五排一首、七排二首、五古一首、七古一首。】

申光漢　　**字漢之，號企齋。叔舟之孫。中宗朝登科，選湖堂，典文衡，官至贊成。領經筵。謚文簡。**

《朝鮮明宗實録》卷一九：十年十一月癸亥。靈城府院君申光漢卒。光漢，字漢之，高靈人，叔舟之孫也。世以文章顯。早孤未學，十五始知讀書。才數歲，遂成名儒，爲一時所推。及釋褐，長在經幄，多所啓沃。嘗與趙光祖善，光祖亦愛敬之。光祖之死，光漢亦坐廢，退寓於驪州之元亨里，閒居十五年。一室圖書，杜門不出，未嘗有營求之事，人皆以善居鄉稱之。逮還朝，士林慶之。以老成宿儒久典文衡，時論翕然。年七十二而終。爲人性稟醇厚，風度高古。學問該博，文章精麗。儐待華使，每見稱賞。然于處事，時有偏滯之失，人以是短之。史臣曰："光漢，文雅人也。形容癯瘦，神采脱凡。居家不營生産，處朝持身廉謹，無阿諛之態，有長者之風。文章典雅。時有直言而不見采，目之迂闊而置散職。以其所尚不合世態故也。"

《企齋集·附録·文簡公行狀（趙士秀）》：以成化甲辰七月壬子生公。……公生四歲而孤，大夫人寡居，撫養雖勤，至成童猶未知學。家中老婢輩往往譏之，公曰："今雖未學，學則必超千群。婢僕第觀之。"氣度倜儻，醇如也。十五始知讀書，沛然發憤，絶其素所往來遊者，日就賢師友講劘探討，必究奥窔而止。未幾數歲，遂成宏儒。平時以宿儒自處者見公之文，慕公之博，莫不氣奪色沮，自以爲蹇驢逸足，未可同衢騁也。同時有裴秀才者，亦嶺南名儒，來京師連捷三場，騖然有獨步一代之志。嘗與公較藝庠舍，莫能相下。一日，各製古賦一章，考校于大人先生，以公製爲首。奬以作者手段。裴居其次，若喪若摧，莫敢爭衡。公之才名於是大振。時燕山政虐，公閉戶讀書，作《有鳥辭》，其辭曰："有鳥三年不飛鳴，天地寂寞無好聲。我欲披肝出赤血，飲啄必與鷙鳥爭。山深路絶風雨惡，恐有雛鷇巢亦傾。因循卽今頭欲白，暮年血淚成淋零。"詠之以寓意。……華、薛兩使之來，特遣公爲都司宣慰使，長篇短章歌詞諸作皆出公手。天使以本國文人不解樂府，作歌詞一闋，故落一字給之。公語譯官曰："此句下當有字，疑其無也。請質焉。"天使笑曰："果是。"改書示之。人皆服公之老於詞也。……二十四年乙巳四月，華使行人張承憲差弔祭中廟以來，公以遠接使逆之鴨綠江上。揖讓進退，不失尺寸。酬復之際，哀疚之情每見於詞，華使爲之重容。及還，相揖而告曰："申吏曹非但文詞贍麗，道器可敬。地雖中外，道則一也。吾尤欽慕，待之如師長云。"一路和答之詩凡若干首印行於世，中朝人聞之，競相求見。……九月,兼弘文館大提學、藝文館大提學。二十五年拜議政府左參贊,館伴于詔使王鶴。鶴求見張天使《皇華集》,見公所作嘆曰:"張天使見壓多矣。"八月拜禮曹判書。仁廟卒哭後,以贊禮之勞賜賚便蕃。作謝箋上于慈殿及大殿,傳曰:"以薄物例賞之,箋辭懇切,予甚嘉焉。"馬島絶和之後,日本爲馬島請和,使价絡繹。公曰:"廷議已定,不可輕改。然比年以來,海無賊船,朝廷固知馬島守海之功。"於是馬島知復和之要在於無賊,故不敢爲變者有年矣。及至復和之時,公判禮曹,竟以海無賊船歸功而許和。蓋使馬島知不爲作變,然後和好可保也。日本使臣爲言曰:"馬島爲大國守海,於下國若不相管然。"公毅然曰:"馬島罪在不赦,爲隣國容恕。而今言若不相管,則彈丸小島殄滅無遺畜,亦何難哉?"使臣慴伏曰:"以大國之威靈,何所爲不可哉?唯大國所處。"一如公之約條。二十六年丁未,病辭,移拜知樞府。閏九月陞崇政大夫靈城君,與會盟也。二十七年戊申拜判敦寧。以病累辭文衡,辭曰:"臣之所不堪,請問大臣。"上曰:"不可遞。然卿願問大臣,第問之。"三公議啓曰:"文衡乃士林儀表,才德具全。無如此人,不可輕遞。"後於垂簾殿前以老病引退,慈殿面命曰:"老成世臣,當鎭靜朝廷。不可引退。"二十九年庚戌拜議政府左贊成。時復兩宗,公於垂簾前啓曰:"大王大妃殿下,日以保護聖躬,斯爲聖德。不可崇信異教以累至治。"傳曰:"卿言至此。欲置君於無過之地也。"公又退而陳疏極諫云云。三十一年壬子病辭贊成,拜判中樞。三十二年癸丑拜議政府左贊成。時年七十,上箋乞致仕。其略曰:"自包翅始事太宗,旣類張良之五世。而微臣逮遇中廟,又似召公之三朝。生未忍永訣堯舜,杜甫雖切於戀君;久不復夢見周公,仲尼嘆衰於行道。"上不允。遣都承旨、中官賜几杖宴。教書略曰:"惟卿德器宏博,學問淵源。堂堂一代之師儒,挺挺群寮之儀表。安社稷爲悅,勒鼎彝之鴻功;非堯舜不陳,居廟廊之重地。歷三朝而夙夜,專一心之忠貞。視出處爲之安危,與國家同其休戚。稽疑謀事,多虛己以依毗;告老乞閑,奚援古而辭去?"十二月以病拜判樞。三十三年甲寅呈辭,傳曰:"今觀大提學辭狀,以謝恩表事爲未安。大抵人之所見各異,病餘構思所製,豈可以是爲未安乎?其論安心調理。"二月,又辭文衡。傳曰:"今觀辭狀,卿以未遞病革云。故命遞之。"論以安心調理。七月,三公詣闕啓曰:"頻數經筵,只有臣等三人。申光漢歷事三朝,年德俱邁,雖資級未及,陞爲府院君,兼領經筵事。久欲啓之不敢。"傳曰:"如啓。"是月日,特加輔國崇祿大夫靈城府院君,兼領經筵事。三十四年乙卯以病辭職,上特遣史官,論以安心調理。五月,倭賊犯達梁鎭,陷城池殲將卒。先是,馬島乞復歲船之請,書啓勤懇,又以無食不能守海爲辭。公以爲雖吾之赤子,若貧餓則起爲盜賊,理之常也,况絶海孤島之倭乎？彼常仰食於我國，我若不開生路，則其勢必至於侵掠。故以聖祖神略，猶給其歲船五十。至於庚午之亂，還減二十。蛇梁之變，又減五船。減至於半，彼之生道亦窮。曩者既以無賊許和，和之後至今七八年，少無賊變。且觀國勢，天時人事多乖，南方困弊。彼見我國如此，其有凌犯之心，固也。百計攻鑽，欲得歲船者，枵然其未已也。不以此時歸功而稍復其船數，則彼將缺望，作賊必矣。莫若及其未發，量宜賞之，以係其心。失今不許，至於變作之後，則與之不可，不與亦不可，必有難處者矣。"以此力爭慈殿垂簾前。時李芑爲首相，同入侍，沮公曰："唯北狄長驅可畏。至如倭奴，固不足畏也。何復歲船爲？且申光漢乃己卯之流，其言似迂。"慈殿教曰："彼雖不足畏，孰若邊釁之無也。申光漢之慮是也。"然竟爲芑所閣，不得少施。及芑之死，公以此往陳於三公者至再三，猶不得見施。公爲之憮然，又謂宰執曰："不出四五年，倭亂將作。老夫未及見，此公等他日之憂也。"後島主又以歲船之故陳辭乞哀，以津頭浦口賊船散漫，陽爲報變，而實欲恐喝朝廷。及作耗濟州之後，又送使人以實其言曰："吾豈譸張耶？"公久典禮判，且秉文衡，馬島前後書契靡不研究，我國修答皆經公手，故備知島主巧詐。公答書責島主曰："脫有籍此而爲變，罪有所歸。直破奸情，則彼不敢自肆。"至是，公又欲以此答之，更陳經席之上，請議大臣。又往執政之家，陳辭懇至。朝廷不採公言，處之失宜，居常悒悒。甲寅夏，適以軍額之事，上命在家收議。乃於其末，陳啓島主情狀。且曰："不出三年，濟州殆非我有。"及今夏，有達梁、耽羅之變。時人擬公蓍龜，咸服其遠算。公宿痾漸革，氣韻沈綿，瘦骨生稜，如癯鶴跉晝。猶對人言語，不忘邊寇，諵諵如夢中語。閏十一月初二日癸亥，終于正寢，享年七十二。……公身長九尺，瑰容貌如龍章鳳姿，氣醇而恢，質直而毅，風彩凝重，如泰山喬嶽。常居無疾言遽色，德合剛柔，喜愠不形，望之知其爲碩人君子。左相尚震初爲宰相時，嘗遇公於重入之日，語人曰："吾今日見一君子人。"問之，曰："申光漢。"其見重於世如此。學問淵源本諸六經，尤精於《語》、《孟》、《庸》、《學》，理會心得獨詣高妙，遠近學者日萃師尊之。長於《易》學，捷於推數。嘗讀經世書，有所未達，仰而思者七日七夜，假寐。有老人容儀甚偉，自稱邵子，告其所未解，惕然而覺，豁然有得。古人云："思之思之，又重思之。思而不得，鬼神將通之。"誠哉云。爲文必以韓孟爲範，汪汪如萬頃洪濤淪漣蕩潏，不求爲奇而自能奇變。嘗讀三蘇文，知學術不正，悔其不能忘。趙光祖當稱美之。爲詩本諸《三百篇》，祖少陵而宗江西，氣渾而雄，律贍而富，清研幽妙，峻潔流麗。如銅丸走板，如繁星麗天，衆體森備，遠駕前古。人謂善學老杜。……

《企齋集·附錄·卒推誠定難衛社功臣輔國崇祿大夫靈城府院君兼領

經筵知春秋館成均館事弘文館大提學藝文館大提學贈謚文簡申公墓誌銘幷序(洪暹)》:公諱光漢,字漢之,一字時晦。自號駱峰,或稱青城洞主。名其所居齋曰企齋。公之先世皆以文章貴顯。公既早孤,年至成童猶不解學問,頗爲婢僕所譏。公大言曰:"吾雖不學,學便超群。爾等第視之。"十五始發憤就師友之賢者受業讀書,學究義理,不專章句。未數歲嶷然已成醇儒,曩時交遊皆不敢扳以爲儕。……爲文以孟子、昌黎爲準則,爲詩祖少陵而效江西,務欲理勝而辭致分明,風味高古而筆力雄渾,無非菽粟之平淡而清勁老健,自有人不可及之妙。於書無所不讀,而獨不喜三蘇文曰:"少年曾讀是書,今却欲忘而不得。"蓋惡其學術之不正耳。

《海東繹史》卷六九:申光漢庚午會試進士,刻有《綱常常變策》。嘉靖二十五年,行人王鶴冊立,朝鮮國人刻其《皇華集》,王命光漢爲後序。《列朝詩集》

《涪溪記聞》:申企齋光漢少失父母,鞠于老婢,年十八猶不知書。與鄰兒戲于川,鄰兒踢公仆水中。公怒叱曰:"汝隸奴何敢凌公子?""如君不知書者亦公子耶?是必無腸公子也。"公大慚,始折節讀書,文藻水湧。明年以《萬里鷗賦》魁禮圍,未幾登第,典文衡者二十年。

企齋雖能文章而無實才。嘗判刑部,訴訟填委不能決,囚繫滿獄,獄不能容。公請加構獄舍,中廟曰:"不若易判書。何必改構?"遂以許磁代之。許裁决立盡,囹圄遂空。

《稗官雜記》:東國無猿,古今詩人道猿聲者皆失也。嘉靖丙午王行人鶴遊漢江有詩曰:"綠尊隱浪浮春蟻,長笛吹風嘯暮猿。"大提學駱峰申公和之曰:"漢水即今逢彩鳳,楚雲何處聽啼猿。"蓋乙巳夏張行人承憲奉誥命而來,駱峰送迎江上。今聞出使楚國,故下句云爾。押"啼猿"字而無斧鑿痕,最爲警絕。

崔益齡耆叟居江陵鏡浦臺邊,申企齋宰三陟時,自鏡浦訪崔第,欲寄宿。適值其出,姑止外舍。夜欲深,有一火遵人而來,村犬皆吠,崔家僮報曰:"主人翁來矣。"未幾,崔趨入,問寒暄,公作詩曰:"沙村日暮叩柴扉,夕露霏霏欲濕衣。江路火明聞犬吠,小童來報主人歸。"其後使關東者多次其韻,聯爲大卷,見者皆以企齋詩爲絕唱。過幾年,崔以繕工監役留滯京師者殆十年,一日以詩卷示素善書生,仍索其和韻,乃題曰:"十年長掩故山扉,塵土東華幾染衣?想得鏡湖春夜月,子規應啼不如歸。"崔嘻笑曰:"此詩真我之針石也。"

《清江詩話》:申企齋相公嘗晝寢,因驟雨過盆荷而覺,得"夢涼荷瀉雨"一句,數年未得真對。因成一律,而草稿中空其行,必欲覓奇對以充。見朴斯文蘭語及之，朴以“衣濕石雲生”告，企齋曰：“非也。”至於終身，未得其偶云。詩人覓句之勤如此。

詩人寓詠，大抵以含諷爲奇。金頤叔東湖亭扁以“保樂”，求詠于申企齋。企齋與頤叔，爲娣氏子也。作七言律，而寓諷于其中，金不之解。企齋又題沈貞之逍遙堂，有“落葉藏秋壑，斜陽映半山”之句，蓋以王、賈論也。沈亦殊未覺。

申企齋光漢甫《送張同知彥良赴京師》詩曰：“今日觀周吳季札，舊時和虜漢張騫。”滿座不復下筆。

柳村黄汝獻嘗語僕曰：“余曩入京師，問‘申企齋近來孰有佳作？’答云：‘林公亨秀出宰耽羅贈詩，有“山蟠王子國，波蹴老人星”之句，此最佳。’”余質于湖陰，則曰“吾不知其佳也”云。

《鶴山樵談》：申企齋《洞山》詩曰：“蓬島茫茫落日愁，白鷗飛盡海棠洲。如今始踏鳴沙路，二十年前舊夢遊。”余踐其境，而後知此詩之絶妙。

《月汀漫錄》：申企齋謂：“韓智源《諸葛菜》絶句，今之杜詩。‘甘棠已無召公化，小菜猶傳諸葛名。不有當年大星落，魏園吳圃菜渾生。’”

《艮翁疣墨》：企齋《贈别堂侄申元亮赴任杆城郡》詩云：“楓嶽東來嶺隔天，古城牢落海雲間。永郎遺跡丹書在，應結三千作地仙。”又云：“一萬峰巒又二千，海雲開盡玉嬋妍。少時多病今傷老，虛負名山此百年。”又云：“追懷勝跡發長嗟，三十年來一夢過。踈雨落霞鳴玉路，馬蹄曾踏海棠花。”……又《題安城郡樓》詩云：“當年潦倒過春城，杖節重來意未平。沽得濁醪知有主，杏花村戶不分明。”

企齋嘗過原州鳴鳳山桐華寺題僧詩軸云：“桐花未落鳳曾鳴，鳳去桐哭尚有名。千載客來僧獨老，寒山古寺不勝情。”其後又宿於寺，有僧謁於庭，公問其貫，曰：“三陟人也。”及去，僧請詩一句。公即揮筆贈之云：“今來鳴鳳山中宿，曾是真珠舊使君。迎笑有僧如識我，昔年云住杏花村。”公曾爲三陟府使，而真珠，三陟别號也。

企齋《謝盧處士寄贈細竹編簾》詩云：“今朝忽有山中使，前日遥從發慶莊。編箔有人藏聖世，拜書無路薦貞良。雉陽自揀娟娟竹，簾額猶含細細香。從此企齋添一興，駱峰嵐翠卷秋光。”

《惺叟詩話》：申駱峰詩清絶有雅趣，《中秋泊長灘》曰：“孤舟一泊荻花灣，兩道澄江四面山。人世豈無今夜月，百年難向此中看。”《船上望三角》曰：“孤舟一出廣陵津，十五年來未死身。我自有情如識面，青山能記舊時人？”《過金公碩舊居》曰：“同時逐客幾人存，立馬東風獨斷魂。煙雨介山寒食路，不堪聞笛夕陽村。”《三月三日寄朴大丘》曰：“三三九九年年會，舊約有存事獨違。芳草踏青今日是,清樽浮白故人非。風前燕語聞初嫩,雨後花枝看亦稀。茅洞丈夫多不俗,可能無意典春衣?"篇篇俱可誦。雖雄奇不逮湖老,而清息過之。

《芝峰類說》:企齋詩曰:"雲含欲滴未滴雨,春滿先開後開花。"又嘗見楊州樓院有人題曰:"溪雲欲雨未爲雨,路堠迎人還送人。"此句語相似。

《於于野談》:詩關風教,非直哦詠物色耳。古者鐸者采之,而載之《風雅》。今者閔相國夢龍斥詩人曰:"作詩者多諷時事,或來白眼,或坐詩案,宜不學也。"鄭尚書宗榮亦戒子孫學詩。余以爲兩公雖善身謀,殊無古人《三百篇》遺意也。近世,奸臣金安老構新亭於東湖,扁曰"保樂堂",求申企齋光漢詩,企齋辭不獲,贈詩曰:"聞說華堂結構新,綠窗丹檻照湖濱。江山亦入陶甄手,月笛還宜錦繡人。進退有憂公保樂,行藏無意我全真。風光檢點須閑熟,更與何人作上賓。"其曰"江山亦入陶甄手"者,明其朝家庶政及江山田土皆入陶甄之手。其曰"月笛還宜錦繡人"者,明其繁華之事不宜於風月,宜於富貴人也。其曰"進退有憂公保樂"者,明其前人進退皆有憂,安老則獨保其樂,不與民共之也。其曰"行藏無意我全真"者,明其無意進取於此時,自全其節也。其曰"更與何人作上賓"者,明其我不願作上賓於其堂,更有何人附勢者,爲渠賓客乎?此詩句句有深意,千載之下可以暴白君子之心也。安老亦深于文章,豈不知其意?然終不害者,恐爲時賢口實,而不欲露其隱也。

《菊堂排語》:嘉靖二十四年乙巳,仁宗大王元年也。行人張承憲以中宗大王賜祭賻諡事來,遠接使禮曹判書申光漢。行人到東坡館題詩壁上:"山路東偏下,郵亭敞處開。因名東坡館,誤道昔賢來。南海已遐謫,東韓何謂哉。憐才無限意,虛使客心猜。"遠接使次曰:"因名若責實,館號何以開?散爲百東坡,無乃一者來。既被名所累,留詠亦多哉。虛名竟成美,或恐造物猜。"

《小華詩評》:古人詩不厭改,唐任翻《題台州寺》詩云:"前峰月照一江水,僧在翠微開竹房。"既去,有人改"一"字爲"半"字。任行數十里乃得"半"字,及回,欲易之,見所改,歎曰:"台州有人。"我東申企齋光漢《宿清溪寺題詩》云:"急水喧溪石,輕香濕澗花。"行至半途,忽得"暗"字之妙,還復改易。可見古人于詩不容易下字。蓋"一"不如"半"字之奇,"急"不如"暗"字之妙。

申企齋、鄭湖陰一時齊名,兩家氣格不同,申詩清亮,鄭詩雄奇。企齋《沃源驛》詩曰:"暇日鳴螺過海山,驛亭寥落水雲間。桃花欲謝春無賴,燕子初來客未還。身遠尚堪瞻北極,路迷空復憶長安。更憐杜宇啼明月,窗外誰栽竹萬竿。”

《詩評補遺》:申企齋光漢《襄陽洞山驛》詩曰:“蓬島茫茫落日愁,白鷗飛盡海棠州。如今始踏明沙路,二十年前舊夢遊。”許筠云:“余踏其境,而後始知此詩之妙絕。”

古人作詩最貴絕句。徐居正《四皓圖》詩:“於世於名已兩逃,閑圍一局子頻敲。此中妙手無人識,會有安劉一着高。”企齋《呂望圖》詩曰:“清渭東流白髮垂,一竿誰見釣璜時。悠悠湖海多漁父,不遇文王定不知。”此兩詩結得皆神妙。

《玄湖瑣談》:申企齋光漢以詩名世,尤工七絕。嘗過金參判世弼舊居,感作一絕曰:“當時逐客幾人存,立馬東風獨斷魂。煙雨介山寒食路,不堪聞笛夕陽村。”寄送成遁齋世昌要和,遁齋以爲:“詩固清絕,而其用介山爲料者,特因寒食而寓言耳。豈真有此等山名耶?”試走一蒼頭探訪,則果有所謂介峴者,距金居百弓地。遁齋擊節曰:“是果不可及也。”遂停不和。蓋詩家引事雖非上乘,而精粹如申詩者未易得也。遁齋稱賞宜矣。

《東國詩話彙成》:公見忤于元兇,却歸駱峰下,有一布衣叩門求見,閽者却之,排門而直入,即張應斗也。時企齋新構小齋,進牘求題詠,應斗略不經意,一筆揮之立就。其詩曰:“駱洞洞中老居士,駱洞洞中來卜築。身遊洞外心在洞,洞有蒼松與巖石。巖以鎮靜松以節,巖松俱是心中物。心中所物有如此,吾於勢力知無屈。紛紛小童豈知此,松自蒼蒼巖自立。”詩成,長揖而去。

【按:申光漢(1484—1555)字漢之、時晦,號企齋、駱峰、石仙齋、青城洞主。籍貫高靈。申叔舟孫。善文章,有詩名。詩壇“四傑”之一。著有《企齋集》今傳。其詩清絕高古,尤工七絕。《箕雅》收其七絕一八首、五律四首、七律一〇首、五排一首、五古一首、七古一首。】

崔壽峸　　字可鎮,號猿亭。江陵人。處士。被禍。

《約軒集·贈領議政猿亭崔公行狀》:公諱壽峸,字可鎮,號猿亭,一號北海居士,又號鏡湖散人。本江陵人。新羅丞相諱恒之後。……以成化丁未生公。自幼意氣不羣,聰敏絶人。九歲文藝已成,蓋大才而非學得也。十三丁內艱,服喪一遵禮制,朝夕饋奠,必親自備物。事嚴親柔婉承順,一以養志爲事。及奉諱啜粥廬墓,毁瘠踰禮,三年如一日,鄉人皆化之。服闋,不屑爲舉業,受學于寒暄金先生之門,與金冲菴、趙靜菴相友善。探討墳典,講劘道義,問學日進,遂成大儒。諸賢或勸就仕,終不改操。雅有山水之趣,遍遊涅盤、頭陀,或入智異、俗離、伽倻諸名山,優游徜徉以自娱。先是,金老泉湜一日與靜菴、冲菴諸人會話。公自外至,長立不揖曰:"可飲我一器酒。"卽與之。快飲浮白曰:"吾乘敗船,値颶風幾溺死,心甚怖悸。今飲酒釋然矣。"不辭徑去,座中甚怪之。靜菴曰:"敗船之喻指吾輩也。顧諸君不知耳。"未久禍作,其言果驗。人皆服其先見。南袞嘗以山水圖寄冲菴求題,公適見之,題曰:"落日下山西,孤煙生遠樹。幅巾三四人,誰是輞川主?"袞見而嗛之。其叔父崔提學世節與袞素相善。公每諫曰:"吾觀其爲人,眞宵人也。愼勿交游。況今羣奸興慝,災孽疊見,士林大禍朝夕必至。願速棄官,退歸鄉里。"世節不悅曰:"汝毋妄言,恐有後禍。"嘗語其同僚曰:"壽峸勸我退休,欲去未能。"忌嫉者言于袞。及己卯禍作,袞爲推官,請並推公曰:"趙光祖等以崔某爲善士,仰若山斗,朝廷進退必決。崔某名雖林下之士,光祖誤國之根,皆由於某。且與金淨輩別有陰謀,每勸休退。必有其情,請鞫問。"公供曰:"士林見敗,勸叔父引退而已。臣以白面書生黨於光祖,參議朝廷事,萬無其理。勸金淨輩退歸,亦非臣所爲也。"羣奸羅織,終寘極刑,卽辛巳十月二十一日,年僅三十五。是日白虹貫日,天震數百里,陰霧四塞,晝晦,行者失路,咫尺不辨者終日。公胸襟灑落,韻度清越,如光風霽月。文章書法畫格音律俱極其妙,而且精於數學。所著詩文散軼殆盡,只有數絶膾炙人口。其呈叔父世節曰:"日暮秋江上,天寒水自波。孤舟宜早泊,風浪夜應多。"金冲菴謫濟州時,嘗寄兩絶。其一曰:"情裏佳人夢裏逢,相驚憔悴舊形容。覺來身在高樓上,風打長江月隱峰。"其二曰:"原上深秋雨,山邊冷葉飛。一封書不到,千里隔相思。"公一日到東湖訪金冲菴,冲菴顚倒趨迎,開樽極歡。酒酣,冲菴請公掃《松竹圖》,公醉臥揮筆,冲菴卽成簇子,至今在湖堂。知畫者曰:"眞天下絶筆。"公所寫之畫嘗在內藏庫,倭人適至,求見一國名畫,皆不稱其意,見公畫極愛之,以寶劍一雙請換曰:"此劍直三百金。"上不許。詔使來,又以公畫進。詔使歎曰:"誠天下絶寶也。"別業在振威治南炭峴。嘗畜一猿,能傳書札,吸井水滴硯,頤指如人。遂以名亭。山以猿號,井亦以猿名。東有鋤川,常持一竿釣於川上,以寓閒趣。成聽松守琛常論己卯人才,必以公爲首曰:"若使此人得志,可以致君澤民。而卒死於奸人之手,痛哉!"墓在猿亭山東麓乾坐巽同原。後二十年,贈議政府左贊成判義禁府事,謚文正公。仁宗乙巳,加贈議政府領議政。

《鶴山樵談》:崔猿亭常恐被禍,放浪物外,終被叔父之愬,不免于刑。其題萬義浮屠詩曰:"古殿殘僧在,林梢暮磬清。曲通千里盡,牆壓衆山平。木老知何歲,禽呼自別聲。艱難憂世網,今日愧餘生。"詩語清峭,末句抑逆料其受禍乎?

《惺叟詩話》:崔猿亭玩世不仕,冀以免禍。一日諸賢會靜菴第,猿亭自外至,氣急不能言,亟呼水飲之曰:“我渡漢江,波湧船壞,幾淹堇生。”主人笑曰:“此諷吾輩也。”猿亭筆寫山水於壁間,元冲詩之曰:“清曉巖峰立,白雲横翠微。汀洲人不見,江樹遠依依。”

《小華詩評》:崔猿亭壽城《江上》詩曰:“日暮滄江上,天寒水自波。孤舟宜早泊,風浪夜應多。”有急流勇退之意。

《海東雜錄》:崔壽城,江陵人。字可鎮,號猿亭。磊落不羈,無意于遊宦。能詩能琴,真絕代奇才也。冲菴常愛其詩,以爲垂名不朽。及己卯禍起,嘗勸其叔父世節退休。南袞聞而怒,鞫殺之。

自少逃世遠遊,善詩善畫。爲族人構陷非罪,竟被法。平日從游李連亨輩以簾斂屍,權厝空谷,夜守其側。猿亭來吟一絶云:“玄室誰相問,清猿獨可親。自從簾谷後,遙憶蓋骸人。”

年十九,逃世遠遊,遍觀名山水,到處剖松作琴,彈罷棄去,未嘗留駐。作詩飄逸,且善書畫。

猿亭磊落不羈。時俗尚大袖,其制甚闊。公令縫造窄袖衣,僅容一臂。蓋無人世宦遊之意,務異於衆,以玩一世。

世節爲丞旨。猿亭在鄉,感慨時事,勸乞外任。世節以其言上告,竟置極典。

【按:崔壽峸(1487—1521)字可鎮,號猿亭、北海居士、鏡浦山人,謚文正。籍貫江陵。金宏弼門人,與趙光祖等交遊,在士林間德高望重。詩文、書畫、音律、數學均造詣甚深。《國朝詩删》卷一載其五绝二首,卷四載其五律二首。其詩清峭,意境佳絕。《箕雅》收其五絕一首、五律一首。】

黄汝獻　　字獻之,號柳村。長水人。中宗朝登第,選湖堂,官止蔚山郡守。

《虚菴遺集・附錄・師友錄》:黄汝獻,字獻之,號柳村。長水人。府使瓘子。登成宗乙巳文科,中宗朝選湖堂。謚良簡。

《艮翁疣墨》:黄校理汝獻以貪贓黜退於善山郡,鄭湖陰雲卿亦罷居於宜亭縣。金思齋爲嶺南監司,兩公各求封餘鷹子。公皆付之。其後,公答黄書曰:“書來知安穩,慰不可言也。但前送鷹子,折爪無才,有如庖丁失刀,養之何用云?吾平生不解鷹,每見鴟嚇於庭,錯認爲鷹。何况識其才與不才乎?只緣臂人苦遠。故鷹自善山者屬於君,自宜亭者屬於雲卿。雲卿今日又致書云:‘此鷹本吾家舊物,以其老且才盡,退上於主倅。主倅未覺他鷹封,此老鷹而又適來。此康日用學士雞卵有骨。呵呵!’意者兩君方遭否運,宜有有骨之卵也。事出無心,而兩君皆得無用之物。豈容人力?呵呵,又呵呵。”思齋先生又有寄黄書云:“君之嘗作不輟之言,僕在京師聞之。果若人言，不如停之静處以順天耳。人生世間稀年爲上壽，假令吾與君得享上壽，所餘不過十稔有零，何苦勞心以取呶呶者之詬乎？僕二十年處約之中，營屋數椽，產業數畝，冬絮夏葛各數件，臥處有餘地，身邊有餘衣，鉢底有餘食，挾此三餘高臥一世，雖廣廈千間，玉粒萬鍾，綺紈百襲，視同腐鼠。恢恢乎處此一身而有裕，聞君之衣食第宅百倍於吾，豈可更不知止，以蓄無用之物乎？所不可缺者唯書一架，琴一張，友一四，履一雙，迎睡一枕，納凉一窗，負暄一楹，煎茶一爐，扶老一筇，尋春一驢耳。此二五雖煩，不可廢一。送了老境，此外何求！驅馳困苦之中，每念丘壑間二五滋味，不覺歸興飛動。抽身無術，奈何？奈何？唯吾知己亮之。"

【按：黄汝獻（1486—？）字獻之，號柳村。謚良簡。籍貫長水。中宗四年（1509）别試文科及第。任著作、博士，六年賜暇讀書，任吏曹佐郎、吏曹參議、蔚山郡守。其文章、書法聞名當世。著有《柳村集》。《國朝詩删》卷一〇載其五律一首，卷一四載其七絕一首，卷一八載其七古一首。其詩淡宕可詠。《箕雅》收其七絶一首、七古一首。】

沈彦光　　字士炯，號漁村。世居江陵。中宗朝登第，選湖堂，官至吏曹判書。以引進金安老削官，追復。

《漁村集·附錄·行狀（李之濂）》：公諱彦光，字士炯，號漁村。三陟人。……以成化丁未三月初三日生公。幼有異質，六歲自知讀書。一日夜，贊成公指燈使賦之，公應聲立就"燈入房中夜出外"，思致出凡，聞者奇之。自是文詞驟進，甫成童俱魁鄉試三場，人稱神童，聲動京師。時方伯巡到江陵府設場，公文又居首。方伯取讀其券極加歎賞曰："眞遠大之才也。"丁卯舉進士一等。癸酉中明經及第乙科第五人，用薦授藝文館檢閲，轉奉教。己卯之禍落職，除鏡城教授。後拜禮、兵兩曹佐郎，由弘文館修撰拜吏曹佐郎、司諫院正言。出爲江原都事，還拜司憲府持平，除忠清都事，轉工兵吏曹正郎、司僕寺僉正。出授鏡城判官，旋以司憲府掌令召，改弘文校理。丙戌丁内憂。服闋復拜校理，移司憲府執義，歷藝文館應教、弘文館典翰直提學。公出入臺閣，且侍經幄，前後論事語多切直，上每嘉納。嘗因事上疏曰："……"又上《十漸疏》其略曰："……"時有奸人投書之變，公又上箚曰："……"庚寅特拜吏曹參議，出拜江原道觀察使，還拜大司成、副提學、大司諫、承旨。魁文臣庭試，遂擢拜大司憲。累遷吏、兵、禮、工參判。乙未特拜工曹判書兼藝文館提學，又參文衡圈點，而時例以曾經賜暇湖堂方許主文柄，以故公上章再辭。丙申受關西警邊使之命，竣事未還，拜吏曹判書。時皇明學士龔公用卿、吳公希孟來頒慶詔，公承命館待，周旋酬唱，多所賁揚。

時金安老用事，屢起誣獄，許沆爲鷹犬，恣行搏擊。有陳宇者，慷慨士也。陳嘗學於張公玉之門，與其子任重相友善。嘗言安老、沆之罪惡，安老、沆聞而嗛之，論宇謗訕，并逮張公父子，其他知名之士株連者甚衆，拷掠狼籍。公爲理官，至涕泣力救，陳竟不免，而張公得不論死。然以此忤安老。丁酉出爲咸鏡道觀察使。是年安老伏辜。上思公，卽命召還。由工曹判書改議政府左參贊。戊戌，以論者謂公嘗引安老以亂朝廷，遂奪官，放還田里，以疾終於家，實嘉靖庚子九月初六日也。……公當初主引入安老之議，而及後安老所做大故踈脫，始覺其見賣，而懟悔無及。嘗曰："不助當時數子之論，以致今日之悔。我之死後，宜爲我厚幎冒，將無以見數子於地下。"安老聞之，憾公特甚云。……至若極陳奸邪蔽主，陷害忠良之禍，而顯指己卯之人以爲士林，則其危言讜論，忠憤激烈，可謂有骾直之風矣。且以詩哭陰崖曰："英妙高懷擬老成，更張一世世曾驚。却將詩禮修初服，豈意經綸誤半生。仕已在天無喜愠，慘舒隨地有枯榮。窮途易節尋常事，十載林泉尙令名。"其眷眷己卯士類可見也。……其《聞杜鵑》詩曰："三月無君弔此身，杜鵑聲裏更悲辛。山中不廢爲臣義，準擬西川再拜人。"又《望日出》詩曰："光明不被寸雲遮，海底紅輪湧碧波。願在餘輝長洞照，此身肝膽本無邪。"又示朴遂良君舉詩曰："十年肝膽向楓宸，壯志常期斬佞臣。經濟無才還誤國，漁樵有地可棲身。不堪掉舌談時事，只合韜光混俗人。到老心懷誰會得，明明曉日上高旻。"此亦可見其本心也。

《漁村集·附錄·年譜》：（略）

《性潭集·漁村沈公神道碑銘》：公雅性朴直，立朝自勵。前後所陳疏箚，類皆以旌別淑慝，作士氣，獎名節爲說。忠憤激烈，有骨骾之風。文章爾雅，延登館閣，名文大策多出其手。尤長於詩，遒健富麗，自成一家。素履恬靜，雖在顯要，澹然若寒士，人莫干以私。自遭口語，退處鄉里，築室鏡湖之傍，漁釣觴詠以自娛。揭龔、吳兩華使詩筆於海雲亭，且以兩程眞像之求得於華使者，奉藏于鏡浦上。尋常吟哦之間，往往有憂時愛君，反己自訟之意。若其《杜鵑》、《日出》等詩，亦可想其平日志節也。

《西河集·漁村集序》：公之孫澄示余以詩文若干編。余觀其館閣諸箚，則莫不以修君德，尊國勢，養士氣，辨邪正爲主。勤勤於本根長久之計，信乎其藹然仁義之言也。至其他詩賦諸作，皆氣力渾剛，波瀾老成，無穿鑿纖巧之態。可見其國朝盛時言語文章，自別於衰季也。吾聞嶺海之間，江陵爲一都會，土沃而衍，山川清遠，奇才異能之士往往出於其中。若公者，尤所謂傑然者也。

《海東繹史》卷六九：沈彦光，字子求，官吏曹判書。子求《望遠亭》詩有

"白雁依寒渚,青驢渡小橋"之句,頗饒晚唐人風韻。徐敬德《花潭集》有《次留守沈相國彦慶韻》詩,當是其舅弟。《靜志居詩話》

《鶴山樵談》:漁村詩渾厚富豔,不讓湖陰,而松溪評中廟朝以來大家,不在選中,抑不知何意歟?余閱北邊樓題,讀公之詩,未嘗不揩眼而擊節也。"《嶺東驛》曰:"寵辱悠悠兩自驚,飄零何處著殘生。天邊落日懷鄉淚,塞外窮秋去國情。雲葉亂飛山盡黑,月輪低照海全明。羈愁此夜偏多緒,坐對青燈到五更。"《輸城驛》曰:"去國經秋滯塞城,異方雲物總關情。洪河欲濟無舟子,寒木將枯有寄生。自笑謀身非直道,還恐欺世坐虛名。曉來拓戶臨青海,旭日昭昭照膽明。"如此等作,豈下于湖陰輩邪?下詩第四句指安老敗而餘黨未殄也。

《寄齋雜記》:丁酉,修撰龔用卿奉詔出來,蘇贊成世讓以大提學爲遠接使,迎候於鴨綠江上。龔修撰沿路所作相繼出來,極其富麗。蘇退休慎于先聲,遂辭以病。吏曹判書沈彦光爲館伴使,欲自往,往言于安老。安老曰:"非其人莫可。鄭雲卿方在箕城可送。"遂以代之。及詔使之還也,別章沈獨加贈二首,蓋示其能也。人笑其浮誇。

《東詩話》:沈彦光與兄彦慶,力薦金安老爲相,及見安老屢起大獄,流毒縉紳,始悟其見欺。有詩曰:"自笑謀身非直道,還慚欺世有虛名。"出爲咸鏡監司,有詩曰:"洪河欲濟無舟子,寒木將枯有寄生。"是言其悔心之萌也。及安老敗,召還爲判書。

【按:沈彦光(1487—1540)字士炯,號漁村,謚文恭。籍貫三陟。善詩文,著有《漁村集》今傳。其詩渾厚富豔,遒健富麗。《箕雅》收其七絕一首、五律二首、七律四首。】

閔齊仁　　**字希中,號立巖。驪興人。中宗朝登第,選湖堂,官至贊成、兩館提學。**

《宋子大全·左贊成閔公神道碑銘》:嘉靖乙巳士禍,閔公齊仁不能力爭以救,論者以是病之。後百二十有餘年,其耳孫鼎重大受以家狀一通來言曰:"吾祖有可恕可雪者,其可徵不誣如此。"遂取攷其狀,則有史草,有野史。史草則其一乃安公名世作也。安公以直筆被極刑以死,則信乎其言之可信也。蓋我中廟之世有所謂己卯禍者,靜菴趙先生光祖爲之首。其後歷仁宗,明廟卽位而士類殲焉,則所謂乙巳禍者也。時明廟幼冲,文定垂簾,凶黨既盡殺名流,名其刑書曰《武定寶鑑》,少違者家立碎。公時其母夫人尚在,心痛其冤,而不敢直言以爭。然傷慟之意屢發於言,凶黨恚恨,故公遂讁逐以終。按史,文定以密旨諭兩司,使除去仁廟舅尹任及大臣柳灌、柳仁淑等。林百齡、許磁分囑臺諫,則執義宋希奎、獻納白仁傑等自劾而曰:“尹任等雖有可論者,此非其時。”齊仁等亦引避曰:“希奎等所論切直。”院相李彦迪并請出仕,是乙巳八月二十一日也。二十二日,百齡、磁等詣闕上急變。文定與上出御忠順堂,李芑等請論尹任等罪。諸臣同辭救解,只命竄任,罷仁淑,遞灌。二十三日,仁傑啓曰:“事雖微細,猶當光明正大。今内降密旨,大失事體。閔齊仁、金光準將論啓尹任。臣以爲此事出於密旨,不正甚矣。齊仁亦以爲然。遂不論此則可矣。而密旨初下,奔走於宰相之門,有同傳令軍卒。是雖出於爲上慰勞之心,而臺諫之體則掃如矣。”是日,加任等罪有差。二十四日,遞罷兩司,下仁傑于理。二十八日,鄭順朋復疏論任等罪。洪彦弼、尹仁鏡、權橃、李彦迪、閔齊仁、安名世等十五人入對,簾中以順朋疏示之,令議罪。彦迪涕泣請貸,諸臣亦皆以好生爲言。惟磁及百齡陽救陰激,遂賜三臣死,仍致之族。初,白公來見公曰:“此事不可不爭。”公曰:“正吾意也。但以老母在耳。”及見白公啓,歎曰:“誠確論也。”終不以斥己介意。安公名世史草曰:“是教之下,李彦迪、閔齊仁等顔色慘然,餘皆喧笑,或有得色者。”又曰:“知經筵閔齊仁啓曰:‘近來災變甚多。定難之後,人心無不危懼,士氣亦皆摧折。人心和平,然後災變消。士氣培養,然後氣節興矣。尹任等雖不得不用法,而人心危懼。有如萬物畏雷霆之威,閭閻儒生至曰“讀書何用”。人心如此,此乃傷和致災之道也。人雖有罪,必須寬恕。人情莫不欲壽,然享壽之道,亦以仁厚忠信爲本。則自有荐臻之慶矣。’”又曰:“‘豈必罪人?進君子退小人,則人心自定。’經席之上發此言者,惟齊仁一人而已。”此安公特筆也。安公既死,凶黨議改其史草,公又力言其不可。於是群凶駭怒,共謀擠陷。又史:“戊申六月,左議政尹仁鏡、兵曹判書黃憲、右贊成沈連源、左參贊任權、右參贊金光準、吏曹判書尹元衡、同知中樞崔演、禮曹判書李薇、工曹判書宋世珩等會賓廳密啓曰:‘亂逆天地所不容,不可以仁柔治之。左贊成閔齊仁自誅逆之後,每爲仁柔之論。臣等知此論終必有弊,第以勳臣之故,只禁抑而已。至今執迷不回,乃曰:“受罪者多,故災變不止。”且以安名世史草爲不可改,士林之趨慕者皆以此爲是,人心士習日趨於不正,此爲根柢,所關非輕。請罷職。’文定同上御賜對簾中曰:‘所啓甚駭。方今主上幼冲,國事專恃朝廷。豈料爲國勳臣者反爲邪議哉?中宗治尚寬仁,而凶歉相仍,豈罪逆之致乎?安名世褒揚逆賊,而謂其史不可改,尤不可知也。此人常於經席惓惓以仁政爲言,豈料其意之有在歟?’仁鏡曰:‘曩者逆謀始於主上潛邸之時,終發於卽位之初。齊仁性本執拗,謂其定罪過重。臣等恐因此而人心將誤,故共議以啓。其罪則不止於罷矣。’憲曰:‘趙光祖誤其一世,及其見敗,猶以爲是。齊仁常慕己卯之事,故見重於士林。每發一言，人輒誇張。齊仁喜其誇張，不知自止。至曰："念及時事，仰屋長歎。"且聞有鍾樓掛榜，多有不可道之言。'簾中曰：'掛榜事不勝駭愕，我不敢知。主上不當立乎？逆賊不當罪乎？位高勳臣，其所以長歎者何意？'連源曰：'齊仁自是己見，立論多誤。匹夫異議，人猶惑之，況位高之人乎？'元衡曰：'齊仁性本慈祥。凡於罪人，每欲從輕。故儕輩指爲慈悲僧，大臣亦嘗戒責。尚且執迷矣。'演曰：'其勸行仁政，若泛論君德則可矣，若施諸亂逆則非也。議論如是，故士林推重矣。'世珩曰：'黨逆之罪甚於逆賊。齊仁自以博覽多識，人莫我如，故所論如是矣。'是日入侍者必欲加以重律，而簾中只命罷職。於是大司憲丁應斗、大司諫陳復昌、執義李鐸、司諫沈逢源、掌令姜偉、金澍、持平李瑛、鄭浚、獻納李致、正言閔篪、沈守慶等合啓曰：'乙巳逆狀昭著無疑。而前左贊成閔齊仁每於論罪之時，多發伸救之議，至以災變皆由於此。且以名世護逆之筆爲不可改，公然發議，眩惑人聽。'遂削勳遠竄。"史所記既如此。而又斷曰："齊仁爲士林所推，皆望入相。至是被罪，人皆惜之。"野史曰："齊仁以伸救士類謫公州，衣食不能自給。許磁聞之，除其弟齊英唐津縣監。奸黨使陳復昌、李無彊等劾磁云。"公在謫所，日以泉石嘯詠爲樂。登皐臨流，隨意成趣，若將終身。然其愛君憂時之心，亦未嘗一日忘也。嘗作歌遣懷，其大意托於瀟湘之竹，擬作倚天之帚，盡掃蔽日浮雲云爾。己酉七月十日，公年五十七，卒于謫所。初葬懷德三政洞，後改葬楊州平丘驛西北鳴牛里。……其官自及第爲翰林，歷吏兵曹正佐郎、司諫院正言、司憲府掌令、侍講院文學、弼善、弘文館修撰、校理，賜暇湖堂，皆極選也。如承文院、成均館諸司無不歷踐。嘗爲典設守，則以嘗惡於沈貞之子思遜，思遜以守爲公祖考嫌名，欲以困瀰也。陞通政，爲吏戶工參議、副提學、承旨、大司諫、義廣二州牧，嘉善、資憲。則爲咸鏡南道節度使、平安道觀察使、吏刑曹參判、同中樞、漢城左尹。嘗與權公橃、李公潤慶、李文純公滉、林公亨秀同修仁廟事實。仍赴京請諡。再爲大司憲，與宋文忠公麟壽請罪元衡之兄元老。則元衡起禍日也。爲吏、戶、兵曹判書兼兩館提學，以入侍忠順堂。與李文元彥迪諸公同錄勳，封驪原君。及以崇祿爲左贊成，則文定時削奪者也。

《立巖集・序(柳根)》：公嘗兼兩館提學，事大表若奏多出公手。乙巳天使王行人之來，申駱峰辭遠接使，以公代之，公以病辭。公自少至老喜讀書，於經史無不熟，而以《語》、《孟》爲本。公自布衣時擅名詞賦，於詩文尤用工，而以典雅爲主。李容齋少許可，深許公。公喜遊名山，多紀行感興諸作。

《乙巳傳聞錄》：閔齊仁字希仲，驪州人。登庚辰科，乙巳爲大司憲。以密旨之下,奔走宰相家,有同傳令軍卒,被憚于白仁傑。當時含默隨波,至錄衛社之勳,官至贊成。庚戌執政尹致鏡等啓辭,以仁柔之言愛惜罪人。又以安名世所書以爲史記,不可改。竟至削勳。公晚年深自悔,常言:"吾不免爲小人公然説道。"詩有"既被當時誤,應逢後世譏"之句云。

《寄齋雜記》:金參判鸞祥,乙巳名士也,嘗以正言在家。大憲閔齊仁在洞内年紀絶高,而善類誅殺之後,自知爲少年清論所不與,常不安於心。一日赴仕,歷入金公家,先投名緘。俄有一小婢持而出曰:"方梳頭。姑立門内。"閔大慚恚,卽命還家。歎曰:"我爲人所浼,不忍一朝之死,終見辱于鄰里少年。尚誰咎哉?"閔升貳相,常自憤恨。對人歎曰:"當初只欲黜任而已,豈知輾轉至此乎?錄勳論賞,豈不愧乎?"語泄,削勳奪其官爵。

《詩評補遺》:立巖閔齊仁擅名詞賦,而亦工於詩。其題立巖曰:"屹立風濤百丈奇,堂堂柱石見於斯。今時若有憂天者,早晚扶傾舍爾誰。"有特立不搖之志。

《東國詩話彙成》:齊仁年少英邁映麗,作《白馬江賦》,心自負,求正于先達。課以次,中心快然不快。方春花柳滿城,散步南郊,登崇禮門上朗詠其賦,聲振樓樑。時長安名妓星山月丫鬟妙色,將出郊門赴舍人江上之游,聞其聲登城樓,見一年少儒士岸幘諷誦。聽訖,謂齊仁曰:"何物書諷,歌詞清朗?"齊仁曰:"是吾自述。心常自好,而見辱于先輩,而以諷於口耳。"星山月曰:"書生可與言。願與兒同歸蝸室。"齊仁曰:"舍人司號令嚴甚,奈違令被撻何?"曰:"責自歸我,措大何憂焉?"遂與偕歸。留之三日,曰:"向日所誦賦體一本寄我,我當誇之縉紳間。"於是得其賦,陳諸舍人之筵。滿堂縉紳齊聲嗟賞,問:"爾徒何得絶唱來?"星山月吐其實曰:"是妾心上人之作也。"自此,《白馬江賦》大播東方。始篇末無歌,有一文士續之。適有中原學士見之,嘆服曰:"惜乎此歌非賦者手也。無此益佳。"

【按:閔齊仁(1493—1549)字希仲,號立巖。籍貫驪興。著有《立巖集》今傳。其詩典雅。《箕雅》收其七律一首。】

徐敬德　**字可久,號花潭。唐城人。居松京,隱而不仕,研窮義理。贈右相。謚文康。**

《宣祖修正實錄》卷九:(八年五月戊申)贈故處士徐敬德議政府右議政。敬德,開城人。家世單微,業農桑,貧甚。敬德天資聰穎,自奮爲學,嘗以親命應舉,登進士,卽抛科業不復試。築室花潭上,潛心道義,其學專以窮、格爲事,或默坐累日。其窮理也,如欲窮天之理,則書天字于壁,既窮之後,更書他字,精思力究,夜以繼日。如是累年,怳若明透,然後讀書以證之。

常曰："我不得師，故用功至深。人依吾言，則不至如我之勞矣。"其論多主横渠之説，微與程、朱不同，而自得於心，充然自樂，世間是非、得失、榮辱，不以一毫介意，家食屢空，處之晏然。一日門生姜文佑來謁，敬德坐潭上，日已亭午，與之講論，略無困悴之色。文佑入廚，問其家人，則自昨糧絶不炊云。中廟朝薦孝行，除參奉不就，其文集行于世。明廟朝贈戶曹佐郎，至是，朝議欲加贈崇褒。而朴淳、許曄以其門人，主張甚力。上謂侍臣曰："予觀敬德著述，多論氣數，而不及於修身。似是數學，其工夫亦多可疑何耶?"朴淳曰："敬德常言：'學者用工之方，已經四先生，無所不言，只理氣之説有所未盡，故不得不明辨矣。'"上曰："此工夫終是可疑，今人譽之惡之，皆失中矣。"李珥曰："此工夫非學者所當法。其學蓋出於横渠，其所著，若謂吻合聖賢則臣不知也。但世之所謂學者多依倣聖賢之説，中心多無所得。敬德則深思獨詣，多自得之妙，非言語、文字之學也。"上從之，有是贈。

《花潭集·神道碑銘并序(朴民獻)》：先生姓徐氏，諱敬德，字可久。自號復齋，又號花潭。唐城人。……以弘治己酉二月十七日，生先生于禾井里。自幼聰明英果，剛毅正直，敬信長者之言。立云則立，坐云則坐。年近志學，始知讀書。松京有一講書者，先生從而受《尚書》。至"朞三百"，講書者不肯授曰："此非但吾所不學，舉世鮮曉者。"先生怪之，退而精思十五日，通之，乃知書之可以思得也。年十八讀《大學》，至"致知在格物"，慨然嘆曰："爲學而不先格物，讀書安用?"於是乃盡書天地萬物之名糊於壁上，日以窮格爲事。究一物既通，然後又究一物。方其未窮也，臨食不辨其味，行路不知所趨，至如溷湢忘其便旋而起。或累日不睡，有時闔眼則夢中通其所未窮之理。雖古人三年不窺園，冬不爐，夏不扇，無以過也。時年二十餘，蓋不論晝夜，不問寒暑，危坐一室者三年。稟氣雖剛，思索太過，至於成疾，不能出戶。雖欲不爲思索亦不得也。如是者又三年，病乃稍愈。前後六年，無物不格，惟理之本原猶隔一膜，至是皆通之。年可二十四五。蓋古人之格致，由《大學》之教，先生之格致，由本性之妙。考之於外，雖似不同；要其所至，吻然同歸。何也? 理一故也。先生有以自信，然後乃取《四書》、《六經》、《性理大全》等書讀之，與前日所得於格致者，怳然相契。先生曰："吾未嘗理會者，讀書省悟者多矣。其間微詞奥義，先儒所謂'非知道者孰能識之'等處，吾向也有不費多工夫而曉解者。"又曰："若不危坐，思慮不一；思慮不一，不能窮格。"又曰："古人云'思之思之，鬼神其通之'。非鬼神通之，心自通耳。"又曰："就所當然之中，可見所以然之理。"又曰："理之錯綜處在數上分曉。"又曰："人知外象外數之可知，不知内象内數之難知。夫物格知至者，知性知天之事也。"先生年未三十，物已格矣，知已至矣。又曰："吾五十而後意誠。”功程之有序如此。又曰:“吾少也不得賢師,枉費工夫,學者不可效某工夫。”又曰:”賢者雖制行甚高,見處若不灑然,終爲可人而已,且不免退步。不可不知也。”又曰:“吾二十便欲不貳過。”天性至孝,其居憂讀《禮》,至“始死,皇皇焉如有求而不得;既殯,望望焉如有從而不及;既葬,慨然如不及其返而息”,未嘗不三復流涕。恩篤於兄弟,化行於妻妾。子弟有過只溫諭,不以嚴辭責之。平生惡崖異之行,與鄉人處,終日言笑,不見有異也。家至貧,或連日不炊而常晏如。接引後學,見其長進,喜形於色。觀其晦跡山林,若無意於世。聞時政闕失,輒發嘆,蓋未嘗忘世也。先生季年,德益盛,粹面盎背,望之而可知有道者也。鄉隣化其德,有爭辨則或不至官府而來咨决焉。正德己卯,設薦舉科,松京以先生名薦之,辭不赴。嘉靖辛卯,以大夫人命到京師,得司馬而歸。甲辰,以故大提學金安國及館中儒生薦,除厚陵參奉,不起。其冬,靖陵賓天。國制,儒士無服,只白衣冠三年。先生曰:“君父之喪,安可無服?”乃服齊衰三月。是年得病,幾致不救。先生曰:“聖賢之言已經先儒註釋者,不必更爲疊床之說。其未說破者,欲爲之著書。今病亟如是,不可無傳。”乃草《原理氣》、《理氣說》、《太虛說》,倚枕而書之,皆在集中。已而病間。乙巳春,草疏,極論喪制之失,疏成而不果上。……七月,孝陵昇遐,喪制亦如之。先生自甲辰冬連在床褥,丙午七月七日昧爽,卒于花潭書齋,享年五十八。臨易簀,有一門生問曰:“先生今日意思何如?”先生曰:“死生之理知之已久。意思安矣。”松京士庶聞之來哭者相續於道,以其年八月十二日,葬于花潭之岡先墓之側,從其志也。先生歿後三十年,今上八年也。先是明廟朝,已贈先生六品官。至是,臺諫竝乞贈以高秩,臺諫又乞贈謚。上命議大臣,贈右議政,謚曰文康:道德博聞曰文,淵源流通曰康。嗟乎!師道之不傳也久矣。有志於道者雖有良材美質,皆曰賢師難得,終至於醉生夢死者皆是。先生能自奮發,得於性上,卓然自立,使學者皆知雖無師傅,可以學至,而孟子之言益驗於千載之後。先生有功於後學大矣。可謂上接箕子之統,下啓道學之傳也。

《花潭集·年譜》:(略)

《花潭集·重刊跋(尹得觀)》:我箕子《洪範》一書敍天人之道,揭示作聖之法,而要具歸在一“思”字。由前而堯授舜曰“執中”,在後則孔詔顔曰“克己”,皆關思字上用工夫,表裏箕範。至於朱子大學問,箋註經傳,功存繼開。究其所以致此,則亦只是原於思。想其山夜思索,杜鵑聲苦,其求道之始用心之力何如也。若孔子所言“終夜以思不如學”,是爲思而不學者言。孔子既曰“學而不思則罔”,孟子曰:“君子深造之以道,欲其自得之也。”自得之也者,心得之謂也。心之官思,思則得於道,不思則不得於道。

所謂主敬,亦以思之主一而名言。不有思焉,則敬安所用哉?此箕《範》之本旨也。我東學者推静、退二先生爲首,花潭徐先生生於其間。三先生理氣説之互有得失,有栗谷文成公之論。而其所自得則歸之先生與静菴,蓋亦推許之意在其中也。吾祖月汀公嘗朝天,天朝學士有問傳箕子疇數、孔孟心法者,則以静菴諸賢與先生爲對,而曰:"徐某講明性理之學,而數學尤精。"此蓋當時講定於退溪者。而退溪他日傾嚮先生甚,其著於吟詠者可見。則世儒之或以先生之學偏於數而少之,是不知也。數者理也,學焉而不知理,則烏足謂學?孔夫子繫《易》之辭是數也。設夫子無删詩述禮之事,而只《易繫》見傳,則其可以學數而少夫子耶?先生早時精思"朞三百",一望自通曉,遂知《書》之可以思得,壁書天地萬物之名,思之忘寢食,以至貫徹。朱子嘗説學者先識得字義,然後因從此尋箇義理。觀於先生,信然。今集中《原理氣》等説,皆先生思得之言也。其上孝陵擬疏,論喪制不古之失,要復三代之禮者,辭旨懇惻,令人感歎。先生之學亦何嘗偏於數也?如使先生致用於當世,則其嘉言至論之上陳於黈纊,裨益於世教者必不小,而庶幾斯民蒙其福矣。惜乎其未也。先生遺集舊有板本在書院,今皆刓缺。舊都多士圖所以重刊,進士韓命相幹其事。韓君致多士之意,謂余平日知尊慕先生,屬以題跋。既辭不得,則輒書是説,附之卷末。俾知先生之學卽箕子之學,而學者求所以爲先生者而學焉,則庶其有得於作聖之門路云爾。龍集上章攝提格七月朔日乙巳,海平尹得觀謹書。

《石潭日記》:贈故處士徐敬德爲議政府右議政。敬德開城府人。天資聰穎特出,少業科舉,參司馬榜。旋棄所業,卜築於花潭,專以窮格爲事,或默坐累日。其窮理也,如欲窮天之理,則書天字於壁。既窮之後,更書他字。其精思力究,非人所及。如是累年,於道理上恍然心明。其學不事讀書,專用探索。既得之後,讀書以證之。常曰:"我不得師,故用功至深。後人依吾言,則用功不至如我之勞矣。"其論理多主横渠之説,微與程朱不同。而自得之樂,非人所可測也。常充然悦豫,世間得失是非榮辱皆不以入其胸次焉。專不事治産,屢空忍饑,人所不堪,而處之晏然也。其門生姜文佑齎米謁,敬德坐於花潭上。日已亭午,敬德論議動人,略無困瘁之色。文佑入廚問其家人,則自昨絕糧不炊云。其所著文集行於世,論議時與聖賢有差異。故李滉以爲非儒者正脈云。中廟朝,薦以孝行拜參奉,不就。明廟朝,命贈戶曹佐郎。至是廷議請加贈。而朴淳、許曄是其門人,故主論甚力。上謂侍臣曰:"敬德所著書,予取而觀之,則多論氣數,而不及于修身之事。無乃是數學耶?且其工夫多有可疑處。"朴淳曰:"敬德常曰'學者用功之方,已經四先生無所不言。只理氣之説有所未盡,故不得不明辨'云。"淳因言敬德窮理用功之狀。上曰："此工夫終是可疑。今人譽之則極其盛,毁之則極其惡,皆爲失中。"李珥曰："此工夫固非學者所當法。敬德之學出於横渠,其所著書若謂脗合聖賢之志,則臣不知也。但世之所謂學者,只依仿聖賢之説以爲言,中心多無所得。敬德則深思遠詣,多有自得之妙,非文字言語之學也。"上許贈以議政。

《海東繹史》卷六九：花潭講學專以周、邵爲宗,詩亦效法《擊壤》。以金安國引薦,授參奉,力辭。集中酬和者李相國潔又云《花潭集》有《贈留守李相國潔》詩、朴相國祐、沈相國彦慶、李留守龜齡、金都事洪、林正字薈、沈教授義、張教授綸、趙上舍玉、沈别提宗元、朴參奉漑而、朴民獻頤正、金漢傑士伸、趙昱景陽、金惠孫彦順,以及黄元孫、許太輝等,疑皆從遊講學者也。《靜志居詩話》

《五山説林》：花潭先生常患背寒,雖盛夏必不解襦絮衣。其遊頭流山也,當炎熱著絮衣,行步六十里,是日汗流浹骨,其病即愈。自是當暑不着絮。

徐先生深于《易》理,故不事推數,而其學闇合于邵康節,然未嘗一言及康節。一日先生觀康節所著《紫微數》曰："此乃陳希夷術數家之極妙也。"先生之弟崇德嘗以此數問于先生。先生曰："若心地不明,不必學此也。"遂火其書。

花潭先生少時遊金剛山,遂并海而行,途中絶糧,乞米于高城太守。太守乃武人,藐視書生,卧而待之。仍問山遊有何壯觀,先生答曰："登佛頂臺觀日出,此最奇觀也。"太守曰："何如?"先生曰："趁曉飛步絶頂,俯臨萬里。雲霧晦塞,天海相接,有若混沌未判。俄而曙色漸開,六合褰擧,有若輕清者爲天,重濁者爲地,乾坤定矣,萬像分矣。少焉五雲壓海,赤氣射天,層波蕩漾,擎出火輪。海色明矣,雲氣散矣,祥暉藹藹,目眩不能視。轉而漸高,宇宙光明,遠峰近岫,繡錯縷分。筆不能畫出,口不能形諸言語,此第一壯觀也。"太守蹶然而起曰："爾言甚快,令人有遺世獨立之意。"遂厚待而送之。

徐先生南遊智異山,入山久,食糧乏,不火食。一日適値湖南方伯之行,欲刺謁,從者阻之不通。時方伯坐一磐石上,其高數丈。先生一躍而上,方伯怪問："誰也?"先生曰："某是一措大,性喜山水,雲遊四方,以至於此。歎迫在陳,無以糊口,欲乞資於節下,而從者辭焉。敢此唐突,覥借顔色。"監司命之坐,與之語,知其非庸人,厚給米魚而歸。

先生在智理山,將窮最上巓,詰朝卦之。謂從者曰："今日當逢異人。"遂杖屨而上至絶頂,倚松而踞石。有頃有一丈夫立在半空,長揖而言曰："吾知君之來也。"先生曰："吾亦已知君之訪我也。"其人曰："煉氣頤神,上可以白日冲天,中可以揮斥八極,下可以靜坐千春。公能從我遊乎?"先生曰:“神仙黄白之術,雖或傳之,儒者所不道。余學孔子者也。假之九轉妙訣,雖曰可學,余不願也。”其人笑曰:“道不同不相爲謀。吾亦知子之高也。”是日從者皆不見,而先生獨與酬答,從者皆怪之。已而一舉手而電滅,先生未嘗語諸人。及疾革,吾先君自京都往省於松都,先生乃備言之。且曰:“其人身著羽衣,兩臂毛尺餘,年可三十餘云。”

徐先生嘗曰:“天下有三道:儒最上,佛次之,仙又次之。學之亦然。”

徐先生在花潭草堂,一日步遊潭上,觀游鯈,便有濠梁之意。翦紙寸許書數字投水中,一雙魚長三尺所,從水躍出,擲在石上。先生手拾而觀之,笑而投還曰:“古人之言不誣。”時先生讀《莊子》。吾先君自童稚受業先生門下,目覩其事,嘗語之。

《艮翁疣墨》:花潭徐處士《感懷》詩云:“五行交處氣中正,東海吾鄉地一區。孔聖孟賢從古乏,皇風帝治至今無。衣冠暫得於蠻特,禮樂何曾與夏俱。縱有哲人時輩出,不有兵厄定窮途。”又有《謝慕齋惠扇》詩云:“一陣清風寄草堂,據梧揮處味偏長。須知一本當頭貫,始信千枝自幹張。形撮氣來能鼓吹,有藏無底忽通凉。不須拂灑塵埃汩,竹杖相將雲水鄉。”企齋《次徐花潭謝金慕齋惠扇》詩云:“百花潭上一茅堂,庭草春深翠且長。安樂只應師邵氏,清狂非故效琴張。教成白鹿規將熟,裁得青衿學亦凉。聞説古都文獻盛,自慚全未舉窮鄉。”又有《花潭挽詞》曰:“好古悲生晚,探源味道真。燃糠繼匡壁,食糲任顔貧。身臥花潭久,名編竹簡新。斯人今又沒,何處善爲鄰。”

《五山說林》:金安老當國,忌花潭名重,心欲害之,見其“窗豁迎風足,庭空得月多”之句,乃曰:“不過自修之士。”忮心遂已。

《芝峰類說》:徐花潭詩曰:“將身無愧立中天,興入清和境界邊。不是吾心薄卿相,從來素志在林泉。誠明事業恢遊刃,玄妙機關少著鞭。主敬功成方對越,滿窗風月自悠然。”趙龍門昱和之,詩曰:“至人心跡本同天,小智區區滯一邊。謾説軒裳爲桎梏,從來城市即林泉。舟逢急水難回棹,馬在長途合受鞭。誠敬固非容易事,誦君佳句問其然。”蓋花潭詩頗有自許之意,故以勸勉之意答之。

《晴窗軟談》:徐花潭敬德生質近於上知,于“邵易”尤邃。其推出經世之數,無一謬誤。有詩曰:“讀書當日誌經綸,歲暮還甘顔氏貧。富貴有爭難下手,林泉無禁可安身。采山釣水堪充腹,詠月吟風足暢神。學到不疑真快活,免教虛作百年人。”其志之所存,可想見矣。

《詩評補遺》:徐花潭《謝人送扇》詩曰:“誰知一本通頭貫,便見千枝自幹張。”理到。

崔檪，徐花潭門弟也。嘗有一聯云："終宵對月非貪景，盡日投竿不爲魚。"花潭聞此語歎賞曰："非知道者，不能如此形容。"

《東國詩話彙成》：許草堂曄學于先生，嘗以七月就先生家，則云往花潭。已六日即往潭墅，則秋潦方漲，不得渡。日夕，湍稍减，僅涉而至，先生方鼓琴高詠。草堂請炊夕飯，先生曰："吾亦不食，可並炊之。"僕入廚，則苔滿鼎中，草堂怪問其故，先生曰："阻水六日，家人不得至，吾久廢食，鼎其生蘚也。"仰觀其容，了無饑乏之色。

【按：徐敬德(1489—1546)字可久，號復齋、花潭，諡文康。籍貫唐城。著名理學家。研究理氣論本質，排斥老子生死分離論和佛教人間生命寂滅主張。奉享開城崧陽書院。著有《花潭集》今傳。其詩富於理趣。《箕雅》收其七絶一首、七律二首。】

李彦迪　　初名迪，中廟命加"彦"字，字復古，號晦齋。驪州人。中宗朝登第，官至贊成。乙巳謫卒。諡文元，配享明宗廟庭，又配文廟。

《朝鮮明宗實錄》卷一五：八年十一月壬申。是月，及第李彦迪卒。彦迪，字復古，慶州人，自號晦齋，又號紫溪翁。英悟出人，天資近道，事親至孝。勵志聖賢之學，潛心力行，非禮不動。性又寡嘿，務自韜晦。少登第在朝，己卯年間，亦不知爲何如人也。中歲頗遷擢，見忤金安老，罷居田里者幾七八年。雅有高趣。卜地於州北紫玉山中，愛其巖壑瓌奇，溪潭潔清。築室而居之，植以花竹，日嘯詠遊釣於其間。謝絶世故，端坐一室，左右圖書，研精覃思，其工夫比前日尤深且專，實有精詣獨得之妙。及安老敗，復召用。未幾，出尹全州。爲政清明，嘗進十條疏，議論純正，忠誠懇惻，慨然有挽回世道之意。中宗嘉之，擢拜參判。然竟不得施其志，又以母老，辭官就養。不久於朝，末年以病在鄉。仁宗即位，特加恩召，至於再三。於是遂力疾而起，以左贊成赴朝。仁宗昇遐，遂有乙巳之禍，罷歸其鄉。後二年，謫江界府。七年而卒，國人莫不悲之。家甚貧，妻妾或至饑餒。祭先之禮，務盡誠敬，特爲編輯一書，名曰《奉先雜儀》，又哀錄《禮記》等書孝子慈孫竭誠齋祭之事，以爲觀省而奉行焉。其立於朝也，進退建白，正直明切，常以堯舜君民自任。故雖在謫中，猶拳拳不忘朝廷。取《易經》進德修業之義，衍爲《八規》，擬將轉達。而其時監司洪暹以不合時議抑之，不果上。所著有《大學章句補遺》、《續或問》、《求仁錄》，又撰《九經衍義》，未及成書，而用力尤深。雖上無授受之處，而自奮於斯道。暗然日章，而德符於行；炳然筆出，而言垂於後者：求諸東方，殆鮮其倫。後追贈領議政，諡文元。

《退溪集·晦齋李先生行狀》：先生姓李氏，諱迪，後中廟命加彦字，字復古，自號晦齋，又號紫溪翁。其先驪州人。……先生生于弘治辛亥。生有異質，九歲而孤，稍長力學能文，旁通舉業。正德癸酉中生員試。甲戌別舉朴世熹榜登第，年二十四矣。權知校書館副正字，差本府教官，尋入爲正字。戊寅爲著作。參軍公歿，先生承重，居憂制甚謹。服闋陞博士。辛巳選授弘文館博士，侍講院說書，用薦爲吏曹佐郎。甲申乞外爲仁同縣監。丙戌以司憲府持平召還，轉吏曹正郎，除掌令。己丑由成均館司成，出爲密陽府使。臨民御吏，細大皆有條法，吏戢民懷。庚寅召入爲司諫院司諫。時金安老久在屏黜，朝廷方議復引用，以爲東宮孤單，須此人爲之羽翼。蓋安老子延城尉尚公主，於東宮爲有力也。倡此說者，正言蔡無擇。無擇，安老妻黨，以此爲安老得路之地。大司憲沈彥光等隨聲和附，舉朝靡然。先生獨力言其不可，與無擇不合。無擇褫正言，而物論旋訾先生立異，左遷爲司藝。先生一日過沈彥慶兄弟，彥光曰："司藝何以知安老之爲小人乎？"先生曰："安老尹東京時，熟觀其處心行事，眞小人情狀也。此人得志，誤國必矣。"彥慶曰："雖入，豈授以權柄乎？但欲爲東宮地耳。"先生曰："不然。彼若入，非久必秉國鈞，專擅用事，誰敢有禦之者？且東宮，一國臣民所共屬意。何待安老而後安耶？"彥光怒起去，乃宣言于朝曰："李某在朝，安老不得入矣。"遂劾罷歸田里。安老既至，聞先生攻己語，亦不甚怒。慶人有以賄求官者，安老謂其人曰："愼勿令李某知之也。"丁酉冬，安老敗死，中廟思先生忠直，首命敍復，爲掌樂僉正，遷宗簿。入玉堂爲校理，應教。轉中書。由檢詳至舍人。除軍器寺正。俄以直提學，陞秩爲兵曹參知。已而出尹全州，歲中府境大治，其民立碑以頌德。先生雖以親老乞郡，其愛君憂國之念未嘗一日而忘于懷。會因災異求言，乃上疏數千言。其疏爲綱者一，曰人主心術；爲目者十，曰嚴家政，曰養國本，曰正朝廷，曰愼用舍，曰順天道，曰正人心，曰廣言路，曰戒侈欲，曰修軍政，曰審幾微。所言無非格君心措時務，啓沃謀謨，極其忠讜。中宗大王深加奬歎曰："古之眞德秀無以過也。"卽命傳示東宮以及外朝，特旨陞嘉善，俄拜兵曹參判兼世子右副賓客。先生以謂如蒙採言則幸矣，遂有僭賞，非所敢當，上箋懇辭。上不許。於是歷禮曹參判、成均館大司成、司憲府大司憲兼世子左副賓客，弘文館副提學。在館又上疏極陳聖學本末時政得失。辛丑秋陞資憲判漢城府，尋加正憲，議政府右參贊。轉吏曹判書，再爲參贊、大憲、刑禮曹判書、右參贊。癸卯求出爲安東府使，諫院啓留之。先生以母夫人老病在鄉，不可以睽離遠宦，累陳情悃乞歸養。上慰諭之曰："卿辭至切，進退有關，故不允。"命本道題給母食物，又諭令將母來京。先生益爲之惶恐感激，請外愈力。朝廷不得已除爲本道監司，俾以少遂其情。甲辰判漢城府兼左副賓客，會病，乞辭。十一月，中宗昇遐，亦未赴臨，日夜憂慟，病益重。仁宗卽阼，首降召命。乙巳正月，擢爲議政府右贊成。先生再上狀辭病，上下旨敦諭，若曰："往年先王賜觀卿疏，固已歎服。且於書筵聞講說，予爲卿留意久矣。豈不合貳公乎？仍賜藥物，令調以來。"閏月及三月連辭，猶不允。至夏初，病稍間，始克造朝。時先生感兩朝知遇之隆，自力一行，蓋將以有爲也。而仁廟不豫日久，曠不視事，國之隱憂有不可勝言者矣。先生嘗私謂領議政尹仁鏡曰："當今主上無嗣，大君年幼，何不早建白封爲世弟以定國本乎？"仁鏡曰："公言當矣。但今山陵纔畢，詔使臨迫，何暇及此。"七月，仁廟昇遐，今上嗣服。當舉垂簾之儀，百官會議賓廳。仁鏡曰："今有大王大妃、王大妃，何殿當聽政乎？"左右默然。先生曰："昔宋哲宗時，太皇太后同聽政，自有古例，不須疑問。且安有嫂叔同御殿之理乎？今但定垂簾儀制耳。"由是朝無他議。始開經筵，先生入參，伏聞玉音琅然，不覺喜淚下。退詣春秋館，柳仁淑問主上讀書何如，先生曰："聖質英明，讀書無一字差誤。宗社臣民之福也。"八月，政府書啓十條："一，請慈殿善導養聖質。二，請博選經筵官，恒與之講論游處，以進聖學。三，殿下於大行大王，有子道有臣道，喪禮不可不盡誠孝。四，請嚴宮禁防戚里。五，請愼擇宮人。六，請勿用特旨。七，請勿用判付。八，政院職出納惟允，內旨有不合，許令封還。九，宮中府中當爲一體，請勿開私門，以昭平明之理。十，言大行大王學問之效。公道大行，人顒至治，奄至斯極。今上嗣緒，國人方以望於大行大王者望於殿下，其機甚重，願兩殿留神焉。"大率皆先生筆定也。已而將治尹任等罪，兩殿同御忠順堂，密旨引見宰臣。時天威震赫，人莫敢少拂。先生進曰："人臣之義，當專於所事。當彼時專心於大行王者，豈宜深罪？且舉事當顯明，不然，恐士林多有橫罹禍者。"聞者縮頸而先生無懼色。尹仁鏡啓曰："當初議垂簾時，李彥迪問臣何殿當聽政乎。臣答以慈殿當聽政。"先生位稍遠，但聞其舉己名，心疑之。出取《注書日記》，檢得其誣啓之實，然又不欲尹得重罪，乃書啓："云云，仁鏡之言必不如是，恐注書記錄之誤也。"上下其單賓廳。仁鏡失色，無以對，但囑左相洪彥弼。彥弼啓曰："忠順堂狹隘，不便於記注官進退，此必注書誤聞之故也。"先生亦不復辨明焉。是月，錄入侍忠順堂宰樞，賜定難衛社功臣之號，先生力辭，以爲豈可無功而濫受，以紊王典乎？不聽。丙午春，入箚云先賢之言曰："……"三月，呈辭省親，將行進箚云："……"既歸，三上章乞辭職。乃命遞爲判中樞府事。于時，禮官請於當宁幷垂簾，先生聞之上箚云："人君南面而聽治，當如大明麗天，萬物畢照。況在臨政之初，群臣思得一望清光。今乃御殿而障蔽天顏，豈不致群情之疑阻乎？宋朝之儀，蓋以皇帝聽政，侍臣皆坐，經筵講官立。而皇帝與太后東西相對，相距密近，故帝座亦在於簾內。我朝之禮，侍臣與講官皆俯伏,雖史官亦莫敢仰視。何必於殿下竝設簾障乎?至於慈殿同御殿之時,則只得如忠順堂面對之儀。行於今而無惑,垂諸後而可法矣。”是時朝論洶洶,謾讕遂及於先生。秋九月,李芑啓曰:“彦迪惑於邪論,諂附世子,背叛中宗。書上十條,縶人主手足。與柳仁淑交結,多有營救逆賊之言。臣往以贓吏女壻不得爲顯職,彦迪爲大憲時始解之,於臣有恩。今臣爲國不計私,敢啓。”大憲尹元衡、持平陳復昌等繼之。乃削奪勳爵。丁未九月,有無賴子匿名謗國之變,因以大加罪乙巳諸人。先生亦在其中,江界府安置。夫以先生委質三朝,進退心跡昭如日星,而言論疏箚,務引君當道,忠誠懇惻,終始一致,無一毫可疵。而終至不免者,無他焉。初先生在慶尚日,都事李天啓以持平召赴闕,請於先生曰:“聞今當卜相,物論皆歸於李芑。何如?”先生曰:“其人陰險,不可以置相位。”已而李果相而兩司劾罷之。李聞其故,深銜之。至是李以元勳當國用事,先生與之同朝,動與爲矛盾。一日,先生以院相入直,召注書書啓曰:“凡罪人當取服定罪。近日三省訊鞫,過用刑杖,徑殞者多,恐有横冤。欲望用校正杖得情,然後定罪。”翌日,芑入見啓草,忿然曰:“渠恐杖落渠膝,故耶?”加以仁鏡用前釁,反有嗛於先生。元衡以先生嘗有救己之言,屢欲納交,先生絶不往,由是深恨焉。三憾合勢,其謀欲中害,固不遺餘力矣。矧乎一時姦憸之徒,誣善類,阿時相,以饕己利者相環也。按金光準挾私憾,中傷之力居多。凡先生所守,皆彼之所畏。彼輩今日之得志,寔先生平昔爲君上深憂而力防之者。則先生之以忠獲罪,何足怪哉!而於先生又何恨焉。聞謫命,舉家號泣,先生飲食言笑如平時。乃屬之曰:“好侍養大夫人。皇天在上,吾不久當還矣。”先生至謫所之明年戊申,大夫人下世。是則爲先生終天之痛,而先生素有寒疾,至是人益危之。乃以遺衣服設位,朝夕攀號毁慼,以盡三年猶無恙。豈非有所扶護而然者歟?其處困行患,有以自安。進學著書,不輟其功。未明而起,乾乾夕惕。其几案上,書自戒之辭曰:“吾日三省吾身:事天有未盡歟?爲君親有未誠歟?持心有未正歟?”一日,御吏李無疆不意疾馳而入,一府驚怖,以爲有不善意。先生不爲動,正衣冠坐而看書。其一視夷險,不以死生窮厄易素操如此。癸丑十一月,以疾終于彼,享年六十三。甲寅,返櫬于慶州。十一月甲辰,葬于興海郡南達田里之禱陰山,從先壟也。……先生在謫所,作《大學章句補遺》、《續或問》、《求仁錄》,又修《中庸九經衍義》,衍義未及成書,而用力尤深。此三書者可以見先生之學。

《晦齋集·文元公晦齋先生年譜》:(略)

《蘇齋集·晦齋先生集序》:孟子曰:“學問之道無他,求其放心而已矣。”若吾文元公晦齋先生,其眞所謂學問者哉。先生之學,專用心於内,基於誠意而發於致知，故事皆有實而明無不燭。以之爲親盡其孝，與弟盡其友，事君盡其忠，遇士盡其愛。至於御下莅民，處患臨亂，莫不一本其所存而曲當其所應。非務於心學其孰能與此？成仁知之德，立繼開之業，吾三韓有人焉爾。予嘗在辛丑年間以書爲贄而禮焉，望儼卽溫，親承謦咳，竊窺其有方寸之學。遂將程氏附註書叩疑不已，仍請存心之要。久之，先生指其掌曰："有物於此，握則破，不握則亡。"退而省乎心，粗覺其爲忘助之異名，而尤喜其親切而有味也。旣而先師灘叟先生與先生論喜怒哀樂未發，爲予道其詳。予又竊自歎曰："此子貢所以不可得而聞也。"嗚呼已矣！自予入海，先生出塞，歲才七周而塞訃至海。追懷悼惜，每中夜潸然，至恨冥頑獨久於世也。暨聖上始初清明，誤首蒙恩，復侍經幄。感念今昔之不暇，而面受聖旨，讎正先生集，爲之慨然而讀曰："眞布帛菽粟矣乎。"其詩和平易直，其文明白縝密，書札訂辨之切，疏箚規箴之深，與夫當消長危疑之際，言論風旨，無非出於誠而濟以明者，比昔所見聞鮮有不合。然後益驗先生之心未嘗一日而放也。蓋此心旣收，專一虛靜，則道理昭著，自然流出有若是者。焉可誣哉？仍念孟子指出此竅爲已明矣。若予者不知反求，而曰"如此爲俗學，如此爲異學，而如此爲儒者之學"，實先生罪人也，亦可哀已。

《草堂集·晦齋先生集跋》：萬曆癸酉季冬，慶州李晦齋先生之孫浚來見，仍出府尹李侯齊閔書與先生遺稿集。曾聞是集也，退溪先生手自讎校，終年乃畢，必極其精而無一字之未安也。曄謹受而讀之。曰疏曰箚曰雜文曰近體，率皆典重溫雅，深潛縝密，粹然一出於正，眞有德者之言也。

《石潭日記》：李彥迪博學能文，事親至孝。好玩性理之書，手不釋卷。持身莊重，口無擇言，多所著述，深造精微，學者亦以道德推之。但無經濟大才及立朝大節。乙巳之難，彥迪欲周旋陰救士類，故不能直言匡救。而迫于權奸，作推官以考訊善類，至於錄功。郭珣被刑訊，仰見彥迪作推官，乃歎曰："安知吾輩死於復古之手乎復古，彥迪字也？"彥迪後悔，稍與權奸立異。竟得罪，削功遠竄而卒。

《松溪漫錄》：李彥迪晦齋先生《慶州縣東軒》詩曰："鳴鳩枝上七，飛燕雨中雙。"對偶天成，其他可觀者頗多。不專於詩學，而自發於性情，是知稟質高明，則不勞而得也。

《海東雜錄》：先生無極太極書之言，闡吾道之本源，辟異端之邪說，貫精徹微，一出於正。深玩其義，無非有宋諸儒之緒餘，而其得於考亭者尤多。先生年三十作立箴，其言皆古昔聖賢躬行心得要切之旨。

《芝峰類說》：晦齋先生詩曰："萬物變遷無定態，一身閒適自隨時。年來漸省經營力，長對青山不賦詩。"語意甚高，非區區作詩者所能及也。又曰:“萬物得時皆自樂,一身隨分亦無憂。”又曰:“待得神清真氣泰,一身還有一唐虞。”觀此則先生之所養可知。

《詩評補遺》:晦齋詩曰:“江沉山影魚驚遁,峰帶煙光鶴怕栖。物塞固宜迷幻妄,人通何事誤東西。”魚疑出陸而驚,鶴疑入網而畏,蓋先生有感而作也。

《東國詩話彙成》:時朝廷以術業八事選錄朝臣:曰學術、曰詞章、曰吏文、曰漢語、曰醫術、曰地理、曰音律、曰寫字。先生乃題一絕云:“種學辛勤髮欲華,平生事業竟如何。十年用力明誠地,却愧無名預八科。”

【按:李彦迪(1491—1553)字復古,號晦齋、紫溪翁,謚文元。籍貫驪州。朝鮮前期性理學家,影響李滉思想頗多。著有《晦齋集》今傳。其詩典重溫雅,深潛縝密。《箕雅》收其七絕一首。】

沈思順　　字宜中。豐山人。中宗朝登第,選湖堂,官至都承旨。

《朝鮮中宗實錄》卷七一:二十六年十月乙巳。傳旨曰:“……上護軍沈思順以前日張榜鍾樓,臺諫、從出入人員姓名列書,以至直書御諱。思順筆迹明白,作爲榜文,謀陷士類事。學生洪佑世交結,得罪朝廷,江西竄逐,沈貞潛相往見,夢中臺諫全數及政丞、承旨各一員見遞,尹殷輔爲政丞,其父京霖爲兵曹判書,構虚必有情由事。左贊成金克成,臺諫欲駁,左議政李荇,朝夕將發云云。金安老放還之後,欲憑安老,一網打盡士林,作爲飛語,使大臣疑貳,激怒生事,朝廷必有情由。推考事,下義禁府。”

《朝鮮中宗實錄》卷七二:二十六年十一月丁卯。臺諫啓曰:“沈思順筮仕已久,其榜文筆迹文法昭昭皆知。掛榜時,必有隨從者。今以此事爲重,而三省交坐推之,故兩司官員,亦隨參見之,則思順自知罪重,自分必死,無一言受杖,而推問時,只預書傳旨,前招無加減,而更不詰問,有同於尋常獄辭。若此則無得情之時,請須多般盤詰,以有得情之路。”傳曰:“以臺諫啓意,言于委官。”……十二月戊子。傳曰:“前者沈思順身雖已死,可以照律教之,則委官以爲已死者,無照律之例矣。死者不可加罰,但既削《璿源錄》,則不可存其職牒,收職牒可也。”

《朝鮮中宗實錄》卷七四:二十八年四月庚寅。史臣曰:“貼榜之事,安知必思順之所爲也?投石之怪,亦安知非草茅所爲也?思順雖有文墨少技,性本浮妄,不得取信於士林,又以沈貞之故,疾其父子者亦多,其爲疑也固宜,然豈以不聞不覩之事遽疑乎?大抵匿名書,雖父子間,不能相傳,載在令甲,則置之不問可也。當時之議不公,强其所不見之事,以爲思順之所爲,而酷訊嚴刑,殞斃杖下。使思順而實爲此謀,死有餘罪,固不足惜,若有曖昧,則豈不冤乎？"

《古今詩話》：沈貞子思順官承旨，少時登南山，作《放糞》詩曰："一聲雷雨掀天地，香動長安入萬家。"中廟聞而惡之。後得罪，囚死獄中。

【按：沈思順（？—1531）字宜中。豐山人。其詩森邃。《箕雅》收其七絕一首。】

宋麟壽　　字眉叟，號圭菴。中宗朝登第，選湖堂，官至大司憲。丁未冤死。贈吏判，謚文忠。

《朝鮮明宗實錄》卷六：二年九月丁卯。教中外大小臣僚、耆老、軍民人等："王若曰……兹將宋麟壽、李若冰賜死，李彦迪、鄭磁極邊安置。"……殺前參判宋麟壽于清州。麟壽字眉叟，恩津人，寓居清州之馬巖。氣質清明，德性淳粹，篤學力行。在中廟朝，見忤於奸臣金安老，遠謫于泗川縣，僑居四年，足迹不出門外。及安老之誅，羽儀朝著，未及大施。今上初，又爲李芑、尹元衡等所誣陷，竟遭慘禍，痛哉！

《宋子大全·圭菴宋先生謚狀》：先生諱麟壽，字眉叟，自號圭菴。宋氏系出恩津。……以弘治己未南至日壬申生先生。生而粹美，長益端重。自髫齔已知爲學之方，喜讀書，博究經史，日益長進。嘉靖壬午擢文科，選入史院爲翰林，遷弘文正字，仍賜暇讀書，乃一時極選，而於先生不爲榮也。轉著作、博士。丙戌至修撰。丁内憂，極其哀慕之誠。喪除，爲司諫院正言、司憲府持平、兵曹郎官、侍講院文學、議政府舍人。其在憲府，金安老將復柄用，輒劾去之。由是出爲濟州牧使。癘毒所聚，疾病大作，舁還鄉里。安老誣構成獄，遂竄泗川。泗濱海，俗尚貿貿。先生日聚其子弟，教誨不倦，如李龜巖楨輩最蒙其獎進而成名焉。安老伏誅，徵拜禮曹參議，遷承政院承旨。己亥特陞嘉善大夫兵曹參判，歷禮刑曹。丁外艱，没喪，拜成均館大司成。倡以性理之學，盡其誘掖之方，士皆悦服而矜式，蔚有丕變之效。移司憲府大司憲、吏曹參判。時文定王后正位坤極，而其弟元衡包藏禍心。仁廟在東宫無嗣，明廟以大君在邸，人心危疑，訛言煽動。李芑與元衡陰相交結，以爲口後地，而惡先生持正，黜爲全羅監司。先生攬轡之初，便訪有道之士，一以講學敦化爲務，湖之士民從化大悦。已而承命觀周，華人望其儀表，嘖嘖稱賞曰："是眞冰清玉潔之士也。惜乎生於海外，不得與之同朝也。"甲辰，中廟賓天，仁廟卽位。時論益洶洶，中外倚望先生若山斗焉。時先生自燕將還，道拜憲長。先生亦自任以世道，誾誾謇謇，期濟時艱。時元衡濫叨爵命，尹任長秋官，先生并彈去不少饒。有以佗事欲治元衡者，先生不許曰："在先廟則可。今不可假以爲罪。"人服其秉心公平。遞爲漢城府左尹。乙巳，仁廟遽爾賓天，明廟以冲年卽位。時事大變，群凶煽禍。文定御忠順堂，大行刑戮，一時士類殆無得免者。於是曩所不悦於先生者爭相齮齕，指先生爲浮薄領袖而斥逐之。先生遂歸清州先墓之下，一室圖書，對越神明，溫尋舊學，不懈益勤。時有遣懷之作，冲澹自適，若無意於斯世，而其愛君憂國懇懇之誠未嘗食息忘也。越二年丁未，良才驛壁上有書，指斥時事。奸臣鄭彦慤，取其壁書，載詣闕下上變。文定見之大怒，李芑、元衡等指以爲先生之徒所爲。芑等會賓廳，錄在謫籍人，定其當死者，點其名，至先生名，芑改濡筆大點之。鄭順朋曰："惜哉此人。原慤士也。"芑顧順朋曰："鼓擇賢之議者不死而何。"既而芑語人曰："宋某豈不是善士？但行大事者不可拘小仁。譬之作室，拓其基址之時，雖有好花佳木豈得不刈去也。"命至，先生沐浴具冠帶，移書親舊曰："皇天后土，實鑑此心。"顧其子曰："勿以我爲戒，怠於爲善。"顔色不亂，從容就命。是九月戊辰也。是夜有白氣自其廬直亘于天，彌數日不散。……宣廟初卽位，特命伸冤復爵。人心慰悦，士林感動。自是斯文稍振，以啓文明之運，豈不偉哉！

《圭菴集·附錄·年譜》：（略）

《圭菴集·圭菴先生文集序（宋秉璿）》：圭菴先生以正學大節，當己卯斬伐之餘，慨然以聖賢爲必可學，三代爲必可復，自任以世道，期濟時艱。慍于群小，竟遭壁書之慘禍。至今談之者莫不氣塞而哽咽。嗚呼！陽消而陰長者，非氣數也耶？雖然，百世之公論不泯。列聖之所崇報，士林之所尊仰，彌久彌隆，而婦孺輿儓皆知芑衡之爲萬古凶邪。則弱者於是乎伸，強者於是乎屈。《易》所謂復見天地之心者，信不可誣矣。先生遺集，收拾於禍變之餘者，僅若干篇。噫！零金片玉，愈小而愈奇者，宜其壽傳於無窮矣。先生後孫弼憲在容等與諸章甫合謀剞劂，以秉璿忝從裔，託以弁卷之文。嗚呼！栗谷李文成公嘗謂"先生忠孝俱至，欲做三代事業"，同春宋文正公於經筵極稱先生道學之正，申象邨亦以"儀鳳瑞世，建標百禽"贊頌先生。我文正公又表其墓曰："資稟和粹，如春陽慶雲；守確行果，則壁立千尋，水臨萬仞。"小子復何敢贅焉？後之人欲知先生之爲先生，則盍於諸先生說想像其大槩也哉。謹爲之書。時閼逢執徐剝之上澣，從後孫秉璿謹敍。

《稗官雜記》：宋參判麟壽自號采雲子，又號圭菴。嘗受學于嚴上舍用恭，又質於慕齋金公。平生好學不倦，慈詳愷悌，嗜善如飢渴。少年登第，歷敭清華，名望甚重。然性正直，忤於一二小人。乙巳歲，當路者以爲士林領袖，構罪革職，退居清州之村舍。至丁未秋竟賜死。手書付兒子曰："勤讀書，以慰九泉之魂。"其友人爲宰相者，聞而哀之曰："渠既好學而死，又勉子以讀書，尤可悲也。"圭菴之遭禍，人謂之"愚君子"。嗚呼！安有君子而愚者哉？友人卽元混也。

《乙巳傳聞錄》:天資近道，出言制行暗合古制。當己卯禍敗之餘，士氣摧沮，斯文將晦，而獨慨然有朝聞夕死之志。聖賢之書未嘗釋手，沈潛義理，篤信力行。事必師古，動遵繩墨。平居端斂，容貌和粹。其待人接物溫溫如春陽和煦，而各得其歡心，望之知其爲有道君子也。孝友出於天性，事親事兄各盡其道，人無間言。居喪致哀，祭必誠敬。至於立朝事君，竭心力，終始不變。是雖生質之美，而學力所至，夫豈小哉？同時名賢有若金慕齋安國易簀之際托以國事，李晦齋彦迪亦以初服陳戒之辭就正焉。其見重於二公如此。以元衡、李芑之讎怨，而猶有公正之歎。蘭竹之比，則公之德有不可掩也。《行狀》

仁廟嗣位，成服後翌日，即擢尹元衡爲工曹參判，蓋以慰慈殿之心也。公爲大憲，論劾逾月，竟奪嘉善。從弟麒壽告以外議，不聽。妹夫成悌元清修好古，公心重之，言無不從。一日同宿，從容語及"不必堅執"之意，終不回。重言，則佯睡不應云。

乙巳禍作，圭菴公被劾，歸清州村舍。退溪先生寄詩曰："圭菴昔在風塵中，瀟灑不作風塵容。今歸清州學耕稼，清城穀熟如姑射。肯將榮辱入靈臺，一簞一瓢師顔回。吾聞天下有至樂，非金非石非絲竹。同志之人與我違，獨抱塵編忘是非。"

尹元衡謂宋麒壽曰："圭菴獲罪而死，心實未安。"麒壽答曰："特地梅花豈能久存？人之生死莫不有數，何恨之有？"一世之人非笑之。

《詩評補遺》:成昌山希顔舊第在墨寺洞，洞壑幽邃，宋圭菴麟壽賃居之。余外高祖林塘鄭相公往訪，圭菴謝以詩，林塘即次之。一時文人多酬和，成巨秩。圭菴詩曰："玉人乘月訪幽居，柴戶推來樹影踈。山釀暫開千日酒，盤肴偶得八梢魚。狂詩不用傳驚俗，清話方知勝讀書。明日送君山下路，小塘寥落似逃虛。"林塘詩曰："衙罷歸來喜索居，一庭林月正扶踈。朝陽已覺鳴祥鳳，大壑還須縱巨魚。松蓋當門能迓客，竹窗留雪好看書。孤舟不盡山陰興，絕磴雲梯擬跨虛。"鄭湖陰士龍詩曰："都憲來尋故相居，風聲一世未應踈。登門却憶攢華轂，置酒今逢換佩魚。韻勝西清聯傑作，籍通東觀借奇書。猥蒙不鄙論文事，畫餅充饑實小虛。"申企齋光漢詩曰："城南地僻類吾居，不識朱門生事踈。愛酒只宜頻問月，耽山何用更焚魚。歸朝幾度聞新政，入室惟應檢舊書。彼此欲論同氣味，小堂清夜坐須虛。"申龍川潛詩曰："地僻還如少隱居，坐來心事自蕭踈。庭前松老應棲鶴，檻外池清合養魚。退食幾回文會友，焚香更喜夜觀書。看君靜裏功夫得，方寸無塵水月虛。"金河西麟厚詩曰："朝回一室儼閒居，餘事無妨時放踈。筆下倒傾三峽水,墨池飛出北溟魚。人歸暮徑月窺榻,門掩落花風卷書。誰向此間初卜築,只今偏覺境清虛。"林錦湖亨秀詩曰:"身綰金章且索居,故人多病孟生踈。雞群此日還留鶴,澤畔當年未葬魚。着睡谷禽窺戶牖,入簾山翠潤琴書。朝回日日燒香坐,松月臨窗夜幌虛。"林石川憶齡詩曰:"寒齋寂寂比僧居,地僻門前馬跡踈。志不公侯吾與點,夢遊江湖我知魚。欲爲天下無雙士,肯讀人間非聖書。思托一尊論世事,遠來風疾正乘虛。"朴駱村忠元詩曰:"欲專丘壑爲移居,長對終南卷碧疏。忙裏朝参齊紱冕,閑中事業察鳶魚。將身博健囊無藥,挽世歸淳腹有書。屬和篇章描景仰,始知名下士非虛。"石川詩最好,令人諷誦不厭。

《長貧居士胡撰》:圭菴宋先生自幼時誠孝篤至。平生勤於學問,手不釋卷。至於奠雁之夕,亦明燈讀書。人以"書淫"目之。居親喪,泣血三年,衣袖盡爲之腐,有白燕巢於廬上亦三年,人以謂孝感。一日謂老奴曰:"汝擇雌雞之腯者而烹之。"入哭几筵。仍就奴舍而食之。奴謂其妻曰:"無病而食雞,非狂而何?"不數日病大作,半歲幾不起。喪畢之後,日詣伯兄家展謁先祠,雖雨雪不廢。與李芑爲再從而同居一里,芑家在先生家上。往返每歷訪,先生一不答,蓋醜之也。李以此憾之,欲中傷未得其會,只罷其官。歸清州先墓傍寓之。會鄭彥慤以壁書變告,芑曰:"宋某久爲大司成,養士子浮薄之習,致有今日之變。不殺此人,無以杜後弊。請並置重典,仍賜死。"命至之日,適先生初度前一日也。先生常謂:"遠謫之命不朝即夕。"將于此日會親屬作別。于時梨花盛開,月色微明。先生炒牛胃,進酒于伯嫂前曰:"今夕亦可少酌矣。"仍就枕,鼾息聞於外。須臾門外有聲,隱隱如微雷響。其婢文林謂其女伴曰:"令監明日欲起舞,令我作足巾。雷聲殷殷,雨徵且有之。計不諧矣。"乃軍馬馳圍聲也。俄有扣門者,叫之甚高。視之,金吾郎來矣。侍妾顛倒告之。先生曰:"不有死命,急遽其如是乎?"即起攬衣而出。侍妾在後挽其帶而哭之。先生解帶而出曰:"即取此帶來,君命不可少緩。"跪請都事曰:"願聞教旨而死。"即示之。先生曰:"釀成浮薄之習,此亦非所知也。至如親密鳳城之語,請罪者誤矣。臣曾于闕門外遠聞辟除聲,避入工曹門,一度望見而已。"又請沐浴,翦爪更衣,跪作一書遺其幼子:"慎勿讀書。"旋即改書曰:"書不可不讀,但勿赴舉。"即奉藥北向再拜曰:"臣罪萬死,猶使自處,聖恩罔極。"又首先塋,再拜而告曰:"事君無狀,致有今日。將何面目拜於泉下乎?"兩手仰藥,舉止如常。府卒使家人進一紬巾,竟以馬繩縊之,目不瞑而死。是夜無雲而雷,盲風大作。哲人之冤,天亦隱之。痛哉!先生乃我外舅之從兄也,外舅常流涕言之。

《海東雜錄》:圭菴樂善好學。嘗以副使朝京師,中朝人稱公爲"一片冰玉”。乙巳禍作,指爲浮薄徒領袖,削奪官爵,丁未賜死。臨死大書曰:“皇天后土,實表此心。”從容就死。

丁未有後命,金吾郎至,公跪聽傳旨,沐浴就死。貽書訣其堂弟麒壽曰:“皇天后土,可表此心。一子托子,吾何憂焉。”其《戒子書》曰:“毋以余之被禍沮抑,勤讀書,戒酒色。喪事從儉無違禮。負愧而生,不如無愧而死。”筆劃飛動,凜凜有生氣。其平日所養可見矣。時年四十九。今上初命復爵,玉堂上劄請加贈,不許。

【按:宋麟壽(1499—1547)字眉叟,號圭菴、采雲子,謚文忠。籍貫恩津。性理學家。奉享清州莘巷書院。著有《圭菴集》今傳。其詩正大,如零金片玉。《箕雅》收其七律一首。】

羅　湜　　**字長[正]源,號長吟亭。羅州人。乙巳被禍。**

《宋子大全·長吟亭羅公墓表》:國東門之外四十里,豐壤縣朔丹里某向之墓者,故長吟亭羅公諱湜字正源衣履之藏也。嗚呼!今去嘉靖丙午百有三十年,而過其前者必彷徨躊躇,涕咨而不忍去者,是何故而然耶?嗚呼!當時士禍之慘可忍言哉。縉紳之稍知善惡之辨者皆斧質與桁楊矣,况公早游靜菴趙先生門下,聞性理之説,所與交皆一時士流,則群小輩固已側目矣。而“孤舟早泊”之詠又挑禍機,轉輾貝錦,遂至於及。蓋如着絮之人行乎荊棘裏,終不得免。噫!詩發於性情,故《大小雅》尚有譏刺,先王但當省德謹令,惟謝疵是務,故志通政脩,而後世莫及矣。當公時,明廟幼冲,姦凶堵立,公安得不死哉?且夫忠順堂乙巳召對,公之弟副提學淑與李晦齋彥迪竝行而入,晦齋謂曰:“今日死生決矣。吾與子俱有九十老親,當若之何?”副學曰:“身既許國,何可顧他?吾則已受教於母矣。”其母,趙大憲益貞女也。晦齋憮然歎曰:“有是哉,母氏也。”副學入,則極言奸凶欺誣狀,遂被遠謫。公於是時詩雖無作,其得免乎?遂竝隸謫籍。翌年丙午,同日有後命。公以十一月三日終於謫廬。副學公地差遠,故後公者三日,而西距公幾步者其墓也。蓋惟當時奸凶等譏上曰:“某以宋麟壽爲領袖,其心貳於鳳城君。”麟壽即圭菴先生也。公詩雖發於不平之鳴,然非副學公,群凶不必以籍其口。雖有副學公之直言,若無鳳城之譏,則上心必不至疑惑。此與元祐之定策,我朝之蟲篆前後一轍。噫!古今君子何負於天,而必生蛇虺鬼蜮以禍之也。彼朋、齡、磁、芑輩富貴燀赫,累世不絶。而諸君子抱冤泉下,嗣亦多絶。天之報施,其何如哉?雖然,諸君子令名長世,而彼之遺臭亦與之無窮。此天之所定也歟?副學有子允平,資性絶人,奸凶劫欲妻焉。走哭於墓曰:“與其入讎人門,不若死。”遂縊焉。嗚呼!有趙氏賢,故能有公兄弟,而公兄弟又能有允平，一家風節蓋有原委。公有弟曰瀷，其玄孫牧使曰星斗，亦世家風。嘗欲立石以表公墓而未果。今其胤良佐、碩佐克述其事，而屬筆於余。余圭菴先生之兄之孫也。其傷慟之情無有異同，故遂不辭而爲之序如此。公安定人，高麗安川君天瑞是其鼻祖。曾祖裕善，梁山郡事。祖繼宗，贈引儀兼參軍。考世傑，昌陵參奉，贈司憲府持平云。大匡輔國崇祿大夫，原任議政府左議政兼領經筵事，監春秋館事，世子傅恩津宋時烈撰。

《長吟亭遺稿·序(朴世采)》：公之所著軼於禍餤，惟詩賦八十餘篇幸而得存。詞高意遠，絶去雕飾間，猶足以見其愛君戀親，傷俗厲操之大致，非後來詩人所能及。或曰："孤舟一句實媒其禍。"嗚呼亦悲矣。《舊序》又以"除小尹，奉正統"定爲公語，是則不及詳考外史之過。似不可以不之辨。

《草堂集·長吟亭遺稿序》：先生天才絶出，尤長於詩。苟有所詠，必爲絶唱。可傳於世者非一二篇也。

《乙巳傳聞錄》：羅湜字正原。豪俠好義。爲參奉。羅州人也。乙巳禍作，辭連李輝，杖流興陽安置。傳曰："丙午十月二十五日，當初除逆賊之時，自上以示寬仁大道，使人心自定。今聞凶逆之徒頃與尹任、柳灌、柳仁淑交通締結，密圖不軌，唱爲擇賢之說，其凶謀情跡昭著無疑。亂賊之罪，王法不赦，人臣所不共戴天。當不分首從而正王法，而乃用寬典，刑厥元魁，罔治脅從，使反側之徒尚保性命。人心横鬱，久而愈激。追正王法，以快人心，在所不已。湜本以凶悖之人，常懷不軌之心。當中宗朝，構成易樹之說。乃曰'竊負東宫，避居慶州'，是既爲上聖之逆臣。而及上即位之初，與逆輝等共唱擇賢之説，凶言逆論，又發逆瑠之招，謫興陽。後因臺諫所啓，移配江界。罪關亂逆，賜死。"

《海東雜錄》：羅湜，比安安定縣人。字正源，自號長吟亭。資稟英秀，天才絕出。爲詩冲澹近古。竟罹乙巳之禍，竄極邊見殺。教誨二弟，皆爲名士。有遺稿一帙行於世。

長吟亭天才絕出，尤長於詩。苟有所詠，必爲絕唱。偶吟一絕云："日暮滄江上，天寒水自波。孤舟宜早泊，風浪夜應多。"甲辰年間，忤奸黨，竄死于邊。今讀此篇，令人未嘗不三復嗟悼。

《鶴山樵談》：長吟亭羅公湜雄文直節，彪炳千載。"孤舟宜早泊，風浪夜應多"之句，前人固已稱道之，其《題畫猿》詩二絕，蓀谷推之，以爲畫中有畫。詩曰："山猿擁馬乳，脚踏長長枝。收拾落來顆，誰分雄與雌！"又曰："老猿失其群，落日枯查上。兀坐首不回，想聽千峰響。"下詩尤奇。

《惺叟詩話》：羅長吟湜有詩趣，往往逼盛唐。申、鄭諸老會于人家，方詠蒲桃畫簇，沉吟未就。長吟乘醉而至，奪筆欲書簇上，主人欲止之，湖陰曰："置之。"長吟作二絕，其一曰："老猿失其群，落日枯楂上。兀坐不回首，想聽千峰響。"湖老大加稱賞，因閣筆不賦。蓀谷亦云："此盛唐《伊州歌》法。所謂截一句不得成篇者也。"

《芝峰類說》：羅湜號長吟亭，見時事危險不復舉，務自韜晦。及丁未壁書之禍，與其兄副提學淑俱不免。嘗有《聞儺》詩曰："儺鼓咚咚動四間，東驅西逐勢紛如。年年聞汝徒添白，海內何曾一鬼除。"結句蓋有所指，而語意太露，其免於禍難矣。

【按：羅湜（1498—1546）字正源，號長吟亭，籍貫安定。趙光祖、金宏弼門人。蔭補陵參奉。明宗即位年（1545）乙巳士禍時罷職，謫流興陽，次年安置江界，並賜死。著有《長吟亭遺稿》今傳。其詩高古冲淡，詩中有畫。《箕雅》收其五絕二首。】

朴光佑　**字國耳，號潛昭堂。密陽人。中宗朝登第。官至執義。乙巳杖死。**

《宋子大全·華齋朴公墓表》：國朝賢士之禍莫慘於己卯。謹按安氏錄云："朴光佑字國耳。禍作入闕門被傷，裂衣幅裹頭，坐於政府外廊。都中坊里約徒之欲上箚伸冤，求其文者簇立於前。李參判澯、金參知魯皆年妙善書，使兩公把筆臨紙，公左酬右言，文詞涌出，金李猶未及書。一時所製十餘道，辭意懇切。後登乙酉科，常散官。乙巳以司諫杖殞。丁未籍沒家產。今上庚午，復官爵給財產。"又按家狀："公年二十五中己卯生員，與兄光佐同取乙酉明經科，連斥爲幕職。丁母喪，廬墓三年，拜哭不避雨雪。乙巳爲司諫。士禍復起，犯顏爭論。下獄供辭有'求仁得仁，又何怨尤'語。時十月五日也，年五十一。臨絕託友人以三子，使爲學而勿入科場。葬于坡州先塋丁坐之原。"公尚州人，其上世沙伐國主也。高麗贊成事佀封商山府院君，自是世有達官。本朝，吏曹判書良生、監察濡、寺正貞地、生員璘，是公高曾祖考也。妣張氏，同知有誠女，其先浙江人，有舜龍東來，受籍于德水縣。張氏德性純篤，爲諸子築書室，禁切閒出入，使諸子終有所成就也。公配朴氏籍密陽，其考義齡也。三男受、容、宜。後朝廷授受以司圃署司圃，不肯仕。谷騎牛讀書，遊都市中以自晦，蓋遵遺意也。三子皆無子。公伯氏孫長裕爲司圃後，長裕亦無嗣。嗣其後者，其兄景裕之子轅而有七男，曰而文、而煥、而昌、而燁、而章、而彬、而亮，女壻鄭晉三也。內外男女甚蕃，其顯者而煥、女壻持平李伯麟、容之外曾孫正郎姜汝載及其子正言碩昌也。宜側出定生、殷生。殷生二子霖、霙也。今來請墓文者，而煥及而文之男榥也。安錄所謂"今上庚午"卽宣廟三年，栗谷先生伸雪乙巳諸賢時也。狀中所謂"乙巳士禍”,文定垂簾時也。所謂“丁未籍沒”,鄭彥愨壁書告變時也。余竊惟公以高才美質,發軔正路,早爲靜菴先生所賞,自期許甚不淺也。始不幸而遭袞、貞之禍,再不幸而被衡、芑、朋、磁之螫,竟殞其身。痛矣痛矣。雖然,前與靜菴諸賢同其流,後與晦齋、圭菴同其波,芳名無止,榮及後昆,不可謂不遇。爲善者可以勸矣。時崇禎強圉單閼坤之上澣,德殷宋時烈述。

《知退堂集·壽春雜記》:朴光佑,字國耳。文章雄渾。己卯,趙靜菴被罪,館學儒生排闕門號哭稱冤,門者禁之。光佑傷頭流血,以布裹頭而坐,草伸救之疏。各坊香徒人等亦爭求文以訟冤。光佑左酬右答,思如涌泉。爲人骯髒,不容於時,沈屈外官。中廟末年,以江陵府使召入玉堂。未幾遷拜司諫。乙巳兩司會中學,識罪瀣、任等,光佑以爲不可。及瀣等死,庭鞫尹任家人等。慈殿教曰:“中學罷會後,臺諫有直往瀣任家者,可鞫其由。”蓋指光佑及鄭希登也。杖訊六十,竄配,死于道。希登以掌令同光佑等議,亦死杖下。蓋於其日,光佑、希登或向昭格署洞,或向藏義洞,乃瀣、任所在之洞也。光佑等實非往見瀣、任。而爲元衡耳目者布列街路,見其馬首所向,爭相告言,故首被酷禍。光佑子受、宜皆不應舉。受以深於《易》見稱,仕至兎山縣監。宜楊州牧使。

《乙巳傳聞錄》:朴光佑字國耳,密陽人也。己卯生員。禍作入闕被傷,裂衣幅裹頭,坐於議政府外廊。都中坊里約徒之欲上章伸冤求其文者,簇立於前。李參判瀣、金參知魯皆年妙善書,使兩公把筆臨紙。公左酬右言,文詞湧出,金、李猶未書。一時所製十餘通,辭意懇切。公自少明經學能文章,登乙酉甲科。仁廟朝自江陵府使入爲司諫。乙巳禍作,以司諫中學一會不從其議,且以罷後直向柳瀣家,與李若海、郭珣同坐談話,鬫庭推鞫。分配鳳山洞仙驛。未發配所,因杖毒出敦義門外卒。

《長貧居士胡撰》:朴先生光佑與鄭公希登俱庭鞫受刑,幾於死,比曉僅蘇。問于鄭曰:“昨日大妃在上,不欲出聲,而不忍其痛,不覺出於口。公獨何人,了無一聲乎?”鄭曰:“落膝之杖豈不爲痛?第梓宮在近,竊恐惡聲之及於此耳。”先生歎曰:“意未及此,不及公遠矣。”獄卒聞之者泣下。皆殞於杖,痛矣哉!

《星湖僿說》:朴司諫光佑號潛昭堂,乃乙巳遺直也。其《題江陵月靜寺》詩曰:“松檜陰森一徑通,入門初見殿扉紅。千層寶塔回飛鳥,八角神鈴響半空。法帙漫傳王子跡,居僧那識世尊功。鍾鳴忽作文殊會,王座香煙萬壑風。”可以見其氣概矣。

【按:朴光佑(1495—1545)字國耳,號蓽齋、潛昭堂,謚貞節。籍貫尚州。文科壯元。因擅長詩文而隨行遠接使。《國朝詩删》及《箕雅》僅收其

七律《月精寺》一首。其詩氣概雄卓。】

林億齡　　**字大樹，號石川。善山人。中宗朝登第，官至監司。**

《南溪集·江原道觀察使林公墓表》：湖之南蓋多名賢逸士，至我中明之際最盛，然其風節文章卓然爲一時諸賢所重者，惟古觀察使石川先生林公億齡最著云。公字大樹，善山府人。……公以弘治九年二月十六日生。蚤孤，以母夫人命從朴訥齋祥昆弟學。正德丙子登上庠，嘉靖乙酉擢大科，自是歷踐講院、弘館，累拜憲諫諸官及舍人，陞至承政院代言。間出守同福、錦山二邑，觀察江原道，最後爲潭陽府使。其出處可考者如此。卒於隆慶戊辰三月九日，壽七十有三。卜葬家北數里馬浦抱戌之原。公性俶儻不羈，有奇節偉氣。少以詞藝顯，出入華膴。顧其志操貞潔，未嘗隨俗俯仰，至見奸邪用事輒發其不平，繇是晚更落拓遲回。乙巳之難，棄官還鄉。雖紆郡紱，旋皆謝歸，無復當世意。卜築于昌平星山洞，水石幽勝，常往來棲息，婆娑嘯詠以自適焉。其爲文章雄肆豪逸，大抵原於南華、青蓮，往往膾炙人口，至或有不可窺測者。所交游多一世名德，最與成聽松守琛、金河西麟厚二公善，其志義相符可知已。以至後來嚮往者愈甚，栗谷李先生嘗寄贈公有“今日屈膝”之語，蓋其歸趣不獨以詩然也。嗚呼盛哉！公娶知禮錢氏，生子曰濚，無嗣，今只有側出後孫及外裔若干人。由此平生事行顛末無一考信，墓又不竪片石，其亦可謂悲矣。今海南縣監柳君尚載行省公墓，慨然圖所以表之者。貽書世采，願紀其梗槩。余惟公以高才異姿，仕當先後抗揑，卒之不遇以歿。其所蘊畜固非世人可知矣。矧其有絶塵奇傑之辭而不以自多，有傷時憂蹙之志而不以自見，有謝事歸休之美而不以自異。後之人徒見其胸懷超然若離群出世，浮游八極之表者，而它又無得而稱焉。惟念同時諸賢或風韻迭倡，或德義相推，咸以爲湖南名賢逸士之巨擘，至今昭揭耳目。斯乃所以知公者歟？斯乃所以知公者歟？嗚呼盛哉！抑柳君爲攻，殆亦有聞於彰樹之義矣。是爲表。

《乙巳傳聞録》：林億齡字大樹，號石川。平澤人。登乙酉科，官至觀察使。學識有方，處心剛直。英氣發越，文詞雄放。遇事敏捷，平生少許可。乙巳禍作，公出則忠信俱備，入則含默不言。其弟百齡陰結權奸倡禍士林，公貽訓戒之詩，至切至憤。百齡不從。以常人言之，則兄弟之間，所當與同禍福。而見其不義切責如此，且不汙身於其間，竟棄官南歸。有詩“好在江漢水，安流莫起波”云。及守錦山，百齡送《原從功臣録卷》，乃山谷屏處作祭文以付火。嘗有詩曰：“竹老元逃削，松高不受封。何人與同調？窮谷白頭翁。”蓋自况也，至今膾炙人口，士大夫高其義。曹南溟贈以詩曰：“今有石川子，其人古遺節。芙蓉信聳豪，何言大小别。昔年邀我於，山海之蝸穴。看來豆子熟，琬琰東西列。石川千木奴，破甘香滿舌。雖饑可食言，人益洪爐雪。尚忍明逸戒，有懸非解泄。”其相與如此。吁！以公之賢而抱負奇才，不得大有爲，世皆惜之。

《松溪漫録》：林石川億齡甫夢得一聯云：“風飄枯葉江干墜，雲抱遥岑海上生。”其後按節關東，登三陟竹西樓，所見果協前夢。

趙松岡士秀甫之出宰濟州，石川贈之以詩曰：“嘗登南嶽望，孤島海中央。舟楫西通浙，驊騮上應房。爲官何異謫？此别最堪傷。”末句忘未記，而縉紳間皆以爲：“此詩有古人氣象。”

《遣閒雜録》：近有石川林公億齡，以能詩名。有人請賦酒詩，呼“甘”字韻，林即應聲曰：“老去方知此味甘。”又呼“三”字，應聲曰：“一杯通道不須三。”呼“男”字，應聲曰：“君看嵇阮陶劉李，不羨公侯伯子男。”真奇作也。余歎賞之餘，乃次其韻以戒兒孫：“曾聞大禹飲而甘，嗜酒全身十二三。勿把一杯宜戒慎，須知遠色是貞男。”反林之意，而詩則不及遠矣。

林參判億齡號石川，海南人。爲詩俊逸清新，早名於世。乙巳之禍，與其弟百齡志意不同，未參衛社勳，而猶仕於朝。晚除潭陽府使，作詩曰：“朝趨北闕暮南州，竊比明時僞許由。蹤跡似雲舒或卷，行藏如水止還流。何妨混世陶腰折，追悔爭名羿彀遊。歸老海邊吾已决，黄花朱橘故園秋。”又曰：“吏散空庭鳥印蹤，杏花疎影月明中。白頭剛厭烏紗帽，客去而懸客至籠。”

《惺所覆瓿稿·惺翁識小録中》：林石川億齡卓犖不羈，登第後不喜仕宦，屢爲清顯，不肯來，以故多棲遲外官。其季百齡，参乙巳功臣，勢傾一時。石川時在京爲承旨，亟棄去，百齡苦留不聽。及渡漢江作詩贈之曰：“好在漢江水，安流不起波。”遂終不至，士論韙之。百齡死後，晚年來京，求爲江原監司。遍踏海山，篇章淋漓，至今輝映林泉。政化亦清寧，未幾拂衣。

《惺叟詩話》：林石川爲人高邁，詩亦如其人。《洛山寺》詠龍升魚降之狀，文勢飛動，殆與奇觀敵其壯麗，其“心同流水世間出，夢作白鷗江上飛”，矯矯有神龍戲海意。

《晴窗軟談》：林石川億齡，詩人也，且有奇偉氣，落落不隨時俯仰。詩學青蓮，而家數甚大。嘗詠其一小絕曰：“人方憑水檻，鷺亦立沙灘。白髮雖相似，吾閑鷺未閑。”其睥睨豪横之意可見。

《詩評補遺》：林石川嘗題詩于海印寺一柱門曰：“一柱門前憩，三竿日欲曛。梨花山雨後，滿地白紛紛。”石川歸語其友曰：“吾留一絕于海印寺。”因誦之，曰：“吾詩佳矣。但恨‘山雨’之‘山’不下以‘春’字。”其友愕然曰：“君偶得造化之助，有此佳作，而反欲壞了天然耶？”石川乃頓然自悟云。

《東國詩話彙成》:石川尚氣不曲循規矩,故放大筆,窮紙之多少。往往有踈處亦不小。其詩有曰:"天垂大野蒼蒼遠,鳥度虛窗點點明。"又《題張汝弼草書帖》曰:"此老胸中百性蟠,雄如壯士挽黃間。晴虹貫月一堂晝,政好林翁中夜看。"其《九井峰》詩曰:"人言九井上,蓮葉大如盤。秋來生遠興,青壁月中攀。"其尚氣可知矣。

【按:林億齡(1496—1568)字大樹,號石川,籍貫善山。朴祥門人。奉享海南石川祠。著有《石川集》今傳。其詩雄肆豪逸,有李白風。《箕雅》收其五絶三首、七絶二首、五律六首、七律二首、五古二首。】

嚴　昕　　字啓昭,號十省堂。寧越人。中宗朝登第,官止典翰。

《朝鮮中宗實錄》卷九五:三十六年六月庚辰。弘文館典翰嚴昕等上劄曰:"頃者以已越江、未越江,分爲二律,兩司旣已越署,而今者更立新條,前律特異其名耳。曾未一月,遽即出署,苟同大臣之意,若爲其所使者然。不唯朝廷輕待臺諫,而臺官之自輕亦甚矣。臣等在論思之地,見臺諫之就輕,不敢不達。"答曰:"臺諫署經此法之事,時未知之,果署經則異於前後也。臺諫被論,難在其職矣,遞之可也。"

《朝鮮中宗實錄》卷九七:三十七年三月戊申。諫院啓曰:"病滿三十日罷職之法,昭載國典,而近來廢弛,故承文院參校嚴昕、學官金璠、尹世枕、李遵仁、惠民署教授朴自英等,累年臥病,或不出房外,或在鄉村,或除職之後,不得謝恩,而連付祿職,至爲未便,請依法罷職。吏曹官吏,不顧法典,苟循情私,專不糾察,甚違考檢勤慢之意,請命推考。"答曰:"如啓。"

《十省堂集·附錄·朝散大夫守弘文館典翰知製教兼經筵侍講官春秋館編修官嚴公碣文(洪春卿)》:弘文館典翰兼經筵侍講官、知製教嚴君諱昕,字啓昭。年三十六,病卒京師。……公雖在齠齔,舉止異凡兒。知讀書,不好弄。年十二丁内憂,哭泣過哀,濱於死,益篤不已。乙酉歲,年十八,舉司馬試。至年二十一戊子歲中甲科第三人,初授務功郎司贍寺直長。是年秋,選拜弘文館正字。冬,陞著作。己丑春加階宣務,陞博士。夏以本職兼世子侍講院說書。冬陞副修撰、知製教。庚寅夏陞守修撰。館中上章奏論時政得失,其格言正論多出於公口,諸學士服其英偉。時柄文衡者以公學有淵源,爲文章踔有遠趣,白于上,賜暇讀書于東湖之濱,轉司諫院正言。冬復拜弘文館修撰。辛卯春加宣教,兼世子侍講院司書,俄轉吏曹佐郎、知製教。壬辰夏坐微事罷官。蓋正言時多忤權臣,至是見中。部將久嬰宿疾,常臥床褥,公至誠侍側,未嘗少懈,凡禱祀湯藥等事皆身之,不付與他手。及其卒也,哭泣悲痛,感惻行路。喪葬祭祀一依禮文。其居憂盡孝,自少有源。服闋,仍家墓側,杜門屏迹,與世抹撥,而自肆於經史間。丁酉冬,權奸伏罪,盡還諸所嘗直言而見擯者。戊戌春復敍公爲成均館典籍,遷世子侍講院司書,陞承文院校理、知製教。秋遷奉常寺判官,復拜弘文館副修撰。冬陞副校理。己亥春,詔使華公察、薛公廷寵出來,遠接使以公爲從事官而行。往來吟詠,輝映江山,一句皆可寶也。夏拜吏曹正郎。秋選議政府檢詳。冬陞舍人。庚子夏拜司憲府掌令,復拜議政府舍人,坐事見罷。未幾,復敍授軍器寺僉正。冬遷侍講院弼善。辛丑夏昇成均館司成,俄轉弘文館典翰。公於是年得風疾久不瘳,乞辭縮事,至再乃遞。朝廷憫公之窮無以治其病,連授閑官,使不絶祿,如承文院之校檢也校理也參校也,成均館之司藝也司成也,通禮院之贊儀也,儀賓府之經歷也,是所歷也。命矣夫,斯人也,竟至不救。公以忠信廉直植其中,寬弘溫厚濟其外,處事正大,立志牢確,行止取捨有士君子之操。遇論國事守正不回,無一念顧身。酷好經籍,手不釋卷。爲文典重簡古,一時儕輩論文章之秀,宜爲後日典文衡者,咸以公爲先登。嘗應旨作教,京畿監司書以進,上覽而歎美之。有弟二人,曰曙,曰眪。極盡友愛,得一物必相分食。眪先死,痛泣悲傷,久而不衰。凡事君親,友兄弟,恩親戚,信朋友,一出至誠。嘗以十省堂自號,其目曰“毋放言,毋傲行,勿耽酒,勿近色,無毁譽,無喜怒,待人厚,作事寬,勤公職,棄家事”。嘗以此自戒,動必踐之。故其平生行事,於十省外,無敢有一言行背其戒而横馳者。及其病卒,親戚朋友聞之,無不痛傷而流涕者。上聞而惜之,賜賻有加。德宜覆民,才宜器國,而竟夭不施。泣士林而惻上情,其有由矣。

《錦湖遺稿》:嘉靖己亥春,翰林院侍讀官華察、工部左給事中薛廷寵奉天子命,頒詔于我國。時遠接使議政府左贊成蘇世讓彦謙,從事官侍講院弼善崔演演之、弘文館副校理嚴昕啓昭。

《惺所覆瓿稿》:早年達官者……二十三,嚴昕爲吏曹佐郎。

《松齋遺稿·附·湖堂修禊録》:十省堂嚴昕,字啓昭。寧越人。生正德戊辰,庚寅夏賜暇,乙酉司馬,戊子甲科,弘文館典翰。父部將用和。

【按:嚴昕(1508—1543)字啓昭,號十省堂。寧越人。著有《十省堂集》今傳。其詩語氣超逸。《箕雅》收其五律一首。】

洪春卿　**字仁[明]仲,號石壁。南陽人。中宗朝登第,選湖堂,官至監司。**

《鶴谷集·王考贈領議政南寧府院君府君墓碣》:公諱春卿,字明仲,號石壁。南陽人。……以弘治丁巳生。中壬午司馬,登戊子文科,魁丙申重試,官止觀察使。得年五十二。歷職弘文館則自正字、修撰至應教,侍講院則自司書、文學至輔德，承政院則自注書至都承旨，禮、兵曹俱以佐郎至参議，諫院則司諫，憲府則執義，政府曹則檢詳，工、吏曹則参議。又湖堂賜暇，藝文應教、佐儐詔使。是文華極選，公皆膺焉。而龔翰林用卿大加稱賞，一時榮之。公性孝友剛方，清羸若不勝衣，見義輒奮不顧，屢厄於權奸，幸而得濟。爲文章不蹈近轍，高古拔俗。非三代兩漢之書未嘗讀，筆法遒勁。前娶李氏，固城君孟友之女。後娶金氏，學生演之女。男三女二皆李氏出也。長曰天民，都承旨。……承旨男曰瑞龍，金山郡守；曰瑞鳳，禮曹判書。

《松溪漫録》：洪宰相春卿甫之《白馬江》詩："國破山河異昔時，獨有江月幾盈虧？落花巖畔花猶在，風雨當年不盡吹。"李斯文洪男詩："故國登臨月上時，濟王家業此成虧。龍亡花落千年恨，分付東風一笛吹。"此二詩，時人互相優劣，愚意李詩第一句似歇後。

【按：洪春卿（1497—1548）字明仲，號石壁。南陽人。其詩高古拔俗。《箕雅》收其七絶一首。】

趙　昱　　字景陽，號龍門。平壤人。以逸拜主簿。

《朝鮮明宗實録》卷三三：二十一年七月戊申。趙昱字景陽，丙子生員也。天資端潔，簡言語少。業科舉，甚有才名。中年補蔭，以疾不仕。爲詩品調極高，與其兄晟俱以學行稱。論者多優其兄。授長水縣監，復以病棄官。雅好山水，歷遊名山，足跡殆將遍焉。晚歲卜築精舍於龍門山下，嘯詠雲皋，十有餘年，自號龍門居士。所著詩文五六卷。

《龍門集·附録·行狀（趙翼）》：公諱昱，字景陽，姓趙氏。其先平壤人。……公以弘治戊午八月甲申生。幼有異稟，兒時受書，一再讀即成誦，作句語輒驚人。嘗泛舟漢江，文士多會，令作詩，即曰："青山面面立，漢水悠悠下。峨洋山水間，誰是知音者。"一座驚歎。時年十三，以侍親疾有聞，又愛兄異甚，隣里稱其孝友。十九中生、進兩試，遠近聞者莫不慕其才。而乃慊然謂"人之生世豈但以功名爲事"，遂有求道之志。聞趙靜菴及金老泉講古人義理之學，乃從之，聞《中庸》、《大學》之旨。扁其居曰"愚庵"，沈潛研究，至忘寢食。靜菴嘗曰"諸子中求道之篤無如趙某"云。己卯春，讀書丁龍仁别墅。一日夢見朱子，感而作兩絶以寓其志。及禍作，欲上疏卜理，搆草未上，坐門生繫獄，以年最少脱禍。使其疏上，禍將不測。而以未及上爲恨，遂作詞以悼之曰："雨雪交紛兮陰霧凝，平路險隘兮山崚嶒。下土茫茫兮不見日，鳳鳥飄飄兮焉可憑。蓬叢棘林兮，萬里思飛騰。"自此有隱居之志，謂其兄養心堂曰："泰山頹矣，吾將安仰？兩賢沒矣，誰與講道？不如脩吾所學，以遂初志。"庚辰春，與養心堂築室于朔寧舊業，同處講磨。兄弟自爲師友,人比之二程。養心諱晟,亦志學多聞,與公竝有重名。癸未,公先人以定州判官卒于任所,奉柩還葬,哀痛過制,既絶而蘇者數矣。服闋,作《中庸大學圖》,改號曰葆眞庵。自兩賢沒,泊然無當世之念,絶意科業,常思高蹈遠引。而己卯凶焰久而猶熾,公常在指目中。大夫人深以爲懼,力勸赴舉。不得已一赴,得舉第二。及庭對,以格致誠正爲言,考官意其爲己卯之黨而黜之。自是力陳于大夫人,不復就試。其後黨禁稍解,以廷薦除濬源殿參奉,爲親老就之。居一年,换順陵。未久遞,又除英陵,辭疾而歸。及大夫人下世,卜居于龍門山中,號其洞曰"遯村",名其堂曰"洗心",有終焉之計,故世稱龍門先生。學者多歸之,日與講論經旨,夜深燈盡,則獨坐沈思。至於疑義有自得處,則必呼門人子弟,抽出經傳以驗之。一夜至二三,或達曙不寐。其究心經傳如此。及明廟下求賢之教,朝廷薦成公守琛、曹公植、李公希顔、成公悌元及公德行以聞,特授宣務郎内贍寺主簿。初欲陳疏以辭,以人主勵政之初,被不世之遇,乃就之。出知長水縣,爲治以新民善俗爲務,去苛擾存大體,静而不煩,吏順民安。擇士子之秀者聚而教之,寒鄉後生頗得知爲學之方,至於旁邑之士亦多聞風而至者。乙卯,倭寇卒至,陷巨鎮。主帥蒼黄失措,唯以殺戮立威,人皆股栗,公獨以理爭之。帥感悟,止其殺,稍得禦寇之策。賊退,卽解印歸龍門舊隱,因與世絶,唯以窮理教人爲事。丁巳十二月庚寅,以疾卒於京城青坡里第。明年二月丙申,葬于砥平龍門山南支丑坐未向之原,卽舊隱之後也。其所爲詩文甚多,抄其可傳者爲十卷。又門人所記言行可法者爲一卷未及鋟梓,失於壬辰兵火。今所存只絶句若干首而已。其詩文膾炙一時,筆法之妙又稱獨步,然乃其餘事也。性好山水,每匹馬遊覽名山,不問遠近。及晚而入深山,優遊泉石間以終。其胸懷清潔,絶出塵俗,然在公非爲高致也。唯其能早自得師,委己於義理之學,臨禍難而不挫,處窮困而不變,孜孜一生,死而後已。此其所學之正,用工之篤,所得之深,所守之正,爲世所至鮮,而人不可及者也。所交皆當世賢士,成聽松、徐花潭、李退溪、金慕齋、睦玄軒,皆其執友也。諸賢稱之有曰"篤志道學,期造聖域",有曰"得路着工,進進不已",有曰"識得儒家工程,唯公而已"。可見當時朋友間推許之盛也。

《龍門集·年譜》:(略)

《清江詩話》:趙龍門嘗過文憲書院,諸生以《尋院錄》請題。龍門只題一絶,皆相訝,莫知爲誰。後始聞知乃龍門也。其詩曰:"客路棲棲久未還,天教看盡海西山。不須姓字留書院,贏得狂名漫世間。"

趙龍門昱見有以一詩來示者曰:"此乃花潭之作。"其詞曰:"將身無愧立中天,興入清和境界邊。不是吾心薄卿相,從來素志在林泉。誠明事業恢游刃,玄妙機關少着鞭。主敬功成方對越,滿窗風月自悠然。”龍門深疑其自許太過,遂次其韻曰:“至人心跡本同天,小智區區滯一邊。謾說軒裳爲桎梏,誰知城市卽林泉。舟逢急水難回棹,馬在長途合受鞭。誠敬固非容易做,誦君佳句問其然。”因袖詩往見花潭曰:“見可久‘然’字韻詩甚好。且誠明事業已做了,當至於浩浩其天。可久之學到此地位,豈不可仰?”花潭終始牢辨曰:“非吾作。不知也。”龍門遂不示其次詩而來。平生未審其誰作也。其後《花潭集》刊出,而此詩亦在其中。乃標之曰《贈趙景陽》云。景陽卽龍門表德也。其不可傳信如此。余意則與其傳疑,不若闕疑。此一詩去其本集中可也。余自少嘗在龍門門下,其胤子孔賓等以所嘗親聞者謂余曰:“花潭‘然’字韻,或云實今宰臣某少日乘豪氣自作之,而因戲謂花潭詩,以此傳播。其後有詰故於其宰臣者,則宰臣亦不明言其非己作,而乃曰‘其詩亦刊在集中乎’云。則尤可疑也。”

《松窩雜說》:趙進士昱字景陽,號葆真庵。晚節卜築于龍門山下,亦稱龍門居士。能文清節,一世之高士也。朝廷特以爲報恩縣監,赴任未從,即辭病而還。嘗訪原城盧處士不遇,有詩云:“慶莊山上日斜時,立馬門前問牧兒。報導主人京洛去,一天風月恨無詩。”

《寄齋雜記》:成笑仙悌元、趙龍門昱俱以遺逸出六品,成爲報恩縣監,趙爲長水縣監。乙卯南警,報恩方到公州聞變,卽以一小紙使下人送之鄉所。軍人及軍器軍糧一應軍需,無不立辦,而盡皆精緻。長水軍用頗缺,南致勤縛致之,塗蠣灰於面,將斬之,已而杖而黜之。遂得狂易,棄官還家。世以此爲公之短。

【按:趙昱(1498—1557)字景陽,號愚庵、葆真齋、龍門、洗心堂,謚文康。籍貫平壤。趙光祖、金湜門人。善詩書畫。奉享砥平雲溪書院,著有《龍門集》今傳。其詩襟懷洒落,有似《擊壤集》吟詠。《箕雅》收其七絕一首、七律一首、五古一首。】

曹　植　**字楗仲,號南冥。昌寧人。以遺逸累拜官,不就。後贈議政,謚文貞。**

《朝鮮宣祖實錄》卷六:五年二月乙未。處士曹植卒。植,字楗中,承文院判校彥亨之子也。自爲兒齒,容貌粹然,靜重若成人。及長,於書無不通,尤好左、柳文字,製作好奇高,不拘程式。因國學策士,獻藝有司,屢被高選,名動士林。一日讀書,得許魯齋“志伊尹之志,學顏淵之學”等語,始悟舊學不是,刻意聖賢之學,勇猛直前,不復爲俗學所撓。大書“敬義”二字於窗壁間曰:“吾家有此兩個字,如天之有日月,洞萬古而不易。聖賢千言萬語,要其歸都不出二字外也。”嘗語門人曰:“爲學,禮不出事親敬兄之間。如或不勉於此,而遽欲窮探性理之奧,是不於人事上求天理,終無實得於心,宜深戒之。”天性篤于孝友,執親之喪身不脫衰,足不出廬,與弟桓合食共被,未嘗異居。智識高明,審於進退,一自世道衰喪,賢路崎嶇,雖有志於挽回,知終不遇,卷懷山野。晚卜頭流山下,別構精舍,扁曰“山天齋”,以終老焉。在中廟朝,以薦拜獻陵參奉,不起。至明廟朝,又以遺逸屢遷六品官,皆不就。復以尚瑞院判官徵入,引對前殿。上問治亂之道、爲學之方,對曰:“君臣情義相孚,然後可以爲治。人主之學必須自得,徒聽人言無益。”遂歸故山。今上嗣服,以教書召之,辭以老病。繼有徵命,又辭。奏疏請獻“救急”二字,以代獻身,因歷擧時弊十事。其後又下旨趣召,辭,上封事。轉授宗親府典籤,終不赴。辛未大饑,上賜之粟,因陳謝獻疏,辭甚剴切。壬申,病甚。上遣醫治疾,未至而終,年七十有二。訃聞,上震悼,賜祭賻粟,贈爵司諫院大司諫。故友諸生自四方來吊者幾數百人,爲斯文慟也。植氣宇清高,兩目炯燿,望之知非塵世間人。言論英發,雷厲風起,使人不自覺其潛消利欲之心也。燕居,終日危坐,未嘗有惰容。年踰七旬,常如一日。學者稱爲南溟先生,有文集三卷行於世。

《朝鮮宣祖修正實錄》卷六:五年一月戊午。處士曹植卒。植,字楗中,其先昌寧人,家於三嘉縣。少時,豪勇不羈,自雄其才。爲文務奇古,謂科第功名可俯取。嘗與友人讀《性理大全》,至許魯齋語“志伊尹之所志,學顏子之所學,出則有爲,處則有守,丈夫當如此”,乃惕然發憤,篤志實學,因斷棄舉業。嘗游漢都,訪成守琛,見其構屋白嶽峰下,謝絕世故,遂與爲友。歸鄉不仕,居智異山下。取與不苟,少許可。常危坐一室,以劍拄頤,佩鈴以自警。雖夜,未嘗昏睡。閒居既久,澄汰欲念,有壁立氣象,耿介嫉惡。鄉人之不善者,視之若浼,故鄉人不敢干謁。只有學徒從游,皆心服焉。明宗朝,與李恒同被召入對,問以治道。植對甚率略,退,與恒飲醉,戲語曰:“汝爲上賊,吾爲副賊,此賊豈非穿窬之類耶?”遂辭歸鄉里,清名益播。今上朝累除官,不就,至是有疾。上遣醫治疾,未至而卒,年七十二。朝臣請易名以示褒獎,上以無舊例不許,贈大司諫,賜賻物以葬。植之爲學,以得之於心爲貴,致用踐實爲急,而不喜爲講論辨釋之言。未嘗爲學徒談經說書,只令反求而自得之。其精神風力有竦動人處,故從學者多所啓發。頗喜《參同契》,以爲極多好處,有補於爲學。又言:“釋氏上達處,與吾儕一般。”嘗書“敬義”二字於壁,以示學者。臨終,謂門人曰:“此二字,如日月不可廢也。”植不著書,有詩文若干篇行於世。學者稱南冥先生。

《來庵集·南冥曹先生行狀》:以弘治辛酉六月壬寅,生先生于嘉樹縣之兔洞。未冠,以功名文章自期,有駕一世軼千古之意。讀書喜左、柳,文字製作好奇高,不屑爲世體。屢捷發解,名震士林。嘉靖丙戌,遭先大夫憂,廬墓終三年。先生家世清貧,授室金官,婦家頗饒,奉母夫人就養。乙巳,丁憂,奉柩還葬于先大夫墓東岡,廬墓如初,身不脫衰,足不出廬。服闋,因居本業。近舊宅構一室曰雞伏堂,俯前流結茅屋曰雷龍舍,使工畫者摹雷龍狀棲諸壁。晚卜頭流山下,其室復以雷龍名,别構精舍,扁曰山天齋,老焉。先生豪邁不群,明見高識,出於天性。中廟丁酉,先生年三十七,丁時國家無朝夕之虞,獨見有憂違之幾。遂請命先夫人,棄舉子業,㴱遯山林。愛宜春之明鏡臺,往來棲息累歲月。作山海亭于金官之炭洞,講學蓄德,不願乎外者,亦有年矣。中廟始授獻陵參奉,不就。明廟除爲主簿典牲也宗簿也,又除爲縣監丹城也,皆不就。上疏不報。其後,又授司紙,不就。丙寅,以遺逸召,辭。復以尚瑞院判官徵,乃拜命。引對思政殿,上問治亂之道,爲學之方,對曰:“……”辛未,大凶歉,上賜之粟,因陳謝。復以疏意申啓,而更剴切焉。是年十二月,疾作。針藥久不效,上遣中使問疾,未至而終,壬申二月八日也,享年七十有二。士子相吊,爲斯文慟,不獨門下輩也。先生天資既異,克治力久,義爲之質,而信以之成。力量足以岳立萬仞,神來可與日月爭光。……其爲學也,先生年二十六歲時偕友人肄業于山寺,讀《性理大全》,至許魯齋之言曰:“志伊尹之所志,學顏淵之所學。出則有爲,處則有守。丈夫當如此。出無爲,處無守。所志所學,將何爲?”於是始悟舊學不是,心愧背汗,惘若自失,終夜不就席,遲明揖友人而歸。自是刻意聖賢之學,勇猛直前,不復爲俗學所撓。飛揚不羈之氣一頓點化,動静語默非復舊時樣子,猶自以謂或未消了。其讀書也,不曾章解句析,或十行俱下,到切己處,便領略過。其用功也,以“和恒直方”爲四字元,以格物致知爲第一功夫。敬以心息相顧,幾以察識動微,爲主一謹獨法。作《金人銘》,書塞兑字爲謹言戒,皆標題而念在焉。常佩金鈴,號曰惺惺子,蓋唤惺之工也。畫先聖賢遺像,時展几案,肅容以對。常束革帶,銘曰:“革者緦,舌者紲。縛生龍,藏漠冲。”愛佩寶劍,銘曰:“内明者敬,外斷者義。”嘗作《神明舍圖》,繼爲之銘。内以著操存涵養之實,外以明省察克治之工。表裏無間之體,動静交養之理,按圖了然,有目皆可見。此生先所自得而手摹畫者也。以至先儒所論天道天命心性情理氣等處,與爲學次第入德路脈,手自圖畫者非一二,而皆極分明,亦不以示人。常繹《論》、《孟》、《庸》、《學》、《近思錄》等書以培其本,以廣其趣,就其中尤切己處更加玩味,仍舉以告人。未嘗苟爲博洽,以徇聽聞之美。未嘗便爲講說,引惹外人論議。此先生著實說約者也。最後,特提“敬義”字,大書窗壁間。嘗曰:“吾家有此兩個字,如天之有日月,洞萬古而不易。聖賢千言萬語，要其歸都不出二字外也。”學必以自得爲貴曰：“徒靠冊字上講明義理，而無實得者，終不見受用。得之於心，口若難言，學者不以能言爲貴。”蓋先生既以博求經傳，旁通百家，然後斂繁就簡，反躬造約，而自成一家之學。嘗謂學者曰：“爲學要先使知識高明，如上東岱，萬品皆低，然後惟吾所行，自無不利。”又曰：“遨遊於通都大市中，金銀珍玩靡所不有，盡日上下街衢而談其價，終非自家家裏物。却不如用吾一匹布，買取一尾魚來也。今之學者高談性理，而無得於己，何以異此？”又曰：“夜中功夫盡多。切不可多睡。”又曰：“恒居不宜與妻孥混處，雖資質之美，因循汩溺，終不做人矣。”此皆所雅言也。教人必觀資稟，將順激勵之，不欲便與開卷講論曰：“從古聖人微辭奥旨，人不易曉者，周程張朱相繼闡明，靡有餘藴。學者不患其難知，特患其不爲己耳。只要唤覺其睡，覺後天地日月將自覩得矣。”未嘗著書，只有讀書時劄記要語，名之曰《學記》。先生氣宇清高，兩目炯耀，望之知其非塵世間人物。言論英發，雷厲風起，使人潛消利欲之念而不自覺，其動人如此。燕居終日危坐，未嘗有惰容，對貴客不爲動，接卑幼不以懈。年踰七旬，常如一日。其自然如此。於嘉樹先業甚夥。歲或不熟，家人蔬食不繼，先生怡然不以爲意。山居之後，菑畬所收，僅賴以不死，先生熙然常若甚饒。罹疾之日，絶而復穌者數，不以死生毫髮亂義，不絶婦人手，令旁室不得近。少間，輒以“敬義”字亹亹爲門生言曰：“此二字極切要。學者要在用功熟，熟則無一物在胸中。吾未到這境界以死矣。平生所存，至此益驗矣。”嗚呼！偏荒晚世，道學未唱，而先生傑然奮起。不由師傳，能自樹立，逈發獨往，蓋亦民鮮能久矣。此非阿所好之言也。是冬，頭流木稼，識者頗爲哲人憂，先生果得疾不瘳。卒之日，烈風暴雨，人以爲不偶然也。

《來庵集·南冥先生詩集序》：惟我先生，早志騰揚，喜讀左柳，有躪一世軼千古之氣。旋自大悟，一棄舊學，回車易轍，特立獨行，憑河不足以爲勇，摧山不足喻其力。一向藏修，箴銘劍佩，揭扁堂室，雷龍有舍，雞伏有堂，其精舍曰山天，壁棲敬義字，亹亹觀省。所識者前言也，往行也；所急者向裏也，踐履也。日復一日，終始無間。其涵養之力，造詣之功，蓋有不可量者。而當士林斬伐之余，士習偷靡，醉夢成風。人視道學，不啻如大市中平天冠。而先生奮起不顧，豎立萬仞，使士風既偷而稍新。道學既蝕而復明，扶頽拯溺之功，在我東國宜亦未有也。況艮趾永貞，鳳翔千仞，宜若一毫無意於世。而或時語及民國，嗚咽流涕，眷眷焉不能忘世。及累被召命，再上封章，陳君道之要，急時之務。嘗進闕下，因復入對，此蓋君臣大義終不欲廢也。其任道學之重，念君民之寄，可謂并行不悖。而箟遯於行，執用黄牛，守道不撓，以至易簀。《易》曰：“不易乎世，不見是而無悶，確乎其不可拔，潛龍也。”先生得此時義，潛藏勿用，居窮而德益尊，身否而道自亨。大有功於斯道，豈可以區區自外者爲通塞哉？不然肥遯之爻，豈得爲無不利？而陋巷不改，豈不偏於一節哉？先生平日發之文詞也，初不經意，而風驅雷迅，不加點改。奇辭奧意，雖宿儒或不能看透，而霜天新月之氣，有心目者皆可見也。此誠美在其中，發於遺辭，自爲一種趣味，初非攻文尚辭而然也。常持詩荒戒，以爲詩人意致虚曠，大爲學者之病。故既不喜述作，又失於收拾，遺散已多矣。先生既沒，收錄得若干篇，亦出於後輩傳誦之余，隨聞隨記，頗有訛誤，是誠後學之一大恨也。就爲一通，鳩工鋟梓，覬爲斯文幸焉。噫！文章之見重於人者，以有道德爲之本也。初不爲己，急於見知，務爲諧世之文，先生之所不能也。剿襲前言，粉飾文字，而了無擴未發之功者，先生之所不屑也。世之觀文章者誦詩讀書，而必論其世，不眩于詞華之美，而必究其内腴之實。因言以尚德，玩文以求道。見先生横流砥柱之標，勇往積學之地，時晦時止之道，景仰像想而有得焉。則有本之詩文，庶不與未必有德者同歸也。至於微意底藴，有非淺見所及者，則以俟夫後之君子焉。萬曆甲辰八月日。門人嘉善大夫前同知府事瑞山鄭仁弘謹序。

《南冥集·行錄（裴紳）》：嘗與三足堂金公大有、松溪申君季誠、黄江李君希顔爲友，相往來焉。暮年又與退溪李先生浘相通簡，喫緊論辯焉。又嘗曰：“吾讀《性理大全》有悟焉。其學以主静爲基，以高潔爲尚，其視功名有如太虚中一片雲矣。至於富貴貧賤不淫不移，則有不足道者。”申松溪嘗有言曰：“三足有軒豁不拘底氣宇，南冥有雪天寒月底氣像，黄江有設施底大手。”時人謂善形容三君子矣。

《清江詩話》：李縣監希顔、曹南冥植皆以遺逸舉用，曹屢征不應，李前後三命。曹以詩贈之，蓋譏辭也：“山海亭中夢幾回？黄江老漢雪盈腮。半生三度朝天去，不見君王面目來。”山海，曹亭號；黄江，指李也。

曹南冥《芳齋觀雲》詩：“取捨人情不足誅，那知雲亦獻深諛？旋承霽日爭南下，却向陰時競北趨。”智異山斷俗寺有政堂梅，世傳姜通亭所植。曹南冥詩：“寺破僧羸山石古，先生自是未堪家。化工定誤寒梅事，昨日開花今日花。”蓋譏其失節也。

《石潭日記》：明廟朝，與成守琛同徵，拜丹城縣監。時權奸當國，詿誤文定王后，使士林喪氣。雖托公論薦用遺逸，只是虚文而無實，故植無意於仕宦，因上疏辭職，兼陳時弊。有曰：“慈殿塞淵，只是深宫之一寡婦；殿下幼冲，不過先王之一孤嗣。”又曰：“音哀服素，亡象已著。”明廟不悦，以爲辱及慈殿，猶待以逸士不可罪。明廟末，命薦經明行修之士，植與李恒、成運、韓脩等同被徵，拜六品官，因見問以治道。植竟辭官而歸，恒拜林川郡守赴任。植戲之曰："李措大一朝做郡守，焉知不爲禍階乎？"植歸鄉，清名益播。今上朝屢拜官，皆不就，只上疏陳時政得失而已。臨終謂其學徒曰："後人以我爲處士則可矣。若目以儒者則非其實也。"門人有請益者，植曰："敬義二字如日月，不可廢一。"其妾泣請入訣，竟不許而卒。

《松溪漫錄》：南溟曹處士《次四美亭湖陰詩》其一："垂老辛酸口失宜，縱然忘老未忘機。百穿深壑身猶客，半睡高亭夢已奇。並木村名殘春人舊謝，舍邦水名微雨水初肥。將軍肯少封留計？一介書生亦在斯。"其二："斯干日日樂扉違，舍此談天未是奇。智異三藏居仿佛，武夷九曲水依稀。鏝牆瓦老風飄去，石路歧深馬自知。皓首重來非舊主，一年春盡詠《無衣》。"語高旨深，非淺見所能識，後必有楊子雲知之矣。

《海東雜錄》：器宇高嶷，操履果確，以遺逸累征不起。嘗入對便殿，極陳爲治爲學之方。自上稱善。後入頭流山白雲洞構一室，扁曰"山天齋"，遂深藏終老焉。卒贈大司諫。所著《學記》及文集行於世。先生嘗謂門人曰："吾欲得許多人各付許多事，我却要退坐，爲其無才故也。吾平生只有一長處，抵死不得苟從也。士君子大節惟在出處一事而已。"

《芝峰類說》：曹南冥詩曰："捫虱何須談世事，談山談水亦多談。"成大谷詩曰："逢人不喜談山事，山事談來亦忤人。"語意更高。

《效顰雜記》：曹南冥先生謂裴景餘曰："松與竹孰優？"裴曰："竹以優矣。"先生曰："不然，松竹均是後凋，而竹則隨風偃仰不得自由，松則抗風不屈，不支則顛，豈竹之可及哉？"愚以爲竹則不生苦寒之地，松則無處不茂，優劣亦在斯矣。

《晴窗軟談》：曹南冥植尚節義，有壁立千仞之氣象，隱遁不仕。爲文章亦奇偉不凡，如："請看千石鍾，非大叩無聲。萬古天王峰，天鳴猶不鳴。"不徒其詩韻豪壯，亦自負不淺也。

南冥詩曰："人之好正士，好虎皮相似。生前欲殺之，死後方稱美。"可謂慣涉世間情態，而善形容也。

《詩評補遺》：曹南溟作詩有曰："千古英雄所可羞，一生筋力在封留。"又曰："區區諸葛成何事，膝就劉郎僅得三。"識者知其不出云。

《東國詩話彙成》：南溟高蹈一世，嘉遁於嶺南，視軒冕猶泥塗。其來京師也，嘗遊於蕩春臺之北，武溪洞之溪邊。礪城尉宋寅，官雖駙馬，頗以儒雅自處，慕先生之風，思欲獻一杯於溪山，張幕於彰義門松林間，俟先生之過，張拱立路側，令下吏要于馬前。先生知其爲貴介，不肯下馬，扶醉而去曰："長者不可邀。"礪城抬首望其行塵，縹緲若翔千仞之鳳凰焉。

【按：曹植(1501—1572)字楗仲，號南冥，諡文貞。籍貫昌寧。儒學大家，隱居智異山，研究性理學，形成獨特一家。努力培養後輩，著名學者輩出。光海君時期追贈領議政。著有《南冥集》今傳。其詩奇偉卓絕，語高旨深。《箕雅》收其五絕二首、七絕一首、五古一首。】

成　運　　**字健叔，號大谷。昌寧人。隱逸（官止正）不就仕，八十卒。**

《朝鮮宣祖修正實錄》卷一三：（十二年五月乙巳）處士成運卒。運字健叔，學者稱大谷先生。成氏本京居盛族，運少有遯世之志，纔登上庠，卽棄舉業，就報恩妻鄉家焉。距家數里，有溪壑可玩，築小室其中，騎牛往來，彈琴賦詩自娱。樂善好義，與物無競，家食屢空，晏如也。中廟末，用大臣薦，再除官，不就。明廟末年，舉經明行修，驛召至京，命引對，辭以疾。再遷官，皆辭免以歸。今上朝，累除官，辭不至。超拜寺正，特召者三，皆辭。上高其風節，前後賜賚食物、衣資，又賜鷹。聞其病，遣醫救藥。及卒，命官庀葬具。堂姪成渾識其墓曰：“先生居林下四十年。其所以杜門求志者，必有其學；謙退確守者，必有其見；玩而忘飢不知老之將至者，必有其樂。人但見考槃澗谷，琴書自娱而已，若其所存則鮮能窺測。而平生不欲人稱述，遺旨不可違，故不敢請銘于立言之士云。”運不肯聚徒講學，不與人談世故、言國事。與曹植、成悌元相友善。植慷慨，累封章言時事；悌元有大才，學識亦高，而好放達。當世以隱逸被徵召者，舉不免世議，惟運淡泊冲退，無迹可尋，植每歎羡焉。或言：“其兄近遭乙巳之禍，蓋深有所創，觀其詩文可見云。”運無子，養妻兄之子，妻以兄之女，使主後事。李滉疑其學近於老、莊。

《同春堂集·大谷成先生運行狀》：先生諱運，字健叔。學者稱爲大谷先生。……以弘治丁巳正月十六日生先生于漢城之第，生而端粹異凡。九歲始讀《通鑑》，數卷才了而文理驟進，不煩師承。稍長慨然發奮，從事於爲己之學，敦行孝悌，斂華就實，間以親命出入於公車，而所樂不存焉。嘉靖辛卯中生、進兩試，時承己卯斬伐之餘，善類氣喪，儒服弊地，先生作詩悼之。遂歸婦鄉湖西之報恩縣，愛離山清勝，就其下卜一區，名曰大谷。鑿石疏泉，誅茅采椽，以爲終焉之計。簞瓢屢空晏如也。壬寅大臣尉薦，授社稷參奉，不就。乙巳士禍復作，先生之仲氏參奉公亦被權凶所螫。先生哀傷慘切，益無意於世。癸丑拜光陵參奉，謝命，不日徑歸故山。明廟末年，翦去奸穢，簡拔遺逸，先生與曹南冥諸人俱以經明行修被召，將訪以治道。先生辭不獲免，自載至京，拜通禮院引儀。命登對，先生固辭以疾。上遣醫診視，慰諭備至。先生上章陳謝，留邸一月，閉戶斂跡，若臨淵谷。大司憲朴公淳啓請廩給，上卽從之，又別遣中使賜酒饌。遷義盈庫主簿、造紙署司紙。先生詣闕謝恩訖，再上疏，陳情乞骸而歸。論者以爲去就從容，餘人不如。隆慶丁卯宣廟嗣服,拜尚瑞院判官、儀賓府都事。召命連下,皆辭不就。辛未命本道存問賜食物。萬曆癸酉超拜司贍寺正。三下書召,辭旨甚勤,先生連章懇辭。十月,筵臣有白先生貧不能授衣者,特賜表裹一襲,又命本道給周急之資,且賜鷹。乙亥,先生有疾彌留。上聞之遣醫齎藥救之。戊寅拜司宰監正,又命賜粟。先生每得恩賜輒惶恐悶蹙,數日而不能解,分諸親戚鄰里之貧者與之共用。己卯四月疾作,以五月廿六日易簀。享年八十有三。……先生天資慈祥溫雅,樂易精純,絶無麤心浮氣。髫年志道,長益涵揉,外若不爲崖異,而內實操履如結。及其充養既深,德器渾成,和光混跡,惟恐人知。而風標介潔,超然於物外,視世之所屑者不翅如草芥也。……鄉居四十年,人無不悅其德而感其化,事之以師而愛之如父兄。性謙退,不欲以師道自居。其有請學者輒辭以疾,若其誠意憤悱者,必爲之提誨,循循懇懇,期使啓發而後已。有時芒鞋竹杖,或騎牛信馬,飄然獨出。或攜冠童數輩,倘佯于水石間。酌酒三兩行,彈琴數曲,調韻清壯。其自得之趣往往發諸吟詠,悠然不知老之將至也。晚歲病聾,自號曰虛父,作贊以寓意。……愛士好賢,出於天性。每以輕許可爲深戒,德有鄰爲至樂。一時如東洲、聽松、牛溪諸賢咸萃于先生一門。又若徐花潭、李土亭、曹南冥亦皆並世相友。書疏講論,遞筒酬唱,而先生最與南冥爲莫逆。蓋南冥高邁卓絶,實有壁立千仞底氣象,而先生以醇實平和濟之。南冥目擊而喜曰:"道在是矣。"每稱"健叔如精金美玉,吾所不及也"。若先生之論一世人物,則以聽松爲第一云。東洲嘗宰三山,南冥命駕相訪,其鼎坐轡盍之樂,講磨偲切之論,其地人尚艷傳如前日事。花潭、土亭亦嘗連袂而至,作連床數夜話。李相公浚慶聞之歎曰:"當時應有德星動於天矣。"先生文章發于性情出於自得,尤長於詩,精切冲澹,簡潔具焉。如悼己卯諸賢云:"地下忘恩怨,人間說是非。"遣懷之作云:"新服稱身雙袖短,古琴便手七絃長。十年嘗盡山中藥,客至時聞口齒香。"又有"天高頭肯俯,地窄膝猶舒"等句膾炙於世,誦其詩亦可以知其人矣。蘇齋盧相公嘗于上前稱"成某如金甌無一行虧缺"。退溪先生稱"健叔清隱之致令人起敬,惜時人不甚知其高耳"。觀于此,尤足以想先生之爲人矣。

《西坰集·大谷集序》:竊取是集而讀之,先生天分甚高,充養又深,其偶發於吟詠者,驟而見之,閑中遣懷之作似若不甚經意,而徐究其趣,則或簡潔而無一點塵垢,或嶄絶而有不可攀之氣象,或從容自得,有上下同流各得其所之意味。先生平日用力,常在於隱德不耀,而至此有終不可秘之者。猗歟盛哉!竊嘗聞于先生長者,我朝人材之盛,必以己卯爲稱首。未幾士林之禍起,至於乙巳而極矣。於是爲士者斵方爲圓,和光混塵,苟焉爲全身遠害之圖。求其超然獨立，卓乎深造，無愧於既明且哲，不見是而無悶，如吾大谷先生者，蓋未之聞也。宜乎發於性情者若是其粹然，一出於正也。先生仲氏于乙巳之禍觸忤權奸，遂被中傷極慘。先生自是而絶意於世，其平居蕭散冲澹，往往與魚鳥相忘於山水之間。其所着力於研精涵養之地者，又非人所能窺其際。而其與人接也，人但見其渾然天成，不自覺心醉而誠服。非學之力，其何能致此？先生德既邵矣，道既高矣，猶且謙謙不敢以立言垂後自居也。今其存者只此一帙而已，豈可使泯沒而無傳也。……嗚呼！有德而後其言能使人感動，即是編而紬繹焉則百世之下，亦可想見其胸中之所存，而使後學有所矜式。其於風化豈曰少補之哉？是爲跋。萬曆三十一年二月下澣，正憲大夫行忠清道觀察使兼兵馬水軍節度使都巡察使公州牧使後學柳根書于錦水之新營。

《石潭日記》：處士成運卒。運守静山林，謝絶世紛，餘四十年。距家數里，有溪壑可玩。築小室其間，每閑日騎牛而往。蕭然獨坐，有時彈琴數曲，自適而已。人有願聽者，皆不爲彈。樂善好學，與物無忤。居家不問有無，簞瓢或空，晏如也。明廟朝，薦以遺逸拜六品，徵至京城。病不能進見，辭職而歸。今上朝，屢召以爵命，皆不至。特賜穀帛，以優其老。是時卒，上命致別賻。學者推之爲大谷先生。

《松溪漫録》：鍾谷成徵君非但行義甚高，文章妙一世，而不求人和，故人罕見其詩。有曰："一入鍾山裏，松[illegible]臥草廬。天高頭肯俯，地窄膝猶舒。谷口何人在？林間此老餘。柴門客自絶，無日罷琴書。"此等作，雖置於古人集中少無愧矣。惜乎！恨不得見也。

《遣閒雜錄》：成徵君運，報恩鍾谷人也。行義甚高，文章亦妙。……《聞乙巳衛社罷後作》詩曰："事往嗟何及？懷賢淚滿衣。波乾龍爛死，松倒鶴驚飛。地下無恩怨，人間有是非。仰瞻黄道日，誰復掩光輝。"兩詩皆極佳。徵君無意於世，不求人知，真處士也。

《海東雜録》：府院君汝完之後。寓居報恩鍾谷，以山水自娱，自號大谷。我中廟壬寅，起拜社稷署參奉，不就。明廟以六行俱備，起授六品職，轉至司宰監正，皆不就。平生杜門求道，造詣精深。曹南溟常以知己友許之。

大谷雅好佳山水，觸景寓懷，形於吟詠罷，必酌酒三兩行，至微醺乃已。樂而忘憂，不知老之將至。

《芝峰類説》：成大谷詩曰："波乾龍爛死，松倒鶴驚飛。地下忘恩怨，人間説是非。"蓋悼乙巳諸人也。下聯能説道諸賢心事，可爲痛哭。

《晴窗軟談》：成太谷運生有美質，早脱世網。其兄遇遭乙巳之難，死於非命。自此益無意於世，遁居俗離山下，年八十餘卒。詩如其人，冲淡閒雅，有西湖處士之遺韻。如……《送曹南冥植》詩:"溟鴻獨向海難飛,正值秋風落木時。滿地稻粱雞鶩啄,碧雲天外自忘機。"如此者甚多。

【按:成運(1497—1579)字健叔,號大谷。籍貫昌寧。著有《大谷集》今傳。其詩精切冲澹,簡潔閑雅。《箕雅》收其七絶二首、五律一首、七律二首。】

成守琛　字仲玉,號聽松堂。昌寧人。隱逸不仕,赴積城縣。後贈右議政。謚文貞。筆法甚高。

《朝鮮明宗實錄》卷二九:(十八年十二月庚午)徵士成守琛卒。字仲玉,昌寧人。生而質美,自在孩幼,儼若成人,天性至孝,人以孝兒稱。及知讀書,程課篤志,晝夜不懈。遭父憂,與弟守琮,哀毁踰禮,啜粥終喪。有客過其廬,感其誠孝,投詩而去,其詩曰:"成門有二子,孝行繼家君。啜粥誠横日,焚香哭徹雲。禮神朝與夕,謁墓曉兼曛。一法朱門制,當今此始聞。"竟不知其爲誰也。服闋之後,每值忌日,猶先旬致戒,慟若初喪,朝夕謁廟,出入必告。兄弟同遊趙光祖門下,俱有重名,而守琮清潔英特,疾惡太過,至於渾厚敦實,沈毅和粹,則守琛有焉。太學生將疏其孝行於朝,領議政尚震,兄弟同榻之友也,時居上序,止之曰:"某兄弟,力學之士也。將致遠,不可使一善之名早聞於世。"事不果上。己卯年間,朝廷將興至治,相從之士亦有聲聞大盛者,守琛獨先憂之。及名流禍作,自度不能與世俯仰,遂棄科業,結屋數間於白嶽山下家園之後,扁堂曰聽松,杜户不出,獨處其中,日誦聖人之訓,自《太極圖》以至程、朱之書,咸手寫,玩索義理,而未嘗以俗念經心。中廟辛丑,舉遺逸,授厚陵參奉,謝恩而不赴職,侍母歸坡平山下牛溪之側,雖屢空而奉養備至。及今上壬子,復與曹植、李希顔、成悌元、趙昱同徵,特授六品官,皆補外縣,而守琛實膺薦首。朝廷冀其赴官,至易三縣,竟以母病不赴。是歲母卒,守琛時年六十。哀毁致疾,發必氣絶,而猶居墓三年。且謂"國俗墓祭之規,不若祠堂宗法之制。節時,子孫輪辦奠具,或不精潔,至於寖遠,則馴致廢祀。"乃於先塋優置田民,構屋墓下,藏器有室,收穀有庫,設廳具饌,立房致齋,凡百器用,親加規晝,以立墓祭之法。或言其過厚,恐將廢弛,答曰:"爲之自我者,當如是。"庚申,上特命授司紙。時尚震爲首相,勸使來謝曰:"恩命出於上衷,不可不來。"守琛時已老病。其復書曰:"程瓊不薦文立,知其素性謙退,年垂八十,無復當世之望故也。予非不知我者耶?"竟不起。至是病革,戒諭其子,且授以斂襲治喪之禮,乃曰:"死生常理。一遭歸盡,良是易事。"遂更衣就寢而卒。家貧,將不克葬,會諫院啓曰:"成某初以遺逸授職,謝以身病,終不之官,杜門求志,力行古道,行年七十有二,卒以窮約而死,斯可謂一國之善士,當代之逸民。宜加恤典,俾示國家尊賢敬老之意。"上嘉納之,卽賜槨一部,仍命本道量支米豆,調出役夫,備助襄事之具。丙寅,上將徵經明行修之士,乃思守琛,特命追奬,超贈中直大夫司憲府執義,皆近世未有之典也。爲人天分甚高,忠信篤實,厚重寬弘,長身秀骨,風度偉然,望之充盈,知其爲德性君子也。志尚冲澹,無所嗜好,其學以反躬切己爲務。嘗謂學者:"道若大路,聖訓昭然,夫豈難知?貴在力學,以實其知。言語之學,都不濟事。聖人之門,聰明英邁,不爲不多,而卒傳其道,乃魯鈍曾氏子耳。"每以《小學》勸人曰:"修身大要盡在於此。不讀是書,則居家何以事親,立朝何以事君乎?"平居日用,以淡泊自守,絹紬之屬不以掛體,雖常情所不堪,而方且自以爲樂。親戚貧窮,必傾財周急,至以臧獲分與朋友兄弟,略無難意。聞人一善,輒嘆慕不置,見人有過,未嘗直斥,惟示微意,使知自化。言語處事,不露圭角,而至於斷以義理,則有凜乎不可犯者。有一生請書其先祖墓碣,守琛默閱良久曰:"這是李季甸所撰也。"生曰:"季甸何如人也?"曰:"《許詡傳》有此人。"其生乃悟,不敢復請。其不惡而嚴如此。觀其眉宇,鄙吝自消,人無賢不肖,莫不敬而慕之。圖書一室,塊然獨處,若無意當世,而感時憂國,出於至情。性雖不飲,微醺,輒高吟,音韻滿室,和氣可掬。不屑意文藻,而吟詠山居,詩意幽遠,有非彫篆者所及。平生悅陶靖節之爲人,喜觀其詩,每有曠世相感之意。嘗自贊曰:"其容枯槁,其貌亦古。行年四十,猶一布衣。初心不駁,終始無違。"金安國嘗與人論守琛,其人曰:"可當守死善道。"安國曰:"如斯而已乎?"尚震每謂人曰:"仲玉,成德之士也。"大明給事中魏時亮奉詔本國,求聞我國人物,乃疏守琛行義以應之。其取重一世,人無異辭可知,而逸民稱之,誠不愧矣。少與曹植友,見其辭職疏,言甚激發,乃曰:"久不見建仲,謂已圓滑,今見此疏,鋒鋩太露,做功猶未盡熟也,則踐履所到,孰可知矣?"自居坡平,因號"坡山清隱",後改爲"牛溪閑民"曰:"吾得謂之清隱乎?"士林猶稱聽松先生。其筆跡古雅,亦爲世珍玩。子渾承訓家庭,克紹先志,力學不怠。有孝行,方以行義知名。

《聽松集·聽松成先生行狀(李珥)》:先生姓成,諱守琛,字仲玉。昌寧人。……以弘治六年癸丑二月十九日甲寅生先生于京城。……與守琮游于靜菴趙公之門,俱有重名,識者以英達許其弟,而至於敦厚和粹則咸推先生也。太學諸儒欲疏其居喪孝行于朝,先生之友尚公震時居上庠,止之曰:"某兄弟,力學之士也。將期大成,不可使一善之名早聞於世也。"事不果上。先生聞之,稱其識量。……己卯之士聲聞太盛,先生以爲憂。且自丁憂後身抱羸疾,自度不能與世俯仰,遂閉門不出,不事科舉。家在白岳山麓,於園北隙地松林中築書室數間,扁曰聽松。獨處其中,日誦《大學》、《論語》,手寫《太極圖》,以玩索造化之原,自《通書》以下程朱之書,悉類會抄錄,常置座右,以學爲樂。不以外物累其心,邪淫之聲未嘗經於耳,不正之色未嘗接於目也。嘉靖辛丑,朝廷方舉遺逸,慕齋金公將薦先生,問于洪公奉世。洪公曰:"朝廷欲求堪任百執事者耳。成某則年垂五十,不求聞達。徵辟之下,徒使斯人難於進退,而公亦被近名之誚。不如且已。"金公曰:"朝廷求賢,雖未大用,某待罪列卿,當薦一時第一流,使其姓名達於楓宸可也。他何足屑?"仍問曰:"子是成君執友,可論斯人地位。"洪公對曰:"成某資高學成。竊謂守死善道,斯人當之。"金公曰:"止此而已乎?"其見重如此。金公雖不果薦,而朝廷竟授厚陵參奉,謝恩而不就職。癸卯,母夫人隨季子守瑛之官德山,先生爲母寓於縣之伽倻寺。先生有聘家舊業在坡平山下牛溪之側,卜居其中,扁其堂曰竹雨,以爲終焉之計。以母夫人故不敢歸也。其弟知先生意,求換積城縣,先生始居於牛溪,時甲辰秋九月也。自是母夫人或在積城,或就牛溪。……壬子,復徵遺逸,特授六品階。先生到京城,或疑其老不當出。先生語人曰:"吾世臣也,豈可偃蹇以辱君命。病不能仕,則業已定矣。但尋便一謝,以答聖恩可也。謂之遺逸,則非其人矣。"于時廷議欲試以臨民之官,同徵五人皆補外。先生初拜內資寺主簿,入京之日改禮山縣監。謝恩而不之官。吏曹欲授近邑,冀其一就,啓換兔山,又換積城。先生適疾作,未能謝恩。俄而母夫人得疾,歸而侍藥。是年十月,母夫人卒。哀毀致疾,發必氣絶,僅得支持,猶廬墓終三年。先生以祠堂宗法自有禮制,惟墓祭,則國俗子女輪其節祀,臨時齎送,或不誠潔。世代寖遠,廢祀者多。乃優置墓田及臧獲,構屋墓下。藏器有閣,收穀有庫,具饌有廳,致齋有室,凡百皆備。以至床席器用之細,皆親加規畫,無不精固。爲之立籍,以爲經遠之圖。或曰:"如此過厚,後將至於廢弛。"先生曰:"爲之自我者當如是。後之替引,在子孫賢否耳。豈可逆料廢弛而先自忽之乎?"……先生自少多疾畏寒,晚年益苦,雖薄寒不敢出。每值春秋和暖,命駕之田間,田夫野老與之談話,風詠而歸。一室圖書,塊然靜處,謝絶世故,若無意當時,而四方風土,人情物宜,靡不周知。感時憂國出於至情,嘗有所感,出孟子"好善優於天下"及"人不足與適也"兩章而三復之曰:"嗟乎!有能以此說進於吾君者乎?"顧語其子曰:"余幾於流涕也。"每聞郡縣催科輒歎曰:"吾民饘粥且不繼,何以辦此?"不怡者竟日。四方之士多造其廬而拜焉,搢紳之官於州縣適是鄉者卽其家存問。休譽益盛,而自謙益卑。每聞稱道,退縮不受。自號"坡山清隱",後改"牛溪閑民"曰:"吾可謂之清隱乎?"庚申歲,復拜造紙署司紙。先生年已六十八矣,老且病,未能謝恩。尚公時爲首相,抵簡曰:"恩命出於聖衷，其亟來謝。”先生復書曰：“昔者文立不薦程瓊，知其稟性謙退。年垂八十，無復當時之望故也。今公非知我者耶？”尚公又貽書責之，竟不起焉。辛酉冬，妻尹氏卒。壬戌夏，先生發濕證，臥不能起。癸亥春，病甚。自是沈綿，日就澌盡，而神更清茂。至甲子正月二十五日己亥卒。前一日，謂其子渾曰：“我死矣。汝以貧故，常欲殖穀而葬親。君子之于貧賤，素其位而已，何至作如此事乎？愼勿爲之。”渾曰：“謹受教。”因泣曰：“病將愈矣。何爲出此言乎？”先生曰：“死生常理，奚復云云。一遭歸盡，良是易事。”渾請益有所教。先生曰：“吾言在平日，至此復何言。”言語慮事無異平日，授以斂襲治喪之禮。且曰：“銘旌書初授主簿可也。”遂更衣就枕。將絶，左右扶其手，命止之，遂卒，享年七十二。……其學以反躬切己爲務，以誠爲主，未嘗輕以語人。常謂學者曰：“道若大路，而聖謨賢訓昭如日星，知之不難，要在力行以實其知耳，言語之學都不濟事。”又曰：“聖人之門聰明英邁之才不爲不多，而卒得其傳者，乃魯鈍曾氏子耳。然則爲學豈在多言？世有能言聖人之學者，盍思而反之身也？”每勸人讀《小學》曰：“修身大要盡在於此。今人不讀是書，懵然不識人道。居家何以事親，立朝何以事君乎？”先生安居靜養，得力尤多，老益高明。或閉戶獨臥，經旬不言，或擁衾儼思，夜分不寐。每有意會，輒欣然自樂。語人曰：“余老來讀書，方知其味無窮。使我讀書於今日，則庶幾有得。而七十之年，衰病俱極，深可歎也。”教誨其子使志於道，嘗謂曰：“汝當讀書實踐，謹守汝身。教育二兒，俾知向方，以傳其家，可也。此二者，吾所望也。”先生兄弟四人，友愛甚篤。……平居日用若無有異於人，而其收束檢制處則確然以淡泊自守，常情所不堪，而方且自以爲樂也。飲食無所嗜好，豆飲菜羹未嘗不飽。晚年盤有重肉，命去其一。衣服只取周身，常服狗皮裘，絹紬之屬不以掛體。嘗自贊曰：“其容枯槁，其貌亦古。行年四十，猶一布衣。初心不駁，終始無違。”宅邊樹桑柘成林而不事養蠶，或問其故，答曰：“使余扶杖徜徉於其下，綠葉成陰，清風徐來，如是足矣。”前溪魚蟹，亦不喜漁也。性雖高潔，而接人無貴賤大小歡然如親，與鄉人處，飲食言笑，油油如也。奴僕之微，亦撫以誠，軫其衣食焉。及門之士被其容接者，穆然如在春風中。觀其眉宇，鄙吝自消。聽其談論，放心自收。其言溫厚平易，無智愚皆獲其益。聞人一善，輒歎其不可及。見人過失，未嘗面斥，惟示其微意，使之漸化。聽言處事不露圭角，若無可否。而至於斷以義理，則有凜乎不可犯者。有一上舍請書其先祖墓碣，其文乃李季甸所撰。先生默閱良久曰：“子識李季甸所爲乎？”對曰：“不知也。”先生曰：“南秋江《許詡傳》載此人之事。”遂不復言。其生悟其意，不敢復請。其筆法不求妍媚，惟以奇古老蒼爲主，而墨氣高明，自成一家。其得意時運筆神速，妙若化工，評書者推爲當代第一。此雖遊戲之末，而可想風標之出塵俗也。人藏遺墨，以爲家寶焉。其于文藻略不用功，有時吟詠之自然，非世之篆刻者所能及也。性不能飲，或飲一勺輒微醺，醺輒高吟，音韻滿室。好看陶淵明詩，且悅其爲人，每有曠世相感之意也。其歿也，遠近識者聞之嗟悼曰：“山林空矣。”

《聽松集·附錄·聽松集跋(尹光顔)》：竊惟先生含章潛默，不事著述，文字之傳於後者寥寥如是。而若其醇德高風之敦薄廉頑，師表百世者，固無待於斯集之存矣。然自後之景慕者言之，雖短篇零句得而諷誦，可以挹眞趣尋逸韻，而不覺其鄙吝之自消。至於附錄二編，亦所以考平日言行之詳，想一時風流之盛。而節孝附稿，又見塤篪麗澤，鄰德媲休之實。則是集誠不可少。

《東閣雜記》：成聽松守琛屢除職，皆拜命而不就。或問之，曰：“吾世臣也，不宜聞命偃蹇。若病不能仕，則已定矣。”……及其卒也，諫院啓曰：“守琛遺逸。累授職，輒謝病不仕。杜門求志，力行吾道，窮約以終身。實一國之善士，當代之逸民。請於其喪葬錫之恩典，以表聖朝崇重節義之意。”上允之。又命贈司憲府執義。

《己卯錄補遺》：成守琛癸丑生。字仲玉。天分極高，渾成德器。嘗游趙靜菴門下，其學以反躬切己爲務。性又至孝，自少稱爲孝兒。父母之憂，哀毁過禮，啜粥居廬，躬執祭具，朝夕展墓，祈寒溽暑亦未嘗一廢。每值諱日，哀痛如初。每晨必謁廟，出入必面。筆法亦臻妙，別科薦目。有志操，落第隱居坡平山下，自號聽松居士。明宗累徵不起。卒，贈司憲府執義。

【按：成守琛(1493—1564)字仲玉，號聽松、竹雨堂、坡山清隱、牛溪閑民，謚文貞。籍貫昌寧。成渾父。趙光祖門人。其門下碩學輩出。著有《聽松集》今傳。其詩自然，得山家興味。《箕雅》收其七絶一首。】

成守琮　　字叔玉。守琛之弟。不仕，私謚節孝。

《慕齋集·節孝成君墓表》：昌寧成君守琮，字叔玉。安國在朝時，久聞其有高才卓行，今世罕儔，每欲見而不得。後余罷去田里，因往來學者，又聞君嗜學篤善，識慮超遠，爲一時所推重。而端居韜迹，絶仕宦意，益想慕之。以爲斯人也志尚弘毅，終必有爲於時，能任重致遠。每論人物，未嘗不屬意於君，冀聖朝收用。嘉靖癸巳春，人有自王京來者云：“君得羸疾久臥，竟以今年二月二十一日沒。”不覺失聲嗟悼。噫！斯人也而止於斯耶？豈非命耶？君沒，家貧不能治喪，其友李涵、洪奉世、愼希復、鄭溓、元漑等各出財棺斂，諸親戚故舊助賻。以三月有日，共窆于坡州向陽里先思肅公墓左坐艮向坤之原。既畢,又相與謀曰:"以叔玉之賢,不能少試於時,又不得壽而遽沒,命固已矣。吾儕在世,使斯人之名又竟泯滅而無傳,則豈不尤慟矣哉?此吾輩責也。"遂買石磨礱,以圖不朽。李生涵與余有舊,裹糧信宿,遠來求表辭。噫!此實古道,非今世之所聞也。君之取友若此,益信君平日切偲之功,能取服於所交,有非他人所及也。安國及事先思肅公,當公監修國史時,安國忝與參修,謬蒙奬許。出入公門久,頗知其世次。思肅公諱世純,位終司憲府大司憲。英風峻節,時推名宰相。君其第二子也。……君生弘治乙卯,在世僅三十有九。爲人天資英特,骨氣清聳。白而長身,迥異凡常。自髫丱知讀書,卽見大意。趨向甚正,不自刻苦,日就高明。爲文不蹈襲前人畦徑,自出機軸,抽思奮筆,泉湧而出,奔放橫逸不可當。詩亦清健尚雅,不肯道俗間語。孝友天至,年十九丁思肅公憂,廬于墓側,哀毁盡禮。三年啜饘粥,不食菜果。日三上食,必哭盡哀。皆躬執饌具,雖滌拭之細不委童僕。晨起掃塋域,焚香拜跪,暮亦如之。祈寒溽暑,不廢免服。家居每值忌日,先期一旬齋素,祭日哀慕悲哭,一如初喪。朝夕必拜,出入必告者二十年,沒身不懈。智慮絶人,事有難料,有質焉,規畫盡理,咸出意表。趙公光祖高邁少所許,一見君定交。每論當世士,必以君爲首。正德己卯秋,對策擢第,識者慶得人。未幾,士林禍起,趙公首被不幸。當路者指君爲其類,白削榜名而黜之。君夷然不以介懷,優游自適,玩心書藉而已。自此無意於世,爲娛逸林泉計,以侍母夫人,未果遂。平生澹泊無嗜好,未嘗蓄一物爲己有。有不合於意者,雖一毫未嘗取。初娶丹陽郡守朴季老之女,妻父母愛敬君不已,多與貲產。既而喪其室,君盡讓還不留。臨財不苟得類若此。後娶士人安光範之女,生一子,今三歲矣。噫!君之篤行非唯卓絶一世,求之於古亦不多得。苟非天畀之純而力學以充之者,寧若是乎?以君才學行誼,苟立乎朝,必有所建白以裨贊治化。而一得第遽斥黜,竟未試一官以沒。抑時然耳,豈不深可惜哉。雖然,名者公器,不以窮達而顯晦。彼峨冠乘軒,燁耀一時者,終與草木同腐。君雖窮躓以沒,他日史氏當列于獨行傳,名昭青簡,垂永于後。寧可以此易彼哉?姑表于墓,以告世之好善者。

《東閣雜記》:成守琮與其兄守琛以才行推重士林。正德己卯秋,守琮擢第。時南袞、金絿、金湜及趙靜菴爲試官。及禍作,李沆等倡言,以"守琮對策不成文理,而趙、金等用私取之,袞不得下手。且參榜之人皆是出其門下者"。兩司交章,請罷其榜。上難之。問諸南袞,只削守琮名。後更赴舉,屢中初試前列,而竟不得第而死。今上初年,其子成洱訟其冤,命復科。

《芝峰類説》:成守琮詩曰:"小山當面背長江,山雨江聲落夜窗。朝來臥卜漁人惠,破席門前吠老尨。"頗得江居之趣。

《海東雜錄》:成守琮,守琛之弟。有高才卓行,詩思亦清健。静菴一見定交,論當世人物,必以公爲首。己卯秋登第,未幾士禍起。當路者指以爲其類,削去其名。自此無意世事,優遊老焉。慕齋表其神道曰“節孝成君之墓”。

《晴窗軟談》:成守琮即聽松先生之弟也,己卯名人。早擢巍科,被削閒居,有一小絕曰:“數疊青山落市邊,層城日暮散風煙。幽居近壑人來少,獨采黄花坐石田。”詠之可想其人。

《己卯録補遺》:成守琮,别舉薦目,有志操。赴試下第。十月别試殿試,安瑭領貢舉與南袞趙静菴同在試所,見一試卷,西壁欲課二中,東壁難之書三中,静菴曰:“如此文藻,非成某不能作。”適以三中得參。及禍作,歸咎静菴宿諭題旨,以文義不屬,容私試取,削名榜目。蓋忤之而擯斥也。今上丙寅,公之子成耳上書陳冤,特命賜紅牌,書名榜目。

【按:成守琮(1495—1533)字叔玉,謚節孝。籍貫昌寧。成守琛弟。趙光祖門人。詩文出衆,追贈直提學。其詩清健尚雅。《箕雅》收其七絕一首、五古二首。】

成孝元

《清江詩話》:成縣令孝元,夏山之侄也。十三四歲時能書屏簇,已能作詩賦,有名於時。公卿競邀致索書,竟未第。而晚補蔭職,守龍仁有善政。爲人不羈,奇男子也。嘗於院樓夢見所思,有詩曰:“情裏佳人夢裏逢,相驚憔悴舊形容。覺來身在高樓上,風打長江月隱峰。”時以爲絶唱。

《芝峰類説》:成孝元詩曰:“夢裡離懷説自重,相驚憔悴舊形容。覺來身在高樓上,風打空江月隱峰。”首句或作“心裡佳人夢裡逢”,未知孰是。或言,此詩乃崔壽峸夢見金冲菴而作。

【按:成孝元(1497—1551)字伯一,號漁夫。籍貫昌寧。中宗十七年(1522)生員試及第。吏曹舉薦爲内侍教官,歷任工曹佐郎、龍仁縣令。詩文書法出衆。其詩善言情。《箕雅》收其七絕一首。】

李浚慶　**字原吉,號東皐。廣州人。中宗朝登第。拜元帥,官至領相。明廟末年,受遺教迎宣祖即位。謚忠貞,配享宣祖廟庭。**

《朝鮮宣祖修正實録》卷六:五年七月甲申。領中樞府事李浚慶卒。浚慶寢疾逾月,至疾甚,却醫曰:“吾天禄已終,豈可服藥延活?第欲貢一言于吾君。”口號草疏以進曰:“入地臣某謹條四件,仰瀆身後之聽。伏願殿下少垂察焉。一曰帝王之務惟學爲大。程子曰‘涵養須用敬,進學在致知。’殿下之學，其於致知之功思過半矣，涵養之力多有所不逮。故辭氣之間發之頗厲，接下之際少含容遜順氣象。伏願殿下於此加功焉。二曰待下有威儀。臣聞天子穆穆，諸侯皇皇。威儀之間，不可不謹也。臣下進言之際，當優容而禮貌之。雖有違拂之辭，時露英氣而振警之，不宜事事表襮，高自賢聖，以示群下。如此百僚解體，救過不贍矣。三曰辨君子小人。臣聞，君子小人自有定分，不可掩也。昔唐之文宗、宋之仁宗，未嘗不知君子小人，而牽於私黨，不能辨别而用之，遂致眩於是非，朝廷不靖。荀君子也，雖或小人攻治，拔而用之勿貳；荀小人也，雖有私意，斥而去之勿疑。如此則安有'河北朝廷'之難易也哉？四曰破朋黨之私。臣見今世之人或有身無過舉，事無違則，而一言不合，排斥不容。其於不事行檢，不務讀書，而高談大言，結爲朋比者，以爲高致，遂成虚僞之風。君子則竝立而勿疑；小人則任置而同其流可也。此乃殿下公聽竝觀，務去此弊之時也。不然，終必爲國家難救之患矣。"疏入，答曰："啓辭當省警。其復有所言乎？"令承旨往問，則已卒矣。年七十四。浚慶自少磊磈不群，儀貌雄偉，有名於多士間，爲鄭光弼、金安國所器重。立朝清嚴絶俗，與兄潤慶同負時望，人稱二鳳。潤慶尤剛直，論者以兄爲優。當權姦之用事，浚慶自守不阿，數遭撓挫，而終不敢加害者，以操履無玷，論議不偏故也。其於横議，雖不敢匡正，心護士類，故清議有所恃賴，輿望歸之。元衡既敗，始得當國，翊戴今上，轉危爲安，上亦委任不疑。浚慶開誠布公，文武隨用，謀行功從，鎮人心、培國脈，眞所謂社稷之臣矣。但以本朝士禍數起，見新進論議果鋭，每欲裁抑調停，又不欲更張生事，故士林多短之。浚慶笑曰："寧人負我，無我負人。"浚慶爲相，矜持體貌，雖好善獎士，未嘗卑屈。當曹植被召入京，浚慶以故舊書信通問，終不往見。植將還鄉，乃就而告别，且曰："公何以相位自高？"浚慶曰："朝家體貌，吾不敢自貶也。"李滉之入來，士大夫朝夕候其門，滉一皆禮接，最後往謁浚慶。浚慶曰："入城已久，何來見之晚？"滉答以應接不暇。浚慶不悦曰："往在己卯，士習如是。其間亦有羊質虎皮，禍由是媒。趙静菴外，吾不取也。"仁廟在殯，諸臣會賓廳，皆欲殺尹元老，先行後聞，令諸宰詣政丞前，言其可否。浚慶以右尹參列，獨言："今時異於前日，大妃在上，豈可不稟而擅誅其同氣乎？"議由是沮，宋麟壽等皆非之。未久，士禍大作，一隊虀粉，而浚慶只左遷平安監司。元衡常以前事德之，引置正卿，卒至大拜，浚慶正色立朝，終無所屈。

《東皐遺稿·附錄·領議政贈謚忠正東皐先生李公神道碑銘并序（盧守慎）》：四朝元老大臣輔國崇祿大夫議政府領議政兼領經筵、弘文館、藝文館、春秋館、觀象監事李公墓在楊根治西鳴岾里乾向原。萬曆九年辛巳三月，左議政光山盧守慎刻碑其東南曰：公諱浚慶，字原吉，號東皐。廣州人。……其始麗代聞人有諱集，以學問志節鳴于世，與牧、圃、陶三隱友。擢第判典校寺，觸辛旽，負父逃嶺表，久而歸，號遁村。……甲子政荒，闔門遇禍。公方六歲，亦竄于外。正德丙寅，中廟改玉，始還京。大夫人申氏，……母道尊，教勑謹備。《孝經》、《大學》皆其口授。常曰："寡婦之子，人不與交。必十倍勤勵，無墜舊服。"公能敬承，自治甚嚴。學務爲己，不事場屋。年十七八，行成德立，動求矩矱。嘉靖壬午，上上庠，德望才學已爲多士推。與伯公事大夫人，能承順就養。有不安節，躬湯藥嘗進。甲申春，執喪毁瘠幾不勝。辛卯登科，屬槐院補史官。壬辰入玉堂。時生員李宗翼上疏論金宗直，且斥時事，執政怒請鞫。上召對二品三司議，具曰當死。公以小官末進，獨曰："以言獲罪非美事。"金安老、許沆等深惡，罷之。癸巳再爲注書，復序著作博士，陞副修撰。與具壽聃赴夜對，啓言罪安處謙時無情被謫者多，釋之以應天變。時正擯己卯人，謂公爲灘叟先生從弟，摘成罪乃罷。安老益銜。禍將大，公杜門不出，大肆力於學，益有進。越五載丁酉，三奸誅，乃敍歷民部、天曹、文學弼善掌令校理、軍器僉正應教輔德。中廟以儲學日進，博延僚屬。知公善於勸講，久不遷，別有殊遇。辛丑陞直提學，未幾超副。紾論小人，言多忤，遷承旨。癸卯庭試，首選進階，尋自右尹除祭酒。終始一朞，講教不懈。見時習浮躁曰："士當讀書修身，學宮豈議時事之地耶?"每與鎮靜，士多尊信丕變。當仁廟初，公言於人曰："宜早封太弟以定人心。"公其有先見乎？如公言，禍不蔓於乙巳矣。時尹元老有交亂意，識者憂之。一日，諸宰會朝堂，議其誅。公引漢薄昭以明之，事得寢。乙巳，李芑、林百齡忌公，出爲西伯。禮法爲治，清簡嚴正，黜陟公明，一路畏服。時大水民饑，自奉益薄。荒政得理，民賴以蘇。及還，歌謠之。戊申陞秩判戎曹，歷柏司、京尹，凡三載間置樞府者五。庚戌五月謫報恩縣。蓋芑、陳復昌交搆而逐之也，朝野驚惋。辛亥遇赦。其冬敍知樞揔。壬子判臬司，卯酉剖析，囹圄爲之空。時北鄙帥欲設鎮越境，邊胡怨怒，朝廷憂之，薦公巡邊。審視則曰："幾誤事矣。"行招撫宣威德，諭國家旨意，邊心乃安。還長御史。凡四秉風憲，不尚矯激。冬，上命選廉謹，賜宴闕庭，公當首與，獨移疾不赴。蓋懼與其選，避美名也。癸丑復入南省。甲寅改太宰，用人也公。懼銓柄，謝疾退。乙卯判水部，改秋臺。五月，倭寇湖南，屠城戕帥。報至，京師大震，分遣左右防禦，推公爲都巡察使。輒調發簡閱，指授部署。時狃昇平，民不知兵，先自駭散。初無鏖勳功，公上章自貶。不得已進其兄全州府尹公爲督，自是諸將用命，戰比有功，致捷於靈巖城。寇乃敗遁，南民奠居。上勞將士，錫公表裏，盡分與將佐。軍中嘗夜驚至帳下，公牢睡不動，良久乃定。尋移起部，擢右贊成。記南征也，特兼西曹。公三掌兵柄，終始一意，甄拔訓鍊，必公必律。軍政克舉，將得其人。辭輔養官曰："臣少溫潤之容，乏薰陶之術。決不可昵侍元良，誘掖成就。"上以當如輔仁宗，批不許。戊午陞左轄，卜爲右議政。朝野想風采，士曰："時哉！相李某。"係望如此。庚申陟左，加世子傅。甲子，有稱內使矯旨者，諫官言剛正大臣被欺不悟，請罷。止遞。乙丑秋，尹元衡有罪免，進公上相，特給扶上殿。辭之屢懇，多有格言，疏論元衡罪，繼率百官而請。允之。元衡，上舅也。允其死。重公言，請罷元衡弊政及新立無名之科，竝僧宗昭格等事，上皆從之。僧道之罷，靜菴爭不能得而得之，人多偉之，民受其賜。九月，上不豫，儲嗣未定，中外危懼。公嚴勑諸衛，署祝遣官，遍禱廟社山川。上疾瘳，召大臣入臥內。公引史官，大書以進曰："東宮久虛，聖慮及此否？"後復表出《大學衍義》建儲之說，因便殿引見上之。可見大臣慮後意也。丙寅，因災求言，上封事凡累千百言，極論君德士習國本。上甚嘉歎。丁卯，辭解得請。玉堂上箚："國家老成，不可許丐。"命復視事，懇辭不允。六月，上疾大漸，夜半宣召。升公御床，上執公手泣，公亦泣。請中殿定大計，迎上宅恤，以之而宗社晏如也，若國本之預定者然。其間豈無危疑難處之事，公垂紳整笏，不動聲色，行之若平居無事之日。人信蓍龜，國倚泰山，非素望之服人者，何及於斯？自古禍釁多從此起，而無之者，誰使而然歟？人比韓魏公之事業。而魏公定之於有嗣之國，公定之於無嗣之君，殆難矣夫。時倖輩多以功言者，公曰："策自內定。臣下何與？"命焚其錄。斯亦往牒所未覩者。時隆慶登極，詔使許太史國、魏時亮入境聞訃，而懼國無嗣，至問"相臣何如人"。及至京，禮竝吉凶，且新君未受命，事多掣肘。公參酌力辨，多得其可。太史喜，禮公甚敬，言稱"相公"。其去也，下轎揖前。還朝，必問安否。國朝宗系，受誣二百年而未改。公能辨之，得太史諾。及還行奏，頒許改之詔。亦公取信華人之致。上之初卽位也，公登對進說曰："今新服厥命，宜戒逸欲，受直言，講學格致，用功誠正。以至循理應務，其要在於親儒臣務切磋，先正本源而已。"繼之以奉身求退之懇，見他大胸襟所學如許，而庚午張本亦可尚爾。上動容敬憚。其秋。特啓召還乙巳被罪十餘人以裨新政。冬，辭數十狀，不允。戊辰，又啓釋乙丁人復官爵，放緣坐，還籍物。請雪丁巳獄，削李芑、鄭彥慤官。自三司郎舍下及韋布，咸請伸二柳，削僞勳，蓋倚公爲重也。公日與諸宰剡章力論，至率百官且五日，而別上箚陳大義。閱歲乃得請。其春，又辭以年至，乞致仕。命賜几杖，辭甚力不獲。迎恩之日，略設杯，只延耆舊，禮接使命而罷。此亦國朝未有事也。時仁宗祔文昭之議起，公嘗以別祔爲恨，請增搆寢殿，及考立廟本義，不得已啓之。於是物議崩騰，斥公甚。公又上箚明其所以然，終不務勝以沮群情，而其義自見。乞追贈趙光祖官，錄用鄭夢周後，從之。又請金宏弼、趙光祖祀文廟，不納。二賢從祀之請蓋自公始，非自家篤信不能，公則可謂有功於斯文也。夏旱，請減常供及浮費，又因災條陳蠲逋欠，振淹滯，飭邊備，理獄訟四事。又立正供都監，袪代納之奸。皆從之。己巳冬，又辭，彌明年春夏不已。或上章，或詣闕，疏啓狀箚，百上露誠，有六丁莫挽之決。上亦知其意，遂從之。乃庚午秋也。公自丁卯已有必退計，不欲變。至是辭益力，前後荅辭愈出愈懇，公之退意，亦愈往愈切。以得請爲期者，蓋爲不欲居成之意。而惟知者知之。解職家居，杜謝賓客，以簡編自娛凡三歲。壬申，夏疾秋劇，却醫語子曰："天祿終。豈可服藥延生？第欲貢一言，其草之。一曰，帝王之務，惟學爲大。二曰，待下有威儀。三曰，辨君子小人。四曰，破朋黨之私。"一言之後，不復加點曰："古人云'臨絶之辭踈鹵'，亦何妨乎？"餘不及家事。屏婦人遷正寢，東首而逝，寔七夕也。……公資稟既高，學問有方，處心正直寬平，行己光潔峻整，好善誠而明，惡惡嚴而恕。少從黄公孝獻受《小學》，比長，就從從兄先生學，得聞趙靜菴餘論，遂有淵源。日用動静恒加存省，誠明純一粹然於内，惰慢鄙背不形于外。事母至孝，居喪盡禮。恩愛宗族，敬遜鄉黨。爲人也忠，交友以信。居官勤謹，莅事嚴公。守儉約絶玩好，惟以讀書爲樂。淨掃一室，焚香端坐。《小學》、《近思》，常置几案。將聖賢格言及讀史有契于心者，亦必貼諸壁觀之。敬直義方，終身著功。倦則隷書曰："不欲使此心弛放也。"或時觀德曰："不可使四肢安逸也。"學造高明，用適時宜，博極群書，以廣識趣。素喜古文，尤愛《左氏》、《兩漢》。韓子以後之文，卑弱不取。且曰："文章直工匠事耳。"平生不事吟詠，及纂辭，奮筆成文，渙若不思，渾浩疏通，非雕篆者所及。教子弟先孝悌，勸人學《春秋》。書畫音律無不曉暢，恐其易流，不以著意。惟致美朝服，如冠服飲食皆慕華制。……平生不受州縣餽遺，不問家事調度，不肯起第宅置田園。凡紛華名勢避之若浼，人不敢干以私。門庭蕭然，有同寒素。出入將相二十餘年，及卒，無甔石貯。操履無玷痕，議論無偏詖。忠厚坦夷，雖遭橫逆，亦無尤怨。雖以安老、沆之毒，芑、復昌之兇，樑、通源之猜，能使困横，終不敢有以加害。每與人主言，引古誼陳善道，匡益弘多。受顧命而功在宗祊，熙庶務而澤及斯民。每朝押班，百僚起敬。正色立朝，開誠布公。文武隨用，謀行功從。鎮人心培元氣，以一身爲一國安危，眞所謂社稷之臣，爲我朝相業之首。此皆推明所學，以濟大業。而亦未嘗以學自露，故人莫之知。而以措諸事業者觀之，則安可誣也。顧以東方士禍數起，有意於調劑。人或有情外之謗，乃歎曰："寧人負我，我不負人。"厥心靡不嚮王室，益可想已。明廟末，有一宰相貪縱無忌，公常賤之。繼嗣之際，亦有不謹語,公嘗折之。以此銜之。厥後世襲之權,有籍東朝,籠絡之勢,附麗之風,將擅朝柄變士習,公常憂之。故形諸遺箚,謂爲難救之患。格人元龜,先知吉凶有如是耶?積猜之餘,陰伺之計,已非朝夕。至於朋黨一說,偏有所觸惡。纔及屬纊,宿怨横發,舉朝從靡,反説交攻。至加將死言惡之醜詆,此所謂所不能者人也耶?公幾不免而免者,聖明在上也。公自少負重名,大爲鄭文翼、金慕齋諸公所重。尹公汝沃曰:"惟某可托大事。"李公景浩言於上曰:"李某柱石之臣。"後上有教曰:"臨終獻忠,指上下皆有病痛。乃憂國誠心,使朝廷自底和平之意。"是知四老可謂知人,而公亦不可不謂之被遇也。又自號南堂,或稱紅蓮居士。晚年收畜書籍,帶籤滿架,讀書之樂老而彌篤。自云:"蒙天之佑,眼膜少霽,汗青復展,益知所未知,以娱殘年。幸矣。"

《東皋遺稿·年譜》:(略)

《雲巖雜錄》:李相浚慶器局峻整,不假人辭色。少與曹徵士植爲友,其後李公顯于朝,曹不仕,居智異山,甚有重名,一世傾慕。嘗以尚瑞判官徵至京師,士夫盈門,李公不往見。一日曹自詣李公家,立門良久,李公自内曳大履而徐出。坐定,略敘平生,無他語。曹言"近欲辭歸",李公嘻笑厲聲曰:"尚瑞判官好矣,何不供職?然則欲爲持平掌令乎?"曹甚不平而去。自是李公多謗於士類。李公每謂人曰:"曹植量狹。議其任,參奉宜也。"蓋輕之也。

《東閣雜記》:癸亥,順懷世子夭,無嗣。乙丑,明廟久失豫,中外憂懼。領議政李浚慶與藥房提調沈通源相議,自藥房啓於中殿,請預定繼嗣以繫人心。中殿書德興君第三子名下之,即今上也。未幾疾瘳,有白其前事,請早定名號者,上甚惡聞之。浚慶嘗持《大學衍義》定國本卷入對,極陳預定之意。又上疏論之,上不納。浚慶因此見忤。及丁卯上疾大漸,大臣啓稟後事。教以"前日已有所定"。浚慶猶以此乃莫大之事,不可不親承上教,遂請入對於寢殿。浚慶大聲稟顧命,上已不能言。浚慶使注書大書今上封號以請,上頷之,遂辭出。即日上昇遐,迎今上于潛邸即位。中外帖然,浚慶之力也。

《涪溪記聞》:明廟昇遐無嗣。李東皋浚慶爲首相。左相沈通源,仁順王妃之叔父也,以藥房提調在闕中。恐有異議,密令鎖其門,定策迎宣廟。欲僥倖扈衛功者多奔走焉,途爲之塞。李斯文志剛後至,呼曰:"小人亦來矣。"注書黄大受曰:"開國承家,小人勿用。姑退。"人多快之。時有投錄功之書者。浚慶曰:"從先王治命。群臣何功焉?"投其書於火。

《艮翁疣墨》:李相公浚慶,號東皋。自少風節毅然,廉謹自牧。國家於議政,年七十者不許致仕,例賜几杖。授几杖之日,其家必設宴,此縉紳先生之盛事,而亦朝廷已成之規例也。設宴之時,所需之物,必發書列邑,多方求索,累日收聚,然後乃設。故濫觸傷廉之譏,皆不能免。公獨不然,不發一書,不求一物,出其俸祿之餘貿之於市中,不侈不薄,成禮而罷。公之相業兩朝,贊襄之外,其緒餘一端,廉潔之節炳然於暮年又如此。

西方乃物貨之地,雖小邑,守宰皆有分外之物。况箕城古都,其在全盛之時,一道人物之繁夥,營納財貨之充牣,爲留守者才涉循例,便成銅臭。獨東臯相公、雲夫都憲於兩期之內,所捧諸邑之物,别藏一庫,而秋毫不與相干。西方之人至今以清德稱之者,唯此兩公而已。

東臯相公嚴毅峻直,爲兵曹判書時,武科閔應瑞爲參判。應瑞少習經史,在武弁中亦以識字見稱,每與公同坐,必稱古事,而多談文字。公薄其自矜,無所可否。一日忠清兵使有闕首,擬除之,乃曰:"參判文談聽之可喜,只緣乏人,似不快也。"是亦諷之也。其接物之嚴類此。

《芝峰類説》:李相國浚慶以老成持重,與後進相左,見忤于時,卒後謗議未息。吳判書祥爲挽詞曰:"功在宗祊澤在民,能全終始獨斯人。不待十年公議定,謗言何累地中身。"至今言相業者,推公爲第一,吳之言信矣。

《詩評補遺》:東臯李相國少時作詩示湖陰曰:"吾詩可比古人乎?"湖陰曰:"雖不如古人,爲友人挽别之詞則有裕矣。"李公自是不復吟詠。余見其《明廟挽》有曰:"中夜催宣詔,蒼黄寢殿升。龍顔才及睹,玉几已難憑。聖嗣由前定,宗祊遂有承。三朝猶不死,忍看禍相仍。"語甚痛切,殊非等閒操觚者可及,而猶且慊然自棄。今人粗解應俗文字,則妄擬古人,趯趯然自以爲足,可笑也已。

石洲爲白衣從事時,東臯贈一詩云:"西江不見西關遇,一世良難一日知。氣概合求高士傳,文章尤逼古人詩。白衣未害還乘駟,黄卷安能只下帷。聞説至尊徵稿入,全勝身到鳳凰池。"時宣廟命入公詩,故云。儐伴諸公皆次之。月沙詩云:"吾能一日長乎爾,同在城西不早知。每把佳篇思識面,及觀奇骨又勝詩。正仍徐儒開塵榻,敢屈康成入絳圍。自是玉堂揮翰手,會看髻鬣化天池。"東岳詩云:"天下奇才合濟時,江湖落魄少相知。未將長策干明主,誰料新恩賴小詩。却遣陳藩容下榻,向來袁粲歎披帷。白衣從事人皆羡,幕府紅蓮媚緑池。"鶴谷詩云:"江漢秉綸三十載,奇才磊落有誰知。君門未售凌雲賦,天語先褒古劍詩。已許布衣參儐幕,却催飛傳輟書帷。試看乘醉揮毫處,直取洋瀾作硯池。"南窗詩云:"十年湖海一竿絲,暫出應因國士知,西塞山川勞鄭驛,東槎酬唱有唐詩。鄉書無雁春憑夢,邊月隨人夜入帷。坐覺龍灣爲客久,柳摇江岸草生池。"五山詩云:"萬事行裝孤劍在,十年蹤跡白鷗知。明公得士許懸榻,聖主惜才徵賦詩。身隨紅蓮揮彩筆,手抛黄卷出緇幃。從今待詔漢金馬,莫把釣竿朝夕池。”噫!人才之盛,國朝以來未有如斯時者也。我祖宗文明之理,培養之功,猗歟盛哉。

【按:李浚慶(1499—1572)字原吉,號東皐、南堂、養窩、紅蓮居士,謚忠正。籍貫廣州。黄孝獻門人。著有《東皐遺稿》今傳。其詩莊嚴正大,尤善挽詞。《箕雅》收其五律一首。】

洪　暹　**字退之,號忍齋。南陽人。中宗朝登第。選湖堂,典文衡,官至領相。謚景憲。**

《朝鮮宣祖修正實録》卷一九:十八年二月壬寅。領中樞府事洪暹卒。暹字退之,號忍齋,以領相彦弼之子。早有文名,壯元及第。爲吏曹佐郎,憤金安老專國,語觸同黨許沆,被誣下獄,受拷幾死,竄配興陽縣。安老敗,放還,超歷清要,代鄭士龍典文衡,竟至大拜。立朝五十年,廉謹奉公,有足稱者。孝行甚篤,至老不怠。彦弼爲相,暹已登八座。暹爲相,母宋氏,領相軼之女,年九十尚無恙。暹受几杖之賜,奉母迎恩設宴,一世艷之。暹年近八十,服喪執禮,上勸開肉。暹既承命,而猶蔬菜終喪,人以爲難。至是卒,年八十二。

《東園集·大匡輔國崇祿大夫議政府領議政兼領經筵春秋館事弘文館大提學藝文館大提學世子貳師江寧君洪公暹神道碑銘》:明萬曆十三年二月壬子,大匡輔國崇祿大夫兼領經筵洪公卒於第。四月某甲,葬於南陽治西清明山丑坐未向之原。……公諱暹,字退之,號忍齋。公本南陽巨姓。……考諱彦弼,謚文僖公。……弘治甲子九月初十日生公。公生而穎悟絶倫。既長授以經書,過目成誦。遂肆力於問學,中戊子司馬,魁己丑庭試,直赴辛卯殿試。冬,選拜弘文館正字,再轉博士,兼侍講院説書。嘗入侍,啓曰:“頃者福城君嵋母子被罪,彼雖自取,未必非待之失其方也。往者不及,來者可戒。”上曰:“爾言是。”甲午,陞副修撰、知製教兼司書。賜暇讀書。此極一時之選,人比之登瀛焉。俄拜司諫院正言,遷吏曹佐郎。是時權奸亂政,人目爲三凶。公見嘗所識者,面斥其非。其徒共構,下詔獄訊之,幾不測,杖流興陽縣。丁酉,凶徒伏辜,召拜修撰,道陞司憲府持平。時治阿附濁亂之輩頗急,公略不爲形跡,力持止大之議,識者服之。戊戌,移弘文校理,累轉應教典翰、司憲府掌令執義。庚子,陞直提學。冬,特加通政,陞副提學。辛丑,累遷大司諫、大司成、吏曹參議。冬,拜承政院同副承旨,轉至都承旨。癸卯冬,特加嘉善,拜京畿觀察使。瓜滿,同知中樞。乙巳,拜禮曹參判兼同知成均。是年,勅使來冊明廟,公爲遠接使,承接稱禮。俄拜大司憲。時議定文定垂簾之政,明廟坐於簾内,公啓曰:“人君當正位南面,萬目咸覩。今者慈殿在簾内,殿下縱不得北坐,宜出坐簾外以臨羣臣。”卽允之。秋,移工曹參判兼同知經筵、副總管。丁未,陞資憲,知中樞,兼帶仍舊。己酉,丁内艱。服闋,復知中樞府,轉判京兆,兩帶亦復。壬子,命選廉謹,羣臣僉舉公名,賜宴闕庭,以獎臣庶。冬,按關西。秩滿,遞判工曹,兼同知經筵,成均、藝文提學。乙卯,轉判禮曹,兼知義禁府事。丁巳春,受寶冊,授公左參贊。明廟展謁五陵,贊禮陞降中節。戊午,加階崇政,拜右贊成,仍兼禮判、世子貳師,餘仍舊。秋判吏曹。冬拜弘文、藝文館大提學,餘兼依例。公力辭,不允。己未,遞判樞府,尋判禮曹。庚申,御筆特除左贊成。秋,掌別試發策,舉歷代戚里宦寺之禍。讒口交構,以爲指斥時事。公稱疾杜門謝客。悉稀見任,知判敦寧。癸亥,權奸屏黜,復判禮曹,再轉文衡。甲子,拜左贊成。乙丑,文定恤,公提調山陵之役,賞階崇祿。是冬,荒甚,公爲賑恤使,措舉得宜,全活甚多。丙寅春,上章力辭主文,遞。丁卯,兼判禮曹。六月,明廟昇遐,上以冲年嗣服,公以院相輪在政院。戊辰,御筆拜右議政,以總裁官監修明廟《實錄》。己巳,辭不允。夏陞左議政。又以盛滿辭,上敦諭不許。癸酉,以年至,據禮請致仕。不允,賜几杖。復以疾辭遞,拜領中樞府。大夫人年九秩尚強康,公授几杖,賜酒樂以侈之。觀者嘖嘖,咸以爲近古所未有也。甲戌,陞領議政。秋,力辭遞,領中樞府。乙亥,復入首相。公患脚病,不利步趨,上命小宦挾扶出入。常被優禮如此。丙子,遞辭。冬,復爲左相。公以病漸加,母年益深力辭。章八上,上賜禮,略曰:“卿,元老,爲邦家柱石。又有九十偏母。特賜卿母米豆酒肉,以示余厚待大臣之意。”公力疾謝恩,退辭相職,上不得已從之。未久,復拜左相,卽陞領。三為相,連上十箚以辭。己卯,許遞,領樞府。庚辰,大夫人下堂,上遣承旨致吊。又遣都承旨諭曰:“聞卿哀毁過禮。禮,八十不及齊衰之事。況元老大臣不自輕。卿宜俯從禮文,愼勿居廬。”卒哭,遣承旨開素,令該司月給米肉。公再疏力辭。將祥,賜米豆。禫又賜藥物。遂領樞府,兼經筵。請辭經筵奉朝,不許。公年高喪母,哀慕不已,氣力益衰,沈綿不起。享年八十二。上聞公病革,遣承旨問所欲言,已不能言矣。上震悼。輟朝御素,贈賻庀葬,並從異數。大小奔走,嗟悼載路。公資稟秀美,操履端重,惟耽經籍,不事產業。無疾言遽色,溫溫接人,和氣藹然。自在韋布負重望,居官莅事,奉公盡瘁,不肯爲近名之事,未嘗有崖異之行。常持謙卑,引接士類。歷事四朝,每於榻前以愛惜人材、恢弘士氣爲勸。其在小官,剛方觸忤,屢擺不撓。曁都槐棘,惟持大體,務守成憲,不爲瑣屑變更之論。爲文章典實從雅,絶去浮誇之語。士大夫得其碑碣之述,稱其實錄。自少晨興盥洗,終日端坐,人未嘗見有惰容。嘗選宋賢嘉言善行,題曰“自警切己”。晚年書伊川先生《四箴》、張思叔《座右銘》掛諸壁間,常目在之。其居常砥礪類此。

《忍齋集·忍齋先生集序(宋時烈)》:今其曾孫錫袞萃於散亡之餘,編爲三冊,余嘗得以玩賞。則其詩溫厚和平,不役於節簇之標格,而有自然之音響。其文亦有優餘典雅,絶無聱牙險僻之意。後之觀者亦足以想見其爲人,是則尤不可使無傳也。

《海東繹史》卷六九:隆慶元年,以即位頒詔朝鮮。歙縣許公國、南昌魏公時亮持節以往。是時,恭憲工又薨,兩公返命,共成詩一卷。國中屬而和者,止工曹判書朴忠元一人,而洪暹序之曰:"小邦不幸,兩公之來,適丁大戚。滿目愁慘,無意於覽物輒題。逐篇和進,亦非有喪者所當爲。所以倡之少而和之寡也。"於此足征其爲秉禮之國矣。明年,衡陽歐希稷以行人奉使,館伴辛應時、朴淳等始復有贈送詩焉。《靜志居詩話》

《東閣雜記》:嘉靖乙未間,洪忍齋暹爲吏曹佐郎。許沆、蔡無擇等方與金安老締結作威福,力圖安老之子金祺薦銓郎。暹不從,語觸沆。沆構捏成獄,鞫於殿庭,杖幾死,長流興陽。金吾卒押行到公州錦江,杖瘡甚,鮮血模糊於衣裾,見者避之。時有科舉,南方士子駢闐上京,相値於津頭。有一士年最少,相貌堂堂,揚言於衆中曰:"吾聞洪暹乃士類。今者無罪杖流,必是小人當國亂政也。吾輩安用應舉於此時,盍相與從此回鞭乎?"暹在臥輿呻吟,痛中聞此言,不覺心神灑然。徐聞其姓名,乃林亨秀也。

《遣閒雜錄》:官至一品,年七十以上,而繫國家輕重不得致仕者,賜几杖,國典也。萬曆癸酉四月,領中樞府事洪暹既經領議政,以年七十蒙賜几杖,設宴以榮之,諸宰多集,守慶亦參席末。時相公大夫人年八十七,而領議政宋軼之女。相公先君亦以領議政蒙賜几杖。大夫人以領議政之女,領議政之妻,領議政之母,再見此榮,是近古未有之盛事也。盧議政于席上作詩曰:"三從不出相門闈,此事如今始有之。更柱省中靈壽杖,却披堂上老萊衣。恩霑雨露真千載,歡接冠紳盡一時。何處得來叨席次,愧無佳句賁黃扉。"守慶亦作詩曰:"几杖鴻恩罕此邦,相公家慶更無雙。傳三議政官槐棘,奉大夫人福海江。滿座榮光花映席,騰空喜氣酒盈缸。席上有造花二盆,宣醞十缸。一時盛事應須記,安得鋪張筆似杠。"礪城君宋寅,即相公表弟也,追作《記》與排律,其餘亦皆追作,或長篇,或律詩。相公令畫史圖繪其事,礪城寫諸作於圖後,藏爲一家之寶焉。大夫人享年九十四,相公享年八十二,人世福慶,真無雙也。

癸酉年,忍齋洪相公賜几杖宴時,蘇齋盧相公詩及守慶詩已錄於上矣。自癸酉至於今二十五年,其時在座者惟守慶與李准生存。而李公官爲二品,余官經議政,年過八十,追憶宴席不勝依依。第以拙詩即席率爾頗有未盡,今敢點化改作,而只恐嫫母粉飾,適足以增其醜耳。“几杖元因齒爵堪,高門偏荷聖恩覃。二朝繼顯稀年二,三代相傳議政三。奉大夫人綏福履,邀諸宰相盡東南。世間榮耀誰如此? 喧播應爲萬口談。”忍齋之胤耆英,乃余女婿也,聞其宴席畫圖失於兵燹,故書此以贈使藏之。蓋庶幾於當時畫圖之萬一云。

《效顰雜記》:洪相暹母夫人,故政承宋某女也。歸洪公彦鼎,彦鼎終陟臺司,生子亦爲領相。盧蘇齋詩云“三從不出相門外”是也,八十康寧。仁聖王后之喪,群臣雖小祥即吉,而猶未擧樂。洪相啓達,請設壽宴,自上允下,且命賜樂,時人榮之。

《晴窗軟談》:洪相國暹字退之,號忍齋,議政彦弼之子也。少時爲金安老所陷,受庭刑,竄興陽。安老敗,遂光顯。其刑也,有人言于蘇贊成世讓曰:“惜夫! 退之之止於斯也。”贊成曰:“此人必有前程,豈遽死耶?”其人曰:“何以知之?”贊成曰“曩日課製《灎澦堆》詩結句曰:‘清猿啼不盡,送我上危灘。’如此詩句,可知人休咎”云。竟入相黃閣二十年,年八十二卒。詩亦可以占人窮達如是哉!

《小華詩評》:洪忍齋暹嘗賦月課《灎澦堆》詩曰:“天險傳三峽,雷霆鬥激湍。風檣今日試,客膽向來寒。但覺巖崖峻,寧知宇宙寬。清猿啼不盡,送我上危灘。”詞極清峻豪放。忍齋少爲安老所陷,逮獄被竄。安老敗,遂登顯。當受刑時,人皆危之,蘇陽谷獨不憂曰:“曩見其課制《灎澦堆》詩,末句有歷險始顯之意,是以知其不死。”

《東詩叢話》:洪忍齋暹臨刑,其父公往訣焉,忍齋了無悲戚,謂父公曰:“大人常以古詩‘玉盤失銀魚’之‘失’字認以‘矢’字,恐‘失’字是真。”父曰:“‘矢’字是真。”父子嘗以此二句之‘失、矢’二字自是主見。矢者,陳也。言以銀魚陳列於玉盤也。失者,言玉盤玲瓏,不見銀魚也。此可見文人苦癖,而亦可見就義之地不以死生介意也。

【按:洪暹(1504—1585)字退之,號忍齋,謚景憲。籍貫南陽。洪彦弼子。趙光祖門人。善詩文,通曉經書,著有《忍齋集》今傳。其詩溫厚和平,或清峻豪放。《箕雅》收其五律二首、七律一首。】

李　滉　　**字景浩,號退溪。真寶人。中宗朝登第。選湖堂,典文衡,官至貳相。理學爲東方之宗。謚文純,配享宣祖廟庭,又配文廟。**

《朝鮮宣祖修正實錄》卷四:三年十二月甲午。崇政大夫判中樞府事李滉卒。命贈領議政,賜賻葬祭如禮。滉既歸鄉里,屢上章引年乞致仕,不許。至是有疾,戒子寯曰:“我死,該曹必循例用禮葬。汝須稱遺令,陳疏固辭。

且墓道勿用碑碣，只以小石，題其面曰：‘退陶晚隱真城李公之墓。’以嘗所自製銘文刻其後，可也。”數日而卒。寯再上疏辭禮葬，不許。滉，字景浩，其先真城人。叔父堣、兄瀣皆聞人也。滉天資粹美，材識穎悟。幼而喪考，自力爲學，文章夙成，弱冠游國庠。時經己卯之禍，士習浮薄。滉以禮法自律，不恤人譏笑，雅意恬靜。雖爲母老，由科第入仕通顯，非所樂也。乙巳之難，幾陷不測，且見權奸濁亂，力求外補以出。既而，兄瀣忤權倖冤死。自是决意退藏，拜官多不就。專精性理之學，得《朱子全書》，讀而喜之，一遵其訓，以真知實踐爲務。諸家衆說之同異得失，皆旁通曲暢，而折衷于朱子，義理精微，洞見大原，道成德立，愈執謙虛。從游講學者四方而至，達官貴人亦傾心向慕，多以講學飭躬爲事，士風爲之丕變。明廟嘉其恬退，累進爵徵召，皆不起。家居禮安之退溪，仍以寓號。晚年築室陶山，有山水之勝，改號陶叟。安于貧約，味於淡泊。利勢紛華，視之如浮雲。然平居不務矜持，若無甚異於人。而於進退辭受之節，不敢分毫蹉過。其僑居漢城，隔家有栗樹，樹枝過牆，子熟落庭，恐家僮取啖，每自手拾，授之牆外。其介潔如此。上之初服，朝野顒望，皆以爲非滉不能成就聖德，上亦眷注特異。滉自以年已老，才智不足當大事，又見世衰俗澆，上下無可恃，儒者難以有爲，懇辭罷禄，必退乃已。上聞其卒，嗟悼，贈祭加厚。大學生及會葬者數百人。滉謙讓不敢當作者，無特著書。而因論學酬應，始筆之書，發揮聖訓，辨斥異端，正大明白，學者信服。每痛中原道學失傳，陸王諸子頗僻之說大行，常極言竭論，以斥其非。我國近代亦有花潭徐氏之學，有認氣爲理之說，學者多傳述。滉爲著說以明之，所編輯有《理學通錄》、《朱子節要》及文集行於世。世稱退溪先生，論者以爲滉爲世儒宗，趙光祖之後無與爲比。滉才調器局，雖不及光祖，至深究義理、以盡精微，則非光祖之所及也。

《退溪集・年譜》：（略）

《東閣雜記》：李文純滉自少有志學問。明廟朝，退去于禮安，號退溪。聖賢經書靡不研究致精，尤用力于朱子書，出處進退一以朱子爲准。明廟朝，累擢工曹判書，降手劄徵之，或就或不就。今上即位，陞拜贊成。再以教書徵，戊辰乃就召。辭職不許。上封事累千言，皆切時務。又進《聖學十圖》，上甚虛己待之。未幾，以老病連上狀乞退。上知不可留，引見賜物，馳驛護送，又令本道給食物。翌年庚午，以年耋三上章乞致仕，不許而卒。命贈領議政。禮安、安東、榮川皆立書院以祀之。所著詩文及書疏三十餘卷行於世。

李文純之乞退也，上引見問所欲言。對曰：“古人憂治世而危明主。蓋明主有絕人之資，則以獨智御世，而有輕忽群下之心。治世無可憂之防，則驕侈之心必生。此其可懼者也。聖質高明,經席之上通貫文義,群臣才智不足以滿聖意。故論議處事之間,不無獨智御世之漸。臣前日進啓'亢龍有悔'之言,願常留念。夫太平極則必有生亂之漸,今時則然也。"又曰:"我祖宗深恩厚澤,功德巍巍。但士林之禍起於中葉。廢朝戊午、甲子之禍不須言矣,中廟朝己卯之禍,賢人君子皆被大罪。自是邪正相雜,奸人得志。報復移怨之時,必以爲己卯餘習,士林之禍連續而起。明廟幼冲,權奸得志,士禍不忍言矣。臣以既往之事言之者,欲爲將來之大戒。且自古人君,初政清明,正人見用。君有過則諫之,有失則爭之,人主必生厭苦之意,於是奸人乘隙而逢迎之。今新政之初,凡所諫爭,皆屈意從之,無大過矣。久而聖心或移,安保其如今日乎?如此則邪正勢相分,而奸人必勝矣。唐玄宗開元天寶之治亂,一君之身而行事如二人者,其初與君子合,而終與小人合故也。上常鑑戒於此,保護善類,勿使小人陷之。此宗社臣民之福也。"上曰:"卿於朝臣,無可薦者乎?"對曰:"今日在大臣之位者皆清愼,六卿無邪慝之人。至於首相李浚慶,當危疑之際不動聲色,而措國勢于泰山之安,誠柱石之臣,所當倚重者無出於此人。"上又問學文之人。對曰:"此難言也。程門如游酢、楊時、謝良佐、張繹、李籲、尹焞諸人,不爲不多。而程子不敢輕許以有所得。臣豈敢上欺天日,以某人爲有所得乎?如奇大升博覽諸書,于理學所見亦超詣。乃通儒也。但收斂工夫少耳。"

退溪病亟,召門生與之訣。子弟勸止之。先生曰:"死生之際,不可不見。"命加上衣,語諸生曰:"平日以謬見與諸君講論,亦不易事。"卒之期,令侍人灌盆梅,夕整臥席,扶起而坐,恬然而逝。隆慶庚子十二月初八日辛丑也。

退溪自作墓銘曰:"生而大癡,壯而多疾。中何嗜學,晚何叨爵。學求猶邈,爵辭猶嬰。進行之路,退藏之貞。深慚國恩,亶畏聖言。有山嶷嶷,有水源源。婆娑初服,脫略衆訕。我懷伊阻,我佩誰玩。我思古人,實獲我心。寧知來世,不獲今兮。憂中有樂,樂中有憂。乘化歸盡,復何求兮。"

奇高峰明彥作退溪墓誌曰:"先生諱滉,字景浩。居於禮安,系出真寶。自少好學,不喜爲官。行年七十,考盤之寬。嗚呼先生!官雖高而不以自取,學雖力而不以自有。俛焉孜孜,庶幾無咎。視古先民,孰與先後。山可夷,石可朽,吾知先生之名與天地並久。嗚呼!維衣與履兮,托在茲阜。千秋萬歲,無或蹦蹂也。"

《石潭日記》:十二月辛丑,崇政大夫判中樞府事李滉卒。滉字景浩,性度溫醇。少以科第發身,晚乃志於性理之學,不樂仕宦。乙巳之難,李芑忌其名,奏削官爵,人多稱枉。芑還奏復爵。滉見權奸執柄,尤無立朝之意,拜官多辭不就。明廟嘉其恬退，累加其階，以至資憲。滉下居於禮安之退溪，因以自號。衣食僅足昧於淡泊，勢利芬華，視之若浮雲。然季年築室于陶山，頗有林泉之趣。明宗末屢下召命，滉固辭不至。明廟以《賢士不至歎》爲題，命近臣賦之。又命畫工模滉所居陶山爲圖而進之，其景慕如此。滉之學因文入道，義理精密。 遵朱子之訓，諸說之異同，亦得曲暢旁通，而莫不折衷于朱子。居閑處獨，典墳之外，他不掛懷。有時逍遙水石間，吟詠性情以寓蕭散之興。學者有問，輒罄所得，亦不聚徒以師道自處也。

《月汀漫錄》：退溪未釋褐時，往還京洛，嘗歷驪江之泛槎亭，以謁慕齋。《退溪集》中有："自見慕齋，始知正人君子之道。"驪州山僧持詩軸，往謁退溪於嶺南，中有慕齋、企齋二老絕句，退溪次韻其絕曰："二老仙遊知幾年，僧來見我臘梅天。自嗟疇昔登門客，淚灑遺篇雪滿顛。"

《芝峰類說》：退溪先生十九歲有詩曰："邇來似與源頭會，却把吾心看太虛。"其早年所得已如此。

《於于野談》：退溪嘗與南溟燕語，退溪曰："酒色，人之所好，然酒猶易忍，而色最難忍。康節詩曰'色能使人嗜'，亦言其難忍也。子於色何如也？"南冥笑曰："我於色是敗軍將，勿問可也。"退溪曰："余於少時欲忍而不能，中年以來頗忍之，不無定力故也。"時宋翼弼亦在座，地卑而能文者也。翼曰："鯫生曾有所吟，願經大人之一斤。"因誦告之。詩曰："玉盤美酒全無影，雪頰微霞乍有痕。無影有痕皆樂意，樂能知戒莫留恩。"用意深切。退溪吟詠稱善。南冥笑曰："此詩合爲敗軍將之戒也。"

《畸翁漫筆》：退溪之于南冥，既同時同庚同在一道，而終未得會合云。豈言議有出入而然耶？不然。古固有尚友千古，千里命駕者，抑又何也？

《小華詩評》：退溪李先生滉，非徒理學之爲東方所宗，文章亦卓越諸子。次友人詩："性僻常貪靜，形羸實怕寒。松風關院聽，梅雪擁爐看。世味衰年別，人生末路難。悟來成一笑，曾是夢槐安。"又關西錄一聯云："絕域病攻天拂亂，荒城雷鬥鬼驚忙。"於此可見其氣像。

榮川浮石寺，即新羅太師義相所創也。簷下有一樹，莫知其名。居僧相傳以爲太師柱杖，始入定之時，植其杖於窗外，遂閉戶坐化。後杖忽生柯葉開花，其繁至今千有餘載，愈盛。昔誇父擲杖化成鄧林，與此頗相類。而此樹在於簷宇之下，不借雨露之濡，而能亭亭獨立，榮耀長春，比諸鄧林尤異。退溪先生有詩曰："擢玉森森倚寺門，僧言卓錫化靈根。杖頭自有曹溪水，不借乾坤雨露恩。"

《東國詩話彙成》：先生四月既望，及門人及子侄泛月濯纓潭，溯流泊盤陀石。解纜而下，酒三行，正襟危坐詠東坡《赤壁賦》曰："'苟非吾之所有，雖一毫而莫取。惟江上之清風，與山間之明月，耳得之而爲聲，目遇之而成色，取之無禁，用之不竭，是造物者之無盡藏也，而吾與子之所共樂也。'蘇公雖不無病痛，其心之寡欲處於此見之矣。"因以"清風明月"分韻，得"明"字，詩曰："水月蒼蒼夜氣清，風吹一葉溯空明。瓠樽白酒翻銀酌，桂棹流光掣玉横。採石癲狂非得意，落星占弄最關情。不知百歲通泉後，更有何人續正聲。"其得意於山水者如此。

先生平日在家在山，非講學應接之時，則左右静無人焉。嘗言獨寢玩樂齋中，夜而起，拓窗而坐，月星明概，江山寥廓，凝然寂然，有未判鴻濛底意。

《星湖僿説》：退溪喜作詩，今見於集中者，人多欠體裁。當時權松溪應仁謂先生"不爲詩若草，差強人意"，殊不知其不爲也，非不能也。昔退之銘樊紹述，子長傳司馬長卿，皆似其人。古人作詩文必心准意想，精神遇會，然後方下筆，如畫甚人則必似其人也。詩文之摸寫亦何異哉。退溪贈林錦湖亨秀二律云："捭闔奇謀漢子房，當年曾受石公方。未翻巢窟龍庭界，先作長城鰈海疆。絶域病攻天拂亂，荒城雷鬥鬼驚忙。豪吟百首凌雲氣，妙句何妨鐵石腸。""狂胡射月遼東塞，壯士搜兵樂浪墟。指顧威靈驅虎豹，風流談笑發詩書。海航病得龍王藥，江閣吟窺帝子居。唾手功名歸燕頷，太平容我老樵漁。"句句飛動，俊爽可掬，雖華嶽峰尖寒鶻睇野，無以逾此。彼錦湖之平生豪吟，未必逮及也。要是非錦湖，退溪亦終不露圭角也。其《泛濯纓潭》詩云："……"即無論理義真境，不煩繩削，鏗鏘可誦，輕颸度水生瀾，羚羊掛角無痕，置之於《藝苑雌黄》又何所歉？近世洪司諫汝河注解退詩，亦深好云。

朱子"方塘"詩，但以心之本體言也。該論本末，則静時少而動時多。余敢從而續之曰："方塘活水自源源，風蕩波驚便易渾。到得静時塵滓定，原初光景始應存。"此以衆人功夫處言也。退溪詩云："露草夭夭繞水涯，方塘清活淨無沙。雲飛鳥過元相管，只怕時時燕蹴波。"波者指外物。外物之至，聖人何惡焉。但吾之心體不動耳。以物喻心，惟明鑑止水爲切近。然鑑體不動而無應物之跡，水勢易動而無内明之驗，皆非的證也。外此更無物可況。余嘗有詩云："池虚不受一塵輕，活水停泓澈底清。不妨物觸波微動，依舊天雲影自明。"非敢貳於前賢，即述其餘意耳。又《齋居感興》詩云："恭惟千載心，秋月照寒水。"不知月者是心，水者是心？又不知和兩物而喻其清明耶？月之照水，影在水中而光明澈外，或者以此故耶？常所疑晦，故漫録之。

【按：李滉（1501—1570）原名瑞鴻，字景浩，號退溪、陶翁、退陶、清凉山人，謚文純。籍貫真寶。朝鮮朱子學集大成者，發展朱子理氣二元論，闡述理氣互發說、四七論,確立性理學體系。創設陶山書院,專心培養後輩、研究學問,對東方理學產生巨大影響。詩文書法卓越。追贈領議政,配享宣祖廟庭,奉享陶山書院等全國數十個書院。著有《退溪集》、《修正天命圖說》、《聖學十圖》、《自省錄》、《理學通錄》、《啓蒙傳疑》、《經書釋義》、《喪禮問答》今傳。其詩寫理義真境,不煩繩削,鏗鏘可誦。《箕雅》收其七絕一首、五律一首、七律二首、五古三首、七古二首。】

林亨秀　**字士遂,號錦湖。平澤人。中宗朝登第。選湖堂,官止濟州牧使。丁未壁書之變冤死。**

《朝鮮明宗實錄》卷六:(二年九月己巳)賜前牧使林亨秀死。時陳復昌深嫉亨秀,鄭彦慤爲副提學,結復昌共爲尹元衡鷹犬,揚言於玉堂曰:"亨秀常言元衡可殺,此有異心者也。今可請置極典。"左右無一人應之者。尹潔曰:"可以罪之。"遂上箚論之。潔平時言必稱亨秀,而陰附復昌,贊助邪議,中無所主可知矣。亨秀時罷在于家,將死拜辭兩親,顧謂其子曰:"不爲惡而竟至於此。爾輩勿赴科舉。"更言曰:"如武舉則可赴赴之,勿赴文科。"略無動色,舉藥將飲,笑謂義禁府書吏曰:"君亦可飲一杯不?"或勸其可入人家而死,亨秀曰:"我當死於天地神祇昭布森列之處矣。豈可死於幽暗之中也?"遂飲而卒,聞者悲之。

《錦湖遺稿·附錄·行跡紀略》:公諱亨秀,字士遂,姓林氏。平澤人。……世居羅州松峴錦水之陽,故公自號錦湖。公生於弘治甲戌。嘉靖辛卯中司馬。乙未登文科,即入史局爲翰林。數歲,轉侍講院說書。仁廟在東宮,眷遇特殊,選爲弘文館修撰。戊戌,賜暇讀書湖堂。己亥春爲兵曹佐郎,兩使贈公詩云"禮曹佐郎"。皇朝翰林侍讀華察、給事中薛廷寵來頒詔,遠接使陽谷蘇公世讓辟公爲從事。兩使臨別贈詩,皆有奬許之意。既還,除會寧府判官。時北路薦饑,會寧尤甚。而邊郡皆武吏,民困於侵漁,殆不堪命,朝議憂之。請以經幄名臣簡畀字牧,公首膺是選。言路惜其出,請留之。上不許曰:"此人才全文武,可大用。予欲試之邊地。"仍命乘傳之任。公悉心營職,未幾一境以蘇。撫綏藩胡,皆得其心。其往來關市者,必以"大爺"稱之。壬寅考滿,入爲吏曹佐郎,尋遷弘文館校理、吏曹正郎、司憲府掌令、司諫院司諫、議政府舍人。由弘文館應教升典翰。甲辰冬,中廟昇遐,詔使張承憲之來,公爲迎接都監郎廳,張公亦留詩爲別。仁廟嗣位,命公製進大行謚冊與誌文,上意將大用也。乙巳七月,仁廟繼而禮陟,文定王后臨朝。奸臣乘機構禍,芟夷善類。公素負重望,持論清峻,最爲群奸所忌,遞爲軍器寺正。以山陵都監郎廳監董,方上月餘,出爲濟州牧使。視篆未一期,政化大洽。及其罷歸，州民追攀號泣，若赤子之失慈母。公甫自海外歸，而壁書之禍作，一時賢士皆不免，而公爲之首。初命絶島安置，旋因鄭彦慤獨啓，特命賜死。金吾郎馳到羅州賜藥。公臨死告訣父母，諄諄戒幼子，從容處置後事，神氣不少爽。得年僅三十四，卽丁未九月也。死之日，舉國之人無不哀而惜之。葬於州西興龍洞面南之原先塋之側。至隆慶丁卯，宣廟卽阼，公論始定，公亦蒙伸雪之典。公爲人豪俊不羈，氣岸卓犖，能文章美風儀。且善射御，有撫禦之才。當事辯論，出人意表，世推爲國器。所與交盡一代名勝，退溪李先生最愛重之，每稱“奇男子”。及其歿而悼惜之不已。河西金先生亦作歌寫哀，譬之棟樑材云。……公所著詩文頗多逸于丁酉之難。公之外孫參奉柳玶從權石洲韠得《東槎錄》所載公詩若干首，且以掇拾於見聞者，合爲一卷而藏之家。今光州牧使李公敏敘聞而慨然，恐其遂至泯沒也，取以付之剞劂，以永其傳。茲就柳氏舊錄，參以野史小說，略記公行治於下，俾後之觀者有所考信云。

《西河集·錦湖遺稿序》：始吾見挹翠、濯纓之詩文，未嘗不奇其才而悲其時也。及今得錦湖林公遺稿而讀之，又爲之掩卷而歎也。嗚呼！天既畀人以聰明絶異之姿，博辯奇逸之文矣，則其或不幸而枯槁阨窮，老死於草澤，已可惜矣。乃使之摧敗縻爛於罟阱挺刃之下如數公者，抑又何也？豈喜圓而惡方，全其瓦而毁其璧，造物者亦然哉？國朝人物之盛最稱中明，而道學志節之士登崇發揚，若將有爲，則輒又網打而魚肉之且盡。顧公以奇才直道，當斯際也，鶚立一世，大爲群奸所忌，死於讒賊，固無足怪。而世禍之烈，真可謂太息而流涕者也。公之詩文散逸不收，歿後且百年，雖其附見於前輩集中者爲人所傳誦，而亦不能多也。外孫柳玶前後收拾，裒爲一編，藏於家久矣。今其從孫應壽就質于文谷金相公正其訛謬，且附以諸賢酬唱詩什，今方刊行。蓋公之爲詩警雋英特，肖其爲人。才豪氣盛，不事雕琢，而格律渾成，辭情逸發。其勢有不可遏，而其光有不可掩者。往往緣境出奇，能造人之所不能到。是以一時流輩號爲能詩者，皆畏避而莫敢望焉。退溪李先生尤亟稱之，與之酬和者獨多。而“風檣陣馬”之評，亦可謂善喻矣。所著雜文存錄者絶少，而皆雅健拔俗，概乎可傳於世無疑也。夫以公之才，觀於前所稱二子者，固未知其孰先孰後。而死時公年厪三十四，彼二子又視公有不及焉。余獨竊恨天之生數公，宜若不偶然者。而使皆無年而僇死，不得見其大成而富有之也。於是並書其平昔所感於心者以爲序。丁巳七月下旬，完山后人李敏敘序。

《東閣雜記》：林亨秀以濟州牧使，罷歸羅州本家，未幾賜死。禁府郎馳至本州，前例州官同進涖殺。時適牧使判官皆有故，梁文喜爲州教授進去，亨秀出跪聽傳旨,請入辭其父母而死。愍而許之。既入,慮其難於訣别,致延晷刻。使視之,則亨秀不復入内,只於庭下再拜而出。其子年未十歲,召戒之曰:“勿學書。”既去,復召語之曰:“若不學書則爲無識之人,學書而勿應舉可也。”乃死。亨秀少登第,能文章,善射。美風儀,氣岸卓犖,時稱國器。以修撰出拜會寧判官。有時併日而食,或一兼數人之餐,曰:“爲將者不可不如是習性也。”撫綏藩胡,得其心。後姜知事暹朝京,路遇進貢胡人。蓋近我國而居者也。問通事曰:“爾國林亨秀安在?”未及對。胡曰:“亨秀好人也。聞爾國殺之云,然否?”通事無以應。

《乙巳傳聞録》:林亨秀字士遂,號錦湖。平澤人也。登乙未科,累爲臺侍。乙巳出爲濟州牧使。後因臺諫所啓,以任比鄰長在言論之地聲勢相倚,請削奪官爵。丁未壁書獄起,加罪命遠竄,未至配所賜死。彦慤又獨啓:“林亨秀與尹任同里閈,如爪牙腹心。每曰:‘尹元衡當殺。’大言於廣衆之中。其與尹任同心尤可知矣,只爲竄謫似歉。”慈殿褒之曰:“良才壁書,行人見者非一。而爾獨來啓,于臣子職分至當矣。林亨秀罪同罰異,予甚怪焉。”命賜亨秀死。

公有無限酒量,方賜死飲鴆酒,至十六椀不亂。更進毒酒二椀,猶不殊。乃投經而絕。鄉人泣謂曰:“公之冤枉,天地神祇亦能鑑照。使公須臾住世耳。”

《松溪漫録》:崔宰相演甫文章富贍,筆翰如流。其《挽仁廟》詩云:“三年短制心嫌漢,五月居廬禮過滕。”用事切當。林斯文亨秀則曰:“忍將今日淚,重濕去年衣。”中廟賓天未幾,仁廟昇遐,辭約意盡。

林斯文云:“余曾得一聯曰:‘天下豈無千里馬?人間難得九方皐。’披之《山谷集》,有云:‘世上豈無千里馬?人中難得九方皐。’彼之‘世上’劣於‘天下’,彼之‘人中’優於‘人間’矣。”以愚料之,山谷此語冠絶古今,豈有敵此者乎?得無偶一閲眼,忘之,認爲己有者乎?不然而暗合,則可與山谷詩頡頏於千載之下。

《鶴山樵談》:樓題佳句亦間有之。壬辰,余侍親避兵入北邊至谷口驛,林亨秀題詩項聯曰:“花低玉女酣觴面,山斷蒼虯飲海腰。”詩語清絶,烏可以樓題病之哉!

《月汀漫録》:林錦湖侮謾儕輩,雖以先進,皆以慢語加之。獨於退溪則尊敬而不敢。嘗題《申靈川畫竹》云:“靈川筆下碧琅玕,湘口高標雪月寒。揀個詩人誰得似,清癯宜並退溪看。”其後謫濟州,退溪寄以詩,和韻:“高義吾君我不如,書來情款溢言餘。本知卞玉能成刖,未必羊腸可覆車。浮海宦情今已薄,買山歸計未應疏。江梅落盡誰相問,萬里空傳尺素書。”

《艮翁疣墨》:林亨秀以天官佐郎出爲鏡城判官,不久爲軍器僉正而還。後爲正郎,檢罰下僚特甚。佐郎金天宇乘亨秀出,便書於案上云:"憎憎一物孰胚胎,生世偏長虐下才。絕粒當年胡不死,既經僉正又重來。"蓋亨秀爲鏡城時,嘗數日不食,以試氣力之虛實,故天宇及之。

《惺叟詩話》:林錦湖亨秀風流豪逸,其詩亦翩翩。"花低玉女酣觴面,山斷蒼虬飲海腰"之句,至今膾炙人口。退溪先生酷愛之,晚年輒思之曰:"安得與林士遂相對乎?"

《寄齋雜記》:林牧使亨秀倜儻有氣節,能文章,善騎射,一時以文武全才許之。乙巳以後,爲權凶所忤,自副提學出爲濟州牧使。發船之日風浪不順,雖舟人皆縮入不敢出頭。公上舷横走,自此至彼,數過而猶不止。篙工急抱之曰:"此外卽彼生也。何輕視也?"公笑曰:"唉!我豈止此而死者乎?"未幾罷還,俄有賜死之命。具衣冠拜於庭,與老母永訣。出就死,揚揚若平昔。引藥跪飲,有一奴飲泣進安酒,公却之曰:"香徒用罰亦不許安酒。此何酒耶?"怡然而盡。

《東國詩話彙成》:錦湖與退溪入湖堂,醉輒歌。呼退溪字,曰:"君亦知男兒奇壯事乎?我則知之。"先生笑曰:"第言之。"曰:"大雪滿山,被黑貂裘,腰帶白羽長箭,臂掛百斤角弓,乘鐵驄馬,揮鞭馳入澗壑,則長風生谷,萬木震動。忽有大豕驚起,迷路而走,拔矢引滿射殪之,下馬拔劍屠之,斫老檜焚之,長串貫其肉煮之,膏血點滴,踞胡床啖之,以大銀椀滿酌快飲至醺然,仰看白雲成雪,片片如錦,飄拍醉面。此中之味君豈知之?君之所能者,只是翰墨小技耳!"遂擊節大笑,仍誦其詩曰:"醉倚胡床引兕觥,佳人押坐戛銀箏。陰山獵罷歸來晚,馳渡冰河劍戟鳴。"先生每稱其爲人,必誦此言。概公曾爲鏡城判官爾。

《東詩叢話》:錦湖好戲謔,及其被陷,賜藥。謂金吾郎曰:"平生不能咽藥,寧就縊自盡。"郎許之,遂入室穿壁,使金吾卒從外引縊繩。金吾郎入室檢命,錦湖偃臥床上,撫髀大笑,以布枕納於縊套也。又謂曰:"吾故一時戲之矣。"因仰藥自盡,了無難色。蓋其好謔如此。

【按:林亨秀(1514—1547)字士遂,號錦湖。籍貫平澤。學問文章出衆。奉享羅州松齋書院。著有《錦湖遺稿》今傳。其詩警雋英特,辭情逸發,人以"風檣陣馬"譬之。《箕雅》收其七絕二首、五律一首、七律一首。】

柳希齡　**字子罕,號夢窩。晉州人。中宗朝登第。官至參議,所撰《大東詩林》、《聯珠詩格》行於世。**

《朝鮮明宗實錄》卷二:卽位年九月乙亥。傳曰:"尹汝諧、柳希齡筮仕已久，年且老矣。與任等似不相涉，緣坐太重，不可從末減乎？”汝諧，任之伯父，嘉善官也；希齡，仁淑之姪子，通政官也。彦弼等啓曰：“法則當坐，上教至當。”答曰：“汝諧、希齡勿爲緣坐，告身盡行追奪可也。”

《北渚集·有明朝鮮國通訓大夫行通禮院引儀兼漢城府參軍柳君墓碣銘》：柳參軍之新字某，晉州人也。……文通……生四男。長曰仁貴，以鯁直不撓名，居諫職，諫燕山盤遊無度，謫錦山。中廟改玉，召用之，累踐華顯，卒官禮曹參議。季曰仁淑，議政府右贊成，有重名于當世。爲群兇所構，死于乙巳禍，四子皆坐死。參議有嗣曰希齡，戶曹參議，以詞翰著稱，撰集《大東詩林》行于世，號夢窩，亦坐贊成配錦山而歿。卽公之王考也。

《稗官雜記》：柳夢窩希齡嘗選東人詩，名曰《大東詩林》。其序引歷詆吾東選詩者之失。且曰：“詩不易作，亦不易選。”蓋以所選之無瑕纇自許矣。以余觀之，《詩林》之不可曉者甚多，姑舉梗概于此。金時習近世奇男子也，雖佯狂爲僧，而心不在僧。况既還俗，安可尋其舊而僧之乎？其失一也。魚無跡之詩近代所稀，嫌其門地而不取。柳睡齋之作孟浪無味，以其先人而選之太多。其失二也。日本諸僧奉其國命，一來於京，目之曰投化，而收載其詩。其失三也。閨秀之詩，至不成章，而一切取之。其失四也。聚詩至七十餘卷，而李文順三百韻排律、挹翠軒《題鼇頭錄後》長篇皆不取。其失五也。此其大者，其餘去取之失不可勝紀。信乎詩不易選也。

柳夢窩《大東詩林》載其先人睡齋《宿樂生驛》詩曰：“日夕衆山暗，遠來投樂生。征驢吃殘草，老僕飯香粳。索枕背燈睡，把杯斟酒傾。時時呼長老，屈指問前程。”夫征驢吃殘草，既行李蕭索，老僕安得以飯香粳呼？既背燈睡，則又安有把杯之事乎？且把字、斟字、傾字皆一樣意，尤可絕倒。只宿樂生驛一個日，而曰“時時呼長老”，何也？驛隸非禪道之比，而指爲長老，亦何也？“屈指”字本《漢書·陳湯傳》“屈指記其日，不出數日，當有吉語聞”。今問前程，而使“屈指”字，亦未見其穩也。

《海東雜錄》：柳希齡，晉州人。字子罕，號夢窩。我中廟朝登第，官至參議。所撰《大東詩林》、《聯珠詩格》行于世。

【按：柳希齡（1480—1552）字元老、子罕，號夢菴、寄窩、夢窩。籍貫晉州。文科及第。中宗十五年（1520）任正言、戶曹參議。仁宗即位年（1544）陞吏曹參議，明宗即位年（1545），乙巳士禍時作爲大尹一派被驅逐，流配錦山。詩賦出色，撰有《大東詩林》、《大東聯珠詩格》。奉享文義魯峰書院。著有《夢窩集》、《詩林樂府》、《東國史略》。其詩典雅謹飭。《箕雅》收其五律一首。】

金麟厚　　字厚之，號河西。蔚州人。中宗朝登第，選湖堂，官止校理，求外爲玉果縣監。乙巳後終不仕。後贈吏曹判書。謚文靖。

《朝鮮明宗實録》卷二八：十七年十一月庚戌。前弘文館校理金麟厚卒。字厚之，自號河西，又號湛齋，長城人。天資清粹，五六歲時默解文字，出語驚人。及長爲詩文，清華高妙，世罕其比。人望見其容貌，已知爲塵表之物也。愛酒耽詩，休休然與物無競。而其志意所存，實欲蹈禮義規矩，不敢自馳，而不知者或疑其迂闊。年踰三十始釋褐，爲弘文館正字，轉副修撰。爲親便養，乞外，授玉果縣監。未幾，遭中廟、仁廟之喪，傷毁不自持。乙巳冬，遂謝病歸私第。朝廷前後除拜，皆不就。自家食之後，一意聖賢之學，思繹講究，未嘗少間，循循用力，以踐其實。晚年，所請益精且深，留心《家禮》，尤謹喪祭。遇時節之祭，雖病必親，不撓于時俗禁忌。教子弟先以孝悌忠信，而後文藝。與人酬酢，不事標飾。而至於其所自立者，確乎不可拔，卓乎不可企。善真草，筆跡奇崛。卒，年五十一。有《河西集》行於世。

《朝鮮顯宗實録》卷一四：九年四月辛巳。命追贈金麟厚正卿，姜沆、金德齡等堂上。麟厚號曰河西，經明行修，入玉堂爲校理，見重於仁廟，仁廟將大用之。仁廟昇遐之後，遂稱病不仕，每值仁廟忌辰，獨往山中，慟哭而還，有"年年七月日，慟哭萬山中"之句。

《河西全集·附録·家狀（梁子澂）》：而至孝陵禮陟之日，竟夕愀然，若無所依薄。嘗有詩曰："君年方向立，我年欲三紀。新歡未渠央，一别如弦矢。我心不可轉，世事東流水。盛年失偕老，目昏衰髮齒。泯泯幾春秋，至今猶未死。柏舟在中河，南山薇作止。却羡周王妃，生離歌《卷耳》。"其精誠眷戀，藏於中而發於外者，無非斷斷不貳之心。每見前代治亂興亡之事，莫不由奸兇弄權，忠良受害，扼腕痛切，不啻身親歷之。丁未春，李至男學《楚辭》於先生，未終篇，乃吟一絶云："蘭猗玉栗稱家庭，竹外窮簷講楚經。馳騁不須風雅末，周詩三百儘和平。"因悲憤不自勝，未得卒業。翌年夏，子澂受《宋史》，至《岳飛傳》，便痛飲下筆曰："楚騷前歲喟憑心，宋史今朝淚滿襟。異代興亡那繫我，自然相感謾悲吟。"乃廢講。其滿腔忠義有不能自掩者如此。……人饋之酒，則未嘗問其美惡，飲必至醉，醉後哦詩，頗以自娱。或問酒有何好，嗜之若此。曰："某亦不知。但得酒既醉，横衾大臥，嗚嗚而樂，如此時節，難與外人言也。"客之來拜者無不求詩，若非疾病齋戒，輒揮灑與之，雖庸衆人，不聞有曲辭以拒之也。嘗夜，趙希文、梁子澂戲折梅枝插小瓶中，侍先生飲其下。子澂曰："先生於一草一木，無不窮格而吟詠之。無乃玩物耶？"希文曰："爾非知先生者。"卽口占曰："玩物非天性，銜杯只寄懷。"先生曰："趙郎知我乎。"因繼吟曰："梅花燈下飲，如醉又如俳。"其非眞麴蘖之托昏冥之逃而馴致喪志者矣。

《南溪集·弘文館副修撰贈吏曹判書謚文靖河西先生金公行狀》：先生詩賦根於《國風》，參以《楚騷》、青蓮，凡有所感，一發之於辭。清而不激，貞而不迫，樂而有從容和毅之風，憂而少尤怨切感之旨。皆所以理性情，繹道義，寓幽憤，其不出於正者寡矣。仁廟在東宮嘗賜手畫墨竹一幅，先生以詩詠之，至今傳爲盛事。蓋先生既以一團天地摸寫聖德，而仁廟之必以是賜先生者，豈亦有意否耶？此可與知者道也。文亦疏暢典雅，稱其爲仁義人之言。有散帙遺稿十餘卷。所著《周易觀象篇》、《西銘事天圖》厄于火。至於天文地理醫藥卜筮算數律曆，無不通曉。筆法端正嚴密，眞草篆隸各臻其妙，多行于世云。

《河西全集·附錄·神道碑銘并序（宋時烈）》：飲酒微醺，繼以吟哦，音調洪暢，令人莊以和。暇日必携冠童逍遙徜徉，顧謂諸生曰："學者時時體認沂水庭翠氣像，然後方能少進爾。"後學之被其引接者如襲春風而覩慶雲也。其述作根於《風》、《雅》，參以《騷》、《選》、李杜，凡有感觸一於詩發之。清而不激，切而不迫，樂而不至於淫，憂而不至於傷。皆所以理性情而涵道德。其疏章通暢典雅，必以理勝，眞仁義之言也。

《河西全集·年譜》：（略）

《河西全集·舊序（趙希文）》：先生詩文，上泝乎唐虞三代，汎濫乎楚漢唐宋。造詣之深，發前聖之蘊；措辭之妙，盡事物之情。莫非精義發見，一經一緯，如春風吹物，物各自榮。造化之眞，不容人力。早年之作多和平冲澹之味，而有豪放之氣。晚歲更覺高明純正，而間有慷慨悲憤之辭。蓋感乎目前之變，而發於不平之鳴，不得不爾。而哀而不傷，憤而不激，亦歸於性情之正而已。

《東閣雜記》：金河西麟厚五歲能綴文，筆法亦奇，人稱神童。嘉靖庚子及第，即賜暇讀書。上疏乞歸養，中廟許之，以修撰除玉果縣監。中仁二聖繼陟，謝病歸田里，不復出。明廟一嘗以校理召之，不就。柳希春竄北，就別曰："君遠謫，妻子無所依。君之弱子吾當取而爲婿，無念焉。"柳子景濂不才，且年歲與其女不稱，而竟取之。嘗讀《離騷經》，悵然題詩曰："青楓江上未招魂，白日何時得照冤。荷蓋水車消息斷，夕陽揮淚灑乾坤。"又訓門人，至宋秦檜殺岳飛事，掩卷垂涕。題詩曰："楚辭前歲喟憑心，宋史今朝淚滿襟。異代忠邪那繫我，自然相感慢悲吟。"遂痛飲罷。時丁未、戊申間也。

《海東雜錄》：河西六歲能詩。客至曰："汝可作小詩。"因指天爲題。即書曰："形圓至大又窮玄，浩浩空空繞地邊。覆幬中間容萬物，杞國何爲恐顛連。"

《鶴山樵談》:金河西麟厚上升之後,有吳世億者猝死,半日乃醒。自言到一官府,榜曰"紫微之宫",樓閣崢嶸,鸞鶴翱翔。中有一學士,被素練袍,睇視之,乃河西也。吳素識其面,河西手檢朱簿,謂之曰:"爾今則誤來,當出去也。"贈詩曰:"世億其名字大年,排門來謁紫微仙。七旬七後重相見,歸去人間莫浪傳。"既覺,言于蘇齋相公,其後吳果以七十七而終。

《松窩雜説》:金河西麟厚爲集賢校理,受田南歸,與方伯相遇于光山。方伯爲公開樽張樂,使三少妓各執杯而前,聽公自擇。公所飲之杯,其名"勝楊妃"也。酒半,方伯使妓持箋求詩,公即揮筆云:"婥妁楊家女,千年汝敢優。鬟迷方丈雨,眸轉漢宫秋。初作三杯戲,終成一笑留。誰爲好事者,傳勝付青樓。"公之諸詩精敏華麗,一時罕有及者。

《惺叟詩話》:金河西麟厚高曠夷粹,詩亦如之,梁松川極贊其《登吹臺》詩,以爲高、岑高韻云。其詩曰:"梁王歌舞地,此日客登臨。慷慨凌雲趣,凄凉吊古心。長風生遠野,白日隱層岑。當代繁華事,茫茫何處尋。"沉著俊偉,一洗纖靡,可貴重也。

《畸翁漫筆》:金河西清風異骨,敻出流俗。少時受知仁廟,恩遇異常。自乙巳以後,絕意人事,有同枯木死灰。每值七月諱辰,輒前期攜酒入山,號哭無節。先子平日嘗所豔慕,有詩云:"年年七月日,痛哭萬山中。"蓋實蹟也。

《芝峰類説》:金河西麟厚詩曰:"酬酢深淺杯,唱和長短吟。此間有真意,誰人知大音。仰面發一笑,静聽松風琴。"此詩放曠可喜。

《東國詩話彙成》:先生湖南人也,年十八九來京師。時七夕試士泮宫,容齋李荇爲大提學,賦以《七夕》題。河西入二上格爲魁,容齋奇之,以爲人與辭俱如玉。但遐鄉弱冠人,文聲早詣如許,頗疑其假手他人。俾居之泮宫,出七題以試之,《鹽賦》、《盈虛賦》是也。至今爲東人傳誦。及登朝歷敭,惡奸人攬權,棄官而歸。以弘文校理徵,應召登途。性嗜酒,于行路載數石酒,見路旁村店有花,輒下馬引酌,如是十許日,所行才數日程矣。及酒盡,稱疾不行。終其身不仕。嗜性理書,著功最深。與眉庵柳希春講劘,結爲婚。

《楓巖輯話》:金河西麟厚,長城人,中年棄官,歸以詩酒自娱。臨終作詩曰:"閲過行年五十五,及到今年萬事畢。故鄉歸路坦然平,歷劍分明未曾缺。手中但有一杖節,且喜道中脚不跌。"既而倏然而逝。

《東詩話》:仁宗爲世子時,深知河西金先生道學之懿,誠心敬禮,召對頻仍。世子素多藝,未嘗表見於人。獨于先生賜手墨梅竹一本,命先生題詩于畫軸。先生題云:"根節枝葉盡精微,石友精神在範圍。始覺聖神侔造化，一團天地不能違。”及仁宗即位，乞養爲玉果縣監。聞上昇遐，驚慟幾絕而蘇，辭病歸家。每值七月一日仁宗忌日，輒入山谷中，慟哭竟夕。鄭松江澈詩曰：“東方無出處，獨有湛齋翁。年年秋七月，痛哭萬山中。”湛齋，河西之一號也。

【按：金麟厚（1510—1560）字厚之，號河西、湛齋，謚文正。籍貫蔚山。金安國門人。配享文廟，奉享長城筆巖書院、南原露峰書院、玉果詠歸書院等。著有《周易觀象篇》、《西銘事天圖》、《百聯抄解》。今傳《河西集》。其詩高曠夷粹。《箕雅》收其五絕一首、七絕三首、五律五首、七律三首、五排一首、五古二首、七古二首。】

李　楨　　**字剛而，號龜巖。泗川人。中宗朝登魁科。官至副提學。**

《朝鮮宣祖實錄》卷五：四年八月甲辰。泗川李楨卒。柳希春曰：“是何善人相繼凋零也！”

《朝鮮宣祖修正實錄》卷五：五年三月壬戌。前慶州府尹李楨卒。上遣官致祭。楨，泗川人。明宗朝登第，以孝行聞，在州郡皆有治績。嘗一爲諫長，上書論治道，爲養求外補，爲慶州府尹。上卽位，以副提學召，不赴。上書陳戒，累除官不就以卒。楨自少好道學，晚而尤篤，師友李滉，羽翼經術。居官以興學右文爲己任，門人稱以龜巖先生，立祠祀之。

《龜巖集・附錄・行狀（鄭斗）》：先生諱楨，字剛而，姓李氏，號龜巖。……先生生於正德七年壬申十二月癸亥。年未髫齔，能讀書屬文。十二歲，試本道夏課爲魁，考官嘆服。年十七遊學泮宫，文望日播。時圭菴宋先生麟壽謫泗川，先生歸師事之，自是得聞爲己之學。嘉靖十五年丙申春別試，先生擢第壯元，授宣務郎，守成均館典籍，尋以事罷。七月，授軍器寺主簿。九月，授司憲府監察，差秋場監試官，時年二十五。丁酉四月加宣教郎，以聖節使書狀官赴京。九月加承訓郎。十二月還朝，以事見罷。戊戌十月授刑曹佐郎。己亥四月加承議郎，授漢城府判官。時有一朝官弱息父歿，其家舍爲權貴者所奪，而愬冤於府。先生欲伸理之，堂上畏勢，曲爲之護。先生爭之不得，遂病辭焉。其後慕齋金先生安國爲判尹，決正一如先生之意，人皆快之。六月授戶曹正郎。十二月加奉訓郎。庚子二月加奉直郎。四月以事送西，授副司直。六月授禮曹正郎。辛丑正月授榮川郡守。政平訟理，吏畏民安。六月加通善郎。癸卯六月加通德郎。十二月加朝奉大夫，又加朝散大夫。甲辰中廟昇遐，乙巳仁廟繼陟，先生爲兩大王方喪三年。是歲五月加奉列。八月加奉正。丙午二月加中訓，遷軍資監僉正。三月超授中直，以榮川時治效上聞也。五月加通訓。九月授肅川都護府使。以親老乞補近邑,遂换善山。先生素聞此邑難治,政尚嚴明,奸猾畏戢莫敢肆。府境有高麗吉注書舊居,先生下車之初卽詣廟下齋戒致祭,見其廟貌不如式,將欲新之。用牛刀不久,未成其志。有一民誣告其姊,繫獄當死。先生察其冤,情跡已明。方伯過聽人言,必欲置之死,反怒先生緩獄,屢栲訊刑吏。先生確然不少屈,卽日解印綬歸來,識者擬諸周濂溪置手板事云。方伯以擅棄任所,請啓准期不敘,乃丁未九月日也。庚戌三月十二日,遭府君之喪,啜粥哀毁,幾至滅性,廬墓三年不脫衰絰。壬子服闋。六月授公州牧使,以病不能赴。八月授典籍。九月陞直講,又陞司成,時退溪李先生爲大司成。先生在榮川時,曾與退溪有道義之契,及時共處皐皮,相與講明經義,啓發諸生。又揭諭文,敦勉崇問學勵廉恥之意焉。十月授清州牧使。逾年,方伯以政最聞,明廟特賜表裏一襲以褒之。時泗川守李君光軫以先生孝行卓異聞。甲寅九月奬加通政大夫。乙卯夏,倭虜寇湖南,陷城殺守,勢甚陸梁。方伯以先生爲都將,領十三邑兵往援之。先生整軍啓行,紀律嚴明,行伍整齊,望之不可犯,中道聞寇退乃返。於是人始知先生兼有將材焉。丙辰正月,以災傷失實罷歸,州民立石以寓其愛慕焉。丁巳八月授副護軍。奉養母夫人,辭祿家食者三年。己未六月拜承政院右副承旨,俄陞左副。八月遞授刑曹參議。十二月再入爲左副。嘗入直中夜,上宣醞,賜雙豹褥,命賦《寒夜賜毛褥》、《宜奬忠孝臣》兩題,製律詩以進。庚申正月陞右承旨,省母夫人于鄉。上傳曰"承旨某歸見老母,食物題給事,下書於本道監司。此人有忠孝之性,故如是爲之"云。二月陞左承旨。四月遞授大護軍。五月授兵曹參議,俄拜司諫院大司諫。上箚懇辭,其略曰:"臣本以冷族孤蹤,氣質庸鈍,生長下鄉,本無學識。僥倖科第,幸廁郎官,出爲守令,連任三邑。其間或以親老,或以遞散,前後在家凡十年。朝廷體貌,物論是非,頓無聞知。加以多病,眼暗耳聾,前忘後失。自分爲聖世無用之一物,得與老貧之母,保存聖澤中。前年秋,恩命忽出於人意已慮之所不到,叨忝喉舌重地,非一而再。撫躬自思,徒增感愧。況諫長重任,非如庸庸瑣瑣無氣節無知識者一日冒居之地,何敢靦然以辱名器之重乎?敢此來啓。"答曰:"若不合於本職,則予豈許點哉?雖曰有疾,自當調行。當今上有不明之君,下豈有正直之人乎?舍大諫而孰爲此任乎?但宜盡職,忠言日行,上補君過,下肅朝廷而已。勿辭。"再辭、三辭,并不允,遂就職。經筵朝講,啓曰:"人君端本出治之道,不過乎正心從諫。人君正心以正朝廷,正朝廷以正百官,正百官以正萬民。是故先儒有言曰:'一正君而國定。'唐虞三代之世,聖君在上,左右百官皆是聖賢之臣也。君臣相誡,必曰:'無若丹朱傲,無若殷王受之酗於酒德哉。'必以丹朱、殷受爲戒者,人心出入無常,聖狂舜蹠之分在於毫忽之間。人君處崇高之位,何可以既聖爲心,而不聞諫諍之言於斯須之頃哉?方今敬天憂民之教出於至誠,宜災變不興,生民平安。而天災時變迭見層出,民生困苦如在塗炭。言之至此,實爲寒心。以外方觀之,居民十室九空,軍卒過半逃散,只以空名虛錄文簿。萬一有事變則措略無策,可爲痛哭。當廣開言路,執端用中,以救積弊,而後庶乎其可也。且雖一人之言語,或有切直之時,或有純厚之時,不可一於純厚而已。一於純厚而無切直之言,則日就委靡。雖危亡迫於朝夕,終不可振救。其於正心從諫之道,益加聖念。"又上箚子曰:"伏以近歲以來天災時變層出迭見,今年亢暵彌月,焦燥之極,赤地千里。今雖得雨,似無望秋之理。自古人君能轉災爲祥者,必有畏天警懼之心發于至誠,省愆求言,使本末相孚,内外如一,然後上格天心。若處事聽言之際少或誠意間斷,憚聞忠直,陽爲好之而陰實拒之,則皆不足以格天消災矣。頃者有一宰臣于經席偶發時弊,其言不甚骨鯁,而聖教乃曰:'無純厚之氣。'夫切直之與純厚初非二致,其心純于憂國者無所貳雜,厚於愛君者懇懇不已。不憂身禍,務殫直言,終使紀綱齊整,上下相安。純厚之風自行於切直之中矣。若一以純厚爲尚,則其弊流於含糊苟且,偷靡怠惰。雖有切迫之禍伏於朝夕,人君孤寄於上無由得聞,豈不寒心哉?上之好尚,世習隨焉。伏乞自今以後盡誠從諫,務開言路。唯責言者之不切不直,則將見謇謇諤諤之辭相繼而聞,時政不至闕失,耳目不至壅蔽,君臣上下導達和洽,無有閡隔難通之患。而應天之實,消災之方,舉在其中矣。"取進止。又上箚子曰:"伏以人君爲治之道必本於學問,然後其治也純善無雜。學問之要必主於誠敬,然後其學也精一無偽。古昔帝王孰有不終始典學以收善治之效者乎?伏見殿下好學之誠出於天性,然而一心之出入無常。聖狂舜蹠之分,判於斯須毫忽之間。苟不以學問爲本,誠敬爲主,以爲做功之地,則雖仁義外施,而帝王之治終不復矣。《大學》一部,聖賢傳道之書。窮理正心修己治人之法,具在此書。宋儒真德秀爲之作《演義》,大明丘浚又著《補遺》,以《審幾微》一編冠之於首。伏願殿下每于經筵之暇,燕閑之中,進此三書,常常勤覽,無少怠忽。則人心天理存亡之幾,國家治亂興廢之道,理會于一心而無疑,發施于萬事而曲當。聖德日造於罔覺,治道自至於純正矣。夫人君居崇高之位,接見士大夫自有其時,朝夕在左右者不過宦官宮妾而已。萬幾之餘,怠忽之念一萌於中,則寸心之微,衆欲之攻,安知其不流蕩忘返而不知止哉?此孟子所以一曝十寒爲齊王懼,而程子以接賢士大夫爲重也。大抵帝王之學與文士爲異,雖曰從事於學問,而精力或分於詞章之學雜記之書,則非但無益於治道,心志日就於荒雜,其流之弊有不可勝言矣。伏願聖上專治其本源之學,一以真實無妄爲主,則豈徒用人之間,政事之際,各得其當。精一執中之學,於變時雍之治,可復見於今日矣。"取進止。先生以《衍義》、《補遺》勸講,而惓惓於《審幾微》一篇者,蓋有意存焉。翌日,上下旨令弘文館譯《演義》、《補遺》進御。七月,以病三度呈辭,遞授上護軍,俄拜戶曹參議。八月,移禮曹,尋除守慶州府尹。州,新羅舊都,諸王陵墓頹圮荒蕪,鋤犁侵尋,螭頭龜趺多爲村氓砌礎。先生慨然即令環山封守,又就武烈王及金角幹庾信墓爲文以祭。以其君臣相協,統合三韓,使斯民免於魚肉也。又于西兄山下建書堂,以爲邑人絃誦之所。額以"西嶽精舍",乃退溪所書也。癸亥正月考滿遞迴。東都士民亦立石以頌其惠焉。六月授刑曹參議,以病未謝。九月授戶曹參議。十一月除順天府使。當燕山朝,先正寒暄堂金先生謫于府,寓城西玉川之上,壘石爲臺,名以臨清,遺跡至今宛然。先生赴任之初首訪是臺,感慕終夕,徘徊不忍去。遂建景賢堂於臺上,春秋享祀,永爲定規。又設玉川精舍於其傍,以爲士子藏修之地。又刊《景賢錄》以敘其師友淵源,世系履歷特詳焉。丙寅四月,母夫人遘疾。先生晝夜侍藥,衣不解帶。及病力,粒米勺水不入口者累日。是月二十五日夫人終,奉柩歸葬於先府君塋側。時先生已過五十,夙嬰疾病,氣力衰憊。而執喪之禮,無少減於前。隆慶元年丁卯,明廟昇遐。先生方在倚廬中,忽聞仙訃,痛哭擗踴,幾絕而蘇。即於廬外設帳幕,北向焚香,制斬衰服之。戊辰,服闋,仍爲明廟方喪,又將一年。羸悴困頓,幾不可支。親戚故舊,強勸肉汁,乃勉從之。六月授副護軍。九月授弘文館副提學、知製教。以病不能趨朝,拜疏以謝。其略曰:"伏以今月初七日只受承政院有旨,除臣爲弘文館副提學,乘馹上來者。聞命競惶,罔知攸措。伏地感泣,撫躬難容。臣年迫六十,病日益深,心日益昏,眼眚不能見,數三年於茲。對人不辨,觸物昧形,作一盲瞽,已爲棄物。雖欲勉進於輦轂之下,以望日月之清光,而不能運身,日夜憂懼,伏竢罪誅。臣孤門冷族,生長海陬,寡陋無聞,又乏一行。雖在百執事之列尚不能堪任,況於玉堂之長,清選所在,職任最重,何可濫冒恩寵,以忝辱一國之名器乎?伏願亟命鐫罷臣職,幸甚。且臣濫忝仕列,歷仕四朝。榮幸踰分,天恩罔極。奄逢酷禍,明廟賓天,鼎湖難攀,號慟無及。方居母憂,染病幾死,不能奔哭於因山之側。私服已闋,迨未能陪廁於朔望之列。今又不得力疾趨謝恩命,罪負天地,萬死不足贖。然拱北傾日之誠心,無一毫有損於疾病憂疢之中。敢以一說爲殿下獻焉。殿下入承大統,庶政維新。陰翳撤盡,日月大明。大臣有元老,侍讀有名儒。學問之日益,治業之漸隆,固可指日而待也。雖然,人心之操舍無常,事物之幾端甚微。今日之清明雖可恃,而後日之持守尤不可不慮也。人主之一心,萬化之大原。正心之道在於講學,講學之要在於居敬而持志。今夫草野之士勤苦刻厲,以期向上之域,苟或立志不固,脚踏不牢,晚節戒得之年,得失俄頃之際,失其本心,與前日之所爲若兩人焉。而況人君居崇高之位,貴戚近臣,攜僕奄尹,陪侍左右。一見人君倦怠之容,則乘間抵隙,入自左腹。甘言一中,苦藥難進。殿下當此獻諂導諛之日,從臾蠱蠹之際,兢業持敬之心有所不異於今日邪?此臣所謂今日之清明雖可恃,而後日之持守尤不可不慮也。伏願殿下孳孳焉。當今教養無法,風俗不純,生民愁怨,軍卒雕瘵。言之慘慘,可謂流涕太息者也。參考伊川學制,申明朱子學規,擇惇實爲師長,育英材崇四術。治明道正誼之學,辨公私王霸之分。則教養安得以無法乎?譯頒《三綱行實》,敬敷五教在寬。薰陶漸染而自化,風移俗易而歸厚。則風俗安得以不純乎?擇循吏而任字牧,薄賦斂而惠鰥寡。農有深耕易耨之功,民有仰事俯育之樂。則生民安得以愁怨乎?絶債帥之濫以革晚唐之風,擇智德之將以膺推轂之任。勸賞壯勇,撫恤行伍。教坐作進退之節,除絶戶鄰族之害。則軍卒安得以雕瘵乎?孟子曰:'徒善不足以爲政,徒法不能以自行。'爲治之規在於得賢人行仁政,而轉移之機在於殿下之一心。苟能敬以立之,誠以行之,無一毫之有雜,無一息之間斷,則於爲政乎何有?先儒有言曰:'一敬足以敵千邪,一誠足以消萬僞。'伏願殿下潛心焉。"疏上,上降旨嘉之。且諭調理上來,因遞付護軍。己巳九月,授兵曹參議,又遞付上護軍。皆以病未赴。辛未六月,腫發於足,針治不效。歎曰:"父母全而生我,我不得全而歸之,是不孝之子也。"因泣下。七月丙子,卒於正寢,享年六十。訃聞,上遣禮官賜祭,爲文以吊之。其文曰:"……"先生生而沈毅端慤,不妄言笑。自幼有老成之局。及長,文之以學問。平生無疾言遽色,雖家人未嘗見其喜怒。其爲學也不觀諸子異端之書,必取《四書》、《五經》及宋朝諸儒之文,正襟端坐,廢寢忘食。俯而讀,仰而思,益知義理之無窮。有士友相過者,不以下問爲恥,亦必反復論辨。既博于文,而約之於心,體之於身。自謂短于文章,雖不事翰墨,而或見於酬唱之間者,無非性理之發,暗合閩洛餘韻,自與俗尚不同調。嘗師事退溪老先生,向學一念炳炳如丹。其在東都,命駕宿春。逐年往省,不避人謗。凡宦游家居,前後數十年間,聯篇累牘,殆無虚月。疑難必質,施爲必詢,至於片言隻字亦裒而集之,其相信倚重如此其篤。中朝性理之書或有未盡刊行於吾東者,亦與退溪往復訂定,相與跋之。如《孔子通紀》、《二程粹言》、《程氏遺書外書》、《伊洛淵源續錄》、《濂洛風雅》、《擊壤集》、《延平答問》、《朱子詩集》、范太史《唐鑑》、丘瓊山《家禮儀節》、薛文清《讀書錄》、胡敬齋《居業錄》、皇明《名臣言行錄》、《理學錄》、《醫無閭先生集》等書,必入梓於所歷州府。雖在散地,若見性理書可羽翼經傳而無板本者,亦力勸傍邑守宰,必使刊行而後已。又嘗拈出《性理大全》及羣書中最要切者合爲一編,名曰

《性理遺編》。凡有印粧者,見士人不請,而輒分與焉。其表章理學,嘉惠後學之意出於至誠類如此。其好學力行,晚年益篤。古昔聖賢之言有補于學者,必隨所得而箚記之。名之以《龜巖日課》,將欲匯分類聚,以便觀法於日用事物上工程,卒未成全書。其事親也,誠孝出於性。兒時常躬往漁家,以供甘旨。晨昏定省,冬夏溫凊。雖至於宦達之際,妻子之養,其所以色養悅志者,未嘗少懈。有庶母,事之如親生。又贖其一弟二妹而良之,友愛之情始終如一。其奉先也,居常夙興冠帶參謁家廟,祁寒暑雨未嘗一日廢也。朔望之奠,俗節之薦,必身親之。若病莫能躬執,必傷痛於懷。遇諱日則前期十日齋居於外,食斷葷辛,衣巾著玉色,帶麻布,以終其日。祭後二日始復寢。其事君也,難進易退。立朝未久,而其承顧問上疏章之際,無一語非格致誠正之要,強學納諫之務。衰暮退伏,亦未嘗一日忘朝廷。每聞一政之得,喜溢於言,一事之失,憂形於色。其愛君憂國之心不以進退而有異,耿耿衷赤,斃而後已。其居官也,律己以廉,懷民以仁,公而正,寬而嚴,莊以涖政,明以折獄。奸吏無所容,豪猾不得肆。首以敦教化興學校爲務,所至搜訪孝子烈婦,復其戶,恤其後。里有孝友者,雖賤人待之如賓,有名跡必爲之表崇。上自士子,下至吏民,莫不感興焉。如釋菜先聖,享祀社稷,必身親致虔。以至籩豆牲牢,極其精潔。其遇旱暵,亦必躬禱。雖在烈日中,鞠躬盡誠,以致昭格。其取友也,不苟不泛,所相與交遊舉一世名流。丁舍人熿謫巨濟,金正言鸞祥謫南海,先生泛舟往訪,無歲不然。時權奸當國,有與遷客相從者,必欲中傷之。人爲先生危之,且止之。先生付之一笑,往來益勤。先生雅好山水,每遇佳處,必徜徉自適。與南冥先生道契甚厚。南冥卜築於頭流德山洞,先生亦占地其傍,擬結世外之侶。暮年輔頰之騰,遽出人意表,交義頗不終焉。先生猶然,了無纖芥之嫌。其定力之堅,容量之巨集,大率類此。晚構書室於先塋之側,扁曰龜巖精舍,名其左曰居敬齋,右曰明義齋。自服闋來,辭病不出,杜門涵養。收功一原,造詣尤到。晚節會極于《易經》,發憤紬繹。常語士友曰:"吾嘗有志於一事,若天假我數年,猶可就也。恐未及也。"因噓唏咄咄焉。其居室四壁揭朱子真筆"鳶飛魚躍"、《易·象》"懲忿窒欲"等字,常目之,猶以此心未免走作爲歉云。其問學工程尤謹於末年者如此。至於好士以誠,接物以謙,儉以治家,敬以處事,恤親故則致其愛,待鄉閭則盡其歡者,乃先生素所蓄積,而人得以易見者也。……是年九月壬申,葬先生于龜巖洞坎坐離向之原,從先兆也。嗚呼!謹敘先生世系履歷學行之梗概,以叩後來知言者諗焉。生員鄭斗謹狀。

《龍洲遺稿·龜巖先生文集序》:龜巖公年未弱冠,師事宋圭菴。及通籍於朝,又事李先生于太學,歿身依歸。則其何游退門者之及此哉?此又絅之所樂觀其文也。……龜巖公獨胚胎清淑之氣,一朝以童丱戰藝,伏一道士。二十五擢魁於殿對,名聲隱隱鳴于四方。以是馳騁於當世,何所不足?而顧乃不避官盛近諛之譏,屈首李先生之門,親受《中庸》之傳,聽疑講學,不以春糧而或怠;片言尺字,必欲寶蓄而勿慢。庸非好學之天性乎?推此以事君治民與朋友交,何往而不逢其原?《辭副學》一疏明白平正,無一字不本於性理之學。向術又不疏,實爲治之藥石,於此足見公造道之深矣。其佗賦詠篇什,特公之塵垢糠秕,而有一句不出於正者乎?公可謂得李先生之玄珠哉。

【按:李楨(1512—1571)字剛而,號龜巖。籍貫泗川。宋麟壽、李滉門人。精通性理學。奉享泗川龜溪書院。編有《景閑錄》、《性理遺編》、《列聖御制》。著有《龜巖集》今傳。其詩清切綿邈。《箕雅》收其七絕一首。】

鄭惟吉　　字吉元,號林塘。光弼之孫。中宗朝擢魁科,典文衡,官至左相。

《朝鮮宣祖修正實錄》卷二二:二十一年九月辛亥。右議政鄭惟吉卒。年七十四。惟吉字吉元,號林塘,光弼之孫也。有才華風度,早歲蜚英,爲世所推,而性和裕不嚴。當權奸之世,無所表異,士論以此輕之。晚復登庸,數遭攻摘,而上眷不衰,以功名終。子昌衍踵爲卿相,門戶之盛爲國朝最。

《清陰集·外王父議政府左議政鄭府君神道碑銘幷序》:府君姓鄭氏,諱惟吉,字吉元。東萊縣人。鄭之先……王考文翼公相中宗,扶翊士類,屢憎奸回,有大臣節,卒配廟享,是諱光弼。……府君之生,在正德乙亥十一月壬子。幼有異質,甫齔,文翼公教之膝下,常語夫人曰:"此兒後必至吾位。"稍長藻思溢發,日新富有,才兼數人,曹偶中莫或有先之者。十七中司馬第六名,諸考官奇其文,爭欲寘之首。金公克成素名能知人,謂"此子異日國器,勿令蚤泄"。亡何,金安老盜秉,忌文翼公,構誣竄逐,竝錮其子孫。安老敗,文翼公始還朝,而禁錮亦解。明年戊戌,府君登第。中廟遣中使諭之曰:"予幸學取士,得卿孫爲壯元。予喜得人。"其所以錫賚光寵之者近世未有,一時艷言之。授成均館典籍,改工曹佐郎,司諫院正言、吏曹佐郎。時戚畹交隙,朝著危疑,府君不激不隨,士論攸歸。遷中樞府都事。僚右有相避,故歷工禮兵三部正郎。仁廟在東宮,妙簡宮僚,移拜侍講院文學。竭誠輔翊,優被眷渥。乞暇寧親,分賜內膳,丁寧惻怛之旨若家人焉。賜暇讀書于東湖書堂,與李退溪滉、金河西麟厚同薦,一時推爲冠冕。還吏曹爲正郎。甲辰遭大夫人憂。服闋拜內資寺僉正,入中書爲舍人,改司憲府執義,屢改弘文館校理、應教、直提學,陞同副承旨。故事,東湖賜暇,至堂上則輟,上特令仍之。儲擬文衡,蓋曠代異數也。壬子贈議政公卒。服除拜副提學。庭試居首,進階嘉善,拜都承旨。請召李滉,資聖學。上嘉納。歷禮、吏曹參判、大司憲。庚申擢拜禮曹判書兼弘文藝文兩館大提學、義禁、成均經筵等事,諸文學重事無不委之。外則羽儀朝端,内則論思帷幄。有所奏對,上必爲傾聽,恩遇日渥。拜吏曹判書。靖陵改卜,監董方上,已西敍知樞,卽閑郊墅者數年。列圖史,蒔花竹,闔門養靜,消搖自適。舒卷之際,未見有二色。隆慶元年,以貳价進賀京師。到遼野,車陷泥淖,譯役皆後,忽有㺚虜數十騎猋至若圍住狀。先是行李過此,往往遭劫掠,左右僕御無不失色。虜見府君在車中端坐不動,兩兩相視曰:"大人也。"舁出大逵然後去。宣廟嗣位,皇帝遣内使,府君迎慰境上,及歸伴送。亡何,出爲慶尚道觀察使。時有濫獄,府君察其枉,理出之。處士之有名者陰爲主張,言路助之,反加詆訾。府君不自明,引病免歸。後事果白,人始知之。明年又出爲京畿觀察使。任滿,迭拜工、禮二曹判書。壬申,神宗皇帝卽位,翰林韓世能、給事陳三謨來頒詔。初命府君主館待,盧公守愼主遠迎,儐接皇華。故以文事相周旋,或頃刻連篇,或險韻鬭富,當仁不讓,謂之華國手。二使在中朝文望甚高,盧公固辭不就,於是改命交易。人謂盧公之腐翰湛思,府君之擊鉢清新,兩得其所云。二使一見卽加敬重,每賦一篇,先以草來視然後乃出,請宴雖遽必成禮。語譯士曰:"吾悦使君風度,欲常常而見之,故不辭也。"臨别至於出涕。後見我國人,必詢起居。使命之來,書問不絶。其終始見慕如此。還,特陞一階授右贊成,又兼判義禁。言路泥之,改刑曹判書。已還贊成。玉堂上箚有所指斥,得旨:"予觀鄭某,其心純實,固非輕薄豎儒之比。近來朝著不思協心輔國,惟其不附己者輒斥。將欲何爲?"時先後輩不相孚,有分黨之漸。府君不寘崖異,一以恬夷劑之。少年喜事,妄肆抨擊,故有是教。屢改禮兵曹判書、判敦寧、右贊成。辛巳由吏曹判書進拜右議政,諫垣論執。上諭之曰:"右相以宏厚之器,和毅之度,凌雲之才,每困於書生之說。豈非命也?聖人猶不容世,於右相何恨?"於是世益信君臣之契,非訾毁所能間。上雖内重之,而外伸言路之氣,已而許遞。明年,復拜吏曹判書。皇嗣誕生,翰林黄洪憲、給事王敬民來頒詔,又命府君館待。詔使久聞府君名,待之有加禮。已辭銓長,還判敦寧兼摠管如故。癸未,復由兵曹判書拜右議政,尋陞左揆。務行故事,愼所改作,常欲遠名勢,不立門户私結後進,以故屢致紛紜。自以舊家世臣受恩深厚,不忍决去,而意殊不樂。先是府君夢至一亭舍,心甚愜。後買亭一如夢境,仍名夢賚。顔其堂曰退憂,以寓晚節休退之志。明年甲申,府君年七十,入耆老社。卽上章致仕,不許,賜之几杖。其謝箋有云:"意絶立黨,誰信大防之孤忠;計熟歸田,欲全歐陽之晚節。"士林傳誦,以爲於此可見公之心跡。府君素剛無疾病。戊子秋,偶示憊,數請急。溫批不允,命御醫恒視,分賜内府珍劑,絡繹道路。遣近臣問所欲言,已而疾漸,告終于城南第之正寢。春秋七十有四,實萬曆十七年九月二十八日也。……府君天資寬而重,和而毅,丰采峙玉,風度凝遠。生長法家,目濡耳染,儼然夙成,自就矩度。人不能以聲色闚測,而見者皆以公輔期之。自少佔畢,數行俱下,一見成誦,終身不忘。立心行事以忠厚謹愼爲本,旣以忠厚謹愼致大位,而其爲忠厚謹愼不衰。八踐銓司,九典邦禮,信心爲準,不以毁譽徇人。國有大禮,進退左右,威儀可觀。廷中望之,燁如神人。平生絶無矯飾,居處膳服,華而不侈,儉而不陋。接人和氣盎然,人之向之若春陽焉,然無敢以狎進者。度量涵蓄,不露圭角,雖遇横逆,夷然理解。至於大事,以義裁之。尹元衡當國,倚東朝横甚,威福已出,人莫敢忤。爲其子求與爲婚,峻却不納。鄭汝立陰鷙暴盛,衆畏其口,側目視之。嘗於筵中極詆大臣之異己者,爲敲撼計,左右無能難。上疑問,府君正言斥之,其説不得售。及設同宗會,宗人有欲邀汝立者,府君不許。後謀叛族誅,人始服其明。思菴朴公淳、栗谷李公珥皆府君後進郎屬,而奬待無間,同陞諸公。權徵、尹國馨皆所尉薦,而後先至卿位。有名庶弟不能家,業之使足自贍,而迎庶母於家,待之盡禮。族人之孤窮無歸者,教養而嫁娶之,恩意備至。文章富麗,尤長於詩,不事雕削而自有風味。人不能及,翕然推爲宗匠。亡論騷人楮客釋流方外之徒,亭楣館壁得之以爲光。九重之内,燕閑之所,圖畫屏障,必經府君題詠然後爲重。所著述甚多,遭亂散軼,遺稿二卷行世,亦可以嘗臠知鼎也。書法奇勁,自成一家,世多慕效,謂之林塘體。

《象村稿・林塘詩集序》:詩者天下之至聲,而聲人人殊,何也?綿千百載之久,歷千百人之多,雪月風花,人情物狀,前輩操觚者道之已盡,而加又風氣局之,世代移之,則無怪於唐不及漢,宋不及唐,聲人人殊也。晚出而欲追古作者,卽高馳遠駕,上者建安盛李,下者亦不出錢劉韋柳間,彬彬者固夥,而失之則或墮於壽陵之匍匐。巧者膚立,拙者茅靡。曷若平其調,易其辭,無罣於摸擬,無失於性情,自名一家言也。臻此道者,故相國林塘鄭公其人哉。清而麗也,華而贍也,長於情而不吝於格也,永於味而不乖於韻也。無劌心鉥賢之勞,無牛鬼蛇神之異,自然步驟於元和、長慶之際。噫!其治世之音歟!公之生,適當我國鴻厖亨泰之日,少擢魁科,舒翹揚英,朝夕於白虎、石渠提衡文柄,儐接皇華,卒乃入陞鼎軸,爲世之清鏞大敦。享用五福,終始令望。若公者其膺國家文運而昌者非邪?詩特公餘事爾。自昔以詩名者多草野羈窮,而鮮得於黄扉三事之上。故房、杜無音,甫、白擅聲。其儷至竝稱者僅燕、許二人。若公者豈非其匹耶?然泗濱之磬,孤竹之管,空桑之琴,雲和之瑟,音非不美,而苟無賞音者,則與《折楊》混然。則有公之詩而得公之時者,亦係於祖宗朝用人之盛。猗歟偉哉!公之詩若文蓋累秩,而亡於壬辰兵火,今之存者摭拾於聞見,才百之一。崑山片玉,愈少而愈寶,奚多乎哉。公之宅相知樞金公尚容氏及其弟承旨尚憲氏繕寫爲卷,要不佞文弁其首。不佞非任也,顧念君實之誦於口久矣,且與金公有兄弟之義,不敢辭而序云。

《林塘遺稿·年譜》:(略)

《石潭日記》:以朴永俊爲吏曹判書。先是,金貴榮引疾而遞,以鄭惟吉代之。惟吉曾附李樑,被清議指玷,故不敢就職,謝病免。

九月,吏曹判書鄭惟吉被論而遞。惟吉是故相鄭光弼之孫也。以名家子弟,少有文名。且風度帶長者氣像,比之朴永俊、金貴榮輩則逈然不同。而以壬戌年間李樑憑勢跳梁,而惟吉時典文衡,性柔不能自立,頗徇樑意,欲引樑居文衡。故士類至今賤之,兩司駁遞吏判。

《涪溪記聞》:金安老秉權日,構別墅於漢上。當時盛言其奢,論安老之罪者,必以此亭爲樂。其後鄭丞相構亭于其側,其製作之侈,階砌之美,百倍于金亭。而人不以爲譏。豈下流而衆惡皆歸歟?抑奢儉隨世道汙隆,而非人之所能違歟?必有辯之者。

《於于野談》:余少時遊漢江夢賚亭,夢賚亭即相國鄭惟吉亭子也。時相國多散居江湖,窗戶皆有春帖子。其一曰:“官閑身漫世誰嗔,夢賚亭中白髮人。賴是朝家無一事,扁舟來釣漢江春。”其一曰:“梅欲妝梢柳欲顰,清江水泮綠粼粼。老臣無與安危事,唯向楓宸祝萬春。”其一曰;“白髮先朝老判書,閑忙隨分且安居。漁人報導春江暖,未到花時薦鱖魚。”余少時常記誦,抵老不忘,每一詠來,可想相國風致。

《效顰雜記》:鄭林塘夢賚亭在東湖,與宋礪城水月亭相近。水月貯妓女,藏歌舞;夢賚則自家吟詠而已。林塘有詩曰:“夢賚原爲水月臨,兩翁分占一江春。東家樂作西家聽,絕勝屠門大嚼人。”二公俱捐館,兩亭皆燒兵火。至今此詩膾炙人口。此東坡所謂“世有足恃而不在臺之存亡”也。

《小華詩評》:鄭相國諱惟吉,號林塘,余外高祖也。文章富麗,尤長於詩,不事雕刻而自有風味。《賜祭棘城》詩曰:“聖朝枯骨亦沾恩,香火年年降塞門。祭罷上壇風雨定,白雲如海滿前村。”……其氣象可見。

《東國詩話彙成》:公嘗夢入一亭子,有白髮翁勸題詩。公即賦云:“帝賚此身歸老地,興隨魚鳥入江天。”後買亭子東湖,悉如夢境。遂扁其亭曰“夢賚”,以寫晚節休退之意。其後公投閑於此,逍遙自適。

天使韓太史世能到新安賦雪,公次云:“羸驂踏雪度山東,玉樹人家盡掩門。恰似江南煙雨後,梅花斜影水邊村。”韓公擊節稱賞。後宣祖大王嘗于禁中書此詩，宸翰流傳，奎璧昭回。詞苑間至今稱爲盛事。其後天使黄洪憲之來，韓太史寄書問。公贈别黄使云："來傳韓老青雲信，最慰藩朝白髮臣。"

有秋娘者，以繭袍進。公題曰："寒花黄白交相締，聞自秋娘指下開。枕得濃香成一夢，添圍網蝶好飛來。"又贈情人詩云："烏棲昨夜凍雲生，白雪飄零柳絮輕。帳裏佳人摻手道，天寒如此不消行。"

【按：鄭惟吉（1515—1588）字吉元，號林塘、尚德齋。籍貫東萊。鄭光弼孫。善詩文，書法爲松雪體聞名。著有《林塘遺稿》今傳。其詩清麗華贍，不事雕刻而自有風味。《箕雅》收其七絶三首、五律一首、七律二首。】

李洪男　　字士重，號汲古。中宗朝登第。參重試，官至參議。

《錦湖遺稿·附録·湖堂脩禊録》：汲古齋李洪男士重，廣州人。生正德乙亥，辛丑春賜暇，辛卯司馬，戊戌乙科，弘文館副修撰。父牧使若冰。

《德溪集·請黜李洪男啓》：李洪男處身輕回，包心邪毒。其平生所行，無非逆天理拂人心之事。當國恤之初，一國臣子哀號莫及，而載官妓以行，翺翔大路，縱淫無忌，是不君其君也。其父祖神主棄置鄉家，上雨傍風二十餘年，又爲火燼，而少無戚容，對人言笑舉止自若，是不父其父也。君親，人道之首，而待之如是。則其陷友死地，奪人田庄之類，又何殫論哉？天下之惡一也。時無古今，身無存沒，公論所發，則雖在朽骨亦追誅之。況於有靦面目。而不以其罪罪之乎？若諉之於久遠而只罷其職，則臣子之所不忍者，誰得以定罪哉？請命削奪官爵，門外黜送。

《乙巳傳聞録·李洪男上變》：己酉四月，洪男在謫所，通書于舍人鄭惟吉、校理元虎變惟吉乃其同壻，虎變卽妻兄也，略曰："舍弟洪胤性本剛戾自用，與城昌居術士裴光義相從，推占滿朝卿相，歷言吉凶。其言曰：'廢朝之殺人極於甲子乙丑，而終有丙寅之禍。今上亦何能久御耶？'其他怨懟謗訕之語不可勝記。孤哀欲親詰其所以，不肯來見，亦不肯答書。舍弟素驕傑，多見嫉於品官。若有告變者，則門禍必至於不測。如之何處之則當於理耶？欲以所聞自達於朝，則君門遠於千里，且不知式例。此外有善處無迹之策耶？不能盡形於筆端，臨紙徒自慟哭而已。"惟吉、虎變詣政院進洪男之書，且曰："聞此凶慘之說，不忍默容敢啓。"拿鞫洪胤及辭連人，杖至十餘度自服，與某某人謀舉兵起事。其孽弟後丁年十六，所引同謀之人尤多，皆坐死，至於或有平生不識洪胤、後丁面目而死者。忠州一面幾空。傳旨有曰："賊臣洪胤胚胎蛇虺之腹，豢養梟獍之門。潛結不逞之徒，欲售犯上之計。乃與裴光義、李煇、崔大觀、李茂丁等假妖術而卜相命之吉凶，指廢朝而冀宗社之捏抗。

陰署將卒之名姓，擬竊州郡之兵戈。宜爲至親之棄，以速天討之加云云。康惟善、李彝、李揆、李寅丁、崔順鶴、洪峴、洪崙、邊復、禹水平、崔洽、崔大立、崔大臨、崔大受、車獻之、延百載、安邁、安喜逢、裴夢星、李有成、李遂成、李福基、孫守恭、李後丁、池七同、池億年、安世章、孫守讓、延瓊、金義淳、孫守儉、茂松守彥成、毛山守呈琅以辭連，并依洪胤等論。”傳旨有曰：“惟善一時有名之人，首謀倡率。至作約書惟善爲大將，義淳、彥成、呈琅、守儉衆賊同辭援引。雖已杖斃，不可不正刑。”又曰：“謂國家運衰，謂王法可讎，謂天命可圖，謂天可射，寡躬幼冲可除。謂惟善、大立、大臨、李彝之筆可藉鬼嘯白日，連議成冊，遂乃私鍛釖戟，分造弓矢。至欲動兵於列邑，將以宣布於王城。謀之三年，而益潛誘及諸郡而不造。蓋其供庭之辭又多觸上之說。與聞或有武士，首惡盡是儒生。夫何叛逆之徒，屢出詩書之門云云。”傳旨：“忠州逆賊寔繁有徒，謀議規畫布致，至於成冊，固非一朝一夕。而一鄉之人無一人先事上變，專由人心冥頑，不知有君臣大義。雖曰大邑，所當專革，以快神人之憤。姑降爲縣，除忠州爲維新縣，改忠清道爲清洪道。”

《東閣雜記》：洪男放還除職。惟吉、虎變等並論賞。今上初，其連累竄配籍沒之人皆昭雪放釋。洪男削職而死。

《松溪漫錄》：王天使謁箕子廟仍有詩，湖陰押“師”字窘，鍛煉累日，愈出愈澀，屬從事押之。李正郎洪男即揮筆曰：“三仁雖異跡，百世尚同師。”以湖陰之才時或窘塞，況其下者乎？

《芝峰類說》：驪州清心樓題詠甚多，唯牧隱“捍水功高馬巖石，浮天勢大龍門山”號爲絕唱。近世李洪男詩“乍白忽青拖練水，似顰還展畫眉山”亦工矣。但非獨清心樓，他題詠皆可用之，所以不佳也。

李洪男有辯才。任參議輔臣爲掌樂正時，有子名克。或謂克字不佳，洪男曰：“樂正子名克。何不佳之有？”聞者絕倒。又簡姓人爲子求名，洪男曰：“名求隱，字坐叟可也。”安姓人有賤産求名，洪男名之曰“印法”。羅姓人作新堂請額，洪男以“夜月堂”名之。其人初皆不覺，後乃知其以方言作戲云。

《於于野談》：李洪男與羅世纘相酬唱，以“蕭”字爲韻，逐篇下書“李”書“羅”，最末，李次“蕭”字曰：“羅李李羅羅李李，兩人相作太平簫。”羅逐閣筆。余每奇其句，後得《太平廣記》于中原，“羅李爲簫”之語出自唐人。洪男兒時有才名，長者指半月，呼韻以“魚”字，極難。洪男機應口而號曰：“半壁依稀出海魚。”又呼“蛆”字，復即對曰：“薄將清影照浮蛆。”其才之早成如此。

《效顰雜記》：有人客一邑，主守待之而不滿其意，書一句贈之曰“百果不如柹",謂不如往也。主守答曰"千蟲哪似蠶",謂不如臥也,蓋緣鄉音相近也。又有人詠一句曰"鶯啼鴨脚樹",李斯文洪男屬之曰"蝶宿雞冠花"。又有詠之者曰"身如野鶩甘多臥",李曰"心似風鳶學少勞"。前後六句對偶可謂精巧矣,然評者曰:"野鶩不多臥,而風鳶則少勞。"下一句勝上一句也。

【按:李洪男(1515—?)字士重,號汲古子。籍貫廣州。文科及第。中宗時歷任工曹佐郎等職,賜暇讀書後,明宗元年(1545)雖再次文科及第,但因其父良才驛壁書事件賜死連坐流配。誣告其弟謀反罪而被釋放,啓爲工曹參議,宣祖二年(1569)誣告其弟之事暴露,削職。著有《汲古遺稿》。其詩奇巧精工。《箕雅》收其五律一首、七律一首。】

趙士秀　**字季任,號松岡。豐壤人。中宗朝登第,選湖堂,官至吏曹判書。謚文貞。**

《朝鮮明宗實錄》卷二四:十三年十月丁卯。左參贊趙士秀卒。士秀性廉介,以清白自守,不喜紛華,好讀書善屬文。然褊狹暗淺,執拗自用,又無容賢好善之量,人以是短之。傳于政院曰:"左參贊清謹廉直,有文華,可用宰相,而不意卒逝,予用傷悼。"

《稗官雜記》:嘉靖壬寅,趙松岡以陳慰使回到山海關,主事王應期以《晚晴登眺》、《春日郊行》兩律詩送於松岡,其《登眺》詩曰:"早時鳴雨晚細微,忽有返照來荊扉。山禽水禽交止語,桃花李花相逐飛。村村柳條弱欲斷,家家麥苗青不稀。睡起登樓時極目,出雲歸岫願何違。"其《郊行》詩曰:"三月横雲獨未歸,岸花堤柳各依依。且將弱柳牽行騎,莫厭繁香點客衣。蝶暖蜂喧從自得,鳥黄沙白爲誰飛。平生謾有憐芳興,關塞寥寥萬事稀。"松岡即次韻答之,其一首曰:"作客他鄉賦《式微》,一庭青草晝關扉。忽聞剝啄春眠覺,展相雲煙碎玉飛。綺語未曾平日見,清詞應識和人稀。東歸謾荷瓊琚貺,燕石慚投不敢違。"其一首詩曰:"千里星槎客未歸,身同蓬梗轉無依。多情野水清如潟,滿目遙山翠染衣。林塢日高花豔豔,柳堤風慢鳥飛飛。菲才敢和陽春曲,盛事爭如此事稀。"主事覽曰:"真佳作也。使之生中國,豈偶然哉?"

《竹窓閑話》:明廟朝,大司憲趙士秀與沈相連源同入經筵。趙公啓曰:"領相沈連源營造妾家,極其宏侈,至施丹雘,極爲未便。"沈相拜謝曰:"趙士秀之言正中臣失。"明廟慰諭。及其退出,沈相笑謂趙公曰:"微公之言,吾過益重矣。"還家盡洗其丹青。時論韙之。

【按:趙士秀(1502—1558)字季任,號松岡,謚文貞,籍貫漢陽。中宗二十六年(1531)文科及第。任正言、校理、輔德等後,三十四年派遣爲推考敬差官,調查星州史庫火災原因。任濟州牧使、吏曹參判等,明宗六年(1551)録選爲清白吏。後經大司諫、觀察使任吏曹、戶曹、刑曹、工曹判書、知中樞府事、左參贊等。其詩景中含情。《箕雅》收其七律一首。】

金質忠　　字直夫,明宗朝登第。選湖堂,官止戶曹仕郎,早卒。

《朝鮮明宗實録》卷三:元年六月戊申。成均館生員成修等上疏曰:"士氣,國家之元脈;法者,爲治之末具。古之王者雖至屈法而必伸士氣者,先元脈而後末具耳。是故狂簡之士雖或犯法,亦當愛容,而况徒徇疑似之迹,而不察是非之情乎?日者臣等爲武人所誣,以驚動聖靈,一以汚辱儒冠,終至得罪聖朝。倘不蒙殿下特加寬典,士林之禍幾至不測,寒心喪氣,罔知攸措。夫儒者之道,不蒙賜問,則雖至於死,萬無自明之道。至於奸臣之欺罔,壅閉聖明;士氣之摧挫,關係興亡,則所不當默默,雖獲不諱之罪,亦當萬萬無悔也。彼爲部將者,碌碌小吏耳,誠不足數其罪也。苟其爲大將,則以聖朝高官之臣,凡所以啓達乎人君之前者,宜其審問其跡,詳知其情,情迹既一,然後可耳。今則不然,自以不能禁戢軍卒,得罪士林,欲紓其憤,故其所啓達者都是無實之事,而其陷士林則大矣,臣等請言之。欲免犯聖廟之責,則曰興德洞也;欲免陷士林之罪,則曰館近處人也;欲紓其憤於士林,則曰謀奪牛皮也,亂打將卒也。其爲自謀則智矣,其所以壅蔽聖明,摧陷士林之罪,實無所赦。臣等以謂罰一勵百,王者之政也,置諸重典,明示罔上陷士之罪,然後一國之心快,而士林之氣振矣。自古以來,君子小人相爲矛盾,而以邪勝正者多矣。伏願殿下察之。且夫臣等拘留捕盗之罪,則固有之矣。欲尊先聖而實犯國法,罪亦大矣。雖至罔赦,無所悔焉。然負木負柴煖堗者之號爲儒生使令而已,有罪無罪,實由臣等。以聖朝無罪之民,因臣等狂簡之故,而至於刑至於徒流,實爲聖明之累,而臣等之所不忍坐視也。殿下欲正其罪,當加其罪於所犯者,而不當加其罪於無罪者也。故臣等齊聚闕下,請伏其辜焉。臣等之所大憾者,殿下信一武士,而疑數百儒生。一武夫之言行,而數百儒生之説不獲蒙允,臣等慷慨鬱抑,不知所言。伏願殿下,議于公卿,問于臺諫、侍從,求諸閭巷草萊之間,苟有一人能言武士之言是而儒士之説非,則請正欺罔之罪於臣等。嗚呼!法無常典,隨時而損益,士氣一挫,無由復振,伏願殿下權其輕重而審處之。臣等不勝激切屏營之至。"進士金質忠作。

《朝鮮明宗實録》卷九:四年五月壬辰。傳于政院曰:"領議政李芑、前左議政黄憲、右議政沈連源,各奴婢田畓及家舍一坐、熟馬一匹、唐表裏一襲;吏曹判書尚震、知中樞府事尹元衡,各奴婢田畓及家舍一坐、熟馬一匹;戶曹參判宋世珩、吏曹參判趙士秀、大司憲具壽聃、都承旨周世鵬、左承旨鄭彦慤、大司諫慶渾，各加一資、田畓及家舍一坐；問事郎廳直提學閔箕、副應教金澍，各加一資、兒馬一匹；注書申汝悰、假注書南延慶、金光載、檢閱高景虛、金質忠、柳順善，各加一資、弓子一張；李洪男，三年後敍用，奴婢田畓及家舍一坐；右承旨元繼儉、副校理元虎變、舍人鄭惟吉，奴婢田畓及家舍一坐賜給。"其餘義禁府都事，下至羅將，皆賞賜有差。

《朝鮮明宗實錄》卷一〇：五年正月甲戌。憲府啓曰："……弘文館著作金質忠，仕進之初，持身不謹，昵近射利之人，鄙陋莫甚。不合論思重地，請遞。"答曰："皆如啓。"……二月癸亥。以……金質忠爲藝文館待教。

《鶴山樵談》：金博士質忠病革前一日作詩曰："三年藥裏人猶病，一夜雨聲花盡開。"金學士弘度見之曰："金某未久下世。"翌曉上升。質忠字直夫，光州人，官戶佐。弘度字重遠，號南峰，安東人，官典翰。

《晴窗軟談》：陳簡齋有詩曰："客子光陰詩卷裏，杏花消息雨聲中。"我國金博士質忠有詩曰："三年藥裏人猶病，一夜雨聲花盡開。"蓋詩語相似，博士之作亦爲時人傳誦。

【按：金質忠（朝鮮明宗時人）字直夫，號南峰。光山人。嘗任宣教郎行藝文館奉教，參與编撰《中宗實錄》、《明宗實錄》。其詩才氣超凡。《箕雅》收其七律一首。】

尹　鉉　　**字子用，號菊磵。坡平人。中宗朝登第，選湖堂，官至戶曹判書。**

《朝鮮宣祖修正實錄》卷一二：十一年七月庚戌。前戶曹判書尹鉉卒。鉉及第壯元，初以文名進，才長於治財。居家纖嗇致饒，一毫不妄費。累判戶曹，鉤校財穀，錙銖不遺，人服其能。不修民政，專務國計，士論短之。（鉉靳於出費，而固於藏蓄，各司陳久腐破之物，皆籍記藏庫，後皆有用。嘗收貯饔院破沙器，人皆笑之。後値宮省修理，多用丹青研器，乃出破沙器分給，用裕費省。人以爲優於陶侃木屑之用焉。）

《南溪集·議政府右參贊尹公墓表》：故右參贊菊磵尹公卒已九十二年，而後嗣三絶，墓無顯刻，其始終履歷行實皆靡得而記焉。嗚呼悲哉！其可記者，公生于正德甲戌五月八日。以嘉靖辛卯中進士，丁酉魁大科，未幾并出入三司，賜暇湖堂最久。後歷廣州牧使、黃海、忠清、京畿諸道觀察使、刑戶二曹參判、右參贊、戶曹判書。間奉使如京師。以萬曆戊寅七月十一日卒，壽六十有五。葬于江陰縣春明山先塋酉向之原。有遺藁若干卷。公才調精邁，蚤擅能詩聲。比登瀛，有所諷詠輒爲人膾炙。及晚歲進用，率以吏治勞績。其在地官，勤儉詳密，精力兼人，所以綜理通變節用裕財者，亡不曲盡其妙，世稱國朝以來一人。其平生規畫，多至今以爲法，固有太史氏特書。

然其端緒旨趣,亦略見於《湖堂問對》、《嶺南歎》等作。是故宣廟臨朝每歎其能。及後仁孝兩聖論國家大計,未嘗不嘖嘖追賞。嗚呼!斯可以觀公矣。最公以詩名,而顧不爲文人夸詡自喜以才諝著,而又不求俗吏赫赫聲。蓋自立朝四十餘年,其間世道消長無所不有,而公且處之逌然。恬靜謙慎,素履藏用,以善其始終。是必有道矣,然今皆不可得而詳。則儻所謂以木雁自見者是耶?

《松齋遺稿·附湖堂修禊錄》:菊磵尹鉉,字子用。坡平人。生正德甲戌,戊戌春賜暇,辛卯司馬,丁酉甲科,司憲府持平。父勵節校尉鶴齡。生父縣監承弘。

《栗谷全書·經筵日記》:萬曆六年七月,前戶曹判書尹鉉卒。鉉才長於治財,性且吝嗇。居家一毫不妄費以致富,而不肯周人之急。其判戶曹也,鉤校錢穀,錙銖不遺,人服其能。但不恤民隱,而只憂國計,多取民怨。故識者目之以聚斂之臣矣。

《菊磵集·附錄·跋(尹安性)》:我叔父尹判書諱鉉,字子用,材調精邁,最聞於人。早捷嵬科,長在文翰之選。尋常諷詠之發膾炙甚多,不以爲所長,未嘗留稿,遂歿後無一字在於家。嗚呼!文章之妙足耀一世,而用違其器,只以餘事之吏治,暫效其績。門無立雪之人,家失守氈之子。其平生抵鵲之玉,不復收拾,將泯然復莫得而知之。我以不肖之身,悲光儀之永閟,惜珠璣之不留。遂收錄于僅有之餘,實不能什之一二,而總不滿數卷。以菊磵名其集,其道號也。皆非手書,所傳間多錯落之欠,無從歸正。因而緝之,得字本活印於治,不敢布諸人而私藏之,示叔父能讓之心,而爲宗族永慕之資焉。維皇明紀元之萬曆辛卯,通訓大夫行南原府使兼春秋館編修官坡平盥手書於跋。

【按:尹鉉(1514—1578)字子用,號菊磵,謚忠簡。籍貫坡平。參與編撰《中宗實錄》。曾任掌樂院正、右參贊、戶曹判書等,宣祖時期官至知敦寧府事。擅詩文。著有《菊磵集》今傳。其詩幽邃窈窕。《箕雅》收其五律一首。】

盧守慎　　**字寡悔,號蘇齋,光山人。中宗朝登魁科。選湖堂,謫珍島十九年。宣祖朝放還。典文衡,官至領相。諡文懿。詩爲大家。**

《朝鮮宣祖修正實錄》卷二四:二十三年四月壬申。前領中樞府事盧守慎卒。守慎,字寡悔,號蘇齋。守慎以己卯名臣李延慶女婿講聞其學,自爲章甫,讀書服禮,有盛名於世。出入泮學,同列肅然改操。登第,即入侍從,爲仁宗東宮講官。未幾,謫居海島,十九年而返。在困厄中,益讀書著文以自娱。還朝七年,寵遇特異,擢置相位。前後十六年,務得大體,不喜紛更。人或以爲無所建明抵之,不較也。至是,坐誤薦罷散,卒于郊居,年七十六。嘗自製墓銘云:“小事糊塗或終累,大意分明信無愧。”所著文集行世。其文章最長於詩,奇拔警策,自成一家,每一篇出,四方傳誦。其學初甚精博,儒林之望,先于李滉。及在海島,推尊羅欽順《困知記》,改著人心、道心、執中等說,立異于朱訓,李滉非之。蓋我國道學至李滉出而大明,而守慎獨参用陸李宗旨,後人或慕向稱述焉。

《清江詩話》:盧公守愼謫居珍島有詩:“天地之東國以南,沃州城外數間庵。有難赦罪難醫病,爲不忠臣不孝男。客日三千五百幸,行年乙亥丙辰慚。汝盧守愼將無死,報得公私底事堪。”盧年乙亥生云。此詩蓋於丙辰歲作,其謫必三千五百日時也。又有《送弟》詩:“嗟吾兄弟至於斯,一十年來五見之。若教精衛能填海,千里耽羅可步追。”

《鶴山樵談》:崔孤竹輩嘗曰:“我國地名不及中原,故作詩不得使地名,每以爲恨。”及見蘇齋詩有“路盡平邱驛,江深判事亭”,上下句皆使俚語,而句法穩著,乃知大家手自異於他人也。

蘇齋“海月蟲音盡,山風露氣收”之句,求之於少陵卷中,亦不可多得。“初辭右議政,便就判中樞”之句,對偶天成,不較思索。其製先子神道碑,平平無崛奇處,抑亦用意於奇而返拙者乎?

《遣閒雜錄》:盧相國蘇齋七十歲甲申元日作詩曰:“寄也歸而免,居然到者稀。雖從聖人欲,久昧大夫非。一理君臣契,深衷老病違。只應梅柳色,依舊入霑衣。”守慶七十歲乙酉元日次盧韻曰:“斗覺新年至,誰言七十稀。飽經榮與落,多耐是兼非。修短天應定,行休理敢違。思量乞身事,准擬解朝衣。”將欲乞退,而述懷也。八十歲乙未元日又次前韻曰:“人生稀七十,八十又應稀。欲學武公戒,曾知蘧瑗非。貪恩身局束,乞退事乖違。志願何時遂,嗟哉食與衣。”屢度乞退未蒙恩許,以詩示西郊公,西郊和之,其聯曰:“城内仍留是,林間欲去非。”蓋以兵亂未止,似難退在鄉村,故其詩云云。余復作而示之曰:“爵祿人皆享,期頤世固稀。仍留果爲是,欲去未應非。晚節尤宜退,初心詎肯違。妖氛何日卷,唯望一戎衣。”丙申冬末始蒙恩退休,餘生不多,休日幾何?然得償志願,死應瞑目矣。

尚州素稱文獻之邦,名士多出。吾同年及第徐判事克一居焉,有二子曰尚男、漢男。己丑年間棄世,二子居廬於墓側,廬旁有松亭,有一童子學書于廬所。童子夜夢見中六人會坐,謂童子曰:“首坐者盧相國蘇齋,次即金判書冲,次即盧判事祺,次即徐判事克一,次即金縣監範,次即金進士彦健也。”坐中名其亭曰“觀行”。作一詩,令童子讀之累遍,期於成誦,覺而記得詩曰："青山山下數椽廬孝子營，孝子幾竭如在誠。孝子不廢風與雨日三來，號哭聲中冥夢回。觀行亭中六仙會真樂事，觀行亭名留百祀。洛江江上可以立六仙社，洛江萬古流不舍。"似是蘇齋手段也。事甚奇異，尚人傳播云。

盧相國蘇齋有石假山十青亭，求詩於宰列，守慶賦之曰："牆下嵯峨作假山，山前一掬水堪慳。朝嵐暮靄尋常裏，衆壑群峰咫尺間。曲渚時時留鳥篆，幽蹊處處着苔斑。不須嵩華觀遊遍，長對孱顔獨閉關。""十樹冬青擁一亭，青青不改更青青。寒聲遞動風過戶，密影交加月滿庭。梅柳爭時增秀色，雪霜嚴裏轉奇形。世間何恨榮苦事，看去高標有典刑。"相國笑覽不棄焉。竹亦青也，而不與十青之列，蓋以竹有時而枯，非十青之比也。人或言相國之取捨稍似未穩也。

《艮翁疣墨》：盧相公守慎，號蘇齋。久謫於珍島，其弟克慎有時往見，公必挽留數個月，克慎欲還，公曰："汝歸則長公膝下，我獨處海中。雖加數日之留，可寬我念親之懷也。"克慎將行，公必持酒別於海口痛飲，至醉，同枕而臥，交臂抱持不令解去。夕而還來，朝而復出。今日如是，明日又如是，累日然後乃行，見者無不掩涕，而郡人至今言之不置。

孝者，根於天性，非虛假之也。如非大無道之人，孰不知子職之當務乎？然人心淆漓，習俗偷惰，雖讀書學古之人，其於定省之節不曾致意，歸之於慢忽之域者有之矣。獨蘇齋相公誠孝出於天性，色養悅意，無所不用其極。朝暮溫凊之禮，未嘗或廢。仕退還家，即着短衣入廚舍，躬執爨具甘滑以進。雖至達官，未嘗廢也，可謂孝矣。

國朝文章漸至衰替，如水趨下，然蔚爲一時之所稱者不無其人。自申企齋、鄭湖陰之後，絕無而僅有，惟蘇齋盧相公傑然洒落。其在珍島謫中諸詩，尤爲衆口之膾炙，如"白髮懷香橘，丹心食美芹"，"日暮林鳥啼有血，天寒沙雁影無鄰"等句是也。後召還爲大司諫，題本院契軸云："言以行爲貴，身當去亦榮。相看四個字，總是一團誠。世治那禁哭？時危不避名。偶修春暮契，要保歲寒盟。"此豈他人之所能及乎？

《聞韶漫錄》：蘇齋、眉巖兩先生並立中廟朝，蘇爲吏郎，眉爲修撰。連累乙巳，蘇謫珍島，眉謫濟州。而眉是海南人，以近鄉移配鍾城。明朝末年乙巳，諸人漸有開釋之路。蓋文定昇遐之後，明廟知其冤而有是意也。今上初年，蘇、眉皆顯用。蘇終躋身相位，爲上所重，二十餘年間雖無所設施建白，而士望咸歸，有鎮物之益，常以簡默自處。余于榻前同入侍者屢矣，文義論議間，未聞有所言。己丑逆獄之始起也，扶曳詣闕，而勿爲波及。爲啓未幾，以嘗薦逆賊被劾。庚寅春卒，士大夫中惟柳相成龍、朴商山忠侃護其喪極力,朝廷無致賻及禮葬等事,余在尚州盡意護之。蘇齋自少以節行文章名世。乙巳罪名以“踈虈”爲目,出於群奸羅織,而難其名,強加此二字,痛哉。詩文高古,人得只句必誦歎無已。有《夙興夜寐箴注》,戊辰冬投進。學問蹊逕與退溪稍異,蓋蘇齋主羅整庵。

《芝峰類説》:盧蘇齋,仁廟在東宫時爲右司書,晚年《祭孝陵》詩曰:“廟表全心德,陵名百行源。衣裳圖不見,社稷欲無言。天靳逾年壽,人含萬古冤。春坊舊僚屬,唯有右司存。”可謂一字一淚矣。

盧蘇齋因送客醉後作一詩未成,有蟬爲驟雨所驅墜于席前,公即續之曰:“秋風乍起燕如客,晚雨暴過蟬若狂。”似有神助。杜詩云“秋燕已如客”,乃用此也。

《霽湖詩話》:盧蘇齋五言律酷類杜法,一字一語皆從杜出,其“詩書禮學末,四十九年非”之句,世皆傳誦,實出於老杜《詠月詩》“羈棲愁裏見,二十四回明”。可謂工於依樣矣。杜詩長律縱横雄宕,不可學而能之,故蘇、黄、兩陳俱未敢仿其體,而蘇齋欲力追及之,難矣哉! 康府尹復誠嘗從蘇齋學詩,蘇齋曰:“我與湖陰詩名相埒,世不能卞其優劣,余之長律不及湖陰,湖陰短律不及于余,各有長處。”

昔在己酉,詔使之遊漢江也,一時名於詩者皆以製術官隨之,乘船在後,相與評論古今詩,滿船喧然。語及蘇齋,一口言曰:“大家手也,安敢輕議?”座有二三人獨曰:“短律雖佳,長律則粗厲不足取。”車典籍雲輅攘臂大呼曰:“小家之作雖一篇一句可詠,輟拾纖碎,索無氣力,至於蘇齋之作有萬鈞之勢,安敢與之爭衡也。無異草間蟋蟀遇洪鍾而止。”因舉《遊金剛山》長律一首而誦之,其“屯雲古檜陰陰洞,落日危橋淺淺灣”之句,三復詠歎。以余觀之,上句渾厚,下句雅亮,輕重似不均稱矣。

《晴窗軟談》:盧相國守慎號蘇齋,乙巳名流也。謫珍島二十年,明朝末年量移。宣祖踐位即征入館閣。未十年,置之端揆,眷遇極盛。爲文章奇健,爲一時領袖。其在海島所作詩多警絕,膾炙人口。如別其弟一句曰:“日暮林烏啼有血,天寒哀雁影無鄰。”《謁孝陵》詩一句曰:“有實陵名孝,無私謚曰仁。”《詠史》一句曰“物以當年定,人心後世公”等作,可見其全體矣。

《畸翁漫筆》:丁亥年間,先子有不適,于時棄官南歸。歷辭盧蘇齋,蘇齋時爲首相,適以病在家。引入臥内,命酒合歡,信辭慰勉,以爲公私情義不可退去。因以絕句題扇面曰:“壟草年年老,庭荊日日衰。平生任忠孝,持此欲何之?”平時藏於書簏,某亦及見。

《終南叢志》:儒生禹鐸工于詩,蘇齋盧守慎嘗在江亭與禹共坐,時漁村落照,真奇觀也。蘇齋欲賦詩,方沉吟,禹援筆先書一絕曰:“曳照檣烏背,收紅釣岸前。半江餘柱影，斜入白鷗天。”蘇齋極稱善曰：“雖贍如四佳，無此警語。”東園金貴榮適在座，曰：“彼學生未聞有能詩聲，何其過許？”蘇齋曰：“君與名位論詩耶？孟浩然之‘微雲淡河漢，疎雨滴梧桐’爲詩家上乘，彼浩然亦非學生乎？”金憮然有愧色。余謂俗人無具眼，又無具耳。唯以時之先後、人之貴賤輕重之。雖是李、杜再生，若沉下流，亦必有輕侮者。世道可慨也。

《農巖雜識》：盧蘇齋詩在宣廟初最爲傑然，其沈鬱老健，莽宕悲壯，深得老杜格力。後來學杜者莫能及。蓋其功力深至，得於憂患者爲多。余謂此老，十九年在海中，只做得《夙興夜寐箴解》，而亦未甚受用。後日出來，氣節太半消沮，獨學得杜詩如此好耳。

世稱湖蘇芝，然三家詩實不同。湖陰組織鍛練，頗似西崑，而風格不如蘇；芝川矯健奇崛，出自黄陳，而宏放不及蘇。蘇齋其最優乎？

《東國詩話彙成》：公自題《暗室先生銘》，其略曰：“先生海陽之盧氏，守愼其名寡悔字。”又云：“正德乙亥後孟夏，既望未時髮膚下。青馬日中兩舍升，黑兔月陽巍科登。”又云：“小事糊塗或終累，大意分明信無愧。某年某月某日逝，某年某月某日瘞。僉手足形是歸全，樂哉先丘西麓偏。題四尺石曰暗室，尚從與歆殘芬苾。廣陵老師女爲婦，陽城寡弟子爲後。有孫醇恪克保持，爰舉詩禮以付之。百代祠堂不絶盧，而今而後吾免夫。”西厓柳相公小序題于左。

《星湖僿説》：國朝文章必數盧蘇齋。蘇齋之詩，多雜俚語，人嫌其不雅，然斤兩甚重，如挽十石弓，自始鉤弦至彀率，毫髪不可怠其力。所謂“横空盤硬語，妥帖力排奡”也。其十九年遷謫所養歟？其警語則有“廟表全心德，陵加百行源”，此作於孝陵者也。仁宗廟號曰仁，陵號曰孝。仁與孝所謂大行，受大名也。《洪相暹母夫人挽》云：“一德從三上臺貴，百年除六壽星尊。”夫人宋氏即領相軼之女而歸於洪相彦弼，有子暹。宋相及洪相父子皆位極人臣，而夫人壽九十四也。時洪相已壽八十，賜几杖，故其一聯云：“更柱手中靈聖杖，却披堂上老萊衣。”其《題諫院契》末二聯云：“世治那禁笑，時危不避名。偶修春暮禊，要保歲寒盟。”依絶句法，去其首二聯，而只存此四句，方爲完備無罅漏也。其它膾炙極多，不盡錄。

十二辰像物，不可深究。術家之説既如此，故詩人韻士識其年歲必曰“青鼠蒼牛”。如鄭玄龍蛇、謝安白雞之類是也。盧蘇齋《康陵》詩云：“回首盡迷松柏路，撫圖剛認木豬年。”《贈僧》詩云：“厚意金蛇盡，餘情木玃丁。”木豬，乙亥也；金蛇，辛巳也；木玃，甲申也。此與鴛閣、虯戶、篠驂同一徐涉體，亦可爲藝苑掌故。

【按:盧守慎(1515—1590)字寡悔,號蘇齋、伊齋、暗室、茹峰老人,諡文簡,初諡文懿。籍貫光州。謫居十九年,著《人心道心辯》,注《大學章句》、《童蒙須知》等。著有《蘇齋集》今傳。其詩沈鬱老健,莽宕悲壯。《箕雅》收其七絕一首、五律一七首、七律一二首、五排一首、五古二首、七古一首。】

尹　潔　　**字長源,號醒夫。南原人。中宗朝登第。選湖堂,官止修撰。乙巳冤死。**

《乙巳傳聞錄·尹潔傳》:尹潔,字長源,南原人也。丁酉進士。癸卯文科。爲弘文修撰。以言"安名世臨刑從容就死",杖流慶興。未至配所,大司諫陳復昌挾私憾,力請推鞫,死於杖下。其弟浚亦以言"尹元老之死,尹春年阿附尹元衡,作自中之禍",論以變亂是非動搖群情,處斬。公兄弟之死,綾原尉具思顔祕密書啓:"議大臣定罪,以名流結交駙馬,敢論政法,以至於死云。"

《碩齋稿·從九代祖醉夫先生墓誌銘并序》:吾尹氏族葬在金陵薪谷之原,近江而南,有麓窪而其高數仞者,世傳爲醉夫先生之墓云。盖先生與其弟進士公俱被士禍,葬之不以禮。且年代寖遠,無碑版表誌可徵信者,惟鄉里父老往往指點流涕。按《世譜》,先生墓在薪谷員外郎先兆。員外郎墓有小碣,字畫宛然可讀。距小碣十餘武,乃世傳爲醉夫先生墓者也。朝廷寘守塚二人以護之。墓前有大櫃樹蔭墓門,不能受日。宗人伐其樹,增築塋域,置墓田數頃,歲一祭之。銘曰:"員外郎諱時傑,誕先生死直節。潔其名字長源,有弟浚并殉冤。筆有力志陵谷。"

《宋子大全·醉夫尹公詩跋》:醉夫死無後,其弟之玄孫宲收拾此數詩,請寫於余。余不辭而泚筆焉。噫!此詩之骨格調韻如此,亦可以想見其爲人也。姦兇忍而殺之也,其時刑官歎惜以爲"玉碎"。未知醉夫似玉耶?玉似醉夫耶?今上殿下命復其墓戶丁役,亦足以砥礪士氣矣。醉夫南原人,名潔,字長源。以不欲腹留陳復昌酒,而吐瀉於復昌衣,爲復昌所殺云。崇禎重光作噩仲秋日,恩津宋時烈跋。

《清江詩話》:尹長源兒時,其父翁燈夕觀光,因命作聯,曰:"長星大星爛爛然,一層二層三四層。"知其有詩才,督學益急。

《遣閒雜錄》:嘉靖庚子冬,余與尹君潔長源、許君曄太暉讀書於三角山重興寺。一夜,太暉勸余及長源聯句爲詩,遂成七言近體一首,每夜如是,凡十七夜而止,每篇用燈月字,書以爲軸,名之曰《燈月錄》。余題其尾曰:"詩之作,每夜一篇,十七夜而止,詩亦十七而已。其辭則燈月交輝,其意則肝肺兩照。浮生聚散,不常其期。他時面目,猶可以寓於此云耳。"太輝題詩曰:

“重興十七首新詩，老眼看來喜可知。泉石始經才子弄，山林應盡實藏奇。玉蟲逐卷光猶爛，圓桂當中影不移。他日蘭亭堪絕唱，吾人雖病欲相隨。”時長源、太輝俱以丁丑生，源爲丁酉進士，輝爲庚子進士。余以丙子生，未爲進士矣。厥後，長源登癸卯第，余與太輝登丙午第。丁未春，余與長源同爲正言，話間偶及重興聯句事，長源曰：“聞其稿在鈍菴家，可取覽。”遂取覽，用太輝詩韻各賦一篇。長源作小序曰：“庚子冬，余與沈希安寓三角山重興寺，讀書之暇，輒燒燈夜晤，仍與聯句，十七夜而止。當時不甚致意，故漫不復記。余登癸卯第，希安擢丙午壯元。今年春同入諫院，方論離會，偶聞鈍菴公得重興舊稿置案上，時加披玩，大以爲驚。遂奉簡求之來，則希安手稿也。希安之詩其已圓熟，余尚生澀，屈指而計已經八年，相與感歎，用太輝詩韻各賦長律，將求和于常所往來，以爲閑中之一解。顧爾舊本頗汙壞，不堪舒卷，故今改寫。”長源詩曰：“山室挑燈夜覓詩，當時不料有人知。被他傳玩真多事，到此重看亦一奇。搜討共憑筋力壯，別離頻見歲星移。職居補衮慮微報，空負奚童荷錦隨。”余詩曰：“山中聯句偶成詩，却被人傳未始知。愧我工夫今魯莽，多君格律轉清奇。半生汨沒林泉遠，陳跡蒼茫歲月移。離合多端還有數，薇垣何幸更追隨。”鈍菴礪城尉宋寅，以功臣承襲正二品封君詩曰：“兩君當世共鳴詩，下筆驚人不自知。古寺同棲饒興趣，新聯迭唱鬥雄奇。傳聞久仰聲名重，吟玩都忘晷景移。嗟我畸孤仍蹇鈍，肯容壇壘執鞭隨。”林塘弘文校理鄭惟吉，官至左議政，主文詩曰：“星動薇垣荷索詩，清篇仍許老夫知。三峰蒼翠當窗見，二子文章特地奇。枯槁漸成南郭隱，勒回長被北山移。明春好趁梨花落，散策溪頭一衲隨。”是丁未冬也。方擬多求於儕輩，而戊申秋長源被禍源與親友論時事，啓達，陳復昌聞之。迫命遂死於栲訊，不復求和，藏儲篋中。至乙亥秋，偶閱其篋，不覺愴然，乃題其末曰：“燈月餘輝尚在詩，當年肝肺有誰知？却慚老物生偏久，堪恨高才數獨奇。無奈世情多變幻，自來人事喜遷移。忍看手稿留巾笥，泉下他時儻可隨。”後十餘年，而鵝溪領議政李山海，主文借覽題曰：“浮世空傳數首詩，冲襟寧許小兒知。二公才調元無敵，諸老鋪張又一奇。殘月曙鍾吟裏憶，晚山空翠卷中移。平生每惜長源丈，妙歲名高禍亦隨。”軸乃失於壬辰之亂，吁！可恨也。

《惺叟詩話》：先大夫嘗言：“尹長源之才不可及。”每稱其“海闊孤舟千里夢，月明長笛數聲秋”及“交風吹杏打重門”之句，以爲清切逼古。

《五山説林》：尹先生潔抵先君所語移日，尹公爲誦五言一首曰：“此詩何如？”先君答曰：“此乃鬼詩也。”尹公大驚曰：“余昨夜夢遊一深洞，白沙十餘里，月色如晝，有一鶯聲。問其洞，乃石門也。遂作詩曰：‘偶入石門洞，吟詩苦夜行。月午澗沙白，空山啼一鶯。’”

尹公少時有一句："簪笏百年無好手，江湖千里有奇才。"吾先君爲花潭先生誦之，先生曰："此詩似有才，而非遠大器也。"

尹公長源未釋褐時，一日坐小軒，門有一鮮衣奴持刺請謁，而一官人衣冠容貌甚整麗。長源曰："此必誤也，豈有官人來問者？"其人曰"必謁尹進士"云云。長源乃請客入，坐定，其人離席長跪曰："某有一事，願塵左右。"囁嚅不堪。長源曰："觀公狀貌類達官，有何事來叩寒士？"其人曰："張公玉方爲南陽府伯，有婢能琴歌者謫到京，不佞偶與邂逅，仍以鍾情，眷眷不忍别。請寬于張公，張公不許。至請名卿書抵之，終不許，乃曰'若得尹進士詩，則吾當借與'云，故敢冒而來請。"仍袖出灑金紅花箋一幅進之曰："願明公不憚一揮手勞，以解渴望。"長源笑曰："何不以他詩爲我作，而解之也？"其人曰："高明詩名振一世，故張公必欲得之，豈可以他詩相欺哉？"長源遂題一律曰："寶鴨香銷罷，蘭堂客散初。燈寒小屏暗，月上半簾踈。吐舌皆成妒，申盟更怕虚。郎君情似妾，何惜百車磲。"寫畢贈之，某人拜謝而去。無何，其人來謝曰："張使君得詩大喜，即還琴姬矣。"其人乃王孫云。

《涪溪記聞》：尹校理潔與綾原尉具思顔爲蔥竹交。安名世之死，具有力焉，尹心冤之。一日，與思顔飲於蠶頭，問曰："名世坐何罪而死？"因賦詩曰："三月長安百草香，漢江流水正洋洋。預知聖代無窮意，看取王孫舞袖長。"思顔詣闕奏之，文定震怒，命棄市。尹之就市也，道遇思顔，呼之曰："具君，是誠何事歟？"思顔鞭馬避之。馬驚而墜，即死。思顔之誣構也，自以爲得計，豈知其死乃先于尹也。《詩》曰："不愧于人，不畏於天。"信哉！

《芝峰類説》：尹生紀早有俊才，與尹長源善遇。乙巳士林之禍，佯狂不復學，嘗居碧瀾渡，有詩曰："柴門日晏桃花静，無數蜻蜓上下飛。午夢初醒童子語，折來山蕨滿筐肥。"及疾革，援筆書曰："落煙霞三十餘春，撫宇宙而長辭。"遂逝。尹長源以詩悼之曰："危樓百尺碧瀾頭，山自蒼蒼水自流。唯有白鷗三兩在，飛來飛去海門秋。"

《長貧居士胡撰》：忠州望京樓在慶迎樓西，尹長源有詩："遠客思歸切，登樓北望京。還同江上雁，秋盡更南征。"世傳源以内翰過此，客謂"京"、"征"韻艱，决難善和。源方泥醉，操筆立成，座中皆嘆服。慶迎題詠多古作，而皆不及此云。

陰城東軒尹長源詩："碧落收寒雨，青山淡返暉。野橋人欲斷，官路樹相圍。爲客時將晚，還家夢屢飛。夜深成獨坐，風露濕秋衣。"許美叔每稱"有青蓮習氣"。長源贈許草堂詩"故國流江水，寒城有夜烏"之句，荷谷不勝嘆服曰"非長源不能下'有'字"云。

文定垂簾，陳復昌與李芑締結，方有左腹之寵。特賜藍段帖裏，又賜御書大字。昌深感之,遂開大宴於家,以其四字爲障子垂之堂。一時文人名類皆會其席。醉夫尹公長源方爲修撰,以入直辭不赴。昌以其腹心代直,而強致之。醉夫即以大觥連倒數四,佯若不省,即嘔於復昌之衣。昌以手拂拭曰:"孰謂長源公巨量乎? 不然今日酒病矣。"然深銜之。一人言於醉夫曰:"公何吐酒于陳令公衣乎? 令公略不動容,以手拭之。令公之重公至矣。公何不往謝乎?"醉夫曰:"奸人之酒,豈可留置吾腹中乎? 且其受賜衣,不合於奸人身上。故吐之。"昌聞之切齒,欲殺之。一日醉夫往綾原家,其弟深源公與先君同往梵窟寺。過梨峴洞口,適見醉夫蒼頭持鞍馬去。深源問之,蒼頭曰:"進賜往綾原宮飲酒池上矣。"深源欲與先君共往之。先君曰:"駙馬家非儒生所往。且我既辭於家親,今日不可淹留也。"深源曰:"第先出東城外待之,我即辭兄而追及也。"仍達夜痛飲。後數日,昌爲大諫,往見綾原曰:"某日尹某兄弟來此痛飲。然乎?"曰:"然。"昌曰:"厥日尹等多發觸上語。有之乎?"綾原曰:"有死無他。"昌怒起曰:"公以禁臠至親,党友諱惡,當坐不告律而同死矣。"直馳詣闕告變曰:"某日修撰尹潔與其弟溭同飲具思顔家。言于思顔曰:'吾友安名世孝友出性,且臨事直書,死於非罪。吾常思之,未嘗不流涕也。'溭亦曰:'尹元衡媚事女主,至殺其兄元老。他又何說乎?'臣今日始聞其語,敢來啓。人有在座聞之者,請並拿問。"即日爲三省坐。醉夫適出湖堂與僚友説韻,連失其字,所作亦與前詩不同,飲數杯便大醉。同僚戲之曰:"公亦今日酒病矣。"未幾,金吾郎至,拿去至闕下。在座聞之云者亦拿至。醉夫顧謂曰:"吾之生死在君口。勿諱且勿誣。"至問以參聽對。蓋陳之鷹犬,而惡醉夫者也。昌陰嗾推官,必先訊尹溭。蓋溭平生喜酒,性且恇怯,欲取其誣服計也。昌又使獄卒強勸美酒,亦令執杖者猛下五六度。附耳潛語曰:"修撰已承服,照律杖配。公何獨忍此死耶?"果誣服,即夜行刑。醉夫連受二次,翌日又加一次,肉無完者。而一招之外,閉口不語。但裂其衣幅而疏之。特減死流穩城。一時親舊,無一人出頭。先祖慵齋公獨佩酒出郊。醉夫初出獄,與人語曰:"天日孔昭。吾豈死于非辜耶?"復昌聞之益怒,又請更鞫。醉夫絕不飲食,至受八次而死。深源之載車而出也,其妻哭于路。仵作數人索其價,深源顧謂妻曰:"雖給之不得死乎?"仵作怒殺之,極其慘。妻脱衣與之,然後乃斬之。醉夫平生所作盈一箱,每出湖堂,常隨之。堂吏愛其皮箱,仍竊不出,以故其詩不傳於世。惜哉! 深源亦長於詩,嘗作《天柱峰翫月》詩,末句云:"壺傾月落下山來,風雨人間閉萬戶。"又作《冥鴻》詩,亦末句云:"何不買舟歸江東?"一時稱道。時先君年七十,亦於《冥鴻》詩有"薊門沙草春萋迷,楚江煙月秋朦朧。南征不是爲稻粱,北舉何必含蘆叢"。考官韓士達公嘉歎之。先君嘗誦醉夫詩數百篇,書之一卷子,予得而珍藏之。壬辰春,漢陰李相公借覽,因失於兵火。至寶之不傳於世,似有天數存於其間。惜哉!

【按:尹潔(1517—1548)字長源。號醉夫、醒夫。籍貫南原。中宗三十八年(1543)文科及第。任注書,記述《琉球風俗記》。明宗三年(1548)任副修撰,鞫問杖死。能詩文。宣祖時代復官。其詩清切逼古。《箕雅》收其七絶二首、五律二首、七律一首、七古一首。】

金澍 **字應霖,號寓菴。中宗朝登第。選湖堂,官至參判。追策光國功臣,贈禮判、花山君。**

《朝鮮明宗實録》卷二九:十八年九月壬寅。同知中樞府事金澍卒。澍字應霖,安東人。性柔懦,無植立之氣,不事拘檢。雖非瑣屑之人,多有貪鄙之失,歷揚臺、侍,無一剛介之事,惟模稜苟容而已。乙卯,爲湖南方伯,值倭寇猝至,恇怯失措,中夜脱身獨走,其無所定可知。至是以宗系辨誣事,充奏請使如京師,申禮部,獲受帝旨,因卒于玉河館。上以有奏請功,特贈禮曹判書。或云之:"澍奏請,乃以白金厚賂禮部,雖得聖旨,宗系之誣實未改撰也。其赴京也,所帶者皆市井牟利之徒,開市鬻賣,無有紀極,至被華人之笑,及澍遘疾,無救護問病之人,故藥不以時,終至不瘳。"有詞華,頗爲流輩所推。

《雙溪遺稿·寓菴金公謚狀》:公諱澍,字應霖,號寓菴。嘉靖四十二年,明宗大王痛邦誣未雪,命極揀使才陳奏天朝,公以禮曹參判、弘文提學膺是命。世宗皇帝省奏感動,降勑若曰:"朕惟體臣柔遠,帝王御世之經;溯本明宗,子孫光前之孝。咨爾世篤忠順,作朕東藩。屢以祖系陳乞釐正,情見于辭。朕特允爾所奏,宣付史館。滌瑕傳信,炳如日星。於爾國不有榮施哉?於戲!錫類正名,既已成爾之孝;紹先謹度,益當竭爾之忠。"蓋自恭靖朝始有辨系之請,後先使者累十反,至是始快許昭晰,涣發德音。斯實我明廟聖德至誠,有以孚格高遠。而若其導達吾君之誠意,以迓天王之寵命,以徼惠於宗國,緊公專對之力爲多。事既竣,疾作,復于燕館,癸亥九月十七日也。皇上聞訃驚惻,特賜棺衾以斂之以櫬,復命賵賻之典,哀榮備至。特贈公禮曹判書、兩館大提學。宣廟庚寅,會典始頒,追策光國勳花山君。花山者,安東也。安東之金爲我國大姓,公以高麗侍中忠烈公方慶爲鼻祖,勳業文章照映東史。……公以正德壬申生。中廟辛卯中進士。己亥擢別試壯元。内而玉堂東西壁、吏曹正佐郎、司憲府持平、大司憲、成均館典籍、大司成、選湖堂薦文衡,外而北關廉察御史、皇京賀至副使、全羅黄海兩道觀察使。此其所踐大略也。公自幼擩染家庭,德器老成,詞藝屈倫輩。長而立朝,與退溪、河西、錦湖諸公修禊講讀,文章言議眉目搢紳。逮明廟親政,善類彙征,公首被晉擢,班次卿月,望儲館閣,虞虞有公輔之期世道之責。而天嗇其齡,位不滿器,又因家乘散軼,耳目寖遠。仕歷年月,言行本末,百無一傳。論思諫諍之文字,激揚澄清之風采,必有粲然可觀。而文獻茫昧,莫可稱述。畢竟卓卓可紀者,惟有光國一事。而若干詩文之散見於《箕雅》及邑誌者,亦不過爲全鼎之一臠而已。可勝惜哉!然居視所親,可得其人。竊觀一時諸公之望,實於斯可卜。而卽其稱道之語,風流氣象,亦可以想見其髣髴矣。退溪先生嘗有詩寄公曰:"去年燈火伴書床,欲讀思君却置傍。彌勒形模河海量,城中咫尺阻音光。"此詩第三語卽公之寫眞也,何待求之於文詞之末事爲之粗哉?夫內服詩禮之訓,外資道義之益。有文有質,羽儀明廷。歷敭清華,譽望無瑕。竟之勤勞王事,畢命上國。功存宗祊,名載盟府,皆應謚法可書。謹採輯如右,以備太常之攷焉。

《寓菴遺集·遺事》:赴京,有一房子夜爨於館而誦《周易》。公聽而異之。召入問之,則乃是浙西貢士而落榜未歸,賣傭於館,以待後科云。公愛其人,遂厚賜金帛,因題銘《扇面銘》在第五卷以給之。及癸亥再赴,有一宰相來訪。自言姓名,是頃年誦《易》之房子,其後登第,官至禮部侍郎。辨誣之請,多有其人周旋之力。其人名則佚,而姓則李也。家傳之言,而公之愛人周窮亦可見也。

《雙溪遺稿·寓菴金公遺稿序》:寓菴金公沒旣二百年,所著詩文散佚殆盡。雲仍之有志於延遠者收拾遺餘,將謀入梓。公名臣也,歷敭清華於中、明畡際。與河西、退溪、錦湖諸君子相友善,文章言議眉目士流。出而陳謀猷,居而談性理者,是宜充溢巾衍,照映耳目,不勝其紀載。而獨此寂寥數十篇,無異斷爛,可勝惜哉。夫後人之愛慕古人者,經其室廬,覩其杖屨,尚爲之起感而致敬。況乎隻字片言,精神所寓,諷而味之,想見其人。年代窅矣,兵燹屢矣,亡者多而存者少,少則逾可貴也,逾可貴也。故雖閑漫吟咔,率口而呼,應俗而作者,亦有不忍於揀擇去取。寶藏之,壽傳之,不亦宜乎?余嘗讀公《題安分堂》詩有"少年曾不道桓文,林下談王擬致君"之句,不覺置卷而歎曰:"此公夙昔之志也。"卽其稱道士友之詞,而俯仰感慨之意隱然可見。以公之賢,策名清時,位望通顯,猶鬱鬱不得展布。百世之下,誦其詩,悲其志。此一語可以當公全集矣,何必多乎哉?

《松溪漫錄》:龔天使之來也,湖陰、安分、寓菴開酒統軍亭,亂酌吟詩。寓菴醉贈妓生一絕曰:"舞愛翻紅袖,歌憐斂翠眉。"湖陰、安分佯醉,不復下筆。

《效顰雜記》:金貳公澍居家,似癡似聾,與物皆春。有兩婢相鬥,公招而問之。甲者曰:“乙也如此,故然耳。”公曰:“是。”乙者曰:“甲也如彼,故然耳。”公曰:“是。”皆令退去。夫人曰:“此兩婢必有一是一非,而皆曰是,若於朝著上處事類此,則其有辨别之論乎?”公曰:“夫人之言亦是也。”聞者笑其無棱,而服其忠厚焉。

《歷代要覽》:(嘉靖)四十二年,以宗系尚未刊佈,遣金澍,乞於《會典》中明載國祖桓祖姓諱之子等情,奏聞於帝。金澍在北京病卒。書狀官李陽元齎奉勅書回來,有曰:“資爾朝鮮國王,世篤忠順,作朕東藩。屢以祖系,陳乞釐正。朕特允爾所奏,宣付史館,因《會典》之舊文,載爾祖之真派。滌瑕傳信,炳如日星。朝廷與爾國皆知出於桓祖,而不出於李仁任也。”

【按:金澍(1512—1563)字應霖,號寓菴,謚文端。籍貫安東。善文章草書。著有《寓菴遺集》今傳。其詩清曠瀏亮。《箕雅》收其七律一首。】

權　擘　　**字大手,號習齋。安東人。中宗朝登第,官至禮曹參議。**

《朝鮮宣祖實錄》卷一九:十八年四月戊午。以……權擘天性迂疎,只以文辭不棄於世爲五衛將。

《家州集·贈嘉善大夫禮曹參判兼同知經筵春秋館成均館事藝文館提學世子左副賓客行通政大夫禮曹參議知製教權公行狀》:公諱擘,字大手,姓權氏。嘗自號安排堂,後改習齋。系出安東……至十三世有諱溥,官至都僉議、永嘉府院君,謚文正。五男三女壻竝受勳爵,時稱一家九封君之榮。入本朝,五世祖諱近。歷事太祖、太宗,策佐命勳,封吉昌君,位贊成,謚文忠,號陽村。……以正德十五年庚辰九月二十八日生公。年甫七八歲能屬文,嘗賦《美人梳頭》詩“一朶烏雲帖面垂,半輪紅月額心飛”之句。十七射策舉漢城試。嘉靖癸卯中司馬,仍擢大科,卽選補槐院。乙巳詔使張承憲來,公以承文博士充製述官。丙午陞成均館典籍,兼春秋館記事官。參修中、仁兩廟《實錄》。俄遷禮曹佐郎。丁未工曹佐郎。戊申爲平安都事兼春秋館記注官。己酉歷戶禮曹正郎兼知製教,自是常帶三字御,尋以冬至使書狀官朝天。庚戌冬拜成均館司藝兼春秋館編修官。辛亥兼宗學導善。秋以監軍御史攬轡關西。壬子兼承政院校勘,歷宗簿寺掌樂院僉正,以成均館司成兼承文院參校。癸丑出爲星州牧使,以親老不赴。復除司成兼校書館校理。庭試文臣,遂居乙科,又爲原州牧使。欲辭疾不行,承旨公強命之官。丁外憂,乙卯冬服闋,拜繕工監正。丙辰歷宗簿寺司宰監正。秋數馬于湖南。丁巳以司成爲善山府使。庚申以親老歸。冬丁內憂。癸亥甲子以掌樂院正兼承文院參校、西學教授等職。乙丑繕工監正、奉常寺正。丙寅禮賓待正、司僕寺正。丁卯通禮院右通禮繕工監正。穆宗皇帝遣許國、魏時亮頒登極詔,公又爲製述官。戊辰春右通禮。夏軍資監正。秋左通禮。勑使歐希稷至,製述之役,公輒預焉。己巳夏濟用監正,以宣慰使接日本使僧景轍、清庵于嶺南。庚午春以宗簿寺正,兼春秋編修官,參修明廟《實錄》。辛未春爲奉常寺正。日本遣使僧方室、仁甫,又以公爲宣慰使。壬申林塘鄭相公惟吉以儐相迎詔使韓世能、陳三謨,公及文峰鄭公惟一、西厓柳公成龍爲從事官。滕北海季達,中朝勝士也,欲壯觀天下,從皇華出來,見公詩心服之。其後每遇本國使臣,必問公起居。癸酉由奉常寺正秩滿,例陞通政牧驪州,甲戌罷。秋除長湍府使,乙亥棄歸。丙子遷刑曹參議。丁丑出治安邊府。御史許篈以公故人子過府,公病不能出待,篈怒而捏之。趙重峰憲惜公抱才,不見用於時,其封事有曰:“權某以皮裏春秋,見忤時宰,不得一任文翰之職。”己卯秋以冬至使如京師。癸未拜禮曹參議。栗谷李先生以公有華國才,薦爲承文院副提調。乙酉春拜江原道觀察使。未行,上問于大臣曰:“權某何如人?”左相盧守愼啓曰:“某爲人清儉,文章雄渾。”右相鄭惟吉啓曰:“某不喜交遊,守静好讀書。”上曰:“此眞可用之士。大臣何不聞于予而薦拔之,使之沈滯至此?”時臺官有噎媢者斥以迂踈,不果遣。冬拜掌隷院判决事。以安宋之訟,忤時議辭免。丁亥春又判决事,移刑曹參議。庚寅復拜禮曹參議,以承文提調錄光國功原從一等。壬辰老病解官。未幾,大駕西幸,京城陷,流寓伊川,赴東宮撫軍所。癸巳正月,朝行在所。八月初十日,考終于玄石江舍。春秋七十四。……公用文雅起,頗有意於當世。少與安公名世、尹公潔爲莫逆友。乙巳,群姦草薙士林,二公俱落禍罟。自是擺脱世事,不復與人游。雖浮沈祿仕,而與世相忘。其於榮辱得失幾微不以錯意,一切處順而理遣之。其莅官也清簡自若,其居家也淡然無爲。常杜門,非公事不出,日輒夙興就書室,以圖籍自娯。自少至老手不釋卷,終日静坐,凝然如泥塑人,人莫能窺其際。未嘗與妻子問及生産,對客則寒燠外略無他話,間或相諮以文義而已。以此官不大顯,而亦可以想見公之平生矣。藏華鏟彩,處世若愚,而一時名勝多有知而重之者。晚與栗谷先生尤繾綣,時相往還。爲文章尤長於詩,冲澹典雅,自成一家,有獨得之妙。始釋褐,請益於企齋申公光漢,甚見推重。權斯文應仁言于梁松川應鼎曰:“立幟騷壇,當以習齋爲先。”鄭林塘公謂尹公月汀根壽曰:“權某吟壇老將也。”所著述甚多,有集一卷行于世。……有子六人女二人。男長曰韠,典設司別坐,前夫人出也。次曰韌,松禾縣監。次曰韞,義禁府經歷,贈左承旨。次曰韐,宗簿寺主簿。次曰韠,號石洲,文章絶代,光海朝以詩被禍,今上反正,特贈司憲府持平。次曰韜,成均進士。

《澤堂集·贈禮曹參判習齋權公墓碑銘幷序》:明宣之際,國朝文章號爲最盛。而習齋權公以雄渾傑出，特爲諸鉅公所推，逮其仲子石洲公繼起而光大之。今雖小胥鄙人咸知公父子姓名，傳誦其詩，以至中國人士皆稱道之。……其詩格律峻整，聲氣淳古，無一點淺俗氣。噫！其不深於道而有是哉！

《月沙集·習齋集序》：文章一技也，而必專而後工，蓋非紛華富貴，馳逐聲利者所能專也。故自古工於詩者大率窮愁羈困，不遇於時。非工之能使窮，窮自能專，而專自能工也。余觀習齋公之詩冲澹而有味，典雅而無華，是固臻於妙而得其精者也。苟非窮於時者，何能若是專哉？然公以妙年大科，聲華籍甚。立朝五十年，官至禮部侍郎，不可謂窮也。而於詩若是專何也？余少也寓居公第之傍，又與公之諸子遊。常見公官閑罕出，出則樸馬殘僮，委蛇以行。雖身縻簪笏，而意在推敲。入則閉戶靜坐，諷詠自娛。於物無所嗜好，唯喜古書，手不釋卷。上自墳典，以至諸子百家，奇辭奥義極探窮搜，孜孜兀兀，樂之終身而不知倦。此公之所以專於詩也。然則公果無意於世，而直爲操觚弄墨者流哉？嘗聞公少與安公名世、尹公潔相友善。乙巳之禍，二公俱陷不測，自是擺落世事，不復與人交游。人有來訪者，問無恙外，不接一語，凝然如泥塑人，人莫敢窺其際。家貧屢空，妻子不免飢寒，怡然不以爲意。凡喜怒憂樂無聊不平必於詩而發之，不以外慕榮辱動其專，蓋寓智於詩而隱跡於吏者也。嗚呼！以公之文章德量，倘能俯仰而諧俗，則其成就事業豈可量也。而乃韜光鏟彩，絶意榮進，與世相忘，一混于詩，此豈公之本心也？嚮使公有可以致位鍾鼎，笙鏞治道，則豈必勤苦攻詩，專於一技而止哉？惟其不遇於一時，故乃能大肆於詩，而傳之於後世。豈天以文章屬柄於公而使之專耶？然則公之不遇，亦天意也。其視暫時榮耀泯沒無傳者爲如何哉？觀公之詩，可以想見公之遺風。吁可尚也。余懼世之人徒以文章視公，而不知其全德達識之爲可師法，遂書此弁之卷首云。

《簡易集·權習齋詩集序》：吾衰且廢文字，况素不閒之詩道乎哉？然妄謂詩道不得不視夫人。深於人事利鈍者，其天機也淺；才分不逮而強力取名者，不救其氣之弱。淺若弱者之於爲詩，驟奇也細巧也寒瘦也，否則鄙而已。種種爲病，而不足以入于澹造於熟。不澹爾不熟爾，然謂之詩道成則未也。以吾自少聞先生之風，及事先生於僚寀間，有以瞯焉者。而今要之乎其所爲詩，則舉無其病，而見其道之成也。

《惺叟詩話》：先大夫己卯歲按嶺南，而權習齋以冬至使赴京，其送先君詩曰："懷抱平生擬好開，笑談從此未多陪。朝天我渡遼河月，擁節君尋庾嶺梅。職事道途俱可念，別離衰謝兩相催。公餘倘有《停雲》詠，佇望詩筒數寄來。"先君稱其切當。

《小華詩評》:權習齋諱擘,余祖母外王考也。爲文長於詩,清深典雅,自成一家。松溪權應仁嘗語粱松川應鼎曰:“閣下得見習齋所作歟?”曰:“未慣。”曰:“人問詞壇立幟者,僕必以習齋爲對。”松川曰:“唯唯。”北海滕季達從韓詔使到我國時,習齋爲遠接使從事官,相得甚歡。習齋贈之以詩曰:“有山皆著屐,無水不流觴。”滕撫掌歎賞曰:“僕行天下多矣,未嘗見如此詩人。”

有以習齋、石洲文章優劣問東岳者,東岳曰:“二人俱有贈華使詩。習齋詩曰:‘一曲驪駒正咽聲,朔雲晴雪滿前程。不知後會期何地,只是相思隔此生。梅發京華春信早,冰消江浙暮潮平華使家在江浙,故云。皈心自切君親戀,肯顧東人惜別情。”石洲詩曰:“江頭綠柳細煙絲,暫住蘭橈折一枝。別語在心徒脈脈,離杯到手故遲遲。死前只是相思日,送後哪堪獨去時。莫道音容便長隔,百年還有夢中期。”習齋詩沉重,石洲浮弱,可於此兩詩論定云。

《詩評補遺》:權習齋諱擘,《宿慶州西清觀》詩曰:“玉笛吹殘故國聲,客窗高臥夢西清。山形崛起千年地,樹色低遮半月城。語燕繞簷天已曙,飛花撲帳雨初晴。朝來爲訪曾遊處,物是人非已感情。”清楚幽麗,去唐奚遠?《偶吟》詩曰:“興來無處不風流,佳節須從物色求。黄菊有花皆九日,碧天懸月即中秋。清光照席詩魂冷,嫩蕊當尊酒味柔。相對此花兼此月,謫仙彭澤擬同遊。”亦清新豪𤀹,諷之不倦。

權習齋詩曰:“花正開時月未圓,月輪明後已花殘。可憐世事皆如此,安得繁花對月看。”余效之曰:“明月梨花此別離,花香月色共人悲。別來相憶看花月,月盡花殘更對誰。”柏谷過獎曰:“此所謂青于藍者。我獨無吟乎?”遂沉吟賦之曰:“春來人事可歎嗟,花月無人無酒何?若使有人兼有酒,的應無月更無花。”柏谷笑曰:“欲得驪珠,反得蜣螂矣。”

【按:權擘(1520—1593)字大手,號習齋、安排堂。安東人。參與編撰《中宗實錄》、《仁宗實錄》、《明宗實錄》。詩文出衆。著有《習齋集》今傳。其詩冲澹典雅,清新豪𤀹。《箕雅》收其七律三首、七古一首。】

鄭　磏　　字士潔,號北牕。溫陽人。早卒。世稱異人。

《柏谷集·北牕傳》:北牕姓鄭,名磏,字士潔,號北牕。東方之異人也。生而天稟甚高,聰明出衆。凡書一寓目而盡誦,天文地理、醫藥卜筮、曆算律呂、華語聖學、禪學仙方皆不學而能,鳥獸之音亦解。欲試六通之術,入山靜處,三日洞曉,山下百里間事如目睹之。素患清羸,必合口正坐,待日出始啓齒出氣。不嗜肉,喜耽酒,雖盡數斗不及亂,至晚年不飲一勺。於詩多信筆直寫，暢其意而已，不必要其精妙。年十四，隨親赴中國，到遼陽逢華人，輒爲華語。入中國，遇外國使能識其國語。且遇琉球使者。使者在其國也，以易數推之，知其入中國遇異人。至中國遍訪諸外國使邸館，得見北牕。卽屈膝而拜，搜囊裏出小冊子，記“某年某月某日入中國遇異人”，睬北牕曰：“公非異人耶？”仍大悦之。與之同處二日二夜，礱磨《易》數，其使亦異人。且有人聞之來見曰：“願與公作詩。”遂先唱曰：“東國眞男子。”北牕卽應曰：“中華美丈夫。”其人卽瞠然而退。在玉河館記家中瑣瑣之事，及還家以所記考準之，未有錯誤，人皆大異之。三教無不貫通，尤可貴者專以聖學爲治心之本，而不由工程，直到高明。常曰：“聖人之學以人倫爲重，故不言其要妙處。”嘉靖某年，中司馬。抛舉子業，以朝廷之薦，爲掌隸院主簿兼觀象監惠民署教授。出爲抱川縣監，政化大行，民皆乂安。不待秩滿，投紱而歸。卜居楊州掛蘿里，廢應接，處暗室默坐者幾十年。年四十四而歿，識者曰解化。此事實或出於參判成壽益所記《三賢珠玉》，或出於德恩君宋棋壽所記，或出於守菴朴枝華所記。高麗戶部尚書普天，北牕之鼻祖。司諫院獻納鐸祖，及第順朋父也。族孫東溟鄭斗卿使余爲傳，遂不敢辭，以爲傳。

《谿谷集·北牕古玉兩先生詩集序》：北牕生而靈異，博通三教，其修攝似道，解悟類禪，而倫常行誼，一本吾儒。以至方技衆藝各臻奥妙，然皆非學而得也。時隨親覲上國，過鴨水見華人便作華人語，入燕遇外國使便作外國語。嘗入山攝心數日，而盡知山下百里間事如目擊焉。籲！亦異矣。不幸遭家變，無意世事，暗室默坐者幾十年，年四十餘而沒。識者以爲解化。……北牕不治詩，多信筆直寫，要以暢其意而止。

《玄洲集·北牕古玉詩序》：世之論北牕者率舉其奇蹤異跡曰：“如是如是，豈神仙中人歟？”論古玉者率舉其高風遐致曰：“如是如是，豈道家者流歟？”由是言之，仙與道流僅伯仲間耳。余應之曰：“伯與仲俱仙也，非一仙而一流。則雖伯仲而非伯仲也。”論之者曰：“何據而知之乎？”曰：“以其詩而知之耳。伯詩淡雅，若無蹈襲而調格自高；仲詩清和，若無礙滯而聲律自高。蓋俱入盛唐，同音而異致者也。何則？清故淡，和故雅。調格者，詩之體也。聲律者，詩之用也。體用俱高，則無間然矣。豈以調律之有異，而疑其仙與流之有差乎？”余少時得拜古玉於友生家，已老矣。雖游於酒人，翩翩好謔浪，托詩酒以自晦者，一見已薰其仙風矣。今其表孫秦知縣亨後搜輯兩家詩若干篇方鋟梓，欲壽其傳。其姓姪鄭斯文斗卿吃吃索余語不已。余曰：“伯仲兩先生之詩傳於世者止於是。此特文豹之一班耳。以如是之風標，雖混於一世，俱非有意於述作者，豈以是規測其所工也！雖然，欲知兩先生之風標者，就斯詩而究之，則其亦庶乎有得矣。然則詩雖小，不其多矣乎?"鄭斯文然之,於是乎云。

《東閣雜記》:鄭礦,順朋之子也,號北牕。生而清秀,及長無所不通。如天文地理、音樂醫藥、算數華語,皆不學而能。嘗隨其父朝京師,與華人語,皆驚異之。超敘六品,兼醫、算、象三學教授,歷抱川縣監。當其父上變之時,力諫不聽,因而大忤不見容,屏處於外,多在果川清溪山楊州掛蘿里。常使奴子劑藥,清早未起煎服之,乃始言語。未幾病卒,年四十餘。其山居也,能知山下人所爲之事曰:"某家方爲某事。"後驗之果然。蓋其學似出禪家、陳摶之類也。

《芝峰類説》:鄭礦臨終作詩曰:"一日讀盡萬卷書,一日飲罷千鍾酒。高談伏羲以上事,俗説生來不到口。顔回三十稱亞聖,先生之壽何其久。"書畢而逝,時年四十餘矣。

《於于野談》:鄭北牕礦九月念後詠晚菊曰:"十九廿九皆是九,九月九日無定時。多少世人皆不識,滿階惟有菊花知。"其弟碏和之曰:"世人最重重陽節,未必重陽引興長。若對黄花傾白酒,九秋何日不重陽?"時有以礦、碏此詩言,大提學柳根取碏詩而舍礦詩,以爲無律。吁! 礦識音律之人,曾謂不如根之知音乎? 所以自古得知音,難矣。

《小華詩評》:鄭北牕礦《山居夜坐》詩曰:"文章驚世徒爲累,富貴熏天亦謾勞。何似山窗寂寞夜,焚香獨坐聽松濤。"其人異也,詩亦如其人。

《詩評補遺》:鄭北牕礦嘗攜鄭古玉碏、朴守菴枝華向奉恩寺,舟中作詩曰:"孤煙横古渡,落日下遙山。一棹歸來晚,招提杳靄間。"守菴次曰:"孤雲晚出岫,幽鳥早歸山。余亦同舟去,忘形會此間。"古玉次曰:"日暮暝煙合,蒼茫山外山。招提問何處,鍾動翠微間。"北牕最逼唐。

北牕聞花潭捐世,作詩曰:"病中聞説花潭逝,驚起推窗占少微。死者如今不可作,強顔于世欲何依?"恨失其知音。

《東國詩話彙成》:公生而神異,少時在山寺試禪家大道之法,靜觀三日,洞知山外百里事。自是天文地理、醫藥卜筮、律呂算數、古漢語及外國語皆不學自通。雖千里外事,有不念,念之即知之。後觀上國,遇道士于奉天殿,道士曰:"東國有道流乎?"先生詒曰:"東國有三神山,白日升天尋常見之。何足貴乎?"道士大驚曰:"何至於此?"先生即舉《黄庭》、《參同》、《道德》、《陰符》等經,洞陳作仙階梯。道踧踖辭避。

時有琉球使臣,亦異人也,在其國以《易》數推之,知入中國遇真人。沿路諮訪至北京,遍訪諸國邸館,皆不遇。見先生,瞿然大驚,不覺下拜。搜其橐出小册子,實記"某年某月日入中國遇其人",示先生曰:"所謂真人,非公而誰也?"因請學《易》。先生即以琉球語教之。於是諸國人在館者聞之爭來見之，先生各以其國語對之如響，皆驚駭，稱以“天人”。

【按：鄭磏（1505—1549）字士潔，號北牕，謚章惠，籍貫溫陽。鄭碏兄。著有《北牕集》今傳。其詩清淡和雅。《箕雅》收其五絕一首、五律一首、七絕二首。】

車　軾　　字敬叔，號頤齋。松都人。中宗朝登魁科。官止郡守。

《朝鮮宣祖實錄》卷九：八年一月戊戌。江原監司馳啓曰：“平海郡守車軾，傷寒得發，身死。”

《於于集·贈禮曹參判行平海郡守車公軾神道碑銘竝序》：粵在東晉大元中，而有姓車名濟能者，事新羅味鄒王爲丞相。鄭知常《西京野史》稱濟能“劉累之後。箕子來東，以四族俱，濟能之先卽其一也。其後有登國，有殷甫，有延廣，有徽曼，有知，有溫伯，有楯，有滰，有婁漢，有盾堦，有段式，有憲，有渡康，有儉夫，有建申，至丞相承穡、司空恭叔凡傳十八葉，爲丞相者十四世也，其奕世茂閥可想。憲德王彦昇弑君自立，承穡父子陰圖報國讐，事露竄匿高句麗儛州，蒙其祖儉夫妻姓變楊爲柳，承穡稱柳桓，恭叔稱柳淑。自此傳五世至孝全，當麗祖南征，辦車乘餫軍餉，功甚鉅，復孝全舊姓爲車，因籍延安，食邑千戶，封大匡伯。”……曰原頫，官諫議。諫議於麗末退隱平山水雲洞，時犯遼議起，我康獻大王憂之。與恭定大王便衣訪原頫，語其顛委。原頫舉義理力言其不可，康獻大王義之，諾而去。暨開國將策勳，原頫力辭曰：“家世仕麗朝已五百年。況左脅金鱗，彼昏尚在，何敢二心，蠛我先人忠烈耶？”暨康獻大王定都漢陽，以故舊召之，至則舍諸禁中。會天雨，上携原頫手步出東苑，袖撥蔥種數升，散之草間曰：“昔予訪子西村，日晏飢甚，飫子場蔥。今手種此，欲留我故人以食之。所以志舊意也。”今之瑞蔥臺卽其地。……以正德丁丑九月二十六日生公。公諱軾，字敬叔。生聰明，十歲誦詩書，受學於花潭徐先生敬德所，貫通經史。又能美詞翰，絶異疇類。弱冠魁鄉解，嘉靖丁酉捷進士。癸卯登文科甲科第二，例授內贍寺直長。其歷官也，內之成均、戶曹、奉常、校書、承文諸司，爲佐郎、主簿、校理、校勘等官。外之通津、黃州、海州、平海、高城諸邑，爲縣監、郡守等官。八爲典籍，五爲直講，三爲判官。立朝三十餘年，官才四品，處懷恬如，不以淪滯芥意。其莅邑慈祥簡寬，吏民親愛之。治高城有勣，因方伯褒啓，特賞以表裏。平生不問生産有無，只對架書數千卷，焚膏繼晷以自娛。訓後進不懈，所居多成才。出宰山水，蕭散怡愉。高城，仙郡也。得佳處起小亭，號海山亭，人稱嶺東樓觀第一。萬曆甲辰求補平海，平海亦仙境也。以其纔起草土，不安簿領。明年二月十一日，病卒于郡。享年五十九。公所著文集五六卷，失於兵火。所收拾秪若干篇，惜也。公結髮見知遇於金慕齋安國，益掞文擩學，自此著名當世。其登第與盧蘇齋守慎聯榜。蘇齋，文苑哲匠也，推引公詞章喋喋不離口。……生五男三女。長曰殷輅，未冠而夭。次曰金輅，爲族兄僉使希呂之後。次曰天輅，丁丑文科，奉常寺僉正。次曰雲輅，癸未文科壯元，亦僉正奉常寺。以天輅、雲輅竝錄原從勳，贈公禮曹參判。……殷輅髫齔有奇才，與文人崔岦、李山海、高敬命等齊名，世稱“八文章”。十四魁鄉舉，十七病死。疾極，有青衣童子立于席上曰：“天上新建白玉樓，招汝作記。”殷輅辭曰：“生年未二十，未報父母恩德。若爲我請上帝丐我數十年，俾得終孝，死無恨矣。”恭童子去，久而復來曰：“天上別無人可替汝記者，上帝不余頷，汝其速行。”是夜，父母之夢亦同。臨歿端坐與訣曰：“不幸夭折，終負吾父母。當訴上帝，七日還來侍側。”言訖而歿。死後七日，天輅生，其面目極肖。公沒之夜，天輅哭泣昏仆，髣髴見公袍笏踞床曰：“來！天輅、雲輅。我往冥府，主壁大官據案厲聲曰：‘汝何不以文章分與兩兒，空持到此？可速往分之。’吾故暫來也。”仍出懷中一物，瑩然如玉，大如盤者曰：“此乃文章也。”手劈爲兩段，分與兄弟。跪受俯伏，因忽不見，天輅遂蘇。天輅文章如江河滂沛，雲錦煒燁，晷刻之間，注筆千萬言，雖數十手不及寫。一下筆，不加點竄，愈益奇。雲輅攻《易》，頗通蘊奧。其爲文不起稿，展紙立寫，揮洒如電掃風驅，而皆雄偉着實。萬曆乙卯年三月朔，日有食之。開城留守趙振候之曰：“是日也，日食于奎之分。古者日食于奎之分，文章之士必殞，謝靈運、范曄之死亦應是災。今聞僉正車天輅病革，得無應是災乎？”未幾，天輅果卒。嗚呼！公之歿已四十五載，其二子皆當世詞宗，其所與往返，以斯文相與者凡幾何人耶？爲先人賁其墓道，宜擇文章之最高絶者，而必待夢寅拙辭者何也？今者其兄雖已逝，其弟之眼眶尤大。夢寅何敢輕發小巫之言，貽大巫捧腹乎？獨惜乎軒轅之姓，擾龍之裔，隨箕子而東，上下數千年，取臺鼎如拾芥。而至季葉禍亂荐臻，以致子孫迂邅。彼卑門小派不辨魚魯之夫，猶煒煌金紫，矜耀於一世。以如許巨閥雄才，帖耳於百僚之底，卒不能騁力高衢。豈夫人才奪天工，爲造物所忌剋者非耶？宜夫爲善者怠也。遂備敍其本標，係以爲之銘。

《五山說林》：楊滄海爲江陵府史，吾先君爲高城郡守，已四載。先君以試官之江陵，滄海題詩於襄陽降仙亭柱曰：“降仙亭上望仙翁，何處鸞笙倚碧空？伽樂峰頭斜日落，白鷗踈雨海棠紅。”吾先君亦有和詩曰：“臨瀛一訪偓佺翁，云云。玉柱何年揮彩筆？驚他海蜃散青紅。”

高城郡客舍題詠甚多，吾先君詩曰：“蓬萊風日隔塵寰，瑤草琪花耐雪寒。沙積三千銀世界，樓高十二玉欄杆。照人碧海開金鏡，敬客仙山戴石冠。縹緲煙霞多煉汞,崑崙何獨有驂鸞。”滄海次之曰:“尋真誤入羽人寰,白玉高樓依廣寒。窗拓海天生鏡裏,砌流星汗落江干。主人舊識頒堯曆,客子新傳變楚冠。可戀謫仙霞鶩字,銀鉤鐵索無回鸞。”

高城舊無臨觀之勝,吾先君出宰是邑也,乃於衙後荊棘中得一絕勝,平其高而亭之。西挹皆骨山千峰在案,東臨大海數十里,南壓南江數百步,北望三十六峰,天下第一奇勝。先君作記,又作十絕,楊滄海十詠,而又跋之,墨客多和之者。韓石峰濩大書其額,即海山亭也。許草堂曄寄詩曰:“聞說新開第一區,海山高揭嶺東陬。天慳地秘森呈露,詩興何人浩莫收。”金監司添慶題曰:“今來始信難爲水,此外誰言更有山。方寸容他如許大,玆行不在馬蹄間。”尹相國斗壽詩曰:“三日湖中泛小舟,一區形勝水雲悠。書來重憶曾遊處,三十六峰無盡秋。”南公彥經詩曰:“秋月南江闊,霜楓北嶺高。夢魂長繞處,蘆荻吹蕭蕭。”黃公允吉詩曰:“三十奇峰九十湖,四仙當日秘名區。尋真斗覺塵襟淨,身世還疑入畫圖。”餘不盡記。

安判書瑋與先君有雅,請先君作《從政圖》詩。詩曰:“無計能驅午睡酣,展圖爭擲喜難堪。身兼將相期移晷,唾取功名在立談。心上再想存懋德,胸中一念戒萌貪。他年正色要如此,堯舜君民不大慚。”

尹相國春年有詩鑑,見先君一律曰:“君應讀盛唐詩,必老杜也。”先君曰:“然,余方致力杜詩。”其詩曰:“渡江緣草徑,乘醉宿江城。白月千峰照,春鵑獨夜鳴。水村歸夢罷,山郭旅魂驚。望帝春心托,孤臣再拜情。”其後讀《唐詩鼓吹》,作詩示之,尹公曰:“此有晚唐氣味,必《唐詩鼓吹》也。”先君又讀杜詩,尹公見所作詩,曰:“此又有盛唐音律,必讀杜詩也。”所言皆中,先君敬服。乃贈先君詩曰:“欲詣詩門試一聽,功夫着處自生靈。青天日月昭昭影,大地山河歷歷形。春風和融陶萬物,波濤洶湧起滄溟。留名萬古非難事,舉世沉冥也獨醒。”

《松都記異》:車斯文軾,松都人也。勤學績文,又有能詩聲。嘗釋褐家居,留守以軾差送厚陵寒食典祀官。軾到陵,見其丁字閣年年雨漏,樑椽腐敗,塵埃滿壁,庭草蕪沒,床卓器皿歲久朽破。軾顧瞻諮嗟。俄有年老守僕來謁,軾曰:“曾不料國陵若是埋沒。”守僕曰:“本陵祧遷已過百年,一年寒食外香火斷絕。祭官又北京差,奠獻拜禮不中常式。牲酒瘠酸,視爲尋常。祠門一閉,終歲闃寥。陵卒亦減,空山風雨,守護無人。安得不至於荒廢乎?”軾聞言凄感,親熏修掃,精備祭物。沐浴行事,祭罷就寐。夢有紫衣中使宣召於軾曰:“主上坐殿。隨我入來。”遂引軾入一大門外,望見殿宇深邃,王者坐於御榻之上。惶恐匍匐於庭,中使催入伏於榻前。王曰:“向來祀官皆不能致誠,祭物菲薄,予不顧享久矣。今日饌品頗極精潔,予甚嘉焉。

聞爾母方患帶下之病,予以良藥賜爾。”且曰:“必有後福。”軾覺來不勝瞿然。天明出洞口,有鶻自後倏然飛過,墜一大魚于馬前,生氣潑潑,跳躑於地,乃鰻鱺魚也,其長盈尺。軾大感夢中之事,持歸於家,連日作羹進於母氏,其病遂愈。軾官至郡守。二子天輅、雲輅俱登第。天輅亦文章,官至僉正。雲輅亦有文名,官至寺正。天輅之子轉坤登第,今爲正郎云。

【按:車軾(1517—1575)字敬叔,號頤齋,籍貫延安。天輅、雲輅父。徐敬德門人。其詩規模唐風。《箕雅》收其七絶一首、七古一首。】

鄭 和　　文翼公鄭光弼之庶子。官爲司譯院正。

《松溪漫錄》:吾友鄭和,文翼公之庶男也。卜居于宣川。時柳斯文永吉公出守是郡,鄭烹海鷗卵十二枚獻于守。守答之以書曰:“君方卜築海上,先殺十二白鷗。他日忘機,誰與爲友?”由是鄭得殺風景之名。僕鍾愛於龍灣人,爲構數椽。不數年伊人撤屋徙居。也足魚公(也足,魚學官之號)出入龍灣凡十九度,而不見九龍淵。故與僕俱得是名。僕有詩云:“殺鷗病叟緣無肉,撤屋佳人怨不來。若第殺風浮白飲,我今當飲第三盃。”翌日也足公乘船泝九龍淵,爲飛廉所排。僕又疊前韵云:“九龍儉力排舟退,白鳥成群問罪來。”蓋並嘲魚、鄭也。僕之構屋也,牧使柳侯景深甫扁其堂曰“執權”,而旋見壞敗。林塘相公以宣慰使亦到龍灣,次其韵而嘲僕曰“執權翁飲釋權盃”,可謂善用事也。

《清江詩話》:通事鄭和,文翼公光弼庶子。文翼宅有梅樹,公之壽辰在梅花正開之時。後鄭大提惟吉嘗與諸族飲此樹下,各賦詩感舊。和先有詩曰:“三十年前識此梅,年年長向壽筵開。至今摧折風霜後,每到花時不忍來。”諸孫皆垂泣閣筆。

《詩評補遺》:鄭和,文翼公庶男也。能詩,嘗陪公侍宴梅樹下,後遭風樹之痛,又見梅花盛開,感而有詩曰:“……”讀之堪涕。

【按:鄭和(朝鮮宣祖時人)字春卿,號松庵。東萊人。鄭光弼庶子。其詩抒情凄婉,感人至深。《箕雅》收其七絶一首。】

安 璲　　字瑞卿,琛之孫。明宗朝登第,選湖堂,官止弘文博士。

《清江詩話》:安修撰璲以詩名,嘗有詩一句:“地下定無消恨酒,人間難得返魂香。”其年病死。世以爲詩讖。

《芝峰類説》:我東人詩長篇最不近古,近世唯尹潔《飯筒投水詞》、安璲《疲兵篇》似矣。於文亦然,近世唯崔岦序記誌銘善矣。

《久庵遺稿·洪荷衣行狀》:公自布衣時聲望蔚然,時未分館而准點登選,例補承文院權知副正字,被薦史局,有所避不赴講。又賜暇湖堂,以權知被此選。前此金麟厚、安璲二人而已。世甚榮之。

【按:安璲(朝鮮明宗時人)字瑞卿。安琛孫。其詩善長篇古風。《箕雅》收其七古一首。】

朴民獻　　字希正,號醫俗軒。明宗朝登第,選湖堂。官止監司。

《朝鮮宣祖修正實錄》卷一五:十四年三月朔甲子。下朴民獻于獄,已而赦之。……民獻初以徐敬德高弟,博學能文,士林重之。及當元衡之世,依阿苟全,聲名大損。至是老耄顛錯,爲世所卑侮,又以綱常獄,受賕故縱,被駁遂爲棄人。

《守菴遺稿·嘉善大夫刑曹參判兼同知經筵事五衛都摠府副摠管正庵朴公行狀》:公姓朴氏,諱民獻,字希正,號正庵。其先咸陽人。公文學夙成,見稱於前輩。先生中嘉靖二十五年春榜生員第一名,又中大科。時朝廷方用孝行卓異,將拜七品官。又以新恩,超授六品成均館典籍,轉爲禮曹佐郎、司諫院正言、弘文館副修撰、工曹佐郎兼春秋館記事官、兵曹佐郎。又以修撰賜暇書堂,出爲海南縣監。居一年,削奪官職。二年,復起之爲修撰、司憲府持平、弘文館校理兼知製教、議政府檢詳、司諫院獻納、兵曹正郎、鍾磬廳都監郎、檢詳、舍人、掌令、軍器副正。自校理兼局如故。至是,兼藝文館應教。甲寅九月,擢拜通政大夫工曹參議。入承政院爲同副承旨。還爲工曹參議,拜大司諫。出爲江原道觀察、兵馬節度等使,未赴,削奪官爵。越十年,復起之,出爲尚州牧使。以母夫人年老,換忠州。戊辰七月,丁憂去官。服闋,又命江原道觀察等使,如前遞還,爲僉知中樞府事。如京師謝恩,還爲掌隷院判决事。入承政院爲右副承旨。出爲全羅道觀察、兵馬水軍等使。遞還,又出爲長湍府使兼監牧。乙亥八月擢拜嘉善大夫咸鏡北道兵馬節度使。遞還,爲漢城府右尹、同知經筵,兼五衛都摠府副摠管、刑曹參判。出爲咸鏡道觀察兼兵馬節度等使、咸興府尹。遞還,爲同知中樞府事。尋下獄蒙宥。越四年甲申,復前階。累爲上護軍、同知僉知等府事。萬曆十四年三月二十四日。終于正寢。享年七十一。……始公逮典籍公時,在諸生中嶄然出頭角,儕輩以爲矜式。典籍公遭家禍,晚而登科,宜顯于朝。而當丁酉年間,群邪側目不悦,謀欲害之。聞其子甚賢,意他日必爲名士,不敢肆其毒。公之名重於世蓋已久矣。在場屋久不售,益厭之。聞松京有隱君子徐公爲性理之學,尤邃於《易》,學者稱爲花潭先生。亟往從之,聞見日新。不屑治舉子業,優游涵泳,以自得爲功。公舊字頤正,先生改以希正,爲作辭贈之,所以期望者甚大。及魁蓮榜,同年相賀曰:"吾輩雖屈膝,得此壯元爲不辱矣。”公之仕於朝,當乙巳之後,士林惴惴焉莫保朝夕,噂沓背憎者蓋已不勝其繁。而公獨夙夜憂嘆,間與同僚談時事,灑其一二同志之友淪謫海島者,欷於坐中。語洩,李芑聞而惡之。公在玉堂與臺諫上劄,論李芑擅權不合在位。累日未得回天,舉蘇軾疏中語曰:“姦臣之始,以臺諫折之而有餘;及其既成,以干戈取之而不足。”芑竊聞知其爲公筆也,大怒。後於經席白上:“朴某乃負罪一二者黨友,不宜尚在朝列。”遂廢錮。公在縣日無事,繕甲兵,訓民射,修飭武備甚勤。客怪而問之,乃曰:“國家昇平百五十餘年,海隅之民不識兵革。豈常久之道乎?不一整頓,緩急恐不可用。”聞者以爲迂。後數年,卒有倭寇之亂,人始服其先見。其在臺閣,以振起頹綱,防微杜漸爲先。侍經幄累年,凡經傳微辭奧旨多所辨析。懃懃懇懇,冀以輔導萬一。及長薇垣,倡議早建儲貳,遂定元良之位。時論偉之。時金汝孚、金弘度顯名朝廷,以些少過失相規切,各樹羽翼,互相排訐。公皆與之交,深慮士林如此,大非邦家之福。區區調劑其間。於是尹元衡當國,亦聞弘度嘗欲攻己,首竄弘度死地。而公被斥去國,汝孚尋亦敗。明廟昇遐,今上嗣登大寶,修舉廢墜,進任賢才。而後來角出爭名譽者不悅公,出爲忠州。蓋自是雖或出入,而多遠闕門之外,不得一日安於朝廷之上。公嘗三爲方面,一當閫寄,以爲失刑莫重於殺人,雖以聖舜之父,臯陶執之,況其下乎?故在江原也,按守令之濫殺人者。在咸鏡也,奏節度使之妬殺娼夫者。朝廷勢人,皆節度使之所親,疑其甚。以爲旌別淑慝,王政之所先。周官進律,漢世課最。皆是事也。故在湖南,舉道內之能政者多至七八人。當時論者以爲專。其鎮禦北邊也,撫綏民夷,冰蘗自厲。既還,邊人立碑思之。朝無一人白上者。而其後竟以横城民弑母黯黮事歸罪於公。蓋前在本道治其獄,卒無證驗故釋之。後監司既誤聞狀啓,而朝論譁然,咸謂公徇私揜覆。拿本犯及親戚隣保囚詔獄,三省交鞫,民夫妻考死,諸囚皆受刑。明其不弑狀。夫以公之平日,凡民無辜殺死,而官吏不坐濫刑之律,猶扼腕憤切,必欲正厥罪。而謂公徇私縱大逆之獄,豈不悖哉!嗚呼!公之立朝四十年,本末既如此。而更歷世故,得喪又如此。蓋嘗論仕之通塞不繫人,時之不遇,則非惟賢哲蓬纍而行,雖巧宦亦無所乘其隙。遇合則非惟君子見其功業之大成,雖闒茸無能亦志滿氣得,終無咎吝。雖曰君相可以造命,實亦無如之何。豈非天歟?若乃公議所在,則非唯君相不能以勸沮,而雖造物者亦不得軒輊於其間。今公之事觀之猶信。方公之齟齬於晚節也,雖或小有蹉跌,猶是白中之黑。而謗議雷轟,無一毫尊老尚德之風。一朝下世,士論往往有愛惜人材之歎。玆非造物無可奈何之一驗歟?後之尚論者以爲何如也。公之學得於花潭爲最深,卒能狀其道之精微廣大者,以垂後世。而其爲文章深厚縝密,有古作者規範。

有詩文若干卷藏於家。用其年九月六日，措于永平開理山居士洞酉坐卯向之原。

《乙巳傳聞錄》：朴民獻字希正，號正庵。丙子生。咸陽人。受業花潭先生。魁丙午生員登科，曾以孝行特授直長，至是遂升拜弘文修撰，出爲海南縣監。庚戌李芑啓於經筵曰："臣前日被論，拍手大笑曰：'盧守愼、丁熿今可放還'云云。"遂削其職，未久復敍。官至參判。

《石潭日記》：十一月。姜暹爲咸鏡道觀察使，兩司論其不合北門鎖鑰，累啓不允。朴民獻曾爲監司，貪贓狼藉。而暹繼其後，暹亦有貪聲。識者憂北方難保矣。

三月。下朴民獻於義禁府，而已赦之，只罷其職。先是，民獻爲江原監司。時横城民存伊者弑其母，被人告其罪。獄既具，方受刑訊，民獻所幸妓受存伊重賂，潛請民獻勿治。民獻托以親鞫，致存伊于監司處遽放之，民情甚憤。至是事發，更鞫存伊於禁府。三省交坐，詞證皆歸一。只存伊不服，而斃於杖下。兩司啓請拿鞫民獻，爭之累日，乃命拿鞫，治以受賕故縱之罪。民獻不服，將刑訊。上命停刑照律。禁府啓曰："受賕之罪，不可於取服前照律也。"乃命除受賕之律，只以故縱照律。罪當死，減用次律以宥。旨前事勿論，只罷其職。

《芝峰類說》：朴參判民獻《次矗石樓韻》曰："樓前過鷺平看背，水底游蝦細數髯。"他押者皆不能及。公有名當世，于詩全學老杜，然觀其私稿中諸作，須不滿人意。信乎！所見不如所聞。

《寄齋雜記》：朴參判民獻幼有孝行，政府啓之，擢爲參奉不就。善屬文，士子求與同接入試場，競坐於其近處者，幾一場之半。丙午春榜初試，賦以《潮汐》爲題，詩以《金聲玉振》爲題。士子閣筆斂手，只待民獻出草，以爲依樣葫蘆之計。民獻托以霍亂不執筆，心中暗草。天又雨，士子無可奈何。日將沒，民獻曰："當走筆免拖白。"遂詩賦俱成篇，居魁。東堂與康上舍惟善爲同接，表以《請汰原從功臣》爲題，康慷慨曰："此豈士子可制者乎？"束紙而出。民獻以"安劉氏必勃"屬對，又居魁。自後清議以不正目之。

【按：朴民獻(1516—1586)字希正，原字頤正，號正庵、瑟僩齋、醫俗軒、樗軒。籍貫咸陽。徐敬德門人。著有《瑟僩齋集》。其詩氣勢濶大。《箕雅》收其五古一首。】

楊士彦　**字應聘，號蓬萊。明宗朝登第，官止府使。風骨不俗，筆法奇古。**

《龍洲遺稿·府使蓬萊楊公墓碣銘并序》：先生諱士彦，字應聘，號蓬萊，又號海客。其先本漢太尉楊震之后。七世祖起，當元成宗時，以相國陪齊國長公主釐降高麗，忠宣王封上黨伯，故爲清州楊氏。……生先生及二季士俊、士奇，俱有文章經術，世號爲三傑，譬之眉山蘇氏。先生生而秀朗，神精霞舉，人見者不問知非世上人。年二十四作《丹砂賦》，成進士。未拆號，同進者口相傳藉藉。遭内外艱，廬墓六年。喪除，乃舉丙午文科，擢拜大同丞。著《閱雲亭記》，一時稱賞。歷宰三登、咸興、平昌、江陵四邑，有去後碑。入爲成均館司成、宗簿寺正。又出爲淮陽、鐵原守，樂其有山水而求也。居淮有年，每以肩輿往來金剛山，超然有遺世之志，大書八字于萬瀑洞石而刻之，評者以爲崔孤雲雙溪石門之書斯下云。其後又出爲安邊。安邊，北關一都會也，俗悍而羯羠。先生爲政務以孝悌教化，化大行，至今民誦先生父母恩重經不衰。監司奏一道考爲第一，陞通政。忽鑿大池積蒭茭曰："備他日軍馬之屯。"翌年癸未翟亂，大兵赴北，列邑困於挽汲，吏民至有受責死者。而府獨晏然，人益服其爲眞神人也。無何，智陵災，以守土竟中文法，謫海西二年。將還病卒，年六十八。其年歸葬于永平縣金烏山，先生自卜也。先生以曠世逸才，學無所不通，書無所不讀。識見高邁，操履皎潔，孝友全天，至性過人。事其兄愛其弟，各極其道。兄嘗病革，至嘗其矢驗死生。弟嘗患痘絶，號泣感飛鳶墜鼠，藥之遂甦。此皆古未嘗有者。不知顔含、庾袞輩何如耳。自始第，四十年典名邑者八，不赢一錢，不全一馬，不爲妻子毫髮計。常曰："吾四知金後，不可忝吾祖。"且師南格庵，預策壬辰變，卜宣廟四十年如符契。占楓岳東五佳處，皆作小亭。爲詩祖李供奉，不事雕飾，天然冲夷，間出奇傑語驚人。作字楷草俱至，深得腕法，駸駸乎魯公藏眞之域矣。嘗大書"飛"字作障，一日異風忽起，挾入海中，即先生觀化日也。大學士柳西坰根爲之記其事。嗚呼！人有一善一藝者，自能騁於時，炫煌爵位。若先生何善不有，何藝不游，而位止於是而道尼於是歟？然世之爵禄富貴，豈敢宅先生心。雖斥先生所有若錙銖者易世人所好，先生安有一頷？腐鼠固不足爲先生道也。

《鶴山樵談》：楊蓬萊先生雅量風度爲世所尚，先大夫司馬、文科皆與之同榜，故交契最密。文章飄逸，有凌雲之氣。善行草書，法若放龍蛇。性薄仕宦，情寄山水，芒鞋蠟履，無日不往巖壑間，人比謝康樂也。嘗倅江陵，有惠政，立去思碑。嘗在金剛山賦詩曰："蓬萊島，白玉樓，我昔聞之今則遊。雲母屏圍琥珀枕，水晶簾卷珊瑚鉤。碧桃開落一千年，王母淹留八萬秋。瑤臺上，表獨立，白雲黄鶴去悠悠。"讀之若令人軒軒若霞舉空中。

蓬萊在楓嶽詩曰："白玉京，蓬萊島，浩浩煙波古，熙熙風日好。碧桃花下閑來往，笙鶴一聲天地老。"深有仙風道骨。車紫洞軾效之曰："朝玄圃，暮蓬萊，山月鉢淵瀑，香風桂樹臺。俯臨東海揖麻姑，六六壺天歸去來。"圓熟而格不逮。仲氏和之曰:“鶴軒昂,燕差池,三山歸去,五雲中飛。乾坤三尺杖,身世一布衣。好掛長劍巖頭樹,手弄清溪茹紫芝。”雖好而終不及蓬萊之仙韻。使李益之賦之,亦不能及邪? 蓬萊詩曰:“山上有山天出地,水邊流水水中天。蒼茫身在空虛裏,不是煙霞不是仙。”似佛偈。又曰:“金玉樓臺拂紫煙,翟龍雲路下群仙。青山亦厭人間世,飛入蒼溟萬里天。”“蟠桃子熟三千歲,半夜白鸞來一雙。中天仙節降王母,玲瓏海氣連雲窗。”亦可執鞭乎。

蓬萊《題仙鍾巖》詩曰:“鏡裏芙蓉三十六,天邊螺髻萬二千。中間一片滄洲石,可以言詩此百年。”朴相公改之曰“合著東來海客眠”,蓬萊以爲襯穩,隨填用之。後言于芝川黄相公,相公曰:“此非公之語。第言之。”蓬萊大服其見,芝川可謂知音矣。朴相公名淳。

《惺叟詩話》:蓬萊宰江陵,賓遇益之,益之爲人不檢,邑人呰之。先子貽書勖之,公復之曰:“‘桐花夜煙落,海樹春雲空’之李達設若踈待,則何以異于陳王初喪應劉之日乎?”然醴稍不設。益之留詩而辭曰:“行子去留際,主人眉睫間。朝來失黄氣,坐久憶青山。魯國鶢鶋饗,南征薏苡還。秋風蘇季子,又出穆陵關。”公大加稱愛,待之如初,可見先輩朋友相規之義,而其風流好才,亦何以易得乎?

《五山説林》:杆城清澗亭樓題,皆用“雙”、“窗”二字,楊滄海先生作尤高。其詩曰:“碧海暈紅窺日半,蒼苔巖白炯鷗雙。金銀臺上發高嘯,天地浩然開八窗。”或傳之以示青蓮李公後白,李曰“或有得意而可齊者,必無能過之者”云。吾先君亦用其韻曰:“踈雨白鷗飛兩兩,夕陽漁艇泛雙雙。擬看暘谷金烏出,畫閣東頭不設窗。”人多稱之。金公添慶按節時有二首,其一曰:“可惜鴻門玉斗撞,紛飛片片不論雙。化成白鳥群千百,日出呶呶鬧客窗。”其二曰:“好景紛紛左右撞,馬頭紅粉亦雙雙。”末句不記,有人書其後曰:“可笑金文吉,紛紛左右撞。”見者齒冷。

襄陽洛山寺,楊滄海題一絕曰:“青青霧閣三千丈,白白雲窗萬里天。望望乘查人不見,不知何處泛樓船。”

滄海先生有警句:“海銜天去盡,山戴石來多。”自以爲冠絕古今。然唐李頻已有“野銜天去盡,山夾漢來深”之句。

滄海先生嘗于五峰寺得一句:“魚吞僧缽飯,龜度鶴巢雲。”大以爲工。又曰:“松高宜宿鶴,湫黑定藏龍。”可謂綺語也。

《芝峰類説》:楊蓬萊士彦少時以《丹砂賦》作進士第二,有名。嘗過江西寺,寺僧迎之曰:“公是《丹沙賦》客耶?”蓬萊大笑,成一絕:“風雨無人慰客行,江西寺主最歡迎。相逢更説《丹砂賦》,殊愧山僧亦認名。”

楊士彦《月出峰》詩曰:“高懸水鏡三千里,一洗乾坤萬古心。”車天輅詩曰:“銀河曙色通三界,玉斧清輝滿八都。”語皆奇爽,未知孰勝。

《終南叢志》:永平牛頭淵山水之勝最於畿內,昔有金胤福者居之。金善彈琴,號琴翁。楊蓬萊士彦刻詩巖石曰:“綠綺琴,伯牙心。鍾子是知音,一鼓復一吟。泠泠虛籟起遙琴,江月娟娟江水深。”語清調古,罕世絕作。

《小華詩評》:楊蓬萊士彦《國島》詩:“金玉樓臺拂紫煙,濯龍雲路下群仙。青山亦厭人間世,飛入滄溟萬里天。”脱去塵臼。

《詩評補遺》:楊蓬萊士彦《萬景臺》詩曰:“九霄笙鶴下珠樓,萬里空明灝氣收。青海水從銀漢落,白雲天入玉山浮。長春桃李皆瓊蕊,千載喬松盡黑頭。滿酌紫霞留一醉,世間無地起閒愁。”非火食語。

《玄湖瑣談》:伯舅金觀察公少時嘗遊加平最深處,見楊蓬萊詩筆刻在巖石上,詩云:“金水銀沙一樣平,峽雲江雨白鷗明。尋真誤入桃源路,莫遣漁舟出洞行。”字畫與詩格蒼古可喜,世人罕有知者。

《東國詩話彙成》:柳西坰《飛字記》曰:楊蓬萊辛巳年間謫海西,圈館舍。蓬萊于甲子歲卜居於嶺東高城郡九仙峰下,鑑湖之上,名其亭曰“飛來”。東鯨須爲大筆,手書扁額,“飛”字先成,“來亭”二字屢書不稱意,將“飛”字爲一簇,掛亭齋之壁上。一日大風起,亭齋鎖戶自開,書籍屏簇卷出於外。落於地者得以收拾,殆無散失。獨飛字一簇騰空指海,漸高漸遠,追者至海岸,杳不知其所往。厥後考其時日,則蓬萊在謫所乘化之日也。吁其異哉! 江陵居進士崔雲吉曾摸得一本,今幸不失於厭燼之餘,爲賦、詩、六韻。遂書以記之。詩曰:“隻字龍疑活,空齋勢欲飛。長風息奮簸,極海杳何追? 不是雷公取,寧知異物爲? 羈魂隔千里,筆跡失同時。大寶終難奪,三山倘獲隨。應緣氣聚散,不必訝神奇。”

《星湖僿說》:楊蓬萊士彦,神仙中人也,其筆似之。人但知筆之出塵,而不知其詩之非世間語矣。其《玉流峽飛仙橋贈遠師》詩云:“天涯一樽酒,落日寒澗中。霜華嚴,黑貂獘,萬里關山路不窮。征鴻哀於曉月,落葉響於西風。親舊絕於左右,嗟我誰與發蒙? 行行鶴城館,忽逢天逸翁。詩到天逸難為工,手持青琅玕,來訪惠遠公。鍾清碧殿掩,鶴去瑤臺空。旅人兮旅人,淹留一日忘却歸心東復東。明朝鐵嶺關外望,相思惟見海霞紅。”余昔遊此地,已閱數十有餘年,而夢想猶勞。杜子美云:“焉得思如陶謝手,令渠述作與同遊。”此一句更令人起遐想。

【按:楊士彦(1517—1584)字應聘,號蓬萊、滄海、海客。籍貫清州。文科及第。詩出衆,善草書大字,與安平大君、金綵、韓濩並稱朝鮮前期四大書法家。著有《蓬萊詩集》今傳。其詩飄逸飛動如神仙語。《箕雅》收其七絕

一首、五律一首、七律一首、七古三首。】

沈守慶　**字希安，號聽天堂。思順之侄。明宗朝登魁科，選湖堂。官至右相。**

《朝鮮宣祖修正實錄》卷三二：三十一年四月乙卯。領中樞府事沈守慶乞致仕，許之。守慶，貞之孫也。自以有先累，持身甚謹，口不言人過，歷敭清顯，遂至大拜。年老屢乞致仕，退歸衿川以終，士論以此多之。

《遣閒雜録》：元朝飲屠蘇酒，古俗也，少者先飲，老者後飲。今俗又於元朝，晨起逢人，呼其名，人應之則曰："買我虚踈。"是乃賣癡，皆所以免災厄也。余嘗愛東人《元朝》絶句曰："人多先我飲屠蘇，已覺衰遲負壯圖。歲歲賣癡癡不盡，猶將故我到今吾。"余於元朝即八十也，戲次其韻曰，"微軀多病少醒蘇，八十康寧是不圖。何用賣癡先飲酒，詩場强敵可支吾。"錄呈于西郊宋同知。

嘉靖辛亥秋，余以吏部郎奉使于關西，與箕城妓洞庭春有情。還朝之後，春寄書曰"思君不見，未堪生别之苦，寧欲死而同穴，近將歸於嬋娟洞"云。洞在箕城七星門外，妓死皆葬於此。余戲作一絶送之曰："滿紙縱横總誓言，自期他日共黄泉。丈夫一死終難免，當作嬋娟洞裏魂。"未幾，春病死，余復戲作一律曰："生别長含惻惻情，那知死别忽吞聲？乍聞凶訃腸如裂，細憶音容淚自傾。書劄幾曾來浿水，夢魂無復到箕城。嬋娟戲語還成讖，愧我泉原負舊盟。"朋儕見而笑之。己未春出按湖西，權參判應昌公爲洪州牧使，其庶弟松溪權應仁隨之。余到州之日，松溪作《教坊歌謠》律詩二首呈之。末句曰："人生適意無南北，莫作嬋娟洞裏魂。"切當有味。余頗眷州妓玉樓仙，松溪之詩驗矣。

嘉靖庚申冬出按湖南，辛酉春病遞，調病於全州。與妓今介同處月餘，年可二十，性頗慧黠。自全發還之日，午憩於郵亭，妓亦隨來送别。余題詩以贈曰："一春都向病中過，離思無端奈爾何。枕上幾回眉蹙黛，酒邊空復眼横波。愁看客舍千絲柳，忍聽《陽關》一曲歌。門外日斜猶未發，座間誰是黯然多。"其後二十餘年，余喪畜妾，有人來言："全州妓某，曾隨人上京，人亡寡居。聞公喪妾，欲講舊好。"余欲許之，而適因事故未果焉。破鏡重圓，亦有數耶？

堂侄沈日升，以司饔院參奉爲沙器所監造官。謂我曰："願作一詩以送，則欲寫於杯坮而燔造。"作五言絶句曰："酒德真堪頌，醺醺養太和。巵觴皆寓戒，惟願酌無多。"日升燔造之。蓋此詩欲誡吾子侄而作，敢望他人覽而遵之乎？酒之爲禍，慘矣。欲保其身者，可不念哉？

舍人司蓮亭蓄鶴一雙,戊子己丑年間,連歲產雛卵育也。人家蓄鶴多而未有產雛,是奇事也。己丑夏,余以貳公偶過蓮亭,荷花盛開,鶴雛蹁躚。余戲語舍人權克智曰:"蓮亭近來罕招先生,故事殊爲落莫。"舍人曰:"池荷本來不盛,而今則滿池,鶴亦產雛,吾意蓮亭之事勝於昔時矣。"相與大笑。余即題於柱上曰:"曾入書中卅載餘,如今重到足嗟吁。莫言故事全消歇,荷滿池塘鶴產雛。"

舍人司蓮亭有池臺之勝,舍人無職務,每邀先生爲聲妓之樂,宰相亦多赴焉。人比之登瀛。嘉靖壬子春,宋贇治叔爲左舍人,守慶爲右舍人,萬曆辛卯秋爲四十年矣。治叔年八十二,官經參判,爲同知中樞。守慶年七十六,官經議政,爲判中樞。先生案中聯名俱存,亦人世一幸也。一日約赴蓮亭,酒半,守慶吟一絕曰:"憶入蓮亭四十年,當時僚契亦因緣。俱成白首真多幸,此日同攜醉舊筵。"治叔和之曰:"共醉兹亭在盛年,相攜黃髮是伻緣。誰知此日同遊興,地主風流趁肆筵。"舍人盧稷以詩刻板,懸於壁。宋贇年今八十八,守慶年今八十二,尤爲幸也。

吾鄉耆老之會有二焉,一則阿耳峴諸老,居峴下者自庚辰秋作會,至壬辰夏遭亂而散。每月各家輪設,周而復始,或射帿,或射小的,或着棋,或賦詩,以盡歡樂。初則二十餘人,而終則九人:瀛洲監義卿年九十,同知宋贇年八十三,瀛海監智卿年八十,判中樞守慶年七十七,前直長成鶴齡年七十六,前直長沈守約年七十四,僉正南銓年七十三,前鷹牌頭沈守毅年七十二,主簿沈守准年六十九。一則萬里峴諸老,居峴下者自壬午春作會,至壬辰夏遭亂而散。每月輪會,及侯的棋詩,並如阿峴。初則十二三人,而終則七人:宋同知及守慶年見上,僉知李頤壽、經歷安瀚年皆八十,左尹睦詹年七十八,僉知徐峰年七十五,參議宋賀年六十九。亂後甲午冬,生存在京者宋同知、安經歷、守慶三人而已。不勝感歎。吟呈兩君曰:"吾鄉耆老會多年,一散東西事幾遷。今日生存只三個,回思舊興却茫然。"宋同知和之曰:"城西爭鵠爲殘年,成癖難爲他技遷。今日漂零思射義,不禁衰淚自潸然。"安經歷和之曰:"四鄰知姓不知年,自少交情老豈遷?今日三人成鼎坐,這間肝膽照皤然。"

南大門外一鄰儕輩文士爲宰相者五人:尹釜,以庚午生,年二十二中司馬試,二十八登科,官至判書,壽六十二。尹鉉以甲戌生,年十八中司馬試,二十四登科壯元,官至判書,壽六十五。柳昌門以甲戌生,年二十七登科,官至參判,壽五十七。守慶以丙子生,年二十八中司馬試,三十一登科壯元,官至議政,壽八十二,尚無恙。守慶于五人中才德最下,而官壽最高,天之賦與豐嗇,實未可知也,無乃晚達之故耶?余以不才登第居魁,一幸也;登第十年升爲承旨，二幸也；素無物望而官至議政，三幸也；不執權柄故門庭稀，四幸也；有此四幸而年過八十，五幸也。豈非天之賦命，而人爲所不及者歟？《瀛奎律髓》中有劉禹謨上呂相公詩曰："重名清望遍華夷，恐是神仙不可知。一舉首登龍虎榜，十年身到鳳凰池。廟堂只似無言者，門館長如未貴時。除却洛京居守外，聖朝賢相復書誰？"庚寅年秋，鄰友竹溪安瀚以此詩兩聯爲近似于余之官跡，寫以見惠。余即以不敢當之意次韻送之。壬辰亂後，甲午秋，偶閲《律髓》見此詩，仍憶次韻之作，茫然未能記一句。敢又構拙以備後覽："乾坤何日屬清夷，亂後天心實未知。半世宦途嘗險阻，一朝人事盡差池。蟠桃未熟三千歲，華髮空垂八十時。許國丹衷徒耿耿，艱危弘濟更伊誰？"

余少時，士子學習古詩者皆讀韓詩、東坡，其來古矣。近年士子以韓蘇爲格卑，棄而不讀，乃取李杜詩讀之。未知李杜其可容易而學得耶？非獨學，凡俗尚莫不厭舊而喜新，徇名而蔑實，人心之不于常，真可笑也。

萬里峴下，鄉老之會。日長時則設點心，日短時則設饅頭，而酒則略設焉。壬辰夏遭亂分散。至甲午冬，還集都下，生存者只宋西郊、安竹溪、沈聽天三人而已，三人皆蕩無家舍，僑寓城，相訪甚稀。乙未秋九月，西郊曰："舊契三人，猶可以輪會修契事也。"聽天先設饅頭及酒，視舊尤略。席上，聽天唱吟曰："二年經大亂，三老保餘生。舊會猶堪續，新醅正可傾。相看鬚鬢白，共作笑談清。托禊知多少，吾儕最有情。"西郊和之曰："濛濛昏雨歇，促席話平生。青眼論文對，丹心挾酒傾。征鴻呼侶急，寒菊送香清。倚醉看斜陽，誰知坐久情。"竹溪和之曰："重修舊禊客，庚癸丙年生。仙果金盤薦，香醅盡盞傾。白頭商嶺老，高興竹林清。百歲無多日，終須盡此情。"時西郊年八十六，竹溪年八十三，聽天年八十也。

癸卯，司馬同年每月輪設榜會。壬辰夏，遭亂分散。甲午春，還集都下，生存者只沈聽天、鄭雙谷、張松嶺三人而已。乙未秋九月，聽天曰："三人猶可爲榜會。"聽天先設上，聽天唱吟曰："二百同年榜，生存只個三。凋零雖太甚，會集亦猶堪。抵死拚佳約，從人作美談。正逢秋色好，窗外望終南。"雙谷和之曰："令節月當九，衰翁坐對三。新歡情不盡，舊義思何堪？懷抱憑詩酒，光陰付笑談。徘徊不忍去，一散隔東南。"松嶺和之曰："佳節團欒會，親朋鼎坐三。送秋懷作惡，垂老病難堪。寓興詩兼酒，逢場笑且談。夕陽歸去路，楓葉滿山南。"時聽天年八十，雙谷年七十九，松嶺年七十二也。

宋知事賢，中廟朝丁酉年爲生員狀元，庚子年登第。仁廟、明廟朝歷敭華要，陞嘉善。至當代己丑年，以年八十加階嘉善。乙未秋，特命加階資憲，爲知中樞府事。又賜酒餅米豆，蓋以四朝耆舊。優老之典，出於尋常，朝野嗟歎。公上箋陳謝，時年八十六，而精力不衰，人稱地仙焉。守慶以詩賀之曰："八十加階國典存，頃年增秩亦殊恩。一朝又是紆新命，稀世榮光萬口喧。酒餠頒來米豆兼，朝家優老澤初霑。九旬耆舊宜如許，閑局蒙恩且莫嫌。"命下，公曰"枯樗荷寵未安"云，故云。己亥春，公年九十，命加崇政。守慶送賀詩曰："享年九十世應難，仍致崇班理固安。稱以地仙非忘語，求之天下豈多看。聖朝優異恩殊重，耆席通尊禮亦寬。嗟我後生猶八袠，執鞭長欲侍吟壇。"公和之曰："鵬擊高談解道難，低飛惟分一枝安。匪熊渭老何緣訪，浮海沙鷗欲狎看。縹緲崇班憑齒躐，驚惶卑抱酌醪寬。執鞭謙語還爲寵，落落臺躔立玉壇。"

明廟之喪，余以安邊府使，移除南道兵使，數月留防於甲山行營。營中有樓，名曰"定遠"。余題詩曰："自笑浮生謾苦辛，年年漂泊鬢絲新。誰知玉帳孤眠客，曾是青綾慣臥人。千里月明難度夜，一庭花落已經春。虎頭燕頷非吾事，却恨虛名誤此身。"是萬曆己巳春。數十年後聞其詩板上在云。

讀書堂舊有大廳及南樓，又有樓北寢房。壬子年間，堂僚鄭林塘惟吉、朴駱村忠元、尹菊磵鉉、金東園貴榮暨守慶議構一堂于樓東，甚瀟灑，名曰"文會"。後三十餘年，堂員等又構新堂于樓西北池上，尤極瀟灑。邀堂之先生爲落成之宴。守慶與任知事說赴焉。堂員柳校理根、李校理恒福、李奉教好閔在席，四美二難，真勝會也。酒半，余作七言律五言律，諸公各賦，互相酬唱，多在數十餘篇。只記余先作者，而餘不能記憶。"作登瀛洲卅載前，南樓東閣伴神仙。身歸闕下官長繫，路隔湖邊夢屢牽。勝日猥蒙招舊物，華堂添得赴初筵。眼中風景渾如昔，愧乏題詩筆如椽。""幾年思舊館，今日賞新堂。樹影三層砌，天光半畝塘。鶴癡初學舞，荷老尚含香。盡日忘歸去，寧辭詠且觴。"是萬曆丁亥八月念五也，時任知事年七十八，余年七十二，柳校理年三十九，李校理年三十二，李奉教年三十六，繪畫題名而各藏焉。自丁亥至今十一年，柳公兩李公官皆二品，余亦官一品，尚不死，而書堂丘墟於兵燹，不可復作斯文之會。可勝歎哉。

俞議政松塘官二品時，作別墅于廣州龍津邊無愁洞，名曰"退憂亭"，求詩於宰列。朴議政思菴首題七言律，盧議政蘇齋、鄭議政林塘、金議政東園、李議政鵝溪及他宰多和之，守慶亦和曰："才出塵寰便是仙，無愁洞裏別藏天。黑頭勳業酬恩日，青嶂棲遲乞退年。誰識世間忙歲月，幾思方外好山川。從君拂袖吾將决，歸去寧須負郭田。"松塘終不得退去，年七十二而卒。守慶亦於官二品年七十之後，累乞退休，而不得請。過八十僅得請焉。若於數年前死亡，則乞退之志終不得遂。今之得，豈非天賜幸歟？乃次前詩曰："怊悵松塘已作仙，行藏修短總關天。荒園乞退多今日，別墅求詩憶昔年。

得喪幾回迷似夢,光陰無耐逝如川。莫言栗里飛山多栗歸來晚,生計猶存數畝田。”

守慶年十三,家君見背,賴慈母教育得至成立,宦達名遂,常懷榮養報恩之志。嘉靖乙丑夏,得除開城留守。丁卯夏,秩滿還朝。其秋,又求爲安邊府使。戊辰夏,移除南道兵使。己巳夏,移拜本道監司。辛未夏,秩將滿,病辭而歸。首尾七年,四處甘旨之供少償宿願,何其幸也。親年八十六,遽抱風樹之慟,昊天罔極而已。慈氏平生教訓嚴切,凡於官府州郡獄訟之間,一無苞苴干請之事,履政臨民,免被譏謗,實由於無忝所生。官至極品,壽過八旬,恐是父母之餘慶耳。

京城中名園非止一二,而李享成洗心臺最勝,園中有臺下清川瀧瀧,旁邊有山杏樹不知其數,當春盛開,爛漫如雪,他餘花卉亦多。李公頗知作詩,每邀客吟賞,余亦屢逞。有李上舍宏欲賞臺勝,造其門,李公適臥病不出見,宏大書一句於門屏,曰:“階前綠竹難醫俗,臺下清川未洗心。”一時傳笑。壬辰初春,余到友人家,見李公婢彈琴者在席,余題一絕付婢,使呈其主,曰:“彈琴可聽誰家女,自說洗心臺下人。要待萬株山杏發,爲攜壺酒去尋春。”其後仍遭兵亂,臺之勝不復賞矣。

《五山説林》:乙酉歲,朴思菴淳領黄閣,盧蘇齋守慎、鄭林塘惟吉爲左右臺,鄭松江澈、沈聽天守慶坐東壁。五公皆壯元及第,其時作契軸,名曰《政府龍頭會軸》。沈相國有詩曰:“潭潭相府會龍頭,盛事如今罕比倖。”第三句不記,“却慚庸品廁名流”。松江和之曰:“五學士爲五壯頭,聲名到我不相倖。只應好事無分别,等謂當時第一流。”

《於于野談》:沈相國守慶少時,以直提學爲巡撫御使,往關西。於平壤有所眄妓。其城門外有洞名嬋娟,衆妓所葬。相國有詩曰:“滿紙縱横總誓言,自期他日共泉原。丈夫一死終難免,願作嬋娟洞裏魂。”後爲忠清監司,女妓進歌謠軸,請詩人權應仁制之,其詩曰:“人生得意無南北,莫作嬋娟洞裏魂。”相國覽而笑曰:“必權應仁來此也。速邀來。”應仁入謁,相國使賦詩,詩曰:“歌傳《白雪》知音久,路隔青雲識面遲。”平壤妓謂親戚曰:“我死,必書墓石曰:‘直提學沈守慶之妾之墓。’”後妓死,相國官已高,親戚立表其墓而書之曰:“直提學沈守慶之妾之墓。”蓋國法,兩界人勿許移他地,有約未遂而死故也。

《菊堂排語》:平壤城北有洞,名以嬋娟,妓之死者皆葬于此。沈相守慶爲監司時有詩曰:“丈夫一死終難免,願作嬋娟洞裏魂。”沈府尹脐即其曾孫也,登第之初,拜掃其先塋,人有戲之者曰:“君之曾祖相公體魄雖葬於此,魂氣定在嬋娟洞,君可往本洞而祭告也。”一時以爲奇談。

《詩評補遺》:沈聽天守慶《訪釋王寺》詩曰:"雨後輕衫出郭西,垂楊嫋嫋草萋萋。溪深正漲桃花浪,路淨初乾燕子泥。黃犢等閒依壟臥,翠禽無事傍林啼。尋僧却恨春都盡,不見殘紅撲馬蹄。"如畫。

【按:沈守慶(1516—1599)字希安,號聽天堂,籍貫豐山。善文章書法。著有《聽天堂詩集》、《遣閑雜錄》今傳。其詩平熟練達。《箕雅》收其五律一首、七律一首。】

梁應鼎　　字公燮,號松川。南原人。明宗朝登第,魁重試。官至府尹。

《松川遺集·附錄·贈嘉善大夫禮曹參判兼同知經筵義禁府春秋館成均館事弘文館提學藝文館提學通政大夫行成均館大司成知製教松川先生行狀(李溎)》:先生諱應鼎,字公燮,姓梁氏。系出耽羅。……以己卯正月十四日某時生先生于綾州月谷里,卽皇明武宗正德十四年,我中宗大王十四年也。天姿英邁,氣度軒豁。自在能言,稍解文字。遊戲有度,迥出凡兒之倫。五歲時,學圃先生連登兇啓,有意遯世。棄月谷舊舍,築一室於中條山中雙峰里。及成新架,先生以大筆書諸壁曰:"文王之子武王出。"又對書學圃先生諱及先生小字曰:"某之子某出"云。先輩長者莫不嘆服其字畫之雄勁,器局之穎達。五六歲,善屬詩文,才華捷敏,酬應如流。自是不待提撕,學業就將,聲名大著。學圃先生訓導亦嚴正,嘗曰:"士君子當志於聖賢之學,無以猥雜等事介懷可也。"又戒飭曰:"流光可惜,無爲小人之歸。"先生佩服庭訓,博學力行。一時名流談經論文,莫有跂及。白休菴仁傑適訪學圃先生于雙峰精舍,是時先生讀《中庸》。休菴欲試其才學,反覆詳問,先生應對無遺。休菴歸語申靈川潛曰:"吾見梁童子文章已成,而頗有經術。他日當師表矣。"甲午,遭母夫人金氏憂。先生年纔十六,居喪之制一依文公《家禮》。雖在柴毁,講禮究經,終始不懈。經學諸賢往復就正者日多。弱冠以文章鳴世,爲詞翰家宗匠。三家九流之書無不精通。性又内和外嚴,高簡少可,爲儕友所推重。金河西麟厚嘗贊其氣像曰:"梁友氣岸凌凌,無與頡頏。"奇高峰大升亦嘗稱其學識之精,詞藻之博。中廟三十五年嘉靖庚子,生員壯元。與兄參議公連璧,聲聞益振。學者傳誦其文,爲世程式。當時禮闈禁冊之令至嚴,筆硯紙墨外,無敢冒入場屋。故赴舉之士,必先細書先生所製山立玉色義,塞鼻入場,時有義盈庫之稱。其簡嚴之質,博雅之文,取重於世有如此。嘗行學圃先生粹宴,先生兄弟八人以次獻壽。學圃先生使八子各述所懷,永言進酌。於是各稱壽觴,歌舞以進。先生歌曰"時節太平,聖代父母,千歲萬歲。和兄弟,樂妻子,朋友有信,後其餘。富貴功名,復求何爲"云,聞者稱善。時號八文章家,擬之於高陽才子。嘉靖甲辰,中廟賓天,仁廟卽祚。是歲七月,上又昇遐。學圃先生以先朝舊臣,號痛倍極,竟以八月十八日考終于家。先生居憂盡禮,一如前喪。是時元衡用事,士禍又起。先生深恨時世之夷險,清流之殆盡,嘗自慷慨,不覺流涕。及服闋之後,專心講學,日省匪懈。然己卯乙巳之禍,檢飭之士罕有完人。先生實有懲於是,不以學問自處。恢諧汎博,而踐履之篤,操守之約,人無異辭。至於氣數之變,性理之分,通其源而盡其變。明廟七年嘉靖壬子,登文科第七,卽拜弘文正字,直入翰注,移拜講院說書,選入湖堂,才華傾朝。以先生有家庭之學,博文之工,日侍經筵,拜弘文副修撰,歷藝文奉教、待教,陞修撰。進退經幄,經義透徹,文辭浩蕩,每日進講應製,幷伏一世,上亦嘉奬。一時清望盡歸於先生,時輩多有厭猜者。遂出外歷全羅都事淳昌縣監,爲政簡易。罷歸後,邑民竪石以頌。還朝歷拜司諫院正言、獻納,侍講院弼善,司憲府掌令持平,工禮曹佐郎,轉拜兵曹佐郎,卽嘉靖丙辰也。時南倭、北胡甚强大。乙卯,倭犯全羅道,陷達諸鎭。朝廷遣李相公俊慶討却之。方設備邊司,以備陰雨,議者不一。上悉庭文臣,問南北制勝難易之策,以試經綸。時議以謂先生及姜翠竹克誠、金黃崗繼輝宜進異策,而今榜壯元不外於此。應對之時,金公使人往見先生所對策,卽折券以出曰,壯元已出。及出榜,先生果冠榜,姜公副之。後金公言于考官曰:“姜之策勝於梁之對。”考官曰:“姜,錦繡之章也;梁,深博如江河,炳蔚如虎豹。姜不及於梁遠矣。”金公然其言。由是人望洽然,名振一國。陞資拜吏曹佐郎,轉拜議政府檢詳舍人、司僕掌樂兩寺正。歷踐三司,教授諸學。李樑之徒仄目猜沮,遂不容於朝,出爲關西評事,轉拜關北評事。先生嘗自謂“吾不能佔畢,但解强弓射胡”云。後李澤堂植爲佐幕,有《五評事詠》,蓋有感於先生之《離騷》也。自此先生居散班,坎坷家食,亦不屑進取。自綾陽移居于羅州之朴山,作朝陽臺、臨流亭。圖書滿壁,詩酒自娛。而講學不厭,教人不倦,遠近學者輻湊請業。至於英才可教者,則啓導以進,如鄭松江澈、白玉峰光勳、崔孤竹慶昌諸賢,卽其門人也,皆以文章行誼鳴於當世。教訓之方,必因其才而擴充之,故從游質學者如高苔軒敬命、金健齋千鎰亦特立也,各以苦忠峻節詔于後世。古語云:“不見其山,願見其木。”先生之學與所守於此可見矣。先生講磨之暇,種竹於園後,植松於川上,綠竹蒼松,茂密成林。學者稱松川先生。朝廷惜其才學,復起拜。自是更入三司,歷弘文館修撰、副校理、校理、副應教、應教,藝文館奉教、應教,侍講院輔德。轉拜司諫院司諫。疏斥奸黨,同僚危之,先生正色不撓。未幾,又爲李樑所忤,遂外補,拜穩城府使,移拜慶源府使,鎭撫惟宜。罷歸,州人頌惠刻石。還朝,復拜弘文應教,移典翰,陞遷拜兩館直提學,轉拜弘文館副提學、承政院左右承旨,成均館大司成。甲子爲考試官,以天道策士。

對策之士恐其失對，不能抽筆，請爲改題。先生素知李栗谷文德俱全，有經濟之學。至是舉初試，故先生特以天道爲問目，欲試其學識，不許改題曰："此場中必入李珥。須訪問。"多士遂訪栗谷先生，論理而後以對。先生乃以栗谷冠榜。時議斥以入山之失，先生不以羣議動搖。俞相公泓同以考官，協意孚見，擢以爲榜首，其榜下諸公亦多當世賢類，以得人最盛稱焉。後華使見其策與題，嘆曰："天下文章之所題，一代賢士之所作。"見者誦之，聞者傳之，名滿中夏。華使之往來本朝也，先生累爲製述接伴官，唱酬之際，輒動容敬服。朴思菴淳嘗曰："吾再使遠接，率禮無愆者，賴有公變。"先生平生不以功名介意，輒辭尊居卑，辭内居外。累歷清班，而立朝不多月日，動輒忤權奸，而不得安於朝廷。丁卯，出拜光州牧使。戊辰，宣廟卽祚，鋭意修文，命儒臣柳眉巖希春等撰次鄭圃隱、金寒暄、鄭一蠹、趙靜菴、李晦齋諸賢言行之爲後學標準者爲《儒先錄》。眉巖既受命，以先生爲博文强記。且學圃先生以靜菴先生道義之文，出處又同，宜有家庭所受，請與同事。先生遂與卒業，多所裁定。由是與眉巖交契益深。每相講學，推之以博雅。語人曰："梁友心平好善。"庚午，以光州牧使移拜晉州牧使，光人立石以頌。及莅任晉州，政得其要，民望其惠。公退則以匹馬訪曹南冥，講論終日。又時訪李龜巖，難疑經旨。嘗嘆曰："余適宰嶠南，幸友兩賢，而獨恨少一。"卽訪陶山精舍，有《感興》詩，蓋惜退溪之已逝矣。于時申判尹砬爲通判，先生一見器之。謂申公曰："吾觀公將大用於國家，不可不學。須從吾學。"申公自是挾冊來學，有如師弟，少無難色。先生亟稱之。時有猛虎横行州境，傷害人命。先生使往捕，申公親領軍卒圍捕。虎負隅咆哮，人皆氣慴，莫敢先犯。申公斬都訓導一人，懸于旗竿。士卒皆冒死突入，遂得捕。先生聞之曰："他日必爲名將。"後果如先生之言，立鳴世功名。人莫不服先生之明鑑。翌年罷歸，尋拜大司諫，歷拜兵吏曹參議、成均館大司成、弘文館副提學、承文院副提調、兼同知經筵春秋館事，擬文衡圈點。未幾，出拜慶州府尹。甲戌，兇徒佑成欲擠陷先生於不測之地，嗾諫院論劾人物之麤雜，行政之不廉，遂被罷。朝廷知其非辜，卽伸拜禮曹參議，又拜中樞僉知，竟不就召。先生性本亢介，不與世俯仰，故才學未展，仕路蹇滯。立朝而猜沮者衆，内不能協贊邦猷；治民而詆訐者多，外不安分憂百里。自知其前蹶後躓，不合於世，遂屏退田園，潛心經籍，教授生徒，爲晚年樂事，或嘯咏於山水間以取其適。時柳眉巖希春，當諸經吐釋詳定之任，告由下鄉，先修《四書》。知先生前有諸經吐釋與口訣，而《庸》、《學》則並小註有吐釋。乙亥，抵書索之者再三。丙子，先生乃送訣與釋于眉巖。眉巖見其曲暢旁通，取以訂定。諸經吐釋自此詳定。是歲，眉巖承召入朝，復伸先生被論横逆，因啓經學之士不宜置閑。是秋，拜義州牧使。先生感激恩霈，黽勉赴任。前日之猜沮者益憚其才器，怨懟者又惡其收用。是冬，又被駁論罷歸。丁丑正月，拜吏曹參議，差聖節使，復命後拜成均館大司成。先生累爲國子先生，以開導後學爲急務。訓誨多術，士多成就。權晚翠慄年四十猶未試，先生於稠人中笑謂曰："他日經濟賴有此人。何必介意於科宦之早晚？"勸令篤學焉。崔兵使慶會亦門人也，先生每稱其氣節曰："臨亂不苟者必此人也。"勸讀兵學。蓋先見如此。宣廟朝因才任官，不許超陞，故先生又拜大司成。及罷歸後，連有召命，竟不赴。專心經傳，授徒訓子。分陰猶惜，理致之淵奥處則必毫分縷析，使學者撥蒙。修齊切近處，則設疑受講，使學者潛心漸有充養之工，子弟益修上達之業。先生雖喜其成，而亦不肯與。每延儕友切偲輔仁，而必設講，使子弟學者侍立觀聽，知其向方，有所興起。同時經學之士莫不欽歎。先生嘗訓諸子女曰："女有女之行，男有男之行。然大而三綱五常，細而一事一物，皆備於吾。而修行之道，無男女一也。"又曰："學之成在於誠敬。爲己爲人，行成名立，莫非自忠信愼獨上做去。'無自欺'三字爲爲學之要的也。"令三子受學於牛、栗門曰："乃父猥忝科第，徒得虛名，誠爲識者恥。汝輩當以學問爲先。"每誦朱夫子"萬事不求忠孝外"之句以警之。及其才學之各就，講業之暇，亦授陣圖曰："軍旅之事非儒者所先，而此亦窮理之一事。先儒尚有所究，儒亦不可不知也。"閑居或語及國家事，輒慷慨而嘆曰："國勢危如累卵，備禦之方莫此空疏。而恬嬉度日，不思無患之策，是甚可憂也。"顧謂諸子曰："南憂當在邇，而吾不及見。汝等須無負素學，以答乃父肉食之恩。"其憂國愛君之誠著於外者如此。己卯，遭繼妣韓氏之憂。先生早受育養之恩，而事之以禮。及喪，哀毁過節，不以衰老廢禮，只以饘粥疏食自全。門人子弟或因禮經以諫，先生曰："余非不知。筋力尚可扶持，爲人子者，豈可以老自安？"終始如一日。竟未終制，辛巳九月十二日考終于家。享年六十三。葬于羅州北獐本村負癸之原。

《松川遺集・序(鄭斗卿)》：湖之南，山峻水清。鍾於人，多文章奇傑之士。松川梁先生，特立者也。公弱冠以文章名，先大夫校理公又坐己卯黨，故才若家聲，人莫敢與之爭。公擢司馬壯元，登第後重試又壯元，兩度壯元，名聲益振。官至大司成卒。以位不滿德，人多惜之者。所著甚夥，丁酉倭亂，全家盡歿，詩文無一篇存者。其後公孫應教曼容長卿網羅掇拾僅得百餘首。宰清風郡，將鋟諸梓。徵序於余曰："先祖所著盡失，見存不啻百一。願以序文請。"余不敢虛其請，復曰："余嘗見公重試文，深博如江河，炳蔚如虎豹，殆與西漢爭雄。覽者見此一篇，可知專車之骨，雖小何害？"往復未數月，下世。遺札在余篋笥中，往往披閲，未嘗不垂涕，慨然有山陽之感。今胤子世南承先志又徵序,書此以贈。歲乙未七月日,溫城鄭斗卿謹序。

《松川遺集·序(慎天翊)》:世之評文章大家,必首稱松川。又聞其爲人恢諧泛博,而所操至約云。竊以爲蓋承學圃濡染之教,積乎中而發於外者如此。心常欽仰,得見其遺篇若干,蔚若皭若,能小能大,變化不測。至於絶句尤用神工,沈吟頓挫,出幽入冥,優游絶境,逈然有空外之音。尋繹反復,使人不覺踊抃,眞可謂宗匠第一手也。不幸丁酉之亂,胤子山軸出次島中,逢賊抗節,全船敗衄,所稿盡爲漂失,遠近莫不嗟咄。幸有賢孫曼容以遺腹子長成,諏問一鄉親知,得口傳百餘首,實是不幸中之幸。幸以弘文應教出守清風,得俸入餘資,遂成刊傳。非徒其一家之幸,抑亦瞻聆之所欣幸。求余一言,不敢以文拙辭,略陳始終。歲庚寅,弘文館典翰慎天翊謹序。

《效顰雜記》:梁松川名應鼎,剌晉山。有人呈訴曰:"小童某到家竊襪,請推之。"問曰;"小童於汝族否?"曰:"從弟也。"即令相訟,元只取招,一如訟法,終焉立案,歸襪於主。仍徵作木一匹。襪主告以太重,决笞五十,急徵其木,以畀小童。蓋慊切親之間爲細碎呈狀,故爲此别樣舉措。雖非規矩,而豪放之意殺活之能,亦可想矣。

《詩評補遺》:梁松川應鼎《過漁陽橋》詩曰:"樹色煙光盡太平,河橋猶帶舊時名。伊凉若是簫韶曲,豈使胡雛犯兩京。"詞甚感慨。

【按:梁應鼎(1519—1581)字公燮,號松川。籍貫濟州。著有《松川集》今傳。其詩沈吟頓挫,尤善絶句。《箕雅》收其七絶一首、七律一首。】

姜克誠　**字伯實,號醉竹。晉州人。希孟之曾孫。金安國之外孫。明宗朝登第,選湖堂。登重試。官止舍人。**

《記言·議政府舍人姜公墓表》:姜舍人諱克誠,字伯實。晉山君希孟之玄孫。……公生於嘉靖五年丙戌。以竹醉日生,故號醉竹。公既少孤,外祖金文敬公教育之。天資穎悟,有異材,日誦累千言。學日成,致名譽。嘉靖二十五年我恭憲元年選國子試。三十二年癸丑擢大科。又三年選重試,文益名。初選翰院,入玉堂,由正字至應教,兩司至執義司諫,都堂爲檢詳舍人。嘗賜暇書堂,上遣中貴人宣醞。既酣,中貴人迺出御題五帝詩,宣言卽日製進。既日暮矣,公攝醉,卽應製既進。上稱歎之,賜良馬一匹。一時傳誦之,將大顯矣。有不悅者媒孽之,見斥幾十年。放跡江湖,吟哦自娛,更自號保晚堂。嘗有詩曰:"朝衣典盡酒家眠,賜馬將謀數頃田。珍重國恩猶未報,夢和殘月獨朝天。"我昭敬卽位,感而思之,特召爲濟用監正。尋出爲長湍都護府使,歿,年五十。

《清江詩話》:金正弘度重遠進士及第皆魁,嘗監軍御史於嶺南。在書堂時,對策甚好。三娶有二子。其友姜執義克誠、鄭府使　等以重遠清粹,似當易死,乃作挽詩戲之曰:“青年蓮桂壯元郎,出入薇垣與玉堂。南嶺監君知姓字,東湖對策擅文章。一人三室遺雙果,四塚千秋共一床。緑髮世間悲故舊,白頭堂上泣親孀。”未久重遠謫死,官止於是,慈氏尚在。豈非詩之讖也? 而朋友之戲,不亦過歟?

《松溪漫録》:姜學士克誠《題三樂亭》云:“斜陽伏醉倚欄杆,酒染衣痕尚未乾。客散亭空花又落,彩鳧留得一池看。”此詩語意若出畫圖中來也。

《芝峰類説》:姜克誠以弘文館修撰在罷散中,有詩曰:“朝衣典盡酒家眠,賜馬將謀數頃田。珍重國恩猶未報,夢和殘月獨朝天。”明廟聞而賞歎,特命收敘,蓋異數也。

《小華詩評》:姜醉竹克誠《湖亭》詩:“江日晚未生,蒼茫十里霧。但聞柔櫓聲,不見舟行處。”余初咀嚼,不識其味。嘗過江亭,一日早起開窗,大霧漫空,朝日韜輝。不識行舟,但聞嘎軋之聲,始覺其説景逼真。……公詩價對景益高。

《東國詩話彙成》:癸亥春,公夢與仙客共登酒樓。有一仙娥奉爵助歡。仙客求見姜詩,乃占一絶以示:“酒肆妝樓放縱狂,萬人牙頰姓名香。逢君説着前身事,香案前頭奉玉皇。”乃書紙末曰“仙謫”。客見之問曰:“所謂仙謫,乃謫仙耶?”俄而仙娥辭去,姜因勸留,要安唱一歌。娥曰:“妾未聞歌譜,願以詩和之。”乃於團扇題詩以贈,詩曰:“匆匆妝束下西樓,來伴雙仙侑勝遊。聊唱藍珠歌一曲,曲終非爲錦纏頭。”寫就遂去。覺之,乃夢也。姜是年秋以事落職,乃其“謫仙”之讖也。

【按:姜克誠(1526—1575)字伯實,號醉竹、保晚堂。籍貫晉州。姜希孟玄孫。金安國外孫。其詩寫景如畫。《箕雅》收其五絶一首、七絶三首、五律一首、七律一首、五排一首、七排一首、七古一首。】

鄭　　字景舒。礥之弟。以乙巳僞勳,官至府使。後削勳爵。

《眉巖集·上經筵日記别編》:甲戌十一月十二日……聞姦賊鄭　昨病死。乙巳士林之禍,　實其父順朋之疏,以鼓扇之。又以其兄礥守正不從邪,至欲殺之。凶邪備至,久逭天誅。今死亦云晚矣。

《於于野談》:鄭　爲海州牧使,見芙蓉堂懸板諸篇,盡取之付客舍幫子曰:“斫以爲薪,以暖淨後之水。”自作一絶傅之樑上曰:“荷香月色可清宵,更有何人弄玉簫。十二曲欄無夢寐,碧城秋思正迢迢。”其詩膾炙當時,或甚惡其驕也。後壬辰之難,倭寇入海州,盡破芙蓉堂板上之題,獨留鄭　、金誠一兩詩。金誠一雖不能詩,爲日本信使時,以強直取重日本,故留其詩。

鄭詩則倭亦知其絕唱,故留之。又到江陵,見官府懸板,盡留諸篇,獨取林億齡長篇古詩載船而歸,倭亦知詩乎哉!

《東國詩話彙成》:鄭磌,北牕之弟也。參乙巳僞勳,嘗自號萬竹。北牕以詩調之:"十竹既云足十竹,弟磌之號,萬竹何所爲?首陽有孤竹,清風千古吹。"

【按:鄭磌(1526—1574)字景舒,號萬竹軒、歲寒堂、逍遙山人、耐辱居士,籍貫溫陽。鄭磏弟。乙巳士禍時有功于消滅尹任一派,以三等衛社功臣,爲司贍寺直長。明宗七年(1552)進士試及第,任大護軍、成川府使等。善詩書,著有《萬竹軒遺稿》。其詩清逸。《箕雅》收其七絕一首。】

宋　寅　　字明仲,號頤菴。礪山人。中廟駙馬,礪城尉。治禮學,善書法。諡文端。

《朝鮮宣祖修正實錄》卷一八:十七年七月乙亥。礪城君宋寅卒。寅字明仲,號頤菴。領議政軼之孫,尚中宗第三女貞順翁主,襲軼勳嫡封君。寅爲人端粹謙謹,處華腴如寒素。事繼母以孝聞。預憂居喪不勝,嘗間日淡食,不以銅鍮爲溲器,慮後日破爲人飲食器也。少通經服禮,與名儒李滉、李珥等講論。工於文辭,楷法冠一時,公私金石之文皆屬筆。儀采丰秀,禮節閑習。大臣盧守慎等每論"寅可破格爲宗伯、典文衡"。詔使之來,啓請爲迎慰使。自是儀賓有文翰人,通得爲迎慰使,而寅之名常爲宗戚之首。至是卒,年六十九。追諡文端。

《樂全堂集·奉憲大夫礪城君兼五衛都揔府都揔管贈諡文端宋公神道碑銘幷序》:公諱寅,字明仲,自號頤菴。十歲尚中廟第三女貞順翁主,封礪城尉。弱冠應制魁廷臣,進一階,錄原從功,又進一階,班列正卿。提調司饔院,掌享詔使克辦。明廟特進階以寵之,襲礪原勳封君,遂管儀賓、忠勳兩府事兼管尚方,以都揔管統禁旅者累。迎慰皇華于安州、黃州,文苑之選也。甲申七月丁亥,病卒于壽進坊第,春秋六十有八。用乙酉二月己未,禮窆于楊州蘇羅山抱巳原。翁主與公同年生,而先公三年捐館舍,葬處其右,至是同封焉。翁主以善事舅姑聞。……公天資明敏,儀表端凝。嗜學如饑渴,明經講禮,以古人自期。在家庭柔聲惋容,便若孺兒。執喪踰制,幾於滅性。事繼母至孝,母亦不知其非己出也。祭祀必致其嚴而如在焉。推以友睦,周急恤難,出於至誠,窮閻僻巷,必枉駕而訪之。自持謙恭,好賢樂士。與人交不問貴賤,結以信義。有一善一長,激賞奬進,士以此多歸之。平居操履安重,動止規矩,雖服用之微,雅慕華制。冠帶出門,里閭瞻敬。性喜山水,杖屨耽討,盡域中四方之勝。構亭於漢濱,畜名琴歌。引騷人墨客觴詠漁釣,翛然有出塵之想。當世儒碩如退陶、南冥、東洲、北牕、栗谷、牛溪諸先生咸敬重之。質經疑衷禮意,多所發明。

《頤菴遺稿·附錄·有明朝鮮國奉憲大夫礪城君兼五衛都摠府都摠管宋公墓誌銘幷序(朴民獻)》:其爲詩文不煩繩削而自合法度,有悠然之趣,闇然之光。又工隸書,山陵之誌、宮殿之額、板本之書以至士大夫碑碣之刻多出其手。夫以公之才之行,緣餙以文章筆札,可以華國,可以傳後。

《澤堂集·頤菴集後敍》:先生天資英秀,學問醇篤,雖游於詞藝而不專用工,聊以寓意而已。其所出詩文明白簡潔,深靖閑雅,談理鋪事而不流於卑俗,寫景抒懷而不騖於浮艷。此豈非有德之言,治世之音哉?而視彼割裂以爲奇,鉤棘以爲深者,未知孰爲古耶?抑余重有所感焉者。

《涪溪記聞》:宋頤菴寅,中廟朝駙馬也。能文章,善隸書,爲士類所推許。嘗賣宅而徙,人怪問之。宋曰:"玆事甚怪。每夜深人靜,則廊廡間如有物行者。家人密伺之,有巨蛇頭如獐,長可二丈余,聞人聲則輒走至南階而滅。就而諦視之,有小穴如錢孔,滑易成路,掘之深無底不可窮,遂塡巨石築之。數夜其物復出,明而視其穴如前,而巨石皆還舊處,似不經掘者。事甚叵測。遂賣之云。"徐判書渻親聞於頤菴。爲余言。

《象村集》:貴游中能詩者,高原、礪城尉,其人也。高原之作清藻,礪城之作典密。高原早卒,未充其才,惜哉。

《松溪漫錄》:宋頤菴《贈西原妓》詩曰:"臨分解帶當留衣,教束纖腰玉一圍。想得妝成增宛轉,被他牽挽入羅幃。"甚得香奩體,可愛。

《小華詩評》:申玄翁欽云:"貴游中能詩者,高原尉、礪城尉其人也。"按高原尉即文孝公申沆,礪城即頤菴宋寅。今選兩人詩各一首,高原《詠伯牙》詩曰:"我自彈吾琴,不須求賞音。鍾期亦何物,強辨絃上吟。"礪城《戲題冰綃手帕並寄真娘》曰:"半幅冰綃一掬雲,寄渠聊作扇頭巾。不知幾處離筵上,持向阿誰拭淚痕。"近世東陽尉申翊聖亦能詩,其《歸田結網》詩曰:"寒食風前穀雨餘,磨腮魚隊上灘初。乘時盡物非吾意,故教兒童結網疎。"噫,此等公子皆妙年富貴,于文章用力必不專,而其諷詠如此,非其才之過人大者,安能如是乎!

《東國詩話彙成》:石娥者,都尉家婢也,以善歌《水月亭詞》名。所謂"絕唱佳兒"者是也。朴枝華詩曰:"主家亭子漢濱秋,庚月依稀逝水流。恨有鳳凰天外曲,人間贏得錦纏頭。"林悌詩曰:"秦樓公子風流盡,檀板佳人翠黛殘。惟有當時歌舞處,春江水月映朱闌。"都尉亭名"水月",故二詩云爾。

【按:宋寅(1516—1584)字明仲,號頤菴、鹿皮翁,謚文端。籍貫礪山。

中宗駙馬。善詩文楷書,有《德興大院君神道碑》等書法名品。著有《頤菴遺稿》今傳。其詩婉麗多情。《箕雅》收其七絶一首、七律一首。】

朴　淳　**字和叔,號思菴。忠州人。祥之侄。明宗朝擢魁科,選湖堂,典文衡。官至領相。謚文忠。**

《朝鮮宣祖修正實錄》卷二三:二十二年七月丙午。前議政府領議政朴淳卒。淳,字和叔,號思菴。淳天資清粹,平坦樂易,不見崖岸。早受學于徐敬德,交游李滉,常稱"與淳相對,如一條清冰,覺神魂頓爽"。自幼以文行著聞。明宗親試,賜第,屬意甚重,故在館閣。忤權臣意,論以重律,而止於罷免。末年,復被擢用,劾出兩權臣。士論始伸,朝廷肅清,爲善類宗主。及與盧守愼並相,居位四十年,二人皆重望,而人病其無所建明。然淳自以才短於經濟,專爲薦賢讓能,故力薦李珥、成渾,終始協濟。及黨論之分,淳以右珥、渾,重被彈劾,目之爲奸邪,至謂三人貌異而心一。上曰:"善類相從,何傷於道?"既退去,而上猶眷念不衰。至是卒,年六十七。朝野惜之。淳于文章追復漢唐格法,尤長於詩,亦宗主一時,崔慶昌、白光勳、李珥等皆其門人,自是文體爲之丕變。有《思菴集》行世。

《宋子大全·思菴朴公淳神道碑銘并序》:國朝屢更士禍,至於乙巳而極矣。世道大變,斯文倒地,聖賢之書指爲禍胎,士子所事時文而已,而國勢之危已甚矣。天佑我東,士流蔚興。明宣之際治教大明,爲士者誦法孔孟程朱。人倫明於上,小民親於下,庶幾乎三代之隆矣。當是時,主張清議,引進士類,卓然爲領袖者,曰思菴先生朴公諱淳字和叔其人也。世運平陂,時論乖張。公遂跋疐奔迸,德業中沮,至今爲識者之恨焉。公忠州人。朴氏譜,自高麗副正英,八世而有曰蘇,始仕本朝,爲殷山郡事。是生智興,成均進士。是生祐,生員壯元,明經及第,官至右尹,號六峰。其兄祥,世稱訥齋先生,爲己卯名賢。六峰娶棠岳金氏女,生公于嘉靖癸未。姿稟絶異,色夷氣清,金精玉潤。八歲開口詠物,輒驚座人。隣有教師曰:"吾不敢爲爾師。"六峰嘗以文自負,見公作曰:"老膝當屈矣。"十八成進士,受學於徐先生敬德。丁未六峰歿,廬墓,毁幾滅性,練後猶啜粥。服闋入山讀書,逾年而歸。訪耻齋洪仁祐,講横渠《太和》等篇。耻齋歎曰:"可與共學,其惟和叔乎?"癸丑,明廟以經書親臨試士,公舉止雍容,辨釋精透,庭中屬目,遂賜第居首。歷數官,爲吏曹佐郎、弘文館修撰校理,賜暇湖堂。一日,上召對湖堂學士,講論經理,且命製述。親執青鍾,滿酌以侑,而又倣蘇軾金蓮燭故事以送之。翌日,大臣尚震等率詣殿陛陳謝,一時以爲盛事。爲檢詳舍人,奉命檢災于湖西。陞弘文應教。時館中將議上林百齡謚號,百齡當乙巳士禍,與尹元衡、鄭順朋、許磁、李芑逞其姦兇，圭菴宋文忠以下諸賢無遺類，而告廟錄勳矣。元衡以肺腑親，方爲領相，執國命。姦黨視爲城社，視正士眈眈。百齡如不得美謚，則大禍復作矣。以故館中相顧依違。公獨奮然議定曰“恭昭”，蓋衮鉞間矣。元衡嗜噫曰：“林公，國之元勳。謚無忠字，意在叵測。”將鞫治。士類洶懼，而公夷然。上將置重典，有救者，只命罷黜。始公將待命金吾，入室更衣，坦坦而出。家人不知有事，及歸幼女出迎，公執手笑曰：“幾不得復見汝矣。”翌日南歸。壬戌除韓山郡守，期年而政成，邑民愛戴如父母。每衙罷，輒處亭舍，課日讀書。傍郡之士聞風坌集。癸亥，以成均館司成召入，歷侍講院輔德、司憲府執義、弘文館直提學。箚論時事，陞爲承政院同副承旨。自是，每承旨有闕，公名未嘗不在焉。由吏曹參議移司諫院大司諫，遞復拜。論妖僧普雨罪，請寘法，又論黜元衡。蓋自乙巳以來，元衡與百齡、許磁等結爲腹心，芟刈士流，流毒百姓，國勢颱䫉，將不保朝夕。公慨然歎曰：“勠冀誅憲，挽回世道，吾責爾。”就議於大司憲李公鐸，李公難之，公徐譬而始許焉。公歸，不脫朝服，取燭草啓，遲明入啓。時文定薨才五月，上不忍遽允。公爭益力，遂併左議政沈通源而迸黜，百姓歌舞於道。中外之以儒爲名者，沛然有向善之心。於是選六行之士，以清仕路。伸雪冤死之人，復其官爵。凡係蠹國害民之事，一切革罷。而文純公以下羣賢，皆以世道爲已任，相與先後焉，蔚然有元祐之望。當其孚號之初，文純亦且疑而危之。匪公則難矣。特拜司憲府大司憲。自是旌遞旋拜。丙寅爲副提學，以書勉文純公赴朝。隆慶丁卯，明廟昇遐。翌年戊辰，行人歐希稷以皇帝命來頒大行謚號，公以遠接使往迎。詔使見公禮儀中度，凜然起敬。及與酬唱，歎曰：“宋人物，唐詩調也。”既伴送還朝，其三月，帝又遣成檢討憲、王給事璽頒皇太子冊立詔，公始拜兩館大提學，復受儐事。其見敬禮如前。成公爲公題《平遠亭》十絶，亭在錦城。畢事，請以文衡移授文純公。其啓曰：“提學雖是館閣之職，而終不如大提之重。今李滉以高年碩儒，顧爲提學。而臣乃處其上，顛倒甚矣。”上議于大臣而從之。文純公復辭遞於公。公論道學則以《心經》、《近思錄》爲本，論文章則主於韓馬李杜。士習丕變焉。己巳四月書講，與奇高峰大升論文昭殿祔禮。蓋李芑等承順文定意，以仁廟爲未踰年之君，不祔文昭殿，而祔於延恩。國人悲憤。公論之痛切，文純亦論殿屋變通之制，皆被大臣沮格。夏，判書金鎧潛伺間隙，欲陷公以及諸賢，以爲今日士習已成己卯，蓋欲紹述衮、貞餘論也。鄭松江澈以持平入侍，面斥鎧姦狀，鎧涕泣而出。文純公與人書曰：“近日一番騷動，雖攻他人，意實在滉。”於是三司併論鎧削奪。時公爲善流宗主，遂以爲吏曹判書。公固辭不出，李文成公珥勉之曰：“當衮聚士流，啓迪上心。不可使小人壞弄也。”上亦不許其辭,故遂出仕。翌年正月,辭遞爲禮曹判書。辛未,奉安《實錄》于茂朱,復以吏判陞贊成。壬申拜右議政。赴京師,賀神宗皇帝登極。故事,外國進奏,皆由來門。公爭之,表文由正門入。自是遂爲定式。是行中朝人素聞公名,沿途索詩者甚衆。將還,主事問開市,公曰:"寡君未嘗好貨。"癸酉還朝,極陳王守仁學術之非。陞左議政。請以未出身人通臺憲。甲戌,辭遞。玉堂請勉留曰:"忠賢無腹心之寄。"秋,復拜左議政。乙亥,懿聖大妃喪,再度獻議,請以白衣冠以終三年。後於仁順大妃喪亦然。俗論不能奪,然側目者多矣。秋,引入復出。嘗於經席極備文成公學問道德之懿。冬,辭遞。己卯,拜領議政。多所建白,如封植魯山墓;如採用成文簡所陳,勿許其退;如收用金孝元,洗滌東西黨論;如勿以李文成爲奏請使;如設經濟司,改貢案諸事。或蒙採施,或以爲迂闊而不用。惟盧蘇齋守愼頗無異同,而金公宇顒則事事力主焉。壬午,迎詔使黄洪憲、王敬民于西郊。癸未,尼胡叛。先是,公以北路爲憂,有所規畫,又區別人才。及是,文成公爲本兵,内籌軍謀,外調兵馬,舉無遺策。上方倚以討賊。一日,文成承召詣闕,忽眩作淹滯。上遣醫看病,且令退去調治。而臺劾闖發,文成上疏待罪。公與僚相請敦諭出仕。後臺劾重發,以爲擅國慢君,將欲何爲。時尼胡連陷鎮堡,勢甚危急。而臺啓不止,必欲擊去文成。故公請姑遞本兵。上從之,而以公兼兵判。時文簡公上疏,極論時人朋讒之狀。公請對,辨别忠邪是非甚晳。於是三司論公十罪,併劾兩賢。公退出江舍。於是朝紳儒生併上伸辨之章者,至於累百人。右相鄭芝衍專救公,上親製教書,特竄主論之人。其餘黨與竝補外。而曰:"予欲法朱子,入於珥、渾之黨。"又勉諭公入來甚勤,公不得已應命。甲申正月,文成公歿。公孑然孤居,無與協恭,寤寐憂歎而已。乙酉,辭遞,歸江舍。夏,以盧相言特赦竄逐人。秋,李潑等誣毁公及諸賢,書名黨籍。丙戌八月,乞暇,沐浴于永平。上遣中使宣醖於東門外。永平有白雲山,溪潭絶勝,公仍卜築居之,瀟灑出塵,口絶時事,日與村氓野老爭席忘形。有來學者則相與詩論,亹亹不倦。有拜鵑窩、二養亭、吐雲床名號,環以白雲溪、金水潭、蒼玉屏,興至杖屨逍遥,或游楓嶽諸山。上知公有長往志,遣醫問疾。召命三至,而終不赴。己丑七月二十一日,早作吟詩,倏爾乘化。春秋六十七。

《思菴集·附錄·思菴先生文集跋(鄭弘溟)》:弘溟世家在漢陽城中藏義洞里,少小與同伴丱童數輩乘間竊入思菴相公第宅,歷循階除,瞻仰軒楣。既而見庭中列植盤松兩株,柯葉交翠,童童蒼古。守者言:"相公平日所朝暮盤桓撫玩,以寄寓趣造。退食之暇,不知日之夕而露沾衣也。"當時稚昧不省詢問遺風餘韻,而猶竦然起敬,至今五十餘年着在心眼,夢魂猶數味焉。

今者光山牧伯趙公翕如氏以相公遺稿見示,且屬以數語跋尾,弘溟敬受以卒業。詩調清高不俗,讀之令人怳若致身於蟾宫桂宇,吸沆瀣而餐瓊漿也。因記平昔丈老巵言:"吾東雖古稱詩學,而率皆以蘇黄兩陳爲法,其於開元以下不能窺闖門閾,而嚌其有截焉。至明廟朝,詞翰蔚興,最以能名者不一其人。而崔白諸公風調鏗鏘,擲地作金玉聲。今其殘芳剩馥沾溉詞壇,其視塵腐臭穢何翅霄壤。相公早負清流雅望,起自東山,賁飾皇猷。文章事業,輝暎竹素。朝野婣孺所傾嚮注想,至今幾百年而猶未已焉。其咳唾珠玉落在人間,足以快心目而爽牙頰焉。夷考晉唐源流所自,相公實先倡之耳。"抑因此有感于中者。在晉謝安石負蒼生重望,臥東山幾年,一起而建不世之功。如使當時無淝水之役,特一閒雅歌酒客耳。相公身躋泰平,外内帖然,無所事事,平居頤養嘯傲以沒其身。若一起而當安石之世,則其英名偉烈勒鍾鼎而光簡策者,豈必在古人之下哉? 今就其陳編,咀嚼玩味,想像歆艷,姑以數語書于卷末。歲在戊子八月下澣,迎日鄭弘溟謹跋。

《稗官雜記》:隆慶戊辰,行人歐希稷以賜祭謚來使,至吾助川,作《回瀾石》詩,遠接使朴判書淳次韻曰:"細風吹碧瀨,斜照媚蒼屏。仙駕淹清景,幽棲是素情。澗芳春尚早,林靄晚來輕。對此應多感,湘潭水已生。"蓋歐行人荊門人,故用湘潭字。王半山詩:"衰顔一照自多感,回首江南春水生。"判書之詩亦本於此。行人覽曰:"詩極清絕,'湘潭水已生'之句實感我心。"

《清江詩話》:李佐郎後白、朴執義淳,皆自儒時有詩名。朴《宿僧舍》詩曰:"醉宿禪家覺後疑,白雲平壑月沉時。翛然獨出疏林外,石逕筇音宿鳥知。"李亦有詩曰:"小屋高懸近紫薇,月邊僧影渡江飛。西湖處士來相宿,東嶽白雲沾草衣。"俱以絕唱稱。

書堂學士輩,嘗於一日驟雨過後,夕陽鮮明,晴景可人,共賦詩以記之。朴淳詩曰:"亂流經野入江陀,滴瀝猶殘檻外柯。籬掛蓑衣簷曝網,望中漁屋夕陽多。"諸公歎美,以爲真有聲之畫。

《石潭日記》:以朴淳爲吏曹判書。淳清介有志操,少事徐敬德,深尊仰之,立朝常以憂國爲心。至是爲善類宗主,惓惓以接引名士爲務,其於流俗視之蔑如也。大臣頗不悦。及拜銓長,物情甚協。而淳嫌其以新間舊,累辭疾不拜命。李珥見淳曰:"當今時勢當裒集清流,靜以鎮物。務積誠意,以感聖心。銓衡之任不可委之流俗。公若固辭,使小人操國柄,則是誤國也。"會上不許淳辭,淳乃供職。

《松溪漫錄》:思菴朴政丞少時《宿白雲洞曹俊龍草堂》詩曰:"醉睡仙家覺後疑,白雲平壑月沈時。翛然獨出修林外,石逕筇聲宿鳥知。"人謂"宿鳥知先生",此鄭鷓鴣、趙倚樓之比也。僕遊伽耶山亦效顰云:"世事虹橋外,笻聲鶴夢中。"所謂不自量者也。

《惺叟詩話》:朴思菴詩:"久沐恩波役此心,曉雞聲裏戴朝簪。江南野屋春蕪沒,却倩山僧護竹林。"嗚呼!士大夫孰無欲退之心,而低回寸祿負此心者多矣。讀此詩足一興慨。

《晴窗軟談》:朴相國淳號思菴,訥齋祥之侄也,清修苦節,人莫能及。作相十年無闕失,爲醜正者所擠,數十罪請斥之。賴宣廟洞燭其無他,免於禍,竟引疾,退居於永平。地有水石之勝,優遊自適。其被斥在西湖也,有詩曰:"琴書顛倒下龍山,一棹飄然倚木蘭。霞帶夕輝紅片片,雨增秋浪碧漫漫。汀籬葉悴騷人怨,水蓼花殘宿鷺寒。頭白又爲江漢客,滿衣霜露泝危灘。"一時傳誦。其《題僧軸》詩曰,"小齋朝退偶乘閑,隱几蕭然看遠山。終古世紛無盡了,只今人事轉多難。長空過鳥元超忽,落日孤雲自往還。遙想舊遊天外寺,木蓮花發水潺潺。"亦稱警絕。在永平有一絕曰:"谷鳥時時聞一箇,匡床寂寂散群書。每憐白鶴臺前水,才出山門便帶淤。"其閒適自在之意,孤高拔俗之標,可謂兩備。

《畸翁漫筆》:天然言,平日受知于朴思菴相公,常在永平莊舍,思菴日相對消遣。戊子冬,逆賊鄭汝立在全州,委送人馬,作書要然,然辭不行,思菴尤以不逐名士貴之。己丑春,鄭賊又送人馬,書辭勤懇,且以綈袍一領寄餉天然,然辭於思菴,思菴不強其留,即着袍跨馬。行到一日程,旅次夜坐,忽自念朴相公不欲挽我,以彼要請至再,有所嫌難也。我今往後,新知之樂,寧比思菴!舍舊從新,非義也。即修書致謝,卷還其袍。杖錫還到永莊,則思菴見而怪之。既而問知實情,益加倍愛。是冬汝立逆謀彰露,始知其所勤請意有所在。至今思之每覺寒栗云。

《詩評補遺》:余昔登清風寒碧樓,古今題詠甚多,上有朴淳思菴詩曰:"客心孤懷自生愁,坐聽江聲不下樓。明日又登官道去,白雲紅樹爲誰秋?"余未嘗不一唱三歎。

《東國詩話彙成》:思菴將退之日,上遣中使宣醞門外,公即席賦詩一絕云:"答恩無路寸心違,收拾殘骸返野扉。一點終南看更遠,西風吹淚薜蘿衣。"上覽其詩,知已決歸。

成牛溪渾哭思菴曰:"世外雲山深復深,溪邊草屋已難尋。拜鵑窩上三更月,曾照先生一片心。"拜鵑窩即思菴窩名,而無限感傷之意自露言表。非相知之深,則焉有是作乎?

《楓巖輯話》:朴思菴淳赴京時遇名卜,問其平生,遂書長短句一絕以贈曰"洞陰秋七月,安坐四歲秋。雷雨敦陽二十一,鳳花膝枕上雲霄"云。思菴爲首相,楊前面斥鄭汝立"誇誕不靖",遂爲時輩所攻。乃退居永平地,名其寓曰"拜鵑",優遊徜徉者四年。而以己丑七月二十一日卒。"洞陰"乃"永平"别號也。公素患偏頭痛,小婢鳳花稍解針術,當其作痛,必使鳳花下針,輒即見效,至是屢針皆不效,鳳花以其膝枕之。而待證勢漸劇,公忽思卜者之説,謂左右曰:"我今不起矣。"已而遂卒,其言節節相符,吁!可怖也。

【按:朴淳(1523—1589)字和叔,號思菴,謚文忠。籍貫忠州。徐敬德門人。時東西党爭激烈,袒護李珥、成渾,被定爲"西人"受彈劾。詩文書法出衆。著有《思菴集》今傳。其詩閒適自在,孤高拔俗。《箕雅》收其七絶一〇首、七律三首、五古一首、七古一首。】

楊士俊　　字應舉,號楓臯。士彦之弟。明宗朝登科,官止僉正。

《朝鮮明宗實録》卷二二:十二年四月甲午。憲府啓曰:"平壤庶尹楊士俊性本鄙陋,素多不謹。頃爲本職赴任時,托以堂参,濫用債布,隨身之具,娼妾之裝,皆取辦於此。物論著發,其汚衊士風至矣,不可不懲。請亟命罷職。"答曰:"……楊士俊只遞差。罷職,不允。"後累啓,不允。

《芝峰類説》:楊斯文士俊,蓬萊之弟也,力於文詞,爲鄭士龍所許,而蓬萊每譏其艱苦。嘗有詩曰:"漁磯水退禽留跡,蟹穴泥空荻露根。"然聞其平時讀韓文四千遍,而不能以文名世,其才可知矣。

【按:楊士俊(朝鮮明宗時人)字應舉,號楓臯。清州人。楊士彦弟。其詩頗有氣概。《箕雅》收其七律一首。】

權應仁　　字□□[士元],號松溪。學官。

《朝鮮明宗實録》卷二八:十七年十一月丙戌。禮曹啓曰:"今聞日本國王使臣能文者出來。宣慰使李翎,人器才調未必不優於應接,然客使若喜唱酬,述作過多,則恐有窘急之弊。前漢吏學官權應仁善爲詞章,罕有其儷。今在本道,請移文觀察使,使之乘馹馳赴宣慰使之行,給事左右,以爲救急之資。"傳曰:"如啓。"

《霽湖詩話》:權松溪應仁嘗游湖陰門下,湖陰主文時,安字未妥,必問松溪,松溪屢卜字可其意,湖陰深許之。然論及其詩,厭其格卑近俚。嘗以詩贈松溪,一聯曰:"痛洗劍南詞爛熟,超尋丁卯句清圓。"松溪雖不敢互相譏議,心亦不服湖陰之詩。或與所親評論,頗指"斧鑿"爲言云。余聞湖翁每自言:"平生所熟讀者《商隱集》,以故句法或有近西崑體者。"然源其所祖,則蘇黄耳。許丁卯詩格與之相遠,而其勉人以丁卯者何歟?近得《松溪集》閲玩,則句法圓熟,押韻不窘,下筆成篇,愈去愈出,如富家長者賤用粟帛，亦文章手也。其次統軍亭韻曰："天際黑雲横鞣鞨，塞西紅日墮陽平。"真警策之語也。

《松溪漫錄》：朴灌園啓賢甫《上趙松岡》詩一聯云："詩名不讓一聲笛，相業猶存半部書。"用事切當。僕《贈學官柳耳孫》詩："公權翰墨臻三昧，子厚文章擅一場。"是畫虎不成者也。

杜詩："自天題處濕，當夏著來清。""自天"、"當夏"等字自經傳中來，詩中使經傳中字，古有其法。僕《贈魚學官叔權》詩曰："詩壇我屈奔而殿，酒社君尊酌則先。"此所謂學步邯鄲者也。

密之嶺南，晉之矗石，江山風月伯仲之間，而嶺南則有"秋深官道映紅葉，日暮漁村生白煙"，"一竿漁夫雨聲外，十里行人山影邊"等詩落人談口，而矗石則無一佳作可以傳播者。有以一人之作，而工于彼拙於此者，無乃奇勝優於此，而不能形容耶？

嘉靖壬寅，僕隨仲氏參判公赴燕京，遊觀於禮部。有浙江書生五六人先到於此，畫地作字，相與問答，作一絶以示之曰："天與禮部風萍集，千里觀光各異鄉。最苦明朝又分手，碧天秋水正蒼蒼。"僕即步其韻曰："霜風吹樹隕踈黄，蕭瑟聲寒苦憶鄉。同作旅遊吾最遠，海天低襯亂山蒼。"牽引聚觀，呼稱先生。僕辭之曰："中朝之士奬待逾量，即云幸矣，又何以稱先生？"曰："見才不見人也。"是行也，題一律于撫寧縣壁上，其聯云："通言頗畫地，觀樂喜朝天。"其後壬戌年間，有一押馬官來說"一縣官舍，已盡重創，寫詩舊壁，宛然猶存"云。陳言陋語有何所取，而留玩如此？其愛惜人才，蓋可知矣。

中朝有羅萬湖者，以詩鳴於世。萬曆壬午誕生皇太子，此人將奉詔東來，以其年老，換差黄公洪憲。羅之《薊門見獵》詩云："滿目丘墟百戰餘，旅情衰草共凄如。寒風古堠逢秋獵，遠水孤燈見夜漁。家在瀟湘多暮雨，雁來溢浦少鄉書。故人一别三千里，惆悵東西未定居。"句法圓活，所謂板上走丸也。此乃傳聞者，以所作之不多得爲歎。

今世詩學專尚晚唐，閣東蘇詩，湖陰聞之笑曰："非卑也，不解也。"退溪亦曰："蘇詩果不逮晚唐耶？"愚意亦以爲，如坡詩所謂："豈意青州六從事，化爲烏有一先生？""凍合玉樓寒起粟，光搖銀海眩生花。""風花誤入長春院，雪月常臨不夜城。"不知晚唐詩中，有敵此奇絶者乎？高麗時每榜云："三十三東坡出矣。"麗代文章優於我朝，而舉世師宗，則不可謂之卑矣。若薄其爲人，則晚唐詩人賢于蘇者幾何人耶？退溪相公好讀坡詩，常誦"雲散明月誰點綴？天容海色本澄清"之句。所著詩用坡語者多。

余曾有所眄于龍灣，魚學官叔權簡中有曰"我有桂溪刀，聊憑東風去"

之句,此山谷詩中語也。魚之意蓋欲贈我桂溪之刀,以斷龍灣之緣也。余亦戲答其意曰:"憶曾年少氣方豪,醉臥青樓閱幾遭。春枕夢回花影轉,秋窗語罷月輪高。金釵興減憎紅頰,玉鏡光明愧白毛。鴨水東頭滅一念,憑風莫送桂溪刀。"

《遣閒雜錄》:庶孽能文者,祖宗朝魚無跡、曹仲名于世,近世權應仁亦有名,而其文未售於用,已爲作古,良可惜也。

《芝峰類説》:權應仁《矗石樓題詠》曰:"漏雲微月照平波,宿鷺低飛下岸沙。江閣捲簾人倚柱,渡頭鳴櫓夜聞多。"一時林塘諸公亟稱賞,而以謂逼唐云。今觀意格全不類唐。又有詩曰:"白鳥去邊惟有海,青山斷處更無村。"此則雖犯古句,亦似佳矣。

《效顰雜記》:俗語云"鳩鳴則雨止",故權松溪有詩曰:"人言鳩唤雨初收,鳩唤終朝雨未休。漠漠蒼天聾已久,不聞人語况聞鳩。"詩意固好。然歐陽公詩曰:"天將陰,鳴鳩逐婦鳴中林,鳩婦怒啼無好音。雨欲止,鳩呼婦歸鳴且喜,婦不亟歸鳴不已。"又曰:"誰謂鳴鳩拙無用,雄雌各自知陰晴。"觀此則俗語固訛,而松溪之詩亦有未盡處也。有人述歐公意次松溪詩曰:"鳩婦鳴林雨未收,雄鳴唤婦雨方休。鳩性自知陰與霽,在天晴雨豈因鳩。"

【按:權應仁(1517—?)字士元,號松溪。著有詩話《松溪漫録》今傳。其詩宗宋詩而崇東坡,句法圓熟。《箕雅》收其七絶一首、五律一首、七律一首。】

金貴榮 **字顯卿,號東園。安東人。明宗朝登第。選湖堂,典文衡,官至左相,上洛府院君。**

《朝鮮宣祖實録》卷三八:二十六年五月戊寅。禁府啓曰:"金貴榮事判付内:'身爲大臣,屈膝於賊庭,唯知乞和爲能事,棄王子,爭圖出來,雖不足責,似爲不美。'命議大臣。議于大臣,則尹斗壽議:'伏見判下,則其整頓頹綱,扶植人紀至矣。臣何敢有異辭於其間?但貴榮以七十衰老之人,事謬身執,不死有罪矣。王子尚在其處,其不爲自決,亦有所以然而然也。若一以屈膝賊庭,唯知乞和罪之,恐爲未安。今之出來,乃是王子之教,則亦非獨一身之私計。朝夕就死,有何所冀,而爲此苟且偷生,如言者所言乎?臣每於榻前,欲達此意,而惶恐不敢。今承下教,不敢容默。'曾聞,貴榮在賊中,悲痛涕泣,羸瘁已極,而未嘗有屈膝乞解之事,王子授書出送時,賊酋以垂死不關於有無而送之。今又於韓克諴之所爲,别無同參之語。故昨因參的判下之教,敢以分揀入啓矣。"上曰:"若非屈膝乞解,則予在義州時,貴榮何以乞和爲書,而通之乎?囚在無用,還送配所。"

《朝鲜宣祖修正實錄》卷二七:二十六年五月甲寅。故相金貴榮卒于謫所。

《朝鲜宣祖實錄》卷三八:二十六年五月癸未。以禁府罪人金貴榮中路身死書狀,傳于政院曰:"金貴榮,勿爲檢屍,其子金闉雖有可疑之迹,時無現著之罪,宜令放送,使之埋葬其父。"

《海左集·左議政金公行狀》:公諱貴榮,字顯卿,號東園。其先商山人也。……中宗庚辰十一月一日,生公於牧使公清風任所。適按使巡到本邑,素精星耀術,推公命曰"是兒當工文章,官至崇品"云。自幼時儁偉有識度。年八九歲,隨長老觀魚,跌墮深潭。舟人惶撓,而公從水中伏行,抵岸而登。語人曰:"有物負我出之水。"見者咸驚異。甲午遭議政公喪。庚子中司馬兩試。明宗丁未擢謁聖丙科第一,選弘文正字,陞博士,薦入翰院,兼侍講院說書,尋陞副修撰兼知制教,拜司諫院正言,轉吏曹佐郎,賜暇湖堂。壬子拜校理。上疏請雪乙巳諸人之寃,極論尹元衡罪惡。歷典翰、舍人、弘文館直提學兼藝文應教。甲寅,因養親出宰春川。明年,陞通政階,拜弘文館副提學。丙辰拜成川。威制豪強,愛養民士,移拜定州。州俗喜弓馬,不尚儒業。公日聚諸生鄉序中,勸講經義。設酒食讌境内耆耇,其老病不能赴者給米肉。定人之向文術敦倫序,自公始。還拜大司諫,轉大司成吏曹參議、承政院同副承旨左承旨。戊午出爲慶尚監司。入界之日,牒訴山積,左右酬酌,日未中而畢,剖决皆當理,民情大悦。秩滿,陞嘉善,拜都承旨,尋拜漢城右尹,轉大司憲、吏曹參判兼同知經筵成均館事、藝文提學。癸亥拜大提學,陞資憲階,拜判尹,轉兵、工判書。乙丑,丁大夫人憂。服闋拜禮曹判書。己巳拜吏曹判書。時屢遣使明朝,請懿仁王后冊命而不得請。公嘗儐接明使成憲,詩詞唱酬甚歡,而憲時爲禮部尚書。朝廷特差遣公奏請使。公抵京師,禮部卽爲奏聞,得奉誥命還。中闈正位,上嘉奬之,賜土田。辛未,由兵判移拜戶判,精核會要,節省宂費,府庫充牣。庚辰,以大提學撰進改設活字局序文,特陞崇政階,拜右贊成。辛巳拜右議政。未幾,領相朴淳呈告,命並卜領、左相。淳以李栗谷珥、鄭惟吉、鄭芝衍擬卜。時珥負文學才術,聲譽隆洽,與淳及成渾、沈義謙相汲引,上亦傾心向用,故首擬新卜。而公獨持不可。卒以朴素立、鄭芝衍擬入。癸未,蕃胡擾北邊,命招兵曹諸堂議邊事,而珥爲長堂,稱病不進,兩司論劾之。珥對章辨以大臣不斥臺諫爲非,又請以己罪有無質問諸臣。而成渾上疏,指三司不公平,至欲加罪。士論益激發。上問公曰:"李珥果小人乎?"公對曰:"知人固難。不可遽以珥爲小人,亦不敢以君子譽之。成渾欲核言根而罪之,若然,則雖權奸當國,無敢言者矣。"又曰:"近日東西之説,因李珥、成渾致紛紜,是亂階也。"翌日,下教於政院曰:“不知賢邪則是不智,知而不直啓則是不忠。左相金某,憚於甲乙是非,敢爲依阿苟容之態。自古大臣有如此者乎?”公惶悚不敢辨,政院聯名救解。應教洪迪、諫長宋應溉又相繼疏救,因劾珥。亡何,儒生朴濟疏陷公及縉紳名士十餘人,指爲奸凶。先時,金省庵孝元謂沈義謙弟忠謙乃戚里,不可擬銓郎,而義謙亦詆毁孝元。由是,右孝元者謂之東人,右義謙者謂之西人。東西之目始此。而珥時爲長銓,陰主西論,外托調停。請並出金、沈,義謙補松都留守,孝元補慶興府使。公屢啓:“慶興邊胡,非書生所宜鎮撫。”乃移富寧。至是又竄宋應溉、許篈、朴謹元于極邊。時公被嚴旨,不敢與事,而乃于筵中盛言三竄過重之意。公既立異卜相之議,又前後力救士林,人皆爲公危之,而不爲動。累上箚乞解許副。廷臣有請李珥隱卒之典者,下其議大臣。公獻議略曰:“李珥措設多不合時宜,裁制得中裨益必多。”其意與癸未筵奏略同,其始終不屈如此。久之,趙憲上疏,凡士類之有名行議論稍涉癸未三司之言者,極口醜詆,而以公爲首。遂呈辭歸商山,爲畢命計。己丑,入耆社,黽勉出肅。尋值汝立逆獄,公以原任參庭鞫,變出縉紳,株連寢廣,而務從平反,士林賴焉。當文衡會薦,李公德馨爲衆望所屬,而公獨不隨圈。圈出,一座愕然。公徐曰:“老夫爲此也。李某年少官卑,不宜先諸公。待才德老成未晚也。”李公聞之悦服,士論兩稱其美。壬辰,倭寇深入,上議西狩,分遣諸王子。臨海君往北關,公從之。順和君往關東,長溪君黄廷彧從之。敵逼關東,順和北趨臨海,而敵追躡之。至會寧,兵民作亂,執兩王子及諸宰以降,敵置軍中爲質。公在敵中,謀脱兩王子,事垂成而機泄,敵盡殺隨行丁壯,防守益密。會清正聞行長平壤敗報,大懼,欲約和。而謂大臣往事可成,强之遣。公意欲歸謁上,備陳虜情虚實,徐爲後圖,既詣行在。上謂公既被執而不死,乃反爲和事來,又疑持來敵請和書,而匿不以聞,欲栲問之。大臣諫而止。竄熙川,削奪官爵。甲午五月二十九日,卒於謫所。享年七十有五。……公天資清明温粹,誠孝天植,敦宗族,恤窮窶,靡不用極。口不及家人產業,恥言人過失。蒞刑政一以平恕爲心。文章典贍淳雅,主文衡數十年,公私大文字多出其手。然草藁逸於兵燹,無巾衍藏。可惜也。

《東園集·東園先生年譜概略》:(略)

《東園集·東園先生文集序(鄭鳳時)》:以言乎文章,則主文柄數十年,公私大文字多出先生之手。而芝峰李公云:“詩或有一聯可傳者,如東園金相國《遊嶺南》詩曰‘紅樹萬山頻駐馬,白雲千里獨登樓’是也。”樊巖相公讀先生所撰《荒山碑》曰:“其銘詞蒼而崛,大有韓文公氣味。”兩公之公評者如是。

《石潭日記》:吏曹判書金貴榮三上疏辭職,又詣闕三啓請免官,皆不允。貴榮以庸鄙之資致位卿相,得居塚宰。多受賄賂,清論不與,恐被物議,辭職累度。而上終不許。蓋上意不欲分卞清濁故也。

吏曹判書李山海以母喪去位。山海門不受私謁,除拜一循公道,士論翕然稱善。不意母喪去位,以金貴榮代之。請謁之輩彈冠而起,貴榮之門坌集如市。時人歎恨之。

《松溪漫錄》:金政丞貴榮甫奉使嶺南,其《巨濟縣樓》詩曰:"紅樹萬山頻駐馬,白雲千里獨登樓。"悲秋念親之意,並見於此。

《遣閒雜錄》:萬曆辛卯秋,耆老所堂上只金領府事貴榮、姜知事暹及守慶在焉,宋同知贊、睦左尹詹、申參判湛、李大司成塈皆以從二品入參,而後入諸公欲輪設作會。宋公先設,金領府事、姜知事、睦左尹及守慶參會,而申參判、李大司成有故未參。守慶于席上賦詩曰:"郊翁設席盛杯盤,會得耆英有足觀。紅頰白鬢花壓帽,繡屏羅幕妓圍欄。風流迥自三韓舊,氣象真同九老歡。最賀主人逾八秩,世間兹事見之難。"諸公各和而不能記。壬辰經亂,至於丁酉,惟宋公李公及余生存,而耆老之會不能復作,可勝歎歟。

《芝峰類說》:詩或有一聯可傳者,如金相國貴榮《遊嶺南》詩曰"紅樹萬山頻駐馬,白雲千里獨登樓",康同知復成詩曰"閑中有客惟僧子,病裏看書是藥方",洪參議慶臣詩曰"路長爲客久,夢短到家難",沈鴻山宗真詩曰"門掩専松影,床移壞竹陰",梁長城慶遇詩曰"雪逕才通馬,風枝不受鳥",權石洲韠詩曰"谷虛人語響,橋側馬行危"是也。

《混定編錄》:《備忘記》曰:"人君之所與爲國者,大臣也。故安危在大臣,國亂思良相。昨日予以不知忠邪,莫曉是非,問諸大臣。而左相金貴榮憚其甲非乙是,乃敢爲依阿苟容之態。曾見自古大臣有如此者乎?其身既在大臣之位,凡辨別賢邪,進退人物,乃其任也。若不知賢邪,則是不智。知而不以直啓,則是不忠。其何以居具瞻之地?此意政院知悉。"

《詩評補遺》:金東園貴榮《詠雁》詩曰:"霜落秋江鏡面開,群飛天末等閒回。隨陽不是謀粱去,遵渚應知避繳來。紅樹暮雲聲斷續,碧波寒月影徘徊。歸時莫近長安夜,萬戶清砧爲爾催。"梁竹巖大樸亦有《詠雁》詩曰:"平沙浩浩水茫茫,秋盡江南雁字長。雲渚月明時叫侶,塞天霜落亂隨陽。斜斜整整寧違陣,弟弟兄兄自作行。菰蒲稻畦應有繳,不如飛入水雲鄉。"梁詩格卑近,未若金詩之清絕。

【按:金貴榮(1520—1593)字顯卿,號東園。籍貫尚州。著有《東園集》今傳。其詩淳雅清絕。《箕雅》收其七律一首。】

李後白　　**字季真，號青蓮。延安人。明宗朝登第。選湖堂，官至吏曹判書。**

《宣祖修正實錄》卷一二：十一年六月辛巳。吏曹判書李後白辭疾遞。後白掌銓，力持公論，不受請托。雖親戚，若頻往候之，則深以爲非。一日，族人有往候，語及干祿之意。後白色變，出示一紙，則選人姓名也，族人名亦在其中矣。後白曰："吾錄此，將以擬望也。今子有求官之語，若求而得之，非公道也。惜乎！子之自發也。"其人慚而退。後白每選人除官，必遍問其人可合否。若有誤用之人，則輒終夜不眠，曰："我誤國事。"時人皆服其公忠，近代無比也。……十月戊寅，戶曹判書李後白卒。字季眞，號青蓮居士。少以詞藻，擅名湖南，不屑舉業，中年始就舉登第。初爲訓導發解，故屈爲校書館正字，士論皆惜之，聲名益盛，卽通清顯。以文名早著，故歷選文苑，至兩館提學，而阻於金貴榮，不及典文衡。爲人天資凝重，神氣秀朗，雖從事文翰，而律己嚴肅，語默有節，喜慍不形於色。子弟、小生不敢問時事得失。位至六卿，寒素如儒生，雖以先輩名流，目爲西人，而口無適莫之言，後進亦服其銓注。金孝元每攻駁先進，而常言："後白只是六卿之才，若作相則我當論之。"然衆望冀其入相而遽卒。人以爲"盧禛、李後白繼卒，正二品無人"云。

《宋子大全·青蓮李公行狀》：公諱後白，字季眞，號青蓮。延安之李，爲東方大族。其譜云，唐中郎將李茂從蘇定方平百濟，留仕新羅，受籍于延，世有聞人。麗末有諱係孫，以文忠公李齊賢之壻，官至工曹典書，於公八代祖也。……正德庚辰四月十一日辰時，公生焉。幼沈默少言笑，聰明絶倫。未十歲，父母俱歿，與內外諸從七八人，並鞠于伯父家。哀慕執喪，未嘗與群兒渾處笑語。一日往宗丈家，宗丈饋以醴酒，却之不飲。問之則曰："此雖醴，既名以酒，不敢飲。"一坐莫不歎嗟。年甫十歲，與盧玉溪禛、梁牧使喜學于表公寅之門。一時學徒十五人，以次受學，公年最少，常居末席。聽諸人所受書，一皆背念。其中有《性理大全》書矣。表公聞其然，招使試之，公遍誦十四人書，如熟讀者然。表公大加驚異曰："未知古有如此兒否？"嘗作《瀟湘八景》歌詞傳播京中，或騰諸樂府，自是聲名益振。京師文士皆遲其至，時年十六矣。屢魁鄉解。至京師，名公巨卿重其名，多禮敬之。然公既早嬰風樹，無心進取，放跡林泉。舍後有蒼松，因自號松巢。峒隱李公義健、孤竹崔公慶昌、玉峰白公光勳諸人從之遊。公少時，李芑謫康津，時人稱芑有學，公從而學焉，留數日卽歸。人問之，則曰："吾數日見其處心行事而歸矣。"問曰："何也？"公曰："凡於毫末一皆祕之，不欲人知之。君子心事豈宜如是也。"同鄉有參乙巳僞勳者，勢焰熏天，猶重公名，欲一見之。公嘗在山寺讀書，其人託於遊獵，與鄉人相約而至。公聞之，移棲以避之。遭祖母喪，守墓三年,朝夕上塚,不廢風雨,終始如一日。柳眉巖希春、林石川億齡相謂曰:“純孝出於天性,雖古之孝子無踰於此。”推以自盡於方喪,必素食三年。清溪柳夢井、金健齋千鎰,一時之名儒,每有禮文徑庭,經理疑晦處,必往復問難。每歎曰:“論辨精確,眞非今世人所可跂及。”年二十七中司馬。三十六中乙卯式年。歷颺清顯,與奇公大升齊名。正色立朝,有壁立千仞不可奪之氣象。其履歷則初補槐院,薦入承政院爲注書,侍講院說書、司書,司諫院正言、司諫,兵曹正佐郎、吏曹正佐郎、議政府檢詳、舍人,弘文館應教、典翰,又嘗選居湖堂。丁卯,以遠接使從事官往迎詔使。其年擢拜承政院同副承旨、司諫院大司諫、兵曹參知、參議。未久還入政院至都承旨。辛未以文臣庭試壯元加資爲禮曹參判、司憲府大司憲、弘文館副提學、吏曹參判。辛酉以辨誣使赴京,還陞嘉義,錄光國勳,後追封延陽君。甲戌以大臣薦特拜刑曹判書。乙亥,關北缺監司,時本路歲凶,且有邊警。上難其人。公時在罷散中,上特命授之。道在遐遠,無名之賦,不法之事,狼藉無藝。公至悉經理而蠲革之,威惠并行,一路澄清。後許典翰篈以御史巡撫本道,遇溪洞小氓,則必問李判書好在否。篈以其事志諸冊子而美之。入爲吏曹判書、兩館提學,銓選平允,士論重之。公久負文望,朝夕當秉文衡。而其時處其任者久居,而終不歸之公,物議甚歉焉。壬申春年饑,上命畫工寫《流民圖》,作屏十帖,又命公逐帖賦詩以進,以寓觀省焉。仁聖王后昇遐,朝廷論服制不一。公請上行三年之喪,據禮引經,明白精當,群議推爲第一。上竟從之。柳相成龍時在玉堂,誦公文敬服曰:“此老所學其至此耶!”爲寫一通置之几案,并書公論議政事作一冊,以自玩賞焉。戊寅以戶曹判書,乞暇省墓于咸陽。十月初七日病卒。……公器局峻整,神彩秀朗,見識通透,言論明白。蓋優游而灑落也,正大而從容也。平居夙興盥櫛,端拱危坐,研覃經傳,沈潛奧義。踐履篤實,至微細事未嘗放過。見事理眞實處確然自守,不隨俗依違。至聞人善言,見人善行,必沛然從之,無所疑貳。宣廟初服,李文成公諸賢以爲乙巳之禍甚於己卯,若不伸雪,人心拂鬱,無以爲國。遂協力竭心,爭論不已。雖以李文純之高明,亦不能無疑於眞僞之辨矣。及宣廟允從群議,當有頒教中外之文,諸賢皆推筆於公。公不辭應命,其所以泝禍敗之源流,斥群邪之奸欺,著明廟友愛之情,發鳳城冤屈之狀。明白痛快,至使讀者感激而流涕。論者謂“不獨文章出等,其志氣之拔萃可見於此”云爾,自是論議大定,以啓宣廟清明之化,公之功可謂大矣。

《江漢集·資憲大夫吏曹判書兼弘文館提學贈輸忠貢誠翼謨修紀光國功臣崇政大夫議政府左贊成延陽君文清李公神道碑銘并序》:公氣朗,望之凝然,其守堅若不可移。聞人嘉言,不終朝而沛然從之,不少疑也。與人交老而益篤。治身廉潔,菜羹淡然如寒士,四方饋遺無所受。爲觀察時悉蠲其無名之賦。……然公素善青陽君沈公義謙,小人不悅者甚衆。金孝元常曰:"李某六卿之才也。若作相,我當劾之。"李文成公曰:"李某不能容物。而今之所謂六卿,賢於李某者,吾未見也。雖使爲相,彼孝元安能劾哉?"初宣廟命弘文館副提學柳公希春論次先賢金文敬公宏弼、鄭文獻公汝昌、趙文正公光祖、李文元公彥廸言行,爲《儒先錄》凡四篇,使公序之。上以明正學之源,下以述傳道之統,垂于後世。公彊記至老不衰。所爲詩有《青蓮集》一卷藏於家。公既卒之十二年,顯皇帝詔頒會典,公以請正國系功,特命追封延陽君,賜輸忠貢誠翼謨修紀光國功臣之號,謚曰文清。

《清江詩話》:金河西嘗得句"映山紅映斜陽裏",久未覓對。一日,見李佐郎後白至,語及之,李見地黃生階乃曰:"生地黃生細雨中。"河西然之。

《石潭日記》:資憲大夫戶曹判書李後白卒。後白字季真。居官盡職,律身清苦,位至六卿,寒素如儒生。賂遺一切不受。客至杯盤冷淡,人服其潔。只是局量狹隘,非廟堂之器。……時東西士類方角立,後白雖被目以西人,而口不發莫適之言,故年少士類亦不忌之,方有入相之望。後白與盧禛爲深交,禛之死,哀痛殊甚。至是受暇省親墳,與禛同鄉。故歷見其柩,還家感疾,一夜而卒,士類甚惜之。是時盧禛、後白相繼而卒。物議以爲正二品無人云。

《芝峰類說》:李後白《閨情詩》曰:"妾身只似門前柳,眉樣雖新已朽心。"金克儉詩曰:"銀釭還似妾,淚盡却燒心。"似佳。

《於于野談》:李後白未釋褐,犯路於觀察使,曳致營門,自道"儒生"。察使喚韻使賦之,其詩曰:"斷橋斜日眩西東,拍面塵沙卷夕風。誤觸牙旌知不恨,浪仙從此識韓公。"察使大嘉賞之,遂與相善。後登第爲湖南御使,至南原府,府以妓末真薦枕,頗繾綣,惜別而去。至谷城雨滯三日,有詩曰:"御史風流似牧之,青樓昨過帶方時。春心至老消難盡,翠袖侵晨淚欲滋。江水無情移畫舫,角聲又怨送旌旗。浴川三日留人雨,可笑天公見事遲。"浴川,谷城別號也。

《東國詩話彙成》:公爲咸鏡監司,莅政清白,務袪宿弊,一道稱誦。然蠲減太甚,郡邑科外徵斂,民始苦之。林悌有詩曰:"蕙折霜風玉委塵,一時清德動簪紳。可憐貊道終難繼,相國醫民是病民。"

【按:李後白(1520—1578)字季真,號青蓮、松巢,諡文清。籍貫延安。著有《青蓮集》今傳。其詩取譬新巧。《箕雅》收其五絕一首、七絕一首。】

高敬命　　字而順，號霽峰。明宗朝登魁科。選湖堂、玉堂。壬辰，以前牧使起義兵討倭，節死，二子並殉節。贈贊成，謚忠烈。

《朝鮮宣祖修正實錄》卷二六：二十五年六月己丑。前府使高敬命居光州，聞賊入京，與學諭柳彭老共圖起兵討賊，文諭道內士庶曰："茲者本道勤王之師，一潰於錦江反旆之日，再潰於列郡招諭之時。蓋緣控禦乖方，紀律蕩然，訛言屢騰，衆心驚疑。今雖收拾散亡之餘，而士氣摧沮，精鋭消鑠，其何以應緩急之用，責桑榆之效乎？每念乘輿播越，官守之奔問久曠；宗社灰燼，王師之肅清尚稽。興言及此，痛徹心膂。惟我本道素稱士馬精强，聖祖黄山之捷有再造三韓之功，先朝郎州之戰有片帆不返之謠，至今赫赫照人耳目。于時賈勇先登者，非此道之人乎？況近歲以來儒道大興，人皆勵志爲學，事君大義，其孰不講？獨至今日，義聲消薄，恇擾自潰，曾無一人出氣力與賊效鋒，而競爲全軀保妻子之計，捧頭鼠竄，惟恐或後。斯則本道之人不惟深負國家之恩，而抑亦忝厥祖矣。今則賊勢大挫，王靈日張，此正大丈夫立功名之會，而報君父之秋也。敬命章句迂儒，學昧韜鈐，屬茲登壇，妄推爲將，恐不能收士卒已散之心，爲二三同志之羞，唯當灑血戎行，庶幾少答主恩。今月十一日，是惟師期，凡我道內之人，父詔其子，兄勖其弟，糾合義旅，與之偕作。願速决以從善，毋執迷以自誤云。"敬命年老文官，衆推爲盟主，慨然不辭。士庶多應募，得兵六千餘人。又傳檄諸道，文辭激切，國人傳誦焉。……七月戊午。義兵將高敬命討錦山賊，兵敗死之。敬命以所募兵六七千人團束北上，軍次礪山，聞倭入湖界，麾下士還顧本道，爭請先討道內賊，然後北征，敬命從衆議，移兵珍山。時賊退據錦山，厚陣自固，敬命與防禦使郭嶸逾嶺入險，直薄錦山城外。嶸先遣鋭士數百嘗賊，爲賊所乘而退。敬命鳴鼓督戰，還蹙賊兵于外，城内發火礮，衝燒賊所館舍，賊不敢出。翌日黎明，復與防禦使進兵城外，官軍攻北門，敬命攻西門。賊知官軍陣脆，悉衆以出奮擊官軍，前鋒將靈巖郡守金成憲策馬先遁，官軍大潰。敬命令軍士持滿以待，義兵急急叫曰："防禦軍潰矣。"從而奔潰，敬命墜馬，馬逸。從事官安瑛以所乘馬與之騎，徒步以從。從事官學諭柳彭老馬健先出，問其僕曰："大將免乎？"曰："未也。"彭老遽策馬還入亂兵中，敬命顧曰："吾必不免，爾可馳出。"彭老曰："豈忍棄大將求活？"遂與瑛翼蔽敬命，同死於賊。敬命次子因厚亦赴鬪，死陣上。敬命從事文學，不習弓馬，年又衰老。至是首倡義兵，徒以忠義激厲士衆，深入險阨，挺身當敵而死。功雖不就，義聲感人，繼起者多，國人誦其忠烈，久而不衰。初上聞敬命起義，命授工曹參議兼招討使，賜書褒勞。工曹佐郎梁山璹自行在南還，上面諭曰："歸語高敬命、金千鎰，願爾等及時恢復，俾予得見爾等面目有日也。"命未至，而敬命敗死，追贈禮曹判書。其後立祠于光州，賜額褒忠。敬命字而順，號霽峰，風流文彩爲世所艷。中年閑廢,守静不移。及臨難,著節朝廷,方有恨其不早用者。其詩號爲大家,有遺稿行世。

《月汀集·參議高公神道碑銘并序》:公諱敬命,字而順。系出耽羅。其先世賜貫長興,遂爲長興人。……以嘉靖癸巳十一月三十日戊辰生公。公自髫年儼若成人,參贊白公仁傑一見稱重,知公爲遠器。公少穎異,於書讀數遍輒成誦。未冠遊學京師,業日就,一時鉅儒皆慕與交,名譽藹蔚。壬子中進士一等。戊午夏恭憲王臨泮試士,公居首,賜直赴殿試。是歲殿試又擢甲科第一,初拜成均館典籍,俄移戶曹佐郎。己未春拜世子侍講院司書。庚申春遷司諫院正言。夏遞授刑曹佐郎,移拜兵曹佐郎知製教,自是常帶三字銜。尋賜暇讀書于湖堂。辛酉春拜司諫院獻納。夏拜弘文館修撰,尋遷獻納,轉司憲府持平。秋授弘文館副修撰,奉使關西。其還也,命寫進沿路所製詩。冬陞副校理。壬戌春移病,遞授典籍。夏拜修撰,又陞副校理。嘗下名畫六十二幅,命公賦詩寫進,特寵賜以褒之。公以能詩方有聲,而顧於名利泊如,每朝退,劇意竹素以竟日,未嘗造請諸公間。癸亥春序陞校理。秋左遷典籍,補蔚山郡守。未赴,罷還鄉里。唯探頤墳典,或遊覽山水以自娛,不見其擯斥之容。家食者十九年。萬曆辛巳,始起廢拜靈巖郡守。時國家奏辨璿系之誣,使臣金公繼輝請以公爲書狀官,以成均館直講兼司憲府持平朝京師。壬午春復除瑞山郡守。秋翰林編修黄洪憲、給事中王敬民來頒詔,遠接使李公珥以公有華國才,尉薦從事官。拜宗簿寺僉正。有浮躁而薄有詞藻者,迫欲代公從事,嗾言官論之。李公又極陳公才於朝,其論遂寢。由宗簿遷司贍寺僉正。李公素不識公,一見便敬重,開心無間。其與華使唱酬,用公詩最多。癸未春拜漢城府庶尹。尋爲韓山郡守。冬以有文翰事,拜公爲禮曹正郎。公辭不就,徑還鄉家。甲申夏歷拜宗簿司僕僉正。冬拜司藝。乙酉春,上以公文章不宜沈下僚,遂超三階拜軍資監正。時有不悦者,公辭疾不至。夏補淳昌郡守,戊子坐罷。庚寅拜司贍寺正。大臣於榻前薦公文章,拜承文院判校、知製教兼春秋館編修官。時宰執咸惜公,議欲推輓。公斂退於時事,默然似不能言者。秋陞通政階。拜東萊府使。府濱海,倭奴之所館留,貨物流聚,客商走集。無名之税,没入之貲,未易數計。而公廉白自持,一塵不染,吏民胥悦。辛卯春,錄光國原從功,公亦與焉。夏坐罷入京。言者方論鄭左相澈,或有指公爲鄭公所薦者,公匹馬還鄉。翌年壬辰而倭難作矣。公嘗自號霽峰,又稱苔軒,亦曰苔槎。公風姿英偉,識量宏深,嚴重有威,悃愊無華,喜愠不見於色。其於屈伸榮辱,處之裕如。至其臨事,又不爲苟且擇利害計。對人未嘗詡詡強笑語,而中心樂易也。……他無玩好,惟畜書史數千卷,每手一編,卽不以寢食廢。凡三教九流之書,皆所精究而明於象數。爲文章尤長於詩,不事雕琢而俊逸不羣。有集五卷。一世論文之士,無不誦其詞而重其名。屢典郡府,家無儲餘之財。身歿之日,賴鄉隣之助乃克襄事。雖行藏坎坷,祿位不彰,而爲當世所艷稱。然世之知公者,乃其文章才藻之美。若其恬於勢利,秉心誠實,清苦自礪之節,憂國惓惓之忠,則未必盡知之也。公配貞夫人蔚山金氏,弘文館副提學百鈞之女,有丈夫子六女子二。長卽從厚,丁丑文科,曾任臨陂縣令。自喪次起兵,誓復父讐,轉戰嶺外。晉州城陷,投江而死,贈承政院都承旨。次卽因厚,己丑文科,授權知成均館學諭,隨公同死於陣,贈禮曹參議。……季卽用厚,擢乙巳進士第一名。

《再造藩邦志》:敬命字而順,光州人,能文章有俊才,以非罪廢居鄉里。聞賊入境,我師崩潰,又聞乘輿西幸,都城不守,日夜失聲痛哭。及李洸之師至錦山罷歸,貽書切責。至是與千鎰同舉義兵,傳檄諸道,陸續進發。其檄文曰:"……"檄文所到,士大夫感泣奮起。敬命又上書於朝廷,數李洸之罪。仍與列郡獎率義兵,繼千鎰而進發。慨然登壇,不以老病爲辭,應募者日集。敬命在家時,觀天象語家人曰:"今年將星不佳,將必不利。"又曰:"吾今歲必有横厄。"至是以書與女壻朴橚,托以家累,自全州北上。時義兵皆會全羅、忠清之界,聞諸道之軍舉皆奔潰,莫不氣慴。……時高敬命之軍次於礪山,將向尼山。聞鳥嶺之賊分向黄澗踰錦山,而郡守戰死,賊勢猖獗。麾下士欲還救本道,敬命亦然之。遂移兵珍山,將擊錦山之賊。鋭士就募者愈衆,軍聲益振。前學諭柳彭老謂敬命曰:"錦山之賊,其衆數萬。以我烏合,决難抵當。吾意則莫如與諸軍並力,分據險阨,以待賊之驕惰。然後選其精鋭,四面鏖之可也。"彭老眇一目,容貌不揚。幕下士皆侮之,終不用計。……且完山之勢日急,士皆欲往救。敬命不得已分部將士,遂向錦山。約防禦使郭嶸爲左右翼,自發精騎數百直趨賊巢,爲賊所乘而退。敬命鳴鼓督戰,無不冒死爭先。還鏖賊兵於土城,盡焚城外館舍。又以震天雷,延爇城内家舍,聲勢甚壯。而被虜婦女,竭力汲水以救之。賊冒死突出,義兵四面攻圍,賊多被死傷不敢出。會日暮,官軍又不肯助戰,城且完厚,不可猝拔,乃退師還陣。是夕防禦使使人約以明日合戰,敬命長子從厚言於敬命曰:"我軍得利,持此勝勢全軍而返,可以相機更出,以困賊兵可也。若與賊衆對壘野宿,不無夜搗之患。"敬命曰:"爾以父子之情爲憂乎?吾爲一死職耳。"從厚不敢再言而退。防禦使乃罪諸將不戰者,以待翌日更戰。是夜賊果謀襲,義師哨探卒聞川上有人馬聲,散向田中候之。賊之先伏田中者,以爲義兵覺其謀,遂退走。翌日與防禦使進兵距賊壘五里許,敬命先遣八百騎挑戰。賊空壁而出,直犯官軍。靈巖郡守金成憲策馬先遁。賊又薄光州、興德兩陣，防禦使望風而潰。敬命乃爲獨當之計，令將士皆持滿而待。忽有一人呼之曰："防禦陣潰矣。"義軍因以崩潰。敬命坐而不起曰："吾不閑馬，今已敗潰，惟有一死耳。"幕下士安瑛等請敬命上馬曰："今且退保，更圖後舉可也。"敬命曰："吾豈苟免者哉？君可速出。"麾下士強扶而上馬，馬逸而墮。安瑛下馬授敬命，而徒步從之。賊逼之急，敬命方在危急之中，從事柳彭老馬健先出，顧問其僕："大將脱乎？"曰："未也。"遽策馬而還入，以從敬命。其僕叩馬泣諫，彭老不聽，以劍斫之。其僕不得已釋馬銜，隨後從之。敬命見彭老之入，謂之曰："吾必不免，爾可馳出。"彭老曰："吾豈忍棄大將獨自救活。"賊將及敬命，彭老及瑛以身捍蔽，與之俱死。

《白沙集·霽峰集序》：世言南中多詩人，高霽峰爲之雄鳴。及壬辰之亂，咸言南中多義兵，又霽峰爲之倡焉。既寇退，朝廷褒死義之士，推霽峰爲稱首。而向所稱詩聲，伏而不揚。非工於前而拙於後也，蓋有重於詩者爲之掩焉。月明星稀，滿除之理也。張睢陽文章妙天下，其見於遺響者，唯《聞篴》一篇而止耳，不曾以詩聞。若使睢陽當平世而抱窮屈之患，則其超千祀而獨立者，必不以今所頌，而以昔所妙天下者寵也決矣。若霽峰者，遇屯而處，天下誦其詩；當事而出，遠近嘉其績；事去而死，古今高其義。因其所遇而名隨以遷，方之於物，其猶龍乎？見於昇騰者曰龍本在天，見降者曰在田，見潛曰在淵。是豈知龍者耶？霽峰歿二十有二年，其孤用厚以騎曹郎，袖其詩若干篇踵門而屬余剞劂之。且曰："先君子嘗有言曰：'詩雖多，出而行世者毋過四五卷其可也。'願從先志。"余不揆僭妄，既刪定爲一家言。明年又求一言以弁卷首。噫！高君亦何取而勤於余耶？余以罪廢屏居蘆原，覆鼎道峰，屏擁前左，流巖水落，林立右背，中有盤巖，水鳴鏘然。每風靜雨霽，輒角巾踞石，清泠積翠，與耳目謀，若與造物者戲于壙埌。拱竢刊公詩，置我青石床，餘響春容，衆壑皆鳴，誦之萬遍，昇三天者未足爲多也。萬曆甲寅七月日，鰲城府院君李恒福謹書。

《霽峰集·跋（柳根）》：苔軒自弱齡已有能詩聲。夫以不群之才，肆力於書史且久也。其詩之播人口者，俊逸圓轉，人皆以爲不可及。苔軒早魁大科，盛之玉署，置諸湖堂，蔚然有盛名。未幾補外，遂落職，一臥南中者十九年。晚而起廢，屈於下僚。白頭朱紱，低垂郡邑。世之知公者，亦不過曰文人之出等夷者。及其臨亂，抗大義立大節，提孤軍就死地，有非專意於詞翰者所能辦。是豈平居不知所以養之者，而卒然當之，能有所樹立，而不可奪也哉？始以詩名，終死於國，於是乎節義文章炳然俱備。吁其盛矣！遂略書所感者爲之跋。萬曆乙卯孟春，晉原府院君西坰柳根謹書。

《涪溪記聞》：奇判尹大恒爲副提學，與沈青陽義謙密約劾李樑。時李鵝溪山海年二十五，以正字直館當書劄。山海懼甚，手戰不成字。奇笑曰："正字年少怯耶?"高霽峰敬命爲校理，即樑党孟英之子也。乃曰："此乃公論，我不可以私避。"奮筆書之，略無難色。樑既竄，孟英但放歸故鄉，人皆以爲書劄之效。而物議皆短之，霽峰亦坐廢二十年。李栗谷珥常重其才，其迎華使也，辟爲從事。遂復敘，猶不得通顯路。蓋樑子廷賓之登科也，游樑門者皆奔走焉。時有飛語，以霽峰爲廷賓脱靴，清議病之故也。壬辰之亂，以前東萊府使起義兵，與賊戰於錦山，及其子從厚死之。朝廷褒其忠，超贈吏判，錄用子孫。於是士論翕然棄其舊過，其門徒至立書院而請額，異論者頗不快焉。

《清江詩話》：高校理而順爲儒時，夢中得詩："少日風流獨不群，暮年江海病兼分。趦趄肯作湘中悴，豪健應修嶺外文。潮入海門天拍水，日沉漁浦瘴如雲。江南驛使無消息，折得梅花未贈君。"後高公爲東萊府使，依然如夢中所見云。

《鶴山樵談》：高而順《橘》詩曰："平生睡足小江南，橘柚林中路飽諳。朱實宛然親不待，陸郎雖在意難堪。"沈漁村《杜鵑》詩曰："三月無君吊此身，杜鵑聲裏更悲辛。山中不廢爲臣義，準擬西川再拜人。"二作意甚悲愴，皆出肺腑，思親愛君之誠，藹然言表。彼雕飾者可厭。

《惺叟詩話》：仲兄深服高霽峰，每言同在浿西，人押"交"字，高公和之曰："連村稌稻三秋後，一路風霜十月交。"不覺屈服。

《小華詩評》：高霽峰敬命，壬辰爲義兵將梁慶遇掌書記。軍務之暇，語及論詩。霽峰稱道蓀谷詩格曰："古罕其儔。"梁曰："蓀谷詩出於晚唐，一篇一句可詠。豈若閣下濃麗富盛乎?"霽峰曰："豈可易言其優劣乎? 如七言律、排律等作，則吾不讓李。至於短律若絶句，決不可及。昔守瑞山郡時，邀李於東閣，留連屢朔，與之唱和。每賦絶句，不敢以宋人體參錯於其間。倉卒學唐，半真半假。誠可愧也!"梁逢人每言："文人相輕，自古而然。霽峰之于蓀谷推許至此，置之己右，益見其長者也。"余觀霽峰《漁舟圖》絶句曰："蘆洲風颭雪漫空，沽酒歸來繫短篷。横笛數聲江月白，宿禽飛起渚煙中。"其聲韻格律，極逼唐家。豈可謂半假乎? 蓋自謙也。

湖陰《白馬江》詩："別酒澆胸未散愁，野橋分路到江頭。城池坐失淵王險，圖籍曾聞漢將收。花萎尚傳崖口缺，龍亡猶認釣痕留。寒潮強學靈胥怒，亂送驚濤激柁樓。"霽峰詩："病起因人作遠遊，東風吹夢送歸舟。山川鬱鬱前朝恨，城郭蕭蕭半月愁。當日落花餘翠壁，至今巢燕繞紅樓。傍人莫問淵家事，吊古傷春易白頭。"湖陰雖極雄豪，未若霽峰之清新高邁，雖以劉夢得《金陵懷古》方之，霽峰不必爲讓。

《詩評補遺》:高霽峰敬命嘗訪奇高峰大升,盆中植黄白二菊,開花粲然,霽峰濡筆題詩曰:"正色黄爲貴,天資白亦奇。世人看自別,均是傲霜枝。"蓋寓物托意也。如《天柱峰玩月》詩曰:"縹緲奇峰戴六鼇,上方秋月一輪高。可憐塵世無人會,風雨凄凄睡正牢。"亦讀之爽然。

金瞻謂荷谷曰:"吾以高而順爲不可及,近而觀之,殆無足畏。"荷谷微笑,仍誦霽峰"秋後瘴煙鎖嶺嶠,夜深荷雨在宫池"一聯曰:"此豈金瞻氏所能作也。"而順即霽峰字。

《玄湖瑣談》:高霽峰少時神彩豐茸,才華飄逸。嘗狎海西妓,妓爲方伯所昵,臨別書贈一律與妓裳内幅曰:"立馬江頭別故遲,生贈楊柳最高枝。佳人緣薄含新態,蕩子情深問後期。桃李落來寒食節,鷓鴣飛去夕陽時。草長南浦春波蕩,欲采蘋花有所思。"妓別霽峰之後,在方伯前行酒,忽風飄裳幅,微露墨蹟,方伯諦視之,詰其由,妓不敢諱,告以實。方伯歎曰:"誠奇才也。"後見霽峰之父大諫公,謂曰:"君有令子,才貌雖美,行檢則虧矣。"其父笑曰:"吾子貌類其母,行若其父。"方伯哂之。

《東國詩話彙成》:公在光州閒居時,徐益爲鄰郡太守。有一僧與益相厚,留其邑許多日。將向光州干謁於苔軒。益曰:"吾當於某日往省高君,寄聲丁寧。"僧如光州,謁苔軒已,仍致益辭。公待之頗款,次卷中詩,仍曰:"徐君近日作何詩?"曰:"作四韻詩四首矣。"曰:"爾記其韻乎?"曰:"能記之。蓋以'雲'、'濆'等字爲韻也。"公之意,以爲君受若來,必以詩酒桃戰,揣其才不能臨場應卒,必預構若干首,要以窘我。所謂四首,必其日酒場之需也。公亦用其韻預構六首以待之。至其日,益果載酒如期至矣。酒半酣,益曰:"釣鯉者以蝦,即鹿者以由。我當先之。"遂書五言律四韻一首,即僧所稱韻也。公若構思者,遂和一首。益復用其韻,公即次之。如是者已盡四首矣,仍以巨杯相屬,已經累巡,猶不至亂。公曰:"禮無不答。我亦有以酬之。"又押其韻有曰:"幽芳窮谷裏,怪物大江濆。"益憚之,瞑目投杯,陽若沉醉。托以起旋,使侍婢牽之,而已逃矣。

【按:高敬命(1533—1592)字而順,號霽峰、苔軒、苔槎,謚忠烈。籍貫長興。奉享光州褒忠祠,錦山星谷書院、從容祠,淳昌花山書院。著有《霽峰集》今傳。其詩清新高邁,聲韻格律追蹤唐詩。《箕雅》收其五絕一首、七絕五首、五律二首、七律一一首、五古一首。】

奇大升　**字明彦,號高峰。德陽人。應教遵之侄。明宗朝登第,選湖堂,官至副提學。追策光國功,贈吏判,謚文憲。**

《朝鮮宣祖實錄》卷六:五年十一月庚寅。護軍奇大升卒。(斯人志氣不群，慷慨赴事，而好善惡惡。博學好古，又能文章，可謂瑚璉之器，而世所稀罕之長材也。但剛果自用，而易其言語。譏誚耆老，大爲舊臣搢路所惡，蓋鋭氣未消磨而有遽痛哭之大病也。）

《朝鮮宣祖修正實録》卷六：五年十月甲寅。前司諫院大司諫奇大升卒。大升復除大司諫，辭遞。會皇帝崩，停遣奏請。大升遂決意南歸，路得臀腫，行至古阜姻友家，遂不起。上聞其病重，遣醫齎藥馳救，下旨慰諭，未及而卒。司諫院啓曰："奇大升，自少有志聖賢之學，所見超詣。與李滉往復書尺，講明性理之説，發前賢所未發者。入侍經幄，所陳無非二帝三王之道，一世推以爲儒宗。不幸有疾歸鄉，中道而卒。家世清寒，無以爲葬，請官庀喪葬，以示國家崇儒重道之意。"上允之。大升資稟卓偉，志氣高邁。自兒時，篤于孝友，行己以禮，聞國恤則必哭臨，齋素至卒哭。及長，博學篤志，以古聖者自期，造詣高明，議論英發，學者推重。既登第，清名大著。李樑用事，忌之，落其職。樑敗，仕益顯。今上初政，首入經筵，論思規諫，補益弘多。時當濁亂之後，士氣萎苶。以大升爲宗主，申雪寃枉，登庸賢俊，朝廷清明，以小己卯稱之。既而與大臣議不合，退居鄉里，欲講學著述以終身。不幸早歿，士林惜之。大升師事李滉，論學相契。滉亦推許大升，不以弟子待之。出處語默，皆相勉交修。或言大升行處不及知處，滉曰："奇明彦事君以禮，進退以義，何謂不及知處？"學者稱高峰先生，有文集行於世。其後録光國勳，贈吏曹判書。以嘗參辨誣議，撰出奏文故也。大升，字明彦，其先幸州人，家于羅州。父進與弟遵，俱以道學名世。遵，坐黨禍死。進，隱遁終身。家傳文獻之業。

《畸菴集·高峰奇先生行狀》：先生諱大升。字明彦。姓奇氏幸州人。幸州有高峰屬縣。因自號曰高峰。……以嘉靖丁亥十一月十八日，生先生于古龍里第。先生才離髫齡，儼若成人。始七歲，知讀書。每日晨起，正坐誦讀不輟。人或勞問其勤苦，則曰："吾自樂此。"八歲丁母夫人喪，號泣悲哀，人不忍聞。稍長，先生自以在家爲學多所拘礙，遂就鄉塾讀書。日有課程，不懈益勤，又於暇日，略通六甲衰旺之理。客有試先生以聯句者，舉"食"字爲題，先生卽應聲曰："食無求飽君子道。"客稱賞久之，歎曰："爾季父德陽公以道德文章爲士林領袖，能繼家業者其在爾乎？"嘗手記先人訓戒作小冊以自覽，曰："余自稚蒙承奉庭訓，以至今日，庶幾有所進益。而氣質凡庸，鹵莽如初。念來常自竦惕。嘗聞古人有聞見録，學者須存箚記以備遺忘。"自是專心爲己之學，不以俗習科臼經意。甲辰，中廟昇遐，哭臨食素，至卒哭乃已。及於仁廟喪，亦如之。乙巳，聞士林禍作，垂涕却食，杜門不出。己酉中司馬試。乙卯丁外艱。廬墓三年。遠近來學者甚衆。戊午登文科乙科第一名,權知承文院副正字,薦入藝文館爲檢閲,由待教陞奉教。時請告在南中,有旨趣還京。癸亥拜承政院注書,俄以病遞。還翰苑賜暇湖堂,以吏文居中考,遞職南歸。當是時,李樑用事顓恣,以先生不一私覿深銜之。嗾臺官目之以假託士論謗訕朝政,至於削黜。及樑敗,復敘升授弘文館副修撰,入侍經筵。啓曰:"國家安危,繫乎宰相;君德成就,責在經筵。經筵之關重與宰相無異。然君德成就,然後能知宰相賢否而任用之,則經筵爲尤重。方今聖德夙成,留心性理之學。若自今勤御經筵,則日有進就。豈非幸甚?"又以開言路受直諫反復陳戒。以病遞館職,拜成均館典籍、兵曹佐郎,由兵曹遷吏曹正郎。請暇還鄉,移拜禮曹正郎,辭病不就。連授校理、獻納,召還於朝。先生本欲居閑,盡力學問,而旬月之間恩命屢降。強起趨赴,道拜議政府檢詳,例陞舍人,於憲府再爲掌令。明宗昇遐,宣廟嗣服。詔使許國魏時亮入境,先生以遠接使辟幕,詣關西。兩使俱以中朝名儒,時有問難。儐相一委先生酬應,咸得其宜。還朝拜執義,因朝講進啓曰:"天下之事必有是非,是非不明則人心不服,而政事顛倒矣。往在中廟初年,趙光祖倡明絶學,以堯舜君民爲己任。不幸被奸小輩所構捏,至於竄謫而死。至今爲士林冤痛。光祖之學受之于金巨集弼,巨集弼受之于金宗直,宗直以鄭夢周爲師法。其淵源所自淳正無疵。李彦迪以一時名儒枉被罪譴,遠謫西塞而死。是二儒者名在罪籍,久未湔滌。當今聖明臨御,洞燭事情。宜先表章而尊尚之,如是則國是定而人心服。不可諉以事在先朝而有所留難也。"詳在《論思錄》中。是日,拜典翰兼藝文館應教。時大臣獻議致祭大院君私廟,先生于筵中啓曰:"自上入承大統,大統重而私親輕,在禮有所壓屈。今者越禮致祭,極爲未安。宜令禮官十分講究,必使合於禮而無歉焉。"戊辰拜直提學兼校書館判校,俄陞通政階,入銀臺,由同副至右承旨。以病遞,拜大司成、大司諫者再。庚午,解官南歸。因召命至,上疏累百言,陳以痼疾不能從仕之意。卽於清凉峰下構小庵,號以歸全,爲終老計。屢以副提學吏曹參議、大司成召,皆辭病不就。朝廷方以宗系辨誣,奏請天朝,擢先生爲專對。先生不得已力疾應命,拜工曹參議大司諫。病不供職,決意南歸。一時名勝皆出餞漢江,舟中坐客有問先生曰:"士大夫立朝行已,有可以終始持守者云何?"先生答曰"幾、勢、死三字足以盡之"云。其意蓋謂君子出處當先審其幾,不違於義。而且復知時識勢,無苟且之患。終以守死善道,爲期而已。聞者嘆服。行到中道得病。抵古阜子婦父金坫家,疾轉革。顧謂傍人曰:"修短有命,吾無奈何。但學不及古人,齋志未究,是爲恨耳。"進藥不服,問家事不應。夜四更屬纊,享年四十六。

《澤堂集·大司諫贈吏曹判書高峰奇先生謚狀》:公曰:"修短死生,命也,不須關念。但自少肆力文翰,仍致意于聖賢之學。中年以來雖有所得,只以工夫不篤,不副素志,日以凜凜。若接承古聖賢顏面,有所商論,則吾亦無愧。但事業不及古人,以是爲慊耳。然天假以年,得優遊林下,與學者講求,此亦一幸。而病已至此,奈何?”玷問家事,答曰:“有薄田數頃,子孫自當生活。”……公資稟卓偉,志氣高邁。年才志學,便以古聖賢自期待。博綜經傳,精究微妙,旁通古今史傳。無物不格,天人性命之理了然在目。國家興廢,人物得失之辨,如指諸掌。尤邃於禮學。自邦朝以至家鄉,情文常變,儀節度數靡不探討折衷。九流百家異端之學,亦皆氾濫求其指要。最精於筭法,雖專門名家舉不能及。蓋其穎悟過人,觸處冰釋而然也。……公歿後許篈爲史官,始抄出奏對之辭,爲《論思錄》二卷,并《退溪問答》二卷,文集若干卷行於世。其文不事類比雕飾而氣力宏大,典則峻嚴,尤長於碑誌簡牘,信有德之言也。

《高峰集·高峰先生年譜》:(略)

《谿谷集·高峰先生集序》:先生于文章,不事雕飾而氣力宏厚,波瀾老成,蔚然成一家言。一時宗工哲匠斂衽推服,皆自以爲不可望。先生易簀踰五紀,而文集尚未刊行。中經喪亂,散逸頗多,學者恨之。今年春,趙使君纘韓守善山,始謀鋟梓,而屬序於維。

《旅軒集·奇高峰文集跋》:好尚之淺深輕重,不唯其文氣有高下,乃其旨義有精粗也。夫文詞之工,業章句者,猶可依様而做出矣。若義理之精微,非見識之透,造詣之邃,莫之能焉。秉彝公共之取捨,其可誣乎?在吾東,唯高峰之文其庶幾矣哉。嘗見人之見高峰者,獲聞其風度英秀,議論俊拔。……蓋退溪常以斂藏謙退,清修苦節之道自守焉。高峰每以超揚發越,直截峻特之義自勵焉。……公之晚年行藏有不隨俗而發於文詞者,多典重平雅之致焉。

《月汀漫錄》:奇高峰大升常言“梅月堂金時習所著詩甚高,其詩才雖十人割裂,一分有之,其于秉文衡饒爲之”云,蓋心服之也。

《石潭日記》:前司諫院大司諫奇大升卒。大升字明彥。少以文學名世,博覽強記,氣概豪俊,談論能伏一座人。既登第,清名大著。李樑用事,忌之,落其職。樑敗,仕益顯,士類推重,以爲領袖。大升亦以經綸一時自負,而其學只務辨博宏肆而已,實無操存踐履之功。且有好勝之病,悅人順已,故介士不合,而阿諂者多趨焉。其持論亦務循常,而不喜矯革。識者尤不取之。少時曹植見之曰:“此人得志必誤時事。”大升亦以植爲非儒者,兩不相許。大升言植過失,故植之學徒惡之。其爲大司成也,命薄諸生之供,且以《食無求飽》爲題,使作箴以諷諸生。諸生不悅,多不就館者。庚午年,方論僞勳。大升聞之獨曰："乙巳之勳非僞。且先王已定，今不可削。"邪黨以大升言爲主，識者頗不韙。大升既與流俗不合，又爲識者所不取，自上亦待以尋常，鬱鬱不得志，棄官而去。路得臀腫，行至古阜村舍，竟不起。人多惜其才調。蓋大升雖非實才，而英特過人。其與李滉爭辨"四端七情"之同異累數千言，論議發越，學者是之。

《梧陰雜說》：高峰書室在好賢坊洞，嘗于春時送奴取龍門山蔬葉，乾燥於庭，以爲過冬之用。乃《詩》所謂"我有旨蓄"之意，其于鄉居可知。嘗以牛蒡菜煮熟送於我，寄簡云："此野人之味，士大夫不可不知。"

《畸翁漫筆》：成大谷作《南冥行錄》有云："公遊頭流時，遇一少年，語人曰：'陰猜娼嫉，仇視善人，後日若使得志，善類赤矣！"後人或疑其指高峰，而不知何所據也。可怪！

栗谷與高峰同時立朝，雖年輩差池，固可以道學相契，而終始抵牾，未知其故。或云："因《大學》爭辯不相下，以致如此。"豈其然耶？退溪之于高峰極其推重，觀其往復書劄可知。先子少高峰九歲，而自少受書，稱以先生。平時與高峰及尹月汀同直湖堂，高峰威氣，瑕點栗谷。先子從容言："先生既與李某許以道義，不當每加訾毁。"高峰愈恚不釋。

月汀每言："平時與高峰及黄岡、李山海同作一番直宿湖堂，舊有天下輿地圖掛在壁上，高峰、黄岡偶與指點談討其山川形勢、道理近遠、人物出處、州郡因革，靡不貫穿無遺，窮數晝夜不已。鵬城出謂月汀曰："吾輩同在於此，豈非大愧乎！"

《東國詩話彙成》：吳謙爲光州牧使，奇高峰大升、李青蓮後白皆在南中，文章俱冠當時。謙欲邀爲士林奇會，預飭州吏一新妓女彩衣華妝，盛陳宴具于大觀而請之。奇、李一時偕至。酒半，謙執爵言曰："今日之請兩君，非作一場閒話、敘情素較杯觴止也。謙自京素服兩君宗匠儒林，欲成騷壇之白戰，爲百年翰墨壯觀也。願兩君無讓。"奇於即席令小妓磨墨，張箋走筆七言四韻律八篇，字不加點，揮翰如飛。李又積花箋齊眉，恣毫揮灑。教坊八十餘妓各有所，長篇、短篇、律詩、古詩隨意而就，各盡歡而罷。又於翌日，謙盡去華盛之具，就別齋略設杯盤。酒微醺，謙又請曰："昨日快觀兩君詩，願今日細論于古，各磬平生觀記。"李最熟於《綱目》，除表表著顯者外，至於百五十冊中微章小句，無不應口而誦。奇又取《綱目》中李所論難者，能舉本記、本傳所從來，旁通諸家大小說，觸處成誦。或全篇，或數十行，略陳文字，無不貫穿羅列於目前。謙避席而拜曰："昨日之戰，季真能克明彦；今日之戰，明彦能捷季真。今兩日之會，真士林絕代之勝事。雖洞庭之勻天廣樂、月殿之霓裳羽衣，不多於光州之宴。"

【按:奇大升(1527—1572)字明彦,號高峰。德陽人。奇遵之侄。著有《高峰集》今傳。其詩典重平雅。《箕雅》收其七絶一首、七律一首、五古一首。】

鄭　澈　**字季涵,號松江。迎日人。明宗朝登魁科,選湖堂,官至左相、寅城府院君。謚文清。**

《朝鮮宣祖實録》卷四六:二十六年十二月庚午。寅城府院君鄭澈卒(澈被論在江華卒)。史臣曰:"澈褊性妄言,輕踈浮躁,喜調好謔,自招怨尤。至於崔永慶之繫獄也。與永慶不相能,國人之所共知。而既身稟國權執法者,又皆所知。而卒致之死,假手之言惡得免乎?加以短于應務,脱於處事體察,兩湖人心未厭。奉使天朝,失於專對。罪戾相尋,暨身之没而不止焉。"

《朝鮮宣祖修正實録》卷二七:二十六年十二月庚戌。前寅城府院君鄭澈卒。初,澈與副使柳根謝恩朝京而回。時東路軍門主和議,詭言倭已撤屯渡海,與本國所奏不免差互。澈等還後,兵部奏曰:"問前來使臣,則亦言倭已撤回。"上聞之大駭,柳根上疏自辨:"此實兵部謊詞詭計,使臣一行豈有是言?"是時朝論已變,欲先去澈,臺諫因此而劾澈,上只命遞職推考。柳根與書狀官李民覺、譯官等,皆無所坐。自是飛語上騰,言"澈朝京專以聖躬過失,密播於中朝,故凡帝敕内醜詞皆其自出"云。澈寓居江華,病酒卒,年五十九。澈,字季涵,號松江。少有才名,從學于金麟厚、奇大升,大升亟稱其清潔之操。其姊爲仁廟貴人,妹爲桂林君妻。乙巳之禍,父兄與焉,澈以幼免。而兒時出入東宫,明廟爲大君,實與遊戲甚昵。見澈登壯元榜目,甚喜,命於掖門内别賜酒饌。澈辭曰:"既已出身,人臣不敢受此私禮。"明廟爲止賜,而命從神武門出,自從樓上望見其行,恩眷異常矣。俄拜正言。臺中方論景陽君謀奪妻家財産,誘殺妻孽甥,請以處法。明廟使親屬諷澈停論,澈不敢自是,罷免歸光州。屢擬清望,不受點者三年。宣祖初,起爲銓郎。專務激揚,名望雖重,而不悦者衆。黨論之分,力主一偏,爲時論所仇。而賴上眷,得濟者屢。至辛卯,上眷亦回,幾陷大戮。李德馨救之,少弛。因變起廢,亦不容於朝。其持身廉劌太過,柳成龍素惡之。至丁酉,成龍被劾,論者誣以貪賄,比之郿塢,乃歎曰:"往時論者,攻季涵無所不至,猶不以貪鄙目之,豈吾處身不及彼耶?"嘗言澈殺崔永慶事,從事徐渻力辨其不然。成龍曰:"季涵常介介自明此事,吾心定以爲崔死由於鄭,故耳聞其言而不復也。今思之,則其人口直,自己所爲,必不自諱,得非君言爲是耶?"申欽論澈:"平生風調灑落,資性清朗,居家孝悌,立朝潔白,則當求之古人也。"

一時論澈者稱以奸賊，風聲所移，萬口雷同，以澈爲真小人。雖平日知澈者，眩於物議，或有疑其爲小人者矣。然自古稱小人者有三焉：一曰固寵也，二曰諂媚也，三曰附會也。澈自謫召還，嘗坐賓廳。具參判思孟、申知樞礏同座。有一別監自內持酒饌出來，借辭言，自內宣命，諸宰共啖。而其實具、申皆連姻宮禁，故貴人謂："無他客而私送也。"李誠中在座，命取盤筯，分進政丞前。澈曰："此乃具參判、申知事所當吃者，大臣不可預也。"即起出。其言聞於內，翌日出爲體察使。此其不諂媚固寵之明驗也，小人果如是乎？李潑、李山海，一時權勢所存。而澈爲故舊，以澈之才，少加桔槔，則詎至狼狽困苦，顑頷終身而不肯一屈耶？此其不附會之明驗也，小人果如是乎？特其過於狷狹多疑小怨，無智以濟之，此其平生所短也。若置之江湖林野之間，是其所宜處。而位極三司，身都將相，非其器也。澈中年以後，病於酒色。自檢已不足，而又憤嫉貪邪之人，醉輒面叱，不避權貴。力持偏論，而所挾者戚里陳人；受命治逆，而所逮者多黨色仇怨。其爲一世射的，無乏怪者。其處身，誠無智矣。若以權奸賊臣目之，則澈在朝席不暇暖，爲相僅一年餘，明主自操八柄，山海、成龍三人並相，而山海特被寵遇，何所容而專權乎？此則不待辨而明矣。

《谿谷集·松江遺稿後序》：公天資高邁，輔以師友淵源。孝悌之行，廉白之節，剛介之操，卓犖絶世。文章特餘事耳。爲詩未嘗刻意煉琢，多出於對境揮灑，往往雋爽飛動，有聲外之韻，意外之趣。故譚藝者珍之，以爲必可傳焉。

《惺叟詩話》：鄭松江善作俗謳，其《思美人曲》及《勸酒辭》俱清壯可聽。雖異論者斥之爲邪，而文才風流亦不可掩，比比有惜之者。汝章過其墓，作詩曰："空山木落雨蕭蕭，相國風流此寂寥。怊悵一杯難更進，昔年歌曲即今朝。"子敏《江上聞歌》詩曰："江頭誰唱美人辭，正是孤舟月落時。怊悵戀君無限意，世間惟有女娘知。"二詩皆爲其歌而發也。

《五山說林》：退溪先生之南歸也，松江追而送之于江上，有詩曰："安危去國日，風雨出城人。離思如春草，江南處處新。"又曰："追至廣陵上，仙舟已杳冥。春風無限思，斜日獨登亭。"

鄭松江之爲繡衣出北塞也，作一短歌。未幾明廟賓天，蓋亦歌讖也。後公以親察使巡至吉州，一老妓唱其歌，醉後公作一絕曰："二十年前塞下曲，何年落此妓林中。孤臣未死天涯淚，欲向康陵灑曉風。"

松江以御史出嶺北至咸山，十月見菊花，遂賦一絕曰："天外無鴻信不來，思歸日上望鄉臺。殷勤十月咸山菊，不爲重陽爲客開。"及還朝，朴相公忠元迎謂之曰，"是乃'殷勤十月咸山菊，不爲重陽爲客開'者乎？"

松江爲吏部郎中,鄭公芝衍爲員外。其後鄭公位鼎軸,松江醉贈一絕曰:"樽前豈識今臣相? 醉後猶疑舊佐郎。"

松江登磨天元帥臺,命州人進酒,行一杯,以盡告。遂口占一絕曰:"千仞崗頭一杯酒,朔雲飛盡海茫茫。元戎奏捷知何日,老去逢春欲發狂。"

壬辰倭奴之充斥也,宣廟西幸出,鄭相國澈於安置中命以都體察使之任。公命受而南也,行抵黄海道長淵地金沙寺,留十餘日而後行,乃是七月秋也。公感慨,遂作一律曰:"十日金沙寺,三秋故國心。夜潮分爽氣,歸雁送哀音。虜在頻看劍,人亡欲斷琴。平生《出師表》,臨難更長吟。"

《晴窗軟談》:義州統軍亭臨三國之界,山川奇壯,求之天下,亦鮮其儷。自古韻人題詠非不多,無能道其形容氣象者。鄭松江澈少年時,爲遠接使從事官,有一絕曰:"我欲過江去,直登松鶻山。西招華表鶴,相與戲雲間。"雖非大作,亦自奇拔可傳。其後詞客之來詠者,未見有及之者。

鄭松江解職在南中時,有詩曰:"掖垣南畔樹蒼蒼,歸夢迢迢上玉堂。杜宇一聲山竹裂,孤臣白髮此時長。"語甚警策。又有《贈人》詩末句曰:"何當化爲石,屹立暮江頭。"亦秀拔,意致自好。

《畸翁漫筆》:先子平生夢必兆驗。寓南陽鷗浦,向曉起坐,語旁人曰:"夜夢吾爲江界府使,謫所其必此地乎?"即而有人自京來言定配晉州。先子嗟歎:"平生信夢,老而忒矣!"南行數日,因臺論移配江界。

《終南叢志》:松江鄭澈《樂民樓》詩曰:"白岳連天起,城川入海遙。年年芳草路,人渡夕陽橋。"世稱絕唱,而余意樂民樓、萬歲橋何等壯盛,而末句語涉低淺? 且似懷古之詠,何以爲絕唱耶? 具眼者自當知之。

《菊堂排語》:宗室箕城君宅在城東駱山下,園林最稱奇勝。松江鄭相公澈罷泮宫試,仍往觀。時清和節也。醉吟絕曰:"花殘白芍藥,人老鄭敦寧。對花仍對酒,宜醉不宜醒。"風流豪興可想。

《壺谷詩話》:鄭松江最長於絕句,如七言"無端十月咸山菊"、"杜宇一聲山竹裂",五言"我欲過江去"、"寒雨夜鳴竹"等作,絕佳。

《小華詩評》:鄭松江澈嘗於舟中遇一士人,士人疑其爲閔杏村,且疑其爲成牛溪。松江書贈一絕,曰:"我非成閔即狂生,半百年間醉得名。欲向新知道姓字本集作"說平素",青山送罵白鷗驚。"豪逸不羈。《題樂民樓》本集《宜月亭》詩曰:"白岳連天起,城川入海遙。年年芳草路,人渡夕陽橋。"世稱絕唱。然余意不俗則似矣,絕唱則未也。

《詩評補遺》:成處士守琮隱居不仕,自號聽松。鄭松江澈以詩贈之曰:"每恨箕山叟,終身不事堯。松聲雖可愛,何似聽簫韶?"蓋勸其出仕也。

鄭松江爲關東伯,巡到江陵。時邑人全義民能文,爲本府教養官,適在座。松江因謂全曰:“我曾到平昌,聞藥水名,吟得‘地名藥水難醫疾’之句,未得其偶。”全曰:“有之。”未敢白。松江強使之言,全即曰:“驛號餘糧未救饑。”蓋餘糧,旌善驛號。真的對。松江改容待之。

《玄湖瑣談》:自古詩家以題詠爲難,非作句難,難其相稱也。“樹影中流見,鍾聲兩岸聞”,爲金山寺之名句;“樓觀滄海日,門對浙江潮”,爲靈隱寺之絕唱。蓋趣與境會,寫出真景也。金黄元《浮碧樓》詩云:“長城一面溶溶水,大野東頭點點山。”徐四佳嘗歇看。然登斯樓詠斯作,則始覺其模寫如畫。鄭松江《統軍亭》詩:“我欲過江去,直登松鶴山。西招華表鶴,相與戲雲間。”這二句未嘗道得統軍亭一語,而世以爲古今絕作,何也?蓋是亭也,遠臨遼碣,氣象曠邈,松翁乃托興於意想之表,趣格飄逸,與茲亭相伴也。

《囚海錄》:古歌詞自舜臯陶及夏五子所爲,至周詩之被管絃者,音律節族皆當合于樂。而樂既亡,歌之音節亦無得以考焉。後世之歌與樂,固非古之歌與樂而,然其自相諧合,則不害謂今猶古也。東人或效古人爲歌詞,而所辨惟四聲,其中清濁、虚實則昧然不知,何能與中華樂律相合哉?其以本國語言爲之者,不論其自合于本國樂律與否,就其辭義或多悠揚婉切,真可以動人聽、感人心,不惟勝於效古之歌詞,其視詩文諸作又不啻過之。無他,真與假之分也。諸詞中如鄭松江前後《思美人詞》,又其最勝者。嘗聞金清陰劇好聽此詞,家内婢使皆令誦習。吾家老婢春臺者,兒時逮事清陰,至老而猶道舊日事,能誦其“羅帷寂寞繡幕虚”等句。清陰之好之如此,豈無所以然者哉?松江前後《思美人詞》者,以俗諺爲之,而因其放逐鬱悒,以君臣離合之際,取譬於男女愛憎之間,其心忠、其志潔、其節貞、其辭雅而曲,其調悲而正,庶幾追配屈平之《離騷》。而吾家西浦翁嘗手寫兩詞於一冊,書其目曰《諺騷》,蓋亦以爲可與日月爭光焉耳。

《東國詩話彙成》:俞相國泓嘗與鄭松江澈閒話,俞曰:“某有可笑事。某之一婢生得一女,甚有姿色,家居於外,時時來謁。某謂夫人曰:‘某性明慧,欲使之收衾枕,何如?”夫人曰:‘不可無侍護之人,令某婢供使,今甚好。’異日丘丈見過,夫人言其故,岳丈曰:‘汝何誤也。我已有桑中之喜也。’不佞色沮不敢言。無何一少胥得之,置在松峴一高樓,出入鎖其門。不佞每過之,目眇眇而不能已也。”松江逐於座上口占一詩曰:“佳期誤向夫人謀,唯諾雖勤竟謬悠。却使青娥來夢寐,望中明滅夕陽樓。”

【按:鄭澈(1536—1593)字季涵,號松江,謚文清,籍貫延日。奇大升、金麟厚、梁應鼎門人。爲江原道觀察使時寫《關東别曲》、《訓民歌》等十六首。爲歌詞文學大家,作《思美人曲》、《續美人曲》、《星山别曲》、《將進酒辭》時調七十餘首。奉享於昌平松江書院、延日烏川書院、别祠。著有《松

江集》今傳。其詩不事雕琢而雋爽飛動,尤善絕句。《箕雅》收其五絕五首、七絕二首、七律一首。】

李　珥　**字叔獻,號栗谷。德水人。明宗朝登第,凡三場壯元。選湖堂,典文衡,官至贊成。道德經綸爲儒林之冠。謚文成,配享文廟。**

《朝鮮明宗實錄》卷三〇:十九年八月己亥。李珥爲戶曹佐郎。(爲人聰敏博學强記,善綴文辭,早著聲名。一年拔擢司馬、文科兩壯元,時人榮之。但少時爲父妾所困而出歸,流寓山寺,久而後返,或云"削髮爲僧"。其自詠云:"前身定是金時習,今世仍爲賈浪仙。")

《朝鮮宣祖修正實錄》卷一八:十七年一月己卯。吏曹判書李珥卒。珥自爲兵判,盡瘁成疾,至是疾甚。上委醫救藥。時徐益以巡撫御史赴關北,上令就問邊事。子弟以爲病方少間,不宜勞動,請辭接應。珥曰:"吾此身只爲國耳。正復因此加重,亦命也。"強起延待,口號六條方略以授之。書畢而氣塞,復蘇,踰日而卒,年四十九。上驚悼,發聲哀哭,進素膳三日,恤典加厚。百官僚友、館學諸生、衛卒市民、流外庶官、吏胥僕隸,皆奔集奠哭。窮閻小民往往相吊出涕曰:"民生無福矣。"發靷之夜,遠近會送,炬火燭天,數十里不絕。珥京中無宅,居家無餘粟。親友禭賻殮葬,且爲買小宅以與其家屬。家屬猶不能存活,有庶子二人(夫人盧氏死於壬辰倭難,命旌其門)。珥,字叔獻,號栗谷。生而神異,廓然有大志。聰明夙慧,七歲已能通經著書。至性孝順,十二歲,父病,刺臂出血,泣禱先祠,父病即瘳。爲學不事雕篆,而文章夙成,名聞四方。因喪母悲毀,誤染禪學,十九歲入金剛山,從事戒定,山中譁言生佛出矣。既而省悟其非,反而專精正學。不待師承,洞見大原,剖析精微,篤信力行。登第之後,屢辭淸顯,不欲小用其道。退居海州山中,講學授徒,建隱屏精舍,祠祀朱子,配以靜菴、退溪,以爲矜式地。其出處辭受,一以古人自律。少慕張公藝九世同居,常揭圖看玩。至是,請伯嫂奉神主同居,大會叔仲子侄,與同衣食。歲時、朔望、晨朝,展告拜謁,一遵《家禮》。下逮婢僕,參謁出入,具有禮式。別作訓辭,諺譯教訓,閨門如官府。會食一堂,絃歌遊處,皆有禮節。雖當世之號爲講禮致謹喪祭者,至於家教之禮,皆莫能及。每慟早孤,事仲兄如事嚴父,服勤不懈。事庶母如事母,溫凊定省,俸祿亦不自專。學者規以非禮,則珥曰:"我自意見如此,不足爲法也。"立朝事上,竭忠盡力。雖退處田里,惓惓不忘。前後封章面奏,切直懇惻。其論治體,規模高遠,以挽回三代爲期。見國勢衰靡,灼知亂兆。常以格君正俗、和一朝廷爲本領,而以更弊政、救生民、增修武備爲急務。反復論列,終始一意。雖被小人俗流排沮,而不少恤。上始加裁抑,晚復契合,寵任方隆而遽卒矣。珥資稟甚高,充養益厚,清明和粹,坦易英果。待人處物,一出於誠信。恩嫌愛惡,一毫不以介意。人無愚智,無不歸心。由其急於濟時,既退復進,以保合士類爲己任。盡言無私,左右觸忌。遂爲黨人所仇,幾不免大禍。其論薦人物,必以學問名檢爲主,故飾僞偷合者後多背貳。以此流俗之論指爲疎闊。然珥沒後,偏黨大勝,克去一邊,謂爲朝廷已正,而中有睽乖,四分五裂,竟爲國家無窮之禍。至於壬辰之亂,封疆自潰,國遂以傾。凡珥平日預慮而先言者,無不符驗。其所建請便宜之策,頗見追思採用。國論民言,皆誦其道德忠義之實,有不可枉者矣。所著有文集及《聖學輯要》、《擊蒙要訣》、《小學集注改本》行於世。

《栗谷全書·附錄·年譜》:(略)

《涪溪記聞》:李栗谷珥受知宣廟,言聽計行。尼胡之變爲大司馬,以市井子弟赴戍者無實用,許納馬免防以授戰士,先行而後聞。募粟許通,事多專決。異議譁然,至以爲專擅,三司共攻之。朴參判謹元、宋大司諫應漑、許典翰篈主其論尤力。太學生右栗谷者上疏訴之。上意方向栗谷,大怒,命竄朴謹元于江界、宋應漑于會寧、許篈於甲山。東西之禍愈烈。

栗谷十余歲文章已成,有重名。父惑于嬖妾,不得于父,出家雲遊,禪號義庵,緇徒尊之以爲生佛。以竹兜子肩擔而行。年二十長髮應舉,魁甲子生員及第,歷揚華貫,受知宣廟,位至贊成,爲一時儒林領首。異議貶之亦不恤也。初以生員詣泮宫謁先聖,閔通禮福爲掌議,訾以爲沙門不許。日至晚,榜中皆失色。公神采自若,未嘗少變。

宣廟嘗内索黄白蠟三百斤,外人喧騰以爲宮中鑄銀佛。栗谷知諫院,率同僚爭之連日,且請所用。上怒批曰:"劫問君上所用,是可忍也,孰不可忍也。"奇高峰大升爲承旨,封還批辭。傳曰:"此非政院阻搪之事也。"栗谷辭職請退。至曰:"殿下謬引經傳以折諫臣,是殿下平日讀書之功,只爲拒諫之資而已。"上震怒許之。政院又言不可使諫臣獲譴而歸。傳曰:"人各有心,不可抑也。蒼松爲友鹿爲群,豈非高節歟?"蓋上好夜讀書,尚方所進蠟燭多煙。以白蠟無煙,欲于宮中別造。而外人誤傳,故激天怒云。栗谷退歸海州,未久以副提學召還,遂知遇,一年超拜贊成,言聽計行,方倚以爲相,未及而卒。

《松溪漫錄》:天王使敬民之《早行頒詔》詩:"天威咫尺頒殊渥,東國衣冠盡拜稽。"遠接使栗谷李相國珥甫次其韻云:"殷殷呼嵩騰瑞霧,三韓厥角一時稽。"蓋稽首之稽字,皆用仄聲,而王公既誤,栗谷襲謬何耶?僕以書評于相國,相國即改押,故《皇華》所載與草稿不同。栗谷才氣過人,博識多聞,倉卒之際尚有此錯,幾未免貽笑。況才不過相國,而當此任者,不亦難乎？

《芝峰類説》:李栗谷以大司諫退耕田里,有詩:"閶闔三章辭聖主,江湖一葦載孤臣。"辭氣之間有和平意。鄭松江澈以值提學南歸時,贈栗谷詩曰:"君意似山終不動,我行如水幾時回?"蓋其時于栗谷論議不同而云云。即此而兩人氣象可見。

《畸翁漫筆》:栗谷先生論花潭曰:"微有忍氣爲理之病。"至於《大學小注》陳北溪說一款,駁之曰:"理氣元不相離,非有合也。"又聞嘗論太極圖,說"妙合而凝",不如朱子"渾融無間"之說也。後世必有知其解者矣。

栗谷《四書决釋》及小注批抹極其精詳,可使後學有所感發,而惜其未及畢工于經傳,且未廣布於當世。然使不悦者得之,未必不棄而不收矣。

少時往來海西,歷謁石潭祠宇,退與數四儒生逍遙潭上,溪山絕佳,攢石如屏,其中有及門之士,皆言先生以此處山水九曲,宛似武夷形勝,遂與若干同志營立朱子廟,且以平生素所尊尚故也。因言先生風儀簡潔,言語坦蕩,與鄉人相接無少長,愚智各得歡心。時或有所思索,端默移時,既而如初。

一學老宿,桑門宗師也,入定五臺山,殆五十年而化去。嘗言少從栗谷遊山,行過一處,有小泉出石竇。衆皆聚飲,栗谷亦命酌。一啜,曰:"此水之絕味也。"衆固不知有異。栗谷曰:"凡水清者佳,清者斤兩重。濁者雖雜以沙泥,斤兩不及于清水。"同行者爭試之,果然斤兩倍于他水,乃知哲人于物無所不通,皆此類云。

《小華詩評》:天使黄、王之來也,栗谷爲遠接使。崔簡易宰成川,欲試公。會諸妓曰:"若有能瞞此老者,厚賞之。"有一美娥請往。即會,送公。公晝則命侍左右,夜必命還其寓。如是者月餘,妓遂辭歸。公乃贈一絕,曰:"旅館誰憐客枕寒,枉教雲雨下巫山。今宵虚負陽臺夢,只恐明朝作别難。"以鐵石心肝,爲此清新婉麗之語,與宋廣平《梅花賦》相符。

《梅翁聞録》:栗谷八歲作《花石亭》詩云:"林亭秋已晚,騷客意無窮。山吐孤輪月,江含萬里風。遠樹連天碧,霜楓向日紅。塞鴻何處去,群斷暮雲中。"氣象遠大,而落句短促,無乃未孚遐年之應耶!

《東國詩話彙成》:公之本集云:讀漢史,怪四皓之出處不正。及見退溪質之,正見與鄙意相合。嘗作三首詩曰:"唐虞世遠更何求,一出商顔亦浪遊。可惜龍顔空大度,得賢終讓建成侯。""溲溺儒冠亦一秦,如何更作漢家臣。那知四皓商山老,盡是東宫願死人。""聘幣殷勤出漢庭,商山應愧首陽青。所憐四皓成何事,贏得平生羽翼名。"

又云:退溪以病還鄉,卜築于禮安山谷間,若將終身。戊午春,珥自星州向臨瀛,因過禮安謁之。呈一律云:"溪分洙泗派,峰秀武夷山。活計經千卷,行裝屋數間。襟懷開霽月,談笑止狂瀾。小子求聞道,非偷半日閑。”退溪和云:“病我牽關不見春,公來秋豁醒心神。始知名下無虛士,堪愧年前闕敬身。嘉穀莫容稊熟美,遊塵不許鏡磨新。過情詩話須刪去,努力工夫各一親。”別後退溪寄詩:“從來此學世驚疑,射理窮經道益離。感子獨能尋儒緒,令人聞語發新知。”又曰:“歸來自歎久迷方,靜處不窺儒裏光。勸子及時追正軌,莫嗟行脚入窮鄉。”余和送云:“學道何人到不疑,病根嗟我未全離。想應捧飲寒溪水,吟澈心肝只自知。”“早歲春糧走四方,馬饑人瘦始回光。斜陽本在西山上,旅客何愁遠故鄉。”

【按:李珥(1536—1584)字叔獻,號栗谷、石潭、愚齋,謚文成。籍貫德水。母師任堂申氏善詩、畫。參與編撰《明宗實錄》。努力調節東西分党,成立畿湖學派,針對李滉“理氣二元論”,主張以“氣發理乘”爲根本之“理通氣局說”。被尊稱爲“海東孔子”。從祀文廟,配享宣祖廟庭,奉享黄州白鹿洞書院等。著有《聖學輯要》、《擊蒙要訣》、《經筵日記》及詩文收入《栗谷全書》今傳。其詩氣像遠大,清通灑落。《箕雅》收其五絕二首、七絕一首、五律一首、七律一首、五古一首、七古一首。】

成　渾　**字浩源,號牛溪。守琛之子。與栗谷爲道義交。以隱逸徵。官至參贊。謚文簡,配享文廟。**

《朝鮮宣祖實錄》卷一〇一:三十一年六月庚申。前贊成事成渾卒。(早有隱士之名,而晚醉功名。至於己丑之變,不救李潑、李潔、白惟讓之獄,又坐視崔永慶之死而不救,一時之人皆惡之,以其與奸澈同惡故也。嗚呼惜哉!)

《朝鮮宣祖修正實錄》卷三二:三十一年六月甲寅。前議政府右參贊成渾卒。渾,字浩原,守琛之子也。守琛有高世之操,隱居講道,世稱聽松先生。渾天分甚高,德器早成。自童幼時,服膺庭訓。又嘗尊慕李滉而私淑焉。其爲學以考亭爲準則,講明踐履,交致其功,而于本源之地尤慥慥焉。與李珥論四端七情、理氣先後之說,往復累丨萬言,多有儒先所未發者。李珥嘗稱曰“若論見解所到,吾差有寸長。操履敦確,吾所不及”云。初以學行被薦,屢以職召,皆不就。上眷遇愈重,召之不已。渾力辭不獲,雖間或赴都,恒無久意。歷計立朝日月,不滿一歲。壬辰之亂,爲李弘老所構陷。上眷寢衰,遂不復赴召。至是,卒於坡山舊居。學者稱爲牛溪先生。

《谿谷集·牛溪先生神道碑銘》:謹按先生諱某,字浩原,自號默庵。牛溪者,學者所稱也。……考諱守琛,有高世之操,隱居講道,世稱聽松先生。……聽松之學蓋出於靜菴,而先生早服庭訓,又嘗尊慕退陶而淑艾焉。

其爲學以考亭爲準則，講明踐履，交致其功，而于操存本源尤慥慥焉。其平居言動及治家儀法，以至喪祭節文，悉遵《小學》、《家禮》而行之，一本於誠敬。充養既久，德器凝定，望之可知其有道君子也。少與栗谷定交，得麗澤之益。嘗論四端七情、理氣先後之説，往復累千萬言，多有儒先所未發者。栗谷嘗稱曰"若論見解所到，吾差有寸長。操履敦確，吾所不及"云。文章本源經術，明暢典雅，有文集若干卷行於世。

《月沙集·牛溪先生謚狀》：先生文章出於六經，根乎性理，明白正大，精緊懇到，深得濂洛之風。讀之使人心融理透，亹亹不厭，眞經世之文也。所著有《牛溪集》六卷行於世。

《石潭日記》：三月徵成渾不已，渾難於不出。李珥謂渾曰："君今七承君命矣。上命如此，何不一赴謝恩而乞退以還乎？"渾曰："吾之一瞻天顔，榮幸固大矣。奈辱朝廷何？自古安有招如我病蹇無能者乎？"珥笑曰："人才各隨其時。昭烈之時，諸葛亮爲人物之最。若使孔明與孔孟同時，則安得爲第一人物乎？今世適人物眇然，召命安得不下於君乎？"渾曰："自顧歉歉，而明主則不可忘矣。"

《鶴山樵談》：成渾浩源先生挽青陽君詩曰："宦遊浮世定誰真，逆旅相迎即故人。今日祖筵歌一曲，送君歸臥舊山春。"所謂長歌之哀，甚於慟哭者耶！

《惺叟詩話》：思菴相捐舍，挽歌殆數百篇，獨成牛溪一絶爲絶唱，其詩："世外雲山深復深，溪旁草屋已難尋。拜鵑窩上三更月，應照先生一片心。"無限傷感之意不露言表，非相知之深，則焉有是作乎？

《畸翁漫筆》：昔年偶見一老僧，自言在龍門時與牛溪先生同樓，累日瞯其起居，頗熟。仍問先生早夜何爲。答曰："晨起必盥櫛整衣冠，端拱正坐。恰到午間又盥櫛而坐。有時披攬書册，如有所考，旋即捲卷莊嘿，望之儼然，無不起敬。"

牛溪居家綜理詳密。早朝出令，雖耘耰微事，役使童僕，必計日力而吩咐，未嘗少差。以故鄉居不患貧乏。聽松先生平生不治生業，凡有祭祀賓客，幹蠱出於牛溪。或在京洛逆旅，每值親舊來訪，必有酒肉，而聽松若固有之。

栗谷、牛溪及吾先子同會李進士希參家，主家設酌。石介以一時名娼與席，行酒發歌。牛溪遽起，座上無敢挽止，蓋平生以不聽淫聲爲法云。

《小華詩評》：文章理學，造其閫域，則一體也。世人不知，便做看兩件物，非也。以唐言之，昌黎因文悟道。《恥齋集》云佔畢齋因文悟道，《石潭遺史》云退溪亦因文悟道。余觀成牛溪贈詩曰："一區耕鑑水雲中，萬事無心白頭翁。睡起數聲山鳥語，杖藜徐步繞花叢。”極有詞人體格。權石洲《湖亭》詩曰：“雨後濃雲重復重，捲簾清曉看奇容。須臾日出無蹤跡，始見東南三兩峰。”極似悟道者之語。

《詩評補遺》：成牛溪素於古今詩句藻鑑甚明，鄭松江得五言一絕，其詩曰：“山雨夜鳴竹，草蟲秋近床。流年那可住，白髮不禁長。”遂印于唐楮，示牛溪曰：“此是古壁所塗，而但不知誰作也。”牛溪再三吟詠，曰：“此必晚唐人詩。”松江笑曰：“我欲試公，公果見瞞。”噫！知詩之難，難復難矣。

《詩話彙成》：公自敘：五十年前栗谷訪余，同宿溪廬，窗外蛩聲唧唧，到曉益盛。余歎曰：“微物尚能盡其職份哉。”栗谷曰：“知覺多者深於利害，擇利而就安，怠惰而日偷，所以人不能盡性。而天機自動，不假修爲，盡其天職，乃在於微物。”余喜其超論之見，未嘗忘也。今夜感懷無寐，蟲聲四起，宛然昔年之秋，自念殘生未死，栗谷已爲古人，余之貿貿，此志不就，其愧於蟲聲可勝言哉。詩曰：“草根風露冷侵身，勤苦聲聲夜向晨。感有微蟲能盡職，白頭重愧最靈人。”又曰：“萬事空餘百病身，候蟲聲裏坐侵晨。秋風情境依然在，月圓無端照舊人。”

【按：成渾（1535—1598）字浩原，號牛溪、默庵，謚文簡。籍貫昌寧。白仁傑門人。著名性理學家。支持李滉“理氣互發說”，反駁李珥“氣發理乘一途說”。從祀文廟，奉享礪山竹林書院、昌寧勿溪書院、海州紹賢書院、坡州坡山書院等。著有《牛溪集》今傳。其詩富於理趣。《箕雅》收其七絕二首。】

宋翼弼　　字雲長，號龜峰。家本微賤，文學超詣。與牛、栗相友善。

《朝鮮宣祖實錄》卷二三：二十二年十二月甲戌。上傳于刑曹曰：“私奴宋翼弼弟兄，蓄怨朝廷，期必生事。趙憲陳疏，無非此人指嗾云，此極痛惋。况以奴叛主，逃躲不現，尤爲駭愕。捉囚窮推。”宋翼弼，祀連之子也。祀連以安瑭孽屬，告安處謙謀變成獄，得賞職僉知，其諸子皆有才藝。翼弼初有詩名，與李山海、崔慶昌、白光弘、崔岦、李純仁、尹卓然、河應臨等號八文章。與弟翰弼，俱發解高等，交遊甚盛。史官李海壽等以爲：“祀連既爲罪人，褫其賞職。其子乃孽孫也，不當冒法赴科。”與同僚議，停舉以錮之，山海等求釋不得。翼弼復從李珥、成渾講論道學，識見通透，論議英發。開門授徒，從學者日盛，號稱龜峰。翼弼高自標置，與名卿士大夫抗禮序齒，不悅者亦多。當三司之攻李珥也，成渾欲上疏伸珥，而恐激怒反傷，且自以山野賤士，以退爲義，忽極論時事，未知如何，以書問于翼弼，翼弼答曰：“尊兄受聖君知遇，既陟朝端，則何不歷論時事，使前後殊命，不歸於虛文耶？雖欲以不出自處，今既出矣，宜有所施爲，見其不可，然後可以歸來也。”渾從之。自是重爲朝論所嫉，安氏子孫從而起訟，決還賤籍，方欲殺而報讎，翼弼等皆逃。李山海、鄭澈等互相藏匿，得不死。至是有蜚語聞于上，故有是命。翼弼詣官自首，與翰弼俱竄極邊。由此鄭仁弘等以交遊匪類咎成、李矣。

《芝湖集·龜峰先生宋公行狀》：先生姓宋，諱翼弼，字雲長。礪山人。高麗貞烈公松禮之後。高祖根。曾祖小鐵。祖璘，直長，娶順興安氏某官某之女，生僉樞君，是爲先生之考。娶延日鄭氏，生四子一女。長諱仁弼，次諱富弼，次卽先生，而雲谷居士翰弼季鷹其季也。先生以嘉靖甲午二月初十日卯時生。年七八歲，已下筆語輒驚人。及長，與弟雲谷俱發解高等。既已不樂於京都朋儕間，遁居於高陽之龜峰山下。自甲申李栗谷既歿，黨禍益深，壬人之仇嫉牛、栗兩賢者移怒于先生。丙戌歲禍遂作，乃與兄弟藏蹤避仇。重峰趙文烈公上章亟訟其冤，且言其賢，請納其資級，以贖其身，以爲鳴谷山長。丁亥戊子，重峰連疏論之。而戊子則又言宋某、徐起等俱有將帥之才。己丑冬，上有嚴命詣官自首，卽先生所云“庚寅春，坐趙汝式上章救我，自作楚囚于帶方”者也。賦詩有“千里狂章那困我，聖心無滯若衡平”之句。自注曰“時聞趙汝式之救己，甚于張方平之疏”云。辛卯春，將有士林之禍，又適湖南。前此己丑夏，重峰已被謫，至是松江又遠竄，先生皆有詩以傷之。是歲聞黨禁，自作楚囚於鴻山。時重峰又上章，白衣挾砧斧，伏闕請死。先生聞而筆記曰：“與汝式不相見近十載，以章中每稱鄙人，故有此按。”及壬辰正月，到熙川謫所。松江時于江界圍置中，與人書云：“近又龜公來泊不遠處，未知將來又作何等災怪也。”七月，避賊入明文山，卽熙川地也。癸巳九月，蒙恩放還。郡有寒暄、靜菴兩賢祠，蓋寒暄被謫時，靜菴負笈於此也。先生感慨昔賢遺跡，操文以祭而歸。甲午秋冬，寓身於楮塞之山中，哭仲兄默庵公。其後又哭弟雲谷，年月未詳。丙申，又居沔川之馬羊村金僉樞進礪莊舍。牛溪寄書曰：“備知寄居金家。主人仁賢，後生向風來學者衆。晚暮漂泊得此人，可謂幸矣。”先生自是棲遲馬羊村凡數年。至己亥八月初八日，以疾卒於寓舍。壽六十六。葬于唐津北面元堂洞。……先生所著有《太極問》一卷，《禮問答》一卷，《與牛栗辨論書尺》一卷藏於家。詩稿一卷，則門人竹西沈宗直刊行於世。一時及門之士，指不勝屈。而沙溪金文元公、愼獨齋金文敬公以道學名；守夢鄭公曄、藥峰徐公渻、畸翁鄭大學士弘溟、姜觀察燦、許處士雨暨吾外王父參判金公諱某，或以文學，或以宦業，俱顯於世。噫！先生之世今已遠矣，其平生本末無所尋逐，間嘗見前輩所記，其言曰：“己丑十二月，宣祖大王傳于刑曹曰‘私奴宋某兄弟蓄怨朝廷，期必生事。趙憲陳疏無非此人指嗾云。此極痛惋者。況以奴叛主，逃躲不現，尤爲駭愕。捉囚窮推：宋某，祀連之子也。祀連以安瑭孽屬，告安處謙謀變成獄，得賞僉知。其諸子皆有才藝。翼弼初有詩名，與李山海、崔慶昌、白光弘、崔岦、李純仁、尹卓然、河應臨等號八文章。與弟翰弼俱發解高等，交遊甚盛。史官李海壽等以爲：“祀連既爲罪人，褫其賞職。其子乃孽孫也，不當冒法赴舉。”與同僚議停舉以錮之。山海等求釋不得，某復從李珥、成渾講論道學，識見通透，論議英發。開門授徒，學者日盛，號稱龜峰。某高自標置，與名卿士大夫抗禮序齒，不悦者亦多。當三司之攻李珥也，成渾欲上疏伸珥，而恐激怒反傷。且自以山野賤士，以退爲義，忽極論時事，未知如何。以書問於某，某答曰：“尊兄受聖君知遇，既陟朝端，則何不歷論時事，使前後殊命不歸於虚文耶？雖欲以不出自處，今既出矣，宜有所施爲。見其不可，然後可以歸來也。”渾從之。自是重爲朝論所嫉。安氏子孫從而起訟，决還賤籍，方欲殺而報讎。某等皆逃。李山海、鄭澈等互相藏匿，得不死。至是有飛語聞於上，故有是命。某詣官自首，與翰弼俱竄極邊。由此，鄭仁弘等以交遊匪類，咎成、李矣。’於此可見其得禍源委也。後仁祖乙丑，文元公與守夢及諸同門陳疏，請滌賤籍。章下該曹，而事竟寢，後遂無再言者。”謹按先輩之公評，則曰“天稟甚高，文章亦高”云者，象村申文貞公之言也。曰“天資透悟，剖析精微，人所不及”云者，澤堂李公之言也。而象村之又其論詩，則以爲“材取盛唐，故其響清；義取《擊壤》，故其辭理。和平寬博之旨，不失於羈窮流竄之際；優遊涵泳之樂，自適於風花雪月之間。其庶乎安時處順，哀樂不能入者矣。”又曰：“如‘柳深煙欲滴，池淨鷺忘飛’之句，度越諸人。非徒清葩可貴，理亦自到。”至若當時名賢如李土亭，則其所贈詩篇曰：“曩遇雲長初，實爲芸所幸。有意于汲古，從君借修綆。玄黄方寸間，鄒魯亶非迥。鑪錫我須執，沙石子須磨。私情如或起，在邇還在遐。”重峰則稱之曰：“到老劬書，學邃經明，行方言直。牛、栗皆作畏友，常如諸葛之於法正。且其教誨之際，善發人意思，感奮自立。”徐孤青則語其學者曰：“爾輩欲知諸葛之何狀，須見宋龜峰也。非但龜峰似諸葛，即諸葛似龜峰也。”其大爲諸老所重如此。蓋嘗聞之先生風儀俊整，言論灑落，人之一接其面而聽其言者，莫不心醉起敬。北渚金相少負氣，不下於人。遇先生于山寺，爲撤業聽其言，閲旬不去。及其身都將相，語人曰：“吾之得至今日者，繄當日親炙於龜峰是賴也。”洪參議慶臣初諫其兄寧原君可臣曰：“吾兄何可與宋某友乎？吾見宋某必辱之。”寧原笑曰：“爾能辱宋某乎？必不能也。”後慶臣遇先生于寧原宅，不覺降級以迎，將禮甚敬。其言論風儀之有足動人者乃如此云。噫！以先生精博之學，通透之識，華國之文，經濟之才，限於門地，阨於黨禍，流離竄謫，不能少行其志，而終於窮悴以歿世。豈非斯文之厄而志士之所可慨耶？惟當世立言之君子。儻有以論撰著述使其道學之實昭揭於今與後,以爲不朽圖,則亦庶幾焉。重峰丙戌丁亥兩疏一段及甲子伸冤疏,幷附之于左,以備參考云爾。歲甲寅季秋,後學李選謹述。

《鶴山樵談》:宋翼弼者亦能詩,《山雪》詩曰:"連宵寒雪壓層臺,僧在他山宿未回。小閣殘燈靈籟靜,獨看明月過松來。"句格清絕,烏可以人廢言哉?

《芝峰類説》:宋翼弼嘗遊蕩春臺,詩曰:"短嶽杯中畫,長風袖裏秋。"又因事繫獄,有詩曰:"一生身服古人禮,三日頭無君子冠。落盡林花山下宅,曉天歸夢水雲間。"

《晴窗軟談》:宋翼弼雲長雖系寒微,天稟甚高,文章亦高。如"柳深煙欲滴,池淨鷺忘飛"之句,度越諸人,非徒青葩可貴,理亦自到。

《壺谷詩話》:宋龜峰以擊壤之理學,秉盛唐之風韻,誠不可當。如"日午千花靜,池清萬象形","花欲開時才有色,水成潭處却無聲"等句甚奇。評者謂:"鄭湖陰、盧蘇齋、黄芝川,館閣三傑;金梅月、南秋江、宋龜峰山林三傑。"

《小華詩評》:龜峰宋翼弼雖出卑微,天品甚高,亦能文章。其《望月》詩曰:"未圓常恨就圓遲,圓後如何易就虧。三十夜中圓一夜,百年心事總如斯。"語甚精到。又《客中》詩曰:"食披叢竹宿依霞,行計蕭然只一蓑。山近雞龍秋氣早,江連白馬夕陽多。路通南北君恩足,身歷艱危學力加。子在秦城兄塞外,夢中歸去亦無家。"艱難旅泊之態,見於言外。

宋龜峰翼弼《南溪》詩曰:"迷花歸棹晚,待月下灘遲。醉睡猶垂釣,舟移夢不移。"有操守不變之意。

《詩評補遺》:宋龜峰翼弼《龜山道中》詩曰:"山行忘坐坐忘行,歇馬松陰聽水聲。後我幾人先我去,各歸其止又何爭?"有無競之意。

《東詩叢話》:宋龜庵誡人女色詩曰:"玉盤美酒全無影,雪頰微霞乍有痕。無影無痕皆樂意,樂能知戒莫留恩。"此是龜庵詞氣之低卑處,而個微有悟處。

【按:宋翼弼(1534—1599)字雲長,號龜峰、玄繩,謚文敬。籍貫礪山。著名性理學家。與李珥、成渾等交往,與李山海、崔慶昌、白光勳、崔岦、李純仁、尹卓然、河應臨並稱爲"八文章",詩與書法自成一家。在高陽龜峰山下培養門生金長生、金集、金槃。著有《龜峰集》今傳。其詩句格清絕,兼有唐詩風韻宋詩理趣。《箕雅》收其五絕一首、七絕二首、五律六首、七律六首、五古一首、七古一首。】